THÈME 2

La France dans l'Europe des nationalités : politique et société (1848-1871) 72

3 CHAPITRE — La difficile entrée dans l'âge démocratique : la Deuxième République et le Second Empire 74

Étude 1 1848, un nouveau projet républicain pour la France 76
Étude 2 **Parcours croisés** Alphonse de Lamartine et George Sand : écrire et s'engager
Alphonse de Lamartine en 1848 PPO 78
George Sand, une femme de lettres engagée en politique PPO 79
Grand Angle La Deuxième République à l'épreuve du vote 80
Cours 1 La Deuxième République (1848-1852) 82
Étude 3 Louis-Napoléon Bonaparte, le président de la République devenu empereur PPO 84
Étude 4 **Regard de l'historien** Le Second Empire, une lente évolution vers un régime plus libéral ? 86
Cours 2 Le Second Empire (1852-1870) 88
RÉVISIONS 90
MÉTHODES BAC
- Répondre à une question problématisée 94
  Développer des arguments
- Analyser des documents 96
  Mobiliser des repères historiques pour l'analyse d'un ou deux documents

4 CHAPITRE — L'industrialisation et l'accélération des transformations économiques et sociales en France 98

Grand Angle L'entrée de la France dans la modernité (1848-1871) 100
Étude 1 **Parcours croisés** Transformer et moderniser la France
Haussmann : transformer Paris PPO 102
Les frères Pereire : moderniser l'économie PPO 103
Étude 2 **Regard de l'historien** L'industrialisation en France 104
Étude 3 Le droit de grève et la question ouvrière PPO 106
Cours Les mutations de la société française (1848-1871) 108
RÉVISIONS 110
MÉTHODES BAC
- Analyser des documents 114
  Présenter le sujet et le document

SOMMAIRE

HISTOIRE

CHAPITRE 5 La France et la construction de nouveaux États par la guerre et la diplomatie 116

Grand Angle Les unités italienne et allemande 118
Étude 1 Parcours croisés La France, un acteur majeur des unités italienne et allemande
Napoléon III et l'unité italienne PPO 120
Bismarck et la proclamation du Reich PPO 121
Étude 2 Le Second Empire face à la puissance allemande 122
Cours La France et la construction de nouveaux États 124
RÉVISIONS 126
MÉTHODES BAC ■ Répondre à une question problématisée 130
Organiser les arguments

THÈME 3 La Troisième République avant 1914 : un régime politique, un empire colonial 132

CHAPITRE 6 La mise en œuvre du projet républicain 134

Étude 1 Une République née dans la douleur (1870-1875) 136
Grand Angle Les débuts de la Troisième République en France (1870-1899) 138
Étude 2 Parcours croisés Louise Michel et Victor Hugo, deux moments de la République
Louise Michel pendant la Commune de Paris (1871) PPO 140
Les funérailles nationales de Victor Hugo (1885) PPO 141
Cours 1 La mise en place du régime républicain (1870-1885) 142
Étude 3 Regard de l'historien La République et ses oppositions : l'affaire Dreyfus 144
Étude 4 La loi de séparation des Églises et de l'État de 1905, débats et mises en œuvre PPO 146
Cours 2 La République s'affirme malgré les oppositions (1885-1914) 148
RÉVISIONS 150
MÉTHODES BAC ■ Répondre à une question problématisée 154
Préparer la rédaction d'une introduction et une conclusion
■ Analyser des documents 156
Structurer son analyse de document

CHAPITRE 7 Permanences et mutations de la société française jusqu'en 1914 158

Grand Angle Les transformations de la France à la Belle Époque 160
Étude 1 Parcours croisés La seconde industrialisation de la France
Les expositions universelles de 1889 et 1900 PPO 162
Le Creusot ou « Schneiderville » ? PPO 163
Étude 2 Les ouvriers en lutte : la fusillade de Fourmies (1891) PPO 164
Étude 3 Regard de l'historien La place des étrangers dans la nouvelle société française de la Belle Époque 166
Cours Les transformations de la société française à la Belle Époque 168
RÉVISIONS 170
MÉTHODES BAC ■ Analyser des documents 174
Préparer la rédaction d'une analyse de document

LES RESSOURCES NUMÉRIQUES
de votre manuel papier en accès direct

Pour apprendre, pour s'entraîner et pour réviser efficacement, en classe comme à la maison !

Quelles ressources numériques se trouvent dans votre manuel d'Histoire - Géographie ?

- Des vidéos
- Des cartes interactives
- Des fonds de carte et de croquis
- Des quiz et des flashcards
- Des podcasts

Pour y accéder, c'est très simple

Recopier le mini-lien

Dans votre navigateur, saisissez le mini-lien hachette-clic.
Vous accédez directement à la ressource !

▶ Vidéo
Changi, l'aéroport du futur
Source : RTBF, 4 mai 2024.
hachette-clic.fr/25hg1095

Flasher le QR-code

Avec l'appareil photo de votre smartphone ou de votre tablette, flashez le QR-code.
Vous accédez directement à la ressource !

Aller sur le site de la collection

Dans votre navigateur, saisissez l'adresse du site de la collection pour accéder à toutes les ressources du manuel :
hachette-clic.fr/25hg1000

SOMMAIRE

HISTOIRE

THÈME 1 L'Europe face aux révolutions 18

CHAPITRE 1 La Révolution française et l'Empire : une nouvelle conception de la nation 20

Étude 1 1789, l'entrée en révolution 22
Étude 2 1789-1792, la rupture révolutionnaire 24
Étude 3 Parcours croisés Juger et punir les « ennemis » de la révolution
Louis XVI, un roi face à ses juges PPO 26
Madame Roland, une femmes en révolution PPO 27
Cours 1 Fonder un nouvel ordre politique et social (1789-1792) 28
Grand Angle La Révolution française, un bouleversement en France et en Europe (1789-1814) 30
Étude 4 Regard de l'historien 1793, la Révolution et la Terreur 32
Étude 5 Napoléon Bonaparte, le retour à un ordre autoritaire 34
Étude 6 Le Code civil et la diffusion de la Révolution 36
Cours 2 Reconstruire l'ordre politique en France et en Europe (1793-1814) 38
RÉVISIONS 40
MÉTHODES BAC
- Répondre à une question problématisée 44
Comprendre la question et mobiliser des connaissances
- Analyser des documents 46
Identifier un ou deux documents et sélectionner des informations

CHAPITRE 2 L'Europe entre restauration et révolution (1814-1848) 48

Étude 1 Metternich et le congrès de Vienne (1814-1815) PPO 50
Grand Angle Le triomphe de l'Europe des rois (1815-1830) 52
Étude 2 L'expérience de la monarchie constitutionnelle en France 54
Cours 1 En finir avec la Révolution ? 56
Étude 3 Parcours croisés Delacroix, peindre les peuples en révolution
Le massacre de Chios (1822) PPO 58
Les Trois Glorieuses (1830) PPO 59
Étude 4 Regard de l'historien 1848 : l'Europe des peuples face à l'Europe des rois ? 60
Cours 2 La remise en cause de l'ordre monarchique (1821-1848) 62
RÉVISIONS 64
MÉTHODES BAC
- Répondre à une question problématisée 68
Mobiliser des connaissances pour former des arguments
- Analyser un document 70
Sélectionner des informations et les mettre en rapport avec des connaissances

CHAPITRE 8 — Métropole et colonies 176

Grand Angle L'expansion coloniale de la Troisième République (1870-1914) 178
Étude 1 Conquérir et organiser une colonie de peuplement : l'Algérie 180
Étude 2 Fachoda, la confrontation des impérialismes PPO 182
Étude 3 **Regard de l'historien** Les sociétés coloniales 184
Étude 4 **Parcours croisés** Dominer les colonies
La généralisation du Code de l'indigénat (1887) PPO 186
Saigon, ville coloniale PPO 187
Cours Métropole et colonies 188
RÉVISIONS 190
MÉTHODES BAC ▪ Répondre à une question problématisée 194
Préparer la rédaction de l'introduction et de la conclusion

THÈME 4 La Première Guerre mondiale : le « suicide de l'Europe » et la fin des empires européens 196

CHAPITRE 9 — Un embrasement mondial et ses grandes étapes 198

Grand Angle 1914, l'entrée en guerre 200
Étude 1 **Regard de l'historien** Tannenberg et la Marne : l'échec des grandes offensives de 1914 PPO 202
Étude 2 **Parcours croisés** 1915-1916, l'internationalisation de la guerre
L'offensive des Dardanelles (1915) PPO 204
La bataille de la Somme (1916) PPO 205
Étude 3 Le tournant de 1917 206
Étude 4 Mars 1918, la dernière offensive allemande PPO 208
Cours Phases et formes de la Grande Guerre (1914-1918) 210
RÉVISIONS 212
MÉTHODES BAC ▪ Répondre à une question problématisée 216
Rédiger une réponse à une question problématisée en autonomie

CHAPITRE 10 — Les sociétés en guerre : des civils acteurs et victimes de la guerre 218

Étude 1 **Parcours croisés** Les femmes en guerre et les femmes dans la guerre
Marie Curie, la mobilisation d'une scientifique PPO 220
La mobilisation des femmes à l'arrière 221
Étude 2 Vivre la guerre au quotidien : les enfants 222
Étude 3 **Regard de l'historien** La Triple Entente face au génocide des Arméniens PPO 224
Étude 4 Les grèves de 1917 : protester en temps de guerre PPO 226
Grand Angle 1914-1918, la première « guerre totale » 228
Cours Les civils, acteurs et victimes de la Première Guerre mondiale 230
RÉVISIONS 232
MÉTHODES BAC ▪ Analyser des documents 236
Rédiger une analyse de documents en autonomie

HISTOIRE

CHAPITRE 11

Sortir de la guerre : la tentative de construction d'un ordre des nations démocratiques 238

Grand Angle De la guerre à la paix, une lente sortie de guerre (1918-1923) 240
Étude 1 Regard de l'historien Commémorer les soldats inconnus PPO 242
Étude 2 La guerre civile en Russie et les interventions étrangères 244
Cours 1 Une difficile sortie de guerre 246
Étude 3 Parcours croisés 1919-1923 : sortir de la guerre
Garantir la paix à l'échelle internationale : la Société des Nations (SDN) 248
Les traités de paix, de Versailles à Lausanne (1919-1923) PPO 249
Étude 4 Faire vivre la paix européenne : le passeport Nansen PPO 250
Cours 2 Dépasser la guerre : construire un nouvel ordre international 252
RÉVISIONS 254
MÉTHODES BAC
- Répondre à une question problématisée 258
S'auto-évaluer
- Analyser des documents 260
S'auto-évaluer

BIOGRAPHIES 262
LEXIQUE 265

FICHES MÉTHODES

MÉTHODES GÉNÉRALES
1 Réviser pour l'évaluation 268
2 Prendre des notes 269
3 Mener un travail de groupe 270
4 Mener une recherche documentaire 271
5 Bien utiliser l'IA 272
6 Réaliser une présentation orale 273
7 Créer un podcast 274
8 Identifier les acteurs en géographie 275
9 Identifier un document 276

MÉTHODES BAC
10 Analyser des documents 278
11 Répondre à une question problématisée 280
12 Transposer un texte en croquis 282

GÉOGRAPHIE

THÈME 1

La métropolisation : un processus mondial différencié 284

CHAPITRE 1

La métropolisation dans le monde 286

Études de cas

1 La métropolisation au Brésil : dynamiques et contrastes 288
A *Comment la métropolisation hiérarchise-t-elle les villes brésiliennes ?*
B *Quelles recompositions locales la métropolisation engendre-t-elle ?*

2 Londres : une métropole de rang mondial 292
A *Par quels moyens la métropole londonienne s'affirme-t-elle dans le monde ?*
B *À quelles difficultés Londres est-elle confrontée ?*

3 Mumbai : une métropole fragmentée 296
A *Comment les inégalités se manifestent-elles à Mumbai ?*
B *Quelles sont les stratégies pour faire face à la fragmentation ?*

4 La mégalopole du Nord-Est des États-Unis : des synergies métropolitaines 300
A *Comment les relations entre les métropoles structurent-elles la Megalopolis ?*
B *Quels contrastes sont créés par la métropolisation ?*

Grand Angle 1 **L'urbanisation et la métropolisation dans le monde** 304
Grand Angle 2 **L'influence des métropoles mondiales** 306
Cours 1 Le rôle central des métropoles dans le monde 308
Acteurs et enjeux Affirmer la place de Johannesburg sur la scène internationale 310
Grand Angle 1 **Le poids des inégalités dans les métropoles** 312
Grand Angle 2 **Les métropoles face à la question environnementale** 314
Cours 2 Des métropoles inégales et en mutation 316
Exemple La gestion des impacts environnementaux de la métropolisation à Berlin 318

RÉVISIONS 320

MÉTHODES BAC
- Répondre à une question problématisée 324
  Comprendre la question et mobiliser des connaissances
- Analyser des documents 326
  Identifier des documents et sélectionner des informations
- Transposer un texte en croquis 328
  Comprendre la consigne et sélectionner des informations du texte

CHAPITRE 2

La France : la métropolisation et ses effets 330

Étude de cas

1 Marseille, une métropole régionale majeure 332
A *Comment Marseille s'affirme-t-elle en tant que métropole régionale ?*
B *À quelles inégalités sociales la métropole de Marseille est-elle confrontée ?*

Grand Angle **Le réseau urbain français** 336
Cours 1 La métropolisation et les dynamiques urbaines en France 338
Exemple La culture, un moteur de la métropolisation de Nantes 340
Cours 2 Les conséquences de la métropolisation en France 342
Le labo de Géo Épinal, une ville moyenne entre succès et défis 344

RÉVISIONS 346

MÉTHODES BAC
- Répondre à une question problématisée 350
  Mobiliser des exemples précis et rédiger des paragraphes
- Transposer un texte en croquis 352
  Sélectionner des informations et organiser la légende

GÉOGRAPHIE

THÈME 2 **Une diversification des espaces et des acteurs de la production** 354

3 CHAPITRE Une diversification des espaces et des acteurs de la production dans le monde 356

Études de cas

1 Les espaces des industries aéronautique et aérospatiale européennes 358
A *Comment les espaces productifs de l'aéronautique et de l'aérospatiale européens sont-ils organisés ?*
B *Comment ces espaces productifs s'adaptent-ils aux nouveaux enjeux de leurs secteurs ?*

2 Singapour : l'articulation de la finance, de la production et des flux 362
A *Sur quels espaces productifs la puissance économique de Singapour repose-t-elle ?*
B *Comment la cité-État adapte-t-elle ses espaces productifs à la concurrence internationale ?*

3 Les investissements chinois en Afrique 366
A *Quels espaces productifs sont au cœur de la stratégie chinoise d'investissements en Afrique ?*
B *Comment les échanges entre la Chine et l'Afrique évoluent-ils ?*

4 La Silicon Valley : un espace productif intégré de l'échelle locale à l'échelle mondiale 370
A *Comment s'organise l'espace productif de haute technologie le plus puissant du monde ?*
B *Pourquoi la Silicon Valley conserve-t-elle sa domination ?*

Grand Angle 1 La diversité des espaces productifs dans le monde 374
Grand Angle 2 Des espaces productifs hiérarchisés par les FTN 376
Cours 1 Des espaces et des acteurs de production diversifiés dans le monde 378
Exemple Shein, une entreprise chinoise de la *fast fashion* qui a conquis le monde 380
Grand Angle 1 Une concentration croissante des espaces productifs 382
Grand Angle 2 Les facteurs d'intégration des espaces productifs 384
Cours 2 Des flux concentrés dans des espaces en mutation dans le monde 386
Le labo de Géo La Gold Coast : un espace tertiaire en mutation 388
RÉVISIONS 390
MÉTHODES BAC
- Répondre à une question problématisée 394
  Rédiger l'introduction et la conclusion
- Analyser des documents 396
  Sélectionner des informations et les mettre en relation avec des connaissances
- Transposer un texte en croquis 398
  Choisir des figurés

4 CHAPITRE La France : les systèmes productifs entre valorisation locale et intégration européenne et mondiale 400

Étude de cas

1 La recomposition du système productif automobile des Hauts-de-France 402
A *Comment le système productif automobile des Hauts-de-France évolue-t-il ?*
B *Quels atouts favorisent l'intégration de ce système productif dans la mondialisation ?*

Grand Angle Des espaces productifs français en recomposition 406
Cours 1 Des systèmes productifs inégalement dynamiques 408
Exemple La Polynésie française : un système productif touristique dynamique 410
Cours 2 Des systèmes productifs entre valorisation locale et intégration européenne et mondiale 412
Acteurs et enjeux Assurer la production de médicaments en France 414
RÉVISIONS 416
MÉTHODES BAC
- Analyser des documents 420
  Confronter deux documents
- Transposer un texte en croquis 422
  Choisir et indiquer les noms de lieux

THÈME 3

Les espaces ruraux : multifonctionnalité ou fragmentation ? 424

CHAPITRE 5

Les recompositions des espaces ruraux dans le monde 426

Études de cas

1 Les mutations des espaces ruraux en Toscane 428
A *Comment les espaces ruraux toscans se transforment-ils ?*
B *Quels défis les espaces ruraux toscans doivent-ils relever ?*

2 Les transformations des espaces ruraux de la Martinique 432
A *Quelles sont les mutations de l'agriculture et de ses paysages en Martinique ?*
B *Comment redynamiser les espaces ruraux martiniquais ?*

3 Mutations agricoles et recomposition des espaces ruraux en Inde 436
A *Comment les mutations agricoles transforment-elles les espaces ruraux en Inde ?*
B *Quelles tensions accompagnent les recompositions des espaces ruraux ?*

4 Les espaces ruraux canadiens : une multifonctionnalité marquée 440
A *Quelle est la place de l'agriculture dans les espaces ruraux canadiens ?*
B *Aménager les espaces ruraux : un défi ?*

Grand Angle 1 Le peuplement des espaces ruraux dans le monde 444
Grand Angle 2 Des espaces ruraux multifonctionnels 446
Cours 1 Les fonctions des espaces ruraux dans le monde 448
Le labo de Géo Les mutations de l'agriculture en Côte d'Ivoire 450
Grand Angle 1 Les mutations des espaces ruraux dans le monde 452
Grand Angle 2 Des espaces ruraux sous tension 454
Cours 2 La fragmentation des espaces ruraux dans le monde 456
Acteurs et enjeux Encourager le développement touristique des rizières de Bali 458
RÉVISIONS 460
MÉTHODES BAC
- Répondre à une question problématisée 464
  Organiser des connaissances à partir de la consigne
- Analyser des documents 466
  Rédiger l'analyse de documents
- Transposer un texte en croquis 468
  Réaliser un croquis en autonomie

CHAPITRE 6

La France : des espaces ruraux multifonctionnels, entre initiatives locales et politiques européennes 470

Étude de cas

1 Le Parc régional du Gâtinais, un espace rural multifonctionnel 472
A *Quelles sont les transformations du Parc du Gâtinais ?*
B *Comment concilier dynamisme économique et préservation des espaces ruraux ?*

Grand Angle Des territoires ruraux pluriels 476
Cours 1 Les recompositions des espaces ruraux en France 478
Le labo de Géo Les mutations des espaces ruraux en Corse 480
Cours 2 L'aménagement des espaces ruraux en France 482
Acteurs et enjeux Soutenir le développement rural en Côte-d'Or 484
RÉVISIONS 486
MÉTHODES BAC
- Répondre à une question problématisée 490
  Rédiger l'ensemble d'une réponse à une question problématisée
- Transposer un texte en croquis 492
  Réaliser un croquis en autonomie

SOMMAIRE

GÉOGRAPHIE

THÈME 4 — La Chine : des recompositions spatiales multiples 494

CHAPITRE 7 — La Chine : des recompositions spatiales multiples 494

Étude de cas
1 La rivière des Perles, une région chinoise en transition 496
A *Comment l'ouverture au monde recompose-t-elle la rivière des Perles ?*
B *Quels défis la rivière des Perles doit-elle relever aujourd'hui ?*

Grand Angle 1 Des territoires chinois inégalement intégrés dans la mondialisation 500
Cours 1 Des territoires chinois en recomposition 502
Exemple Shanghai, une vitrine de la métropolisation chinoise 504
Grand Angle 2 Des territoires sous tensions 506
Cours 2 Des enjeux multiples à relever 508
Le labo de Géo Hami (Xinjiang), un territoire rural recomposé par la politique du *Go West* 510
RÉVISIONS 512
MÉTHODES BAC
- Répondre à une question problématisée S'auto-évaluer 516
- Analyser des documents S'auto-évaluer 517
- Transposer un texte en croquis S'auto-évaluer 518

ATLAS 520
LEXIQUE 524

ENSEIGNEMENT **MORAL** ET **CIVIQUE**

CHAPITRE 1 — **Valeurs et principes de la République à l'épreuve de la cohésion sociale** 526

Enquêter Comment l'État agit-il pour réduire les fractures socio-spatiales ? 527
Réfléchir Vers une société plus inclusive 528
Réfléchir Lutter contre la haine anti-LGBTQIA+ 529
Grand format L'égalité femmes-hommes : l'orientation, une question de genre ? 530
Agir La laïcité, un principe républicain pour vivre ensemble 532
BILAN 533
PROJETS 533

CHAPITRE 2 — **La République et la Nation** 534

Enquêter Quel est l'intérêt de la décentralisation ? 535
Réfléchir Une Nation ouverte à la diversité 536
Réfléchir La Nation et le «devoir de mémoire» 537
Grand format Sécurité nationale et société numérique : quels nouveaux enjeux ? 538
Agir Comment renforcer l'engagement de la jeunesse ? 540
BILAN 541
PROJETS 541

CRÉDITS 542

Cohésion et diversité dans une société démocratique

Attendus et objectifs

La classe de première aborde la question de la cohésion des sociétés démocratiques, dans lesquelles les diverses conceptions du monde et les cultures les plus diverses peuvent s'exprimer librement. La réflexion conduite met en regard les valeurs et les principes de la République française et, plus largement, le projet démocratique, avec la complexité de la réalité sociale. Comment ces valeurs et ces principes peuvent-ils être source de cohésion sociale ? Sous quelle forme de cohésion se traduisent-ils concrètement ? Comment forme-t-on une nation démocratique et comment la France se définit- elle comme une communauté nationale ? Par-delà la prise en compte des diversités, ces questions problématisent la nature et la dynamique du lien social en tant que tel.

Chapitre 1. Les valeurs et les principes de la République à l'épreuve de la cohésion sociale
(9 heures en voies générale et technologique, 7 à 8 heures en voie professionnelle)

Notions abordées	Contenus d'enseignement
Solidarité et fraternité (vues en 5e)	En mettant en avant les principes de liberté, d'égalité et de fraternité, la devise de la République française, comme l'article premier de la Constitution, indiquent que la Nation est porteuse d'un projet social. Celui- ci implique à la fois de lutter contre toutes les formes d'inégalité et de tisser des liens étroits de solidarité entre les citoyens ; les inégalités économiques et sociales peuvent présenter un danger pour la cohésion sociale et la démocratie ;
Égalité femmes- hommes (vue en 5e)	l'égalité entre les femmes et les hommes illustre la manière dont un principe, objet de mobilisations et de politiques volontaristes, transforme progressivement la société, tout en se heurtant à diverses formes de résistance ;
Discriminations et société inclusive (vues en 5e)	appuyée par la loi, la lutte contre les discriminations se nourrit du principe d'égalité et de celui de fraternité. La conception d'une société inclusive tournée vers les personnes en situation de handicap y ajoute un impératif de solidarité ;
Racisme, antisémitisme, antitsiganisme, xénophobie, haine anti-LGBT (vus en 5e)	portant atteinte à la cohésion d'une société démocratique, le racisme, l'antisémitisme, l'antitsiganisme, la xénophobie et la haine anti-LGBT sont punis par la loi ;
Pluralisme	le principe de la laïcité vise à rendre possible la coexistence pacifique d'individus et de groupes dont les options philosophiques ou religieuses restent différentes.

Chapitre 2. La République et la Nation (9 heures en voies générale et technologique, 7 à 8 heures en voie professionnelle)

Notions abordées	Contenus d'enseignement
Indivisibilité de la République Décentralisation	Disposant que la République est « indivisible » et que « son organisation est décentralisée », la Constitution de la Ve République assure un équilibre entre l'unité de la Nation et la diversité de ses territoires ; la décentralisation opérée depuis 1982 a transféré certaines compétences de l'État aux collectivités territoriales ; les territoires ultramarins ont vu leurs statuts évoluer ;
Nationalité et citoyenneté (vues en CM2)	dans la République française, la communauté nationale est une communauté ouverte marquée par la possibilité d'acquérir la nationalité française (distinction du droit du sang et du droit du sol) comme par l'existence d'une citoyenneté européenne ; les questions mémorielles contribuent à une réflexion sur l'identité de la Nation, constituant, tantôt le ferment de son unité, tantôt un champ d'affrontements idéologiques et politiques ; l'idée de patriotisme constitutionnel exprime l'attachement des citoyens aux principes fondateurs de la République et de la démocratie françaises, ainsi que le souci de les voir respectés et de mieux en mieux réalisés ;
Défense et sécurité nationale Société numérique (vues en 4e)	la communauté nationale se matérialise aussi par l'existence d'une défense nationale. Celle-ci est confrontée à des enjeux renouvelés (terrorisme, cybersécurité, etc.) dans un monde à la fois de plus en plus interdépendant et soumis à des tensions économiques, politiques et culturelles constantes.

Nations, empires, nationalités (de 1789 aux lendemains de la Première Guerre mondiale)

THÈME 1 L'Europe face aux révolutions (11-13 heures)

Chapitre 1. La Révolution française et l'Empire : une nouvelle conception de la nation

Objectifs du chapitre

Ce chapitre vise à montrer l'ampleur de la rupture révolutionnaire avec « l'Ancien Régime » et les tentatives de reconstruction d'un ordre politique stable. On peut mettre en avant :
la formulation des grands principes de la modernité politique synthétisés dans la Déclaration des Droits de l'Homme et du Citoyen ; la volonté d'unir la nation, désormais souveraine, autour de ces principes ; les conflits et débats qui caractérisent la période ; l'affirmation de la souveraineté nationale, la mise en cause de la souveraineté royale, les journées révolutionnaires, la Révolution et l'Église, la France, la guerre et l'Europe, la Terreur, les représentants de la nation et les sans-culottes ; l'établissement par Napoléon Bonaparte d'un ordre politique autoritaire qui conserve néanmoins certains principes de la Révolution ; la diffusion de ces principes en Europe ; la fragilité de l'empire napoléonien qui se heurte à la résistance des monarchies et des empires européens ainsi qu'à l'émergence des sentiments nationaux ; de la nation en armes à la Grande Armée.

Points de passage et d'ouverture

- Madame Roland, une femme en révolution.
- Décembre 1792 - janvier 1793 – Procès et mort de Louis XVI.
- 1804 – Le *Code civil* permet l'égalité devant la loi et connaît un rayonnement européen.

Chapitre 2. L'Europe entre restauration et révolution (1814-1848)

Objectifs du chapitre

Ce chapitre vise à montrer la volonté de clore la Révolution, dont témoigne la restauration de l'ordre monarchique européen, ainsi que la fragilité de l'œuvre du congrès de Vienne. On peut mettre en avant :
les deux expériences de monarchie constitutionnelle en France (la charte de 1814 ; la charte révisée de 1830) ; le projet de construire une paix durable par un renouvellement des règles de la diplomatie ; l'essor du mouvement des nationalités qui remet en cause l'ordre du congrès de Vienne ; la circulation des hommes et des idées politiques sous forme d'écrits, de discours, d'associations parfois secrètes (« Jeune-Italie » de G. Mazzini ...) ; les deux poussées révolutionnaires de 1830 et 1848 en France et en Europe.

Points de passage et d'ouverture

- 1815 – Metternich et le congrès de Vienne.
- 1822 – Le massacre de Chios.

THÈME 2 La France dans l'Europe des nationalités : politique et société (1848-1871) (11-13 heures)

Chapitre 3. La difficile entrée dans l'âge démocratique : la Deuxième République et le Second Empire

Objectifs du chapitre

Ce chapitre vise à montrer que l'instauration du suffrage universel masculin en 1848 ne suffit pas à trancher la question du régime politique ouverte depuis 1789. On peut mettre en avant :
les idéaux démocratiques hérités de la Révolution française qui permettent en 1848 des affirmations fondamentales et fondatrices (suffrage universel masculin, abolition de l'esclavage...) ; l'échec du projet républicain en raison des tensions qui s'expriment (entre conservateurs et républicains, villes et campagnes, bourgeois et ouvriers) ; les traits caractéristiques du Second Empire, régime autoritaire qui s'appuie sur le suffrage universel masculin, le renforcement de l'État, la prospérité économique et qui entend mener une politique de grandeur nationale ; les oppositions rencontrées par le Second Empire et la répression qu'il exerce (proscriptions de Victor Hugo, Edgar Quinet...).

Points de passage et d'ouverture

- Alphonse de Lamartine en 1848.
- George Sand, femme de lettres engagée en politique.
- Louis-Napoléon Bonaparte, premier président de la République.

Chapitre 4. L'industrialisation et l'accélération des transformations économiques et sociales en France

Objectifs du chapitre

Ce chapitre vise à montrer que la société française connaît des mutations profondes liées à l'industrialisation et à l'urbanisation. On peut mettre en avant :
les transformations des modes de production (mécanisation, essor du salariat...) et la modernisation encouragée par le Second Empire ; l'importance du monde rural et les débuts de l'exode rural ; l'importance politique de la question sociale.

Points de passage et d'ouverture

- Paris haussmannien : la transformation d'une ville.
- Les frères Pereire, acteurs de la modernisation économique.
- 25 mai 1864 – Le droit de grève répond à l'une des attentes du mouvement ouvrier.

Chapitre 5. La France et la construction de nouveaux États par la guerre et la diplomatie

Objectifs du chapitre

Ce chapitre vise à montrer le rôle de la France lors de la construction des unités italienne et allemande. Cette politique d'unification est menée par des régimes monarchiques qui s'appuient sur le mouvement des nationalités, la guerre et la diplomatie. On peut mettre en avant :
la participation du Second Empire à la marche vers l'unité italienne ; la guerre de 1870 qui entraîne la chute du Second Empire et permet l'unité allemande.

Points de passage et d'ouverture

- Le rattachement de Nice et de la Savoie à la France.
- 1871 – Bismarck et la proclamation du Reich.

THÈME 3 La Troisième République avant 1914 : un régime politique, un empire colonial (10-12 heures)

Chapitre 6. La mise en œuvre du projet républicain

Objectifs du chapitre	Ce chapitre vise à montrer la manière dont le régime républicain se met en place et s'enracine ainsi que les oppositions qu'il rencontre. On peut mettre en avant : 1870-1875 : l'instauration de la République et de la démocratie parlementaire ; l'affirmation des libertés fondamentales ; le projet d'unification de la nation autour des valeurs de 1789 et ses modalités de mise en œuvre (symboles, lois scolaires...) ; les oppositions qui s'expriment (courants révolutionnaires, refus de la politique laïque par l'Église catholique, structuration de l'antisémitisme autour de l'affaire Dreyfus, nationalisme...) ; le refus du droit de vote des femmes.
Points de passage et d'ouverture	• 1871 – Louise Michel pendant la Commune de Paris. • 1885 – Les funérailles nationales de Victor Hugo. • 1905 – La loi de séparation des Églises et de l'État : débats et mise en œuvre.

Chapitre 7. Permanences et mutations de la société française jusqu'en 1914

Objectifs du chapitre	Ce chapitre vise à montrer les spécificités de la société française qui connaît une révolution industrielle importante tout en demeurant majoritairement rurale. On peut mettre en avant : l'industrialisation et les progrès techniques ; la question ouvrière et le mouvement ouvrier ; l'immigration et la place des étrangers ; l'importance du monde rural et ses difficultés ; l'évolution de la place des femmes.
Points de passage et d'ouverture	• 1891 – La fusillade de Fourmies du 1er mai. • Les expositions universelles de 1889 et 1900. • Le Creusot et la famille Schneider.

Chapitre 8. Métropole et colonies

Objectifs du chapitre	Ce chapitre vise à étudier la politique coloniale de la IIIe République, les raisons sur lesquelles elle s'est fondée, les causes invoquées par les républicains. Le contexte international de cette politique est également étudié, ainsi que ses effets dans les territoires colonisés. On peut mettre en avant : l'expansion coloniale française : les acteurs, les motivations et les territoires de la colonisation ; les débats suscités par cette politique ; les chocs entre puissances occasionnés par cette expansion ; le cas particulier de l'Algérie (conquise de 1830 à 1847) organisée en départements français en 1848 ; le fonctionnement des sociétés coloniales (affrontements, résistances, violences, négociations, contacts et échanges).
Points de passage et d'ouverture	• 1887 – Le code de l'indigénat algérien est généralisé à toutes les colonies françaises. • 1898 – Fachoda, le choc des impérialismes. • Saigon, ville coloniale.

THÈME 4 La Première Guerre mondiale : le « suicide de l'Europe » et la fin des empires européens (11-13 heures)

Chapitre 9. Un embrasement mondial et ses grandes étapes

Objectifs du chapitre	Ce chapitre vise à présenter les phases et les formes de la guerre (terrestre, navale et aérienne). On peut mettre en avant : les motivations et les buts de guerre des belligérants ; l'extension progressive du conflit et les grandes étapes de la guerre ; l'échec de la guerre de mouvement et le passage à la guerre de position ;l'implication des empires coloniaux britannique et français ;la désintégration de l'empire russe.
Points de passage et d'ouverture	• Août - septembre 1914 – Tannenberg et la Marne. • 1915 – L'offensive des Dardanelles. • 1916 – La bataille de la Somme. • Mars 1918 – La dernière offensive allemande.

Chapitre 10. Les sociétés en guerre : des civils acteurs et victimes de la guerre

Objectifs du chapitre	Ce chapitre vise à souligner l'implication des sociétés, des économies, des sciences et des techniques dans une guerre longue. On peut mettre en avant : les dimensions économique, industrielle et scientifique de la guerre ; les conséquences à court et long termes de la mobilisation des civils, notamment en ce qui concerne la place des femmes dans la société ; le génocide des Arméniens, en articulant la situation des Arméniens depuis les massacres de 1894-1896 et l'évolution du conflit mondial.
Points de passage et d'ouverture	• Marie Curie dans la guerre. • 24 mai 1915 – La déclaration de la Triple Entente à propos des « crimes contre l'humanité et la civilisation » perpétrés contre les Arméniens de l'Empire ottoman. • Les grèves de l'année 1917.

Chapitre 11. Sortir de la guerre : la tentative de construction d'un ordre des nations démocratiques

Objectifs du chapitre	Ce chapitre vise à étudier les différentes manières dont les belligérants sont sortis de la guerre et la difficile construction de la paix. On peut mettre en avant : le bilan humain et matériel de la guerre ; les principes formulés par le président Wilson et la fondation de la Société des Nations ; les traités de paix et la fin des empires multinationaux européens ; les interventions étrangères et la guerre civile en Russie jusqu'en 1922 ; les enjeux de mémoire de la Grande Guerre tant pour les acteurs collectifs que pour les individus et leurs familles.
Points de passage et d'ouverture	• 1919-1923 – Les traités de paix. • 1920 – Le soldat inconnu et les enjeux mémoriels. • 1922 – Le passeport Nansen et le statut des apatrides.

 Programme du BO du 22 janvier 2019

Les dynamiques d'un monde en recomposition

THÈME 1 La métropolisation : un processus mondial différencié (12-14 heures)

Questions

- Les villes à l'échelle mondiale : le poids croissant des métropoles.
- Des métropoles inégales et en mutation.

Commentaire

Depuis 2007, la moitié de la population mondiale vit en ville ; cette part ne cesse de progresser. Cette urbanisation s'accompagne d'un processus de métropolisation : concentration des populations, des activités et des fonctions de commandement. En dépit de ce que l'on pourrait identifier comme des caractéristiques métropolitaines (quartier d'affaires, équipement culturel de premier plan, nœud de transports et de communication majeur, institution de recherche et d'innovation...), les métropoles sont très diverses. Elles sont inégalement attractives et n'exercent pas la même influence. À l'échelle locale, l'étalement urbain combiné à l'émergence de nouveaux centres fonctionnels (dans la ville-centre comme dans les périphéries) contribuent à recomposer les espaces intra-métropolitains. Cela se traduit également par une accentuation des contrastes et des inégalités au sein des métropoles.

Études de cas possibles

- La métropolisation au Brésil : dynamiques et contrastes.
- Londres : une métropole de rang mondial.
- Mumbai : une métropole fragmentée.
- La mégalopole du Nord-Est des États-Unis (de Boston à Washington) : des synergies métropolitaines.

Question spécifique sur la France

La France : la métropolisation et ses effets.

Commentaire

La métropolisation renforce le poids de Paris (ville primatiale) et recompose les dynamiques urbaines. L'importance et l'attractivité des métropoles régionales métropolitaines et ultramarines tendent à se renforcer, mais de façon différenciée, de même que la concurrence qu'elles se livrent. Cela conduit à une évolution de la place et du rôle des villes petites et moyennes, entre, pour certaines, mise à l'écart, dévitalisation des centres-villes, et, pour d'autres, un renouveau porté par une dynamique économique locale et la valorisation du cadre de vie.

THÈME 2 Une diversification des espaces et des acteurs de la production (12-14 heures)

Questions

- Les espaces de production dans le monde : une diversité croissante.
- Métropolisation, littoralisation des espaces productifs et accroissement des flux.

Commentaire

À l'échelle mondiale, les logiques et dynamiques des principaux espaces et acteurs de production de richesses (en n'omettant pas les services) se recomposent. Les espaces productifs majeurs sont divers et plus ou moins spécialisés. Ils sont de plus en plus nombreux, interconnectés et se concentrent surtout dans les métropoles et sur les littoraux. Les processus de production s'organisent en chaînes de valeur ajoutée à différentes échelles. Cela se traduit par des flux d'échanges matériels et immatériels toujours plus importants. Les chaînes et les réseaux de production sont, dans une large mesure, organisés par les entreprises internationales, mais l'implantation des unités productives dépend également d'autres acteurs - notamment publics -, des savoir-faire, des coûts de main-d'œuvre ou encore des atouts des différents territoires. Ceux-ci sont de plus en plus mis en concurrence. Parallèlement, l'économie numérique élargit la diversité des espaces et des acteurs de la production.

Études de cas possibles

- Les espaces des industries aéronautique et aérospatiale européennes : une production en réseau.
- Singapour : l'articulation de la finance, de la production et des flux.
- Les investissements chinois en Afrique : la recomposition des acteurs et espaces de la production aux échelles régionale et mondiale.
- La Silicon Valley : un espace productif intégré de l'échelle locale à l'échelle mondiale.

Question spécifique sur la France

La France : les systèmes productifs entre valorisation locale et intégration européenne et mondiale.

Commentaire

L'étude des systèmes productifs français (Outre-mer inclus) permet de mettre en avant les lieux et acteurs de la production à l'échelle nationale, tout en soulignant l'articulation entre valorisation locale et intégration européenne et mondiale.

THÈME 3 Les espaces ruraux : multifonctionnalité ou fragmentation ? (12-14 heures)

Questions

- La fragmentation des espaces ruraux.
- Affirmation des fonctions non agricoles et conflits d'usages.

Commentaire

Les recompositions des espaces ruraux dans le monde sont marquées par le paradoxe de liens de plus en plus étroits avec les espaces urbains et l'affirmation de spécificités rurales (paysagères, économiques, voire socio-culturelles), impliquant des dynamiques contrastées de valorisation, de mise à l'écart ou de protection de la nature et du patrimoine. Globalement, la part des agriculteurs diminue au sein des populations rurales. Toutefois, l'agriculture reste structurante pour certains espaces ruraux, avec des débouchés de plus en plus variés, alimentaires et non alimentaires.
À l'échelle mondiale, la multifonctionnalité des espaces ruraux s'affirme de manière inégale par l'importance croissante, en plus de la fonction agricole, de fonctions résidentielle, industrielle, environnementale ou touristique, contribuant tout à la fois à diversifier et à fragiliser ces espaces. Cette multifonctionnalité et cette fragmentation expliquent en partie la conflictualité accrue dans ces espaces autour d'enjeux divers, notamment fonciers : accaparement des terres, conflits d'usage... Elles posent la question de leur dépendance aux espaces urbains.

Études de cas possibles

- Les mutations des espaces ruraux de Toscane.
- Les transformations paysagères des espaces ruraux d'une région française (métropolitaine ou ultramarine).
- Mutations agricoles et recomposition des espaces ruraux en Inde.
- Les espaces ruraux canadiens : une multifonctionnalité marquée.

Question spécifique sur la France	Commentaire
La France : des espaces ruraux multifonctionnels, entre initiatives locales et politiques européennes.	En France, les espaces ruraux se transforment : - mutation des systèmes agricoles et diversification des fonctions productives, - pression urbaine croissante et liens accrus avec les espaces urbains, - entre vieillissement et renouveau des populations rurales, diversification des dynamiques démographiques et résidentielles. Ces mutations s'accompagnent d'enjeux d'aménagement et de développement rural : valorisation et soutien de l'agriculture, équipement numérique, télétravail, protection de l'environnement, maintien et organisation ou réorganisation des services publics... Ces enjeux mobilisent des acteurs à différentes échelles, du développement local aux politiques nationales et européennes de développement rural.

THÈME 4 La Chine : des recompositions spatiales multiples (8-10 heures)

Questions	Commentaire
• Développement et inégalités. • Des ressources et des environnements sous pression. • Recompositions spatiales : urbanisation, littoralisation, mutations des espaces ruraux.	La Chine est un pays où les évolutions démographiques et les transitions (urbaine, environnementale ou énergétique...) engendrent de nombreux paradoxes et suscitent des recompositions spatiales spectaculaires. Les évolutions démographiques, les migrations des campagnes vers les villes, la surexploitation des ressources, la pollution, l'ouverture et l'insertion de plus en plus forte dans la mondialisation accentuent les contrastes territoriaux.

CAPACITÉS ET MÉTHODES AU PROGRAMME

Maîtriser et utiliser des repères chronologiques et spatiaux

Connaître et se repérer	> Identifier et nommer les périodes historiques, les continuités et ruptures chronologiques. > Identifier et expliciter les dates et acteurs clés des grands événements. > Nommer et localiser les grands repères géographiques ainsi que les principaux processus et phénomènes étudiés. > Utiliser l'échelle appropriée pour étudier un phénomène.
Contextualiser	> Mettre un événement ou une figure en perspective. > Mettre en œuvre le changement d'échelles, ou l'analyse à différentes échelles (multiscalaire), en géographie. > Identifier les contraintes et les ressources d'un événement, d'un contexte historique, d'une situation géographique. > Mettre en relation des faits ou événements de natures, de périodes, de localisations différentes. > Confronter le savoir acquis en histoire et en géographie avec ce qui est entendu, lu et vécu.

S'approprier les exigences, les notions et les outils de la démarche historique et de la démarche géographique

Employer les notions et exploiter les outils spécifiques aux disciplines	> Employer les notions et le lexique acquis en histoire et en géographie à bon escient. > Transposer un texte en croquis. > Réaliser des productions graphiques et cartographiques dans le cadre d'une analyse. > Savoir lire, comprendre et apprécier une carte, un croquis, un document iconographique, une série statistique ....
Conduire une démarche historique ou géographique et la justifier.	> S'approprier un questionnement historique et géographique. > Construire et vérifier des hypothèses sur une situation historique ou géographique. > Justifier des choix, une interprétation, une production.
Construire une argumentation historique ou géographique	> Procéder à l'analyse critique d'un document selon une approche historique ou géographique. > Utiliser une approche historique ou géographique pour mener une analyse ou construire une argumentation.
Utiliser le numérique	> Utiliser le numérique pour réaliser des cartes, des graphiques, des présentations. > Identifier et évaluer les ressources pertinentes en histoire géographie.

« ANCIEN RÉGIME » | MONARCHIE CONSTITUTIONNELLE | PREMIÈRE RÉPUBLIQUE | CONSULAT | PREMIER EMPIRE | RESTAURATION | MONARCH

PÉRIODE ÉTUDIÉE

1789 1792 1799 1804 1814 1830

THÈME

1 L'Europe face aux révolutions

Les guerres napoléoniennes et la diffusion de la Révolution en Europe

Louis-François Lejeune, *La Bataille de Marengo, 14 juin 1800*, vers 1801, huile sur toile, 180 × 250 cm, château de Versailles.

Le général Napoléon Bonaparte, devenu Premier consul en 1799, lance une nouvelle campagne militaire contre l'Autriche. Victorieux, il établit ensuite des régimes républicains en Italie et met un terme aux guerres de la Révolution. L'instrumentalisation politique de cette bataille contribue à la construction du mythe napoléonien et à l'établissement d'un régime autoritaire.

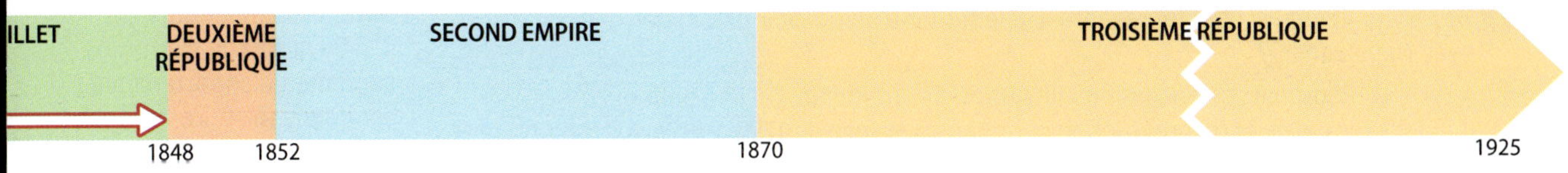

CHAPITRE

1 La Révolution française et l'Empire : une nouvelle conception de la nation

Podcast de révision
Révisez le thème 4 du programme de 2de : Dynamiques et ruptures dans les sociétés des XVIIe et XVIIIe siècles
hachette-clic.fr/25hg1001

COURS 1 À partir de 1789, la France connaît de profondes transformations sociales, politiques, économiques et culturelles.

> Pourquoi la Révolution française marque-t-elle une rupture avec l'« Ancien Régime » ?

COURS 2 La fin de la monarchie absolue ouvre une période d'instabilité politique en France. La diffusion des principes révolutionnaires fragilise également les royaumes européens.

> Quel ordre politique la Révolution française et l'Empire parviennent-ils à reconstruire ?

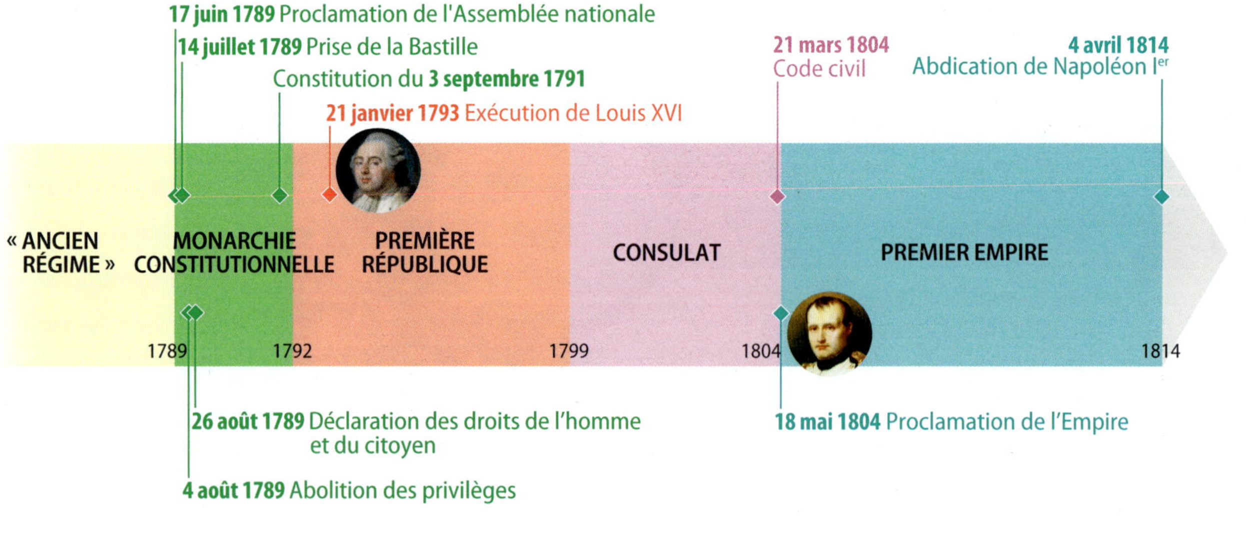

QUESTIONS

1. **Doc 1.** Pourquoi ce tableau symbolise-t-il l'unité de la nation ?
2. **Doc 2.** Comment l'artiste représente-t-il le retour d'un pouvoir personnel avec Napoléon Ier ?
3. **Doc 1 et 2.** Pourquoi ces documents illustrent-ils autant l'instabilité politique que les tentatives de reconstruction politique en France de 1789 à 1804 ?

VOCABULAIRE

Nation : communauté d'individus bâtie sur un sentiment d'appartenance commune (histoire, langue, culture).

Les représentants de la nation jurent de donner une Constitution à la France

Jacques Louis David, *Serment du Jeu de paume, 20 juin 1789*, après 1791, huile sur toile, 65 × 88,7 cm, musée Carnavalet, Paris.

Napoléon Ier, empereur des Français

Jacques Louis David, *Sacre de l'empereur Napoléon Ier et couronnement de l'impératrice Joséphine dans la cathédrale Notre-Dame de Paris, le 2 décembre 1804*, 1806-1807, huile sur toile, 621 cm × 979 cm, musée du Louvre, Paris.

ÉTUDE 1 1789, l'entrée en révolution

Les causes de la **Révolution** sont anciennes mais l'année 1789 marque une profonde rupture. Paris est le foyer majeur des journées révolutionnaires même si l'agitation gagne également la province et les campagnes françaises.

> Pourquoi les événements de 1789 conduisent-ils à une rupture avec l' « Ancien Régime » ?

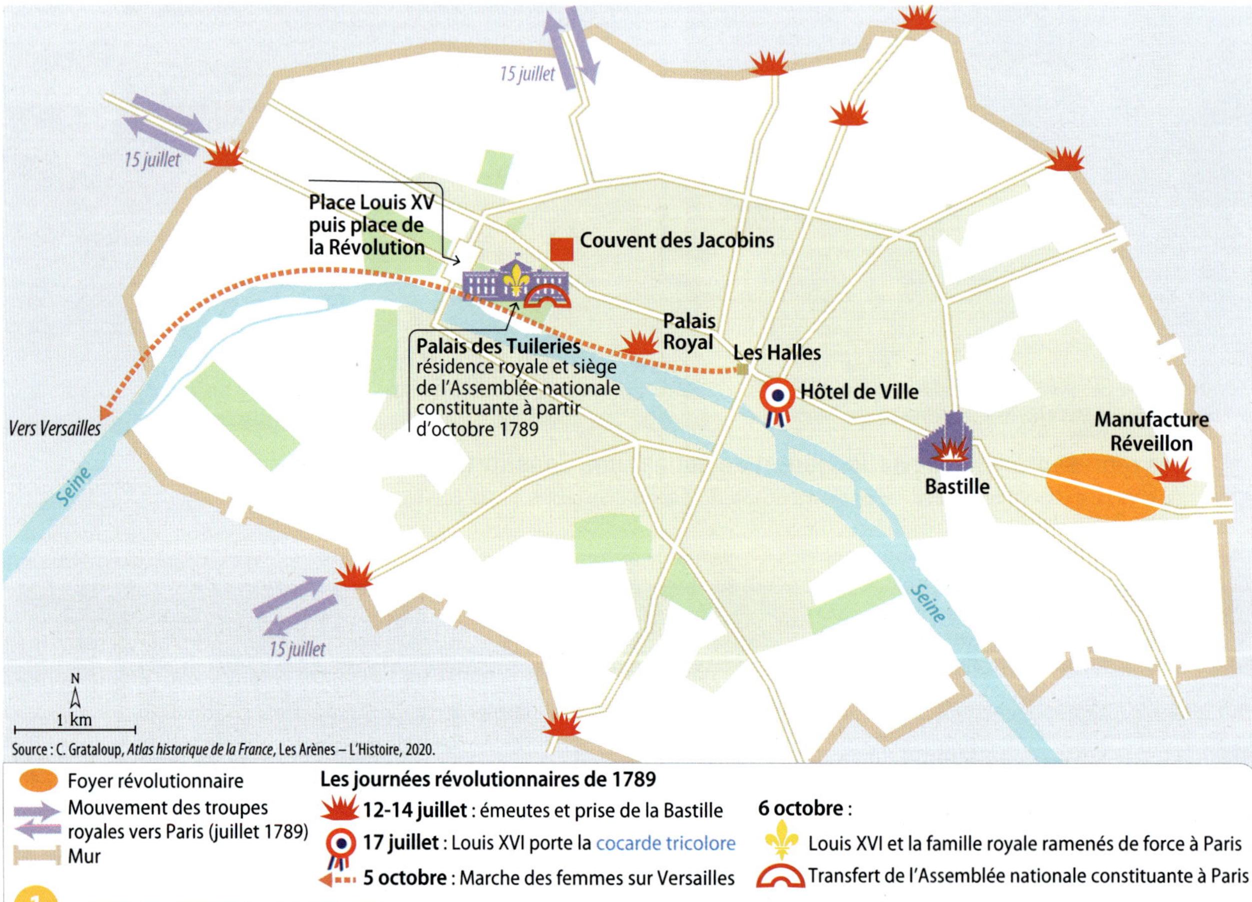

1 Paris, foyer révolutionnaire

2 La Grande Peur en province

Après le 14 juillet 1789, la rumeur d'un complot de la noblesse et des monarchies étrangères se propage dans le royaume et provoque l'inquiétude des paysans.

« Lyon le 2 août 1789,

Courant au secours, Monsieur, de ma mère et de mes enfants, j'ai trouvé mes habitations dévastées ou brûlées, mes gens d'affaires en fuite, mes archives pillées. Dans cet état de chose ne pouvant approcher de mes possessions, ni rien fournir pour ma défense, dans l'affaire dont vous avez bien voulu vous charger pour moi pouvez-vous demander et obtenir du temps. C'est ce à quoi je me borne à présent.

La nouvelle de cent châteaux brûlés ou dévastés dans le Lyonnais la Bresse le Mâconnais la Franche Comté et une partie du Dauphiné vous sera sûrement parvenue. L'esprit de dévastation et d'horreur triomphe peut-être dans la plus grande partie du royaume, je ne vois pas bien clairement le remède à tant de maux.

J'ai l'honneur d'être très parfaitement, Monsieur, votre très humble et très obéissant serviteur. Signé : La Poype.

Réponse je vous prie adressée à Mr Macoz notaire place du Petit Change à Lyon. »

Lettre de Monsieur de la Poype (noble français) *à Monsieur Chignard*, procureur au parlement de Paris, 2 août 1789, Archives départementales de l'Isère.

VOCABULAIRE

- **Assemblée nationale constituante :** réunion des députés proclamée le 9 juillet 1789 et chargée de rédiger une constitution de France.
- **Cocarde tricolore :** insigne circulaire bleu-blanc-rouge, symbole de la nation française.
- **Grande Peur :** mouvement de panique et de révolte dans les campagnes françaises à l'été 1789.
- **Révolution :** renversement rapide et souvent brutal d'un régime politique par un mouvement populaire, entraînant une transformation des institutions, de la société et de ses valeurs.

3 La nuit du 4 août 1789

Médaille de bronze réalisée par Benjamin Duvivier pour commémorer l'abandon des privilèges, 1789. (Monnaie de Paris).

Sur l'avers, buste du roi avec l'inscription « Louis XVI, restaurateur de la liberté française ». Sur le revers, les députés de l'**Assemblée nationale constituante** prêtent serment sur un autel sur lequel on lit « à la patrie » ; et sur le reste « abandon de tous les privilèges » et « Assemblée nationale 4 août 1789 ».

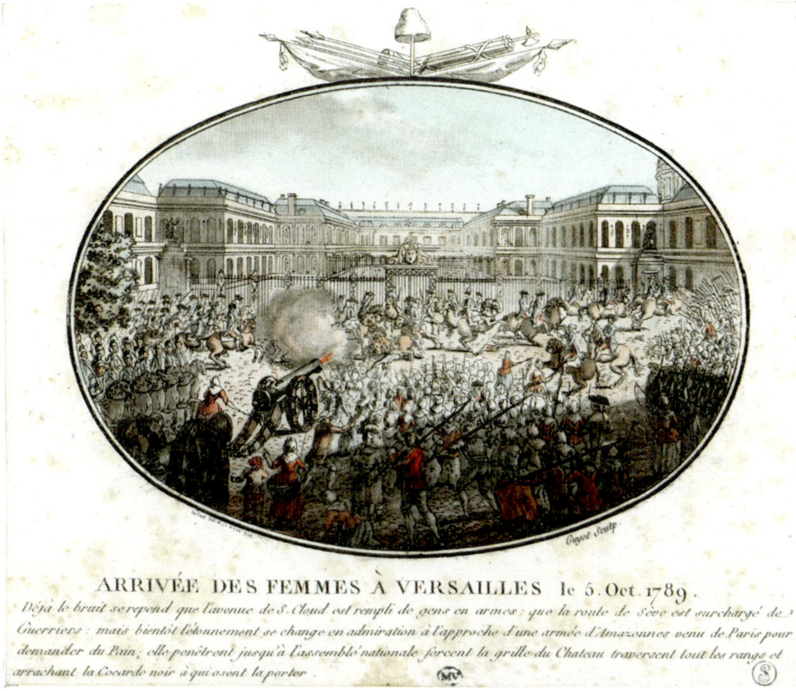

4 Les femmes au château de Versailles

Laurent Guyot, François-Martin Testard, *Arrivée des femmes à Versailles le 5 octobre 1789*, estampe de la fin du XVIIIe siècle, château de Versailles.

Légende de l'estampe : « Déjà le bruit se répand que l'avenue de Saint-Cloud est remplie de gens en armes ; que la route de Sève est surchargée de guerriers : mais bientôt l'étonnement se change en admiration à l'approche d'une armée d'Amazones venue de Paris pour demander du pain ; elles pénètrent jusqu'à l'Assemblée nationale, forcent la grille du château, traversent tous les rangs et arrachant la cocarde noire à qui ose la porter. »

PARCOURS 1

Comprendre une situation historique

1. **Doc. 1** Pourquoi peut-on affirmer que Paris est un foyer révolutionnaire en 1789?
2. **Doc. 2** Montrez que les provinces connaissent aussi une importante agitation à l'été 1789.
3. **Doc. 3** Quelles sont les réactions du roi et des députés face aux événements de juillet 1789 ?
4. **Doc. 1 et 4** Montrez que les évènements des 5 et 6 octobre 1789 marquent une rupture politique majeure.

BILAN À partir de vos réponses, rédigez un récit des journées révolutionnaires de 1789 à Paris et en province.

PARCOURS 2

Expliquer un titre

À l'occasion du bicentenaire de la Révolution française, l'historien français Michel Winock publie en 1988 l'ouvrage intitulé *1789, l'année sans pareille*. À l'aide des documents, expliquez les raisons du choix de ce titre.

Pas à pas

1. Identifiez les différents événements évoqués dans les documents.
2. Pour chaque événement, identifiez pourquoi il marque une rupture.
3. Aidez-vous du cours 1 p. 28 pour développer votre réponse.

ÉTUDE 2 1789-1792, la rupture révolutionnaire

Les principes révolutionnaires servent de références aux députés qui réorganisent la société et les institutions afin d'unir la nation. Le compromis avec Louis XVI est néanmoins fragile : le roi est emprisonné le 10 août 1792 et la monarchie abolie le 21 septembre 1792.

> Quel est le nouvel ordre politique et social voulu par les révolutionnaires ?

1 De nouveaux droits et libertés

L'Assemblée nationale reconnaît et déclare [...].

Article 1er – Les hommes naissent et demeurent libres et égaux en droits. Les distinctions sociales ne peuvent être fondées que sur l'utilité commune.

Article 2 – Le but de toute association politique est la conservation des droits naturels et imprescriptibles de l'homme. Ces droits sont la liberté, la propriété, la sûreté, et la résistance à l'oppression.

Article 3 – Le principe de toute souveraineté réside essentiellement dans la nation. Nul corps, nul individu ne peut exercer d'autorité qui n'en émane expressément.

Article 4 – La liberté consiste à pouvoir faire tout ce qui ne nuit pas à autrui [...].

Article 6 – La loi est l'expression de la volonté générale. Tous les citoyens ont droit de concourir personnellement, ou par leurs représentants, à sa formation. Elle doit être la même pour tous, soit qu'elle protège, soit qu'elle punisse. Tous les citoyens étant égaux à ses yeux sont également admissibles à toutes dignités, places et emplois publics, selon leur capacité, et sans autre distinction que celle de leurs vertus et de leurs talents.

Article 10 – Nul ne doit être inquiété pour ses opinions, même religieuses, pourvu que leur manifestation ne trouble pas l'ordre public établi par la loi.

Article 11 – La libre communication des pensées et des opinions est un des droits les plus précieux de l'homme : tout citoyen peut donc parler, écrire, imprimer librement, sauf à répondre de l'abus de cette liberté dans les cas déterminés par la loi. [...]

Déclaration des droits de l'homme et du citoyen, 26 août 1789.

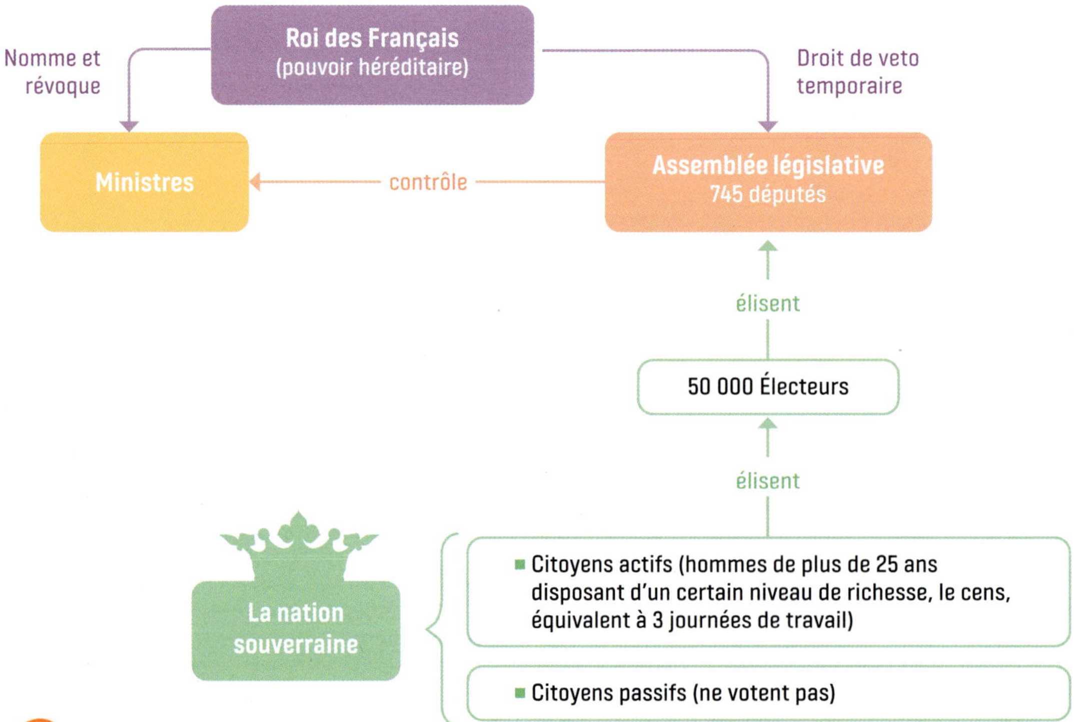

2 La Constitution de 1791

M. Biard, P. Dupuy, *La Révolution française. Dynamique et ruptures. 1787-1804*, Paris, Armand Colin, 2008.

3 Expliquer la Constitution aux citoyens

Dans ce dialogue imaginaire, le député d'origine paysanne Michel Gérard explique les bienfaits de la Constitution de 1791 aux habitants de son village.

Les paysans — Qu'est-ce que la nation ?

Le Père Gérard — La NATION est la totalité des citoyens ; c'est dans cette totalité que réside le pouvoir souverain. De ce pouvoir-là s'écoulent tous les autres, par le moyen des différentes élections, et nul pouvoir ne peut être légitime, s'il n'est pas conféré par la nation.

Un paysan — On dit pourtant qu'il y a bien des places[1] données par le roi.

Le Père Gérard — Cela est vrai. Le roi, comme pouvoir exécutif, a ses agents. […]

Le Père Gérard — Nous allons parler du ROI DES FRANÇAIS.

Un paysan — Pourquoi ne dit-on plus ROI DE FRANCE ?

Le Père Gérard — Parce que ce titre semblait dire que toute la France était la propriété du roi, ce qui n'est pas vrai. En l'appelant ROI DES FRANÇAIS, chacun reconnaît l'expression de la volonté nationale ; c'est là son titre constitutionnel[2] […].

Un paysan — Le roi est-il aussi un citoyen ?

Le Père Gérard — C'est un titre que le roi doit s'honorer de porter assurément […]

Un paysan — Ah ! le roi est donc aussi forcé d'obéir à la loi ?

Le Père Gérard — Certainement.

Jean-Marie Collot d'Herbois, *Almanach du père Gérard, pour l'année 1792*, l'imprimerie du patriote français, Paris, 1792.

1. Fonction attribuée par le roi. 2. Nouveau titre donné au roi par la Constitution de 1791.

VOCABULAIRE

Constitution : ensemble de lois qui définissent l'organisation des pouvoirs et garantissent les droits des individus dans un État.

Qui est-il ?

Jean-Marie Collot d'Herbois (1749-1796) est un homme de théâtre, révolutionnaire et député.

4 La journée du 10 août 1792

Après la prise du palais des Tuileries le 10 août 1792 par des révolutionnaires, l'Assemblée nationale accueille la famille royale en fuite et suspend la monarchie.

PARCOURS 1

Comprendre une situation historique

1. **Doc. 1** Identifiez un article de la Déclaration montrant une rupture politique et un article montrant une rupture sociale. Justifiez vos choix.
2. **Doc. 2** Citez trois éléments qui montrent que la Constitution de 1791 bouleverse l'exercice du pouvoir en France.
3. **Doc. 2 et 3** Pourquoi la Constitution de 1791 modifie-t-elle en profondeur la source du pouvoir politique en France ?
4. **Doc. 2 à 4** Montrez qu'entre 1789 et le 10 août 1792 les révolutionnaires ne veulent pas rompre avec le régime monarchique.

BILAN À l'aide de vos réponses, présentez le nouvel ordre politique et social voulu par les révolutionnaires entre 1789 et le 10 août 1792.

PARCOURS 2

Confronter deux points de vue

En 1792, deux citoyens se rencontrent. À l'oral, organisez un débat entre eux au sujet des événements qui ont eu lieu depuis 1789. L'un des citoyens explique qu'il s'agit d'une période de rupture politique et sociale, l'autre nuance cette idée.

ÉTUDE 3
PARCOURS CROISÉS

Juger et punir les « ennemis » de la révolution

Louis XVI, un roi face à ses juges

PPO

LOUIS XVI 1754-1793
Roi en 1774, sa volonté réformatrice reste limitée et il ne parvient pas à apporter des solutions aux difficultés de la monarchie. Renversé par la Convention, il est jugé, condamné puis guillotiné le 21 janvier 1793.

En décembre 1792 et janvier 1793, Louis XVI est jugé par la **Convention**. Les débats sont intenses entre les **Montagnards**, les plus favorables à la condamnation à mort, et la plupart des **Girondins** moins radicaux.

Pourquoi les députés votent-ils l'exécution du roi ?

1 Robespierre et le jugement de Louis XVI

Il n'y a point ici de procès à faire. Louis n'est point un accusé ; vous n'êtes point des juges ; vous n'êtes que des hommes d'État et les représentants de la nation. Vous n'avez point une sentence à rendre mais une mesure de salut public à prendre. Un roi détrôné, dans la république, n'est bon qu'à deux usages, ou à troubler la tranquillité de l'État, et à ébranler la liberté ; ou à affermir l'une et l'autre. Quel est le parti que la saine politique prescrit pour cimenter la république naissante ? C'est de graver profondément dans les cœurs le mépris de la royauté, et de frapper de stupeur tous les partisans du roi. Louis a été détrôné par ses crimes ; Louis dénonçait le peuple français comme rebelle ; il a appelé, pour le châtier, les armes des tyrans ; la victoire et le peuple ont décidé que lui seul était rebelle : Louis ne peut donc être jugé ; il est déjà jugé. Il est condamné, ou la république n'est point absoute. Proposer de faire le procès à Louis XVI ; c'est une idée contre-révolutionnaire ; car c'est mettre la révolution elle-même en litige. En effet, si Louis peut être encore l'objet d'un procès, Louis peut être absous ; il peut être innocent.

Maximilien Robespierre, *Discours à la Convention*, 3 décembre 1792.

Qui est-il ?
Maximilien Robespierre (1758-1794) : député du tiers état en 1789 et révolutionnaire, il devient un membre du club des Jacobins. Élu député à la Convention en 1791, il y siège avec les Montagnards.

2 Les sentences prononcées par la Convention contre Louis XVI

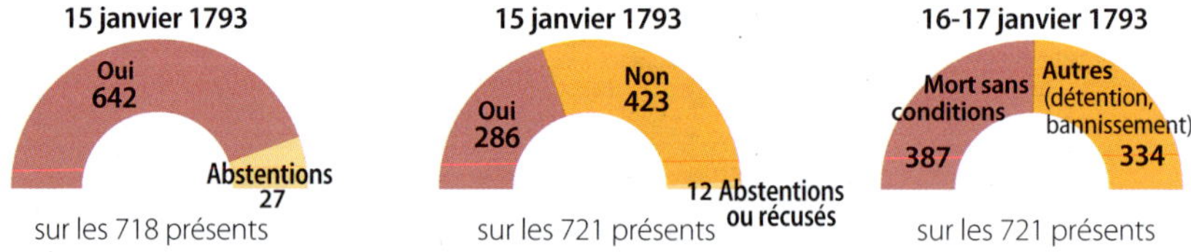

1re question : Louis Capet est-il coupable de conspiration contre la liberté publique et d'attentat contre la sûreté générale de l'État ?

2e question : Le jugement de la Convention nationale contre Louis Capet sera-t-il soumis à la ratification du peuple ?

3e question : Quelle peine sera infligée à Louis Capet ?

Source : J.-C. Martin, *L'exécution du roi, 21 janvier 1793*, Paris, 2021.

VOCABULAIRE

- **Convention :** nom donnée à l'Assemblée nationale à partir du 21 septembre 1792.
- **Girondins :** groupe de députés de la Convention qui tente d'éviter les débordements populaires et révolutionnaires.
- **Montagnards :** groupe de députés de la Convention qui développe les idées les plus radicales.

ACTIVITÉ 1

1. **Doc. 1 et 2** Quelles sont les accusations portées contre Louis XVI ?
2. **Doc. 1** Pourquoi, selon Robespierre, Louis XVI est-il coupable et doit-il être condamné ?
3. **Doc. 1 et 2** Dans son ouvrage *L'exécution du roi : 21 janvier 1793* (2021), l'historien Jean-Clément Martin évoque « La Convention déchirée ». Justifiez cette affirmation.

BILAN À l'aide de vos réponses, montrez que le procès du roi a été un moment de débats intenses et de divisions entre les députés de la Convention.

MANON ROLAND 1754-1793

Épouse d'un député et ministre girondin, elle joue un rôle politique de premier plan, notamment dans son salon.

Madame Roland, une femme en révolution

PPO

Proche des Girondins, Manon Roland est engagée dès les débuts de la Révolution. Lorsque les Montagnards s'imposent à la Convention en 1793, elle est emprisonnée, jugée et condamnée à mort.

Pourquoi l'engagement révolutionnaire de Madame Roland est-il jugé et puni ?

▶ Vidéo
Madame Roland, témoin et actrice de la Révolution.
Siân Reynolds (Université de Stirling, Écosse), SER, AHRF, 2023
hachette-clic.fr/25hg1002

3 Manon Roland, une femme engagée

L'habitude et le goût de la vie studieuse m'ont fait partager les travaux de mon mari. Il devint ministre ; je ne me mêlai point de l'administration : mais s'agissait-il d'une circulaire, d'une instruction, d'un écrit public et important, nous en conférions suivant la confiance dont nous avions l'usage ; et, pénétrée de ses idées, nourrie des miennes, je prenais la plume, que j'avais plus que lui le temps de conduire. Ayant tous deux les mêmes principes et un même esprit, nous finissions par nous accorder sur le mode, et mon mari n'avait rien à perdre en passant par mes mains. Je ne pouvais rien exprimer, en fait de justice et de raison, qu'il ne fût capable de réaliser ou de soutenir par son caractère et sa conduite, et je peignais mieux qu'il n'aurait dit ce qu'il avait exécuté ou pouvait promettre de faire. Roland, sans moi, n'eût pas été moins bon administrateur ; son activité, son savoir, sont bien à lui, comme sa probité ; avec moi il a produit plus de sensation, parce que je mettais dans ses écrits ce mélange de force et de douceur, d'autorité de la raison et de charmes du sentiment qui n'appartiennent peut-être qu'à une femme sensible, douée d'une tête saine.

Manon Roland, *Mémoires particuliers de Mme Roland : suivis des notices historiques sur la Révolution... et des derniers écrits et dernières pensées*, Paris, Firmin-Didot frères, 1847.

4 Manon Roland face à la justice révolutionnaire

Jean Duplessis-Bertaux, *Madame Roland plaidant au tribunal révolutionnaire le 9 novembre*, estampe, vers 1799-1800, musée Carnavalet, Paris.

ACTIVITÉ 2

1. Doc. 3 Comment Madame Roland prend-elle part à la Révolution ?
2. Doc. 3 Relevez des éléments qui montrent que, bien que Manon Roland soit impliquée dans la Révolution, son engagement reste contraint.
3. Doc. 4 Montrez que l'engagement de Manon Roland est combattu par certains révolutionnaires.

BILAN À l'aide de vos réponses, présentez l'engagement de Manon Roland lors de la Révolution.

PARCOURS CROISÉS

À l'aide de vos réponses, rédigez un argumentaire expliquant pourquoi les figures de Louis XVI et Manon Roland illustrent l'intensité des débats politiques puis la violence des affrontements entre 1791 et 1793.

Pas à pas

1. Présentez d'abord les débats politiques associés à ces deux figures de la Révolution (doc. 2 et doc. 3).
2. Expliquez ensuite ce qui est reproché à chacun de ces acteurs (doc. 1 et doc. 3).
3. Précisez enfin pourquoi l'issue de ces débats politiques illustre la violence des affrontements politiques durant la période (doc. 2 et doc. 4)

COURS 1 Fonder un nouvel ordre politique et social (1789-1792)

> Pourquoi la Révolution française marque-t-elle une rupture avec l'« Ancien Régime » ?

1 1789, la monarchie en crise

- **Face à la crise politique, économique et sociale, Louis XVI convoque les états généraux.** Chaque paroisse est le lieu où se déroulent l'élection des députés et la rédaction des **cahiers de doléances.** Ceux-ci font émerger les revendications des trois ordres afin d'aider le roi à dépasser les difficultés rencontrées par la monarchie. La période est marquée par une attente importante, notamment de la part du tiers état, et révèle un besoin de changement.

- **L'ouverture des états généraux, le 5 mai 1789, est suivie d'une grande déception.** Le roi semble incapable de tenir compte des doléances. Le 17 juin, des députés des trois ordres se déclarent Assemblée nationale. Le 20 juin, ces députés font le serment de ne pas se séparer avant d'avoir donné une constitution au royaume. Le 9 juillet, le roi accepte que l'Assemblée nationale devienne constituante afin de rédiger cette constitution : c'est la fin de l'idéal absolu de la monarchie. Étude p. 22

- **La rupture révolutionnaire s'amplifie encore durant l'été 1789.** Des Parisiens, qui craignent un complot du roi, prennent d'assaut la Bastille le 14 juillet et s'emparent du pouvoir municipal. Au même moment, les campagnes sont gagnées par la Grande Peur et des châteaux de seigneurs sont attaqués. L'Assemblée nationale vote l'abolition des privilèges (4 août 1789) puis la Déclaration des droits de l'homme et du citoyen (26 août 1789) qui fonde une société de citoyens libres et égaux en droits. Le 6 octobre 1789, le roi est ramené de Versailles à Paris sous la pression des Parisiennes. Étude p. 22

2 1789-1792, la monarchie constitutionnelle

- **La Constitution de 1791 définit le cadre d'une monarchie constitutionnelle.** Le pouvoir est désormais partagé entre le « roi des Français » et une assemblée de députés élus qui représente la nation. Cette première constitution française est fondatrice car elle doit garantir l'unité de la nation souveraine autour des principes révolutionnaires. La Fête de la Fédération, le 14 juillet 1790, honore la concorde retrouvée. Étude p. 24

- **De nombreuses réformes sont votées afin de moderniser la France en profondeur.** Il s'agit d'abord d'élargir et de renforcer les libertés fondamentales (liberté de culte, liberté de la presse et de réunion...). Elles doivent aussi permettre la réorganisation et l'unification du royaume (création des départements, unification des poids et mesures). Les biens du clergé sont nationalisés et une constitution civile du clergé impose un serment de fidélité aux prêtres et aux évêques. Elle est rejetée par le pape et par de nombreux fidèles.

VOCABULAIRE

- **Cahier de doléances :** cahiers regroupant les souhaits de changements politiques et sociaux des sujets du royaume lors de la préparation des états généraux.
- **États généraux :** assemblées extraordinaires convoquées par le roi et réunissant des représentants des trois ordres.
- **Fédérés :** membres d'associations armées révolutionnaires.
- **Sans-culotte :** surnom donné aux révolutionnaires parisiens.
- **Suffrage censitaire :** système électoral où seuls les individus disposant d'un certain niveau de richesse (le cens) votent.

DATES CLÉS

5 mai 1789
Ouverture des états généraux

4 août 1789
Abolition des privilèges

26 août 1789
Déclaration des droits de l'homme et du citoyen

22 septembre 1792
Première République

- **La plus grande liberté d'expression et d'opinion permet un véritable foisonnement d'idées.** De nombreux journaux de toutes tendances politiques sont créés alors que se multiplient les pétitions envoyées à l'Assemblée par des citoyens. De nombreuses sociétés politiques se développent sous la forme de clubs (les Jacobins, les Cordeliers) où se retrouvent les citoyens pour s'exprimer et débattre. À Paris, les **sans-culottes** jouent un rôle politique important même si l'Assemblée se méfie du peuple et que le **suffrage censitaire** limite le droit de vote des Français les plus modestes.

3 1792, la rupture républicaine

- **Pourtant, les tensions restent fortes et la nation profondément divisée.** Les réformes sont loin de faire l'unanimité et nombreux sont les nobles et les clercs à avoir rejoints les cours européennes d'où ils tentent de restaurer « l'Ancien régime ». Le roi oppose son véto à certaines lois votées par l'Assemblée et tente même de fuir le royaume (20-21 juin 1791) afin de rejoindre la frontière où se trouvent les nobles émigrés et les troupes étrangères. Arrêté à Varennes, il est ramené à Paris et perd toute crédibilité.

- **En avril 1792, l'Assemblée, dominée par les Girondins, déclare la guerre à l'Autriche alliée de la Prusse.** Ces monarchies, qui s'inquiètent du sort de la famille royale, craignent une possible contagion révolutionnaire. Les défaites se succèdent et les armées ennemies du duc de Brunswick pénètrent sur le territoire et menacent Paris de destruction si les révolutionnaires portent atteinte à la vie de Louis XVI (25 juillet 1792). La patrie est déclarée en danger. Le roi apparait de plus en plus comme un traitre jouant un double-jeu.

- **Le 10 août 1792, les sans-culottes et des fédérés prennent d'assaut la résidence royale des Tuileries.** Réfugié à l'Assemblée, le roi est emprisonné sous la pression populaire. Afin d'apaiser les tensions, le suffrage universel masculin est instauré pour l'élection d'une nouvelle Assemblée, la Convention (septembre 1792). La situation militaire se stabilise avec la victoire remportée contre l'armée prussienne à Valmy, le 20 septembre 1792. Les députés abolissent la royauté le 21 septembre et font le choix de la République le 22 septembre. Étude p. 30

ACTEURS

LOUIS XVI (1754-1793)

SANS-CULOTTE

Fonder un nouvel ordre politique et social (1789-1792)

1789, la monarchie en crise

- Résoudre la crise de la monarchie avec les états généraux
- Échec des états généraux
- Rupture révolutionnaire

1789-1792, la monarchie constitutionnelle

- Constitution de septembre 1791
- Réformer pour moderniser et unir la nation
- Diffusion des idées révolutionnaires

1792, la rupture républicaine

- La nation divisée après la tentative de fuite du roi
- La « patrie en danger » après la déclaration de guerre à l'Autriche et la Prusse
- Abolition de la monarchie (21 septembre 1792) et fondation de la République (22 septembre 1792)

GRAND ANGLE La Révolution française, un bouleversement en France et en Europe (1789-1814)

● En raison de la menace d'une attaque d'une coalition de rois européens visant à rétablir Louis XVI, l'Assemblée nationale législative décide de déclarer la guerre à l'Autriche le 20 avril 1792. Le 11 juillet 1792, elle proclame « la Patrie en danger » et mobilise la nation pour la défense du pays.

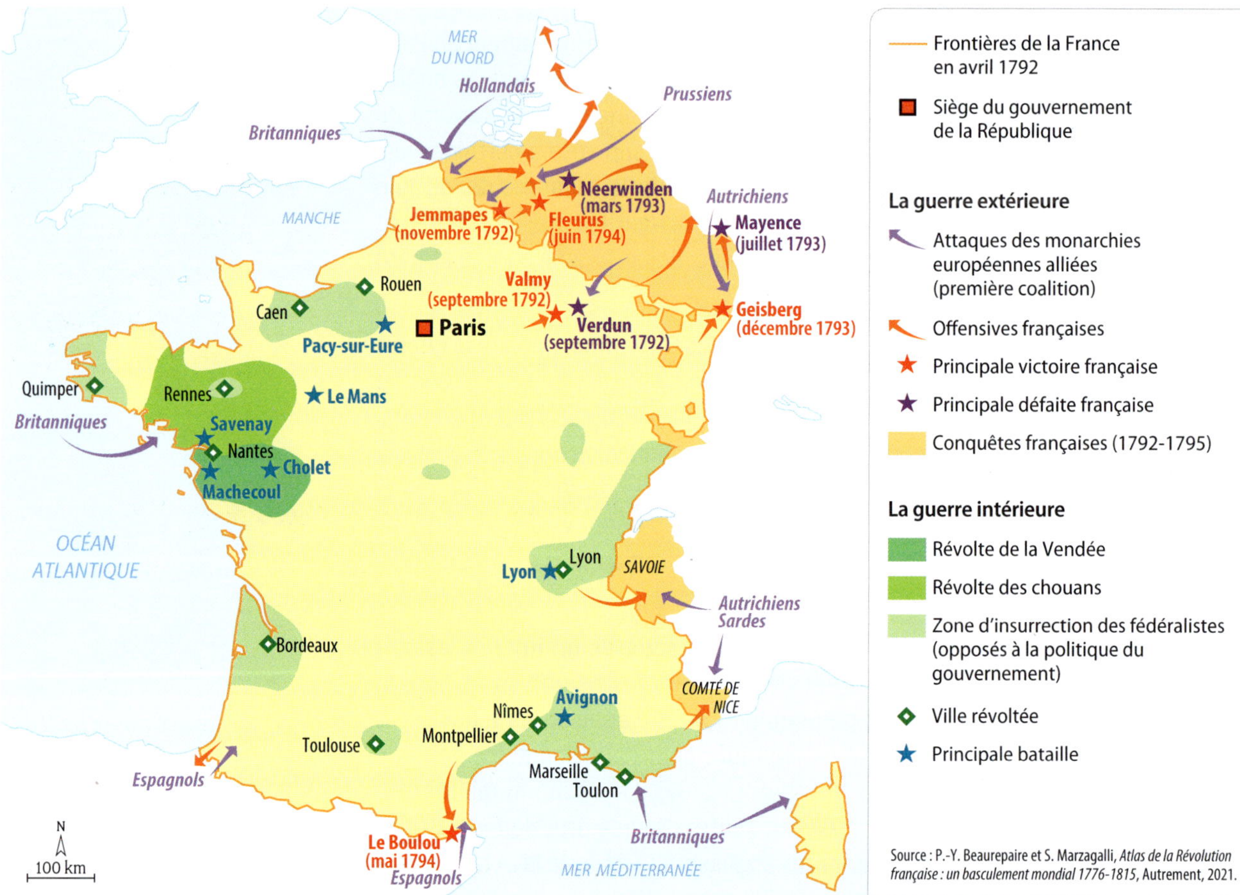

Source : P.-Y. Beaurepaire et S. Marzagalli, *Atlas de la Révolution française : un basculement mondial 1776-1815*, Autrement, 2021.

1 La **République** en guerre (1792-1795)

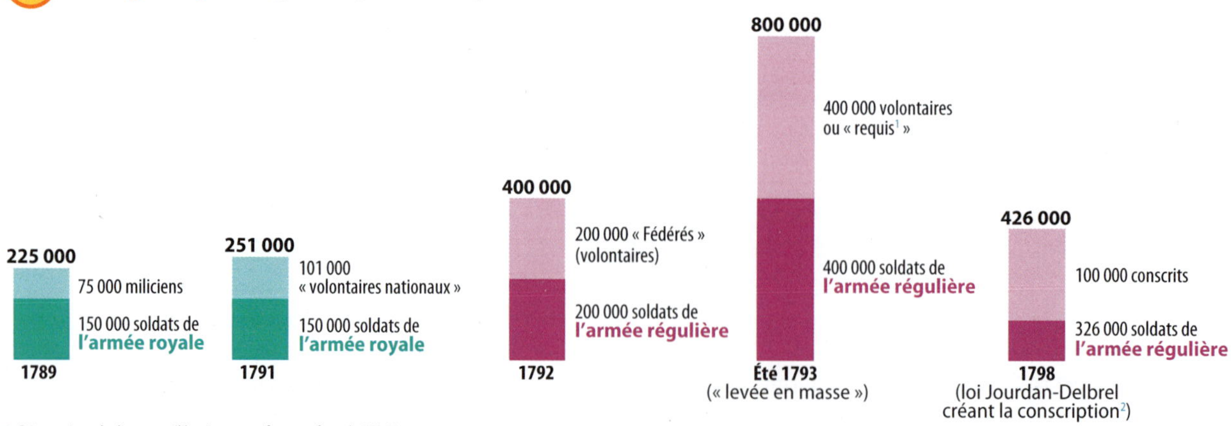

1. Pris parmi tous les hommes célibataires ou veufs sans enfants de 18 à 25 ans.
2. Mobilisation par l'État d'une partie des citoyens âgés de 20 à 25 ans à des fins militaires.

Sources : M. Biard, P. Bourdin, S. Marzagalli, *Révolution, Consulat, Empire* (1789-1815), Belin, 2009 ; M. Vovelle (dir.), *L'état de la France pendant la Révolution (1789-1799)*, La Découverte, 1988 ; A. Crépin (dir.), *Défendre la France*, PUR, 2005.

2 De l'armée du roi à l'armée de la nation

● Arrivé au pouvoir par un coup d'État en 1799, le général Bonaparte impose rapidement un pouvoir personnel. Ses réformes permettent d'unifier et d'apaiser la société française. Fondateur du Premier **Empire**, il remporte de nombreuses victoires avec la Grande Armée et domine l'Europe jusqu'en 1812. Les défaites se multiplient ensuite et l'Empereur abdique en 1814.

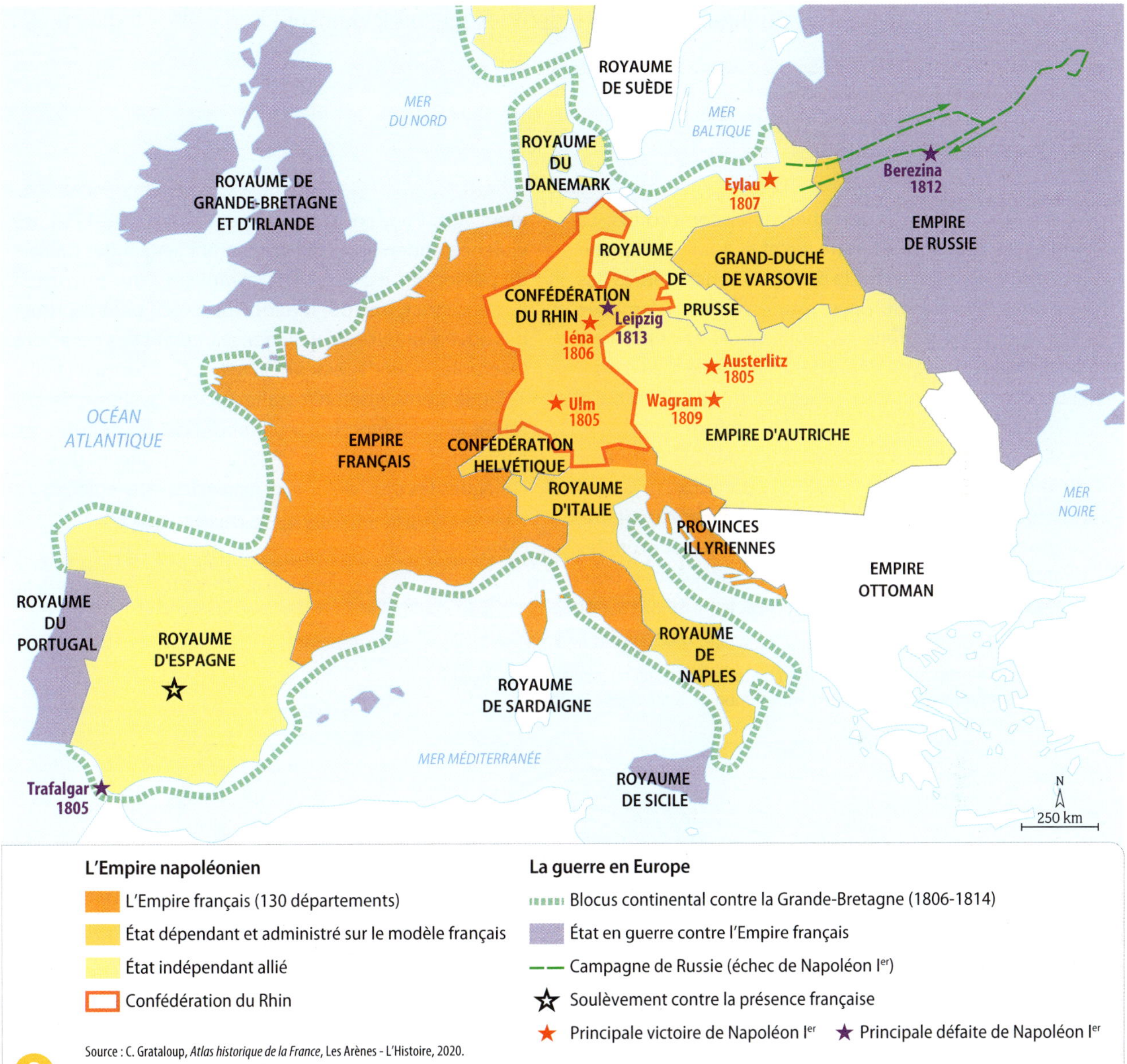

3 L'Empire français de Napoléon Ier en 1812

VOCABULAIRE

- **Empire :** régime politique dans lequel le pouvoir est détenu par un empereur qui domine la vie politique et un vaste ensemble territorial.
- **République :** régime politique dans lequel la souveraineté appartient aux citoyens qui sont représentés par des assemblées ou des personnes élues.

QUESTIONS

1. **Doc. 1** Quelles menaces pèsent sur la République à partir de 1792 ?
2. **Doc. 3** Justifiez l'affirmation suivante : « Napoléon Ier domine l'Europe en 1812 malgré des fragilités ».
3. **Doc. 1 à 3** Montrez que les guerres révolutionnaires et napoléoniennes contribuent à l'unité de la nation et à la diffusion des idées révolutionnaires en Europe.

ÉTUDE 4
REGARD DE L'HISTORIEN

1793, la Révolution et la Terreur

Les historiens ont renouvelé la connaissance de l'époque connue sous le nom de Terreur entre mars 1793 et juillet 1794. Dans un contexte très compliqué, la jeune République prend la forme d'un gouvernement révolutionnaire provisoire dont les mesures imposent une justice implacable.

› Que nous apprend la Terreur sur le fonctionnement de la République en 1793-1794 ?

1 La période de la Terreur

REGARD DE L'HISTORIEN

Pour durer, la Convention cherche le compromis. La preuve en a été donnée entre juillet et août 1793 quand les députés ont approuvé la destruction des statues des rois dans les villes du pays, tout en créant un musée qui regroupe et protège les monuments anciens, ainsi désacralisés. Faute de s'opposer frontalement à l'iconoclasme[1] des sans-culottes, ils en ont limité la « barbarie ». [...] Dans ce climat, si l'Assemblée a refusé, à plusieurs reprises, d'instituer « la terreur », les députés répétant qu'ils veulent « la justice », il n'y a ni paradoxe ni jeu sur les mots. Dans un temps de guerre, civile et extérieure, ces hommes font la part du feu, utilisent à leur profit les rivalités entre les groupes désireux d'accéder au pouvoir, et cherchent à conserver la direction du pays – et leurs vies. Pendant l'automne et l'hiver 1793-1794, les violences indéniables qui sont commises sur des milliers de personnes n'ont pas été commises pour terroriser, au sens strict, une population, mais bien pour réprimer des adversaires, réels ou dénoncés, créant des occasions favorables pour des actes délictueux. [...] Jusqu'en juillet 1794, la Convention n'installe aucun « système de terreur ». Mieux même, le 5 septembre 1793, les députés ont commencé à encadrer les initiatives individuelles de leurs collègues les plus violents et celles des sans-culottes.

1. Désigne le fait de briser des représentations d'individus, ici des rois.

Jean-Clément Martin, « La Terreur, ou comment écrire l'histoire », *Revue d'Histoire Moderne et Contemporaine*, n°67, 2020.

Qui est-il ?
Jean-Clément Martin (né en 1948) est un historien français spécialiste de la Révolution qui travaille notamment sur la Contre-Révolution et la guerre de Vendée.

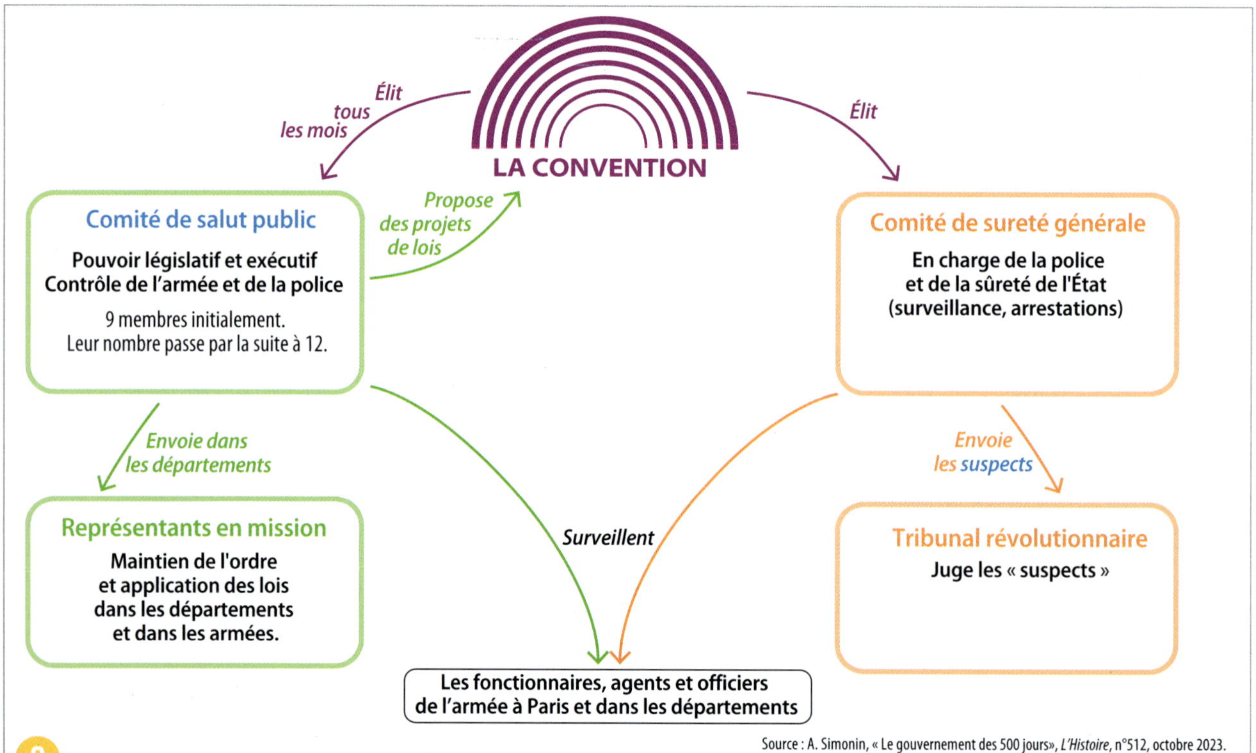

Source : A. Simonin, « Le gouvernement des 500 jours», *L'Histoire*, n°512, octobre 2023.

2 Le gouvernement de la République sous la Terreur

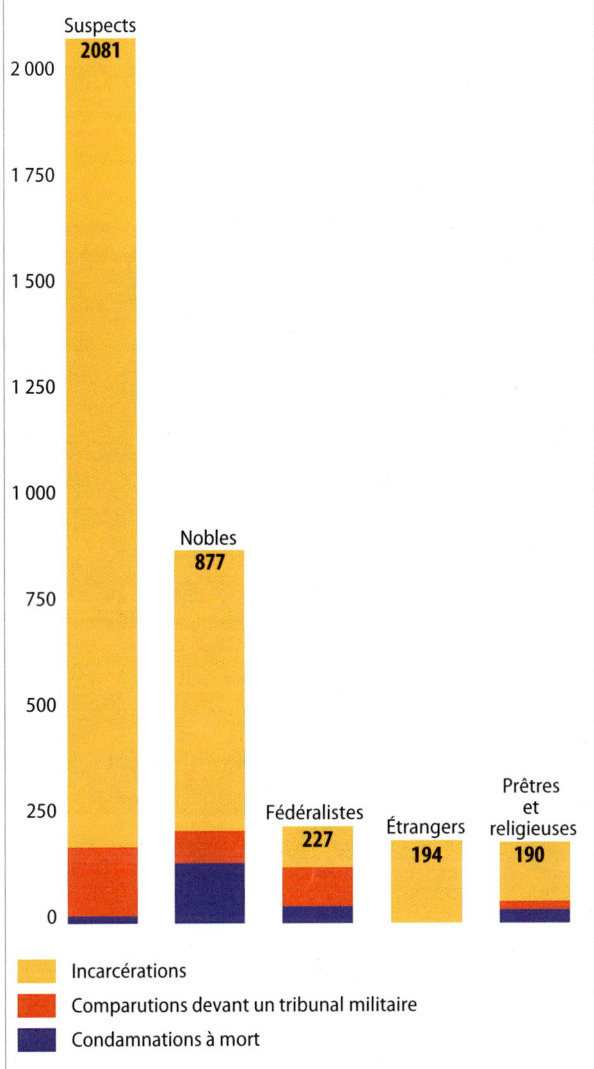

Source : P.-Y. Beaurepaire et S. Marzagalli, *Atlas de la Révolution française*, Autrement, 2021.

3 La répression à Bordeaux sous la Terreur

4 L'utilité de la Terreur selon un député montagnard

L'assassin le plus redoutable est celui qui loge dans la maison. Cependant l'on n'a ni puni le plus grand nombre des coupables, ni même totalement épuré les administrations. Ce sont les hommes qui avaient projeté de dépecer la France pour se la partager, qui se trouvent encore investis de l'autorité dans les départements [...]. Si les tyrans ne frappent jamais que sur le peuple [...], au contraire, dans une République naissante, quand la marche de la révolution force le législateur de mettre la terreur à l'ordre du jour, c'est pour venger la nation de ses ennemis ; et l'échafaud [...] est enfin devenu ce qu'il doit être : le tombeau des traîtres, des intrigants, des ambitieux et des rois. [...] Ce gouvernement sera terrible pour les conspirateurs [...], favorable aux patriotes, bienfaisant pour le peuple : c'est ainsi qu'à l'avenir tous vos décrets, que toutes les lois n'auront plus d'autre effet que de maintenir la République dans toute son intégrité.

Extraits du rapport présenté par Billaud-Varenne au nom du Comité de salut public le 18 novembre 1793 (*Archives Parlementaires de la Révolution Française*, n°79, 1911).

Qui est-il ?

Jacques-Nicolas Billaud-Varenne (1756-1819) est un avocat et député montagnard à la Convention, membre du Comité de salut public.

VOCABULAIRE

- **Suspects :** individus considérés comme des ennemis de la République à partir de septembre 1793.
- **Comité de salut public :** organe de gouvernement de 9 puis 12 membres instauré par la Convention afin de faire face aux difficultés rencontrées par la République en 1793-1794.

PARCOURS 1

Mettre en perspective un évènement historique

1. **Doc. 1** Quels sont, selon l'historien, les objectifs poursuivis par la Convention à partir de 1793 ?
2. **Doc. 1 et 4** Qui sont, selon ces auteurs, les « ennemis » de la République ?
3. **Doc. 2 et 3** Comment les députés de la Convention tentent-ils d'assurer le gouvernement et la survie de la République ?
4. **Doc. 1 et 3** Montrez que le terme de « Terreur » est l'objet de débats entre historiens.

BILAN Expliquez pourquoi le régime d'exception mis en place par la Convention en 1793-1794 a pour objectif de répondre aux difficultés rencontrées par la République.

PARCOURS 2

Expliquer une citation

Expliquez la citation suivante de l'historien Jean-Clément Martin : « Jusqu'en juillet 1794, la Convention n'installe aucun « système de terreur » ».

Documents	Arguments justifiant ou nuançant la citation de l'historien
Doc. 1	
Doc. 2	
Doc. 3	
Doc. 4	

BILAN Recopiez et remplissez le tableau ci-dessus pour expliquer comment l'historien cherche à comprendre ce qu'a été la Terreur lors de la Révolution.

ÉTUDE 5 Napoléon Bonaparte, le retour à un ordre autoritaire

Après le coup d'État du 18 Brumaire (9 novembre 1799), le général Bonaparte renforce son autorité. Devenu Empereur des Français, Napoléon Ier impose un régime de pouvoir personnel.

> Comment Napoléon impose-t-il progressivement un pouvoir personnel en France ?

NAPOLÉON BONAPARTE
1769-1821
Militaire et homme d'État français, il remporte d'importantes victoires lors des guerres révolutionnaires. Arrivé au pouvoir par un coup d'État en 1799, il met en place un pouvoir autoritaire tout en poursuivant les guerres en Europe. Devenu Empereur des Français en 1804, il abdique en 1814.

Napoléon Ier en costume de sacre 1

Jean-Auguste-Dominique Ingres, *Napoléon 1er sur le trône impérial*, 263 × 163 cm, 1806, Musée de l'armée, Paris.

Assis sur un trône, l'Empereur Napoléon Ier porte des insignes hérités de la royauté (main de justice, sceptre de Charlemagne) et des symboles impériaux (collier de la Légion d'honneur, abeilles brodées sur son manteau).

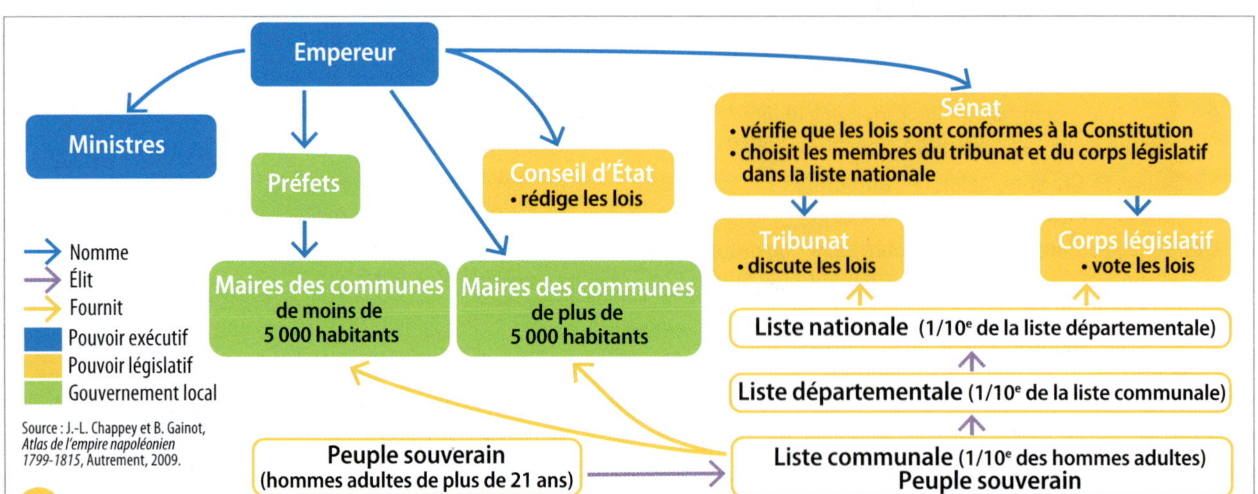

2 **L'organisation de l'Empire (Constitution du 18 mai 1804)**

Le vote sur le Consulat à vie (1802)

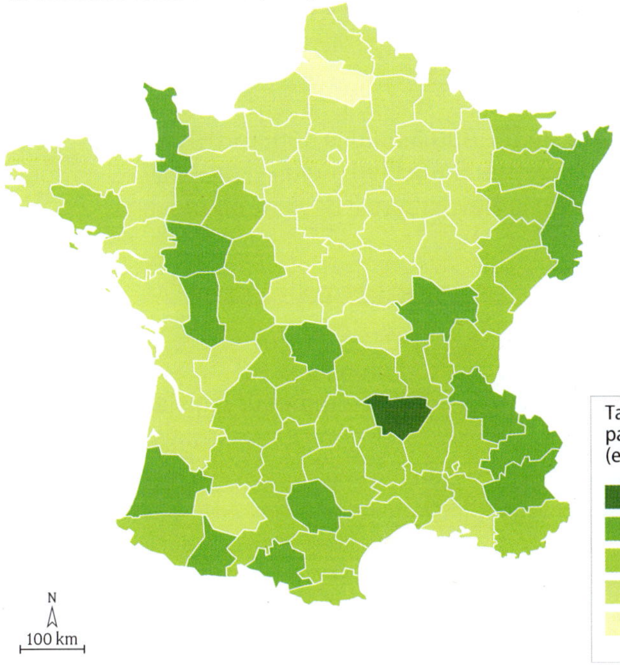

Le vote sur l'Empire héréditaire (1804)

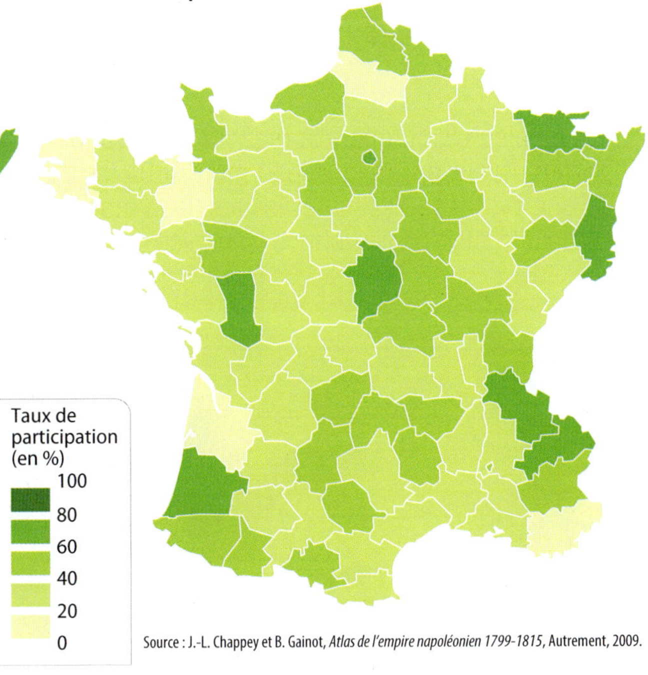

Source : J.-L. Chappey et B. Gainot, *Atlas de l'empire napoléonien 1799-1815*, Autrement, 2009.

3 Voter sous le Consulat et l'Empire

Pour légitimer son pouvoir, Napoléon Bonaparte a plusieurs fois recours au **plébiscite** pour faire adopter un changement de la Constitution avec un soutien populaire.

VOCABULAIRE

Plébiscite : consultation des électeurs par l'autorité politique sur une question à laquelle ils doivent répondre oui ou non.

4 La liberté de s'exprimer et d'imprimer sous l'Empire

« On parle partout de la profession d'imprimeur comme d'un état perdu qui ne se relèvera pas dans 100 ans : [...] que les auteurs ne feront plus imprimer à Paris, parce que les censeurs sont terribles en ce qu'ils sont responsables ; on pourra bien faire imprimer un peu en Allemagne, mais tous les manuscrits iront à Philadelphie[1] ; on ne permettra pas de longtemps en France la véritable histoire de la Révolution française ; on ne permettra pas celle des règnes de Louis XIII, Louis XIV, et autres temps de troubles : qu'y aura-t-il à imprimer, des romans insignifiants, des ouvrages sur la chimie, les mathématiques, les sciences, les arts ; on ne permettra pas l'impression d'ouvrages contradictoires entre catholiques et protestants. »

Rapport d'un inspecteur de la librairie (surveillance des imprimés) à Paris, 26 avril 1811 (cité dans Patricia Sorel, *Napoléon et le livre. La censure sous le Consulat et l'Empire (1799-1815)*, Rennes, PUR, 2020).

1. Référence à la liberté de la presse et d'imprimer aux États-Unis.

PARCOURS 1

Analyser les documents

1. **Doc. 1** Expliquez comment Napoléon Ier tente de renforcer symboliquement son pouvoir.
2. **Doc. 2** Pourquoi la Constitution de l'Empire rétablit-elle une forme de pouvoir personnel en France ?
3. **Doc. 2 et 3** Montrez que le Consulat et l'Empire reposent sur le vote populaire.
4. **Doc. 2 et 4** Identifiez des acquis de la Révolution remis en cause par Napoléon Bonaparte.

BILAN A l'aide de vos réponses, montrez comment Napoléon Bonaparte parvient à imposer un pouvoir personnel qui devient de plus en plus autoritaire.

PARCOURS 2

Confronter des situations historiques

À l'aide des documents et de vos connaissances sur la Révolution, montrez que le « moment Napoléon » provoque une remise en cause de nombreux acquis de la période révolutionnaire.

Pas à pas

1. Présentez le pouvoir personnel de Napoléon Bonaparte.
2. Évoquez les moyens utilisés par Napoléon Bonaparte pour renforcer son pouvoir.
3. Montrez que certains acquis de la Révolution sont remis en cause.

ÉTUDE 6 Le Code civil et la diffusion de la Révolution

Napoléon Ier souhaite la rédaction d'un code de lois unifié. Après quatre années de travaux, l'Empereur promulgue le 21 mars 1804 les 2 281 articles du **Code civil**. Celui-ci propose une synthèse des règles issues de la monarchie et de la Révolution. Il devient un moyen de diffusion de l'influence française en Europe.

> Comment le Code civil permet-il d'unifier des sociétés en Europe ?

1 Napoléon Ier, un Empereur législateur

Jean-Baptiste Mauzaisse, *Napoléon Ier couronné par le Temps, écrit le Code Civil*, 1833, huile sur toile, 131 × 160 cm, musée des châteaux de Malmaison et de Bois-Préau.

Napoléon Bonaparte, entouré des symboles impériaux (aigle, légion d'honneur), est couronné par une allégorie du Temps.

VOCABULAIRE

- **Code civil :** recueil de règles et de normes juridiques concernant les relations entre individus.
- **Droits civils :** droits applicables à l'ensemble des citoyens d'une nation.
- **Sécularisation :** recul de l'influence des religions dans la société.

Principe 1	**L'égalité devant la loi**	**Art. 8 :** « Tout Français jouira des droits civils ».
Principe 2	**L'organisation de la famille**	**Art. 218 :** « La femme est obligée d'habiter avec le mari, et de le suivre partout où il juge bon de résider [...] »
Principe 3	**La défense du droit de propriété**	**Art. 545 :** « Nul ne peut être contraint de céder sa propriété, si ce n'est pour cause d'utilité publique, et moyennant une juste et préalable indemnité ».
Principe 4	**La liberté de contracter**	**Art. 1123 :** « Toute personne peut contracter, si elle n'en est pas déclarée incapable par la loi ».
Principe 5	**La sécularisation de la société**	**Art. 165 :** « Le mariage sera célébré publiquement, devant l'officier civil du domicile de l'une des deux parties ».

2 Des lois pour vivre en société

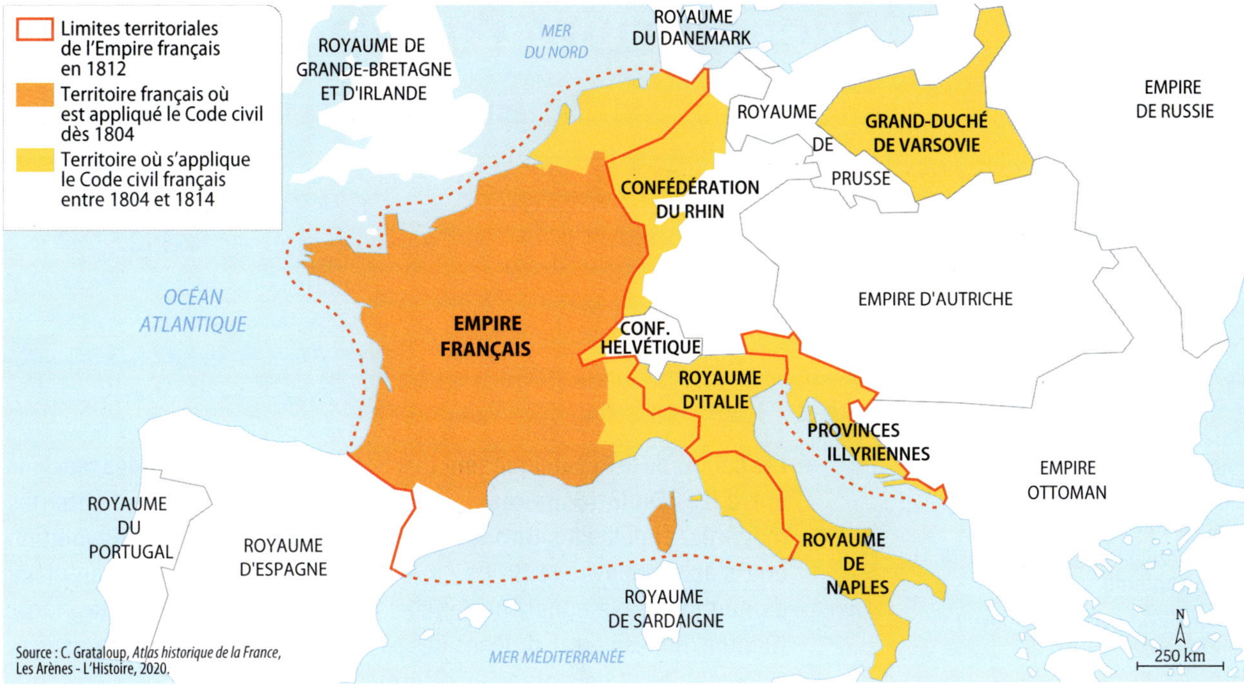

3 La diffusion du Code civil en Europe

4 Le Code civil selon un juriste allemand

Après la défaite de Napoléon Ier à la bataille de Leipzig (16-19 octobre 1813) la question se pose du maintien du Code civil qui était appliqué en territoires germaniques dès 1808.

Pour l'Allemagne cependant, que la malédiction de cette Révolution n'avait pas frappée, le Code, qui faisait en partie rétrograder la France, représentait bien plutôt un pas en avant vers une situation révolutionnaire et il était pour elle en conséquence plus pernicieux et plus funeste que pour la France elle-même. – Mais toutes ces opinions n'ont heureusement pour nous Allemands plus qu'un intérêt historique. Napoléon l'avait certes entendu autrement. Le Code lui servait comme un fer de plus pour enchaîner les peuples, et c'est pourquoi il aurait été pour nous funeste et abominable […]. Nous sommes délivrés de cet outrage et il n'en restera bientôt guère plus que le souvenir […]. Maintenant le Code a pris une autre place au regard de l'Europe et nous pouvons le juger en toute sérénité et en toute impartialité comme un Code pour la France.

Friedrich Carl von Savigny, *De la vocation de notre temps pour la législation et la science du droit*, 1814 (trad. Alfred Dufour, PUF, 2006).

Qui est-il ?
Friedrich Carl von Savigny (1779-1861) est un juriste et professeur de droit d'origine prussienne, opposé à l'introduction du Code civil en territoires allemands.

PARCOURS 1

Présenter une situation historique

1. **Doc. 1** Pourquoi l'artiste a-t-il représenté l'allégorie du Temps couronnant Napoléon Ier ?
2. **Doc. 2** Montrez que le Code civil s'inspire de certains acquis de la Révolution tout en conservant des héritages de l'« Ancien Régime ».
3. **Doc. 2 et 3** Expliquez comment le Code civil permet une large diffusion des idées révolutionnaires en Europe.
4. **Doc. 4** Pour quelles raisons le juriste allemand Savigny s'oppose-t-il au Code civil ?

BILAN À l'aide de vos réponses, montrez que le Code civil favorise l'unification des sociétés européennes tout en étant source de critiques et de résistances.

PARCOURS 2

Réaliser un oral en groupe

Vous devez présenter à trois un exposé oral sur le Code civil et son rayonnement en France et en Europe.

Pas à pas
Organisez votre présentation orale autour des éléments suivants :
1. Napoléon Bonaparte fonde un Code civil pour unifier le droit en France (doc. 1 et 2).
2. Le Code civil s'inspire de nombreux acquis de la Révolution tout en conservant des héritages de l'« Ancien Régime » (doc. 2).
3. La diffusion du Code civil en Europe (doc. 3 et 4).

COURS 2 Reconstruire l'ordre politique en France et en Europe (1793-1814)

> Quel ordre politique la Révolution française et l'Empire parviennent-ils à reconstruire ?

VOCABULAIRE

- **Convention :** nom donnée à l'Assemblée nationale à partir du 21 septembre 1792.
- **Coup d'État :** prise du pouvoir par la force.
- **Directoire :** régime mis en place par la Convention entre 1795 et 1799.

1 La République divisée

- **Les débuts de la République sont marqués par l'accentuation des tensions entre les révolutionnaires.** La **Convention** est divisée. D'un côté des modérés, appelés les Girondins (Brissot), pour lesquels la Révolution doit s'achever avec la fin de l'« Ancien Régime » et la mise en place d'une monarchie constitutionnelle. De l'autre côté, les Montagnards (Danton, Robespierre), proches des sans-culottes, souhaitent poursuivre la Révolution et davantage de réformes.
- **Les divisions de la Convention jouent un rôle majeur lors du procès de Louis XVI.** Au terme d'un procès pour trahison et pour conspiration contre la Révolution, la Convention, suivant l'argumentaire montagnard, condamne à mort le roi. Il est exécuté le 21 janvier 1793 contre l'avis de la plupart des Girondins qui apparaissent désormais comme suspects aux yeux des Montagnards. Étude p. 28
- **L'annonce de l'exécution du roi provoque de vives réactions en Europe et en France.** Les souverains européens se coalisent et entrent en guerre contre la France. Pour y faire face, la Convention décide de plusieurs mesures d'exception (création d'un Tribunal révolutionnaire, du Comité de salut public). Les Montagnards, soutenus par les sans-culottes, parviennent à éliminer les Girondins qui, comme Madame Roland, sont nombreux à être jugés et exécutés. Cependant, certains territoires (la Vendée) commencent à se soulever contre les décisions de la Convention, notamment la levée en masse des hommes pour la guerre. Étude p. 28

2 La République en danger

- **Pour sauvegarder la Révolution et la République, les Montagnards et les sans-culottes soutiennent la mise en place d'un gouvernement d'exception provisoire qui reste connu sous le nom de « Terreur ».** Face à tous ses ennemis, réels ou supposés, la Convention suspend la nouvelle Constitution de l'An I et impose un pouvoir centralisé avec le Comité de salut public. S'il s'agit avant tout de garder le contrôle dans un moment difficile, des mesures radicales sont néanmoins mises en œuvre, comme la loi des suspects qui permet d'arrêter les ennemis de la République. Étude p. 32
- **Ces mesures d'exception permettent la victoire de la République.** Dès 1794, les armées européennes sont défaites et repoussées hors du territoire. De même, toutes les insurrections anti-révolutionnaires (Chouans en Bretagne, Vendée) sont durement réprimées et écrasées. La situation s'améliore, mais au prix d'un lourd bilan (plus de 200 000 morts en Vendée).

DATES CLÉS

21 janvier 1793
Exécution de Louis XVI

27 juillet 1794
Exécution de Robespierre

9 novembre 1799
Coup d'État de Napoléon Bonaparte

18 mai 1804
Proclamation de l'Empire

■ **L'œuvre du Comité de salut public dépasse le cadre de la République en danger.** Soumis à l'autorité de Robespierre, il envisage de transformer la France en profondeur comme en atteste la politique de déchristianisation ou l'instauration du calendrier révolutionnaire. Robespierre fait exécuter ceux qu'ils considèrent comme ses ennemis et envisage une dictature. Effrayés par ces débordements et estimant qu'il est nécessaire de mettre un terme aux dérives, des députés modérés et les opposants à Robespierre le font arrêter le 9 Thermidor de l'an II (27 juillet 1794) et exécuter avec ses proches. La Convention met en place le **Directoire** (1795-1799) qui est vite contesté.

3 Le nouvel ordre napoléonien

■ **Le nouveau régime est fragile et les soulèvements nombreux malgré leur répression.** Le Directoire ne se maintient qu'avec l'aide de l'armée. Un des généraux, Napoléon Bonaparte, connu pour ses victoires, le renverse lors du **coup d'État** du 18 Brumaire an VIII (9 novembre 1799).

■ **Napoléon Bonaparte souhaite en finir avec la Révolution et impose le Consulat qui n'est républicain qu'en apparence.** Le nouveau régime repose sur le suffrage universel masculin et la séparation des pouvoirs mais Bonaparte concentre la réalité des pouvoirs et recourt au plébiscite. Le régime mis en place est autoritaire et les libertés sont limitées. S'il s'accompagne d'un retour à un ordre politique stable, les opposants sont poursuivis et réprimés. En 1802, Bonaparte se fait nommer consul à vie puis il est proclamé Empereur (18 mai 1804) avant d'être sacré le 2 décembre 1804. Étude p. 34

■ **L'Empire est un empire guerrier.** Napoléon et la « Grande Armée » multiplient les conquêtes. À son apogée en 1811, l'Empire compte 132 départements et 45 millions d'habitants. Grâce aux États vassaux européens, le Code civil et les principes de la Révolution sont largement diffusés. Les grandes victoires napoléoniennes n'empêchent pas les grandes puissances de se retourner contre la France. Napoléon abdique une première fois (1814) avant d'être définitivement vaincu lors de la bataille de Waterloo (1815). Étude p. 40

ACTEURS

MANON ROLAND (1754-1793)

ROBESPIERRE (1758-1794)

NAPOLÉON BONAPARTE (1769-1821)

Reconstruire l'ordre politique en France et en Europe (1793-1814)

La République divisée
- Des révolutionnaires profondément divisés
- Procès et exécution de Louis XVI
- Radicalisation de la Révolution

La République en danger
- Mise en place d'un gouvernement d'exception
- La victoire de la République en danger
- Le Directoire : les modérés au pouvoir

Le nouvel ordre napoléonien
- Échec du Directoire et coup d'État de brumaire
- Consulat (1799-1804) et Empire (1804-1814)
- L'Europe napoléonienne

RÉVISIONS

Faire le point

Acteurs

- Louis XVI
- Madame Roland
- Robespierre
- Sans-culottes
- Napoléon Ier

Vocabulaire et notions

- République
- Nation
- Assemblée nationale constituante
- Constitution
- Empire
- Code civil

Les événements majeurs

- **14 juillet 1789 :** prise de la Bastille
- **4 août 1789 :** abolition des privilèges
- **26 août 1789 :** Déclaration des droits de l'homme et du citoyen
- **10 août 1792 :** prise du palais des Tuileries
- **1792-1799 :** Première République
- **1799 :** coup d'État de Napoléon Bonaparte
- **1804-1814 :** Premier Empire

La Révolution et l'Empire : une nouvelle conception de la nation

Idées essentielles

- L'année 1789 aboutit à la fin de l'« Ancien Régime » et ouvre une période d'instabilité politique (monarchie constitutionnelle, Première République, Consulat, Premier Empire).
- La Révolution et l'Empire marquent une rupture politique, économique, sociale et religieuse.
- Malgré des avancées essentielles en France et en Europe (Code civil, diffusion des principes révolutionnaires), les tentatives pour reconstruire un ordre politique et social stable échouent (tensions internes, attaques des monarchies européennes).

Réviser avec des podcasts

Podcasts hachette-clic.fr/25hg1003

Flashcards hachette-clic.fr/25hg1004

- **Écoutez les cinq épisodes du podcast puis testez vos connaissances grâce aux flashcards.**

1. Pourquoi la Révolution marque-t-elle une rupture avec l'« Ancien Régime » ?
2. Comment la Première République fonctionne-t-elle ?
3. Quelles sont les conséquences de la Révolution et de l'Empire en Europe ?
4. Les révolutionnaires sont-ils parvenus à instaurer un nouvel ordre en France et en Europe ?
5. Quel régime Napoléon Bonaparte instaure-t-il en France ?

Mémoriser avec des exercices

Quiz
hachette-clic.fr/25hg1005

La Révolution, une rupture avec l'« Ancien Régime »

1 Associez chaque journée révolutionnaire de 1789 à sa date et sa conséquence.

Serment du Jeu de paume	4 août 1789	Grande Peur en province
Prise de la Bastille	26 août 1789	Fondation d'une Assemblée constituante
Abolition des privilèges	20 juin 1789	Citoyens égaux en droits
Déclaration des droits de l'homme et du citoyen	14 juillet 1789	Fin de la société d'ordres

2 Pourquoi l'année 1792 marque-t-elle une rupture ?

a. Car la monarchie est abolie et la République proclamée.
b. Car Napoléon Ier devient Empereur des Français.
c. Car les monarchies européennes attaquent la France.

3 Quel surnom est donné aux révolutionnaires parisiens ?

L'Empire napoléonien

4 En quelle année Napoléon Ier devient-il Empereur des Français ? a. 1799 b. 1804 c. 1815

5 Sélectionnez la (ou les) proposition(s) exacte(s) :

- Napoléon Ier est à l'origine du premier Code civil.
- Le Code civil garantit l'égalité entre les hommes et les femmes.
- Le Code civil garantit la propriété de chaque citoyen.

6 Peut-on qualifier le régime impérial d'autoritaire ? Justifiez votre réponse.

La Révolution et l'Empire

7 Replacez dans l'ordre chronologique les différents régimes politiques en France de 1789 à 1814.

Premier Empire | Monarchie constitutionnelle | Première République | Consulat

1789 — 1792 — 1799 — 1804 — 1814

8 Associez chaque terme à sa définition.

République	Renversement rapide et souvent brutal d'un régime politique par un mouvement populaire, entraînant une transformation des institutions, de la société et de ses valeurs.
Empire	Régime politique dans lequel le pouvoir est détenu par un empereur qui domine la vie politique et un vaste ensemble territorial.
Révolution	Régime politique dans lequel la souveraineté appartient aux citoyens qui sont représentés par des assemblées ou des personnes élues.

9 Présentez le rôle de cet acteur de la Révolution et de l'Empire grâce à trois informations clés.

Défi en groupe — *Les maîtres du jeu*

15 min de préparation — Rédigez cinq questions pour tester les connaissances de vos camarades sur le chapitre : les questions viseront à trouver une date, un acteur, un événement, un mot de vocabulaire et un lieu.

10 min de réalisation — En groupe de trois, posez à tour de rôle vos cinq questions. Celui qui répond correctement marque un point. Comptez vos points à la fin de la partie.

S'entraîner

• Confronter deux documents de natures différentes

1 Des femmes en révolution

« Des jeunes citoyennes ouvrières, contribuent de leurs assignats[1], et de leurs bijoux, à l'équipement d'un jeune homme qui propose d'aller à la guerre si l'on veut l'habiller. »

Gouache de Jean-Baptiste Lesueur, vers 1793 et 1794 (Musée Carnavalet, Paris).

1. Un billet de monnaie émis sous la Révolution française permettant à son détenteur de recevoir une part de la vente des biens du clergé.

Qui est-il ?

Jean-Baptiste Lesueur (1749-1826) : artiste français, il réalise plusieurs dessins à la gouache pour représenter des scènes de vie et des événements majeurs de la Révolution à l'Empire.

2 Le statut de la femme dans le Code civil de 1804

Art. 213 : Le mari doit protection à sa femme, la femme obéissance à son mari.

Art. 214 : La femme est obligée d'habiter avec le mari, et de le suivre partout où il juge à propos de résider : le mari est obligé de la recevoir, et de lui fournir tout ce qui est nécessaire pour les besoins de la vie, selon ses facultés et son état.

Art. 229 : Le mari pourra demander le divorce pour cause d'adultère de sa femme.

Art. 230 : La femme pourra demander le divorce pour cause d'adultère de son mari, lorsqu'il aura tenu sa concubine dans la maison commune.

Art. 371 : L'enfant, à tout âge, doit honneur et respect à ses père et mère.

Art. 372 : Il reste sous leur autorité jusqu'à sa majorité ou son émancipation.

Art. 373 : Le père seul exerce cette autorité durant le mariage.

Code civil de 1804.

PALIER 1

Je lis et je comprends les documents

- **Doc. 1 et 2** Identifiez chaque document (nature, date, source, idée principale).
- Nommez le régime politique sous lequel sont publiés les documents.

PALIER 2

Je sélectionne les informations

- Quel est le rôle des femmes selon le **Doc. 1** ? Justifiez votre réponse.
- **Doc. 2** Citez trois articles illustrant les inégalités entre le mari et son épouse.
- **Doc. 2** Comment le document montre-t-il une hiérarchie au sein de la famille ?

PALIER 3

Je confronte les documents

- Ces documents se complètent ou s'opposent-ils ?
- Que nous apprennent-ils sur les femmes pendant la Révolution et l'Empire ?
- Dans le chapitre, cherchez un autre document qui illustre leur engagement dans la Révolution et un second sur la persistance d'inégalités avec les hommes.

• Analyser des mémoires

Lisez le document puis répondez aux questions.

Mémoires d'une révolutionnaire

Ces hommes purs, dont l'âme ardente aspirait la liberté, que la philosophie avait préparés pour elle dans le calme de l'étude et l'austérité de la retraite, se sont flattés, comme toi, que le renversement de la tyrannie allait ouvrir le règne de la justice et de la paix : il n'a été que le signal des passions haineuses et des vices les plus hideux. [...] C'est ainsi que je m'indignais du fond de ma prison ; mais l'heure de l'indignation est passée ; car il est évident qu'on ne peut plus rien attendre de bien, ni s'étonner de rien de mal. [...] Ce qu'on appelle, dans la Convention, la Montagne, ne présente que des brigands, vêtus et jurant comme les gens du port, prêchant le meurtre et donnant l'exemple du pillage. Un peuple nombreux environne le palais de la justice, et sa fureur éclate contre les juges qui ne prononcent pas assez vite la condamnation de l'innocence. Les prisons regorgent d'hommes en place, de généraux, de fonctionnaires publics, et d'individus à caractère qui honoraient l'humanité ; la délation est reçue comme preuve de civisme, et le soin de rechercher ou de détenir les gens de bien, ou les personnes riches, fait l'unique fonction d'administrateurs ignares et vils.

Manon Roland, *Mémoires particuliers de Mme Rolland*, impr. Firmin-Didot, Paris, 1863.

1 Dans quel contexte Manon Roland rédige-t-elle ses mémoires en prison ?

a. Le Consulat b. La Terreur c. L'Empire

2 Sélectionnez la (ou les) proposition(s) exacte(s)

a. Manon Roland a été députée à la Convention.

b. Les Montagnards désignent le groupe de députés radicaux siégeant à la Convention.

c. Manon Roland est proche des Montagnards.

3 Quelle proposition rend compte de l'idée générale du document ?

a. Manon Roland est une noble qui critique l'action des révolutionnaires ayant entrainé l'arrestation et le procès de Louis XVI.

b. Manon Roland dénonce la dérive de la Convention car des députés ont instauré un régime répressif et de terreur l'ayant conduit elle et d'autres individus à être emprisonnés, jugés et exécutés.

c. Manon Roland met en avant l'action des députés de la Convention qui sont parvenus à établir un nouvel ordre politique et social stable en France après la mort du roi.

4 En analysant le document et grâce à vos réponses, vous expliquerez les divisions entre les révolutionnaires en 1793.

Pour aller plus loin

À VOIR

■ *Un peuple et son roi* est un film de 2018 qui retrace les événements qui ont bouleversé la France entre la prise de la Bastille et l'exécution de Louis XVI.

À LIRE

■ *Révolution* est une bande dessinée dont le premier tome, paru en 2019, se focalise sur l'année 1789.

MÉTIER D'HISTORIEN

■ Grâce à ses connaissances historiques et son aisance à l'oral, le **guide-conférencier** présente et valorise le patrimoine lors de visites guidées ou conférences.

Vers le supérieur ?
La fiche métier de l'Onisep
hachette-clic.fr/25hg1006

MÉTHODE BAC Répondre à une question problématisée

Objectif ▸ Comprendre la question et mobiliser des connaissances

Sujet corrigé :
La période révolutionnaire 1789-1793 représente-t-elle une rupture totale avec l'« Ancien Régime ? »

Vous montrerez que durant cette période, le régime politique est contesté, mais que les révolutionnaires sont partagés sur la question de rompre complètement avec l'Ancien Régime.

Étape 1 Comprendre la question et identifier les mots-clés

1. Lisez plusieurs fois la question.
2. Définissez et expliquez les mots-clés à l'aide de vos connaissances.

Cette période s'ouvre avec les événements de l'année 1789 (cf. étude 1 p. 22-23) et se termine avec le début de la période de la Terreur.

La période révolutionnaire 1789-1793 représente-t-elle une rupture totale avec l'« Ancien Régime » ?

La rupture a plusieurs dimensions : politique, sociale, culturelle et religieuse.

Fait référence au régime politique (monarchie absolue) et à l'organisation sociale (société divisée en trois ordres) en France avant 1789.

Étape 2 Mobiliser des connaissances

3. Listez au brouillon les idées et les mots de vocabulaire qui permettent de répondre à la question.
4. Listez au brouillon les exemples qui permettent de répondre à la question.

Idée 1 *– Un régime monarchique et une société d'ordres contestés*
Vocabulaire : Grande Peur, Assemblée nationale constituante, Constitution
Acteurs : paysans, sans-culottes, Jacobins
Repères : abolition des privilèges (4 août 1789), Déclaration des droits de l'homme et du citoyen (26 août 1789), arrestation du roi (10 août 1792)
Exemples : Paris, Versailles, provinces

Idée 2 *– Des révolutionnaires divisés sur le fait de rompre complètement avec l'« Ancien Régime »*
Vocabulaire : Convention, Girondins, Montagnards
Acteurs : Manon Roland, Robespierre
Repères : Procès de Louis XVI (décembre 1792-janvier 1793)
Exemples : Débats entre révolutionnaires lors du procès de Louis XVI ; arrestation, procès et exécution de Manon Roland

Étape 3 Rédiger l'introduction

Une introduction comporte une présentation du sujet, une problématique sous forme de question et l'annonce de la structure de l'argumentation.

Entre 1789 et 1793, la France entre en révolution, ce qui entraîne une rupture profonde, les révolutionnaires renversant le régime politique et la structure sociale de l'« Ancien Régime ». Cependant, des débats intenses et des divisions entre les révolutionnaires émergent concernant le nouvel ordre politique et social à établir. Pourquoi la période révolutionnaire 1789-1793 constitue-t-elle un moment décisif de rupture avec l'« Ancien Régime » ? Après avoir exposé le renversement de l'ordre politique et social de l'« Ancien Régime », nous étudierons les débats et divisions entre les révolutionnaires.

→ Voir la fiche méthode 11 p. 280

Sujet guidé : Dans quelle mesure Napoléon Bonaparte réussit-il à établir un pouvoir personnel tout en préservant certains principes de la Révolution française de 1799 à 1814 ?

Vous montrerez que Napoléon Bonaparte impose progressivement un pouvoir personnel en France et en Europe tout en diffusant et conservant certains acquis de la Révolution française.

Étape 1 Comprendre la question et identifier les mots-clés

1. Analysez la question.

Expliquez comment. → **Dans quelle mesure**

Présentez cet acteur sur la période concernée. → **Napoléon Bonaparte**

Listez des faits marquants qui lui permettent de renforcer son pouvoir. → **un pouvoir personnel**

Quels principes conserve-t-il ? → **des principes de la Révolution**

À quels événements ces bornes chronologiques correspondent-elles ? → **de 1799 à 1814**

Dans quelle mesure Napoléon Bonaparte réussit-il à établir un pouvoir personnel tout en préservant des principes de la Révolution française de 1799 à 1814 ?

Étape 2 Mobiliser des connaissances

2. Sélectionnez ce qui est utile pour répondre au sujet et justifiez vos choix.

Code civil	*Bataille de Valmy*
Coup d'État	*La Terreur*
18 mai 1804	*Plébiscites*
26 août 1789	*Montagnards*
Bataille de Marengo	*Constitution*

Étape 3 Rédiger une introduction

3. Quels mots-clés l'élève a-t-il indiqués dans la présentation du sujet ?
4. Identifiez la problématique.
5. Identifiez les deux ou trois idées principales à développer.

Réponse d'un élève : *Après le coup d'État du 18 brumaire an VIII (9 novembre 1799), le général Bonaparte instaure progressivement un pouvoir personnel sous le Consulat puis, à partir de 1804, comme Empereur des Français. Comment Napoléon Bonaparte a-t-il instauré un pouvoir autoritaire en France et en Europe de 1799 à 1814 tout en conservant certains acquis révolutionnaires ?... Comment Napoléon Bonaparte impose-t-il son pouvoir tout en maintenant certains acquis de la Révolution entre 1799 et 1814 ?*

Appuyez-vous sur la consigne pour identifier les idées principales du sujet.

MÉTHODE BAC Analyser un document

Sujet corrigé : Le procès de Louis XVI.

Objectif Identifier un ou deux documents et sélectionner des informations

Après avoir situé le document dans son contexte, rappelez les accusations portées contre Louis XVI puis montrez que ce procès divise les députés de la Convention.

Après avoir voté « oui » aux deux premières questions, le député Saint-Martin justifie son vote à la troisième question.

Citoyens, je persiste à penser que je n'ai ni le pouvoir ni le devoir de prononcer en juge sur le sort de Louis. [...] La voix de ma conscience me disait que le ci-devant roi avait conspiré contre la liberté publique ; que traître et parjure[1], il s'était rendu coupable d'attentat contre la sûreté générale de l'État [...].
Mais elle me dit aussi, cette voix terrible, la seule que je consulterai toujours ; elle me dit que j'exercerais l'acte de tyrannie le plus monstrueux si je cumulais sur ma tête des pouvoirs incompatibles, des pouvoirs qui pour le maintien de la liberté, doivent rester éternellement séparés.
Citoyens, je ne puis assez m'étonner, je l'avoue, que la plupart des opinants[2] qui ont conclu à la peine de mort, ayant motivé leur vœu et sur l'article de la Déclaration des droits, portant que « la loi doit être égale pour tous, soit qu'elle protège, soit qu'elle punisse » ; et sur les dispositions du Code pénal, contre les conspirateurs [...]. Je demande donc, comme mesure de sûreté générale, la réclusion de Louis jusqu'à la fin de la guerre et, après la paix, son bannissement perpétuel hors du territoire de la République.

Discours de François-Jérôme Riffard Saint-Martin, député de l'Ardèche à la Convention proche des Girondins, lors de la séance des 16-17 janvier 1793 (cité dans J.-O. Boudon, « Le témoignage de François-Jérôme Riffard Saint-Martin, député à la convention », *Annales historiques de la Révolution française*, n° 376, avril-juin 2014).

1. Violation par le roi du serment de fidélité à la Constitution de 1791.
2. Ceux qui ont voté la mort du roi.

Étape 1 Lire la consigne et le document

1. Identifiez et expliquez les verbes de consigne : « situé » ; « rappelez » « montrez ».
2. Lisez le document afin de sélectionner les passages importants en lien avec vos connaissances et la consigne.
3. Relisez l'étude 3 et le cours 1 du chapitre 1.

Identifiez les verbes et les termes importants pour les définir et identifier le plan.

Étape 2 Identifier le document

4. Notez au brouillon les éléments importants permettant l'identification du document.

Nature du document proposé → **Discours**

Auteur du discours → **François-Jérôme Riffard Saint-Martin**

Date à laquelle le discours est exposé → **16-17 janvier 1793**

Discours de François-Jérôme Riffard Saint-Martin, député de l'Ardèche à la Convention proche des Girondins, lors de la séance des 16-17 janvier 1793
(cité dans J.-O. Boudon, « Le témoignage de François-Jérôme Riffard Saint-Martin, député à la convention », *Annales historiques de la Révolution française*, n° 376, avril-juin 2014).

Revue dans laquelle est paru l'article évoqué → *Annales historiques de la Révolution française*

Étape 3 Sélectionner des informations

5. Au brouillon, classez les informations et les connaissances dans un tableau.

Plan suggéré par la consigne	Informations sélectionnées dans le document	Connaissances
Premier paragraphe Rappelez les accusations portées contre Louis XVI.	– « que le ci-devant roi avait conspiré contre la liberté publique »	– Après la fuite de Varennes (juin 1791), le roi est accusé de jouer double jeu.
Deuxième paragraphe Montrez que ce procès divise les députés de la Convention.	– « Je demande donc, comme mesure de sûreté générale, la réclusion de Louis jusqu'à la fin de la guerre »	– Un débat s'engage entre Montagnards et Girondins sur la culpabilité du roi et sa sentence.

➔ Voir la fiche méthode 10 p. 278

Sujet guidé : Manon Roland, l'engagement d'une femme en Révolution.

Après avoir présenté le document et son contexte, montrez que Manon Roland est une femme engagée qui doit faire face à de nombreuses critiques.

La femme Roland, bel esprit à grands projets, [...] reine d'un moment, entourée d'écrivains mercenaires[1], à qui elle donnait des soupers, distribuait des faveurs, des places et de l'argent, fut un ministre sous tous rapports. [...] Cette fermeté dont elle faisait parade dans son trajet du palais de justice à la place de la Révolution[2] [prouve] qu'aucun souvenir douloureux ne l'occupait. Cependant elle était mère, mais elle avait sacrifié la nature, en voulant s'élever au-dessus d'elle ; le désir d'être savante la conduisit à l'oubli des vertus de son sexe, et cet oubli toujours dangereux finit par la faire périr sur un échafaud[3].

Femmes ! voulez-vous être républicaines ? Aimez, suivez et enseignez les lois qui rappellent vos époux, vos enfants à l'exercice de leurs droits ; [...] ne suivez jamais les assemblées populaires avec le désir d'y parler, mais que votre présence y encourage quelquefois vos enfants : alors la patrie vous bénira, parce que vous aurez réellement pour elle ce qu'elle doit attendre de vous.

Article publié dans *La Gazette nationale ou Le Moniteur universel*, le 19 novembre 1793.

1. Écrivains rétribués pour leurs écrits.
2. Place où se trouve la guillotine.
3. Estrade où se déroule une exécution.

Étape 1 Lire la consigne et le document

1. Lisez plusieurs fois le document afin d'en repérer les éléments importants.
2. Analysez la consigne.

Quoi ? Qui ? Quand ? → présenté le document et son contexte

Qui est-elle ? → Manon Roland

Après avoir présenté le document et son contexte, montrez que Manon Roland est une femme engagée qui doit faire face à de nombreuses critiques.

femme engagée → Expliquez comment Manon Roland s'engage durant la Révolution.

à de nombreuses critiques → Expliquez ce qui est reproché à Manon Roland.

Étape 2 Identifier le document

3. Au brouillon, présentez le document (nature, auteur, date, origine de la source).
4. Quelles propositions résument les idées principales du document ?

- *Manon Roland n'a joué aucun rôle durant la Révolution.*
- *Manon Roland est une femme de lettres engagée.*
- *Manon Roland est critiquée pour ses engagements politiques.*
- *Manon Roland questionne la place et le rôle des femmes dans la société.*

Étape 3 Sélectionner des informations

5. Reproduisez et complétez le tableau.

Plan suggéré par la consigne	Informations sélectionnées dans le document	Connaissances
Premier paragraphe Une femme engagée	– *« bel esprit à grands projets »* –	– .... – ....
Deuxième paragraphe De nombreuses critiques	– .... –	– *Manon Roland est critiquée car c'est une femme qui s'engage.* – ....

CHAPITRE

2 L'Europe entre restauration et révolution (1814-1848)

COURS 1 Après la chute de Napoléon Ier, les puissances européennes veulent tourner la page de la Révolution et restaurer durablement la paix et l'ordre monarchique européen.

> Comment l'ordre monarchique est-il restauré en Europe ?

COURS 2 L'œuvre du congrès de Vienne est rapidement remise en cause par le mouvement des nationalités et les idées libérales qui alimentent les grandes poussées révolutionnaires de 1830 et 1848.

> Comment les idées révolutionnaires bouleversent-elles l'ordre européen ?

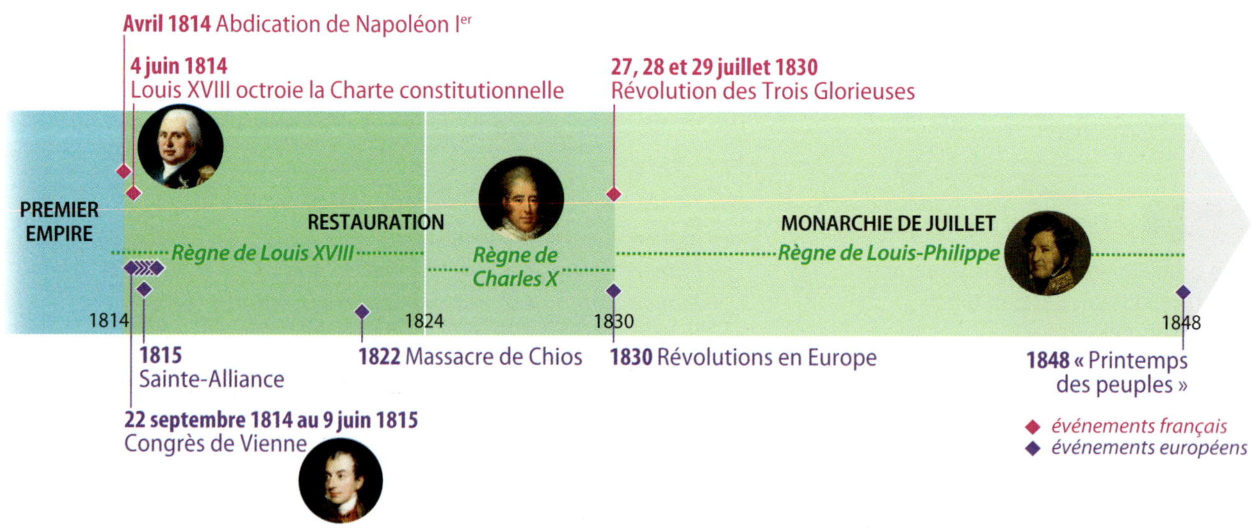

QUESTIONS

1. **Doc. 1** Comment les monarques vainqueurs de Napoléon Ier entendent-ils reconstruire l'Europe en 1814 ?
2. **Doc. 2** Quelles sont les motivations des peuples lors des révolutions de 1848 ?
3. **Doc. 1 et 2** Pourquoi ces œuvres illustrent-elles bien l'opposition entre les aspirations des rois et celles des peuples ?

1 **Les représentants des monarques vainqueurs de Napoléon Ier au congrès de Vienne (1814-1815)**

Gravure colorisée d'après le dessin de Jean-Baptiste Isabey, *Le Congrès de Vienne*, 1815, 46 × 66 cm, musée du Louvre, Paris.

2 **Le « Printemps des peuples » de 1848**

Frédéric Sorrieu, *La République universelle, démocratique et sociale, Le Pacte*, 1848, lithographie, 43,5 × 53,2 cm, musée Carnavalet, Paris.

ÉTUDE 1 Metternich et le congrès de Vienne (1814-1815) PPO

Après l'abdication de Napoléon Ier en 1814, les monarques européens veulent restaurer leur autorité. Le congrès de Vienne leur permet de reconfigurer l'Europe pour contenir les idées révolutionnaires sans tenir compte des revendications des peuples.

> Comment les monarques réorganisent-ils l'Europe ?

KLEMENS WENZEL VON METTERNICH
(1773-1859)

Diplomate autrichien hostile aux idées révolutionnaires. Ministre des Affaires étrangères autrichien lors du congrès de Vienne, il joue un rôle clé dans la restauration des dynasties européennes.

VOCABULAIRE

- **Concert des nations :** aussi appelé « concert européen », désigne la restauration de l'équilibre des puissances en Europe sur une base monarchique et dynastique après 1815.
- **Sainte-Alliance :** alliance entre l'Empire autrichien, le royaume de Prusse et l'Empire russe affirmant l'origine divine du pouvoir des rois et l'obligation faite aux peuples de leur obéir.

1 L'ordre européen selon Metternich

La première comme la plus importante des questions réservées aux négociations de Vienne a sans doute été celle de la fixation du sort du duché de Varsovie[1]. Cette question renfermait en effet toutes les facilités propres à régler les affaires générales de l'Europe sous le point de vue politique et de distribution territoriale. [...] La seconde question est celle de l'incorporation du Royaume de Saxe à la Prusse. [...] La reconstitution de la Monarchie prussienne a tellement paru nécessaire à l'Empereur qu'elle a été établie par lui comme une des premières bases de la triple alliance. Nous le répétons, l'Autriche ne nourrit aucune jalousie contre la Prusse ; elle regarde au contraire cette puissance comme l'un des poids les plus utiles dans la balance des forces de l'Europe. [...] Placées également entre les grands Empires de l'Est et de l'Ouest, la Prusse et l'Autriche complètent leurs systèmes de défense respectifs ; unies, les deux Monarchies forment une barrière inexpugnable[2] contre les entreprises de tout prince conquérant qui de nouveau occuperait peut-être un jour le trône de France ou celui de Russie. [...] Tout doit unir nos deux Cours, mais il faut rendre possible cette union. Il faut que le Congrès n'aboutisse pas au spectacle affligeant d'une brouille entre les puissances les plus directement appelées à cimenter la paix de l'Europe.

Lettre de Metternich au prince Hardenberg (chef de la délégation prussienne au congrès de Vienne), Vienne, le 10 décembre 1814.

1. Le territoire du duché de Varsovie est partagé entre l'Empire russe et le royaume de Prusse lors du congrès de Vienne.
2. Qu'on ne peut pas atteindre, invincible.

Partage des dépouilles de l'Empire napoléonien
- Italie, espace germanique, Pologne partagés entre les puissances
- Non prise en compte des nationalités

Réaffirmation de la légitimité monarchique
- Les anciennes dynasties restaurées
- Retour de l'« Ancien Régime »

Garantir l'équilibre entre les puissances
- Le « concert des nations »
- S'unir face aux idées révolutionnaires

Le congrès de Vienne (sept. 1814-juin 1815)

2 Les objectifs du congrès de Vienne

3 L'Europe des rois

Au premier plan (de gauche à droite), le roi Ferdinand VII d'Espagne, le roi de Prusse Frédéric-Guillaume II et l'empereur François Ier d'Autriche. Au second plan, l'empereur Alexandre Ier de Russie remet la couronne de France à Louis XVIII (frère de Louis XVI) alors que le ministre britannique Castlereagh console Napoléon Ier vaincu.

Anonyme, *La Restitution, ou chaqu'un son compte*, vers 1814, estampe, BnF, Paris.

4 Le pacte de la Sainte-Alliance (26 septembre 1815)

Leurs Majestés l'Empereur de l'Autriche, le Roi de Prusse et l'Empereur de Russie, par suite des grands événements qui ont signalé en Europe le cours des trois dernières années, [...] ayant acquis la conviction intime qu'il est nécessaire d'asseoir la marche à adopter par les Puissances dans leurs rapports mutuels [...], sont convenues des articles suivants :

Article premier. Les trois monarques contractants demeureront unis par les liens d'une fraternité véritable et indissoluble, et se considérant comme compatriotes, ils se prêteront en toute occasion et en tous lieux assistance, aide et secours ; [...]

Art. 2. De se rendre réciproquement service, de se témoigner par une bienveillance inaltérable l'affection mutuelle dont ils doivent être animés, de ne se considérer tous comme membres d'une même nation chrétienne. [...]

Art. 3. Toutes les puissances qui voudront solennellement avouer les principes sacrés qui ont dicté le présent acte, et reconnaîtront combien il est important au bonheur des nations trop longtemps agitées, que ces vérités exercent désormais sur les destinées humaines toute l'influence qui leur appartient, seront reçues avec autant d'empressement que d'affection dans cette Sainte Alliance.

PARCOURS 1

Comprendre une situation historique

1. **Doc. 1** Pourquoi le congrès de Vienne constitue-t-il un moment clé dans la manière de concevoir les relations entre les puissances qui ont vaincu Napoléon Ier ?
2. **Doc. 2 et 3** Comment le congrès de Vienne envisage-t-il de tourner définitivement la page de l'Europe napoléonienne ?
3. **Doc. 1 et 3** Quels principes guident l'instauration d'un nouvel ordre européen lors du congrès de Vienne ?
4. **Doc. 4** Pourquoi la Sainte-Alliance s'inscrit-elle dans l'ordre européen du congrès de Vienne ?

BILAN À l'aide de vos réponses, présentez le nouvel ordre européen établi lors du congrès de Vienne.

PARCOURS 2

Expliquer un titre

En 2013, l'historien français Thierry Lentz, spécialiste de l'Empire napoléonien, publie *Le Congrès de Vienne : une refondation de l'Europe (1814-1815)*. Expliquez le choix de ce titre à l'aide des documents proposés.

Pas à pas

1. Présentez les grands principes portés par Metternich lors du congrès de Vienne.
2. Expliquez comment ces principes sont mis en application par les grandes puissances européennes.
3. Montrez que l'Europe des rois triomphe sur l'Europe des peuples.

GRAND ANGLE Le triomphe de l'Europe des rois (1815-1830)

● Au congrès de Vienne (22 septembre 1814-9 juin 1815), les monarques redéfinissent la carte de l'Europe. L'isolement de la France, la quête d'un équilibre des puissances et la formation d'alliances entre les rois visent à assurer la restauration d'un ordre monarchique face aux nouvelles aspirations, telles que le **libéralisme** et le **nationalisme**.

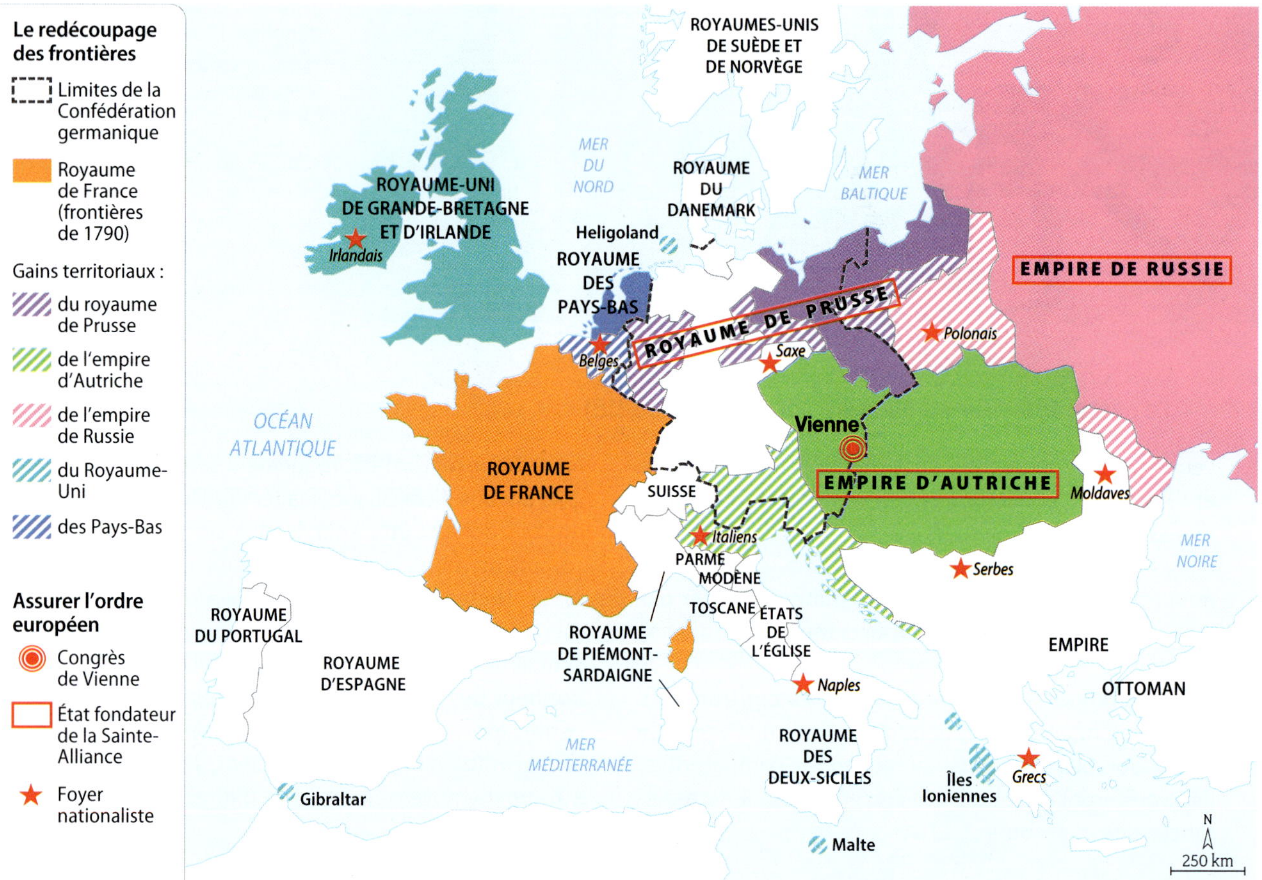

Source : D. Delpech et S. Rollet, *La France dans l'Europe du XIXe siècle (1802-1914)*, A. Colin, 2017 ; G. Ferragu, « Le congrès de Vienne, l'Europe sans Napoléon », *L'Histoire*, n° 401, juillet-août 2014.

1 L'Europe en 1815

Régime	Restauration (1814-1830)	Monarchie de Juillet (1830-1848)
Titre du roi	Roi de France	Roi des Français
Roi	Louis XVIII puis Charles X (dynastie des Bourbons)	Louis-Philippe Ier (dynastie des Orléans)
Texte fondateur	Charte de 1814	Charte révisée de 1830
Pouvoirs du roi	Nomme les ministres, propose et promulgue les lois, peut dissoudre la Chambre des députés et suspendre des lois	Nomme les ministres, propose et promulgue les lois, peut dissoudre la Chambre des députés ; ne peut plus suspendre des lois
Parlement	Chambre des pairs (nommée par le roi) et Chambre des députés (élue au suffrage censitaire) votent les lois et les impôts	Chambre des pairs (nommée par le roi) et Chambre des députés (élue au suffrage censitaire) votent les lois et les impôts et proposent des lois
Corps électoral	100 000 électeurs (hommes d'au moins 30 ans payant plus de 300 francs d'impôts)	200 000 électeurs (hommes d'au moins 25 ans payant plus de 200 francs d'impôts)

E. Fureix, *Le Siècle des possibles. 1814-1914*, PUF, 2023.

2 Le retour de la monarchie en France

● La révolution de juillet 1830 en France est le point de départ d'une flambée révolutionnaire en Europe. Les aspirations nationales et libérales des peuples fragilisent l'ordre monarchique voulu par les puissances du congrès de Vienne. Celles-ci parviennent à restaurer leur autorité, mais ne peuvent éviter certaines réformes.

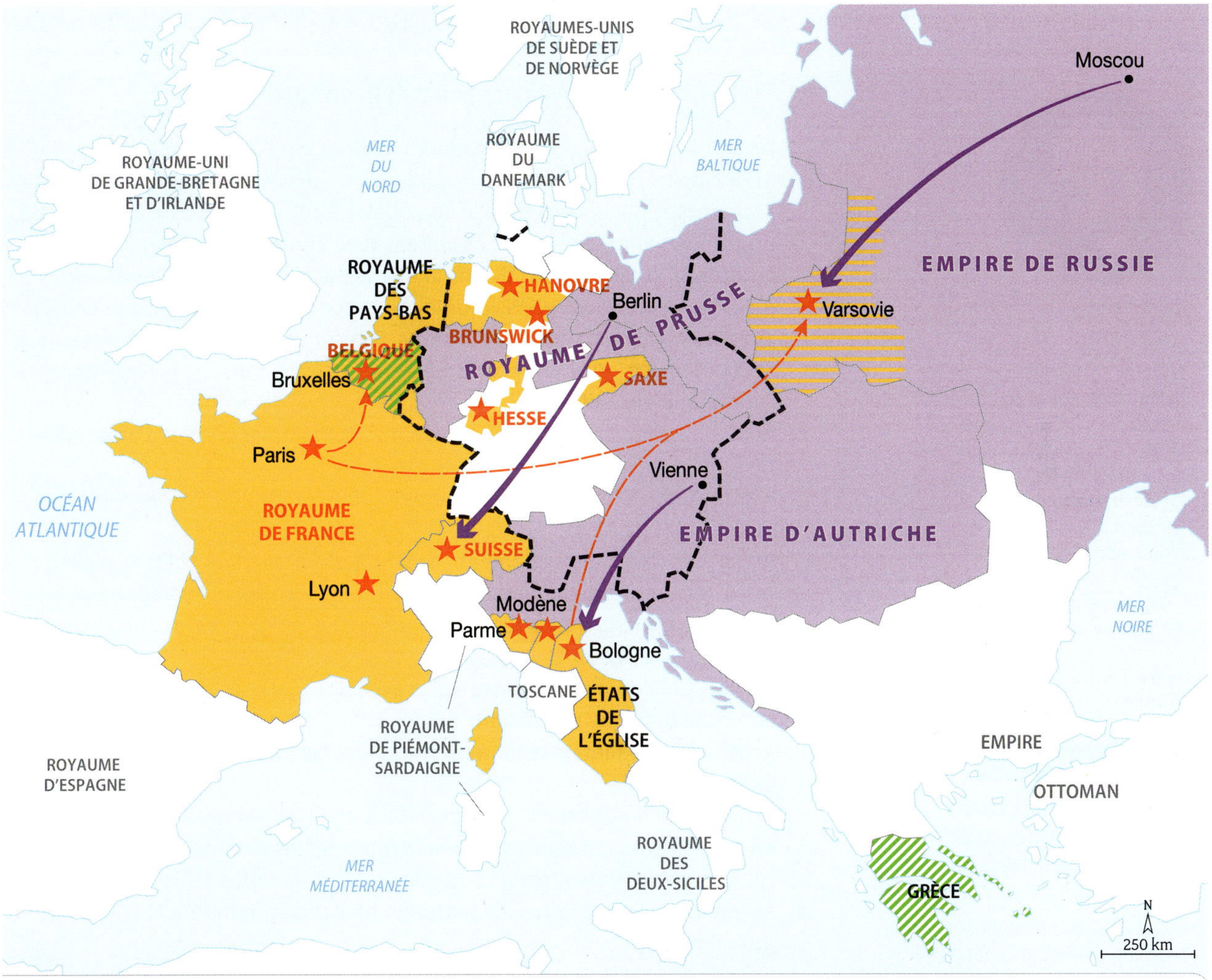

1. Individus qui choisissent de quitter volontairement leur pays pour participer à une révolution ou à un conflit à l'étranger.

Source : E. Fureix, « Une révolution européenne », *L'Histoire*, juin 2021.

3 Les révoltes de 1830 contre l'ordre de Vienne

VOCABULAIRE

- **Libéralisme :** mouvement politique favorable aux libertés individuelles et aux droits de l'homme.
- **Nationalisme :** mouvement politique promouvant l'idée que chaque nation a le droit de se gouverner elle-même et de former un État souverain.

QUESTIONS

1. **Doc. 1** Comment les monarques redéfinissent-ils les frontières en Europe au congrès de Vienne ?
2. **Doc. 1 et 2** Quelles sont les conséquences de la fin de l'Empire napoléonien pour la France ?
3. **Doc. 3** Expliquez cette citation de 1830 attribuée à Metternich : « Quand Paris éternue, l'Europe s'enrhume. »

ÉTUDE 2 L'expérience de la monarchie constitutionnelle en France

En 1814, les vainqueurs de Napoléon Ier décident de placer un roi sur le trône de France. Cependant, la **restauration** de la monarchie ne peut pas signifier un retour à l'« Ancien Régime » comme si la Révolution et l'Empire n'avaient été qu'une parenthèse.

> Comment la restauration de la monarchie en France s'effectue-t-elle ?

LOUIS XVIII
(1755-1824)
Frère de Louis XVI, il devient roi de France après la chute de Napoléon Ier. Son règne (1814-1824) est marqué par la tentative de restaurer la monarchie tout en conciliant les idéaux révolutionnaires et la stabilité politique.

1 La Charte octroyée par Louis XVIII en 1814

Une Charte constitutionnelle était sollicitée par l'état actuel du royaume, nous l'avons promise, et nous la publions. […] Nous nous engageons, devant l'Assemblée qui nous écoute, à être fidèles à cette Charte constitutionnelle, nous réservant d'en juger le maintien, avec une nouvelle solennité, devant les autels de celui qui pèse dans la même balance les rois et les nations.

À ces causes – nous avons volontairement, et par le libre exercice de notre autorité royale, accordé et accordons. Fait concession et octroi à nos sujets, tant pour nous que pour nos successeurs, et à toujours, de la Charte constitutionnelle qui suit :

Art. 1. – Les Français sont égaux devant la loi, quels que soient d'ailleurs leurs titres et leurs rangs.

Art. 2. – Ils contribuent indistinctement, dans la proportion de leur fortune, aux charges de l'État.

Art. 3. – Ils sont tous également admissibles aux emplois civils et militaires.

Art. 4. – Leur liberté individuelle est également garantie, personne ne pouvant être poursuivi ni arrêté que dans les cas prévus par la loi, et dans la forme qu'elle prescrit.

Art. 5. – Chacun professe sa religion avec une égale liberté, et obtient pour son culte la même protection.

Art. 6. – Cependant la religion catholique, apostolique et romaine est la religion de l'État. […]

Art. 8. – Les Français ont le droit de publier et de faire imprimer leurs opinions, en se conformant aux lois qui doivent réprimer les abus de cette liberté.

[…] Art. 11. – Toutes recherches des opinions et votes émis jusqu'à la restauration sont interdites. Le même oubli est commandé aux tribunaux et aux citoyens.

Charte constitutionnelle du 4 juin 1814.

VOCABULAIRE

- **Charte :** texte regroupant un ensemble de lois et de règles, généralement octroyé par un souverain.
- **Restauration :** rétablissement d'un roi, d'une dynastie ou d'un régime.

2 Charles X bafouant la Charte

Le 26 juillet 1830, Charles X publie quatre ordonnances royales limitant la « liberté de la presse » et réduisant les « droits des Français ». Il est renversé au cours des journées révolutionnaires des Trois Glorieuses (27, 28 et 29 juillet 1830).

Estampe anonyme (vers 1830), musée Carnavalet, Paris.

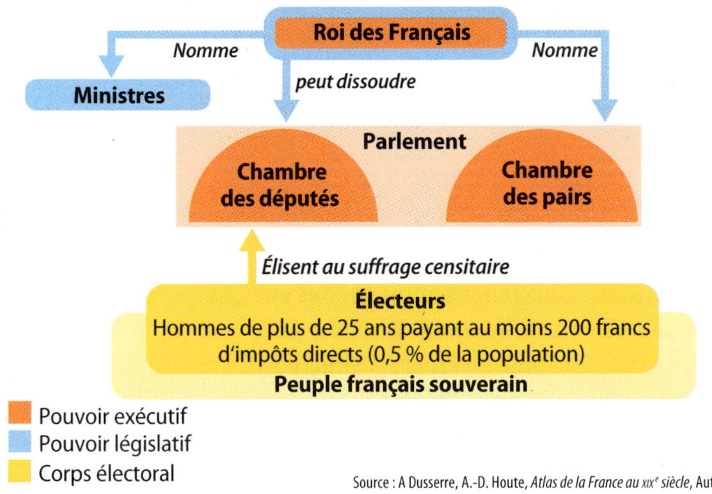

Source : A Dusserre, A.-D. Houte, *Atlas de la France au XIXe siècle*, Autrement, 2021.

3 La Charte révisée du 14 août 1830

LOUIS-PHILIPPE Ier
(1773-1850)
Prince de sang royal de la famille d'Orléans. Proche de la bourgeoisie libérale, il est choisi pour succéder à son cousin Charles X lors de la révolution de 1830. Il est renversé lors de la révolution de 1848.

4 Protester sous la monarchie de Juillet

Il est vrai que quelques journaux de l'opposition voient dans les charivaris[1] l'expression de l'opinion de la France. En vérité, c'est faire la France trop petite et trop basse que de la réduire à la taille des concertants de charivari. La France n'en est pas là, Dieu merci ! Elle a pour exprimer ses opinions la liberté de la presse, la liberté de la tribune, les élections, elle n'a pas besoin de la liberté des charivaris.

– Vous en parlez bien à votre aise, dites-vous ; tout le monde a une opinion, et tout le monde n'est pas député pour exprimer cette opinion.

– C'est vrai, mais les élections !

– Tout le monde n'est pas électeur, vous avez restreint les droits électoraux.

– Mais la liberté de la presse ! Tout le monde au moins peut de cette manière exprimer son opinion.

– Oui : mais tout le monde ne sait pas écrire [...], la liberté de la presse est encore une liberté qui n'est à l'usage que de l'aristocratie. Être député, électeur, écrivain, tout cela c'est être aristocrate, plus ou moins.

Parlez-moi des charivaris : voilà une liberté à l'usage de tout le monde ! Pour figurer dans un charivari, il ne faut qu'avoir le plus simple ustensile de cuisine [...].

Les charivaris sont peut-être chers à l'opposition parce qu'ils ont des traits de ressemblance avec le suffrage universel, c'est le même principe et le même résultat : le même principe, c'est-à-dire que tout le monde, instruit ou non, capable ou non capable, a droit de voter sur les affaires publiques. Le même résultat, c'est-à-dire que quelques criailleurs[2] se substituent à la volonté générale, se disent les organes du peuple et les représentants de l'opinion publique. Le charivari est le suffrage universel mis en musique : c'est l'incapacité et l'ignorance érigées en droit ; c'est la confusion et le désordre érigés en institution.

Journal des débats politiques et littéraires (journal conservateur et libéral), 1er mai 1832.

1. Concert de poêles et de casseroles organisé pour désigner et délégitimer un dirigeant.
2. Ceux qui crient et se plaignent sans cesse.

PARCOURS 1

Comprendre et mettre en relation des documents

1. **Doc. 1** Identifiez dans la Charte de 1814 des éléments qui illustrent un retour à l'« Ancien Régime » et d'autres qui témoignent du respect des principes révolutionnaires.
2. **Doc. 2** Quels principes de la Charte de 1814 les révolutionnaires des Trois Glorieuses cherchent-ils à défendre ?
3. **Doc. 3 et 4** Montrez que la Charte révisée de 1830 autorise une participation restreinte du peuple à la vie politique.
4. **Doc. 4** Expliquez cette expression de l'historien français Emmanuel Fureix : « Le charivari se fait, en un mot, rite de surveillance démocratique dans une société non démocratique. »

BILAN En vous appuyant sur vos réponses, montrez comment la restauration de la monarchie en France a cherché à concilier le retour aux traditions monarchiques et l'intégration des principes issus de la Révolution.

PARCOURS 2

Confronter deux points de vue

À l'oral, organisez un débat entre deux citoyens concernant la restauration de la monarchie constitutionnelle en France.
L'un des citoyens défend l'idée que cette restauration est principalement un retour aux principes de l'« Ancien Régime », tandis que l'autre conteste cette interprétation.

COURS 1

En finir avec la Révolution ?

> Comment l'ordre monarchique est-il restauré en Europe ?

VOCABULAIRE

- **Cent-Jours :** nom donné à la période qui s'étend de mars à juin 1815, pendant laquelle Napoléon Ier tente de reprendre le pouvoir en France.
- **Nationalités :** terme qui désigne les nations englobées au sein d'un empire multinational et qui revendiquent leur autonomie ou leur indépendance.
- **Réactionnaire :** personne qui s'oppose aux idées libérales et favorables au progrès.

1 Bâtir un nouvel équilibre des puissances

- **À partir de 1814, les puissances européennes veulent tourner la page de l'Empire napoléonien.** Au congrès de Vienne, les grands États européens (l'Empire russe, le royaume de Prusse, l'Empire autrichien et le Royaume-Uni) souhaitent rétablir l'équilibre des puissances, empêcher tout retour des idées révolutionnaires et stabiliser la paix en Europe. Cette conférence internationale, où la France est représentée par Talleyrand, envisage la restauration d'un concert des nations autour des puissances européennes.

- **La carte de l'Europe est stabilisée par un redécoupage des frontières au profit des grandes monarchies.** La France est ramenée à ses frontières de 1790. Une Confédération germanique est créée et regroupe trente-neuf États sous tutelle autrichienne. Les territoires polonais sont partagés entre l'Empire russe, le royaume de Prusse et l'Empire autrichien. En Italie, la Savoie et Nice sont rattachées au royaume de Piémont-Sardaigne.
➔ Grand Angle p. 52

- **Le diplomate et ministre autrichien Metternich est un acteur majeur du congrès de Vienne.** Adversaire des idées révolutionnaires, il souhaite le retour à un équilibre entre les puissances monarchiques, seules capables de restaurer une paix durable sur le continent. Son influence diplomatique est centrale dans la conception d'un cadre de coopération entre les puissances européennes qui doit perdurer après le congrès afin de favoriser le règlement rapide des conflits. ➔ Étude 1 p. 50

2 Restaurer un ordre monarchique

- **L'Europe du congrès de Vienne est celle d'une restauration des monarchies légitimes.** Des rois retrouvent leur trône, comme Ferdinand VII, qui récupère sa couronne en Espagne, ou Ferdinand Ier, roi des Deux-Siciles. D'autres dynasties s'imposent à la tête de nouveaux États créés lors du congrès. Ainsi, Guillaume Ier, de la maison d'Orange-Nassau, est proclamé roi du royaume des Pays-Bas (Pays-Bas et Belgique actuels). Dans les faits, les souverains rétablis optent pour le retour à des régimes de monarchies absolues. ➔ Étude 1 p. 50

- **À Vienne, les monarchies européennes restaurent l'ordre ancien.** Celui-ci doit reposer sur des dynasties royales, opposées aux idées libérales et révolutionnaires. C'est la raison pour laquelle les monarchies, qui craignent l'expansion des idées nationales, s'opposent à l'autonomie des peuples. Les revendications des **nationalités** en Espagne, en Allemagne, en Italie ou encore en Pologne sont ignorées et même combattues.

- **En France, les Bourbons sont restaurés sur le trône.** En 1814, puis une seconde fois en 1815 après les **Cent-Jours**, Louis XVIII, frère cadet de Louis XVI, recouvre la couronne de France avec le soutien des monarchies européennes. À sa mort en 1824, c'est son frère, Charles X, qui lui succède.

DATES CLÉS

4 juin 1814
Louis XVIII octroie la Charte constitutionnelle

22 septembre 1814-9 juin 1815
Congrès de Vienne

26 septembre 1815
Création de la Sainte-Alliance

20 novembre 1815
Création de la Quadruple-Alliance

En juin 1814, Louis XVIII octroie une charte constitutionnelle limitant l'arbitraire royal et sauvegardant des acquis révolutionnaires (égalité devant la loi, liberté de culte et de la presse). Cela n'empêche pas un tournant **réactionnaire** après 1820. ➲ Étude 2 p. 54

3 Sauvegarder l'Europe des princes

- **Pour garantir le nouvel ordre européen bâti à Vienne, la Sainte-Alliance est créée en septembre 1815.** Elle repose sur la coalition des grandes monarchies chrétiennes européennes : l'Empire russe, l'Empire autrichien et le royaume de Prusse. Elle doit assurer la défense de l'Europe des rois et la préserver des idées libérales et révolutionnaires qui la menacent toujours. Il s'agit d'une alliance mutuelle dont l'objectif est le maintien de l'ordre monarchique, la répression des idées révolutionnaires et la promotion des valeurs chrétiennes.
- **Des monarchies s'allient pour maintenir l'ordre établi en Europe.** La Sainte-Alliance, qui est avant tout idéologique, ne regroupe pas toute l'Europe dans son combat contre les idées révolutionnaires. Si le Royaume-Uni n'en fait initialement pas partie, il rejoint ses partenaires dans la Quadruple-Alliance. Des congrès internationaux sont régulièrement tenus afin de lutter contre les idées libérales et nationales (congrès de Vérone, 1822). La France est réintégrée au concert des nations en 1823.
- **En 1815, l'ordre des rois semble s'imposer et dominer en Europe.** Le congrès de Vienne a permis l'instauration d'un cadre de coopération répressif et réactionnaire. La Sainte-Alliance ne tarde pas à jouer son rôle en Europe dans les années qui suivent. Que ce soit en Italie (1820-1821), en Espagne (1823) ou plus tard en Pologne, en Allemagne ou de nouveau en Italie, les puissances monarchiques s'entendent pour écraser durement les tentatives de révolte populaire ou d'indépendance nationale. ➲ Étude 1 p. 50

ACTEURS

KLEMENS WENZEL VON METTERNICH
(1773-1859)

CHARLES-MAURICE DE TALLEYRAND-PÉRIGORD, DIT TALLEYRAND
(1754-1838)

LOUIS XVIII
(1755-1824)

CHARLES X
(1757-1836)

Le congrès de Vienne (1814-1815), le nouvel ordre européen

Bâtir un nouvel équilibre des puissances
- Stabiliser la paix en Europe
- Redécoupage des frontières
- Règlement diplomatique des tensions

Restaurer un ordre monarchique
- Louis XVIII en France
- Ferdinand VII en Espagne
- Création du royaume des Pays-Bas

Sauvegarder l'Europe des princes
- Concert des nations
- La Sainte-Alliance (1815)
- Répression des soulèvements (Espagne, Italie, Pologne, etc.)

ÉTUDE 3 PARCOURS CROISÉS

Delacroix, peindre les peuples en révolution

Le massacre de Chios (1822) PPO

EUGÈNE DELACROIX (1798-1863)
Peintre français et figure majeure du courant artistique du **romantisme**. Son œuvre témoigne de son engagement en faveur des idéaux libéraux et nationalistes de l'époque.

En 1822, les Grecs, alors intégrés à l'Empire ottoman, déclarent leur indépendance. Victimes de nombreuses violences comme les massacres de Chios (20 000 morts et 45 000 esclaves), ils reçoivent le soutien d'écrivains et artistes tels que François-René de Chateaubriand, Victor Hugo et Eugène Delacroix.

> Pourquoi les artistes s'engagent-ils en faveur de l'indépendance grecque ?

1 Peindre les massacres de Chios

Eugène Delacroix, *Scènes des massacres de Scio ; familles grecques attendant la mort ou l'esclavage*, 1824, huile sur toile, 419 × 354 cm, musée du Louvre, Paris.

VOCABULAIRE

Philhellénisme : mouvement de soutien européen à la cause de l'indépendance de la Grèce entre 1822 et 1830.

2 Le philhellénisme en Europe

Il s'agit maintenant de savoir si l'Europe veut et peut arrêter l'effusion du sang. Une politique ferme, grande et désintéressée, peut arrêter tant de massacres, donner une nouvelle nation au monde et rendre la Grèce à la terre. […]
Les Grecs sont-ils des rebelles et des révolutionnaires ? Non. Forment-ils un peuple avec lequel on puisse traiter ? Oui.
[…] Nous, simples particuliers, redoublons de zèle pour le sort des Grecs ; protestons en leur faveur à la face du monde ; combattons pour eux ; recueillons à nos foyers leurs enfants exilés, après avoir trouvé l'hospitalité dans leurs ruines.

François René de Chateaubriand, *Note sur la Grèce, 1825/1827*, Paris, Garnier, 1861.

ACTIVITÉ 1

1. **Doc. 1** Sur quels sentiments Delacroix s'appuie-t-il pour rallier l'opinion publique à la cause grecque ?
2. **Doc. 1 et 2** Comment les romantiques participent-ils à la cause du philhellénisme ?
3. **Doc. 1** Dans son poème *L'Enfant* (1828), Victor Hugo écrit : « Les Turcs ont passé là. Tout est ruine et deuil. » Expliquez cette citation.

BILAN À l'aide de vos réponses, expliquez comment et pourquoi la guerre d'indépendance de la Grèce s'accompagne de l'engagement de personnalités littéraires et artistiques dans les années 1820.

Les Trois Glorieuses (1830)

PPO

Succédant à Louis XVIII en 1824, Charles X impose un régime autoritaire et mène une politique laissant craindre un retour à la monarchie absolue. Entre le 27 et le 29 juillet 1830 (les Trois Glorieuses), une révolution populaire provoque l'abdication du roi.

Quel principe révolutionnaire guide la révolution de 1830 en France ?

3 Peindre le peuple parisien en révolution

Eugène Delacroix, *Le 28 juillet 1830. La Liberté guidant le peuple*, 1830, huile sur toile, 260 × 325 cm, musée du Louvre, Paris.

▶ Vidéo
La Liberté guidant le peuple, Histoire par l'image, 2022.
hachette-clic.fr/25hg1007

VOCABULAIRE

Romantisme : mouvement littéraire et artistique du XIXe siècle qui met en avant les sentiments, la nature, l'individu et la liberté des hommes et des peuples.

4 Une révolution du peuple ?

Lorsque, le 28, il [le peuple] descendit dans la rue, il ne s'était encore rendu compte ni de ses affections[1], ni de ses haines, mais il souffrait, il avait respiré l'odeur de la poudre que fallait-il de plus ? [...] Le drapeau tricolore fut déployé. Alors la révolution commença.

[...] *Vive la Charte* était le cri des bourgeois. Les hommes du peuple, qui ne connaissaient pas la Charte, firent passer dans ce cri toutes les espérances confuses qu'ils avaient au fond du cœur. Beaucoup moururent pour un mot qu'ils ne comprenaient pas. [...] Des groupes se formaient à la porte Saint-Denis et à la porte Saint-Martin. À l'entrée du faubourg Saint-Denis, on commençait une barricade avec une grosse charrette de moëllons[2]. Les ouvriers imprimeurs se réunissaient dans le passage Dauphine [...]. Dans le faubourg Saint-Jacques, les étudiants passaient leurs pistolets à leur ceinture et s'armaient de leurs fusils de chasse.

Louis Blanc, *Histoire de dix ans. 1830-1840*, tome 1, Paris, Pagnerre, 1842.

1. Sentiments, émotions.
2. Pierres rectangulaires utilisées en maçonnerie.

ACTIVITÉ 2

1. **Doc. 3** Pourquoi cette œuvre de Delacroix est-elle engagée ?
2. **Doc. 3 et 4** Repérez sur l'œuvre de Delacroix des acteurs de la révolution de 1830 évoqués par Louis Blanc.
3. **Doc. 4** Expliquez quelles sont les motivations des révolutionnaires de 1830 selon l'auteur.

BILAN Montrez comment Delacroix peint non seulement le peuple en révolution mais aussi la violence des événements de juillet 1830.

PARCOURS CROISÉS

Réalisez une capsule audio dans laquelle vous expliquez comment Eugène Delacroix se fait le témoin des troubles politiques et révolutionnaires des années 1820-1830.

1. Vous pouvez commencer en présentant le contexte des œuvres de Delacroix (doc. 2 et 4).
2. Poursuivez en présentant les moyens mobilisés par l'artiste pour susciter l'adhésion de l'opinion publique aux causes représentées dans ses œuvres (doc. 1 et 3).
3. Évoquez enfin la portée de ces œuvres jusqu'à nos jours (doc. 1 et 3).

ÉTUDE 4 REGARD DE L'HISTORIEN

1848 : l'Europe des peuples face à l'Europe des rois ?

« Le sol tremble à nouveau en Europe », c'est ainsi que l'écrivain et député français Alexis de Tocqueville, dès janvier 1848, perçoit et anticipe la vague révolutionnaire qui secoue le continent cette année-là. Alors que l'historiographie s'est longtemps concentrée sur les événements de 1848 en France, elle adopte désormais une perspective plus large, prenant en compte ce mouvement transnational qu'est le « Printemps des peuples ».

> Quelles sont les conséquences de la diffusion des idées révolutionnaires au cours du « Printemps des peuples » ?

1 Les révolutions de 1848

REGARD DE L'HISTORIEN

Nous sommes influencés par une vision mythique et idéalisée de la révolution, comme un moment d'engendrement d'un nouvel ordre, voulu par des acteurs qui détruisent l'ancien monde et le refaçonnent à l'image de leur vision. Mais quelle révolution peut prétendre répondre à cet idéal inatteignable ? Pas les révolutions de 1848 en tout cas. En effet, ce qui les caractérise, c'est leur *polyvocalité*[1], leur manque de coordination, et la superposition de nombreux vecteurs d'intentions et de conflits qui se télescopent.

Mais en dépit de leur caractère chaotique, les révolutions eurent des conséquences profondes. Ceux et celles qui entrèrent dans la chambre de collision de 1848 en sortirent changés. Les libéraux, portés au pouvoir par les révoltes urbaines, consolidèrent leur hégémonie à travers les nouvelles institutions politiques, dont la plupart survécurent aux révolutions. [...] Les conservateurs apprirent à vivre avec des constitutions et des chambres représentatives, et à utiliser les techniques de mobilisation de masse pour étendre leur base sociale. [...] Une nouvelle forme politique de gauche émergea, plus soucieuse de promouvoir des mesures sociales que de conspirer à la prise du pouvoir. La plupart des radicaux surmontèrent leur ambivalence à l'égard du suffrage universel, et devinrent même ses défenseurs les plus fervents les décennies suivantes. Les libéraux apprirent à s'allier avec des alliés potentiels à droite comme à gauche, et à adopter des compromis complexes entre pouvoir et liberté. [...] Des femmes notamment osèrent remettre en cause la politique genrée du système patriarcal. [...] La synthèse de l'âge postrévolutionnaire, produit des révolutions et de leur répression, se fonda sur l'exclusion politique persistante des classes populaires, dont le courage et la violence avaient rendu possibles les révolutions [...]. La promesse que « cette fois », contrairement à 1830, « le peuple » récolterait enfin les fruits de sa révolution, resta vaine.

Christopher Clark, *1848 – Le Printemps des peuples. Se battre pour un monde nouveau*, Paris, Flammarion, 2024.

1. Coexistence de plusieurs voix ou intérêts.

Qui est-il ?
Christopher Clark (né en 1960) : historien australien, spécialiste de l'histoire de l'Allemagne et de l'Europe aux XIXe et XXe siècles.

2 Une barricade à Berlin en 1848

Combats de barricades sur Alexanderplatz dans la nuit du 18 au 19 mars 1848, 1848, Kunstbibliothek, Berlin.

Sources : D. Diaz, « Paris, cœur battant du "printemps des peuples" », *L'Histoire*, n° 444, février 2018 ; A.-D. Houte et A. Dusserre, *Atlas de la France au XIXe siècle*, Autrement, 2021.

3 La diffusion de la contagion révolutionnaire en 1848

4 Cristina di Belgiojoso, une aristocrate en révolution

Lorsque la révolution milanaise éclata, je me trouvais à Naples. Je ne pus résister au désir de rejoindre aussitôt mes concitoyens, et je me hâtai de louer un bateau à vapeur qui devait me transporter à Gênes. À peine le bruit de mon départ s'était-il répandu, que je pus reconnaître combien la cause lombarde[1] éveillait de chaudes sympathies dans la population napolitaine. Des volontaires de toutes les classes venaient me supplier de les emmener avec moi en Lombardie. [...] Quand j'arrivai à Milan, les Autrichiens n'avaient quitté la ville que depuis huit jours, et les barricades encombraient encore les rues. C'était la première fois que je voyais les couleurs italiennes flotter sur les murs de la capitale lombarde. J'éprouvais une joie profonde.

Cristina di Belgiojoso, « L'Italie et la révolution italienne de 1848 », *Revue des Deux Mondes*, t. 23, 1848.

1. Insurrection dans le royaume de Lombardie-Vénétie, particulièrement à Milan, contre l'occupation militaire et la domination de l'Empire autrichien sur les affaires du royaume.

Qui est-elle ?
Cristina di Belgiojoso (1808-1871) : aristocrate milanaise engagée en faveur du libéralisme et de l'unité italienne.

PARCOURS 1

Mettre en perspective un événement historique

1. **Doc. 1** Selon Christopher Clark, quelles sont les « conséquences profondes » des révolutions de 1848 ?
2. **Doc. 1** Selon l'historien, quelle est la situation des classes populaires après les révolutions de 1848 ?
3. **Doc. 1 et 4** De quelle manière les femmes jouent-elles un rôle dans les révolutions de 1848 ?
4. **Doc. 2, 3 et 4** Montrez que le « Printemps des peuples » peut être considéré comme un mouvement de révolutions européen.

BILAN En vous appuyant sur l'étude des documents, expliquez pourquoi le « Printemps des peuples » de 1848 constitue à la fois un échec et un moment clé des révolutions européennes.

PARCOURS 2

Comprendre le regard de l'historien

Lisez la source du **doc. 1**. Pourquoi Christopher Clark a-t-il opté pour ce sous-titre, « Se battre pour un monde nouveau » ?

Pas à pas
1. Commencez par identifier les principaux objectifs des révolutions de 1848.
2. Montrez ensuite que des révolutionnaires ont combattu pour leurs aspirations.
3. Enfin, mettez en évidence que, malgré des succès inégaux, les révolutions de 1848 ont entraîné des transformations profondes.

COURS 2 La remise en cause de l'ordre monarchique (1821-1848)

> Comment les idées révolutionnaires bouleversent-elles l'ordre européen ?

1 L'ordre de Vienne contesté

- **Le congrès de Vienne combat les aspirations nationales et libérales.** Les mouvements nationaux, qui ont joué un rôle dans la défaite de l'Empire napoléonien, sont ignorés. La restauration monarchique s'accompagne d'un redécoupage des frontières qui ne tient pas compte des nationalités. Les espoirs d'indépendance et d'unité nationale sont rapidement déçus, notamment pour les Polonais, Italiens et Allemands dont les territoires sont divisés et placés sous influence des grandes puissances.

- **Les premières contestations de l'ordre de Vienne apparaissent dès les années 1820.** En 1821, les Grecs s'insurgent contre la domination ottomane et proclament leur indépendance en 1822. Un courant de soutien se développe en Europe, notamment après les massacres de Chios (1822) qui illustrent la violente répression des Ottomans. C'est avec l'appui des puissances européennes, intéressées par l'affaiblissement de l'Empire ottoman, que la Grèce obtient son indépendance (1830). Étude p. 58

- **L'éveil des nationalités européennes se confirme en 1830-1831.** En France, les Trois Glorieuses des 27, 28 et 29 juillet 1830 illustrent la vague révolutionnaire en Europe qui, durant plusieurs mois, éclate et se diffuse au nom des idées libérales et nationales. En Belgique, en Pologne, dans certains États italiens et allemands, des révoltes éclatent. Hormis la Belgique qui obtient son indépendance en 1830 avec le soutien de la France et du Royaume-Uni, les insurrections échouent face à la réaction hostile et à la répression des puissances européennes. Grand Angle p. 52

2 L'ordre de Vienne confirmé mais fragilisé

- **En France, les effets de la révolution de 1830 sont limités.** Charles X, accusé de bafouer la Charte de 1814 pour restaurer l'« Ancien Régime », est destitué. Toutefois, les Français optent pour la réaffirmation de la monarchie constitutionnelle que gouverne Louis-Philippe d'Orléans, le « roi des Français ». La Charte est légèrement révisée et émerge l'espoir de libertés élargies et d'un Parlement aux pouvoirs plus étendus. Étude p. 54 et étude p. 58

- **En Europe, les monarchies réaffirment leur autorité.** En Pologne, appelée aussi « royaume du Congrès », la population se soulève contre la tutelle russe et déclare son indépendance en janvier 1831. L'insurrection se solde par un échec en raison de la répression menée par le tsar Nicolas Ier. Dans les États italiens, l'insurrection des *carbonari* est rapidement défaite par l'Empire autrichien. Dans la Confédération germanique, les princes allemands répriment les révolutionnaires avec le soutien de l'Empire autrichien et du royaume de Prusse.

VOCABULAIRE

- **Aspirations libérales :** volonté de développer les libertés individuelles.
- **Aspirations nationales :** volonté d'autonomie ou d'indépendance d'une nation sous tutelle.
- ***Carbonari* :** membres des sociétés secrètes favorables aux idées libérales et nationales en Italie.
- **Patriotes :** désigne ceux qui luttent pour leur patrie, pour l'unité et l'indépendance nationales.

DATES CLÉS

1830
Indépendances de la Grèce et de la Belgique

27-29 juillet 1830
Les Trois Glorieuses en France

Février 1848
Révolution en France

1848
« Printemps des peuples » en Europe

- **L'ordre de Vienne a fait échouer les révolutions de 1830.** La réaction conservatrice des monarchies européennes frappe durement les mouvements **patriotes**. Ces derniers, comme les sociétés secrètes italiennes, s'étaient développés dans les années 1820 et avaient favorisé la diffusion des idées et de la contestation. Les violentes répressions menées par les souverains entraînent l'exil de nombreux chefs, tels que Giuseppe Mazzini, et conduisent à la disparition ou la mise en sommeil de nombreux mouvements.

➔ Grand Angle p. 52

3 L'ordre de Vienne menacé

- **En France, la dérive conservatrice et autoritaire de Louis-Philippe Ier, dans un contexte de crise économique, provoque une nouvelle révolution en février 1848.** Elle marque la fin de l'expérience de la monarchie constitutionnelle entamée en 1814 et le début de la Deuxième République.
- **1848 est une année révolutionnaire en Europe.** Si des troubles éclatent dès 1845 (Pologne, Suisse), le « Printemps des peuples » débute en février-mars 1848. Les foyers révolutionnaires sont nombreux, notamment Paris, Berlin, Vienne, Milan et Rome. Des républiques sont proclamées à Rome et Venise et des constitutions libérales sont rédigées en Europe. L'Empire autrichien est mis en difficulté par les mouvements d'émancipation de peuples tels que les Hongrois dirigés par Lajos Kossuth. Metternich, figure incarnant l'ordre de Vienne, est contraint à la démission et à l'exil.
- **L'année 1848 ne marque cependant pas la fin de l'ordre monarchique et conservateur.** Profitant des dissensions qui s'expriment entre les révolutionnaires qui n'ont pas tous les mêmes aspirations, les souverains rétablissent conjointement et progressivement leur autorité. L'empire d'Autriche réprime les insurrections des Hongrois ou des Italiens avec le soutien de l'Empire russe. En 1849, le roi de Prusse, Guillaume IV, refuse la couronne impériale que lui propose un Parlement élu. Nombreux sont les insurgés à reprendre le chemin de l'exil et de la clandestinité mais les acquis libéraux subsistent. Les révolutions de 1848 marquent une étape importante dans la diffusion des idées nationales et libérales. ➔ Étude p. 60

ACTEURS

GIUSEPPE MAZZINI (1805-1872)

LAJOS KOSSUTH (1802-1894)

EUGÈNE DELACROIX (1798-1863)

LOUIS-PHILIPPE IER (1773-1850)

La remise en cause de l'ordre monarchique (1821-1848)

L'ordre de Vienne contesté
- Développement des nationalismes
- Montée du libéralisme
- Révolutions en Europe en 1830

L'ordre de Vienne confirmé mais fragilisé
- Répression des révoltes par les monarques
- Exil des nationalistes
- Monarchie de Juillet en France

L'ordre de Vienne menacé
- « Printemps des peuples » (1848)
- Proclamation de la Deuxième République en France
- Écrasement des révolutions en Europe

RÉVISIONS

Faire le point

L'Europe entre restauration et révolution (1814-1848)

Acteurs

- Talleyrand
- Metternich
- Louis XVIII
- Mazzini
- Louis-Philippe Ier
- Eugène Delacroix

Vocabulaire et notions

- Carbonari
- Charte
- Concert des nations
- Libéralisme
- Nationalisme
- Nationalités
- Restauration
- Sainte-Alliance

Les événements majeurs

- **1814-1815 :** congrès de Vienne
- **1814-1848 :** monarchie constitutionnelle en France
- **1822 :** massacre de Chios en Grèce
- **27, 28 et 29 juillet 1830 :** Trois Glorieuses en France
- **1830-1848 :** monarchie de Juillet en France
- **1848 :** « Printemps des peuples »

Idées essentielles

- Le « concert européen » établi par les monarques lors du congrès de Vienne vise à restaurer la paix et la stabilité en Europe.
- La période de 1814 à 1848 est marquée par la volonté des monarques de rechercher un équilibre entre l'ordre ancien et les idées nouvelles.
- Entre 1830 et 1848, les diverses aspirations (libérales, sociales, nationales) se manifestent à travers des mouvements révolutionnaires en Europe.

Réviser avec des podcasts

Podcasts
hachette-clic.fr/25hg1008

Flashcards
hachette-clic.fr/25hg1009

- **Écoutez les cinq épisodes du podcast puis testez vos connaissances grâce aux flashcards.**

L'ESSENTIEL en 5 minutes

1. Quels sont les objectifs du congrès de Vienne ?
2. La Restauration marque-t-elle un retour à l'« Ancien Régime » ?
3. Comment le libéralisme et le nationalisme fragilisent-ils l'ordre de Vienne ?
4. Quel est l'impact de la révolution de 1830 en France et en Europe ?
5. Pourquoi les révolutions de 1848 sont-elles qualifiées de « Printemps des peuples » ?

Mémoriser avec des exercices

Quiz
hachette-clic.fr/25hg1010

Le congrès de Vienne et le nouvel ordre européen

1 **Quel diplomate autrichien est l'acteur clé du congrès de Vienne ?**

2 **Quels sont les principes du congrès de Vienne ?**
a. Résoudre diplomatiquement les différends entre les monarques.
b. Faire la guerre au roi le plus puissant.
c. Réprimer toute nouvelle insurrection.

3 **Quel monarque est rétabli sur le trône de France à la suite du congrès de Vienne ?**
a. Talleyrand
b. Giuseppe Mazzini
c. Louis XVIII
d. Louis-Philippe Ier

Les mouvements révolutionnaires en Europe

4 **Quelle expression fait référence à la révolution parisienne de 1830 ?**
a. Les Trois Glorieuses b. Les Trente Glorieuses c. Les Cent-Jours

5 **Citez deux pays européens qui obtiennent leur indépendance en 1830.**

6 **Sélectionnez la (ou les) affirmation(s) exacte(s).**
a. Metternich sort renforcé de la répression du « Printemps des peuples ».
b. Le « Printemps des peuples » conduit à l'abdication du roi Louis-Philippe Ier.
c. Les révolutions de 1848 échouent en raison des divergences d'objectifs et des aspirations différentes entre les révolutionnaires.

La recherche d'un équilibre entre l'ordre ancien et les idées nouvelles

7 **Présentez le rôle de ce témoin des événements de la période 1814-1848 en trois informations clés.**

8 **Peut-on affirmer que la Charte de 1814 marque un retour à l'« Ancien Régime » ? Justifiez votre réponse.**

9 **Associez chaque terme à sa définition.**

Nationalisme •	• Mouvement littéraire et artistique du XIXe siècle qui met en avant les sentiments, la nature, l'individu et la liberté des hommes et des peuples.
Libéralisme •	• Mouvement politique promouvant l'idée que chaque nation a le droit de se gouverner elle-même et de former un État souverain.
Romantisme •	• Mouvement politique favorable aux libertés individuelles et aux droits de l'homme.

Défi en groupe – Bataille de connaissances

15 min de préparation : Constituez un trio puis sélectionnez trois mots-clés, trois acteurs et trois dates à faire deviner à vos camarades. Rédigez vos questions.

10 min de réalisation : Affrontez un autre trio. Chaque bonne réponse fait gagner un point. Les premiers à atteindre cinq points remportent le défi.

S'entraîner

Confronter deux portraits

1 **Louis XVIII**

Antoine-Jean Gros, *Louis XVIII, roi de France et de Navarre dans sa robe de sacre*, 1817, huile sur toile, 292,5 × 204,5 cm, château de Versailles.

2 **Louis-Philippe Ier**

Franz Xaver Winterhalter, *Louis-Philippe Ier, roi des Français et la Charte de 1830*, 1839, huile sur toile, 263,5 × 189 cm, château de Versailles.

PALIER 1

J'identifie les documents

- Identifiez les doc. 1 et 2 (nature, auteur, titre, date).
- Précisez le régime politique associé à chacun de ces portraits (doc. 1 et 2).

PALIER 2

Je décris les documents

- Décrivez la posture de chacun des rois (doc. 1 et 2).
- Quels sont les insignes royaux présents sur chacun des portraits (doc. 1 et 2) ?
- Quel texte de loi est présent sur le doc. 2 ?

PALIER 3

Je confronte les documents

- Quels sont les points communs et les différences entre ces deux portraits ?
- Pourquoi les rois se font-ils représenter ainsi ?
- Que nous apprennent ces deux représentations du roi sur l'évolution de la monarchie en France entre 1814 et 1830 ?

• Analyser un article de presse

Lisez le document puis répondez aux questions.

L'engagement révolutionnaire de Giuseppe Mazzini

Nous sommes un peuple de vingt et un à vingt-deux millions d'hommes, désignés depuis un temps immémorial sous un même nom, – celui de peuple italien, – renfermés dans les limites naturelles les plus précises que Dieu ait jamais tracées, la mer et les montagnes les plus hautes d'Europe, – parlant la même langue modifiée par des patois moins dissemblables que ne le sont l'écossais et l'anglais, – ayant les mêmes croyances, les mêmes mœurs, les mêmes habitudes [...] ; fiers du plus glorieux passé politique, scientifique, artistique qui soit connu dans l'histoire européenne [...].

Nous n'avons pas de drapeau, pas de nom politique, pas de rang parmi les nations européennes. [...] Nous sommes démembrés en huit États : Lombardie, Parme, Toscane, Modène, Lucques, États du Pape, Piémont, royaume de Naples, tous indépendants les uns des autres, sans alliance, sans unité de but. [...] Il n'y existe de liberté ni de presse, ni d'association, ni de parole, ni de pétition collective, ni d'introduction de livres étrangers, ni d'éducations ; rien. Un de ces États, comprenant à peu près le quart de la péninsule, appartient à l'Autriche.

Giuseppe Mazzini, « L'Italie, l'Autriche et le Pape », *La Revue indépendante*, septembre 1845.

1 Quelle est la situation de l'Italie en 1845 ?

a. Une partie de l'Italie est occupée par l'Autriche.

b. L'Italie est morcelée en plusieurs États indépendants.

c. L'Italie est un royaume unifié.

2 Sélectionnez la (ou les) proposition(s) exacte(s).

a. La langue, l'histoire et la géographie sont des éléments qui fondent la nation italienne selon Mazzini.

b. La division de l'Italie en plusieurs États affaiblit l'Italie en Europe.

c. L'Autriche soutient l'action de Mazzini en faveur de l'unité italienne.

3 Quelle proposition rend compte de l'idée générale du document ?

a. Mazzini estime que le soutien de l'Angleterre et de l'Écosse est nécessaire pour faire l'unité italienne.

b. Mazzini défend l'idée d'une Italie unifiée dans un même État pour former une nation libre et indépendante.

c. Les Italiens sont divisés en huit États qui ne peuvent pas parvenir à s'unifier en raison de nombreuses divergences politiques et sociales.

4 En analysant le document et grâce à vos réponses, montrez que Mazzini illustre le développement du nationalisme et du libéralisme en Europe.

Pour aller plus loin

À VOIR

- Le film *Le Hussard sur le toit* (1995) raconte l'histoire d'un membre des *carbonari* italiens qui fuit la répression autrichienne dans la France de la monarchie de Juillet.

À VISITER EN LIGNE

- Le site web du musée national Eugène-Delacroix offre la possibilité de découvrir les œuvres du peintre et d'en apprendre davantage sur son parcours artistique.

MÉTIER D'HISTORIEN

- Expert dans l'étude des sources grâce à la rigueur de sa méthode d'analyse, **l'archiviste** recueille, organise, conserve et communique des documents.

Vers le supérieur ? La fiche métier de l'Onisep hachette-clic.fr/25hg1011

MÉTHODE BAC Répondre à une question problématisée

Sujet corrigé : Comment l'ordre monarchique est-il restauré en Europe après la fin de l'Empire napoléonien ?

Objectif Mobiliser des connaissances pour former des arguments

Après avoir présenté le congrès de Vienne et ses principes, expliquez comment celui-ci est mis en œuvre de 1815 à 1848.

Étape 1 Comprendre la question et identifier les mots-clés

1. Lisez attentivement la question et les indications proposées.
2. Au brouillon, expliquez le thème, les mots-clés et la période concernés.

Comment l'ordre monarchique est-il restauré en Europe après la fin de l'Empire napoléonien ?

- ordre monarchique : Système politique dominé par des rois.
- restauré : Volonté de rétablir la situation d'avant la Révolution et Napoléon Ier.
- Europe : En France et dans les pays vainqueurs (Autriche, Espagne, Prusse, Russie...).
- après la fin de l'Empire napoléonien : Après l'abdication de Napoléon Ier.

Étape 2 Mobiliser des connaissances

3. Listez au brouillon des connaissances en lien avec la question problématisée.

Idée 1 – Le congrès de Vienne et ses principes.
Vocabulaire : *Concert des nations ; restauration ; Sainte-Alliance.*
Acteurs : *Metternich, Alexandre Ier de Russie, Frédéric-Guillaume III de Prusse, François Ier de Habsbourg, Talleyrand, Castlereagh.*
Repères : *septembre 1814 – juin 1815.*

Idée 2 – La mise en œuvre du congrès de Vienne de 1815 à 1848.
Vocabulaire : *nationalisme, libéralisme, monarchie constitutionnelle, charte, carbonari.*
Acteurs : *Metternich, Louis XVIII, Charles X, Mazzini.*
Repères : *congrès de Vérone de 1822, révolutions de 1830, « Printemps des peuples » de 1848.*

Étape 3 Développer des arguments

4. Formez des arguments grâce à des explications fondées sur :
   - des dates et événements ;
   - des lieux ;
   - des acteurs ;
   - du vocabulaire.

Un argument majeur apporte une réponse à la question.

Exemple à développer pour l'idée 1 : *Après l'abdication de Napoléon en 1814, le congrès de Vienne se tient de septembre 1814 à juin 1815 afin de rétablir l'ordre monarchique en Europe après les guerres révolutionnaires et napoléoniennes. Dirigé par Metternich, il réunit des souverains et diplomates européens, dont Talleyrand pour la France. Ce congrès marque la première grande réunion des monarques pour établir des règles communes, assurer la stabilité en Europe et résoudre diplomatiquement leurs différends dans le cadre du concert européen des nations.*

Exemple à développer pour l'idée 2 : *La période allant de 1815 au « Printemps des peuples » (1848) est marquée par la domination de l'ordre monarchique en Europe. L'entente entre les monarchies favorise la répression des idées libérales et nationales ainsi que le retour à un ordre réactionnaire et conservateur. Les États de la Sainte-Alliance interviennent en Italie, en Espagne et lors des révolutions de 1830 et 1848 pour écraser les révoltes et défendre la monarchie.*

➔ Voir la fiche méthode 11 p. 280

Sujet guidé : Les poussées révolutionnaires de 1830 et 1848 en France et en Europe remettent-elles en cause l'Europe des rois ?

Commencez par présenter les caractéristiques de ces moments révolutionnaires puis présentez leur bilan.

Étape 1 Comprendre la question et identifier les mots-clés

1. Analysez la question.

Pourquoi des révolutions éclatent-elles en 1830 et 1848 ? → **poussées révolutionnaires de 1830 et 1848**

Quels sont les pays touchés par les révolutions et quels en sont les résultats ? → **en France et en Europe**

Les poussées révolutionnaires de 1830 et 1848 en France et en Europe remettent-elles en cause l'Europe des rois ?

Quelles revendications des révolutionnaires s'opposent à l'ordre de Vienne ? → **remettent-elles en cause**

Que signifie cette expression ? → **l'Europe des rois**

Étape 2 Mobiliser des connaissances

2. Complétez les idées ci-dessous à l'aide de connaissances du cours (p. 56 et 62).

Idée 1 : *Les caractéristiques des révolutions de 1830 et 1848*	***Idée 2 :*** *Les bilans des révolutions de 1830 et 1848*
Vocabulaire : *Sainte-Alliance, libéralisme, …*	***Vocabulaire :*** *réformes constitutionnelles, …*
Acteurs : *Charles X, …*	***Acteurs :*** *Louis-Philippe Ier, …*
Repères : *Trois Glorieuses, ….*	***Repères :*** *Charte révisée de 1830, …*

Étape 3 Développer des arguments

3. Quelle proposition vous semble la plus pertinente pour présenter le premier argument ? Justifiez votre choix.

Proposition 1 : *Les mouvements révolutionnaires de 1830 et 1848 se caractérisent par le reversement des rois en Europe au cours de révoltes populaires sanglantes.*

Proposition 2 : *Les mouvements révolutionnaires de 1830 et 1848 se caractérisent par la diversité de leurs revendications (nationalisme, libéralisme, socialisme) et par leur volonté commune de remettre en cause l'ordre du congrès de Vienne de 1815.*

Proposition 3 : *Les mouvements révolutionnaires de 1830 et 1848 se caractérisent par l'unité des révolutionnaires en Europe, qui portent ensemble des revendications communes pour former un peuple européen uni.*

4. Complétez la rédaction du deuxième argument en suivant le modèle de la p. 68.

Bien que les poussées révolutionnaires de 1830 et 1848 aient des caractéristiques communes, leur bilan est contrasté car…

MÉTHODE BAC Analyser des documents

Sujet corrigé : Louis-Philippe, roi des Français.

Après avoir situé le document dans son contexte, montrez que cette représentation des journées de juillet 1830 est une œuvre en faveur de Louis-Philippe et de son nouveau régime.

Objectif Sélectionner des informations et les mettre en rapport avec des connaissances

Horace Vernet, *Le duc d'Orléans quitte le Palais royal pour se rendre à l'hôtel de ville, 31 juillet 1830*
1832, huile sur toile, 215 cm × 261,5 cm, musée national du château de Versailles.

Étape 1 Lire la consigne et le document

1. Lisez attentivement la consigne.
2. Relisez l'étude 2 et le cours 1 du chapitre 2.
3. Définissez les mots-clés.

« Représentation » : invite à une analyse critique du document car l'artiste y exprime sa vision (ou celle du pouvoir ?) des événements de juillet 1830.

4. Exercez un point de vue distancé et critique.

Le document, que l'on peut comparer avec la version offerte par Delacroix, propose un récit favorable à Louis-Philippe.

Étape 2 Identifier le document

5. Interprétez la date de réalisation de l'œuvre.

Même si l'œuvre de Vernet n'est pas contemporaine des faits, elle permet de de légitimer la monarchie incarnée par Louis-Philippe.

6. Précisez l'idée principale du document.

Dans une scène idéalisée, Vernet réécrit l'événement des journées révolutionnaires de 1830 en centrant son propos sur la capacité de la monarchie à apaiser les esprits.

Étape 3 Sélectionner des informations et les mettre en relation avec des connaissances

7. Mobiliser les informations du document en lien avec des connaissances.

__1re partie de la consigne :__ Vernet évoque les journées révolutionnaires de juillet 1830 : Qui sont les acteurs ? Quelles sont les attitudes ? Comment interpréter ce récit ?

__2e partie de la consigne :__ Vernet met en scène l'arrivée au pouvoir de Louis-Philippe : Quelle est la mise en scène ? Comment l'interpréter ? Cette œuvre diffère-t-elle d'autres représentations ?

➔ Voir la fiche méthode 10 p. 278

Sujet guidé : 1848, une révolution européenne.

Après avoir présenté le contexte de production du document, mettez en évidence la dimension populaire des révolutions de 1848 puis expliquez les motivations des peuples en lutte.

Carlo Canella, *Combats de la porte Tosa à Milan, 22 mars 1848,*
1848, huile sur toile, 74 × 94,5 cm, musée du Risorgimento, Milan.

Étape 1 Lire la consigne et identifier le document

1. Lisez attentivement la consigne afin d'identifier et de définir les mots importants.

Quand ? Où ? Quoi ? → présenté le contexte

Présentez les caractéristiques des révolutions de 1848. → dimension populaire

Après avoir présenté le contexte de production du document, mettez en évidence la dimension populaire des révolutions de 1848 puis expliquez les motivations des peuples en lutte.

Qui sont les acteurs des révolutions de 1848 ? → révolutions de 1848

Pourquoi ? Quelles raisons ont motivé les mouvements révolutionnaires ? → motivations

2. Identifiez les idées principales du document puis recherchez dans le chapitre les pages permettant de développer votre argumentation.

3. Quelle image des révolutions de 1848 cette œuvre renvoie-t-elle ?

4. Est-elle conforme à la réalité des faits ? Justifiez.

Étape 2 Sélectionner des informations et les mettre en relation avec des connaissances

5. Reproduisez et complétez le tableau.

Plan suggéré par la consigne	Informations sélectionnées dans le document	Connaissances
Premier paragraphe Le contexte du document.	– *1848, barricades.* –	– .... – ....
Deuxième paragraphe La dimension populaire des révolutions de 1848.	– .... –	– *Les milieux étudiants, ouvriers, artisans, etc.* – ....
Troisième paragraphe Les motivations des peuples en lutte.	– .... –	– .... – ....

Napoléon III, empereur des Français

Guillaume Cabasson, *L'Apothéose de Napoléon III*, 1854, huile sur toile, 65 × 81 cm, musée national du château de Compiègne.

Napoléon III, qui a rétabli l'Empire en 1852, est représenté sur un char, guidant la France, drapeau tricolore en main, vers un avenir glorieux.

« ANCIEN RÉGIME »	MONARCHIE CONSTITUTIONNELLE	PREMIÈRE RÉPUBLIQUE	CONSULAT	PREMIER EMPIRE	RESTAURATION	MONAR
1789	1792	1799	1804	1814	1830	

THÈME 2 La France dans l'Europe des nationalités : politique et société (1848-1871)

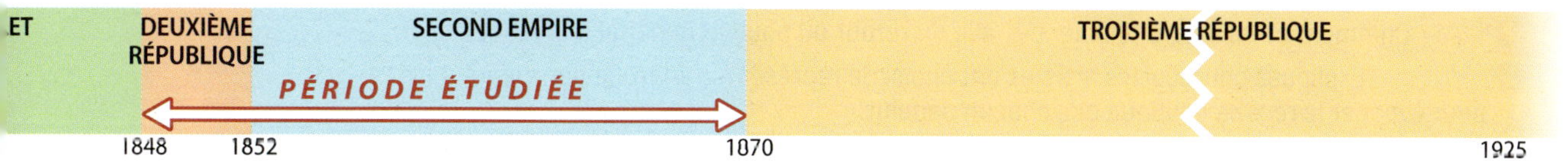

CHAPITRE

3 La difficile entrée dans l'âge démocratique : la Deuxième République et le Second Empire

COURS 1 En France, la révolution de février 1848 aboutit à la proclamation de la Deuxième République. Cependant, quatre ans plus tard, Louis-Napoléon Bonaparte fonde le Second Empire.

> Pourquoi l'instauration d'un nouveau régime républicain en France échoue-t-elle ?

COURS 2 Sous le Second Empire, Napoléon III met en place un régime autoritaire qui, à partir des années 1860, tente de se réformer pour apporter une réponse aux critiques et aux oppositions.

> Quelles sont les évolutions du régime mis en place par Napoléon III ?

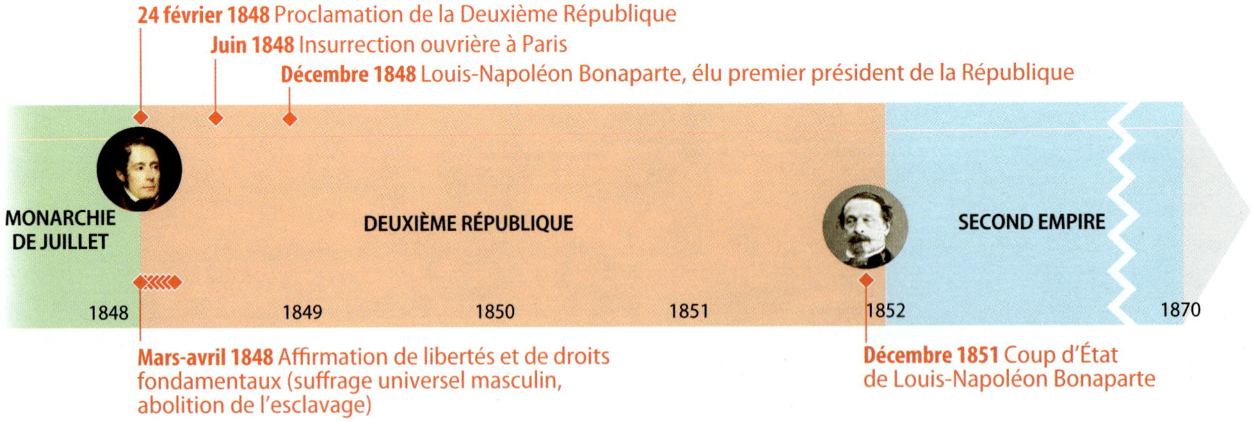

QUESTIONS

1. Doc. 1 Quels symboles et valeurs républicains sont réaffirmés en 1848 ?
2. Doc. 2 Comment cette œuvre témoigne-t-elle du retour du pouvoir impérial en France ?
3. Doc. 1 et 2 Expliquez pourquoi les artistes ont choisi de représenter un trône dans leurs œuvres pour évoquer le régime politique que chacun dépeint.

1 **L'instauration de la Deuxième République en France**

Hermann Raunheim, *Révolution française, 1848. Le Trône des Tuileries transporté par le peuple à la Bastille, 24 février*, vers 1848, estampe, 32 × 49 cm, musée Carnavalet, Paris.

2 **L'empereur Napoléon III et l'impératrice Eugénie**

Joseph Désiré Court, *La Commission du musée Napoléon présentant les plans du musée au couple impérial*, huile sur toile, 57 × 75 cm, musée de Picardie, Amiens.

ÉTUDE 1 1848, un nouveau projet républicain pour la France

Les révolutionnaires de février 1848 renversent le roi des Français Louis-Philippe Ier et proclament la République. Cependant, les espoirs sont rapidement déçus et de nouvelles révoltes éclatent en juin. Elles sont durement réprimées.

> Sur quelles bases la Deuxième République repose-t-elle ?

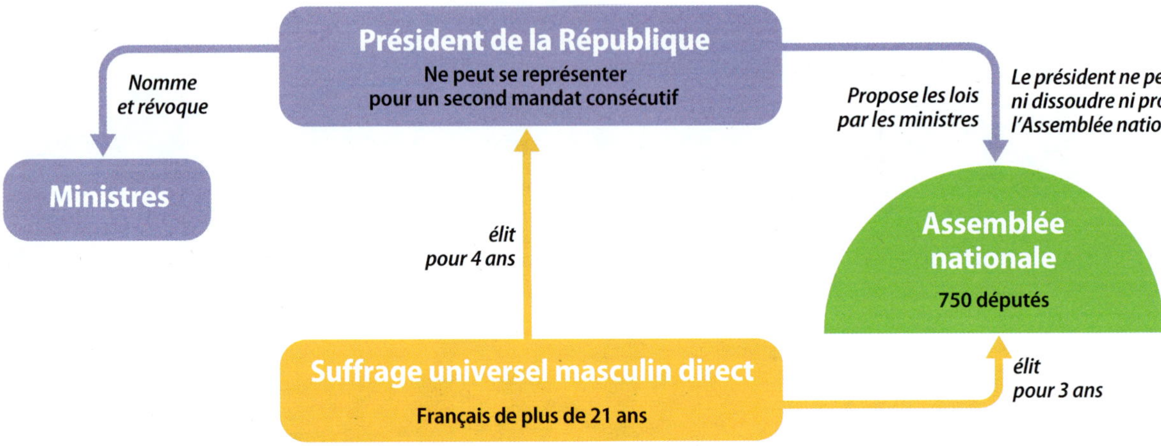

1 La Constitution de la Deuxième République du 4 novembre 1848

Une République démocratique

- 26-29 février : abolition de la peine de mort en matière politique
- 5 mars : suffrage universel masculin (hommes de plus de 21 ans, plus de 9 millions d'électeurs)
- 27 avril : abolition de l'esclavage dans les territoires français

Une République sociale

- 25 février : proclamation d'un droit au travail
- 26-27 février : création des Ateliers nationaux (30 000 ouvriers inscrits fin mars, 100 000 fin avril)
- 2 mars : limitation de la journée de travail à 10 heures à Paris et 11 heures en province

Une République fragile

- 23-24 avril : élections législatives remportées par les républicains modérés (en faveur d'une République bourgeoise et libérale)
- 21 juin : fermeture des Ateliers nationaux
- 23-26 juin : insurrection ouvrière à Paris (réprimée par l'armée)

2 L'affirmation d'idéaux démocratiques en 1848

VOCABULAIRE

- **Abolitionnisme :** mouvement en faveur de l'abolition de l'esclavage.
- **Ateliers nationaux :** organisation proposant du travail aux chômeurs parisiens dans le cadre de grands chantiers financés par l'État entre mars et juin 1848.
- **Suffrage universel masculin :** mode de scrutin où seuls les individus de sexe masculin peuvent voter.

3 La Deuxième République abolit l'esclavage (27 avril 1848)

Aboli en 1794, puis restauré dès 1802, l'esclavage est définitivement aboli par le décret de Victor Schœlcher. Cependant, au même moment, une révolte d'esclaves est durement réprimée en Martinique et ceux-ci ne peuvent se déplacer qu'avec un document d'autorisation.

François-Auguste Biard, *L'Abolition de l'esclavage*, 1849, huile sur toile, 261 × 391 cm, château de Versailles.

VICTOR SCHŒLCHER (1804-1893)

Journaliste engagé dans l'**abolitionnisme** depuis les années 1830, il est membre du gouvernement provisoire en 1848.

4 La République et les Ateliers nationaux

En créant les Ateliers nationaux, le gouvernement provisoire avait fait un grand acte politique humanitaire […]. C'était réaliser les espérances que le fameux décret du 25 février avait fait naître, par lequel le gouvernement provisoire s'engageait à garantir l'existence de l'ouvrier par le travail, et du travail à tous les citoyens. […] La question des Ateliers nationaux est la question qui préoccupe tout le monde, qui jette de l'inquiétude dans tous les esprits : que cette classe si intéressante de la société, parce qu'elle en est le nerf, parce qu'elle est la seule qui produise, est mise en suspicion, et que nos hommes d'État à courte vue, talonnés qu'ils sont par la peur, ne parlent de rien moins que de les supprimer […]. Eh bien ! Moi qui ne suis ni représentant du Peuple ni homme d'État, je vais vous indiquer ce qu'il y a à faire […]. Mettez-vous franchement à la hauteur de votre mandat ; conservez les Ateliers nationaux, mais faites-les produire.

Journal démocratique et officiel des Ateliers nationaux, 24-27 juin 1848.

PARCOURS 1

Comprendre une situation historique

1. **Doc. 1, 2 et 3** Pourquoi peut-on affirmer que la Deuxième République repose sur un idéal démocratique ?
2. **Doc. 2 et 3** Montrez que les premières mesures répondent aux aspirations des révolutionnaires de février 1848.
3. **Doc 4** Pourquoi les Ateliers nationaux sont-ils critiqués ?
4. **Doc. 2 et 4** Expliquez pourquoi, en dépit de ces premières mesures, des tensions existent sur les différentes formes que peut prendre la République.

BILAN À partir des documents et de vos réponses, rédigez un texte expliquant les fondements de la Deuxième République et leurs limites.

PARCOURS 2

Produire un oral argumenté

Vous êtes guide d'une exposition intitulée « La Deuxième République, la difficile entrée dans l'âge démocratique ». Vous devez répéter votre intervention.

Pas à pas

1. Commencez par expliquer pourquoi la Deuxième République est démocratique sur le plan politique et institutionnel (**doc. 1 et 2**).
2. Poursuivez en montrant comment elle représente également une République sociale (**doc. 2, 3 et 4**).
3. Enfin expliquez pourquoi l'idéal démocratique de la Deuxième République reste limité et fragile (**doc. 2 et 4**).

ÉTUDE 2
PARCOURS CROISÉS

Alphonse de Lamartine et George Sand : écrire et s'engager

Alphonse de Lamartine en 1848

PPO

ALPHONSE DE LAMARTINE
(1790-1869)
Né dans une famille de petite noblesse, poète et romancier, il est élu député sous la monarchie de Juillet. Membre du gouvernement provisoire de la Deuxième République, il se présente sans succès à la première élection présidentielle de 1848.

Acteur clé des journées révolutionnaires de février 1848, Alphonse de Lamartine s'affirme comme l'une des figures marquantes des débuts de la Deuxième République.

› Quel est le rôle de Lamartine dans la mise en place de la République en 1848 ?

1 L'élection présidentielle selon Lamartine

Ce que nous vous proposons, qu'est-ce autre chose que le peuple tout entier sacrant non pas son président, je vous le répète, et ne vous y trompez pas, sacrant sa Constitution [...].

Voilà, messieurs, l'œuvre du suffrage universel que nous vous proposons de sanctionner dans votre Constitution, pour l'élection de votre président.

Voyez le danger de l'autre système[1] [...]. Voilà un citoyen qui, au lieu de sortir avec 6 millions de voix qui attestent des millions de points d'appui dans la conscience d'autant de citoyens de la République, sortira peut-être à l'unanimité, je le souhaite sans l'espérer, et sortira à une majorité quelconque du sein de cette Assemblée, à une majorité savez-vous de combien de voix ? À une majorité de 60, 50, 30, 20, 3 ou 4 voix peut-être. Est-ce là la dignité, l'autorité, le respect, le prestige dont vous voulez investir l'élection de votre puissance exécutive ? [...]

Ah ! On peut corrompre les hommes par petits groupes, on ne peut pas les corrompre en masse. On empoisonne un verre d'eau, on n'empoisonne pas un fleuve. Une Assemblée est suspecte, une nation est incorruptible comme l'océan. [...]

Discours d'Alphonse de Lamartine à l'Assemblée nationale, le 6 octobre 1848.

1. Élection du président de la République par une assemblée d'élus.

2 Lamartine repoussant le drapeau rouge (25 février 1848)

Alors qu'une colonne d'insurgés souhaite imposer le drapeau rouge (à gauche), symbole d'une république populaire et sociale, Lamartine (au centre) annonce : « Je repousserai jusqu'à la mort ce drapeau de sang [...], le drapeau tricolore a fait le tour du monde, avec le nom, la gloire et la liberté de la patrie. »

Henri Félix Philippoteaux, *Lamartine refusant le drapeau rouge devant l'Hôtel de Ville*, vers 1848, 298 × 629 cm, Petit Palais, musée des Beaux-Arts de la ville de Paris.

ACTIVITÉ 1

1. **Doc. 2** Quel rôle Lamartine joue-t-il d'après cette œuvre ?
2. **Doc. 1** Pourquoi, selon Lamartine, le président de la République doit-il être élu au suffrage universel ?
3. **Doc. 1 et 2** Présentez la conception que Lamartine a de la République.

BILAN À l'aide de vos réponses, expliquez pourquoi Lamartine est un acteur majeur des débuts de la Deuxième République.

George Sand, une femme de lettres engagée en politique PPO

GEORGE SAND
(1804-1876)
Née Aurore Dupin, femme de lettres engagée en faveur de la République. Elle publie de nombreux articles et fonde *La Cause du peuple*. Hostile à toute dérive conservatrice, elle poursuit son engagement contre Louis-Napoléon Bonaparte.

Engagée dans la révolution de 1848, George Sand se mobilise pour les droits des femmes, pour la réduction de la pauvreté et pour une république plus sociale.

Comment George Sand s'engage-t-elle en faveur de la République ?

3 George Sand, une **féministe** engagée

« Si de George Sand ce portrait
Laisse l'esprit un peu perplexe,
C'est que le génie est abstrait
Et comme on sait n'a pas de sexe. »

Lithographie d'Alcide-Joseph Lorentz, 1842, 30 × 22 cm, musée Delacroix, Paris.

4 George Sand, une républicaine convaincue

Dans un écrit intitulé *Première lettre au peuple*, tracé sous l'influence des premières manifestations populaires depuis l'avènement de la République, nous avons posé un principe auquel nous avons eu foi toute notre vie : « L'homme isolé ne compte point devant Dieu et ne saurait agir sur les hommes. » Par l'homme isolé, j'entends celui qui se renferme systématiquement dans une retraite intellectuelle et morale sans consulter les pulsations de la vie qui circule dans les veines du genre humain. Par l'homme isolé, j'entends celui qui s'individualise dans l'esprit d'une caste[1] ou d'une secte[2], qui se fait le chef, l'apôtre ou le disciple d'une théocratie ou d'un privilège. […] Ainsi donc, deux écueils dont il faut se préserver avec des sentiments et des armes différentes, mais dont il faut se préserver sous peine de quitter le chemin de la vérité : l'erreur de l'orgueil individuel, l'erreur de l'intérêt personnel. […] Le sentiment républicain, c'est-à-dire le sentiment égalitaire, [les] combat en nous. La vérité n'est pas une faveur que Dieu accorde exclusivement à quelques-uns, en leur confiant la fonction de l'enseigner à tous. Cette croyance, prise d'une manière absolue, est un mensonge du passé, dont l'humanité libre s'affranchit.

George Sand dans *La Cause du peuple*, n° 1, 9 avril 1848.

1. En référence à la bourgeoisie et/ou l'aristocratie. 2. En référence à l'Église.

VOCABULAIRE

Féministe : personne qui soutient et défend les droits des femmes et l'égalité des droits avec les hommes.

ACTIVITÉ 2

1. **Doc. 3** Pourquoi cette représentation de George Sand illustre-t-elle son engagement féministe ?
2. **Doc. 4** Présentez l'idéal républicain de George Sand.
3. **Doc. 3 et 4** Quelles sont les différentes formes de l'engagement républicain de George Sand ?

BILAN À l'aide de vos réponses, montrez que George Sand est une femme engagée dans les débuts de la Deuxième République.

PARCOURS CROISÉS

Vous rédigez un article de journal pour présenter deux acteurs majeurs des débuts de la Deuxième République : Lamartine et George Sand.

1. Présentez la façon dont ces acteurs sont perçus et représentés (**doc. 2 et 3**).
2. Montrez qu'ils ont en commun l'idéal démocratique de la République (**doc. 1 et 4**).
3. Différenciez leurs actions et leurs combats en faveur de la République (**doc. 1 à 4**).

GRAND ANGLE La Deuxième République à l'épreuve du vote

● Les 10 et 11 décembre 1848, les Français élisent pour la première fois un président de la République au suffrage universel masculin direct. Louis-Napoléon Bonaparte, soutenu par les conservateurs, remporte largement cette élection.

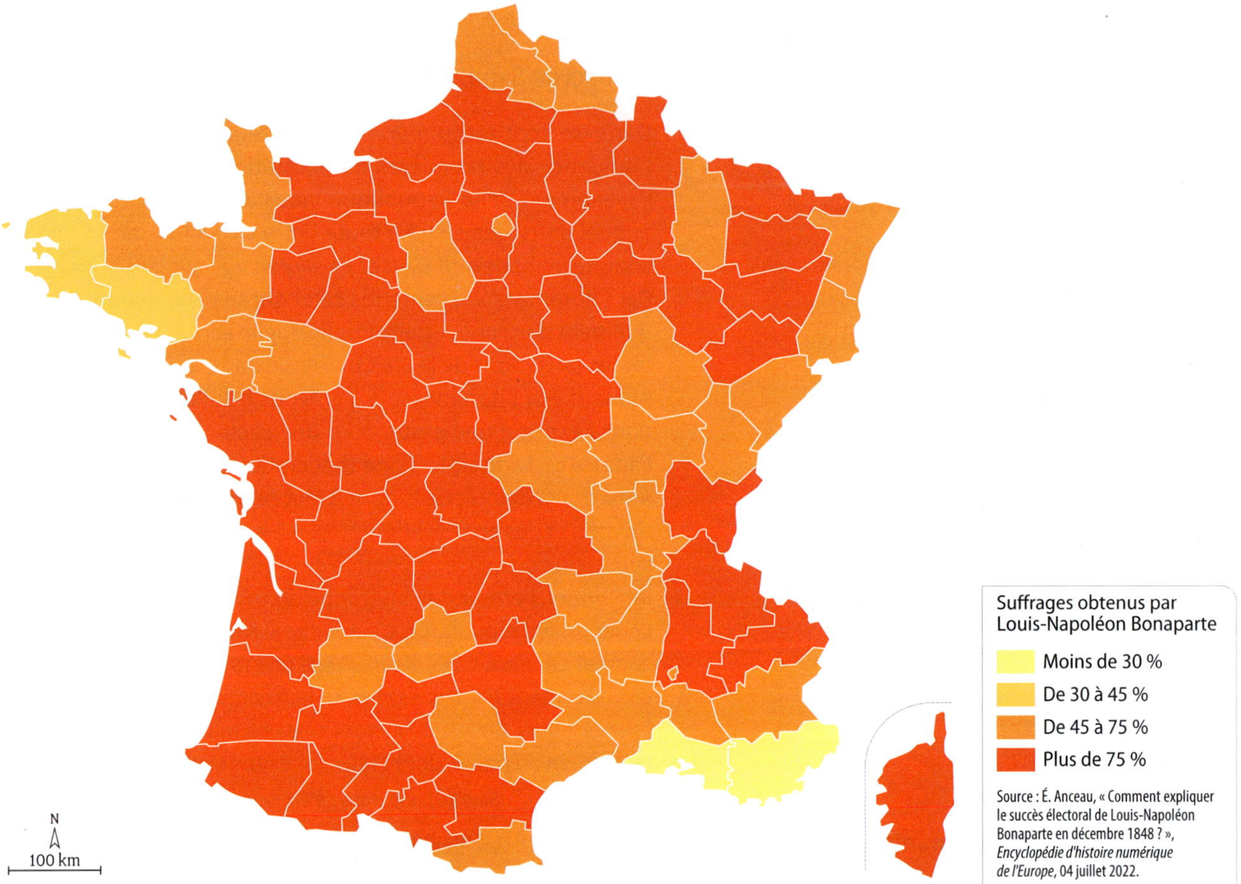

1 Le vote des Français à la première élection présidentielle (décembre 1848)

Principaux candidats	Louis-Napoléon Bonaparte	Cavaignac	Ledru-Rollin	Raspail	Lamartine
Groupe politique	**Parti de l'Ordre** (conservateurs, bonapartistes et monarchistes)	Républicains modérés	Démocrates-socialistes	**Socialistes**	Libéraux
Votes obtenus (% des suffrages exprimés)	5,5 millions (74,3 %)	1,4 million (18,6 %)	380 000 (5 %)	37 000 (0,5 %)	21 000 (0,2 %)

2 Les résultats de la première élection présidentielle

● Alors que Louis-Napoléon Bonaparte est largement élu à la présidence de la République en décembre 1848, les élections législatives de mai 1849 ne lui permettent pas d'obtenir une majorité suffisante à l'Assemblée. La France est alors profondément divisée entre les différents projets portés par le parti de l'Ordre, les républicains, les démocrates et les socialistes.

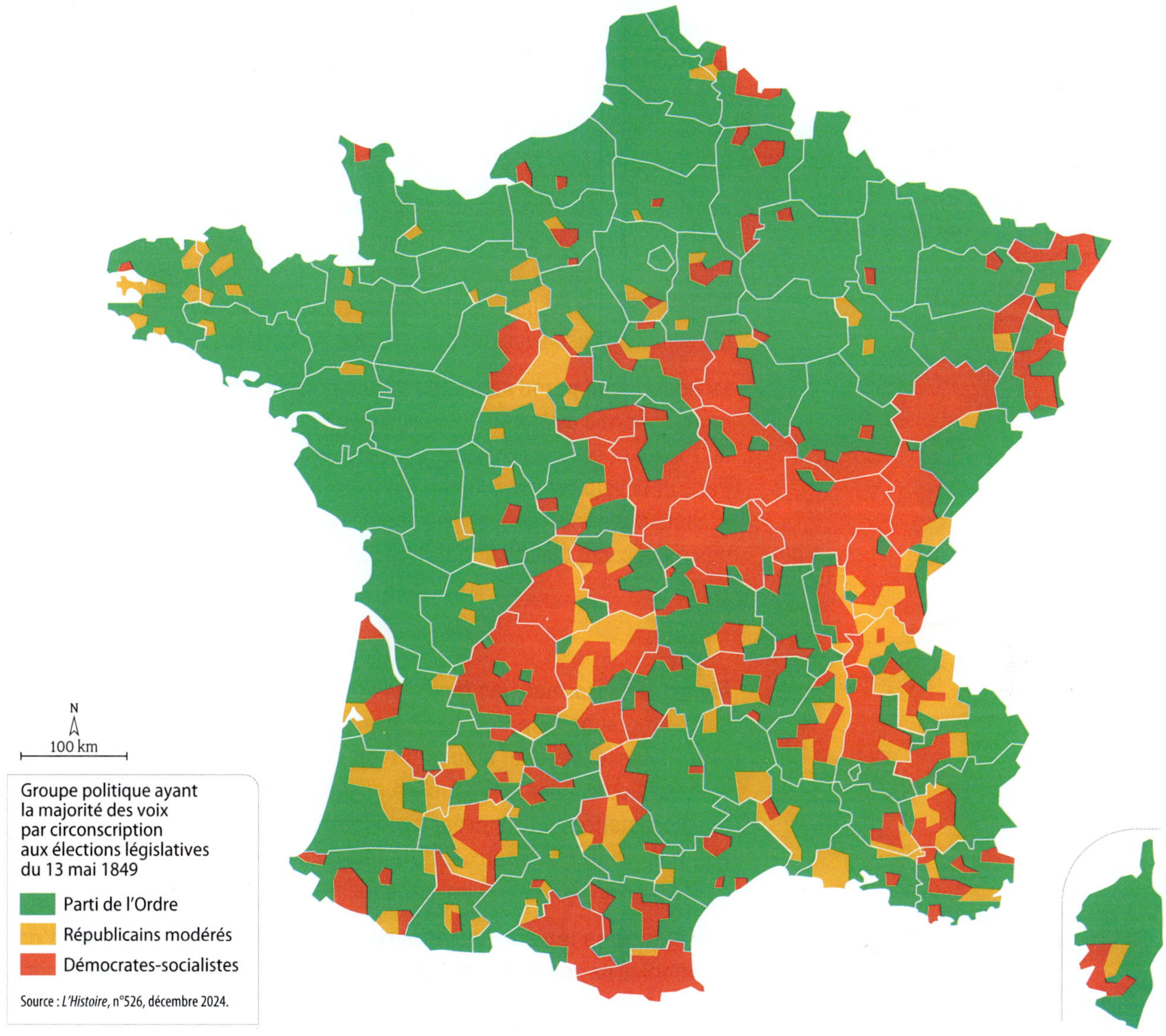

3 **Une opinion politique divisée**

VOCABULAIRE

Parti de l'Ordre : mouvement en faveur d'une politique conservatrice opposée à la République sociale.

Socialiste : partisan des doctrines luttant pour la réduction des inégalités sociales provoquées par l'industrialisation.

QUESTIONS

1. **Doc. 1 et 2** Justifiez l'affirmation suivante : « Louis-Napoléon Bonaparte est largement élu président de la République en 1848. »
2. **Doc. 2 et 3** Montrez que les premières élections de 1848-1849 sont démocratiques.
3. **Doc. 1 et 3** Pourquoi la géographie électorale révèle-t-elle une France divisée ?

COURS 1 La Deuxième République (1848-1852)

> Pourquoi l'instauration d'un nouveau régime républicain en France échoue-t-elle ?

1 La République source d'espoirs

- **Les journées des 22, 23 et 24 février 1848 provoquent l'effondrement de la monarchie de Juillet et la proclamation de la Deuxième République.** Un **gouvernement provisoire** est constitué de personnalités diverses, telles que le poète et député Alphonse de Lamartine, le socialiste Louis Blanc ou le républicain Alexandre Ledru-Rollin. Il est soutenu par de nombreux artistes, écrivains et intellectuels comme George Sand. Étude p. 78

- **Les débuts de la République provoquent enthousiasme et satisfaction.** Les réformes, inspirées par la Révolution, se succèdent et permettent d'élargir les droits et les libertés politiques. Le suffrage universel masculin est proclamé et les libertés de presse et de réunion sont reconnues. Dans les colonies, l'esclavage est aboli grâce à l'action de Victor Schoelcher.

- **La République prend aussi une dimension sociale grâce à des mesures pour le monde du travail.** Le décret du 25 février 1848 reconnaît le droit au travail et celui du 2 mars en réduit la durée quotidienne (10 heures à Paris et 11 heures en province). D'autres mesures, comme l'ouverture des Ateliers nationaux, sont prises afin de résoudre le problème du chômage des milieux populaires et ouvriers parisiens. Étude p. 76

2 Les espoirs déçus de la République

- **Malgré les réformes, les tensions subsistent.** Le mécontentement des sans-emploi ne disparaît pas en raison d'un chômage persistant. Les réformes sociales, qui inquiètent les investisseurs et les patrons, sont aussi critiquées par les républicains modérés et les conservateurs. Ces derniers dénoncent la création des Ateliers nationaux, qu'ils jugent coûteux, voire dangereux, car ils regroupent des milliers d'ouvriers en colère pouvant constituer une potentielle force de troubles et d'agitations.

- **Les élections législatives d'avril 1848 permettent l'élection d'une Assemblée nationale constituante.** Les neuf millions d'électeurs, dont la majorité est rurale et conservatrice, participent massivement (80 %). Les républicains modérés l'emportent alors que subsiste un important groupe monarchiste. Ces élections illustrent l'opposition entre les conservateurs et les républicains mais aussi entre les villes et les campagnes ainsi qu'entre la bourgeoisie et les ouvriers.

- **Au printemps, les tensions s'amplifient et réduisent à néant l'image d'unité de février 1848.** Le 15 mai 1848, l'Assemblée nationale est envahie par des manifestants, certains revendiquent un nouveau gouvernement provisoire. Le 21 juin 1848, l'Assemblée décide la fermeture des Ateliers nationaux. La décision provoque la colère des milieux ouvriers parisiens qui se mobilisent lors de nouvelles journées de barricades (23-26 juin

VOCABULAIRE

- **Assemblée constituante :** assemblée élue afin de rédiger une Constitution.
- **Gouvernement provisoire :** gouvernement mis en place avant l'élection du président de la République (février-décembre 1848).
- **Orléaniste :** partisan de la restauration de la dynastie de Louis-Philippe d'Orléans.
- **Plébiscite :** vote lors duquel les électeurs doivent répondre par « oui » ou par « non » à une question posée.

DATES CLÉS

24 février 1848
Proclamation de la Deuxième République

27 avril 1848
Abolition de l'esclavage

2 décembre 1851
Coup d'État de Louis-Napoléon Bonaparte

2 décembre 1852
Proclamation du Second Empire

1848). La révolte est violemment réprimée par les troupes du ministre de la Guerre, le général Cavaignac. Des milliers de personnes trouvent la mort et d'autres sont arrêtées et déportées. ➔ Étude p. 76

3 L'échec de la République

- **L'Assemblée constituante propose une nouvelle Constitution proclamée le 4 novembre 1848.** Un président de la République, élu pour un seul mandat de quatre ans, est à la tête de l'exécutif. Le pouvoir législatif est confié à une Assemblée législative unique. La première élection présidentielle se déroule en décembre 1848. Louis-Napoléon Bonaparte, candidat du parti de l'Ordre et neveu de Napoléon Ier, est largement élu grâce au soutien des conservateurs, des bonapartistes et des **orléanistes,** comme Adolphe Thiers, ainsi qu'aux voix des électeurs ruraux. ➔ Grand Angle p. 80
- **Malgré son triomphe électoral, le président Bonaparte doit composer avec une Assemblée législative dominée par le parti de l'Ordre.** Les relations avec celui-ci se tendent rapidement. La loi du 31 mai 1850 réduit le corps électoral d'un tiers en obligeant les citoyens à résider plus de trois ans dans une commune pour pouvoir y voter. Bonaparte désapprouve cette décision et s'éloigne alors de la majorité. La rupture intervient le 19 juillet 1851 lorsque celle-ci rejette le projet de révision constitutionnelle voulu par Bonaparte afin de pouvoir se représenter à l'issue de son mandat présidentiel.
- **Le 2 décembre 1851, Louis-Napoléon Bonaparte organise alors un coup d'État.** La date est symbolique : elle commémore le sacre de Napoléon Ier (1804) et la victoire d'Austerlitz (1805). Ces références sont importantes pour comprendre la façon dont Bonaparte tourne la page de l'expérience républicaine débutée en février 1848 : l'Assemblée est dissoute, le suffrage universel masculin rétabli et la Deuxième République abolie par **plébiscite** (novembre 1852). Le 2 décembre 1852, le Second Empire est proclamé : Louis-Napoléon Bonaparte prend le titre de Napoléon III. ➔ Étude p. 84

ACTEURS

ALEXANDRE LEDRU-ROLLIN (1807-1874)

LOUIS BLANC (1811-1882)

ADOLPHE THIERS (1797-1877)

LOUIS-NAPOLÉON BONAPARTE (1808-1873)

La Deuxième République (1848-1852)

Les espoirs (février-mars 1848)
- Réformes politiques (suffrage universel masculin)
- Réformes sociales (Ateliers nationaux)
- Abolition de l'esclavage

Les espoirs déçus (avril-juin 1848)
- Échec des Ateliers nationaux
- Assemblée modérée et conservatrice
- Répression de juin

L'échec (décembre 1848-1852)
- Louis-Napoléon Bonaparte, premier président de la République
- Coup d'État du 2 décembre 1851
- Proclamation du Second Empire (1852)

ÉTUDE 3

Louis-Napoléon Bonaparte, le président de la République devenu empereur PPO

LOUIS-NAPOLÉON BONAPARTE
(1808-1873)
Neveu de Napoléon Ier, il vit en exil pendant la Restauration. Élu premier président de la République française en 1848 au suffrage universel masculin, il rétablit l'Empire en France de 1852 à 1870.

Élu premier président de la République en 1848, Louis-Napoléon Bonaparte met en place une politique qui le met en conflit avec les royalistes et les députés à l'Assemblée. Confronté à ses opposants, il rétablit l'Empire en 1852 par les urnes et par la force.

> Comment Louis-Napoléon Bonaparte fait-il basculer la Deuxième République en un régime autoritaire ?

1 Le premier président de la République française

Citoyens représentants,

Les suffrages de la nation et le serment que je viens de prêter commandent ma conduite future. Je verrai des ennemis de la patrie dans tous ceux qui tenteraient de changer, par des voies illégales, ce que la France entière a établi. Je veux, comme vous, rasseoir la société sur ses bases, affermir les institutions démocratiques. La majorité que j'ai obtenue, non seulement me pénètre de reconnaissance, mais elle donnera au Gouvernement nouveau la force morale sans laquelle il n'y a pas d'autorité. Animé de cet esprit de conciliation, j'ai appelé près de moi des hommes honnêtes, malgré les diversités d'origine politique, ils sont d'accord pour concourir avec vous à l'application de la Constitution, au perfectionnement des lois, à la gloire de la République. [...] Nous avons, citoyens représentants, une grande mission à remplir, c'est de fonder une République dans l'intérêt de tous, et un gouvernement juste, ferme, qui soit animé d'un sincère amour du progrès sans être réactionnaire ou utopiste. Soyons les hommes du pays, non les hommes d'un parti.

Discours prononcé par Louis-Napoléon Bonaparte devant les députés de l'Assemblée nationale le 20 décembre 1848.

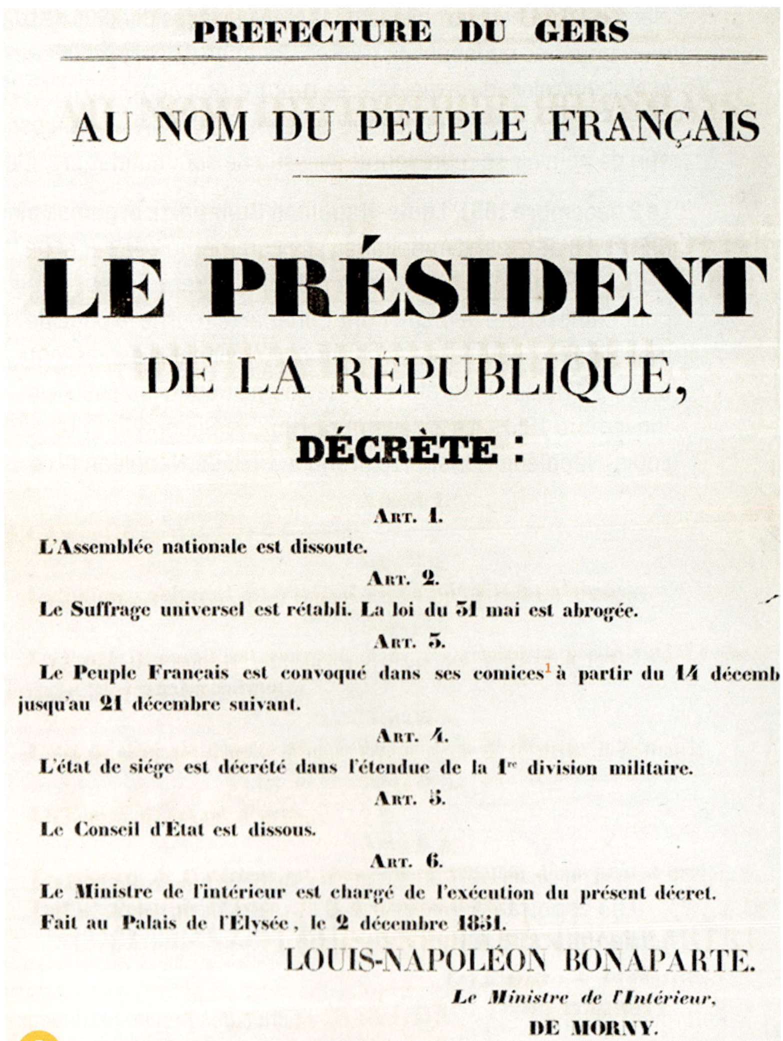

PREFECTURE DU GERS

AU NOM DU PEUPLE FRANÇAIS

LE PRÉSIDENT

DE LA RÉPUBLIQUE,

DÉCRÈTE :

ART. 1.

L'Assemblée nationale est dissoute.

ART. 2.

Le Suffrage universel est rétabli. La loi du 31 mai est abrogée.

ART. 3.

Le Peuple Français est convoqué dans ses comices[1] à partir du 14 décemb
jusqu'au 21 décembre suivant.

ART. 4.

L'état de siége est décrété dans l'étendue de la 1re division militaire.

ART. 5.

Le Conseil d'Etat est dissous.

ART. 6.

Le Ministre de l'intérieur est chargé de l'exécution du présent décret.

Fait au Palais de l'Élysée, le 2 décembre 1851.

LOUIS-NAPOLÉON BONAPARTE.

Le Ministre de l'Intérieur,

DE MORNY.

2 Les décrets du 2 décembre 1851

Musée Carnavalet, Paris.

1. Assemblées électorales où l'on vote.

3 **La répression du coup d'État de 1851**

Des ouvriers, des intellectuels et des républicains s'opposent au coup d'État de Louis-Napoléon Bonaparte. Le député Baudin est tué sur une barricade à Paris.

Renversement de la République, coup d'État du 2 Décembre 1851, lithographie coloriée, 20 × 28 cm, BnF, Paris.

4 L'Empire plébiscité ?

Rennes, le 22 novembre 1852

Monsieur le président [du Corps législatif],

Dans peu de jours, le pouvoir *temporaire* de Louis-Napoléon sera devenu un pouvoir *définitif*, et une nouvelle dynastie aura pris possession du trône de saint Louis ; je me trompe : dans la pensée du Sénat, le plébiscite du 7 novembre[1] n'*établit* pas l'Empire : il le *rétablit* et le continue, à titre de gouvernement légitime, de telle sorte que les règnes de Louis XVIII et de Charles X sont relégués de droit au rang des faits révolutionnaires. Néanmoins, si, sous ce nouveau régime fondé sans ma participation, il ne s'agissait pour moi que de contribuer librement à la confection des lois de mon pays, je verrais ce que j'aurais à faire ; mais non : comme député, je suis appelé à constater la régularité du scrutin des 21 et 22 novembre[2], c'est-à-dire à proclamer l'Empire. En présence de cette obligation imposée au Corps législatif et que j'aurais crue volontiers en dehors de son mandat, l'hésitation ne m'est plus possible : je donne ma démission des fonctions de député.

Lettre du député breton Audren de Kerdrel lue par le président du Corps législatif lors de la séance extraordinaire du 25 novembre 1852 (parue dans le journal *Le Siècle* du 27 novembre 1852).

1. Voté par le Sénat, puis par le peuple les 21 et 22 novembre 1852, ce texte rétablit l'Empire.
2. La décision du Sénat du 7 novembre est soumise à un plébiscite organisé les 21 et 22 novembre. Le « oui » l'emporte avec plus de 96 % des suffrages exprimés.

PARCOURS 1

Raconter un événement

1. **Doc. 1** Relevez les éléments qui montrent que le président élu s'engage à respecter la Constitution de la Deuxième République.
2. **Doc. 1 à 4** « Je veux, comme vous, [...] affermir les institutions démocratiques [...]. » Pourquoi cette citation du **doc. 1** est-elle contredite par les autres documents ?
3. **Doc. 3 et 4** Par quels moyens Louis-Napoléon Bonaparte parvient-il à imposer ses projets politiques ?
4. **Doc. 2 et 4** Pourquoi le suffrage universel n'est-il pas un gage de démocratie ?

BILAN À l'aide des documents et de vos réponses, racontez comment le président de la République est devenu empereur.

PARCOURS 2

Réfléchir sur une citation

Dans un article de la revue *L'Histoire*, l'historien Jean Garrigues se pose la question suivante : « L'Empereur était-il un démocrate ? » À l'aide des documents, expliquez les raisons d'un tel titre et les nuances qu'il faut lui apporter.

Pas à pas

1. Rappelez d'abord la chronologie des événements allant de l'élection de Louis-Napoléon Bonaparte à la présidence de la République jusqu'à sa proclamation comme empereur des Français sous le titre de Napoléon III.
2. Expliquez ensuite comment Louis-Napoléon Bonaparte utilise le suffrage universel.
3. Évoquez enfin les autres moyens auxquels il a recours pour imposer son ambition politique.

ÉTUDE 4
REGARD DE L'HISTORIEN

Le Second Empire, une lente évolution vers un régime plus libéral ?

Le Second Empire est d'abord un régime autoritaire. Le contrôle sur la presse est strict, les opposants sont réprimés par l'emprisonnement ou l'exil. La vie politique est encadrée par des candidatures officielles. Pourtant, le régime connaît une lente libéralisation économique et politique dans les années 1860.

> Comment le Second Empire réalise-t-il une synthèse entre pouvoir autoritaire et principe démocratique ?

1 Napoléon III et le régime impérial

REGARD DE L'HISTORIEN

L'Empire se met en place dès 1852. Il est personnel, vertical, autoritaire. Ses principaux fondements sont la Constitution du 14 janvier [...]. Dès lors, l'écosystème impérial ne connaît qu'un changement majeur qui vient d'ailleurs le conforter, la naissance d'un héritier de la Couronne, le prince impérial, en 1856, et des réajustements à la marge jusqu'à la fin de la décennie avec même un durcissement du régime, en 1858, à la suite de l'attentat d'Orsini[1] et de l'adoption de la loi de sûreté générale. C'est à ce moment que la liberté fait son retour dans les paroles et les écrits. [...] C'est à la lumière de ce raisonnement que se comprend le décret du 24 novembre 1860 [...]. Napoléon III accorde le droit d'adresse au Sénat et au Corps législatif. [...]

Les mesures du 24 novembre surprennent [...]. Elles sont bien accueillies par les libéraux de tous bords, les bonapartistes de gauche et les notables de province. *La Presse*, *Le Siècle*, *L'Opinion nationale* et le *Journal des débats* publient des articles favorables. Ce dernier remercie même vivement le gouvernement de permettre à la France de « refaire l'apprentissage de la liberté » et reconnaît que ses « espérances sont dépassées ». [...] De leur côté, beaucoup de bonapartistes ne reconnaissent plus le régime du 2 Décembre et parlent entre eux de « l'attentat du 24 Novembre » ou de « coup d'État libéral ». [...] Quant aux républicains, la plupart estiment que l'Empire peut donner des libertés mais non la Liberté. De fait, si l'écosystème impérial est transformé, il conserve l'essentiel de ses traits. Napoléon III l'adapte simplement à la conjoncture. Même s'il a considéré la réforme indispensable, il estime qu'elle ne doit rien changer au fond.

Éric Anceau, « De quoi l'empire libéral est-il le nom ? », *Histoire, économie & société*, n° 3, 2017.

1. Tentative d'attentat à Paris contre Napoléon III le 14 janvier 1858.

Qui est-il ?
Éric Anceau (né en 1966) est un historien spécialiste du Second Empire et de Napoléon III.

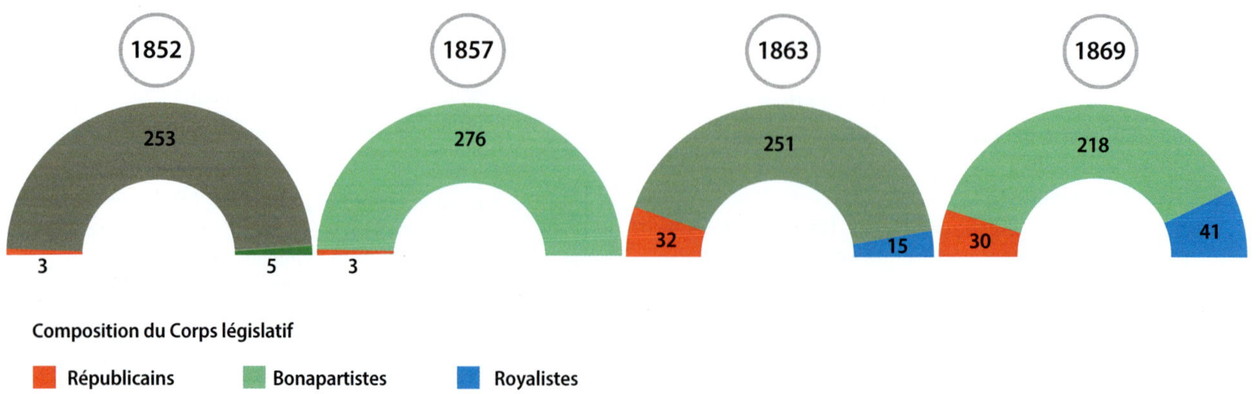

Source : C. Grataloup, *Atlas historique de la France*, Les Arènes-L'Histoire, 2020.

2 Évolution de la composition du Corps législatif sous le Second Empire

3 La réforme constitutionnelle du 24 novembre 1860

Le moment était arrivé où, le repos tournant à l'atonie, le gouvernement impérial a reconnu qu'il fallait donner à l'opinion publique des excitants plutôt que des calmants. Les vieilles maladies de 1847 et de 1848, l'esprit de parti, de faction[1], de désordre et d'anarchie étaient morts, grâce à Dieu. Mais encore quelque temps, et il était à craindre que le malade ne mourût presque avec la maladie. C'est à cet affaiblissement de l'opinion publique que la réforme de 1860 est venue remédier. Nous avons voulu expliquer en commençant pourquoi nous approuvions l'intention de la réforme de 1860 : elle justifie le passé du parti parlementaire ; elle ouvre un avenir au jeune parti libéral. Examinons maintenant la nature de cette réforme, ce qu'elle fait et ce qu'elle ne fait pas, ce qu'elle commence et ce qu'elle laisse à achever. La discussion de l'adresse[2], la création des ministres sans portefeuille[3], le droit d'amendement[4], la publication des séances du Sénat et du Corps législatif, tels sont les quatre points importants de la réforme nouvelle.

Marc Girardin, *Du décret du 24 novembre 1860 ou De la réforme de la Constitution de 1852*, Paris, Michel Lévy Frères, 1860.

1. Groupe d'individus avec des opinions et des intérêts communs qui cherche à exercer une influence.
2. Droit qui permet aux députés et sénateurs de soumettre des demandes ou des réformes à l'Empereur.
3. Membres du gouvernement sans responsabilité sur un ministère spécifique.
4. Droit qui permet au Corps législatif de proposer des modifications aux projets de loi déposés par le gouvernement.

Qui est-il ?
Marc Girardin (1801-1873) est un universitaire et homme politique français. Il a été député sous la monarchie de Juillet et critique littéraire pour le *Journal des débats*.

4 Une réunion électorale à Paris

Promulguée le 6 juin 1868, la loi sur les réunions publiques supprime l'obligation d'obtenir une autorisation préalable pour organiser des réunions, nécessitant désormais simplement une déclaration. Seules les réunions politiques restent soumises à une autorisation préalable, à l'exception des réunions électorales législatives.

Jules Férat, *Paris. - Les Réunions électorales. Séance aux Folies-Belleville. M. Rochefort à la tribune, soutenant sa candidature*, 1869, estampe, 26 × 36 cm, musée Carnavalet, Paris.

PARCOURS 1

Comprendre une situation historique

1. **Doc. 1** Quelles sont les raisons de l'évolution du régime impérial entre 1852 et 1860 selon l'auteur ?
2. **Doc. 2 et 3** Comment l'évolution libérale du régime se reflète-t-elle dans la vie parlementaire ?
3. **Doc. 1 et 4** Montrez que les mesures adoptées présentent également des limites.
4. **Doc. 1 et 3** Quelle est la perception de cette évolution du régime impérial par les libéraux et les bonapartistes ?

BILAN Montrez que, pour l'historien, les réformes des années 1860 peuvent être considérées comme une réponse aux aspirations libérales, tout en conservant les fondements autoritaires du régime impérial.

PARCOURS 2

Discuter une affirmation

En binôme, discutez l'affirmation suivante : « si l'écosystème impérial est transformé, il conserve l'essentiel de ses traits. Napoléon III l'adapte simplement à la conjoncture » (**doc. 1**).
L'un(e) de vous identifiera dans les documents les arguments justifiant la transformation du régime impérial, l'autre identifiera les arguments nuançant cette évolution du régime.

COURS 2 Le Second Empire (1852-1870)

> Quelles sont les évolutions du régime mis en place par Napoléon III ?

VOCABULAIRE

- **Bagne :** lieu de détention, le plus souvent éloigné de la métropole, où sont internés les prisonniers ou les opposants politiques et où les conditions de vie et de travail sont très difficiles.
- **Bonapartisme :** courant politique visant à instaurer un pouvoir fort fondé à la fois sur un chef charismatique et sur la légitimité populaire, obtenue lors d'élections ou de plébiscites.
- **Libéralisation :** ensemble de mesures qui réduit le caractère autoritaire du régime.
- **Loi de sûreté générale :** loi permettant des amendes ou l'arrestation et l'emprisonnement des opposants.
- **Pamphlet :** texte attaquant une institution ou une personnalité politique.
- **Populisme :** attitude politique visant à établir un lien direct avec le peuple, que l'on prétend représenter, tout en cherchant à affaiblir les institutions représentatives et les contre-pouvoirs, tels que les assemblées ou la presse.

DATES CLÉS

2 décembre 1852

Proclamation du Second Empire

14 janvier 1858

Tentative d'assassinat de Napoléon III

1851-1870

Exil de Victor Hugo

Septembre 1870

Défaite de Sedan, Napoléon III fait prisonnier

1 Un régime autoritaire

- **Après le coup d'État du 2 décembre 1851, Louis-Napoléon Bonaparte fait approuver une nouvelle Constitution.** Le 2 décembre 1852, plus de sept millions d'électeurs soutiennent sa volonté de restaurer l'Empire. Fort de ce soutien populaire, Napoléon III impose un pouvoir fort. Il considère que son régime est la restauration de l'Empire de Napoléon Ier, dont de nombreuses lois et réformes (Code civil) ont été appliquées par les régimes politiques précédents. Étude p. 84

- **L'empereur Napoléon III concentre de nombreux pouvoirs.** Il a l'initiative des lois, nomme les sénateurs et impose une restriction des libertés publiques. La presse est contrôlée. Les candidatures officielles limitent la portée des élections. L'Assemblée (Corps législatif) est affaiblie et soumise. Napoléon III veut gouverner directement avec le peuple, recourt au plébiscite et au **populisme**. Après l'attentat contre l'empereur perpétré par Orsini (14 janvier 1858), une **loi de sûreté générale** renforce la répression.

- **Napoléon III souhaite inscrire son régime dans la durée.** Son mariage avec la comtesse espagnole Eugénie de Montijo en 1853 lui permet de fonder une nouvelle dynastie impériale. Le régime entend rayonner à l'international et chaque événement relatif à la famille impériale est l'occasion de fêtes somptueuses au palais des Tuileries ou à Compiègne. Enfin, Napoléon III engage l'Empire dans de nombreuses guerres victorieuses (en Crimée face à la Russie, 1853-1856 ; face à l'Autriche en soutien aux Italiens, 1859 ; expédition au Mexique, 1861-1867).

2 Un régime dénoncé et combattu

- **L'opposition au Second Empire reste active et se diversifie.** Le retour du **bonapartisme** ne fait pas l'unanimité. Les monarchistes, les républicains et les socialistes sont dans l'opposition. Durant la période impériale, les oppositions diffusent leur influence grâce à la presse et au soutien d'intellectuels (Baudelaire, Flaubert). À cela s'ajoute une certaine agitation sociale. Les mécontentements sont liés à la modernisation de l'économie qui fragilise et mécontente les milieux ouvriers, voire les milieux paysans.

- **Le Second Empire est un régime répressif.** Dès la proclamation de l'Empire, 27 000 opposants sont arrêtés et environ 10 000 condamnés à la « transportation » au **bagne** (Cayenne, Algérie). D'autres prennent le chemin de l'exil. C'est le cas de Victor Hugo qui, à Bruxelles, puis Jersey et Guernesey, publie des **pamphlets** contre « Napoléon le Petit ». Les opposants républicains (Quinet, Gambetta) et socialistes (Blanc, Blanqui) mènent une lutte politique contre le régime.

■ **L'opposition se fait davantage entendre dans les années 1860 alors que le régime se fait moins répressif.** Les élections, si elles sont encore contrôlées, deviennent l'occasion d'exprimer une opposition. Les élections législatives de 1863 et 1869 sont ainsi marquées par une poussée républicaine, notamment dans les grandes villes comme Paris. L'opposition politique est alors bien soutenue par les intellectuels mais aussi par le développement d'une presse de plus en plus critique malgré la censure. ➔ Étude p. 86

3 Un régime qui tente de se renouveler

■ **Le Second Empire connaît une certaine libéralisation à partir de 1860.** Face aux oppositions croissantes, Napoléon III décide l'assouplissement du régime. De nombreux opposants sont amnistiés (1859) et les lois de censure sont allégées, permettant une plus grande liberté de la presse (1868). Les pouvoirs du Corps législatif sont étendus. Dès 1864, les droits de grève et de coalition sont reconnus aux ouvriers et aux travailleurs.

■ **Les réformes de libéralisation sont aussi importantes dans les domaines économique et industriel.** Le régime mène une politique de modernisation du territoire et de l'industrie. Les projets sont nombreux (ports, chemin de fer, travaux publics) et financés par l'État. Toutefois, l'émergence d'un système bancaire (Crédit mobilier, Crédit foncier) favorise les investissements privés. Des réformes urbaines, surtout à Paris avec les projets du préfet Haussmann, modernisent et transforment les villes en profondeur.

■ **À la fin des années 1860, le régime glisse peu à peu vers un régime parlementaire.** En 1870, Napoléon III appelle le républicain Émile Ollivier à former un gouvernement. Dès lors, les ministres sont responsables devant les Chambres qui disposent même de l'initiative de lois. Le plébiscite de mai 1870 entérine les réformes constitutionnelles. Pourtant, sur le plan international, la France doit faire face à la montée en puissance de la Prusse. La défaite militaire face à cette dernière et ses alliés, en septembre 1870, conduit l'empereur à se constituer prisonnier et entraîne la chute du régime. ➔ Étude p. 86

ACTEURS

ÉMILE OLLIVIER (1825-1913)

VICTOR HUGO (1802-1885)

EUGÉNIE DE MONTIJO, IMPÉRATRICE (1826-1920)

Le Second Empire (1852-1870)

Un régime autoritaire
- Pouvoir fort reposant sur le populisme
- Régime répressif
- Limitation des droits et des libertés

Un régime dénoncé et combattu
- Oppositions (socialistes, républicains, légitimistes)
- Pamphlets et presse
- Tentative d'assassinat

Un régime qui tente de se renouveler
- Réformes politiques et sociales
- Amnistie envers les opposants
- Poussée républicaine

RÉVISIONS

Faire le point

La difficile entrée dans l'âge démocratique : la Deuxième République et le Second Empire

Acteurs

- Alphonse de Lamartine
- George Sand
- Louis-Napoléon Bonaparte / Napoléon III
- Eugène Cavaignac
- Victor Schœlcher

Vocabulaire et notions

- Abolitionnisme
- Ateliers nationaux
- Bonapartisme
- Parti de l'Ordre
- Populisme
- Socialiste

Les événements majeurs

- **24 février 1848 :** proclamation de la Deuxième République
- **23-26 juin 1848 :** insurrection ouvrière
- **Décembre 1848 :** Louis-Napoléon Bonaparte élu premier président de la République
- **2 décembre 1851 :** coup d'État de Louis-Napoléon Bonaparte
- **2 décembre 1852 – 4 septembre 1870 :** Second Empire

Idées essentielles

- Les premières réformes de la Deuxième République suscitent de grands espoirs, mais ces derniers sont rapidement déçus en raison des divisions profondes au sein de la société française et entre les différentes factions politiques.
- Louis-Napoléon Bonaparte, élu premier président de la République, réussit à mener un coup d'État et à instaurer un régime impérial en 1852.
- À partir de 1852, Napoléon III met en place un régime impérial autoritaire qui connaît une libéralisation progressive dans les années 1860.

Réviser avec des podcasts

Podcasts hachette-clic.fr/25hg1012

Flashcards hachette-clic.fr/25hg1013

- Écoutez les cinq épisodes du podcast puis testez vos connaissances grâce aux flashcards.

L'ESSENTIEL en 5 minutes

1. Quel rôle Alphonse de Lamartine a-t-il joué en 1848 ?
2. Pourquoi la Deuxième République échoue-t-elle ?
3. Comment Louis-Napoléon Bonaparte est-il élu président de la République ?
4. Quelle est l'importance des plébiscites pour Napoléon III ?
5. Quelles sont les raisons de la libéralisation du Second Empire ?

Mémoriser avec des exercices

Quiz hachette-clic.fr/25hg1014

L'échec de la Deuxième République

1 **Présentez cet acteur de la Deuxième République en trois informations clés.**

2 **Quelles sont les premières décisions des républicains ?**

a. Abolir l'esclavage.
b. Adopter le drapeau rouge.
c. Limiter la durée de la journée de travail.
d. Restaurer l'Empire.

3 **Quelles sont les raisons de l'insurrection ouvrière de juin 1848 ?**

Du président Louis-Napoléon Bonaparte à Napoléon III

4 **Pour chaque date, indiquez l'événement correspondant à Louis-Napoléon Bonaparte.**

10-11 décembre 1848 | 2 décembre 1851 | 2 décembre 1852 | 4 septembre 1870

5 **Citez deux moyens utilisés par Louis-Napoléon Bonaparte pour parvenir à rétablir l'Empire.**

6 **Sélectionnez la ou les affirmation(s) exacte(s).**

a. Le régime impérial repose sur l'adhésion populaire grâce aux plébiscites.
b. Le régime impérial supprime le suffrage universel masculin.
c. Le régime impérial recourt aux candidatures officielles lors des élections.

Le régime impérial, entre autoritarisme et libéralisation

7 **Citez deux moyens utilisés par Napoléon III pour établir un régime impérial autoritaire.**

8 **Peut-on affirmer que le Second Empire se libéralise dans les années 1860 ? Justifiez votre réponse.**

9 **Associez chaque terme à sa définition.**

a. Populisme •
b. Libéralisation •
c. Bonapartisme •

• 1. Courant politique visant à instaurer un pouvoir fort fondé à la fois sur un chef charismatique et sur la légitimité populaire, obtenue lors d'élections ou de plébiscites.
• 2. Attitude politique visant à établir un lien direct avec le peuple, que l'on prétend représenter, tout en cherchant à affaiblir les institutions représentatives et les contre-pouvoirs, tels que les assemblées ou la presse.
• 3. Ensemble de mesures qui réduit le caractère autoritaire du régime.

Défi en groupe *La ligne du temps*

15 min de préparation

Mettez-vous par quatre. Un premier binôme recherche les dates des événements 1 à 4 pendant que l'autre binôme fait la même chose pour les événements 5 à 8.

Événements :

1. Coup d'État de Louis-Napoléon Bonaparte
2. Abolition de l'esclavage
3. Libéralisation du Second Empire
4. Louis-Napoléon Bonaparte élu président de la République
5. Fin du Second Empire
6. Proclamation de la Deuxième République
7. Fermeture des Ateliers nationaux
8. Proclamation du Second Empire

10 min de réalisation

Chaque binôme dispose de 60 secondes pour replacer dans l'ordre chronologique les quatre événements de l'autre équipe. Chaque bonne réponse rapporte un point.

» S'entraîner

• *Confronter deux représentations*

1 Voter sous la Deuxième République

Marie-Cécile Goldsmid, *Le Suffrage universel, dédié à Ledru-Rollin*, 1850, estampe, 32 × 40 cm, musée Carnavalet, Paris.

2 Le suffrage universel sous la Deuxième République

Charles Vernier, *Fête funéraire en l'honneur de feu le Suffrage universel*, 1850, lithographie, 19 × 30 cm, BnF, Paris.

PALIER 1

J'identifie les documents

- Identifiez les doc. 1 et 2 (nature, auteur, titre, date).
- Précisez leur contexte de réalisation.

PALIER 2

Je décris les documents

- Quel est le thème commun aux doc. 1 et 2 ?
- Comment l'autrice du doc. 1 glorifie-t-elle le suffrage universel ?
- Quelle scène l'auteur du doc. 2 choisit-il de représenter ?

PALIER 3

Je confronte les documents

- Pourquoi est-il intéressant de confronter ces deux documents ?
- Que nous apprennent-ils sur le rapport des citoyens au suffrage universel sous la Deuxième République ?
- En vous appuyant sur vos connaissances, pourquoi l'année 1850 est-elle un moment de questionnement face au suffrage universel ?

• Analyser une médaille

Observez le document puis répondez aux questions.

Résultat des élections à l'Empire des 21 et 22 novembre 1852 dans le département de Seine (préfet M. Berger), médaille réalisée par Jean-Pierre Montagny en 1852, diamètre 2,4 cm, musée Carnavalet, Paris.

1 Quel événement cette médaille commémore-t-elle ?

a. L'élection de Louis-Napoléon Bonaparte à la présidence de la République

b. Le sacre de Napoléon III

c. Le plébiscite pour la restauration de la dignité impériale

2 Identifiez le moyen utilisé par Louis-Napoléon Bonaparte pour s'assurer une légitimité populaire en 1852.

a. Le rétablissement du suffrage censitaire

b. Le recours au plébiscite

c. Un coup d'État militaire

3 Quelle proposition rend compte de l'idée générale du document ?

a. Cette médaille célèbre la légitimité de Napoléon III depuis son élection en 1848 avec plus de 74 % des voix exprimées.

b. Cette médaille illustre l'idée que Napoléon III dispose d'une légitimité populaire pour restaurer un régime impérial en 1852.

c. Napoléon III se fait représenter pour montrer la continuité du régime impérial avec la Restauration et la monarchie de Juillet.

4 En analysant le document et grâce à vos réponses, expliquez comment Napoléon III parvient progressivement à instaurer un nouveau régime impérial.

Pour aller plus loin

À LIRE

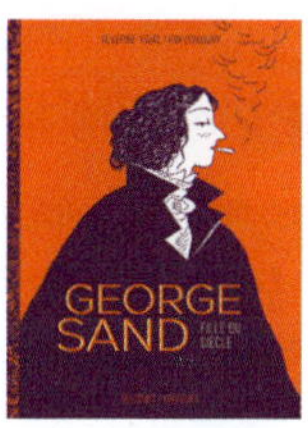

■ *George Sand, fille du siècle* est une bande dessinée de Séverine Vidal et Kim Consigny parue en 2021. Elle retrace la vie et l'engagement d'une femme d'exception au XIXe siècle.

À VISITER EN LIGNE

■ Le site Internet du musée du Second Empire au château de Compiègne permet d'explorer les espaces de la résidence impériale et de découvrir des œuvres sur Napoléon III et le régime.

MÉTIER D'HISTORIEN

■ Grâce à son esprit critique et son travail sur les sources, le **journaliste** analyse et explique les événements politiques, sociaux et économiques.

Vers le supérieur ?
La fiche métier de l'Onisep
hachette-clic.fr/25hg1015

MÉTHODE BAC Répondre à une question problématisée

Sujet corrigé : Comment expliquer l'échec du projet républicain en 1848 ?

Objectif Développer des arguments

Montrez qu'après des avancées révolutionnaires, des tensions émergent et conduisent à leur remise en cause.

Étape 1 Comprendre la question problématisée et identifier les mots-clés

1. Lisez plusieurs fois la question problématisée et les indications qui l'accompagnent.
2. Au brouillon, identifiez et expliquez les éléments du sujet.

Comment expliquer l' **échec** du **projet républicain** en **1848** ?

- Comment expliquer : Donner des raisons.
- échec : Espoirs (février-mars) puis déceptions (avril-juin).
- projet républicain : Les dimensions sociales et politiques du projet.
- 1848 : Proclamation et fondation de la Deuxième République.

Étape 2 Développer des arguments grâce à des explications

3. Listez au brouillon les idées et les mots de vocabulaire qui permettent de répondre à la question.

Idées :
- Le gouvernement provisoire de la Deuxième République adopte de nombreuses réformes politiques et sociales en février-mars.
- Les espoirs du début de la Deuxième République sont rapidement déçus en raison des tensions entre les républicains modérés et les ouvriers.

Connaissances : gouvernement provisoire ; Ateliers nationaux ; suffrage universel masculin ; abolitionniste ; fermeture des Ateliers nationaux (21 juin) ; répression de l'insurrection ouvrière à Paris (23-26 juin) ; Lamartine ; Victor Schoelcher ; général Cavaignac ; Louis-Napoléon Bonaparte

Explications : des réformes et avancées de février à mars 1848 (ex. : l'élargissement des droits et libertés politiques) ; des tensions apparaissent entre ouvriers et républicains car les attentes ne sont pas les mêmes (ex. : la création et la fermeture des Ateliers nationaux)

Étape 3 Illustrer chaque argument par un ou plusieurs exemples

4. Définissez le vocabulaire, expliquez les causes et/ou les effets d'un phénomène, et illustrez par un exemple précis.

Un argument est une idée majeure répondant à la question. Celle-ci doit être expliquée et illustrée d'un ou plusieurs exemples précis.

Argument 1 : La proclamation de la Deuxième République suscite un grand espoir grâce à des réformes sociales et politiques majeures. Inspirées par la Révolution française, ces réformes élargissent les droits et les libertés. Ainsi sont instaurés le suffrage universel masculin, la liberté de la presse et la liberté de réunion. L'esclavage est aboli grâce à Victor Schoelcher et des mesures sociales, comme le droit au travail, favorisent les travailleurs.

Argument 2 : Cependant, les espoirs des premiers mois se dissipent rapidement, surtout après les élections législatives d'avril 1848. Les tensions sont vives et révèlent des conceptions différentes de la République. Ainsi, républicains modérés et conservateurs considèrent les Ateliers nationaux, créés en février 1848, comme coûteux et surtout dangereux car ils rassemblent des ouvriers mécontents. Le 21 juin 1848, leur fermeture provoque la colère des ouvriers parisiens et une révolte éclate. Elle est durement réprimée par les troupes de Cavaignac.

➔ Voir la fiche méthode 11 p. 280

Sujet guidé : Pourquoi l'apprentissage du vote est-il difficile en France entre 1848 et 1871 ?

Après avoir présenté les modalités de vote en France sous la Deuxième République et le Second Empire, vous en montrerez les limites.

Étape 1 Comprendre la question problématisée et identifier les mots-clés

1. Analysez le sujet.

À quelles occasions les Français votent-ils ?

Quelles sont les difficultés rencontrées par les électeurs ?

À quel événement cette date correspond-elle ?

Pourquoi l'apprentissage du vote est-il difficile en France entre 1848 et 1871 ?

Quelles sont les conditions à remplir pour pouvoir voter ?

À quel événement cette date correspond-elle ?

Quels sont les deux régimes politiques en France sur cette période ?

Étape 2 Développer des arguments grâce à des explications

2. Associez les deux idées à des connaissances ci-dessous pour former vos arguments.

Idée 1 : *Les évolutions des modalités du vote entre 1848 et 1871.*

Idée 2 : *Les limites du vote des Français entre 1848 et 1871.*

Connaissances
- Les bonapartistes dominent le Corps législatif.
- Loi du 31 mai 1850.
- Suffrage universel masculin.
- Plébiscites.
- Candidatures officielles.
- Résider depuis plus de trois ans dans une commune pour y voter.
- Première élection présidentielle.
- Coup d'État de Louis-Napoléon Bonaparte.
- Le Second Empire, un régime autoritaire.
- Libéralisation du Second Empire.

Étape 3 Illustrer chaque argument par un ou plusieurs exemples

3. Quelle proposition est pertinente pour développer et illustrer le premier argument ? Justifiez votre choix.

Proposition 1
La Deuxième République instaure le suffrage universel masculin. Rapidement, Louis-Napoléon Bonaparte le supprime pour instaurer un régime impérial autoritaire.

Proposition 2
Entre 1848 et 1871, les Français votent aux élections et lors des plébiscites. La Deuxième République introduit le suffrage universel masculin permettant aux hommes de plus de 21 ans de voter. En avril 1848, 83 % des électeurs participent lors des élections législatives.

Proposition 3
Si la Deuxième République instaure le suffrage universel masculin, sous le Second Empire, le suffrage censitaire est rétabli.

4. Complétez la rédaction du deuxième argument en suivant le modèle de la p. 94.

Entre 1848 et 1871, les Français peuvent voter, mais ce droit rencontre des limites. Ainsi, dès 1848, plusieurs restrictions apparaissent. Par exemple, ...

MÉTHODE BAC Analyser des documents

Sujet corrigé : L'instauration de la Deuxième République.

Après avoir situé le document dans son contexte, vous présenterez les éléments qui permettent de caractériser la Deuxième République, puis vous montrerez qu'elle s'inspire des idéaux de la Révolution française.

Objectif Mobiliser des repères historiques pour l'analyse d'un ou deux documents

Étape 1 Lire la consigne et identifier le document

1. Lisez plusieurs fois la consigne afin d'identifier les verbes importants.
2. Repérez et définissez les mots-clés de la consigne.

Allégorie de la République

Peinture anonyme de 1848, huile sur toile, 64 × 53,5 cm, musée Carnavalet, Paris.

Étape 2 Mobiliser des connaissances

3. Au brouillon, listez les idées et les termes utiles pour répondre à la consigne.

– La figure féminine est le symbole des idées de liberté qui correspondent aux attentes des Français en février 1848.
– Les références à la Révolution française sont nombreuses (idées de liberté, d'égalité politique et sociale).
– Mots importants : République, révolution, démocratie, bonnet phrygien, drapeau tricolore.

Étape 3 Prendre en compte la nature du document et son contexte

4. Présentez vos arguments à l'aide des informations extraites du document et de vos connaissances.

– Éléments caractérisant la Deuxième République : *La République est représentée sous les traits d'une femme calme et confiante en un avenir lumineux. L'œuvre se réfère à la proclamation de la Deuxième République et à ses premières mesures (droit de vote, respect des libertés, création des Ateliers nationaux, etc.), en lien avec les attentes en matière de droits, d'égalité et de libertés politiques et sociales.*

– Éléments se référant aux idéaux de la Révolution française : *Le bonnet phrygien et le drapeau tricolore sont des références à 1789. Ils illustrent un héritage de liberté. Le drapeau tricolore, associé à la devise « Liberté, Égalité, Fraternité », reparue en 1848, évoque l'unité retrouvée de la nation autour de ces idéaux.*

➔ Voir la fiche méthode 10 p. 278

Sujet guidé : Napoléon III, Empereur des Français.

Après avoir rappelé le contexte qui permet à Louis-Napoléon Bonaparte de rétablir l'Empire en France, montrez qu'il restaure un pouvoir personnel et autoritaire.

Jean-Hyppolite Flandrin, *Portrait en pied de Napoléon III dans son Grand Cabinet aux Tuileries*
1861, huile sur toile, 212 × 146 cm, musée national du château de Versailles.

Étape 1 Lire la consigne et le document

1. Analysez la consigne.

Quand ? Où ? Événements marquants ? → **le contexte**

Expliquez comment et dans quelles conditions Louis-Napoléon Bonaparte rétablit l'Empire. → **Louis-Napoléon Bonaparte** / **rétablir l'Empire**

Après avoir rappelé le contexte qui permet à Louis-Napoléon Bonaparte de rétablir l'Empire en France, montrez qu'il restaure un pouvoir personnel et autoritaire.

Comment expliquez-vous cet aspect central du nouveau régime ? → **pouvoir personnel et autoritaire**

Étape 2 Mobiliser des connaissances

2. Reproduisez et complétez le tableau.

Plan suggéré par la consigne	Informations sélectionnées dans le document	Connaissances
Premier paragraphe Le contexte qui permet de rétablir l'Empire.	– *1851, le coup d'État de Louis-Napoléon Bonaparte.* –	– .... – ....
Deuxième paragraphe La restauration d'un pouvoir personnel et autoritaire.	– .... –	– *Napoléon III impose un pouvoir exécutif fort.* – ....

Étape 3 Prendre en compte la nature du document et son contexte

3. Identifiez le thème évoqué par le document afin de retrouver dans le chapitre les différentes pages qui abordent celui-ci.

4. Comment l'artiste représente-t-il Napoléon III ? Quel est l'objectif d'une telle représentation ? Justifiez votre point de vue.

CHAPITRE

4 L'industrialisation et l'accélération des transformations économiques et sociales en France

COURS Dans la seconde moitié du XIXe siècle, l'industrialisation s'accélère, l'économie française se modernise et la société connaît de profondes mutations.

▸ Comment l'industrialisation et l'urbanisation transforment-elles l'économie et la société ?

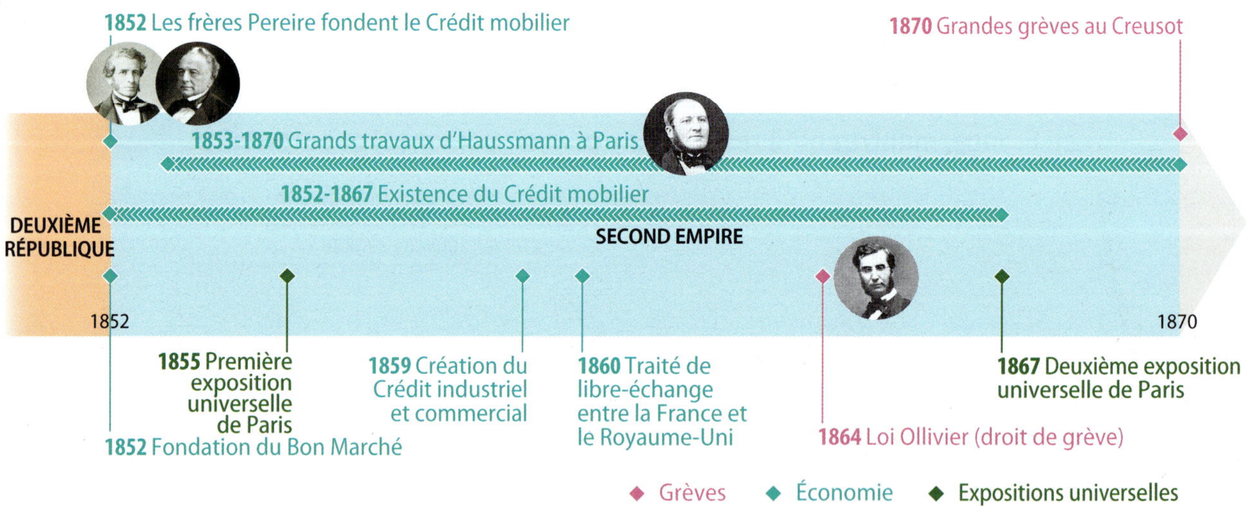

QUESTIONS

1. **Doc. 1** Relevez les éléments de cette représentation qui illustrent l'industrialisation.
2. **Doc 2** Comment l'artiste représente-t-il les transformations de Paris ?
3. **Doc. 1 et 2** Comment l'industrialisation et l'urbanisation transforment-elles les paysages de la France ?

1 **Un nouveau paysage industriel : les usines Godin (à droite) et le familistère de Guise (à gauche) dans l'Aisne**

Jules Gaildrau, *Le familistère ou palais social et sa manufacture*, 1870, lithographie, 21 x 59 cm, collection du familistère de Guise.

2 **Un nouveau paysage urbain à Paris**

Travaux d'Haussmann. Percement de la rue Réaumur, 1869. Gravure, *Le Monde illustré*, 26 juin 1869.

GRAND ANGLE L'entrée de la France dans la modernité (1848-1871)

● Les années 1850-1860 sont marquées par des transformations économiques majeures, liées à l'essor de la production industrielle, avec une augmentation de la production de charbon et de textile. Parallèlement, les échanges s'accélèrent grâce à l'amélioration des infrastructures de transport, notamment du réseau ferroviaire. Ces évolutions, soutenues par le Second Empire (1852-1870), entraînent des changements profonds dans le territoire français.

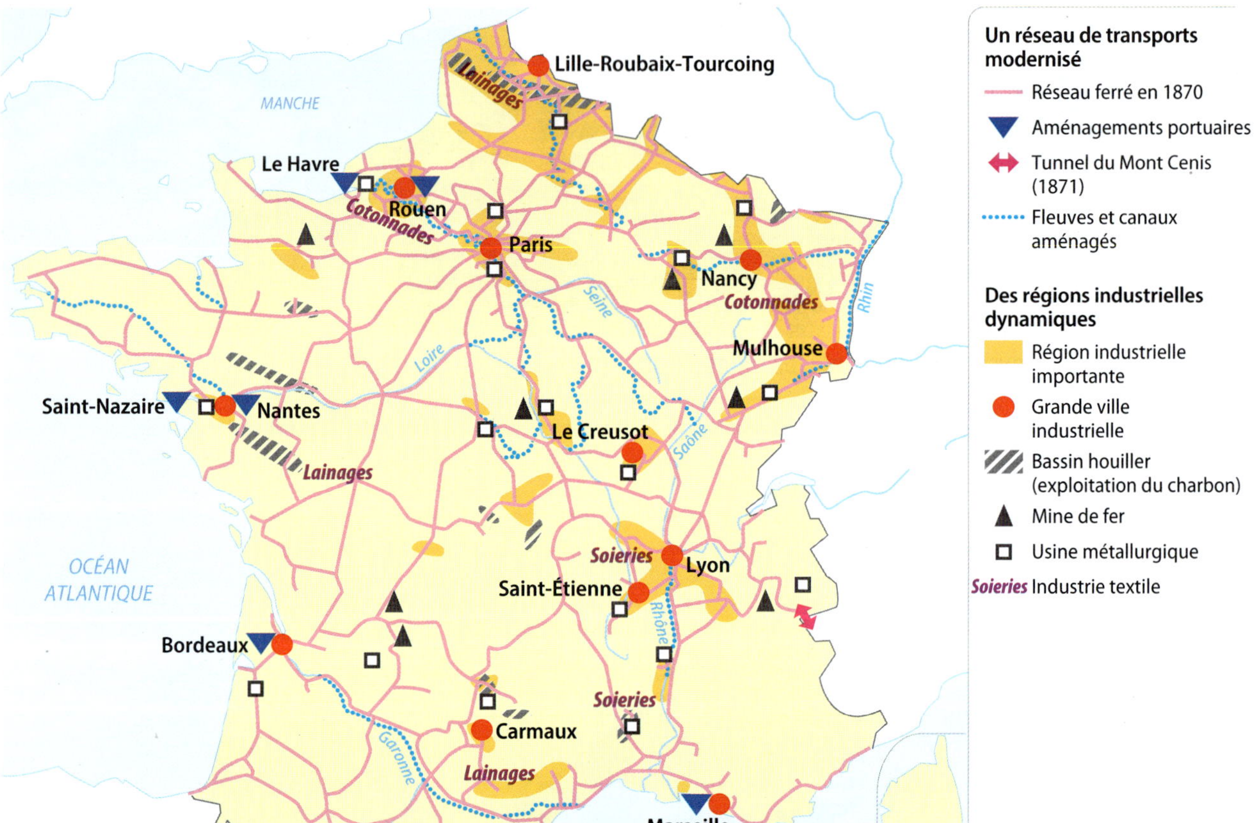

Sources : C. Grataloup, *Atlas historique de la France*, Les Arènes – L'Histoire, 2020 ; A. Dusserre et A.-D. Houte, *Atlas de la France au XIXe siècle*, Autrement, 2021.

1 La modernisation économique de la France sous le Second Empire

Productions industrielles				
Années	**Houille** (en millions de tonnes)	**Fonte** (en milliers de tonnes)	Machines à vapeur (puissance en milliers de CV[1])	Chemin de fer (en milliers de km)
1850	5	561	67	3
1870	13	1 211	336	17,5

Population active (en %)			
Années	Secteur primaire	Secteur secondaire	Secteur tertiaire
1851	56	26	18
1872	50	28	22

2 Évolution des productions industrielles et de la population active de la France

J.-P. Rioux, *La révolution industrielle 1780-1880*, Le Seuil, 1989, *in* J. Heffer et W. Serman, *Le XIXe siècle*, Hachette, 1992.
O. Marchand, C. Thélot, *Deux siècles de travail en France : population active et structure sociale, durée et productivité du travail*, INSEE, 1991.

1. Chevaux-vapeur, unité de puissance.

L'**industrialisation** s'accompagne de l'urbanisation et la ville devient le symbole de la modernité, notamment Paris. Les améliorations des transports rendent la population plus mobile, entraînant un **exode rural** vers les villes industrielles en quête de main-d'œuvre, comme à Lille, dont la population passe de 75 000 habitants en 1851 à 160 000 en 1872. Parallèlement, une élite commence à fréquenter de nouveaux lieux touristiques, comme Biarritz en bord de mer ou Vichy pour ses eaux thermales.

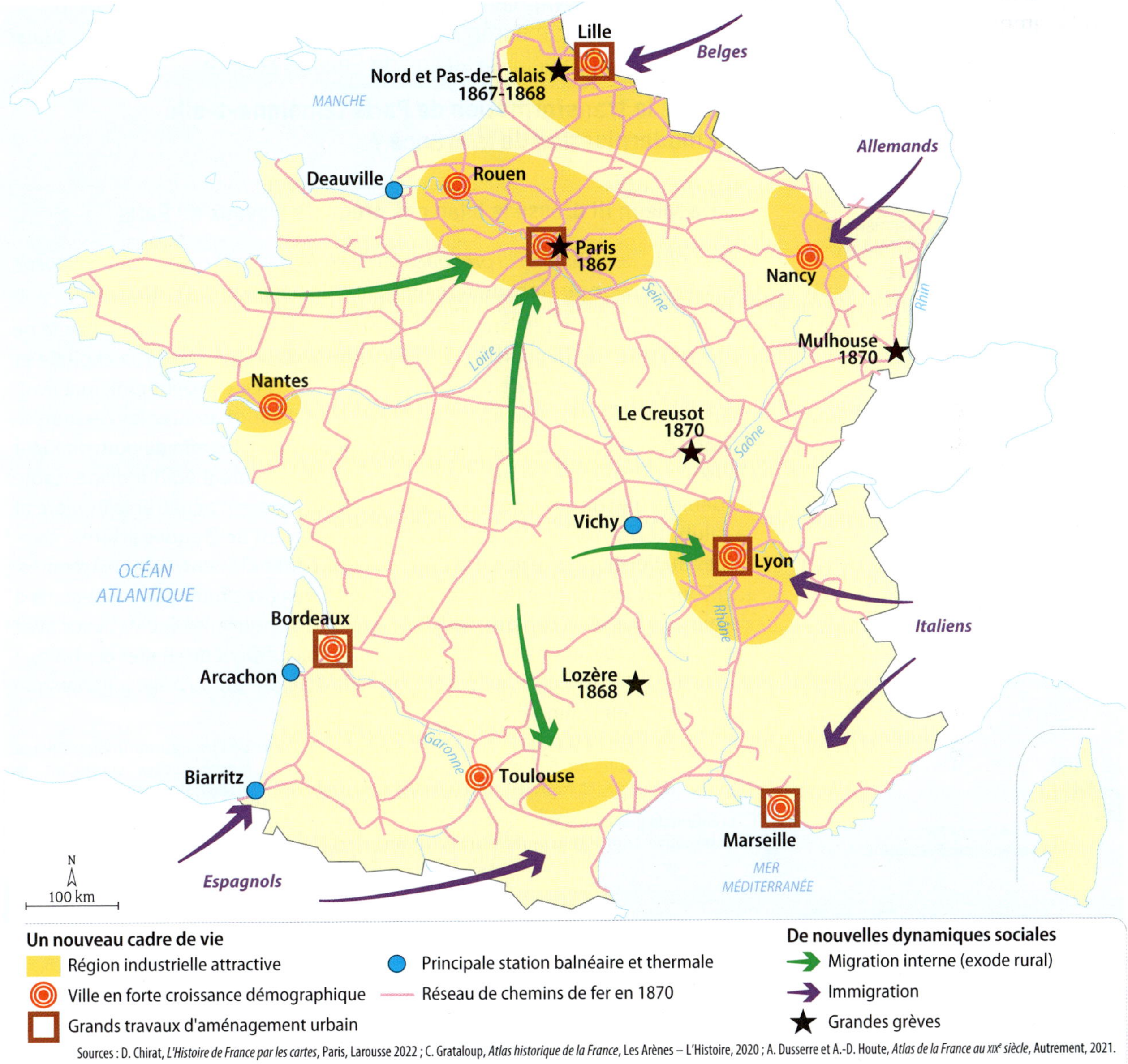

Sources : D. Chirat, *L'Histoire de France par les cartes*, Paris, Larousse 2022 ; C. Grataloup, *Atlas historique de la France*, Les Arènes – L'Histoire, 2020 ; A. Dusserre et A.-D. Houte, *Atlas de la France au XIXe siècle*, Autrement, 2021.

3 Les mutations sociales entre 1848 et 1871

VOCABULAIRE

- **Exode rural :** départ de populations rurales vers les villes.
- **Fonte :** alliage de fer et de charbon.
- **Houille :** roche sédimentaire qui contient du carbone (charbon).
- **Industrialisation :** processus de développement de l'industrie au moyen de nouvelles techniques permettant une forte augmentation de la production dans de nombreux secteurs économiques.

QUESTIONS

1. **Doc. 1 et 2** Relevez des éléments montrant que la France connaît une forte industrialisation.
2. **Doc. 1 et 3** Localisez et nommez les principales régions qui se modernisent sous le Second Empire.
3. **Doc. 1 à 3** Comment l'industrialisation transforme-t-elle la société et le territoire français ?

ÉTUDE 1
PARCOURS CROISÉS

Transformer et moderniser la France

GEORGES EUGÈNE HAUSSMANN
(1809-1891)
Préfet de la Seine de 1853 à 1870, il supervise d'importants travaux à Paris ainsi que l'établissement de règles d'urbanisme. De plus en plus critiqué, il est destitué en janvier 1870.

Haussmann : transformer Paris

PPO

Sous l'impulsion de Napoléon III, qui souhaite faire entrer « l'air et la lumière » dans Paris, le baron Haussmann entreprend de grands travaux urbains. Paris doit devenir la vitrine du Second Empire.

Pourquoi la transformation de Paris témoigne-t-elle de la modernisation de la France ?

1 Napoléon III dresse le bilan des premiers travaux de Paris

Le 5 avril 1858, Napoléon III prononce un discours devant le conseil municipal de Paris à l'occasion de l'inauguration du nouveau boulevard Sébastopol.

L'inauguration du boulevard de Sébastopol m'offre une occasion naturelle de vous remercier de la persévérance de vos efforts pour embellir la capitale et augmenter le bien-être de ceux qui l'habitent. […] Le conseil municipal avait donc une œuvre multiple à accomplir : il fallait d'abord assurer les ressources financières de Paris, favoriser les constructions nouvelles afin de pouvoir loger un excédent soudain de population, et, d'un autre côté il était indispensable de démolir afin de créer des voies nouvelles qui faisaient pénétrer la lumière et la salubrité dans les quartiers malsains, et formaient de grandes artères[1] favorables au développement de la ville, en rapprochant le centre des extrémités. […] Tout en fondant de nouveaux hôpitaux, vous avez multiplié les secours à domicile ; vous avez bâti de nouvelles églises et de nouvelles écoles ; vous avez secondé l'approvisionnement de Paris par l'établissement des halles centrales[2] ; vous avez commencé l'assainissement de la ville par un ouvrage gigantesque de galeries souterraines[3].

Discours de Napoléon III prononcé le 5 avril 1858 lors de l'inauguration du nouveau boulevard Sébastopol à Paris, cité dans *Discours, messages et proclamations de S. M. Napoléon III, empereur des Français : 1849-1860*, Paris, Mirecourt, 1860.

1. Création de grands boulevards aérés en détruisant de vieux quartiers insalubres. 2. Immense marché couvert qui permet le ravitaillement alimentaire d'une ville. 3. Égouts.

Vidéo
Paris haussmannien – La transformation d'une ville
Réseau Canopé, 2021
hachette-clic.fr/25hg1016

2 Les transformations de Paris

L'avenue de l'Opéra, entre 1890 et 1910.

ACTIVITÉ 1

1. **Doc. 1** Comment Napoléon III justifie-t-il les travaux d'urbanisme à Paris ?
2. **Doc. 1 et 2** Identifiez les travaux « pour embellir la capitale » et ceux pour « augmenter le bien-être de ceux qui l'habitent ».
3. **Doc. 1 et 2** Comment le paysage parisien est-il transformé par les travaux d'Haussmann ?

BILAN Présentez les transformations de Paris sous le Second Empire.

Les frères Pereire : moderniser l'économie

PPO

ÉMILE PEREIRE
(1800-1875)
ISAAC PEREIRE
(1806-1880)

Originaires de Bordeaux, ces financiers et entrepreneurs investissent d'abord dans les chemins de fer (ligne Paris-Saint-Germain) puis dans la banque (Crédit mobilier), et dans l'immobilier.

Les frères Pereire sont l'illustration des nouveaux **entrepreneurs** qui transforment l'économie française sous le Second Empire.

› Quel rôle les frères Pereire ont-ils joué dans la modernisation de la France ?

3 Pourquoi une nouvelle banque ?

La pensée du Crédit mobilier était née au dire des administrateurs de la société de l'insuffisance des moyens de crédits, offerts à l'organisation des grandes affaires du pays [...]. Elle était née du besoin d'amener sur le marché le concours régulier de capitaux nouveaux destinés à aider au développement du crédit public et du crédit industriel ; [...] elle était née encore du besoin de centraliser le mouvement financier et administratif des grandes compagnies, et notamment des compagnies de chemin de fer ; d'utiliser ainsi, au plus grand avantage de toutes, les capitaux dont chacun dispose successivement [...]. Elle était née enfin de la nécessité d'introduire dans la circulation un nouvel agent, une nouvelle monnaie fiduciaire[1], portant avec elle son intérêt de chaque jour, et faisant fructifier les épargnes les plus humbles, aussi bien que les capitaux les plus considérables.

M. Aycard, *Histoire du Crédit mobilier 1852-1867*, Paris, Librairie internationale, 1867.

1. Pièces et billets.

VOCABULAIRE

Entrepreneur : personne qui fonde une entreprise.

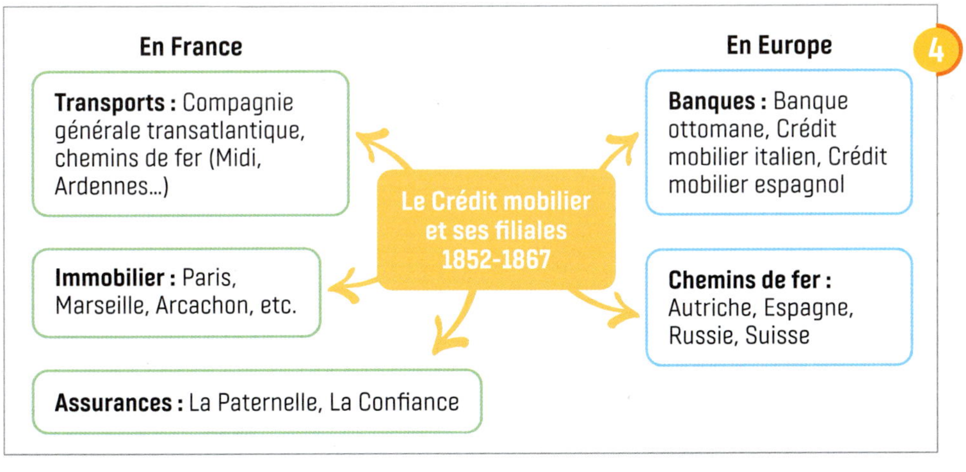

4 Le Crédit mobilier et ses filiales

Jean Autin, *Les Pereire, le bonheur d'entreprendre*, Paris, Perrin, 1983.

ACTIVITÉ 2

1. **Doc. 3** Précisez quels sont les objectifs des frères Pereire avec la fondation du Crédit mobilier.
2. **Doc. 4** Dans quels domaines les frères Pereire orientent-ils leurs investissements ?
3. **Doc. 3 et 4** Pourquoi peut-on dire que les frères Pereire sont des entrepreneurs dynamiques et ambitieux ?

BILAN Expliquez le rôle joué par les frères Pereire dans les transformations et la modernisation de l'économie française sous Napoléon III.

PARCOURS CROISÉS

Réaliser un exposé oral

Vous devez présenter à l'oral la modernisation de la France sous le Second Empire en 180 secondes.

Pas à pas

1. Présentez le rôle des acteurs suivants : Napoléon III, le baron Haussmann, les frères Pereire.
2. Expliquez les principales transformations de Paris.
3. Présentez les transformations de l'économie française.

ÉTUDE 2
REGARD DE L'HISTORIEN

L'industrialisation en France

Débutée à la fin du XVIIIe siècle, l'industrialisation de la France s'accélère à partir du milieu du XIXe siècle. Les historiens ont montré que cette industrialisation emprunte des voies particulières par rapport aux autres pays européens.

> Pourquoi l'industrialisation en France est-elle considérée comme originale ?

1 L'industrialisation française

REGARD DE L'HISTORIEN

La France s'est industrialisée après l'Angleterre, utilisant l'énergie hydraulique ou le charbon de bois et non la vapeur ou la houille. Faut-il voir là les preuves d'un retard ? Ou reconnaître l'originalité de ce modèle ? En France, jusqu'en 1860 au moins, l'eau et le bois ont largement contrebalancé la houille dans le processus d'industrialisation [...]. Le charbon, la vapeur et l'usine ne se sont véritablement implantés en France que dans les années 1880. [...] À la fin du Second Empire, toutefois, la mixité des énergies est de plus en plus fréquente dans les grandes entreprises, par exemple dans la sidérurgie champenoise. Désormais, pour persévérer dans l'emploi exclusif de l'hydraulique, il faut être loin du charbon. Une autre France se dessine, celle des bassins houillers et des pôles industriels bien situés par rapport aux principaux axes d'échange. Là se trouve concentrée la majorité des machines à vapeur. La nouvelle énergie progresse vivement au milieu du XIXe siècle. De 90 000 chevaux[1] en 1840 elle passe à plus de 1 million en 1860 et à 1,8 million en 1870. Vers 1880, les deux énergies s'équivalent, mais le dynamisme est à l'évidence du côté de la vapeur. L'utilisation de la houille comme combustible est l'autre versant du modèle anglais. On en use notamment dans la sidérurgie, l'industrie la plus gourmande, la plus exigeante aussi. [...] L'emploi du coke[2] dans les hauts-fourneaux chemine lentement ; le combustible végétal (charbon de bois) reste dominant jusqu'en 1853. [...] Quant au fer « à l'anglaise », obtenu à partir de la houille, il rattrape la production de fer au bois vers 1850.

Denis Woronoff, « L'eau et le bois, le modèle français », *Les Collections de l'Histoire*, n° 91, avril-juin 2021.

1. Unité de puissance.
2. Combustible obtenu à partir du charbon chauffé à l'abri de l'air et permettant ensuite de produire de la fonte.

Qui est-il ?
Denis Woronoff (né en 1939) : historien français, spécialiste de l'histoire économique et industrielle de la France à l'époque contemporaine.

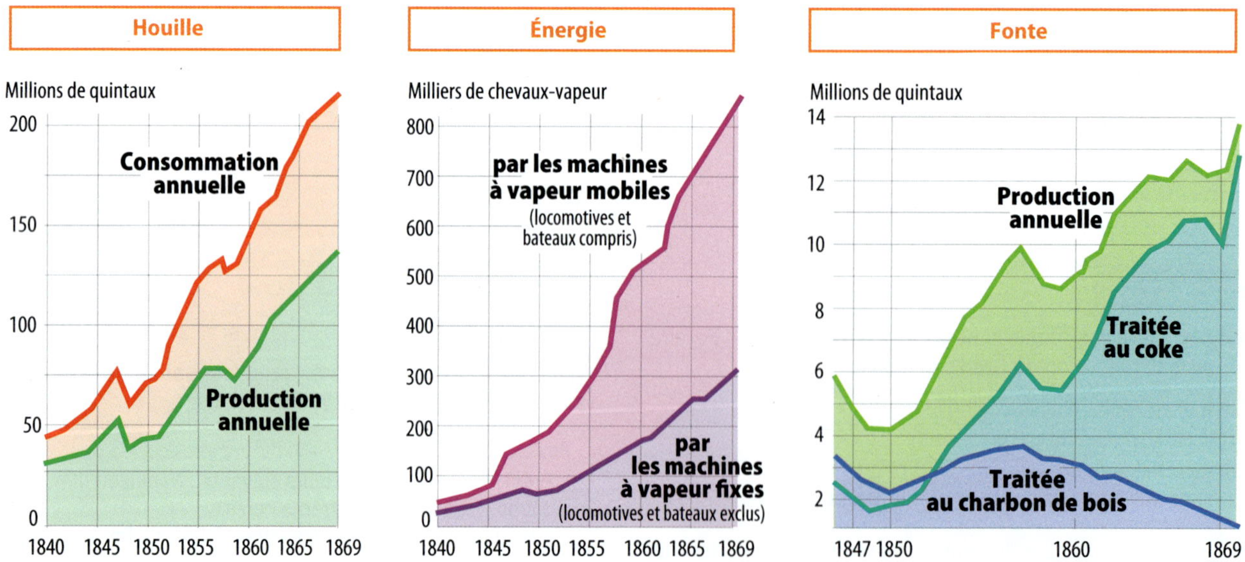

Source : S. Aprile, *1815-1870, La Révolution inachevée*, Belin, 2014.

2 La métallurgie et l'énergie en France sous le Second Empire

3 L'industrie chimique dans la région lyonnaise

Les industries de la teinture et des produits chimiques sont aussi en relation étroite avec celle de la soierie. En temps ordinaire, la teinture des fils et tissus de soie n'occupe pas moins de 3 000 ouvriers environ à Lyon même. On compte 35 à 40 grands ateliers, teignant annuellement 2 millions de kilogrammes de soie, dont les deux tiers en noir, et un tiers seulement en couleurs. [...] La fabrication des produits chimiques est très importante et procure du travail à 2 500 ouvriers et ouvrières, savoir :
fabrique de produits chimiques servant les arts et la médecine : 47 établissements, employant 280 hommes et 240 femmes ; fabriques de vernis, cirage, couleurs, colle, graisse, etc. : 21 établissements, occupant 500 hommes et 500 femmes.
16 fabriques de chandelles ou bougies, occupant 250 hommes et 180 ouvrières environ ; 8 fabriques de savon occupant 60 à 80 ouvriers et ouvrières. [...]
Il ne nous a pas été fourni d'autres détails sur l'industrie manufacturière de Lyon ; toutefois, les données que nous avons pu recueillir sur l'ensemble de cette industrie nous portent à penser qu'il y a à Lyon 720 établissements industriels, comptant environ 80 000 ouvriers, et disposant de 2 000 chevaux-vapeur, fournis par 120 roues hydrauliques et 150 machines à vapeur.

Statistique générale de la France, industrie, résultats généraux de l'enquête effectuée dans les années 1861-1865, Berger-Levrault, Nancy, 1873.

4 Les lessiveurs sphériques de La Papeterie d'Essonne en 1860

Dans cette usine, des chiffons sont nettoyés et blanchis dans des cuves cylindriques tournant à la vapeur (les lessiveurs) pour être transformés en papier.

Gravure, 1860. Centre national des Arts et Métiers, Paris.

PARCOURS 1

Construire une argumentation

1. **Doc. 1** Selon l'historien Denis Woronoff, quelle est la particularité de l'industrialisation française au milieu du XIXe siècle ?
2. **Doc. 2 et 3** Quels sont les secteurs économiques en forte croissance au milieu du XIXe siècle ?
3. **Doc. 1 à 4** Comment la maîtrise de l'énergie permet-elle l'industrialisation de la France ?
4. **Doc. 3 et 4** Pourquoi l'industrialisation engendre-t-elle de nouveaux modes de production et de travail ?

BILAN À l'aide de vos réponses, montrez que la France s'industrialise rapidement et d'une façon originale sous le Second Empire.

PARCOURS 2

Confronter deux regards d'historiens

Jusque dans les années 1970, certains historiens, comme l'Américain David Landes (1924-2013), présentent la France comme une nation industrielle en retard, voire en échec, au XIXe siècle. En prenant appui sur les documents, nuancez cette interprétation.

Pas à pas

Organisez votre réponse autour des éléments suivants :
1. **Doc. 1 et 2** La diversification des sources d'énergie dans l'industrialisation française.
2. **Doc. 2 et 3** Le décollage de nouveaux secteurs économiques.
3. **Doc. 3 et 4** De nouveaux modes de production et une plus forte concentration d'ouvriers.

ÉTUDE 3 Le droit de grève et la question ouvrière PPO

Longtemps interdit, le droit de **grève** est reconnu en France en 1864 à l'initiative de Napoléon III.

> Comment le droit de grève répond-il à une attente du monde ouvrier ?

1 « Le manifeste des Soixante »

En 1864, l'ouvrier ciseleur parisien Henri Tolain (1828-1897) rédige un manifeste, signé par soixante ouvriers, qui revendique plus de droits et de représentation politique pour la classe ouvrière.

Mais nous qui n'avons d'autre propriété que nos bras, nous qui subissons tous les jours les conditions légitimes ou arbitraires du capital ; nous qui vivons sous des lois exceptionnelles, telles que la loi sur les coalitions[1] et l'article 1781[2], qui portent atteinte à nos intérêts en même temps qu'à notre dignité, il nous est bien difficile de croire à cette affirmation. Nous qui, dans un pays où nous avons le droit de nommer les députés, n'avons pas toujours le moyen d'apprendre à lire ; nous qui, faute de pouvoir nous réunir, nous associer librement, sommes impuissants pour organiser l'instruction professionnelle, et qui voyons ce précieux instrument du progrès industriel devenir le privilège du capital, nous ne pouvons nous faire cette illusion. Nous dont les enfants passent souvent leurs plus jeunes ans dans le milieu démoralisant et malsain des fabriques, ou dans l'apprentissage, qui n'est guère encore aujourd'hui qu'un état voisin de la domesticité ; nous dont les femmes désertent forcément le foyer pour un travail excessif, contraire à leur nature, et détruisant la famille ; nous qui n'avons pas le droit de nous entendre pour défendre pacifiquement notre salaire, pour nous assurer contre le chômage, nous affirmons que l'égalité écrite dans la loi n'est pas dans les mœurs, et qu'elle est encore à réaliser dans les faits. Ceux qui, dépourvus d'instruction et de capital ne peuvent résister par la liberté et la solidarité à des exigences égoïstes et oppressives, ceux-là subissent fatalement la domination du capital : leurs intérêts restent subordonnés à d'autres intérêts.

Publié dans *L'Opinion nationale*, 17 février 1864.

1. La Loi de 1791 interdit aux ouvriers de s'unir pour exprimer des revendications. 2. L'article 1781 du Code civil instaure la primauté du patron sur l'ouvrier en cas de litige, notamment sur le salaire.

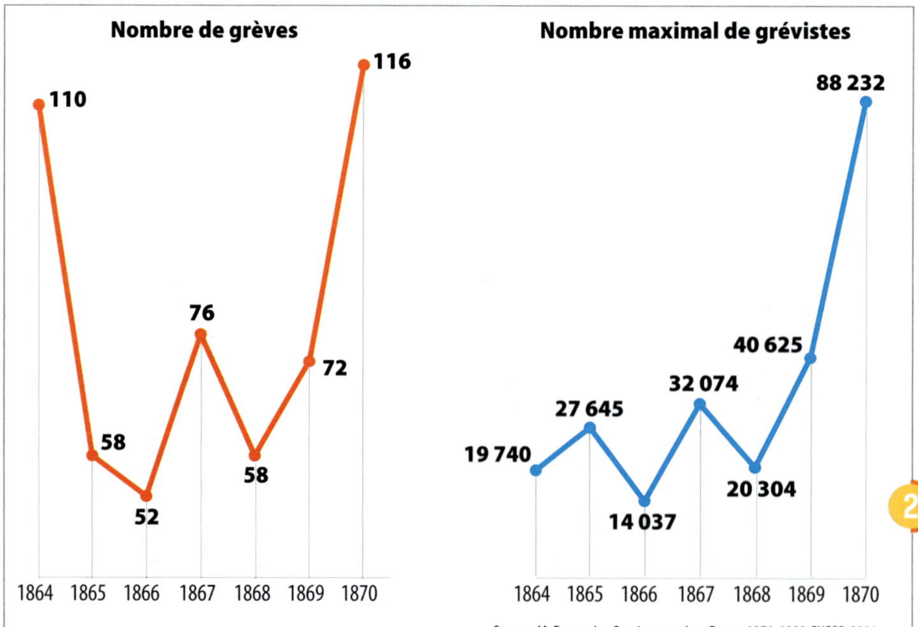

Source : M. Perrot, *Les Ouvriers en grève, France 1871-1890*, EHESS, 2001.

VOCABULAIRE

- **Coalition :** association de personnes ou de groupes poursuivant un but commun.
- **Grève :** cessation du travail décidée collectivement.

2 L'évolution du nombre des grèves et des grévistes à la fin du Second Empire

3 Le député Émile Ollivier défend la loi sur les coalitions

Lors des débats au Corps législatif, Émile Ollivier répond ici à Charles Seydoux, député du Nord, farouchement opposé au projet de loi sur les coalitions.

Je réponds à l'honorable M. Seydoux que depuis les temps auxquels il a fait allusion se sont passés des faits très graves que je lui demande la permission d'indiquer. Le premier, c'est l'établissement du suffrage universel. Ce fait immense dont nous voyons tous les jours le déploiement ne peut être sans conséquences sur le régime industriel. Ceux qui jadis étaient réputés incapables de participer aux affaires publiques sont appelés aujourd'hui à les trancher. Or, ainsi que votre esprit judicieux l'a bien compris, refuser aux ouvriers le droit de se coaliser, cela équivaut à leur dire : « Ouvriers, vous êtes incapables ! Vous ne savez pas ! Votre esprit n'est pas suffisamment éclairé ! Remettre dans vos mains une arme pareille, c'est vous blesser plutôt que de vous aider ! » Ce langage, je le comprenais avant 1848, avant le suffrage universel. […]

Le second fait dont je vous signale l'influence, et qui, en modifiant la situation, a permis une conduite nouvelle, c'est le traité de commerce[1]. Le traité de commerce a produit un double résultat : en ouvrant notre marché, il a écarté le principal danger des coalitions. Dès que la France n'est pas close en quelque sorte, les grèves ne peuvent plus compromettre la consommation, et ainsi disparaît l'un des plus sérieux périls de la liberté des coalitions.

Émile Ollivier, *Discours sur la loi sur les coalitions du 28 avril 1864, au Corps législatif.*

1. Traité de libre-échange signé entre la France et le Royaume-Uni en 1860.

Qui est-il ?
D'abord républicain, le député Émile Ollivier se rallie progressivement à la politique libérale de Napoléon III. En 1864, il accepte d'être le rapporteur de la loi sur les coalitions.

4 La grève du Creusot en 1870

En janvier 1870, les ouvriers du Creusot veulent gérer eux-mêmes leur caisse de prévoyance (en cas de maladie, accident…), ce que leur patron Henri Schneider refuse. Une importante grève éclate alors et dure plusieurs semaines. Elle échoue à la suite d'une forte répression.

Gravure, fin XIXe siècle, collection privée.

PARCOURS 1

Mettre un événement en perspective

1. **Doc. 1** Quelles sont les revendications des ouvriers au début des années 1860 ?
2. **Doc. 3** Identifiez les arguments des opposants au projet de loi sur les coalitions et ceux des partisans du projet.
3. **Doc. 2 et 4** Montrez que la loi sur les coalitions de 1864 répond aux attentes du monde ouvrier.

BILAN Montrez que l'adoption de la loi sur les coalitions est une avancée sociale pour les ouvriers.

PARCOURS 2

Confronter deux points de vue

En 1864, deux citoyens se rencontrent. À l'oral, organisez un débat entre eux au sujet de la loi sur les coalitions. L'un des citoyens explique qu'il s'agit d'une avancée sociale majeure, l'autre conteste cette idée.

Pas à pas
Vous pouvez d'abord organiser vos idées à l'aide du tableau :

	Arguments en faveur	Arguments s'opposant
L'émancipation des ouvriers		
La liberté		
Le nombre de grèves		
Les tensions sociales		

COURS

Les mutations de la société française (1848-1871)

> Comment l'industrialisation et l'urbanisation transforment-elles l'économie et la société ?

VOCABULAIRE

- **Bourgeoisie :** classe sociale qui, au XIXe siècle, investit et s'enrichit dans le contexte d'industrialisation de la France.
- **Exposition universelle :** événement international qui présente au public les progrès technologiques, techniques, scientifiques et industriels réalisés dans différents pays.
- **Libre-échange :** abaissement ou suppression des droits de douane pour faciliter les échanges commerciaux.
- **Société anonyme :** entreprise dont le capital est divisé en actions.

1 Une modernisation rapide

- **À partir du milieu du XIXe siècle, la France accélère son industrialisation.** En 1865, la France compte 21 000 machines à vapeur contre 9 000 dix ans plus tôt. La production textile, très mécanisée, surtout pour le coton, emploie 2 millions de personnes. La métallurgie connaît une formidable croissance avec près d'un million de tonnes de fonte produite en 1869. Ce dynamisme industriel triple la consommation de charbon sous le Second Empire. L'industrialisation est portée par de nouvelles banques comme le Crédit industriel et commercial en 1859. Étude p. 104
- **Napoléon III encourage la modernisation.** De nouvelles lois sont votées, comme en 1867, pour faciliter la création de **sociétés anonymes**. En 1860, l'empereur signe un traité de **libre-échange** avec le Royaume-Uni pour favoriser les échanges commerciaux. Enfin, des **expositions universelles** sont organisées en 1855 et 1867 afin de présenter les réussites économiques de la France.
- **La France connaît un exceptionnel développement des échanges.** La construction des lignes de chemin de fer s'accélère, passant de 4 000 km en 1852 à près de 17 000 km en 1870. En 1869, 113 millions de voyageurs et 44 millions de tonnes de marchandises sont ainsi transportés. Les transports maritimes connaissent aussi une très forte expansion grâce à la modernisation des ports (Marseille, Le Havre). De nouvelles compagnies maritimes, comme la Compagnie générale transatlantique créée en 1855 par les frères Pereire, permettent l'essor du commerce et les liaisons avec l'Amérique du Nord. Grand Angle p. 100

2 De nouvelles dynamiques sociales

- **L'urbanisation s'accélère et les villes se transforment, à l'image de Paris.** Désireux de faire de la capitale la vitrine du Second Empire, Napoléon III confie au baron Haussmann le soin de mettre en œuvre sa politique d'aménagement urbain. Souhaitant lutter contre l'insalubrité et les épidémies (choléra) et développer l'hygiène, il fait percer de larges avenues dont certaines relient les nouvelles gares entre elles. La ville s'équipe de monuments grandioses (opéra, halles), d'égouts et d'un réseau de distribution d'eau et de gaz. D'autres villes sont également concernées comme Lille, Lyon et Marseille. Étude p. 102
- **Une nouvelle bourgeoisie d'affaires s'enrichit.** Profitant de l'essor industriel, elle est constituée d'entrepreneurs dynamiques tels que les frères Pereire. Ces derniers fondent une banque nouvelle, le Crédit mobilier, qui investit dans les nouveaux secteurs comme le chemin de fer, les transports maritimes ou l'immobilier (Paris, Arcachon). Certains bourgeois très enrichis s'allient par mariage à l'ancienne noblesse.

DATES CLÉS

1852-1867
Crédit mobilier des frères Pereire

1853-1870
Grands travaux d'Haussmann à Paris

1855
Première exposition universelle de Paris

1864
Loi Ollivier sur les coalitions (droit de grève)

■ **L'industrialisation s'accompagne de l'émergence du monde ouvrier.** Celui-ci, à la fin du Second Empire, représente plus du quart de la population active. Certaines usines concentrent plusieurs milliers d'ouvriers, comme celle du Creusot qui en emploie 10 000 en 1870. Cependant, la plupart des usines sont des ateliers de petite taille. Au sein du monde ouvrier, les conditions de vie sont difficiles : les salaires sont faibles et les journées de travail longues (10 à 14 heures par jour). Beaucoup vivent dans la précarité, notamment dans des logements insalubres. Cependant, d'autres ouvriers plus qualifiés (orfèvres, typographes, horlogers) ont une situation plus favorisée avec un meilleur salaire.

3 Les freins à la modernité et ses limites

■ **Sous le Second Empire, la France reste un pays très largement rural.** Les paysans représentent encore plus de la moitié de la population active. La mécanisation et le recours aux produits chimiques (les engrais) favorisent l'essor de la production agricole. Pourtant, les rendements restent faibles pour de nombreux paysans dont les conditions de vie sont encore difficiles. Ces populations alimentent les flux d'un exode rural vers les villes où le besoin de main-d'œuvre est important.

■ **À la fin des années 1860, le pays connaît un certain ralentissement économique.** L'application du traité de libre-échange accentue la concurrence anglaise et place les entreprises françaises en difficulté. Les faillites augmentent, à l'image du Crédit mobilier des frères Pereire en 1867. Par ailleurs, de plus en plus de scandales financiers éclatent. Le député républicain Jules Ferry attaque même Haussmann sur le financement des travaux de Paris et sur la spéculation immobilière dans un pamphlet, *Les comptes fantastiques du baron Haussmann*, paru en 1868. ➔ Étude p. 102

■ **La condition des ouvriers devient une préoccupation majeure du pouvoir.** En 1864, l'empereur souhaite abolir le délit de coalition par le vote d'une loi avec l'aide du député républicain Émile Ollivier. La grève est désormais légale. À la fin du Second Empire, le nombre de grèves augmente, passant de 76 en 1867 à 116 en 1870. En 1870, une grande grève a lieu au Creusot pendant plusieurs semaines. Elle échoue face à la répression. ➔ Étude p. 106

ACTEURS

NAPOLÉON III
(1808-1873)

GEORGES EUGÈNE HAUSSMANN
(1809-1891)

ÉMILE PEREIRE
(1800-1875)
ISAAC PEREIRE
(1806-1880)

ÉMILE OLLIVIER
(1825-1913)

Les mutations de la société française (1848-1871)

Une modernisation rapide
- Accélération de l'industrialisation
- Développement des échanges et des transports
- Soutien de l'État et de l'empereur

De nouvelles dynamiques sociales
- Urbanisation et transformation des villes
- Développement du salariat et du monde de l'usine
- Essor de la bourgeoisie d'affaires

Les freins à la modernité et ses limites
- La question ouvrière
- Difficultés du monde rural
- Ralentissement économique

Faire le point

Acteurs

- Napoléon III
- Eugène Haussmann
- Frères Pereire
- Émile Ollivier
- Ouvriers

Vocabulaire et notions

- Coalition
- Entrepreneur
- Exode rural
- Exposition universelle
- Industrialisation
- Libre-échange

L'industrialisation et l'accélération des transformations économiques et sociales en France

Les événements majeurs

- **1852** : fondation du Crédit mobilier par les frères Pereire
- **1853-1870** : le préfet Haussmann dirige les travaux de modernisation de Paris
- **1855** : première exposition universelle de Paris
- **1860** : traité de libre-échange entre la France et le Royaume-Uni
- **1864** : loi sur les coalitions
- **1867** : deuxième exposition universelle de Paris

Idées essentielles

- Sous le Second Empire, la France connaît une période de prospérité économique grâce à l'industrialisation et aux avancées techniques, avec des entrepreneurs comme les frères Pereire qui investissent dans des secteurs tels que la banque et les chemins de fer.
- Napoléon III confie au baron Haussmann la transformation de Paris, entre 1853 et 1870, entraînant la création de nouvelles avenues, la construction de bâtiments modernes et des aménagements pour améliorer l'hygiène.
- Les mutations de la société, notamment l'augmentation du nombre d'ouvriers, provoquent des tensions et des revendications, conduisant à l'adoption du droit de grève en 1864.

Réviser avec des podcasts

Podcasts hachette-clic.fr/25hg1017

Flashcards hachette-clic.fr/25hg1018

- **Écoutez les cinq épisodes du podcast puis testez vos connaissances grâce aux flashcards.**

L'ESSENTIEL en 5 minutes

1. Comment la France s'industrialise-t-elle sous le Second Empire ?
2. De quelle manière les frères Pereire contribuent-ils à la modernisation de l'économie française ?
3. Qu'est-ce que l'haussmannisation de Paris ?
4. Pourquoi la loi Ollivier de 1864 est-elle une avancée sociale ?
5. Quel est le rôle de Napoléon III dans la modernisation de la France ?

Mémoriser avec des exercices

Quiz
hachette-clic.fr/25hg1019

La modernisation économique de la France

1 Quelles sont les principales sources d'énergie utilisées par l'industrie en France durant le Second Empire ?
a. Le solaire b. Le bois c. Le charbon d. La force hydraulique e. L'éolien

2 Le Second Empire se caractérise par un développement important du réseau de chemins de fer. a. Vrai b. Faux

3 Présentez le rôle des frères Pereire dans la modernisation de l'économie en trois informations clés.

Une modernisation encouragée par le Second Empire

4 Sélectionnez la (ou les) proposition(s) exacte(s).
Le gouvernement de Napoléon III encourage la modernisation économique en :
- votant de nouvelles lois favorisant la création d'entreprises ;
- organisant des expositions universelles ;
- permettant aux syndicats ouvriers de participer à la direction des entreprises ;
- décidant d'instaurer des droits de douane élevés.

5 Avec quel pays la France de Napoléon III signe-t-elle un traité de libre-échange en 1860 ?
a. Les États-Unis b. Le Royaume-Uni c. La Belgique

6 Comment le gouvernement de Napoléon III favorise-t-il le développement des échanges commerciaux ? Justifiez votre réponse.

Les mutations de la société française

7 À quelle définition suivante peut-on associer l'exode rural ?
a. La migration des ouvriers vers les villes.
b. La migration des paysans vers les villes.
c. La migration des paysans vers les colonies.

8 Quel secteur économique reste prépondérant dans la population active française ?
a. Primaire b. Secondaire c. Tertiaire

9 Sélectionnez la (ou les) proposition(s) exacte(s) :
Le vote de la loi sur les coalitions entraîne la conséquence suivante :
- les ouvriers peuvent faire grève ;
- le nombre de grèves a augmenté à la fin du Second Empire ;
- une augmentation des créations d'entreprises ;
- la revendication des congés payés.

Défi en groupe *Les maîtres du jeu*

15 min de préparation — Sur une feuille, rédigez cinq questions qui permettent de tester les connaissances de vos camarades sur les transformations économiques et sociales de la France entre 1848 et 1871. Une question porte sur une date, une sur un acteur, une sur un événement, une sur un mot de vocabulaire et une autre sur un lieu.

15 min de réalisation — Mettez-vous en groupe de trois. À tour de rôle, posez vos cinq questions aux autres élèves. Celui qui répond correctement marque un point. Comptez vos points à la fin de la partie.

RÉVISIONS

S'entraîner

• Confronter le rôle de deux acteurs

1 L'industriel Jackson développe une aciérie en Gironde

Chez M. Jackson, l'application du procédé Bessemer[1] est devenue une opération industrielle et journalière ; d'habiles contremaîtres et des ouvriers exercés manœuvrent avec une apparente facilité les monstrueux appareils dans lesquels se fait l'acier, et la poche non moins grande qui le distribue. Mais pour arriver à cette réalisation véritablement stupéfiante, combien de tâtonnements n'a-t-il fallu faire ! Combien de coulées effectuées en pure perte ! Combien d'essais décourageants ! Il y a une bravoure industrielle qui vaut bien la valeur militaire, qui demande autant de force et plus de persévérance ; car il ne s'agit pas là de tuer ou d'être tué, il s'agit de s'exposer à passer pour fou, de ruiner soi, sa famille et les amis qui ont eu confiance en vous, et il doit y avoir de mauvaises heures, de grands abattements qui arrêtent souvent les plus hardis au moment où ils allaient réussir. Une fois en possession de sa source d'acier, M. Jackson a établi d'abord un atelier pour fabriquer des ressorts de voitures et de wagons. Une fois converti ainsi, le métal peut être apprécié ; il n'y a, en effet, que l'acier, et le bon acier encore, qui puisse supporter, jusqu'à l'aplatissement, sans se casser, la pression de la machine de M. Frey[2].

Julien Turgan, *Les grandes usines de France, les aciéries Jackson et Cie, 1860-1864*, cité par Sylvie Aprile dans *1815-1870, La révolution inachevée*, Belin, 2014.

1. L'industriel Henry Bessemer a inventé en 1855 un procédé permettant de produire de l'acier moins cher et en grande quantité.
2. Machine permettant la création de plaques d'acier.

2 Napoléon III et l'impératrice Eugénie rencontrent des industriels de Roubaix en août 1867

Claudius Jacquand, *L'Empereur et l'Impératrice reçus chez le sénateur comte Mimerel à Roubaix, le 29 août 1867*, 1868, huile sur toile, 100 × 132 cm, musée national du château de Compiègne.

Auguste Mimerel possède une filature de coton à Roubaix. Il est sénateur de 1852 à 1870.

PALIER 1

Je lis et je comprends les documents

- Identifiez les doc. 1 et 2 (nature, date, source, idée principale).
- Quel est le contexte économique et social des années 1860 ?

PALIER 2

Je sélectionne les informations

- Quelle est la grande innovation de l'industrie métallurgique à la fin des années 1850 (doc. 1) ?
- Quelles sont les raisons du succès des aciéries Jackson (doc. 1) ?
- Qui sont les personnages représentés (doc. 2) ?

PALIER 3

Je confronte les documents

- Expliquez le passage souligné (doc. 1).
- Montrez l'importance des entrepreneurs dans la modernisation industrielle de la France (doc. 1 et 2).
- Pourquoi peut-on dire que le Second Empire soutient l'industrialisation de la France (doc. 2) ?

Analyser un plan

Prenez connaissance du document puis répondez aux questions.

Les bouleversements de Paris sous le Second Empire

Source : C. Grataloup, *Atlas historique de la France*, Les Arènes-L'Histoire, 2020.

1 Sélectionnez la ou les propositions exactes.

L'haussmannisation de Paris se caractérise par :
- la création de nouvelles avenues plus larges ;
- la disparition des arrondissements ;
- de nouveaux parcs et jardins ;
- l'aménagement d'un métro.

2 Relevez sur le plan des exemples d'aménagement haussmannien afin d'illustrer le nouveau rayonnement de Paris. Recopiez le tableau ci-contre et complétez-le.

Rayonnement économique	Rayonnement commercial	Rayonnement culturel

3 Quels éléments montrent que l'aménagement haussmannien intègre les préoccupations hygiénistes et les nouvelles pratiques de loisirs de l'époque ?

4 En analysant le document et grâce à vos réponses, vous expliquerez le projet de Napoléon III de faire entrer « l'air et la lumière » dans Paris grâce aux aménagements d'Haussmann.

Pour aller plus loin

À VOIR

- L'émission *Karambolage* d'Arte sur « Le Paris du baron » (2020) explique le contexte et les caractéristiques des travaux du baron Haussmann.

À LIRE

- *L'Argent* d'Émile Zola est un roman publié en 1891. Il évoque la création, l'apogée et la chute d'une banque sous le Second Empire.

MÉTIER D'HISTORIEN

- Mobilisant ses connaissances historiques et son expertise des arts, **le conservateur du patrimoine** veille à la protection, à l'entretien, à l'étude et à la valorisation d'éléments du patrimoine (monuments, œuvres d'art, etc.).

Vers le supérieur ?
La fiche métier de l'Onisep
hachette-clic.fr/25hg1020

MÉTHODE BAC Analyser des documents

Sujet corrigé : Le Paris haussmannien.

Présentez les transformations de Paris réalisées sous Haussmann, puis expliquez pourquoi elles ne font pas l'unanimité.

Objectif Présenter le sujet et le document

M. Haussmann [...] avait entrepris de faire de Paris une ville magnifique, et il y a complètement réussi. Quand il a pris en main le maniement de nos affaires, [...] les ruelles étroites et infectes abondaient au milieu de la ville. Nous voyons encore cette rue de la Vieille-Lanterne, où deux hommes ne pouvaient guère passer de front [...]. Nous manquions d'eau, de marchés, de lumière, dans ces temps reculés, qui ne sont pas encore à trente ans de nous. Quelques becs de gaz seulement commençaient à se montrer. [...] Les chemins de fer existaient cependant, ils versaient tous les jours, dans Paris, des torrents de voyageurs, qui ne pouvaient ni se loger dans nos maisons, ni circuler dans nos rues tortueuses. [...] Il fit, en dix ans, plus qu'on n'avait fait en un demi-siècle. Il démolit des quartiers, on pourrait dire : des villes entières. On criait qu'il nous donnerait la peste ; il laissait crier et nous donnait, au contraire, par ses intelligentes percées, l'air, la santé et la vie. Tantôt, c'était une rue qu'il créait ; tantôt, une avenue ou un boulevard ; tantôt, une place, un square, une promenade. Il fondait des hôpitaux, des écoles, des groupes d'écoles. Il nous apportait toute une rivière. Il creusait des égouts magnifiques.

« Les comptes fantastiques d'Haussmann[1] », *Le Gaulois*, 3 mai 1882.

1. En 1868, le républicain Jules Ferry avait publié une brochure intitulée « Les comptes fantastiques d'Haussmann » pour dénoncer les choix d'urbanisme, les expropriations et la spéculation des promoteurs immobiliers.

Étape 1 Lire la consigne et le document

1. Lisez plusieurs fois le document et la consigne.
2. Analysez la consigne.

Présentez les [transformations de Paris] réalisées sous [Haussmann], puis [expliquez pourquoi] [elles ne font pas l'unanimité].

- transformations de Paris → Voirie, espaces verts, gares, halles
- Haussmann → Haussmann est préfet de la Seine entre 1853 et 1870.
- expliquez pourquoi → Financements, expropriations, gênes, spéculation
- elles ne font pas l'unanimité → Opposants (républicains) et habitants de Paris

Étape 2 Identifier le document et son idée principale

3. Identifiez le document (auteur, nature, source, date et contexte).
4. Formulez l'idée principale.

Cet article de presse dresse un bilan des travaux d'Haussmann et des critiques liées. Il est rédigé après la fin du Second Empire et la destitution du baron Haussmann comme préfet de la Seine.

Étape 3 Rédiger la présentation du document

5. Rédigez la présentation du document.

L'analyse de document débute par une présentation du sujet ainsi que par la présentation du document et de son contexte de production.

En 1853, Napoléon III nomme le baron Haussmann préfet de la Seine pour moderniser Paris. Jusqu'en 1870, celui-ci transforme la capitale, même si ses travaux alimentent de nombreuses critiques. Cet article de presse anonyme, publié dans le journal Le Gaulois le 3 mai 1882, revient a posteriori sur ces dix-sept années de transformations, de débats et de critiques.

➔ Voir la fiche méthode 10 p. 278

Sujet guidé : Le monde rural sous le Second Empire.

Après avoir présenté le document, décrivez cette représentation du monde rural sous le Second Empire puis montrez que cette vision est idéalisée.

Jules Breton, *Le Rappel des glaneuses*
1859, huile sur toile, 90,5 × 176 cm, musée d'Orsay, Paris.

Étape 1 Lire la consigne et le document

1. Analysez la consigne.

Identifiez le document et son contexte de production. → **présenté le document**

Comment le monde rural est-il considéré ? Pourquoi ? → **cette représentation**

Que désigne l'expression « monde rural » ? → **du monde rural**

Après avoir présenté le document, décrivez cette représentation du monde rural sous le Second Empire puis montrez que cette vision est idéalisée.

Datez ce régime politique. → **sous le Second Empire**

Quelles transformations touchent le monde rural ? → **cette vision est idéalisée**

Étape 2 Identifier le document et son idée principale

2. Notez les informations utiles pour identifier le document.
3. Après avoir identifié le thème principal du document, recherchez dans le chapitre les pages qui abordent ce thème.
4. Quelle image du monde rural le peintre donne-t-il ?

Nature	
Auteur	
Source	
Date et contexte	
Lieu de conservation	

Étape 3 Rédiger la présentation du document

5. Rédigez une présentation du sujet à l'aide de l'**étape 1**.
6. Rédigez une présentation du document avec l'ensemble des informations de l'**étape 2**.

CHAPITRE

5 La France et la construction de nouveaux États par la guerre et la diplomatie

COURS Malgré l'échec du « Printemps des peuples » de 1848, la question nationale perdure. Dans ce contexte, la France joue un rôle dans l'unification de nouveaux États.

> Comment la France de Napoléon III accompagne-t-elle le mouvement des nationalités ?

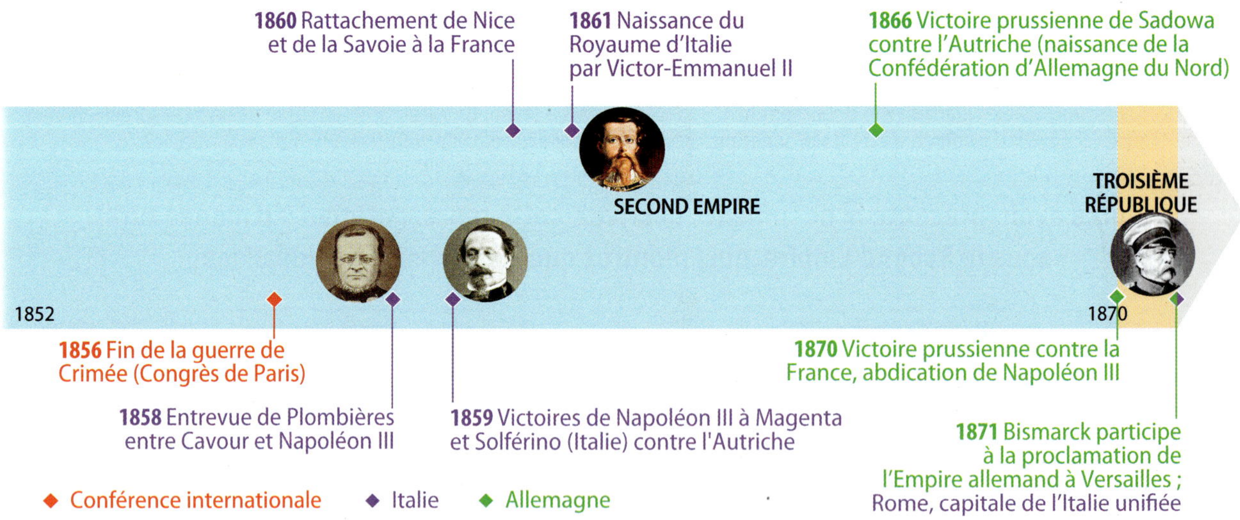

QUESTIONS

1. **Doc. 1** Comment le rôle de la France est-il représenté dans ce tableau ?
2. **Doc. 2** Pourquoi la proclamation de l'Empire allemand a-t-elle lieu à Versailles ?
3. **Doc. 1 et 2** Différenciez le rôle joué par la France dans les unités italienne et allemande.

1 **La France, actrice de la fin de l'occupation autrichienne en Italie**

Giuseppe Bertini, *Entrée de Napoléon III et de Victor Emmanuel II à Milan après la bataille de Magenta, 8 juin 1859*, 1859, huile sur toile, musée du Risorgimento, Milan.

2 **La proclamation de l'Empire allemand**

Anton von Werner, *La proclamation de l'Empire allemand le 18 janvier 1871 dans la galerie des Glaces de Versailles*, 1885, huile sur toile, 167 x 202 cm, Bismarck-Museum, Friedrichsruh.

GRAND ANGLE Les unités italienne et allemande

● Napoléon III cherche à refaire de la France une puissance influente en Europe. Par une diplomatie active et le recours à la guerre, le Second Empire participe directement, et parfois à ses dépens, aux **unités nationales** italienne et allemande. L'ordre de Vienne est donc remis en cause par les États européens eux-mêmes, aboutissant à la création de nouveaux **États-nations**.

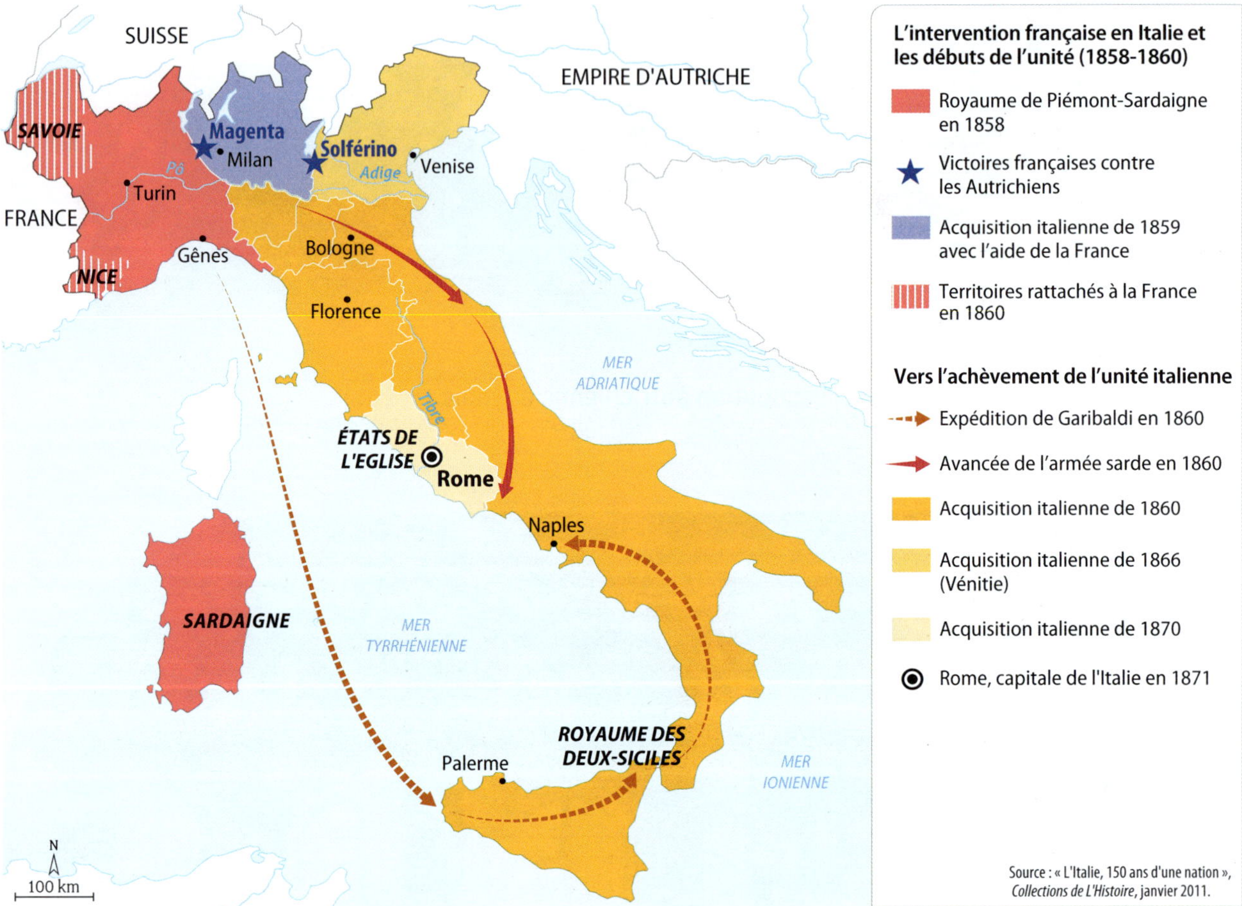

1 La France, actrice du *Risorgimento*

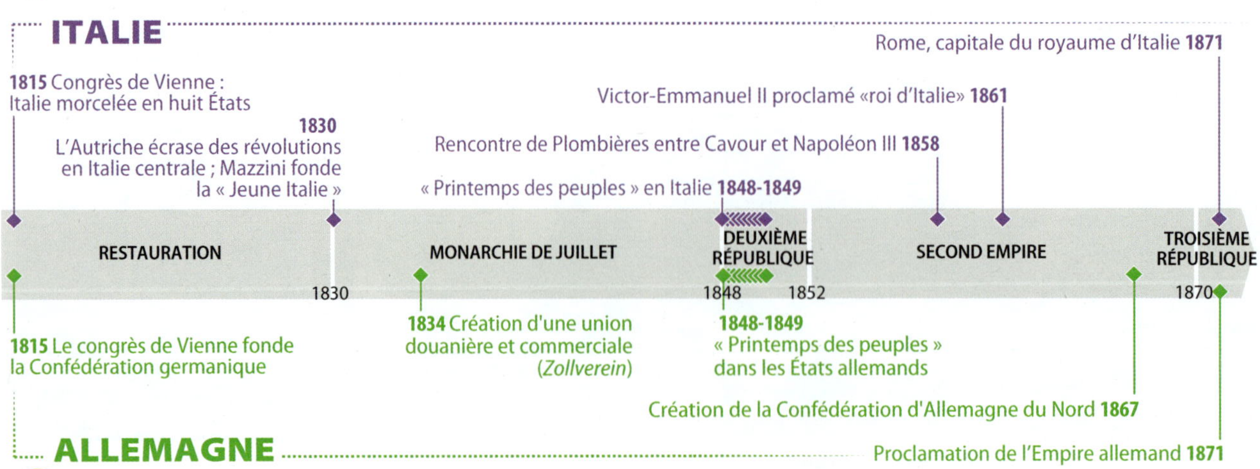

2 La marche vers l'unité en Italie et en Allemagne

● Dès les années 1860, à l'initiative du chancelier Bismarck, la Prusse entame l'unification allemande. La victoire prussienne de Sadowa face à l'Autriche (1866) permet la création d'une Confédération d'Allemagne du Nord. Une autre guerre contre la France (1870-1871) permet d'achever cette unité en ralliant les États allemands du Sud.

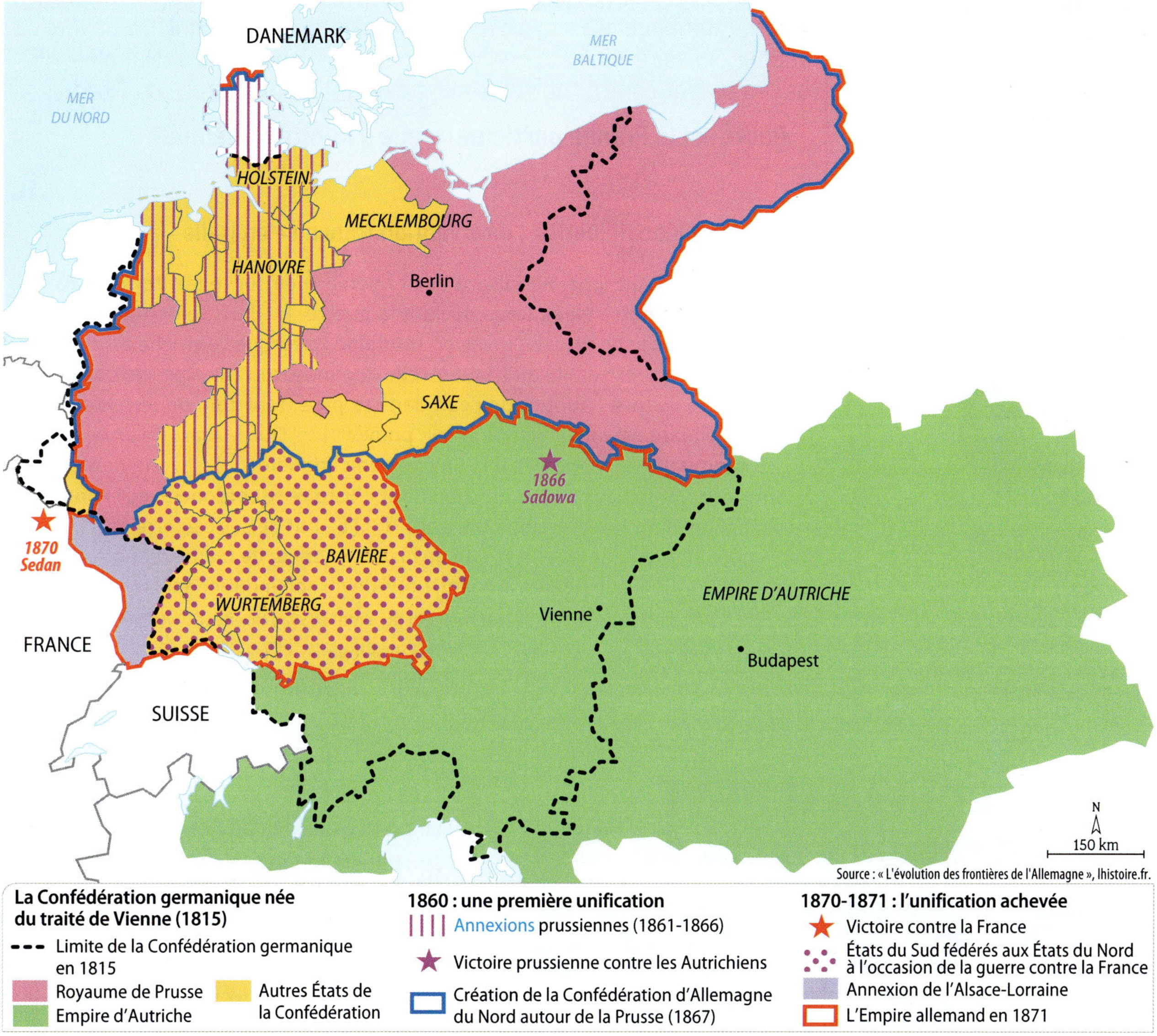

3 L'Empire allemand : l'unité contre la France

VOCABULAIRE

Annexion : rattachement, le plus souvent sous la contrainte, d'un territoire à un autre.

État-nation : État qui coïncide avec une nation, au sein duquel les individus se sentent liés par une appartenance commune (culturelle, ethnique, religieuse, etc.).

***Risorgimento* :** mot italien signifiant « renaissance », et qui désigne la période qui voit l'unité italienne se construire.

Unité nationale : Processus conduisant à la formation d'un État-nation.

QUESTIONS

1. **Doc. 1 et 2** Comment Napoléon III participe-t-il au processus d'unité italienne ?
2. **Doc. 2 et 3** Décrivez les étapes de l'unité allemande.
3. **Doc. 1 et 3** Quelles sont les conséquences des unités italienne et allemande pour la France ?

ÉTUDE 1 PARCOURS CROISÉS

La France, un acteur majeur des unités italienne et allemande

Napoléon III et l'unité italienne

PPO

VICTOR-EMMANUEL II
(1820-1878)
Roi de Piémont-Sardaigne puis premier roi d'Italie lors de l'unification.

CAMILLO BENSO, COMTE DE CAVOUR
(1810-1861)
Chef du gouvernement du royaume de Piémont-Sardaigne puis du premier gouvernement de l'Italie unifiée.

Victor-Emmanuel II, roi de Piémont-Sardaigne, et son ministre Cavour souhaitent faire l'unité italienne. Ce projet est soutenu par Napoléon III qui intervient contre l'Autriche alors très influente en Italie du Nord.

Pourquoi la France participe-t-elle à l'unité italienne ?

1 Napoléon III justifie l'intervention française en Italie

« Français, l'Autriche, en faisant entrer son armée sur le territoire du roi de Sardaigne[1], notre allié[2], nous déclare la guerre. [...] On se demande quelle peut être la raison de cette invasion soudaine : c'est que l'Autriche a amené les choses à cette extrémité qu'il faut qu'elle domine jusqu'aux Alpes ou que l'Italie soit libre jusqu'à l'Adriatique ; car, dans ce pays, tout coin de terre demeuré indépendant est un danger pour son pouvoir. [...] Que la France s'arme et dise résolument à l'Europe : Je ne veux pas de conquête [...], j'avoue hautement ma sympathie pour un peuple ami, dont l'histoire se confond avec la nôtre, et qui gémit sous l'oppression étrangère. [...] Le but de cette guerre est donc de rendre l'Italie à elle-même et non de la faire changer de maître, et nous aurons à nos frontières un peuple ami, qui nous devra son indépendance.»

« Déclaration de guerre de Napoléon III du 3 mai 1859 », *Moniteur Universel*, 4 mai 1859.

1. Le 29 avril, les troupes autrichiennes ont franchi la frontière du Piémont-Sardaigne. 2. Depuis la rencontre secrète de Plombières (1858), Napoléon III et Cavour ont conclu une alliance.

GOUVERNEMENT
de l'Arrondissement de Nice

VOTE
PAR SUFFRAGE UNIVERSEL
Sur la réunion du Comté de Nice
à la France,
Dimanche et Lundi, 15 et 16 Avril 1860.

IL GOVERNATORE PROVVISORIO della Città e della Contea di Nizza.	LE GOUVERNEUR PROVISOIRE de la Ville et du Comté de Nice.
Visto il trattato conchiuso il 24 Marzo ultimo scorso, con cui S. M. il Re ha ceduto alla Francia la Savoja ed il Circondario di Nizza ;	Vu le traité conclu le 24 Mars dernier, par lequel S. M. le Roi a cédé à la France la Savoie et l'arrondissement de Nice ;
Vista la Proclamazione del Re agli abitanti delle provincie cedute, in data del 1 corrente mese;	Vu la proclamation du Roi aux habitants des pays cédés, en date du 1er du courant;
Considerando che la riunione della Savoja e del circondario di Nizza alla Francia deve aver luogo coll'adesione delle popolazioni:	Considérant que la réunion de la Savoie et de l'arrondissement de Nice à la France doit avoir lieu avec l'adhésion des populations;

2 Le comté de Nice devient français, 1860

Le soutien français à l'Italie se solde par le rattachement du comté de Savoie et du comté de Nice par le Second Empire, qui consulte la population lors d'un plébiscite où le « oui » l'emporte avec plus de 99 % des voix.

Placard imprimé bilingue (en italien et en français), 7 avril 1860, archives Nice Côte d'Azur.

ACTIVITÉ 1

1. Doc. 1 Comment Napoléon III justifie-t-il son soutien à l'unité italienne ?
2. Doc. 1 et 2 Montrez que la France entend tirer avantage de son soutien à l'unité italienne.
3. Doc. 2 Pourquoi recourir au suffrage universel pour rattacher Nice et la Savoie à la France ?

BILAN Expliquez pourquoi Napoléon III décide de soutenir le processus d'unité italienne.

Bismarck et la proclamation du Reich

OTTO VON BISMARCK
(1815-1898)
Chancelier prussien qui mène le processus d'unité allemande.

PPO

Principal acteur de l'unité allemande, le chancelier Otto von Bismarck parvient à fédérer les États allemands autour du roi de Prusse Guillaume Ier. En 1871, le Reich est proclamé après la victoire contre la France de Napoléon III.

> Comment Bismarck parvient-il à unifier l'Allemagne ?

3 L'achèvement de l'unité contre la France

L'Allemagne du Sud et l'Allemagne du Nord s'unissent après avoir vaincu la France.

Anton Von Werner, *Victoire - La réunion de l'Allemagne du Nord et de l'Allemagne du Sud, 1871*, 1880, 350 × 245 cm, Historisches Museum Saar, Sarrebrück.

4 Bismarck face à l'Autriche

La Confédération allemande[1] existait alors encore. Je voulais que l'Autriche ne fût pas la seule à avoir de l'autorité en Allemagne et qu'elle ne mît pas sans cesse la Prusse sous le boisseau[2]. Je demandai en conséquence que la Prusse eût une situation dans la Confédération qui lui permît de parler un peu plus haut et d'être en état de repousser les agressions des puissances voisines. À Vienne, ils ne voulurent jamais entendre parler de cela ; ils dirent que ce n'était pas nécessaire, qu'il ne convenait pas à la Prusse d'avoir de pareilles prétentions, et, d'ailleurs, que la Prusse avait plus besoin de l'assistance et de la bienveillance de l'Autriche, que l'Autriche n'avait besoin de la Prusse. Nous continuâmes donc à être traités abominablement si bien que nous fûmes obligés [...], pour notre conservation personnelle, de donner à l'Autriche une preuve matérielle qu'elle se trompait en pensant que nous avions absolument besoin d'elle et que nous pouvions nous passer de son concours. En 1866, nous prîmes la première occasion qui se présenta et nous flanquâmes l'Autriche à la porte !

Entretien avec Bismarck du 9 mars 1880, paru dans Moritz Busch, *Les mémoires de Bismarck, entretiens et souvenirs*, vol. 2., Paris, Charpentier et Fasquelle, 1899.

1. Fédération de 39 États allemands créée en 1815.
2. Faire passer au second plan.

Qui est-il ?
Julius Hermann Moritz Busch (1821-1899) est un journaliste allemand et confident de Bismarck à partir de 1870.

ACTIVITÉ 2

1. **Doc. 4** Comment Bismarck justifie-t-il la guerre contre l'Autriche en 1866 ?
2. **Doc. 3** Que célèbre ce tableau à travers la victoire allemande contre la France de 1870-1871 ?
3. **Doc. 3 et 4** Par quel moyen Bismarck construit-il l'unité allemande ?

BILAN En vous appuyant sur vos réponses, présentez les étapes de l'unité allemande.

PARCOURS CROISÉS

Deux historiens français et allemand débattent des acteurs responsables de la reconfiguration de la carte de l'Europe entre 1860 et 1870.

- L'historien français mettra en avant le rôle central que la France de Napoléon III a joué dans cette reconfiguration, tant par sa participation à l'unification italienne (doc. 1), qu'en provoquant l'unité allemande contre elle (doc. 3).

- L'historien allemand pourra, au contraire, montrer comment cette reconfiguration est le résultat de l'action et de la volonté de multiples acteurs, tant italiens (doc. 2) qu'allemands (doc. 3 et 4).

ÉTUDE 2 Le Second Empire face à la puissance allemande

À ses débuts, le Second Empire n'est pas hostile à l'unification allemande, d'autant qu'elle permet d'affaiblir durablement l'Autriche. La victoire de Sadowa (1866) est bien accueillie par Napoléon III, mais Bismarck veut unir les populations allemandes contre un ennemi commun : la France.

> Pourquoi la position de la France évolue-t-elle face à la naissance de la puissance allemande ?

1 L'unification allemande en 1866

Après la victoire contre les Autrichiens à Sadowa, une partie des États allemands est rattachée à une Confédération d'Allemagne du Nord dominée par la Prusse.

Cham, « ce que c'est pourtant que de savoir se servir d'une aiguille, mais c'est un talent dont il ne faudrait pas abuser », *Charivari*, 4 septembre 1866.

▶ Vidéo
La guerre franco-prussienne (1870-1871)
Karambolage, Arte, 2020.
hachette-clic.fr/25hg1021

2 La France face aux débuts de l'unité allemande

Leurs derniers lambeaux [des traités de Vienne] viennent d'être dispersés par le canon de Sadowa. Il n'y a plus de traité de 1815 ! Et pour ma part je m'en applaudis [...]. Ils étaient dirigés sans doute contre la puissance matérielle de la France [...].

On ne peut se prononcer en bloc sur les derniers évènements d'Allemagne [...]. Les annexions du Hanovre, de la ville de Francfort, de la Hesse et surtout des duchés ont été faites contre le droit[1]. [...] S'il y a une patrie allemande qu'on veut organiser, on n'a pas à en conquérir une partie. [...] Je ne parlerai pas de la Confédération[2] comme des annexions. La Confédération est un fait légitime et un fait inattaquable. De quoi résulte-t-elle ? En premier lieu, des traités entre souverains volontairement consentis ; en second lieu elle va bientôt résulter des délibérations d'un parlement nommé par le suffrage universel. Ainsi, à la volonté des princes manifestée par un traité s'unira la volonté des populations [...]. Que ce résultat nous contrarie ou qu'il nous satisfasse, que nous ayons lieu de nous en préoccuper ou de le craindre, il est légitime, ne comporte aucune objection, et il s'impose à notre respect.

Émile Ollivier, discours à la Chambre du 15 mars 1867, « Des principes de la politique extérieure et de l'unité allemande. Des annexions prussiennes et de la Confédération du Nord », publié dans Émile Ollivier, *Démocratie et Liberté*, Paris, Lacroix/Verboeckhoven, 1867.

1. Annexions de duchés dépendants du Danemark (1864).
2. Regroupement de 22 États apparu sous l'égide de la Prusse après Sadowa.

3

L'unité allemande : un péril pour la France

Après avoir vaincu les Autrichiens à Sadowa en 1866 (le verre de vin) permettant à la Prusse d'étendre son influence sur les États allemands du Nord, Bismarck cherche à provoquer une guerre contre la France afin de rallier les derniers États allemands contre un ennemi commun.

Cham, « Ô mon bonhomme, cette fois tu trouveras des arètes », estampe, 1869, BnF, Paris.

4

Français et Allemands : le point de vue d'un historien français

Tâchez [les Allemands] d'apprendre une fois ce que c'est que l'unité organique. Un seul peuple l'a, la France. C'est le peuple le moins démembrable, celui où la circulation étant rapide et parfaite, un membre ne peut se séparer. Tout ce que vous n'avez pas [...]. Une chose extrêmement antique et très propre à ce pays-ci, c'est la perfection singulière avec laquelle la fusion des races[1] s'y est accomplie, l'échange et le mariage de diverses populations. Que vous êtes loin de cela ! Combien de siècles faudra-t-il pour changer l'unité fictive qu'on vous a bâclée[2] ces jours-ci en une réelle union ? Dites-moi quand le Prussien sera aimé du Bavarois. Je vous répondrai : « jamais » !

Jules Michelet, *La France devant l'Europe*, Florence, successeurs Le Monnier, 1871.

1. Terme employé ici pour désigner des populations issues d'un même pays.
2. Référence à la proclamation de l'unité allemande à Versailles en 1871.

Qui est-il ?
Jules Michelet (1798-1874) : historien proche des milieux républicains et opposant à Napoléon III.

PARCOURS 1

Présenter une situation historique

1. **Doc. 1 et 3** En confrontant ces deux images, montrez que le regard porté en France sur l'unification allemande a changé.
2. **Doc. 1 et 2** Pourquoi la France considère-t-elle assez favorablement le projet d'unité allemande à ses débuts ?
3. **Doc. 4** Quelles sont les différences entre les nations française et allemande selon Michelet ?
4. **Doc. 2 et 4** Comment expliquer les différences de point de vue de ces auteurs sur l'unité allemande ?

BILAN En vous appuyant sur vos réponses, vous mettrez en avant l'évolution de l'attitude de la France face à l'unité allemande et en expliquerez les causes.

PARCOURS 2

Faire un choix et le justifier

Vous êtes un historien sur le point de publier un livre sur *Les relations franco-allemandes sous le Second Empire*.

Pour la couverture de votre livre, vous hésitez entre deux illustrations (**doc. 1 et 3**). Vous écrivez à votre éditeur pour justifier vos choix.

Vous rappelez pour chacune, le contexte dans lequel elle a été produite – en vous aidant des **doc. 2 et 4** – et ce qu'elle traduit du regard que portent les Français sur la puissance allemande.

COURS

La France et la construction de nouveaux États

> Comment la France de Napoléon III accompagne-t-elle le mouvement des nationalités en Europe ?

1 Napoléon III et l'Europe

À ses débuts, le Second Empire hérite du statut de puissance diplomatique de second rang issu du congrès de Vienne (1815). S'il affirme que « l'empire, c'est la paix », Napoléon III aspire au rétablissement de la grandeur de la France et à réintégrer le concert européen. Toutefois, il prend soin de rassurer ses partenaires, notamment en se rapprochant de certains d'entre eux, comme l'Angleterre, et semble agir pour la sauvegarde de l'ordre européen.

Napoléon III est pourtant sensible au principe des nationalités. Convaincu qu'une nation est libre de ses choix, il estime que la France doit ouvrir la voie à l'émancipation des autres peuples. Marqué par ses propres expériences, notamment en Italie où il a participé à des insurrections contre la présence de l'Autriche dans les années 1830 aux côtés des *carbonari*, il souhaite que la France soutienne les aspirations à l'indépendance des peuples. C'est un moyen de déstabiliser ses concurrents européens et d'accompagner les nations dans leur lutte.

Ce soutien doit permettre à la France de rompre son isolement diplomatique. Une première opportunité apparaît lorsque la France rejoint le Royaume-Uni, l'Empire ottoman et le royaume de Sardaigne lors de la guerre de Crimée face à la Russie (1853-1856). Le traité de Paris (1856), qui met fin au conflit, permet à la France de se replacer au cœur du jeu diplomatique. Le Second Empire renforce alors ses positions et profite de la fin de l'alliance entre l'Angleterre, la Russie, la Prusse et l'Autriche.

2 La France au secours de l'unité italienne

Dans les années 1860, Napoléon III soutient le processus d'unité de l'Italie. Celui-ci est dirigé par Victor-Emmanuel II, roi de Piémont-Sardaigne, et son ministre, Cavour. Ceux-ci souhaitent l'appui de la France afin de chasser les Autrichiens dont l'influence est grande dans la partie nord de l'Italie. L'alliance est négociée lors de l'entrevue de Plombières (1858) et la France intervient militairement. Les Autrichiens sont défaits à Magenta et à Solférino (1859). Dans le même temps, le général patriote Garibaldi s'empare du sud de l'Italie. L'unité est proclamée en 1861.

Les motifs qui poussent l'Empereur à intervenir en Italie sont divers. À l'échelle nationale, les victoires de 1859 lui assurent davantage de popularité et permettent le rattachement de Nice et de la Savoie à la France. Issus d'un accord entre les souverains italien et français, les rattachements sont néanmoins soumis à plébiscite, la victoire du « oui » entérinant une décision déjà prise. À l'échelle européenne, la France profite de l'affaiblissement autrichien et peut apparaître comme favorable aux peuples luttant pour leur indépendance et leur liberté dans le respect de leurs droits. Étude p. 120

VOCABULAIRE

- **Confédération d'Allemagne du Nord :** État né après la victoire prussienne contre l'Autriche (1866), unissant les États d'Allemagne du Nord autour de la Prusse.
- **Parti clérical :** groupe politique favorable aux intérêts de l'Église catholique.
- **Principe des nationalités :** principe politique qui veut qu'à chaque peuple corresponde un État.

DATES CLÉS

1859
Intervention française en Italie

1861
Naissance du Royaume d'Italie

1866
Victoire prussienne à Sadowa contre l'Autriche

1870-1871
Guerre franco-prussienne

1871
Proclamation de l'Empire allemand, achèvement de l'unité italienne (Rome capitale)

- **Cependant, la politique extérieure du Second Empire reste ambiguë.** Napoléon III ne soutient pas l'unité italienne jusqu'à son terme. Afin de ne pas s'aliéner le soutien des catholiques et du **parti clérical** français, il décide de protéger militairement Rome et le pape. En l'emportant face aux troupes de Garibaldi à Mentana (1867), la France devient même un frein à cette unité. ➔ Grand Angle p. 118

3 L'unité contre la France : la question allemande

- **Dans une Allemagne morcelée et sous tutelle autrichienne, la Prusse s'impose progressivement comme une puissance continentale.** Ministre prussien à partir de 1862, Otto von Bismarck envisage de bâtir l'unité allemande « par le fer et le feu » sous l'autorité du roi de Prusse. Il s'agit d'abord de régler la question de l'Autriche qui est vaincue lors de la victoire prussienne de Sadowa (1866). En 1867 est créée la **Confédération d'Allemagne du Nord** qui, sous la présidence du roi de Prusse, réunit 22 États allemands. Cette première étape vers l'unité est bien perçue dans une France gagnée au principe des nationalités. ➔ Étude p. 120

- **Le processus se poursuit avec le ralliement des États du Sud que Bismarck obtient au détriment de la France.** Bismarck joue sur le sentiment national en parvenant à faire de la France un pays agresseur. Ainsi, à l'occasion de la succession du trône d'Espagne, la Prusse propose un candidat, ce qui est inadmissible pour la France qui craint d'être entourée par la Prusse et ses alliés. La tension entre les deux États est accentuée par les manœuvres diplomatiques des uns et des autres, mais aussi par des opinions publiques influencées par la presse. La France déclare la guerre à la Prusse le 19 juillet 1870 qui apparaît alors en situation défensive face à son agresseur. ➔ Étude p. 122

- **La défaite de la France permet l'achèvement de l'unité allemande et italienne.** La guerre tourne rapidement à la débâcle. Napoléon III est fait prisonnier à Sedan le 2 septembre 1870. La guerre continue, mais la proclamation de l'Empire allemand à Versailles le 18 janvier 1871 scelle la défaite de la France et la suprématie prussienne sur l'ensemble de l'Allemagne. Parallèlement, la défaite de la France permet d'achever l'unité italienne : Rome devient la capitale du royaume d'Italie en 1871. ➔ Grand Angle p. 118

ACTEURS

OTTO VON BISMARCK (1815-1898)

CAMILLO CAVOUR (1810-1861)

GIUSEPPE GARIBALDI (1807-1882)

NAPOLÉON III (1808-1873)

La France et la construction de nouveaux États

Napoléon III et l'Europe
- Briser l'isolement diplomatique de la France
- Soutien de Napoléon III au principe des nationalités
- Affaiblir les empires autrichien et russe

La France au secours de l'unité italienne
- Soutien de Napoléon III au royaume de Piémont-Sardaigne
- Soutien militaire de la France
- Rattachement de Nice et de la Savoie à la France (1860)

L'unité contre la France : la question allemande
- Napoléon III soutient d'abord une unité autour de la Prusse
- Bismarck veut unifier l'Allemagne contre la France
- Guerre franco-prussienne (1870-1871) : défaite française et unité allemande

Faire le point

La France et la construction de nouveaux États par la guerre et la diplomatie

Acteurs

- Napoléon III
- Cavour
- Victor-Emmanuel II
- Garibaldi
- Bismarck
- Guillaume Ier

Vocabulaire et notions

- Annexion
- Confédération d'Allemagne du Nord
- État-nation
- Principe des nationalités
- Risorgimento
- Unité nationale

Les événements majeurs

- **1859** : victoires françaises de Magenta et de Solférino (Italie) contre l'Autriche
- **1860** : rattachement de Nice et de la Savoie à la France
- **1861** : naissance du royaume d'Italie
- **1866** : victoire prussienne de Sadowa contre l'Autriche (naissance de la Confédération d'Allemagne du Nord)
- **1870-1871** : guerre franco-prussienne
- 1871 : proclamation du Reich allemand à Versailles ; Rome, capitale de l'Italie unifiée

Idées essentielles

- Napoléon III réaffirme la place de la France sur la scène européenne en brisant l'isolement diplomatique dont elle fait l'objet depuis 1815 et en s'appuyant sur le principe des nationalités.
- La France devient actrice de l'unité italienne en intervenant militairement contre l'Autriche, obtenant en retour le rattachement de Nice et de la Savoie (1860). Mais la France devient un obstacle à l'achèvement de l'unité.
- Le principe des nationalités finit par se retourner contre la France : c'est contre elle que Bismarck unit l'Allemagne à l'issue de la guerre franco-prussienne (1870-1871), permettant également l'achèvement de l'unité italienne.

Réviser avec des podcasts

Podcasts hachette-clic.fr/25hg1022

Flashcards hachette-clic.fr/25hg1023

- Écoutez les cinq épisodes du podcast puis testez vos connaissances grâce aux flashcards.

L'ESSENTIEL en 5 minutes

1. Comment le Second Empire réintègre-t-il le concert européen ?
2. Pour quelles raisons Napoléon III intervient-il en Italie ?
3. Pourquoi la France devient-elle un obstacle à l'unité italienne ?
4. Par quels moyens Bismarck unit-il l'Allemagne ?
5. Pourquoi l'année 1871 marque-t-elle une date importante pour la France, l'Allemagne et l'Italie ?

Mémoriser avec des exercices

Quiz
hachette-clic.fr/25hg1024

Les ambitions européennes de Napoléon III

1 Quelle phrase exprime le mieux les ambitions européennes de Napoléon III ?
- Napoléon III cherche à isoler la France sur la scène diplomatique européenne.
- Napoléon III cherche à réaffirmer la place de la France en Europe par le « fer et le feu ».
- Napoléon III cherche à réaffirmer la place de la France par des moyens diplomatiques et en soutenant le principe des nationalités.

2 En 1856, lequel de ces traités permet à la France de redevenir une puissance diplomatique ?
a. Le traité de Versailles b. Le traité de Paris c. Le traité de Vienne

3 Pour quelle raison Napoléon III affirme-t-il que « l'empire, c'est la paix » ?

La France, actrice de l'unité italienne

4 Remettez les évènements suivants dans l'ordre, et associez-les à une date :

a. Proclamation de l'unité italienne — 1. 1871
b. Intervention française en Italie contre les Autrichiens — 2. 1861
c. Achèvement de l'unité italienne (Rome capitale) — 3. 1860
d. Rattachement de Nice et de la Savoie à la France — 4. 1859

5 Qui suis-je ? Identifiez les acteurs suivants :
- Roi de Piémont-Sardaigne, je deviens le premier roi d'Italie.
- Général et patriote italien, je m'empare de l'Italie du Sud permettant une première unification de l'Italie.
- Premier ministre du royaume de Piémont-Sardaigne, je négocie l'alliance avec Napoléon III.

6 Pourquoi la France devient-elle un obstacle à l'achèvement de l'unité italienne ?

La France, victime de l'unité allemande

7 Pourquoi l'année 1866 marque-t-elle une première étape vers l'unité allemande ?

8 Expliquez pourquoi l'affirmation suivante vous paraît juste ou fausse :
« L'unité allemande se fait contre la France. »

9 Rayez l'affirmation inexacte :
1871 : proclamation de l'Empire allemand
1871 : Napoléon III est fait prisonnier
1871 : achèvement de l'unité italienne

Défi en groupe — *Quand l'histoire fait date*

10 min de préparation
Constituez un groupe de trois élèves. Dans la frise chronologique en début de chapitre, chacun choisit une date qui lui semble importante et explique les raisons de son choix.

10 min de réalisation
À tour de rôle, chacun dispose d'une minute pour présenter la date, l'évènement auquel elle se réfère, et son importance dans le chapitre.

S'entraîner

• Confronter le rôle de deux acteurs

1 Victor-Emmanuel II, acteur de l'unité italienne

J'ai pu maintenir, dans la partie du peuple italien soumise à mon sceptre, l'idée d'une homogénéité nationale, d'où devait naître l'union harmonique, en une seule nation, de tous les petits États entre lesquels notre pays était divisé [...]. J'ai voulu faire pénétrer le droit de l'Italie dans le cercle des intérêts européens. Au congrès de Paris, mes envoyés ont pu parler pour la première fois à l'Europe de vos souffrances... Une ère nouvelle pour nous a été inaugurée par la guerre[1]... Les volontaires, en accourant de toutes les provinces et de toutes les familles italiennes sous le drapeau de la croix de Savoie, ont prouvé que l'Italie entière m'avait donné le droit de parler et de combattre en son nom... En Sicile, l'excitation des esprits aboutit à une révolte ouverte[2]. Les Siciliens combattaient pour la liberté, quand un vaillant guerrier, dévoué à l'Italie et à ma personne, le général Garibaldi, est venu à leurs secours [...]. Dans les Deux-Siciles, le nouveau gouvernement a été inauguré sous mon nom... Mais quelques-uns de ses actes ont pu faire croire qu'il n'interprétât pas bien [...] la politique que mon nom représente[3]... Dans la situation actuelle [...], ce serait commettre une faiblesse et une imprudence que de ne pas prendre d'une main ferme la direction du mouvement national[4].

Victor-Emmanuel II, *Proclamation aux peuples d'Italie du Sud* (1860).

1. Contre l'Autriche. 2. Le 4 avril 1860, une révolte éclate à Palerme, qui mène au renversement du roi du royaume des Deux-Siciles, Ferdinand II. 3. Victor-Emmanuel II craint la diffusion des idées révolutionnaires et démocratiques, Garibaldi étant lui-même un républicain. 4. Victor-Emmanuel II lance ses armées à la rencontre des armées garibaldiennes, poussant Garibaldi à le reconnaître comme roi d'Italie.

2 Guillaume Ier, acteur ou bénéficiaire de l'unité allemande ?

Hermann Wislicenus, *La résurrection de l'Empire allemand, 1871*, 1882, triptyque (détail), Palais impérial de Goslar, Allemagne.

Au centre se trouve l'empereur Guillaume Ier, suivi de son héritier, sous le regard de différents rois et empereurs de l'histoire allemande. À gauche, Bismarck est en train de sculpter le socle de la puissance allemande, accompagné de militaires qui se sont illustrés dans les guerres contre l'Autriche et la France. À droite, deux figures féminines représentent l'Alsace et la Lorraine se soumettant à l'empereur allemand.

PALIER 1

Je lis et je comprends les documents

- Identifiez chaque document (nature, date, source, idée principale) (**doc. 1 et 2**).
- Dans quel contexte paraît chacun des documents ?
- Dans ces deux documents, quel personnage semble être au cœur de l'unité ?

PALIER 2

Je sélectionne les informations

- Quels moyens sont employés par Victor-Emmanuel II pour bâtir l'unité (**doc. 1**) ?
- Quel moyen ayant permis l'unification allemande est ici évoqué (**doc. 2**) ?
- Quels autres acteurs responsables de l'unité apparaissent (**doc. 1 et 2**) ?

PALIER 3

Je confronte les documents

- Ces documents se complètent-ils ou s'opposent-ils ?
- Que nous apprennent-ils sur le rôle des dynasties dans les processus d'unification ?
- Que nous apprennent-ils sur le rôle joué par d'autres acteurs ?

• Analyser un témoignage

Lisez le document puis répondez aux questions.

Le rattachement du comté de Nice à la France

À mon arrivée, j'étais un peu abasourdi par les révélations extraordinaires que contenaient sur le comté de Nice certains journaux de Paris. Ils ne parlaient que d'annexion, de manifestations, d'agitation, d'intrigues, etc., et je voyais une population paisible jusqu'à l'indolence[1]. [...] Mais, peu à peu et sous l'influence de l'attention générale dont ils étaient l'objet, les habitants se sont réveillés et se sont occupés des destinées qu'on leur préparait. Deux partis se sont formés, représentés par deux journaux : la *Gazette de Nice* et l'*Avenir de Nice*, et la lutte s'est engagée assez vive. Tous les matins, la *Gazette de Nice* déclarait [...] que la population était italienne, qu'elle resterait italienne et qu'elle ne cesserait d'être fidèle au roi Victor-Emmanuel. Tous les jours, à la même heure, l'*Avenir de Nice* affirmait que la population était française et qu'elle appelait de tous ses vœux l'annexion à la France [...]. Ces pauvres diables de Niçois [...] ne savaient comment discerner leur véritable nationalité à travers les souvenirs contradictoires de leur histoire. [...] Ils n'étaient pas éloignés de demander qu'on les fît ce qu'on voudrait, pourvu qu'il fût arrêté une fois pour toutes ce qu'ils seraient [...]. Je parierais bien cependant que tous mes Niçois, après avoir fait leur petit tapage de protestations et de manifestations se laisseront franciser sans trop gémir.

Charles-Ferdinand Lapierre, *Deux hivers en Italie*, Dentu, Paris, Haulard, Rouen, 1861.

1. Paresse, nonchalance.

Qui est-il ?

Charles-Ferdinand Lapierre (1828-1893) : journaliste français qui, en février 1860, est venu prendre quelques jours de repos à Nice.

1 **Quelle proposition est la plus pertinente pour présenter le contexte du document ?**

a. Ce texte est rédigé au moment où Napoléon III tente de refaire de la France une puissance influente en s'appuyant sur le principe des nationalités.

b. Ce texte est rédigé après l'intervention de Napoléon III en Italie en 1859.

c. Ce texte est rédigé au moment où, en récompense de l'aide apportée par la France aux Italiens, le rattachement du comté de Nice se prépare.

2 **En justifiant votre réponse, vous discuterez de l'affirmation suivante :**

L'auteur propose un témoignage neutre sur la question du rattachement.

3 **Quelles propositions rendent compte des idées clés du document ?**

a. Le texte montre que le rattachement a été voulu et proposé par les Niçois eux-mêmes.

b. Le texte montre que les élites niçoises sont divisées sur la question du rattachement, orientant l'opinion publique par journaux interposés.

c. La perspective du rattachement a laissé la société niçoise indifférente au sort qu'on lui préparait.

d. Le rattachement a été décidé par les souverains italien et français, mais les Niçois ne sont pas restés passifs face au changement de souveraineté.

4 **En analysant le document et grâce à vos réponses, vous présenterez le rattachement du comté de Nice à la France.**

Pour aller plus loin

À VOIR

- Le site d'histoire de la fondation Napoléon propose une série de cinq vidéos consacrées à la « guerre franco-allemande de 1870-1871 », qui examinent ses causes, son déroulement et ses conséquences.

À VISITER EN LIGNE

- Le site du Musée national du *Risorgimento* à Turin propose de nombreuses ressources sur l'histoire de l'unité italienne.

MÉTIER D'HISTORIEN

- Fort de son expertise dans les médias et la recherche d'informations, le **bibliothécaire** accueille et assiste les lecteurs dans diverses structures. Il peut également leur dispenser des formations et organiser des événements, tels que des expositions.

Vers le supérieur ? La fiche métier de l'Onisep
hachette-clic.fr/25hg1025

MÉTHODE BAC Répondre à une question problématisée

Objectif Organiser les arguments

Sujet corrigé : Quel est le rôle du Second Empire dans les processus d'unités italienne et allemande ?

Montrez que le Second Empire recourt autant à la diplomatie qu'à la guerre dans les processus d'unités italienne et allemande.

Étape 1 Comprendre la question et identifier les mots-clés

1. Lisez attentivement la question problématisée et les indications proposées.
2. Au brouillon, définissez et expliquez le contexte, le thème et les mots-clés pour définir le sujet proposé.

Quel est le rôle joué par le **Second Empire** dans les **processus d'unités** **italienne et allemande** ?

- Quel est le rôle : Préciser son implication, ses décisions et ses conséquences.
- Second Empire : Régime politique de la France entre 1852 et 1870.
- processus d'unités : Ensemble des étapes et des actions qui mènent à l'unification nationale.
- italienne et allemande : Mouvements nationaux amenant à la création de nouveaux États-nations dans les années 1860-1870.

Étape 2 Mobiliser des connaissances

3. Au brouillon, listez les idées et les mots de vocabulaire permettant d'apporter une réponse à la question posée.

Idées principales :
– Le Second Empire utilise la diplomatie pour soutenir les processus d'unités italienne et allemande.
– Le Second Empire n'hésite pas à recourir à la guerre pour soutenir les revendications nationales italiennes et allemandes.

Vocabulaire : *unité nationale, États-nations, Risorgimento, annexion.*

Connaissances et exemples : *Napoléon III, Cavour, Victor-Emmanuel II, Bismarck ; victoires de Magenta et de Solferino ; soutien à la Prusse dans la guerre contre l'Autriche ; entrevue de Plombières.*

Étape 3 Organiser les arguments en suivant le plan suggéré

Le plan est une organisation des idées et une structuration de la réponse apportée à la question. En histoire, le plan peut être : chronologique (exposer des faits selon un ordre chronologique), analytique (causes, déroulement, conséquences d'un fait), thématique (aborder les différents aspects d'un sujet).

4. Développez les arguments.

Plan suggéré	Arguments	Exemples
Premier paragraphe Le Second Empire utilise la diplomatie pour soutenir les processus d'unités.	*– Le Second Empire négocie une alliance avec le roi de Piémont-Sardaigne.* *– Le Second Empire apporte son soutien à la Prusse.*	*– Entrevue de Plombières ; rôle de Victor-Emmanuel II et de Cavour.* *– Soutien de la France au principe des nationalités dans le conflit entre la Prusse et l'Autriche.*
Deuxième paragraphe Le Second Empire recourt à la guerre pour soutenir les unités.	*– Le Second Empire soutient militairement l'unité italienne.* *– La France n'intervient pas militairement aux côtés de la Prusse.*	*– Victoires de Magenta et de Solferino.* *– La France entend tirer profit de l'affaiblissement de l'Autriche mais devient rapidement une cible pour achever l'unité allemande.*

→ Voir la fiche méthode 11 p. 280

Sujet guidé : Quelles sont les conséquences des unités italienne et allemande sur le Second Empire ?

Montrez que même si les unifications italienne et allemande renforcent le rôle de puissance de la France, elles contribuent également à en fragiliser les positions.

Étape 1 Comprendre la question et identifier les mots-clés

1. Analysez la consigne.

Présentez les deux processus d'unification

Montrez que même si les unifications italienne et allemande renforcent le rôle de puissance de la France, elles contribuent également à en fragiliser les positions.

Montrez que Napoléon III entend restaurer la position de la France dans le concert européen.

Montrez que les unités finissent par affaiblir la place de la France et de l'Empire.

Étape 2 Mobiliser des connaissances

2. Ces affirmations sont-elles vraies ou fausses ? Justifiez vos réponses.

- Le Second Empire soutient l'Autriche contre les unités nationales.
- Le Second Empire soutient le processus d'unité de l'Italie.
- La défaite de la France permet d'achever l'unification allemande.
- Napoléon III ne soutient pas l'unification complète de l'Italie.

3. Citez trois acteurs et trois événements en lien avec le sujet proposé.

Étape 3 Organiser les arguments en suivant le plan suggéré

Plan	Arguments	Exemples
Premier paragraphe Les unités favorisent le renforcement de la puissance française.	*– Soutien à l'Italie.* *Voir étude 1 p. 120.* *Voir cours p. 124.* *– Soutien à la Prusse.* *Voir étude 1 p. 121.* *Voir cours p. 125.*	– ...... – ...... – ...... – ...... – ...... – ......
Deuxième paragraphe Les unités remettent en cause la puissance de la France.	*– Ambiguïtés françaises en Italie.* *Voir cours.* *– Défaite française face à la Prusse (1870-1871).* *Voir étude 2 p. 122.* *Voir cours p. 125.*	– ...... – ...... – ...... – ...... – ...... – ......

Voter sous la Troisième République

Suffrage universel : un bureau de vote à Paris, vers 1880, aquarelle attribuée à Lucien-Pierre Sergent, 26 × 37 cm. Galerie Christian Le Serbon, Paris.

Lors des élections municipales ou législatives au suffrage universel masculin, les électeurs français se rendent dans des bureaux de vote. La Troisième République y déploie une nouvelle culture républicaine, contribuant à la fois à l'apprentissage du vote et à la diffusion de symboles républicains dans la société.

« ANCIEN RÉGIME » | MONARCHIE CONSTITUTIONNELLE | PREMIÈRE RÉPUBLIQUE | CONSULAT | PREMIER EMPIRE | RESTAURATION | MONARCHIE DE JUILLET | DEUXIÈME RÉPUBLIQU…

1789 1792 1799 1804 1814 1830 1848 185…

THÈME 3

La Troisième République avant 1914 : un régime politique, un empire colonial

OND EMPIRE

TROISIÈME RÉPUBLIQUE

PÉRIODE ÉTUDIÉE

1870 — 1914 — 1925

CHAPITRE

6 La mise en œuvre du projet républicain

COURS 1 La Troisième République naît de la défaite de Napoléon III face à la Prusse. Suscitant au départ une faible adhésion, elle parvient cependant à s'enraciner progressivement à partir de 1875.

> Comment la Troisième République parvient-elle à s'imposer ?

COURS 2 Malgré l'émergence d'une nouvelle culture républicaine, les oppositions restent nombreuses et tentent de fragiliser le régime.

> Comment le régime républicain s'affirme-t-il durablement malgré les oppositions ?

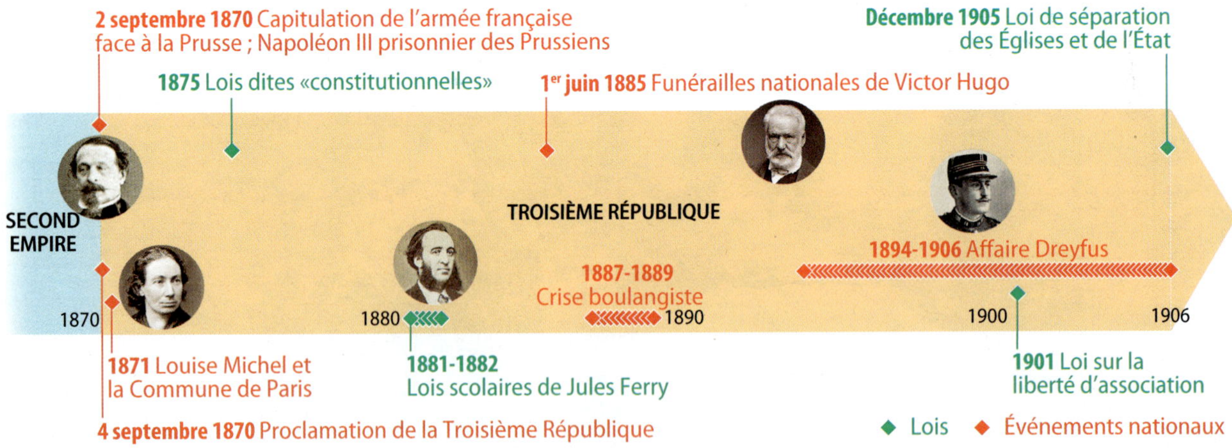

QUESTIONS

1. **Doc. 1** Comment l'artiste montre-t-il l'adhésion des Français à la République ?
2. **Doc. 2** À quelles difficultés la Troisième République est-elle confrontée ?
3. **Doc. 1 et 2** Pourquoi peut-on parler d'un enracinement progressif de la Troisième République ?

1 **Une fête républicaine à Mézin (Lot-et-Garonne) en 1906**

Henri Dabadie, *Le Président Fallières acclamé par ses compatriotes, Fête de Mézin, 3 octobre 1906. Réception d'Armand Fallières, président de la République française de février 1906 à 1913, à Mézin, sa ville natale*, vers 1906, huile sur toile, 152 × 202 cm, musée d'Orsay, Paris.

2 **La séparation des Églises et de l'État en 1905**

Jules Grandjouan, « La Liberté », *L'Assiette au beurre*, n° 155, 19 mars 1904.

ÉTUDE 1 Une République née dans la douleur (1870-1875)

Dès sa mise en place, la Troisième République doit surmonter plusieurs crises : la défaite militaire face à la Prusse, l'insurrection populaire de la **Commune** et l'élection d'une majorité monarchiste à la Chambre des députés.

> À quels dangers la Troisième République est-elle confrontée à ses débuts ?

L'état de la France en 1870

- **Une France bouleversée** : Abdication de Napoléon III et proclamation de la Troisième République.
- **Une France amputée** : Annexion de territoires français : 1 597 228 Alsaciens-Mosellans deviennent Allemands (environ 5 % de la population).
- **Une France exploitée** : 20 % des gisements miniers (houille, fer) passent sous domination allemande.
- **Une France endettée** : 5 milliards de francs-or à payer à l'Allemagne, soit 20 % du revenu national de la France.
- **Une France désorganisée** : L'état de siège est maintenu dans 42 départements jusqu'en 1875 et à Paris, Lyon et Marseille jusqu'en avril 1876.
- **Une France endeuillée** : 139 000 morts lors des combats.

1 Le bilan de la défaite de 1870

Olivier Wieviorka (dir.), *La France en chiffres, de 1870 à nos jours*, Perrin, Paris, 2015 ; Arnaud Pautet, *Histoire de France, d'Alésia à nos jours*, Autrement, Paris, 2019.

VOCABULAIRE

Commune : gouvernement insurrectionnel parisien en faveur d'une République sociale et égalitaire (18 mars-28 mai 1871).

2 Une barricade pendant la Commune de Paris (1871)

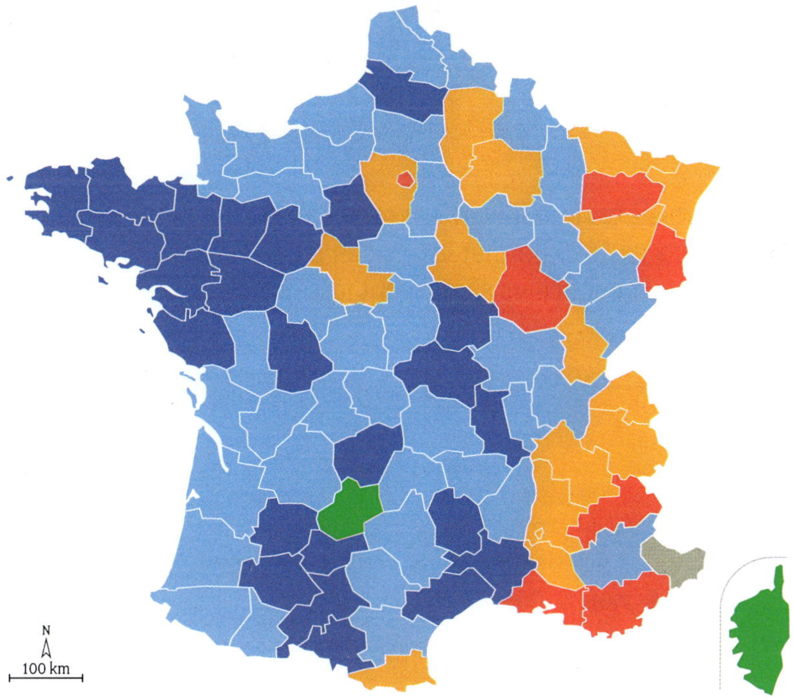

Majorité d'élus
(élections législatives du 8 février 1871)

- Bonapartistes, partisans du retour de l'Empire
- Légitimistes, partisans d'une monarchie avec la dynastie des Bourbons
- Orléanistes, partisans d'une monarchie constitutionnelle et de la dynastie des Orléans
- Républicains modérés, en faveur d'une République libérale
- Républicains d'extrême gauche, en faveur d'une République sociale
- Séparatistes refusant l'annexion par la France

Source : Chr. Grataloup, *Atlas historique de la France*, Les Arènes-L'Histoire, 2020.

3 Les élections législatives de 1871

4 Le point de vue de Gambetta sur le retour de la République

On a fait une Constitution[1], on ne l'a pas beaucoup discutée. On a organisé des pouvoirs, on ne les a pas très minutieusement et, si je puis le dire, on ne les a pas très analytiquement examinés et coordonnés. On a été vite, et cependant savez-vous ce qui est arrivé ? C'est que l'œuvre vaut mieux, peut-être, que les circonstances qui l'ont produite ; c'est que, si nous voulons nous approprier cette œuvre et la faire nôtre, l'examiner, nous en servir, la bien connaître surtout, afin de bien l'appliquer, il pourrait bien se faire que cette Constitution, que nos adversaires redoutent d'autant plus qu'ils la raillent, que nos propres amis ne connaissent pas encore suffisamment, offrît à la démocratie républicaine le meilleur des instruments d'affranchissement et de libération qu'on nous ait encore mis dans les mains. [...] Vous savez que cette Constitution est courte ; elle contient deux lois et trois chapitres [...]. La République est passée de l'état de fait à l'état légal du pays. [...] Il importe que partout, dans le dernier village de France, on sache bien que la République est la loi de la France.

Léon Gambetta, *Discours sur les lois constitutionnelles prononcé le 23 avril 1875 dans une réunion privée à Belleville*, Paris, Éd. Leroux, 1875.

1. Référence aux lois dites « constitutionnelles » de 1875.

LÉON GAMBETTA
(1838-1882)
Député républicain et grand orateur, il est l'un de ceux qui proclament la République en 1870. Il œuvre activement à la mise en place des institutions républicaines.

PARCOURS 1

Comprendre et mettre en relation des documents

1. **Doc. 1** Présentez les conséquences politiques, économiques et humaines de la défaite de 1870.
2. **Doc. 2 et 3** Montrez que le régime proclamé en 1870 ne fait pas l'unanimité.
3. **Doc. 3** Quels dangers pèsent sur la République après les premières élections législatives de 1871 ?
4. **Doc. 4** Pourquoi Gambetta est-il favorable aux nouvelles institutions de 1875 ?

BILAN À l'aide des **doc. 1 à 3** et de vos réponses, expliquez pourquoi l'historien français Arnaud-Dominique Houte qualifie 1871 d'« année terrible ».

PARCOURS 2

Réaliser une présentation orale

En trois minutes, expliquez pourquoi la Troisième République naît dans un contexte difficile.

Pas à pas

1. Construisez votre récit de façon chronologique (**doc. 1 à 4**).
2. Distinguez les menaces politiques pesant sur la Troisième République (**doc. 2 et 4**).
3. Qualifiez la situation de la République en 1870 et en 1875 (**doc. 1 et 4**).

GRAND ANGLE Les débuts de la Troisième République en France (1870-1899)

● Proclamée le 4 septembre 1870, la Troisième République est rapidement menacée. Toutefois, le vote de lois dites « constitutionnelles » en 1875 permet la mise en place d'institutions démocratiques et parlementaires. Entre 1876 et 1879, les républicains s'imposent lors des élections et peuvent gouverner durablement la France.

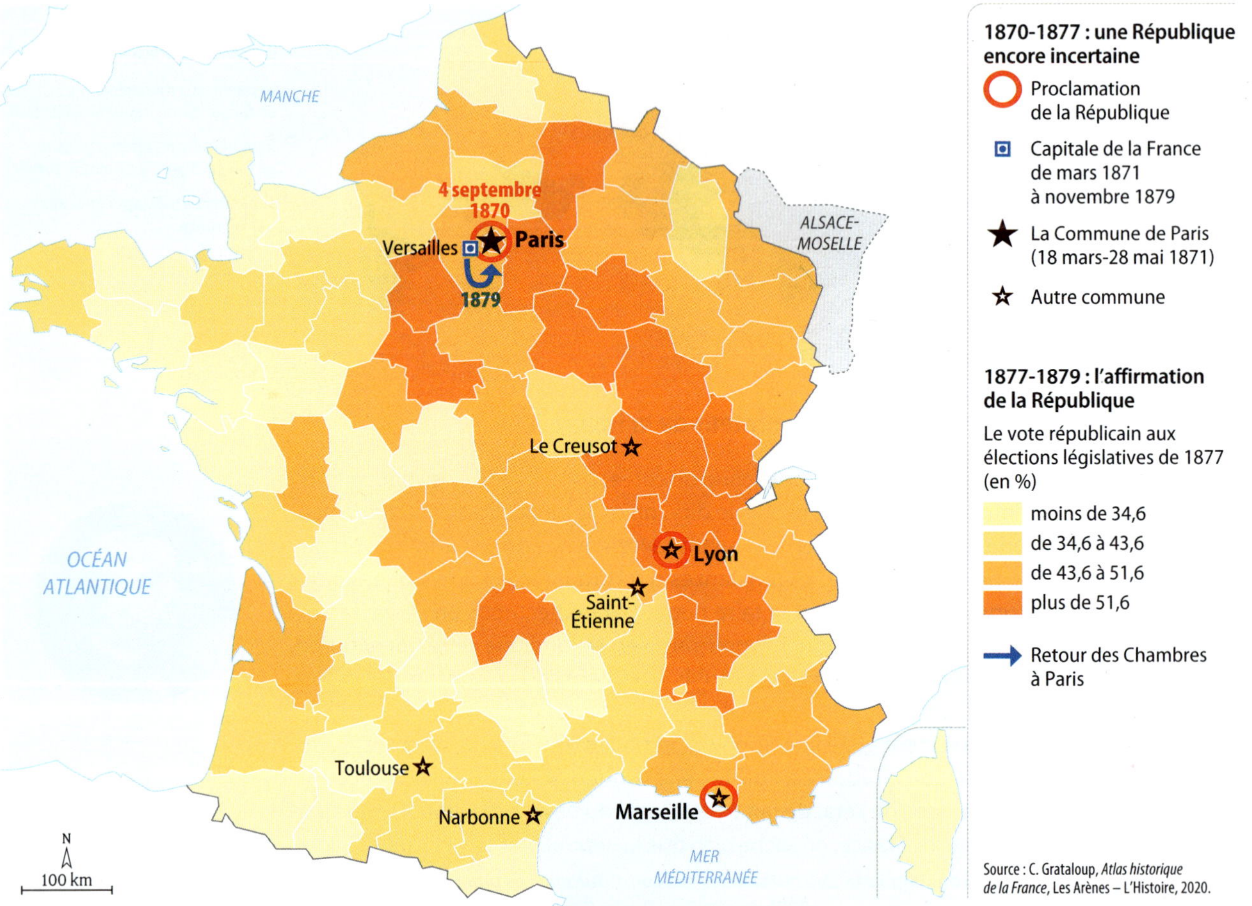

Source : C. Grataloup, *Atlas historique de la France*, Les Arènes – L'Histoire, 2020.

1 La naissance de la Troisième République (1870-1879)

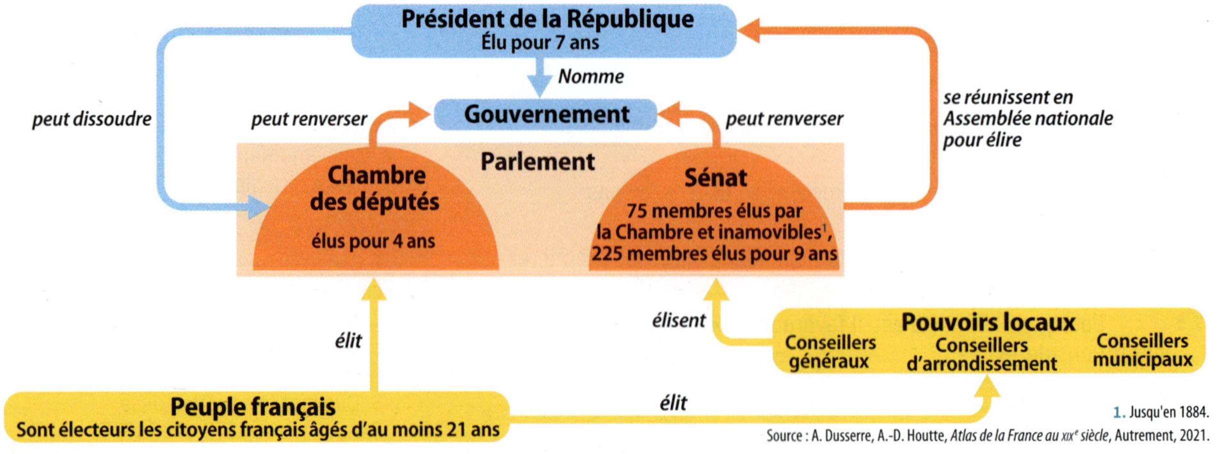

1. Jusqu'en 1884.

Source : A. Dusserre, A.-D. Houtte, *Atlas de la France au XIXe siècle*, Autrement, 2021.

2 La Troisième République : une **démocratie parlementaire**

● Les élections législatives de mai 1898 se déroulent en pleine affaire Dreyfus. Cependant, dans la grande majorité des circonscriptions, ce sont les questions religieuse, fiscale, douanière ou agricole qui dominent. En juin 1899, Pierre Waldeck-Rousseau forme un gouvernement de « défense républicaine ». La République bascule à gauche.

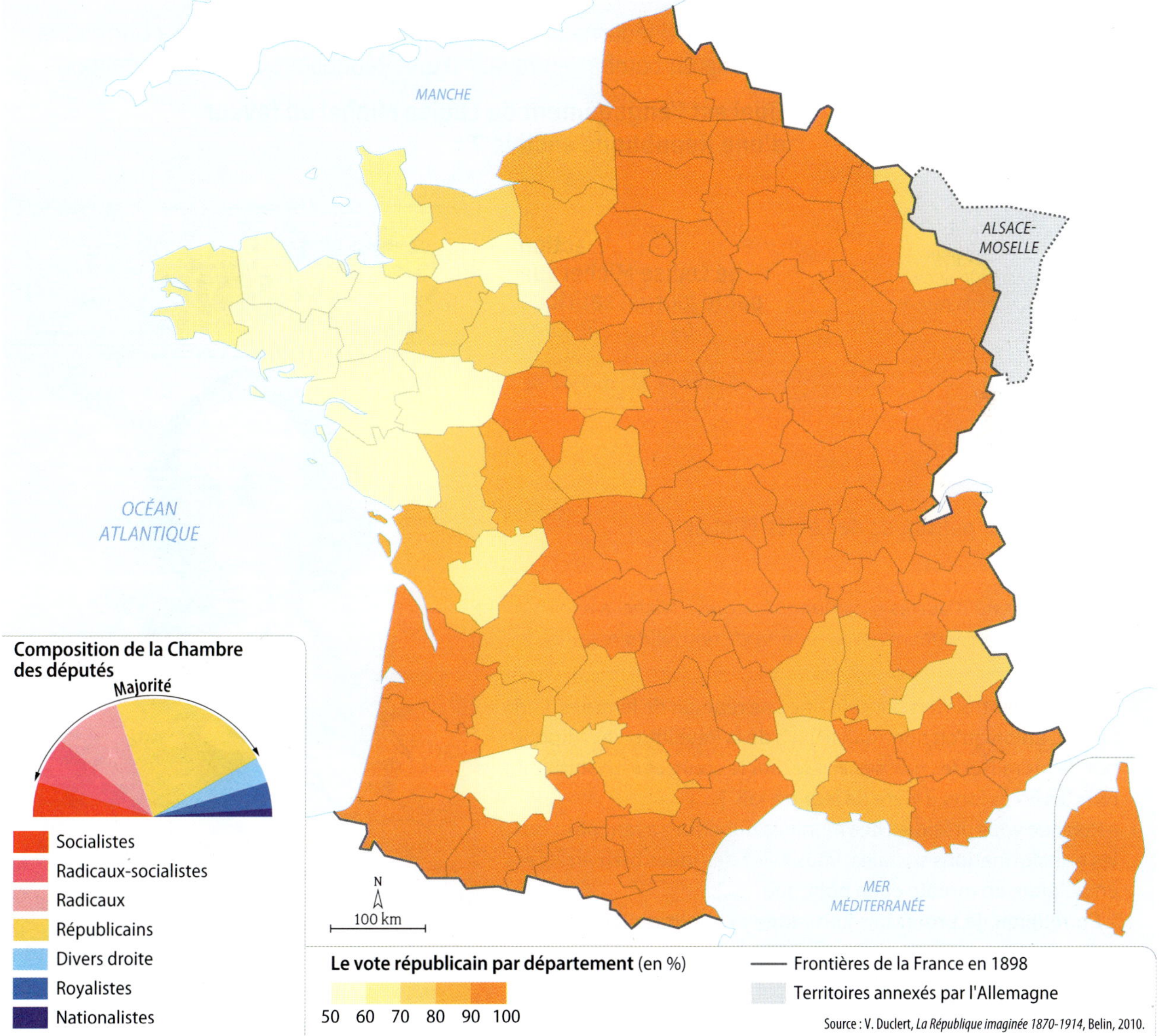

3 Les élections législatives de mai 1898

VOCABULAIRE

Démocratie parlementaire : système politique dans lequel un parlement représentant les citoyens vote les lois et contrôle les actions du gouvernement, qu'il peut renverser par un vote.

QUESTIONS

1. **Doc. 1** Précisez les étapes montrant l'installation progressive de la Troisième République.
2. **Doc. 2** Expliquez pourquoi les institutions de la Troisième République sont démocratiques.
3. **Doc. 1 et 3** Montrez que la Troisième République se renforce malgré les crises et les oppositions politiques.

ÉTUDE 2 PARCOURS CROISÉS

Louise Michel et Victor Hugo, deux moments de la République

LOUISE MICHEL (1830-1905)
Institutrice, elle s'engage dans la Commune au nom de la lutte pour la justice sociale. Elle prend part aux combats, participe à l'organisation sociale et rédige des articles pour le journal emblématique de la Commune, *Le Cri du peuple*.

Louise Michel pendant la Commune de Paris (1871)

PPO

Louise Michel incarne le rôle des femmes engagées dans la Commune. Elle mène un combat en faveur d'une République sociale et égalitaire.

> Quel est l'engagement de Louise Michel en faveur d'une République sociale ?

1 L'action de Louise Michel vue par le journal satirique *La Nouvelle Lune*

Flem, « Le Crampon de l'année », *La Nouvelle Lune*, 23 janvier 1881, BnF, Paris.

2 Les idées politiques de Louise Michel

Arrêtée comme d'autres communards, Louise Michel s'exprime lors de son interrogatoire devant une juridiction militaire le 28 juin 1871.

– Je présidais trois fois par semaine une réunion de femmes. [...] Cette réunion qu'on nommait le club de la Révolution avait pour but de moraliser les masses en élevant le cœur, et en habituant tous les êtres forts à vivre de leur travail. [...]

– Puisque vous présidiez des réunions publiques ayant pour but les transformations sociales, vous aviez des idées bien arrêtées en religion, en morale et en politique. [...]

– En religion, je professais cette idée : l'abolition radicale du culte et son remplacement par la morale la plus sévère, sauvegardée par la conscience dont je faisais la règle des actions de tous ; la morale, pour moi, se résumait à n'agir que selon ses convictions et à traiter tous les autres et soi-même avec justice. Quant à la forme politique, je demandais la République universelle et sociale, et, pour y parvenir, le développement de toutes les hautes facultés des individus [...], l'éducation aussi forte pour l'homme que pour la femme, en un mot, le gouvernement de tous par tous, représenté, par exemple, par la Commune, en attendant une plus grande simplification encore.

– Quels sont les actes de la Commune qui, selon vous, ont rempli ou se sont approchés de votre idéal ?

– L'abolition des gros traitements, l'augmentation du salaire des femmes, le mandat impératif des membres de la Commune, la tendance de ceux-ci vers l'amélioration du sort du peuple.

Louise Michel, *Mémoires*, F. Roy, Paris, 1886.

ACTIVITÉ 1

1. **Doc. 1 et 2** Comment Louise Michel s'engage-t-elle dans la Commune ?
2. **Doc. 2** Quelle vision de la République Louise Michel défend-elle ?

BILAN Expliquez pourquoi Louise Michel est une actrice majeure et une figure marquante de la Commune.

Les funérailles nationales de Victor Hugo (1885)

PPO

VICTOR HUGO (1802-1885)
Écrivain, poète et homme politique français. Combattant contre la peine de mort, il est aussi un opposant à Napoléon III. Ses engagements politiques le conduisent à se rapprocher progressivement des républicains.

Le 1er juin 1885, la Troisième République célèbre Victor Hugo. Les funérailles nationales permettent d'honorer un « grand citoyen », inhumé au Panthéon, qui devient désormais un lieu de la mémoire républicaine.

Quel rôle les funérailles de Victor Hugo jouent-elles dans la construction de la culture républicaine ?

3 Le cortège funéraire de Victor Hugo

Photographie du cortège rue Soufflot, à Paris, lors du transport du corps de Victor Hugo au Panthéon, 1er juin 1885.

4 Les funérailles de Victor Hugo vues par deux journaux

ⓐ ***Le Matin*** : « Partout, des drapeaux, des bannières tricolores, c'est en vain que nous cherchons des bannières rouges[1]. Même dans la foule, partout les cocardes tricolores sont arborées [...]. Autour du catafalque[2], on a déposé des bancs pour les invités privilégiés. À gauche, le ministère au complet [...], les bureaux du Sénat et de la Chambre [...], et derrière se pressent les sénateurs et les députés [...]. En arrivant place de la Concorde, nous trouvons la tête du cortège. Des escadrons de la garde républicaine à cheval [...]. Toute la France est là, inclinée devant le cercueil de celui qui fut la gloire de la patrie. »

Le Matin, 2 juin 1885.

ⓑ ***La Croix*** : « Les funérailles de Victor Hugo sont un outrage direct à Notre Seigneur Jésus-Christ. Les catholiques ont le devoir de protester. [...] Il y a une abstention qui s'impose aux vrais enfants de l'Église. C'est celle de ne pas prendre part au triomphe de celui qu'on veut honorer comme un dieu [...]. Que sur le passage du cortège toutes les maisons des chrétiens aient leurs portes et leurs fenêtres fermées ! »

La Croix, 30 mai 1885.

1. Expression désignant les mouvements socialistes.
2. Estrade funéraire portant le cercueil.

Qui sont-ils ?
Le Matin est un quotidien proche des républicains modérés.
La Croix est un journal catholique conservateur fondé en 1880.

VOCABULAIRE

Culture républicaine : ensemble de références, de symboles et de pratiques qui fondent l'identité républicaine.

ACTIVITÉ 2

1. **Doc. 3** Relevez les éléments qui montrent que les funérailles de Victor Hugo sont un événement exceptionnel.
2. **Doc. 3 et 4** Pourquoi les funérailles de Victor Hugo sont-elles un moment d'unité républicaine ?
3. **Doc. 4** Comment les opposants à ces funérailles justifient-ils leur opposition ?

BILAN Montrez que les funérailles nationales de Victor Hugo illustrent une nouvelle culture républicaine malgré les oppositions.

PARCOURS CROISÉS

Pour un panneau d'une exposition sur la Troisième République, vous devez rédiger un texte sur deux moments républicains : la Commune et les funérailles nationales de Victor Hugo.

Pas à pas
1. Caractérisez le projet républicain de Louise Michel.
2. Expliquez pourquoi la Troisième République décide d'organiser des funérailles nationales pour Victor Hugo.
3. Précisez pourquoi ces deux figures incarnent des moments républicains différents.

COURS 1 La mise en place du régime républicain (1870-1885)

> Comment la Troisième République parvient-elle à s'imposer ?

1 Une République née dans la douleur

- **En 1870-1871, la France connaît la défaite face à la Prusse et la guerre civile.** L'abdication de Napoléon III (2 septembre 1870) provoque la fin du Second Empire et la République est proclamée le 4 septembre 1870 par Léon Gambetta. Les élections législatives de février 1871 sont remportées par les **monarchistes**. Ils apportent leur soutien à Adolphe Thiers, un président de la République favorable à un compromis avec les républicains.

- **Des insurrections populaires éclatent dans plusieurs villes pour dénoncer la défaite militaire de 1870 et des conditions d'armistice sévères.** À Paris, à partir de mars 1871, ce mouvement appelé la Commune s'oppose à la Chambre des députés à majorité monarchiste. Son programme porte sur l'amélioration des conditions de vie des travailleurs. La Commune, dans laquelle s'engage Louise Michel, veut instaurer une « république démocratique et sociale ». ➲ Étude p. 140

- **Le gouvernement réprime violemment la Commune lors de la « semaine sanglante » (21-28 mai 1871).** La répression des autorités provoque la mort d'environ 10 000 personnes ainsi que des milliers de condamnations à la prison ou à l'exil, comme Louise Michel. À l'été 1871, la France est un pays déchiré, occupé et ruiné. Les monarchistes, qui souhaitent en finir avec le nouveau régime, renversent le président de la République Adolphe Thiers en 1873 pour mener une « politique résolument conservatrice ». ➲ Étude p. 136 et étude p. 140

2 Les républicains : de l'opposition au gouvernement

- **Sous la présidence de Mac Mahon (1873-1879), les monarchistes, qui le soutiennent, et les républicains s'affrontent sur l'avenir du régime.** Le vote de lois dites « constitutionnelles » en 1875 rend possible une consolidation de la République. Un président de la République, élu pour sept ans par la Chambre des députés et le Sénat, doit incarner la stabilité. La Chambre des députés, élue au suffrage direct, propose et vote les lois. Pourtant, la République reste encore fragile.

- **En 1876, les républicains remportent les élections législatives.** Cependant, le président Mac Mahon refuse ce résultat et provoque une crise institutionnelle en proclamant la dissolution de la Chambre des députés (juin 1877). Les républicains remportent les nouvelles élections et renforcent leurs positions, s'imposant même au sein du Sénat dès 1879. Ils disposent désormais de tous les leviers du pouvoir dans cette **démocratie parlementaire**. ➲ Grand Angle p. 138

VOCABULAIRE

- **Armistice :** arrêt des combats entre belligérants sans qu'une paix soit forcément signée.
- **Culture républicaine :** ensemble de références, de symboles et de pratiques qui fondent l'identité républicaine.
- **Démocratie parlementaire :** système politique dans lequel un parlement représentant les citoyens vote les lois et contrôle les actions du gouvernement, qu'il peut renverser par un vote.
- **Démocratisation :** processus qui aboutit à une participation plus importante des citoyens à la vie politique grâce à des lois ou des réformes.
- **Monarchistes :** partisans du rétablissement d'un roi en France.

DATES CLÉS

4 septembre 1870
Proclamation de la Troisième République

18 mars – 28 mai 1871
Commune de Paris

1875
Lois dites « constitutionnelles »

1881-1882
Lois scolaires de Jules Ferry

1885
Funérailles nationales de Victor Hugo

- **Les années 1880 permettent aux républicains de renforcer la démocratie.** Si le suffrage universel reste uniquement masculin, de nombreuses lois et réformes permettent d'approfondir progressivement le processus de **démocratisation**. Celui-ci doit permettre de faire accepter durablement la République au sein de la population française et de former des citoyens et des républicains.

3 Construire la République par le consensus

- **La nouvelle culture républicaine se diffuse grâce à de nombreux relais locaux tels que les maires ou les instituteurs.** Au quotidien, ils sont les visages familiers du nouveau régime sur l'ensemble du territoire. Le service militaire, devenu obligatoire pour tous les Français (1872), contribue à renforcer le sentiment d'appartenance à la nation ainsi qu'à la République et à ses institutions.

- **La Troisième République s'incarne à l'occasion de moments forts et fédérateurs.** Alors que *La Marseillaise* devient hymne national en 1879, le 14 juillet est déclaré fête nationale en 1880 en souvenir de la Révolution française. Les funérailles de Victor Hugo (1885) sont un moment d'unité nationale autour d'une figure populaire présentée comme républicaine. Se dessinent les contours d'une nouvelle culture républicaine qui se diffuse progressivement. ➔ Étude p. 141

- **Les républicains votent des lois pour renforcer la démocratie et la République.** En 1881, le vote d'une loi sur la liberté de la presse et d'une loi sur la liberté de réunion élargit et renforce la liberté d'expression et d'opinion. Des oppositions perdurent, notamment au travers d'une presse antirépublicaine. Les lois scolaires de Jules Ferry (1881-1882) permettent la création d'une école gratuite, obligatoire et laïque pour les garçons et les filles de 6 à 13 ans. L'ensemble de ces mesures facilitent le ralliement progressif d'une majorité de Français au nouveau régime politique qu'est la République.

ACTEURS

LÉON GAMBETTA (1838-1882)

ADOLPHE THIERS (1797-1877)

PATRICE DE MAC MAHON (1808-1893)

LOUISE MICHEL (1830-1905)

JULES FERRY (1832-1893)

La mise en place du régime républicain (1870-1885)

Une République née dans la douleur
- 1870 : défaite face à la Prusse
- 1871 : la Commune de Paris
- 1871 : majorité monarchiste à la Chambre des députés

Les républicains : de l'opposition au gouvernement
- 1875 : lois dites « constitutionnelles »
- 1876-1877 : majorité républicaine aux élections
- Années 1880 : réformes et démocratisation

Construire la République par le consensus
- Diffusion d'une nouvelle culture républicaine
- Incarnation de la République (le maire, l'instituteur)
- Affirmation des libertés (presse, réunion)

ÉTUDE 3 — REGARD DE L'HISTORIEN

La République et ses oppositions : l'affaire Dreyfus

À partir de 1894, l'affaire Dreyfus divise profondément la société française et fragilise le régime républicain. Connue du grand public à partir de 1898, elle se termine en 1906 par la réhabilitation de Dreyfus.

› Pourquoi l'affaire Dreyfus constitue-t-elle un moment de crise et d'affirmation des valeurs de la République ?

ALFRED DREYFUS
(1859-1935)
Officier français d'origine alsacienne et de confession juive. Faussement accusé d'avoir transmis des secrets militaires à l'Allemagne, il est victime d'un complot et d'une erreur judiciaire qui débouchent sur une crise politique et morale qui divise la France.

ÉMILE ZOLA
(1840-1902)
Écrivain français, il prend la défense du capitaine Alfred Dreyfus, notamment en publiant, dans le journal *L'Aurore*, une lettre ouverte au président de la République intitulée « J'accuse » (1898).

2e Année. — N° 70 — Paris et Départements, le Numéro CINQ Centimes — Samedi 10 Novembre 1894

LA LIBRE PAROLE ILLUSTRÉE

La France aux Français!

RÉDACTION 14, Boulevard Montmartre — Directeur : ÉDOUARD DRUMONT — ADMINISTRATION 14, Boulevard Montmartre

A propos de Judas Dreyfus

— Français, voilà huit années que je vous le répète chaque jour!!!

1 La Troisième République et l'affaire Dreyfus

REGARD DE L'HISTORIEN

L'affaire Dreyfus appartient aux grands événements qui ont fait la France et sa réputation de pays universaliste. [...] Elle a révélé la domination de l'**antisémitisme** sur l'esprit public, l'émergence d'une idéologie raciste appelant à l'exclusion des Juifs de toute la vie nationale, la violence des haines nationalistes dénonçant la légalité républicaine [...]. Le régime constitutionnel autant que la société démocratique se trouvèrent profondément menacés. [...] En adhérant massivement au procès public intenté contre le capitaine Dreyfus puis contre les dreyfusards, la société française tout entière bascula elle aussi dans la crise. Mais, bien que violemment divisée au moment du « J'accuse... ! » de Zola, elle n'en demeura pas moins finalement attachée aux valeurs de liberté et à l'égalité civique qui pouvaient garantir, peut-être mieux encore qu'une République autoritaire et nationaliste, l'ordre et la confiance. Progressivement, sous l'action de quelques leaders décidés, comme Jaurès[1] ou Waldeck-Rousseau[2], les forces politiques se reclassèrent, jusqu'à former une nouvelle majorité parlementaire ; celle-là même qui assura l'avènement de la « Défense républicaine[3] » en juin 1899. Le rejet de l'antisémitisme, la crainte du nationalisme, la défense des Droits de l'homme et du citoyen, la primauté du pouvoir civil sur la force armée, la souveraineté et l'indépendance de la justice furent des puissants vecteurs de la recomposition qui traversa l'essentiel des partis, à gauche comme à droite.

Vincent Duclert, *La République imaginée (1870-1914)*, Belin, Paris, 2010.

1. Républicain socialiste. 2. Républicain modéré. 3. Union de députés républicains formée autour du gouvernement de Waldeck-Rousseau en juin 1899, pendant l'affaire Dreyfus, pour démocratiser le régime et protéger la République contre l'antisémitisme et l'extrême droite.

Qui est-il ?
Vincent Duclert (né en 1961) est un historien français spécialiste de l'affaire Dreyfus, à laquelle il a consacré plusieurs ouvrages.

2 L'antisémitisme sous la Troisième République

« À propos de Judas[1] Dreyfus - Français, voilà huit années que je vous le répète chaque jour !!! »
Chanteclair, « À propos de Judas Dreyfus », *La Libre Parole illustrée* n° 70, 10 novembre 1894.

1. Selon la tradition chrétienne, disciple de Jésus qui l'a trahi.

3 « J'accuse », l'engagement d'Émile Zola et du journal *L'Aurore*

J'accuse le général Mercier de s'être rendu complice, tout au moins par faiblesse d'esprit, d'une des plus grandes iniquités[1] du siècle. J'accuse le général Billot d'avoir eu entre les mains les preuves certaines de l'innocence de Dreyfus et de les avoir étouffées [...]. J'accuse le général de Boisdeffre et le général Gonse de s'être rendus complices du même crime [...]. En portant ces accusations, je n'ignore pas que je me mets sous le coup des articles 30 et 31 de la loi sur la presse du 29 juillet 1881, qui punit les délits de diffamation. Et c'est volontairement que je m'expose. Quant aux gens que j'accuse, je ne les connais pas, je ne les ai jamais vus, je n'ai contre eux ni rancune ni haine. [...] Et l'acte que j'accomplis ici n'est qu'un moyen révolutionnaire pour hâter l'explosion de la vérité et de la justice. Je n'ai qu'une passion, celle de la lumière, au nom de l'humanité qui a tant souffert et qui a droit au bonheur. Ma protestation enflammée n'est que le cri de mon âme. Qu'on ose donc me traduire en cour d'assises et que l'enquête ait lieu au grand jour ! J'attends.

Émile Zola, « Lettre au président de la République », *L'Aurore*, n° 87, Paris, 13 janvier 1898.

1. Injustices.

VOCABULAIRE

Antisémitisme : hostilité à l'encontre des Juifs pour des motifs religieux, ethniques ou raciaux.

4 La réhabilitation du capitaine Dreyfus en 1906

La réintégration d'Alfred Dreyfus (à droite) dans l'armée après sa réhabilitation, École militaire, Paris, juillet 1906.

PARCOURS 1

Mettre un événement en perspective

1. **Doc. 1** Selon Vincent Duclert, quelles sont les valeurs républicaines questionnées par l'affaire Dreyfus ?
2. **Doc. 1, 2 et 3** Expliquez pourquoi « le régime constitutionnel autant que la société démocratique se trouvèrent profondément menacés » (doc. 1).
3. **Doc. 1, 3 et 4** Quelles institutions républicaines sont remises en cause avec l'affaire Dreyfus ?
4. **Doc. 1 et 3** Pourquoi l'affaire Dreyfus constitue-t-elle un moment clé d'engagement pour les républicains et les écrivains ?

BILAN Expliquez pourquoi l'affaire Dreyfus est un moment de crise et de réaffirmation des valeurs de la République.

PARCOURS 2

Commenter une citation

Expliquez la citation suivante de l'historien Vincent Duclert : « Mais, bien que violemment divisée au moment du "J'accuse... !" de Zola, [la société française] n'en demeura pas moins finalement attachée aux valeurs de liberté et à l'égalité civique qui pouvaient garantir, peut-être mieux encore qu'une République autoritaire et nationaliste, l'ordre et la confiance. » (doc. 1)

Pas à pas

1. Identifiez les idées et valeurs qui s'opposent (doc. 1, 2 et 3).
2. Analysez la place et le rôle de l'opinion publique dans l'affaire Dreyfus (doc. 2 et 3).
3. Montrez que les valeurs et les institutions républicaines se trouvent renforcées après l'affaire Dreyfus (doc. 1, 3 et 4).

ÉTUDE 4 La loi de séparation des Églises et de l'État de 1905, débats et mise en œuvre PPO

La Troisième République a œuvré à une redéfinition des rapports entre l'État et les Églises ainsi qu'à l'apaisement de la société après l'affaire Dreyfus. La loi de 1905 s'inscrit dans un contexte de **laïcisation** de l'État et de **sécularisation** de la société entamées dès les années 1880.

> Dans quelle mesure la loi de 1905 refonde-t-elle les relations entre les Églises et l'État après des crises multiples ?

1 Les débats parlementaires sur la loi de 1905

48 séances de débat ont eu lieu, ce qui correspond à 1 500 pages de comptes rendus dans le Journal officiel.

ⓐ Pour nous, messieurs, l'idéal des rapports entre l'Église et l'État ne saurait être la séparation. Notre idéal, c'est l'union de la société civile et de la société religieuse […]. Le régime concordataire de 1801[1] ne réalise pas cet idéal […]. Dans ce concordat l'Église est reconnue, non pas comme la vraie religion – ce qu'elle est à nos yeux – mais tout simplement comme la religion de la majorité des Français. […] Par la séparation, l'Église deviendra en réalité, dans ce pays, une association semblable à toutes les autres.

Intervention de l'abbé Gayraud, député de droite catholique, lors des débats du 21 mars 1905, à la Chambre des députés, *Journal officiel* du 22 mars 1905.

1. Régime instauré en 1801 et qui organisait les relations entre les religions et l'État.

ⓑ Nous avons donné à la discussion de la réforme tout le temps qu'elle méritait ; nous avons permis à nos adversaires de faire connaître leurs opinions ; en toute loyauté, en toute courtoisie, nous avons laissé la discussion prendre tout son développement. Vous n'avez pas rencontré chez nous un parti pris tyrannique, car nous nous sommes, avant tout, montrés soucieux de faire une réforme acceptable par les catholiques de ce pays. Nous croyons avoir rempli loyalement notre tâche : l'opinion publique, saisie de ce grave problème, a pu nous juger. Au début, il y a eu des doutes […]. Nous avons discuté avec vous longuement et équitablement. […] Oui, notre loi est une loi de liberté qui fait honneur à une assemblée républicaine.

Intervention d'Aristide Briand lors de la séance du 3 juillet 1905, à la Chambre des députés, *Journal officiel* du 4 juillet 1905.

ARISTIDE BRIAND (1862-1932)
Brillant orateur, il est rapporteur du projet de loi de séparation des Églises et de l'État. Il s'agit pour lui d'assurer la liberté de conscience tout en garantissant le libre exercice des cultes.

2 Aristide Briand, la voie de l'apaisement

Carte postale satirique, 1905.

3 Extraits de la loi du 9 décembre 1905

Article 1 – La République assure la liberté de conscience. Elle garantit le libre exercice des cultes.

Article 2 – La République ne reconnaît, ne salarie ni ne subventionne aucun culte. En conséquence, à partir du 1er janvier qui suivra la promulgation de la présente loi, seront supprimées des budgets de l'État, des départements et des communes, toutes dépenses relatives à l'exercice des cultes. […]

Article 3 – Dès la promulgation de la présente loi, il sera procédé par les agents de l'administration des domaines à l'inventaire descriptif et estimatif : 1° des biens mobiliers et immobiliers desdits établissements ; 2° des biens de l'État, des départements et des communes dont les mêmes établissements ont la jouissance. Ce double inventaire sera dressé contradictoirement avec les représentants légaux des établissements ecclésiastiques. […]

Article 28 – Il est interdit, à l'avenir, d'élever ou d'apposer aucun signe ou emblème religieux sur les monuments publics ou quelque emplacement public que ce soit, à l'exception des édifices servant au culte, des terrains de sépulture dans les cimetières, des monuments funéraires, ainsi que des musées ou expositions.

Extraits de la loi du 9 décembre 1905 concernant la séparation des Églises et de l'État.

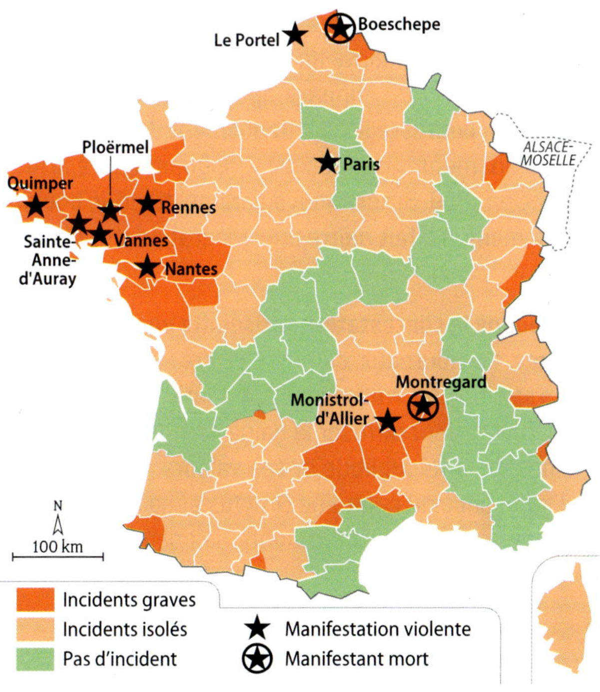

4 La crise des inventaires (1906)

PARCOURS 1

Mettre un événement en perspective

1. **Doc. 1 et 2** Quel est l'objectif des républicains en 1905 ?
2. **Doc. 1** Quelles visions de la laïcité s'affrontent lors des débats sur la séparation des Églises et de l'État ?
3. **Doc. 1, 2 et 3** Justifiez l'affirmation suivante : la loi de séparation des Églises et de l'État de 1905 est une loi de compromis.
4. **Doc. 4** Montrez que, malgré l'effort de compromis, l'adoption de la loi de 1905 a provoqué une crise au sein de la société française.

BILAN En vous appuyant sur vos réponses, expliquez pourquoi la loi de 1905 constitue un moment clé de la consolidation du régime républicain, bien que sa mise en œuvre ait suscité des résistances.

VOCABULAIRE

- **Crise des inventaires :** ensemble de troubles survenus en France à la suite de la loi de séparation des Églises et de l'État de 1905.
- **Laïcisation :** processus de séparation de l'État et des religions.
- **Sécularisation :** recul de l'influence des religions dans la société.

PARCOURS 2

Réaliser un oral en groupe

Vous devez présenter à trois un exposé oral sur la loi de séparation des Églises et de l'État de 1905.

Pas à pas

1. Le premier explique l'intensité des débats parlementaires (doc. 1 et 2).
2. Le deuxième présente les principales dispositions de la loi (doc. 3).
3. Le troisième évoque la difficile application de la loi (doc. 4).

COURS 2 La République s'affirme malgré les oppositions (1885-1914)

> Comment le régime républicain s'affirme-t-il durablement malgré les oppositions ?

VOCABULAIRE

- **Anarchiste :** personne adhérant à l'idéologie qui prône la disparition du capitalisme et de l'État, considérés comme oppresseurs, souvent au moyen d'une révolution.
- **Anticléricalisme :** mouvement qui s'oppose à l'influence des institutions religieuses dans la vie publique.
- **Antiparlementarisme :** opinion hostile aux pouvoirs du Parlement et à une démocratie représentative.
- **Boulangisme :** mouvement politique antiparlementaire qui s'organise autour du général Boulanger entre 1886 et 1891.
- **Pacte républicain :** expression qui désigne l'adhésion aux valeurs de la République.
- **Société patriarcale :** société organisée par et pour les hommes et dans laquelle les femmes ont des droits restreints.

DATES CLÉS

1887-1889
Crise boulangiste

1894
Assassinat du président de la République Sadi Carnot

1894-1906
Affaire Dreyfus

Décembre 1905
Loi de séparation des Églises et de l'État

1 La République critiquée

- **À partir du milieu des années 1880, la République et les républicains doivent faire face à de nombreuses difficultés.** Différentes affaires de corruption et des scandales ternissent l'image du régime. Le « scandale de Panama » (1892) éclabousse de nombreux parlementaires accusés d'avoir monnayé leur soutien à des industriels. Ils ont cautionné des malversations qui ont provoqué la ruine de nombreux petits épargnants. Cette affaire contribue à faire émerger et à développer un important courant d'**antiparlementarisme**.

- **Dans ce contexte, les mécontentements se fédèrent autour du général Boulanger qui parvient à regrouper les opposants à la République (de l'extrême gauche aux monarchistes).** Boulanger utilise les nouvelles techniques de communication de masse en faisant imprimer 1 300 000 affiches de 30 modèles différents. Ministre de la Guerre (1886-1887) puis député (1888-1889), il conteste le fonctionnement de la Troisième République mais est rapidement mis en échec. Craignant d'être arrêté, Boulanger fuit la France en 1889. Si son mouvement politique, le **boulangisme**, disparaît rapidement, il a fait naître une génération d'opposants à la République.

- **Parallèlement se développe la contestation antisémite portée par différents acteurs politiques.** Des journaux, comme *La Libre Parole* d'Édouard Drumont, participent à sa diffusion. À partir de 1894, l'antisémitisme profite du début de l'affaire Dreyfus pour diffuser la haine des Juifs et attaquer les fondements mêmes de la République et ses valeurs. Cependant, la reconnaissance de l'innocence du capitaine Dreyfus et sa réhabilitation en 1906 permettent à la République de surmonter la crise. Étude p. 144

2 La République en débats

- **Une partie de l'opinion catholique reste critique, voire hostile, à l'égard de la République.** Cette première, majoritairement engagée dans le soutien aux antidreyfusards, rejette la politique de laïcisation de l'État et de sécularisation de la société qu'illustrent de nombreuses lois dans les années 1880-1890 (laïcisation des cimetières en 1881, des programmes scolaires en 1882, des personnels enseignants en 1886, instauration du divorce en 1884).

- **Dans ce contexte marqué également par l'anticléricalisme, la loi de séparation des Églises et de l'État (1905) ne permet pas d'apaiser les tensions dans l'immédiat.** Portée par Aristide Briand, qui en est le principal artisan, elle est finalement votée et considérée comme une loi de compromis. Pourtant, l'unanimité est loin d'être acquise, comme l'illustre la « querelle des inventaires » des biens de l'Église (1906). Étude p. 146

- **Le mouvement social représente une autre forme de contestation de la République.** La République est dénoncée pour son incapacité à apporter des réponses à la crise économique qui marque le dernier quart du XIXe siècle et renforce les tensions sociales. Le monde ouvrier reste méfiant vis-à-vis d'une République considérée comme favorable à la bourgeoisie. L'échec des grèves pousse certains à la violence. Ainsi, les années 1890 sont marquées par une vague d'attentats **anarchistes** spectaculaires, dont l'assassinat du président de la République Sadi Carnot en 1894.

3 La République inachevée

- **Les républicains apprennent à réformer pour ne pas révolutionner.** Le mouvement socialiste porte la question sociale au cœur des préoccupations républicaines. La loi de 1892 interdit le travail de nuit pour les femmes et les enfants. Un ministère du Travail est créé. Le repos hebdomadaire et les retraites ouvrières sont garantis par des lois votées en 1910. Le compromis républicain fonctionne tant que la population pense que le système politique peut améliorer sa vie quotidienne.

- **Le pacte républicain demeure fragile. L'encadrement administratif du pays a doublé depuis 1870 mais il reste de nombreux territoires en marge.** Pourtant les classes « moyennes » et paysannes perçoivent la possibilité d'une réelle promotion pour leurs enfants grâce à la République. Elles peuvent aussi envisager un certain enrichissement : un Français sur deux possède un livret d'épargne en 1913. Cependant, la France demeure une société hiérarchisée et inégalitaire. Dans le système scolaire, seuls 1 à 2 % des garçons d'une génération parviennent au baccalauréat en 1900.

- **Les femmes restent exclues de la citoyenneté au sein d'une société patriarcale.** Le combat féministe d'Hubertine Auclert se porte sur la question du droit de vote, mais sans succès. L'artiste Rosa Bonheur est la première femme à devenir officier de la Légion d'honneur en 1865. Depuis 1900, une loi permet aux femmes l'accès au métier d'avocate. Jeanne Chauvin est la première à prêter serment et à exercer dès la promulgation de la loi. Ces femmes sont des pionnières qui ont dû surmonter de nombreux obstacles pour accéder à ces fonctions et distinctions.

ACTEURS

HUBERTINE AUCLERT
(1848-1914)

ARISTIDE BRIAND
(1862-1932)

GÉNÉRAL GEORGES BOULANGER
(1837-1891)

ÉMILE ZOLA
(1840-1902)

La République s'affirme malgré les oppositions (1885-1914)

La République critiquée
- Antiparlementarisme
- Crise boulangiste (1887-1889)
- Affaire Dreyfus (1894-1906) et antisémitisme

La République en débats
- Laïcisation et sécularisation de l'État et de la société
- 1905 : loi de séparation des Églises et de l'État
- Contestation sociale et anarchisme

La République inachevée
- La question ouvrière
- Un pacte républicain fragile
- La question du droit de vote des femmes

RÉVISIONS

Faire le point

Acteurs

- ✔ Hubertine Auclert
- ✔ Émile Zola
- ✔ Léon Gambetta
- ✔ Jules Ferry
- ✔ Louise Michel
- ✔ Adolphe Thiers

Vocabulaire et notions

- ✔ Antiparlementarisme
- ✔ Antisémitisme
- ✔ Commune
- ✔ Culture républicaine
- ✔ Démocratie parlementaire
- ✔ Laïcisation

La mise en œuvre du projet républicain

Les événements majeurs

- ✔ **4 septembre 1870 :** proclamation de la Troisième République
- ✔ **1871 :** Commune de Paris
- ✔ **1875 :** lois dites « constitutionnelles »
- ✔ **1881-1882 :** lois scolaires de Jules Ferry
- ✔ **1er juin 1885 :** funérailles nationales de Victor Hugo
- ✔ **1894-1906 :** l'affaire Dreyfus divise la France
- ✔ **1905 :** loi de séparation des Églises et de l'État

Idées essentielles

- ✔ La Troisième République peine à s'imposer parce qu'en 1870 le poids des monarchistes reste important, mais les républicains s'emparent progressivement des différents leviers du pouvoir.
- ✔ La Troisième République s'enracine par des actions concrètes comme les lois scolaires de Jules Ferry et par la diffusion d'une nouvelle culture républicaine.
- ✔ La Troisième République est confrontée à de multiples oppositions et à des débats, comme les relations entre l'État et les Églises, qui alimentent un ressentiment contre le régime politique et ses acquis.

Réviser avec des podcasts

Podcasts hachette-clic.fr/25hg1026

Flashcards hachette-clic.fr/25hg1027

- Écoutez les cinq épisodes du podcast puis testez vos connaissances grâce aux flashcards.

L'ESSENTIEL en 5 minutes

1. Pourquoi la Troisième République éprouve-t-elle des difficultés à s'imposer ?
2. Qu'est-ce que la culture républicaine ?
3. Comment la Troisième République s'enracine-t-elle ?
4. Quels débats agitent la Troisième République ?
5. Pourquoi la Troisième République est-elle considérée comme inachevée ?

Mémoriser avec des exercices

Quiz
hachette-clic.fr/25hg1028

L'installation difficile de la Troisième République

1 **Quand la Troisième République est-elle proclamée ?**
a. 1870 b. 1871 c. 1875

2 **Replacez dans l'ordre chronologique les événements suivants.**

lois « constitutionnelles » | la Commune | fin du Second Empire | les républicains sont majoritaires au Parlement

1870 – 1871 – 1875 – 1879

3 **Le président Mac Mahon est favorable aux républicains.** Vrai/Faux.

L'enracinement de la Troisième République

4 **Définissez la notion de « culture républicaine ».**

5 **Replacez dans l'ordre chronologique les événements suivants.**

le 14 juillet devient fête nationale | les lois scolaires de Jules Ferry | le service militaire est obligatoire pour tous les Français | *La Marseillaise* devient l'hymne national

1872 – 1879 – 1880 – 1881 – 1882

6 **Qui est-ce ?** Écrivain, mort en 1885 ; la Troisième République lui organise des funérailles nationales.

Une Troisième République fragilisée

7 **Reliez chaque notion à sa définition.**

a. Anarchiste •
b. Anticléricalisme •
c. Sécularisation •

• 1. Mouvement qui s'oppose à l'influence des institutions religieuses dans la vie publique.
• 2. Recul de l'influence des religions dans la société et séparation croissante du domaine religieux et du domaine public.
• 3. Personne adhérant à l'idéologie qui prône la disparition du capitalisme et de l'État, considérés comme oppresseurs, souvent au moyen d'une révolution.

8 **Sélectionnez la ou les proposition(s) exacte(s) sur la loi de séparation des Églises et de l'État.**
a. Elle date de 1905.
b. Elle est la première loi qui organise les relations entre les Églises et l'État.
c. Les catholiques se rallient à la République dès le vote de la loi.

9 **Peut-on qualifier la Troisième République comme inachevée en 1914 ? Justifiez votre réponse.**

Défi en groupe — Défi chrono

5 min de préparation
Sélectionnez dans le chapitre trois mots-clés, trois acteurs et trois dates que vous et vos camarades devrez deviner. Notez-les sur un morceau de papier et refermez-le.

20 min de réalisation
Formez une équipe de deux et affrontez deux autres duos. Les papiers sont mis en commun et, à tour de rôle, vous disposez de 20 secondes pour faire deviner le maximum de mots à votre partenaire. Lorsque tous les mots sont trouvés, comptez les points par équipe.

» S'entraîner

• Confronter deux documents

1 Le vote, la meilleure arme pour défendre l'égalité des sexes

Mesdames, il faut bien nous le dire, l'arme du vote sera pour nous ce qu'elle est pour l'homme, le seul moyen d'obtenir des réformes que nous désirons. Pendant que nous serons exclues de la vie civique, les hommes songeront à leurs intérêts publics plutôt qu'aux nôtres. [...] Aimerions-nous moins la liberté que l'homme ? Ne rougissons-nous pas de la situation qui nous est faite ? Nous sommes neuf millions d'esclaves de femmes majeures qui formons une nation d'esclaves dans la nation d'hommes libres. Nous sommes assujetties aux mêmes lois répressives. [...] Par le fait qu'on paie l'impôt, on a le droit de participer à l'établissement de l'impôt. Étant contribuable, on doit être électeur. Les droits, les fonctions largement rétribuées appartiennent aux hommes seuls. La femme est encore taillable et corvéable à merci [...]. Pensez-vous pouvoir sérieusement établir un gouvernement républicain en conservant des esclaves qui feront de la France un pays continuellement en état de fermentation ?

Hubertine Auclert, « Le Droit politique des femmes, question qui n'est pas traitée au Congrès international des femmes », 1878, cité dans Yannick Ripa, *Histoire féminine de la France : de la Révolution à la loi Veil*, Belin, Paris, 2020.

2 Éventail réalisé par *Le Journal* après les résultats d'un vote blanc

Le vote des femmes
Je désire voter
26 avril – 3 mai 1914
505 972 voix
« Le vote blanc » organisé par « Le Journal »

Le 26 avril 1914, le grand quotidien national *Le Journal* et différents mouvements suffragistes en faveur du droit de vote des femmes organisent un référendum « sauvage » en marge des élections législatives.

Invitées à voter dans des bureaux de vote improvisés et par correspondance, les femmes se mobilisent, faisant de ce scrutin officieux un véritable succès. À la question « *Mesdames, Mesdemoiselles, désirez-vous voter un jour ?* », il est répondu 505 972 bulletins « Je désire voter » contre 114 bulletins négatifs.

Éventail Chambrelent, 1914, bibliothèque Marguerite Durand, Paris.

PALIER 1

Je lis et je comprends les documents

- **Doc. 1 et 2** Identifiez chaque document (nature, source, idée principale).
- **Doc. 1 et 2** Caractérisez la place des femmes dans la société.

PALIER 2

Je sélectionne les informations

- **Doc. 1** Relevez les termes qui montrent la position des femmes dans la société.
- **Doc. 1 et 2** Précisez le combat mené par ces femmes.
- **Doc. 1 et 2** Quels sont les moyens utilisés pour exprimer leurs revendications ?

PALIER 3

Je confronte les documents

- Ces documents se complètent-ils ou s'opposent-ils ?
- Que nous apprennent ces deux documents sur les revendications politiques des femmes ?
- En vous appuyant sur vos connaissances, montrez que ces deux documents témoignent du caractère inachevé de la Troisième République.

Analyser un texte de loi

Lisez le document puis répondez aux questions.

Loi sur l'enseignement primaire obligatoire du 28 mars 1882

Art. 1. – L'enseignement primaire comprend :
- L'instruction morale et civique ;
- La lecture et l'écriture ;
- La langue et les éléments de la littérature française ;
- La géographie, particulièrement celle de la France ;
- L'histoire, particulièrement celle de la France jusqu'à nos jours […].

Art. 2. – Les écoles primaires publiques vaqueront un jour par semaine, en outre du dimanche, afin de permettre aux parents de faire donner, s'ils le désirent, à leurs enfants, l'instruction religieuse, en dehors des édifices scolaires […].

Art. 4. – L'instruction primaire est obligatoire pour les enfants des deux sexes âgés de six ans révolus à treize ans révolus ; elle peut être donnée soit dans les établissements d'instruction primaire ou secondaire, soit dans les écoles publiques ou libres, soit dans les familles, par le père de famille lui-même ou par toute personne qu'il aura choisie […].

Art. 6. – Il est institué un certificat d'études primaires ; il est décerné après un examen public auquel pourront se présenter les enfants dès l'âge de onze ans.

Loi du 28 mars 1882 portant sur l'organisation de l'enseignement primaire, *Journal officiel*, Paris, 1882.

1 Dans quel contexte cette loi est-elle rédigée ?

2 Sélectionnez la ou les proposition(s) exacte(s).
- L'instruction primaire est obligatoire jusqu'à 18 ans.
- L'instruction est obligatoire pour les filles et les garçons.
- L'école a lieu tous les jours sauf le dimanche.
- Un examen a lieu à la fin de l'école primaire.

3 Ce texte évoque, en plus de l'école, les rapports entre les Églises et l'État. vrai / faux

4 En analysant le document et grâce à vos réponses, montrez l'importance de l'école dans le projet républicain.

Pour aller plus loin

À LIRE

- *Place à la République : de la Commune à la Belle Époque* est une bande dessinée d'Arnaud-Dominique Houte et Kim Consigny parue en 2024. Elle retrace les débuts de la Troisième République en croisant le regard d'un historien et celui d'une dessinatrice.

À VOIR

- *Louise Violet* (2024) est un film d'Éric Besnard qui raconte le quotidien d'une institutrice en 1889. On suit son combat pour imposer l'école de la République dans un village.

MÉTIER D'HISTORIEN

- Spécialiste d'un objet d'étude historique et du travail sur les sources, **l'enseignant-chercheur** fait progresser les connaissances par ses recherches tout en transmettant son savoir aux étudiants.

Vers le supérieur ? La fiche métier de l'Onisep hachette-clic.fr/25hg1029

MÉTHODE BAC Répondre à une question problématisée

Sujet corrigé : Comment la Troisième République parvient-elle à s'enraciner durablement après 1875 ?

Montrez qu'après avoir obtenu le contrôle des institutions, les républicains parviennent à installer la République et à surmonter les oppositions.

Objectif Préparer la rédaction d'une introduction et une conclusion

Étape 1 Comprendre la question et mobiliser des connaissances

1. Analysez la question problématisée.

Comment la Troisième République parvient-elle à s'enraciner durablement après 1875 ?

- Comment : par des succès lors des élections, la diffusion d'une nouvelle culture républicaine, par des lois et des réformes.
- la Troisième République : de 1870 à 1914.
- à s'enraciner : les républicains parviennent à susciter l'adhésion de la majorité des citoyens au régime.
- après 1875 : vote des lois dites « constitutionnelles » en 1875.

2. Listez des connaissances utiles et pertinentes

Partie 2 et 3 du cours 1 p. 142-143
Partie 1 du cours 2 p. 148

Étape 2 Développer des arguments et les organiser à partir de la consigne

3. Repérez le plan suggéré par la consigne.

Les verbes et la ponctuation de la consigne donnent des indications pour distinguer les deux ou trois parties.

Partie 1 *: Les républicains obtiennent le contrôle des institutions.*
Vote des lois dites «constitutionnelles» en 1875;
En 1876, les républicains remportent les élections législatives.
En 1879, les républicains sont majoritaires au Sénat.
→ Démocratie parlementaire instaurée.
Démocratisation se poursuit dans les années 1880.

4. Regroupez les arguments pour former les parties.

Partie 2 *: Les républicains parviennent à installer la République et à surmonter les oppositions.*
Une nouvelle culture républicaine.
Des figures: le maire, l'instituteur.
Moments fédérateurs (funérailles de Victor Hugo 1885).
Lois scolaires de Jules Ferry (1881-1882), liberté de la presse (1881).
Des opposants et mécontents (ex: anarchistes, bonapartistes et antiparlementaires).
Des crises surmontées (ex: l'affaire Dreyfus, la crise boulangiste).

Étape 3 Introduire chaque partie par une phrase présentant l'idée générale qui sera développée

utilisez la consigne du sujet et des connecteurs logiques pour débuter et distinguer chaque partie.

Exemple : partie 1

Tout d'abord, la République parvient à s'enraciner à partir de 1875 car les républicains obtiennent le contrôle des institutions. Après le vote des lois dites « constitutionnelles » en 1875; les républicains remportent les élections législatives de 1876 et 1877, puis obtiennent la majorité au Sénat en 1879. Ils parviennent à instaurer une démocratie parlementaire et la démocratisation se poursuit dans les années 1880.

➔ Voir la fiche méthode 11 p. 280

Sujet guidé : Comment les républicains parviennent-ils à susciter l'adhésion des Français au nouveau régime ?

Montrez que les républicains parviennent à créer une nouvelle culture républicaine et qu'elle se diffuse progressivement à partir des années 1880.

Étape 1 Comprendre la question et mobiliser des connaissances

1. Analysez la question problématisée.

Comment les républicains parviennent-ils à susciter l'adhésion des Français au nouveau régime ?

- **Comment** → par quels moyens se diffuse la culture républicaine ?
- **les républicains** → comment évolue leur situation politique de 1870 à 1914 ?
- **susciter l'adhésion** → Quels événements montrent que la République s'enracine progressivement ?
- **des Français** → montrez que les Français ne sont pas tous républicains à cette époque.
- **au nouveau régime** → Pourquoi la Troisième République est-elle menacée à ses débuts ?

2. Après avoir identifié le thème principal du sujet, recherchez dans le chapitre les pages qui abordent ce thème.

Étape 2 Développer des arguments et les organiser à partir de la consigne

3. Quelles sont les différentes parties suggérées par la consigne ?

4. Pour chaque partie, indiquez un mot-clé, un repère chronologique, un acteur et un exemple à mobiliser.

Étape 3 Introduire chaque partie par une phrase présentant l'idée générale qui sera développée.

5. Poursuivez la rédaction de la première partie.

Premièrement, les républicains parviennent à susciter l'adhésion des Français au nouveau régime en créant une nouvelle culture républicaine, c'est-à-dire un ensemble de références, de symboles et de pratiques qui fondent l'identité républicaine. Par exemple, lors des funérailles nationales de Victor Hugo en 1885, ...

6. Rédigez la deuxième partie.

MÉTHODE BAC Analyser des documents

Sujet corrigé : La nouvelle culture républicaine.

Expliquez pourquoi les symboles mobilisés par l'auteur permettent d'incarner la nouvelle culture républicaine.

Objectif Structurer son analyse de document

La Fête nationale à Paris : place de la République
Vers 1889, lithographie, 26 × 35 cm, bibliothèque Forney, Paris.

Étape 1 Sélectionner des informations et les mettre en relation avec des connaissances

1. Au brouillon, définissez les termes du sujet proposé.
2. Au brouillon, listez les éléments du document à mettre en relation avec des connaissances.

Étape 2 Classer des informations et des connaissances

Ne déconnectez pas les connaissances mobilisées des informations extraites du ou des documents.

3. Classez les informations extraites du document et de vos connaissances à l'aide des idées suggérées par la consigne.

Idée 1 : Des symboles qui incarnent la République.

Idée 2 : Des symboles qui permettent de diffuser une culture républicaine.

Étape 3 Rédiger un développement structuré

4. Structurez votre propos avec un plan suggéré par la consigne et bâti avec les informations extraites du document et vos connaissances.

Idée I : Les symboles de la République sont variés. Marianne et le drapeau tricolore sont associés au 14 Juillet célébré place de la République où figure le sigle RF. Les républicains diffusent largement cette symbolique après 1877 afin d'ancrer le nouveau régime grâce à des lois démocratiques et certains relais dans la population (maires, instituteur...).

Idée II : Ces éléments fondent une nouvelle culture politique républicaine qui se diffuse progressivement. Le document souligne aussi la présence d'une foule qui adhère à ces valeurs, ce qui se traduit par l'essor du vote en faveur des candidats républicains aux élections. Malgré ce large soutien, des résistances et oppositions persistent.

➔ Voir la fiche méthode 10 p. 278

La Gueuse vue par les Camelots du roi[1] en 1903

M. Sauville (illustrateur), 14 x 9 cm, bibliothèque historique de la Ville de Paris.

1. royalistes de l'Action française.

Sujet guidé : La République contestée

Après avoir présenté et situé dans son contexte le document, expliquez pourquoi il propose une vision critique de la République et de ses valeurs.

Étape 1 Sélectionner des informations et les mettre en relation avec des connaissances

1. Analysez la consigne en identifiant et en analysant les mots-clés.
2. Identifiez le thème principal du document présenté et recherchez dans le chapitre les pages abordant ce thème.

Étape 2 Classer des informations et des connaissances

3. Complétez le tableau.

Plan suggéré par la consigne	Informations sélectionnées dans le document	Connaissances
Premier paragraphe Présentation et contexte du document.	– *Une représentation caricaturale de la République.* – *Détournements des symboles républicains.*	– .... – ....
Deuxième paragraphe Les valeurs de la République sont critiquées et rejetées.	– .... –	– *Les Camelots du roi, qui appartiennent à l'Action française, rejettent la République.* – ....

Étape 3 Rédiger un développement structuré

4. Complétez la rédaction des paragraphes suivants.

Paragraphe 1 : *L'image datée de 1903 est réalisée par les Camelots du roi, organisation monarchiste proche de l'Action française. Elle s'inscrit dans un contexte de tensions et de mise en cause de la République, car ...*

Paragraphe 2 : *L'image propose une vision très dégradée de la République, qui apparaît sous les traits d'une figure grotesque caricaturant les symboles et les valeurs de la République. En effet, ...*

CHAPITRE

7 Permanences et mutations de la société française jusqu'en 1914

COURS De 1870 à 1914, tandis que de nouvelles élites bénéficient de l'enrichissement économique lié à la croissance industrielle, les classes populaires, rurales ou ouvrières, les immigrés ou les femmes peinent à faire entendre leurs revendications.

> Comment la Troisième République accompagne-t-elle les transformations de la société française ?

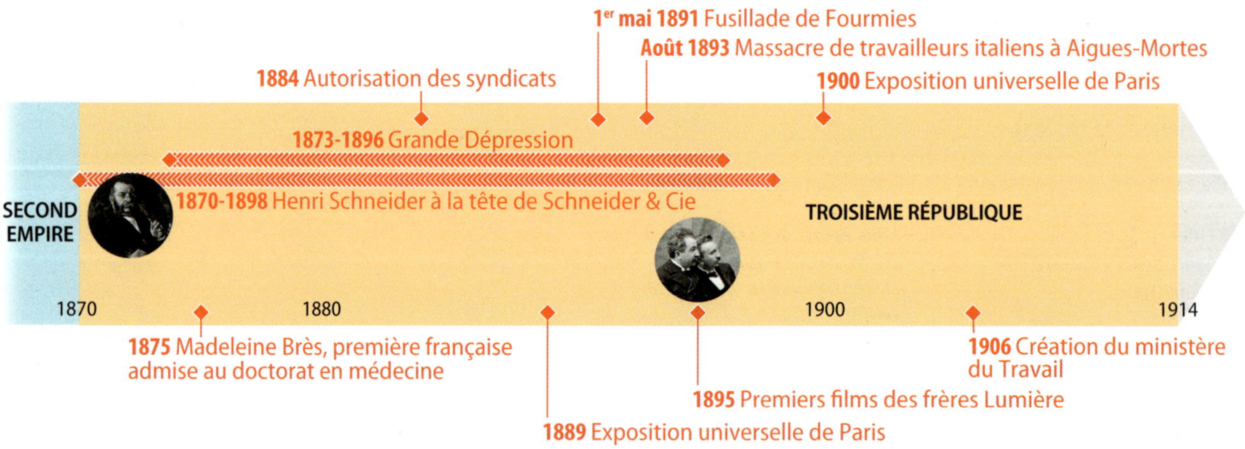

QUESTIONS

1. **Doc. 1** Comment le peintre représente-t-il la modernisation urbaine ?
2. **Doc. 2** Montrez que les populations rurales sont aussi concernées par les transformations économiques et sociales.
3. **Doc. 1 et 2** Pourquoi ces deux documents peuvent-ils être considérés comme des hommages aux classes populaires, urbaines ou rurales ?

1

Un nouveau paysage urbain

Maximilien Luce, *Les Batteurs de pieux*, quai de la Seine à Billancourt, entre 1902 et 1903, huile sur toile, 154 × 196 cm, musée d'Orsay, Paris.

2

La mécanisation dans les campagnes françaises

Une batteuse et son personnel à Marolles-les-Braults (Sarthe), carte postale, éditée par A. Belluau, 1900-1904, archives départementales de la Sarthe.

GRAND ANGLE Les transformations de la France à la Belle Époque

Entre 1898 et 1913, la production industrielle en France connaît une croissance annuelle de plus de 3 %. Elle se distingue par son innovation et ses exportations, particulièrement dans les secteurs de la sidérurgie et du textile. Le niveau de vie général de la population progresse. La croissance démographique demeure quant à elle assez faible.

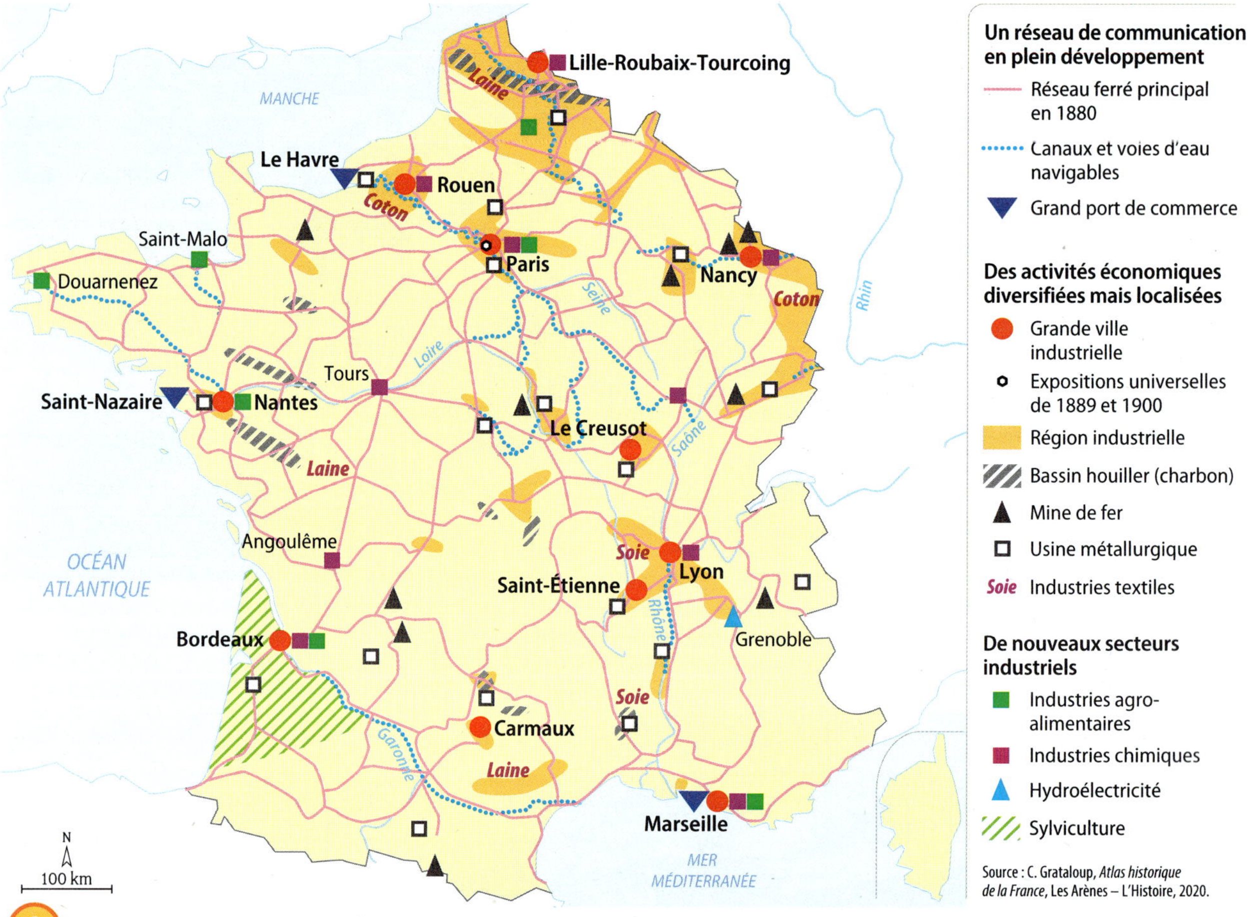

1 Un territoire industrialisé et en cours de désenclavement

	Population	Naissances/an	Espérance de vie des hommes	Espérance de vie des femmes	Population urbaine	Taux d'activité des femmes	Part de l'industrie dans les emplois	Part de l'agriculture dans les emplois	Taux d'analphabètes dans les conscrits[1]
Vers 1890-1901	38 400 000 1,7 % étrangers (1860)	900 000	40,8 ans (1880)	43,4 ans (1880)	39 % (1895)	33 % (1901)	28 % (1872)	48 % (1881)	17 % (1880)
Vers 1911	39 600 000 2,86 % étrangers	746 000	48,7 ans (1913)	52,4 ans (1913)	44 %	39 % (1906)	31 % (1906)	43 % (1906)	2,4 % (1914)

2 La société française de la **Belle Époque**

R. Schor, *Le Dernier siècle français, 1914-2014*, Perrin, 2016 ; M. Pigenet et D. Tartakowsky, *Histoire des mouvements sociaux en France de 1814 à nos jours*, La Découverte, 2014.

1. Jeunes hommes ayant atteint l'âge fixé pour effectuer leur service militaire.

● La France de la Belle Époque demeure majoritairement rurale, mais l'industrialisation s'accompagne de l'urbanisation. D'anciens centres économiques comme Paris, Lyon, Bordeaux et Marseille se modernisent et se développent, tandis que de nouvelles villes, telles que Saint-Étienne, Roubaix et Tourcoing, émergent rapidement. L'urbanisation est alimentée par l'**exode rural** et l'installation d'**immigrants** en provenance des pays voisins.

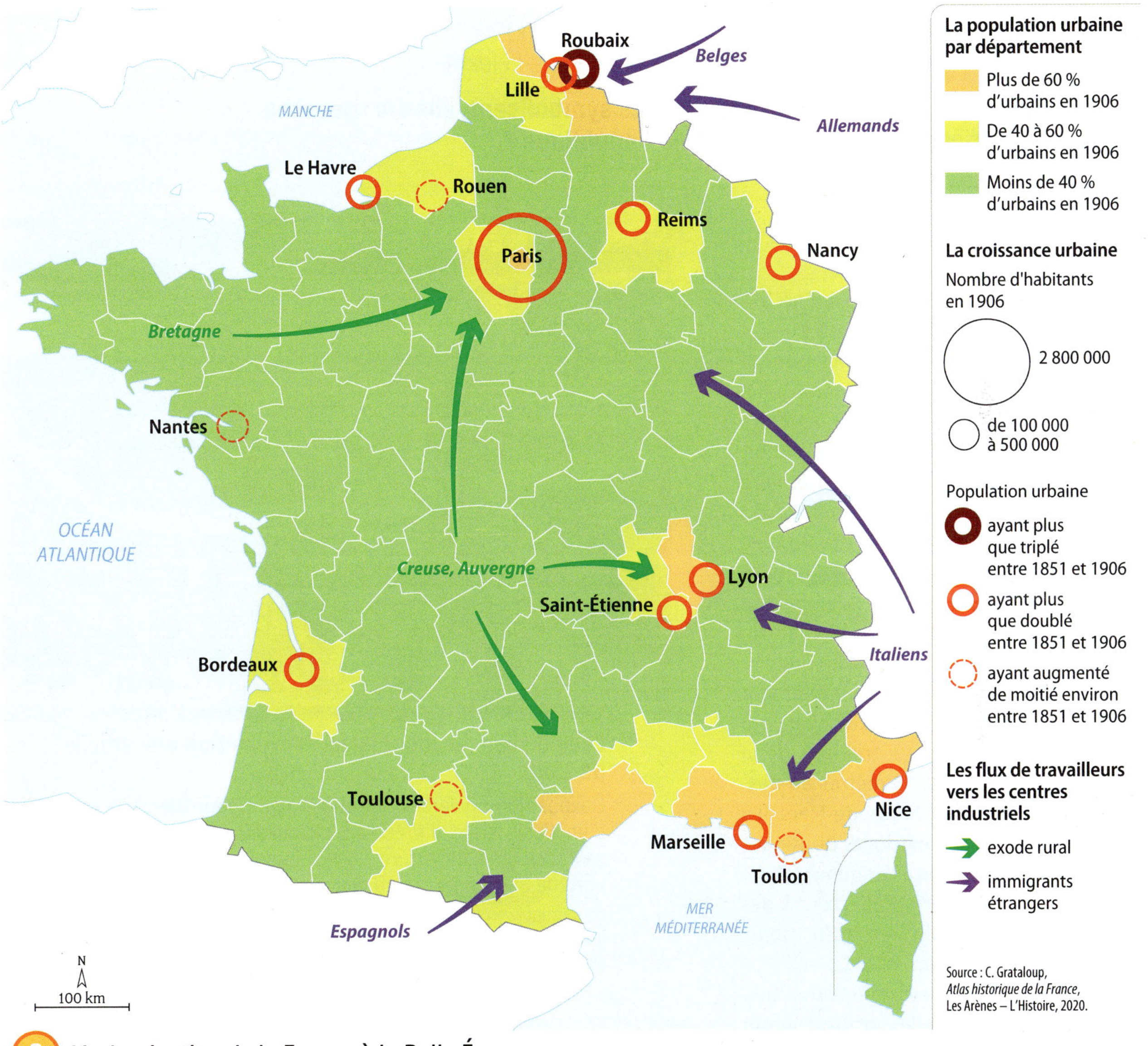

3 L'urbanisation de la France à la Belle Époque

VOCABULAIRE

- **Belle Époque :** expression apparue dans les années 1930 pour désigner la période 1871-1914, caractérisée par la paix et une amélioration des conditions de vie de la population.
- **Exode rural :** départ de populations rurales vers les villes.
- **Immigrant :** personne étrangère résidant dans un autre pays que celui de sa naissance.

QUESTIONS

1. **Doc. 1 et 2** Quels indicateurs sont révélateurs des progrès sociaux et économiques survenus au cours de la Belle Époque ?
2. **Doc. 3** Quelles parties du territoire français restent à dominante rurale ?
3. **Doc. 1 et 3** Quel lien peut-on établir entre l'urbanisation de certaines régions et l'industrialisation ?

ÉTUDE 1
PARCOURS CROISÉS

La seconde industrialisation de la France

PPO

Les expositions universelles de 1889 et 1900

Les expositions universelles de Paris attirent des millions de visiteurs et des milliers d'entrepreneurs. En 1889, Paris met en avant sa modernité avec la tour Eiffel et la galerie des Machines ; et en 1900 avec le métropolitain, la gare d'Orsay, le palais de l'Électricité et le Globe céleste.

➤ Pourquoi les expositions universelles symbolisent-elles le triomphe de la modernité et de la Troisième République ?

1 La tour Eiffel, grande attraction de 1889

Le tarif des ascensions est fixé à 2 francs[1] pour le premier étage, à 3 francs pour le deuxième et 5 francs pour le sommet. [...] Ceux que les ascenseurs effrayent ou impressionnent, auront à leur disposition deux escaliers confortables pour le service de la première plateforme. [...] Dix mille personnes dans cette résille en fer ! Quel bourdonnement ! Quelle vie ! Et les jours de cohue, le dimanche par exemple, cela pourra durer de dix heures du matin, à onze heures du soir. Il y aura au premier étage, quatre restaurants amplement pourvus de cuisines et de caves, qui seront logées dans le treillage de la charpente de fer, à 55 mètres au-dessus du niveau du Champ-de-Mars. Il y aura, dans les angles, douze boutiques dont sept réservées à l'administration. Les cinq autres seront affectées à des ventes diverses, la vente du tabac, du *Guide officiel de la Tour*, etc. [...] Disons, en terminant, que l'ouverture et la fermeture de l'exposition seront annoncées, chaque jour, aux Parisiens, par des salves d'artillerie. Deux petits canons ont été placés à cet effet sur la seconde plate-forme de la tour Eiffel.

Article « La tour Eiffel » paru dans *L'Industriel de Saint-Germain-en Laye*, 27 avril 1889.

1. Le salaire horaire moyen est d'environ 30 centimes.

▶ Vidéo
La construction de la tour Eiffel.
L'Histoire par l'image, 2023.
hachette-clic.fr/25hg1198

2 Les puissances mondiales à l'exposition universelle de 1900

L'exposition universelle de 1900, ayant pour thème le « Bilan d'un siècle », attire près de 50,8 millions de visiteurs pendant ses 212 jours d'ouverture. Elle se déroule sur plusieurs sites en bord de Seine à Paris et à Vincennes.

Lithographie en couleur de 1900 représentant l'exposition universelle avec les grands chefs d'État mondiaux (notamment la reine anglaise Victoria, le tsar russe Nicolas II ou l'empereur éthiopien Menelik II).

ACTIVITÉ 1

1. **Doc. 1** Montrez que les expositions universelles témoignent de l'apparition de nouvelles pratiques de loisirs.
2. **Doc. 1 et 2** Quelles innovations et avancées sont mises en avant ?
3. **Doc. 2** Montrez que les expositions universelles constituent un moyen d'affirmer la puissance technologique, économique et politique de la France.

BILAN Expliquez pourquoi les expositions universelles de 1889 et 1900 symbolisent la modernité et le triomphe de la Troisième République, tant pour la population française que pour le reste du monde.

Le Creusot ou « Schneiderville » ? PPO

HENRI SCHNEIDER 1840-1898

Dirigeant de Schneider & Cie de 1870 à 1898, il modernise l'entreprise et développe le paternalisme. Il est maire du Creusot de 1871 à 1896.

La famille Schneider est à l'origine du développement des fonderies du Creusot (Saône-et-Loire). Elle y planifie des aménagements urbains destinés à son personnel : hôpitaux, écoles, églises, parcs et logements (**cités ouvrières** ou lotissements).

> **De quelles manières la famille Schneider contrôle-t-elle l'espace industriel et urbain ?**

3 Le **paternalisme** de la famille Schneider

MM. Schneider firent d'abord construire de nouveaux logements groupés, suivant les idées en cours, dans de grands bâtiments communs. À mesure que les notions d'hygiène et de bien-être se répandirent, ils améliorèrent les conditions d'aménagement des constructions destinées à leur personnel, et, en 1865, ils en arrivèrent au type à logement indépendant de la cité de la Villedieu, comprenant 105 maisons avec jardin et dépendances [...].
La plupart des logements ouvriers sont très au-dessous de leur valeur. [...] Ces logements très recherchés sont attribués aux membres les plus méritants du personnel après un classement [...]. De plus, un certain nombre de veuves et d'anciens ouvriers retraités sont logés gratuitement d'après un mode de classement analogue [...]. Le service hospitalier du Creusot est installé, depuis 1894, dans l'Hôtel Dieu dont la fondation et l'édification sont surtout dues aux dons de Madame veuve Eugène Schneider et de M. et Mme Henri Schneider et de M. et Mme Eugène Schneider, don auquel s'ajouta une importante subvention des établissements Schneider.

Les Établissements Schneider. Économie sociale, Paris, Imprimerie générale Lahure, 1914.

4 La ville-usine du Creusot en 1900

Vue de détail du plan en relief de 1900, coll. Académie François-Bourdon-Le Creusot.

VOCABULAIRE

- **Cité ouvrière :** quartier d'habitats ouvriers, souvent construit par une entreprise pour y loger ses salariés.
- **Paternalisme :** attitude de certains grands patrons accordant des avantages sociaux au personnel en contrepartie de son obéissance.

ACTIVITÉ 2

1. **Doc. 3** Comment les Schneider gèrent-ils les conditions de vie de la population ouvrière et l'aménagement urbain ?
2. **Doc. 3 et 4** Quel est l'intérêt pour l'employeur de construire des équipements pour la vie quotidienne près de l'usine ?
3. **Doc. 3 et 4** Montrez que le développement de la grande industrie a un impact sur la ville et sa population.

BILAN Comment l'espace urbain du Creusot reflète-t-il le paternalisme des Schneider entre protection et contrôle de la population ouvrière ?

PARCOURS CROISÉS

Rédigez une réponse argumentée pour montrer que l'industrialisation et la modernisation de la France à la Belle Époque s'accompagnent du développement de nouveaux espaces.

Pas à pas

1. Rappelez d'abord que les espaces français sont aménagés et équipés par différents acteurs.
2. Évoquez ensuite la transformation des paysages.
3. Montrez enfin que ces espaces témoignent de la réussite du patronat et de la Troisième République.

ÉTUDE 2 Les ouvriers en lutte : la fusillade de Fourmies (1891)

À partir de 1890, le 1er mai est désigné comme la « journée internationale des travailleurs ». Dans les pays industrialisés, les revendications portent sur la réduction de la journée de travail à 8 heures. À Fourmies (Nord), ville de 15 000 habitants qui accueille 37 **filatures**, la manifestation du 1er mai 1891 tourne au drame.

PPO

> Quelle est l'importance de la fusillade de Fourmies pour le mouvement ouvrier ?

VOCABULAIRE

- **Filature :** entreprise ou atelier qui transforme les fibres en fils pour fournir l'industrie textile.

Troisième Année. — N° 119. Huit pages : CINQ centimes Dimanche 17 Mai 1891

Le Petit Parisien

TOUS LES JOURS Le Petit Parisien 5 CENTIMES — SUPPLÉMENT LITTÉRAIRE ILLUSTRÉ — TOUS LES SAMEDIS SUPPLÉMENT LITTÉRAIRE 5 CENTIMES

DIRECTION : 18, rue d'Enghien, PARIS

LES ÉVÉNEMENTS DE FOURMIES

(D'après les photographies de M. Perron)

1 La fusillade de Fourmies, un retentissement national

Illustration de E. Glair-Guyot, gravure parue dans le journal *Le Petit Parisien*, 17 mai 1891.

2 Le 4 mai, rapport du ministre de l'Intérieur devant la Chambre des députés

Le Ministre : « À Paris, quatre gardiens de la paix ont reçu des coups de feu ; ils n'ont pas riposté. Des gendarmes de la Seine ont essuyé six coups de revolver tirés sur eux [...]. À Lyon, deux cuirassiers atteints par des balles et six soldats blessés. À Marseille, un soldat blessé. À Fourmies, enfin, dans ces graves événements que je déplore autant que vous, 14 soldats blessés dont plusieurs grièvement et, puisque j'en ai l'occasion, je tiens à adresser mes remerciements à tous ces braves gens *(« Très bien » à gauche)* et je les leur envoie de grand cœur, et bien qu'il ne m'appartienne pas à moi, ministre de l'Intérieur, de m'adresser à l'armée, on me permettra d'envoyer du haut de cette tribune à l'officier qui a été assez malheureux pour se trouver dans la triste nécessité d'obéir à un impérieux devoir, le témoignage de ma sympathie et de mon profond respect. » *(Applaudissements répétés sur un grand nombre de bancs - Protestations à l'extrême gauche.) M. Ernest Roche*[1] *(se levant)* : *« Assassin ! Assassin ! » (Longue rumeur)*

[...] La fin de cette tumultueuse séance pourrait se résumer ainsi : censure avec exclusion temporaire appliquée à M. Ernest Roche [...] — Demande d'enquête parlementaire (par M. Millerand[2]) — Proposition d'amnistie (par M. Camille Pelletan[3]).

Sixte Delorme, *Toute la vérité sur le drame de Fourmies*, L. Sauvaitre éditeur, Paris, 1892.

1. Ernest Roche : député boulangiste et socialiste.
2. Alexandre Millerand : député socialiste, avocat de Paul Lafargue, leader socialiste accusé d'être responsable de l'émeute au procès de Douai (juillet 1891).
3. Camille Pelletan : député socialiste, écrivain, journaliste.

3 La Troisième République face à la question ouvrière

À la Chambre, Clemenceau déclare : « C'est le quatrième État[1] qui se lève et qui arrive à la conquête du pouvoir ». On le voit en train d'arracher à un ouvrier le drapeau rouge.

Caricature d'Édouard Pépin parue dans *Le Grelot* (journal satirique), 17 mai 1891.

1. Le prolétariat.

4 La mémoire de l'événement : le 1er mai 1901 à Fourmies

Une centaine d'hommes et jeunes gens, précédés d'un drapeau tricolore, arrivaient de Wignehies en chantant. Ces manifestants firent le cercle sur la place de la Mairie et l'un d'eux se mit à chanter, d'une voix forte, *L'Internationale*. Tous […] l'accompagnaient au refrain. Ensuite, M. le maire de Fourmies fit donner un drapeau tricolore aux ouvriers fourmisiens présents et un cortège se forma, composé de 300 à 350 personnes […]. [Le] maire de Fourmies, [son] adjoint, ceints de leur écharpe municipale, [le] maire de Wignehies et plusieurs conseillers municipaux des deux communes, prirent la tête de ce cortège qui se rendit au cimetière, où se trouvaient déjà réunis environ 1 200 personnes, hommes, femmes et enfants. […] Une estrade avait été dressée à proximité de la tombe des victimes de mai 1891. Successivement, MM. le docteur Moret, [les maires et l'] adjoint au maire de Lille (arrivé par le train d'une heure), prirent place sur cette estrade et prononcèrent des discours rappelant les événements de Fourmies et faisant appel aux ouvriers en faveur des idées socialistes, […] suivis de quelques cris de : « Vive la sociale ! », puis la foule se dispersa, sans que l'ordre eût été un instant troublé.

Le soir, un bal très animé fut donné sur la Nouvelle-Place, éclairée aux lanternes vénitiennes. […] Ajoutons que l'après-midi, le chômage était presque général dans les établissements lainiers. »

Journal de Fourmies (journal local), 5 mai 1901.

PARCOURS 1

Mettre en perspective un événement historique

1. **Doc. 1** Comment l'auteur représente-t-il la violence de la fusillade de Fourmies ?
2. **Doc. 2** Montrez que la majorité des députés condamne les manifestations ouvrières.
3. **Doc. 1, 2 et 4** Par quels moyens se diffuse la mémoire des événements du 1er mai 1891 à Fourmies ?
4. **Doc. 2 à 4** Montrez que la question ouvrière devient un enjeu politique en France à partir des années 1890.

BILAN Expliquez pourquoi la fusillade de Fourmies constitue un tournant social durant la Troisième République.

PARCOURS 2

Présenter un événement

À l'oral, présentez en 90 secondes l'importance de la fusillade de Fourmies pour le mouvement ouvrier.

Pas à pas

1. Rappelez le déroulement de l'événement.
2. Expliquez ensuite pourquoi la fusillade devient un enjeu à la fois social et politique.
3. Évoquez enfin l'importance de la mémoire de la fusillade pour le mouvement ouvrier.

ÉTUDE 3
REGARD DE L'HISTORIEN

La place des étrangers dans la nouvelle société française de la Belle Époque

Confrontée à un important besoin de main-d'œuvre, la France de la Belle Époque est le principal pays d'immigration en Europe. La France apparaît comme une terre d'accueil pour des populations immigrées, venues de différents pays, qui sont pourtant parfois confrontées à des réactions de **xénophobie**.

› Pourquoi les questions de l'immigration et de la place des étrangers révèlent-elles des tensions dans la société française de la Belle Époque ?

1 Des immigrants plus nombreux et divers

REGARD DE L'HISTORIEN

La grande masse de ces étrangers viennent exercer des métiers dans le monde industriel naissant. [...] Les entreprises sidérurgiques et les mines du Nord et de l'Est de la France sont les plus attractives. Pour le patronat, ces migrants sont considérés comme une population plus malléable et moins syndiquée que les ouvriers français [...]. Homécourt, par exemple, situé sur la frontière allemande en Meurthe-et-Moselle, accueille des milliers de migrants transalpins et constitue une véritable commune italienne comme d'autres dans le bassin lorrain. Au tournant des XIXe et XXe siècles, les Polonais constitueront un autre groupe de migrants qui va devenir visible dans le Nord-Est de la France. Parmi eux, certains s'installent parfois définitivement dans leur commune d'accueil, d'autres sont très mobiles, marqués par des circulations au gré des saisons et des emplois. Si le Nord et l'Est sont des terres d'accueil, Paris reste le lieu principal de l'arrivée et de l'installation des étrangers : plus de 180 000 recensés en 1891 [...] sans parler des 50 000 habitants de la capitale **naturalisés** français [...]. Italiens, Belges, Allemands, Polonais sont présents dans divers quartiers populaires, entre espaces communautaires et lieux interculturels.

Le XIXe siècle est déjà une période de rejet. [...] Certains travailleurs sont frappés de stéréotypes tenaces (...). L'Italien est un « *christos* » pratiquant la religion de manière quelque peu fanatique ou bien un « *terrone* » né paysan ou encore un « *macaroni* » mangeur de pâtes, le Polonais un ivrogne. [...] Mais l'immigration vers la France n'est pas seulement le fait de travailleurs pauvres : l'arrivée d'étrangers a pu se faire à travers des élites, venant investir et entreprendre dans l'hexagone tels les Anglais comme la famille de filateurs écossais Waddington dont l'un des fils, William Henry sera président du Conseil en 1879.

P. Blanchard, H. Dubucs, Y. Gastaut, *Atlas des immigrations en France*, Autrement, 2021.

Qui sont-ils ?
Pascal Blanchard et Yvan Gastaut sont historiens spécialistes de l'histoire des immigrations. Hadrien Dubucs est géographe, spécialiste des migrations.

VOCABULAIRE
- **Naturalisé :** immigré qui a obtenu la nationalité française (loi de 1889).
- **Xénophobie :** réaction de rejet et d'hostilité à l'encontre de populations étrangères.

2 La main-d'œuvre étrangère dans les campagnes

Les « piqueteurs » belges (ouvriers agricoles) qui viennent louer leurs services en France pour la moisson, illustration, *Le Petit Journal*, 1908.

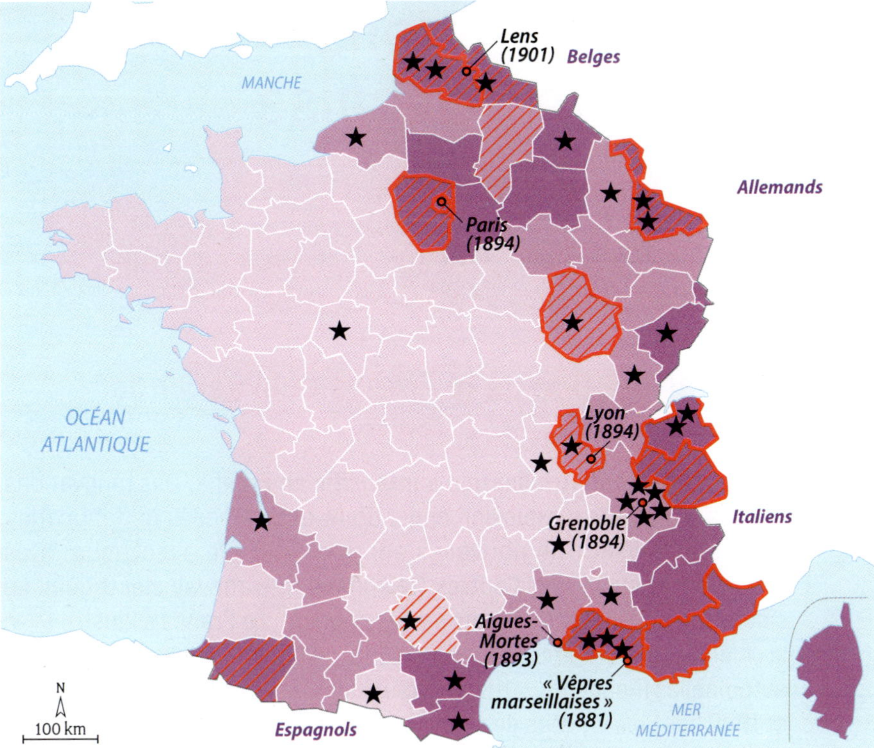

La présence étrangère en France

Part des étrangers dans la population active en 1891

- moins de 1 %
- de 1 % à 3,5 %
- plus de 3,5 %

Les incidents xénophobes

- ★ Grève contre la main-d'œuvre étrangère
- Plus de 3 rixes[1] ouvrières par département
- Rixe(s) très violentes avec participation de la population
- Principales rixes *Lens (1901)*

1. Affrontement très violent, généralement public, accompagné de coups et insultes.

Sources : P. Blanchard, H. Dubucs, Y. Gastaut, *Atlas des immigrations en France*, Autrement, 2021 ; A.-D. Houte et A. Dusserre, *Atlas de la France au XIXe siècle*, Autrement, 2021.

3 Rixes et manifestations xénophobes entre 1870 et 1911

4 Le massacre des travailleurs italiens à Aigues-Mortes (17 août 1893)

La Tribuna (journal italien), 8 septembre 1893.

PARCOURS 1

Comprendre et mettre en relation des documents

1. **Doc. 1** Pourquoi les transformations économiques de la France durant la Belle Époque favorisent-elles l'immigration ?
2. **Doc. 1, 2 et 4** Montrez qu'il existe une diversité dans les situations des étrangers.
3. **Doc. 1, 3 et 4** Comment les historiens expliquent-ils la répartition géographique des espaces d'immigration et de tensions contre les étrangers en France à la Belle Époque ?

BILAN Expliquez pourquoi l'étude de l'immigration et de la place des étrangers dans la société française de la Belle Époque aide à mieux saisir les tensions sociales et économiques de cette période.

PARCOURS 2

Réaliser une production numérique

À l'aide des ressources du dossier « 1889 » du site du Musée national de l'histoire de l'immigration, montrez comment la France de la Belle Époque voit apparaître la figure de l'étranger dans la société française.

Pas à pas

1. Créez un diaporama avec 5 iconographies.
2. Accompagnez chaque diapositive d'un commentaire audio.
3. Terminez par une réponse-bilan à la question.

COURS

Les transformations de la société française à la Belle Époque

> Comment la Troisième République accompagne-t-elle les transformations de la société française ?

1 La modernisation de la France et la seconde industrialisation

■ **Après 1880, l'industrialisation s'intensifie en France.** Des innovations comme le moteur à explosion engendrent des procédés de fabrication inédits mobilisant de nouvelles énergies (pétrole, électricité). Ces avancées en suscitent d'autres (téléphone et tramway électrique). La sidérurgie ou l'industrie textile se développent. La France s'illustre avec le cinématographe (frères Lumière, 1895) ou la fabrication des premières automobiles (Peugeot, 1891). Les expositions universelles de Paris en 1889 et 1900 sont les vitrines de sa modernité et de ses réussites techniques (tour Eiffel, palais de l'Électricité). ➔ Étude p. 162

■ **Les paysages se transforment sous l'effet de l'urbanisation et de l'industrialisation.** Des cités ouvrières, comme celles du Creusot fondées par la famille Schneider, et les faubourgs des villes, accueillent des populations nouvelles. Les bassins industriels voient l'essor des premières grandes usines. En 1901, on dénombre 57 établissements de plus de 2 000 ouvriers. ➔ Étude p. 162

■ **De nouveaux besoins et de nouvelles formes de consommation émergent.** Une société de consommation apparaît avec les grands magasins (Les Galeries Lafayette en 1894), la publicité et la presse. Les loisirs se développent, principalement pour les classes aisées (sports, cinématographe, bals, expositions). Les élites citadines rejoignent par le train les premières stations touristiques (Le Touquet-Paris-Plage). Le « plan Freycinet » (lancé en 1878) permet le désenclavement des campagnes par le développement des chemins de fer et des canaux. Les grandes villes s'équipent de transports urbains (métropolitain à Paris en 1900). ➔ Grand Angle p. 160

2 Les recompositions du monde du travail

■ **En 1911, la population active dépasse 20 millions de personnes.** La croissance économique varie et traverse des phases de récession comme la Grande Dépression (1873-1896). Le chômage apparaît dans les années 1880, tandis que le **salariat** augmente. Les entreprises, notamment dans les domaines de la gestion et du secrétariat, ainsi que l'État, qui investit dans la santé et l'éducation, recrutent des salariés. Parallèlement, les banques, les compagnies d'assurance et les commerces se multiplient.

■ **Jusqu'en 1914, le travail rural reste prépondérant.** La population est rurale à 56 % en 1911 (contre 65 % en 1881). Malgré des mesures protectionnistes, des crises secouent les campagnes : elles subissent la concurrence des pays neufs ou des colonies (viande d'Australie, vins d'Algérie) et doivent se moderniser (travail mécanique, engrais). Le développement des marchés

VOCABULAIRE

- **Prolétariat :** ensemble des travailleurs qui ne possèdent pas les moyens de production et qui vivent de leur seule force de travail vendue à un employeur.
- **Salariat :** relation de travail établie entre l'employeur et l'employé, garantissant la rémunération du travailleur contre la fourniture d'un travail.
- **Socialisme :** mouvement politique aspirant à transformer l'organisation de la société pour réduire les inégalités entre les individus, notamment sur le plan économique.

DATES CLÉS

1884
Loi Waldeck-Rousseau autorisant les syndicats

1889 et 1900
Expositions universelles de Paris

1890
Le 1er mai devient la « journée internationale des travailleurs » en France

1er mai 1891
Fusillade de Fourmies

1893
Massacre de travailleurs italiens à Aigues-Mortes

urbains et le chemin de fer entraînent une spécialisation régionale des productions (choux-fleurs de Bretagne, pommes de terre du Bassin parisien).

- **Le développement de l'emploi industriel marque la période.** Alors que la population augmente peu, les besoins en main-d'œuvre ouvrière provoquent un lent exode rural et le recours aux travailleurs étrangers (1 million en 1881). Le monde ouvrier est hétérogène : ouvriers d'usine, mineurs, ouvriers-paysans. Ce **prolétariat** partage de difficiles conditions de travail (tâches répétitives, salaires bas, horaires, accidents) et vit dans un cadre souvent contrôlé les grands patrons. Les logements sont insalubres et la vie souvent précaire.

3 La Troisième République confrontée aux tensions de la nouvelle société

- **La période peut être perçue comme une Belle Époque.** La société est portée par l'industrialisation, l'urbanisation et l'augmentation du niveau de vie. Pour assurer la prospérité économique, la Troisième République soutient les grands patrons (Renault, Peugeot, Schneider). Cette nouvelle bourgeoisie adhère à l'esprit républicain et au libéralisme économique.

- **La République se heurte à la question ouvrière.** Les grèves, autorisées depuis 1864, se multiplient et leur durée moyenne atteint 26 jours en 1884. Les ouvriers s'organisent sous l'influence des syndicats, autorisés en 1884, et des partis inspirés par le **socialisme**. Le 1er mai 1891 à Fourmies, la manifestation est réprimée dans le sang. Face à l'impératif de maintenir l'ordre républicain, le monde ouvrier obtient peu d'avancées (loi sur les accidents du travail en 1898, instauration du repos hebdomadaire et création d'un ministère du Travail en 1906). Étude p. 164

- **Femmes, immigrés et travailleurs précaires (comme les domestiques ou les journaliers) sont les oubliés de la croissance économique de la période.** Les immigrés subissent parfois des violences, comme les Italiens massacrés à Aigues-Mortes en 1893. Les femmes, qui représentent 39 % de la population active en 1906, sont moins payées et souffrent d'une inégalité de statut par rapport aux hommes. Elles restent avant tout cantonnées à des fonctions domestiques, sans réelle reconnaissance sociale. Pourtant, certaines professions (infirmières, sages-femmes, institutrices) permettent davantage de visibilité dans la société. Étude p. 166

ACTEURS

GEORGES CLEMENCEAU (1841-1929)

HENRI SCHNEIDER (1840-1898)

LES FRÈRES LUMIÈRE : AUGUSTE (1862-1954) **ET LOUIS** (1864-1948)

Les transformations de la société française à la Belle Époque

La modernisation de la France

- Seconde industrialisation
- Urbanisation et modernisation des villes
- Développement des transports et des communications

Les recompositions du monde du travail

- Développement de l'emploi industriel et du salariat
- Rôle du patronat et du paternalisme
- Population majoritairement rurale

La Troisième République confrontée aux tensions de la nouvelle société

- Libéralisme économique
- La question ouvrière
- Exclusion et relégation des femmes et des étrangers

RÉVISIONS

Faire le point

Permanences et mutations de la société française jusqu'en 1914

Acteurs

- ✔ Georges Clemenceau
- ✔ Henri Schneider
- ✔ Les frères Lumière

Vocabulaire et notions

- ✔ Belle Époque
- ✔ Cité ouvrière
- ✔ Paternalisme
- ✔ Prolétariat
- ✔ Salariat
- ✔ Xénophobie

Les événements majeurs

- ✔ **1873-1896 :** la Grande Dépression
- ✔ **1884 :** loi Waldeck-Rousseau autorisant les syndicats
- ✔ **1889 et 1900 :** expositions universelles de Paris
- ✔ **1er mai 1891 :** fusillade de Fourmies
- ✔ **1893 :** massacre de travailleurs italiens à Aigues-Mortes
- ✔ **1895 :** premiers films des frères Lumière

Idées essentielles

- ✔ La France se modernise à la Belle Époque : alors que l'industrialisation se poursuit, les villes, en pleine croissance, se transforment et s'équipent. Le pays est mieux desservi grâce aux transports et aux nouveaux moyens de communication.
- ✔ Si l'emploi reste majoritairement agricole, le travail ouvrier se développe. Les ouvriers, souvent salariés et soumis au paternalisme patronal, ont des conditions de travail et de vie difficiles.
- ✔ La Troisième République soutient la prospérité économique en encourageant le libéralisme économique et l'industrialisation. Cependant, elle doit aussi prendre en compte les inégalités touchant surtout le monde ouvrier, les femmes et les immigrés.

Réviser avec des podcasts

Podcasts hachette-clic.fr/25hg1030

Flashcards hachette-clic.fr/25hg1031

- **Écoutez les cinq épisodes du podcast puis testez vos connaissances grâce aux flashcards.**

L'ESSENTIEL en 5 minutes

1. **Comment la deuxième industrialisation transforme-t-elle le cadre de vie des Français ?**
2. **Quelles sont les recompositions sociales et économiques de la population française durant la Belle Époque ?**
3. **Comment la Troisième République soutient-elle la croissance industrielle de la France ?**
4. **À quelles difficultés sont confrontés les travailleurs immigrés en France ?**
5. **Comment la question ouvrière devient-elle centrale dans la vie politique de la Belle Époque ?**

Mémoriser avec des exercices

Quiz
hachette-clic.fr/25hg1032

La modernisation de la France

1 Placez sur l'axe chronologique suivant ces événements :

Expositions universelles de Paris | Ouverture des Galeries Lafayette | Premiers films des frères Lumière | Première automobile Peugeot | Inauguration du métropolitain à Paris

1889 — 1891 — 1894 — 1895 — 1900

2 Citez deux nouvelles pratiques de loisirs dont bénéficient particulièrement les classes aisées de la Belle Époque.

3 En fonction des éléments vus dans le chapitre, justifiez l'expression de « Paris, Ville Lumière » employée à partir de la Belle Époque.

Les recompositions du monde du travail

4 Associez chaque terme à sa définition :

Salariat •	• Employé de l'industrie à domicile puis surtout salarié travaillant en usine et en atelier.
Prolétariat •	• Relation de travail établie entre l'employeur et l'employé, garantissant la rémunération du travailleur.
Ouvrier •	• Classe sociale regroupant les travailleurs qui ne possèdent pas les moyens de production et qui vivent de leur force de travail.

5 Sélectionnez la (ou les) proposition(s) exacte(s) :

a. Dans l'industrie, les salaires sont élevés et la durée de travail est limitée à 8 heures par jour.

b. Dans l'industrie, les femmes ouvrières sont autant rémunérées que les hommes ouvriers.

c. Dans l'industrie, le repos hebdomadaire est obligatoire à partir de 1906.

6 Nommez cet acteur et présentez son rôle dans le bassin sidérurgique du Creusot.

La Troisième République face aux défis de la Belle Époque

7 Reliez chaque réforme sociale à sa date :

1884 •	• Création du ministère du Travail
1906 •	• Loi Waldeck-Rousseau autorisant les syndicats en France
1898 •	• Loi de protection sur les accidents du travail

8 Citez deux exemples d'actes xénophobes à l'encontre des travailleurs immigrés.

9 Quelles sont les conséquences de la fusillade de Fourmies de 1891 ?

Défi en groupe — Café-histoire

15 min de préparation

Formez 5 groupes. Inscrivez sur une feuille ce que vous savez sur l'un des sujets. Toutes les trois minutes, changez de feuille pour compléter les connaissances.

10 min de réalisation

Le dernier groupe à avoir travaillé sur un sujet doit présenter oralement la réponse à l'ensemble de la classe.

Sujets
- Les expositions universelles de Paris de 1889 et 1900.
- Le Creusot et la famille Schneider.
- La fusillade de Fourmies.
- L'évolution de la place des femmes à la Belle Époque.
- L'immigration et la place des étrangers à la Belle Époque.

S'entraîner

• Confronter deux points de vue

1 La place des femmes à la Belle Époque

Dans notre société démocratique, les femmes ne sont pas encore citoyennes. Mais, selon le mot de Mme de Rémusat[1], elles sont épouses et mères de citoyens. Elles sont comme ces religieux qui, ayant renoncé à toute influence immédiate sur les affaires, n'y peuvent prendre part qu'en obtenant de l'empire sur ceux qui les conduisent. [...]. Dans la vie sociale, il ne saurait donc y avoir égalité. De même dans la vie publique. Car une femme ne peut se mêler de politique active, militante, sans manquer à la réserve, à la modération convenables à son sexe. [...] Rendant plus pénible la vie de la femme et plus difficile le travail ménager, le travail au dehors, loin de le simplifier, a fait plus complexe le problème domestique. Ainsi, l'évolution qui s'est précipitée depuis une cinquantaine d'années ne paraît pas avoir servi le bonheur général. Elle a désorganisé la famille et amené une diminution sensible dans le nombre des mariages. Car la famille est le fondement de la société, et la destinée normale de la femme est d'être épouse et mère. [...] Qu'elle soit célibataire ou mariée, il est difficile à la femme, dans l'état actuel de la société, de se soustraire aux soucis d'un intérieur. Sauf exceptions rares, les salaires féminins sont insuffisants pour permettre à la femme célibataire d'adopter les conditions de la vie des hommes non mariés.

Alphonse Piffault, *La femme de foyer : éducation ménagère des jeunes filles*, C. Delagrave, Paris, 1908.

1. Femme de lettres française (1780-1821), elle raconte sa vie d'épouse dans ses mémoires.

2 Un congrès féministe à Paris en 1908

Congrès national des droits civils et du suffrage des femmes à l'Hôtel des sociétés savantes, 26 au 28 juin 1908, à Paris.

PALIER 1

Je lis et je comprends les documents

- Identifiez chaque document (date, nature, auteur, idée principale).
- Expliquez la première phrase du doc. 1.
- Doc. 2 Pourquoi ces femmes se réunissent-elles ?

PALIER 2

J'identifie le point de vue des documents

- Doc. 1 Quelles sont les inégalités de genre qui persistent à la Belle Époque ?
- Doc. 1 Comment l'auteur justifie-t-il le rôle et la place qu'il attribue aux femmes ?
- Doc. 2 Comment cette photographie témoigne-t-elle des luttes féministes à la Belle Époque ?

PALIER 3

Je confronte les documents

- Ces deux documents se complètent-ils ou s'opposent-ils ?
- Que nous apprend chaque document sur la condition des femmes à la Belle Époque ?
- Pourquoi confronter ces deux documents est-il intéressant pour l'historien ?

• Analyser une peinture

Observez le document puis répondez aux questions.

Claude Monet, *Les Déchargeurs de charbon*, vers 1875.

Paysage à Asnières-sur-Seine en banlieue parisienne, huile sur toile, 54 × 65,5 cm, musée d'Orsay, Paris.

1 Quel est le thème du tableau ?

a. L'urbanisation de la France à la Belle Époque.

b. Les effets de l'industrialisation sur la condition ouvrière et les paysages.

c. L'exode rural provoqué par l'industrialisation et l'urbanisation.

2 Recopiez et complétez le tableau pour identifier des éléments de l'œuvre qui montrent des permanences et d'autres des mutations.

	Permanences	Mutations
Les moyens de transport		
Les matériaux utilisés		
Les paysages		

3 Quelle proposition rend le mieux compte de l'intention du peintre ?

a. Claude Monet représente le développement de la grande industrie et du patronat qui s'enrichit à la Belle Époque.

b. Claude Monet rend compte des tensions qui traversent la société française, notamment la marginalisation des ouvriers, des femmes et des étrangers.

c. Claude Monet célèbre à la fois la modernité et les progrès de la Belle Époque tout en représentant les effets sur les paysages et la condition ouvrière.

4 En analysant le document et grâce à vos réponses, vous expliquerez comment les progrès et la modernité liés à l'industrialisation sont célébrés à la Belle Époque.

Pour aller plus loin

À VOIR

■ Parue en 2021, la bande dessinée *Fourmies la Rouge* retrace les événements du 1er mai 1891.

À VISITER EN LIGNE

■ Le site web du musée de l'Homme et de l'Industrie propose deux expositions virtuelles consacrées à l'histoire du Creusot et à l'évolution du site depuis le XIXe siècle.

MÉTIER D'HISTORIEN

■ Spécialiste des courants artistiques, des formes d'arts et des artistes, **l'historien de l'art** mobilise ses savoirs pour étudier les œuvres, partager ses analyses et organiser des expositions.

Vers le supérieur ? La fiche métier de l'Onisep hachette-clic.fr/25hg1033

MÉTHODE BAC Analyser des documents

Sujet corrigé : Les mutations de la société française à la Belle Époque.

Objectif Préparer la rédaction d'une analyse de document

Après avoir présenté le document et son contexte, montrez qu'il reflète les changements industriels en France et la modernisation de la société durant la Belle Époque.

Étape 1 Présenter le sujet et identifier un/des document(s)

1. Lisez plusieurs fois la consigne puis définissez les mots-clés à l'aide de vos connaissances.
2. Identifiez le thème du document et recherchez dans le chapitre les pages correspondantes.

Identifier un document permet d'éviter le hors-sujet et les erreurs d'interprétation.

Contemporaine de l'Exposition universelle de Paris (1889), cette affiche est une représentation du progrès, de l'innovation et du rayonnement de la France.
– Dans le manuel : étude 1 p. 162 ; cours p. 168-169.

Affiche de l'Exposition universelle de Paris
M. S. (dessinateur), Imprimerie A. Maulde et Cie, 1889, 81 × 60,5 cm, Paris, musée Carnavalet.

Étape 2 Rédiger un développement structuré

3. Structurez votre réponse autour du plan qu'inspire la consigne.

Plan suggéré par la consigne	Arguments	Idées et exemples
Premier paragraphe Un document qui reflète les mutations industrielles de la France.	*– Les mutations liées aux progrès techniques.* *– Les mutations en lien avec l'essor de la production et de la consommation.*	*- Les innovations évoquées (Tour Eiffel) sont autant de prouesses techniques et architecturales dans le travail du fer aussi utiles pour les chemins de fer, les machines…* *- L'industrialisation de la France est rapide et variée (métallurgie, électricité, chimie, machines, etc.) et la publicité diffuse les innovations.*
Deuxième paragraphe Un document qui témoigne de la modernisation de la société française.	*- La société accompagne l'innovation et le progrès.* *- L'Exposition universelle illustre le rayonnement de la France.*	*– Le document illustre une France à la pointe du progrès (transports, électricité…).* *- Image d'une France moderne, innovante et attractive.*

Étape 3 Rédiger une conclusion

L'affiche de 1889 illustre l'essor industriel d'une France innovante.
Elle veut témoigner du dynamisme d'un pays qui se modernise à la Belle Époque, période de croissance et d'amélioration des conditions de vie.

➔ Voir la fiche méthode 10 p. 278

Sujet guidé : La question ouvrière et le mouvement ouvrier.

Après avoir présenté le document, analysez les revendications du mouvement ouvrier et montrez comment les syndicats contribuent à leur expression.

Affiche de la CGT pour le 1er mai 1912

Étape 1 Présenter le sujet et identifier un/des document(s)

1. Analysez attentivement la consigne afin de définir les mots-clés.
2. Identifiez le thème traité par le document et référez-vous aux pages du manuel qui permettent d'expliquer celui-ci.
3. Identifiez la nature, l'auteur et le contexte du document proposé.

Étape 2 Rédiger un développement structuré

4. Structurez votre argumentation en complétant le tableau.

Plan suggéré par la consigne	Informations extraites du document	Connaissances
Premier paragraphe Les revendications du mouvement ouvrier.	– *Réduction du temps de travail.* –	– *La question ouvrière interpelle notamment sur l'amélioration des conditions de travail, notamment de la durée journalière de celui-ci.* – ....
Deuxième paragraphe Le rôle des syndicats dans la diffusion des revendications ouvrières.	– *L'action de la Confédération générale du travail (CGT).* –	– *Après 1864, la question ouvrière est portée par de nombreuses organisations syndicales. Parmi celles-ci, la CGT est créée en 1895.* – ....

Étape 3 Rédiger une conclusion

5. Complétez la rédaction de la conclusion.

En définitive, le document proposé permet bien de comprendre la façon dont la question ouvrière débouche sur des revendications portées par des organisations syndicales. En effet, …

CHAPITRE

8 Métropole et colonies

COURS La Troisième République s'inscrit dans la continuité de la politique coloniale menée par les régimes précédents. Tout en faisant face à des difficultés, elle hérite d'un empire colonial qu'elle étend et administre.

> Comment la Troisième République, en tant que régime républicain et démocratique, a-t-elle justifié sa politique coloniale et développé un empire colonial ?

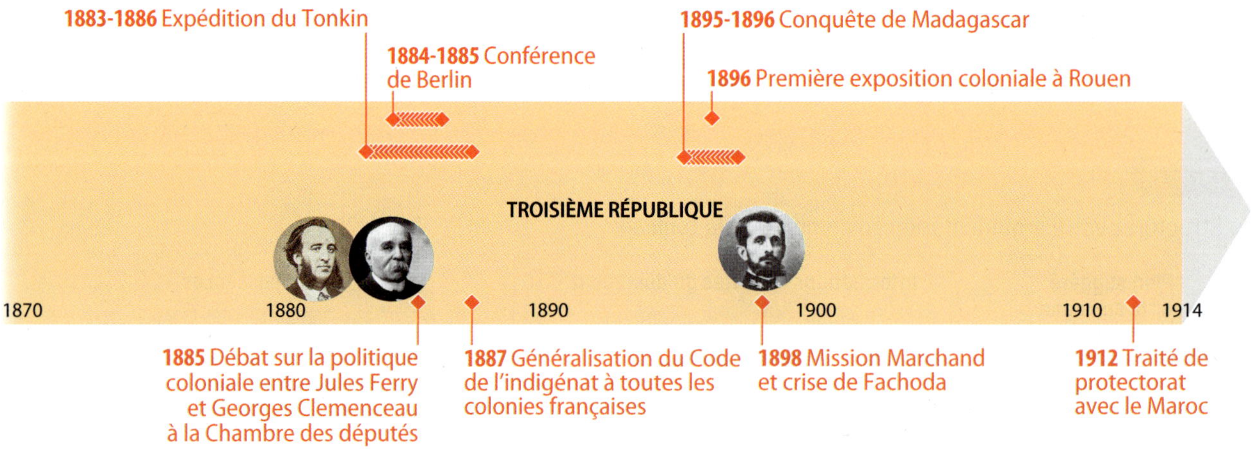

QUESTIONS

1. **Doc. 1** Comment cette image rend-elle compte des inégalités entre les populations en Indochine ?
2. **Doc. 2** Quels éléments de la photographie attestent d'une importante présence française à Alger à la fin du XIXe siècle ?
3. **Doc. 1 et 2** Montrez que ces documents illustrent les relations entre les populations dans les colonies.

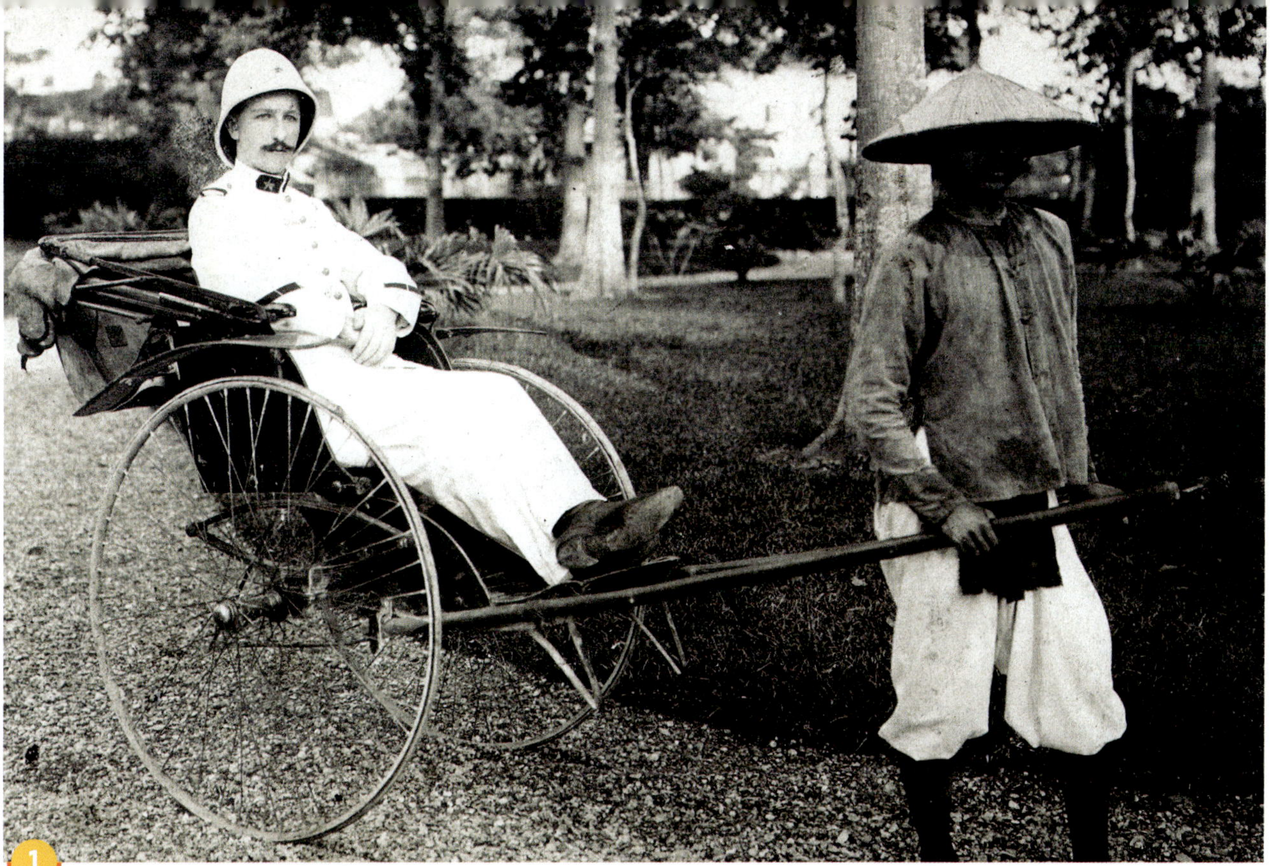

1 Colon et colonisé en Indochine

Photographie anonyme, vers 1900.

2 Une rue à Alger à la fin du XIXe siècle

GRAND ANGLE L'expansion coloniale de la Troisième République (1870-1914)

● Après 1870, la Troisième République poursuit la politique coloniale menée par la France depuis les années 1830. L'expansion coloniale n'empêche pas les résistances des populations locales ni les tensions avec les rivaux européens. L'**empire colonial** se compose de **colonies de peuplement**, de colonies d'exploitation, de **protectorats** et de comptoirs.

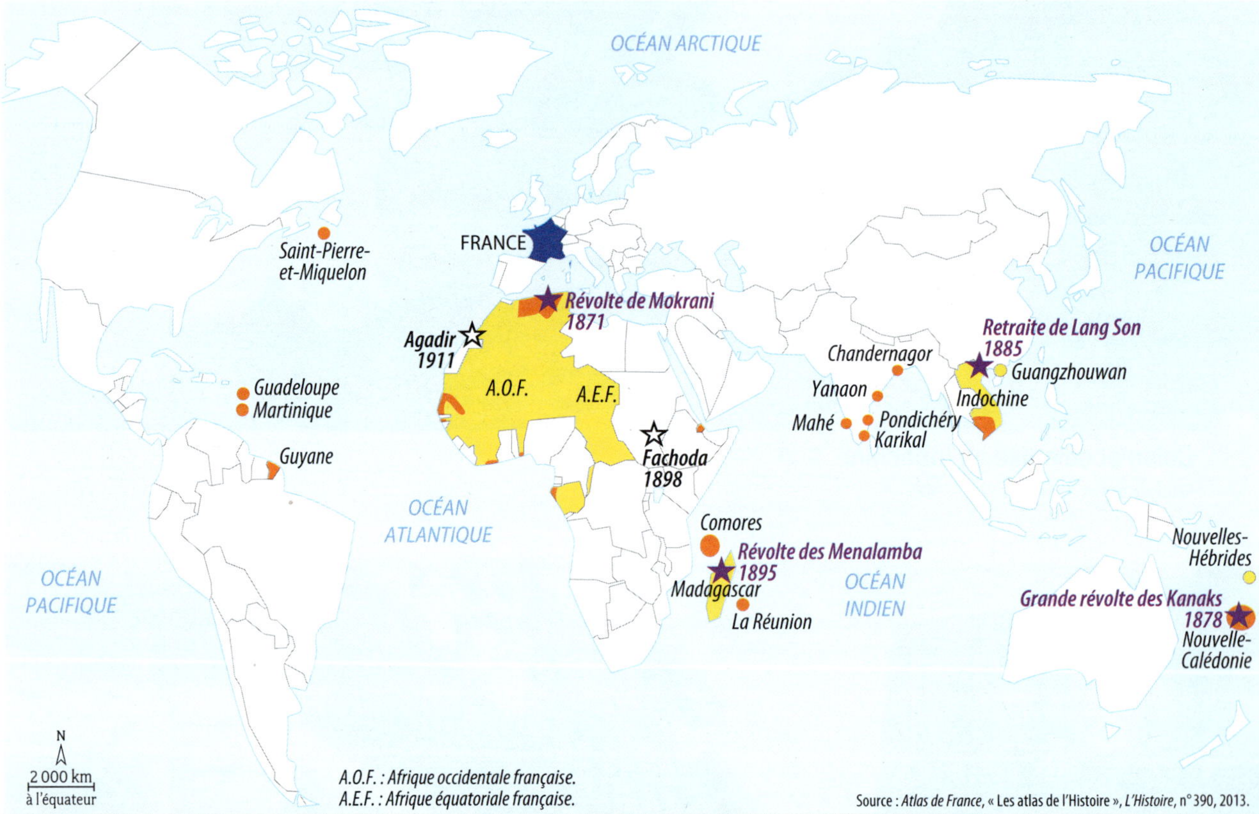

Source : *Atlas de France*, « Les atlas de l'Histoire », *L'Histoire*, n° 390, 2013.

- Territoires dominés par la France avant 1870
- Territoires conquis sous la Troisième République
- ☆ Crise impérialiste avec une autre puissance européenne
- ★ Résistance à la conquête ou à la domination coloniale

1 Les conquêtes de la République coloniale

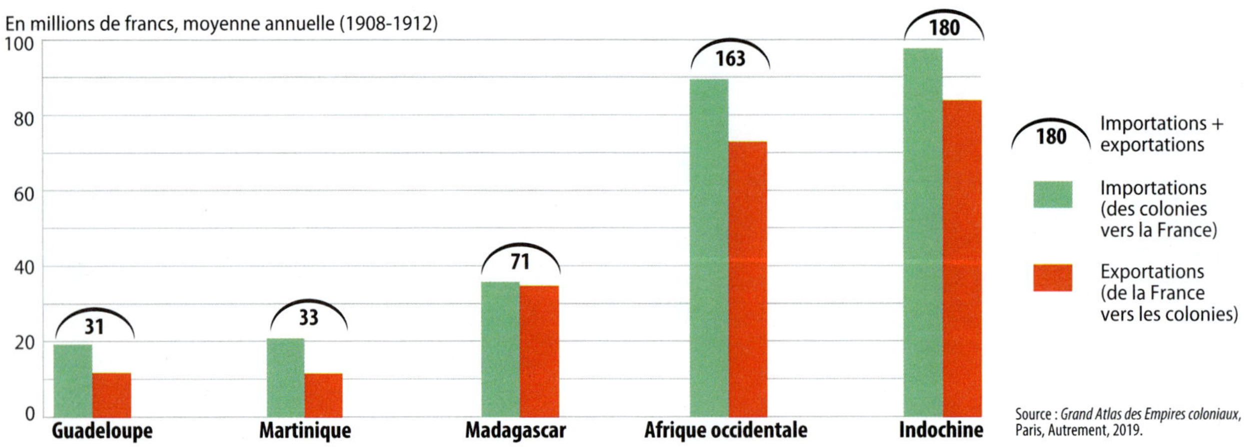

Source : *Grand Atlas des Empires coloniaux*, Paris, Autrement, 2019.

2 Le commerce entre la métropole et ses colonies

● En 1914, l'expansion coloniale permet à la France d'occuper le second rang derrière l'Empire britannique. Cet empire colonial apparaît alors comme une image de la puissance française dans une Europe où les tensions nationalistes sont croissantes.

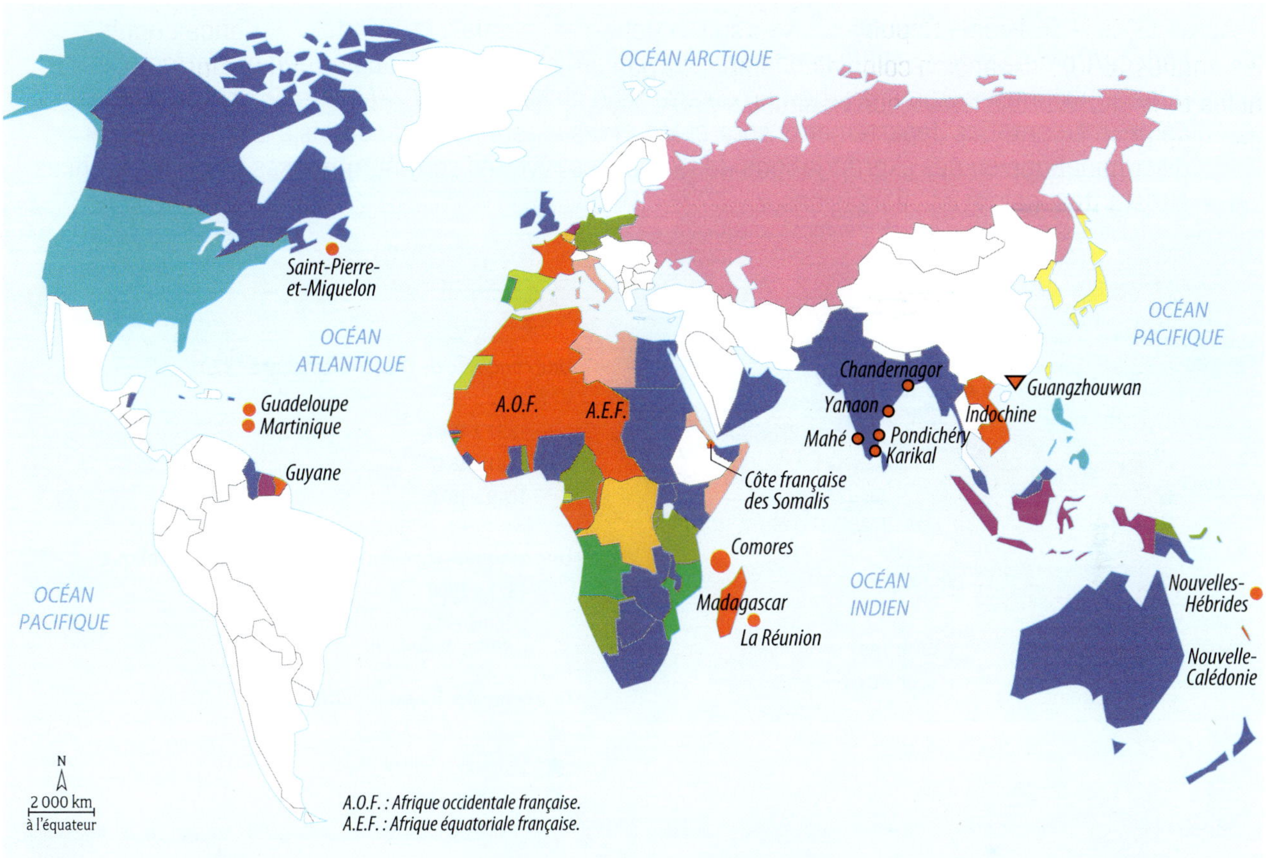

L'empire colonial français en 1914
- Colonie, département ou protectorat
- Établissement français d'Inde
- Territoire à bail[1]

1. Territoire placé sous domination étrangère pour une durée déterminée.

Source : *Atlas de France*, « Les atlas de l'Histoire », *L'Histoire*, n° 390, 2013.

Les autres empires coloniaux
- Empire britannique
- Empire allemand
- Empire portugais
- Empire néerlandais
- Empire italien
- Empire états-unien
- Empire russe
- Empire espagnol
- Empire belge
- Empire japonais

3 L'empire colonial français et les impérialismes en 1914

VOCABULAIRE

- **Colonie de peuplement :** colonie où s'installe un nombre important de colons.
- **Empire colonial :** ensemble de territoires dominés, exploités, gouvernés et administrés par un État.
- **Protectorat :** territoire placé sous la domination d'un État qui en assure la protection (diplomatie, défense) tout en lui laissant une certaine autonomie en politique intérieure.

QUESTIONS

1. **Doc. 1 et 2** Montrez que la Troisième République poursuit une politique d'expansion coloniale.
2. **Doc. 1 et 3** Quels sont les obstacles rencontrés par la politique coloniale de la Troisième République ?
3. **Doc. 3** En 1903, Jacques Léotard, secrétaire général de la Société de géographie de Marseille, parle de « la plus grande France » pour désigner le territoire de la Troisième République. Justifiez cette expression.

ÉTUDE 1 Conquérir et organiser une colonie de peuplement : l'Algérie

Lancée/Commencée en 1830, la conquête de l'Algérie ne s'achève qu'en 1904 et s'effectue en différentes phases. Après la reddition du chef Abd el-Kader (1847), l'Algérie devient une colonie de peuplement. Des départements sont créés et les Algériens sont soumis à de nombreuses discriminations ou des expropriations de terres. Les révoltes sont nombreuses et les résistances constantes malgré les répressions.

> Comment, malgré les résistances, la Troisième République impose-t-elle sa domination coloniale en Algérie ?

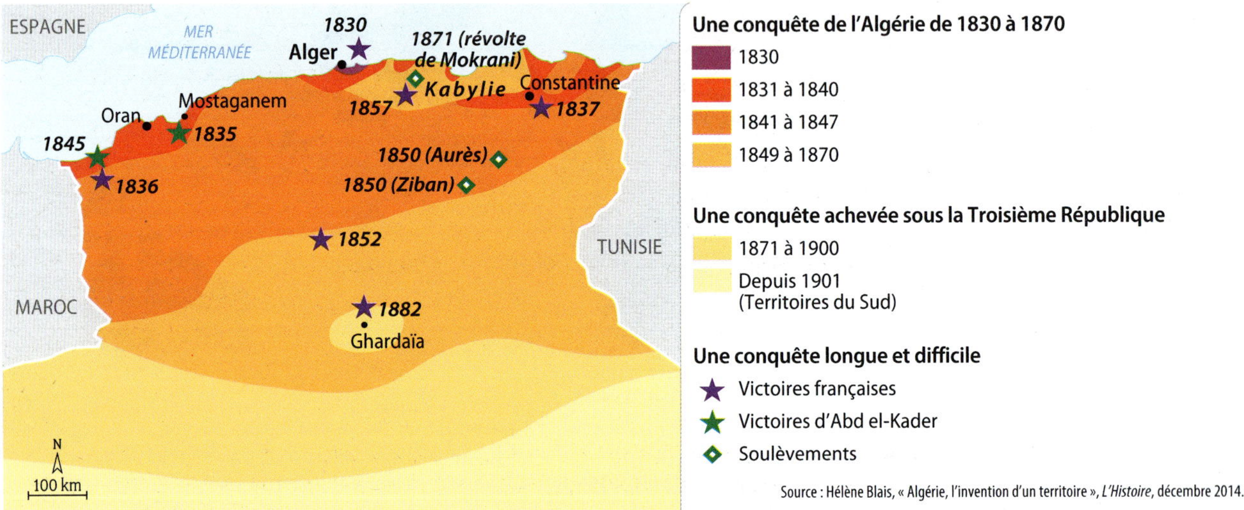

Source : Hélène Blais, « Algérie, l'invention d'un territoire », *L'Histoire*, décembre 2014.

1 L'achèvement de la conquête de l'Algérie sous la Troisième République

2 Les « indigènes » encadrés par le Code de l'indigénat

1 : Les administrateurs des communes mixtes[1] du territoire civil de l'Algérie conserveront les pouvoirs de répression des infractions spéciales à l'indigénat énumérées [par] la présente loi. [...]

3 : Refus de fournir contre remboursement immédiat, au prix du tarif fixé par le préfet, les agents auxiliaires, les moyens de transport, les vivres, l'eau potable et le combustible aux fonctionnaires. [...]

6 : Retard prolongé et non justifié dans le paiement des impôts. [...]

10 : Asile donné, sans en aviser immédiatement le chef du douar[2], à des vagabonds ainsi qu'à tout étranger à la commune mixte non porteur d'un permis régulier. [...]

11 : Défaut par tout indigène de faire immatriculer, dans un délai de 15 jours, les armes à feu dont il deviendra propriétaire, soit par héritage, soit par acquisition légalement autorisée.

12 : Habitation isolée, sans autorisation de l'administrateur ou de son délégué. [...]

13 : Défaut par tout indigène de se munir d'un passeport, permis de voyage, carte de sûreté ou livret d'ouvrier régulièrement visé lorsqu'il se rend dans un arrondissement autre que celui de son domicile. [...]

18 : Réunion sans autorisation pour zerda[3] (pèlerinage, repas public) – réunion sans autorisation de plus de 25 personnes du sexe masculin ; coups de feu, sans autorisation, dans une fête par exemple : un mariage, une naissance, une circoncision.

Loi du 21 décembre 1897 relative aux pouvoirs disciplinaires des administrateurs des communes mixtes, en Algérie. Cité dans Vincent Bollenot, « 1887. Le Code de l'indigénat algérien est généralisé à toutes les colonies françaises », *Encyclopédie d'histoire numérique de l'Europe* [en ligne], mis en ligne le 16/04/23, consulté le 06/12/2024.

1. Municipalités rurales. 2. Division administrative. 3. Cérémonie religieuse locale.

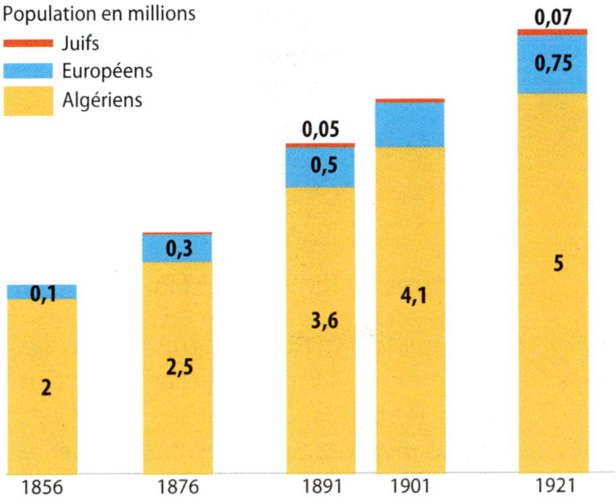

Source : S. Thénault, « Algérie coloniale. Une société d'apartheid ? », *Les Collections de l'Histoire*, n° 95, 2022.

3 L'Algérie, une colonie de peuplement

4 L'Algérie imaginaire de la République coloniale

Alphonse Birck, illustration pour l'*Almanach du petit colon algérien*, 1893.

VOCABULAIRE

- **Indigénat :** régime pénal d'exception appliqué aux « indigènes » de l'empire colonial français.
- **Indigène :** nom donné aux populations autochtones des colonies.

PARCOURS 1

Comprendre et mettre en relation des documents

1. **Doc 1** Montrez que la Troisième République poursuit la politique coloniale des régimes précédents mais rencontre diverses formes de résistances.
2. **Doc. 4** Quels éléments fondent l'imaginaire colonial français en Algérie ?
3. **Doc 2 et 4** Pourquoi cet imaginaire colonial est-il en contradiction avec la politique coloniale française en Algérie ?
4. **Doc. 3** Pourquoi l'imaginaire colonial est-il également à nuancer du point de vue de la présence française en Algérie ?

BILAN À l'aide des documents et de vos réponses, présentez les principaux fondements de la domination coloniale et les résistances auxquelles elle doit faire face sous la Troisième République.

PARCOURS 2

Réaliser une présentation orale

En trois minutes, présentez les principaux éléments fondant la politique coloniale de la Troisième République en Algérie.

Pas à pas

1. Montrez que la République poursuit et achève la conquête de l'Algérie malgré les résistances (**doc. 1**).
2. Présentez les différents éléments qui caractérisent la mise en place d'une colonie de peuplement (**doc. 2, 3 et 4**).
3. Montrez qu'il y a un paradoxe entre la propagande coloniale de la Troisième République et la réalité vécue par les populations algériennes (**doc. 1, 2 et 4**).

ÉTUDE 2 Fachoda, la confrontation des impérialismes PPO

JEAN-BAPTISTE MARCHAND (1863-1934)

Officier et explorateur français en Afrique. Après la crise de Fachoda, il est accueilli en héros lors de son retour en France.

En Afrique, la colonisation provoque de fortes tensions entre les puissances européennes. Ainsi, les projets coloniaux britannique et français entrent en concurrence. En septembre 1898, le petit village de Fachoda (Soudan) est au centre d'une confrontation entre ces deux **impérialismes**.

> Pourquoi la crise de Fachoda révèle-t-elle les rivalités impériales et coloniales ?

VOCABULAIRE

- **Impérialisme :** politique d'un État visant à conquérir et dominer d'autres territoires.

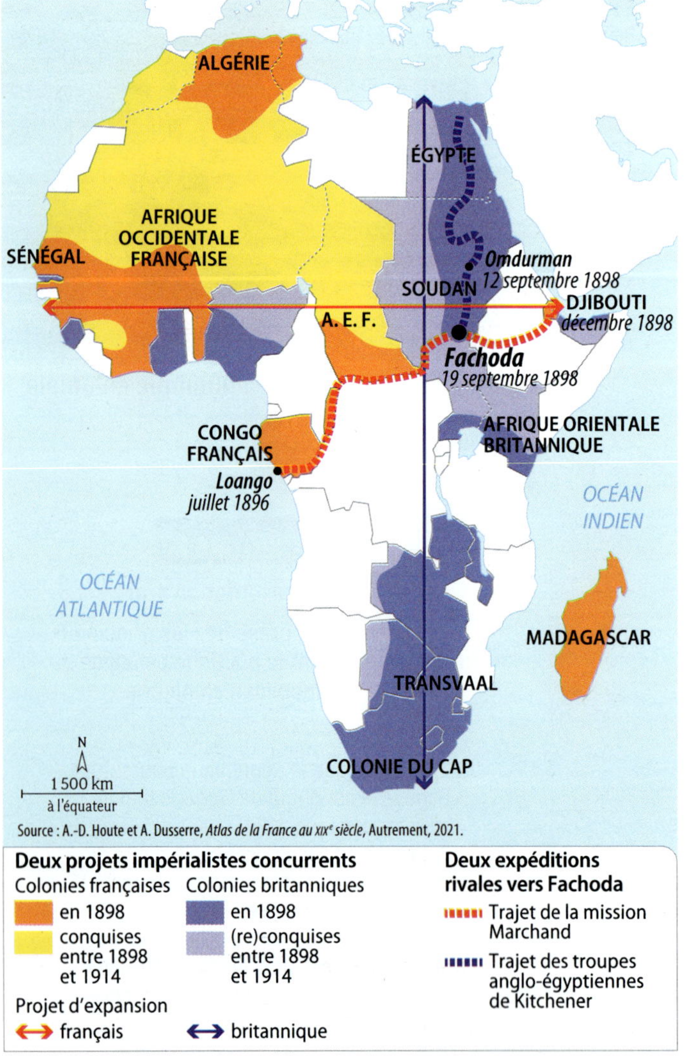

1 Fachoda, la rencontre des ambitions impériales

2 Lettres de Kitchener à Marchand

Le 2 septembre 1898, les troupes anglo-égyptiennes du général Kitchener l'emportent à Omdurman (Soudan) contre les troupes rebelles mahdistes[1]. Le général Kitchener et le capitaine Marchand s'échangent des lettres dans un contexte de fortes tensions.

Lettre du 18 septembre

Monsieur, j'ai l'honneur de vous indiquer qu'au 2 septembre, j'ai attaqué [...] à Omdurman et [...] j'ai réoccupé le pays. Peu après, j'ai quitté Omdurman avec une flottille de cinq canonnières et une force considérable de troupes anglaises et égyptiennes pour me rendre à Fachoda. [...] J'ai cru de mon devoir d'écrire cette lettre [...] et de vous informer de ma prochaine arrivée à Fachoda.

Lettre du 19 septembre

C'est mon devoir de la part des gouvernements égyptien et anglais de vous faire un protêt[2] formel contre toute occupation par la France des pays dans la vallée du Nil, ce qui est une violation des droits desdits gouvernements. J'ai [...] l'honneur de vous informer, par ordre de mon gouvernement, que je ne peux pas reconnaître aucune occupation par la France dans n'importe quelle partie des pays de la vallée du Nil. [...] Je dois, en outre, vous informer qu'ayant hissé le pavillon égyptien à Fachoda, le gouvernement de ce pays a été repris par l'Égypte. [...]

Veuillez agréer, Monsieur, l'expression de mes sentiments très distingués.

Archives d'Alfred Dyé, membre de la mission, Archives nationales, Paris.

1. Aussi appelés « derviches », soldats soudanais se soulevant contre l'occupant britannique.
2. Déclaration officielle.

3 Clemenceau et la crise de Fachoda

La querelle que nous a cherchée l'Angleterre n'est pas très glorieuse […]. Nous sommes à Fachoda au même titre que l'Angleterre à Khartoum[1] : par le droit de conquête. L'idée de revendiquer comme égyptiens les territoires du haut Nil peut être soutenue par tout le monde, excepté par l'Angleterre qui s'est, au mépris de sa doctrine actuelle, approprié la province Équatoriale. Comme le fait très bien remarquer M. Delcassé[2], « depuis ce temps, d'autres interventions se sont produites […] sans soulever de contestations de la part du cabinet de Londres ». La doctrine anglaise est donc insoutenable. Mais il y a le fait brutal, dont il est impossible de ne pas tenir compte. […] C'est que Marchand et ses hommes se trouvent hors d'état de résister aux troupes que le Nil peut amener d'Omdurman. Le fait brutal, c'est que la France ne peut avoir la pensée de se lancer dans une guerre européenne pour la possession de quelques marécages africains, quand l'Allemand est campé à Metz et à Strasbourg. Le fait brutal, c'est que notre marine n'est pas en état de se mesurer avec la marine anglaise. […] Cette alerte passée, il serait temps de réfléchir. Proportionner ses entreprises à ses forces est pour chacun une règle salutaire.

Extrait de « Méditations sur Fachoda », Georges Clemenceau, *L'Aurore*, 25 octobre 1898.

1. Ville du Soudan, possession britannique. 2. Député français favorable au rapprochement franco-anglais.

Qui est-il ?

Georges Clemenceau (1841-1929) : républicain et grande figure de la Troisième République, journaliste, plusieurs fois élu député. Il occupe différentes fonctions ministérielles avant de devenir président du Conseil.

4 Le drapeau français hissé à Fachoda

Protège-cahier, G. Dascher, « La mission Marchand », coll. part., vers 1900.

PARCOURS 1

Analyser des documents

1. **Doc. 1 et 2** Pourquoi ces documents illustrent-ils bien la compétition à laquelle se livrent la France et la Grande-Bretagne en Afrique ?
2. **Doc. 2** Montrez que les échanges entre Kitchener et Marchand alternent entre menace et diplomatie.
3. **Doc. 4** Comment la mission Marchand est-elle mise en scène en France ?
4. **Doc. 3 et 4** Pourquoi les propos de Clemenceau contredisent-ils la propagande développée autour de la mission Marchand ?

BILAN À l'aide de vos réponses, présentez la crise de Fachoda telle qu'elle est vécue par ses différents acteurs et observateurs en 1898.

PARCOURS 2

Expliquer une expression

L'historien Mathieu Marly présente la crise de Fachoda comme « le choc des impérialismes ». À l'aide des documents, précisez le sens de cette expression tout en la nuançant.

Pas à pas

1. Identifiez les positions de la France et de la Grande-Bretagne dans cette partie de l'Afrique coloniale.
2. Montrez qu'il s'agit d'un enjeu qui exacerbe les passions nationalistes en France.
3. Expliquez pourquoi il convient de nuancer cette crise.

ÉTUDE 3
REGARD DE L'HISTORIEN

Les sociétés coloniales

Les travaux des historiens permettent de mieux connaître le système de domination mis en place dans les colonies. Il façonne des **sociétés coloniales** diversifiées mais très hiérarchisées au sein desquelles les contacts et les échanges sont néanmoins nombreux. Les colonisés font également preuve de résistance et de refus de la domination coloniale.

> Pourquoi l'organisation des sociétés coloniales reflète-t-elle un ordre colonial profondément inégalitaire ?

1 Les caractéristiques des sociétés coloniales

REGARD DE L'HISTORIEN

La colonie repose sur un système essentiellement inégalitaire, puisqu'un groupe, celui des colonisateurs, se trouve placé dans une position supérieure. […] Dans chaque colonie, les représentants de la puissance coloniale détiennent les leviers de commande de la colonie […].

Différences et inégalités sont des éléments importants pour comprendre comment s'opèrent les relations […] au sein des sociétés coloniales. Évidemment, la situation n'est pas la même selon que les colons constituent une colonie de peuplement […], ou une colonie réduite à un petit nombre de colonisateurs. Dans le premier cas, ceux-ci ont plutôt tendance à ignorer la population « indigène » qu'ils voient relativement peu, et uniquement sous la forme de domestiques ou de manœuvres. […] Dans le second, ils sont beaucoup plus mêlés à la population […].

La séparation paraît s'imposer par les différences de genre de vie, qui rendent difficiles les contacts quotidiens, tant en matière de comportements domestiques et familiaux, ou d'interdits alimentaires, qu'en raison du fossé qui sépare les niveaux de vie. […] Pratiquement partout existent des formes de **ségrégation** […]. Les transports, les lieux de distraction, restaurants, cinémas, dancings et plages, sont surveillés […]. La ségrégation s'opère aussi par quartiers […].

Les contacts ne laissent pas moins d'exister à des niveaux divers. Les relations économiques sont indispensables dont le point de rencontre est le marché. […]. L'armée n'est pas à négliger […]. L'école amène parfois les enfants des deux groupes à se côtoyer. Des relations peuvent se nouer à l'intérieur d'associations sportives, de partis politiques, de groupes d'intellectuels. Des camaraderies, voire des amitiés, peuvent se nouer. […] Tout le problème vient sans doute de l'absence de véritables contacts entre les familles. […] Les unions officielles sont rares, et en général mal vues des deux côtés […]. Les métis[1] sont le plus souvent issus de relations non officiellement reconnues.

Jacques Frémeaux, dans Isabelle Surun (dir.), *Les Sociétés coloniales à l'âge des Empires. 1850-1960*, Paris, Atlande, 2012.

1. Personnes nées d'une relation entre colon et colonisé.

Qui est-il ?
Jacques Frémeaux (né en 1949) est un historien français spécialiste de l'histoire coloniale.

2 L'Exposition à Hanoï en 1902

« Touristes suivant les derniers préparatifs de l'Exposition[1] qui s'ouvre à Hanoï le 16 novembre », *Soleil du dimanche*, 2 novembre 1902.

1. Exposition qui, à partir de la seconde moitié du XIXe siècle, a pour but de valoriser l'œuvre coloniale. Elle se déroule aussi dans les colonies.

VOCABULAIRE

- **Ségrégation :** mise à l'écart d'une population pour des motifs raciaux, politiques et/ou sociaux.
- **Société coloniale :** société marquée par un rapport de domination et par des accommodements et des résistances entre colonisateurs et colonisés.
- **Travail forcé :** tâche qui est imposée aux autochtones sans être rémunérée.

3 Une école en Afrique au début du XXe siècle

École au Soudan français, début du XXe siècle.

4 Une société coloniale marquée par la soumission et le travail forcé

Je ne me lasserai jamais de dire la méchanceté des « Boundjou[1] ». Jusqu'à mon dernier souffle, je leur reprocherai leur cruauté, leur duplicité, leur rapacité. [...] Vous nous remercierez plus tard, disaient-ils. C'est pour votre bien que nous vous forçons à travailler. [...] Il y a une trentaine de lunes[2], on achetait encore notre caoutchouc à raison de trois francs le kilo. Sans ombre d'explication, du jour au lendemain, on ne nous a payé que quinze sous la même quantité de « banga[3] ». Et c'est juste à ce moment-là que le « gouvernement » a choisi pour porter notre impôt [...] de cinq à sept et même à dix francs ! [...] On vivait heureux jadis avant l'arrivée des Boundjou. Travailler peu et pour soi, manger, boire et dormir. [...] À présent, les nègres n'étaient plus que des esclaves. Il n'y avait rien à espérer d'une race sans cœur. N'abandonnaient-ils pas les enfants qu'ils avaient des femmes noires ?

René Maran, *Batouala*, Albin Michel, 1921, rééd. 2016.

1. Terme désignant les colons français. 2. Unité de temps basée sur le rythme de la Lune. 3. Banane à cuire.

Qui est-il ?

René Maran (1887-1960) : Martiniquais d'origine, il travaille dans l'administration coloniale avant de démissionner en 1923. Il obtient le prix Goncourt en 1921 pour son roman *Batouala*.

PARCOURS 1

Comprendre et mettre en relation des documents

1. **Doc. 1** Expliquez ce qui fonde la séparation entre les groupes au sein des sociétés coloniales selon cet historien.
2. **Doc. 1, 2 et 4** Comment ces documents illustrent-ils la « ségrégation » au sein des sociétés coloniales ?
3. **Doc. 2 et 3** Pourquoi ces illustrations renvoient-elles à l'idée de domination coloniale ?
4. **Doc. 2, 3 et 4** Quels sont les types de contacts et d'échanges au sein des sociétés coloniales ?

BILAN À l'aide de vos réponses et des documents, montrez que les sociétés coloniales sont profondément inégalitaires.

PARCOURS 2

Comprendre le regard de l'historien

Dans l'extrait de son article, Jacques Frémeaux précise que « différences et inégalités sont des éléments importants pour comprendre comment s'opèrent les relations [...] au sein des sociétés coloniales ». À l'aide des documents, justifiez cette affirmation.

Pas à pas

1. Précisez ce qui fonde les « différences » et « inégalités » des sociétés coloniales.
2. Présentez ensuite les lieux où sont visibles ces caractéristiques.
3. Enfin, montrez que des relations et des échanges existent au sein des sociétés coloniales.

ÉTUDE 4 PARCOURS CROISÉS

Dominer les colonies

La généralisation du Code de l'indigénat (1887)

PPO

Dans les colonies, dès le Second Empire, les autochtones n'ont pas les mêmes droits que les Européens. Cette distinction juridique est renforcée en Algérie où, en 1881, la Troisième République crée le Code de l'indigénat. Non sans débat quant au respect des principes républicains, il limite les libertés des colonisés, aussi appelés « indigènes », auxquels est imposé un statut juridique d'exception. Il est généralisé à l'ensemble des colonies dès 1887.

Pourquoi le Code de l'indigénat, imposé par la Troisième République, révèle-t-il les inégalités au sein des colonies ?

1 Le Code de l'indigénat en débat ?

ⓐ Ce n'est pas la différence seule des races, des mentalités, des religions, des mœurs, de tous les caractères distinctifs des peuples, qui autorise ici, qui nécessite, dirons-nous, une législation et des juridictions différentes de celle de la métropole. Il ne faut pas oublier que la conquête est à l'origine de notre établissement en Algérie, que les Algériens sont nos sujets, que nous avons par conséquent le droit incontestable de leur appliquer le traitement qui nous convient, que nous jugeons utile pour la sécurité de notre domination. Est-ce à dire que ce traitement doive être dépourvu de bienveillance et d'humanité ? Rien n'est plus éloigné de notre pensée.

Charles Depincé (administrateur colonial), *Revue politique et parlementaire*, 1912.

ⓑ La politique d'autoritarisme que M. Depincé persiste à préconiser pourrait bien nous être funeste. Comment prétendre maintenir rien que par la force 15 millions d'indigènes ? Ceux-ci, instruits dans nos écoles, comparant la situation du colon à la leur, comprennent ce qu'a d'odieux la duplicité de notre politique. On inscrit au fronton de nos monuments la devise républicaine liberté, égalité, fraternité. Mais on leur inflige l'internement, on les frappe de peines disciplinaires, on leur fait payer de lourds impôts. De plus en plus la maladroite « poigne » est par eux péniblement supportée.

Émile Larcher (juriste), réponse à Charles Depincé, *Revue politique et parlementaire*, 1912.

2 Au cœur du Code de l'indigénat : le travail forcé

Construction de la voie ferrée Tananarive-Tamatave à Madagascar, photographie anonyme, vers 1908.

ACTIVITÉ 1

1. **Doc. 1** Quelles critiques Émile Larcher adresse-t-il à Charles Depincé ?
2. **Doc. 2** Pourquoi cette image illustre-t-elle la généralisation du Code de l'indigénat ?
3. **Doc. 1 et 2** Pourquoi mettre en place le travail forcé ?

BILAN Montrez que le Code de l'indigénat est en contradiction avec les principes républicains.

Saigon, ville coloniale PPO

Après sa conquête (1859), Saigon est transformée par les Français et devient la « Paris de l'Asie » ou la « perle de l'**Extrême-Orient** ». Vitrine de la colonisation de l'**Indochine**, elle est marquée par les discriminations et la ségrégation.

> Comment la domination coloniale se manifeste-t-elle à Saigon ?

Source : Michel Hoang, « Saigon au temps des Français », *L'Histoire*, mai 1994.

3 Saigon à l'époque coloniale

VOCABULAIRE

- **Extrême-Orient :** désigne, durant la période coloniale, les territoires asiatiques sous domination française, essentiellement l'Indochine française.
- **Indochine :** terme qui, à partir de 1887, est utilisé pour évoquer les territoires coloniaux de la France en Asie du Sud-Est (Viêtnam, Laos, Cambodge).

4 Saigon, une ville au temps des Français

Entrons dans un des quartiers annamites[1] pauvres [...]. Peu d'électricité dans ces bidonvilles où, le soir venu, l'atmosphère est lugubre [...].

Retour à la ville, à ses odeurs, à ses couleurs. [...] Ça sent une indescriptible odeur [...]. Ça sent Saigon. Les hommes portent la tenue tropicale classique, blanche, avec cravate et veston [...]. Le soir, à l'heure des grandes réceptions, ils sont encore en blanc – en smoking – tandis que les femmes rivalisent d'élégance, comme à Paris. Ah, n'oublions pas un symbole essentiel [...] : le casque colonial. [...] Ils le portent tous. [...] Les Européens bien sûr, les coloniaux, pas les domestiques [...].

Dans les rues, [...] des mondes se croisent et s'ignorent [...]. Les Français gouvernent directement [...]. Les indigènes, eux, sont plutôt recrutés pour renforcer les régiments de l'armée, les rangs de la police et ceux de la Sûreté [...]. Les Annamites de bonne famille apprennent le français au lycée [...], ont une certaine éducation, mais ils ne trouvent pas de « débouchés » dans l'administration. [...]

Dans cet univers serein et élégant, il faudrait être de mauvaise foi pour ne pas constater l'extraordinaire sentiment de supériorité des Européens vis-à-vis des indigènes.

Témoignage de Lucien Bodard à Saigon, rapporté par Pierre Assouline dans *L'Histoire*, avril-juin 2004.

1. Nom des habitants du Viêtnam ou de l'Annam, territoire de l'Indochine.

Qui est-il ?
Lucien Bodard (1914-1998) : écrivain français qui a vécu à Saigon dans les années 1920.

ACTIVITÉ 2

1. **Doc. 3** Pourquoi peut-on dire que Saigon est une ville rebâtie par les colonisateurs ?
2. **Doc. 4** Montrez que ce témoignage rend compte de la hiérarchisation et de la ségrégation entre les groupes sociaux à Saigon.
3. **Doc. 4** Pourquoi dire qu'à Saigon colons et colonisés vivent ensemble sans se rencontrer ?

BILAN À l'aide de vos réponses, expliquez l'extrait souligné dans le texte.

PARCOURS CROISÉS

À l'aide de vos réponses, rédigez un paragraphe argumenté afin de répondre à la question suivante : Comment la Troisième République impose-t-elle sa domination aux populations autochtones ?

Pas à pas
1. Montrez d'abord comment la domination coloniale marque l'espace urbain.
2. Expliquez comment le Code de l'indigénat réduit les libertés.
3. Montrez que la domination coloniale est très inégalitaire et arbitraire.

COURS

Métropole et colonies

> Comment la Troisième République, en tant que régime républicain et démocratique, a-t-elle justifié sa politique coloniale et développé un empire colonial ?

1 Poursuivre l'œuvre coloniale

- **La Troisième République perpétue la politique de colonisation des régimes précédents.** Elle poursuit les conquêtes en Tunisie (1881), au Laos (1893), à Madagascar (1896) et en Algérie. Les résistances sont parfois fortes comme avec l'insurrection du chef kabyle El Mokrani (1871) ou en Afrique subsaharienne (Madagascar, 1895). La répression est souvent violente et atteste d'une colonisation lente et toujours difficile. ➲ Grand Angle p. 178

- **La colonisation repose sur l'idée de mission civilisatrice de la République coloniale.** Cependant, comme le républicain Jules Ferry le précise en 1885, les raisons sont aussi économiques car les colonies donnent accès aux matières premières et sont des marchés utiles pour les productions et capitaux français. Cette politique, qui reçoit le soutien des milieux industriels et religieux, est parfois critiquée (Clemenceau) même si l'opinion publique reste largement indifférente.

- **L'impérialisme de la Troisième République est concurrencé par d'autres puissances européennes.** « La course aux colonies », rendue possible par la conférence de Berlin (1884-1885), provoque le choc des ambitions coloniales européennes. La France et la Grande-Bretagne entrent en confrontation comme à Fachoda (1898) même si un accord est rapidement trouvé. Au Maroc, c'est avec le soutien britannique que la France s'impose face à l'Allemagne et met en œuvre un protectorat à partir de 1912. ➲ Étude p. 182

2 Dominer les colonies

- **La colonisation repose sur l'appropriation des terres et des ressources.** Elle se caractérise par la transformation de matières premières importées vers la métropole et exportées ensuite vers l'empire colonial. Comme en Algérie, les colons s'approprient les meilleures terres dans de vastes domaines au détriment des « indigènes ». En Afrique occidentale, des terres sont concédées à des entreprises privées en échange de la construction d'infrastructures, comme au Gabon où 700 000 km² de terres sont divisés en concessions afin d'en exploiter le caoutchouc ou l'ivoire.

- **La ville est le lieu privilégié de la domination coloniale sur les « indigènes ».** Saigon, qui est la capitale économique et culturelle de l'Indochine, est aménagée pour y accueillir les Européens à la tête d'une société coloniale très hiérarchisée et inégalitaire. Les populations se côtoient peu même si les contacts existent dans les quartiers mixtes où vivent les Européens les plus modestes et les populations métisses et « indigènes ». La cathédrale, l'opéra, l'hippodrome et le stade sont autant de lieux de sociabilité pour les Européens peu accessibles aux autochtones. ➲ Étude p. 187

VOCABULAIRE

- **Colon :** individu originaire d'une métropole coloniale et vivant dans une colonie.
- **Colonie :** territoire conquis et sous domination d'une métropole coloniale.
- **Colonisation :** processus consistant à s'emparer du contrôle d'un pays étranger afin de le soumettre à une domination économique, politique et culturelle.
- **Mission civilisatrice :** la République coloniale, relayée par la propagande, justifie son œuvre coloniale par la nécessité d'apporter progrès et liberté aux peuples qu'elle considère comme inférieurs.

DATES CLÉS

1885
Le député Jules Ferry justifie la colonisation.

1887
Généralisation du Code de l'indigénat à toutes les colonies françaises

1898
Crise de Fachoda

1912
Traité de protectorat avec le Maroc

- **Dès 1887, le Code de l'indigénat est généralisé au sein des colonies françaises.** Si l'esclavage est aboli en 1848, la Troisième République impose des règles et des normes permettant à l'administration de contrôler, de contraindre et de réprimer les populations « indigènes ». Elles sont maintenues dans un statut d'infériorité et considérées comme des sujets sans droits civiques. Elles sont soumises aux privations, aux humiliations et aux restrictions de libertés ainsi qu'à l'impôt, aux corvées et au travail forcé. Toutefois, son application reste variable et peut parfois disparaître rapidement (dès 1903 en Indochine) même si subsistent toujours des pratiques discriminatoires. Étude p. 186

3 Inventer un nouvel espace de contacts et d'échanges

- **Une élite européenne domine les sociétés coloniales.** Dans les colonies de peuplement (Algérie, Indochine), les **colons** français côtoient des Européens (Italiens, Espagnols, Allemands). Dans les villes vit une élite de fonctionnaires, d'artisans et de petits commerçants reproduisant un mode de vie européen. Dans les colonies dites « d'exploitation », les Européens, moins nombreux, sont les représentants de l'administration coloniale ou de l'armée. Étude p. 180
- **Les sociétés « indigènes » sont profondément bouleversées par la colonisation.** Les autochtones fréquentent peu les élites coloniales et sont victimes d'une réelle ségrégation. Celle-ci est autant sociale, les sociétés se mélangeant peu, que spatiale, les populations vivant séparément. La colonisation est un choc culturel car les Européens, avec leurs écoles et les missions chrétiennes, imposent leurs référents culturels aux populations colonisées. Étude p. 184
- **Les contacts et les échanges entre populations sont néanmoins nombreux.** Dans les villes, les élites « indigènes » fréquentent les colons. D'autres connaissent une certaine ascension sociale en poursuivant des études ou en travaillant en métropole. Hô Chi Minh, futur leader indépendantiste vietnamien, voyage à Bordeaux, Paris, Dakar et Tunis entre 1911 et 1913. Cependant, les « indigènes » restent le plus souvent maintenus à des postes et des fonctions subalternes et en situation d'infériorité.

ACTEURS

JULES FERRY (1832-1893)

GEORGES CLEMENCEAU (1841-1929)

JEAN-BAPTISTE MARCHAND (1863-1934)

HÔ CHI MINH (1890-1969)

Métropole et colonies

Poursuivre l'œuvre coloniale
- Des conquêtes coloniales et des résistances dans les années 1880-1890
- Les motivations diverses du projet colonial de la République
- La République coloniale et la concurrence des impérialismes européens

Dominer les colonies
- Appropriation et exploitation des terres et des ressources
- Mise en place d'une société inégalitaire et hiérarchisée
- Mise en place du Code de l'indigénat dans l'empire colonial français (1887)

Inventer un nouvel espace de contacts et d'échanges
- Des sociétés coloniales dominées par une élite européenne
- Des sociétés coloniales bouleversées par la colonisation
- Des échanges et des contacts qui ne remettent pas en question l'ordre colonial

Faire le point

Métropole et colonies

Acteurs

- Jules Ferry
- René Maran
- Georges Clemenceau
- Jean-Baptiste Marchand

Vocabulaire et notions

- Code de l'indigénat
- Colonisation
- Impérialisme
- Indigène
- Ségrégation
- Sociétés coloniales

Les événements majeurs

- **1884-1885** : conférence de Berlin
- **1885** : le député Jules Ferry justifie la colonisation
- **1887** : généralisation du Code de l'indigénat à toutes les colonies françaises
- **1898** : mission Marchand et crise de Fachoda
- **1912** : traité de protectorat avec le Maroc

Idées essentielles

- La Troisième République prétend avoir une mission civilisatrice envers les populations non européennes mais doit faire face aux ambitions européennes concurrentes.
- La domination coloniale passe par l'accaparement des terres « indigènes », l'appropriation de l'espace public dans les villes et la mise en place du Code de l'indigénat.
- Les sociétés coloniales sont hiérarchisées et inégalitaires mais des contacts et des échanges existent entre les groupes sociaux.

Réviser avec des podcasts

Podcasts hachette-clic.fr/25hg1034

Flashcards hachette-clic.fr/25hg1035

- **Écoutez les cinq épisodes du podcast puis testez vos connaissances grâce aux flashcards.**

L'ESSENTIEL en 5 minutes

1. Comment la Troisième République justifie-t-elle la colonisation ?
2. Pourquoi la crise de Fachoda est-elle un tournant pour l'empire colonial français ?
3. Pourquoi le Code de l'indigénat est-il à la fois discriminatoire et arbitraire ?
4. Comment la Troisième République impose-t-elle sa domination dans les villes coloniales ?
5. Quelles sont les relations entre les colons et les « indigènes » dans les sociétés coloniales ?

Mémoriser avec des exercices

Quiz
hachette-clic.fr/25hg1036

La poursuite des conquêtes coloniales

1 **Expliquez la crise de Fachoda.**

2 **Associez chaque terme à sa définition.**

Mission civilisatrice	Colonie où s'installe un nombre important de colons.
Impérialisme	Politique d'un État visant à conquérir et dominer d'autres territoires.
Colonie de peuplement	la République coloniale, relayée par la propagande, justifie son œuvre coloniale Par la nécessité d'apporter progrès et liberté aux peuples qu'elle considère comme inférieurs.

3 **Nommez cet acteur de la colonisation sous la Troisième République et présentez son rôle.**

La domination coloniale

4 **Comment Saigon est-elle aménagée par les Français ?**
a. Par la construction de lieux du pouvoir colonial au centre de la ville.
b. Par la valorisation des constructions autochtones préexistantes.
c. Par une réinvention de l'architecture locale.

5 **Qu'est-ce que le Code de l'indigénat ?**

6 **Proposez une définition de « société coloniale ».**

L'invention d'un nouvel espace impérial

7 **Originaire de Martinique et administrateur colonial, j'ai écrit le roman *Batouala*, je suis :**
a. Georges Clemenceau
b. René Maran
c. Hô Chi Minh

8 **Associez chaque événement à sa date et à sa conséquence.**

Extension du Code de l'indigénat à l'ensemble des colonies françaises	1887	Mise en place d'un ordre juridique arbitraire et discriminatoire
Poursuite de la conquête de l'Algérie	années 1870-1900	Mise en place d'une colonie de peuplement
Saigon	1859	Conquête d'une ville qui devient la « perle de l'Extrême-Orient »

Défi en groupe — Bataille de connaissances

15 min de préparation — Rédigez dix questions afin de tester les connaissances acquises tout au long de ce chapitre. Ces questions doivent permettre de retrouver les dates, les lieux, les acteurs et les notions importants.

15 min de réalisation — Formez des binômes afin de vous interroger mutuellement à l'aide de vos questionnaires. Chaque bonne réponse permet de marquer un point.

RÉVISIONS

S'entraîner

• Confronter deux documents d'époques différentes

1 La condition des femmes « indigènes »

Dans nombre de cas, l'intervention européenne contribue à une détérioration de la situation économique des femmes. Agricultrices, commerçantes, artisanes se trouvent marginalisées par un nouveau mode de production [...] lié à l'introduction du capitalisme industriel. Ainsi, les « signares », ces compagnes africaines mariées temporairement aux Européens de passage sur les côtes du Sénégal, devenues pour certaines de véritables femmes d'affaires, sont menacées à l'arrivée des grandes maisons de commerce européennes [...]. La colonisation ne fut donc pas une « bonne affaire » pour la majorité des femmes colonisées. Pourtant, malgré les contraintes liées à un double système de domination – coloniale et masculine – les femmes réussissent en effet à profiter des interstices d'autonomie qui leur sont laissés et à développer des stratégies propres.

[...] Les femmes jouent aussi des cadres normatifs imposés, n'hésitant pas à recourir à la justice coloniale lorsque celle-ci présente pour elles un avantage. Ainsi, dans son *Histoire de ma vie*, Fadhma Aït Mansour Amrouche[1] raconte comment sa mère fait appel à la justice coloniale pour conserver les biens de son défunt mari contre les hommes de la famille de ce dernier [...]. Celles, très peu nombreuses, qui fréquentent les écoles coloniales profitent cependant de leur instruction pour exercer les toutes premières professions accessibles aux femmes dans les sociétés coloniales. [...] C'est aussi au sein des écoles – missionnaires ou laïques – comme des dispensaires[2] qu'elles sont confrontées le plus intimement aux femmes européennes. Entre identité de sexe et inégalités de « race », c'est le nuancier infini des relations coloniales que permet alors d'explorer la confrontation entre les Européennes et les femmes « indigènes ».

P. Barthélémy, A. Hugon, Chr. Taraud, « La moitié oubliée », *L'Histoire*, n° 371, janvier 2012.

1. Femme de lettres kabyle (1882-1967). 2. Établissement de santé.

2 Éduquer les femmes colonisées

École de broderie arabe dirigée par Henriette Ben Aben[1] (1847-1915) à la fin du XIXe siècle en Algérie.

Detroit Photographic Company, Detroit, Michigan, vers 1899.

1. Éducatrice française qui, en Algérie et conformément à la « mission civilisatrice » de la France, œuvre à l'éducation et à l'émancipation des jeunes filles musulmanes.

PALIER 1

Je lis et je comprends les documents

- **Doc. 1 et 2** Présentez chaque document (nature, date, source, titre, auteur).
- **Doc. 1 et 2** Quel est le thème principal de chaque document ?

PALIER 2

Je sélectionne les informations

- **Doc. 1 et 2** Pour chaque document, présentez le rôle et la place assignés aux femmes au sein des sociétés coloniales.

PALIER 3

Je confronte les documents

- **Doc. 1 et 2** Que nous apprend le croisement des informations issues de ces documents ?
- **Doc. 1 et 2** Quelles sont les inégalités rencontrées par les femmes au sein des sociétés coloniales ?
- **Doc. 1 et 2** Comment les femmes s'accommodent-elles de la situation coloniale ?

Analyser un texte

Lisez le document puis répondez aux questions.

Le regard de Maupassant sur la colonisation en Algérie

Je suis colon et me révolte, et je proteste, comme homme et comme colon, contre les moyens qu'on emploie pour livrer à l'Européen cet admirable pays où il y aurait place pour tout le monde.

Voici comment on procède.

Un particulier quelconque, ruiné, failli, peu honorable presque toujours, mais européen, va demander au bureau chargé de la répartition des terrains une concession en Algérie. On lui présente un chapeau avec des papiers dedans, et il tire un numéro quelconque correspondant à un lot de terre. Ce lot, désormais, lui appartient. Il part. Il trouve là-bas, dans un village indigène, toute une famille installée sur la concession qu'on lui a désignée. Cette famille a défriché, mis en rapport ce *bien* sur lequel elle a toujours vécu. Elle ne possède rien autre chose. Il l'expulse ; elle part résignée, puisque *c'est la loi française*. Mais ces gens, sans ressource désormais, gagnent le désert et deviennent des bandits. […]

Guy de Maupassant, « Lettres d'Afrique », texte publié dans *Le Gaulois*, 20 juillet 1880, sous la signature « Un colon ».

Qui est-il ?

Guy de Maupassant (1850-1893) est un écrivain et journaliste français. Ses romans et nouvelles occupent une place majeure dans la littérature française (*Boule de suif*, 1880 ; *Le Horla*, 1887 ; etc.).

1 Pour quelle(s) raison(s) Maupassant rédige-t-il ce texte ?

a. Il souhaite dénoncer l'attitude des colonisés qui ne veulent pas partager leurs terres.

b. Il dénonce la pauvreté des ressources de la colonie.

c. Il dénonce l'appropriation et la dépossession des terres algériennes par les colons et s'y oppose.

2 Précisez si les affirmations suivantes sont vraies ou fausses.

a. Ce texte cautionne l'appropriation des terres par les colons en Algérie.

b. Les colonisés sont d'accord avec les colons pour le partage des terres de la colonie.

c. L'auteur dénonce une appropriation injuste et dangereuse des terres algériennes par l'administration coloniale et les colons.

3 Quelle proposition rend le mieux compte des intentions de Maupassant ?

a. La dépossession des terres des Algériens par les colons est justifiée par la mission civilisatrice de la France en Algérie.

b. Les colons et l'administration coloniale se conduisent injustement à l'égard des populations algériennes en les dépossédant de leurs terres et en provoquant leur plus grande précarité.

c. La présence française en Algérie se caractérise par un partage équitable des terres et des ressources entre colons et populations colonisées.

4 En analysant le document et grâce à vos réponses, précisez les raisons pour lesquelles Maupassant critique la domination coloniale de la France en Algérie.

Pour aller plus loin

À VOIR

Colonisation, une histoire française est un film documentaire réalisé par Hugues Nancy pour France Télévisions en 2021 et qui retrace la colonisation française à partir de 1830.

À LIRE

Dans son premier tome des *Carnets d'Orient*, Jacques Ferrandez retrace l'histoire de l'Algérie française, de la prise d'Alger en 1830 aux débuts de la guerre d'Algérie en 1954.

MÉTIER D'HISTORIEN

Collaborant avec des auteurs, dont des historiens, l'**éditeur** coordonne une équipe et contribue à la création de livres.

Vers le supérieur ? La fiche métier de l'Onisep hachette-clic.fr/25hg1037

MÉTHODE BAC Répondre à une question problématisée

Sujet corrigé : Par quels moyens la Troisième République impose-t-elle son autorité dans les colonies de 1870 à 1914 ?

Après avoir exposé les justifications de la politique coloniale par la Troisième République, analysez sa mise en œuvre ainsi que ses limites.

Objectif
Préparer la rédaction de l'introduction et de la conclusion

Étape 1 Comprendre la question problématisée et mobiliser des connaissances

1. Analysez le sujet.

Par quels moyens la Troisième République impose-t-elle son autorité dans les colonies de 1870 à 1914 ?

- quels moyens : Par la coercition armée et législative.
- Troisième République : La Troisième République poursuit les conquêtes et fonde sa politique coloniale sur différentes justifications.
- autorité : Domination violente des peuples et territoires colonisés.
- dans les colonies : Différents territoires colonisés avec des statuts différents (colonie, protectorat, etc.).
- de 1870 à 1914 : Impérialisme renforcé en France à la suite de la défaite de 1870-1871 face à la Prusse ; rivalités coloniales entre puissances européennes de 1870 à 1914.

2. Repérez le plan suggéré dans la consigne et l'ordre des parties.

Partie 1 : **Après avoir exposé les justifications de la politique coloniale par la Troisième République,**

Partie 2 : **analysez sa mise en œuvre ainsi que ses limites.**

Étape 2 Présenter le sujet et énoncer le plan choisi

L'introduction présente d'abord le sujet, puis rappelle la question problématisée et énonce enfin le plan choisi.

De 1870 à 1914, la Troisième République poursuit l'œuvre coloniale des régimes précédents à travers les conquêtes et la colonisation. Comment le nouveau régime républicain impose-t-il son autorité sur les peuples et territoires colonisés ? Après avoir présenté les justifications de la politique coloniale sous la Troisième République, nous analyserons sa mise en œuvre ainsi que ses limites.

Étape 3 Répondre de manière synthétique à la question problématisée

Conseil

Dans l'idéal, la conclusion se rédige au brouillon après la rédaction de l'introduction pour faire une réponse courte et synthétique à la question problématisée posée.

Pour conclure, entre 1870 et 1914, à la suite de la défaite face à la Prusse et dans un contexte de rivalités impérialistes entre les puissances européennes, la Troisième République poursuit l'expansion coloniale en ajoutant la « mission civilisatrice » comme justification. Pour mettre en œuvre sa politique coloniale et affirmer son autorité, elle recourt à la fois à la répression armée (pour mater les révoltes) et à des mesures législatives (notamment l'extension du Code de l'indigénat).

➔ Voir la fiche méthode 11 p. 280

Sujet guidé : Comment les sociétés coloniales fonctionnent-elles sous la Troisième République de 1870 à 1914 ?

Après avoir présenté les différents groupes composant les sociétés coloniales, montrez que la politique coloniale de la Troisième République renforce leur hiérarchie et leurs inégalités.

Étape 1 Comprendre la question problématisée et mobiliser des connaissances

1. Analysez le sujet.

Définir « société coloniale ».

Quelles sont les relations entre les groupes qui composent les sociétés coloniales ?

Comment les sociétés coloniales fonctionnent-elles sous la Troisième République de 1870 à 1914 ?

Quelle est la politique coloniale de la Troisième République sur cette période ?
Quelles sont ses conséquences sur les sociétés coloniales ?

2. Repérez le plan suggéré par la consigne.

Partie 1	Titre de la partie 1 : Présenter les différents groupes composant les sociétés coloniales.
Partie 2	Titre de la partie 2 : ....

Étape 2 Présenter le sujet et énoncer le plan choisi

3. Parmi les propositions suivantes, laquelle correspond le mieux à la présentation du sujet ?

- *Les sociétés coloniales sont marquées par une séparation nette afin d'éviter les contacts.*
- *Les sociétés coloniales sont marquées par des contacts et des échanges reflétant à la fois la domination des colonisateurs et les résistances ou les adaptations des colonisés.*
- *Les sociétés coloniales connaissent de nombreux échanges entre colons qui maintiennent une stricte séparation avec les colonisés pour limiter les contacts.*

4. Complétez la présentation du plan de votre réponse.

Nous présenterons d'abord les différents groupes qui composent les sociétés coloniales, puis…

Étape 3 Répondre de manière synthétique à la question problématisée

5. Pour chaque partie, indiquez l'idée-clé.

Partie 1	Idée-clé : Les sociétés coloniales sont composées de différents groupes.
Partie 2	Idée-clé : ....

6. Complétez la rédaction de la conclusion à partir du point 5.

Pour conclure, sous la Troisième République, les sociétés coloniales se caractérisent par des contacts et échanges entre les colonisateurs (colons français et Européens) et les colonisés. Toutefois, les relations entre ces groupes restent…

La prise du village de Courcelette (septembre 1916)

Louis Weirter, *La Bataille de Courcelette*, 1918, huile sur toile, 306,2 cm × 609,8 cm, musée canadien de la Guerre, Ottawa.

Cette œuvre représente la prise du village en ruines de Courcelette par les soldats canadiens lors de la bataille de la Somme. Elle illustre les nouvelles formes et pratiques de la guerre, marquées par l'implication des empires coloniaux, l'utilisation de nouvelles armes et des civils au coeur des affrontements.

« ANCIEN RÉGIME »	MONARCHIE CONSTITUTIONNELLE	PREMIÈRE RÉPUBLIQUE	CONSULAT	PREMIER EMPIRE	RESTAURATION	MONARCHIE DE JUILLET	DEUXIÈME RÉPUBLIQU…
	1789	1792	1799	1804	1814	1830	1848 – 18…

THÈME 4

La Première Guerre mondiale : le « suicide de l'Europe » et la fin des empires européens

ND EMPIRE | TROISIÈME RÉPUBLIQUE | PÉRIODE ÉTUDIÉE

1870 | 1914 | 1923 | 1925

CHAPITRE

9 Un embrasement mondial et ses grandes étapes

COURS À l'été 1914, les puissances européennes entrent en guerre. Ce conflit, qui s'installe dans la durée et s'étend à tous les continents, modifie les formes et les pratiques de la guerre.

> Comment l'extension du conflit entraîne-t-elle l'évolution des formes de la guerre ?

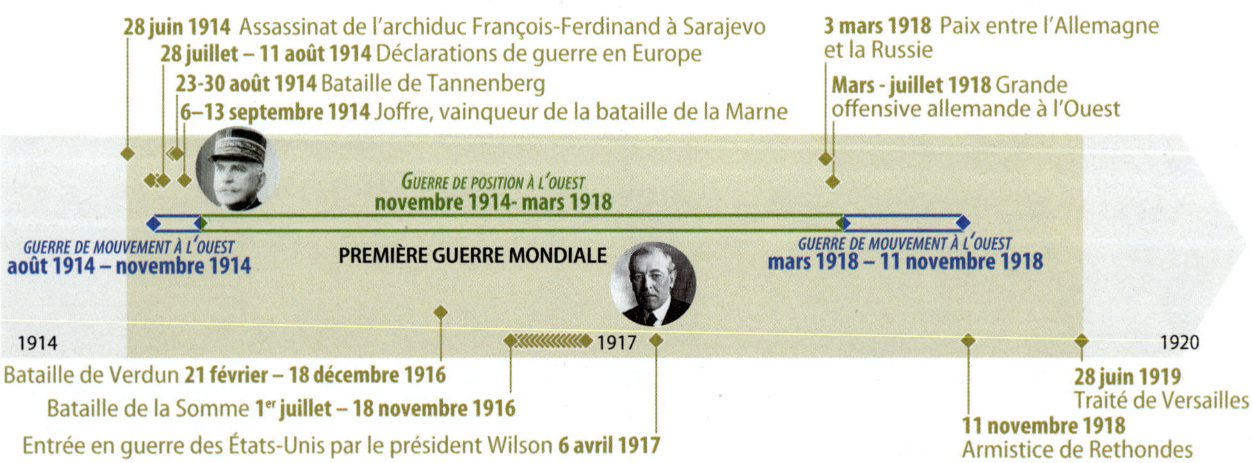

QUESTIONS

1. **Doc. 1** Décrivez la pratique des combats au début de la guerre.
2. **Doc. 1 et 2** Quelle représentation des combats en 1917 l'artiste propose-t-il ?
3. **Doc. 1 et 2** Pourquoi peut-on affirmer que la guerre change de forme entre 1914 et 1917 ?

1 Infanterie française se portant sur une crête près de Becquigny (Somme) en 1914

2 **Des soldats canadiens sur le front à Vimy (Pas-de-Calais) en 1917**

Richard Jack, *La Prise de la crête de Vimy, le lundi de Pâques 1917*, 1919, huile sur toile, 364 × 591 cm, musée canadien de la Guerre, Ottawa (Canada).

GRAND ANGLE

1914, l'entrée en guerre

● Depuis la fin du XIXe siècle, les rivalités impérialistes entre les puissances européennes, tant sur le continent que dans les colonies, et le développement des revendications nationalistes agitent l'Europe. Dès les années 1890, les États européens renforcent leurs armements et établissent des alliances défensives. En 1914, deux systèmes d'alliances, la Triple Entente et la Triple Alliance, se retrouvent opposés.

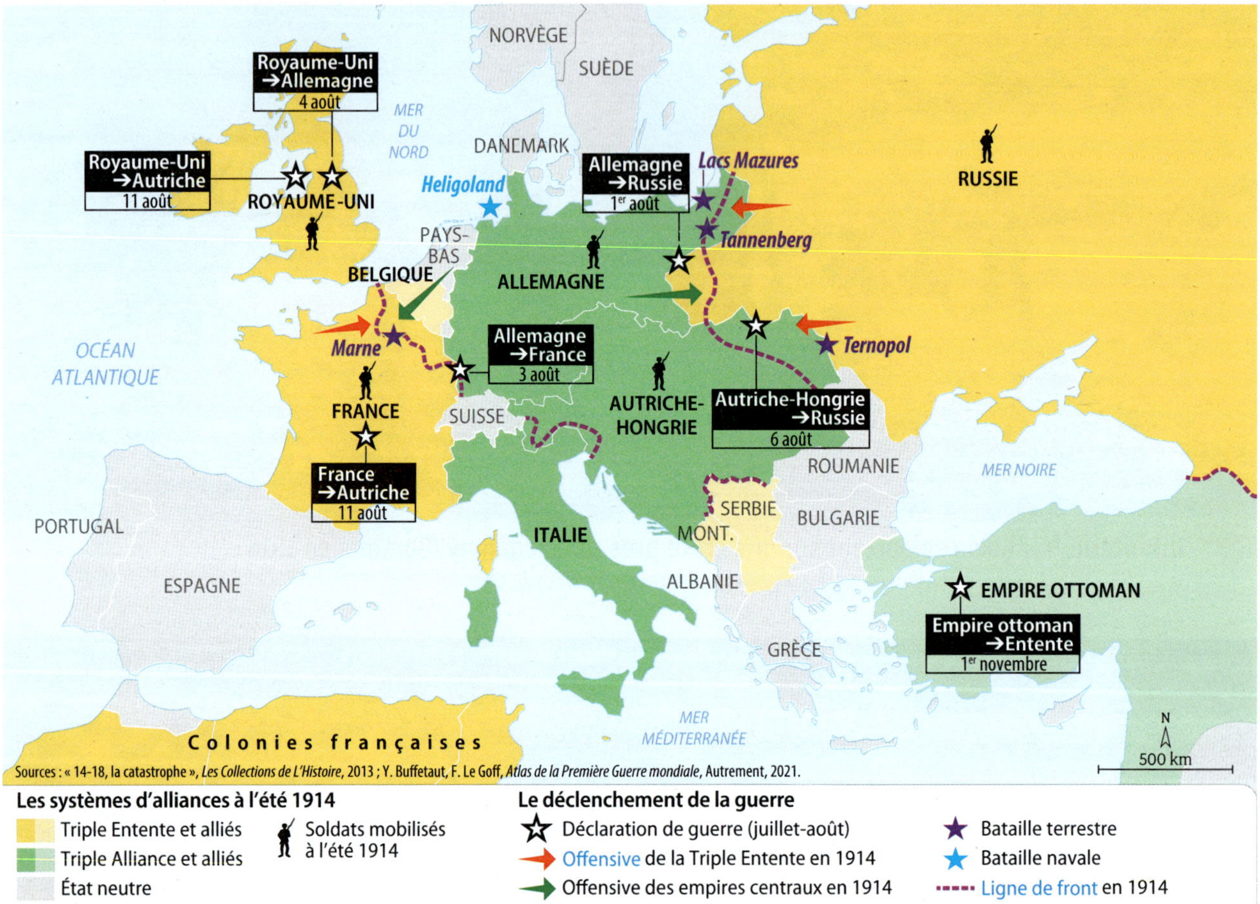

Sources : « 14-18, la catastrophe », *Les Collections de L'Histoire*, 2013 ; Y. Buffetaut, F. Le Goff, *Atlas de la Première Guerre mondiale*, Autrement, 2021.

1 L'embrasement de l'Europe à l'été 1914

Triple Entente	Triple Alliance
France : reconquérir des territoires perdus (Alsace, Moselle) ; affaiblir la puissance allemande.	**Allemagne :** concurrencer la puissance maritime et commerciale du Royaume-Uni ; sécuriser ses territoires à l'ouest (Alsace, Moselle) et en annexer à l'est (Pologne, États baltes), constituer un empire colonial allemand en Afrique.
Royaume-Uni : contenir la montée en puissance allemande sur les mers et dans le commerce ; accroître son influence au Moyen-Orient.	**Autriche-Hongrie :** réprimer les mouvements nationalistes ; conquérir des terres voisines (Serbie, Albanie, Pologne et Roumanie).
Russie : conquérir des territoires vers la Méditerranée (détroits du Bosphore et des Dardanelles) ; contenir les puissances ottomane et austro-hongroise en Europe de l'Est.	**Empire ottoman :** acquérir des territoires (Grèce, Albanie) ; contenir l'influence russe.

2 Les motivations et buts de guerre des belligérants en 1914

● Dès les déclarations de guerre d'août 1914 entre les États européens, le conflit prend une dimension mondiale en raison des empires coloniaux. Les colonies sont impliquées de différentes manières. Des hommes s'engagent volontairement (Australiens et Néo-Zélandais), tandis que d'autres sont mobilisés de force (tirailleurs sénégalais) pour combattre en Europe mais aussi dans les colonies.

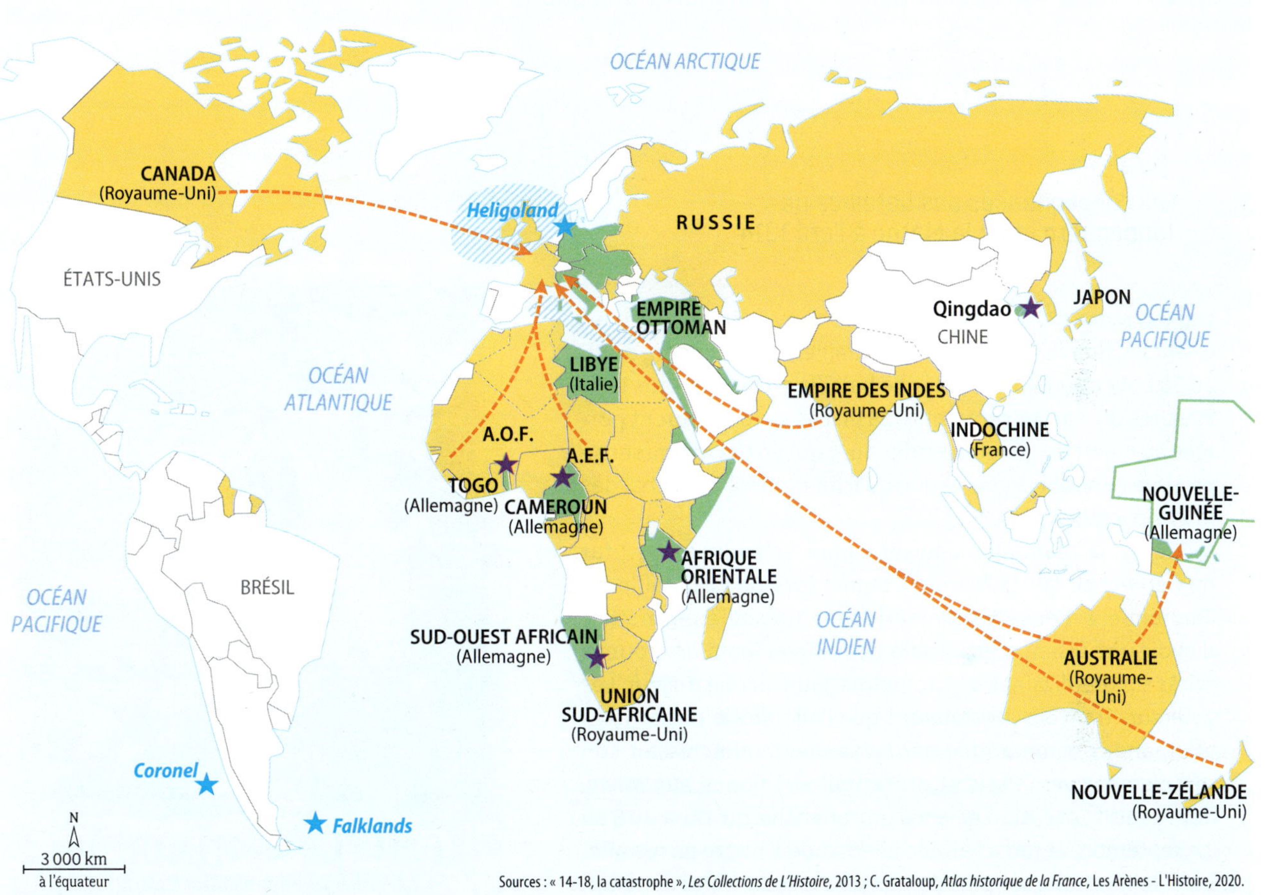

Sources : « 14-18, la catastrophe », *Les Collections de L'Histoire*, 2013 ; C. Grataloup, *Atlas historique de la France*, Les Arènes - L'Histoire, 2020.

- L'Entente et leurs empires coloniaux en 1914
- L'Alliance et leurs empires coloniaux en 1914
- ★ Batailles navales en 1914
- Guerre sous-marine en 1914 (zone d'intervention des *U-Boote* allemands)
- ★ Combats dans les colonies en 1914
- --> Mobilisation des colonies (soldats, ressources, main-d'œuvre)

3 **Le monde en guerre en 1914**

VOCABULAIRE

Ligne de front : zone de contact où s'affrontent les armées, marquant la délimitation entre les territoires sous le contrôle des deux camps.

Offensive : opération militaire de grande envergure menée dans le but de percer les lignes ennemies et d'atteindre un objectif stratégique majeur, comme l'acquisition de territoires ou la destruction de l'ennemi.

QUESTIONS

1. **Doc. 1 et 2** Pour quelles raisons les puissances européennes ont-elles choisi d'intégrer une alliance ?
2. **Doc. 2 et 3** Expliquez pourquoi les alliances et les motivations des États ont un impact sur la dimension mondiale du conflit à partir de 1914.
3. **Doc. 1 et 3** Quelles sont les différentes formes de guerre pendant l'année 1914 ?

ÉTUDE 1
REGARD DE L'HISTORIEN

Tannenberg et la Marne : l'échec des grandes offensives de 1914

PPO

Dès l'été 1914, les états-majors français, allemand et russe, suivant des plans stratégiques préparés depuis longtemps, comptent sur la **guerre à outrance** pour surprendre leurs adversaires. Cependant, la bataille de Tannenberg puis celle de la Marne marquent l'échec de l'idée d'une bataille décisive et annoncent une guerre longue.

> Pourquoi l'échec des grandes offensives a-t-il entraîné une nouvelle forme de conflit ?

1 Les conséquences des batailles de Tannenberg et de la Marne à l'été 1914

REGARD DE L'HISTORIEN

Le plan russe n° 19, après une phase d'invasion de la Prusse orientale, fut mis en échec par la bataille de Tannenberg du 26 au 30 août puis par une seconde bataille en Pologne aux Lacs Mazures du 7 au 14 septembre 1914. Les victoires furent portées au crédit du général Hindenburg qui en tira un immense prestige pendant la guerre puisqu'il fut nommé maréchal dès le 27 novembre 1914. […]

À l'ouest, le plan allemand dit « plan Schlieffen » […] fut mis en échec sur la Marne. Comme lors de la bataille de Tannenberg, l'observation aérienne, qui seule permettait d'avoir une vision d'ensemble de mouvements de troupes étirés sur des dizaines de kilomètres, joua un rôle majeur. Les aviateurs français constatèrent que l'aile droite des armées allemandes commandée par Falkenhayn infléchissait son mouvement vers Paris et présentait ses flancs aux **Alliés**. Joffre saisit l'occasion et lança une offensive qui dura du 5 au 12 septembre et força l'armée allemande à battre en retraite. La bataille s'étala sur plus de 200 km et vit s'affronter environ un million de combattants de part et d'autre. Elle fit près de 200 000 morts.

Ces batailles furent immédiatement utilisées à des fins de propagande. […] L'insistance sur les victoires initiales des premières semaines de la guerre permettait tout autant de masquer l'échec de ses propres plans mais aussi le prix extrêmement élevé auquel elles furent acquises. Dans le cas de la France, les deux premiers mois de la guerre furent les plus meurtriers de tout le conflit. Avec près de 200 000 tués, ils allaient représenter à eux seuls 14 % du total des pertes enregistrées lors des 52 mois qu'allait durer le conflit sur le sol français.

Nicolas Beaupré, « La Première Guerre mondiale (1912-1923) », *La Documentation photographique*, n° 8137, 2020.

Qui est-il ?
Nicolas Beaupré (né en 1970) est un historien français spécialiste de la Première Guerre mondiale. Il est membre du Centre international de recherche de l'Historial de la Grande Guerre de Péronne (Somme).

2 Hindenburg, le héros allemand

« Hercule-Hindenburg terrassant l'ours russe », lithographie parue dans le magazine allemand *Kriegszeit* le 30 septembre 1914.

VOCABULAIRE

- **Alliés :** pays combattant au sein de l'Entente.
- **Guerre à outrance :** utilisation sans limites de tous les moyens humains et matériels pour détruire la capacité de l'ennemi à poursuivre la guerre, généralement au prix de lourdes pertes.

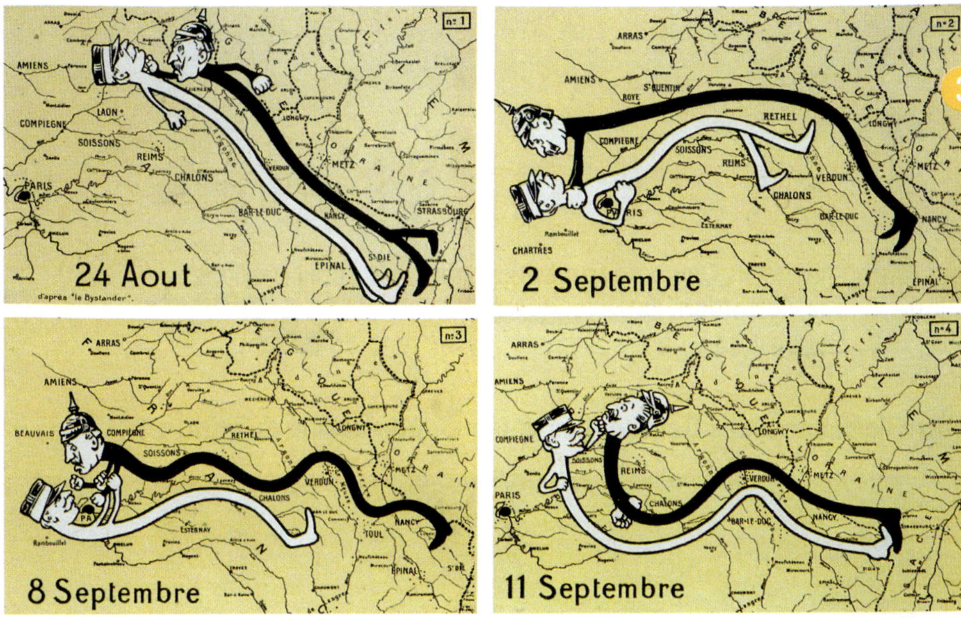

3 Joffre, héros de la bataille de la Marne

Cartes postales humoristiques, « La bataille de la Marne. Le sursaut français », août-septembre 1914, musée de la Grande Guerre du pays de Meaux, don Petit.

▶ Vidéo
La bataille de la Marne de 1914 : une carte animée
Le musée de la Grande Guerre à Meaux.
hachette-clic.fr/25hg1038

4 L'échec de l'offensive allemande dans la Marne

Quatre jours de lutte sans nom, soixante kilomètres gagnés sur l'ennemi qui croyait toucher nos murs, le prestige de la Garde prussienne définitivement aboli [...] – voilà la nouvelle que Paris va lire à son réveil et qu'un frisson va porter jusqu'au bout du monde. Paris recommence de sourire, la France de respirer, la civilisation d'espérer.

Dans le second volume de *La Guerre d'aujourd'hui* [...], le général von Bernhardi[1] s'exprime ainsi : « C'est à Paris qu'il faut frapper le coup décisif. Avec Paris, la France vit et tombe. Il n'est pas probable qu'après la chute de Paris, la province résistera victorieusement. »

La doctrine du général Bernhardi était celle de l'état-major allemand, de la nation allemande tout entière. Notre ennemi ne connaissait qu'une chance certaine de traiter dans les conditions qu'il s'était fixées d'avance : on signerait la paix à Paris. Pour avoir Paris, il était prêt à risquer toutes les audaces. Il savait quelles barrières de défenses il aurait à franchir. Jusqu'à la dernière minute, il a joué sur la chance d'un raid dont Paris était le point de mire. [...] Les voilà brisés – comme une marée d'équinoxe sur les épis dont on hérisse une plage – contre la défense de notre camp retranché de Paris, contre l'héroïsme des troupes anglaises, contre ce mur de poitrines françaises qui, de l'ouest à l'est, leur oppose une falaise sans brèche derrière laquelle commence une France qu'ils ne violeront pas.

« Les Allemands battent en retraite », *Le Matin*, 11 septembre 1914.

1. Officier prussien qui publia *La Guerre d'aujourd'hui* (1912), ouvrage à succès dans lequel il évoque ses principes de la guerre moderne et de sa conduite.

PARCOURS 1

Comprendre une situation historique

1. **Doc. 1 et 4** Identifiez les objectifs des belligérants lors des offensives de l'été 1914.
2. **Doc. 1** Quelles sont les raisons de l'échec de l'offensive allemande sur le front de l'Ouest ?
3. **Doc. 1 et 3** Présentez la situation sur le front de l'Ouest et celui de l'Est à l'automne 1914.
4. **Doc. 2 et 3** Expliquez cette citation de Nicolas Beaupré : « Ces batailles furent immédiatement utilisées à des fins de propagande. » (**doc. 1**)

BILAN À l'aide de vos réponses, présentez les premiers combats et leurs conséquences.

PARCOURS 2

Réaliser une production orale

En vous appuyant sur les documents, expliquez oralement en 90 secondes les premières offensives de l'été 1914.

Pas à pas

1. Présentez d'abord les stratégies adoptées par les belligérants à l'été 1914.
2. Montrez que ces offensives sont des échecs.
3. Expliquez comment les victoires ont été utilisées par les différents camps.

1915-1916, l'internationalisation de la guerre

L'offensive des Dardanelles (1915)

PPO

Dès janvier 1915, pour rompre le *statu quo* sur le front occidental, Churchill propose un plan d'attaque contre l'Empire ottoman, entré en guerre aux côtés des empires centraux en novembre 1914. L'opération visant à occuper les détroits du Bosphore et des Dardanelles échoue.

> Quel est le lien entre l'offensive des Dardanelles et la mondialisation du conflit ?

1 Débarquement de soldats de l'ANZAC

Lithographie couleur d'après Charles Edward Dixon, *Le Débarquement de l'ANZAC à Gallipoli, 25 avril 1915*, 1915, National Art Gallery, Sydney.

2 La guerre des tranchées aux Dardanelles

Le 14 juin à 10 heures du matin, il y a eu un bombardement intense par notre artillerie et une partie de la flotte. À midi, les Turcs ne donnant plus signe de vie, on nous envoie à la baïonnette sur une distance de 250 à 300 mètres. Ça alla très bien jusqu'à une centaine de mètres de leurs lignes. Mais tout à coup ratatata, pan, poum : les mitrailleuses et les 77[1] nous crachaient dessus. Sur 900 que nous étions au bataillon de la Légion, nous sommes revenus 212, dont bon nombre de blessés. Et nous n'avons pas avancé, quoique les journaux prétendent que nous avons enlevé trois lignes de tranchées. Il y a des milliers de morts sur le terrain, disent-ils, ils oublient d'ajouter que ces morts sont des légionnaires, des Anglais ou Australiens et des hommes du 10e de ligne, les seules troupes qui se battent bien. Si nous avons perdu tant de monde et si les tranchées turques, avec 6 mitrailleuses et batteries de 77 n'ont pas été enlevées, c'est parce que des zouaves et des Sénégalais[2] ont jeté leurs armes et ont détalé comme des lapins [...]. En outre, les milliers de cadavres qui pourrissent en plein air, à quelques mètres des tranchées, vont amener une épidémie de choléra.

Témoignage d'un légionnaire, 1915, *in* Max Schiavon, *Le Front d'Orient*, Tallandier, 2016.

1. Canons de 77 mm fabriqués par l'Allemagne.
2. Soldats d'infanterie mobilisés dans les colonies françaises d'Afrique (notamment en Algérie et au Sénégal).

VOCABULAIRE

ANZAC : (*Australian and New Zealand Army Corps*) corps d'armée formé de soldats australiens et néo-zélandais pour combattre pendant la Première Guerre mondiale.

▶ Vidéo
« Les fronts en 1915 »
France Télévision, Lumni, 2020.
hachette-clic.fr/25hg1039

ACTIVITÉ 1

1. **Doc. 1 et 2** Décrivez les conditions de combat.
2. **Doc. 1 et 2** Pourquoi peut-on parler d'une bataille multiforme lors de l'offensive des Dardanelles ?
3. **Doc. 1 et 2** Expliquez que la bataille des Dardanelles illustre l'implication des empires coloniaux dans la Première Guerre mondiale.

BILAN Montrez que l'offensive des Dardanelles reflète une dimension internationale du conflit.

La bataille de la Somme (1916)

PPO

La bataille de la Somme (1er juillet – 18 novembre 1916) est la plus meurtrière de la Première Guerre mondiale, faisant plus d'un million de victimes, morts, blessés ou disparus, parmi des combattants de vingt-cinq nationalités. Elle s'achève sans qu'aucun camp ne prenne l'avantage.

Pourquoi la bataille de la Somme marque-t-elle une étape importante du conflit ?

▶ Vidéo
La bataille de la Somme
INA, 1996.
hachette-clic.fr/25hg1199

3 Artillerie australienne dans la Somme en 1916

4 L'expérience combattante lors de la bataille de la Somme

(a) C'était la bataille de la Somme qui projetait ses premières ombres. Elle devait marquer la fin de la première période de la guerre, la moins dure ; nous entrions en quelque sorte dans une guerre nouvelle. Ce que nous avions connu jusqu'à présent, sans d'ailleurs le savoir, c'était la tentative de gagner la guerre avec des batailles rangées d'ancien style et l'enlisement de cette tentative dans la guerre de positions. Maintenant, c'était la bataille de matériel qui nous attendait avec son déploiement de moyens titanesques.

Ernst Jünger, *Orages d'acier*, 1920, cité dans Nicolas Beaupré, *1914-1945 Les Grandes Guerres*, Belin, 2014

(b) 4 octobre, 1916

Mes chers amis,

De la pluie, de la pluie et encore de la pluie. Plus de pluie, plus de boue, plus de ratés, comme disent les *Tommies*[1] ; tout cela signifie que la pluie ramollira la terre à tel point que les obus ne partiront pas. Une mauvaise coquille que nous appelons un raté.

On essaye de le garder au sec avec un petit morceau de toile et pour dire le plus c'est pourri.

La guerre continue toujours avec beaucoup d'enthousiasme et fritz[2] a toujours de la chance [*sic*]. Cela prendra du temps mais nous l'aurons. La météo peut lui sauver la chance mais d'après ce que je vois ne gênera pas grand-chose. L'autre jour, nous avons capturé des marines. Ils doivent être courts lorsqu'ils envoient leurs marins dans des batailles terrestres. J'aimerais savoir ce que pensent les gros bogues Hun[2]. Nous savons ce que pensent leurs soldats. Ils en ont assez de se battre et lèvent les mains sans se battre.

Mon congé arrive bientôt et je vais oublier la guerre pour un moment.

Lettre du lieutenant canadien Raymond B. Penniman.

1. Surnom donné aux soldats britanniques.
2. Surnoms péjoratifs désignant les soldats allemands.

ACTIVITÉ 2

1. **Doc. 4** Quelles armées s'affrontent lors de la bataille de la Somme ?
2. **Doc. 3 et 4** Comment la photographie illustre-t-elle l'idée d'une « bataille de matériel » selon l'expression de l'écrivain allemand Ernst Jünger ?
3. **Doc. 3 et 4** Décrivez les conditions de vie et de combat des soldats lors de la bataille de la Somme.

BILAN Justifiez l'idée que la Somme est une bataille « totale ».

PARCOURS CROISÉS

Dans un développement structuré, expliquez pourquoi les batailles des Dardanelles et de la Somme témoignent de nouvelles formes et pratiques de guerre en 1915-1916.

1. Idée 1 : une internationalisation du conflit.
2. Idée 2 : des batailles de matériels dans une guerre de position.
3. Idée 3 : les grandes offensives et leurs échecs.

ÉTUDE 3 Le tournant de 1917

L'année 1917 est un tournant de la guerre. L'effondrement de l'Empire russe permet aux Empires centraux de progresser rapidement sur le front de l'Est, tandis que les Alliés comptent sur l'entrée en guerre des États-Unis en avril 1917 pour renverser l'équilibre des forces.

> Quels impacts les événements de l'année 1917 ont-ils sur le conflit ?

1 Les fronts en Europe à la fin de 1917-début 1918

2 Un blocus maritime allemand contre l'Entente

Le 1er février 1917, l'empereur allemand Guillaume II lance une guerre sous-marine à outrance pour couper l'Entente de ses approvisionnements, notamment en provenance des États-Unis.

[Le plan de nos ennemis] est clair. Ils ont constaté que leur force militaire n'est pas suffisante pour réaliser par les armes leur volonté tyrannique, que leur science militaire demeure improductive devant un adversaire aux nerfs d'acier. Que l'on détruise donc ces nerfs ! Si on ne peut y parvenir en combattant face à face, homme contre homme, on y parviendra peut-être par-derrière, en passant par l'intérieur de l'Allemagne. Que l'on fasse mourir de faim les femmes et les enfants ! [...] Alors les époux et les pères se décideront peut-être à mettre bas les armes. [...] Ainsi pensent certains hommes et ils peuvent encore prier Dieu ! [...] Dans cette lutte sans pitié engagée contre nos populations sans défense, une seule loi était applicable : œil pour œil, dent pour dent [...]. La guerre sous-marine nous parut donc un moyen de combat susceptible d'avoir une action décisive sur le cours de la guerre [...]. La question qui est et demeure la plus grave pour nous est la suivante : « Dans quel délai la guerre sous-marine aura-t-elle produit son effet ? » L'Amirauté ne pouvait donner naturellement que des indications imprécises sur ce sujet. Mais ses estimations, basées comme elle le dit elle-même sur les calculs les plus prudents, nous sont si favorables que je crois pouvoir attacher peu d'importance au danger qui résulterait pour nous de l'entrée en ligne de quelque nouvel adversaire.

Paul von Hindenburg, *Ma vie*, Ch. Lavauzelle, Paris, 1921.

Qui est-il ?

Paul von Hindenburg (1847-1934) : général prussien, il s'illustre lors de la bataille de Tannenberg en 1914. Il est nommé chef d'état-major de l'armée allemande en 1916.

3 Soldats français et américains sur le champ de bataille en 1917

VOCABULAIRE

- **Blocus :** stratégie militaire visant à isoler un ennemi en bloquant l'accès à ses ports et aux routes maritimes.
- **Guerre sous-marine :** utilisation de sous-marins pour attaquer les navires militaires et marchands d'un ennemi afin de perturber son économie et ses approvisionnements.

4 Les conséquences du traité de Brest-Litovsk

Le traité de Brest-Litovsk[1] a, par ses stipulations territoriales, démembré l'Empire russe : il lui a enlevé 780 000 km^2 de territoire ; 56 millions d'habitants, soit 32 % de sa population totale ; 21 530 kilomètres de voies ferrées, soit un tiers ; 73 % de la production de fer ; 89 % de la production de houille ; 268 raffineries de sucre, etc. En ce qui concerne ces clauses territoriales, le traité est exécuté : les provinces baltiques, l'Ukraine, la Pologne, sont occupées par les Austro-Allemands, les Turcs sont à Batoum[2]. […]

On ne peut dire qu'il en soit de même des autres dispositions, de celles qui prévoyaient l'évacuation des territoires qui demeuraient à la grande Russie et que les Allemands occupaient au moment de la signature de la paix, la conclusion d'un traité de paix entre la Russie et l'Ukraine, l'échange des prisonniers de guerre, et même la protection des intérêts allemands en Russie.

Qu'il s'agisse de l'extension de l'occupation allemande en territoire russe, […] qu'il s'agisse du rapatriement des prisonniers de guerre, ou de la protection des personnes, nous voyons les secrétaires du peuple et l'office impérial des Affaires étrangères échanger des télégrammes de protestations contre la non-exécution du traité.

Note pour le ministre français des Affaires étrangères après la signature du traité de Brest-Litovsk, 15 mars 1918, archives du ministère des Affaires étrangères.

1. Paix signée le 3 mars 1918 entre la Russie et les empires centraux.
2. Ville de l'Empire russe revendiquée par l'Empire ottoman.

PARCOURS 1

Présenter une situation historique

1. **Doc. 1** Quelle est la situation militaire sur les différents fronts en Europe en 1917 ?
2. **Doc. 2 et 3** Pourquoi la guerre prend-elle une autre dimension sur le front de l'Ouest au cours de l'année 1917 ?
3. **Doc. 4** Quelles sont les conséquences de la paix de Brest-Litovsk sur le front de l'Est ?
4. **Doc. 2, 3 et 4** Comment les belligérants essaient-ils de prendre l'avantage au cours de l'année 1917 ?

BILAN À partir de vos réponses, expliquez pourquoi l'année 1917 est considérée comme un tournant dans le déroulement de la Première Guerre mondiale.

PARCOURS 2

Expliquer un titre

En 2015, à l'occasion du centenaire du déclenchement de la Première Guerre mondiale, l'historien français Jean-Yves Le Naour publie un ouvrage intitulé *1917 : La Paix impossible*. À l'aide des documents, expliquez pourquoi l'historien a choisi ce titre.

Pas à pas

1. Identifiez les différents événements de l'année 1917 mentionnés dans les documents.
2. Pour chaque événement, expliquez pourquoi il marque une rupture dans le déroulement du conflit.
3. Expliquez pourquoi la situation est différente sur les fronts de l'Est et de l'Ouest.

ÉTUDE 4 Mars 1918, la dernière offensive allemande PPO

La signature de la paix de Brest-Litovsk (3 mars 1918) avec la Russie permet aux Allemands de concentrer leur effort sur le front de l'Ouest. En mars 1918, ils passent de nouveau à l'offensive pour rompre la ligne de front.

› Quelles sont les conséquences de la reprise de la guerre de mouvement en 1918 ?

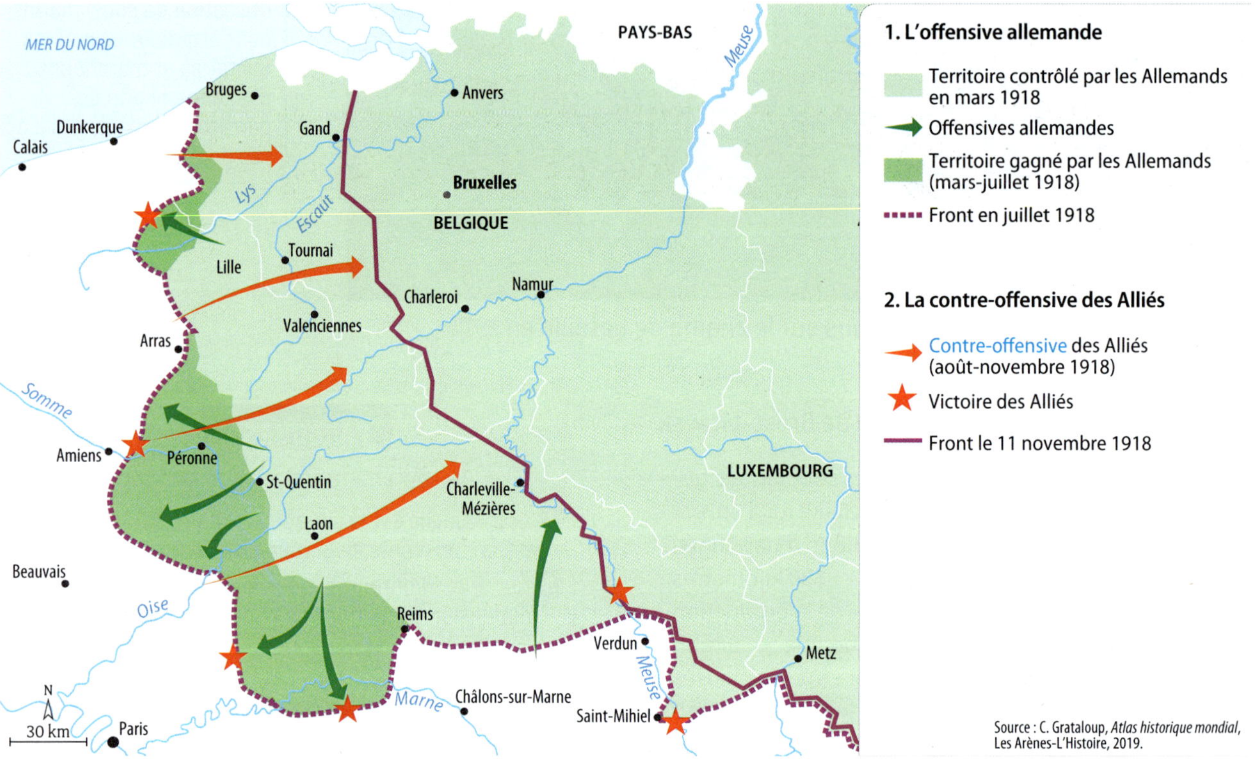

Source : C. Grataloup, *Atlas historique mondial*, Les Arènes-L'Histoire, 2019.

1 Les offensives à l'Ouest en 1918

2 Un témoignage sur les offensives allemandes du printemps 1918

La route offrait un spectacle apocalyptique. La mort fauchait à droite et à gauche. Les cris de guerre, qui s'entendaient de loin, le feu dense des armes individuelles, les chocs sourds des grenades éperonnaient les agresseurs et paralysaient leurs adversaires. Durant ce long jour, le combat avait couvé comme un feu que l'air attisait enfin. Notre supériorité croissait à chaque instant, car derrière la ligne des troupes de choc étirée par l'assaut, les renforts suivaient comme un large coin. Quand je fus arrivé au bord de la route, je la dominai du haut d'un talus abrupt. La position des Écossais s'étendait de l'autre côté dans le fossé qu'ils avaient approfondi ; elle se trouvait donc par rapport à nous en contrebas. Pourtant, dans ces premières secondes, nos regards furent détournés d'elle : la vision des Highlanders [Écossais] qui tombaient tout le long du barbelé effaçait tous les autres détails. Nous nous jetâmes à plat ventre en haut du talus et tirâmes. [...] Cependant, une ombre tomba sur ces journées, car nous pûmes bientôt conclure des communiqués que l'offensive avait été enrayée et que, stratégiquement parlant, elle se soldait par un échec. C'est ce que me confirmèrent les journaux anglais et français que je feuilletais dans les cafés de Berlin. La Grande Bataille marqua aussi un tournant dans ma vie intérieure, et non pas seulement parce que désormais je tins notre défaite possible.

Ernst Jünger, *Orages d'acier*, (1920) dans *Journaux de guerre, t.1, 1914-1918*, « La Pléiade » (traduction Henri Plard révisée par Julien Hervier), Paris, Gallimard, 2008.

VOCABULAIRE

Contre-offensive : attaque lancée pour riposter à une offensive ennemie et reprendre ainsi l'initiative des opérations militaires.

Qui est-il

Ernst Jünger (1895-1998) : soldat allemand de la Grande Guerre, il devient un écrivain célèbre après le conflit.

3 **Le rôle décisif des chars**

Soldats allemands armés d'un lance-flammes et avançant dans une tranchée, soutenus par un char britannique Mark IV capturé et réutilisé, 1918.

4 Les conséquences de la contre-offensive des Alliés

Des événements sensationnels ont marqué la fin de la précédente semaine. Dans la matinée du 17 octobre les troupes anglaises sont entrées à Douai et ont pris Lille après l'avoir encerclé. Le même jour les Britanniques se sont emparés d'Ostende [littoral belge] et les Français ont marqué une forte avance sur le front des Flandres. Enfin les Américains dépassèrent Grandpré [Ardennes françaises], faisant 1 000 prisonniers. Le 18 octobre, Bruges, Roubaix, Tourcoing ont été occupés à leur tour. Partout l'avance continue.

Lille était aux mains des Boches[1] depuis le 10 octobre 1914. C'est un régiment anglais qui le premier, jeudi soir, pénétra dans la ville ; mais par un sentiment d'admirable confraternité d'armes les autorités militaires britanniques firent appeler un régiment français pour lui réserver l'honneur d'entrer à la tête des Alliés à Lille. L'enthousiasme fut indescriptible. En se retirant, les Allemands ont détruit toutes les conduites d'eau potable et n'ont laissé que pour 48 heures de vivres aux habitants. Depuis longtemps, les usines ont été dépouillées de leurs métiers, de leurs machines et durant ces quatre années les richesses de Lille ont pris la route de l'Allemagne. La ville qui comptait encore 110 000 habitants a payé au total une contribution de 250 millions. Elle n'a pas été abîmée au cours des derniers mois ; les destructions qu'on constate datent de longtemps ; mais au moment de leur départ les soldats allemands se sont livrés partiellement au pillage.

L'Avenir de la Mayenne, dimanche 27 octobre 1918.

1. Terme péjoratif utilisé pour désigner les soldats allemands et, plus largement, les Allemands.

PARCOURS 1

Présenter une situation historique

1. **Doc. 1, 2 et 3** Pourquoi l'offensive allemande connaît-elle d'abord un succès au cours du printemps 1918 ?
2. **Doc. 1 et 2** Quelles sont les limites de l'offensive allemande du printemps 1918 ?
3. **Doc. 1 et 4** Comment les Alliés mettent-ils en échec l'offensive allemande ?
4. **Doc. 4** Quelles sont les conséquences du retrait des troupes allemandes pour les territoires occupés et les civils ?

BILAN À l'aide de vos réponses, présentez l'offensive allemande du printemps 1918 et ses conséquences.

PARCOURS 2

Réaliser un oral

Lors d'une conférence sur la fin de la Grande Guerre, vous devez présenter les offensives et contre-offensives de 1918 à partir de la carte (**doc. 1**). À l'aide des autres documents, préparez et organisez votre présentation autour des trois axes suivants :

1. L'offensive allemande du printemps 1918
2. La situation à l'été 1918
3. La contre-offensive des Alliés

COURS

Phases et formes de la Grande Guerre (1914-1918)

> Comment l'extension du conflit entraîne-t-elle l'évolution des formes de la guerre ?

VOCABULAIRE

- **Alliés :** pays combattant au sein de l'Entente.
- **Armistice :** arrêt des combats entre belligérants sans qu'une paix soit forcément signée.
- **Front :** zone de combat entre armées ennemies.
- **Guerre sous-marine à outrance :** stratégie visant à couler tous les navires pour empêcher l'ennemi d'être approvisionné.
- **Slave :** terme renvoyant aux populations d'Europe centrale et orientale.
- **Ultimatum :** déclaration officielle d'un État à un autre État exigeant le respect de ses revendications dans un délai donné au-delà duquel l'état de guerre sera déclaré entre eux.

1 1914 : l'Europe s'embrase

À la veille de la Première Guerre mondiale, les puissances européennes entretiennent des relations tendues. Les rivalités commerciales, coloniales et territoriales occasionnent de vives tensions et attisent les nationalismes. Les pays européens entrent alors dans une course aux armements et étendent la durée du service militaire (porté à trois ans en France). Ils constituent également des alliances militaires : la Triple Alliance (Allemagne, Autriche-Hongrie et Italie) et la Triple Entente (France, Royaume-Uni, Russie).

L'annexion de la Bosnie-Herzégovine par l'Autriche-Hongrie en 1908 a ravivé les tensions dans les Balkans. Lors d'un déplacement dans la ville de Sarajevo, en Bosnie-Herzégovine, l'archiduc héritier d'Autriche-Hongrie François-Ferdinand et son épouse sont assassinés par un nationaliste serbe le 28 juin 1914. L'Autriche-Hongrie accuse la Serbie d'être responsable de l'assassinat et lui pose un **ultimatum**. Celle-ci refuse de se soumettre et la Russie, puissance **slave**, exprime son soutien à la Serbie.

Le 28 juillet 1914, la déclaration de guerre de l'Autriche-Hongrie à la Serbie met le feu aux poudres. En réaction, la Russie mobilise son armée pour soutenir la Serbie. L'Allemagne déclare alors la guerre à la Russie (1er août) puis à la France (3 août). L'invasion allemande de la Belgique entraîne l'entrée en guerre du Royaume-Uni (4 août). La France et le Royaume-Uni déclarent la guerre à l'Autriche-Hongrie le 11 août 1914. En quelques jours l'engrenage des alliances entraîne une guerre à l'échelle européenne, bien que l'Italie, restée neutre depuis 1914, rejoigne l'Entente en 1915. ➔ Grand Angle p. 200

2 1914-1917 : de la guerre européenne à la guerre mondiale

À l'été 1914, les belligérants sont persuadés que la guerre sera courte et mènent de grandes offensives. Dans cette guerre de mouvement, l'Allemagne viole la neutralité belge pour envahir la France, mais ses troupes sont repoussées à la bataille de la Marne (septembre 1914). À l'hiver 1914, le **front** à l'ouest se stabilise, s'étendant de la Suisse à la mer du Nord. D'autres offensives très meurtrières comme celles de Verdun (février-décembre 1916) et de la Somme (juillet-novembre 1916) échouent à modifier l'équilibre des forces : c'est la guerre de position.
➔ Études p. 202 et 204

Dès 1914, un front s'ouvre également à l'est où les combats opposent la Russie à l'Allemagne et l'Autriche-Hongrie. Les armées russes pénètrent en Prusse orientale mais échouent lors de la bataille de Tannenberg (août 1914) face aux armées allemandes menées par Hindenburg.

DATES CLÉS

28 juin 1914
Attentat de Sarajevo

28 juillet - août 1914
Engrenage des alliances

1915-1917
Guerre de position

11 novembre 1918
Armistice de Rethondes

À partir de 1915, la guerre se prolonge dans les Balkans et dans l'Empire ottoman entré en guerre au sein de l'Alliance. En 1915, les troupes des **Alliés** débarquent dans les Dardanelles. Les combats sont extrêmement violents mais ne permettent aucune victoire décisive. ➔ Étude p. 202

- **L'enlisement du conflit s'accompagne d'une mobilisation humaine et d'une expansion territoriale qui vont au-delà de l'Europe.** Les puissances mobilisent leurs empires coloniaux. Des combats se déroulent également en Afrique (Cameroun, Tanganyika correspondant à l'actuelle Tanzanie) et en Asie où le Japon signe un accord avec l'Entente et s'impose dans les territoires allemands de Chine. Les mers et océans sont également le théâtre d'opérations militaires (blocus de l'Allemagne, guerre sous-marine).

3 1917-1918 : vers la fin de la guerre

- **L'année 1917 représente une rupture dans l'équilibre des forces.** Restés neutres depuis 1914, les Américains dénoncent la **guerre sous-marine à outrance** menée par l'Allemagne (torpillage du *Lusitania* en mai 1915). Le président américain Wilson déclare la guerre à l'Allemagne le 6 avril 1917. En Russie, la révolution d'octobre 1917 entraîne l'arrivée au pouvoir des bolcheviks qui signent un **armistice** puis la paix de Brest-Litovsk (3 mars 1918) avec l'Allemagne. ➔ Étude p. 206

- **L'année 1917 est aussi marquée par l'épuisement des forces des belligérants.** L'échec répété des grandes offensives meurtrières sur le front de l'Ouest amplifie le mécontentement et les mutineries dans les armées. L'équilibre des forces semble alors plutôt favorable aux Empires centraux qui connaissent des victoires (bataille de Caporetto) et profitent de la disparition progressive du front russe.

- **Avec le renfort des troupes venues du front de l'Est, l'Allemagne lance une grande offensive en France au printemps 1918.** Si elle avance jusqu'à la Marne, l'offensive est un échec. Galvanisées par cette victoire, les armées des Alliés dirigées par le maréchal Foch engagent la contre-offensive à l'été 1918. La Bulgarie signe l'armistice en septembre, puis l'Autriche-Hongrie et l'Empire ottoman en octobre. De son côté, l'empereur allemand Guillaume II abdique le 9 novembre. La République allemande est proclamée et l'armistice est signé à Rethondes le 11 novembre 1918. ➔ Étude p. 208

ACTEURS

GUILLAUME II
(1859-1941)

GÉNÉRAL HINDENBURG
(1847-1934)

MARÉCHAL FOCH
(1851-1929)

WOODROW WILSON
(1856-1924)

MARÉCHAL JOFFRE
(1852-1931)

Phases et formes de la Grande Guerre (1914-1918)

1914 : l'Europe s'embrase
- Attentat de Sarajevo (28 juin 1914)
- Engrenage des alliances à l'été 1914
- Premiers affrontements

1914-1917 : de la guerre européenne à la guerre mondiale
- Échec de la guerre de mouvement (1914)
- Guerre de position (1915-1917)
- Extension géographique du conflit

1917-1918 : vers la fin de la guerre
- 1917 : une date charnière dans l'évolution du conflit
- Bouleversement de l'équilibre des forces (1918)
- Armistices (septembre-novembre 1918)

RÉVISIONS

Faire le point

Acteurs

- Joffre
- Foch
- Hindenburg
- Wilson
- Guillaume II

Vocabulaire et notions

- Armistice
- Blocus
- Front
- Guerre à outrance
- Guerre de mouvement
- Guerre de position

Les événements majeurs

- **28 juillet-août 1914 :** déclarations de guerre entre les alliances en Europe
- **Août-septembre :** batailles de Tannenberg et de la Marne
- **1er juillet-18 novembre 1916 :** bataille de la Somme
- **Mars-juillet 1918 :** grande offensive allemande à l'Ouest
- **11 novembre 1918 :** armistice de Rethondes

Un embrasement mondial et ses grandes étapes

Idées essentielles

- Les rivalités entre les grandes puissances européennes entraînent une course aux armements et la formation d'alliances militaires. À l'été 1914, une série de déclarations de guerre propulse l'Europe et les empires coloniaux dans un conflit mondial.
- À la fin de l'année 1914, la guerre s'enlise dans une guerre de position. Les grandes offensives, comme celles de Verdun et de la Somme, échouent à apporter une victoire décisive et entraînent des pertes humaines et matérielles considérables.
- Les événements de l'année 1917 modifient l'équilibre des forces tandis que les armées s'épuisent. En 1918, les Alliés, renforcés par les troupes américaines, repoussent l'offensive allemande, forçant les Empires centraux et leurs alliés à signer des armistices (septembre-novembre 1918).

Réviser avec des podcasts

Podcasts hachette-clic.fr/25hg1040

Flashcards hachette-clic.fr/25hg1041

Écoutez les cinq épisodes du podcast puis testez vos connaissances grâce aux flashcards.

L'ESSENTIEL en 5 minutes

1. Pour quelles raisons la guerre éclate-t-elle en 1914 ?
2. Comment la guerre embrase-t-elle le monde ?
3. Quelles sont les grandes phases de la guerre ?
4. Pourquoi l'année 1917 marque-t-elle un tournant dans la guerre ?
5. Pourquoi la Grande Guerre modifie-t-elle les pratiques de la guerre ?

Mémoriser avec des exercices

Quiz
hachette-clic.fr/25hg1042

1914 : l'Europe s'embrase

1 Quels sont les principaux buts de guerre en 1914 ?
a. Les conquêtes territoriales en Europe et en Afrique
b. Faire la conquête des États-Unis
c. Encourager le mouvement de décolonisation
d. Contrer la montée en puissance de l'Allemagne

2 Comment les colonies sont-elles mobilisées dès l'entrée en guerre ?

3 Citez deux batailles majeures de la guerre de mouvement en 1914.

1914-1917 : de la guerre européenne à la guerre mondiale

4 Sélectionnez la (ou les) proposition(s) exacte(s).
La guerre de position se caractérise par :
a. Des victoires décisives sur tous les fronts
b. L'enlisement des armées et la stabilisation des fronts
c. La signature des premiers traités de paix
d. Des pertes humaines et matérielles considérables lors des offensives

5 Quelle offensive marque l'échec de l'Entente face à l'Empire ottoman ?
a. Celle de la Somme
b. Celle des Dardanelles
c. Celle de la Marne

6 Associez chaque terme à sa définition.

a. Front
b. Guerre sous-marine
c. Blocus
d. Offensive

1. Utilisation de sous-marins pour attaquer les navires militaires et marchands d'un ennemi, afin de perturber son économie et ses approvisionnements.
2. Opération militaire de grande envergure menée dans le but de percer les lignes ennemies et d'atteindre un objectif stratégique majeur, comme l'acquisition de territoires ou la destruction de l'ennemi.
3. Zone de combat entre armées ennemies.
4. Stratégie militaire visant à isoler un ennemi en bloquant l'accès à ses ports et aux routes maritimes.

1917-1918 : vers la fin de la guerre

7 Quels événements marquent un tournant dans la guerre en 1917 ?
a. L'entrée en guerre des États-Unis
b. L'arrêt des combats sur le front de l'Ouest
c. La signature de l'armistice entre la Russie et l'Allemagne
d. Le développement des mutineries

8 Quel pays reprend l'offensive en mars 1918 ?
a. La France
b. L'Allemagne
c. L'Autriche-Hongrie
d. L'Empire ottoman

9 Citez trois conséquences des victoires remportées par les Alliés en 1918.

Défi en groupe

Top chrono

5 min de préparation

Formez des groupes de trois binômes. Chaque binôme se voit attribuer la liste des huit événements suivants.

10 min de réalisation

Chaque binôme du groupe doit remettre les huit événements dans l'ordre chronologique le plus rapidement possible. Chronométrez-vous pour connaître l'équipe la plus rapide.

1. Bataille des Dardanelles
2. Entrée en guerre des États-Unis
3. Bataille de Tannenberg
4. Bataille de Verdun
5. Bataille de la Somme
6. Entrée en guerre de l'Italie
7. Traité de Brest-Litovsk
8. Guerre sous-marine à outrance

S'entraîner

• Confronter deux témoignages

1 L'expérience combattante à Verdun

13 juin 1916, Verdun

Ma chère maman,

Je n'ai pas eu encore hier la force ni le courage d'écrire et je raconterai plus tard en détail les 10 journées terribles que nous avons passées en 1re ligne. C'est inouï ce que nous avons souffert de la faim, du froid, de la fatigue, du besoin de sommeil, du bombardement, etc. Enfin tout est fini pour nous pour le moment. Je suis épuisé mais sans aucun mal.

Le régiment est diminué des 2/3 et il n'y a presque plus d'officiers. Ce pauvre Jambrit a été tué à côté de moi, je ne sais pas si je dois écrire chez lui ? A. Cabergère a eu la chance d'avoir les pieds gelés la veille de l'attaque et était donc évacué. E. Guillemaire est vivant.

Ah que nous en avons vu de dures pendant ces 10 jours. Pendant 5 jours nous n'avions qu'un repas à minuit, toujours froid. Il gelait ou il neigeait. Nous ne dormions pas. Puis pendant 3 jours plus rien du tout à manger, rien. Et un bombardement comme il n'y en a jamais eu sur le front : nous étions à moitié sourds et abrutis, la tranchée était pleine de cadavres déchiquetés sur lesquels nous étions obligés de nous traîner. Enfin, au bout de 2 jours, les Boches attaquèrent : quel soulagement.

Toute la journée nous nous sommes battus, perdant et réoccupant notre tranchée. Puis la neige s'est mise à tomber plus fort, il y en avait 30 cm. Nous avons encore attendu un jour et une nuit, fiévreux, absolument sans forces, mangeant la neige sur le parapet[1]. Enfin dans la nuit suivante, nous avons été relevés.

Lettre du soldat français Raymond Lavaud à sa mère, archives départementales de l'Hérault.

1. Paroi de la tranchée.

2 Soldats français à Douaumont (Meuse) lors de la bataille de Verdun

Dessin de François Flameng daté du 18 mars 1916, Archives nationales, Paris.

PALIER 1

Je lis et je comprends les documents

- Identifiez les documents (nature, auteur, date).
- Présentez le contexte de production des deux documents.

PALIER 2

Je sélectionne les informations

- **Doc. 1 et 2** Relevez les éléments qui témoignent de la violence des combats et ceux qui montrent la dureté de la vie au front.
- **Doc. 1 et 2** Quelles sont les occupations des soldats au front ?

PALIER 3

Je confronte les documents

- Que nous apprennent ces documents sur l'expérience combattante des soldats ?
- Pourquoi ces témoignages sont-ils des sources précieuses pour l'historien ?

Analyser une carte

Prenez connaissance du document puis répondez aux questions.

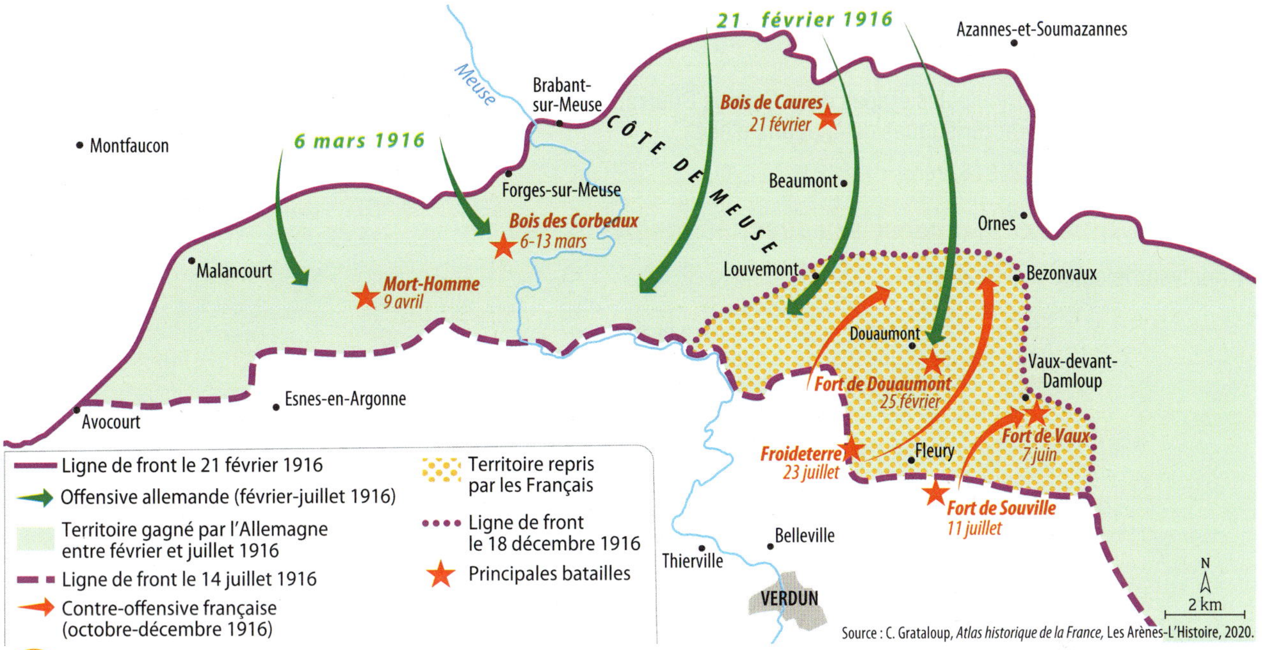

Source : C. Grataloup, *Atlas historique de la France*, Les Arènes-L'Histoire, 2020.

La bataille de Verdun (21 février – 18 décembre 1916)

1 Lors de quelle phase de la guerre la bataille de Verdun se déroule-t-elle ?

a. La première guerre de mouvement
b. La guerre de position
c. La seconde guerre de mouvement

2 Identifiez les moyens utilisés pour percer la ligne de front ennemie.

a. Les hommes au front lancent des offensives, soutenus par l'artillerie.
b. Les hommes au front attaquent les lignes ennemies, soutenus par des *U-Boote*.
c. Les hommes au front creusent des tunnels pour déboucher derrière les lignes ennemies.

3 Quelle proposition rend compte de l'idée générale du document ?

a. La bataille de Verdun illustre la volonté de l'armée allemande de rompre la ligne de front à l'Ouest après la fin de la guerre avec la Russie à l'Est.
b. La bataille de Verdun illustre les échecs des tentatives des grandes offensives et les violences subies pendant l'année 1916 sur le front de l'Ouest.
c. La bataille de Verdun marque le début de la percée française sur le front de l'Ouest.

4 En analysant le document et grâce à vos réponses, expliquez pourquoi la bataille de Verdun illustre la guerre de position sur le front de l'Ouest en 1916.

Pour aller plus loin

À VISITER EN LIGNE

- Le site web du musée de la Grande Guerre du pays de Meaux propose une visite virtuelle de l'exposition du musée, des ressources en ligne dont une vidéo reconstituant et expliquant une tranchée.

À LIRE

- Dans les deux tomes de la bande dessinée *Putain de guerre !* (2008-2009), Tardi décrit l'évolution du quotidien des poilus et de la violence des combats de la Grande Guerre.

MÉTIER D'HISTORIEN

- Fort de son expertise dans la discipline et de son sens de la pédagogie, le **professeur d'histoire-géographie** transmet ses connaissances et compétences en appliquant les programmes officiels de l'Éducation nationale auprès des collégiens et des lycéens.

Vers le supérieur ?
La fiche métier de l'Onisep
hachette-clic.fr/25hg1043

MÉTHODE BAC Répondre à une question problématisée

Objectif Rédiger une réponse à une question problématisée en autonomie

Sujet corrigé : Quelles sont les phases de la Première Guerre mondiale ?

Après avoir décrit les principales étapes de la Grande Guerre, vous détaillerez les caractéristiques de chacune d'elles.

Étape 1 Préparer la réponse à la question problématisée

1. Analysez le sujet.

Guerre de mouvement (1914) et guerre de position puis reprise (1915-1917) de la guerre de mouvement (1918).

Quelles sont [les phases] de la [Première Guerre mondiale] ?

De 1914 à 1918, en Europe sur les fronts de l'Ouest et de l'Est, mais aussi dans le monde (empires coloniaux) et sur les mers et océans.

2. Organisez les connaissances pour former et développer des arguments.

➔ p. 68 et p. 94

Étape 2 Rédiger la réponse à la question problématisée

La rédaction finale doit comporter :
- Une introduction qui présente le sujet et rappelle la question problématisée. Le plan choisi est énoncé.
- Un développement en deux ou trois parties. Chaque partie doit être clairement identifiée grâce à un alinéa et comporter les arguments, les explications et les exemples précis choisis.
- Une conclusion qui fournit les éléments de réponse à la question problématisée.

Introduction (alinéa)

De 1914 à 1918, la Première Guerre mondiale embrase l'Europe et le monde. Ces quatre années d'affrontements multiformes sont marquées par plusieurs phases distinctes. Après avoir décrit dans un premier temps les principales étapes de la Grande Guerre, nous étudierons ensuite les caractéristiques de chacune d'elles.

Partie 1 (alinéa)

Premièrement, la Première Guerre mondiale est marquée par trois grandes phases. Elle débute par une guerre de mouvement en 1914, marquée par les entrées en guerre des différents pays membres des deux alliances. Puis, aucun adversaire ne parvenant à prendre le dessus, la guerre de position s'installe de 1915 à 1917. Enfin, au printemps 1918, la guerre de mouvement est relancée avec une offensive allemande puis une contre-offensive alliée à l'automne. Elle débouche sur la signature des armistices et la fin de la guerre.

Partie 2 (alinéa)

Dans un deuxième temps, il convient de présenter les caractéristiques de chacune de ces phases. La première guerre de mouvement est marquée par des offensives rapides suivant des plans de guerre établis par chacun des belligérants (comme le plan Schlieffen). Mais l'échec de ces plans et des offensives (la Marne, Tannenberg) conduit à la stabilisation du front à l'Ouest et à l'Est. Dès lors, de 1915 à 1917, la guerre de position se caractérise par la stabilisation des fronts, le passage à la guerre de tranchées et à la guerre d'usure, marquée par l'échec des offensives comme Verdun. Enfin, la deuxième guerre de mouvement est marquée par la reprise des offensives, le passage à la guerre sous-marine à outrance et l'intensification de l'emploi du char.

Conclusion

En conclusion, la Première Guerre mondiale se caractérise par une évolution des formes et pratiques de la guerre marquée par des phases qui ont transformé l'expérience combattante.

→ Voir la fiche méthode 11 p. 280

Sujet guidé : Pourquoi l'année 1917 représente-t-elle un tournant dans la Première Guerre mondiale ?

Analysez les principales évolutions sur les fronts de l'Est et de l'Ouest et leurs répercussions sur les formes de la guerre.

Étape 1 Préparer la réponse à la question problématisée

1. Analysez le sujet.

Listez des événements majeurs de l'année 1917. → **l'année 1917**

Quelle est la situation sur les différents fronts à ce moment-là ? → **dans la Première Guerre mondiale**

Pourquoi l'année 1917 représente-t-elle un tournant dans la Première Guerre mondiale ?

Identifiez les transformations, ruptures ou bouleversements qui ont des conséquences sur le conflit. → **un tournant**

2. Organisez vos connaissances et à l'aide du plan inspiré par la consigne.

Étape 2 Rédiger la réponse à la question problématisée

La rédaction répond à des règles générales en histoire.
- Rédigez l'ensemble de votre réponse à l'aide de **phrases**.
- Mobilisez des **connaissances précises** : vocabulaire, événements, lieux, acteurs, données chiffrées.
- Utilisez des **connecteurs logiques** quand vous présentez plusieurs arguments.
- Vérifiez **l'orthographe** et la construction des phrases en relisant l'ensemble de vos réponses.

3. Complétez la rédaction de l'introduction.

L'année 1917 est considérée comme charnière dans la Première Guerre mondiale, car...

4. Complétez la rédaction de la partie 1.

L'année 1917 est marquée par plusieurs événements sur les fronts de l'Est et de l'Ouest. À l'Est, d'abord, les révolutions russes de février puis d'octobre 1917 ont affaibli le tsar et amené les bolcheviks à prendre le pouvoir. Ces derniers, souhaitant en terminer avec la guerre, signent l'armistice avec l'Allemagne en décembre 1917. À l'Ouest, ...

5. Rédigez la partie 2 à l'aide de l'**étape 1**.

6. Complétez la rédaction de la conclusion.

Ainsi, plusieurs événements de l'année 1917 ont bouleversé le déroulement de la Première Guerre mondiale. D'abord, car...

CHAPITRE

10 Les sociétés en guerre : des civils acteurs et victimes de la guerre

COURS La Grande Guerre s'accompagne de l'implication croissante des sociétés dans l'effort de guerre des États. Les civils, acteurs du conflit, deviennent également des cibles.

> Quels sont le rôle et la place des civils durant la Première Guerre mondiale ?

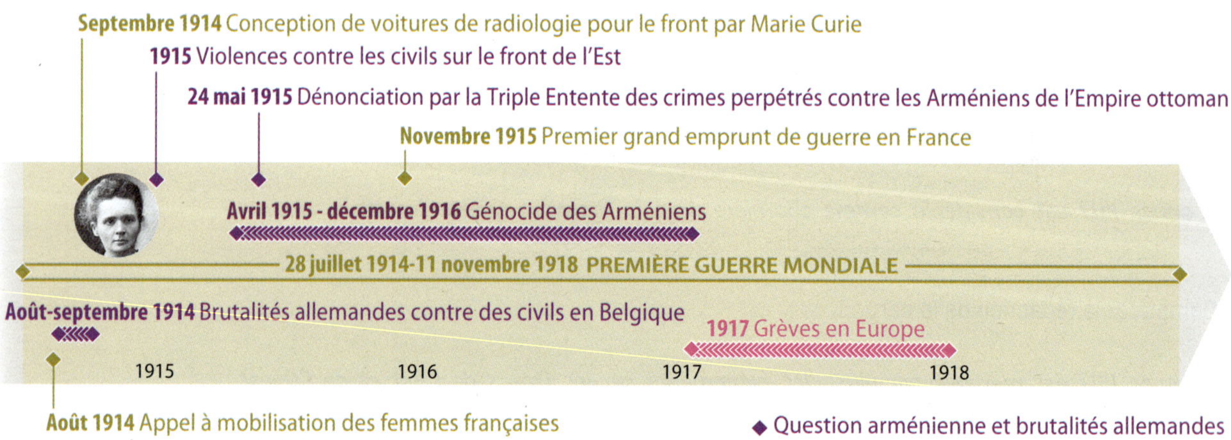

QUESTIONS

1. **Doc. 1** Comment les civils sont-ils mobilisés pour la guerre ?
2. **Doc. 2** Quel type de violence ces civils ont-ils subi ?
3. **Doc. 1 et 2** Quelles dimensions de l'implication des civils dans la guerre ces photographies révèlent-elles ?

1 Des ouvriers chinois et des femmes travaillant dans une usine française d'armement lors de la Grande Guerre

2 **Troupes ottomanes surveillant des Arméniens lors de leur déportation en 1915**

United States Holocaust Memorial Museum, courtesy of National Archives and Records Administration, College Park (Maryland, États-Unis).

ÉTUDE 1
PARCOURS CROISÉS

Les femmes en guerre et les femmes dans la guerre

Marie Curie, la mobilisation d'une scientifique

PPO

MARIE CURIE
(1867-1934)
Scientifique d'origine polonaise de renommée mondiale (prix Nobel en 1903 et 1911). Ses travaux sur la radioactivité sont utilisés pendant la guerre en radiologie.

L'**économie de guerre** s'appuie sur les progrès techniques et scientifiques de l'armement et de la médecine. Marie Curie illustre l'engagement des scientifiques dans l'effort de guerre.

> Quel est l'engagement de Marie Curie dans l'effort de guerre ?

1 L'engagement de Marie Curie au service des blessés

Ayant voulu [...] me mettre au service de la Défense nationale dans les années que nous venons de traverser, je me suis presque aussitôt orientée du côté de la radiologie, m'efforçant de contribuer à l'organisation des services radiologiques, notoirement insuffisants au début de la guerre. [...] J'ai réussi, moi-même, à équiper dix-huit de ces voitures[1], grâce à des dons particuliers et aux ressources du Patronage national des blessés[2]. [...]

J'étais moi-même chargée de la direction du Service radiologique de la Croix-Rouge et j'avais [...] la tâche d'établir [...] des installations radiologiques, partout où il y en avait un besoin urgent. [...]

La pénurie de personnel restait extrême [...]. J'offris au Service de santé[3] de créer [...] une école de manipulatrices[4] choisies parmi les jeunes filles ou jeunes femmes reconnues aptes à assurer ce service après avoir reçu une instruction convenable. Cette proposition fut acceptée, et l'école fut organisée.

Marie Curie, *La Radiologie et la guerre*, Paris, Librairie Félix Alcan, 1921.

1. Les « Petites Curie » sont des voitures de radiographie utilisées sur le front.
2. Association d'entraide aux blessés et leur famille.
3. Service chargé de l'évacuation et de l'hospitalisation des soldats blessés.
4. École d'apprentissage de radiologie.

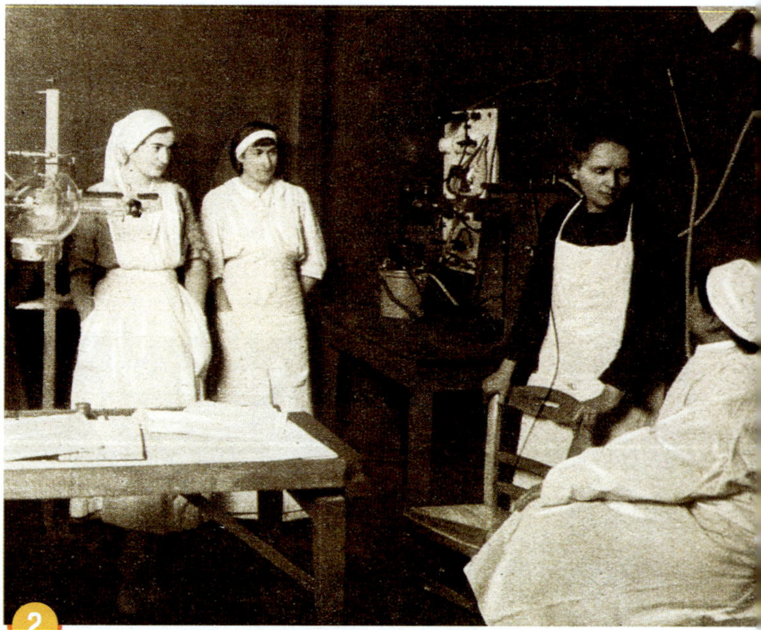

2 Marie Curie (deuxième en partant de la droite) et les élèves de son école de radiologie (Paris, 1916)

Marie Curie et sa fille Irène forment des manipulatrices aux principes de la radiologie. Elles peuvent ensuite seconder les médecins sur le front et dans les hôpitaux militaires afin de mieux diagnostiquer l'origine des blessures.

VOCABULAIRE

Économie de guerre : organisation de l'économie par l'État pour répondre aux besoins de la guerre.

ACTIVITÉ 1

1. **Doc. 1** Comment Marie Curie met-elle ses recherches et ses compétences d'organisatrice au service de l'effort de guerre ?
2. **Doc. 1 et 2** Montrez que Marie Curie contribue à l'engagement des femmes dans la guerre.
3. **Doc. 1 et 2** Comment les sciences et les techniques sont-elles mobilisées dans la guerre ?

BILAN Montrez comment une scientifique reconnue participe à l'effort de guerre.

La mobilisation des femmes à l'arrière

La mobilisation des hommes sur le front provoque l'implication croissante des femmes **« à l'arrière »**. Nombreuses sont celles qui les remplacent aux champs mais aussi à l'usine. Elles deviennent des actrices importantes de l'économie de guerre.

> De quelles manières l'économie de guerre a-t-elle mobilisé les femmes ?

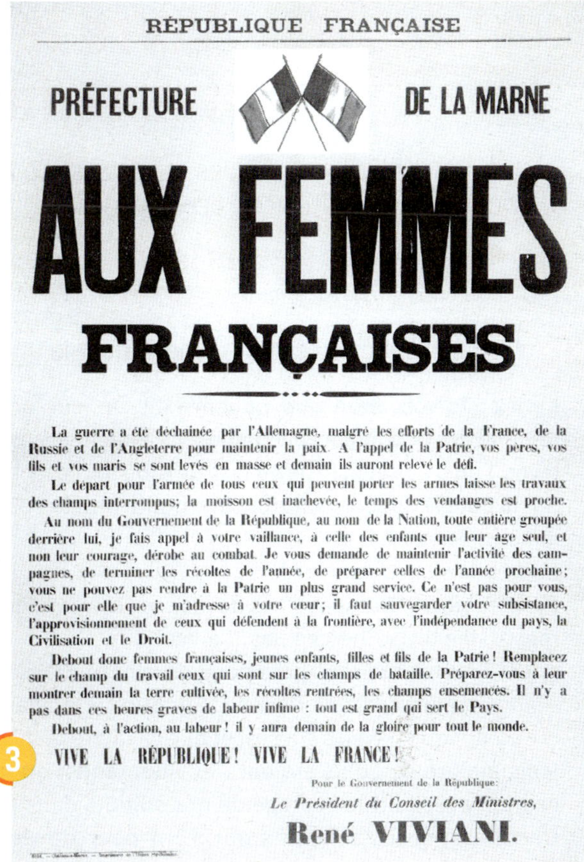

RÉPUBLIQUE FRANÇAISE

PRÉFECTURE DE LA MARNE

AUX FEMMES FRANÇAISES

La guerre a été déchainée par l'Allemagne, malgré les efforts de la France, de la Russie et de l'Angleterre pour maintenir la paix. A l'appel de la Patrie, vos pères, vos fils et vos maris se sont levés en masse et demain ils auront relevé le défi.

Le départ pour l'armée de tous ceux qui peuvent porter les armes laisse les travaux des champs interrompus; la moisson est inachevée, le temps des vendanges est proche.

Au nom du Gouvernement de la République, au nom de la Nation, toute entière groupée derrière lui, je fais appel à votre vaillance, à celle des enfants que leur âge seul, et non leur courage, dérobe au combat. Je vous demande de maintenir l'activité des campagnes, de terminer les récoltes de l'année, de préparer celles de l'année prochaine; vous ne pouvez pas rendre à la Patrie un plus grand service. Ce n'est pas pour vous, c'est pour elle que je m'adresse à votre cœur; il faut sauvegarder votre subsistance, l'approvisionnement de ceux qui défendent à la frontière, avec l'indépendance du pays, la Civilisation et le Droit.

Debout donc femmes françaises, jeunes enfants, filles et fils de la Patrie! Remplacez sur le champ du travail ceux qui sont sur les champs de bataille. Préparez-vous à leur montrer demain la terre cultivée, les récoltes rentrées, les champs ensemencés. Il n'y a pas dans ces heures graves de labeur infime : tout est grand qui sert le Pays.

Debout, à l'action, au labeur! il y aura demain de la gloire pour tout le monde.

VIVE LA RÉPUBLIQUE! VIVE LA FRANCE!

Pour le Gouvernement de la République:

Le Président du Conseil des Ministres,

René VIVIANI.

3 Août 1914 : appel à la mobilisation des femmes françaises

René Viviani (1863-1925), *Discours adressé aux femmes françaises*, août 1914, archives départementales du Cantal.

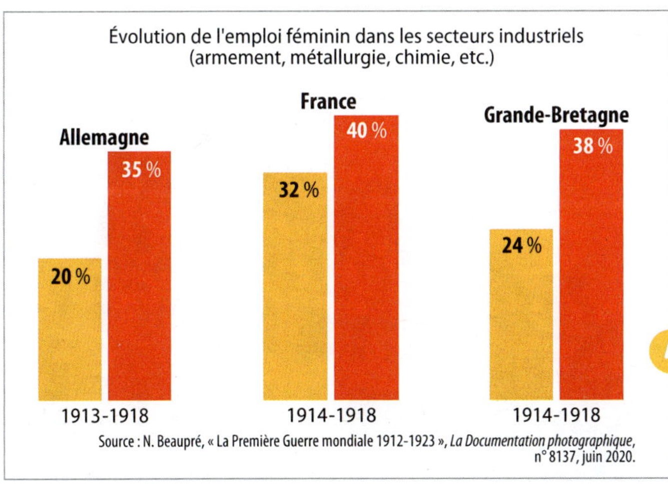

Source : N. Beaupré, « La Première Guerre mondiale 1912-1923 », *La Documentation photographique*, n° 8137, juin 2020.

4 L'évolution des effectifs féminins dans les usines de guerre

VOCABULAIRE

« Arrière » : zone située hors des zones de combat et du front.

ACTIVITÉ 2

1. **Doc. 4** Citez trois demandes faites par le Président du Conseil des Ministres aux femmes françaises.
2. **Doc. 4** Quels arguments René Viviani utilise-t-il pour les convaincre ?
3. **Doc. 3** Montrez que, dans les pays européens en guerre, les femmes se sont mobilisées au-delà des travaux des champs.

BILAN Montrez comment les femmes françaises prennent part à l'économie de guerre à partir de 1914.

PARCOURS CROISÉS

Dans le cadre d'une exposition sur la place des femmes dans la société française au XXᵉ siècle, vous réalisez le panneau sur le rôle des femmes dans l'économie de guerre lors de la Première Guerre mondiale en mettant en avant l'exemple de Marie Curie.

Pas à pas

1. Présentez le rôle de Marie Curie durant la Première Guerre mondiale.
2. Montrez que Marie Curie illustre la façon dont les femmes se mobilisent durant la guerre.
3. Expliquez pourquoi les femmes ont un rôle central dans l'économie de guerre.

ÉTUDE 2 Vivre la guerre au quotidien : les enfants

La guerre n'épargne pas les enfants, qui sont mobilisés par l'économie de guerre mais aussi victimes de privations et de violences.

> Dans quelle mesure les enfants sont-ils acteurs et victimes de la guerre ?

1 La mobilisation à l'école : un devoir sur la guerre

L'oncle : Tu vois, mon gars, qu'il m'a dit, un jour, on a ramené des prisonniers allemands. Ils avaient les bras levés, l'un d'eux était juste en face de moi, tout proche. Sur la boucle de son ceinturon, une petite phrase : *Gott mit uns.*

L'auteur de la rédaction : Alors ?

L'oncle : Alors ? Un copain près de moi, qui avait vu mon regard, me dit : « Cherche pas ! Ça veut dire "Dieu avec nous". » Alors tu vois, on peut point savoir…

L'auteur de la rédaction reprend : Sûr que cette affaire me complique bien les choses, et que ça fait réfléchir ! Mais malgré ce qu'ils croient, les Allemands, on va gagner, avec tout le courage de nos soldats dans les tranchées, et les aviateurs qui n'ont peur de rien, que ça me donne encore une fois l'envie d'y aller. Et quand la guerre sera finie ? Alors qu'on nous rende l'Alsace et la Lorraine, et que chacun retourne cultiver sa terre, tranquille, dans la paix, et pour toujours cette fois ; sans que les politiques de Paris et des autres capitales s'en viennent encore à se disputer, jusqu'à déclarer une guerre, qui donne du deuil et du malheur à tout le monde.

Appréciation du professeur : Bon devoir. Pour cette fois, il était plus demandé d'exprimer des impressions et des sentiments que d'appliquer la grammaire. Ton devoir montre que tu as su comprendre les terribles réalités et les leçons de la guerre, tout en gardant ton **patriotisme**.

Devoir d'Albert Léon, élève en classe de certificat d'études, rédigé le 20 juin 1916 (collection privée).

2 Les enfants au cœur de la violence de guerre

Après le bombardement, un soldat amuse les enfants sur la place du beffroi à Arras (sur la ligne de front), 1915.

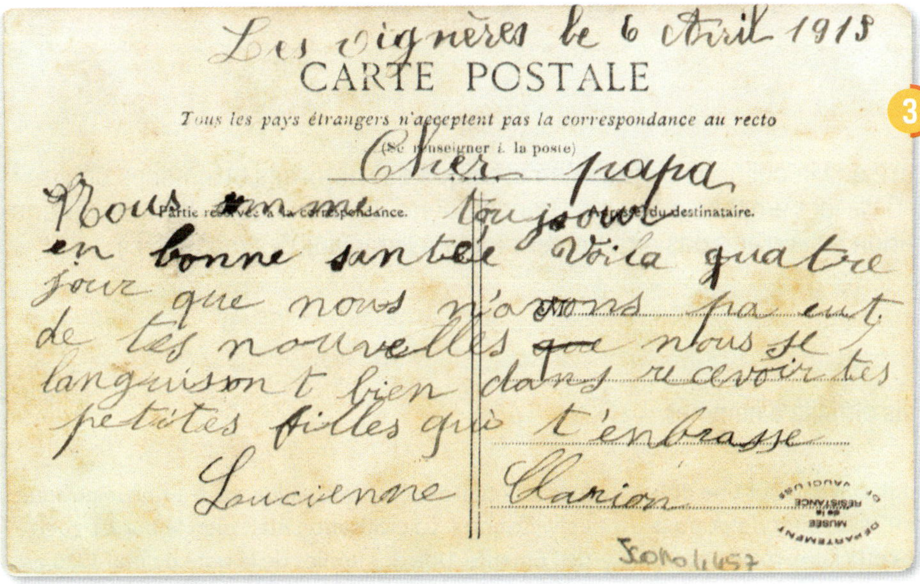
Les vignères le 6 Avril 1918
CARTE POSTALE
Tous les pays étrangers n'acceptent pas la correspondance au recto
(Se renseigner à la poste)
Partie réservée à la correspondance. Adresse du destinataire.
Cher papa
Nous somme toujour en bonne santée Voila quatre jour que nous n'avons pa eut de tes nouvelles ~~que~~ nous se languison bien dans revoir tes petites filles qui t'embrasse
Lucienne Clarion

3 Écrire pour soutenir les combattants

Lucienne Clarion, verso d'une carte postale destinée à son père, avril 1918, collection de cartes postales, musée d'Histoire Jean-Garcin, 39-45, L'Appel de la liberté, Vaucluse.

4 L'impact de la guerre sur le travail des enfants

Enfant poinçonnant des obus dans l'usine Clément-Bayard à Levallois-Perret.

La Grande Guerre des Français à travers les archives de la grande collecte, Comme un éditeur, 2018.

VOCABULAIRE

Patriotisme : sentiment d'attachement et de dévouement à son pays, sa patrie.

PARCOURS 1

Comprendre et mettre en relation des documents

1. **Doc. 1** Quels sont les sentiments de l'auteur de cette rédaction ?
2. **Doc. 1 et 2** Montrez que les enfants ne sont pas épargnés par les violences de guerre.
3. **Doc. 3 et 4** Comment les enfants soutiennent-ils les combattants ?
4. **Doc. 1, 2, 3 et 4** Quelle influence la guerre exerce-t-elle sur la vie quotidienne des enfants ?

BILAN À l'aide de vos réponses, montrez que les enfants sont des acteurs et des victimes de la guerre.

PARCOURS 2

Réaliser un podcast

La webradio du lycée propose une série de podcasts en histoire. Vous êtes chargé de réaliser celui sur les enfants dans la Grande Guerre. Enregistrez une émission de 180 secondes sur la situation et le rôle des enfants durant la Première Guerre mondiale.

Pas à pas

1. Rappelez que les enfants sont mobilisés dans ce conflit.
2. Montrez également qu'ils sont victimes de cette guerre.
3. Pensez à introduire et conclure votre podcast.

ÉTUDE 3
REGARD DE L'HISTORIEN

La Triple Entente face au génocide des Arméniens

PPO

Les historiens ont montré que la politique d'**épuration ethnique** des autorités ottomanes débute dès la fin du XIXe siècle. Celle-ci s'amplifie durant la Grande Guerre. Le 24 mai 1915, la Triple Entente réagit dans une déclaration mais n'agit pas directement malgré l'ampleur des massacres.

> Quelles sont les réactions de la Triple Entente face au génocide des Arméniens ?

1 Un massacre connu mais difficile à nommer

REGARD DE L'HISTORIENNE

Les historiens [...] s'accordent désormais sur une définition minimale du **génocide** : l'assassinat de populations non pour ce qu'elles ont « pu » faire, mais pour ce qu'elles sont. Les femmes et les enfants, pour que tout avenir leur soit interdit, deviennent alors les premières cibles. Il est clair aujourd'hui que le triumvirat turc[1] a bien planifié et perpétré « l'annihilation » des Arméniens. Or, dès mai 1915, on a qualifié l'extermination de « nouveaux crimes contre l'humanité et la civilisation ». Ce n'est pas une incrimination juridique, apparue en 1945, mais une constatation vengeresse de la part des nations de l'Entente en guerre. Il fut bien difficile de s'accorder sur les mots : « crimes contre le christianisme et la civilisation » ou « crimes contre l'humanité et la civilisation » ? Au XIXe siècle, avec la naissance de l'humanitaire, on utilisait de façon positive le concept de « lois de l'humanité » et l'on intervenait parfois en leur nom (mais on ne le fit pas pourtant lors des massacres des Arméniens de 1894-1896 et de 1909). Désormais, [...] on en était aux « crimes contre l'humanité ». Ce sont les diplomates russes qui ont jugé la notion de crime trop vague, aussi a-t-on réintroduit « civilisation ». La civilisation était bien le but de guerre de l'Entente. Une des ironies de la note de mai 1915 est qu'elle était une réponse aux premiers massacres qui ressemblaient aux précédents. La déclaration de 1915 était une façon de compenser les non-interventions de 1894 et de 1909 mais avant tout de mener la guerre mondiale[2]. Et ce plusieurs mois avant que la phase de déportation totale mène au génocide proprement dit.

Dès ses premiers travaux dans les années 1920, [...] Raphael Lemkin, qui forgea le terme de *génocide* en 1943, s'est passionné pour la réflexion sur les crimes commis pendant la Grande Guerre. Il analysa la spécificité du sort des Arméniens en l'incluant dans le cadre plus général des violences « extrêmes » contre les civils.

Annette Becker, « Le massacre noyé dans la guerre », *L'Histoire*, n° 408, février 2015.

1. Régime autoritaire turc (1913-1918).
2. Les crimes commis contre les Arméniens sont utilisés par l'Entente pour justifier la guerre et dénoncer la brutalité et la sauvagerie allemandes.

Qui est-elle ?
Annette Becker (née en 1953) : historienne française, spécialiste de la Grande Guerre, des violences et de la façon dont les sociétés sont conditionnées par et pour la guerre.

2 **Une femme arménienne déportée veille son enfant mort près d'Alep (Syrie), vers 1915**

VOCABULAIRE

- **Épuration ethnique :** processus visant à éliminer une partie de la population d'un pays en raison de son appartenance à une ethnie différente de celle qui est dominante dans le pays.
- **Génocide :** plan mis en œuvre par un État pour détruire, tout ou en partie, un groupe national, ethnique, racial ou religieux.

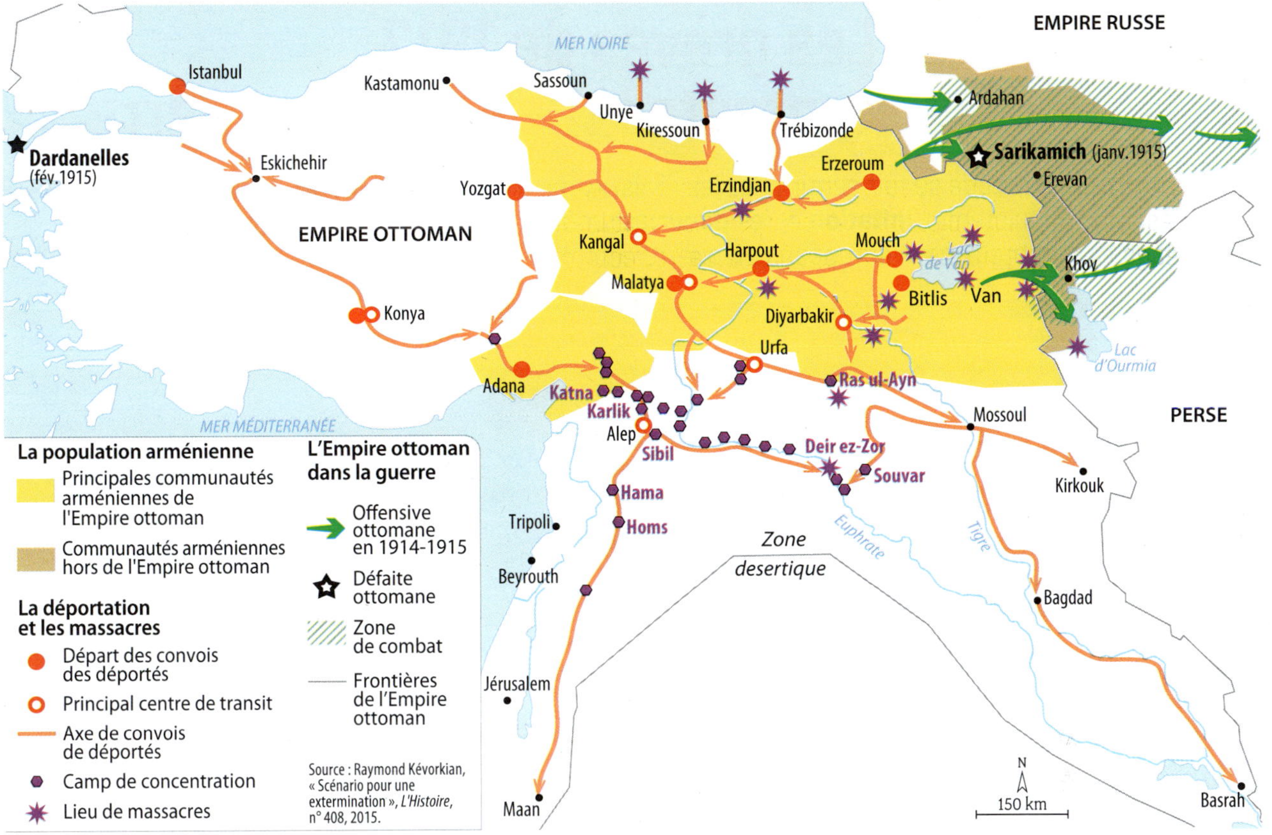

3 La déportation et le massacre des Arméniens

4 Les puissances de l'Entente dénoncent les crimes contre les Arméniens

Le 24 mai 1915,

Depuis un mois environ, la population kurde et turque de l'Arménie procède de connivence et souvent avec l'aide des autorités ottomanes à des massacres des Arméniens. De tels massacres ont eu lieu vers la mi-avril à Erzeroum, Dertchum, Eguine, Akn, Bitlis, Mouch, Sassoun, Zeitoun et dans toute la Cilicie ; les habitants d'une centaine de villages aux environs de Van ont été tous assassinés ; dans la ville même, le quartier arménien est assiégé par les Kurdes. En même temps, à Constantinople, le Gouvernement ottoman sévit contre la population arménienne inoffensive.

En présence de ces nouveaux crimes de la Turquie contre l'humanité et la civilisation, les Gouvernements alliés font savoir publiquement à la Sublime Porte qu'ils tiendront personnellement responsables des dits crimes tous les membres du Gouvernement ottoman ainsi que ceux de ses agents qui se trouveraient impliqués dans de pareils massacres.

Dépêche de l'agence, Havas 24 mai 1915.

PARCOURS 1

Mettre en perspective un événement historique

1. **Doc. 1 à 4** Montrez que le massacre des Arméniens est organisé par l'État ottoman.
2. **Doc. 1** Quelles sont les caractéristiques d'un génocide pour les historiens ?
3. **Doc. 1** Pourquoi ce terme n'est-il pas employé en 1915 par l'Entente ?
4. **Doc. 1 à 4** Expliquez la phrase soulignée dans le **doc. 4**.

BILAN Montrez comment la communauté internationale réagit aux violences perpétrées contre les Arméniens en 1915.

PARCOURS 2

Rédiger un article

Historien(ne) spécialiste des relations internationales, vous rédigez un article pour des lycéens sur la déclaration de la Triple Entente du 24 mai 1915.

Pas à pas

1. Rappelez le contexte historique.
2. Expliquez le choix de la qualification de « crime contre l'humanité et la civilisation ».
3. Expliquez le rôle de la guerre dans ce choix.

ÉTUDE 4 Les grèves de 1917 : protester en temps de guerre

PPO

En 1917, la lassitude se fait sentir chez les civils. Après trois ans de guerre, les défaites militaires inquiètent. L'**inflation** et les **pénuries** rendent la vie difficile. Des grèves éclatent dans de nombreux pays européens en guerre.

> Pour quelles raisons des grèves massives touchent-elles la majorité des pays européens en 1917 ?

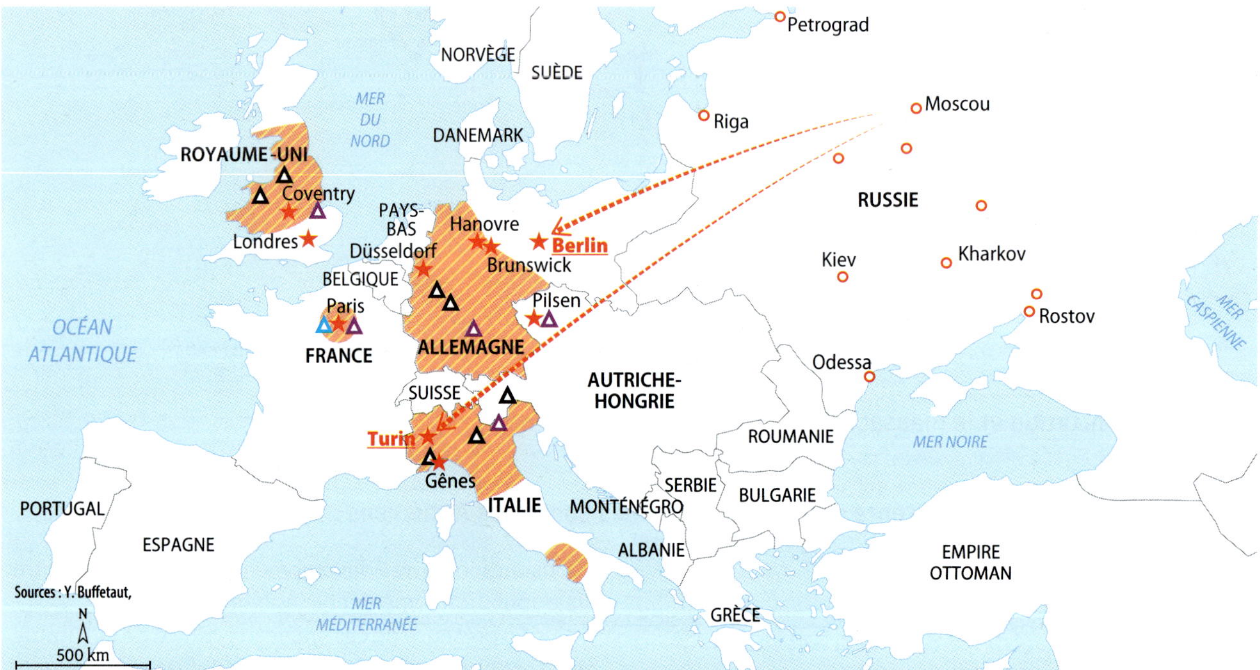

Sources : Y. Buffetaut, *Atlas de la Première Guerre mondiale, la chute des empires européens*, Autrement, 2021 ; J.-J. Becker, *1917 en Europe, l'année impossible*, Complexes, 1997 ; N. Beaupré, « La Première Guerre mondiale 1912-1923 », *La Documentation photographique*, n° 8137, juin 2020 ; A. Bibert, « 1917 en Allemagne, mécontentement social et timidité politique ? », *Revue d'histoire critique*, n° 137, 2017.

Les régions en grève en 1917
- Principales régions touchées par des grèves
- ★ Grandes grèves de 1917
- ○ Principales villes où les bolcheviks sont au pouvoir

Les secteurs en grève en 1917
- △ Les mines
- △ La couture
- △ Les industries de guerre (armements, chimie, métallurgie)

Les revendications
- Revendications sociales et économiques
- **Turin** Revendications politiques
- ---> Influence de la révolution bolchevik

1 Les grèves de 1917 en Europe

2 Les ouvriers de la métallurgie défendent des positions **pacifistes** et socialistes

Lorsque le secrétaire syndical Layre rend compte du Congrès des métallurgistes qui s'est tenu à Paris au début septembre 1917, il développe les idées pacifistes contenues dans la résolution qui a clôturé le congrès : « Dans cet ordre du jour, il est dit que les responsabilités de la guerre incombent aux chauvins[1] et aux nationalistes de toutes les nations belligérantes animées d'un désir caché de conquêtes. Le Congrès répudie toute annexion qui serait le germe de guerres futures, mais s'il importe que la paix assure la complète restauration de la Belgique dont la neutralité a été violée, il considère que le prolétariat allemand est victime au même titre que le prolétariat français de l'impérialisme. Il envoie son salut fraternel aux Russes qui se sont affranchis du pouvoir absolu et proclame la nécessité de la Conférence internationale et socialiste de Stockholm. » Paroles nouvelles pour les métallurgistes d'Alais[2], surtout si on les compare à ce que dit la presse du Gard à la même époque.

« Compte rendu du secrétaire du syndicat des métallurgistes du Gard, septembre 1917 » cité dans Raymond Huard, « Aspects du mouvement ouvrier gardois pendant la guerre de 1914-18 : les grèves de 1917 », *Annales du Midi*, tome 80, n° 88, 1968.

1. Personnes qui manifestent un patriotisme excessif.
2. Commune du Gard, France.

Produits	1914	1915	1916	1917	1918	1919
Pain (500 g)	0,15	0,15	0,20	0,25	0,25	0,30
Viande de qualité	1,25	1,25	1,50	2	4	5
Pommes de terre (500 g)	0,05	0,05	0,10	0,30	0,40	0,25
Lait (litre)	0,10	0,10	0,15	0,30	0,40	0,60
Sucre (500 g)	0,80	0,80	0,90	0,95	1,15	1,25
Vin (hectolitre)	20	60	80	100	110	125
Charbon de bois (10 kg)	7	10	25	30	40	35
Essence (litre)	0,30	0,80	1	1,40	1,50	1,40

Éric Alary, *La Grande Guerre des civils*, Perrin, 2018.

3 L'évolution des prix (en francs) en Charente, France

VOCABULAIRE

- **Inflation :** augmentation générale et durable des prix.
- **Pacifiste :** partisan de la paix, du désarmement et de la non-violence.
- **Pénurie :** manque de ce qui est indispensable pour vivre au quotidien (nourriture, chauffage, biens de première nécessité).
- **Midinette :** ouvrière des maisons de couture parisiennes et de l'industrie du textile.

4 La grève des midinettes

En mai 1917, les midinettes, ouvrières du textile à Paris, se mettent en grève.

Le mouvement gréviste a pris une ampleur considérable [...], ce qui porte à environ deux mille le nombre de midinettes ayant cessé le travail. Et l'enthousiasme est tel qu'il faut s'attendre à une généralisation de la grève. Patrons et patronnes étaient loin de se douter que l'application de la semaine anglaise[1] leur vaudrait un conflit de cette importance.

– Nous acceptons la semaine anglaise, ont répondu les cousettes[2], mais nous n'admettons pas qu'elle entraîne une diminution de nos salaires.

Et voilà le mouvement déclenché. Aujourd'hui, les ouvrières sont unanimes à revendiquer une augmentation de un franc par jour et de 0 fr. 50 pour les apprenties. Elles ont tenu, hier, deux réunions à la Bourse du Travail. [...] Tour à tour les camarades Millerat, du Syndicat de la couture, et Dumas, de la Fédération de l'habillement, ainsi qu'un militant syndicaliste, adjurèrent les midinettes de « tenir jusqu'au bout ».

– Le salaire de la femme, déclarèrent-ils en substance, doit être suffisamment rémunérateur pour lui permettre de vivre et de sauvegarder sa dignité.

Ils furent écoutés avec bonne humeur et applaudis frénétiquement. Le syndicat patronal de la couture se réunira aujourd'hui à 14 h à l'effet d'examiner les revendications ouvrières, qu'une délégation sera chargée de défendre.

Journal *L'Humanité* du 16 mai 1917.

1. Désigne l'arrêt hebdomadaire du travail le samedi midi (au lieu du dimanche uniquement). 2. Apprenties couturières.

PARCOURS 1

Analyser et comprendre des documents

1. **Doc. 1** Localisez les différents mouvements de grève de 1917.
2. **Doc. 3** Quelles sont les conséquences de la guerre sur le quotidien des civils "à l'arrière" en 1917 ?
3. **Doc. 3 et 4** Quelles sont les principales revendications des grévistes ?
4. **Doc. 2** Quelle est la particularité de la position des ouvriers de la métallurgie du Gard ?

BILAN À l'aide de vos réponses, montrez que les grèves de 1917 en Europe répondent à des revendications davantage sociales que politiques.

PARCOURS 2

Réaliser un schéma

À l'aide des documents, réalisez un schéma répondant à la problématique de l'étude. Vous prendrez soin de justifier vos arguments par les documents de l'étude.

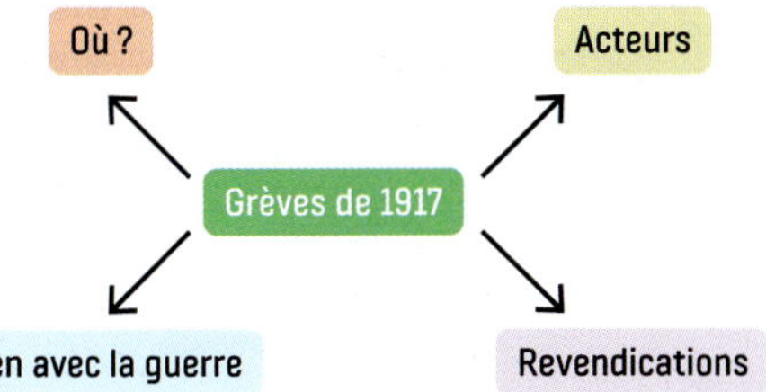

GRAND ANGLE 1914-1918, la première « guerre totale »

En août 1914, la mobilisation des hommes en âge de combattre est immédiate. Pour espérer vaincre, les États organisent une économie de guerre qui implique l'ensemble de leurs populations et ressources. Cette **« guerre totale »** fait des civils des victimes et des acteurs du conflit.

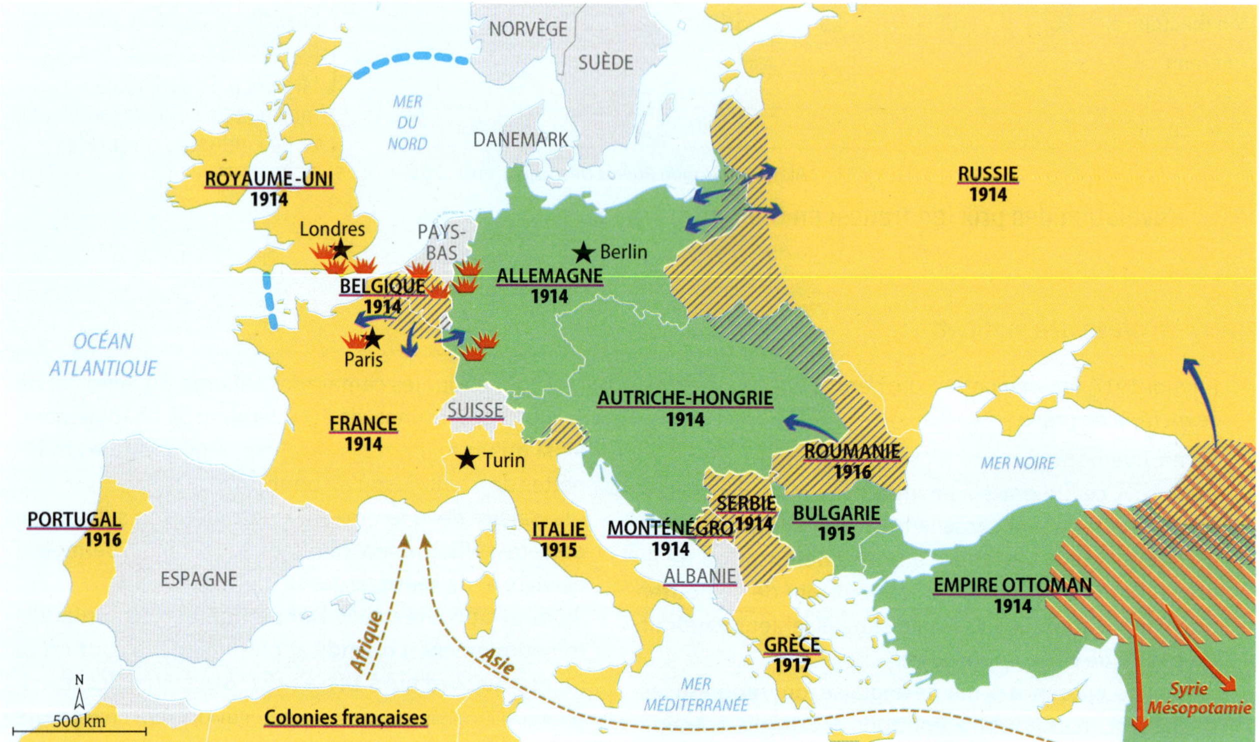

Sources : Y. Buffetaut, *Atlas de la Première Guerre mondiale, la chute des empires européens*, Autrement, 2021 ; N. Beaupré, *1914-1945 Les Grandes Guerres*, Belin, 2014 ; *« Le siècle des réfugiés »*, *L'Histoire* n° 365, juin 2011

Les civils dans la guerre
- Pays appartenant à l'Entente
- Puissance centrale
- Main-d'œuvre coloniale mobilisée en France
- **1914** Date d'entrée en guerre
- Pays neutre durant la guerre

Les civils victimes de la guerre
- Ville en grève en 1917
- Ville bombardée
- Territoire occupé durant la guerre
- Zone de massacre et de déportation des Arméniens
- Déportation des Arméniens
- Population civile déplacée
- Pays souffrant de pénuries alimentaires
- Blocus naval

1 Les civils, victimes de la guerre

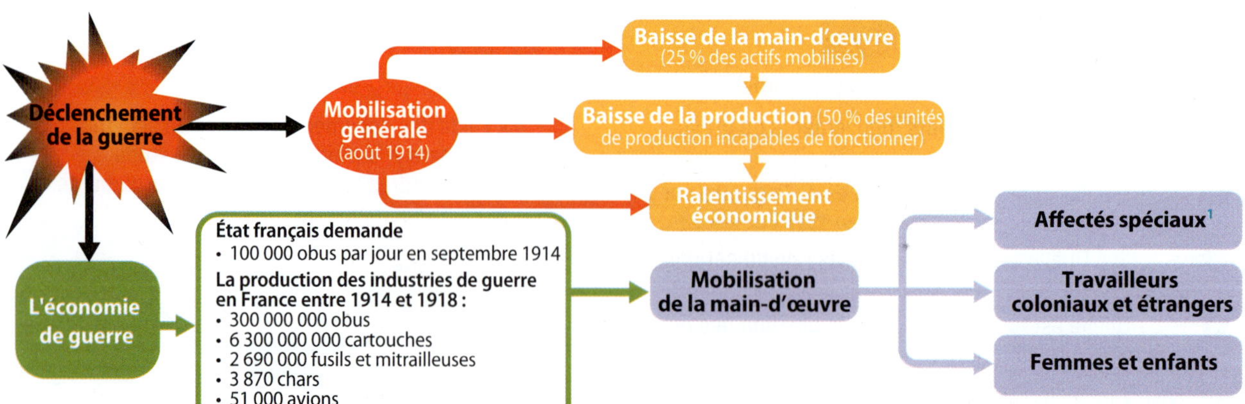

1. Individus mobilisés mais rappelés du front pour être affectés dans une usine en raison de leurs qualifications.
Sources : É. Alary, *La Grande Guerre des civils*, Perrin, Paris, 2018 ; N. Beaupré, *1914-1945 Les Grandes Guerres*, Belin, Paris, 2014.

2 La mobilisation de l'arrière en France

● Avec l'invasion de la Belgique et l'échec des offensives françaises dans le nord et l'est de la France fin août 1914, l'avancée allemande provoque l'exode des civils. Dans les territoires occupés, la vie devient difficile. Les civils sont victimes de nombreuses violences : occupation, pillages, déportations, bombardements, exécutions sommaires.

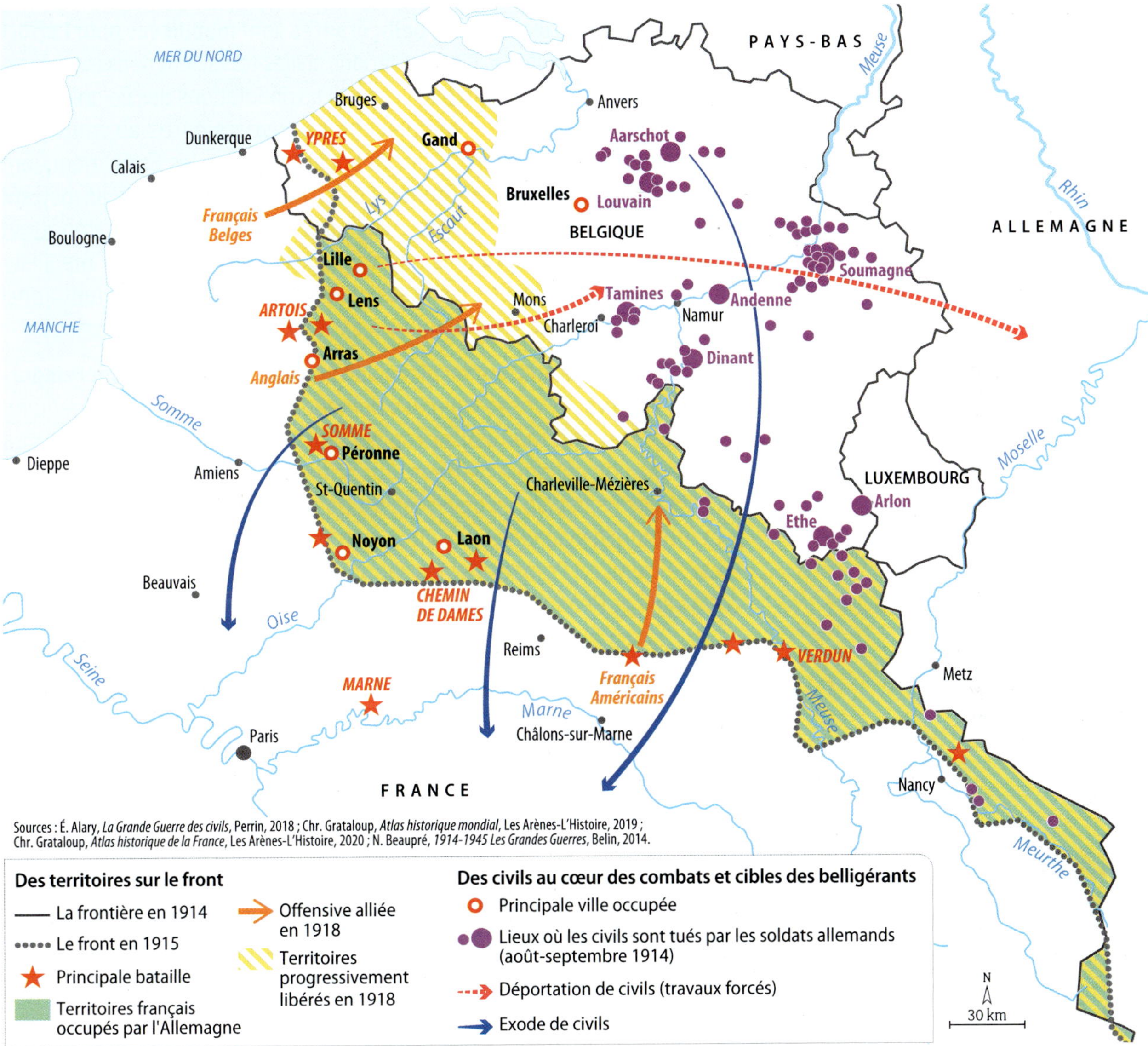

3 Les civils sur le front : la Belgique et le nord et l'est de la France

VOCABULAIRE

« Guerre totale » : mobilisation de l'ensemble des sociétés, des économies et des infrastructures des États belligérants.

QUESTIONS

1. **Doc. 1 et 2** Montrez comment les civils sont impliqués dans la guerre.
2. **Doc. 1 et 3** Pourquoi peut-on dire que les civils sont au cœur des combats ?
3. **Doc. 1, 2 et 3** Pourquoi l'expression « guerre totale » est-elle pertinente ?

COURS

Les civils, acteurs et victimes de la Première Guerre mondiale

> Quels sont le rôle et la place des civils durant la Première Guerre mondiale ?

1 Les civils, acteurs de la « guerre totale »

- **Dès 1914, toutes les sociétés belligérantes sont mobilisées pour l'effort de guerre.** « À l'arrière », les populations civiles travaillent dans les usines, cultivent la terre, soignent les blessés. Les populations des colonies sont également mobilisées et remplacent les ouvriers partis au front dans les usines métropolitaines. Pour financer la guerre, les États manquent rapidement de fonds et empruntent ou se fournissent à crédit. Ils mettent également à contribution les civils par l'augmentation des impôts et les **emprunts de guerre** (dès novembre 1915 en France). Pour mobiliser l'ensemble de la société, les États utilisent la **propagande** et font appel au patriotisme. Les « **embusqués** » sont ainsi dénigrés et dénoncés.

- **Les belligérants mettent en place une économie de guerre pour remporter la victoire.** Pour satisfaire les demandes en matériel et équipement, chaque État doit réorganiser rapidement l'économie. Chaque pays met en place une politique dirigiste. Sur ordre de l'État et sous son contrôle strict, les usines se reconvertissent pour produire chars, canons, obus et moteurs d'avions. Les récoltes sont destinées en priorité aux soldats sur le front. En France, Citroën fabrique des obus, Peugeot des moteurs d'avions et Renault des chars.

- **Marie Curie symbolise l'engagement des femmes et des scientifiques dans la guerre.** Elle s'engage durant les quatre années de guerre en mettant au service de son pays le fruit de ses recherches. Elle contribue à développer les connaissances en radiologie et l'équipement des « Petites Curie », véhicules légers qui, sur le front, facilitent un diagnostic plus précis et plus rapide des blessures. La radiologie, la chirurgie, le développement des prothèses et de la reconstruction maxillo-faciale sont autant de progrès qui aident à la survie et à la réinsertion des blessés et des « gueules cassées ». Mais les scientifiques se mettent aussi au service de l'armée. La chimiste britannique Martha Whiteley contribue par ses recherches à la production de gaz, dont le « gaz moutarde ». ➔ Étude p. 220

2 Les civils, victimes d'une guerre longue

- **« À l'arrière », les civils subissent la guerre.** Les pénuries rendent la vie quotidienne de plus en plus difficile et imposent le rationnement des produits de première nécessité (pain, lait). L'inflation s'installe. Des produits du quotidien coûtent en moyenne deux fois plus cher, voire davantage, à la fin de la guerre qu'au début. Les salaires, eux, n'augmentent pas et les difficultés d'approvisionnement s'accumulent.

- **Soutenir l'effort de guerre n'empêche pas de faire grève.** En France, dès janvier 1917, les midinettes cessent le travail et réclament une augmentation de salaire et le samedi après-midi chômé. Les salariés des usines

VOCABULAIRE

- **Censure :** interdiction par les États de diffuser certaines informations.
- **Effort de guerre :** engagement important de toutes les ressources du pays pour gagner la guerre.
- **Embusqué :** homme semblant échapper aux combats et brisant le principe de l'égalité devant la mort.
- **Emprunt de guerre :** prêt d'argent consenti par les particuliers à l'État pour financer l'effort de guerre.
- **Propagande :** ensemble de moyens et techniques utilisé pour exercer une influence sur l'opinion afin de lui faire accepter certaines idées.

DATES CLÉS

Août 1914

Appel à la mobilisation des femmes françaises

Septembre 1914

Mise en circulation des « Petites Curie »

24 mai 1915

Déclaration de la Triple Entente qualifiant le massacre des Arméniens de « crime contre l'humanité et la civilisation »

1917

Grèves en Europe

d'armement, du bâtiment et des transports suivent. D'autres mouvements touchent l'Europe en guerre. Les revendications sont essentiellement sociales, mais le pacifisme et le socialisme s'y expriment parfois à la suite des révolutions russes. Si des États choisissent le compromis (France), d'autres optent pour la répression (Allemagne, Italie). ➲ Étude p. 226

- **La guerre est longue et les souffrances s'intensifient.** La séparation forcée, les difficultés quotidiennes, l'absence d'un proche (mari, frère, père, fils, fiancé) et l'attente anxieuse de la possibilité de sa mort sont autant de souffrances caractéristiques de la « guerre totale » mobilisant les femmes et les enfants. Le moral des civils est l'objet de toutes les attentions et la **censure** a pour but de le maintenir car il est indispensable à la victoire. ➲ Étude p. 222

3 Les civils, cibles de violences extrêmes

- **Les civils sont victimes de l'invasion et de l'occupation ennemies.** Entre août et octobre 1914, 6 500 civils belges et français sont exécutés par les troupes allemandes. Dans les territoires occupés (Serbie, Belgique, nord et est de la France...), certains sont raflés et déportés vers des camps de travail forcé pour soutenir l'effort de guerre ennemi. Les troupes d'occupation pillent les ressources et la faim devient une arme de guerre.
- **Les populations urbaines sont également victimes des bombardements.** À Paris, les zeppelins (dirigeables allemands) font 267 morts et 602 blessés dès 1914. À Londres, en 1917, les bombardiers allemands tuent 1 414 personnes. De nombreuses villes, sur le front (Arras) ou dans les zones occupées (Lille), sont détruites. ➲ Grand Angle p. 228
- **Le génocide des Arméniens fait entre 1,2 et 1,5 million de victimes.** La politique d'épuration ethnique des Ottomans atteint son apogée en 1915 dans un contexte de guerre. Le 24 avril 1915, la déportation des Arméniens et leur assassinat systématique commencent. Malgré la déclaration de la Triple Entente du 24 mai 1915, le ministre de l'Intérieur Talaat Pacha décide la déportation de tous les Arméniens vers des camps de concentration en Syrie et en Mésopotamie. Ces massacres sont, en partie, à l'origine de la définition du crime de génocide en 1948. ➲ Étude p. 224

ACTEURS

MEHMET TALAAT PACHA (1874-1921)

RENÉ VIVIANI (1863-1925)

MARIE CURIE (1867-1934)

Les civils, acteurs et victimes de la Première Guerre mondiale

Les civils, acteurs de la « guerre totale »
- Femmes et enfants « à l'arrière »
- Économie de guerre
- Effort de guerre

Les civils, victimes d'une guerre longue
- Pénurie et inflation
- Souffrances morales
- Grèves de 1917

Les civils, cibles de violences extrêmes
- Bombardements
- Invasion et occupation
- Génocide des Arméniens

RÉVISIONS

Faire le point

Acteurs

- Femmes et enfants
- Travailleurs des colonies
- Talaat Pacha
- Arméniens
- États belligérants
- Marie Curie

Vocabulaire et notions

- « Arrière »
- Civils
- Économie de guerre
- Génocide
- « Guerre totale »
- Mobilisation

Les événements majeurs

- **Août 1914 :** appel à la mobilisation des femmes françaises
- **Août-septembre 1914 :** brutalités allemandes contre les civils en Belgique
- **Septembre 1914 :** développement des « Petites Curie » sur le front
- **1915 :** début du génocide des Arméniens
- **Novembre 1915 :** premier emprunt de guerre en France
- **1917 :** grèves en Europe

Les sociétés en guerre : des civils acteurs et victimes de la guerre

Idées essentielles

- Les civils jouent un rôle crucial dans la guerre. En participant à la mobilisation de l'ensemble de la société, ils soutiennent l'économie de guerre. Leur participation à cet effort de guerre ne les empêche toutefois pas de mener des manifestations ou de participer à des grèves ponctuelles.
- La « guerre totale » implique de considérer les civils comme des objectifs militaires pour vaincre l'ennemi. Les violences qu'ils subissent sont au cœur de cette stratégie de guerre, mais le génocide des Arméniens correspond à une politique d'épuration ethnique allant bien au-delà.
- La vie quotidienne des civils est profondément affectée par les quatre années de guerre, qu'ils endurent tant sur le plan physique et moral que sur le plan économique. Les souffrances multiples et les difficultés économiques ont un impact fort sur la société.

Réviser avec des podcasts

Podcast
hachette-clic.fr/25hg1044

Flashcards
hachette-clic.fr/25hg1045

- **Écoutez les cinq épisodes du podcast puis testez vos connaissances grâce aux flashcards.**

L'ESSENTIEL en 5 minutes

1. Pourquoi la Première Guerre mondiale est-elle une « guerre totale » ?
2. Comment l'économie de guerre s'organise-t-elle ?
3. Quelle est la contribution des civils à l'effort de guerre ?
4. Pourquoi les civils sont-ils devenus des cibles militaires ?
5. Quels sont les rôles et places des enfants dans la Grande Guerre ?

Mémoriser avec des exercices

Quiz hachette-clic.fr/25hg1046

Les sociétés mobilisées

1 **Expliquez ce qu'est l'effort de guerre.**

2 **Présentez l'engagement de cette scientifique pendant la guerre.**

3 **Citez trois actions effectuées par des enfants pour soutenir l'effort de guerre.**

Les civils, victimes de la guerre

4 **Citez trois mots-clés qui évoquent les souffrances des civils pendant la guerre.**

5 **Pourquoi le Royaume-Uni, la France et l'Italie dénoncent-ils un « crime contre l'humanité et la civilisation » commis contre les Arméniens ?**

6 **Replacez dans l'ordre chronologique les événements suivants et datez-les.**

- Génocide des Arméniens
- Brutalités allemandes en Belgique
- Bombardement de Londres
- Développement des violences contre les civils sur le front de l'Est
- Bombardements de Paris
- Déclaration de l'Entente dénonçant les crimes commis contre les Arméniens

Le quotidien des civils durant la guerre

7 **Associez chaque terme à sa définition.**

« Arrière »	Interdiction par les États de diffuser certaines informations.
Emprunt de guerre	Zone située hors des zones de combat et du front.
Censure	Prêt d'argent consenti par les particuliers à l'État pour financer l'effort de guerre.

8 **En 2018, l'historien Éric Alary publie *La Grande Guerre des civils*. Dans cet ouvrage, un chapitre s'intitule « La fin des jours ordinaires ». Justifiez le choix de ce titre.**

9 **Citez trois revendications de « l'arrière » lors des grèves de 1917.**

Défi en groupe Rapid' quiz

15 min de préparation — Par groupe de quatre, préparez une série de dix questions sur le chapitre.

10 min de réalisation — À tour de rôle, chaque groupe propose ses questions aux autres groupes de la classe. Le groupe le plus rapide gagne un point par question. Inversez ensuite les rôles.

RÉVISIONS

» S'entraîner

• Confronter deux documents d'époques différentes

Période	Effectif salarié total	Nombre de femmes salariées	% de femmes au sein du personnel
Janvier 1914	4 970	180	3,8 %
Décembre 1916	20 157	3 654	18,1 %
Printemps 1918	21 400	6 770	31,6 %

Enseigner 14-18, les mémoires de la Grande Guerre, Réseau Canopé, 2015.

1 L'évolution des effectifs dans l'usine Renault de Billancourt (France)

2 Une ouvrière soude au chalumeau une torpille pour mortier dans la forge de la Chaléassière, à Saint-Étienne (1916)

Images Défense

PALIER 1

Je lis et je comprends les documents

- **Doc. 1 et 2** Présentez chaque document (nature, date, auteur, sources).
- **Doc. 1** Comment évolue l'emploi des femmes dans l'usine Renault de Billancourt entre 1914 et 1918 ?
- **Doc. 2** Décrivez la scène représentée.

PALIER 2

Je sélectionne les informations et je fais le lien avec mes connaissances

- **Doc. 2** Quel est le rôle des femmes dans l'industrie durant la guerre ?
- **Doc. 1** Comment expliquer l'évolution des effectifs dans les usines Renault de Billancourt entre 1914 et 1918 ?

PALIER 3

Je confronte les documents

- Pourquoi la confrontation d'une source de l'époque (**doc. 2**) avec des travaux d'historiens (**doc. 1**) est-elle intéressante ?
- Que nous apprennent ces documents sur le rôle des femmes dans l'économie de guerre ?

• Analyser une affiche

Observez le document puis répondez aux questions.

Affiche pour les emprunts de guerre

Francisque Poulbot, « N'oublie pas de souscrire pour la victoire et le retour », Emprunt de la Défense nationale, 1915, Paris.

1 Qui est représenté sur l'affiche ? Sélectionnez les réponses exactes.

a. Une famille d'ouvriers dont le père part à la guerre.

b. Une famille de paysans dont le père part à la guerre.

c. Des enfants qui attendent le retour de leur père.

d. Une épouse qui voit son mari partir à la guerre.

2 Quel est l'objectif de cette affiche ? Sélectionnez la réponse exacte.

a. Soutenir le moral des soldats.

b. Récolter de l'argent pour soutenir l'effort de guerre.

c. Récolter de l'argent pour aider les familles dont les hommes sont au combat.

3 À quel sentiment est-il principalement fait appel dans cette affiche ? Justifiez votre réponse.

a. Le patriotisme

b. L'empathie

c. La fraternité

d. La joie

e. La peur

4 En analysant le document et grâce à vos réponses, vous montrerez que cette affiche illustre la participation des civils à l'effort de guerre.

Pour aller plus loin

À LIRE

■ Le manga *Marie Curie* de Kaoru Kobayashi (2022) évoque la vie de la scientifique et son engagement dans la guerre. Il est accompagné d'une mise en contexte historique et de documents d'archives.

À VISITER EN LIGNE

■ Le site de l'Historial de la Grande Guerre, situé à Péronne, permet de visiter les différentes collections du musée, notamment celle sur les civils dans le conflit.

MÉTIER D'HISTORIEN

■ Spécialiste du travail de fouilles sur le terrain, l'**archéologue** analyse les vestiges matériels et les traces du passé pour faire progresser la recherche historique.

Vers le supérieur ? La fiche métier de l'Onisep
hachette-clic.fr/25hg1047

MÉTHODE BAC Analyser des documents

Sujet corrigé : Les civils, acteurs de la guerre.

Objectif : Rédiger une analyse de documents en autonomie

Après avoir présenté le document et son contexte, expliquez comment il témoigne de la mobilisation de l'école et de la jeunesse pour l'effort de guerre.

Photographie originale datée de 1915 avec, au tableau, l'affiche d'Abel Faivre pour le premier emprunt de guerre

Document extrait de l'exposition « Les Enfants de la patrie - La Patrie en danger (1914-1918) » du musée national de l'Éducation.

Étape 1 Préparer l'analyse du document

1. Identifiez le document (date, nature, auteur, contexte d'élaboration).
2. Lisez et analysez la consigne.
3. Organisez vos connaissances afin de les faire correspondre aux éléments importants observés dans les documents.

Étape 2 Rédiger l'analyse du document

L'analyse doit être structurée et inclure :
- l'introduction, qui présente le document (nature, date, auteur, contexte), la problématique et l'annonce du plan ;
- le développement en deux ou trois parties s'organisant autour des éléments pertinents du document mis en perspective avec vos connaissances ;
- la conclusion, qui permet de répondre à la problématique et d'expliquer l'importance du document.

Introduction

La photographie proposée, datée de 1915, est prise dans un contexte où l'État recherche la mobilisation de la population pour l'effort de guerre. Pourquoi celle-ci illustre-t-elle bien l'effort de guerre totale que mène la France ? D'abord, nous verrons comment la jeunesse est mobilisée puis la façon dont l'école sert de relais à la propagande.

Développement (1re partie)

Sur la photographie, les élèves portent un uniforme et participent de manière disciplinée à une collecte, montrant leur implication dans l'effort de guerre. En classe, l'affiche de Faivre, qui représente un coq combatif, symbole de la France face à l'Allemagne, renforce le message patriotique. Dès 1915, avec la stabilisation des fronts, la guerre devient totale et mobilise toute la société, y compris les enfants. À travers l'école, l'État diffuse la propagande et incite les élèves à soutenir financièrement la guerre, influençant ainsi leurs familles. [...]

Conclusion

Cette photographie témoigne de la guerre totale. Elle illustre également la façon dont l'école mobilise la jeunesse. Toute la société est impliquée, et l'école devient un outil de propagande de l'État.

→ Voir la fiche méthode 10 p. 278

Sujet guidé : Les civils, victimes de la guerre.

Analysez le document afin de montrer que les civils sont des cibles pendant la Première Guerre mondiale et que cela affecte leur vie quotidienne tout au long du conflit.

Reims sous les obus
1917, monographie imprimée, bibliothèque nationale de France (BNF), Paris.

Étape 1 Préparer l'analyse du document

1. Identifiez le document.
2. Lisez et analysez la consigne.

Analysez le document afin de montrer que les civils sont des cibles pendant la Première Guerre mondiale et que cela affecte leur vie quotidienne tout au long du conflit.

- les civils sont des cibles : Définissez précisément ces termes.
- Première Guerre mondiale : Datez l'événement.
- vie quotidienne : L'ensemble des aspects de la vie de tous les jours.
- tout au long du conflit : Prendre en compte la durée du conflit.

3. Organisez vos connaissances afin de les faire correspondre aux éléments importants observés dans le document.

Faites un tableau dans lequel vous distinguez :
- ce que vous observez en regardant attentivement le document ;
- ce que vous analysez en recourant à vos connaissances.

Étape 2 Rédiger l'analyse du document

4. Complétez l'introduction.

Le document proposé permet de comprendre l'impact de la Première Guerre mondiale sur la vie des populations civiles. ...

5. Complétez la rédaction de la première partie de votre analyse.

La ville de Reims est une des plus touchées par les violences de guerre. Le document proposé met en scène une mère avec ses enfants fuyant les bombardements. La gravure illustre alors bien le fait que les populations civiles sont devenues un vrai enjeu durant la Première Guerre mondiale. Celles-ci doivent faire face...

6. Complétez la rédaction de la seconde partie de votre analyse en vous aidant de l'**étape 1**.
7. Complétez la conclusion.

L'illustration proposée est une représentation stylisée des conditions dans lesquelles les populations civiles souffrent de la Première Guerre mondiale et de ses violences combattantes. En effet, ...

CHAPITRE

11 Sortir de la guerre : la tentative de construction d'un ordre des nations démocratiques

COURS 1 Sortir de la guerre est un processus lent. Les conséquences du lourd bilan humain et matériel du conflit ainsi que la reprise d'affrontements rendent difficile la sortie de guerre.

> Comment les belligérants sortent-ils de la Grande Guerre ?

COURS 2 La construction de la paix repose sur des traités et des institutions internationales qui ne parviennent pas à répondre pleinement aux frustrations des vaincus et à la crise humanitaire d'après-guerre.

> Quels sont les défis pour bâtir une paix durable après la guerre ?

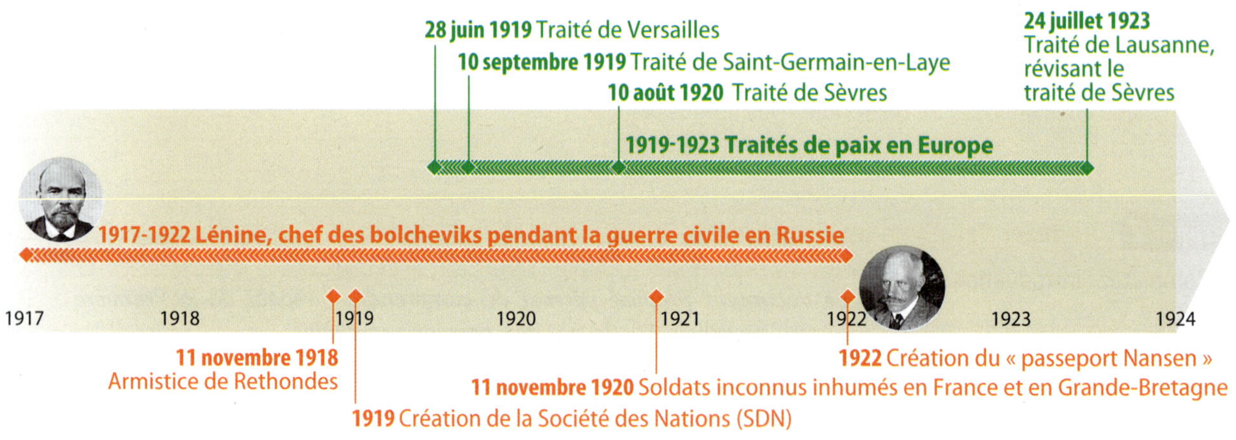

QUESTIONS

1. Doc. 1 Pourquoi cette scène reflète-t-elle à la fois le lourd bilan humain de la guerre et les enjeux mémoriels de la sortie de guerre ?
2. Doc. 2 Quelles difficultés liées à la reconstruction du monde et à l'instauration de la paix cette photographie met-elle en lumière ?
3. Doc 1 et 2 Pourquoi la construction de la paix est-elle difficile ?

1

Commémorer les morts de la Grande Guerre

Translation des cendres des soldats inconnus de la bataille de Verdun à l'ossuaire de Douaumont, 1927, BnF, Paris.

2

Des réfugiés de la guerre gréco-turque (1919-1922)

Fridtjof Nansen, Haut-Commissaire aux réfugiés de la Société des Nations (deuxième en partant de la droite), aux côtés de réfugiés grecs fuyant la guerre gréco-turque en 1922.

GRAND ANGLE De la guerre à la paix, une lente sortie de guerre (1918-1923)

● La Grande Guerre marque profondément les sociétés européennes. Le bilan humain (6 millions de civils et 10 millions de **combattants disparus** ou morts) et le bilan économique sont effroyables. Les traités de paix entraînent un bouleversement de la carte de l'Europe avec l'apparition de nouveaux États. Les tensions qui en résultent font naître de nouveaux risques de conflits.

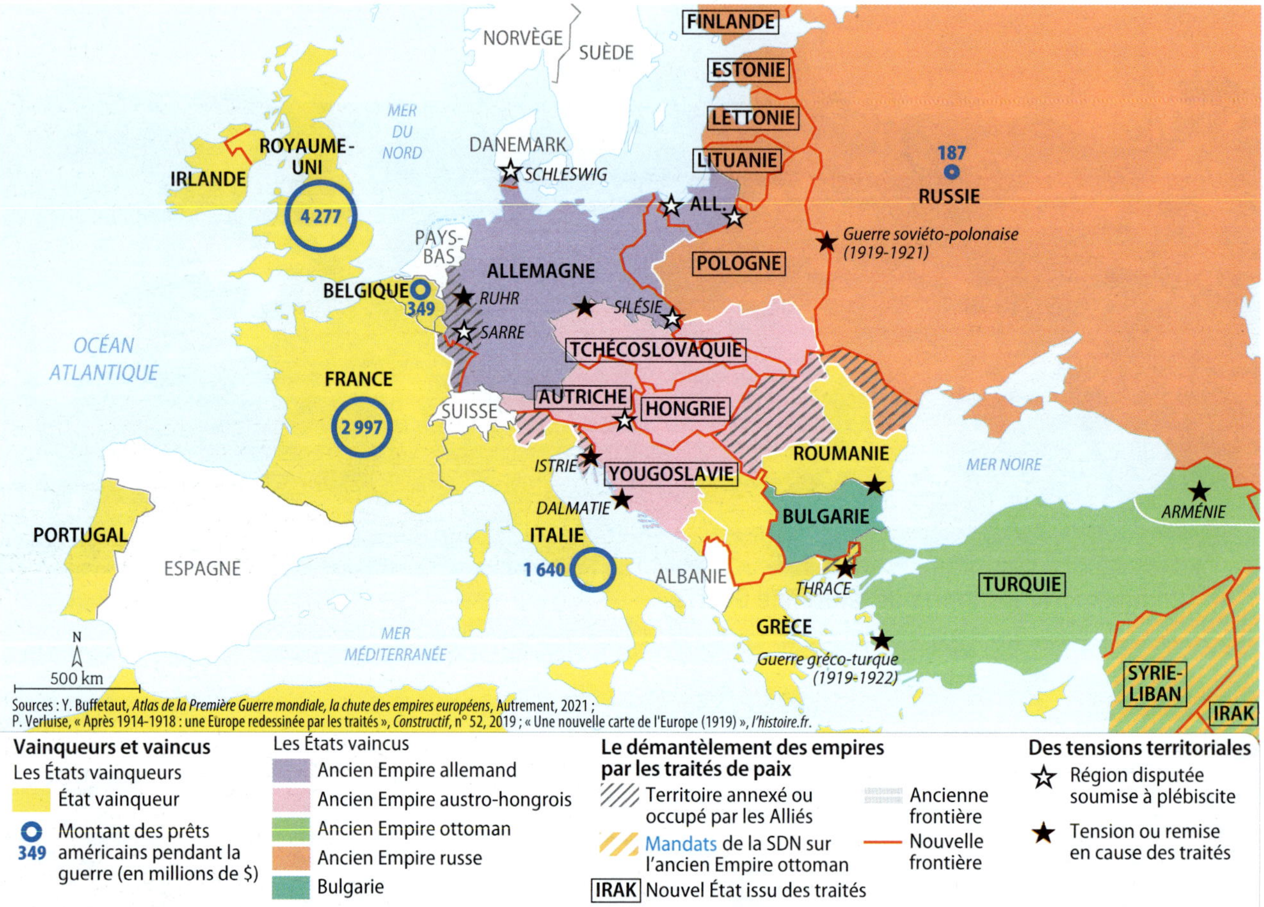

1 Le bilan territorial et matériel de la Grande Guerre

Effet de la guerre de 1914-1918 sur la structure par âge et par sexe de la population de la France métropolitaine (frontières d'avant-guerre)

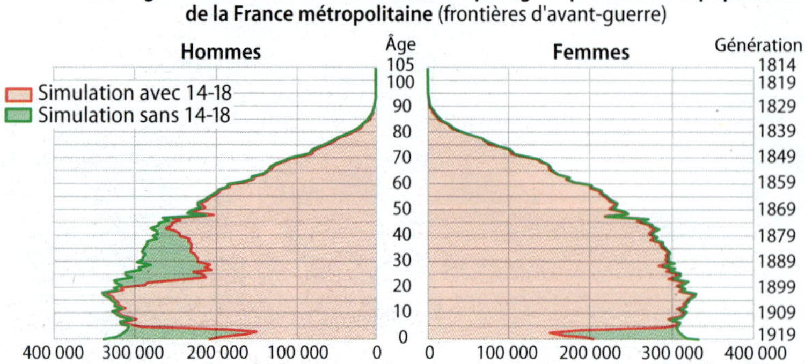

Source : G. Bellis, J.-F. Léger et A. Parant, « La guerre de 1914-1918 : un cataclysme démographique. Effets immédiats et conséquences à long terme de la guerre de 1914-1918 sur la démographie française », *Espace populations sociétés*, 2022.

▶ Vidéo
Les conséquences environnementales de la Grande Guerre
hachette-clic.fr/25hg1048

2 Les effets démographiques de la guerre : le cas français

● Établie en 1919 au même moment que la signature du traité de Versailles, la Société des Nations est la première organisation internationale qui envisage de garantir la paix par la coopération entre les États. Si la SDN œuvre pour essayer de bâtir une paix durable, ses moyens restent limités (décisions prises à l'unanimité, absence d'une force armée internationale).

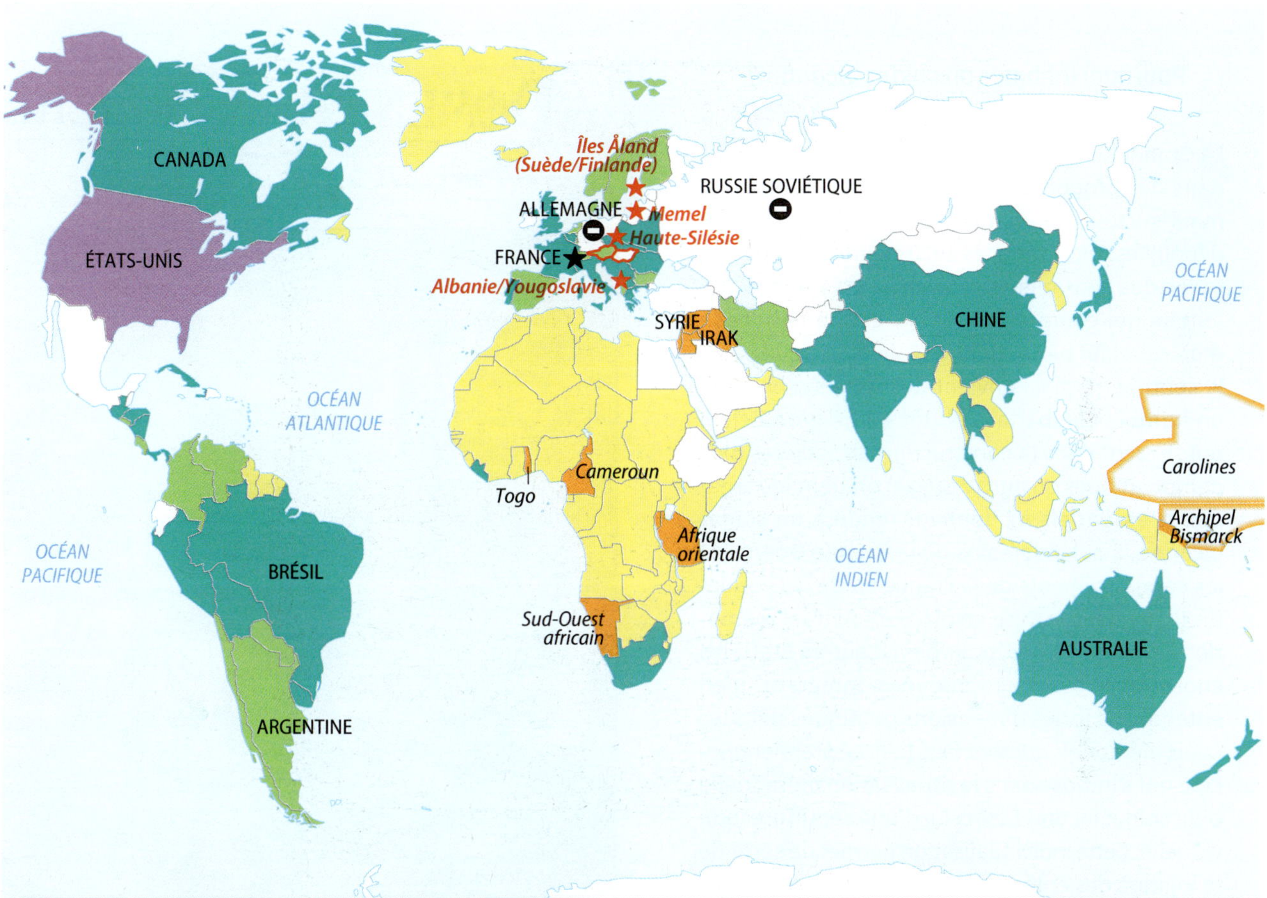

Une institution internationale
- ★ Siège de la SDN (Genève)
- Membre fondateur (10 janvier 1920)
- Pays rejoignant la SDN en 1920

L'action de la SDN au début des années 1920
- Territoire sous mandat de la SDN
- ★ Intervention de la SDN réglant pacifiquement un conflit territorial (1920-1923)
- Pays secouru par un plan d'aide économique décidé par la SDN

Les limites de l'universalisme
- Pays refusant de participer
- Colonie d'un pays membre
- Pays non membre en 1920
- Pays non admis à la SDN en 1920

Source : Y. Buffetaut, *Atlas de la Première Guerre mondiale*, Autrement, 2021.

3 Actions et limites de la SDN (1919-1923)

VOCABULAIRE

- **Combattant disparu :** soldat dont le corps n'a pu être retrouvé ou identifié, rendant impossible la certification de sa mort.
- **Mandat :** territoire dont l'administration est confiée à une puissance étrangère, sous le contrôle d'une organisation internationale.

QUESTIONS

1. **Doc. 1** Présentez les conséquences de la guerre sur la nouvelle carte de l'Europe.
2. **Doc. 2** Quels sont les effets de la Grande Guerre sur la démographie française ?
3. **Doc. 1 et 3** Après avoir identifié les moyens utilisés pour bâtir la paix, vous en soulignerez les fragilités.

ÉTUDE 1
REGARD DE L'HISTORIEN

Commémorer les soldats inconnus PPO

La mort et la disparition de millions de combattants durant le conflit rendent nécessaire la création de nouvelles pratiques commémoratives afin de répondre au **deuil de guerre**. L'inhumation de soldats inconnus est commune aux belligérants, mais elle révèle aussi des particularités nationales.

> Quels sont les enjeux de mémoire liés aux soldats inconnus ?

1 Pourquoi inhumer un soldat inconnu ?

REGARD DE L'HISTORIEN

La Grande Guerre massifie non seulement la mort dans des proportions jamais connues jusque-là, mais surtout anonymise un grand nombre de dépouilles. Or, les années 1920 viennent finir d'installer des sentiments individualistes et chaque famille qui compte un disparu est demandeuse d'un rituel lui permettant de faire son deuil. Avec le sentiment qu'il convient désormais d'honorer un humble combattant plutôt qu'un grand chef, qui s'inscrit dans la construction de sociétés plus démocratiques qu'au XIXe siècle, on tient les arguments essentiels à l'honneur rendu à un soldat inconnu, aux lendemains de la Grande Guerre. Si les comportements de la France ou de la Grande-Bretagne dans la mise en place d'un rituel mémoriel sont bien cernés, pour bien d'autres États, les choses sont assez compliquées, intégrant, bien entendu, de fortes dimensions politiques dans les choix mémoriels qui sont faits [...]. Le premier principe qui s'impose dans la ritualisation mémorielle d'un soldat inconnu est celui d'une sépulture individuelle. Cette individualisation permet de sortir de la logique des enterrements en fosses communes [...]. Le deuxième principe est celui de l'universalité. Le choix d'un soldat inconnu symbolise ainsi la totalité des morts de la guerre et pas seulement ceux dont les corps n'ont pas été retrouvés [...]. Le soldat inconnu devient un mort public au nom de tous les morts privés de la Grande Guerre.

François Cochet, « L'œil de l'historien, les soldats inconnus de la Grande Guerre », paru le 3 novembre 2022 sur le site du Souvenir français.

Qui est-il ?
François Cochet (né en 1954) est un historien français, spécialiste de la Première Guerre mondiale, notamment des questions liées aux mémoires de cette guerre.

▶ Vidéo
5 questions à Jean-Yves Le Naour, commissaire de l'exposition « Le Soldat inconnu à l'Arc de Triomphe ».
hachette-clic.fr/25hg1049

2 Choisir le soldat inconnu : le cas italien

Une de *La Domenica del Corriere*, 6-13 novembre 1921.

Le choix du soldat inconnu s'opère parmi les dépouilles de soldats tombés au front. Si en France le choix est fait par un soldat, l'Italie s'en remet à la mère d'un défunt disparu lors de la cérémonie du 26 octobre 1921 dans la basilique d'Aquilée. Le corps est ensuite inhumé à Rome.

VOCABULAIRE

Deuil de guerre : processus par lequel les individus et les sociétés tentent de surmonter les pertes humaines et matérielles engendrées par un conflit.

3 Où inhumer le Soldat inconnu ?

Le gouvernement s'est très heureusement décidé à sanctifier la journée du 11 novembre en la consacrant au vainqueur de la Grande Guerre, le soldat inconnu [...]. Réclamons tout de suite pour la dépouille mortelle du Poilu sa vraie place. Ce n'est pas le Panthéon, c'est l'Arc de Triomphe[1] [...]. Ce fils de toutes les mères qui n'ont pas retrouvé leur fils est bien plus qu'un grand homme : il représente la génération du sacrifice, il est le peuple entier. Lui réserver un coin dans une crypte[2] ! À côté de qui ? Y a-t-il une commune mesure entre sa gloire et les autres ? [...] Pour que le cinquantenaire de la République apparaisse en vérité comme la fête de la nation et la commémoration de la victoire, il faudrait qu'après avoir déposé au Panthéon le cœur de Gambetta, qui prépara la revanche, le peuple de Paris ne suivît plus qu'un seul char, celui qui transporterait vers la colline de la gloire, sous l'arc triomphal où il irait reposer dans la lumière, le vainqueur sans nom en qui s'incarne le souvenir de dix-sept cent mille[3] Français morts pour la liberté des peuples.

Henry de Jouvenel, « La vraie place du Poilu inconnu n'est pas au Panthéon, elle est sous l'Arc de Triomphe », tribune parue dans *Le Matin*, le 4 novembre 1920.

1. Un débat divise l'Assemblée nationale sur le lieu d'inhumation.
2. Caveau souterrain, comme au Panthéon.
3. 1 700 000.

Qui est-il ?
Henry de Jouvenel (1876-1935), journaliste et homme politique français.

Pays	Date d'inhumation du soldat inconnu	Quel soldat ?	Lieu d'inhumation choisi	
Belgique	11 novembre 1922	Un soldat de la Première Guerre mondiale choisi parmi 5 cimetières militaires	Colonne du Progrès (Bruxelles), à la gloire de l'indépendance belge (1830)	
Pologne	2 novembre 1925	Un soldat mort en 1920, lors de la guerre soviéto-polonaise	Place de Saxe (Varsovie)	
Russie soviétique	–	Refus des autorités soviétiques d'honorer les morts de la guerre du tsar	–	

4 Les soldats inconnus, du symbole national au refus

F. Cochet, « L'œil de l'historien, les soldats inconnus de la Grande Guerre », paru le 3 novembre 2022 sur le site du Souvenir français ; J.-Y. Le Naour, « Le Soldat inconnu, un symbole national mondialisé », conférence donnée le 6 novembre 2021 au Mémorial de Verdun.

PARCOURS 1

S'approprier un questionnement historique

1. **Doc. 1** Comment l'historien François Cochet explique-t-il le recours à la pratique du soldat inconnu ?
2. **Doc. 1 et 2** Pourquoi l'inhumation d'un soldat inconnu peut-elle répondre aux attentes des familles ?
3. **Doc. 1 et 3** Quelles raisons expliquent le choix d'inhumer le Soldat inconnu sous l'Arc de Triomphe ?
4. **Doc. 1, 3 et 4** Montrez que l'inhumation d'un soldat inconnu témoigne d'enjeux avant tout nationaux.

BILAN En vous appuyant sur les documents et vos réponses, commentez l'affirmation suivante de François Cochet : selon les pays, la pratique de l'inhumation d'un soldat inconnu intègre « de fortes dimensions politiques dans les choix mémoriels qui sont faits » (**doc. 1**).

PARCOURS 2

Préparer un exposé oral

En croisant les analyses de François Cochet et l'interview de l'historien français Jean-Yves Le Naour, vous présenterez les enjeux de l'inhumation du Soldat inconnu en France en 1920.

Pas à pas

1. Commencez par expliquer pourquoi le site de l'Arc de Triomphe a été choisi.
2. Présentez ensuite les enjeux symboliques et politiques liés à l'inhumation du Soldat inconnu.
3. Enfin, montrez que le Soldat inconnu continue de jouer un rôle central dans la mémoire de la Première Guerre mondiale en France.

ÉTUDE 2 La guerre civile en Russie et les interventions étrangères

À l'issue des révolutions de février et octobre 1917 qui ont renversé le tsar de Russie, puis le gouvernement provisoire, les **bolcheviks** prennent le pouvoir. Jusqu'en 1922, la Russie plonge dans une guerre civile, aggravée par l'intervention de puissances étrangères. La guerre civile fait trois millions de morts et se termine par la victoire des bolcheviks.

> Pourquoi la désintégration de l'Empire russe rend-elle la sortie de guerre difficile ?

VOCABULAIRE

- **Bolchevik :** membre du mouvement révolutionnaire communiste dirigé par Lénine.
- **Communisme de guerre :** politique économique dirigiste (abolition de la propriété privée des moyens de production, réquisitions, etc.) et centralisée mise en œuvre en Russie soviétique pendant la guerre civile (1918-1922) pour contrôler l'économie et alimenter l'effort de guerre.
- **« Rouges » / « Blancs » :** pendant la guerre civile russe, les « Rouges » correspondent aux partisans du régime de Lénine tandis que les « Blancs » renvoient à ses opposants, qui peuvent être partisans du retour au régime tsariste.

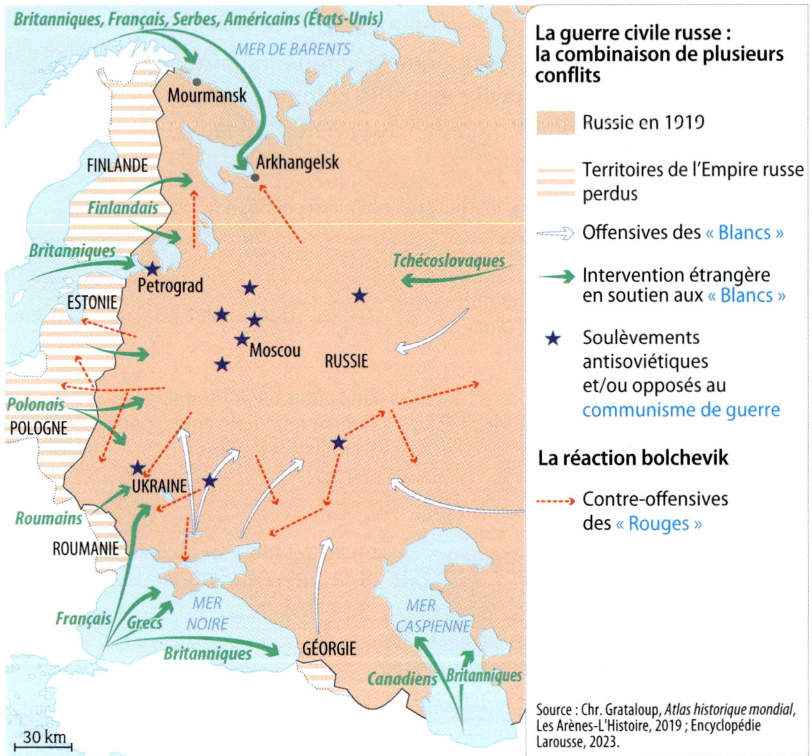

1 Les guerres en Russie

2 Une guerre civile dévastatrice

(a) La terreur rouge

Le soulèvement koulak[1] dans vos cinq districts doit être écrasé sans pitié. Les intérêts de la révolution tout entière l'exigent, car partout la lutte finale avec les koulaks est désormais engagée. Il faut faire un exemple. 1. Prendre […] pas moins de 100 koulaks, richards, buveurs de sang connus. 2. Publier les noms. 3. S'emparer de tout leur grain. 4. Identifier les otages […]. Faites cela de façon qu'à des centaines de lieues à la ronde les gens voient, tremblent, sachent et se disent « ils tuent et continueront de tuer les koulaks assoiffés de sang ». Télégraphiez que vous avez bien reçu et exécuté ces instructions. Vôtre, Lénine. P.-S. – Trouvez des gens durs.

Lettre de Lénine à V. V. Kuraev, 11 août 1918.

(b) La terreur blanche : un pogrom[2] en Ukraine

Ils ne se servaient pas seulement de leurs sabres, mais également de leurs baïonnettes. Les armes à feu n'étaient utilisées que dans les rares cas où les victimes tentaient de s'enfuir […]. La maison de Krotchak fut visitée par huit hommes qui […] prirent le vieux Krotchak par la barbe, le tirèrent jusqu'à la fenêtre de la cuisine et le jetèrent dehors aux trois autres qui le tuèrent. Puis ils tuèrent la vieille femme et ses deux filles […]. Après ce meurtre, les cosaques[3] revinrent dans la maison et infligèrent plusieurs blessures à un garçon de treize ans, qui devint sourd à la suite de l'agression.

Extrait d'un rapport d'A. I. Hillerson, *The Pogroms in the Ukraine Under the Ukrainian Governments* (1917-1920), I. B. Schlechtmann, Londres, Bâle, 1927.

1. Paysan propriétaire. 2. Pillage et massacre dirigés contre une communauté juive. 3. Cavaliers servant dans les armées blanches tsaristes.

Textes cités par Robert Gerwarth, *Les Vaincus, violences et guerres civiles sur les décombres des empires, 1917-1923*, Paris, Seuil, 2017.

Qui est-il ? Lénine (1870-1924) est un révolutionnaire communiste qui prend le pouvoir en Russie en 1917.

3 La peur des « Rouges » aux États-Unis

L'armée américaine fait face à la menace des « Rouges » (*Red*), prêts à envahir les États-Unis pour instaurer un gouvernement communiste (*Soviet Govt for U.S.*). Cela permettrait à l'I.W.W. (Industrial Workers of the World), un syndicat ouvrier, de prendre le pouvoir.

William Allen Rogers, « To Make America Safe for Democracy » (« Rendre l'Amérique sûre pour la démocratie »), publié dans le *New York Herald*, 17 octobre 1919.

4 L'intervention de la France dans la guerre civile russe

Toutes nos interventions en Russie, depuis un an, ont été dirigées contre l'Allemagne. Tout ce que nous avons fait contre les bolcheviks c'est en réalité contre les Allemands que nous l'avons fait [...]. Pourquoi avons-nous envoyé des troupes à Arkhangel, à Mourmansk[1] et en Sibérie ? [...] Pour prévenir le retrait des troupes allemandes destinées alors à être envoyées sur le front occidental ; pour combattre l'infiltration allemande et la mainmise de l'Allemagne sur la Russie[2] ; pour sauver les Tchécoslovaques, nos alliés, menacés de destruction par les Allemands et les bolcheviks : pour venir en aide aux associations et groupements russes dévoués à l'Entente ; pour permettre aux éléments fidèles à notre alliance, respectueux de nos contrats, décidés à tenir leurs obligations internationales de s'organiser efficacement et de lutter contre la ruine et l'anarchie dont les conséquences pouvaient s'étendre à nous-mêmes [...]. Nous nous défendons simplement nous-mêmes en veillant à nos intérêts vitaux dans ce pays où nous avons des attaches d'une importance considérable[3] et où nous devons nous efforcer de faire respecter les droits qu'un gouvernement anarchique a foulés aux pieds.

Déclaration de Stephen Pichon, ministre français des Affaires étrangères, devant le Parlement, *Journal officiel de la Chambre*, 29 décembre 1918, cité par Patrick Lunet, « L'intervention française en Russie méridionale en 1918-1919 », *Revue historique des armées*, 1992.

1. Localités situées dans le nord de la Russie.
2. Lénine était considéré comme un agent au service de l'Allemagne.
3. Les intérêts économiques français en Russie sont remis en cause par Lénine.

PARCOURS 1

Présenter une situation historique

1. **Doc. 1** Identifiez les acteurs participant à la guerre civile et leurs objectifs.
2. **Doc. 1 et 2** Comment ces documents témoignent-ils de la brutalité de cette guerre ?
3. **Doc. 3 et 4** Quelles raisons poussent des puissances étrangères à être actrices de la guerre civile russe ?
4. **Doc. 1, 3 et 4** Comment les puissances étrangères réagissent-elles face à la situation en Russie ?

BILAN À l'aide des documents et de vos réponses, expliquez comment et pourquoi, malgré l'arrêt des combats en 1917, la guerre se prolonge en Russie jusqu'en 1922.

PARCOURS 2

Réaliser un travail de groupe

En vous appuyant sur les documents, préparez une présentation orale sur la guerre civile en Russie jusqu'en 1922 ainsi que les interventions étrangères dans ce conflit. Vous pouvez répartir le travail en fonction des trois thématiques suivantes :

1. Le renversement du régime tsariste et la guerre civile en Russie.

2. Les motivations et les conséquences des interventions étrangères dans la guerre civile en Russie.

3. Un conflit d'une violence extrême.

COURS 1 Une difficile sortie de guerre

> Comment les belligérants sortent-ils de la Grande Guerre ?

1 Un bilan humain et matériel sans précédent

- **La guerre entraîne une crise démographique durable.** 10 millions de soldats ont trouvé la mort, ainsi que 6 millions de civils. Les pertes sont aggravées par le déficit des naissances dû à la séparation des couples durant le conflit. La guerre laisse des millions de veuves et d'orphelins, elle déséquilibre les rapports démographiques entre hommes et femmes (60 % des morts sont des hommes jeunes, entre 20 et 30 ans).

- **Les conséquences économiques de la guerre sont profondes.** Dans les zones de combats, les terres agricoles sont ravagées ; certaines sont inexploitables pour de longues années comme la « **zone rouge** » en France. Le Royaume-Uni est gravement affecté par la destruction d'une grande partie de sa flotte commerciale. Plus largement, les belligérants européens sortent appauvris et endettés par la guerre en raison des dépenses inouïes consacrées à l'armement.

- **La guerre marque durablement l'environnement.** Les affrontements ont bouleversé les paysages : villages rasés, reliefs remodelés par les obus et les mines. La mobilisation générale des ressources a également affecté les paysages situés en retrait de la ligne de front : les besoins en bois (pour les tranchées, les baraquements) sont tels que les Britanniques coupent près de 50 % de leurs forêts, tandis que l'Empire ottoman exploite les cèdres au Liban au risque de les faire disparaître. Grand Angle p. 240

2 La difficile démobilisation des corps et des esprits

- **Les armistices marquent le début d'un lent processus de démobilisation qui s'étale jusqu'en 1920.** La guerre se prolonge sur certains territoires comme en Russie. D'anciens combattants rejoignent des groupes **paramilitaires**, témoignant de la **brutalisation** de la vie politique en Europe : les « corps francs » en Allemagne, les « Arditi » en Italie. Pour les autres, le retour à la vie civile se fait dans la souffrance : les blessures physiques (autour de 30 millions de blessés) s'accompagnent de blessures psychiques ; ces « mutilés du cerveau » (selon l'expression du médecin Georges Cuvier) ne bénéficient d'aucune reconnaissance.

- **La démobilisation des esprits est extrêmement lente.** Jusqu'au début des années 1920, c'est encore la haine de l'ennemi qui domine, y compris dans le milieu universitaire. Au début des années 1920, les historiens français cherchent à prouver la responsabilité allemande dans le déclenchement de la guerre afin de justifier les demandes de **réparations**. Les universités allemandes sont exclues de la plupart des institutions scientifiques internationales jusqu'en 1925.

VOCABULAIRE

- **Brutalisation :** terme désignant le transfert des attitudes et pratiques violentes des combats de la Première Guerre mondiale dans le quotidien des sociétés européennes d'après-guerre.
- **Paramilitaire :** troupe militaire ne dépendant pas d'une armée nationale.
- **Réparations :** argent dû aux vainqueurs par les vaincus afin de « réparer » les dégâts causés par la guerre.
- **Tcheka :** dans la Russie soviétique, police politique créée en 1917.
- **Zone rouge :** zone interdite par les autorités françaises en raison de sa dangerosité (présence d'obus, de produits toxiques, de cadavres).

DATES CLÉS

1917-1922
Guerre civile russe

1918-1919
Révolution allemande

1919-1921
Guerre soviéto-polonaise

11 novembre 1920
Inhumation de soldats inconnus en France et Grande-Bretagne

- **Le deuil de guerre est difficile à faire.** Afin de commémorer collectivement les morts, les autorités publiques construisent des milliers de monuments funéraires (ossuaires, monuments aux morts). Mais le deuil des familles se heurte à de nombreux obstacles, en particulier le nombre de disparus. En inhumant « un soldat inconnu », la France comme la Grande-Bretagne, l'Italie et la Belgique donnent à l'ensemble des disparus une sépulture symbolique. ➲ Étude p. 242

3 L'apparition de nouveaux conflits

- **Entre 1917 et 1923, vingt-sept conflits violents éclatent, provoquant quatre millions de morts, essentiellement en Europe centrale.** Un premier type de conflit oppose des États entre eux dans les zones où la dislocation des empires (allemand, austro-hongrois, ottoman et russe) laisse place à de nouveaux États-nations. Lors de la guerre soviéto-polonaise (1919-1921), le nouvel État polonais lutte autant contre une invasion russe que pour étendre ses frontières au détriment de ses voisins.

- **La période est aussi marquée par de nombreuses guerres civiles.** Faisant plus de trois millions de victimes, la guerre civile russe (1917-1922) est la somme de plusieurs conflits. Le principal oppose les « Rouges » bolcheviks aux « Blancs » contre-révolutionnaires. Le conflit s'enlise avec l'intervention de puissances étrangères (France, Grande-Bretagne, etc.) en soutien aux « Blancs ». Les bolcheviks l'emportent grâce à la consolidation de l'Armée rouge, la mise en place d'une politique de terreur menée par la **Tcheka** et l'adoption d'un « communisme de guerre ». ➲ Étude p. 244

- **La violence prend enfin la forme de révolutions.** Certaines sont motivées par la recherche d'une redistribution de la richesse et du pouvoir au sortir de la guerre. Inspirée par la révolution russe, l'Allemagne connaît ainsi une révolution entre 1918-1919. Elle débouche sur la naissance d'une nouvelle république dans un contexte troublé. Les communistes allemands sont écrasés lors de la « semaine sanglante » (6-12 janvier 1919), qui fait 165 morts, dont Rosa Luxemburg.

ACTEURS

VLADIMIR ILITCH OULIANOV, DIT LÉNINE (1870-1924)

LES VÉTÉRANS ET LE SOLDAT INCONNU (FRANCE)

Une difficile sortie de guerre

Un bilan humain et matériel sans précédent
- 16 millions de morts
- Économies dévastées
- Paysages ravagés

La difficile démobilisation des corps et des esprits
- Difficulté du deuil de guerre
- Complexité du retour à la vie civile
- Haine de l'ennemi persistante

L'apparition de nouveaux conflits
- Conflits interétatiques
- Guerre civile russe
- Révolutions violentes

ÉTUDE 3
PARCOURS CROISÉS

1919-1923 : sortir de la guerre

WOODROW WILSON
(1856-1924)
Président des États-Unis de 1913 à 1921, il engage son pays dans la guerre en 1917. Participant activement aux négociations de paix, son mandat se termine sur un échec car le Sénat américain refuse l'adhésion américaine à la SDN en 1920.

Garantir la paix à l'échelle internationale : la Société des Nations (SDN)

En accord avec les principes énoncés dans les « 14 points » du président américain Woodrow Wilson, la SDN est fondée en 1919. Son objectif est d'assurer la paix par la coopération entre les États.

Sur quels principes la Société des Nations est-elle fondée ?

1 Les « 14 points » de Wilson

C'est donc le programme de la paix du monde qui constitue notre programme. Et ce programme, le seul possible selon nous, est le suivant :

1° Des conventions de paix, préparées au grand jour […] ; la diplomatie procédera toujours franchement et à la vue de tous. […]

3° Suppression, autant que possible, de toutes les barrières économiques […] pour toutes les nations consentant à la paix et s'associant pour son maintien.

4° Échange de garanties suffisantes que les armements de chaque pays seront réduits au minimum […].

5° Un arrangement librement débattu, dans un esprit large et absolument impartial, de toutes les revendications coloniales […].

12° Aux régions turques de l'Empire ottoman actuel devront être garanties la souveraineté et la sécurité ; mais aux autres nations qui sont maintenant sous la domination turque, on devra garantir une sécurité absolue d'existence et la pleine possibilité de se développer d'une façon autonome. […]

14° Il faut qu'une société des nations soit constituée […] ayant pour objet d'offrir des garanties mutuelles d'indépendance politique et d'intégrité territoriale aux petits comme aux grands États.

Discours de W. Wilson le 8 janvier 1918 devant le Congrès américain.

Son organisation
- Une assemblée des États membres (45 en 1920) 1 État = 1 vote
- Un conseil : 4 membres permanents (France, Royaume-Uni, Italie, Japon)
- Un secrétariat

Ses moyens d'action en cas de guerre
- Rupture des relations économiques avec l'agresseur
- Action militaire collective contre l'agresseur

Les principes
- Respect du droit international
- Refus d'une diplomatie secrète
- Refus du recours à la guerre

Ses actions dans les années 1920
- Création de l'OIT[1] (1919)
- Création du HCR[2] (1921)
- Administre ou organise des plébiscites dans des territoires disputés

Ses limites
- Au départ, ni les vaincus, ni l'URSS, ni les États-Unis (refus) n'y participent
- Ne dispose pas de moyens militaires propres
- Le principe de l'unanimité bloque la prise de décision

1. **OIT :** Organisation internationale du travail, promouvant la protection des travailleurs dans le monde.
2. **HCR :** Haut-Commissariat aux réfugiés, promouvant la protection des réfugiés dans le monde.

2 Principes, actions et limites de la SDN au début des années 1920

ACTIVITÉ 1

1. **Doc. 1** Sur quels principes la paix doit-elle reposer ?
2. **Doc. 2** Comment la SDN souhaite-t-elle garantir la paix ?
3. **Doc. 1 et 2** Pourquoi la SDN répond-elle aux principes défendus par le président Wilson ?

BILAN À l'aide des documents et de vos réponses, montrez que la SDN est une réponse apportée à la volonté de bâtir une paix durable après la guerre.

Les traités de paix, de Versailles à Lausanne (1919-1923) PPO

Le traité de Versailles (1919) est le premier d'une série de traités de paix imposés aux vaincus. Ils redessinent la carte de l'Europe en démantelant les empires et en créant de nouveaux États. Cependant, ils génèrent de nombreuses tensions.

> **Pourquoi les traités rendent-ils complexe la construction d'une paix durable ?**

	Traité de Versailles avec l'Allemagne (1919)	Traité de Sèvres avec l'Empire ottoman (1920)
Responsabilité de la guerre et réparations	**Art. 231 et 232** L'Allemagne et ses alliés sont déclarés responsables de la guerre. Ils doivent des réparations aux vainqueurs.	**Art. 231 et 232** L'Empire ottoman est reconnu responsable de la guerre. Les vainqueurs établissent une Commission financière contrôlant l'économie du pays.
Clauses militaires	**Art. 160** L'armée est réduite à 100 000 hommes.	**Art. 155** L'armée est réduite à 50 000 hommes.
Clauses concernant des territoires particuliers	**Art. 42** Interdiction de militariser la Rhénanie. **Art. 45** En compensation de la destruction des mines de charbon dans le nord de la France, ce pays est autorisé à exploiter les mines de la région allemande de la Sarre.	**Art. 38 et 39** La liberté de navigation dans les détroits des Dardanelles et du Bosphore est imposée, et contrôlée par des représentants des vainqueurs.

3 Les traités de Versailles et de Sèvres

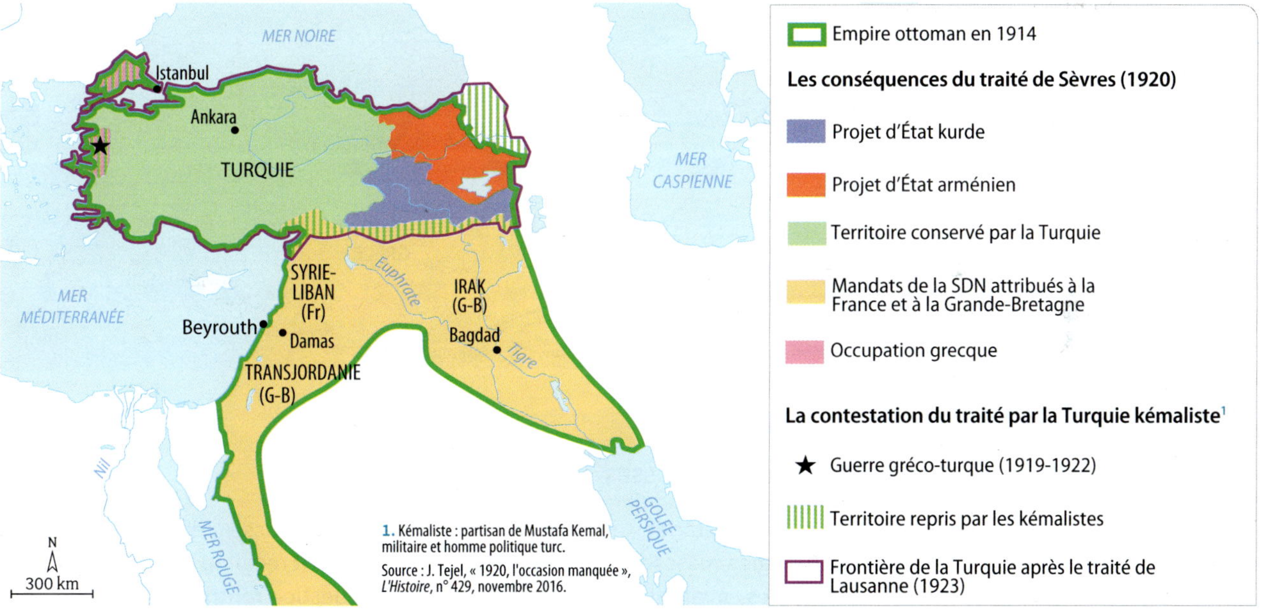

1. Kémaliste : partisan de Mustafa Kemal, militaire et homme politique turc.

Source : J. Tejel, « 1920, l'occasion manquée », *L'Histoire*, n° 429, novembre 2016.

4 Du traité de Sèvres (1920) au traité de Lausanne (1923)

ACTIVITÉ 2

1. **Doc. 3** Sur quels principes communs ces deux traités ont-ils été rédigés ?
2. **Doc. 3 et 4** Citez deux conséquences territoriales de ces traités pour les vaincus.
3. **Doc. 3 et 4** Pourquoi le traité de Lausanne est-il plus avantageux pour la Turquie que le traité de Sèvres ?

BILAN Vous expliquerez pourquoi les traités de paix ne parviennent pas à établir une paix durable.

PARCOURS CROISÉS

Animant une chaîne historique sur Internet, vous faites un épisode sur la façon dont les États essayent de bâtir la paix à la fin de la Première Guerre mondiale.

Pas à pas
1. Présentez les principes défendus par Wilson.
2. Mettez en avant les moyens mis en œuvre pour tenter de bâtir la paix (SDN, traités).
3. Expliquez les limites de ces moyens et les tensions nées de l'application des traités.

ÉTUDE 4 Faire vivre la paix européenne : le passeport Nansen PPO

La fin de la guerre entraîne de nombreux déplacements de populations en Europe, fuyant des violences comme celles de la guerre civile russe. En 1921, la SDN crée un Haut-Commissariat aux **réfugiés** dirigé par Fridtjof Nansen.

> Comment la Société des Nations organise-t-elle la protection des réfugiés et des apatrides ?

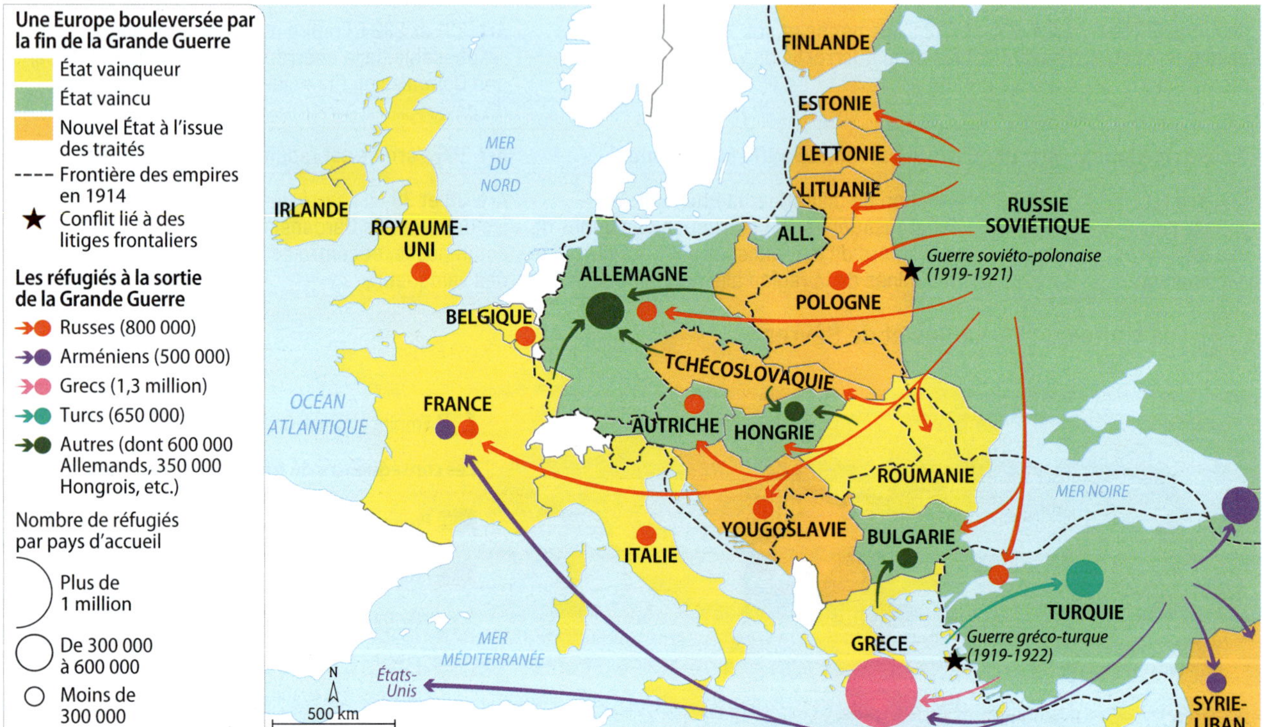

Source : D. Kévonian, « Un passeport pour les apatrides », *Les Collections de L'Histoire*, n° 73, octobre 2016.

1 La crise des réfugiés

2 Les difficultés rencontrées par les réfugiés russes

M. Briantchaninoff[1] […] m'a demandé si le Secrétariat s'occupait du Statut international des réfugiés russes. Les Puissances, les unes après les autres, avaient reconnu la république des Soviets. La Russie soviétique ne reconnaissant les citoyens russes vivant en dehors de la Russie que s'ils trahissaient leur idéal et faisaient acte d'obédience aux principes soviétiques. Les pays qui reconnaissaient […] la Russie retiraient le minimum de protection dont ils avaient entouré les réfugiés russes : il en résultait que ces derniers devenaient des « Heimatlos[2] ». Toute leur vie était empoisonnée par le fait même que, ne jouissant plus d'aucune protection, ni de leur pays d'origine, ni de ceux dans lesquels ils se trouvaient actuellement, on ne leur reconnaissait aucun statut […]. Il se créera bientôt un problème aigu : celui de savoir ce qu'on fera des Russes réfugiés le jour où presque tous les pays auront reconnu les Soviets. Selon mon interlocuteur, la question rentre dans le domaine de la Société des Nations qui pourrait utilement […] étudier la question d'un statut international uniforme pour les Russes qui, de peur de représailles, n'osent pas rentrer en Russie […]. Il est dans l'esprit du pacte de la Société des Nations de les pourvoir d'un statut uniforme international, afin que […] les réfugiés se trouvant encore dispersés aux quatre coins du monde puissent au moins bénéficier d'un statut humain uniforme.

Thanassis Aghnides, lettre envoyée au Secrétariat de la SDN, 8 juillet 1924.

1. Représentant des intérêts des exilés russes. 2. Apatrides.

Qui est-il ? Thanassis Aghnides (1889-1984), avocat et diplomate grec à la SDN.

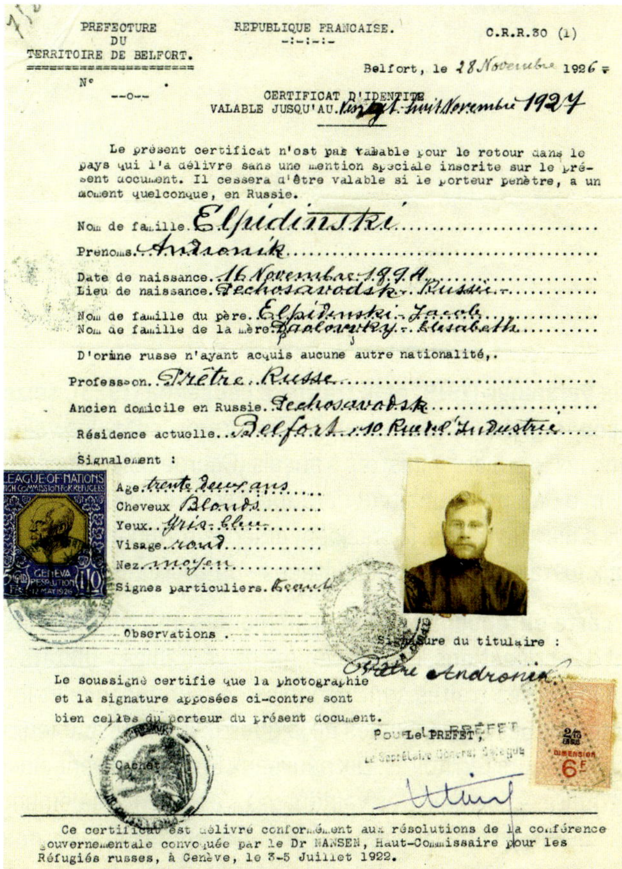

PREFECTURE DU TERRITOIRE DE BELFORT.

REPUBLIQUE FRANCAISE.

C.R.R.30 (1)

N°

Belfort, le 28 Novembre 1926

CERTIFICAT D'IDENTITE VALABLE JUSQU'AU vingt-huit Novembre 1927

Le présent certificat n'est pas valable pour le retour dans le pays qui l'a délivré sans une mention spéciale inscrite sur le présent document. Il cessera d'être valable si le porteur penètre, a un moment quelconque, en Russie.

Nom de famille. Elpidinski

Prenoms. Andronik

Date de naissance. 16 Novembre 1894

Lieu de naissance. Tschosawodsk - Russie

Nom de famille du père. Elpidinski - Jacob

Nom de famille de la mère. Paalowsky - Elisabeth

D'origine russe n'ayant acquis aucune autre nationalité,.

Profession. Prêtre Russe

Ancien domicile en Russie. Tschosawodsk

Résidence actuelle. Belfort - 10 Rue de l'Industrie

Signalement :

Age. trente deux ans

Cheveux Blonds

Yeux. gris-bleu

Visage. rond

Nez. moyen

Signes particuliers. Néant

Observations .

Signature du titulaire :

Prêtre Andronik

Le soussigné certifie que la photographie et la signature apposées ci-contre sont bien celles du porteur du présent document.

Cachet

Pour le PREFET, Le Secrétaire Général Délégué

Ce certificat est délivré conformément aux résolutions de la conférence gouvernementale convoquée par le Dr NANSEN, Haut-Commissaire pour les Réfugiés russes, à Genève, le 3-5 Juillet 1922.

3 Le « passeport Nansen »

Certificat d'identité délivré à Andronik Elpidinski le 28 novembre 1926. Il devient pope (prêtre) de la communauté russe de Belfort. Archives départementales du Territoire de Belfort, France.

4 L'œuvre humanitaire et politique du Haut-Commissariat aux réfugiés

Le Dr Nansen, en sa qualité de Haut-Commissaire, s'est rendu au Proche-Orient pour étudier sur place la situation des réfugiés[1] [...]. Il a pu mettre 200 tonnes de farine à la disposition du Croissant-Rouge turc[2] à Smyrne, fournir à cette organisation une grande quantité de matériel médical et assurer le transport de Constantinople en Asie Mineure de 10 000 réfugiés turcs [...]. Le Haut-Commissaire a pu, en outre, apporter une aide effective aux réfugiés grecs. Il a réussi à assurer le transport d'Asie Mineure dans les ports grecs de 156 000 réfugiés grecs [...]. Peu de temps après son arrivée dans le Proche-Orient, le Dr Nansen a acquis la conviction que, si un échange de population pouvait être promptement effectué entre les Turcs et les Grecs, la solution des problèmes des réfugiés dans les deux pays s'en trouverait considérablement avancée.

Edith Lyttelton (déléguée britannique auprès de la SDN), rapport présenté à l'Assemblée par la cinquième Commission, 26 septembre 1923, archives des Nations Unies, Genève.

1. En lien avec le conflit entre la Turquie et la Grèce (1919-1922). 2. Organisation humanitaire mondiale.

VOCABULAIRE

Apatride : personne « sans patrie », qu'aucun État ne considère comme son ressortissant.

Réfugié : personne appartenant à un groupe d'individus reconnu par la SDN comme ne bénéficiant plus de la protection de son pays.

FRIDTJOF NANSEN (1861-1930)

Diplomate norvégien, il crée le « passeport Nansen » (1922), d'abord accordé aux réfugiés russes, puis à d'autres nationalités.

PARCOURS 1

Mettre une figure en perspective

1. **Doc. 1** Pourquoi la création d'un Haut-Commissariat aux réfugiés s'avère-t-elle nécessaire en 1921 ?
2. **Doc. 1 et 2** Expliquez pourquoi la situation des réfugiés russes devient un enjeu pour la SDN.
3. **Doc. 3** Dans quelle mesure le « passeport Nansen » constitue-t-il une première réponse à ces défis ?
4. **Doc. 3 et 4** De quelle manière F. Nansen exerce-t-il son action en faveur des réfugiés ?

BILAN Montrez que F. Nansen tente de répondre à des préoccupations juridique (donner un statut aux réfugiés), humanitaire (répondre aux besoins vitaux des réfugiés) et politique (stabiliser l'Europe avec ses nouveaux États et ses nouvelles frontières).

PARCOURS 2

Présenter le fruit d'une recherche

En vous rendant sur le site du musée de l'Histoire de l'immigration, vous présenterez à l'oral le parcours de la princesse Vera Mestchersky afin d'illustrer le sort des réfugiés russes dans l'Europe de l'après-guerre.

Pas à pas

1. Présentez les origines de cette personne et son itinéraire de réfugiée.
2. Expliquez dans quelles conditions elle obtient son « passeport Nansen ».
3. Vous montrerez comment son cas nous renseigne plus largement sur l'enjeu que représentent les réfugiés russes (**doc. 1 et 2**), la façon dont la SDN se saisit de la question (**doc. 2 et 3**), et comment les réfugiés s'insèrent dans la société d'accueil (**doc. 3**).

COURS 2 Dépasser la guerre : construire un nouvel ordre international

> Quels sont les défis pour bâtir une paix durable après la guerre ?

VOCABULAIRE

- **Diktat :** terme allemand pour désigner le traité de Versailles imposé sans négociation aux vaincus.
- **Droit des peuples :** droit d'un peuple à choisir librement et souverainement un régime politique en dehors de toute influence étrangère.
- **Irrédentisme :** mouvement nationaliste qui réclame l'annexion de territoires considérés comme appartenant injustement à un autre État.
- **Minorité :** dans un pays, désigne un groupe partageant une langue et une culture communes, mais qui ne sont pas celles de la majorité de la population.
- **Sécurité collective :** système fondé sur la solidarité entre États, destiné à garantir leur sécurité contre toute agression armée.
- **Victoire mutilée :** expression qui désigne le sentiment qu'a l'Italie de s'être battue sans avoir réussi à obtenir ce qui lui avait été promis pour qu'elle entre en guerre.

DATES CLÉS

1918
Les « 14 points » de Wilson

1919
Création de la SDN ; traité de Versailles

1922
Création du « passeport Nansen »

1923
Traité de Lausanne

1 La fin des empires multinationaux (1919-1923)

- **Entre le traité de Versailles (1919) et le traité de Lausanne (1923), seize traités de paix sont signés.** Ils sont issus de compromis entre les vainqueurs. D'un côté, les Premiers ministres français (Georges Clemenceau) et britannique (Lloyd George) souhaitent garantir la sécurité de leurs pays face aux ennemis d'hier. De l'autre, le président américain Woodrow Wilson souhaite une paix juste, durable et respectueuse du **droit des peuples**.

- **Remodelant la carte européenne sur le principe des nationalités, les traités suscitent des crispations.** Perçus comme de véritables « **diktats** » de la part des vaincus, les traités sont négociés en leur absence et les désignent comme uniques responsables de la guerre. Ils réduisent leurs armées et morcellent leurs territoires. Dix nouveaux États émergent ainsi des ruines des empires centraux. Des vainqueurs s'estiment également lésés. C'est le cas de l'Italie qui dénonce la « **victoire mutilée** » après que ses revendications sur des territoires de la côte adriatique ont été rejetées.

- **Rapidement, de nombreuses voix s'élèvent pour réclamer la révision des traités.** Le premier vaincu à ouvrir la voie de la révision est la Turquie de Mustafa Kemal qui arrache, à la suite d'une guerre avec la Grèce, un nouveau traité (Lausanne, 1923), plus avantageux que celui de Sèvres imposé en 1920. La Turquie retrouve ainsi sa pleine souveraineté, et son territoire est plus étendu. C'est aussi par la force que l'Italien Gabriele D'Annunzio conteste le traité de Versailles en occupant la ville adriatique de Fiume (1919). Étude p. 249

2 La SDN : garantir la paix

- **Le président américain Wilson propose une déclaration en « 14 points » pour bâtir une paix juste et durable.** Militant pour la disparition de la diplomatie secrète, la limitation des armements et le respect du droit des peuples à disposer d'eux-mêmes, il souhaite établir une organisation internationale capable de garantir la paix. Fondée sur la coopération entre États, la Société des Nations (SDN) est créée en 1919.

- **La SDN est la première organisation de sécurité collective de l'histoire.** Fondée sur des principes démocratiques (publicité des débats, chaque État dispose d'une voix à l'Assemblée) et pacifiques (les États membres s'engagent à ne pas avoir recours à la guerre), la SDN dispose de nombreux outils pour empêcher le retour des guerres. Ainsi, les membres doivent répondre collectivement aux atteintes à la paix, par des sanctions économiques ou des interventions militaires. En outre, la SDN se dote d'organismes chargés de garantir la paix par plus de justice sociale, comme l'OIT. Étude p. 248

- **L'action de la SDN demeure fragile.** De nombreux pays n'en sont pas membres. Il s'agit notamment des pays vaincus (Allemagne, Russie), des États-Unis – après le refus des députés et sénateurs américains de ratifier le traité de Versailles –, ainsi que des territoires coloniaux. La SDN ne possède pas de force militaire, tandis que le vote à l'unanimité au sein du Conseil en limite la prise la décision. Rapidement, son action s'avère limitée, voire inefficace. ➔ Grand Angle p. 240

3 Une paix précaire

- **Hors d'Europe, les revendications nationales fragilisent la paix.** Dans les colonies, les principes wilsoniens du droit des peuples permettent d'entrevoir l'indépendance : de nombreuses révoltes se déroulent entre 1919 et 1922, notamment au sein de l'Empire britannique. En Irlande, une guerre aboutit à la création d'un État libre (1919). Ailleurs, la présence britannique est contestée, comme en Égypte, qui obtient son indépendance en 1922.
- **En Europe, l'essor des revendications nationalistes fragilise les traités.** D'un côté, le redécoupage de l'Europe laisse 13 millions d'Allemands hors d'Allemagne et 3 millions de Hongrois hors de Hongrie, provoquant la montée en puissance de l'**irrédentisme**. De l'autre, les nouveaux États sont marqués par une importante diversité (comme la Pologne où 35 % de la population est composée de **minorités** allemande, ukrainienne ou russe), pouvant mener à des transferts massifs de populations.
- **L'apparition de millions de réfugiés, chassés par les conflits et les bouleversements territoriaux, nécessite l'évolution du droit international.** L'urgence est d'abord d'apporter une réponse aux réfugiés de la guerre civile russe (1917-1922). La question pose autant des difficultés juridiques – les apatrides étant privés de droit – que des défis humanitaires. Le Haut-Commissaire aux réfugiés à la SDN, F. Nansen, crée le « passeport Nansen » (1922), premier instrument juridique de protection internationale des réfugiés. Il permet de se déplacer plus aisément et d'être placé sous la protection de la SDN : en vingt ans, 450 000 passeports sont délivrés. ➔ Étude p. 250

ACTEURS

WOODROW WILSON
(1856-1924)

GEORGES CLEMENCEAU
(1841-1929)

FRIDTJOF NANSEN
(1861-1930)

MUSTAFA KEMAL
(1881-1938)

Dépasser la guerre : construire un nouvel ordre international

La fin des empires multinationaux (1919-1923)
- De nombreux traités
- Redécoupage des frontières et création de nouveaux États
- Des traités contestés et renégociés

La SDN : garantir la paix
- Les « 14 points » de Wilson
- Création de la SDN (1919)
- SDN fragilisée (États absents, pas de moyen de contrainte)

Une paix précaire
- Contestations dans les colonies
- Question des réfugiés (passeport Nansen, 1922)
- Revendications nationalistes en Europe

RÉVISIONS

Faire le point

Acteurs
- Lénine
- Woodrow Wilson
- Georges Clemenceau
- Fridtjof Nansen
- Mustafa Kemal

Vocabulaire et notions
- Apatrides
- Brutalisation
- Deuil de guerre
- Droit des peuples
- Réparations
- Sécurité collective

Les événements majeurs
- **1917-1922 :** guerre civile russe
- **1919 :** traité de Versailles
- **1919 :** création de la SDN
- **11 novembre 1920 :** inhumation de soldats inconnus en France et en Grande-Bretagne
- **1922 :** création du « passeport Nansen »
- **1923 :** traité de Lausanne

Sortir de la guerre : la tentative de construction d'un ordre des nations démocratiques

Idées essentielles
- La sortie de guerre est un processus long et complexe en raison des répercussions durables du conflit sur les individus, l'économie, la démographie et l'environnement.
- Bâtir une paix durable représente un véritable défi, reposant sur deux fondements principaux : la création d'institutions novatrices (SDN) et les traités signés entre les belligérants.
- La paix est fragilisée par la multiplication des conflits, la contestation des traités et une crise humanitaire sans précédent, notamment en matière de réfugiés. Le refus de certains États de rejoindre la SDN la fragilise.

Réviser avec des podcasts

Podcasts hachette-clic.fr/25hg1050

Flashcards hachette-clic.fr/25hg1051

- **Écoutez les cinq épisodes du podcast puis testez vos connaissances grâce aux flashcards.**

L'ESSENTIEL en 5 minutes

1. Quel est le bilan de la Grande Guerre ?
2. Pourquoi commémorer le Soldat inconnu ?
3. Qu'est-ce que la guerre civile russe ?
4. Sur quels principes Wilson veut-il bâtir la paix ?
5. À quels défis la construction de la paix se trouve-t-elle confrontée ?

Mémoriser avec des exercices

Quiz
hachette-clic.fr/25hg1052

Une lente sortie de guerre

1 Pourquoi parle-t-on de « sortie de guerre » ?
a. Car, malgré l'arrêt des combats, les conséquences de la guerre continuent d'affecter les sociétés.
b. Car la guerre est terminée et les sociétés vivent désormais en paix.
c. Car, une fois terminée, la guerre est un passé vite oublié.

2 Identifiez ce que montre la photo et expliquez-en les enjeux mémoriels.

3 Datez les événements suivants.

Guerre civile russe | Traité de Versailles | « Passeport Nansen » | Soldat inconnu en France | Traité de Lausanne

Des tentatives pour bâtir la paix

4 Qui suis-je ?
a. Président américain pendant la guerre, je reste célèbre pour ma volonté de bâtir une paix juste et durable exposée dans un discours en « 14 points ».
b. Je suis une organisation internationale fondée en 1919 destinée à garantir la paix.
c. Ancien soldat de l'Empire ottoman, je prends les armes pour contester le traité de Sèvres imposé à mon pays.

5 Quelles sont les limites à l'action de la SDN ?

6 Citez les deux piliers sur lesquels repose la construction de la paix aux lendemains de la Grande Guerre.

Une paix précaire

7 Sélectionnez la (ou les) proposition(s) exacte(s) :
Pour la SDN, il y a une crise humanitaire à la fin de la guerre :
- car la guerre civile russe a jeté sur les routes de l'exil des milliers de personnes ;
- car les destructions causées par la guerre causent d'importantes famines ;
- car la façon dont les frontières sont redessinées laisse de côté de nombreux apatrides.

8 Expliquez pourquoi le traité de Versailles est qualifié de « diktat ».

9 La guerre civile russe n'est-elle qu'un affrontement entre « Blancs » et « Rouges » ? Justifiez votre réponse.

Défi en groupe — *Défi rapidité*

10 min de préparation

Faites des groupes de cinq puis tirez au hasard un sujet parmi les cinq suivants. Vous avez 10 minutes pour préparer un oral répondant au sujet.

La guerre civile russe | Woodrow Wilson et la paix | Les soldats inconnus | Les traités de paix et la reconfiguration de l'Europe | F. Nansen et la question des réfugiés

20 min de réalisation

Chacun à votre tour vous disposez de 3 minutes pour exposer à vos camarades les principaux points de votre exposé : dates, acteurs, principales caractéristiques.

RÉVISIONS

S'entraîner

• *Confronter deux documents de natures différentes*

1 **L'espoir d'un monde renouvelé : Woodrow Wilson**

Carte postale française de 1919, bibliothèque municipale d'Abbeville.

2 **La cérémonie de remise du traité de Versailles aux Allemands, le 7 mai 1919**

Georges Clemenceau (France)

Messieurs les plénipotentiaires[1] allemands, ce n'est ici ni le temps, ni le lieu de prononcer des paroles superflues [...]. L'heure est venue du lourd règlement de compte. Vous nous avez demandé la paix, nous sommes à votre disposition pour vous l'accorder [...]. Cette deuxième paix de Versailles[2] a été trop chèrement achetée pour que nous n'ayons pas le droit d'exiger, par tous les moyens en notre puissance, les légitimes satisfactions qui nous sont dues [...].

Réponse du comte de Brockdorff-Rantzau (Allemagne)

Nous connaissons la puissance de la haine que nous rencontrons ici. Nous avons entendu la demande pleine de passion que les vainqueurs nous feront payer comme vaincus et comme coupables. [...] Nous contestons fermement que l'Allemagne, dont le peuple avait à se défendre, soit seule chargée de cette culpabilité [...]. Mais aussi dans la manière de faire la guerre, l'Allemagne n'a pas commis seule des fautes, chaque nation en a commis [...]. Cette conférence où nous sommes seuls sans nos alliés[3], nous ne sommes pas cependant sans protection. Nous avons un allié que vous nous avez donné vous-mêmes : c'est le droit qui nous est garanti par le traité sur les principes de la paix[4].

Pages d'histoire 1914-1919, traité de Versailles 1919, reproduction intégrale du texte officiel remis à la délégation allemande le 16 mars 1919 et signé le 28 juin 1919, librairie militaire Berger-Levrault, Paris, 1920.

1. Agent diplomatique disposant des pleins pouvoirs pour accomplir une mission.
2. Référence au traité de paix signé après la défaite de la France en 1871.
3. Les traités de paix furent négociés entre vainqueurs, imposés individuellement à chaque vaincu.
4. Le 5 novembre 1918, les Allemands et les Alliés s'étaient entendus pour faire reposer la future paix sur la base des « 14 points » de Wilson.

PALIER 1

Je lis, je comprends les documents

- Doc. 1 et 2 Identifiez les documents (nature, auteurs, contexte).
- Que met en scène le doc. 1 et comment ?
- Précisez le rôle des acteurs qui apparaissent dans le doc. 2.

PALIER 2

Je sélectionne les informations

- Quel espoir transparaît dans le doc. 1 ?
- Doc. 2 Quelle vision de la paix Clemenceau défend-il ?
- Doc. 2 Quels reproches le comte de Brockdorff-Rantzau fait-il au traité de paix ?

PALIER 3

Je confronte des points de vue

- Doc. 1 et 2 Ces documents se complètent-ils ou s'opposent-ils ?
- Doc. 1 et 2 Montrez que les conceptions de la paix de Wilson et Clemenceau sont différentes.
- Doc. 2 Expliquez pourquoi les traités sont contestés.

Analyser un monument

Observez le document puis répondez aux questions.

Un monument à un soldat inconnu à Lambersart

Poilu gisant, Henri Soubricas, monument au soldat inconnu du cimetière de Canteleu, commune de Lambersart (Nord), inauguré en 1927.

Qui est-il ?
Henri Soubricas (1886-1942) est un sculpteur français, originaire de Lille, résistant à l'occupation allemande pendant la Première Guerre mondiale. Après-guerre, il réalise de nombreux monuments commémoratifs.

1 **Pour quelle raison la commune de Lambersart construit-elle ce monument ?**
a. Commémorer les habitants de la commune morts à la guerre.
b. Rappeler que la commune a été occupée par les Allemands.
c. Rendre hommage aux soldats français disparus lors de la guerre.

2 **Pour chaque affirmation, dites si elle est vraie ou fausse.**
a. Ce monument s'inscrit dans la lignée de celui de l'arc de triomphe de l'Étoile à Paris.
b. Le soldat est représenté visage contre terre pour symboliser l'anonymat du disparu.
c. Les soldats inconnus sont inhumés sous ce monument.

3 **À quelle(s) proposition(s) les enjeux commémoratifs de ce monument correspondent-ils ?**
a. Ce monument témoigne de nouvelles pratiques commémoratives liées à la mort de masse et au grand nombre de soldats disparus.
b. Ce monument célèbre la gloire d'un haut gradé qui s'est illustré dans de nombreuses batailles.
c. Ce monument est un lieu de recueillement pour que les familles de disparus puissent faire leur deuil, mais également pour honorer l'ensemble des morts de la guerre.

4 **En analysant le document, et grâce à vos réponses, expliquez pourquoi ce monument illustre les enjeux mémoriels en France à la sortie de guerre.**

Pour aller plus loin

À VOIR

- Dans le documentaire *Le Lourd Héritage des traités* (Arte, 2020), Elias von Salomon revient en deux épisodes de 50 min sur les conséquences des traités de Versailles et de Sèvres :
  - « 1919, la guerre n'est pas finie »
  - « 1920, la fin des Ottomans »

À LIRE

- *Corto Maltese en Sibérie* d'Hugo Pratt (1979) est une bande dessinée racontant une chasse au trésor dans le contexte de la guerre civile russe.

MÉTIER D'HISTORIEN

- Expert dans un domaine historique spécifique, le **consultant en histoire** met son savoir-faire à contribution lors de la réalisation de reportages, de films, de romans, de bandes dessinées ou de jeux vidéo portant sur des sujets historiques.

Vers le supérieur ? La fiche métier de l'Onisep hachette-clic.fr/25hg1053

MÉTHODE BAC Répondre à une question problématisée

Objectif S'auto-évaluer

Sujet en autonomie : Pourquoi la construction de la paix est-elle difficile à la sortie de la guerre (1919-1923) ?

Montrez que les traités de paix sont source de tensions et que la création de la Société des Nations n'offre pas de solutions durables pour instaurer la paix.

Étape 1 Rédiger la réponse à la question problématisée

Conseil

- Présentez la question problématisée en définissant la notion de « sortie de guerre ». Expliquez également à quels événements renvoient les années 1919 et 1923.
- Dans votre réponse, présentez d'abord les traités de paix et leur remise en cause. Ensuite, présentez les principes de la Société des Nations.
- Pensez à utiliser les connaissances suivantes dans votre réponse : traité de Versailles, « 14 points » de Wilson, Société des Nations, traités de Sèvres et de Lausanne, « diktat ».

Étape 2 Auto-évaluer la réponse à la question problématisée

Utilisez la grille d'auto-évaluation pour identifier les critères de réussite et les axes de progression.

CAPACITÉS	ÉLÉMENTS À VÉRIFIER	AUTO-ÉVALUATION
1) Respecter le sujet	✔ Le sens de la question est compris. ✔ La consigne est prise en compte. ✔ Les mots-clés de la question et de la consigne sont définis.	
2) Mobiliser des connaissances	✔ La réponse comporte : - des arguments expliqués ; - des exemples précis ; - des mots-clés, des repères, des acteurs, des chiffres-clés.	
3) Structurer la réponse	✔ La réponse est structurée par : - une introduction ; - un développement composé de deux ou trois parties distinctes ; - une conclusion ; - des connecteurs logiques.	
4) Rédiger une réponse cohérente	✔ Les fautes d'orthographe et de grammaire sont corrigées après relecture. ✔ Les majuscules et la ponctuation sont cohérentes.	

➔ Voir la fiche méthode 11 p. 280

Sujet en autonomie : La sortie de guerre entraîne-t-elle une démobilisation des sociétés ?

Présentez les conséquences humaines et matérielles du conflit puis expliquez quels sont les enjeux mémoriels qui en découlent.

Étape 1 Rédiger la réponse à la question problématisée

Conseil

- Identifiez et expliquez au brouillon les mots-clés de la question problématisée et de la consigne qui l'accompagne.
- Identifiez les pages du chapitre qui permettent de répondre à la question problématisée.
- Repérez les deux parties du plan suggéré dans la consigne.

Étape 2 Auto-évaluer la réponse à la question problématisée

Utilisez la grille d'auto-évaluation p. 258 pour identifier les critères de réussite et les axes de progression.

Sujet en autonomie : Les sociétés confrontées aux conflits de la sortie de guerre.

Montrez que des conflits se poursuivent en 1919 puis expliquez comment la Société des Nations tente d'y apporter des solutions.

Étape 1 Rédiger la réponse à la question problématisée

Conseil

- Évoquez les conflits liés aux traités de paix, la guerre civile en Russie et les interventions étrangères, ainsi que la guerre gréco-turque.
- Évoquez la question des réfugiés et le rôle de F. Nansen.

Étape 2 Auto-évaluer la réponse à la question problématisée

Utilisez la grille d'auto-évaluation p. 258 pour identifier les critères de réussite et les axes de progression.

MÉTHODE BAC Analyser des documents

Objectif S'auto-évaluer

Sujet en autonomie : La difficile démobilisation des soldats.

Analysez comment l'artiste rend compte des séquelles de la guerre chez les soldats démobilisés et dans les sociétés.

Otto Dix, *Les Joueurs de skat*
1920, huile et collage sur toile, 110 × 87 cm, Nouvelle Galerie nationale, Berlin.

Étape 1 Rédiger l'analyse du document

Conseil

Au brouillon, listez des informations sur la démobilisation des soldats et le retour à la vie civile.

Étape 2 Auto-évaluer l'analyse du document

Utilisez la grille d'auto-évaluation pour identifier les critères de réussite et les axes de progression.

CAPACITÉS	ÉLÉMENTS À VÉRIFIER	AUTO-ÉVALUATION
1) Respecter le sujet	✔ Les principales informations du document sont comprises. ✔ La consigne est prise en compte. ✔ Les informations pertinentes du document sont citées dans l'analyse.	
2) Mobiliser des connaissances	✔ L'analyse contient des connaissances extérieures au document (acteurs, repères, vocabulaire, notions, etc.). ✔ Les informations du document sont mises en relation avec les connaissances. ✔ La nature du document et son contexte sont pris en compte dans l'analyse.	
3) Structurer l'analyse	✔ L'analyse est structurée par : - une introduction ; - un développement composé de deux ou trois parties distinctes qui associent des informations des documents et des connaissances ; - une conclusion ; - des connecteurs logiques.	
4) Rédiger une réponse cohérente	✔ Les fautes d'orthographe et de grammaire sont corrigées après relecture. ✔ Les majuscules et la ponctuation sont cohérentes.	

→ Voir la fiche méthode 10 p. 278

Sujet en autonomie : Le Soldat inconnu et les enjeux mémoriels

Après avoir situé les documents dans leur contexte, expliquez comment l'inhumation d'un soldat anonyme de la Première Guerre mondiale contribue à la sortie de guerre en France et en Grande-Bretagne.

1 L'inhumation du Soldat inconnu en France

Le voilà donc arrivé au terme du voyage, le Soldat inconnu, dont les ossements, consacrant notre arc de Triomphe, en vont faire désormais le vrai autel de la patrie. Parti en chantant, ou en pleurant peut-être, un jour de [19]14 ou de [19]15, dans la bousculade d'un train militaire, il est revenu sur un canon, seul au-dessus d'une foule immense, dans un cortège tel que nul conquérant n'en connut jamais de plus beau. […]
Des délégués de tous les groupements militaires et patriotiques, des vétérans, des combattants, des mutilés de tous les âges, tous ceux qui ont souffert pour la patrie, tous ceux qui savent se souvenir se pressaient en rangs, eux aussi anonymes, d'une grandeur simple et surhumaine. […] Il y avait des étendards usés des anciennes batailles, pêle-mêle avec la masse bleue des poilus de maintenant, avec l'immense frémissement des drapeaux de la Marne, de la Somme et de Verdun. […] Toute la journée, la foule se pressa au pied de l'Arc de Triomphe. Et ce fut bien sans doute cet afflux de tout un peuple confondu, le trait le plus émouvant de cette fête funéraire. […] C'était tout simplement la France venant méditer sur elle-même, s'incliner devant une dépouille pareille à plus d'un million d'autres, se souvenir de longs sacrifices.

Le Journal, 12 novembre 1920.

2 Cortège funéraire du Soldat inconnu britannique, Londres, 11 novembre 1920

Conseil

- Au brouillon, listez des informations sur les acteurs, dates et batailles mentionnés dans le texte.
- Au brouillon, rappelez le contexte dans lequel ces deux cérémonies ont eu lieu.

Étape 1 Rédiger l'analyse du document

Étape 2 Auto-évaluer l'analyse du document

Utilisez la grille d'auto-évaluation de la p. 260 pour identifier les critères de réussite et les axes de progression.

BIOGRAPHIES

BENSO, CAMILLO, COMTE DE CAVOUR
(1810-1861)
Chef du gouvernement du royaume de Piémont-Sardaigne puis du premier gouvernement de l'Italie unifiée. P. 120

BRIAND, ARISTIDE
(1862-1932)
Brillant orateur, il est rapporteur du projet de loi de séparation des Églises et de l'État. Il s'agit pour lui d'assurer la liberté de conscience tout en garantissant le libre exercice des cultes. P. 146

DELACROIX, EUGÈNE
(1798-1863)
Peintre français et figure majeure du courant artistique du romantisme. Son œuvre témoigne de son engagement en faveur des idéaux libéraux et nationalistes de l'époque. P. 58

BONAPARTE, LOUIS-NAPOLÉON
(1808-1873)
Neveu de Napoléon Ier, il vit en exil pendant la Restauration. Élu premier président de la République française en 1848 au suffrage universel masculin, il rétablit l'Empire en France de 1852 à 1870. P. 84

CURIE, MARIE
(1867-1934)
Scientifique d'origine polonaise de renommée mondiale (prix Nobel en 1903 et 1911). Ses travaux sur la radioactivité sont utilisés pendant la guerre en radiologie. P. 220

DREYFUS, ALFRED
(1859-1935)
Officier français d'origine alsacienne et de confession juive. Faussement accusé d'avoir transmis des secrets militaires à l'Allemagne, il est victime d'un complot et d'une erreur judiciaire qui débouchent sur une crise politique et morale qui divise la France. P. 144

BONAPARTE, NAPOLÉON
1769-1821
Militaire et homme d'État français, il remporte d'importantes victoires lors des guerres révolutionnaires. Arrivé au pouvoir par un coup d'État en 1799, il met en place un pouvoir autoritaire tout en poursuivant les guerres en Europe. Devenu Empereur des Français en 1804, il abdique en 1814. P. 34

DE LAMARTINE, ALPHONSE
(1790-1869)
Né dans une famille de petite noblesse, poète et romancier, il est élu député sous la monarchie de Juillet. Membre du gouvernement provisoire de la Deuxième République, il se présente sans succès à la première élection présidentielle de 1848. P. 78

GAMBETTA, LÉON
(1838-1882)
Député républicain et grand orateur, il est l'un de ceux qui proclament la République en 1870. Il œuvre activement à la mise en place des institutions républicaines. P. 137

HAUSSMANN, GEORGES EUGÈNE
(1809-1891)
Préfet de la Seine de 1853 à 1870, il supervise d'importants travaux à Paris ainsi que l'établissement de règles d'urbanisme. De plus en plus critiqué, il est destitué en janvier 1870. P. 102

LOUIS XVIII
(1755-1824)
Frère de Louis XVI, il devient roi de France après la chute de Napoléon Ier. Son règne (1814-1824) est marqué par la tentative de restaurer la monarchie tout en conciliant les idéaux révolutionnaires et la stabilité politique. P. 54

MICHEL, LOUISE
(1830-1905)
Institutrice, elle s'engage dans la Commune au nom de la lutte pour la justice sociale. Elle prend part aux combats, participe à l'organisation sociale et rédige des articles pour le journal emblématique de la Commune, *Le Cri du peuple*. P. 140

HUGO, VICTOR
(1802-1885)
Écrivain, poète et homme politique français. Combattant contre la peine de mort, il est aussi un opposant à Napoléon III. Ses engagements politiques le conduisent à se rapprocher progressivement des républicains. P. 141

LOUIS-PHILIPPE IER
(1773-1850)
Prince de sang royal de la famille d'Orléans. Proche de la bourgeoisie libérale, il est choisi pour succéder à son cousin Charles X lors de la révolution de 1830. Il est renversé lors de la révolution de 1848. P.55

NANSEN, FRIDTJOF
(1861-1930)
Diplomate norvégien, il crée le « passeport Nansen » (1922), d'abord accordé aux réfugiés russes, puis à d'autres nationalités. P. 251

LOUIS XVI
(1754-1793)
Roi en 1774, sa volonté réformatrice reste limitée et il ne parvient pas à apporter des solutions aux difficultés de la monarchie. Renversé par la Convention, il est jugé, condamné puis guillotiné le 21 janvier 1793. P. 28

MARCHAND, JEAN-BAPTISTE
(1863-1934)
Officier et explorateur français en Afrique. Après la crise de Fachoda, il est accueilli en héros lors de son retour en France. P. 182

PEREIRE, EMILE
(1800-1875)
PEREIRE, ISAAC
(1806-1880)
Originaires de Bordeaux, ces financiers et entrepreneurs investissent d'abord dans les chemins de fer (ligne Paris Saint-Germain) puis dans la banque (Crédit mobilier), et dans l'immobilier P. 103

BIOGRAPHIES

ROLAND, MANON
(1754-1793)
Épouse d'un député et ministre girondin, elle joue un rôle politique de premier plan, notamment dans son salon. P. 29

SCHOELCHER, VICTOR
(1804-1893)
Journaliste engagé dans l'abolitionnisme depuis les années 1830, il est membre du gouvernement provisoire en 1848. P. 77

VON METTERNICH, KLEMENS WENZEL
(1773-1859)
Diplomate autrichien hostile aux idées révolutionnaires. Ministre des Affaires étrangères autrichien lors du congrès de Vienne, il joue un rôle clé dans la restauration des dynasties européennes. p.50

SAND, GEORGE
(1804-1876)
Née Aurore Dupin, femme de lettres engagée en faveur de République. Elle publie de nombreux articles et fonde *La Cause du peuple*. Hostile à toute dérive conservatrice, elle poursuit son engagement contre Louis-Napoléon Bonaparte. P. 79

VICTOR-EMMANUEL II
(1820-1878)
Roi de Piémont-Sardaigne puis premier roi d'Italie lors de l'unification. P.120

WILSON, WOODROW
(1856-1924)
Président des États-Unis de 1913 à 1921, il engage son pays dans la guerre en 1917. Participant activement aux négociations de paix, son mandat se termine sur un échec car le Sénat américain refuse l'adhésion américaine à la SDN en 1920. P. 248

SCHNEIDER, HENRI
(1840-1898)
Dirigeant de Schneider & Cie de 1870 à 1898, il modernise l'entreprise et développe le paternalisme. Il est maire du Creusot de 1871 à 1896. P. 163

VON BISMARCK, OTTO
(1815-1898)
Chancelier prussien qui mène le processus d'unité allemande. P. 121

ZOLA, ÉMILE
(1840-1902)
Écrivain français, il prend la défense du capitaine Alfred Dreyfus, notamment en publiant, dans le journal *L'Aurore*, une lettre ouverte au président de la République intitulée « J'accuse » (1898). P. 144

LEXIQUE HISTOIRE

- **Abolitionnisme :** mouvement en faveur de l'abolition de l'esclavage.
- **Alliés :** pays combattant au sein de l'Entente.
- **Anarchiste :** personne adhérant à l'idéologie qui prône la disparition du capitalisme et de l'État, considérés comme oppresseurs, souvent au moyen d'une révolution.
- **Annexion :** rattachement, le plus souvent sous la contrainte, d'un territoire à un autre.
- **Anticléricalisme :** mouvement qui s'oppose à l'influence des institutions religieuses dans la vie publique.
- **Antiparlementarisme :** opinion hostile aux pouvoirs du Parlement et à une démocratie représentative.
- **Antisémitisme :** hostilité à l'encontre des Juifs pour des motifs religieux, ethniques ou raciaux.
- **ANZAC :** (*Australian and New Zealand Army Corps*) corps d'armée formé de soldats autraliens et néozélandais pour combattre pendant la Première Guerre mondiale.
- **Apatride :** personne « sans patrie », qu'aucun État ne considère comme son ressortissant.
- **Armistice :** arrêt des combats entre belligérants sans qu'une paix soit forcément signée.
- **« Arrière » :** zone située hors des zones de combat et du front.
- **Aspirations libérales :** volonté de développer les libertés individuelles.
- **Aspirations nationales :** volonté d'autonomie ou d'indépendance d'une nation sous tutelle.
- **Assemblée constituante :** assemblée élue afin de rédiger une Constitution.
- **Assemblée nationale constituante :** réunion des députés proclamée le 9 juillet 1789 et chargée de rédiger une Constitution de France.
- **Ateliers nationaux :** organisation proposant du travail aux chômeurs parisiens dans le cadre de grands chantiers financés par l'État entre mars et juin 1848.
- **Bagne :** lieu de détention, le plus souvent éloigné de la métropole, où sont internés les prisonniers ou les opposants politiques et où les conditions de vie et de travail sont très difficiles.
- **Belle Époque :** expression apparue dans les années 1930 pour désigner la période 1871-1914, caractérisée par la paix et une amélioration des conditions de vie de la population.
- **Blocus :** stratégie militaire visant à isoler un ennemi en bloquant l'accès à ses ports et aux routes maritimes.
- **Bolchevik :** membre du mouvement révolutionnaire communiste dirigé par Lénine.
- **Bonapartisme :** courant politique visant à instaurer un pouvoir fort fondé à la fois sur un chef charismatique et sur la légitimité populaire, obtenue lors d'élections ou de plébiscites.
- **Boulangisme :** mouvement politique antiparlementaire qui s'organise autour du général Boulanger entre 1886 et 1891.
- **Bourgeoisie :** classe sociale qui, au XIXe siècle, investit et s'enrichit dans le contexte d'industrialisation de la France.
- **Brutalisation :** terme désignant le transfert des attitudes et pratiques violentes des combats de la Première Guerre mondiale dans le quotidien des sociétés européennes d'après-guerre.
- **Cahier de doléances :** cahiers regroupant les souhaits de changements politiques et sociaux des sujets du royaume lors de la préparation des états généraux.
- ***Carbonari* :** membres des sociétés secrètes favorables aux idées libérales et nationales en Italie.
- **Censure :** interdiction par les États de diffuser certaines informations.
- **Cent-Jours :** nom donné à la période qui s'étend de mars à juin 1815, pendant laquelle Napoléon Ier tente de reprendre le pouvoir en France.
- **Charte :** texte regroupant un ensemble de lois et de règles, généralement octroyé par un souverain.
- **Cité ouvrière :** quartier d'habitats ouvriers, souvent construit par une entreprise pour y loger ses salariés.
- **Club des Jacobins :** groupe de députés et de savants qui se réunissent à Paris au couvent des Jacobins.
- **Coalition :** association de personnes ou de groupes poursuivant un but commun.
- **Cocarde tricolore :** insigne circulaire bleu-blanc-rouge, symbole de la nation française.
- **Code civil :** recueil de règles et de normes juridiques concernant les relations entre individus.
- **Colon :** individu originaire d'une métropole coloniale et vivant dans une colonie.
- **Colonie :** territoire conquis et sous domination d'une métropole coloniale.
- **Colonie de peuplement :** colonie où s'installe un nombre important de colons.
- **Colonisation :** processus consistant à s'emparer du contrôle d'un pays étranger afin de le soumettre à une domination économique, politique et culturelle.
- **Combattant disparu :** soldat dont le corps n'a pu être retrouvé ou identifié, rendant impossible l a certification de sa mort.
- **Comité de salut public :** organe de gouvernement de 9 puis 12 membres instauré par la Convention afin de faire face aux difficultés rencontrées par la République en 1793-1794.
- **Commune :** gouvernement insurrectionnel parisien en faveur d'une République sociale et égalitaire (18 mars-28 mai 1871).
- **Communisme de guerre :** politique économique dirigiste (abolition de la propriété privée des moyens de production, réquisitions, etc.) et centralisée mise en oeuvre en Russie soviétique pendant la guerre civile (1918-1922) pour contrôler l'économie et alimenter l'effort de guerre.
- **Concert des nations :** aussi appelé « concert européen », désigne la restauration de l'équilibre des puissances en Europe sur une base monarchique et dynastique après 1815.
- **Confédération d'Allemagne du Nord :** État né après la victoire prussienne contre l'Autriche (1866), unissant les États d'Allemagne du Nord autour de la Prusse.
- **Constitution :** ensemble de lois qui définissent l'organisation des pouvoirs et garantissent les droits des individus dans un État.
- **Contre-offensive :** attaque lancée pour riposter à une offensive ennemie et reprendre ainsi l'initiative des opérations militaires.
- **Convention :** nom donnée à l'Assemblée nationale à partir du 21 septembre 1792.
- **Coup d'État :** prise du pouvoir par la force.
- **Crise des inventaires :** ensemble de troubles survenus en France à la suite de la loi de séparation des Églises et de l'État de 1905.
- **Culture républicaine :** ensemble de références, de symboles et de pratiques qui fondent l'identité républicaine.
- **Démocratie parlementaire :** système politique dans lequel un parlement représentant les citoyens vote les lois et contrôle les actions du gouvernement, qu'il peut renverser par un vote.

LEXIQUE HISTOIRE

- **Démocratisation :** processus qui aboutit à une participation plus importante des citoyens à la vie politique grâce à des lois ou des réformes.
- **Deuil de guerre :** processus par lequel les individus et les sociétés tentent de surmonter les pertes humaines et matérielles engendrées par un conflit.
- **Directoire :** régime mis en place par la Convention entre 1795 et 1799.
- **Diktat :** terme allemand pour désigner le traité de Versailles imposé sans négociation aux vaincus.
- **Droit civil :** droit applicable à l'ensemble des citoyens d'une nation.
- **Droit des peuples :** droit d'un peuple à choisir librement et souverainement un régime politique en dehors de toute influence étrangère.
- **Économie de guerre :** organisation de l'économie par l'État pour répondre aux besoins de la guerre.
- **Effort de guerre :** engagement important de toutes les ressources du pays pour gagner la guerre.
- **Embusqué :** homme semblant échapper aux combats et brisant le principe de l'égalité devant la mort.
- **Empire :** régime politique dans lequel le pouvoir est détenu par un empereur qui domine la vie politique et un vaste ensemble territorial.
- **Empire colonial :** ensemble de territoires conquis, exploités, gouvernés et administrés par un État.
- **Emprunt de guerre :** prêt d'argent consenti par les particuliers à l'État pour financer l'effort de guerre.
- **Entrepreneur :** personne qui fonde une entreprise.
- **Épuration ethnique :** processus visant à éliminer une partie de la population d'un pays en raison de son appartenance à une ethnie différente de celle qui est dominante dans le pays.
- **États généraux :** assemblées extraordinaires convoquées par le roi et réunissant des représentants des trois ordres.
- **État-nation :** État qui coïncide avec une nation, au sein duquel les individus se sentent liés par une appartenance commune (culturelle, ethnique, religieuse, etc.).
- **Exode rural :** départ de populations rurales vers les villes.
- **Exposition universelle :** événement international qui présente au public les progrès technologiques, techniques, scientifiques et industriels réalisés dans différents pays.
- **Extrême-Orient :** désigne durant la période coloniale, les territoires asiatiques sous domination française, essentiellement l'Indochine française.
- **Fédérés :** membres d'associations armées révolutionnaires.
- **Féministe :** personne qui soutient et défend les droits des femmes et l'égalité des droits avec les hommes.
- **Filature :** entreprise ou atelier qui transforme les fibres en fils pour fournir l'industrie textile.
- **Fonte :** alliage de fer et de charbon.
- **Front :** zone de combat entre armées ennemies.
- **Génocide :** plan mis en œuvre par un État pour détruire, ou tout ou en partie, un groupe national, ethnique, racial ou religieux.
- **Girondins :** groupe de députés à la Convention qui tente d'éviter les débordements populaires et révolutionnaires.
- **Gouvernement provisoire :** gouvernement mis en place avant l'élection du président de la République (février-décembre 1848).
- **Grande Peur :** mouvement de panique et de révolte dans les campagnes françaises à l'été 1789.
- **Grève :** cessation du travail décidée collectivement.
- **Guerre à outrance :** utilisation sans limite de tous les moyens humains et matériels pour détruire la capacité de l'ennemi à poursuivre la guerre, généralement au prix de lourdes pertes.
- **Guerre sous-marine :** utilisation de sous-marins pour attaquer les navires militaires et marchands d'un ennemi afin de perturber son économie et ses approvisionnements.
- **Guerre sous-marine à outrance :** stratégie visant à couler tous les navires pour empêcher l'ennemi d'être approvisionné.
- **« Guerre totale » :** mobilisation de l'ensemble des sociétés, des économies et des infrastructures des États belligérants.
- **Houille :** roche sédimentaire qui contient du carbone (charbon).
- **Immigrant :** personne étrangère résidant dans un autre pays que celui de sa naissance.
- **Impérialisme :** politique d'un État visant à conquérir et dominer d'autres territoires.
- **Indigénat :** régime pénal d'exception appliqué aux « indigènes » de l'empire colonial français.
- **Indigène :** nom donné aux populations autochtones des colonies françaises.
- **Indochine :** terme qui, à partir de 1887, est utilisé pour évoquer les territoires coloniaux de la France en Asie du Sud-Est (Vietnam, Laos, Cambodge).
- **Industrialisation :** processus de développement de l'industrie au moyen de nouvelles techniques permettant une forte augmentation de la production dans de nombreux secteurs économiques.
- **Inflation :** augmentation générale et durable des prix.
- **Irrédentisme :** mouvement nationaliste qui réclame l'annexion de territoires considérés comme appartenant injustement à un autre État.
- **Laïcisation :** processus de séparation de l'État et des religions.
- **Libéralisation :** ensemble de mesures qui réduit le caractère autoritaire du régime.
- **Libéralisme :** mouvement politique favorable aux libertés individuelles et aux droits de l'homme.
- **Libre-échange :** abaissement ou suppression des droits de douane pour faciliter les échanges commerciaux.
- **Ligne de front :** zone de contact où s'affrontent les armées, marquant la délimitation entre les territoires sous le contrôle des deux camps.
- **Loi de sûreté générale :** loi permettant des amendes ou l'arrestation et l'emprisonnement des opposants.
- **Mandat :** territoire dont l'administration est confiée à une puissance étrangère, sous le contrôle d'une organisation internationale.
- **Midinette :** ouvrière des maisons de couture parisiennes et de l'industrie du textile.
- **Minorité :** dans un pays, désigne un groupe partageant une langue et une culture communes, mais qui ne sont pas celles de la majorité de la population.
- **Mission civilisatrice :** la République coloniale, relayée par la propagande, justifie son oeuvre coloniale par la nécessité d'apporter progrès et liberté aux peuples qu'elle considère comme inférieurs.
- **Monarchistes :** partisans du rétablissement d'un roi en France.

- **Montagnards :** groupe de députés à la Convention qui développe les idées les plus radicales.
- **Nation :** communauté d'individus bâtie sur un sentiment d'appartenance commune (histoire, langue, culture).
- **Nationalisme :** mouvement politique promouvant l'idée que chaque nation a le droit de se gouverner elle-même et de former un État souverain.
- **Nationalités :** terme qui désigne les nations englobées au sein d'un empire multinational et qui revendiquent leur autonomie ou leur indépendance.
- **Naturalisé :** immigré qui a obtenu la nationalité française (loi de 1889).
- **Offensive :** opération militaire de grande envergure menée dans le but de percer les lignes ennemies et d'atteindre un objectif stratégique majeur, comme l'acquisition de territoire ou la destruction de l'ennemi.
- **Orléaniste :** partisan de la restauration de la dynastie de Louis-Philippe d'Orléans.
- **Pacifiste :** partisan de la paix, du désarmement et de la non-violence.
- **Pacte républicain :** expression qui désigne l'adhésion aux valeurs de la République.
- **Pamphlet :** texte attaquant une institution ou une personnalité politique.
- **Paramilitaire :** troupe militaire ne dépendant pas d'une armée nationale.
- **Parti clérical :** groupe politique favorable aux intérêts de l'Église catholique.
- **Paternalisme :** attitude de certains grands patrons accordant des avantages sociaux au personnel en contrepartie de son obéissance.
- **Patriotes :** désigne ceux qui luttent pour leur patrie, pour l'unité et l'indépendance nationales.
- **Patriotisme :** sentiment d'attachement et de dévouement à son pays, sa patrie.
- **Pénurie :** manque de ce qui est indispensable pour vivre au quotidien (nourriture, chauffage, biens de première nécessité).
- **Philhellénisme :** mouvement de soutien européen à la cause de l'indépendance de la Grèce entre 1822 et 1830.
- **Plébiscite :** consultation des électeurs par l'autorité politique sur une question à laquelle ils doivent répondre oui ou non.
- **Populisme :** attitude politique visant à établir un lien direct avec le peuple, que l'on prétend représenter, tout en cherchant à affaiblir les institutions représentatives et les contre-pouvoirs, tels que les assemblées ou la presse.
- **Principe des nationalités :** principe politique qui veut qu'à chaque peuple corresponde un État.
- **Prolétariat :** ensemble des travailleurs qui ne possèdent pas les moyens de production et qui vivent de leur seule force de travail vendue à un employeur.
- **Propagande :** ensemble de moyens et techniques utilisé pour exercer une influence sur l'opinion afin de lui faire accepter certaines idées.
- **Protectorat :** territoire placé sous la domination d'un État qui en assure la protection (diplomatie, défense) tout en conservant une certaine autonomie en politique intérieure.
- **Réactionnaire :** personne qui s'oppose aux idées libérales et favorables au progrès.
- **Réfugié :** personne appartenant à un groupe d'individus reconnu par la SDN comme ne bénéficiant plus de la protection de son pays.
- **Réparations :** argent dû aux vainqueurs par les vaincus afin de « réparer » les dégâts causés par la guerre.
- **République :** régime politique dans lequel la souveraineté appartient aux citoyens qui sont représentés par des assemblées ou des personnes élues.
- **Restauration :** rétablissement d'un roi, d'une dynastie ou d'un régime.
- **Révolution :** renversement rapide et souvent brutal d'un régime politique par un mouvement populaire, entraînant une transformation des institutions,
de la société et de ses valeurs.
- ***Risorgimento* :** mot italien signifiant « renaissance », et qui désigne la période qui voit l'unité italienne se construire.
- **Romantisme :** mouvement littéraire et artistique du XIXe siècle qui met en avant les sentiments, la nature, l'individu et la liberté des hommes et des peuples.
- **« Rouges » / « Blancs » :** pendant la guerre civile russe, les « Rouges » correspondent aux partisans du régime de Lénine tandis que les « Blancs » renvoient à ses opposants, qui peuvent être partisans du retour au régime tsariste.
- **Sainte-Alliance :** alliance entre l'Empire autrichien, le royaume de Prusse et l'Empire russe affirmant l'origine divine du pouvoir des rois et l'obligation faite aux peuples de leur obéir.
- **Salariat :** relation de travail établie entre l'employeur et l'employé, garantissant la rémunération du travailleur contre la fourniture d'un travail.
- **Sans-culotte :** surnom donné aux révolutionnaires parisiens.
- **Sécularisation :** processus conduisant à une diminution de l'influence de la religion dans une société.
- **Sécurité collective :** système fondé sur la solidarité entre États, destiné à garantir leur sécurité contre toute agression armée.
- **Ségrégation :** mise à l'écart d'une population pour des motifs raciaux, politiques et/ou sociaux.
- **Slave :** terme renvoyant aux populations d'Europe centrale et orientale
- **Socialisme :** mouvement politique aspirant à transformer l'organisation de la société pour réduire les inégalités entre les individus, notamment sur le plan économique.
- **Société anonyme :** entreprise dont le capital est divisé en actions.
- **Société coloniale :** société marquée par un rapport de domination et par des accommodements et des résistances entre colonisateurs et colonisés.
- **Société patriarcale :** société organisée par et pour les hommes et dans laquelle les femmes ont des droits restreints.
- **Suffrage censitaire :** système électoral où seuls les individus disposant d'un certain niveau de richesse (le cens) votent.
- **Suffrage universel masculin :** mode de scrutin où seuls les individus de sexe masculin peuvent voter.
- **Suspects :** individus considérés comme des ennemis de la République à partir de septembre 1793.
- **Tcheka :** dans la Russie soviétique, police politique créée en 1917.
- **Travail forcé :** tâche qui est imposée aux autochtones sans être rémunérée.
- **Ultimatum :** déclaration officielle d'un État à un autre État exigeant le respect de ses revendications dans un délai donné au-delà duquel l'état de guerre sera déclaré entre eux.
- **Unité nationale :** Processus conduisant à la formation d'un État-nation.
- **Victoire mutilée :** expression qui désigne le sentiment de s'être battu sans avoir réussi à obtenir ce qui avait été promis à l'Italie pour qu'elle entre en guerre.
- **Xénophobie :** réaction de rejet et d'hostilité à l'encontre de populations étrangères.
- **Zone rouge :** zone interdite par les autorités françaises en raison de sa dangerosité (présence d'obus, de produits toxiques, de cadavres).

FICHE MÉTHODE 1

Réviser pour l'évaluation

> Réviser demande de la **méthode** mais surtout de l'**anticipation**. Quelle que soit l'évaluation à préparer, il s'agit à la fois de **mémoriser** des connaissances du cours et de réaliser des **entraînements**.

1 Relire le cours pour s'assurer que tout est compris

- Relisez attentivement votre cours et listez les éléments incompris.
- Servez-vous du manuel, de recherches ou sollicitez l'aide de votre professeur pour **expliquer** ces éléments.

2 Réaliser une fiche de révisions

> À partir des schémas bilans des Cours
> À partir des résumés des pages Révisions
> À partir des podcasts

- Notez le **titre du chapitre**, le **titre du cours**, la **problématique** et le **titre** des parties.
- Listez les **éléments essentiels** à mémoriser.
- Enrichissez votre fiche de révisions en ajoutant des définitions, des explications ou des exemples.

Chapitre 2 – L'Europe entre restauration et révolution (1814-1848) ➔ p. 48

Cours 1 – En finir avec la Révolution ?

Comment l'ordre monarchique est-il restauré en Europe ?

1. Bâtir un nouvel équilibre des puissances
- *Congrès de Vienne (1814-1815) + rôle de Metternich*
- *Restauration d'un concert des nations*
- *Équilibre des puissances + lutter contre les idées révolutionnaires*
- *Redécoupage des frontières : création des Pays-Bas, partage de la Pologne, France (frontières de 1790)*

2. Restaurer un ordre monarchique

...

Conseil

Utilisez des mots-clés et notez chaque information sous forme de tirets pour aller à l'essentiel.

3 Quelques jours avant l'évaluation

- **Mémorisez le cours progressivement en vous mettant en situation d'évaluation** car la seule lecture répétée du cours ne suffit pas.

  Si vous êtes seul(e) :
  > interrogez-vous sur les repères à l'aide de **cartes-mémoire** (une question au recto, une réponse au verso). *Ex. : un mot de vocabulaire et sa définition, un événement et sa date...*
  > utilisez les **flashcards** et les **exercices** des pages Révisions.

  Si vous êtes à plusieurs :
  > demandez à votre camarade de vous interroger **à l'oral**. *Ex. : Quelle est la définition de... ? Peux-tu expliquer... ? Peux-tu résumer... ?*
  > demandez à votre camarade de vous interroger **à l'écrit**. *Ex. : Questions, QCM, vrai/faux...*
  > réalisez en groupe les **défis des pages Révisions**. *Ex. : Défi Vrai/Faux ? J'explique !*

- **Réalisez des exercices d'entraînement pour tester vos connaissances**
  > Pour rédiger et argumenter : travaillez les sujets proposés dans les pages Méthode.
  > Pour analyser des documents : travaillez les sujets proposés dans les pages Méthode et Révisions.

- **La veille du devoir**
  > Relisez une dernière fois l'ensemble de votre cours.
  > Relisez plusieurs fois votre fiche de révisions.
  > Écoutez une dernière fois les podcasts.

Conseil

Parcourez uniquement les points essentiels la veille du devoir.

FICHE MÉTHODE 2

Prendre des notes

> La prise de notes consiste à **sélectionner les informations et à les synthétiser** de façon à écrire plus rapidement en classe ou sur un brouillon pendant une évaluation.

1 Sélectionner des informations

- Sélectionnez les éléments les plus importants du cours, c'est-à-dire les repères essentiels : *titres, problématique, notions et vocabulaire définis, événements datés, chiffres-clés, acteurs et lieux importants*.
- Ne cherchez pas à tout abréger car cela n'aurait plus de sens.
- Revenez à la ligne à chaque idée pour organiser vos notes et utilisez des couleurs pour hiérarchiser les informations.

Conseil

Supprimez ce qui n'est pas indispensable à la compréhension : les articles des noms communs, le verbe *être*...

2 Utiliser des abréviations et des signes

- Choisissez des abréviations ou des symboles courants.
- Constituez-vous une banque d'abréviations et de symboles au cours de l'année (en vous inspirant du langage SMS par exemple).

Abréviations	Symboles
cad = c'est-à-dire	↗ augmentation, en hausse
nbx = nombreux	↘ diminution, en baisse
ct = comment	→ qui a pour conséquence, qui entraîne
Ex. = exemple	∈ qui appartient à ∉ qui n'appartient pas à
pop. = population	>, <, = plus grand, plus petit, égal
prd° = production	Ø aucun / pas de / absence / sans

3 S'entraîner à la prise de notes à partir de différents supports

	À partir de supports écrits	À partir de supports oraux
Pour apprendre	Pages Cours du manuel Résumés des pages Révisions	Explications du professeur Podcasts du manuel
Pour compléter son cours	Documents du manuel, articles de presse, d'une revue ou d'une encyclopédie	Podcasts ou vidéos en ligne

Déf: système prod. réseau d'acteurs et de moyens permettant la production, la circulation et la consommation de richesses.

+ Installation usine de batteries à Dunkerque (p. 402)

Chapitre 4 : La France: les systèmes productifs entre valorisation locale et intégration européenne et mondiale

Cours 1: Des systèmes productifs inégalement dynamiques p. 408

Comment les systèmes productifs se recomposent-ils en France dans une économie dominée par les services?

- France: pays d'Europe où la tertiarisation des systèmes productifs est la + élevée: + 3/4 pop. active

- Services inégalement répartis sur le territoire:

→ métropoles: services rares pr particuliers (universités, hôpitaux spécialisés) + entreprises (finance, recherche)

→ espaces ruraux isolés: fermeture services de proximité

→ littoraux + montagnes = grde partie du tourisme

- Agri: 2,5 % + ind.: 13 % pop. active (ms 3/4 des export. frs)

- Depuis années 70: ↘ emplois ind.: sauf pour:

→ certaines régions: Ex: Le Choletais (Vendée) = 1/2 des chaussures frs + ind. agroalimentaire

→ métropoles = ind. de haute technologie

Conseil

Utilisez la marge pour compléter vos notes (définitions, chiffres, faits d'actualité).

FICHE MÉTHODE 3

Mener un travail de groupe

> Le travail de groupe désigne tout projet réalisé par une **démarche collective**. Chaque membre du groupe apporte ses connaissances et ses compétences. La **répartition des tâches** et la qualité des **échanges** au sein du groupe sont les clés de la réussite.

AU BROUILLON

1 Identifier le travail de groupe à mener

- Lisez plusieurs fois et attentivement la **consigne**.
- Identifiez **le thème, les mots-clés, la période et/ou l'échelle** du travail à mener.
- Accordez une attention particulière à la **forme finale** attendue. Il peut s'agir de réaliser un travail :
  > à l'écrit : un article, un diaporama, une affiche, un compte rendu…
  > à l'oral : un podcast, un jeu de rôle, un débat, une table ronde, un 5 minutes pour convaincre…

Conseil

Analysez d'abord la consigne individuellement afin d'enrichir l'analyse et d'éviter tout hors sujet.

PRÉPARATION

2 Organiser le travail de groupe

- **Identifiez les tâches** à accomplir : lecture d'un dossier documentaire, sélection d'arguments pour défendre ou contredire une thèse, recherche d'informations…
- **Répartissez les tâches** entre les membres du groupe et définissez un temps de préparation du travail à mener en autonomie.

Conseil

Un travail de groupe exige un temps de travail individuel. Cette autonomie vous permet de structurer vos pensées et de nourrir le travail final sans vous disperser.

RÉALISATION

3 Réaliser le travail de groupe

- **Accomplissez la tâche** qui vous est attribuée.
- Réunissez-vous dès qu'un membre rencontre une difficulté et **coopérez** pour trouver ensemble une solution.
- À la fin du temps de préparation, faites un **compte rendu** de votre travail à l'ensemble du groupe.

Conseil

Pour faciliter la mise en commun du travail, vous pouvez créer un mur collaboratif (Padlet), une carte mentale (MindMup) ou un texte collaboratif (Framapad).

RÉDACTION / PRÉSENTATION

4 Finaliser le travail de groupe

- **Validez** ensemble les éléments du travail de groupe et **finalisez la présentation**.
- Répartissez-vous à nouveau les tâches :
  > à l'écrit : qui rédige l'introduction ? la partie 1 ? la partie 2 ?…
  > à l'oral : qui parle en premier ? en second ?…

Exemple : **Le débat en groupe**

Organiser le travail	Qui recherche des arguments qui soutiennent la thèse de départ ? Qui recherche des arguments qui contredisent la thèse ?
Finaliser le travail	Qui parle en premier ? en second ? Qui joue le rôle du modérateur ?

FICHE MÉTHODE 4

Mener une recherche documentaire

> La **recherche de documents** permet de réaliser un exercice, écrit ou oral, exigeant une réponse argumentée (rédaction, exposé, débat). La recherche documentaire nécessite **méthode et organisation**.

PRÉPARATION

1 Préparer la recherche documentaire

- Lisez plusieurs fois et attentivement la **consigne**.
- Identifiez **le thème, les mots-clés, la période et/ou l'échelle** du travail à mener.
- Accordez une attention particulière à la **recherche documentaire** attendue. Il peut s'agir de rechercher :
  - > des **documents officiels** pour défendre ou réfuter un point de vue ;
  - > des **articles de presse ou des textes de spécialistes** pour présenter le point de vue d'acteurs sur une situation ou un événement, pour comparer des situations ou pour étudier un cas précis ;
  - > des **données statistiques** ou des **documents iconographiques** pour illustrer une situation.

RECHERCHE

2 Mener la recherche documentaire

- Répondez à des questions essentielles pour identifier les mots-clés de la recherche.

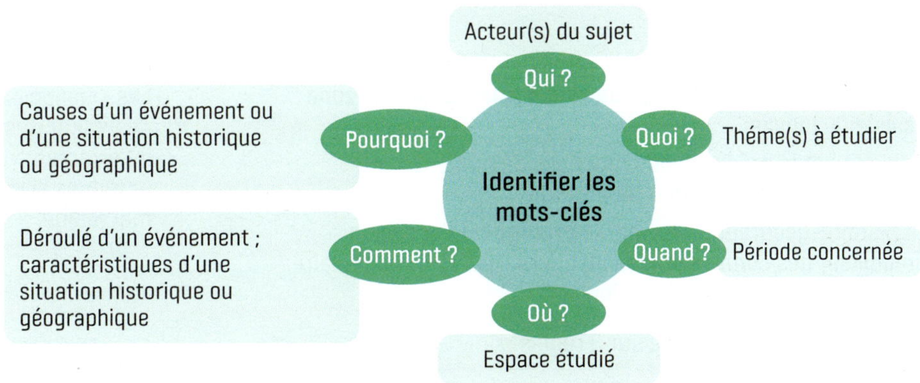

- **À l'aide des mots-clés identifiés, cherchez les documents** dans le manuel ou au CDI sur e-sidoc.
- Pour une **recherche sur Internet**, utilisez impérativement un **moteur de recherche** et les mots-clés identifiés. Ils vous permettront de préciser au mieux la recherche et de restreindre ainsi le nombre de réponses fournies.

Conseil

Sollicitez l'aide de votre professeur ou de votre professeur documentaliste.

ÉVALUATION

3 Évaluer la qualité et la pertinence des documents

RÈGLE 1 Consultez des **sources fiables** parmi :

> la presse écrite française ou internationale : *Le Monde, Courrier international, The New York Times... ;*

> la presse scientifique : *L'Histoire, EchoGéo, Carto, L'Espace géographique... ;*

> des sites spécialisés : Géoconfluences, Universalis, Larousse... ;

> des sites institutionnels : l'Insee, l'Ina, Toute l'Europe...

N'hésitez pas à utiliser directement les moteurs de recherche de ces sites.

RÈGLE 2 Vérifiez **l'identité de l'auteur** en consultant sa biographie ou la page « À propos » du site Internet consulté.

RÈGLE 3 Assurez-vous de l'**intérêt du document** : quelles informations retenir ? quels chiffres essentiels conserver ?

FICHE MÉTHODE 5

Bien utiliser l'IA

> L'intelligence artificielle offre des opportunités en histoire-géographie, pour **enrichir son cours**, mettre en forme une leçon ou **créer des exercices de révision**. C'est néanmoins **un outil à utiliser avec précaution**.

1 Comprendre le fonctionnement de l'IA avant d'envisager de l'utiliser

- Les logiciels d'IA sont des programmes informatiques qui permettent d'obtenir **des réponses à des requêtes** sous forme de texte, d'image ou de support audiovisuel.
- Ces réponses sont fondées sur des **probabilités mathématiques** : l'IA prédit le mot suivant le plus probable, à partir d'une base de données.
- Les réponses obtenues sont considérées par l'IA comme les plus crédibles mais pas comme des vérités.
- **Ces réponses peuvent être erronées.**

C'est donc un outil qu'il est possible d'utiliser en adoptant certaines règles.

Les logiciels de l'IA ne sont pas des moteurs de recherche.

Conseil

Utiliser l'IA nécessite de toujours recourir à votre esprit critique, en vérifiant les sources et la pertinence des réponses.

2 Rédiger le prompt

- Le **prompt** désigne la **requête que vous formulez dans la zone de saisie du logiciel**.
  > La qualité et la précision des réponses dépendent de la clarté de la formulation du prompt.
  > En histoire-géographie, **rédiger le prompt est l'occasion de mobiliser des connaissances** du cours (repères, vocabulaire, etc.) et **des capacités de rédaction**.
- Cet « art du prompt » repose sur 5 règles :

Attribuer un rôle à l'IA	*Ex : Je souhaite que tu répondes comme un élève de Première générale en cours d'histoire-géographie.*
Décrire la tâche à effectuer	*Ex : Je souhaite que tu réalises un exercice de révision avec trois vrai/faux et trois QCM.*
Indiquer les contraintes	*Ex : L'exercice de révision s'adresse à des élèves de Première générale et est élaboré à partir du cours.*
Préciser un format de sortie	*Ex : Les QCM sont composés de 4 propositions de réponse.*
Affiner la réponse	*Ex : Je souhaite d'autres propositions de questions.*

Les « hallucinations de l'IA » désignent des réponses incorrectes (voire bizarres) obtenues si le prompt est mal rédigé.

3 Mobiliser l'IA comme un outil d'aide dans les apprentissages

Usages de l'IA

Créer des supports
Ex : retranscrire une vidéo en texte ; générer des images dans une démarche de prospective, etc.

Mettre en forme un cours
Ex : transformer un cours en carte mentale et inversement ; mettre un cours « au propre » sur traitement de texte, etc.

Réviser
Ex : créer des QCM ; des vrai/faux ; des questions de cours, etc.

Enrichir son cours
Ex : compléter son cours à partir d'un autre cours ou d'un dossier documentaire ; réaliser des résumés enrichis de documents, etc.

Conseil

Ce sont les connaissances que vous mobilisez qui permettent d'utiliser l'IA, tant dans la rédaction de votre prompt que dans la validation de la réponse obtenue.

FICHE MÉTHODE 6

Réaliser une présentation orale

> Une présentation orale consiste à **préparer**, seul(e) ou en groupe, un exercice puis à le **présenter à l'oral** devant la classe (ou un jury) en respectant la forme indiquée dans la consigne.

PRÉPARATION

1 Identifier et comprendre le travail à réaliser

- Lisez plusieurs fois et attentivement la **consigne**.
- **Précisez** les acteurs, la période et/ou l'échelle du travail à mener.
- **Identifiez les attendus** de la présentation orale. La consigne peut contenir des indications de durée, des précisions sur le support à utiliser ou sur la structure à suivre.

PRÉPARATION

2 Se documenter et organiser sa réponse

- **Effectuez les recherches** en vous aidant de la fiche « Mener une recherche documentaire » (p. 271).
- **Sélectionnez les informations** utiles en prenant des notes (définitions, idées essentielles, acteurs, repères, exemples, mots-clés).
- Notez les **sources** de vos informations afin de produire votre **bibliographie / sitographie**. Pour un livre, notez le nom de l'auteur, le titre de l'ouvrage et la date de publication. Pour un site Internet, notez le titre de l'article, le nom du site et la date d'édition.

Conseil

S'il s'agit d'une présentation orale en groupe, organisez votre travail avec la fiche « Mener un travail de groupe » (p. 270).

PRÉPARATION

3 Préparer son support

- Pour **capter l'attention** de l'auditoire, il faut être détaché de ses notes. Ainsi, **réalisez un support** pour vous aider : un plan détaillé, une carte mentale, un schéma, etc.

Conseil

Ne rédigez que l'essentiel sur le support : sujet, plan, dates, chiffres et mots-clés.

Sujet d'oral

p. 470-493

La multifonctionnalité des espaces ruraux en France, un atout ou une source de conflits ?

I) Un atout pour le développement rural

Fonctions :

- agricole = 1,5 % population active

- industrielle = ancienne (artisanat) et renouvelée (technopôle + zone logistique)

- touristique = tourisme vert + loisirs

→ Ex : parc régional du Gâtinais

- résidentielle = périurbanisation + éco. résidentielle = 30 % des emplois en zone rurale

→ Déf° : éco. de proximité fondée sur la production de biens et de services pr des personnes présentes ds un territoire donné (résidents permanents, touristes).

Bibliographie :

- A. Gonin et C. Quéva, Géographie des espaces ruraux, 2024.

- C. Ruggeri, La France : Géographie des territoires, 2024.

Sitographie :

- « Agritourisme », Géoconfluences, 2 juillet 2024.

- « Le rural attire davantage depuis la crise Covid », Insee, 3 octobre 2024.

II) Une source de conflits entre acteurs et entre activités

...

PRÉSENTATION

4 Prendre la parole

- **Mémorisez les idées essentielles** de votre présentation orale et **entraînez-vous** avec votre support.
- **Réalisez un bilan** à la fin de votre entraînement en vérifiant votre tonalité, le volume de votre voix, votre posture, votre gestuelle, le respect du temps et l'utilisation du support.

Conseil

Enregistrez-vous et/ou filmez-vous afin d'identifier les points forts et les éléments à retravailler pour l'oral (posture, tonalité de la voix, hésitations).

FICHE MÉTHODE 7

Créer un podcast

> Un podcast est un **contenu audio** disponible sur Internet ou sur une application, à écouter à n'importe quel moment sur smartphone, tablette ou ordinateur. En histoire-géographie, il permet de **partager des informations et analyses** sur des événements, des situations ou des acteurs.

PRÉPARATION

1 Écrire le script de son podcast

- **Identifiez un thème pour votre podcast :** un événement historique, un acteur, un processus géographique, une situation dans un pays...
- **Choisissez un format pour votre podcast :** vous pouvez parler seul(e) pour présenter une situation historique ou géographique ou interviewer une ou plusieurs personnes avec une démarche plus journalistique.
- **Trouvez un angle d'étude :** qu'est-ce qui rend votre sujet captivant ? Comment soutenir l'attention des auditeurs ?
- **Effectuez des recherches sur le thème retenu :** sélectionnez des informations (acteurs, dates, événements) et organisez-les de manière logique.
- **Rédigez le texte à enregistrer :** comme pour une réponse à une question problématisée, commencez par présenter votre thème puis développez votre propos en deux ou trois idées principales. Concluez par un résumé des points-clés.
- **Illustrez** chaque idée en développant un exemple précis.

Conseil

- Pour dynamiser le podcast, pensez à ajouter des anecdotes, des citations marquantes, des données intéressantes, des chiffres-clés, des témoignages, etc.
- Pour découvrir l'univers des podcasts dédiés à l'histoire-géographie et enrichir vos connaissances, écoutez :
  → T'as qui en Histoire ?
  → Géographie à la carte
  → Le Cours de l'histoire
  → Planète Terre

RÉALISATION

2 Enregistrer son texte

- Avant de vous enregistrer, **entraînez-vous** afin de maîtriser votre propos et d'être le plus à l'aise possible. Si votre podcast mobilise plusieurs personnes, repérez bien à quel moment chacune doit intervenir.
- **Enregistrez-vous** sur un ordinateur ou un smartphone à l'aide d'un logiciel. Il existe de nombreux logiciels gratuits (Audacity, Free Sound Recorder...).
- Après l'enregistrement, **utilisez un logiciel de montage** pour ajouter des effets sonores (musiques de transition, bruitages, voix *off*).

Conseil

Si plusieurs personnes participent au podcast, il est préférable de les enregistrer séparément pour mieux contrôler le volume de chaque voix.

PUBLICATION

3 Publier son podcast

- **Enregistrez** votre production au format MP3.
- **Nommez votre fichier** avec des mots-clés pertinents afin de permettre à vos camarades d'identifier facilement le thème du podcast puis déposez-le dans votre espace numérique de travail.
- Vous pouvez aussi transformer votre podcast en **vidéo** en ajoutant, par exemple, une image d'onde sonore ou des iconographies. De nombreuses applications et sites le proposent gratuitement (EoleEdit, Veed...).

FICHE MÉTHODE 8

Identifier les acteurs en géographie

> Le terme d'**acteur** en géographie désigne **un individu, un groupe d'individus ou une institution qui participe à la transformation de l'espace** directement ou indirectement. L'étude des acteurs permet de **comprendre une situation géographique** en s'interrogeant sur leur **rôle** (quelle action ? dans quel but ?) et sur leurs **relations**.

1 Les acteurs publics

Acteurs publics internationaux	■ **Organisation internationale :** Organisation des Nations unies, Organisation mondiale du commerce ■ **Organisation régionale :** Union européenne
Acteurs publics nationaux ou locaux	■ État ■ Région et département en France ■ Autorité municipale ou métropolitaine

D'après B. Tratnjek, *Enseigner la géographie*, 2020.

2 Les acteurs privés

Acteurs privés internationaux	■ **Acteur économique :** FTN (firme transnationale) ■ **Autre acteur :** ONG (organisation non gouvernementale)
Acteurs privés nationaux ou locaux	■ **Acteur économique :** PME (petites et moyennes entreprises), *start-up*, travailleur, consommateur ■ **Autre acteur :** habitant, association de citoyens

D'après B. Tratnjek, *Enseigner la géographie*, 2020.

3 Les relations entre les acteurs

Les objectifs et intérêts des acteurs peuvent être compatibles ou non car **chaque acteur a sa propre représentation de l'espace.**
Il existe donc **trois types de relations** entre les acteurs.

Interaction	Coopération	Conflit
Ex : L'**État** consulte les **habitants** pour connaître leurs besoins et lance la construction d'une route nationale qui améliore leurs déplacements.	Ex : En France, des **entreprises**, des **centres de formation** et des **laboratoires de recherche** coopèrent au sein de pôles de compétitivité.	Ex : Des **associations environnementales** et des **habitants** s'opposent à la vente de terres agricoles à des **promoteurs immobiliers**.

Géoconfluences, 2025.

FICHE MÉTHODE 9

Identifier un document

> Pour analyser un document, il convient d'en établir une **identification** pour **éviter les contresens**. Vous utiliserez pour cela les indications du document et vos connaissances.

AU BROUILLON

1 Connaître les différents types de documents en histoire-géographie

- Repérez de quel type de document il s'agit en vous aidant du schéma suivant.

Les documents en histoire-géographie

Les textes
- Article de presse
- Témoignage (acteurs directs ou indirects)
- Texte de spécialistes (historiens, géographes)
- Texte juridique (édit, ordonnance, traité...)
- Texte littéraire (roman, théâtre...)
- Texte politique (discours, programme...)

Les documents iconographiques
- Affiche politique
- Dessin de presse, caricature
- Document promotionnel
- Œuvre d'art (tableau, sculpture...)
- Photographie, image satellite

Les documents statistiques
- Graphique (courbe, diagramme circulaire, histogramme)
- Tableau de données

Les cartes
- Cartes à différentes échelles : mondiale, nationale, régionale, locale
- Carte statistique
- Carte thématique

Les documents reconstitués
- Frise chronologique
- Maquette de monuments

Les documents audiovisuels
- Émission, reportage de radio ou de télévision
- Film (fiction, animation, documentaire)
- Podcast (documentaire, fiction)

- Au cours de votre année de Première, vous rencontrerez tous les types de documents exploités en histoire comme en géographie. Si leur nature diffère, la méthode d'identification des documents et leur analyse restent les mêmes.

PRÉPARATION

2 Lister les informations utiles pour identifier un document

■ Répondez à ces **questions** quel que soit le document.

Quoi ?	Nature	*Quel est le type de document étudié ?*
Qui ?	Auteur	*L'auteur est-il connu ou inconnu ? Quel est son rôle ? Est-il témoin des faits racontés ?*
Où ?	Lieu	*Dans quel espace ce document est-il produit ? À quel espace est-il destiné ?*
Quand ?	Date et contexte	*Quelle est la date de réalisation ? À quelle période historique correspond-elle ? Dans quelles circonstances l'événement rapporté a-t-il eu lieu ?*
D'où provient le document ?	Source	*Relevez le titre du livre pour un extrait de texte ou une carte, le nom du journal ou de la revue pour un article de presse, le lieu de conservation (gravure, œuvre d'art, etc.)*
Quelle est l'idée principale du document ?	Idée principale	*Formulez l'idée principale du document en présentant un bref résumé pour un texte, une évolution pour un graphique, des localisations pour une carte ou une thématique pour une photographie ou un dessin de presse.*

EXEMPLE : Napoléon Ier, empereur des Français ➲ p. 21

Œuvre d'art, plus particulièrement une peinture historique

Auteur, ici un peintre officiel de la cour

Jacques-Louis David, *Sacre de l'empereur Napoléon Ier et couronnement de l'impératrice Joséphine dans la cathédrale Notre-Dame de Paris, le 2 décembre 1804*, 1806-1807, huile sur toile, 621 × 979 cm, musée du Louvre, Paris.

Titre de l'œuvre, donne des indications sur la scène représentée

Date de réalisation

Source, ici le lieu de conservation actuel

RÉDACTION

■ **Rédigez l'identification** du document.

> Si cette identification est attendue par votre correcteur, elle vous sera demandée sous la forme d'une question ou d'une consigne.

> Veillez alors à la **fluidité de la rédaction** en rédigeant plusieurs phrases de présentation.

Conseil

N'essayez pas de donner toutes ces informations en une seule phrase au risque d'être confus.

Aujourd'hui conservée au musée du Louvre, cette peinture historique a été réalisée par le peintre officiel Jacques-Louis David en 1806-1807. Elle célèbre le sacre de Napoléon Ier le 2 décembre 1804 en mettant en avant l'empereur des Français couronnant l'impératrice Joséphine. Cette œuvre contribue aussi à légitimer l'installation du pouvoir impérial.

FICHE BAC
MÉTHODE 10

Analyser des documents

> Cet exercice consiste à **analyser** des documents, de natures diverses, en répondant à une **consigne**. La consigne suggère un plan à suivre pour rédiger l'analyse.

AU BROUILLON

1 Lire la consigne et le(s) document(s)

- Lisez plusieurs fois la consigne qui suggère un plan, puis le(s) document(s).
- Identifiez le(s) verbe(s) de consigne, le **thème**, les **mots-clés**, la **période** et **l'échelle** concernés.
- Définissez les mots-clés de la consigne et les termes complexes du/des document(s).
- Reformulez la consigne à l'aide de ces éléments.

2 Identifier le(s) document(s)

- Notez les informations utiles pour identifier le(s) document(s) (nature, auteur, source, date de parution).
- Formulez l'idée principale du/des document(s).
- Prenez en compte la nature et le contexte de production du/des document(s). Cela facilitera la compréhension des informations ou le point de vue de l'auteur.

3 Sélectionner les informations et les mettre en relation avec des connaissances

- Lisez à nouveau le(s) document(s) et **sélectionnez les informations** pertinentes en les surlignant. Ces informations peuvent être des chiffres, des faits, des dates, des mots-clés, des localisations.
- Mettez ces informations **en rapport avec des connaissances**. Vous pouvez utiliser un tableau d'analyse comme ci-dessous.

Conseil

Pensez à mobiliser également des **repères historiques et géographiques**.

Plan suggéré par la consigne	Informations sélectionnées dans le(s) document(s)	Connaissances mobilisées
Première partie suggérée par la consigne : ...	*– Recopiez ici des citations, des chiffres-clés, des localisations...* *– « .... »*	*– Définissez les mots-clés, explicitez le contexte, les chiffres, les localisations...* *– Expliquez les arguments de l'auteur...*
Deuxième partie suggérée par la consigne : ...	– « .... »	

Conseil

Lorsque le sujet comporte deux documents, il est nécessaire de les confronter, c'est-à-dire distinguer leurs points communs et leurs complémentarités ou, au contraire, leurs différences et leurs oppositions. Votre développement doit être structuré de manière à les analyser ensemble et non l'un après l'autre.

4 Rédiger l'analyse de document(s)

RÉDACTION

- La rédaction finale doit comporter :
  > une à deux phrases de **présentation du sujet et du/des document(s)** ;
  > un **développement structuré** en deux ou trois **parties** comportant les informations sélectionnées dans le(s) document(s) et des connaissances et des repères historiques ou géographiques mis en relation ;
  > une à deux phrases **conclusives** qui répondent à la consigne et qui montrent l'apport du/des document(s) pour y répondre.

- La rédaction répond à des **règles générales** en histoire-géographie.
  > Rédigez des **phrases** pour l'ensemble de votre analyse.
  > Utilisez **les informations sélectionnées dans le(s) document(s)** : citations d'un texte entre guillemets, éléments de description d'une photographie ou d'une iconographie, données chiffrées d'un document statistique.
  > Mobilisez des **connaissances précises** : vocabulaire et notions, événements datés, lieux, acteurs, données chiffrées.
  > Vérifiez **l'orthographe** et la construction des phrases en relisant l'ensemble de vos réponses.
  > Utilisez des **connecteurs logiques** quand vous présentez plusieurs arguments.

Un exemple de **sujet traité**

Le sujet traité en géographie
hachette-clic.fr/25hg1196

Le congrès de Vienne

Partie 1

Après avoir présenté le document et son contexte, analysez la situation de la France à la suite de la défaite de Napoléon Ier, puis expliquez les principes sur lesquels les souverains et diplomates envisagent de reconstruire l'ordre européen.

Partie 2

Replacée dans ses antiques limites, [la France] ne songeait plus à les étendre [...]. Délivrée de cette oppression dont elle avait été bien moins l'instrument que la victime, heureuse d'avoir recouvré ses princes légitimes et, avec eux, le repos qu'elle pouvait craindre d'avoir perdu pour toujours, elle n'avait point de réclamations à faire, point de prétentions qu'elle voulût former. Elle n'en a élevé, elle n'en élèvera aucune. Mais il lui restait à désirer que l'œuvre de la restauration s'accomplit pour toute l'Europe comme pour elle, que partout et pour jamais l'esprit de la révolution cessât [...]. Le désir de la France doit être celui de tout État européen qui ne s'aveugle pas lui-même. Sans un tel ordre de choses, nul ne peut se croire un seul moment certain de son avenir. Jamais but plus noble ne fut offert aux gouvernements d'Europe ; jamais résultat ne fut si nécessaire, et jamais on ne put tant espérer de l'obtenir qu'à l'époque où la Chrétienté tout entière était, pour la première fois, appelée à former un congrès.

Lettre de Talleyrand à Metternich, Vienne, le 19 décembre 1814 (cité dans Klemens von Metternich, *Mémoires, documents et écrits divers*, tome 2, Paris, Édition Plon, Nourrit et Cie, 1886).

Introduction

Après leur victoire sur Napoléon Ier en 1814, les souverains européens se réunissent à Vienne pour redéfinir les frontières du continent et rétablir l'ordre monarchique. Talleyrand, représentant la France lors des négociations, adresse le 19 décembre 1814 une lettre à Metternich, ministre des Affaires étrangères autrichien et acteur clé du congrès.

Présentation du sujet
Identification du document

alinéa

Partie 1

Premièrement, Talleyrand évoque la situation de la France et de l'Europe après la défaite de Napoléon Ier en 1814. En évoquant d'abord une France « délivrée de cette oppression », il rappelle la fin de la Révolution française et de l'Empire napoléonien qui a secoué la France et l'Europe de 1789 à 1814. Par ailleurs, la France a « recouvré ses princes légitimes », référence à la Restauration et au rétablissement de la dynastie des Bourbons avec Louis XVIII. Talleyrand rappelle aussi que « replacée dans ses antiques limites, [la France] ne songeait plus à les étendre », puisque la France retrouve ses frontières de 1792 puis de 1790, et que la monarchie constitutionnelle restaurée n'envisage pas de reprendre les guerres.

Informations sélectionnées
Connaissances et repères historiques
Connecteurs logiques

alinéa

Partie 2

Dans un second temps, Talleyrand évoque les principes pour restaurer l'ordre monarchique en Europe. Il mentionne d'abord deux principes-clés du congrès aux lignes 6 à 8 : que la révolution doit cesser partout sur le continent et qu'il faut rétablir les rois sur leur trône. Pour cela, il rappelle l'opportunité offerte du congrès de Vienne (septembre 1814-juin 1815) pour régler diplomatiquement les différends entre les souverains. D'ailleurs, les rois décident de former des alliances comme la Sainte-Alliance ou la Quadruple Alliance.

Informations sélectionnées
Connaissances
Connecteurs logiques

alinéa

Conclusion

En conclusion, cette lettre de Talleyrand offre un éclairage sur la situation de la France en 1814 et permet de cerner les principes qui constituent la construction d'un nouvel ordre monarchique en Europe (diplomatie, congrès, alliance des souverains, répression des révolutions et restauration des monarchies). Toutefois, il convient de noter qu'il s'agit du discours d'un diplomate représentant un pays vaincu, cherchant à rassurer les souverains européens en les assurant de l'engagement de la France dans la création de cette Europe des rois.

Réponse concise à la consigne

FICHE BAC MÉTHODE 11

Répondre à une question problématisée

> Cet exercice consiste à rédiger la réponse à une **question** à partir de **connaissances organisées** et **illustrées** par des **exemples.** Une consigne donne des indications sur les **arguments** à mobiliser ainsi que le plan à suivre.

AU BROUILLON

1 Comprendre la question problématisée

- Lisez plusieurs fois la question problématisée et la consigne qui l'accompagne.
- Identifiez et expliquez au brouillon le **thème**, les **mots-clés**, la **période** et/ou **l'échelle** concernés.
- Repérez le plan suggéré dans la consigne, il vous donne l'ordre de vos parties.

2 Mobiliser des connaissances et développer des arguments

- Listez des **connaissances** en lien avec la question problématisée.
- Gardez uniquement celles qui répondent directement à la question posée pour former des **arguments.**
- Développez chaque argument grâce à des **explications** fondées sur des dates, des lieux, des acteurs, du vocabulaire, des notions et/ou des données chiffrées.
- Illustrez chaque argument par un ou plusieurs exemples précis et pertinents.

Conseil

Pensez à varier vos exemples (lieux, événements et/ou acteurs).

RÉDACTION

3 Organiser les connaissances

- Regroupez vos arguments pour former les deux ou trois **parties distinctes** qui constituent le **plan.**
- Introduisez chaque partie par une phrase présentant l'**idée générale** qui sera développée.

En **histoire**, le plan peut être :
- **chronologique** pour présenter des faits par ordre chronologique ;
- **analytique** pour évoquer un fait historique : ses causes, son déroulement, ses conséquences ;
- **thématique** pour aborder les différents aspects du sujet.

En **géographie**, le plan peut être :
- **par échelle** pour décrire un phénomène à l'échelle mondiale, régionale et locale ;
- **analytique** pour évoquer une situation ou un processus géographique, ses causes et ses conséquences ;
- **thématique** pour aborder les différents aspects du sujet.

4 Rédiger la réponse à la question problématisée

- La rédaction finale doit comporter :
  - > Une **introduction** qui présente le sujet et rappelle la question problématisée. Le **plan** choisi est énoncé à l'aide de la consigne.
  - > Un **développement** organisé en deux ou trois parties. Chaque **partie** doit être clairement identifiée grâce à un alinéa et comporter les arguments, les explications et les exemples précis choisis.
  - > La **conclusion** fournit les éléments de réponse à la question problématisée.
- La rédaction répond à des **règles générales** en histoire-géographie.

> Rédigez des **phrases** pour l'ensemble de votre réponse.
> Mobilisez des **connaissances précises** : vocabulaire et notions, événements datés, lieux, acteurs, données chiffrées.
> Utilisez des **connecteurs logiques** quand vous présentez plusieurs arguments.
> Vérifiez **l'orthographe** et la construction des phrases en relisant l'ensemble de vos réponses.

Un exemple de **sujet traité**

Le sujet traité en histoire
hachette-clic.fr/25hg1197

Comment expliquer l'organisation et les recompositions des systèmes productifs français ?

Vous pourrez montrer que les métropoles et les réseaux de communication sont des facteurs d'organisation des systèmes productifs. Puis vous expliquerez comment les systèmes productifs s'intègrent à différentes échelles.

➔ p. 400

Introduction (alinéa)

Les systèmes productifs rassemblent les acteurs et les moyens qui permettent la production de biens et de services sur le territoire français. Même si les services dominent, l'industrie reste importante. — Présentation du sujet

Comment expliquer l'organisation et les recompositions des systèmes productifs français ? — Question problématisée

En effet, l'organisation des espaces productifs dépend des métropoles et des réseaux de communication qui facilitent l'intégration des espaces productifs de l'échelle mondiale à l'échelle locale tout en les transformant. — Annonce des parties du plan

saut de ligne

Partie 1 (alinéa)

Tout d'abord, les systèmes productifs sont concentrés dans les métropoles et à proximité des axes de communication.

En effet, les métropoles offrent de multiples atouts aux systèmes productifs. Elles accueillent de nombreux emplois industriels et tertiaires, notamment les plus qualifiés. À cela s'ajoutent les services aux entreprises dans les quartiers d'affaires et la proximité des consommateurs. Ainsi, les métropoles attirent les activités de haute technologie et 30 % des salariés de l'industrie pharmaceutique se trouve dans la métropole parisienne.

De plus, les réseaux de communication structurent les espaces productifs. En effet, les grands axes terrestres et les façades maritimes desservies par les ports attirent les entreprises industrielles car ils facilitent les échanges de marchandises (usine de batterie électrique près du port de Dunkerque). De même, les services (finance, tourisme) privilégient les espaces les mieux connectés aux réseaux numériques comme Marseille, principal hub de la Méditerranée.

Idée principale de la partie — Connecteurs logiques — Arguments — Explications — Exemples

saut de ligne

Partie 2 (alinéa)

Ainsi, grâce aux métropoles et aux axes de communication, les systèmes productifs sont intégrés à plusieurs échelles.

Tout d'abord, ils sont intégrés à l'échelle mondiale et européenne. Des FTN françaises (TotalEnergies ou CMA-CGM) investissent dans le monde quand les régions comme l'Île-de-France et le Grand Est attirent les IDE étrangers. Cette intégration mène à des délocalisations (Asie du Sud-Est, Europe de l'Est) mais favorise aussi la coopération avec l'Union européenne (Allemagne, Italie pour Airbus).

Enfin, des acteurs favorisent l'intégration des systèmes productifs à l'échelle nationale et locale. Par les pôles de compétitivité, l'État facilite le rapprochement d'entreprises, laboratoires de recherche et universités comme Lyonbiopôle ou Qualitropic à La Réunion. De plus, des petites villes et des espaces ruraux sont dynamisés par des systèmes productifs locaux tel le Choletais (Vendée) qui fabrique la moitié des chaussures françaises. La valorisation des savoir-faire et la montée en gamme permettent de résister à la concurrence étrangère et parfois de réindustrialiser les territoires (textile dans les Vosges).

Idée principale de la partie — Connecteurs logiques — Arguments — Explications — Exemples

saut de ligne

Conclusion (alinéa)

Ainsi, les métropoles, les littoraux et les axes de communication structurent les espaces productifs et renforcent leur intégration à l'échelle mondiale, européenne, nationale et locale. De nombreux acteurs (FTN, PME, État) accompagnent les recompositions de ces espaces. — Réponse concise à la question

FICHE BAC
MÉTHODE 12

Transposer un texte en croquis

> Cet exercice consister à **sélectionner** des informations dans un texte, à les organiser en construisant une **légende** et à les localiser sur le croquis. Un **fond de carte** est fourni.

AU BROUILLON

1 Comprendre la consigne et le texte

- Lisez plusieurs fois la consigne et le texte.
- Identifiez le **thème** du croquis à réaliser, **l'espace** concerné, les **mots-clés** de la consigne et les **connaissances** à mobiliser.

AU BROUILLON

2 Sélectionner les informations dans le texte

- **Sélectionnez les informations à cartographier** (des types d'espaces, des aménagements, des flux ou des évolutions...) en les surlignant.
- Pour chaque information, **identifiez sa localisation** (villes, régions, pays, éléments de relief...) en la soulignant dans le texte.

Conseil

Pour plus de clarté, vous pouvez reproduire ce tableau.

	Informations sélectionnées dans le texte	Localisations sélectionnées dans le texte
Premier paragraphe	– *Recopiez ici les éléments à cartographier* –	– *Mettez-les en rapport avec leur localisation* – ....
Deuxième paragraphe	–	– ....

AU BROUILLON

3 Choisir les figurés et organiser la légende

- Chaque information doit être transposée en **langage cartographique**.
- Choisissez les **figurés** en combinant des formes simples et des couleurs.

Il existe trois types de **figurés** :
> des **figurés de surface** pour représenter une zone ;
> des **figurés ponctuels** pour situer un lieu précis ;
> des **figurés linéaires** pour représenter des flux et des axes de communication.

Le **choix des couleurs** répond à deux logiques :
> respecter les **conventions cartographiques** : bleu pour les informations liées à l'eau, vert pour les éléments naturels...
> choisir une même **gamme de couleurs** pour un même type d'informations.

Conseil

Reportez-vous au mémento cartographique à la fin de votre manuel.

- **Attribuez un figuré à chaque information** sélectionnée dans le texte.
- **Organisez la légende en deux ou trois parties.** Chaque partie correspond à un paragraphe du texte.
- **Donnez un titre à chaque partie** en résumant l'idée générale du paragraphe.

RÉALISATION

4 Réaliser le croquis

- **Recopiez la légende** dans un cadre sur le fond de carte fourni.
- **Réalisez le croquis en reportant les éléments** dans l'ordre suivant :
  > les figurés de surface (crayons de couleurs) ;
  > les figurés linéaires (feutres) ;
  > les figurés ponctuels (feutres) ;
  > les noms des lieux (en noir pour les États et les villes, en bleu pour les mers, océans et fleuves).
- **Ajoutez un titre au croquis.** Il doit rappeler le thème et l'espace étudiés.

Un exemple de **sujet traité**

Les inégalités socio-spatiales à Lagos

À partir du texte, vous construirez un croquis correspondant au sujet « Les inégalités socio-spatiales à Lagos », accompagné d'une légende organisée. Vous utiliserez le fond de carte fourni.

Des informations à cartographier

Des localisations

Lagos est devenue l'une des principales métropoles du Nigeria. Or, son paysage est marqué par de fortes inégalités socio-spatiales. Ainsi, au sud-est de la ville, au bord de la lagune et de l'océan Atlantique, se trouvent les quartiers résidentiels aisés d'Ikoyi et de Victoria Island dont les habitations modernes montrent les recompositions de la ville. À proximité immédiate se situe l'Île de Lagos, un quartier d'affaires moderne où de grandes tours ont vu le jour afin d'abriter les banques et sièges sociaux d'entreprises nigérianes. Puis, adossé au quartier d'affaires, le quartier d'Apapa accueille les classes moyennes, tout comme celui d'Ikeja au nord de la ville. Enfin, dans cette ville en pleine construction, les nouveaux arrivants affluent entraînant une expansion des bidonvilles installés à proximité des quartiers les plus aisés, où il est possible de trouver de l'emploi comme domestique. C'est le cas notamment des bidonvilles de Yaba et de Makoko proches de la lagune.

Partie 1 de la légende

Les inégalités socio-spatiales entre les quartiers sont accentuées par les réseaux de transport. Ainsi, les quartiers riches bénéficient tout d'abord de nombreux axes routiers, notamment un axe principal qui traverse ces quartiers et les relie au quartier des affaires et aux villes voisines. S'ajoute un train express régional qui traverse la ville du quartier des affaires jusqu'au nord. Si cette ligne traverse les bidonvilles, elle y compte peu d'arrêts. Une seconde ligne est en construction afin de relier le quartier d'affaires à l'ouest de la ville. Le port, au sud de la ville, jouxte un quartier de classes moyennes alors que l'aéroport international de la ville se situe au nord et à côté du plus grand bidonville que compte Lagos.

Partie 2 de la légende

D'après E. Libourel, *Les inégalités*, Documentation photographique, janvier 2025.

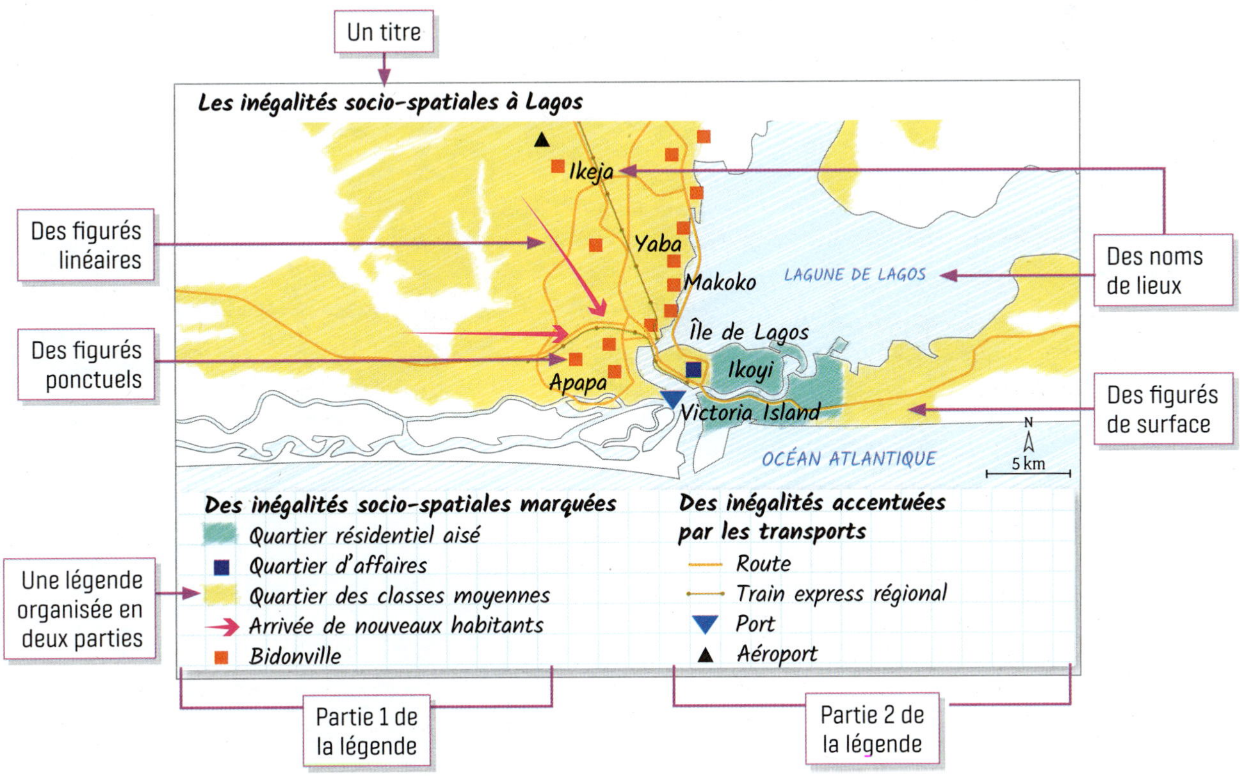

Le renouveau urbain de Tokyo

Portée par sa croissance économique et ses fonctions politiques, Tokyo concentre aujourd'hui 37 millions d'habitants et est la ville la plus peuplée au monde. Son paysage traduit ses ambitions de rayonnement avec la construction de gratte-ciel et l'aménagement de lieux de loisirs fréquentés tel le quartier Roppongi Hills et son parc urbain.

THÈME 1

La métropolisation : un processus mondial différencié

CHAPITRE

1 La métropolisation dans le monde

COURS 1 Les métropoles occupent une place centrale dans le monde par les fonctions qu'elles exercent et la population qu'elles concentrent. Néanmoins, le dynamisme métropolitain entraîne une hiérarchisation entre les villes qui deviennent concurrentes.

> Comment se manifeste la métropolisation dans le monde ?

COURS 2 Toutes les métropoles sont confrontées à des inégalités territoriales, économiques et sociales.

> Quels sont les effets de la métropolisation dans le monde ?

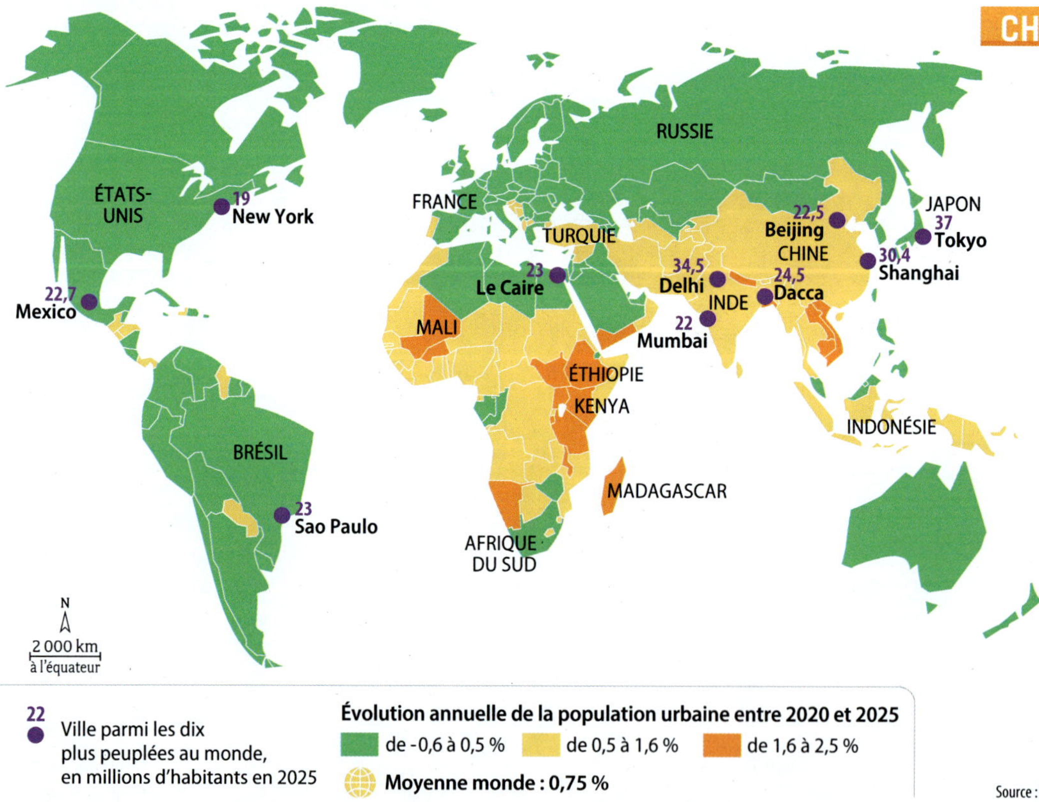

CHIFFRES-CLÉS

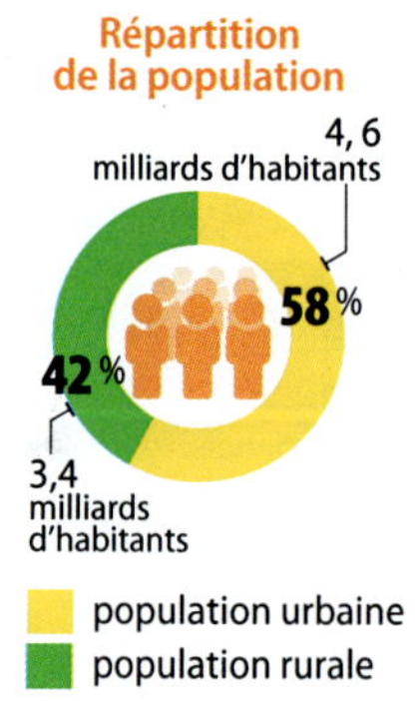

Source : World Urbanization Prospects, 2025.

1 Urbanisation et croissance urbaine dans le monde

QUESTIONS

1. **Doc. 1** Décrivez le poids et l'évolution de l'urbanisation dans le monde.
2. **Doc. 2** Distinguez plusieurs quartiers de Mexico puis associez-les à des fonctions urbaines.

2 **Mexico, une métropole en transformation**

Le dynamisme de Mexico s'illustre par son quartier d'affaires, Santa Fe, à l'arrière-plan. Ses 22,7 millions d'habitants vivent dans de vastes banlieues résidentielles verdoyantes, telle Lomas de Chapultepec, qui jouxtent des quartiers plus populaires, aux catégories sociales défavorisées comme Iztapalapa.

ÉTUDE DE CAS 1

La métropolisation au Brésil : dynamiques et contrastes

L'essor économique du Brésil depuis les années 1970 a entraîné une urbanisation massive et rapide. 88 % de la population vit désormais en ville, dont la moitié dans les métropoles. La gestion de ces villes pose au pays un immense défi.

A Comment la métropolisation hiérarchise-t-elle les villes brésiliennes ?

1 L'inégale métropolisation du territoire brésilien

VOCABULAIRE

- **IDH (indice de développement humain) :** indicateur mis en place par l'ONU pour mesurer les conditions de vie d'une population. Il prend en compte les revenus, l'espérance de vie et le niveau de scolarisation.
- **Métropole :** grande ville concentrant la population, les activités et les fonctions de commandement et exerçant une influence sur le territoire qui l'entoure.
- **Métropolisation :** processus de concentration croissante des richesses, des fonctions de commandement et des populations dans de grandes villes.

2 Sao Paulo, capitale économique brésilienne

Depuis 1980, Sao Paulo voit l'apparition de quartiers d'affaires, signalés par une densification des gratte-ciel. Elle est devenue la deuxième place mondiale pour le trafic des hélicoptères urbains, derrière New York, pour éviter les engorgements du trafic et la violence urbaine. Des complexes commerciaux intégrant activités culturelles et de loisirs, des espaces hospitaliers et des campus universitaires contribuent à créer de multiples centralités[1], plus ou moins articulées entre elles. Si Sao Paulo est toujours leader de l'industrie brésilienne (métallurgie, mécanique, habillement, etc.), on observe une importante perte des emplois industriels depuis les années 1980. La métropole s'adapte à la mondialisation et reconvertit ses systèmes productifs. Même si de nombreuses usines ont été déplacées à l'intérieur de l'État de Sao Paulo, leur siège social demeure dans la métropole qui garde, de ce fait, l'essentiel des fonctions de gestion et de recherche. Afin de disposer d'une main-d'œuvre qualifiée, les écoles spécialisées se multiplient et l'université de Sao Paulo est la plus prestigieuse du pays et la deuxième d'Amérique latine.

Martine Droulers, docteure en géographie, directrice de recherche au C.N.R.S., *Universalis*, 2025.

1. Capacité d'un lieu à exercer une influence sur des territoires proches grâce à ses fonctions de commandement.

3 **Le Musée de Demain, une attraction touristique de Rio de Janeiro**

Un million de visiteurs d'Amérique latine, des États-Unis et d'Europe découvre chaque année le Musée de Demain, le Corcovado ou le Carnaval de Rio. Le tourisme profite à la ville en créant 71 000 emplois et un bénéfice estimé à 1,8 milliard de dollars.

▶ Vidéo
Le tourisme à Rio de Janeiro
France 24, 9 février 2024.
hachette-clic.fr/25hg1054

	Brasilia	Rio de Janeiro	Sao Paulo
Nombre d'habitants en millions, en 2025	5	14	23
IDH en 2022	0,82	0,76	0,80
Nombre d'aéroports internationaux *(rang mondial)*	1 *(15e)*	2 *(19e)*	3 *(31e)*
Activités métropolitaines dominantes	capitale politique, banques et sièges sociaux	tourisme, activités industrielles et portuaires	bourse, activités industrielles et culturelles

Sources : Office national de la statistique brésilienne et World Urbanization Prospects, 2025.

4 **Le poids des trois métropoles majeures**

PARCOURS 1

Présenter une situation géographique

1. Doc. 1 et 4 Présentez les trois métropoles majeures du Brésil (localisation, taille et rayonnement).
2. Doc. 1, 2 et 3 Quelles fonctions de commandement font des métropoles les moteurs du territoire brésilien ?
3. Doc. 3 Comment le tourisme renforce-t-il le rayonnement de Rio de Janeiro ?
4. Doc. 1 et 4 Pourquoi peut-on dire que les régions brésiliennes sont inégalement métropolisées ?

BILAN Rédigez une synthèse expliquant comment la métropolisation accentue les inégalités entre les métropoles et entre les régions brésiliennes.

PARCOURS 2

Confronter deux documents

À partir des documents 1 et 4, rédigez un texte argumenté pour expliquer comment les fonctions de commandement hiérarchisent les villes brésiliennes.

Pas à pas

Vous distinguerez :
- les trois métropoles majeures ;
- les métropoles régionales aux fonctions secondaires ;
- les villes et les régions à l'écart de la métropolisation.

B Quelles recompositions locales la métropolisation engendre-t-elle ?

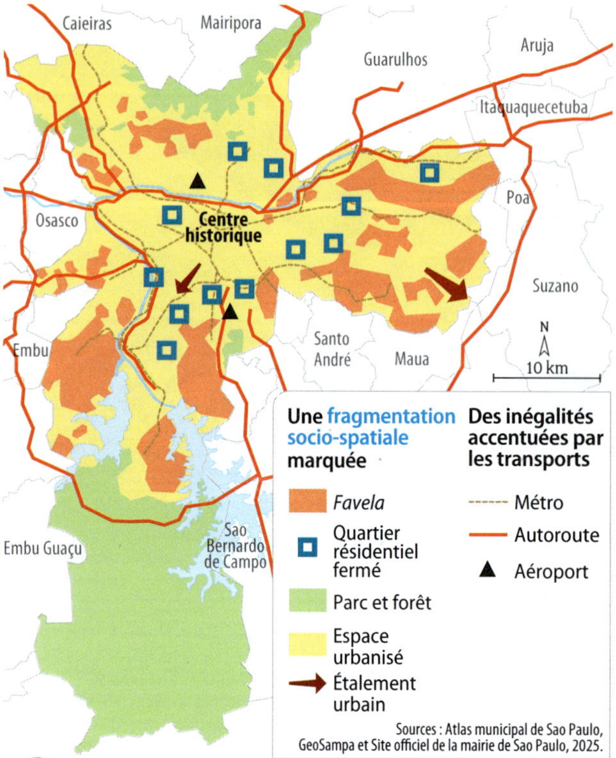

5 Les inégalités socio-spatiales à Sao Paulo

6 La construction de logements sociaux

Le programme « Ma maison, ma vie » créé par l'État en 2009 permet aux populations fragiles d'acheter un logement à un moindre coût. Leur construction alimente l'étalement urbain comme ici dans le quartier de José Walter, à Fortaleza.

VOCABULAIRE

Fragmentation socio-spatiale : processus de séparation des territoires fondé sur les inégalités de revenus des populations.

7 Des recompositions urbaines contrastées à Rio de Janeiro

À l'ouest de Rio de Janeiro, le quartier de Barra Tijuca est celui de l'urbanisation des classes supérieures : vastes demeures en bord de mer, immeubles fermés et sécurisés bénéficiant de services privatisés. Ces lieux résidentiels sont ceux des catégories sociales « gagnantes » de la métropolisation, par les emplois et les revenus associés. On trouve dans ce même quartier la *favela* Vila Autodromo, où vivaient jusqu'à il y a peu 1 250 habitants, notamment des familles pauvres installées dans des maisons de briques rouges et des classes moyennes. Cette *favela* est devenue le symbole de l'opposition aux programmes de destruction prévus par les autorités municipales lors des Jeux olympiques de Rio de 2016. Pour la démanteler et construire des routes ou équipements sportifs, les pouvoirs publics ont contribué à dégrader les conditions de vie des habitants (réduction des mobilités, arrêt de la distribution du courrier…) pour les contraindre à partir. Ceux-ci ont décidé de résister avec le soutien de l'Église catholique et d'acteurs issus du monde universitaire proposant un plan alternatif de transformation de la *favela*. Les autorités publiques ont alors dû offrir des solutions de relogement. Un grand nombre d'habitants ont ainsi quitté la *favela*. Seule une vingtaine de familles, attachées à un lieu de vie qu'elles affectionnent, ont décidé d'y rester.

Virginie Baby-Collin, chercheuse en géographie et professeure à Aix-Marseille Université, 2025.

PARCOURS 1

Comprendre et mettre en relation des documents

1. **Doc. 5 et 7** Quelles inégalités apparaissent dans les métropoles brésiliennes ?
2. **Doc. 5 et 7** Montrez que les quartiers pauvres sont à l'écart des transports. Quelles en sont les conséquences ?
3. **Doc. 6 et 7** Présentez les acteurs et leurs actions pour réduire les inégalités.

PARCOURS 2

Discuter une affirmation

Avant d'être élu président du Brésil en 1994, Fernando Henrique Cardoso déclarait : « Nous ne sommes pas un pays sous-développé, nous sommes un pays injuste. » Les métropoles brésiliennes confirment-elles cette affirmation ?

Pas à pas

- Décrivez les inégalités urbaines (doc. 5).
- Montrez le rôle des acteurs pour réduire les inégalités (doc. 6 et 7).
- Nuancez l'efficacité des actions (doc. 6 et 7).

Faire le bilan

Bilan à compléter
hachette-clic.fr/25hg1055

Les effets de la métropolisation au Brésil : dynamiques et contrastes

Des inégalités multiples

Échelle nationale

....
....
....
....
....
....

+

Échelle régionale

- ....
....
- ....
....
....

+

Échelle locale

- ....
....
....
- ....
....
....

Des dynamiques métropolitaines différenciées

Renforcement de l'attractivité des métropoles et du Brésil

- ....
- ....
- ....
....

Atténuation des inégalités sociales

- ....
....
- ....
....

Et ailleurs ?

1. Justifiez l'affirmation : « Le Brésil n'est pas le seul pays confronté à de fortes inégalités urbaines. »
2. Quel est le niveau de développement des pays où se trouvent les plus forts taux de pauvreté urbaine ?

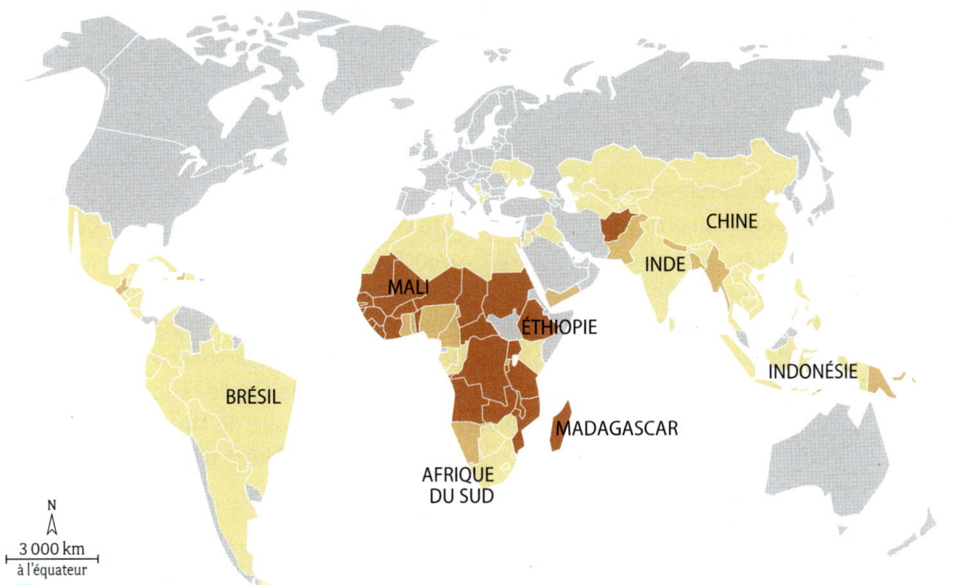

Part de la population urbaine vivant dans la pauvreté[1]

- de 0,1 à 10 %
- de 10 à 20 %
- de 20 à 60 %

Moyenne monde : 12 %

1. Les pays les plus développés ne sont pas pris en compte ici.

Source : Our World in Data, 2025.

La pauvreté urbaine dans le monde[1]

ÉTUDE DE CAS 2

Londres : une métropole de rang mondial

Avec près de 10 millions d'habitants (15 millions en prenant en compte le Grand Londres), le dynamisme de la capitale britannique témoigne de son rayonnement national. Son attractivité économique et culturelle en fait également un pôle mondial majeur.

A Par quels moyens la métropole londonienne s'affirme-t-elle dans le monde ?

1 Le rayonnement touristique de Londres

Les 19 millions de visiteurs étrangers, venus principalement d'Amérique du Nord et d'Europe, font de la **métropole** la troisième ville touristique mondiale. Ils apprécient des lieux célèbres, tels le London Bridge, Big Ben et le British Museum.

VOCABULAIRE

- **Métropole :** voir p. 288.
- **Ville mondiale :** grande métropole concentrant des fonctions de commandement et exerçant une influence majeure dans le monde dans les domaines économique, financier, politique et culturel.

2 Le pôle européen des nouvelles technologies et de la finance

Si le Brexit[1] a un temps fait craindre que Londres perde son statut de capitale financière européenne au profit de Paris, Francfort ou encore Dublin, la capitale britannique a finalement conservé sa couronne. L'industrie *fintech*[2] conserve un puissant dynamisme, faisant de l'écosystème britannique le deuxième au monde derrière les États-Unis. Level39, un espace de travail collaboratif, se situe au 39e étage de l'un des gratte-ciel qui peuplent la presqu'île de Canary Wharf, d'où l'on bénéficie d'une vue sur l'ancien quartier portuaire des Docklands, aujourd'hui devenu l'un des cœurs de l'écosystème financier londonien, particulièrement apprécié des *start-up*. Le gouvernement britannique a réussi à atténuer les conséquences négatives du Brexit en permettant à l'industrie de continuer à facilement faire venir des talents de l'étranger. Ceci, associé à la prévoyance et à la compétence de la *Financial Conduct Authority*, le gendarme de la bourse britannique, a largement joué en la faveur de l'écosystème *fintech* local. S'ajoute le solide secteur de la finance britannique. Mais aussi un réseau d'universités de renommée mondiale : l'université d'Oxford et celle de Manchester possèdent chacune un programme *fintech* d'excellence.

La Tribune, 28 février 2024.

1. Sortie du Royaume-Uni de l'Union européenne en 2020.
2. Entreprises spécialisées dans le numérique et l'intelligence artificielle pour fournir des services financiers.

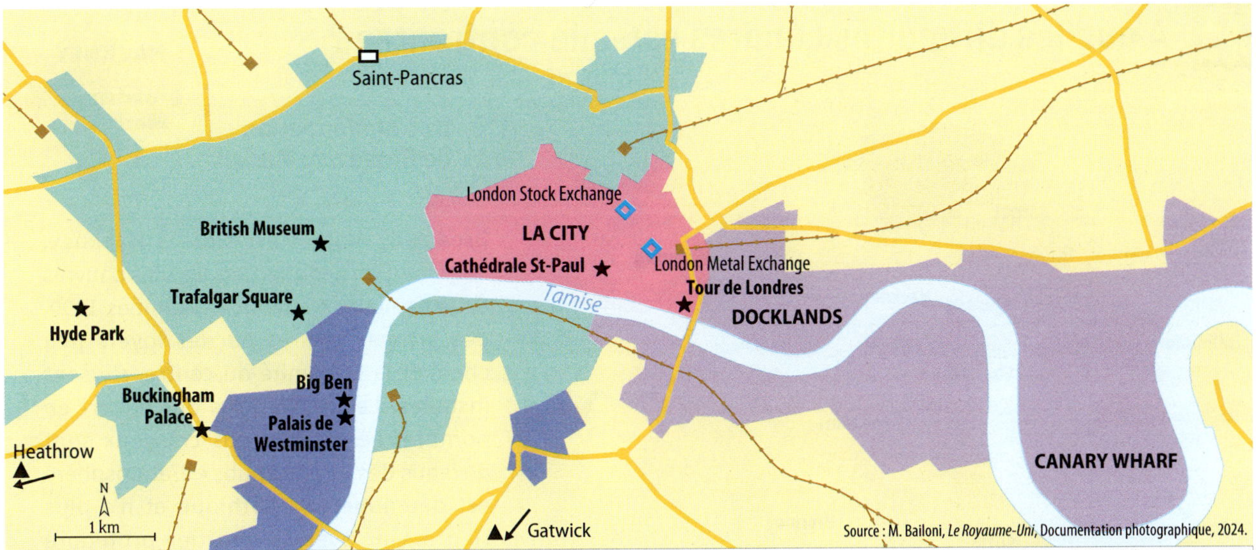

Source : M. Bailoni, *Le Royaume-Uni*, Documentation photographique, 2024.

Les fonctions d'une ville mondiale

- Lieu de commandement politique et administratif
- Bourse
- Principal quartier d'affaires
- Quartier d'affaires récent
- Quartier résidentiel
- Quartier de l'économie de la connaissance (édition, culture, médias)

L'ouverture au monde

- ▲ Aéroport international
- Gare internationale (Eurostar)
- ★ Site touristique majeur

3 Un centre de commandement mondial

▶ **Vidéo**
La construction de nouveaux quartiers d'affaires
Slice Voyage (chaîne de télévision canadienne), 6 mai 2022.
hachette-clic.fr/25hg1056

4 La place de Londres dans la compétition métropolitaine mondiale

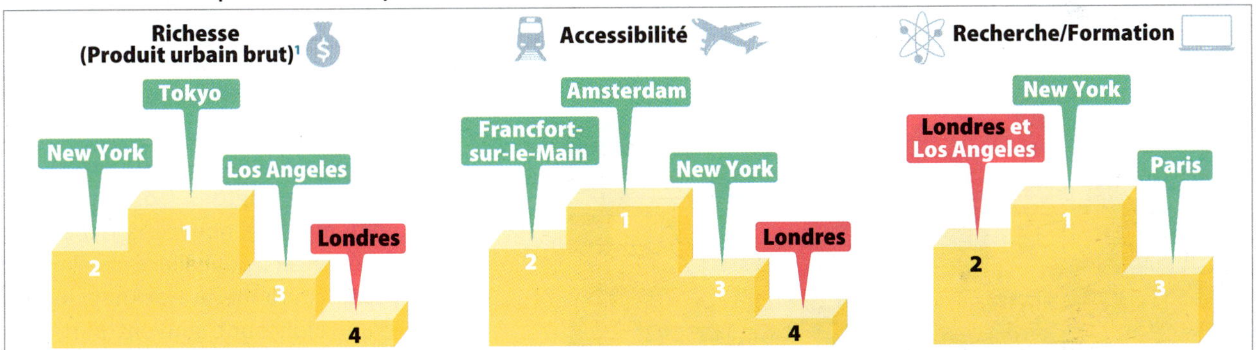

1. Ensemble des richesses produites dans une ville.

Sources : Institut Mori, 2023, *Ceoworld Magazine* et Classement de Shanghai, 2024.

PARCOURS 1

Comprendre et mettre en relation des documents

1. **Doc. 1 et 2** Sur quelles activités repose le dynamisme de Londres ?
2. **Doc. 1 et 3** Identifiez les équipements permettant à la capitale de rayonner au-delà du Royaume-Uni.
3. **Doc. 4** Justifiez l'affirmation : « Londres a un rôle important sur la scène internationale mais elle est concurrencée. »
4. **Doc. 2** Comment les acteurs se mobilisent-ils pour maintenir Londres à une place majeure en Europe et dans le monde ?

BILAN Rédigez un paragraphe de synthèse expliquant pourquoi Londres peut être qualifiée de ville mondiale.

PARCOURS 2

Utiliser une approche géographique pour construire une argumentation

Le maire de Londres doit prononcer un discours sur les atouts de la métropole face à la compétition mondiale. Vous êtes chargé(e) de rédiger les arguments de son discours et de les illustrer par un exemple ou un chiffre précis.

En binôme, complétez le tableau pour préparer le discours.

Atouts de Londres	Exemples / Chiffres
Tout d'abord, Londres peut compter sur ses nombreux quartiers d'affaires pour attirer les entreprises	*La City et Canary Wharf*
Ensuite, …	…
Enfin, …	…

B À quelles difficultés Londres est-elle confrontée ?

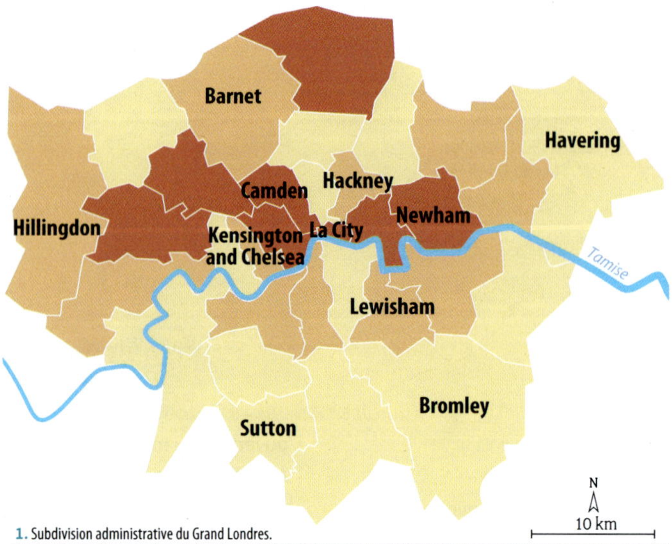

1. Subdivision administrative du Grand Londres.

Part de la population vivant sous le seuil de pauvreté, en %, en 2023

12 – 25 – 30 – 43

Moyenne Grand Londres[1] : 26 %

Source : Trust for London (société de finances), 2025.

5 Les contrastes de la pauvreté dans le Grand Londres

6 La transformation de Broadway Market

Broadway Market est situé à Hackney, autrefois l'un des quartiers les plus pauvres de la capitale. Au début des années 1990, des artistes, attirés par les loyers peu chers et la proximité du centre, s'y sont installés. Les restaurants ont ouvert en nombre. Les vieux pubs crasseux sont devenus des « gastro-pubs ». L'atmosphère est détendue, sympathique et n'a plus rien à voir avec le quartier prolétaire d'autrefois. La **gentrification** de Broadway Market n'est que le dernier exemple d'un phénomène qui a transformé tout Londres. Dans les années 2000, le mouvement a rattrapé l'est de Londres. Après avoir été populaire puis gentrifié, le quartier devient bourgeois. En moyenne, une maison se vendait 80 000 livres en 1995, et 1,1 million aujourd'hui. Au cœur de ce processus se trouve bien entendu l'immobilier, où l'envolée des prix se répercute par cercles concentriques. Les habitants historiques des chics quartiers du centre-ville (Chelsea, Knightsbridge, Kensington…) ont vendu depuis longtemps aux nouveaux riches, notamment étrangers, pour aller s'installer dans la petite couronne. À Hackney, les pauvres d'autrefois sont souvent partis jusqu'à l'extérieur de Londres, dans l'Essex.

Le Monde, 12 juillet 2023.

7 Les effets de la métropolisation

La rénovation urbaine provoque une hausse du prix de l'immobilier poussant les familles modestes à quitter Londres. La fermeture d'écoles, faute d'élèves, menace l'avenir de la ville.

Source : Ben Jennings dans *The Guardian*, 13 avril 2023.

VOCABULAIRE

Gentrification : installation d'une population aisée dans un quartier auparavant populaire, à la suite d'opérations immobilières.

PARCOURS 1

Comprendre des documents

1. **Doc. 5** Décrivez la répartition de la pauvreté dans le Grand Londres.
2. **Doc. 6 et 7** Identifiez les causes de la gentrification dans la métropole.
3. **Doc. 5, 6 et 7** Quelles sont les conséquences de la métropolisation sur la composition sociale d'une ville mondiale ?

PARCOURS 2

Réaliser un schéma fléché

À l'aide des documents, réalisez un schéma fléché pour présenter et décrire les difficultés auxquelles Londres est confrontée et ses conséquences pour les habitants.

Faire le bilan

Bilan à compléter
hachette-clic.fr/25hg1057

Londres, une métropole de rang mondial

Des fonctions de commandement multiples

- ....
- ....
- ....
- ....

Des atouts culturels et touristiques

- ....
- ....
- ....

Des transports performants

- ....
- ....

Des effets de la métropolisation

À l'échelle mondiale

- ....
- ....

À l'échelle locale

- ....
- ....
- ....

Et ailleurs ?

1. Quelle région du monde concentre l'essentiel des villes mondiales ?
2. Quels pays s'affirment progressivement dans le classement ? Justifiez votre réponse.

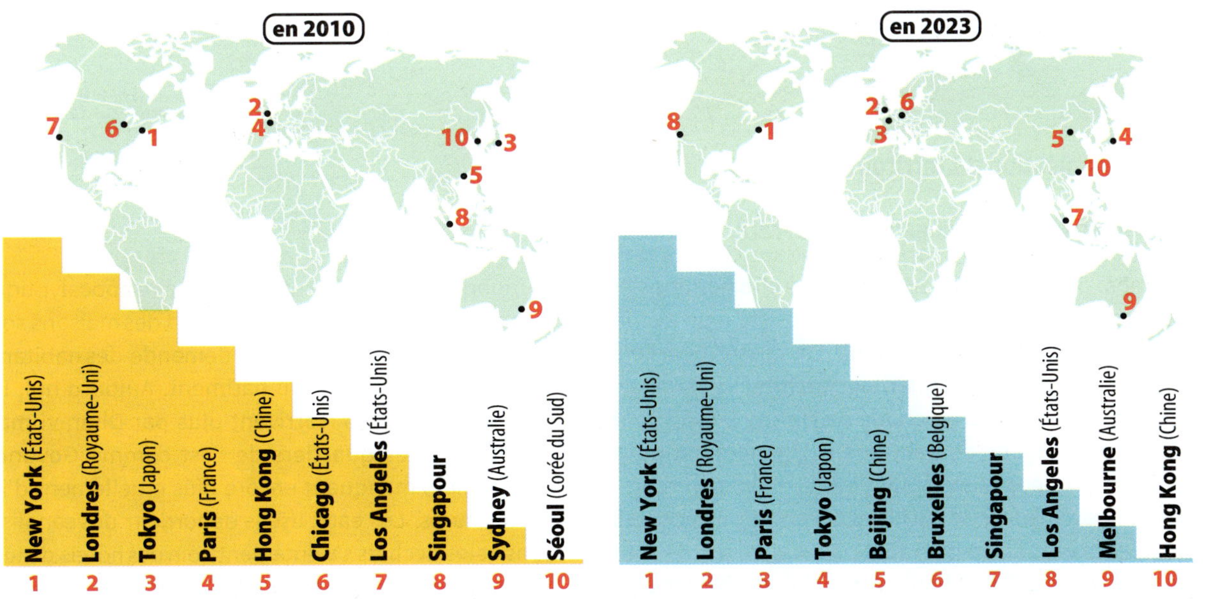

Source : A.T. Kearney, *The 2023 Global Cities Report*, 2025.

L'évolution des 10 premières villes mondiales

ÉTUDE DE CAS 3

Mumbai : une métropole fragmentée

Mumbai concentre les fonctions de commandement économique de l'Inde émergente. La richesse qui y est produite en fait la ville la plus prospère du pays et la 45e mondiale. Cependant, ses 22 millions d'habitants sont confrontés à des inégalités sociales profondes qui marquent les paysages.

A Comment les inégalités se manifestent-elles à Mumbai ?

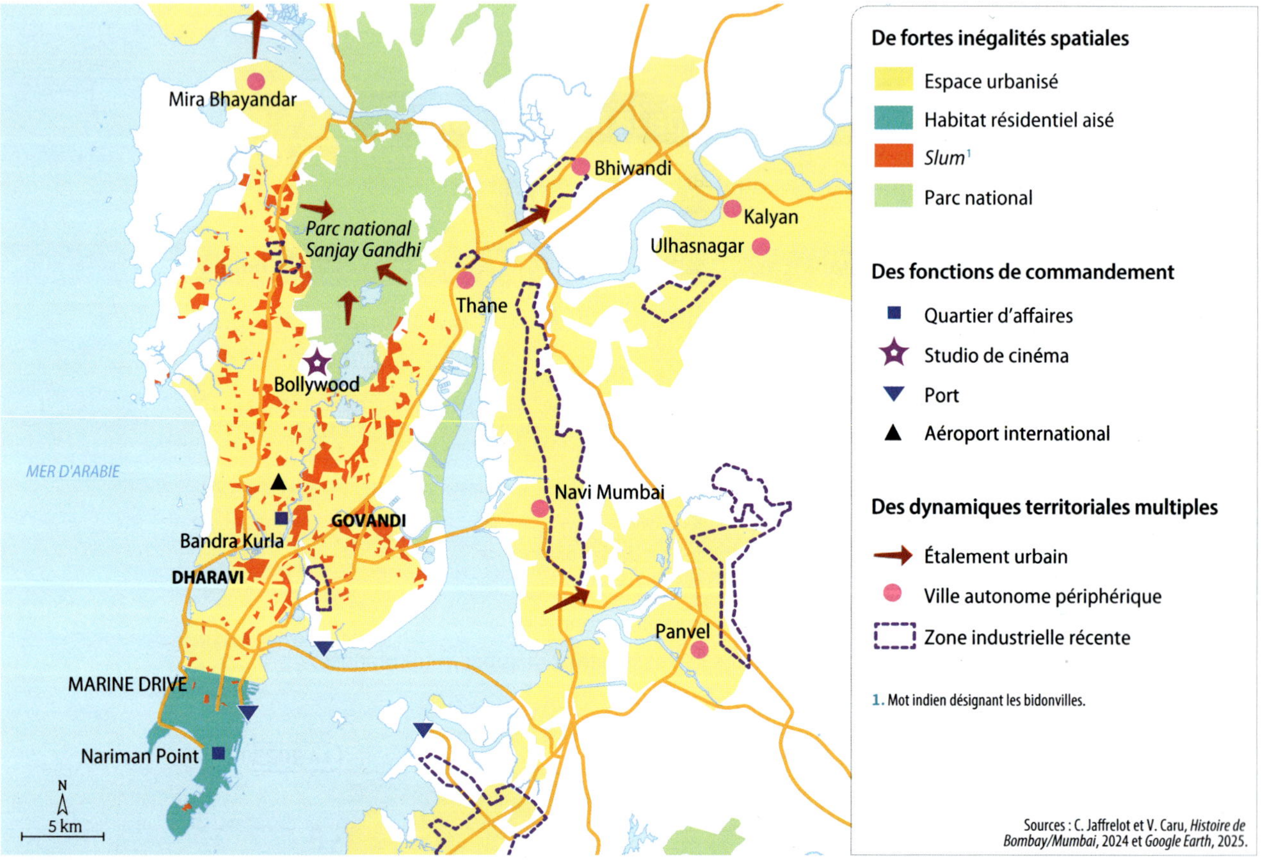

Sources : C. Jaffrelot et V. Caru, *Histoire de Bombay/Mumbai*, 2024 et *Google Earth*, 2025.

1 L'organisation du territoire métropolitain

2 Mumbai, entre richesse et pauvreté

Mumbai agit tel un aimant, attirant à elle hommes et femmes des quatre coins du pays en quête d'un avenir meilleur. La ville a de quoi éblouir. Les cossus quartiers du sud ont conservé un héritage architectural remarquable. L'élégante promenade de Marine Drive a pour décor des rangées de palmiers et d'emblématiques édifices Art déco plantés sur l'avenue. Dharavi représente une autre facette. Au fil des décennies, il a accueilli plusieurs vagues de migrants pauvres venus de tout le pays. Avec 270 000 habitants au kilomètre carré, le *slum* de Dharavi est l'un des plus densément peuplés au monde. Contrairement à l'imaginaire apocalyptique associé au nom de Dharavi, la plupart des maisons sont ici construites en briques à la demande des habitants par des professionnels du bâtiment. Aujourd'hui, les nouveaux migrants n'arrivent plus par Dharavi mais plutôt dans les quartiers de l'est comme Govandi. Ces derniers manquent encore plus cruellement d'infrastructures. Les eaux usées débordent des canalisations et les déchets s'y entassent, loin des hôtels de luxe et des belles avenues du sud de la ville.

Le Monde, 12 avril 2023.

3 **Les territoires de la pauvreté**

41 % des habitants de Mumbai vivent dans l'un des 200 *slums* de la ville. Dharavi abriterait 1 million de personnes, logées dans des habitations d'une seule pièce, sans eau courante ni sanitaires.

4 **La multiplication des quartiers résidentiels fermés**

Traduction : Découvrez les joies de vivre dans un quartier résidentiel fermé à Mumbai.

Les murs d'enceinte qui isolent les quartiers riches du reste de la ville illustrent la **fragmentation socio-spatiale** de Mumbai.

▶ Vidéo
La croissance immobilière
France 24, 14 avril 2023.
hachette-clic.fr/25hg1058

VOCABULAIRE

Fragmentation socio-spatiale : processus de séparation des territoires fondé sur les inégalités de revenus des populations.

PARCOURS 1

Confronter des documents

1. **Doc. 1** Quelles fonctions de commandement font de Mumbai une métropole majeure de l'Inde émergente ?
2. **Doc. 1 et 2** Nommez et situez les trois types de territoires résidentiels.
3. **Doc. 2, 3 et 4** Décrivez puis comparez les conditions de vie des populations les plus pauvres et celles des classes moyennes et riches.
4. **Doc. 2 et 4** Comment se manifeste la fragmentation socio-spatiale à Mumbai ?

BILAN Rédigez une synthèse expliquant l'organisation territoriale de Mumbai, puis les formes de la fragmentation et ses effets.

PARCOURS 2

Réaliser un podcast

Une émission de radio vous invite à réaliser en binôme un podcast de trois minutes sur les inégalités socio-spatiales à Mumbai.

Pas à pas

- Après avoir localisé Mumbai, présentez son organisation spatiale et son attractivité (doc. 1 et 2).
- Montrez la coexistence de populations aux niveaux de vies différents (doc. 3 à 4).
- Localisez et décrivez les territoires et les paysages de la pauvreté et de la richesse (doc. 1, 3 et 4).

B Quelles sont les stratégies pour faire face à la fragmentation ?

5 Une fragmentation toujours croissante

Mumbai a connu une quasi-disparition de la classe ouvrière. Ses membres se sont repliés sur des bidonvilles. À la place des usines, on a vu sortir de terre des immeubles et des logements de standing. Mumbai accueille plus de milliardaires que Shanghai. Ces deux mondes se côtoient encore moins qu'hier. La **gentrification** a eu pour conséquence de refouler les pauvres à la périphérie de la ville, toujours plus loin vers le nord ou de les forcer à rejoindre des bidonvilles dont la densité donne le vertige. Le problème vient d'abord du prix du mètre carré. Les bidonvilles eux-mêmes sont menacés de disparition. Dharavi fait ainsi l'objet d'immenses convoitises. L'oligarque[1] Gautam Adani vient d'obtenir le droit de « redévelopper » Dharavi. Nombre de ses habitants vont devoir partir et quand ils s'installeront dans des habitats encore plus précaires en lointaines banlieues, ils perdront leur emploi ou bien ils devront pour rejoindre leur lieu de travail faire des trajets interminables en train ou en bus, des moyens de transport dans lesquels la ville a peu investi et qui sont saturés.

Entretien de Christophe Jaffrelot, docteur en sciences politiques, pour le Centre de recherches internationales de Sciences Po, 30 août 2024.

1. Homme d'affaires très puissant.

3 milliards de dollars pour le *slum* de Dharavi

Objectifs	Actions	Acteurs
• Améliorer les logements ; • Encourager l'éducation ; • Créer des emplois ; • Protéger l'environnement.	• Construction de logements équipés (eau, collecte des déchets) ; • Rénovation des écoles ; • Création de commerces ; • Promotion des industries non polluantes.	• Entreprise Adani, 1er contributeur du projet ; • Gouvernement et État du Maharashtra ; • Rotary Club de Mumbai.

Source : Swarajyamag (site d'information indien), 11 janvier 2023.

6 Les projets de réaménagement du *slum* de Dharavi

7 Une inégale desserte par le métro

Depuis son inauguration en 2014 par la municipalité, le métro réduit le trafic automobile et relie les territoires de Mumbai. Or, les *slums* restent très peu desservis.

VOCABULAIRE
Gentrification : voir p. 294.

PARCOURS 1

Analyser des documents

1. **Doc. 5 et 6** Trouvez trois informations qui montrent les transformations urbaines de Mumbai.
2. **Doc. 5, 6 et 7** Quelles sont les actions mises en œuvre par les acteurs pour faire face aux inégalités ?
3. **Doc. 5 et 7** Quelles difficultés économiques et sociales persistent ?

PARCOURS 2

Réaliser un tableau de synthèse

Complétez le tableau pour identifier les actions adoptées afin d'améliorer les conditions de vie à Mumbai et les difficultés rencontrées.

Objectifs	Actions, acteurs	Difficultés
Rénover le logement (doc. 5 et 6)	– *Construction de logements équipés (eau courante, collecte des déchets)*	– ...
Créer de l'emploi (doc. 5 et 6)	– ...	– ...
Améliorer le quotidien (doc. 5, 6 et 7)	– ...	– ...

Faire le bilan

Bilan à compléter
hachette-clic.fr/25hg1059

Mumbai : une métropole fragmentée

Des fractures multiples

Des fonctions de commandement multiples
- ....
- ....
- ....

+

Des défis sociaux nombreux
- ....
- ....
- ....

+

Des inégalités territoriales marquées
- ....
- ....
- ....

=

Des actions contre la fragmentation socio-spatiale
- ....
- ....
- ....
- ....

Des défis persistants
- ....
....
- ....
....

Et ailleurs ?

1. Dans quelles régions du monde les bidonvilles sont-ils les plus présents ?
2. Montrez, à partir de trois exemples, le lien entre le niveau de développement de la région et la présence de bidonvilles.

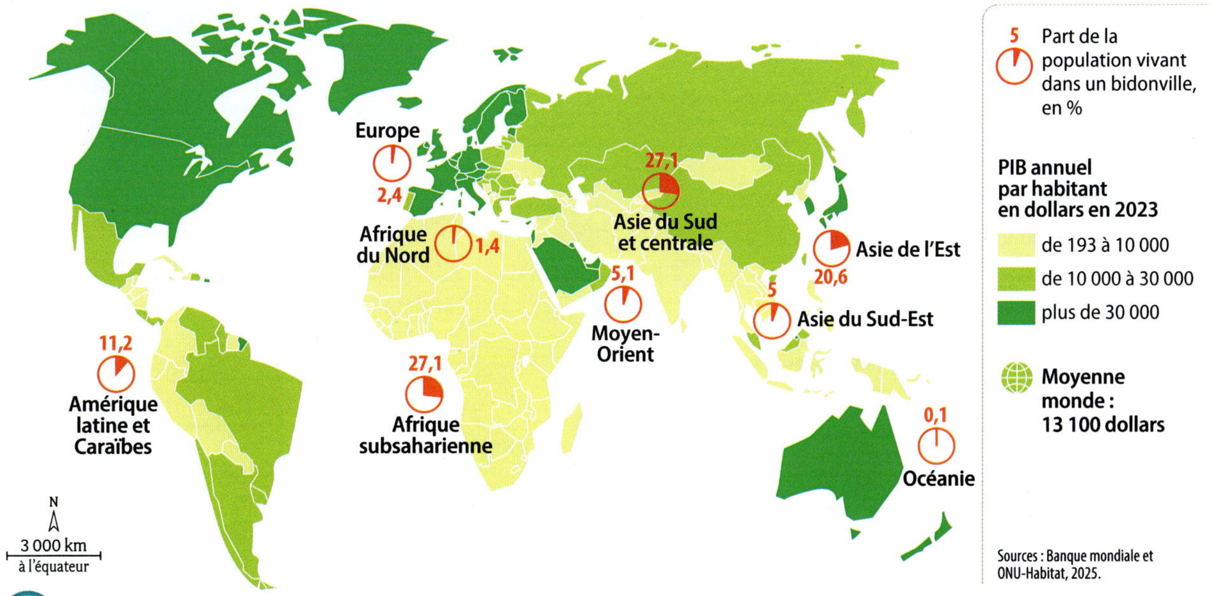

Les inégalités dans les espaces urbains

ÉTUDE DE CAS 4

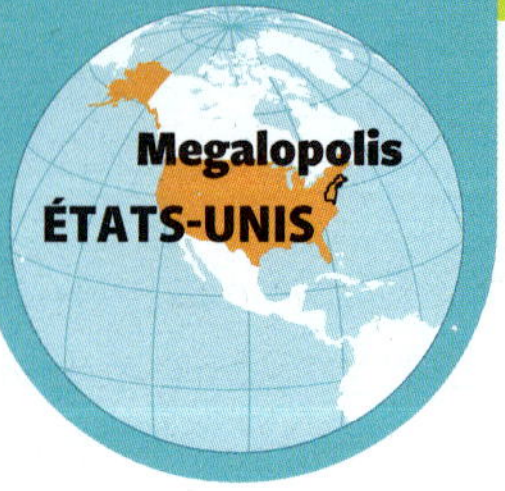

La mégalopole du Nord-Est des États-Unis : des synergies métropolitaines

La Megalopolis est un couloir urbain de plus de 50 millions d'habitants qui s'étend de Boston à Washington sur 800 km. Les métropoles de ce territoire créent 20 % des richesses des États-Unis grâce à leurs multiples fonctions de commandement internationales et à leurs relations intenses.

A Comment les relations entre les métropoles structurent-elles la Megalopolis ?

Un vaste couloir urbain

- Territoire urbanisé en continu
- Ville mondiale
- Métropole majeure
- Métropole secondaire

Une accumulation de fonctions de commandement

- Lieu de commandement politique et administratif
- Bourse
- Grande université

Des transports amplifiant les synergies métropolitaines

- Voie routière principale
- Voie ferrée principale, le Corridor du Nord-Est
- Port majeur
- Aéroport international

Sources : C. Montès, P. Nédélec, *Atlas des États-Unis*, 2024 et Bureau du recensement des États-Unis, 2025.

1 Une concentration de métropoles

Une métropole cosmopolite

19 millions d'habitants

800 langues parlées (anglais pour 50 % des habitants, espagnol pour 25 %)

9 millions de touristes internationaux en 2023

Un pôle économique et financier

Bourse de Wall Street et **Banque fédérale**

Pôle technologique (intelligence artificielle, crypto-monnaie, biotechnologie…)

49 sièges sociaux des 500 premières FTN au monde

Exemples : Pfizer (santé), Warner Bros (divertissements), Goldman Sachs (investissements boursiers), Foot Locker (grande distribution)…

Un pôle culturel et artistique

Concentration d'entreprises spécialisées dans les médias et l'édition

Times Square

Plus de 130 musées et théâtres (The Metropolitan Museum of Art, MoMA, Carnegie Hall…)

Des transports performants

3 aéroports internationaux (dont l'aéroport international John F. Kennedy, 13e mondial)

17e port à conteneurs mondial

31 autoroutes

Sources : Bureau du recensement des États-Unis, Fortune et OMT, 2025.

2 New York, de la Megalopolis au rayonnement mondial

▶ Vidéo
Le renouvellement urbain à New York
France TV, 16 octobre 2023.
hachette-clic.fr/25hg1060

3 Le rôle essentiel du Corridor du Nord-Est

Chaque jour, des milliers de voyageurs à travers la **mégalopole** se pressent pour monter à bord des trains de voyageurs dans des gares comme la South Station de Boston, la Penn Station de New York, la William H. Gray III 30th Street Station de Philadelphie, la Pennsylvania Station de Baltimore et la Union Station de Washington. L'itinéraire de 740 km de long, qui traverse huit États et le district de Columbia, appelé Corridor du Nord-Est est parcouru par les trains de passagers les plus rapides des États-Unis à une vitesse de 240 km/h, qui pour certains empruntent les plus anciennes voies ferrées du pays. Avec 260 millions d'usagers par an, il est l'un des axes ferroviaires les plus fréquentés aux États-Unis (et dans le monde !). Si ce réseau ferroviaire était un pays, il se classerait au troisième rang mondial, derrière les États-Unis et la Chine, pour son PIB. En somme, avec Washington à seulement 3 heures et 30 minutes de train de New York, il représente la plus grande concentration de pouvoirs financiers et politiques réunis dans un si petit espace.

George Lauriat, « Le Corridor du Nord-Est », *Le journal américain des transports*, 19 avril 2023.

4 Boston, centre de l'innovation

Longwood, centre de recherche médicale, et l'université d'Harvard renforcent la place de l'innovation et des hautes technologies à Boston.

VOCABULAIRE

- **Mégalopole :** vaste espace urbanisé formé par une forte concentration de métropoles et d'axes de communication.
- **Synergie métropolitaine :** dynamique de rapprochement entre métropoles pour développer des liens entre elles.
- **Ville mondiale :** voir p. 292

PARCOURS 1

Décrire et expliquer un processus géographique

1. **Doc. 1** Identifiez les fonctions de commandement présentes au sein de la Megalopolis.
2. **Doc. 1 et 3** Montrez que les transports jouent un rôle essentiel dans son organisation.
3. **Doc. 2, 3 et 4** Sur quels atouts repose le rayonnement mondial de la Megalopolis ? Justifiez votre réponse en utilisant des exemples et/ou des chiffres précis.
4. **Doc. 1 et 2** Montrez que le rayonnement des métropoles est toutefois inégal.

BILAN Rédigez une synthèse présentant les synergies au sein de la Megalopolis puis expliquant la hiérarchie entre les métropoles.

PARCOURS 2

Réaliser une présentation orale

Le gouvernement des États-Unis vous confie la réalisation d'un reportage sur les atouts métropolitains de la Megalopolis pour les Européens désirant s'y installer et y travailler.
En binôme, préparez un podcast de trois minutes pour assurer cette présentation. Pour vous aider, complétez ce tableau.

	Arguments	Exemples
Un quotidien facilité (doc. 2 et 3)	doc. 3 : *Des déplacements rapides*	*31 autoroutes*
Un dynamisme économique (doc. 1 et 4)		
Une vie culturelle intense (doc. 2 et 4)		

B Quels contrastes sont créés par la métropolisation ?

1993

2022

5 **La transformation de Harlem**

Autrefois associé à la pauvreté, Harlem est aujourd'hui marqué par une **gentrification** avec la venue de populations aisées, la modernisation des commerces et des transports. Elle conduit à l'exclusion des plus fragiles dont la population noire, passée de 63 % en 2010 à 46 % en 2022.

▶ **Podcast**
Harlem, un quartier devenu chic
RFI, 23 mars 2024.
hachette-clic.fr/25hg1061

VOCABULAIRE
Gentrification : voir p. 294

6 **Les difficultés de la lutte contre les inégalités à Baltimore**

Les quartiers les plus pauvres ont les taux les plus élevés de populations noires. Baltimore a participé au programme fédéral « *Moving to Opportunity* », dans lequel des familles vivant dans des logements dégradés ont reçu des aides financières pour les encourager à déménager dans des quartiers moins pauvres. Les chercheurs ont constaté que déménager dans un quartier moins pauvre améliorait considérablement le taux de fréquentation des collèges et les revenus futurs des enfants dont les familles avaient déménagé lorsqu'ils étaient jeunes. Mais les réactions négatives des habitants de certains quartiers à la population majoritairement blanche ont conduit à la réduction du programme. Depuis, Baltimore n'a pas déployé d'efforts nouveaux pour améliorer les conditions de vie des habitants. Au contraire, au cours des 15 dernières années, les autorités de la ville et de l'État du Maryland se sont lancées dans des projets pour stimuler l'économie de la ville, sans toutefois parvenir à résoudre le déclin continu des quartiers noirs. Les écoles de Baltimore sont continuellement confrontées à des problèmes de financement.

Kevin Mcleod, « La réalité alarmante de la pauvreté et des enfants noirs de Baltimore », *The Baltimore banner* (site d'informations locales), 13 décembre 2023.

PARCOURS 1

Présenter une situation géographique

1. **Doc. 5** Justifiez l'affirmation : « La gentrification transforme les activités économiques et le paysage du quartier de Harlem. »
2. **Doc. 6** Quels problèmes engendre la métropolisation de Baltimore ?
3. **Doc. 5 et 6** Citez des actions menées contre les effets négatifs de la métropolisation et les acteurs impliqués.

PARCOURS 2

Rédiger un texte argumentatif

Rédigez une synthèse présentant les effets de la métropolisation et les actions menées pour y remédier.

Utilisez obligatoirement les mots :
- tout d'abord ; ensuite ; cependant ; enfin.
- inégalités ; gentrification ; aides sociales ; acteurs.

Faire le bilan

Bilan à compléter
hachette-clic.fr/25hg1062

La mégalopole du Nord-Est des États-Unis : des synergies métropolitaines

Un vaste couloir métropolitain et urbain

Une synergie de fonctions de commandement

- ……………………………………
- ……………………………………
……………………………………
- ……………………………………

Des villes marquées par la métropolisation

- ……………………………………
- ……………………………………
- ……………………………………

Des difficultés entre les métropoles

- ……………………………………
- ……………………………………
- ……………………………………

Des relations entre les métropoles

- ……………………………………
……………………………………
……………………………………
- ……………………………………

Et ailleurs ?

1. Montrez que les métropoles des États-Unis concentrent une grande partie de la richesse mondiale.
2. Justifiez l'affirmation : « Les pays les plus développés concentrent les métropoles les plus innovantes. »

A. Les 10 métropoles les plus riches au monde en milliards de dollars

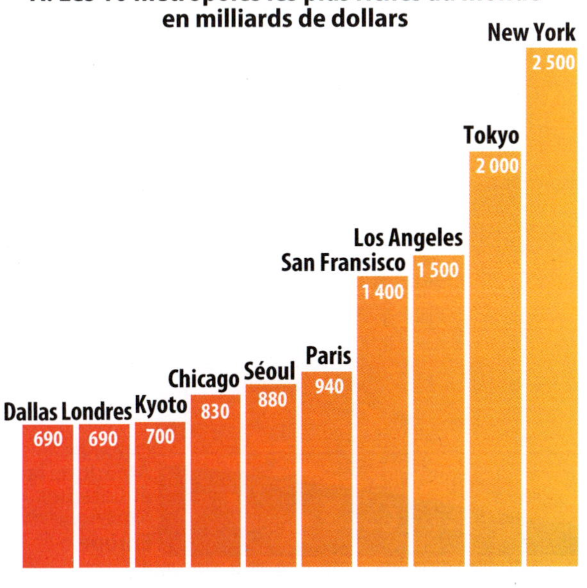

B. Les 10 métropoles les plus innovantes au monde

Source : Institut Mori, 2025.

Les dix métropoles les plus riches et les plus innovantes au monde

GRAND ANGLE L'urbanisation et la métropolisation dans le monde

- Si la population mondiale se concentre dans des villes de plus en plus étendues, l'urbanisation demeure inégale. Ancienne et dominante en Europe et en Amérique, elle est plus récente en Asie (54 % en moyenne) et encore faible en Afrique (43 %).

- Cette urbanisation différenciée est aussi le signe d'une **métropolisation** inégale. Les **métropoles** nord-américaines, européennes et japonaises restent puissantes. Dans les pays en développement, certaines émergent telles que Lagos au Nigeria, Lima au Pérou ou encore Bangkok en Thaïlande.

NOTION EN IMAGE

Métropolisation : processus de concentration de populations, d'activités et de fonctions de commandement et des réseaux de communication dans de grandes villes.

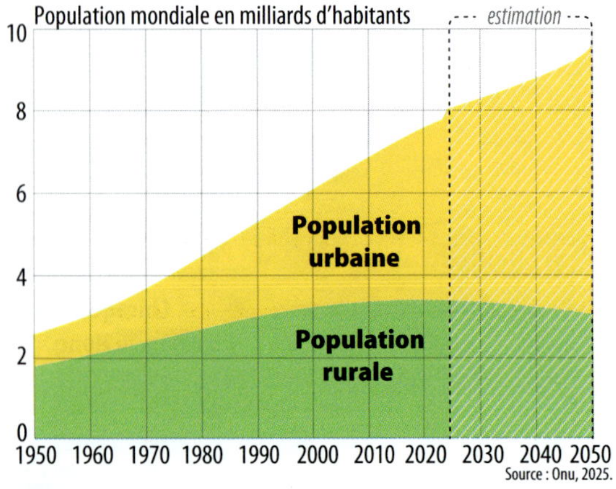

2 La **transition urbaine** mondiale

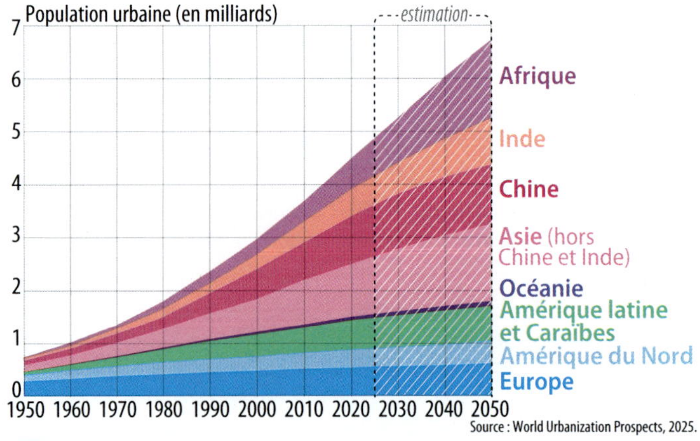

3 Une croissance urbaine inégale

Carte interactive
hachette-clic.fr/25hg1063

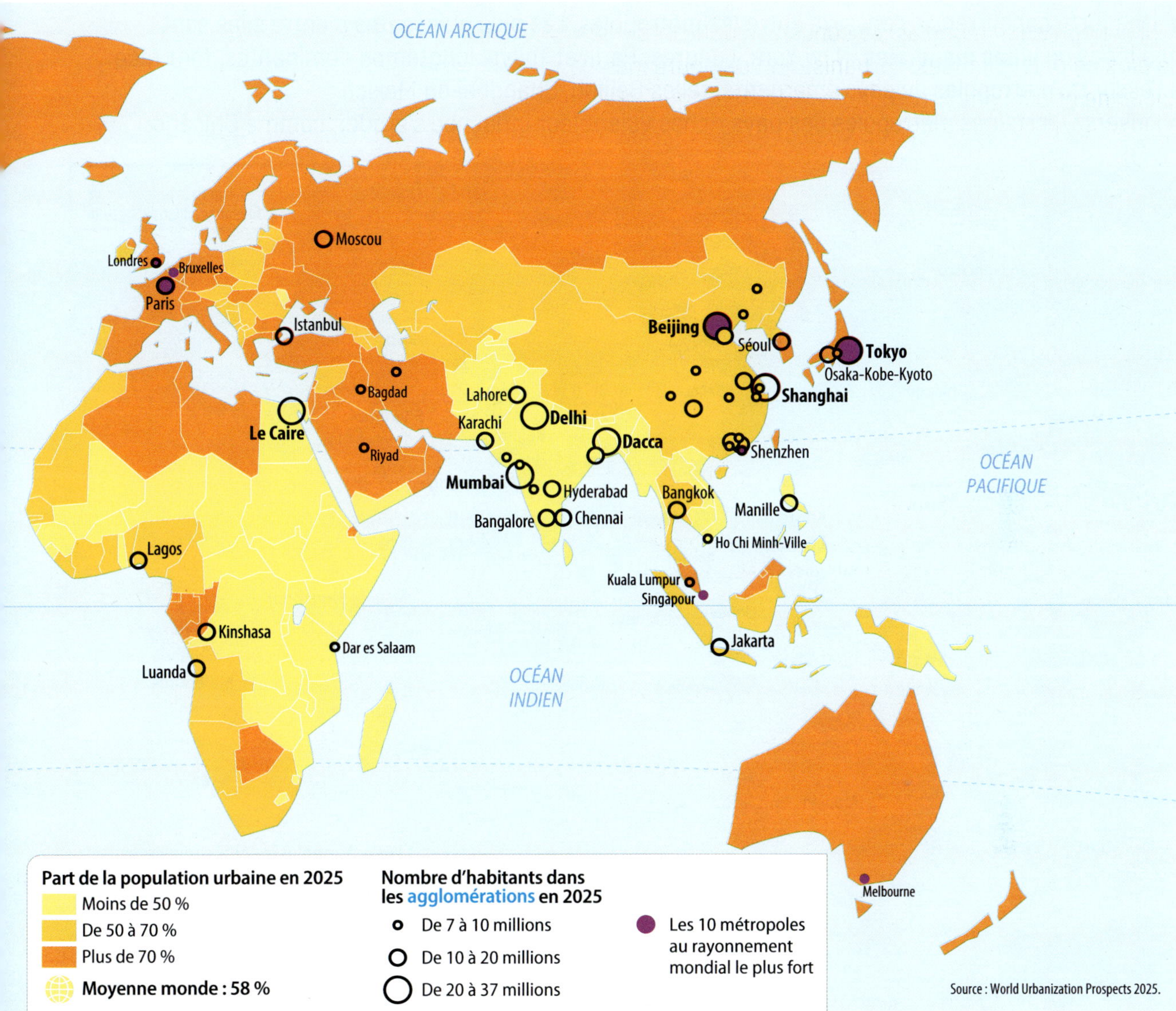

1 L'urbanisation dans le monde

VOCABULAIRE

- **Agglomération :** espace urbanisé en continu, rassemblant le centre et les périphéries urbaines.
- **Métropole :** grande ville concentrant la population, les activités et les fonctions de commandement et exerçant une influence sur le territoire qui l'entoure.
- **Transition urbaine :** passage d'une société majoritairement rurale à une société majoritairement urbaine.

QUESTIONS

1. **Doc. 1** Montrez que le taux d'urbanisation est contrasté selon les pays.
2. **Doc. 2 et 3** Expliquez ce qu'est la transition urbaine. Le rythme est-il identique sur tous les continents ?
3. **Doc. 1** et **notion en image** Identifiez les caractéristiques de la métropolisation et nommez 10 métropoles majeures dans le monde.

GRAND ANGLE L'influence des métropoles mondiales

● Une forte concurrence s'observe entre les métropoles. Les plus puissantes d'entre elles sont qualifiées de **villes mondiales**. New York, Londres, Paris et Tokyo, longtemps dominantes, font face à l'essor de métropoles de pays émergents, telles Beijing, Shanghai ou Mexico.
À l'inverse, certaines métropoles des pays riches voient leur influence s'éroder, comme Chicago.

Carte interactive
hachette-clic.fr/25hg1064

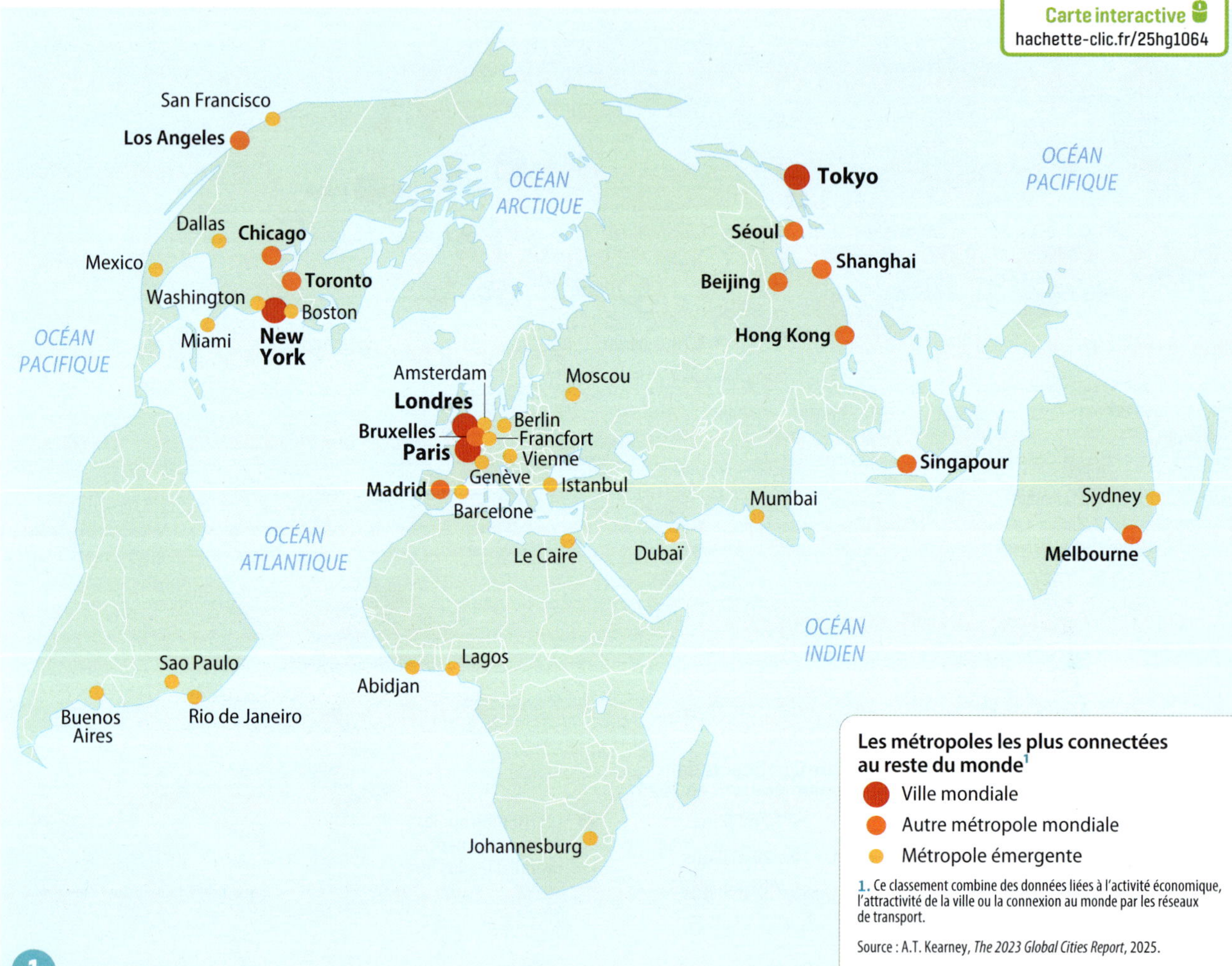

1 La hiérarchie des métropoles dans le monde

2 Les 10 métropoles accueillant le plus de passagers aériens

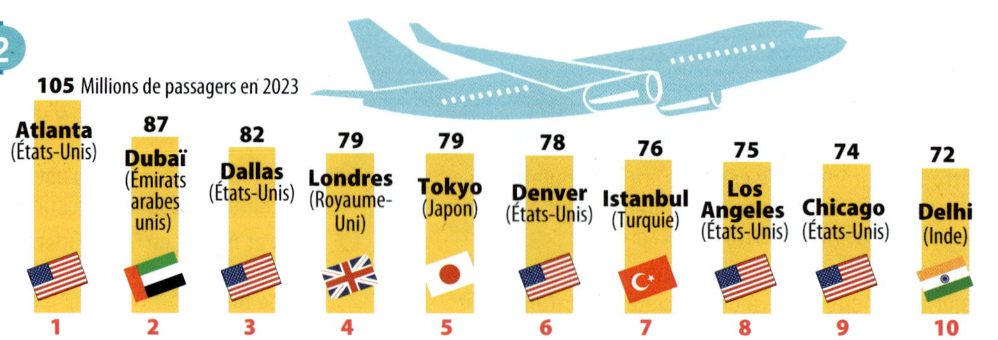

Source : Conseil international des aéroports, 2025.

● Le rayonnement des métropoles dépend de leurs fonctions de commandement et de leur intégration, ou non, à une **mégalopole** majeure. Ainsi, New York, Londres, Paris ou Tokyo exercent une influence mondiale grâce à leurs activités financières et à leurs infrastructures de transport et de communication. Néanmoins, si Istanbul ou Buenos Aires sont bien connectées au monde, elles peinent à exercer une influence mondiale totale en raison de fonctions de commandement moins nombreuses.

Carte interactive
hachette-clic.fr/25hg1065

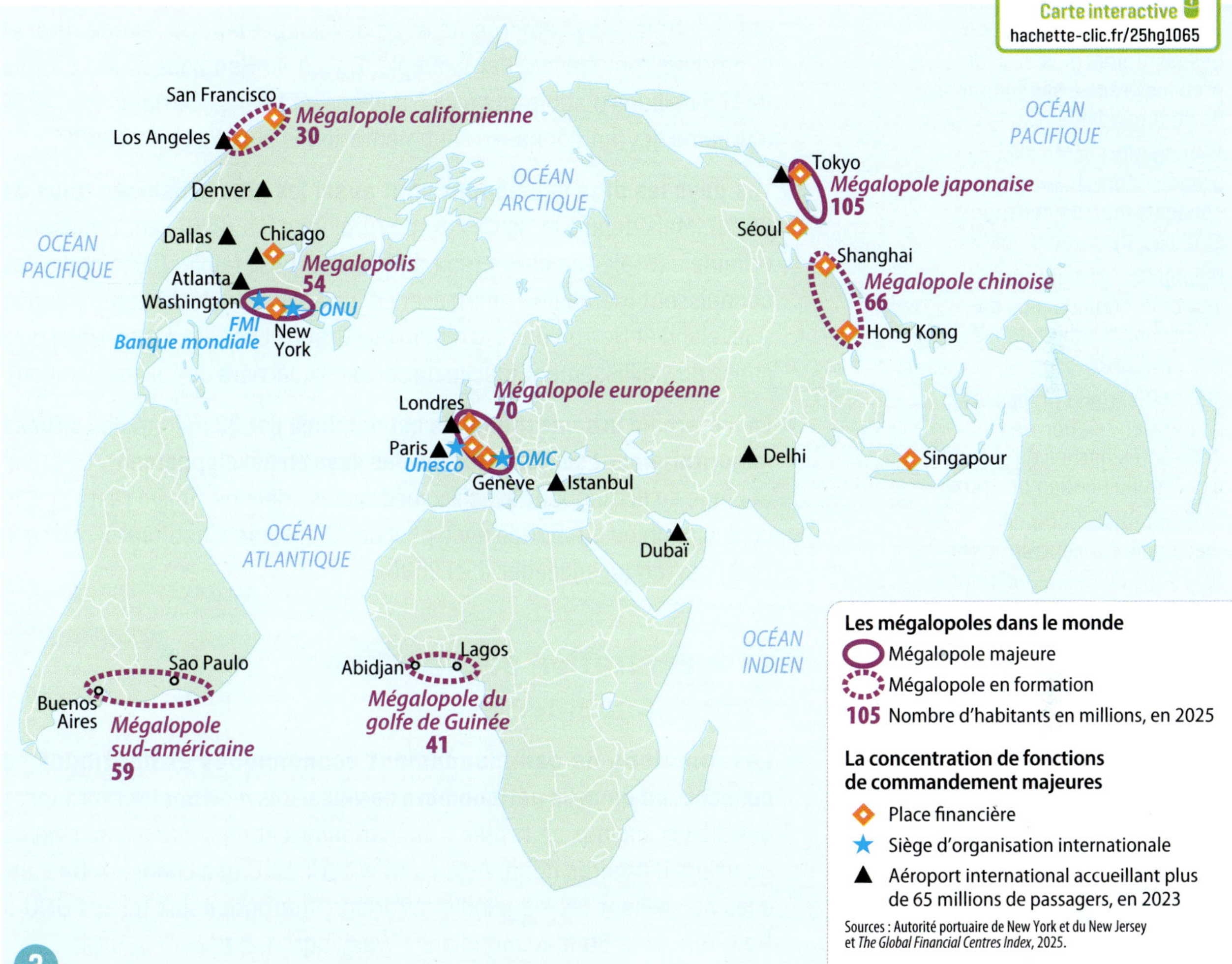

3 Le rayonnement différencié des villes mondiales

VOCABULAIRE

Mégalopole : vaste espace urbanisé formé par une forte concentration de métropoles et d'axes de communication.

Ville mondiale : grande métropole concentrant des fonctions de commandement et exerçant une influence majeure dans le monde dans les domaines économique, financier, politique et culturel.

QUESTIONS

1. **Doc. 1** Décrivez la hiérarchie des métropoles dans le monde.
2. **Doc. 3** Situez les mégalopoles existantes et celles en formation.
3. **Doc. 2 et 3** Sur quelles activités et infrastructures reposent le dynamisme et le rayonnement mondial des métropoles ?

COURS 1 Le rôle central des métropoles dans le monde

➤ Comment se manifeste la métropolisation dans le monde ?

1 L'inégale urbanisation du monde

- **En 2025, 58 % de la population mondiale vit en ville.** Le seuil des 50 % a été franchi en 2006 et la **transition urbaine** se poursuit (65 millions de nouveaux urbains par an). Cette croissance urbaine est essentiellement portée par les pays émergents et en développement où l'exode rural et la natalité sont élevés. Par exemple, Dacca au Bangladesh est passée de 17,5 millions d'habitants à 24,5 millions en 10 ans. L'Afrique avec 43 % d'urbains devrait connaître l'augmentation la plus forte d'ici 2050.

- **Les pays les plus développés sont aussi les plus urbanisés (plus de 80 %).** Mais depuis la fin de l'exode rural (années 1970), leur croissance urbaine est ralentie car le taux de natalité y est faible. Certaines villes connaissent même une décroissance à cause de la désindustrialisation (Cleveland et Detroit dans la région des Grands Lacs aux États-Unis) ou à cause du vieillissement (déclin de certains quartiers de Tokyo au Japon).

- **La hiérarchie urbaine mondiale est dominée par 32 mégapoles situées majoritairement sur les littoraux des pays en développement.** La Chine et l'Inde se distinguent avec six mégapoles chacune. Tokyo reste la ville la plus peuplée au monde avec plus de 37 millions d'habitants, même si Delhi devrait lui succéder d'ici 2030.

2 La concentration des fonctions de commandement

- **Les fonctions de commandement économiques et politiques se concentrent dans un petit nombre de villes.** Ces **métropoles** regroupent des sièges sociaux de firmes transnationales et des bourses au sein de quartiers d'affaires (Manhattan à New York, La City à Londres). De plus, elles accueillent les sièges d'institutions internationales telles l'ONU à New York et la Banque mondiale à Washington. ➔ Étude de cas p. 300

- **Les équipements logistiques et les activités culturelles participent également à la métropolisation.** Ainsi, la présence de ports ou d'aéroports majeurs assure la connexion des métropoles au monde. Des universités prestigieuses (Harvard à Boston) et des musées (British Museum à Londres) assurent un rayonnement international. Enfin, l'accueil d'événements médiatisés comme les Jeux olympiques en fait des centres mondiaux temporaires. ➔ Étude de cas p. 292

- **Les liens entre les métropoles créent de vastes mégalopoles.** On en compte trois dans le monde : la Megalopolis américaine et ses 54 millions d'habitants, puis les mégalopoles européenne et japonaise. D'autres sont en formation, comme celle au sud-est de la Chine, de Shanghai à Shenzhen. Les synergies y sont source de hiérarchies entre métropoles.

VOCABULAIRE

- **Centralité :** capacité d'un lieu à exercer une influence sur des territoires plus ou moins proches grâce à ses fonctions de commandement.
- **Mégalopole :** vaste espace urbanisé formé par une forte concentration de métropoles et d'axes de communication.
- **Mégapole :** très grande agglomération de plus de 10 millions d'habitants (seuil fixé par l'ONU).
- **Mondialisation :** processus de mise en relation des différentes parties du monde par l'intensification des flux.
- **Ville mondiale :** grande métropole concentrant des fonctions de commandement et exerçant une influence majeure dans le monde dans les domaines économique, financier, politique et culturel.

NOTIONS

- **Métropole :** grande ville concentrant la population, les activités et les fonctions de commandement et exerçant une influence sur le territoire qui l'entoure.
- **Métropolisation :** processus de concentration croissante des richesses, des fonctions de commandement et des populations dans de grandes villes.
- **Transition urbaine :** passage d'une société majoritairement rurale à une société majoritairement urbaine.

3 La métropolisation, un processus sélectif

■ **La** **mondialisation** **met les métropoles en concurrence les unes avec les autres.** Les **villes mondiales** dominent la hiérarchie mondiale car elles concentrent des fonctions de commandement majeures (politique, économique, culturelle et logistique). Or, si Londres, New York et Tokyo ont longtemps dominé le classement, elles sont désormais en compétition avec des métropoles d'Asie (Shanghai, Hong Kong, Singapour) ou du Moyen-Orient. Aux Émirats arabes unis, Dubaï incarne l'essor de métropoles, en combinant tourisme et activités financières pour créer une **centralité** nouvelle dans le monde.

■ **Des villes émergentes souhaitent s'affirmer dans la compétition métropolitaine mondiale.** Ainsi, Johannesburg s'engage dans la lutte contre le changement climatique et développe des événements pour renforcer son rayonnement (Joburg Fashion Week). Beijing, quant à elle, a vu son attrait mondial s'accroître avec l'organisation des Jeux olympiques d'hiver en 2022. De tels événements renforcent l'attractivité touristique de ces villes et consolident leur image de marque à l'international. ➲ Acteurs et enjeux p. 310

■ **Toutefois, toute ville ne peut prétendre au statut de métropole.** Au Pakistan, Karachi compte 18 millions d'habitants sans disposer de l'envergure métropolitaine de Londres, pourtant bien moins peuplée. Ainsi, malgré leur forte croissance démographique, de nombreuses villes ne sont pas capables d'assurer un rayonnement mondial en raison du manque de fonctions de commandement. Cependant, aucun rang n'est figé. Les villes subsahariennes illustrent la capacité à gagner progressivement en compétitivité et en visibilité sur la scène mondiale.

CHIFFRES-CLÉS

L'évolution de la population urbaine dans le monde

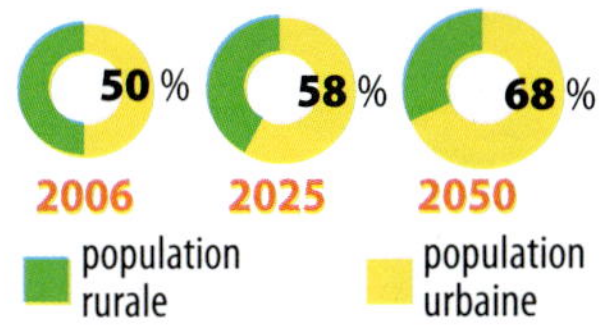

World Urbanization Prospects, 2025.

Une urbanisation inégale

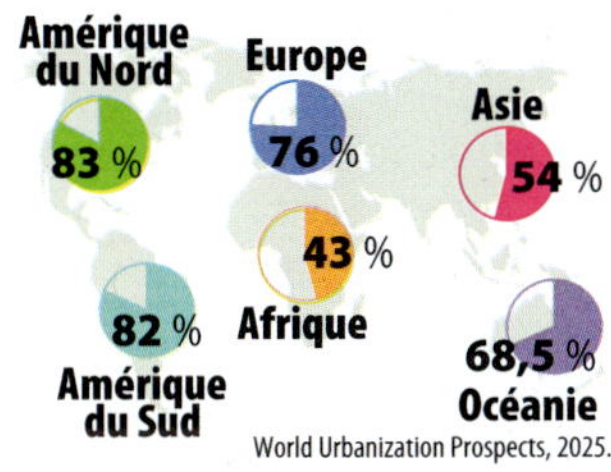

World Urbanization Prospects, 2025.

Les 3 musées d'art les plus visités au monde en 2023

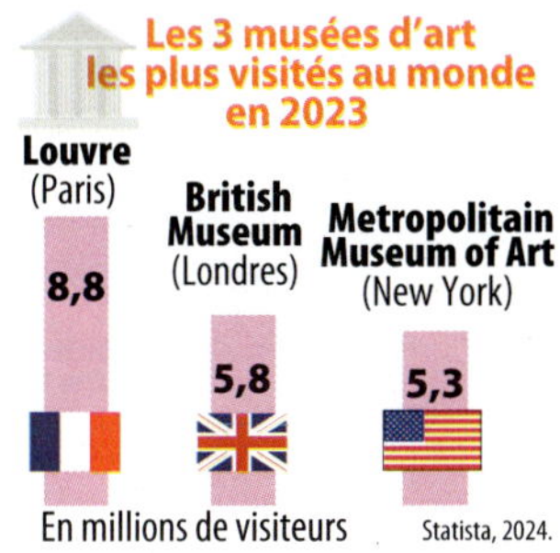

Statista, 2024.

Un monde de plus en plus urbanisé et métropolisé

Une croissance urbaine inégale
- Urbanisation achevée dans les pays riches
- Transition urbaine en cours dans les pays émergents et en développement

Des métropoles qui concentrent les fonctions de commandement
- Économique et financière (sièges sociaux d'entreprises, bourses)
- Politique (institutions internationales)
- Culturelle (musées, événements, tourisme)
- Logistique (ports, aéroports)

Un réseau urbain hiérarchisé
- 4 villes mondiales
- 32 mégapoles
- 3 mégalopoles majeures et 4 en formation
- Des agglomérations nombreuses

Une forte concurrence entre les métropoles
- Villes mondiales anciennes
- Villes mondiales en devenir
- Villes sans réelle fonction de commandement

ACTEURS & ENJEUX

Affirmer la place de Johannesburg sur la scène internationale

Moteur économique de l'Afrique du Sud avec 75 % des sièges sociaux des entreprises sud-africaines et 6,4 millions d'habitants, Johannesburg est aussi la 47e ville mondiale. Elle souhaite s'affirmer dans la compétition internationale, comme en témoigne son slogan « Une ville africaine de rang mondial ».

Votre objectif Rédigez un article de presse pour répondre à la question :
Sur quelles stratégies Johannesburg mise-t-elle pour accroître son rayonnement international ?

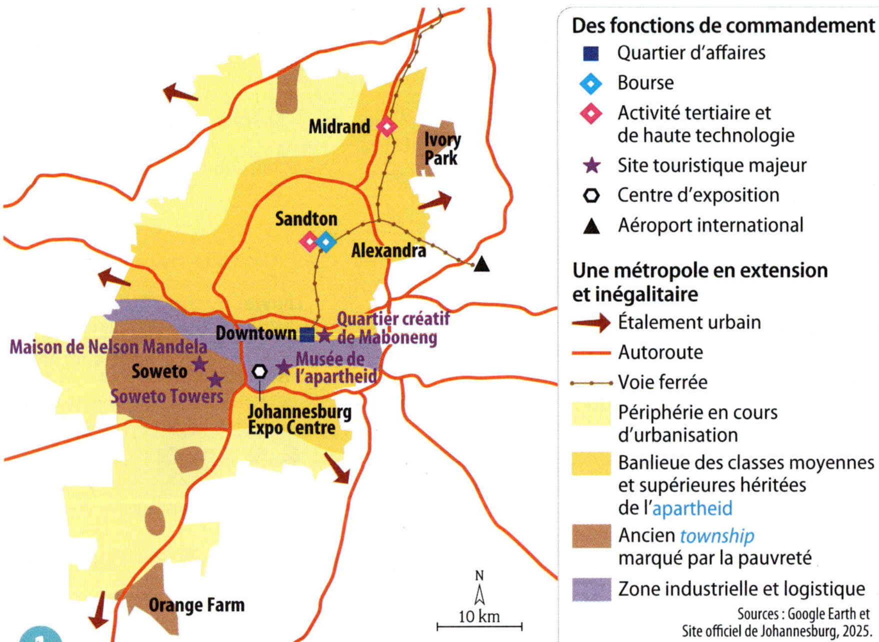

1 Des aménagements métropolitains

VOCABULAIRE

- **Apartheid :** politique de séparation entre populations noires et blanches en Afrique du Sud, de 1948 à 1991.
- ***Townships* :** quartiers réservés aux populations de couleur lors de l'apartheid en Afrique du Sud, aujourd'hui plutôt pauvres et d'habitat dégradé parfois en cours de transformation.

▶ Vidéo
Une pauvreté urbaine persistante
Africanews, 21 juillet 2023.
hachette-clic.fr/25hg1066

Des stratégies multiples

Accroître l'attractivité économique
- Affirmation du quartier d'affaires de Sandton
- Réduction d'impôts pour attirer les investisseurs internationaux

Protéger l'environnement
- Participation au réseau C40 de lutte contre le changement climatique
- Promotion des énergies renouvelables dans les *townships*

Promouvoir la culture
- Organisation d'expositions et de foires internationales (FNB Art Joburg, Joburg Fashion Week…)
- Soutien au quartier créatif de Maboneng et à ses arts de rue

Lutter contre les inégalités
- Modernisation du réseau de transport et réduction des temps de trajet
- Amélioration de l'accès à l'eau et à l'électricité des quartiers pauvres
- Développement de l'accès au numérique

Sources : Geoimages, 2022 et Site officiel du gouvernement sud-africain, 2025.

2 Une volonté de modernisation

3 L'essor du tourisme à Soweto

Les Soweto Towers sont devenues une attraction touristique qui attire chaque année une partie des 2 millions de touristes venus à Johannesburg. Ces tours participent à la réhabilitation des *townships* et à l'amélioration de l'image de la ville dans le monde.

4 L'organisation d'événements internationaux

Johannesburg a été choisie pour accueillir le sommet du G20[1] en 2025. Cet événement va attirer des milliers de délégués internationaux et mettra la ville à l'honneur. L'association Jozi My Jozi (JMJ), qui milite pour l'amélioration des conditions de vie à Johannesburg, a été désignée comme partenaire de cette manifestation. Son directeur Adam Craker montre la possibilité d'en tirer parti pour promouvoir la transformation de la ville et favoriser l'égalité entre tous les habitants dans cette métropole qui reste marquée par la violence : « Alors que Johannesburg se prépare à accueillir le sommet du G20, JMJ amplifiera sa mission. L'accent est mis sur les infrastructures, mais aussi sur une modification significative du paysage urbain. Nous souhaitons un Johannesburg plus sûr, plus propre et plus dynamique. Le sommet du G20 est un tremplin vers un avenir meilleur pour Johannesburg. » Un travail a déjà été réalisé : « Nous avons élaboré nos plans, en consultant les différents acteurs urbains. Cette préparation vise à mettre en valeur les atouts de la ville, avec la célébration de son riche patrimoine culturel. Les pratiques durables seront privilégiées pour refléter son engagement en faveur de l'environnement. »

Site de l'organisation du G20, 30 octobre 2024.

1. Réunion des vingt premières puissances mondiales.

Rédiger un article de presse

Tableau
hachette-clic.fr/25hg1067

Étape 1

1 Par groupe de quatre, répartissez-vous le travail et prélevez des informations dans les documents pour compléter le tableau.

Quoi ?	Doc. 1 et 3	Quels sont les fondements du rayonnement international de Johannesburg ?
Comment ?	Doc. 2 et 4	Quels équipements et mesures permettent d'accroître le rayonnement de Johannesburg ?
Qui ?	Doc. 2 et 4	Quels acteurs interviennent ?
Pourquoi ?	Doc. 3 et 4	Quels sont les enjeux de l'affirmation de Johannesburg dans le monde ?
Quelles conséquences ?	Doc. 1 et 2	Quelles sont les conséquences et les limites des mesures mises en œuvre pour la ville et ses habitants ?

2 Mettez en commun vos réponses.

Étape 2

3 Rédigez votre article en veillant à présenter les atouts de Johannesburg pour accroître son rayonnement mais aussi ses faiblesses. Donnez un titre à votre article et accompagnez-le d'une illustration.

GRAND ANGLE Le poids des inégalités dans les métropoles

- Les métropoles sont des lieux de vie marqués par de fortes inégalités sociales qui s'inscrivent dans les paysages. Dans les pays en développement, les bidonvilles accueillent une part importante de la population. Ce sont des quartiers aux logements insalubres, mal reliés aux quartiers résidentiels riches et aux quartiers d'affaires.

- Des dynamiques internes aux métropoles accentuent la **fragmentation socio-spatiale**. Ainsi, la **gentrification** conduit à l'installation de populations souvent aisées dans les centres des métropoles. Une course aux gratte-ciel rappelle la concurrence entre les métropoles et leur volonté de rayonner malgré les inégalités.

NOTION EN IMAGE

Fragmentation socio-spatiale : processus de séparation des territoires fondé sur les inégalités de revenus des populations.

FRAGMENTATION SOCIO-SPATIALE

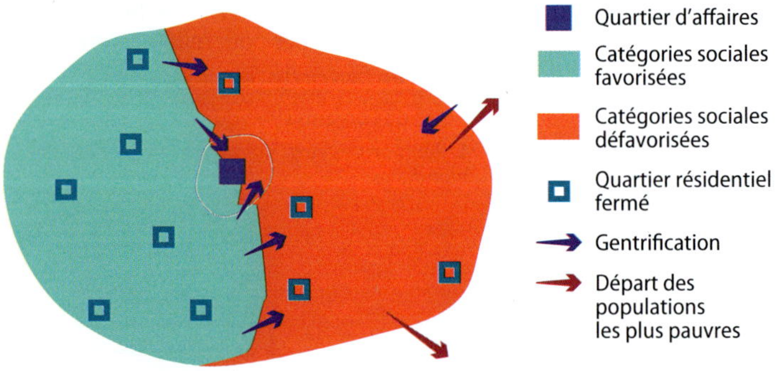

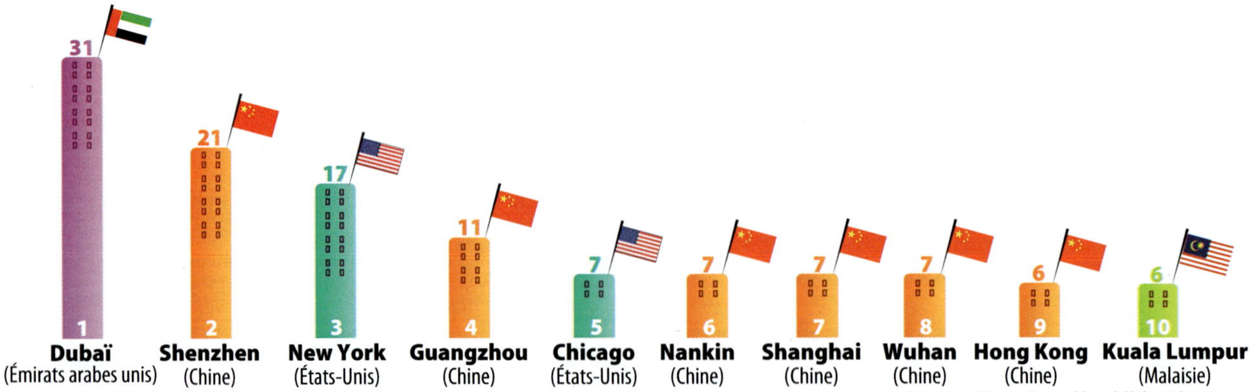

La hauteur de la tour Eiffel est de 312 mètres.

Source : Conseil des grands immeubles et de l'habitat urbain, 2025.

2 Les 10 métropoles comptant le plus de gratte-ciel de 300 mètres de haut

Carte interactive
hachette-clic.fr/25hg1068

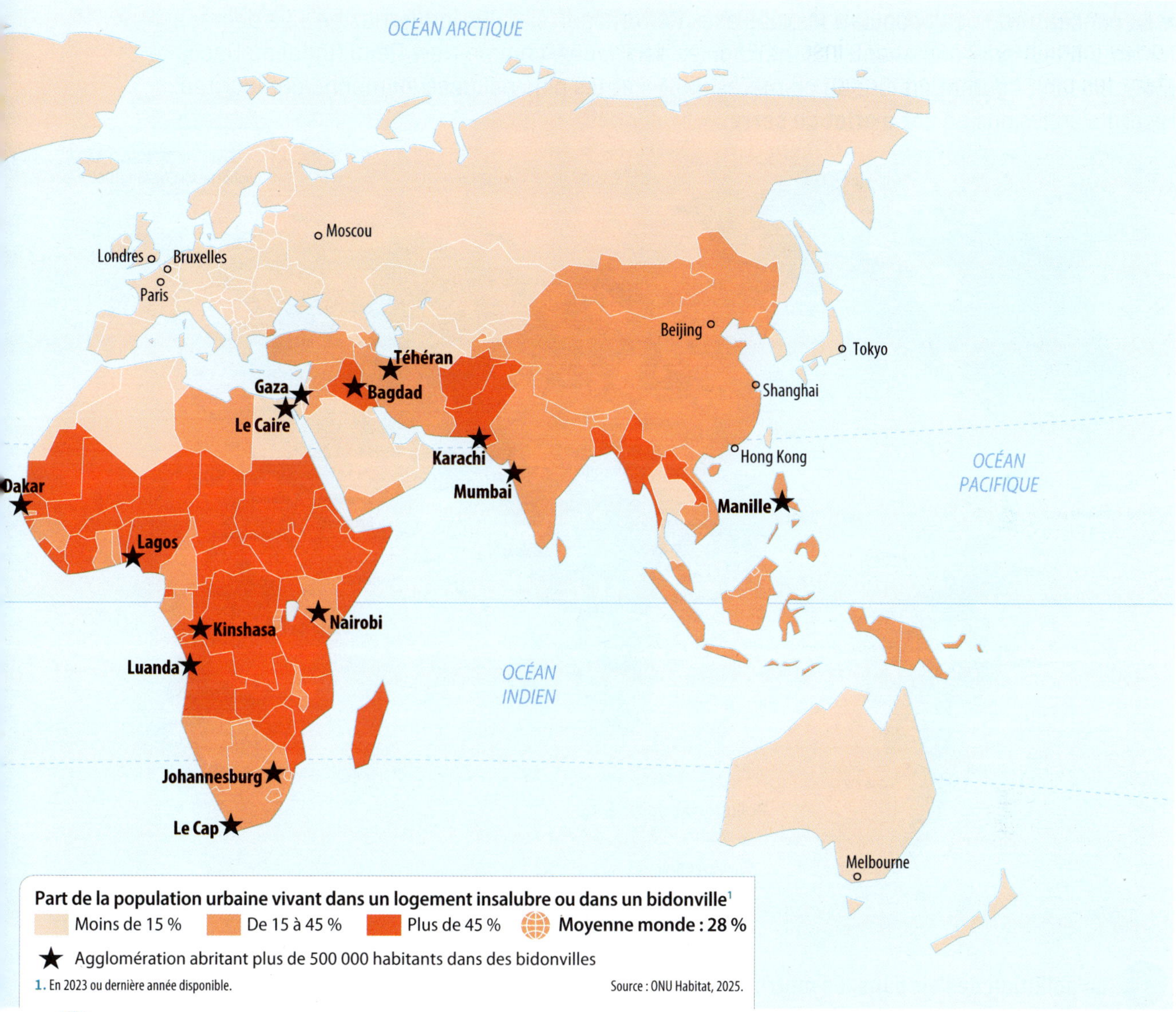

1 La pauvreté urbaine

VOCABULAIRE

Gentrification : installation d'une population aisée dans un quartier auparavant populaire, à la suite d'opérations immobilières.

QUESTIONS

1. **Doc. 1** Quelles régions du monde sont les plus concernées par la pauvreté urbaine ?
2. **Doc. 2** Comment se manifeste la richesse dans les métropoles ?
3. **Doc. 1 et 2 et notion en image** Justifiez l'affirmation : « Toutes les métropoles sont confrontées au processus de fragmentation socio-spatiale. »

GRAND ANGLE Les métropoles face à la question environnementale

La concentration des populations, des axes de transports et des industries en ville dégrade fortement leur environnement. Les métropoles asiatiques, comme New Delhi (Inde) ou Dacca (Bangladesh), figurent en tête du palmarès des villes les plus polluées au monde par leur taux record d'émissions de **gaz à effet de serre**.

Carte interactive
hachette-clic.fr/25hg1069

1 La pollution de l'air dans les métropoles

2 Les 10 villes les plus vulnérables au **changement climatique**

● Des actions en faveur de la protection de l'environnement urbain sont engagées dans les domaines de l'énergie, des transports ou de la gestion de l'eau. Les métropoles des pays les plus riches telles Los Angeles, Londres ou Tokyo sont les plus nombreuses à participer à ces efforts. Des métropoles émergentes (Bogota, Le Cap ou Salvador) se mobilisent également pour améliorer le cadre de vie de leurs habitants.

Carte interactive
hachette-clic.fr/25hg1070

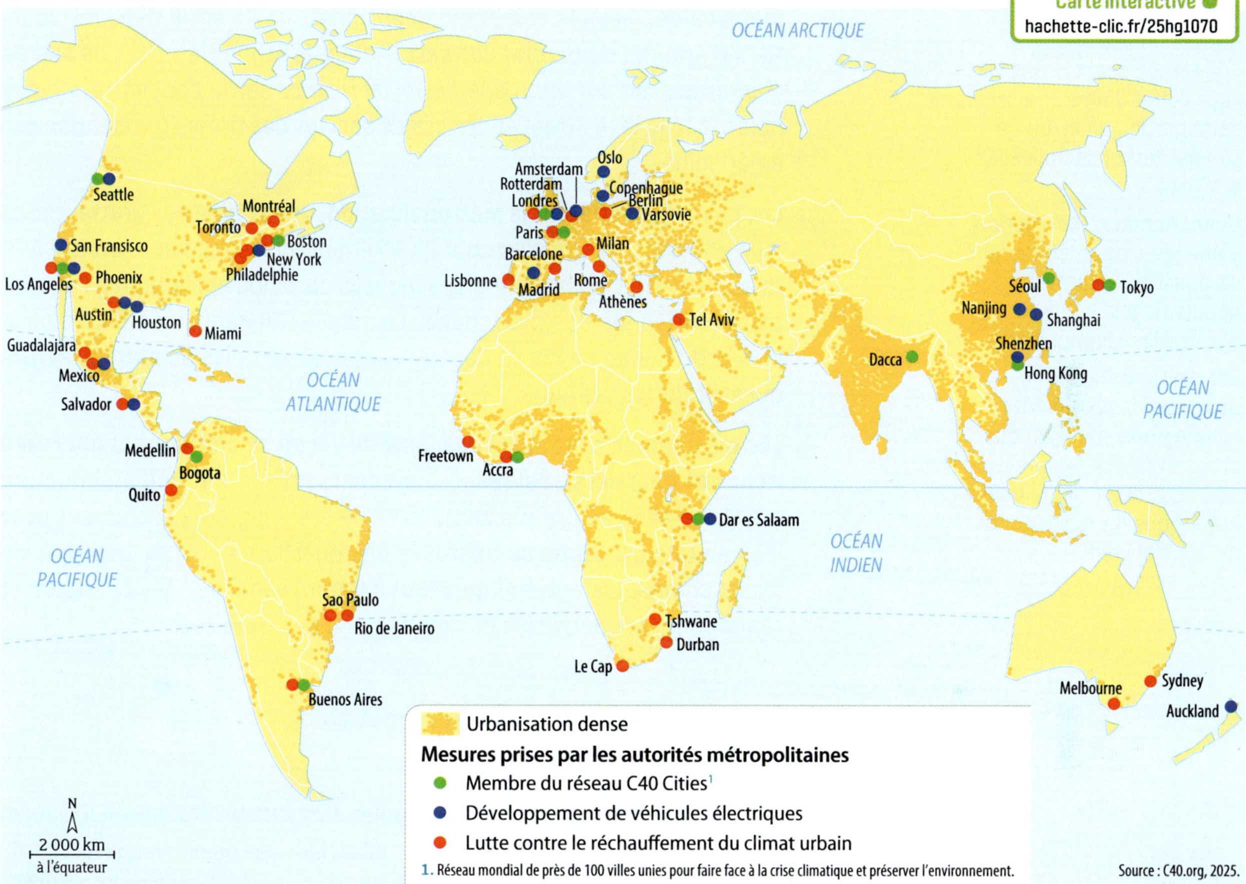

3 L'engagement environnemental des métropoles

VOCABULAIRE

Changement climatique : modification durable des caractéristiques climatiques (températures, précipitations, sécheresse, cyclones) à l'échelle de la planète. Il est dû à l'action des sociétés sur leur environnement.

Gaz à effet de serre : gaz (CO_2, méthane ou ozone) piégé dans l'atmosphère et contribuant au changement climatique.

QUESTIONS

1. **Doc. 1** Où se situent les métropoles les plus touchées par la pollution de l'air ?
2. **Doc. 3** Comment se manifestent les mesures en faveur de la protection de l'environnement ?
3. Identifiez les différences entre les **documents 2 et 3**. Selon vos connaissances, comment peut-on expliquer cette situation ?

COURS 2 Des métropoles inégales et en mutation

> Quels sont les effets de la métropolisation dans le monde ?

VOCABULAIRE

- **Agglomération :** espace urbanisé en continu, rassemblant le centre et les périphéries urbaines.
- **Étalement urbain :** croissance spatiale des villes sous l'effet d'un accroissement démographique et/ou de l'implantation de nouvelles activités.
- **Gentrification :** installation d'une population aisée dans un quartier auparavant populaire, à la suite d'opérations immobilières.
- **Starchitecture :** terme désignant les bâtiments (souvent des musées) qui présentent une architecture originale, qui attire le public autant que les expositions qui s'y trouvent.

1 L'inscription de la métropolisation dans les territoires locaux

- **La métropolisation s'inscrit avant tout dans les espaces centraux des métropoles.** Ainsi, le commandement financier se situe dans les quartiers d'affaires ou *Central Business District* (CBD). À New York, le sud de Manhattan est surnommé le *Financial District* par la concentration des bourses telle Wall Street et des sièges sociaux des firmes transnationales américaines.
- **Les paysages reflètent la métropolisation.** Une course aux gratte-ciel se joue entre les métropoles pour illustrer leur puissance et accroître leur rayonnement. L'architecture des musées participe également à l'attractivité touristique des métropoles. Le musée Guggenheim à Bilbao ou le Musée de Demain à Rio de Janeiro sont des exemples de **starchitecture** qui attirent les visiteurs.
- **Les métropoles sont aussi des lieux de vie où se distinguent quartiers riches et quartiers pauvres.** Les premiers présentent une architecture moderne, avec de grands immeubles de standing qui contrastent avec les habitats précaires ou dégradés des quartiers pauvres. Des lieux de loisirs comme les parcs (Tempelhof à Berlin) séduisent la population et renforcent l'attractivité métropolitaine. Étude de cas p. 290

2 Les recompositions territoriales de la métropolisation

- **L'attractivité croissante des métropoles alimente un étalement urbain et la constitution d'agglomérations.** En effet, l'arrivée de nouveaux habitants à la recherche d'un emploi et l'implantation de nouvelles activités économiques entraînent l'extension de la surface bâtie et l'artificialisation des sols. Avec 500 000 migrants accueillis chaque année, les limites de Mumbai sont repoussées à plus de 20 km de son centre historique. Étude de cas p. 296
- **La gentrification transforme profondément les centres des métropoles.** La venue de populations des classes aisées et moyennes s'accompagne d'opérations de rénovation immobilière et de nouvelles activités économiques comme à Harlem à New-York ou dans le quartier des Docks à Londres. La hausse des prix des logements oblige les habitants les plus fragiles à quitter ces quartiers.
- **Pour rester compétitives, les métropoles ne cessent de transformer et d'aménager leurs territoires.** Les autorités métropolitaines et des entreprises transforment des friches industrielles ou portuaires en de nouveaux centres d'affaires pour attirer les investisseurs. À Londres, le quartier d'affaires de Canary Wharf, à 5 km de La City, a remplacé les anciens quartiers portuaires devenus inutiles.

NOTION

- **Fragmentation socio-spatiale :** processus de séparation des territoires fondé sur les inégalités de revenus des populations.

3 Les défis sociaux et environnementaux des métropoles

■ **La pauvreté touche de nombreuses métropoles dans les pays développés comme dans les pays en développement.** À l'échelle mondiale, plus du quart des urbains vivent dans un bidonville, tel Dharavi à Mumbai en Inde, ou dans un logement insalubre. Acteurs publics et associations aident les habitants en rénovant les logements. Néanmoins, les bidonvilles et les quartiers pauvres restent mal connectés aux réseaux de communication, les tenant ainsi à l'écart du dynamisme économique urbain. ➲ Étude de cas p. 298

■ **Un processus de fragmentation socio-spatiale gagne toutes les métropoles.** Les classes sociales moyennes et aisées s'isolent volontairement des populations les plus pauvres en s'installant dans des quartiers résidentiels fermés. Sécurisés, protégés par des murs et des systèmes de sécurité, ils offrent des services multiples et un cadre de vie préservé qui séduisent les plus riches. Néanmoins, cette fragmentation spatiale accentue les inégalités, fragilise le lien social et alimente des tensions.

■ **Les atteintes à l'environnement dans les métropoles conduisent à une prise de conscience progressive des habitants.** Un « airpocalypse » est ainsi dénoncé dans les métropoles asiatiques, tandis que celles des pays développés misent de plus en plus sur le verdissement du cadre de vie. De nombreuses actions sont entreprises pour protéger l'environnement : transformation de friches industrielles, création de parcs, promotion de jardins partagés… La mobilisation des habitants pour un cadre de vie plus sain s'étend à l'ensemble des métropoles. ➲ Exemple p. 318

CHIFFRES-CLÉS

Les plus hauts gratte-ciel

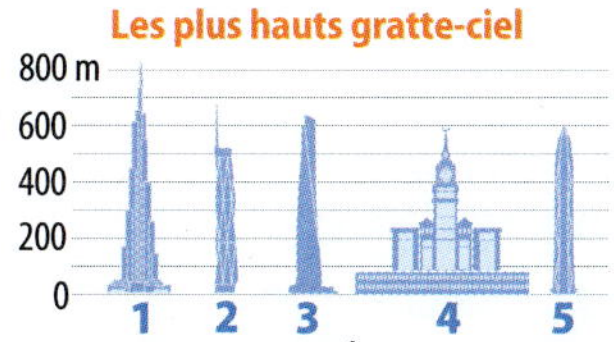

1 **Burj Khalifa** (Dubaï, Émirats arabes unis)
2 **Merdeka 118** (Kuala Lumpur,Malaisie)
3 **Shanghai Tower** (Shanghai, Chine)
4 **Abraj Al Bait Clock Tower** (La Mecque, Arabie saoudite)
5 **Ping An Finance Center** (Shenzhen, Chine)

Statista, 2024.

La concentration d'entreprises

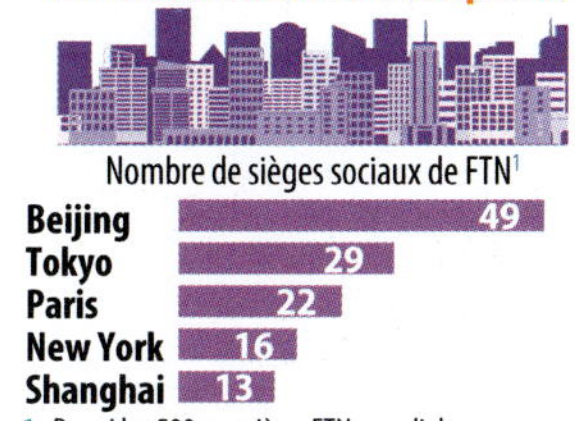

1. Parmi les 500 premières FTN mondiales.

Fortune 500, 2024.

Les 3 plus grands bidonvilles au monde

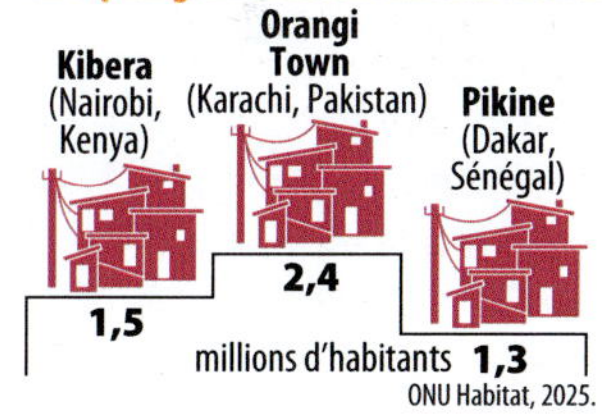

ONU Habitat, 2025.

Les effets locaux de la métropolisation

Des inégalités socio-spatiales
- Quartiers d'affaires
- Quartiers riches / quartiers résidentiels fermés
- Quartiers pauvres / bidonvilles
- Lieux de loisirs (parcs)

Des recompositions multiples
- Étalement urbain
- Transformation de friches en quartiers d'affaires
- Gentrification
- Course aux gratte-ciel

Des enjeux majeurs
- Agir contre la pauvreté (autorités municipales, associations)
- Lutter contre l'accentuation des inégalités sociales
- Repenser les transports (meilleure desserte, durabilité)
- Protéger les environnements urbains

EXEMPLE

La gestion des impacts environnementaux de la métropolisation à Berlin

Si la concentration des populations et des activités dans les métropoles aggrave souvent les problèmes environnementaux, Berlin mène une politique ambitieuse. La capitale allemande compte 3,6 millions d'habitants et préserve l'environnement avec près de la moitié de son territoire dédiée aux espaces verts.

> Comment Berlin cherche-t-elle à concilier métropolisation et cadre de vie préservé ?

1 **Le parc Tempelhof, un espace vert original**

La Mairie a transformé l'ancien aéroport de Tempelhof en un parc urbain avec un jardin communautaire exploité par les habitants. Les Berlinois s'opposent régulièrement aux projets de transformation du parc en immeubles et bureaux.

Promouvoir les mobilités douces
- Restriction de la circulation automobile aux véhicules propres
- 2 300 km de pistes cyclables ; 32 % des Berlinois se déplacent à vélo
- 100 % de bus électriques en 2030

→ **Smart city** ←

Développer les énergies renouvelables
- Subventions pour l'achat de panneaux photovoltaïques par les particuliers et les entreprises
- Rénovation énergétique des bâtiments
- Installation obligatoire de panneaux photovoltaïques sur au moins 30 % des toits des nouvelles constructions

Atlas de l'environnement de Berlin et site officiel du Land de Berlin, 2025.

2 **Une transition énergétique pour atteindre la neutralité carbone en 2050**

▶ Vidéo
La défense du vélo à Berlin
Euronews, 20 août 2024.
hachette-clic.fr/25hg1071

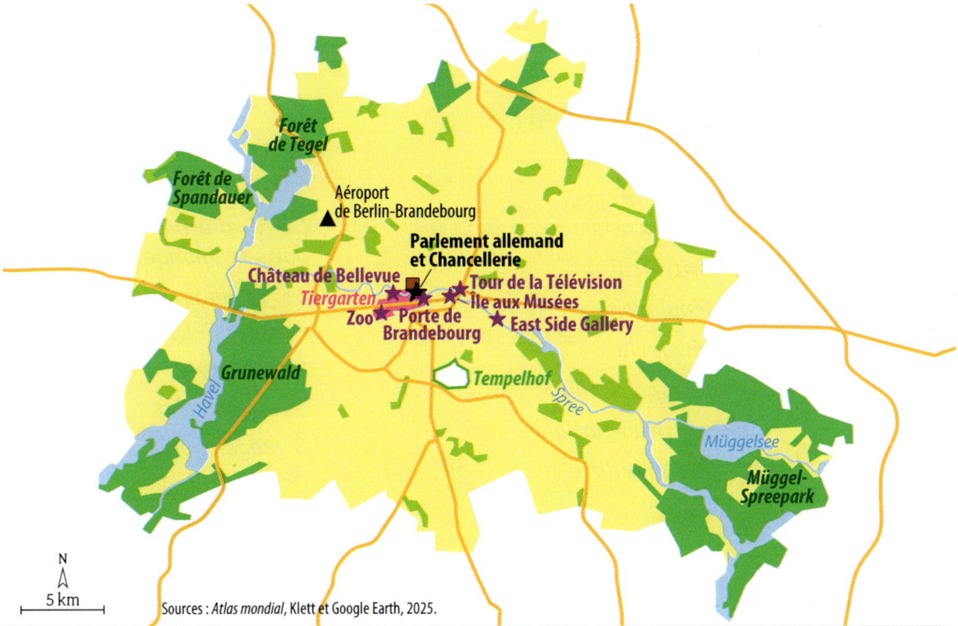

Sources : *Atlas mondial*, Klett et Google Earth, 2025.

Des fonctions de commandement majeures
- ★ Lieu de commandement politique et administratif
- ▲ Aéroport international
- ■ Gare
- ★ Site touristique majeur
- Espace urbanisé

Une ville verte
- Cours d'eau et plan d'eau
- Espace vert
- Parc urbain
- Forêt urbaine
- Ancien aéroport reconverti en jardins

3 Une métropole marquée par la végétalisation

VOCABULAIRE

- ***Smart city* (ville intelligente) :** ville tirant profit de l'innovation et des nouvelles technologies pour améliorer la qualité des services urbains (gestion des transports, de l'énergie et des déchets).
- **Ville éponge :** ville pensée autour de la récupération et du stockage des eaux de pluie, pour éviter les inondations et pallier les manques en cas de sécheresse.

4 Une action en faveur de l'environnement

Autrefois, une usine chimique se dressait dans le quartier de Grünau, pas très loin de l'aéroport. À la place sont apparus des immeubles construits en matériaux renouvelables. On distingue des berges et trois bassins. Pour Nicolo Unger, le chef du service construction, « quand il pleut, l'eau est récupérée sur les toits et elle s'écoule, par les conduites, dans les bassins autour de nous. Il n'y a que des avantages. Non seulement on peut éviter les inondations mais l'évaporation de l'eau rafraîchit aussi le quartier ». Dans le quartier, les habitants apprécient, comme Laura, 29 ans : « En août, il a fait chaud et on avait l'impression que c'était plus agréable d'être ici ; il faisait meilleur que dans le centre-ville. C'est le lieu de rendez-vous de beaucoup de familles. » Ces bassins ne représentent qu'une pièce du puzzle destiné à faire de Berlin une **ville éponge**. Partout, des chantiers sont en cours : citernes souterraines, toits végétalisés, dalles de gazon… Depuis 2018, la loi impose à chaque nouvelle construction de collecter les précieuses eaux de pluie. La capitale allemande se donne 20 ans pour transformer 30 % de sa surface en ville éponge.

Radio France, 27 novembre 2023.

PARCOURS 1

Réaliser une interview

En trio, préparez l'interview du maire de Berlin et d'un Berlinois sur leur volonté de concilier métropolisation et cadre de vie préservé.

1. Complétez le tableau en identifiant les arguments.

Une métropole majeure	doc. 3 : …
Des mesures en faveur de l'environnement	doc. 2, 3 et 4 : …
Des mesures pour améliorer le cadre de vie et le quotidien des Berlinois	doc. 1, 2 et 4 : …

2. Un élève incarne le maire de Berlin, un autre un Berlinois tandis que le dernier joue le rôle du journaliste.
3. Entraînez-vous puis enregistrez cette interview.

PARCOURS 2

Vers le bac

À partir des informations extraites des documents, rédigez une réponse à la question problématisée :

Comment Berlin gère-t-elle les impacts environnementaux de sa métropolisation ?

Pas à pas

1. Repérez les activités métropolitaines de Berlin et étudiez leurs impacts sur l'environnement (doc. 2 et 3).
2. En vous référant à plusieurs exemples, montrez les mesures adoptées par les autorités et les habitants pour préserver le cadre de vie berlinois et l'environnement. (doc. 1, 3 et 4).

Faire le point

La métropolisation dans le monde

Acteurs
- Associations
- Autorités métropolitaines
- Entreprises
- États
- Habitants

Vocabulaire et notions
- Agglomération
- Fragmentation socio-spatiale
- Gentrification
- Mégalopole
- Métropole
- Métropolisation
- Transition urbaine
- Ville mondiale

Chiffres-Clés
- 58 % d'urbains dans le monde
- 65 millions de nouveaux urbains par an
- 4 villes mondiales
- 32 mégapoles
- 3 mégalopoles majeures

Idées essentielles
- Si la croissance urbaine se poursuit dans les pays émergents et en développement, elle est ralentie dans les pays les plus riches.
- Le rayonnement des métropoles repose sur leurs fonctions de commandement économique et politique et sur leurs équipements culturels et logistiques. Une concurrence s'établit avec la domination des villes mondiales, pour certaines inscrites dans de vastes régions urbaines, les mégalopoles.
- La métropolisation alimente une fragmentation socio-spatiale, mais aussi un étalement urbain important et un processus de gentrification.
- Toutes les métropoles sont confrontées à la pauvreté et aux atteintes à l'environnement. Des acteurs viennent en aide aux populations les plus fragiles, mais cette mobilisation concerne avant tout les métropoles les plus riches.

Réviser avec des podcasts

Podcast hachette-clic.fr/25hg1072

Flashcards hachette-clic.fr/25hg1073

- **Écoutez les cinq épisodes du podcast puis testez vos connaissances grâce aux flashcards.**

L'ESSENTIEL en 5 minutes

1. Comment évolue la transition urbaine dans le monde ?
2. Quels sont les atouts des villes mondiales ?
3. Pourquoi la métropolisation est-elle un processus sélectif ?
4. Comment se manifeste la métropolisation dans les territoires et les paysages ?
5. À quels défis sont confrontées les métropoles ?

Mémoriser avec des exercices

Quiz
hachette-clic.fr/25hg1074

Les fonctions des métropoles

1 Associez chaque fonction métropolitaine à un lieu puis à un exemple précis.

Fonctions	Lieux	Exemples
Fonction économique et financière	Siège d'institution internationale	Cambridge (Londres)
	Aéroport international	Wall Street (New York)
Fonction politique	Université	British Museum (Londres)
	Quartier résidentiel fermé	Roissy Charles-de-Gaulle (Paris)
Fonction logistique	Musée	Harlem (New York)
	Quartier d'affaires	*Gated community* (Mumbai)
Fonction culturelle et touristique	Bourse	Jeux olympiques
	Événement mondialisé	Siège de l'ONU (New York)
Fonction résidentielle	Quartier rénové	La City (Londres)

La hiérarchie des métropoles

2 Pourquoi peut-on qualifier Londres, Paris, Tokyo et New York de ville mondiale ? Justifiez votre réponse.

3 Associez des métropoles ou des ensembles de métropoles à la description correspondante.

Mégalopole japonaise — Londres — Megalopolis — Johannesburg — Tokyo — Mégalopole européenne — Paris — Le Caire — New York

Grande métropole concentrant des fonctions de commandement et exerçant une influence majeure dans le monde dans les domaines économique, financier, politique et culturel.	
Grande ville qui concentre la population, les activités et les fonctions de commandement et exerçant une influence sur le territoire qui l'entoure	
Vaste espace urbanisé formé par une forte concentration de métropoles et d'axes de communication	

Les inégalités au sein des métropoles

4 Définissez les mots suivants.

Fragmentation socio-spatiale — Gentrification — Quartier résidentiel fermé

5 Complétez la légende du schéma de la fragmentation socio-spatiale.

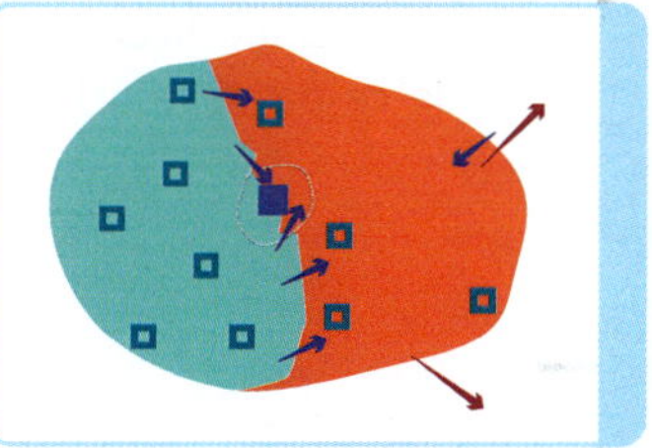

Défi en groupe — *Où suis-je ?*

10 min de préparation En équipe de trois, choisissez trois métropoles et établissez une fiche descriptive pour chacune d'elles : localisation, nombre d'habitants, fonctions de commandement, modes de transport.

3 min de réalisation Mélangez les fiches descriptives. En trois minutes, faites identifier à vos camarades un maximum de métropoles et gagnez des points supplémentaires en localisant correctement les métropoles sur un planisphère. Le groupe qui donne le plus de réponses et de localisations exactes remporte la partie.

S'entraîner

• Confronter deux documents pour définir une notion

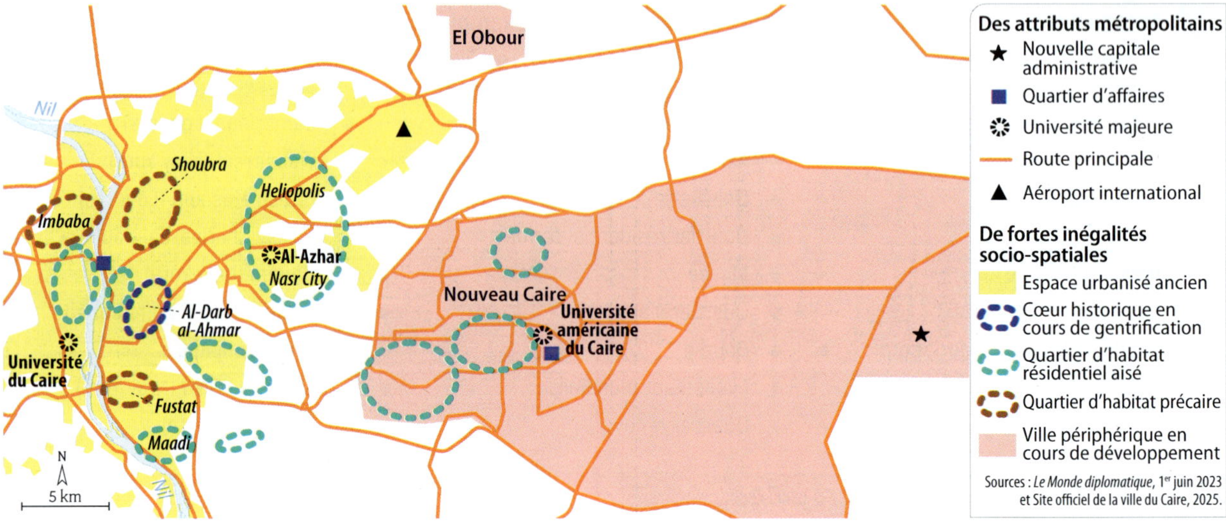

1 L'organisation du territoire de la métropole du Caire (Égypte)

2 La nouvelle capitale administrative de l'Égypte

L'État égyptien se dote depuis 2015 d'une nouvelle capitale administrative (NCA) située dans le désert, à 40 km du centre-ville du Caire. Une ville émerge des sables avec l'aide financière et économique chinoise et le soutien des capitaux arabes du Golfe. L'un des premiers éléments achevés de la NCA a été le quartier d'affaires, près du principal nœud autoroutier. Avec ses buildings, la silhouette du quartier d'affaires se détache à l'horizon : on en aperçoit la forme dès les portes d'entrée de la NCA ou depuis d'autres sites (l'université, la cité sportive, les avenues...). Au milieu de ce paysage urbain standardisé émerge la Tour Iconique, tour au socle triangulaire. Vantée comme la plus haute tour d'Afrique (394 m, 77 étages), ce bâtiment est présenté comme l'emblème de la NCA. Pourtant, le mégaprojet urbain ne suscite guère l'enthousiasme dans un contexte de crise socio-financière. Certaines voix ont dénoncé un projet immobilier sélectif destiné aux classes sociales aisées et la perpétuation des formes de ségrégation socio-spatiale, notamment au niveau de l'habitat.

D'après Karine Bennafla et Hala Bayoumi, « Comment faire capitale ? L'exemple de la nouvelle capitale administrative de l'Égypte », *Suds*, 2024.

PALIER 1

Je lis et je comprends des documents

- **Doc. 1 :** Définissez le terme de « métropole ».
- **Doc. 1 et 2 :** Identifiez les sources de chaque document. S'agit-il de sources fiables ?
- **Doc. 1 et 2 :** Les documents s'opposent-ils ou se complètent-ils ?

PALIER 2

Je sélectionne des informations dans des documents

- **Doc. 1 :** Quelles fonctions de commandement et infrastructures assurent le rayonnement de la métropole du Caire ?
- **Doc. 2 :** Comment la nouvelle capitale administrative renforce-t-elle ces fonctions ?
- **Doc. 1 et 2 :** Montrez que l'extension du Caire s'accompagne de fortes inégalités socio-spatiales.

PALIER 3

J'explique les informations des documents avec mes connaissances

- **Doc. 1 et 2 :** Pourquoi la nouvelle capitale administrative peut-elle permettre au Caire de s'affirmer dans la compétition métropolitaine ?
- Montrez que Le Caire reste encore une métropole secondaire dans le monde.

• Analyser une photographie pour comprendre une situation géographique

La promenade le long de la Cheonggyecheon (Séoul, Corée du Sud)

Longtemps recouverte d'autoroutes surélevées, la rivière Cheonggyecheon est désormais bordée par un front d'eau dévolu aux loisirs des 10 millions d'habitants de Séoul. L'aménagement de cet espace réduit une partie de la pollution, fait baisser la température aux abords de la rivière et protège la biodiversité dans la capitale.

1. **Quelle proposition rend compte de l'idée principale du document ?**
   a. Les espaces verts peinent à être présents dans les métropoles.
   b. L'aménagement de la rivière à Séoul montre l'engagement des métropoles dans la protection de l'environnement.
   c. Les métropoles asiatiques se résument à des paysages de gratte-ciel qui montrent la forte concentration de fonctions de commandement.

2. **Complétez le tableau pour analyser la photographie.**

	Description	Fonctions associées
Premier plan	*Aménagement d'un espace vert avec ...*	...
Arrière-plan	...	*Quartier d'affaires*

3. **Comment Séoul concilie-t-elle développement économique et protection de l'environnement ?**

4. **Comment les autres métropoles mondiales s'engagent-elles dans la protection de l'environnement ?**

5. **En analysant le document et à l'aide de vos connaissances personnelles, montrez les défis environnementaux des métropoles et comment les acteurs peuvent se mobiliser pour protéger leur cadre de vie.**

Pour aller plus loin

À ÉCOUTER

■ *L'Urbanocène, l'ère des villes et de l'urbanisation globale* est un podcast de France Inter (2024). Le géographe Michel Lussault montre comment les villes façonnent la planète et s'interroge sur leur avenir dans un contexte d'urbanisation du monde sans précédent.
Source : France Inter, 9 décembre 2024.

Podcast
hachette-clic.fr/25hg1075

À LIRE

■ L'ouvrage *Villes 2050 - 10 actions d'architectures climatiques pour un futur désirable* (2024) de Vincent Callebaud présente plusieurs actions pour repenser les métropoles à l'heure des défis liés au changement climatique.

MÉTIER DE GÉOGRAPHE

■ Le **Développeur d'applications mobiles** est devenu un acteur incontournable des villes. Il est chargé de créer des applications sur smartphone pour faciliter les déplacements des habitants, leurs achats ou encore la participation citoyenne en ville.

La fiche métier de l'Onisep
hachette-clic.fr/25hg1076

MÉTHODE BAC Répondre à une question problématisée

Sujet corrigé : La métropolisation favorise-t-elle la complémentarité ou la concurrence entre les métropoles du monde ?

Votre réponse pourra montrer que les métropoles forment un réseau hiérarchisé dans le monde et qu'elles sont en compétition pour attirer les populations et les activités.

Objectif Comprendre la question et mobiliser des connaissances

Étape 1 Comprendre la question et identifier les mots-clés

1. Lisez plusieurs fois la question et la consigne.

La lecture attentive de la question et de la consigne permet de comprendre le sujet et d'identifier l'échelle de l'analyse à mener.

2. Définissez et expliquez les mots-clés de la question à l'aide de vos connaissances.

La métropolisation favorise-t-elle **la complémentarité** ou **la concurrence** entre **les métropoles du monde** ?

- La métropolisation : Processus de concentration croissante des richesses, des fonctions de commandement et des populations dans de grandes villes.
- La complémentarité : Relations entre métropoles (ex : flux aériens...).
- La concurrence : Rivalités entre métropoles (ex : organisation d'événements internationaux...).
- Les métropoles du monde : Plusieurs exemples de métropoles seront mobilisés.

Étape 2 Mobiliser des connaissances

3. Listez au brouillon les connaissances et les exemples qui permettent de répondre à la question.

Une connaissance peut être un mot de vocabulaire défini, un lieu, un acteur ou encore une donnée chiffrée.

Partie I La métropolisation favorise la complémentarité

Arguments :
- *Les métropoles forment un réseau hiérarchisé dans le monde.*
- *Les métropoles disposent de fonctions de commandement.*
- *Les métropoles sont reliées entre elles par des flux et des réseaux de communication et fonctionnent en synergie.*

Vocabulaire : métropole ; bourse ; siège social des FTN ; réseau de communication.

Exemples : Megalopolis américaine (New York, Boston, Washington) ; métropoles brésiliennes (Rio de Janeiro, Sao Paulo, Brasilia).

Étape 3 Développer des arguments

4. Rédigez un argument.

Un argument est une idée majeure qui répond à la question. Il doit être expliqué et illustré par un ou plusieurs exemples.

Les métropoles forment un réseau hiérarchisé dans le monde. Ainsi, quatre villes mondiales dominent (Paris, Londres, New York et Tokyo), suivies par plusieurs métropoles mondiales telles Chicago, Bruxelles, Los Angeles ou Shanghai. Ce réseau est complété par les métropoles émergentes, notamment Lagos, Johannesburg ou Mumbai.

→ Voir fiche méthode 11 p. 280-281

Sujet guidé : La métropolisation est-elle à la fois un phénomène de concentration et d'accentuation des inégalités ?

Votre réponse pourra souligner que la métropolisation se traduit par une concentration des populations et des activités ainsi que par une augmentation des contrastes entre les territoires aux différentes échelles.

Étape 1 Comprendre la question et identifier les mots-clés

1. Analysez le sujet.

Définissez ce terme puis identifiez les fonctions de commandement des métropoles.

Citez des exemples de métropoles et leur nombre d'habitants.

La métropolisation est-elle à la fois un phénomène de concentration et d'accentuation des inégalités ?

Quelles sont les inégalités entre les métropoles ? entre les quartiers d'une métropole ?

2. Expliquez la réponse à développer en une ou deux phrases.

Étape 2 Mobiliser des connaissances

3. Listez des informations qui traitent du sujet à l'aide des pages 304 à 309 et des pages 312 à 317.

4. Reproduisez et complétez ce tableau à l'aide de vos réponses à la question 3.

Plan suggéré par la consigne	Arguments	Vocabulaire	Exemples
Partie 1 La métropolisation se traduit par une concentration des populations et des activités.	- *De nombreux habitants vivent dans les métropoles, alimentant un étalement urbain.* - *Les métropoles concentrent des fonctions de commandement politiques, économiques et culturelles.*	- *Mégapole, étalement urbain* -	- *Mumbai compte 22 millions d'habitants et accueille 500 000 migrants par an. Ses limites sont désormais situées à 20 km de son centre historique.* - ....
Partie 2 La métropolisation augmente les contrastes entre les territoires.	- *À l'échelle mondiale, une hiérarchie s'établit selon le rayonnement de chaque métropole.* - *Au sein des métropoles, de fortes inégalités économiques et sociales s'observent entre les quartiers.*	- *Ville mondiale ; ...* -	- .... - ....

Étape 3 Développer des arguments

5. Repérez, dans le texte, l'argument, l'explication et l'exemple qui composent le début de la partie 1.

6. Développez le deuxième argument pour finir la rédaction de la partie 1.

7. Rédigez la partie 2.

Tout d'abord, la métropolisation se traduit par une concentration de populations et d'activités. En effet, un grand nombre d'habitants vivent dans les métropoles, à la croissance spatiale et démographique forte dans certains pays. Par exemple, Mumbai compte 22 millions d'habitants et accueille 500 000 migrants par an. Cette situation entraîne un étalement urbain important et les limites de Mumbai sont repoussées à 20 km de son centre historique.

MÉTHODE BAC Analyser des documents

Sujet corrigé : Les recompositions métropolitaines d'Istanbul

En analysant le document, vous décrirez l'expansion de la métropole et son adaptation aux enjeux du logement. Vous montrerez ensuite que les infrastructures de transport favorisent la métropolisation d'Istanbul.

Objectif Identifier des documents et sélectionner des informations

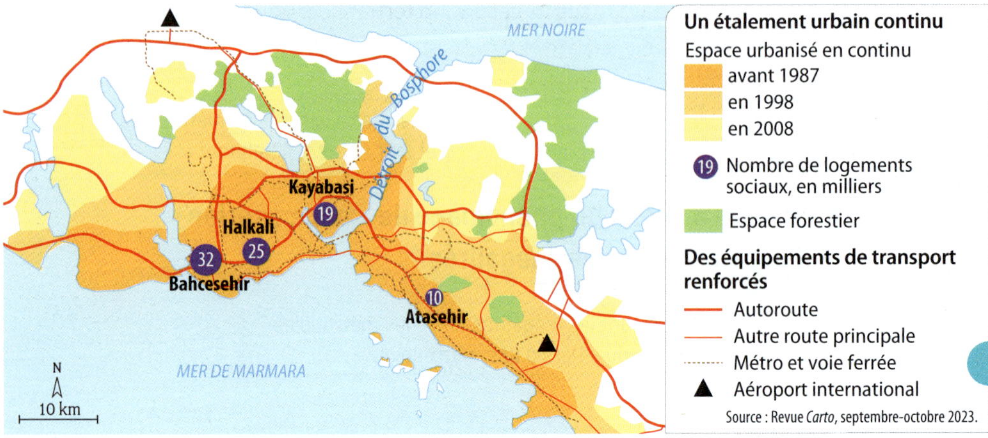

Les recompositions métropolitaines d'Istanbul

Étape 1 Lire la consigne et le document

1. Lisez le document et la consigne pour en définir les termes clés.
2. Expliquez la consigne.

Pour lire et comprendre une consigne, surlignez les verbes de consigne et les termes importants afin d'identifier l'objectif de l'analyse.

La consigne invite à observer l'étalement urbain et la solution mise en œuvre pour loger les habitants (« l'expansion de la métropole et son adaptation aux enjeux du logement ») puis à présenter les infrastructures de transport qui renforcent l'attractivité et le rayonnement d'Istanbul (« les infrastructures de transport favorisent la métropolisation »).

Étape 2 Identifier le document

3. Notez au brouillon les informations utiles pour identifier le document.
4. Formulez l'idée principale du document.

Nature *: carte à l'échelle locale*
Source *: revue de géographie Carto*
Date *: septembre-octobre 2023*

Identifier un document signifie indiquer sa nature, son auteur (s'il est indiqué), sa source, sa date et l'idée principale qu'il présente.

Cette carte a été publiée en 2023 dans la revue géographique Carto. Elle présente l'étalement urbain, les logements sociaux et les infrastructures de transport à Istanbul. Ces aménagements participent à la métropolisation d'Istanbul.

Étape 3 Sélectionner des informations

5. Sélectionnez les informations essentielles du document.

Pour étudier une carte, il faut lire la légende et comprendre les figurés. Les ensembles spatiaux sont décrits par des repères géographiques.

– L'espace urbanisé s'étale depuis le centre-ville, urbanisé avant 1987, vers les périphéries de l'est, de l'ouest et du nord depuis 1998.
– L'étalement urbain s'effectue vers l'espace forestier au nord de la ville, en bordure de la mer Noire.
– Les logements sociaux sont construits notamment dans les quartiers de Atasehir au sud-est de la ville et de Bahcesehir à l'ouest. On en compte 10 000 dans le premier quartier contre 32 000 dans le second.

➔ Voir fiche méthode 10 p. 278-279

Sujet guidé : Tokyo, une ville mondiale

En analysant le document, vous définirez les fonctions de commandement mondial et national de Tokyo, puis vous décrirez les aménagements mis en oeuvre pour renforcer son rayonnement.

Tokyo, une ville mondiale

Avec plus de 37 millions d'habitants, Tokyo est la plus vaste et la plus peuplée des agglomérations du monde. Sorte de rectangle très allongé, elle couvre une surface comparable à la région Île-de-France, mais avec une densité sept fois plus importante. Centre du pouvoir, Tokyo est le lieu où il faut être présent pour réussir. Considérée comme l'une des villes mondiales aux côtés de New York et de Londres, Tokyo est au cœur d'une région manufacturière, la première du Japon et l'une des plus importantes au monde. Ainsi, les entreprises de province y ont au moins un bureau pour se faire représenter et négocier avec les autorités économiques ou politiques. Tokyo s'est relativement désindustrialisée et beaucoup tertiarisée. Certaines activités à haute valeur ajoutée se concentrent dans les quartiers sud (industrie du plastique) ou dans les banlieues plus lointaines (informatique, électronique). Le Kabuto-cho (la bourse tokyote) constitue le quatrième marché boursier mondial en capitalisation. Tokyo représente 20 % du PIB japonais. Les politiques dites de « renaissance urbaine » (lois de 1986 et de 2002) contribuent à une redensification économique du centre (tours, bureaux, commerces…). Le réaménagement de l'hypercentre, le quartier Daimaruyu, est lié au projet de onze tours associant des bureaux, mais aussi des commerces.

D'après Philippe Pelletier, *Encyclopédie Universalis*, 2025.

Étape 1 Lire la consigne et le document

1. Lisez la consigne et le texte pour en définir les termes clés : ville mondiale, fonctions de commandement et agglomération.

2. Sélectionnez la proposition qui explique les verbes soulignés dans la consigne.

Proposition 1	Proposition 2	Proposition 3
Donner des arguments puis expliquer les conséquences	*Préciser une notion puis donner les caractéristiques d'une situation géographique*	*Donner des arguments puis citer des repères géographiques*

Étape 2 Identifier le document

3. Rédigez l'identification du document.

Étape 3 Sélectionner des informations

4. Justifiez chaque affirmation à l'aide d'une citation du texte.
- Tokyo est la première mégapole du monde.
- Grâce à son quartier d'affaires, Tokyo est attractive et attire les entreprises.
- Pour rester compétitive, Tokyo ne cesse de se transformer et d'aménager son territoire.

5. Associez chaque connaissance à une affirmation. Justifiez votre réponse.
- Une ville mondiale est une grande métropole concentrant des fonctions de commandement et exerçant une influence majeure dans le monde dans les domaines économique, financier, politique et culturel.
- Tokyo occupe une place centrale au Japon et dans le monde par les fonctions économiques et politiques qu'elle exerce et la population qu'elle concentre.
- Les autorités développent de nouveaux centres d'affaires pour attirer les investisseurs.

6. Identifiez dans le cours p. 316-319 des connaissances utiles pour expliquer les informations de la deuxième partie de la consigne.

7. Rédigez les deux parties de l'analyse à l'aide de vos réponses précédentes.

MÉTHODE BAC Transposer un texte en croquis

Sujet guidé : L'inégal rayonnement des métropoles dans le monde

Objectif Comprendre la consigne et sélectionner des informations du texte

À partir du texte, vous construirez un croquis correspondant au sujet : « L'inégal rayonnement des métropoles dans le monde », accompagné d'une légende organisée. Vous utiliserez le fond de carte fourni.

Premier paragraphe

La hiérarchie urbaine mondiale est marquée par la domination des quatre métropoles les plus puissantes au monde, New York, Londres, Tokyo et Paris, appelées « villes mondiales ». Elles rayonnent sur le monde grâce à leurs fonctions de commandement économiques, politiques et culturelles. Ainsi, on retrouve dans ces villes mondiales des fonctions économiques majeures comme les bourses et les sièges sociaux de grandes entreprises qui se concentrent dans les quartiers d'affaires tels Manhattan à New York et La City à Londres. Ces métropoles renforcent aussi leur attraction grâce à leur aéroport international (Roissy-Charles de Gaulle à Paris, Haneda à Tokyo), leurs musées ou leurs grandes universités. Ces quatre villes tissent des liens entre elles qui se concrétisent par des flux financiers, commerciaux et humains massifs. Enfin, elles profitent toutes de leur localisation au sein des mégalopoles les plus dynamiques au monde : la Megalopolis américaine, la mégalopole européenne et la mégalopole japonaise.

Deuxième paragraphe

Le second rang de la hiérarchie urbaine mondiale se compose de métropoles à l'influence et au rayonnement plus restreints. On distingue tout d'abord les métropoles mondiales comme Bruxelles et Madrid en Europe, Chicago et Los Angeles aux États-Unis ou Shanghai et Beijing en Chine, puis les métropoles émergentes (Mumbai en Inde, Sao Paulo et Rio de Janeiro au Brésil, Lagos et Abidjan en Afrique ou encore Johannesburg en Afrique du Sud). Ces métropoles mondiales et émergentes ne parviennent pas totalement à exercer un rayonnement international mais elles échangent avec les villes mondiales. Elles dynamisent leur territoire en s'inscrivant dans des mégalopoles en formation comme la mégalopole sud-américaine, la mégalopole chinoise ou celle du golfe de Guinée.

D'après Jean-Paul Charvet et Michel Sivignon, *Géographie humaine : Mondialisation, inégalités sociales et enjeux environnementaux*, 2024.

Étape 1 Lire et comprendre la consigne et le texte

1. À l'aide du manuel, définissez les mots-clés de la consigne et du texte.

Identifier et définir les mots-clés de la consigne et du texte permet de cerner le thème du croquis. Ces mots-clés seront à utiliser dans la légende.

Ville mondiale	...
Métropole	...
Mégalopole	...

2. En une phrase, rédigez l'idée principale du paragraphe 1 puis celle du paragraphe 2.

3. Sélectionnez l'affirmation la plus pertinente pour comprendre le thème général du croquis puis justifiez votre réponse.

a. Le croquis porte sur l'étude des villes mondiales et de leurs fonctions de commandement.

b. Le croquis a pour sujet la hiérarchie entre les métropoles à l'échelle mondiale.

c. Le croquis s'intéresse aux inégalités au sein des métropoles mondiales.

Étape 2 Sélectionner les informations du texte

Une information est un élément précis du texte qui répond à l'une des questions essentielles pour la réalisation du croquis : Quoi ? Où ? Qui ? Pourquoi ? Comment ? Quelles conséquences ?

4. Dans le paragraphe 1, sélectionnez les informations essentielles et les localisations associées en suivant le modèle de la première ligne.

➔ Voir fiche méthode 12 p. 282-283

5. Recopiez le tableau et complétez-le avec les éléments sélectionnés.

Ce tableau, réalisé au brouillon, permet de construire la légende du croquis en repérant les informations et en les associant à une localisation.

6. Reproduisez la même démarche et complétez le tableau pour le deuxième paragraphe.

	Informations sélectionnées dans le texte	Localisations sélectionnées dans le texte
Premier paragraphe	– *Villes mondiales* – ...	– *New York, Londres, Tokyo et Paris* – ...
Deuxième paragraphe	– *Métropoles mondiales* – ...	– *Bruxelles et Madrid (Europe) ; Chicago et Los Angeles (États-Unis) ; Shanghai et Beijing (Chine)* – ...

Étape 3 Choisir les figurés

7. Complétez la première partie de la légende en associant chaque information à un des figurés proposés et à des localisations.

Figurés	Informations	Localisations
↔ •	• *Ville mondiale* •	•
○ •	• *Quartier d'affaires* •	•
● •	• *Aéroport international* •	• *New York, Londres, Tokyo et Paris*
▲ •	• *Mégalopole dynamique* •	•
■ •	• *Flux principaux (financiers, commerciaux et humains)* •	•

Conseil

Aidez-vous du mémento cartographique à la fin de votre manuel.

8. Complétez la deuxième partie de la légende en choisissant les figurés les plus adaptés.

Étape 4 Réaliser le croquis

Fond de carte
hachette-clic.fr/25hg1077

9. En vous aidant du fond de carte, réalisez le croquis et complétez la légende.

Titre : ***L'inégal rayonnement des métropoles dans le monde***

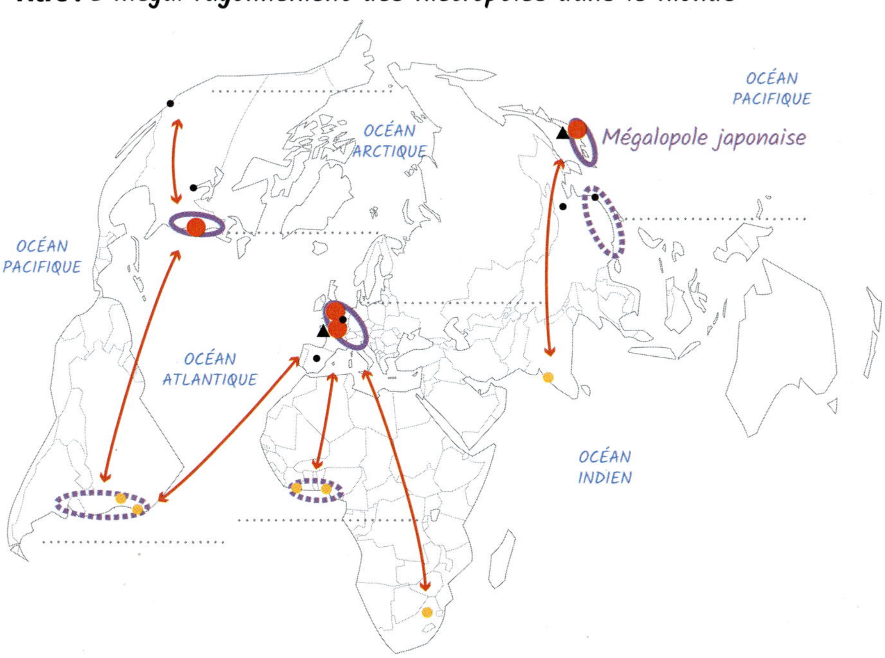

1. La domination des villes mondiales

● *Ville mondiale*

...... *Quartier d'affaires*

...... *Aéroport international*

...... *Mégalopole dynamique*

...... *Flux principaux (financiers, commerciaux et humains)*

2. Les métropoles de second rang

...... *Métropole mondiale*

● ....

....

↔ ....

CHAPITRE

2 La France : la métropolisation et ses effets

COURS 1 Le réseau urbain est constitué de nombreuses villes, petites ou moyennes, et de métropoles au rayonnement différent. Toutes sont dominées par Paris.

› Comment expliquer la hiérarchie urbaine française ?

COURS 2 Les territoires urbains sont confrontés à des inégalités démographiques, économiques et sociales majeures accentuées par la métropolisation. Les mesures prises pour les atténuer obtiennent des résultats inégaux.

› Quels sont les effets de la métropolisation sur les territoires ?

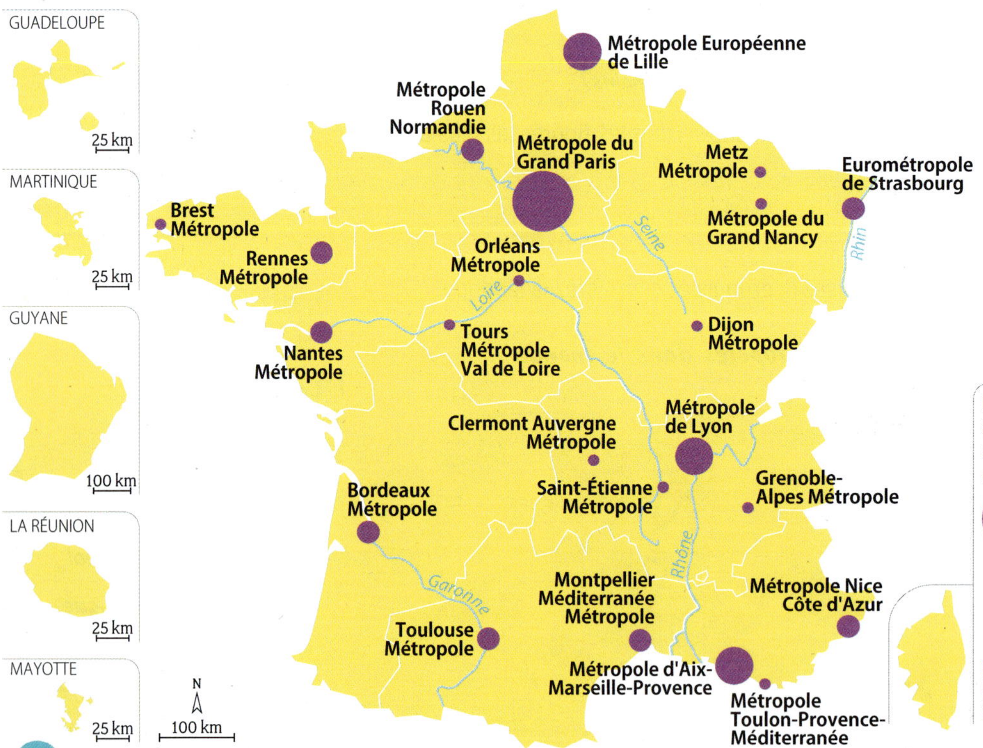

1. Création en 2014 d'un statut administratif pour les métropoles leur permettant d'accroître leurs compétences (développement économique, innovation, transition énergétique).

Source : Insee, 2025.

CHIFFRES-CLÉS

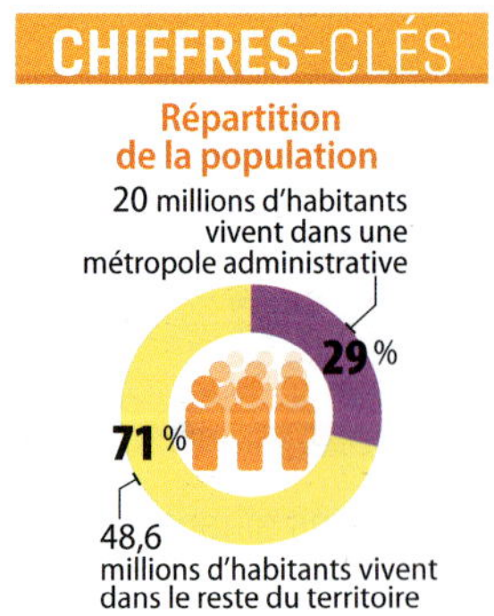

1 La population des métropoles

QUESTIONS

1. **Doc. 1** Citez et localisez les trois métropoles les plus peuplées et trois des métropoles parmi les moins peuplées. Émettez des hypothèses sur les raisons de ce peuplement inégal.
2. **Doc. 2** Quelles activités montrent le dynamisme de la métropole parisienne ?

2 Paris, une ville mondiale

La ville de Paris a accueilli les Jeux olympiques et paralympiques en 2024. Cet événement a mis en scène et en lumière le patrimoine exceptionnel de la capitale, renforçant ainsi son attractivité en France et dans le monde.

ÉTUDE DE CAS 1

Marseille, une métropole régionale majeure

Bordée par la Méditerranée, Marseille est au cœur de la troisième métropole française avec 1,6 million d'habitants. Grâce à son port et à ses fonctions économiques et culturelles, elle s'affirme comme un pôle régional majeur. Mais, le poids des inégalités reste un frein à son dynamisme.

A Comment Marseille s'affirme-t-elle en tant que métropole régionale ?

1 Des paysages reflets de la métropolisation

1. Mucem (Musée des civilisations de l'Europe et de la Méditerranée), ouvert en 2013 lors de l'événement « Marseille capitale européenne de la culture. »
2. Réplique de la grotte Cosquer et de ses peintures préhistoriques.
3. Tours de bureaux et siège social de la CMA-CGM, grande entreprise française du transport maritime.

2 Des fonctions métropolitaines renforcées

La cité phocéenne[1] additionne des emplois dans la recherche et le tertiaire supérieur, en plus de fonctions administratives liées à son statut de capitale de la région Sud Provence-Alpes-Côte d'Azur. Le programme Euroméditerranée[2] a renforcé les fonctions de commandement de Marseille par la création de plusieurs lieux autour du quartier d'affaires ainsi amplifié. Les anciens quartiers portuaires, tels la Joliette ou Arenc, voient la transformation de leurs bâtiments devenus obsolètes, réhabilités en immeubles de bureaux ou en lieux culturels. D'autres lieux relèvent d'une rénovation pour une fonction commerciale et récréative : les Terrasses du Port sont un vaste centre commercial avec une multitude de petites boutiques et de restaurants. Le quartier de la Joliette, dominé par des tours d'affaires, amplifie la métropolisation de Marseille. Relié par le tramway et le métro, ce quartier constitue une extension de son centre. Avec la **loi MAPTAM**, Marseille est au cœur de la Métropole Aix-Marseille Provence, qui participe aussi de son rayonnement métropolitain et lui confère des compétences renforcées notamment en matière d'urbanisme, de transports et d'environnement.

Alexandra Monot, *Les espaces littoraux en France*, 2024.

1. Nom donné à Marseille en référence à ses fondateurs originaires de Phocée, cité de la Grèce antique.
2. Programme de rénovation mis en œuvre depuis 1995.

▶ Vidéo
L'évolution du programme Euroméditerranée
Source : Euroméditerranée, 25 octobre 2024.
hachette-clic.fr/25hg1078

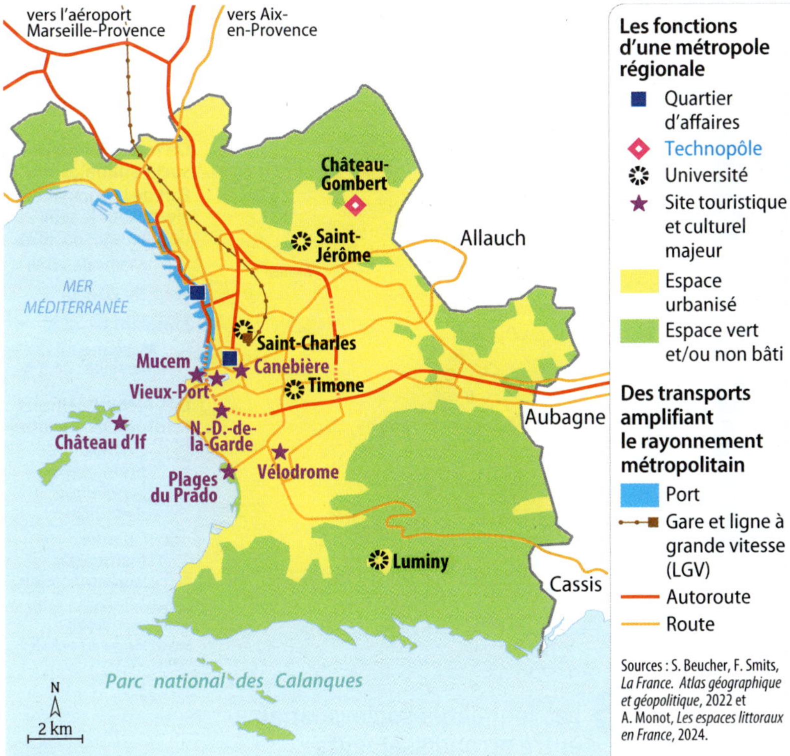

VOCABULAIRE

Cadres des fonctions métropolitaines : ensemble des emplois stratégiques des métropoles (culture, finance, recherche, gestion et logistique).

Loi MAPTAM : création en 2014 d'un statut administratif pour les métropoles leur permettant d'accroître leurs compétences (développement économique, innovation, transition énergétique).

Technopôle : espace productif spécialisé dans les hautes technologies en associant entreprises, universités et centres de recherche.

3 Une concentration de fonctions métropolitaines

Un territoire accessible et connecté
- **1er port français**
- **1er point de raccordement des câbles sous-marins en Europe du Sud** (7e au monde)
- **3 lignes de tramway, 2 lignes de métro et 93 lignes de bus**
- ***5 datacenters***[1]

Une ville dynamique
- **40 entreprises créées par an** (52 % des créations du département)
- **Solde naturel : 0,6 % par an** entre 2015 et 2021 (moyenne France : 0,2 %)
- **21,5 % des cadres des fonctions métropolitaines** dans l'emploi total

Un pôle culturel et universitaire majeur
- **2e pôle de recherche** (après Paris) **10 000 chercheurs**
- **3 universités, 58 000 étudiants**
- **6 écoles d'ingénieurs, 1 école de commerce**
- **26 musées** (2e ville après Paris)

1. Infrastructure permettant le stockage et la mise en réseau de données numériques.

Sources : Insee et Site officiel de Marseille, 2025.

4 Une métropole régionale dynamique et attractive

PARCOURS 1

Présenter une situation géographique

1. Doc. 2 et 3 Citez les différentes activités économiques et culturelles présentes à Marseille.
2. Doc. 3 et 4 Comment les transports renforcent-ils le rayonnement de Marseille ?
3. Doc. 1, 2 et 4 Justifiez l'affirmation : « Marseille est une métropole attractive et dynamique au rayonnement régional important ».
4. Doc. 2 et 3 Identifiez les acteurs et expliquez comment leurs mesures renforcent la métropolisation de Marseille.

BILAN Rédigez une synthèse expliquant pourquoi Marseille peut être qualifiée de métropole régionale dynamique et attractive.

PARCOURS 2

Réaliser un diaporama

À l'oral et en binôme, présentez un diaporama sur Marseille afin d'expliquer ce qu'est une métropole régionale en France. Chaque diapositive doit comporter un mot-clé, un exemple et une image pour l'illustrer.

Pas à pas

Adoptez le plan suivant :
- Des fonctions de commandement multiples (doc. 2, 3 et 4).
- Une attractivité importante (doc. 1, 2 et 4).
- Des acteurs et des mesures pour renforcer la métropolisation (doc. 2 et 3).

B À quelles inégalités sociales la métropole de Marseille est-elle confrontée ?

5 La fermeture résidentielle du 9e arrondissement

Les résidences fermées, comme La Bonneaude, concernent 30 % des logements de Marseille où vivent des populations aisées et de plus en plus de classes moyennes. Des barrières et dispositifs de sécurité en contrôlent l'accès.

▶ Vidéo
La multiplication des résidences privées
Le Monde, 17 septembre 2023.
hachette-clic.fr/25hg1079

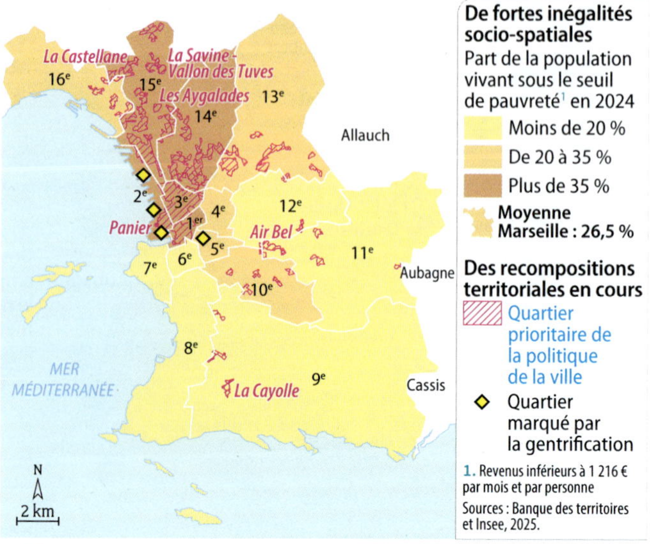

6 Les inégalités socio-spatiales entre arrondissements

VOCABULAIRE

- **Quartier prioritaire de la politique de la ville :** territoire bénéficiant d'aides publiques en raison de ses difficultés sociales, son faible accès à l'emploi et son enclavement.

7 La transformation de quartiers prioritaires

Après plus de dix ans d'attente, les premiers coups de pelleteuse ont entamé la destruction d'un immeuble inoccupé, dans le quartier Air Bel. La convention signée avec l'Agence nationale pour la rénovation urbaine[1] (Anru) a permis une enveloppe de 61 millions d'euros, sur les 201 millions d'euros du coût total du projet, également porté par les collectivités locales et les organismes qui gèrent les logements sociaux. Y sont prévues la destruction de 284 logements sociaux, la réhabilitation de 905 autres et la création de 150 habitations neuves. Le désenclavement de la cité de 4 000 habitants, coincée entre la voie ferrée et l'A50, est défini comme une priorité. Un parc urbain de 4 hectares doit voir le jour. De plus, l'Anru doit débloquer 35 millions d'euros pour la rénovation du quartier La Savine – Vallon des Tuves. Le projet prévoit ici la démolition de 447 logements sociaux et la construction de 335 logements neufs, mais aussi la réhabilitation d'un gymnase et du groupe scolaire et la création d'un pôle culture – sport pour 2027-2028.

La Provence, 4 avril 2024.

1. Établissement public qui finance la transformation de quartiers prioritaires de la politique de la ville.

PARCOURS 1

Comprendre et mettre en relation des documents

1. **Doc. 6** Justifiez l'affirmation : « La ville de Marseille est confrontée à de fortes inégalités socio-spatiales. »
2. **Doc. 5** Comment la fragmentation socio-spatiale se manifeste-t-elle dans le paysage ?
3. **Doc. 6 et 7** Présentez les acteurs et les mesures pour transformer les quartiers en difficulté.

PARCOURS 2

Discuter un point de vue

Sylvie Fol, géographe spécialiste d'urbanisme, déclare en 2023 : « Marseille est l'une des villes les plus ségréguées de France. »
Rédigez un article pour discuter cette affirmation.

Pas à pas

- Décrivez les inégalités socio-spatiales (doc. 5 et 6).
- Présentez les solutions mises en œuvre et les acteurs mobilisés (doc. 7).

Faire le bilan

Bilan à compléter
hachette-clic.fr/25hg1080

Marseille, une métropole régionale majeure

Une métropole régionale dynamique

Une concentration de fonctions de commandement

- ....
- ....
- ....
- ....

\+

Une attractivité affirmée

- ....
- ....
- ....

Des défis sociaux persistants

- ....
- ....
- ....

Des acteurs et des mesures contre les inégalités

- ....
- ....
- ....
- ....

Et ailleurs ?

1. Quelles métropoles concentrent la part la plus importante de cadres des fonctions métropolitaines ?
2. Montrez que ces emplois ne sont pas seulement présents dans les plus grandes métropoles françaises.

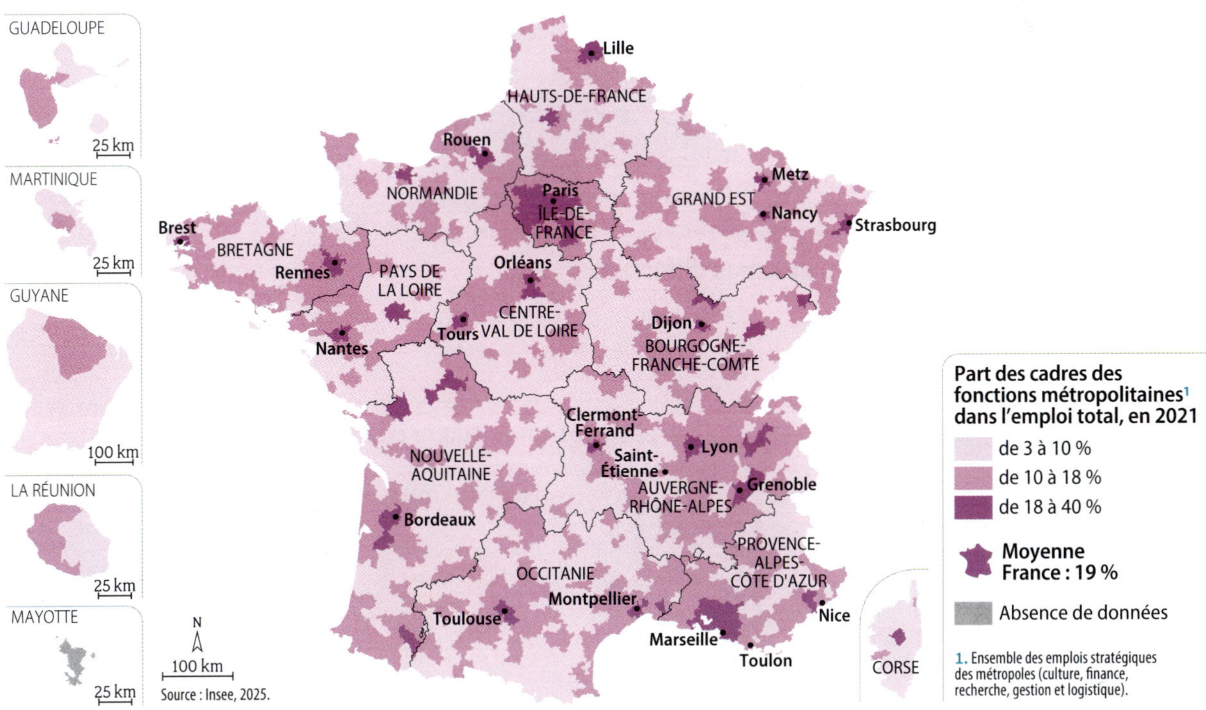

La concentration des emplois qualifiés dans les métropoles

GRAND ANGLE

Le réseau urbain français

● Paris, ville mondiale, incarne la **macrocéphalie** du réseau urbain français. Des métropoles s'affirment par leur rayonnement européen quand d'autres, comme Marseille ou Bordeaux, ont un rang uniquement national. La **loi MAPTAM** renforce l'importance des métropoles.

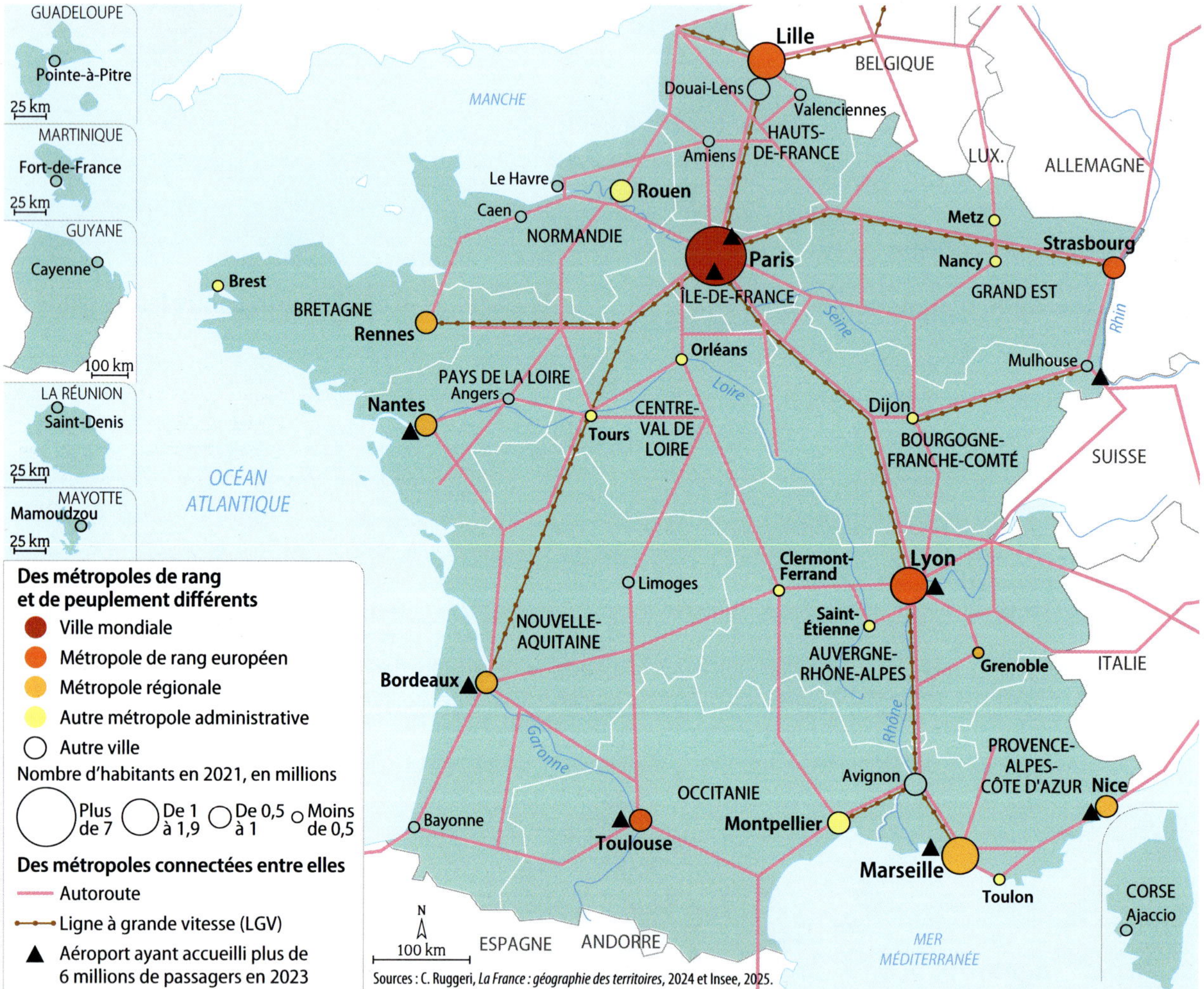

1 Des villes et des métropoles de rangs différents

Carte interactive
hachette-clic.fr/25hg1081

NOTION EN IMAGE

Loi MAPTAM : création en 2014 d'un statut administratif pour les métropoles leur permettant d'accroître leurs compétences (développement économique, innovation, transition énergétique).

LE STATUT ADMINISTRATIF DE MÉTROPOLE EN FRANCE

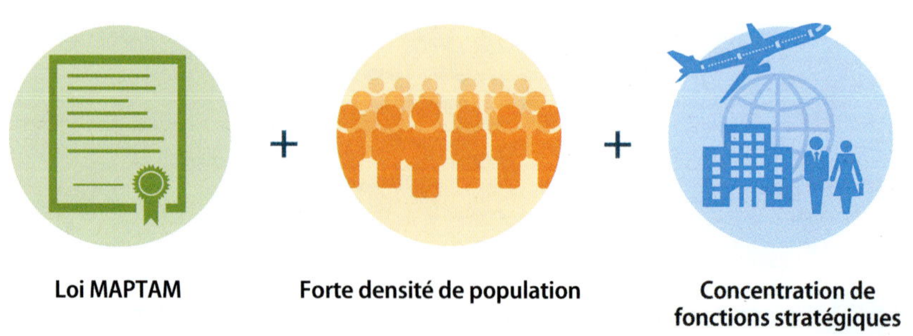

● Les fonctions métropolitaines participent à la croissance des agglomérations du sud, des littoraux et des zones frontalières. À l'inverse, des régions voient leur population décroître, notamment en raison de la désindustrialisation.

2 Des agglomérations aux dynamiques contrastées

Carte interactive
hachette-clic.fr/25hg1082

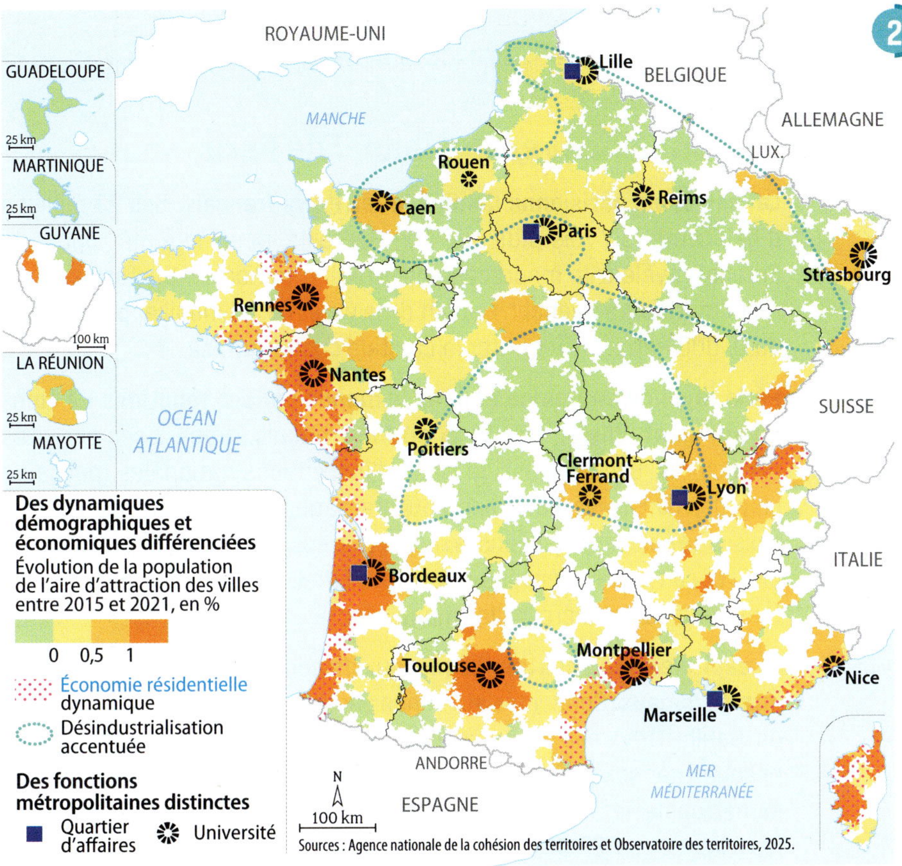

VOCABULAIRE

Économie résidentielle : économie de proximité fondée sur la production de biens et de services pour les personnes présentes dans un territoire donné (résidents permanents, touristes).

Macrocéphalie : poids démographique majeur de la première agglomération d'un pays par rapport aux autres agglomérations.

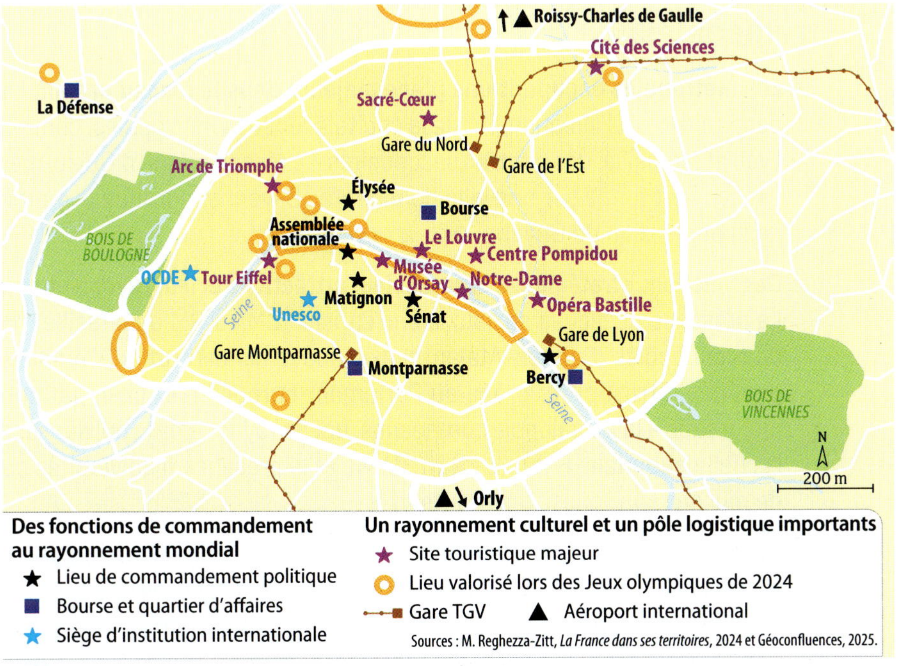

3 Paris, ville mondiale

QUESTIONS

1. Doc. 1 et 3 Comment la métropole parisienne domine-t-elle le réseau urbain français ?
2. Doc. 1, 2 et 3 et notion en image Décrivez les différences entre Paris et les métropoles régionales en termes de dynamisme démographique et de fonctions de commandement.

COURS 1 La métropolisation et les dynamiques urbaines en France

> Comment expliquer la hiérarchie urbaine française ?

VOCABULAIRE

- **Compétitivité territoriale :** stratégie de valorisation des atouts d'un territoire pour accroître son développement et son rayonnement.
- **Décentralisation :** action de transférer des pouvoirs décisionnels depuis la capitale politique vers des échelons administratifs régionaux.
- **Désindustrialisation :** recul de la place occupée par l'activité industrielle dans un territoire.

1 Le rayonnement exceptionnel de Paris

- **La métropole parisienne domine le territoire français.** Ses 7,1 millions d'habitants (3,7 fois plus que Aix-Marseille, deuxième métropole de France) révèlent la macrocéphalie urbaine française. Son attractivité reste toutefois à nuancer. Le coût de la vie et de l'immobilier pousse plus de 12 000 Parisiens à quitter la capitale chaque année.
- **Paris rayonne en France et dans le monde par ses fonctions de commandement.** Elle assure 31 % du PIB français, grâce à ses activités financières. Elle est aussi le siège d'institutions nationales (palais de l'Élysée, ministères, Parlement) ou internationales (Unesco). Sa place de troisième pôle mondial dans la recherche, ses grandes écoles (Sorbonne, ENS) et son patrimoine historique (tour Eiffel, Notre-Dame, le Louvre) en font une des premières villes mondiales.
- **La capitale est au centre des réseaux de communication nationaux et internationaux.** Connectée au monde par ses aéroports (Roissy-Charles-de-Gaulle, Orly), elle est aussi reliée aux métropoles régionales et européennes par ses lignes à grande vitesse et ses autoroutes. Au cœur de la métropole, le CDG Express, entre Roissy et la gare de l'Est, complète les 5 lignes de RER et les 14 lignes de métro.

2 L'attractivité différenciée des métropoles régionales

- **Les métropoles occupent une place majeure dans le réseau urbain.** La concurrence et l'éloignement de la capitale font des métropoles, comme Lyon et Marseille, des **centres** secondaires. Le réseau urbain d'Outre-mer est souvent fondé sur une ville dominante : Cayenne regroupe la moitié de la population de Guyane. Étude de cas p. 332
- **Des fonctions stratégiques assurent leur attractivité et leur rayonnement.** La présence de sièges sociaux d'entreprises (CMA-CGM à Marseille) ou de technopôles (Rennes-Atalante) explique la concentration d'emplois qualifiés. Strasbourg, grâce au Parlement européen, et Lille, par son intégration à la mégalopole européenne, ont un rayonnement qui dépasse l'échelle nationale. Enfin, le cadre de vie et la présence d'universités ou de musées sont aussi des atouts. Exemple p. 340
- **Des dynamiques institutionnelles renforcent le rôle des métropoles régionales.** Les lois de **décentralisation** favorisent l'accueil des conseils régionaux ou d'organismes publics tel l'Institut national du service public (INSP) à Strasbourg. La **loi MAPTAM** dote les métropoles de moyens supplémentaires pour accroître leur **compétitivité territoriale**.

NOTIONS

- **Centre :** lieu attractif qui domine des territoires qualifiés de périphéries.
- **Loi MAPTAM :** création en 2014 d'un statut administratif pour les métropoles leur permettant d'accroître leurs compétences (développement économique, innovation, transition énergétique).

3 Des villes petites et moyennes entre crise et renouveau

- **Le réseau urbain s'appuie sur un grand nombre de villes petites et moyennes.** Malgré leur faible poids démographique, elles sont indispensables au quotidien des populations par leurs équipements essentiels (commerces, hôpitaux, services administratifs). Elles jouent un rôle d'intermédiaire avec les métropoles voisines, comme Agen entre Toulouse et Bordeaux.

- **Ces territoires connaissent des dynamiques économiques contrastées.** Des petites villes, frappées par la **désindustrialisation** (métallurgie, textile, agroalimentaire) décroissent. Ainsi, Montluçon a perdu 10 % de sa population en dix ans. À l'inverse, des villes littorales profitent du tourisme et de l'arrivée de nouveaux habitants pour développer leur économie résidentielle, telles Dinan ou Saint-Brieuc en Bretagne.

- **De multiples voies de renouveau s'offrent aux villes petites et moyennes.** Le programme Action Cœur de Ville, conçu par l'État depuis 2018, redynamise leur centre-ville et conforte leur rôle de moteur dans le développement du territoire. Par exemple, Épinal mise sur des aides financières pour la réhabilitation des logements afin d'attirer des populations nouvelles. D'autres mobilisent leur patrimoine pour accroître leur attractivité telles Cherbourg, Bergerac ou Rodez. ➔ Le labo de Géo p. 344

CHIFFRES-CLÉS

Les 3 aéroports français les plus fréquentés

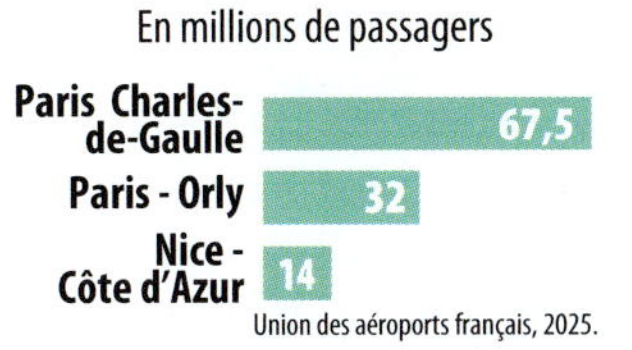

Union des aéroports français, 2025.

Les 3 métropoles les plus peuplées

Insee, 2025.

Nombre de villes petites et moyennes

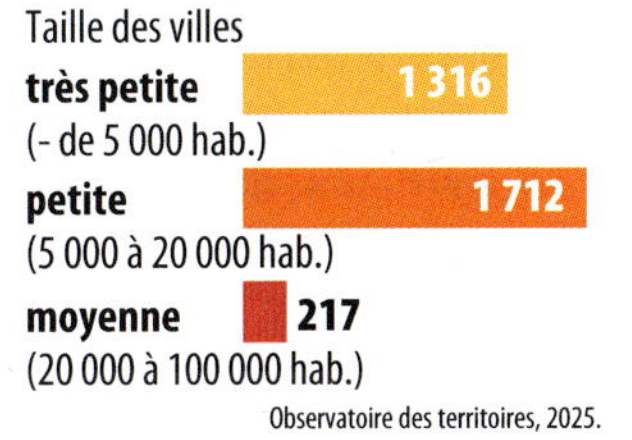

Observatoire des territoires, 2025.

Un réseau urbain hiérarchisé

Paris, ville mondiale
- Fonctions de commandement politique, économique, culturelle et logistique
- Capitale macrocéphale

+

Métropoles régionales
- Affirmation de fonctions économique, administrative et culturelle
- Influence régionale et/ou européenne

+

Villes petites et moyennes
- Services et équipements essentiels au quotidien
- Rôle d'intermédiaire avec la métropole voisine

Des enjeux

- Limiter la perte de population
- Maintenir une compétitivité mondiale

- Faire face à la concurrence de Paris
- Renforcer son influence par la décentralisation et la loi MAPTAM

- Attirer la population
- Lutter contre la désindustrialisation

EXEMPLE

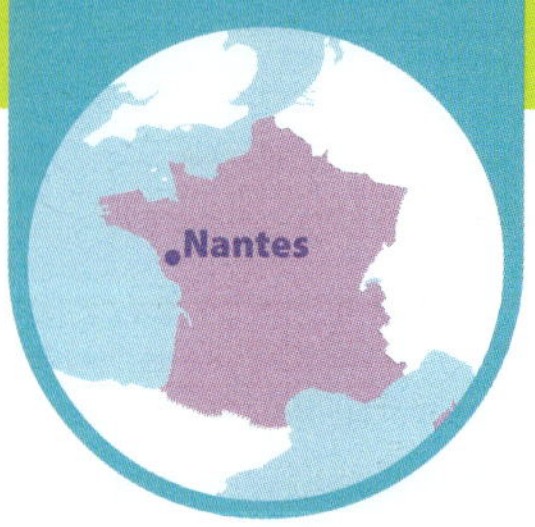

La culture, un moteur de la métropolisation de Nantes

Autrefois « belle endormie », Nantes est depuis les années 2000 le « nouvel Éden de l'Ouest ». Les entreprises numériques se développent (Doctolib, Oui SCNF), et des actions publiques font de la culture un élément majeur des transformations urbaines, du rayonnement et de l'attractivité de la 7e métropole française.

> Comment la culture renforce-t-elle le rayonnement métropolitain de Nantes ?

1 La culture, outil de recompositions métropolitaines

En 1987, la fermeture des chantiers navals de Nantes symbolise la situation difficile de la ville : friches urbaines, disparition des activités portuaires, chimiques et métallurgiques, image négative. L'équipe municipale élue en 1989 utilise la culture comme levier du renouveau de la ville à partir d'un territoire : l'île de Nantes. Le quartier de la Création y est installé pour regrouper les acteurs, institutions et lieux culturels ou artistiques avec notamment l'implantation des « Machines de l'île ». Il participe donc à la mutation de ce territoire, avec la multiplication d'opérations immobilières de logements, de bureaux et d'équipements pour attirer principalement les classes aisées, les entreprises et les touristes. En rive droite de la Loire, le quartier des Olivettes est un ancien faubourg industriel et ouvrier. La multiplication des friches à partir des années 1970 offre l'opportunité à des artistes de s'installer dans ses hangars abandonnés. Ils sont rejoints par des professionnels de la culture. Un projet municipal vient renforcer ce mouvement. Cette transformation s'accompagne d'une gentrification avec la venue de classes moyennes supérieures dans cet espace historiquement populaire.

D'après Basile Michel, *Atlas social de la métropole nantaise*, 2024.

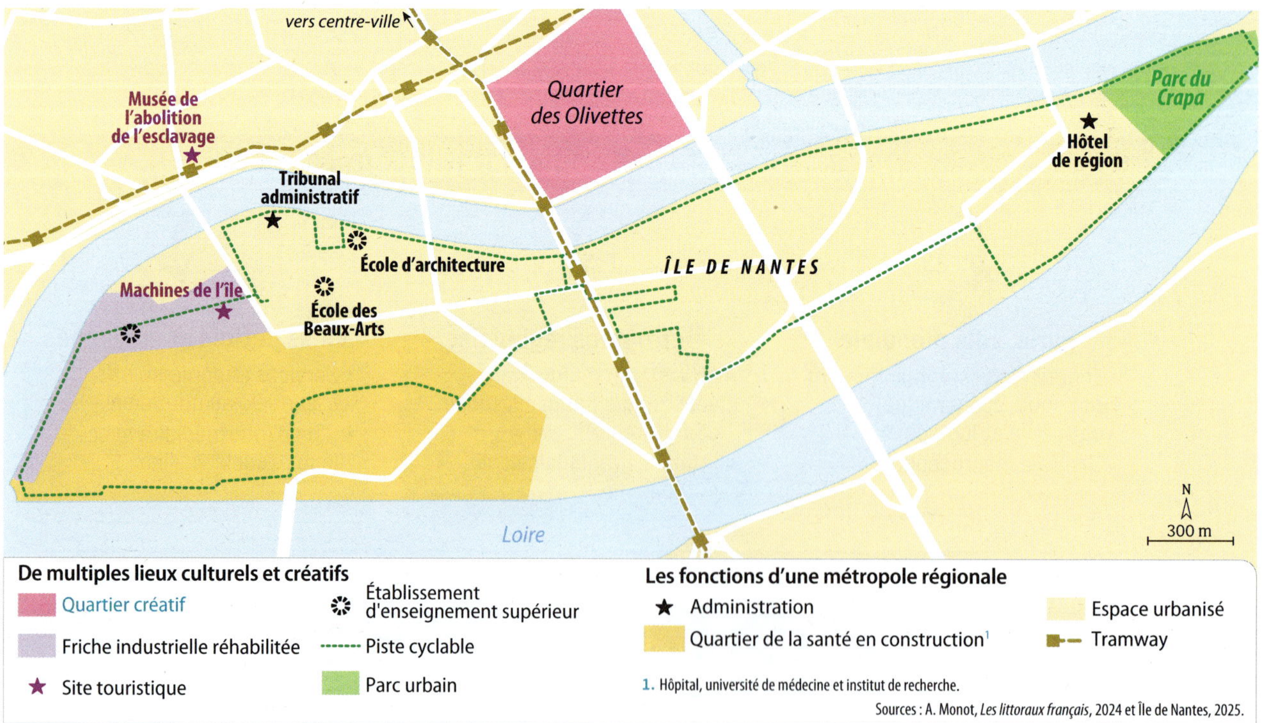

Sources : A. Monot, *Les littoraux français*, 2024 et Île de Nantes, 2025.

2 La place de la culture à Nantes

VOCABULAIRE

Quartier créatif : territoire à l'économie fondée sur la valorisation culturelle et artistique.

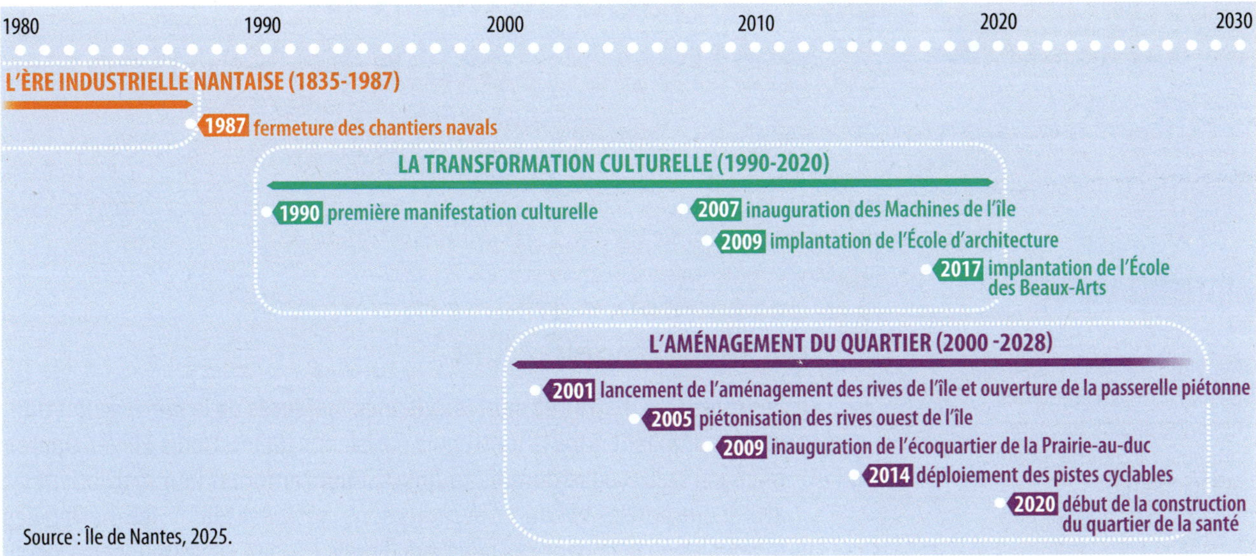

3 L'évolution historique de l'île de Nantes

1972

2024

4 La transformation de l'île de Nantes

Nantes a attiré plus de 2 millions de visiteurs en 2024. Un tiers d'entre eux ont découvert les Machines de l'île, un espace d'exposition et d'animation permanentes installé dans les anciens chantiers navals.

▶ Vidéo
Le parcours culturel nantais
Public Sénat, 26 juin 2023.
hachette-clic.fr/25hg1083

PARCOURS 1

Réaliser un schéma fléché

À l'aide des documents, complétez le schéma fléché pour expliquer le rôle de la culture dans le dynamisme et l'attractivité de la métropole nantaise.

- Une ville en difficulté (doc.1, 3 et 4) ………… ↓
- Les acteurs et leurs stratégies (doc. 1 à 3) ………… ↓
- La culture, une fonction métropolitaine essentielle ↓
- Les recompositions économiques et sociales (doc. 1 et 2) …………
- Les recompositions spatiales (doc. 2 et 4) …………

PARCOURS 2

Vers le bac

À l'aide des documents, trouvez deux arguments et deux exemples pour rédiger chaque partie de la réponse à la question problématisée : « **Comment Nantes montre-t-elle le rôle de la culture dans la métropolisation ?** »

Pas à pas

1. Décrivez l'importance des fonctions culturelles dans la métropole (doc. 1 et 2).
2. Analysez le rôle de la culture dans le rayonnement et l'attractivité de Nantes (doc. 1, 3 et 4).

COURS 2 Les conséquences de la métropolisation en France

> Quels sont les effets de la métropolisation sur les territoires ?

1 Des territoires urbains transformés par la métropolisation

■ **Les quartiers d'affaires sont les vitrines majeures de la métropolisation.** Ils se multiplient dans la métropole parisienne (Saint-Denis Pleyel, Opéra), même si La Défense domine toujours. Pour renforcer leur attractivité et attirer entreprises et **cadres des fonctions métropolitaines**, les métropoles régionales développent ces quartiers (Euralille à Lille, La Confluence à Lyon).

■ **Les métropoles profitent aussi de vastes centres commerciaux et d'activités culturelles dynamiques.** Les premiers s'implantent à proximité des centres-villes (les Terrasses du Port à Marseille) alors que les centres culturels s'installent sur d'anciennes friches, telle l'île de Nantes sur d'anciens chantiers navals. Tous participent au **polycentrisme** métropolitain. ➔ Exemple p. 344

■ **Les transports jouent un rôle essentiel dans le rayonnement des métropoles.** Les LGV et les aéroports assurent l'accessibilité et l'attractivité indispensables au rayonnement de toute métropole. Bordeaux est désormais à deux heures de Paris grâce à la LGV Sud Europe Atlantique. Toutefois, l'installation de 10 000 nouveaux habitants chaque année, dont de nombreux Parisiens, participe à l'augmentation du coût de l'immobilier.

2 Des recompositions sociales et spatiales sous l'effet de la métropolisation

■ **Le centre-ville des métropoles est transformé par la gentrification.** L'installation de populations aisées, liées aux emplois métropolitains qualifiés, valorise des secteurs auparavant populaires (Croix-Rousse à Lyon, Nord-Est parisien). Or, la hausse du coût du logement et de la vie contraint les populations les plus fragiles à rejoindre des quartiers périphériques.

■ **Les métropoles sont confrontées à une forte fragmentation socio-spatiale.** Les quartiers résidentiels fermés, en augmentation, accueillent des classes moyennes et favorisées. Ils cohabitent avec des poches de pauvreté persistante, souvent proches des centres-villes. Alors que Marseille compte un tiers de résidences fermées, 26,5 % de sa population vit sous le seuil de pauvreté. ➔ Étude de cas p. 334

■ **L'attractivité des métropoles alimente un étalement urbain aux limites des agglomérations.** Les **espaces périurbains** sont composés de lotissements, voies de communication ou zones commerciales. Depuis 2021, la loi ZAN (zéro artificialisation nette des sols) vise à réduire cette pression sur les espaces naturels ou agricoles.

VOCABULAIRE

- **Cadres des fonctions métropolitaines :** ensemble des emplois stratégiques des métropoles (culture, finance, recherche, gestion et logistique).
- **Écoquartier :** quartier aménagé pour répondre aux objectifs du développement durable.
- **Espace périurbain :** espace urbanisé au-delà des limites d'une agglomération, marqué par des paysages de maisons individuelles implantées dans d'anciens espaces ruraux.
- **Polycentrisme :** existence de plusieurs lieux fonctionnels ou décisionnels dans un espace.
- **Quartier prioritaire de la politique de la ville :** territoire bénéficiant d'aides publiques en raison de ses difficultés sociales, son faible accès à l'emploi et son enclavement.

NOTION

- **Ville compacte :** ville pensée pour limiter les déplacements, par la concentration des fonctions résidentielles, économiques et commerciales en un même lieu.

3 Des défis sociaux et territoriaux toujours importants

■ **La politique de la ville a pour objectif de réduire les inégalités socio-spatiales et la pauvreté urbaine.** Elle concerne 5 millions d'habitants résidant dans l'un des **quartiers prioritaires de la politique de la ville** définis par l'Agence nationale pour la rénovation urbaine (1 296 en France hexagonale et 218 en Outre-mer). Ces quartiers bénéficient d'aides publiques pour résoudre les difficultés sociales, favoriser l'accès à l'emploi et accroître l'offre de transport. Depuis 2024, les contrats de ville Engagements Quartiers 2030 mis en place par l'État et les collectivités locales dans les quartiers prioritaires encouragent aussi la transition écologique et l'accès aux services publics. ➲ Étude de cas p. 334

■ **La multiplication des déplacements urbains exerce une pression croissante sur l'environnement.** La voiture individuelle représente 58,5 % des déplacements en France hexagonale et 75 % en Guadeloupe et en Martinique. Si la **ville compacte** reste difficile à mettre en œuvre, des **écoquartiers** se développent (Cartoucherie à Toulouse, Les Rives de la Haute Deûle à Lille) avec une proximité des commerces, bureaux et logements pour limiter les déplacements. Des modes de transport doux (tramway, vélo) sont encouragés.

■ **Face aux difficultés économiques et sociales des métropoles, les villes petites et moyennes semblent constituer une alternative.** Le programme Petites villes de demain mis en place par l'Agence nationale de la cohésion des territoires améliore la qualité de vie en soutenant des projets divers (création d'entreprises, accès à la culture, préservation de l'environnement). Ainsi, ces villes petites et moyennes tentent de devenir des lieux de vie attractifs en proposant de nouveaux modèles d'une urbanisation durable.

CHIFFRES-CLÉS

Les 3 plus grands quartiers d'affaires
En milliers d'emplois

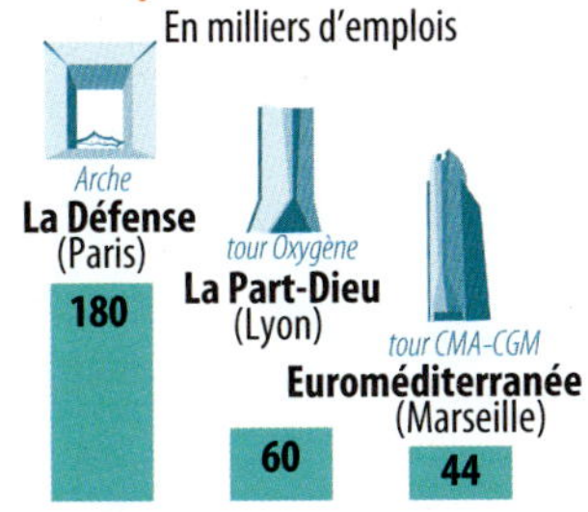

Sites institutionnels, 2025.

La part des cadres des fonctions métropolitaines dans les métropoles

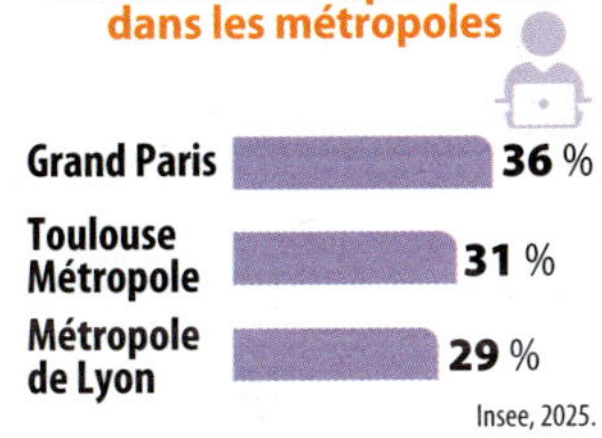

Insee, 2025.

Le taux de pauvreté urbaine

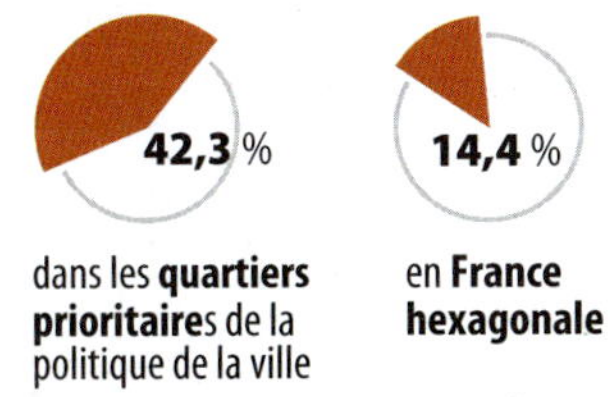

Observatoire national de la politique de la ville, 2025.

Les effets de la métropolisation

Des territoires urbains transformés
- Construction de quartiers d'affaires
- Création de quartiers culturels et de centres commerciaux
- Diversification de l'offre de transports

+

Des recompositions sociales et spatiales
- Quartiers résidentiels fermés
- Gentrification
- Départ des populations fragiles

Des défis à relever
- Fragmentation socio-spatiale
- Pauvreté urbaine persistante
- Étalement urbain et artificialisation des sols

→

Les mesures et les acteurs de la politique de la ville
- État, Agence de rénovation urbaine et collectivités locales
- Accroître l'offre de transports et l'accès aux services publics
- Favoriser l'accès à l'emploi
- Accompagner la transition écologique

LE LABO DE GÉO

Épinal, une ville moyenne entre succès et défis

Épinal concentre des fonctions typiques de ville moyenne. Une économie en partie industrielle s'y maintient, aux portes du massif boisé des Vosges. Les acteurs publics se mobilisent pour renforcer son attractivité.

Votre objectif **Réalisez un diagnostic territorial** pour répondre au sujet : **Comment Épinal tente-t-elle d'accroître son attractivité ?**

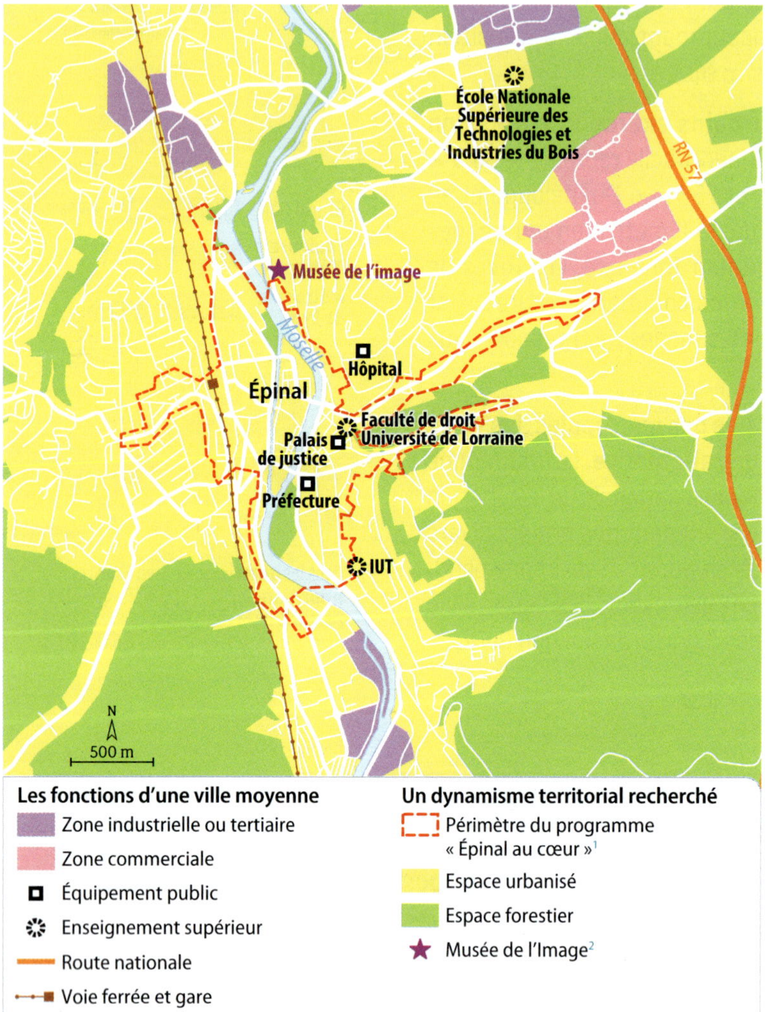

1. Programme pour redynamiser le centre-ville.
2. Lieu de conservation d'une importante collection d'images populaires françaises et étrangères du XVIIe siècle à nos jours.

Sources : Géoportail et site officiel d'Épinal, 2025.

1 Une ville moyenne attractive

2 Le programme « Épinal au cœur »

Depuis son lancement en 2018, le programme « Action cœur de ville » porte l'objectif de (re)mettre habitants, commerces, services et activités dans les centres-villes, de lutter contre l'étalement urbain, et de « rebâtir » une ville plus naturelle en réponse aux défis majeurs des transitions écologique, démographique et économique. Le programme baptisé « Épinal au cœur » s'appuie principalement sur l'habitat. L'enjeu est d'attirer et de fixer des populations nouvelles en centre-ville (familles, jeunes retraités, séniors…) en améliorant la qualité de l'offre de logements et en l'adaptant aux modes de vie actuels. Des actions contre la vacance et la dégradation des immeubles sont également menées. Le périmètre d'action comprend l'hyper-centre et le secteur de la préfecture avec 363 logements à rénover. Pour y parvenir, la Ville d'Épinal, la Région Grand Est, le Département des Vosges, la Communauté d'agglomération d'Épinal[1] et l'État mobilisent plus de 8,1 millions d'euros. Épinal se classe ainsi au 76e rang des communes françaises où il fait bon vivre, en tête dans le département des Vosges et des villes moyennes de la région Grand Est.

Site officiel de la commune d'Épinal, 2025.

1. Regroupement d'Épinal et des communes alentours.

	2010	2015	2021
Nombre d'habitants	32 842	31 938	32 285
Part des logements vacants, en % (*moyenne nationale*)	11,1 (*7,2*)	14,4 (*8*)	13,7 (*8,1*)
Taux de chômage, en % (*moyenne nationale*)	16 (*12,1*)	22,1 (*14,2*)	17 (*12,1*)

Source : Insee, 2025.

3 Des défis toujours importants

Étape 1 Préparer le diagnostic territorial

Le diagnostic territorial est une enquête menée par des spécialistes (géographes, urbanistes, statisticiens...) pour identifier les forces et les faiblesses d'un territoire et y apporter les aides les plus adaptées.

Contextualiser

1. Situez Épinal sur la carte de France.
2. Comment a évolué la population de la ville depuis 2010 (doc. 3) ? Émettez des hypothèses sur les causes de cette évolution.

Pour mesurer des évolutions, évitez de recopier les valeurs brutes et privilégiez des calculs simples (multiplié par..., divisé par..., est x fois plus fort que...).

Sélectionner les informations

3. À l'aide des documents 1 et 2, sélectionnez la (ou les) proposition(s) exacte(s). Justifiez votre réponse.
   - Épinal séduit par son cadre naturel préservé.
   - Les fonctions métropolitaines sont multiples et diversifiées à Épinal.
   - Le programme « Épinal au cœur » porte sur l'amélioration de l'accessibilité du centre-ville par les transports.
   - Épinal est une ville moyenne typique par les services qui s'y trouvent.
   - L'économie industrielle a disparu à Épinal.
   - L'économie d'Épinal est diversifiée et dynamique.
4. Identifiez les acteurs qui se mobilisent pour accroître l'attractivité d'Épinal et listez leurs actions (doc. 1 et 2).
5. À l'aide du site du Musée de l'Image, expliquez dans quelle mesure ce musée participe à l'attractivité de la ville.
6. À l'aide des documents 2 et 3, justifiez l'affirmation : « Malgré la mise en œuvre de mesures pour accroître son attractivité, Épinal reste confrontée à des défis économiques et sociaux importants. »

Musée de l'image
hachette-clic.fr/25hg1084

Étape 2 Réaliser le diagnostic territorial

7. En vous appuyant sur le travail préparatoire, complétez le diagnostic territorial d'Épinal.

Diagnostic territorial d'Épinal	
Localisation	...
Atouts du territoire	- *Fonctions économiques* : ... - *Lieux culturels et scientifiques* : ... - *Attractivité du cadre paysager* : ...
Acteurs du territoire	- *publics* : ... - *privés* : ...
Actions pour dynamiser le territoire	- *Programme* : ... - *Coût* : ... - *Objectifs* : ...
Difficultés	- *économiques* : ... - *sociales* : ...

Fiche de diagnostic territorial
hachette-clic.fr/25hg1085

Conseil

Aidez vous de la fiche méthode n°8 p. 275.
→ Identifier les acteurs en géographie.

8. À l'aide de votre diagnostic territorial, vérifiez la validité des hypothèses émises à la question 2.

Pour conclure

Rédigez une synthèse pour répondre à la question : « Comment Épinal tente-t-elle d'accroître son attractivité ? » Vous montrerez comment la ville met en œuvre des actions pour dynamiser son territoire ; puis vous soulignerez que des difficultés demeurent.

RÉVISIONS

Faire le point

La France : la métropolisation et ses effets

Acteurs

- Collectivités territoriales
- État
- Habitants
- Organismes publics (Agence nationale de la cohésion des territoires)

Vocabulaire et notions

- Cadres des fonctions métropolitaines
- Centre
- Compétitivité territoriale
- Économie résidentielle
- Fonctions de commandement
- Loi MAPTAM
- Macrocéphalie
- Polycentrisme

Chiffres-Clés

- Paris : 31 % du PIB français
- 26,5 % de la population vit sous le seuil de pauvreté à Marseille
- 1 296 quartiers prioritaires de la politique de la ville en France hexagonale (218 en Outre-mer)
- 58,5 % des déplacements en voiture en France hexagonale

Idées essentielles

- Le réseau urbain est dominé par Paris, ville mondiale, et par des métropoles régionales qui tentent de renforcer leur poids et leur attractivité face à la capitale.
- Les villes petites et moyennes assurent les services quotidiens. Certaines sont attractives et profitent de l'économie résidentielle, d'autres, plus fragiles, sont aidées par le programme Action cœur de ville.
- La métropolisation transforme les espaces urbains et accentue les inégalités entre les quartiers, que la politique de la ville tente de réduire.
- Les villes petites et moyennes souhaitent offrir à leurs habitants un cadre de vie agréable et attractif. Cependant, ces objectifs sont conditionnés par l'installation d'activités économiques et le soutien financier de l'Agence nationale de la cohésion des territoires.

Réviser avec des podcasts

Podcast hachette-clic.fr/25hg1086

Flashcards hachette-clic.fr/25hg1087

- **Écoutez les cinq épisodes du podcast puis testez vos connaissances grâce aux flashcards.**

L'ESSENTIEL en 5 minutes

1. Comment le réseau urbain français s'organise-t-il ?
2. Pourquoi les transports jouent-ils un rôle essentiel pour les métropoles ?
3. À quelles inégalités les métropoles sont-elles confrontées ?
4. Quelles sont les politiques mises en œuvre pour répondre aux défis de la métropolisation ?
5. Quels rôles pour les villes petites et moyennes face aux métropoles ?

Mémoriser avec des exercices

Quiz
hachette-clic.fr/25hg1088

Paris, ville mondiale

1 Choisissez-la (ou les) proposition(s) exacte(s) et justifiez votre réponse.

a. Paris est la plus grande métropole française et une ville mondiale majeure.
b. Paris ne dispose pas des réseaux de transport nécessaires pour rayonner en France et dans le monde.
c. Les quartiers d'affaires participent à l'attractivité de Paris.

Les métropoles régionales

2 Définissez les mots suivants.

Compétitivité territoriale | Loi MAPTAM | Cadres des fonctions métropolitaines

3 Complétez le tableau pour identifier les aménagements métropolitains et expliquer leurs effets.

Aménagement(s)	Effets sur la métropole et sa population	Exemples de métropoles concernées
Gare et LGV	- Accessibilité - Venue d'habitants supplémentaires - Gentrification	- ... - ... - ...
...	- ... - ...	- Paris - La Défense - Lille - Euralille
Centre culturel	- ... - ... - ...	- ... - ... - ...
...	- Dynamisme économique	- Les Terrasses du Port, Marseille

Les villes petites et moyennes

4 Nuancez l'affirmation : « Les villes petites et moyennes sont toutes dynamiques. »

5 En vous appuyant sur un exemple précis, expliquez en quoi consiste Action Cœur de Ville et pourquoi ce programme est mené par l'État.

Action Cœur de Ville

Défi en groupe — *Les mots tabous*

15 min de préparation — En trio, sélectionnez dans le chapitre cinq mots-clés et cinq lieux sur la métropolisation en France. Rédigez, pour chacun, une liste de trois mots interdits à prononcer pour l'identifier. Mettez vos fiches en commun avec l'ensemble de la classe.

2 min de réalisation — Affrontez un autre trio. Faites deviner le mot-clé ou le lieu à votre groupe sans prononcer l'un des mots tabous. L'équipe qui parvient à faire deviner le plus de mots en deux minutes remporte la partie.

S'entraîner

• Confronter deux documents pour expliquer une notion

1 Paris, ville mondiale

L'agglomération parisienne demeure en tête des classements nationaux, tant par la population que par le nombre d'emplois ou la contribution au PIB. Cette insertion a bouleversé la structure de l'emploi. Les emplois sont de plus en plus qualifiés à l'échelle de l'Île-de-France avec un tiers de la population active composée de cadres supérieurs et de professions libérales. La métropolisation n'affecte pourtant pas de façon identique l'ensemble de l'agglomération. Les emplois liés aux administrations publiques qui relèvent de la fonction de capitale sont regroupés dans Paris *intra-muros*. La recherche et l'enseignement supérieur se localisent dans les Ve et VIe arrondissements. Les activités liées à la finance (banque, assurance) sont rassemblées dans l'Ouest. Des pôles secondaires émergent dans la périphérie. Par exemple, dans le sud de l'agglomération, le plateau de Saclay est un technopôle de rayonnement international avec une partie de l'université Paris XI et les laboratoires du CNRS, l'École polytechnique... Les entreprises mondiales comme Danone et Thales y ont implanté leur laboratoire.

Magali Reghezza-Zitt, *La France dans ses territoires*, 2024.

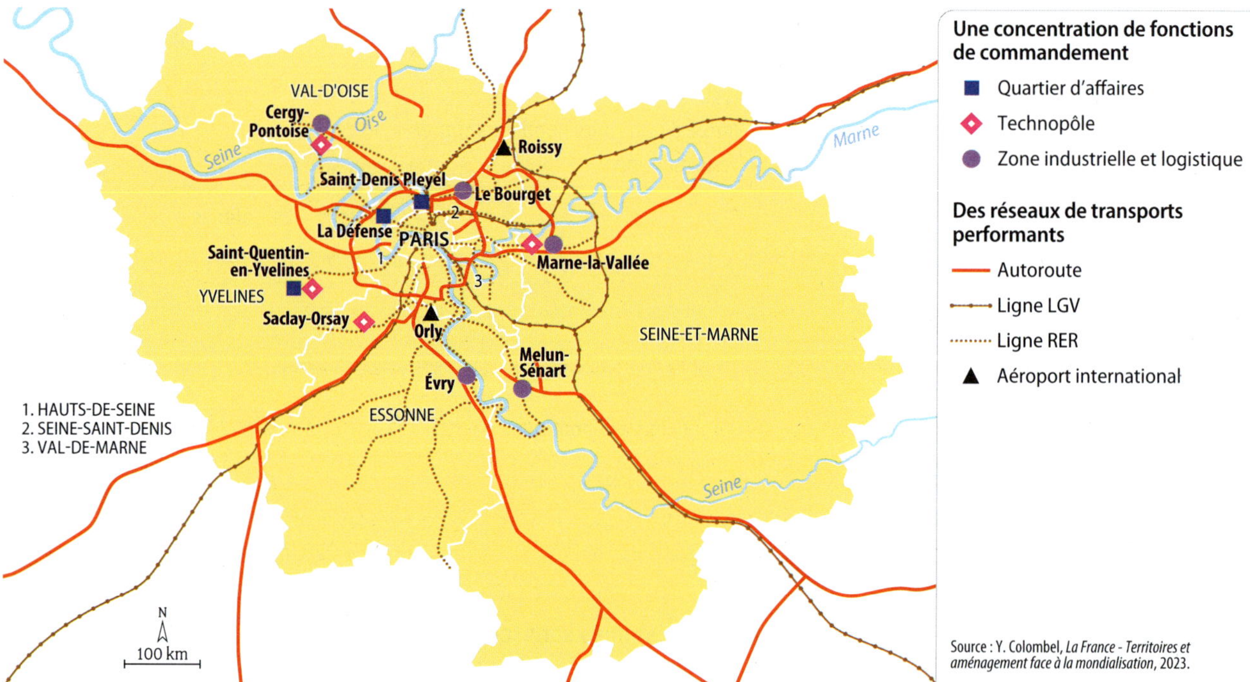

Source : Y. Colombel, *La France - Territoires et aménagement face à la mondialisation*, 2023.

2 Paris, une métropole multipolaire

PALIER 1

Je lis et je comprends les documents

- **Doc. 1 et 2** Présentez l'espace étudié.
- **Doc. 1 et 2** L'échelle d'analyse est-elle locale, nationale ou mondiale ? Justifiez votre réponse.

PALIER 2

Je sélectionne les informations et je confronte les documents

- **Doc. 1 et 2** Énumérez et localisez les fonctions de commandement identifiées dans chaque document.
- **Doc. 1 et 2** Pourquoi peut-on dire que Paris est une métropole multipolaire ?
- **Doc. 1 et 2** Quels sont les effets de la métropolisation sur les emplois et leur répartition au sein de la métropole parisienne ?

PALIER 3

J'explique les documents avec mes connaissances

- **Doc. 1 et 2** Justifiez l'affirmation : « Ces documents illustrent le rayonnement de Paris sur le territoire national et mondial ».
- Quelles autres connaissances pouvez-vous mobiliser pour décrire les effets de la métropolisation sur le territoire français ?

• Analyser et interpréter une carte avec ses connaissances en géographie

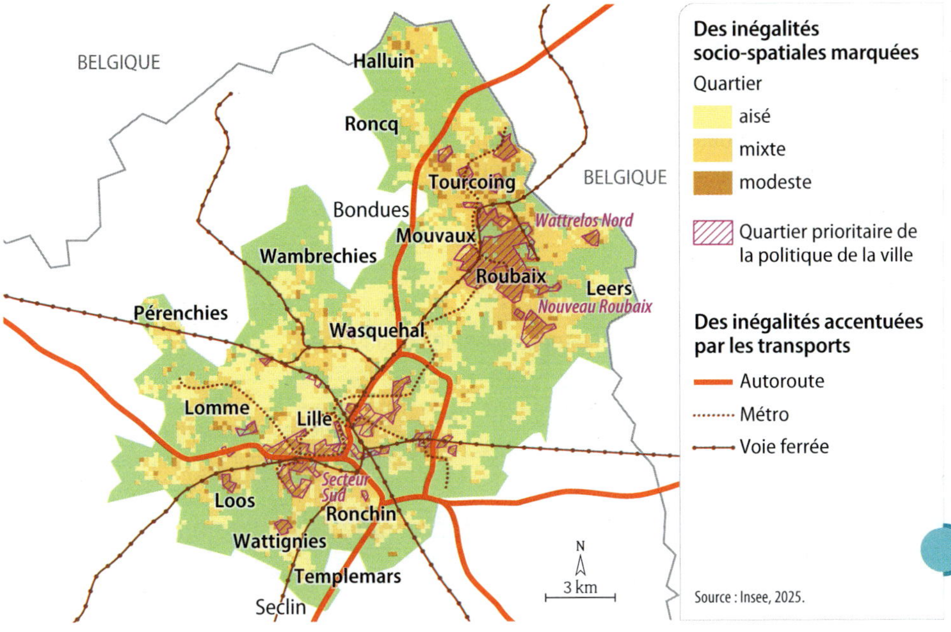

Les inégalités socio-spatiales dans la métropole lilloise

1. Définissez l'expression « inégalités socio-spatiales ».

2. Complétez le tableau afin de décrire les inégalités au sein de la métropole lilloise.

Localisation(s)	Type de quartier	Mobilité des habitants
...	*Aisé*	*Moyens de transport divers et nombreux*
...	*Mixte*	...
Roubaix, Wattignies	...	*Offre de transport limitée*
...	*Quartier prioritaire de la politique de la ville*	...

3. Sélectionnez dans le cours les mots de vocabulaire et les notions utiles pour analyser la carte.

4. À l'aide du site de la métropole lilloise, identifiez des actions menées par l'État dans les quartiers prioritaires de la politique de la ville.

site Internet
hachette-clic.fr/25hg1089

5. En analysant le document et grâce à vos réponses, vous montrerez comment se manifestent les inégalités socio-spatiales dans la métropole de Lille et la façon dont l'État intervient dans les quartiers les plus modestes.

Pour aller plus loin

À VISITER EN LIGNE

■ Le site Internet *Envies de ville* donne chaque semaine la parole à des spécialistes autour d'un enjeu central lié à l'aménagement et à l'avenir de la ville : la lutte contre le bruit, le vélo en ville…

À VOIR

■ Avec France 24, découvrez les effets et héritages des Jeux olympiques 2024 pour le développement économique, l'aménagement urbain et les entreprises parisiens.

MÉTIER DE GÉOGRAPHE

■ **L'urbaniste** est l'architecte de nos villes. Il conçoit ou réhabilite nos quartiers pour un meilleur vivre-ensemble, en s'appuyant sur les plans d'urbanisme, de mobilité ou encore de sauvegarde du patrimoine.

La fiche métier de l'Onisep
hachette-clic.fr/25hg1090

MÉTHODE BAC Répondre à une question problématisée

Sujet corrigé : Comment le processus de métropolisation modifie-t-il la hiérarchie des villes en France ?

Objectif Mobiliser des exemples précis et rédiger des paragraphes

Votre réponse pourra analyser comment la métropolisation accentue le poids majeur de Paris, renforce celui des métropoles régionales et dynamise inégalement les villes petites et moyennes.

Étape 1 Comprendre la question et identifier les mots-clés

1. Lisez plusieurs fois la question et la consigne puis expliquez les mots-clés de la question à l'aide de vos connaissances.

Comment le processus de **métropolisation** modifie-t-il la **hiérarchie des villes en France** ?

- Comment : Expliquer les causes et les manifestations d'un phénomène géographique.
- métropolisation : Processus de concentration croissante des richesses, des fonctions de commandement et des populations dans de grandes villes.
- hiérarchie des villes : Classement des villes selon leur rayonnement et leur poids démographique.
- en France : Ne pas oublier de mobiliser des exemples dans les territoires ultramarins.

2. Expliquez la réponse à développer en une ou deux phrases.

Le poids de Paris est toujours prédominant et les métropoles régionales s'affirment grâce à leurs fonctions et leur croissance démographique. Les villes petites et moyennes profitent différemment de la métropolisation du territoire.

Étape 2 Mobiliser des connaissances et des exemples précis

3. Listez au brouillon les connaissances pour répondre à la question et associez chaque connaissance à un exemple précis.

	Arguments	Exemples
Partie I Le poids prédominant de Paris	– Fonctions de commandement économiques et politiques. – Fonctions culturelles et équipements logistiques.	=> Quartier de la Défense, Élysée. => Jeux olympiques de 2024, aéroport de Roissy-Charles-de-Gaulle.

Un exemple est une illustration concrète et précise d'un argument. Il permet d'expliquer le propos en se référant à un cas particulier (un territoire, un acteur, un chiffre...).

Étape 3 Rédiger des paragraphes

4. Rédigez un paragraphe en développant un exemple précis et en utilisant des connecteurs logiques.

Tout d'abord, Paris continue d'avoir un poids prédominant et reste à la tête des métropoles françaises grâce à ses fonctions de commandement majeures. En effet, les fonctions économiques et financières sont concentrées notamment dans le quartier de la Défense, qui compte de nombreux sièges sociaux de FTN. En outre, les fonctions politiques sont le fait des institutions nationales (palais de l'Élysée, Assemblée nationale, Sénat, ministères...) et internationales (siège de l'Unesco).

Un paragraphe se compose d'un argument expliqué et illustré par un ou plusieurs exemples.

Les connecteurs logiques sont des mots permettant d'établir une relation entre les phrases d'un paragraphe. Ils jouent un rôle essentiel dans la construction de l'argumentation.

→ Voir fiche méthode 11 p. 280-281

Sujet guidé : Comment la métropolisation modifie-t-elle les territoires urbains ?

En vous appuyant sur un ou plusieurs exemples, vous montrerez que les métropoles concentrent les populations et les activités et que les contrastes entre leurs territoires s'accentuent en France.

Étape 1 Comprendre la question et identifier les mots-clés

1. Analysez le sujet.

Quels sont le poids démographique et les activités des métropoles ? → **métropolisation**

Identifiez leurs différentes fonctions : économique, résidentielle, de loisirs... → **territoires urbains**

Comment la métropolisation modifie-t-elle les territoires urbains ?

2. À l'aide de la question 1, rédigez une à deux phrases pour expliquer la réponse à développer.

Étape 2 Mobiliser des connaissances et des exemples précis

3. Sélectionnez les deux arguments les plus appropriés dans chaque partie.
4. Associez un exemple à chaque argument. Justifiez votre choix.

	Arguments à sélectionner	Exemples à sélectionner
Partie 1 Les métropoles concentrent les populations et les activités.	*- L'attractivité des métropoles s'explique par leur dynamisme économique.* *- Les villes moyennes et petites sont des relais et des intermédiaires entre métropoles.* *- Les métropoles se caractérisent par la concentration de fonctions de commandement.*	*- Quartier d'affaires Euralille à Lille.* *- 1,6 million d'habitants dans la métropole d'Aix-Marseille.* *- Agen, ville intermédiaire entre Toulouse et Bordeaux.*
Partie 2 Les contrastes entre leurs territoires s'accentuent.	*- La macrocéphalie urbaine place l'agglomération parisienne à la tête des métropoles françaises.* *- Les métropoles accueillent des quartiers prioritaires de la politique de la ville.* *- Le centre-ville des métropoles se transforme par la gentrification.*	*- Ancien quartier ouvrier de la Croix-Rousse à Lyon.* *- 26,5 % de la population marseillaise sous le seuil de la pauvreté.* *- Paris, première métropole française et ville mondiale.*

Étape 3 Rédiger des paragraphes

5. Quelle proposition vous semble la plus pertinente pour la rédaction du premier argument de la partie 1 ? Justifiez votre réponse en repérant l'argument, l'explication, l'exemple et les connecteurs logiques.

Proposition 1 : *Tout d'abord, l'attractivité des métropoles s'explique par leur dynamisme économique. En effet, la diversité de leurs activités permet la création de nombreux emplois. C'est le cas notamment de la métropole Aix-Marseille qui compte 1,6 million d'habitants grâce aux emplois dans la recherche, le tertiaire supérieur et les fonctions administratives.*
Proposition 2 : *Les métropoles attirent de nombreux habitants en raison de la diversité de leurs activités. Cette concentration de populations et d'activités fait des métropoles des lieux de vie et de travail comme Bordeaux.*

6. Rédigez le deuxième argument de la partie 1 grâce à vos réponses aux questions 3 et 4.
7. Au choix, rédigez un des arguments de la partie 2 de la réponse.

[Argument] : Ensuite, ...
[Explication] : ....
[Exemple] : ....

MÉTHODE BAC Transposer un texte en croquis

Sujet guidé : Les dynamiques du réseau urbain en France hexagonale et ultramarine

Objectif Sélectionner des informations et organiser la légende

À partir du texte, vous construirez un croquis correspondant au sujet : « Les dynamiques du réseau urbain en France hexagonale et ultramarine », accompagné d'une légende organisée. Vous utiliserez le fond de carte fourni.

Premier paragraphe

Le réseau urbain français est hiérarchisé. Paris, avec plus de 7 millions d'habitants, surclasse les autres métropoles du territoire. En effet, Lille, Lyon et Marseille comptent 1 à 2 millions d'habitants, tandis que Montpellier, Nice, Rouen, Strasbourg, Nantes, Bordeaux et Toulouse accueillent 500 000 à 1 million d'habitants. Les autres métropoles, comme Rennes, Metz ou Clermont-Ferrand, comprennent moins de 500 000 habitants. Partout ailleurs, en France hexagonale et ultramarine, le territoire est recouvert d'espaces ruraux et de villes petites et moyennes de moins de 200 000 habitants, telles Saint-Denis (La Réunion) et ses 155 000 habitants, Fort-de-France en Martinique (75 000 habitants) ou encore Cayenne en Guyane (63 000 habitants).

Deuxième paragraphe

De nombreuses dynamiques métropolitaines affectent le réseau urbain. Paris reste la seule ville mondiale grâce à ses fonctions de commandement exceptionnelles. Elle accueille les aéroports internationaux (Orly et Roissy-Charles-de-Gaulle), les universités ou encore les technopôles, tel le plateau de Saclay au sud-ouest de Paris. Les métropoles connaissent un rayonnement différent. Si Lille, Strasbourg, Lyon et Toulouse sont des métropoles européennes, les autres restent des métropoles régionales. Toutes sont connectées à la capitale par les réseaux de transport (autoroutes, LGV…), mais leur dynamisme démographique et économique est différencié.

Troisième paragraphe

Face à cela, les villes petites et moyennes connaissent des évolutions contrastées. En Île-de-France, elles connaissent une forte croissance démographique tandis que celles du littoral méditerranéen et atlantique profitent de l'essor de l'économie résidentielle. À l'inverse, des villes petites et moyennes de la « France des faibles densités », des Ardennes aux Pyrénées, souffrent de la désindustrialisation et du départ d'une partie des populations.

D'après Magali Reghezza-Zitt, *La France dans ses territoires*, 2024.

Étape 1 Lire et comprendre la consigne et le texte

1. Identifiez le thème étudié et l'échelle d'analyse à l'aide de la consigne.

2. Définissez les mots-clés de la consigne et du texte :

Réseau urbain | Métropole | Ville mondiale | Villes petites et moyennes

Étape 2 Sélectionner des informations et organiser la légende

3. Dans chaque paragraphe, sélectionnez les informations essentielles et les localisations associées en suivant le modèle de la première ligne.

4. Recopiez le tableau et complétez-le avec les éléments sélectionnés.

Ce tableau, réalisé au brouillon, permet de construire la légende du croquis. Il convient de ne pas excéder le nombre de six informations par paragraphe.

	Informations sélectionnées dans le texte	Localisations sélectionnées dans le texte
Premier paragraphe	– *Plus de 7 millions d'habitants* – *1 à 2 millions d'habitants* – …	– *Paris* – *Lille, Lyon, Marseille* – …
Deuxième paragraphe	– … – *Aéroport international* – … – *Dynamisme démographique*	– … – *Orly et Roissy-Charles-de-Gaulle* – …
Troisième paragraphe	– … – …	– *Île-de-France* – …

➔ Voir fiche méthode 12 p. 282-283

5. À l'aide de ce tableau, rédigez une phrase présentant le thème principal de chaque partie.

6. Expliquez pourquoi les titres de la légende A sont les plus adaptés.

Un croquis s'accompagne obligatoirement d'une légende organisée en deux ou trois parties. Chaque partie de la légende correspond à un paragraphe du texte et est identifiée par un titre.

Légende A
1. Un réseau urbain hiérarchisé
2. Des dynamiques métropolitaines
3. Des facteurs d'évolution des villes petites et moyennes

Légende B
1. Un réseau urbain hiérarchisé
2. Les fonctions de commandement de Paris
3. La croissance des villes petites et moyennes

Étape 3 Choisir les figurés

Conseil

Aidez-vous du mémento cartographique à la fin de votre manuel.

7. Sélectionnez la meilleure proposition pour la première partie de la légende. Justifiez votre choix.

Proposition A
1. Un réseau urbain hiérarchisé
Nombre d'habitants
○ *7 millions*
○ *1 à 2 millions*
○ *500 000 à 1 million*
○ *moins de 500 000*
Villes petites et moyennes et espaces ruraux

Proposition B
1. Un réseau urbain hiérarchisé
Nombre d'habitants
● *7 millions*
● *1 à 2 millions*
● *500 000 à 1 million*
● *moins de 500 000*
Villes petites et moyennes et espaces ruraux

Proposition C
1. Un réseau urbain hiérarchisé
Nombre d'habitants
7 millions
1 à 2 millions
500 000 à 1 million
moins de 500 000
Villes petites et moyennes et espaces ruraux

8. Complétez les parties 2 et 3 de la légende en choisissant les figurés les plus adaptés.

Étape 4 Réaliser le croquis

Fond de carte
hachette-clic.fr/25hg1091

9. En vous aidant du fond de carte, réalisez le croquis et complétez la légende.

Titre : ***Les dynamiques du réseau urbain en France hexagonale et ultramarine***

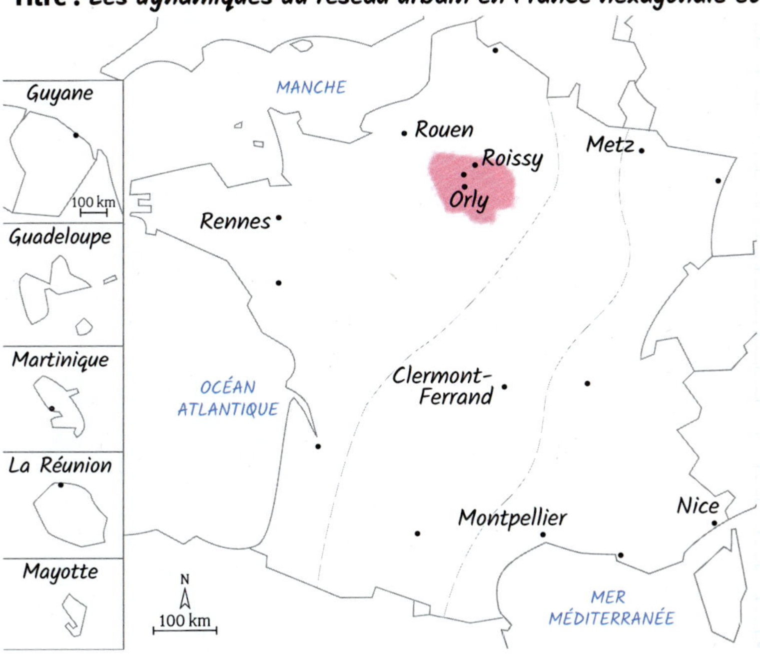

1. Un réseau urbain hiérarchisé
Nombre d'habitants
...... *7 millions*
...... *1 à 2 millions*
...... *500 000 à 1 million*
...... *Moins de 500 000*
...... *Villes petites et moyennes et espaces ruraux*

2. Des dynamiques métropolitaines
....
...... *Aéroport international*
....
....
....
....

3. Des facteurs d'évolution des villes petites et moyennes
....
...... *Économie résidentielle dominante*
....

Une raffinerie de pétrole au Canada

L'Alberta, riche en pétrole, abrite un gisement de sables bitumeux aussi vaste que la Grèce et exploité par des firmes transnationales qui créent revenus et emplois. Cependant les effets de cette exploitation (pollution des eaux, rejets de gaz à effet de serre) sont dénoncés par les partisans de la protection de l'environnement.

THÈME 2

Une diversification des espaces et des acteurs de la production

CHAPITRE 3 Une diversification des espaces et des acteurs de la production dans le monde

COURS 1 Les progrès des transports, la révolution numérique et l'émergence de l'Asie modifient la production mondiale et sa géographie.

> **Comment s'organisent les espaces productifs spécialisés dans la fabrication de biens ou de services ?**

COURS 2 Les flux de marchandises, de capitaux et de main-d'œuvre se multiplient entre les espaces productifs les plus dynamiques.

> **Pourquoi les flux croissants entre les espaces productifs sont-ils concentrés dans les métropoles et sur les littoraux ?**

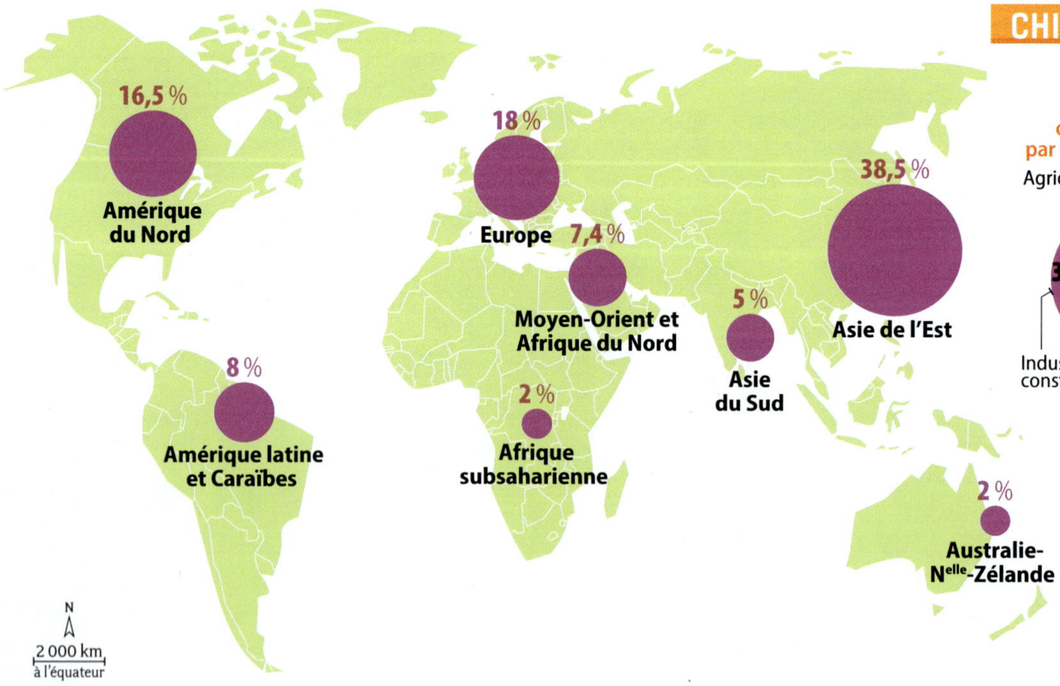

CHIFFRES-CLÉS

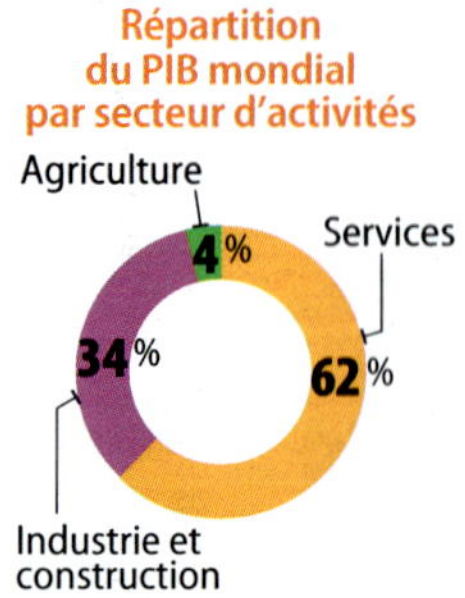

Source : Banque mondiale, 2025.

1 La répartition du PIB industriel dans le monde

QUESTIONS

1. **Doc. 1** Présentez le poids et la répartition géographique de l'industrie dans le monde.
2. **Doc. 2** Montrez comment l'activité industrielle transforme les espaces en Chine et fait émerger de nouveaux acteurs.

2 **Des voitures électriques destinées à l'exportation vers l'Europe dans le port de Yantai (Chine)**

Depuis les années 2000, l'industrie est le moteur du développement chinois et de la transformation de ses territoires. Des entreprises performantes s'y développent, à l'image de BYD, leader mondial des voitures électriques.

1 Les espaces des industries aéronautique et aérospatiale européennes

De l'avion aux satellites en passant par les fusées, l'industrie aéronautique et spatiale européenne excelle dans les domaines civil et militaire. Portée par Airbus et ArianeGroup, elle forme un réseau d'acteurs et d'espaces productifs de haute technologie répartis dans plusieurs pays d'Europe.

A Comment les espaces productifs de l'aéronautique et de l'aérospatiale européens sont-ils organisés ?

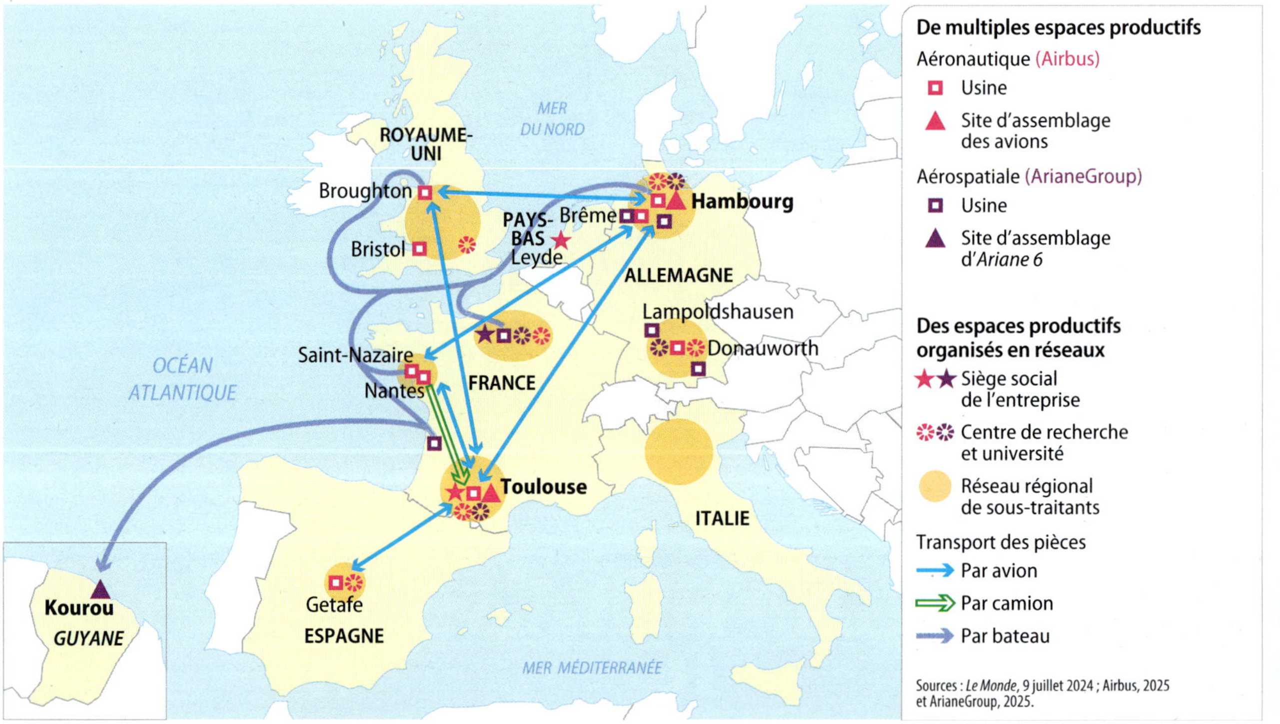

1 L'organisation des espaces productifs d'Airbus et d'ArianeGroup en Europe

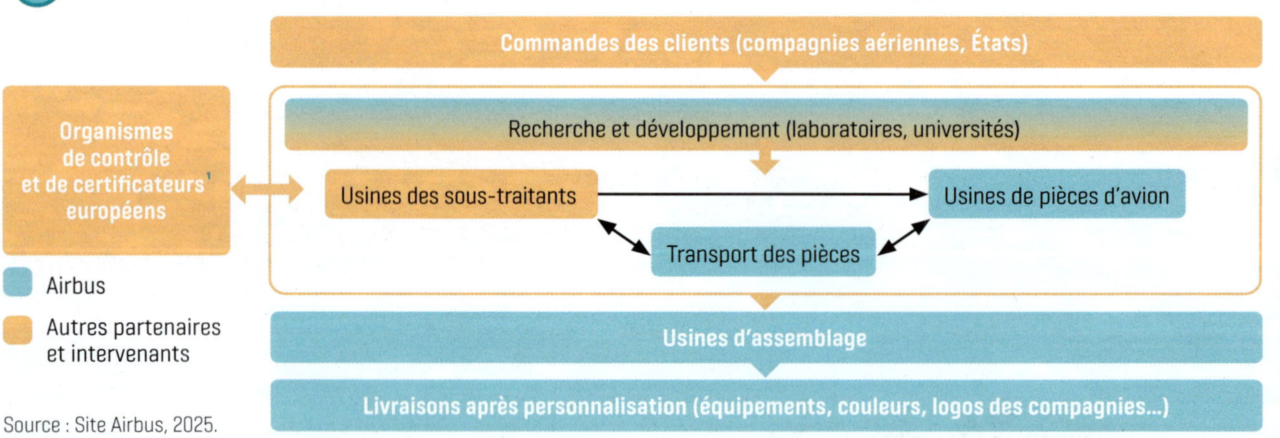

Source : Site Airbus, 2025.

2 Des acteurs organisés en réseau autour d'Airbus

1. Par exemple, l'agence européenne certifie la sécurité et la protection de l'environnement dans le transport aérien européen.

3 L'usine d'assemblage des avions Airbus à Hambourg (Allemagne)

Source : Google Earth, 10 mai 2024.

1. Vers la mer du Nord
2. Réseau fluvial de l'Elbe
3. Quai de débarquement des pièces d'avion
4. Hall d'assemblage des avions
5. Aire de stationnement des avions avant livraison
6. Piste

▶ **Vidéo**
Fabrication de Airbus A321XLR à Hambourg
Source : M6, septembre 2024
hachette-clic.fr/25hg1092

4 Le rôle moteur du programme spatial européen

À 17 h 06, un peu plus d'une heure après le décollage, la première série de satellites embarqués sur *Ariane 6* a quitté l'étage supérieur de la fusée pour rejoindre une orbite à 600 km de la Terre. Des satellites et des expériences développés par diverses agences spatiales, entreprises, instituts de recherche, universités et jeunes professionnels figurent parmi les passagers de ce premier vol. À l'occasion du lancement, Philippe Baptiste, président-directeur général du CNES (Centre national d'études spatiales) a déclaré : « Ce premier lancement réussi d'*Ariane 6* redonne enfin à l'Europe sa capacité d'accès à l'espace. Aussi intense que soit mon émotion en cet instant, je pense d'abord à toutes les équipes qui, à Kourou, Paris, Vernon, Les Mureaux, Toulouse, Brême, Lampoldshausen, Liège, Barcelone, Collefero, Zurich et ailleurs en Europe, ont contribué à ce succès. Je tiens à exprimer toute ma gratitude aux membres du personnel du CNES, de l'ESA (Agence spatiale européenne), d'ArianeGroup, d'Arianespace et de nos sous-traitants pour l'engagement dont ils ont fait preuve, L'Europe peut être fière de son programme spatial. »

Site Internet de l'ESA (Agence spatiale européenne), 9 juillet 2024.

PARCOURS 1

Mettre en perspective une situation géographique

1. **Doc. 1 et 4** Dans quels pays européens sont situés les principaux espaces productifs de l'aéronautique et de l'aérospatial ?
2. **Doc. 1 et 3** À partir d'exemples précis, montrez quels moyens de transport assurent la connexion entre les espaces productifs.
3. **Doc. 2 et 3** Comment Airbus organise-t-elle l'assemblage de ses avions ?
4. **Doc. 2 et 4** Montrez que des acteurs différents sont mobilisés à chaque étape de la conception, de la fabrication à la commercialisation des avions ou des satellites.

BILAN Rédigez une synthèse qui montre que les industries aéronautique et aérospatiale européennes sont organisées par de multiples acteurs en espaces productifs connectés les uns aux autres.

PARCOURS 2

Rédiger un texte argumenté

Le 19 juillet 2024, le régulateur aérien européen a autorisé l'Airbus A321XLR à voler. Fort de ce succès, rédigez le communiqué de presse d'Airbus présentant les étapes et les acteurs de la production de cet avion à l'aide des **documents 1, 2 et 3**.

Pas à pas
- Présentez les principaux clients.
- Décrivez les lieux et les acteurs de la conception des avions.
- Expliquez comment Airbus organise ses espaces de production.

B Comment ces espaces productifs s'adaptent-ils aux nouveaux enjeux de leurs secteurs ?

5 Les stratégies d'adaptation d'Airbus à la concurrence internationale

Le groupe aéronautique Airbus inaugure ce lundi 10 juillet, dans son usine de Toulouse, une nouvelle ligne d'assemblage d'avions moyen-courriers A320. Ils viendront s'ajouter aux appareils déjà fabriqués à Hambourg (en Allemagne), à Tianjin (en Chine) et à Mobile (aux États-Unis). Elle doit permettre de monter en cadence pour produire cet appareil qui rencontre un grand succès commercial. L'A320 a en effet enregistré une pluie de commandes lors du dernier Salon du Bourget[1]. Cinq cents unités ont été commandées par l'indien IndiGo – un record –, mais aussi 120 appareils par la compagnie *low cost*[2] saoudienne Flynas et 90 par les Mexicains de Viva Aerobus. Depuis le début de l'année 2023, Airbus a reçu 888 commandes pour son best-seller. Le groupe s'efforce donc d'augmenter sa cadence de production. Pour honorer ses commandes, c'est toute une filière qu'Airbus doit relancer. Et la principale difficulté est de retrouver de la main-d'œuvre. Le défi est encore plus grand chez les sous-traitants.

La Croix, 10 juillet 2023.

1. Salon international de l'aéronautique et de l'espace qui a lieu tous les ans près de Paris.
2. À bas coût.

▶ Vidéo
Airbus : la réussite de toute une région
Source : TF1 Info, 18 avril 2024.
hachette-clic.fr/25hg1093

6 Un transport maritime moins polluant

Le *Canopée* utilise à la fois un moteur thermique et le vent pour le transport des pièces de la fusée *Ariane 6* de Bordeaux à Kourou, son site de lancement en Guyane. Il témoigne de la volonté de réduire l'empreinte carbone de l'industrie aérospatiale.

2023	Nombre de lancements de fusées	Nombre de satellites mis en orbite
États-Unis	109	2 517
Chine	66	213
Russie	19	77
Inde	7	52
Union européenne	3	15

Sources : Cité de l'espace et CNES, 2025.

7 Une compétition entre grandes puissances

PARCOURS 1

Comprendre et mettre en relation des documents

1. **Doc. 5 et 7** Quels éléments prouvent que la demande dans l'industrie aéronautique et aérospatiale augmente mais que la concurrence y est forte ?
2. **Doc. 5 et vidéo** Comment Airbus répond-elle à cette double évolution ? Quelles difficultés demeurent ?
3. **Doc. 6** Comment ArianeGroup s'adapte-t-elle aux enjeux environnementaux du transport ?

PARCOURS 2

Réaliser un tableau de synthèse

À l'aide des **documents 5 à 7**, complétez le tableau pour comprendre les stratégies d'adaptation des deux entreprises face aux nouveaux enjeux de leurs activités.

	Airbus	ArianeGroup
Doc. 5, 6 et 7 Quels enjeux ?		
Doc. 5 et 6 Quelles évolutions de la production ?		
Doc. 5 et 6 Quelles solutions ?		

Faire le bilan

Bilan à compléter
hachette-clic.fr/25hg1094

Les espaces des industries aéronautique et aérospatiale européennes

Des espaces productifs spécialisés organisés à l'échelle de l'Europe

Des entreprises spécialisées
- ....
- ....

+

D'autres acteurs
- ....
- ....

Des espaces productifs multiples
- ....
- ....
- ....
- ....

Des espaces productifs et des acteurs connectés
- ....
- ....
- ....

Des adaptations pour rester innovant et compétitif

Des enjeux
- ....
- ....
- ....

Des mesures
- ....
- ....

Et ailleurs ?

1. Comment qualifier la place d'Airbus parmi les entreprises de l'aérospatiale (rang, spécialisation) ?
2. Quels pays dominent le secteur aérospatial dans le monde ? Justifiez votre réponse.

Rang mondial	Nom	Pays	Chiffre d'affaires en milliards de dollars, en 2023	Spécialisation
1	Boeing	États-Unis	77 794 000	civil et militaire
2	Raytheon Technologies		68 920 000	militaire
3	Lockheed Martin		67 571 000	
4	Airbus	Union européenne	65 446 000	civil et militaire
5	TransDigm	États-Unis	60 585 000	militaire
6	GE Aerospace		58 382 841	civil et militaire
7	Northrop Grumman		39 290 000	militaire
8	Honeywell		36 662 000	
9	Safran	France	23 651 000	
10	Rolls-Royce	Royaume-Uni	18 991 337	civil et militaire

Sources : Companiesmarketcap, sites des entreprises, 2025.

Les 10 premières entreprises de l'aérospatiale

ÉTUDE DE CAS 2

SINGAPOUR

Singapour : l'articulation de la finance, de la production et des flux

Cité-État à la superficie réduite, Singapour tire parti de sa situation exceptionnelle en Asie pour développer ses espaces productifs centrés sur la gestion des flux et la production de biens. Son port, son aéroport et son centre financier sont ainsi parmi les premiers au monde pour le trafic de marchandises, de passagers et de capitaux.

A Sur quels espaces productifs la puissance économique de Singapour repose-t-elle ?

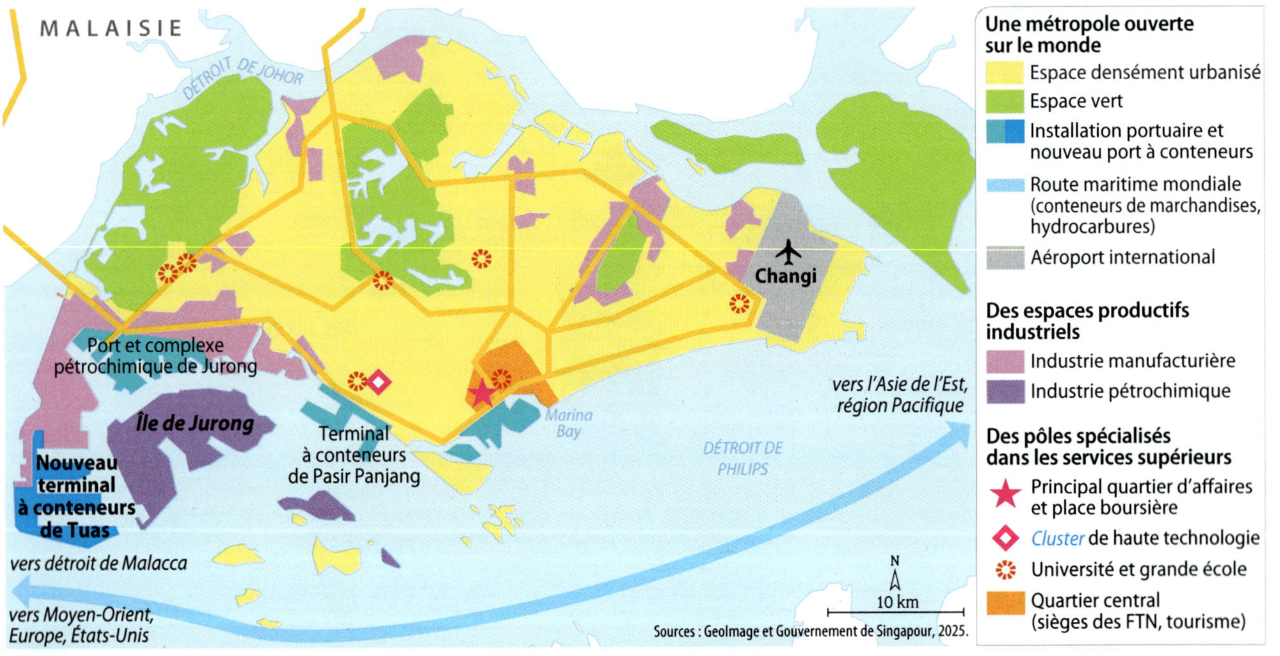

1 Des espaces productifs spécialisés

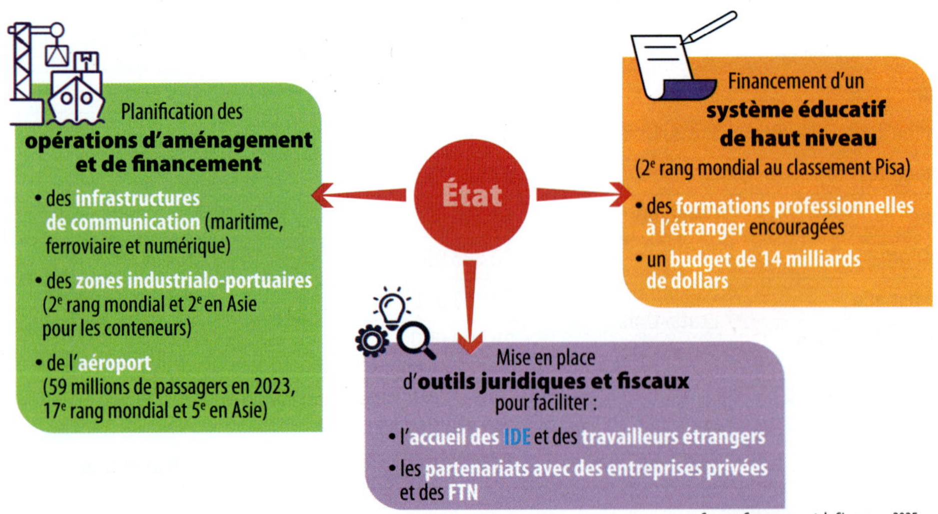

Source : Gouvernement de Singapour, 2025.

2 L'État, un acteur au cœur du fonctionnement des espaces productifs

VOCABULAIRE

- ***Cluster* :** regroupement d'entreprises spécialisées dans un même secteur d'activité et fonctionnant en réseau.
- **IDE (investissement direct à l'étranger) :** investissement réalisé par une entreprise à l'étranger pour acquérir une entreprise existante ou en créer une nouvelle.

3 Singapour, premier marché financier d'Asie pour les monnaies

Singapour se distingue par l'importance de son marché des changes, le Forex[1], premier en Asie et troisième au monde, derrière Londres et New York. Entre 2019 et 2022, le volume quotidien de transactions a crû significativement (+ 45 %), pour atteindre 929 milliards de dollars. Plusieurs atouts font de la cité-État une place incontournable de l'activité du Forex. D'abord, son alignement stratégique dans les fuseaux horaires asiatiques permet de combler le vide horaire entre la clôture des marchés américains et l'ouverture des marchés européens – c'est d'ailleurs l'une des raisons de l'implantation d'une salle des marchés de la Banque de France en 2019. Ensuite, Singapour se distingue par son attractivité fiscale (absence d'impôt sur certains échanges financiers) et la qualité de son climat d'affaires. Un autre atout est la sophistication de son offre de produits financiers, notamment sur des devises partiellement convertibles comme le yuan[2]. Enfin, la connectivité y est très bonne – meilleure bande-passante de la région selon Speedtest, et une offre attractive en matière de centres de données et services Cloud.

Direction générale du Trésor France, synthèse sur Singapour, 2024.

1. Marché financier où s'échangent les monnaies de différents pays.
2. Monnaie chinoise.

4 Le centre d'innovation de Hyundai sur les mobilités

L'entreprise sud-coréenne Hyundai produit des véhicules électriques, dont un robotaxi autonome. Ce centre de recherche qui dispose de panneaux solaires et d'une piste d'essai de 620 mètres sur son toit est étroitement associé aux universités et au *cluster* des hautes technologies de Singapour.

PARCOURS 1

Comprendre et mettre en relation des documents

1. **Doc. 1** Quels sont les différents types d'espaces productifs localisés à Singapour ?
2. **Doc. 2 et 3** Expliquez pourquoi Singapour est si attractive dans les secteurs des hautes technologies et des marchés monétaires.
3. **Doc. 2** Montrez que l'État est un acteur majeur de l'économie de Singapour.
4. **Doc. 1, 2 et 4** Pourquoi l'État et la FTN Hyundai ont-ils un intérêt mutuel à localiser le centre de recherche à Singapour ?

BILAN Rédigez une synthèse qui présente les espaces productifs de Singapour, sa place dans la finance mondiale et les acteurs qui participent à sa puissance économique.

PARCOURS 2

Rédiger un texte argumentatif

Le site Internet du ministère des Affaires étrangères français qualifie la cité-État de Singapour de « petit territoire positionné en carrefour commercial et financier pour l'Asie ».
À l'aide des documents, expliquez cette affirmation en présentant la spécialisation des espaces productifs de Singapour.
Utilisez les mots-clés : *IDE, zone industrialo-portuaire, hautes technologies, État aménageur, innovation, place boursière, FTN.*

B Comment la cité-État adapte-t-elle ses espaces productifs à la concurrence internationale ?

5 Le nouveau terminal à conteneurs de Tuas

Ce nouveau terminal est doté de grues et de véhicules électriques entièrement automatisés et gérés depuis un centre de contrôle. D'ici 2040, le trafic portuaire pourrait ainsi augmenter de 50 %.

6 Singapour au cœur de la stratégie d'innovation de l'entreprise Dyson

Il est à noter que Singapour, où se trouve le siège mondial de Dyson, a été choisi pour accueillir sa première usine de fabrication de batteries de nouvelle technologie. Le bâtiment pleinement opérationnel en 2025 produira des cellules de batteries Dyson dotées d'une technologie exclusive pour les produits Dyson nouvellement développés. Il s'agit de l'investissement le plus important de l'histoire de Dyson dans le domaine de la fabrication de pointe. Il est de la taille de 53 terrains de basket-ball. La nouvelle usine ultramoderne de Dyson est située à Tuas, à l'ouest de Singapour. Selon Roland Krueger, directeur général de Dyson : « Notre expansion à Singapour dans le domaine de la fabrication de pointe permettra à Dyson de mettre sur le marché une technologie de batterie entièrement nouvelle. Les ingénieurs et les scientifiques hautement qualifiés de Singapour, ainsi que le gouvernement favorable à la fabrication de l'industrie 4.0, en font l'endroit idéal pour une entreprise de haute technologie telle que Dyson. »

Site Internet de Team France export, juillet 2023.

▶ Vidéo
Changi, l'aéroport du futur
Source : RTBF, 4 mai 2024.
hachette-clic.fr/25hg1095

7 L'aéroport de Changi, hub aéroportuaire et centre de loisirs

Régulièrement élu meilleur aéroport du monde, Changi est à la fois le hub aérien majeur de l'Asie du Sud-Est et un territoire du tourisme mondialisé, grâce à son architecture exceptionnelle et ses loisirs (parc forestier, piscine, acrobranches...).

VOCABULAIRE

Hub : pôle de redistribution des hommes et des marchandises.

PARCOURS 1

Confronter des documents

1. **Doc. 5 et 6.** Pourquoi l'entreprise Dyson a-t-elle choisi d'implanter sa nouvelle usine de production de batteries à Tuas ?
2. **Doc. 5 et 7** Comment Singapour s'adapte-t-elle à la concurrence internationale dans le secteur des transports ?
3. **Doc 5, 6 et 7** Quels flux Singapour cherche-t-elle à attirer et à redistribuer à l'échelle mondiale ?

PARCOURS 2

Réaliser une présentation orale

En binôme et à partir des documents, préparez une présentation orale pour montrer comment Singapour a fait de l'innovation et de la maîtrise des flux des facteurs essentiels de sa compétitivité.
- Le premier élève présente les innovations qui renforcent l'attractivité de Singapour.
- Le deuxième montre comment Singapour cherche à s'intégrer davantage dans les flux de la mondialisation.

Faire le bilan

Bilan à compléter
hachette-clic.fr/25hg1096

Singapour : l'articulation de la finance, de la production et des flux

Des flux qui structurent des espaces productifs diversifiés

Des espaces spécialisés selon les flux

- ....
- ....
- ....
- ....

Le rôle essentiel de l'État

- ....
- ....
- ....

\+

S'adapter pour rester compétitif et attractif

Moderniser les réseaux de transport

- ....
- ....

Développer les hautes technologies

- ....
- ....

Et ailleurs ?

1. Classez par ordre décroissant les trois régions qui émettent le plus d'IDE.
2. Justifiez l'affirmation : « l'Asie est très attractive pour les IDE mondiaux ».

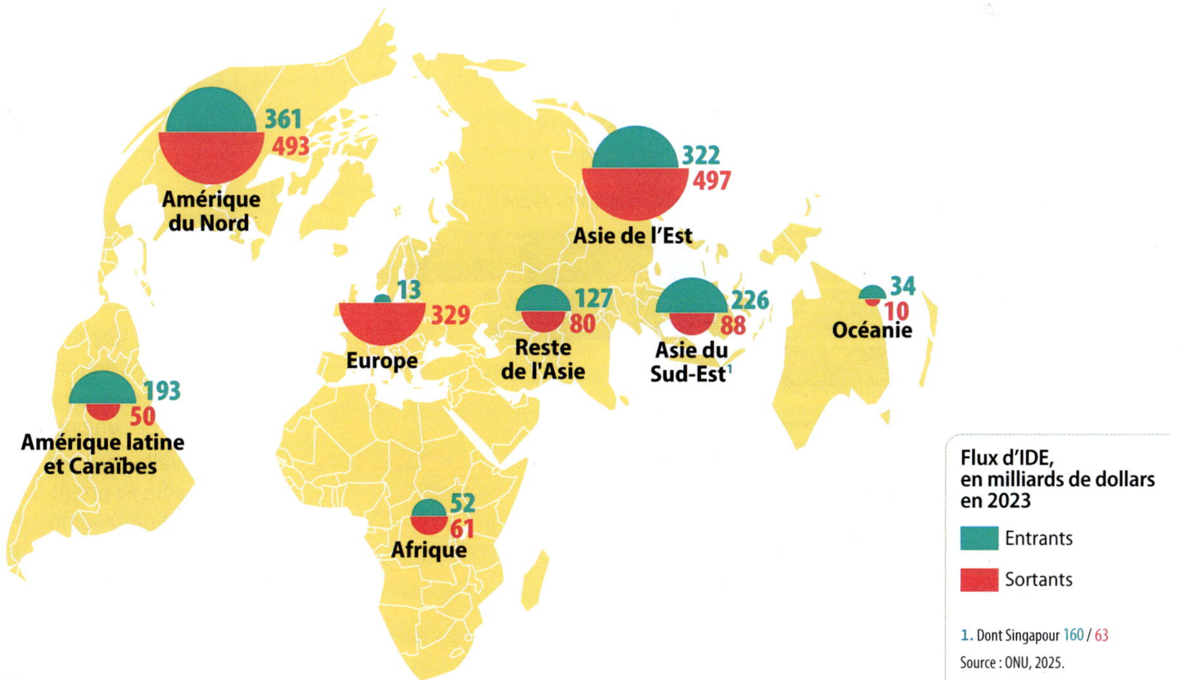

La répartition des IDE dans le monde

ÉTUDE DE CAS 3

Les investissements chinois en Afrique

Depuis 2009, la Chine est le premier partenaire commercial de l'Afrique. Elle concentre ses investissements dans les espaces productifs associés aux mines, aux énergies et aux transports, assurant ainsi son propre approvisionnement en matières premières. D'autres secteurs économiques jugés prioritaires par les États africains en bénéficient également.

A Quels espaces productifs sont au cœur de la stratégie chinoise d'investissements en Afrique ?

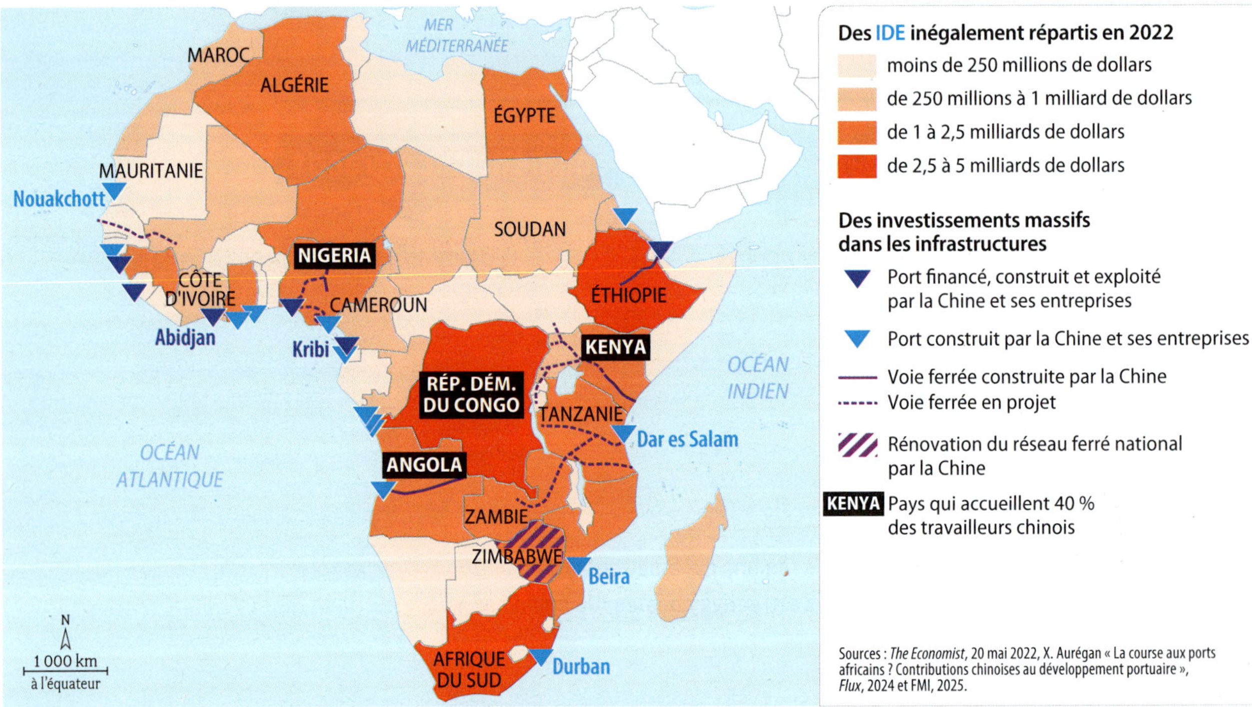

1 La stratégie chinoise d'investissements en Afrique

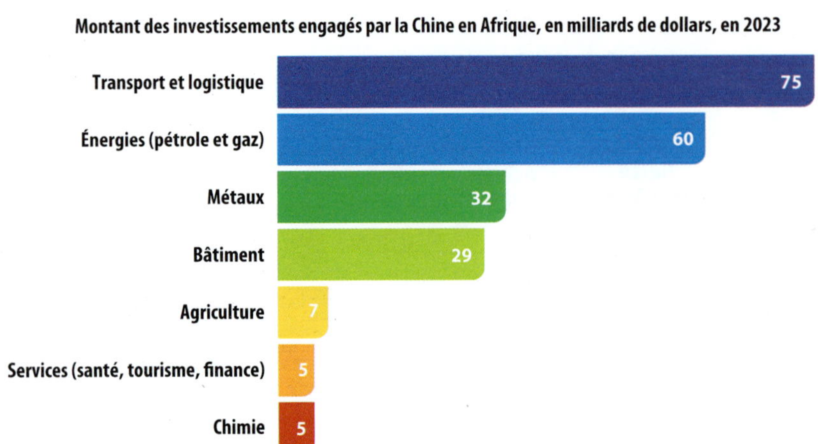

Source : Rapport du FMI, 2024.

2 Des secteurs privilégiés dans le cadre des **« nouvelles routes de la soie »**

VOCABULAIRE

- **IDE (investissement direct à l'étranger) :** investissement réalisé par une entreprise à l'étranger pour acquérir une entreprise existante ou en créer une nouvelle.
- **« Nouvelles routes de la soie » :** projet lancé en 2013 par Xi Jinping pour mieux connecter la Chine à l'Europe et à l'Afrique par la construction d'infrastructures de transport, d'énergie et de télécommunications dans près de 70 pays.

3 L'attrait de la production d'aluminium en Angola

Les autorités angolaises se sont réunies samedi dernier à Barra do Dande pour poser la première pierre d'un nouveau projet de parc industriel de l'aluminium de 1,6 milliard de dollars. Les responsables s'attendent à ce que le projet génère environ 12 000 emplois et des revenus de 3 milliards de dollars. La première phase, qui nécessitera un investissement estimé à 250 millions de dollars, permettra de produire environ 120 000 tonnes d'aluminium électrolytique par an. Cette phase emploiera environ 1 200 travailleurs, la plupart de nationalité angolaise, et générera un revenu annuel de 250 millions de dollars. L'entreprise estime que plus de 80 % de sa production sera exportée, ce qui permettra de générer au moins 400 millions de dollars par an en devises étrangères[1] pour l'Angola. Carlos Manuel de Carvalho Rodrigues, secrétaire d'État angolais à l'industrie, a déclaré que « cet investissement important et significatif matérialise sans aucun doute une autre étape importante dans le programme de coopération économique entre l'Angola et la Chine ». Il a également souligné le « rôle important de l'industrie manufacturière » alors que l'Angola cherche à diversifier son économie.

The Macao News, 27 juin 2024.

1. Les exportations vers d'autres pays seront payées à l'Angola en yuan chinois, dollars ou euros.

4 Le Zimbabwe, nouvel eldorado du lithium

La nouvelle usine de Goromonzi fournit à la Chine, leader mondial de la production de voitures électriques, du lithium, métal indispensable à la fabrication des batteries des véhicules électriques. Le Zimbabwe consolide ainsi sa position de premier producteur africain de ce métal devenu essentiel.

PARCOURS 1

Mettre en perspective une situation géographique

1. **Doc. 1 et 2** Dans quels types d'espaces et de secteurs économiques les IDE chinois se concentrent-ils ?
2. **Doc. 1 et 2** Relevez les aménagements qui s'inscrivent dans le projet des « nouvelles routes de la soie ».
3. **Doc. 1 et 4** Expliquez pourquoi et comment la Chine organise son approvisionnement en lithium.
4. **Doc. 3** Pourquoi ce partenariat économique entre la Chine et l'Afrique est-il présenté comme bénéfique pour chacun ?

BILAN Rédigez une synthèse qui présente les investissements chinois en Afrique, les espaces productifs concernés et les objectifs économiques de ce partenariat.

PARCOURS 2

Présenter un argumentaire à l'oral

Vous êtes chargé(e) de préparer des arguments pour inciter le gouvernement chinois à investir sur le continent africain. À l'aide des documents, identifiez des ressources et des aménagements utiles à la Chine et précisez pourquoi ces investissements seront bénéfiques pour les différents acteurs impliqués.

B Comment les échanges entre la Chine et l'Afrique évoluent-ils ?

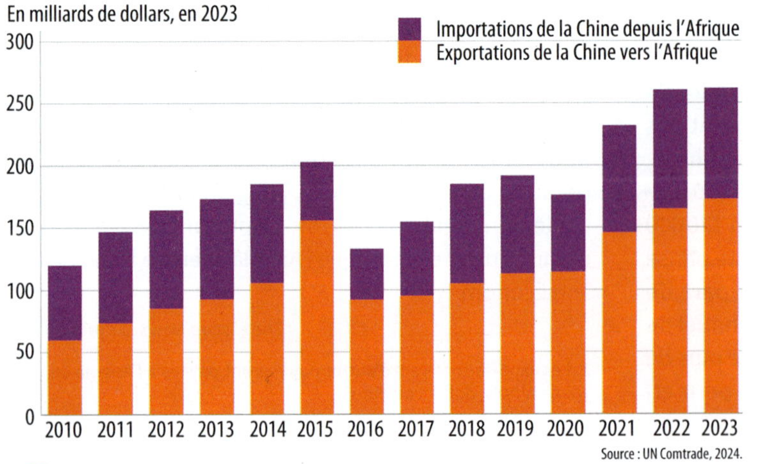

Source : UN Comtrade, 2024.

5 Des échanges commerciaux croissants et déséquilibrés

7 Une dénonciation de la mainmise de la Chine sur le Kenya

Source : Victor Ndula, 2018.

Traduction : Le Kenya devient lentement une province administrative chinoise.

9e économie d'Afrique, le Kenya attire les investissements chinois dans les transports ferroviaires, le numérique et les énergies renouvelables. Toutefois, le Kenya cherche à réduire ces investissements pour limiter son endettement.

6 Des échanges déséquilibrés

Après l'euphorie des années 2010, qui a accompagné le déploiement du projet de Xi Jinping des « nouvelles routes de la soie », une problématique financière s'impose à la Chine. Elle se montre réticente à prêter de l'argent à des États africains qui peinent à la rembourser. Par ailleurs, les IDE (investissements directs à l'étranger) chinois en Afrique restent faibles, ne permettant pas une évolution notable de l'industrialisation.

Ces relations avec la Chine n'ont pas réellement permis aux États africains d'accélérer leur industrialisation. C'est un semi-échec dans cette relation sino-africaine. Les prestations de services[1] bénéficient aux groupes chinois, souvent publics, alors que les investissements directs faibles ne permettent pas de développer l'industrie. La situation n'est pas si « gagnant-gagnant » : elle l'est davantage pour la Chine, même si les prêts chinois pour construire des infrastructures sont bénéfiques pour les pays concernés. Mais il n'y a pas d'investissements directs chinois majeurs de nature à développer des territoires et l'économie locale. La politique de sécurisation des matières premières est une priorité pour la Chine, qui en a besoin pour ses lignes de production.

Le Monde, 6 septembre 2024.

1. Les entreprises chinoises construisent des infrastructures pour les États africains.

PARCOURS 1

Confronter des documents

1. **Doc. 5 et 6** Montrez comment évoluent les flux de marchandises et d'IDE entre la Chine et l'Afrique.
2. **Doc. 5 et 6** Justifiez l'affirmation : « Les échanges entre la Chine et l'Afrique restent déséquilibrés en faveur de la Chine. »
3. **Doc. 6 et 7** Quels reproches sont adressés à la Chine ?

PARCOURS 2

Réaliser un plan détaillé

À partir des documents, listez les idées qui montrent l'évolution des échanges commerciaux entre la Chine et l'Afrique (**doc. 5**) puis celles qui présentent les conséquences économiques pour la Chine d'une part et pour l'Afrique d'autre part (**doc. 6 et 7**).

Faire le bilan

Bilan à compléter
hachette-clic.fr/25hg1097

Les investissements chinois en Afrique

Des investissements chinois à l'échelle du continent africain

Des investissements stratégiques

- ....
....
- ....
- ....

Des espaces privilégiés

- ....
- ....
- ....
- ....

Des échanges en évolution

Des échanges commerciaux croissants

- ....
- ....
- ....

Des investissements de plus en plus sélectifs

- ....
- ....
- ....

Et ailleurs ?

1. Combien de pays ont-ils attiré plus de 20 milliards de dollars d'investissements chinois ?
2. Quels pays industrialisés sont-ils exclus des investissements chinois dans le cadre des « nouvelles routes de la soie » ?

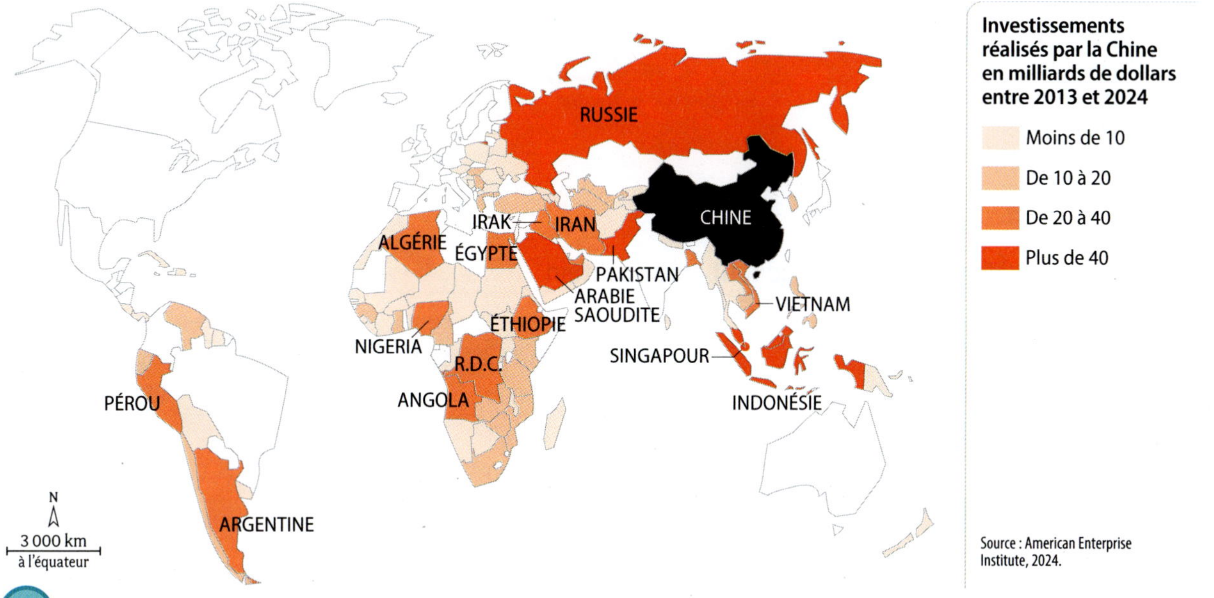

Les pays bénéficiaires des « nouvelles routes de la soie »

ÉTUDE DE CAS 4

La Silicon Valley : un espace productif intégré de l'échelle locale à l'échelle mondiale

La Silicon Valley est un espace productif spécialisé dans les hautes technologies, qu'il s'agisse de ses dimensions matérielles (puces, smartphones, cartes graphiques) ou immatérielles (logiciels, applications, intelligence artificielle). Son berceau se situe en Californie, mais elle rayonne dans le monde grâce à ses puissantes FTN (firmes transnationales).

A Comment s'organise l'espace productif de haute technologie le plus puissant du monde ?

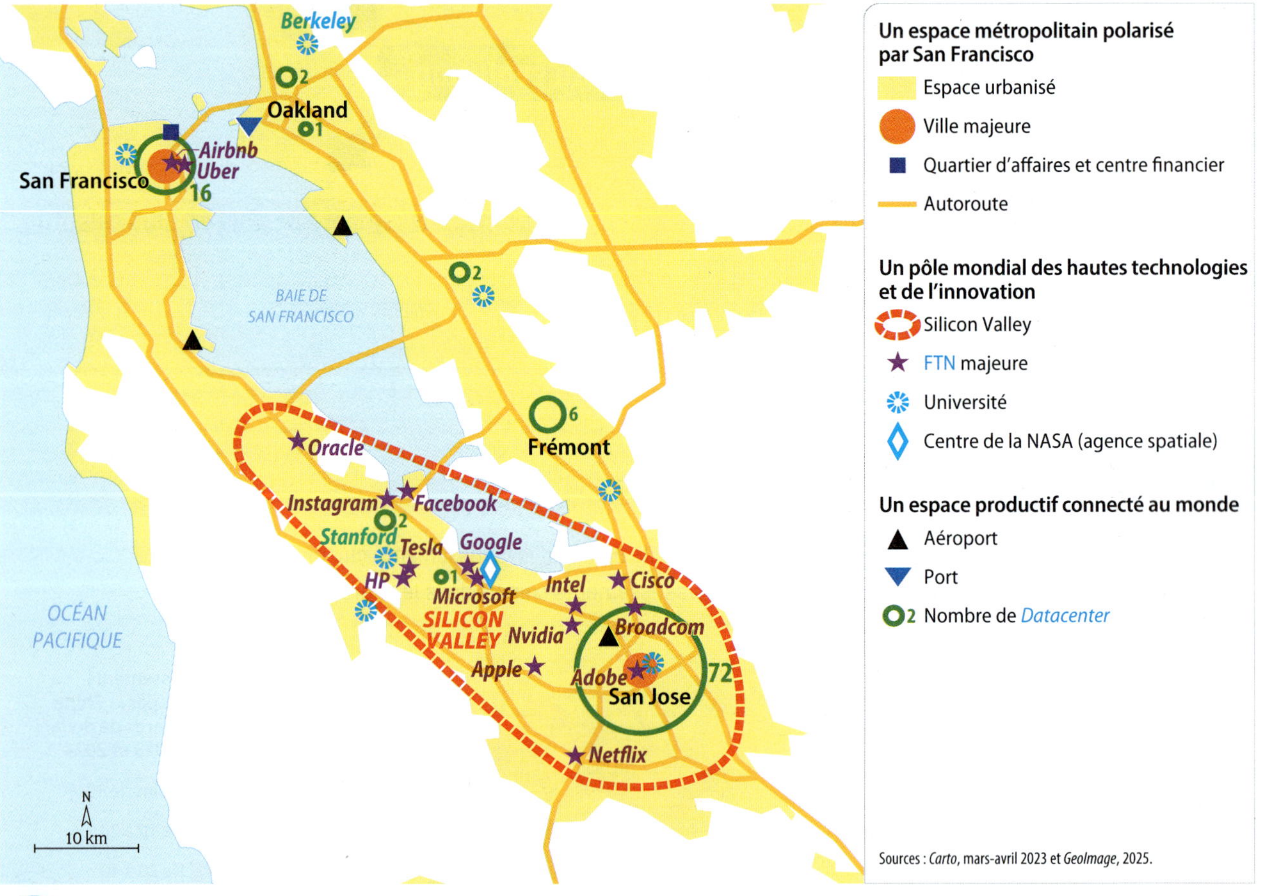

1 La Silicon Valley, un espace productif métropolitain

FTN	Produits	Nombre d'employés dans la Silicon Valley	Nombre d'employés dans le monde
Apple	iPhone, iPad, AirPods	12 000	161 000
Alphabet	Google	25 000	180 000
Meta	Facebook, Instagram, WhatsApp	10 200	70 000
Nvidia	Cartes graphiques (IA)	5 000	30 000

Source : Silicon Valley Index, 2024.

2 Des FTN parmi les plus puissantes au monde

3 **Le siège social d'Apple à Cupertino**

Le siège social d'Apple, inauguré en 2017, est un anneau de 460 m de diamètre qui a coûté plus de 5 milliards de dollars. Il offre aux 12 000 employés qui y travaillent de très nombreux services et espaces de loisirs (vélos, vergers, circuits de courses à pied).

4 Un territoire de l'innovation qui a su se réinventer

Territoire de l'innovation par excellence, la Silicon Valley a été baptisée ainsi par un journaliste en 1971, par allusion au silicium servant à fabriquer les circuits intégrés (puces). Le premier parc industriel de Palo Alto a servi de référence à de nombreux aménagements et pôles d'excellence dans le monde, appelés ***clusters***. Il repose sur le principe d'un rassemblement d'entreprises partageant des préoccupations similaires, sur un même site à proximité de laboratoires de recherche. Puis, le parc industriel de Stanford, inauguré en 1951, résulte de l'initiative de l'université du même nom, qui souhaitait rassembler à proximité du campus des entreprises impliquées dans les nouvelles technologies. La connaissance scientifique se devait d'alimenter la production industrielle, et la proximité du campus universitaire de Stanford bénéficiant de fonds fédéraux[1] pour la recherche présentait un atout considérable. Ce principe est toujours d'actualité et explique l'implantation d'entreprises telles que Netflix, Facebook ou Tesla. Aujourd'hui, la Silicon Valley compte 3 millions d'habitants, des milliers d'entreprises de haute technologie et fournit plus d'un million d'emplois.

Cynthia Ghorra-Gobin, *Encyclopédie Universalis* 2024.

1. Subventions versées par le gouvernement des États-Unis.

VOCABULAIRE

- ***Cluster* :** voir p. 362
- ***Datacenter* :** infrastructure permettant le stockage et la mise en réseau de données numériques.
- **FTN (firme transnationale) :** entreprise implantée dans plusieurs pays selon ses besoins (direction, recherche, fabrication) générant des flux variés.

PARCOURS 1

Mettre en œuvre le changement d'échelle

1. **Doc.1** Quels atouts locaux sont-ils bénéfiques au développement des entreprises de la Silicon Valley ?
2. **Doc. 1** Par quels moyens la Silicon Valley s'intègre-t-elle et rayonne-t-elle à l'échelle mondiale ?
3. **Doc. 4** Identifiez les acteurs associés au sein de ce *cluster* depuis sa création dans les années 1950.
4. **Doc. 2 et 3** Comment s'exprime la puissance des FTN des hautes technologies à l'échelle locale et mondiale ?

BILAN Rédigez une synthèse montrant que la Silicon Valley est un territoire de l'innovation qui bénéficie d'atouts pour rayonner à l'échelle mondiale grâce à de nombreux acteurs.

PARCOURS 2

Réaliser un podcast

En binôme, réalisez un podcast de 3 minutes intitulé : **« Le *cluster* de la Silicon Valley, une mise en réseau d'acteurs locaux au rayonnement mondial »**.

Pour vous aider, complétez le tableau à l'aide des documents en identifiant au moins un argument et un exemple par document.

Un *cluster* aux acteurs locaux mis en réseau	Un *cluster* au rayonnement mondial
Doc. 1 : Des universités Stanford et Berkeley	Doc. ... : ...

B Pourquoi la Silicon Valley conserve-t-elle sa domination ?

5 San Francisco, capitale mondiale de l'intelligence artificielle

L'essor des ***start-up*** d'intelligence artificielle (IA) à San Francisco est tel que même les créateurs étrangers d'entreprises qui ne sont pas spécialisés dans l'IA s'y relocalisent. La ville de la côte ouest américaine concentre « les talents de la tech et l'argent des investisseurs », selon une récente étude. La baie de San Francisco accueille ainsi la plus grande part des travailleurs de la tech aux États-Unis, avec 49 % des ingénieurs de la Big Tech[1] et 27 % des ingénieurs des *start-up*. La part d'ingénieurs tech de la baie de San Francisco augmente depuis 2022, et son vivier de talents est plus de quatre fois supérieur à Seattle, en deuxième position. La région accueille 52 % des salariés de *start-up*, devançant toutes les autres villes du pays. Daniel Lenton confirme. Ce Londonien a fondé depuis Berlin Unify, un outil pour l'ntelligence artificielle qui aide les développeurs à choisir le meilleur modèle de langage informatique selon leurs besoins. « Il est tout à fait possible de rencontrer des investisseurs ou de parler d'IA depuis le Vieux Continent », dit-il, mais il a néanmoins déménagé pour San Francisco et vient de lever 8 millions de dollars.

Courrier International, 27 août 2024.

1. Désigne les FTN des hautes technologies les plus puissantes.

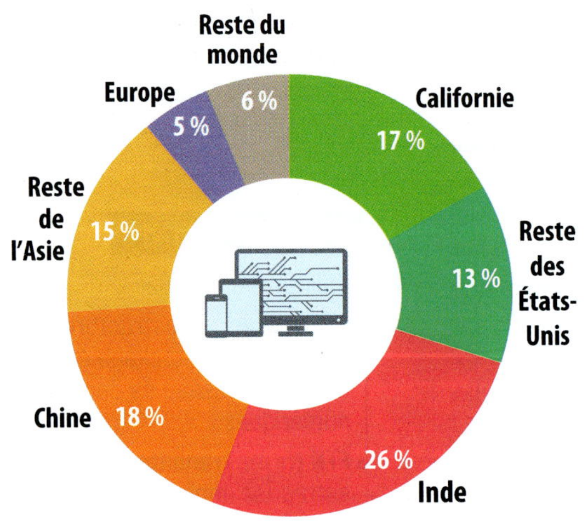

Source : Silicon Valley Index, 2024.

6 L'origine des employés de la Silicon Valley

7 Des investisseurs à l'origine des *start-up*

Installée à Menlo Park au cœur de la Silicon Valley, Sequoia est l'une des principales entreprises de capital-risque, ces sociétés financières qui investissent dans les *start-up* en pariant sur leur réussite. En 2023, elles avaient investi dans la région 30 milliards de dollars.

VOCABULAIRE

Start-up **:** entreprise innovante des hautes technologies à fort potentiel de croissance.

PARCOURS 1

Comprendre et mettre en relation des documents

1. **Doc. 5** Décrivez les transformations économiques actuelles de San Francisco.
2. **Doc. 5 et 6** Justifiez l'affirmation : « La Silicon Valley accueille de la main-d'œuvre qualifiée, véritable atout pour son développement. »
3. **Doc. 7** Émettez des hypothèses pour expliquer pourquoi les investissements sont indispensables pour que la Silicon Valley conserve sa domination mondiale.

PARCOURS 2

Participer à un jeu de rôle à l'oral

Par groupe de 3, choisissez un rôle parmi : un ingénieur indien, un investisseur dans les nouvelles technologies et un fondateur de *start-up* dans l'intelligence artificielle.
Puis présentez à tour de rôle les motivations de votre installation à San Francisco et dans la Silicon Valley à partir des informations sélectionnées dans les documents.

Faire le bilan

Bilan à compléter
hachette-clic.fr/25hg1098

La Silicon Valley : un espace productif intégré de l'échelle locale à l'échelle mondiale

Un espace productif au rayonnement mondial

Un *cluster* des hautes technologies

- ……………………………………
- ……………………………………
- ……………………………………

+

Un environnement local favorable

- ……………………………………
- ……………………………………
- ……………………………………

Un territoire de l'innovation qui maintient sa domination mondiale

Un recutement mondialisé

- ……………………………………
- ……………………………………

Des atouts renouvelés

- ……………………………………
- ……………………………………
- ……………………………………

Et ailleurs ?

1. Quelles régions du monde concentrent une part très importante des *datacenters* ?
2. Émettez des hypothèses pour expliquer cette domination.

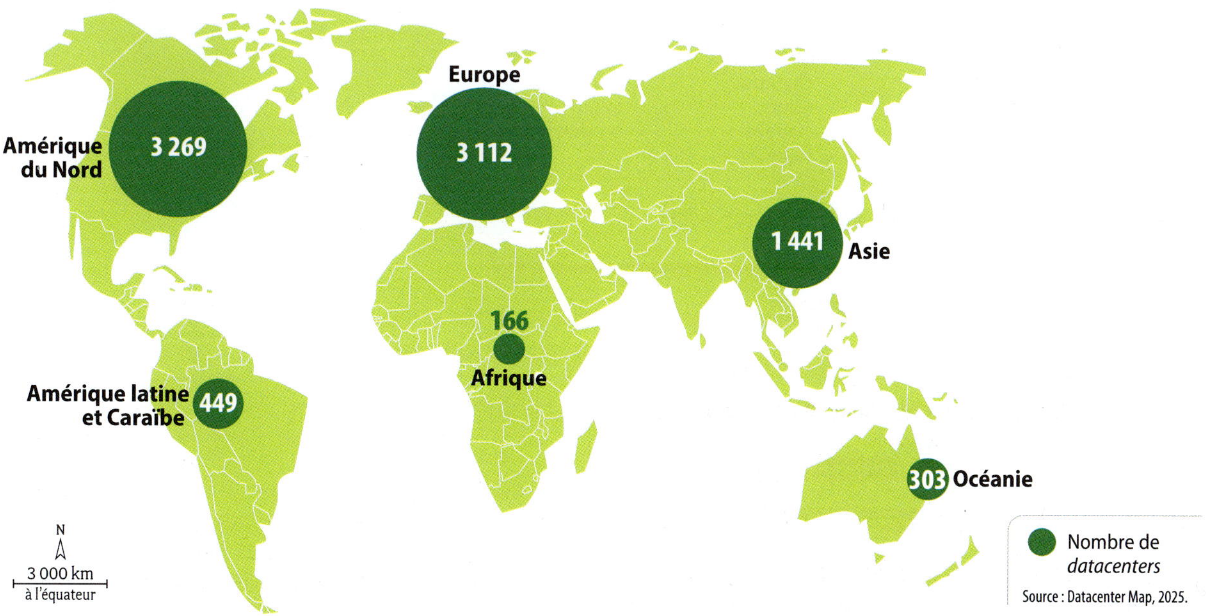

La répartition des *datacenters* dans le monde

GRAND ANGLE
La diversité des espaces productifs dans le monde

• À l'échelle mondiale, les espaces productifs sont diversifiés. Ils relèvent de productions agricoles ou minières (Russie), de biens manufacturés (Vietnam) ou de services touristiques (France) ou financiers (Singapour). Les pays développés, comme les États-Unis, le Japon ou l'Union européenne concentrent les espaces les plus innovants.

• D'autres espaces émergent et produisent des biens et des services de plus en plus complexes : informatique (Inde), ou automobile (Chine). Les pays où la main-d'œuvre est bon marché fournissent des matières premières agricoles ou minières (Côte d'Ivoire) ou des biens courants (Vietnam). Toutefois, ces espaces sont inégalement intégrés dans les échanges mondiaux.

NOTION EN IMAGE

Chaîne de valeur ajoutée : mise en relation de différents espaces productifs dans le processus de fabrication d'une marchandise ou d'un service.

CHAÎNE DE VALEUR AJOUTÉE

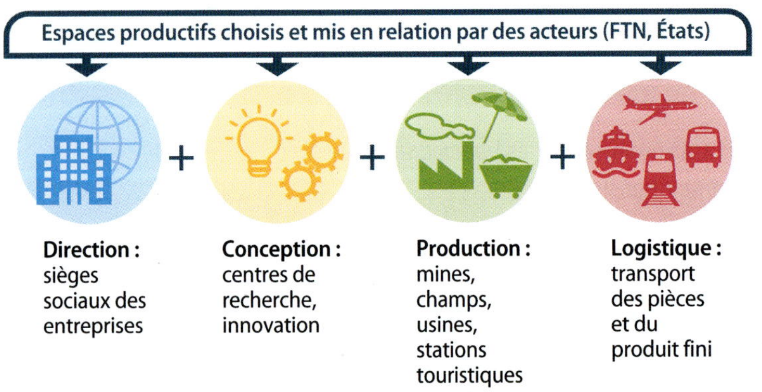

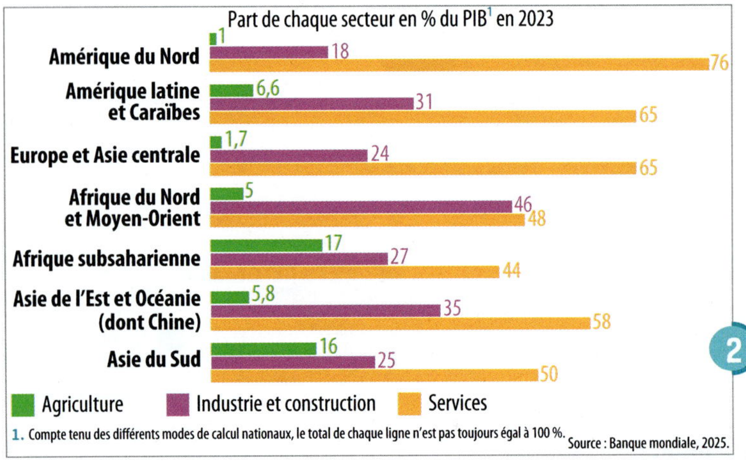

1. Compte tenu des différents modes de calcul nationaux, le total de chaque ligne n'est pas toujours égal à 100 %.

Source : Banque mondiale, 2025.

Sources : Rapport sur le développement dans le monde, 2020 et Banque mondiale, 2025.

2 La répartition des secteurs d'activités dans le monde

Carte interactive
hachette-clic.fr/25hg1099

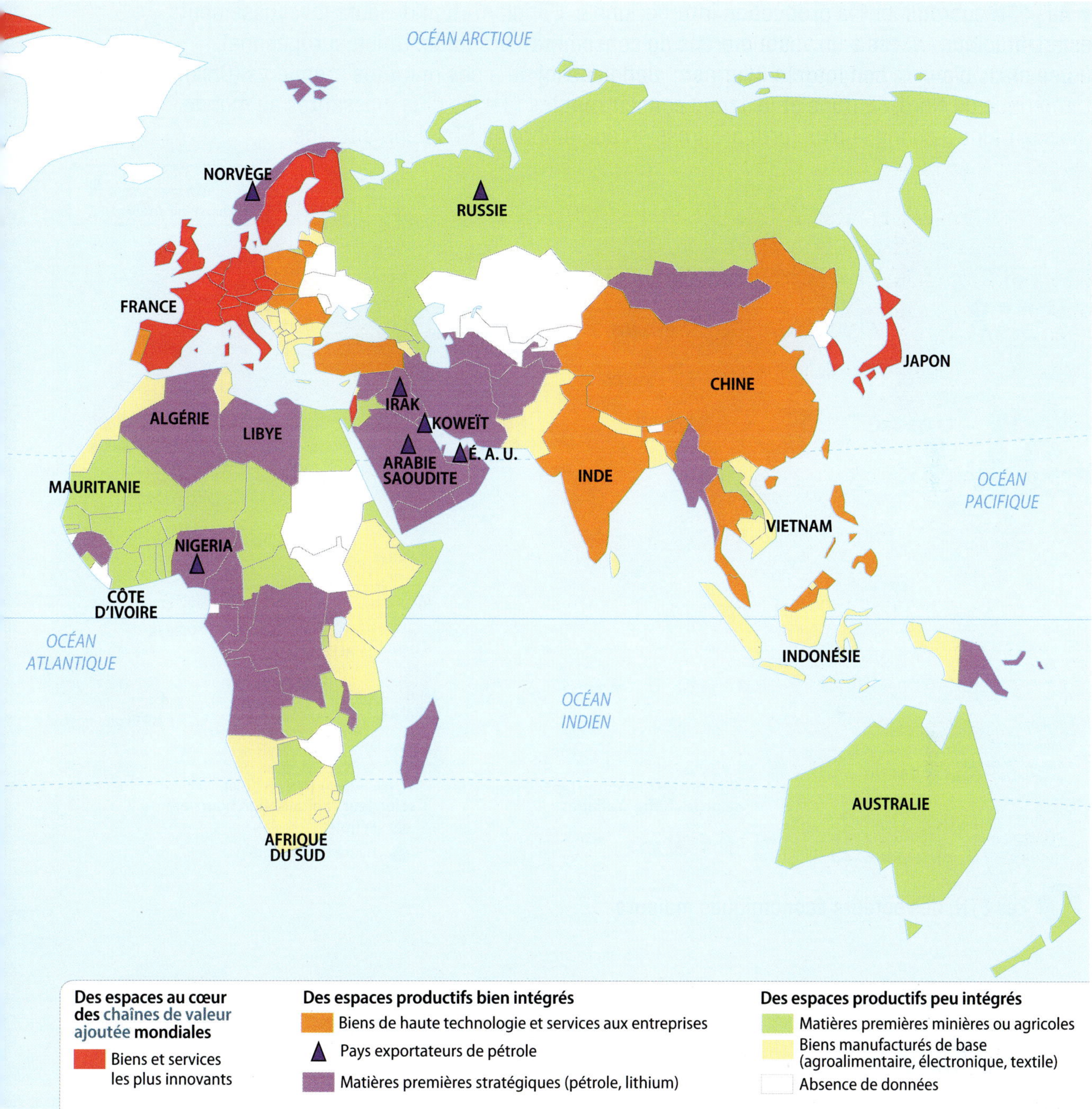

1 Des espaces productifs diversifiés

QUESTIONS

1. **Doc. 1** Pour chacun des six types d'espaces productifs présentés, citez et mémorisez deux pays.
2. **Doc. 2** Comparez la répartition des secteurs d'activités entre l'Amérique du Nord, l'Asie du Sud et l'Afrique subsaharienne. Que pouvez-vous en conclure ?
3. **Doc. 1** Quels pays ou ensembles régionaux possèdent les économies les plus innovantes et les plus intégrées dans la mondialisation ? Justifiez votre réponse.

Des espaces productifs hiérarchisés par les FTN

● Les **FTN** coordonnent la production internationale. L'implantation de leurs investissements est stratégique : accès à un vaste marché de consommateurs (Inde, Union européenne), à une main-d'œuvre bon marché (Vietnam, Bangladesh) ou à des matières premières (Chili). L'Amérique du Nord, l'Europe et le Japon concentrent les FTN les plus puissantes au monde, mais la Chine a connu la plus forte progression du nombre de FTN depuis 10 ans.

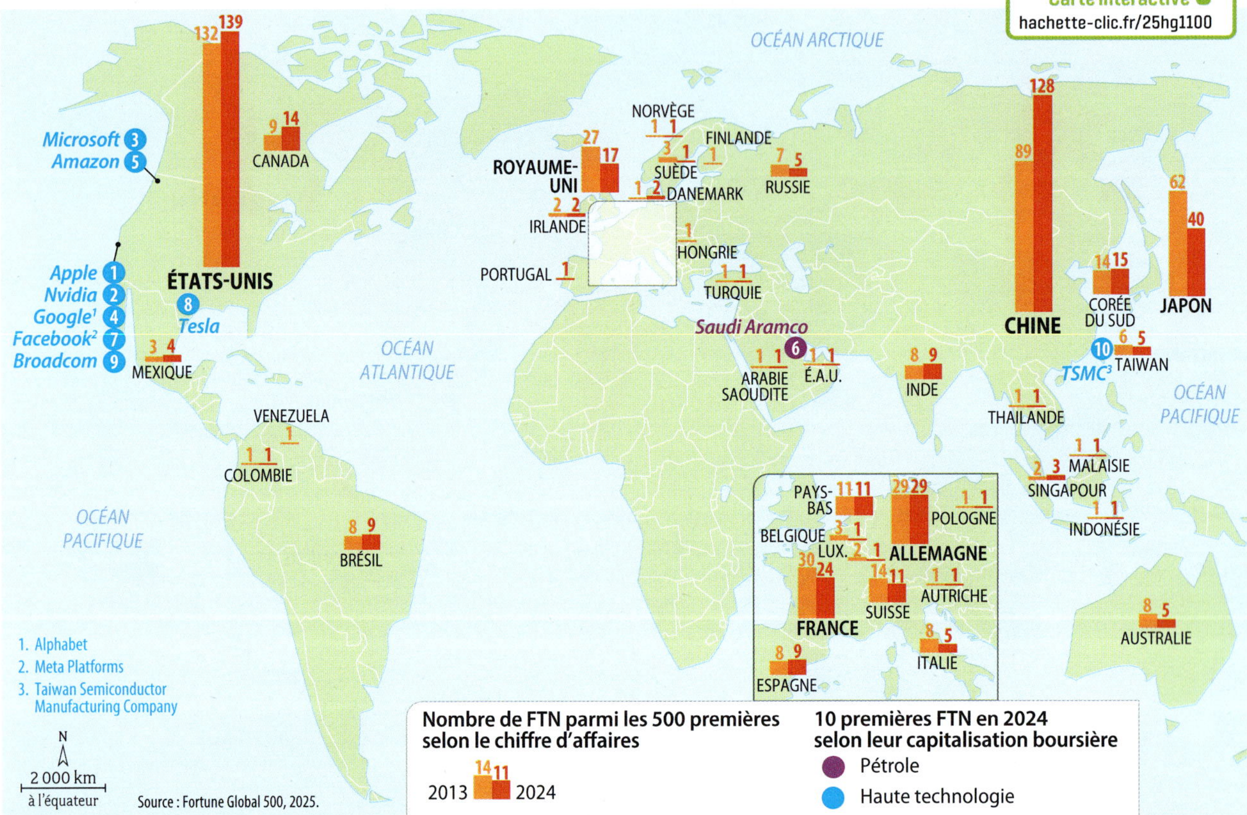

1 Les FTN, des acteurs économiques majeurs

VOCABULAIRE

- **FTN (firme transnationale) :** entreprise implantée dans plusieurs pays selon ses besoins (direction, recherche, fabrication) générant des flux variés.
- **PIB (produit intérieur brut) :** ensemble des richesses produites sur un territoire.

QUESTIONS

1. **Doc. 1** Quelles puissances ou régions du monde dominent les espaces productifs mondiaux grâce à leurs FTN ?
2. **Doc. 3** Depuis 1980, quelle a été l'évolution économique : des États-Unis ? De la Chine ? De l'Inde ?
3. **Doc. 1 et 2** Quel lien peut-on établir entre le nombre de FTN et le PIB des pays ?

● Les écarts de richesse s'expliquent par la spécialisation des espaces productifs. Les richesses créées par l'agriculture et l'extraction minière en Afrique subsaharienne peuvent être faibles alors que l'innovation, les industries de hautes technologies et les services aux entreprises expliquent des PIB très élevés dans les pays développés. En s'intégrant dans la mondialisation, la Chine et l'Inde ont connu la plus forte croissance de leur PIB depuis 2000.

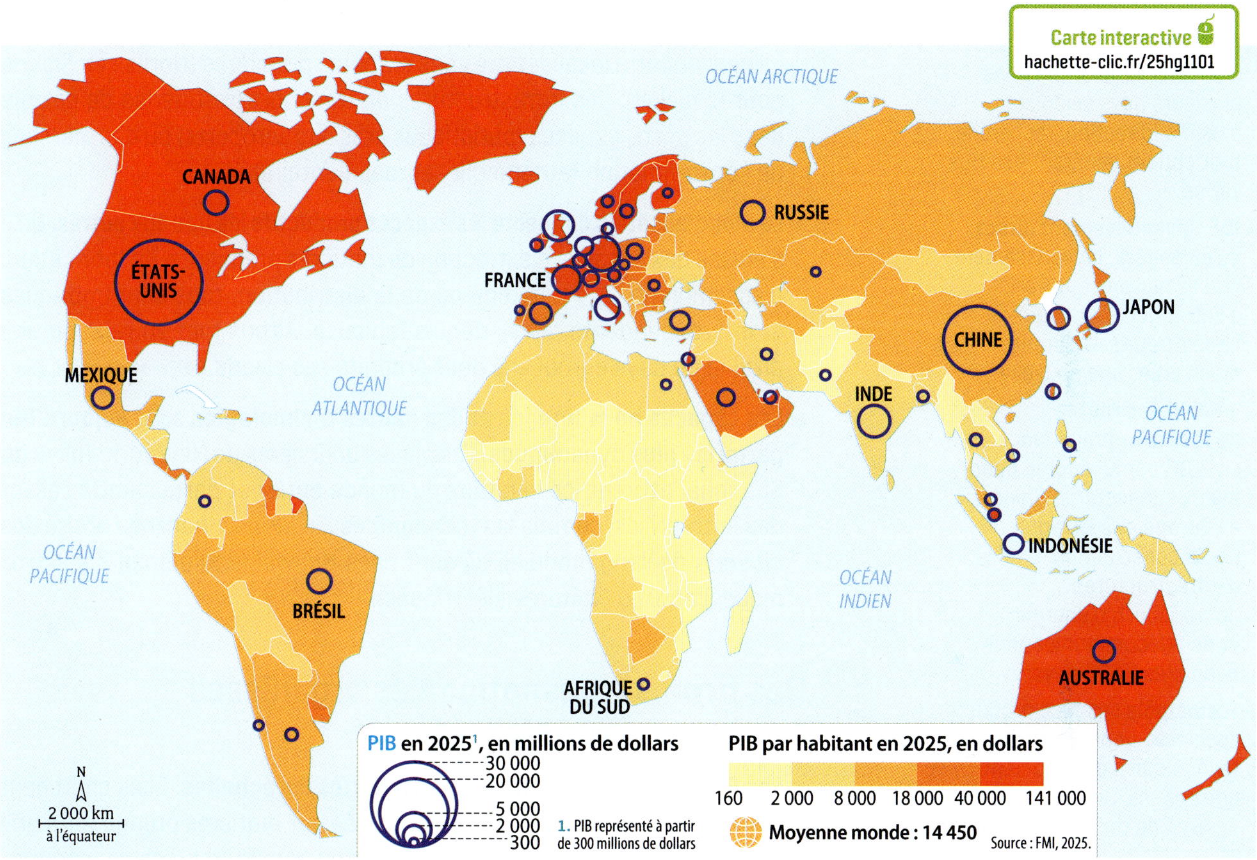

2 La richesse produite dans le monde

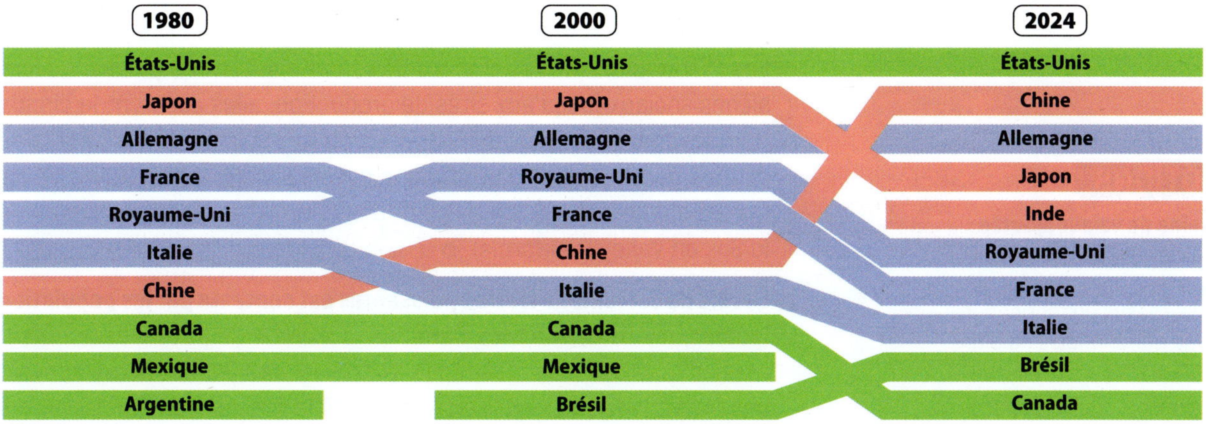

Source : FMI, 2025.

3 L'évolution des puissances économiques mondiales selon leur PIB

COURS 1

Des espaces et des acteurs de production diversifiés dans le monde

VOCABULAIRE

- ***Cluster* :** regroupement d'entreprises spécialisées dans un même secteur d'activité et fonctionnant en réseau.
- **FTN (firme transnationale) :** entreprise implantée dans plusieurs pays selon ses besoins (direction, recherche, fabrication) générant des flux variés.
- **IDE (investissement direct à l'étranger) :** investissement réalisé par une entreprise à l'étranger pour acquérir une entreprise existante ou en créer une nouvelle.
- **« Nouvelles routes de la soie » :** projet lancé en 2013 par Xi Jinping pour mieux connecter la Chine à l'Europe et à l'Afrique par la construction d'infrastructures de transport, d'énergie et de télécommunications dans près de 70 pays.
- **Technopôle :** espace productif spécialisé dans les hautes technologies en associant entreprises, universités et centres de recherche.

NOTIONS

- **Chaîne de valeur ajoutée :** mise en relation de différents espaces productifs dans le processus de fabrication d'une marchandise ou d'un service.
- **Espace productif :** espace local ou régional sur lequel est produit un bien ou un service.

> Comment s'organisent les espaces productifs spécialisés dans la fabrication de biens ou de services ?

1 Des espaces productifs spécialisés

- **Les espaces productifs sont multiples et organisés de façon spécifique.** Ils peuvent être localisés près des matières premières (Norilsk en Sibérie pour le nickel), des infrastructures de transport (raffineries de pétrole dans les ports, espaces touristiques près des aéroports) ou des marchés de consommation (automobile, agroalimentaire).
- **La mondialisation connecte les espaces productifs les uns aux autres.** Qu'il s'agisse des espaces d'extraction de matières premières, de fabrication, d'assemblage, de recherche ou de la distribution, tous sont imbriqués et interdépendants. Ainsi, depuis Toulouse, Airbus met en relation une dizaine de pays européens pour produire ses avions. ➲ Étude de cas p. 358
- **Les espaces de la finance et des hautes technologies sont aujourd'hui parmi les plus dynamiques.** Les places boursières de New York, Tokyo ou Shanghai attirent les capitaux du monde entier et participent à l'essor des entreprises, comme les **technopôles**. En Chine, Shenzhen abrite des ***clusters*** de rang mondial, où sont nées Huawei (équipements électroniques) ou BYD (voitures électriques).

2 Des firmes transnationales organisées en réseaux mondialisés

- **Les FTN organisent la production à toutes les échelles.** Elles cherchent à tirer avantage de chaque espace : accès aux matières premières, à une main-d'œuvre peu chère, à l'innovation ou à un marché de consommateurs. Ainsi les parcs d'attraction Disney sont situés dans des foyers de peuplement majeurs : deux aux États-Unis, un en Europe et trois en Asie de l'Est.
- **Les FTN organisent des chaînes de valeur ajoutée complexes.** De leurs sièges sociaux jusqu'aux sites de production, elles assurent la circulation des marchandises, des capitaux ou des informations. C'est le cas d'Apple qui organise sa production avec ses sous-traitants de Taïwan (puces électroniques), de Chine et d'Inde (usines d'assemblage) depuis la Silicon Valley (Californie). ➲ Étude de cas p. 370
- **Le rôle de certaines FTN très puissantes est contesté par les populations locales, les ONG, voire les États.** La recherche de pays à bas coûts de main-d'œuvre et protégeant peu les travailleurs (industrie extractive de minerais en Afrique, textile en Asie), la faible prise en compte des normes environnementales (*fast fashion*) ou l'évitement des taxes et des impôts sont régulièrement dénoncés. ➲ Exemple p. 380

3 Les multiples acteurs des espaces productifs

- **Les acteurs des espaces productifs fonctionnent en réseau, ce qui renforce leur interdépendance.** Les sous-traitants fournissent les composants, les investisseurs apportent les capitaux et les entreprises du numérique et de l'IA gèrent les services informatiques. Enfin, les opérateurs de transport connectent les espaces productifs entre eux et les relient aux consommateurs. Les services de *cloud* d'Amazon et de Microsoft, leaders mondiaux, permettent aux entreprises de dématérialiser leurs opérations et leurs données.

- **Le processus productif est encadré par des acteurs publics.** L'État peut passer des commandes, comme le ministère de la Défense aux États-Unis qui est un soutien majeur des industries militaires. Les pouvoirs publics financent aussi des infrastructures de transport, d'énergie ou des universités. En Afrique (Angola, Zimbabwe), les **« nouvelles routes de la soie »** ont pour objectif de sécuriser l'approvisionnement en matières premières des entreprises chinoises. ➔ Étude de cas p. 366

- **Les relations entre les acteurs sont multiples : ils coopèrent, se contrôlent, et parfois s'opposent.** Si les acteurs publics soutiennent l'activité économique et l'emploi créés par les entreprises, des tensions peuvent émerger : compétition pour capter les **IDE** ou les aides financières, fermetures ou délocalisations d'usines, normes environnementales. Les géants du numérique s'opposent aux règles de l'Union européenne imposant notamment une taxe de 15 % sur leurs bénéfices ou le respect des droits d'auteur.

CHIFFRES-CLÉS

Nombre de *clusters* de haute technologie

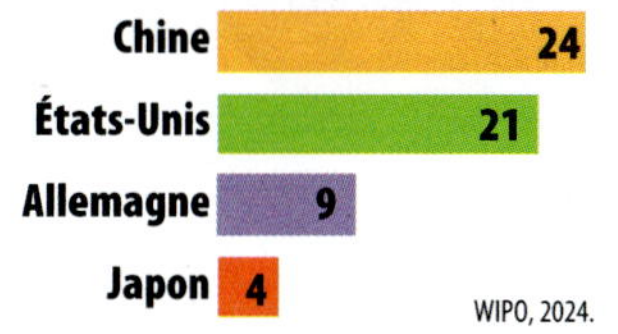

WIPO, 2024.

Nombre de FTN parmi les 500 premières mondiales

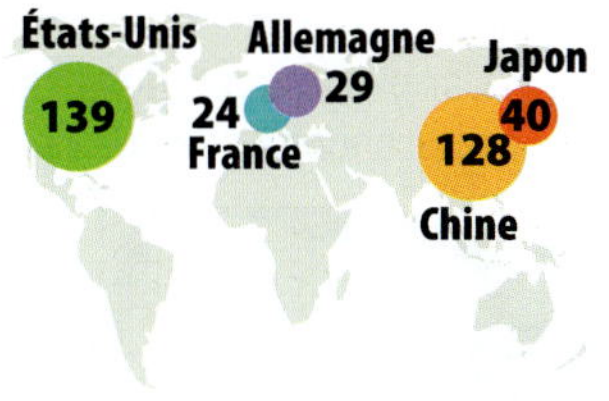

Fortune, 2025.

Les investissements industriels

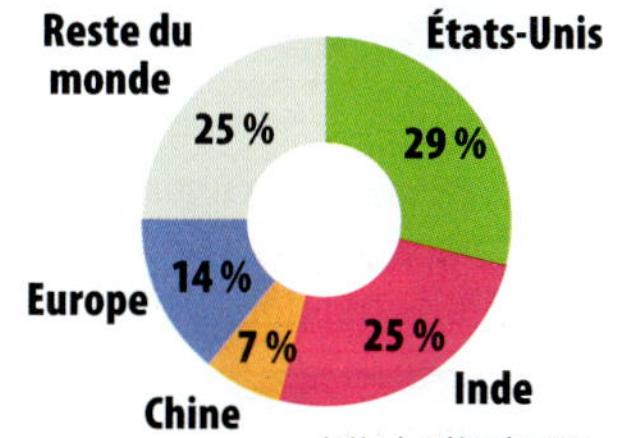

Le Monde, 8 décembre 2024.

Des espaces productifs spécialisés
- Extraction de matières premières
- Biens manufacturés
- Tourisme
- Recherche et innovation

Des espaces productifs en réseaux
- Espaces interdépendants
- Organisation en chaîne de valeur ajoutée
- Importance des transports et des communications

Des espaces encadrés et organisés par de puissants acteurs

Les FTN
- Direction, recherche, fabrication
- Recours aux sous-traitants
- Des critiques : conditions de travail, respect des normes environnementales

Des relations variables
- Coopération : emploi, activité économique
- Régulation par des normes
- Tensions (délocalisations)

Les acteurs publics
- Commandes
- Construction d'infrastructures de transport
- Financement d'universités

EXEMPLE

Shein, une entreprise chinoise de la *fast fashion* qui a conquis le monde

Présente dans plus de 150 pays, la FTN chinoise Shein est devenue un acteur majeur de l'industrie textile mondialisée. Elle réinvente le modèle de la **fast fashion** en proposant chaque jour des milliers de nouveaux modèles de vêtements, expédiés par avion dans le monde entier et livrés en quelques jours.

> Comment la FTN Shein s'affirme-t-elle comme un leader mondial de l'habillement et quels en sont les effets ?

ⓐ L'application propose chaque jour 8 000 nouvelles références et des réductions

ⓑ Des sous-traitants fabriquent et emballent en continu les vêtements, comme ici à Guangzhou (Chine)

ⓒ L'expédition s'opère par avion vers des centres logistiques régionaux comme celui de Wroclaw (Pologne) pour desservir l'Europe centrale et orientale

ⓓ Des vidéos de déballages d'articles (« *haul* ») sont partagées sur les réseaux sociaux par des consommateurs et des influenceurs

1 Un système productif extrêmement réactif

2 Le rôle majeur du e-commerce et des réseaux sociaux

Chaque jour, le webshop chinois met 2 000 à 10 000 pièces à moins de 10 euros en ligne. Shein assure la production en trois jours. L'entreprise sait anticiper les tendances en temps réel. Des *big data*[1] – qui détectent les termes recherchés et les produits devenus viraux – lui permettent de voir quelles marchandises sont convoitées par les consommateurs. La firme chinoise commence par un petit nombre d'exemplaires, limité à 100 pièces. Si ça se vend bien, elle en fait produire plus. Et ensuite, tout s'enchaîne : par le biais de son réseau de nombreux petits ateliers de production, elle peut produire jusqu'à un million de pièces par jour. Plus qu'une entreprise de mode, Shein est une place de marché, voire une plate-forme d'intelligence artificielle (IA) qui connecte le consommateur à de petits ateliers. Ce modèle lui permet d'éviter les surplus. Enfin, le géant normalise la surconsommation, allant jusqu'à la promouvoir. Pour preuve les « *haul videos* », ces petits films viraux dans lesquels des consommateurs font l'étalage de leurs achats. Ces vidéos récoltent des milliards de vues. TikTok est ainsi un chaînon essentiel du succès de Shein qui repose en grande partie sur le marketing des influenceurs et des réseaux sociaux.

Le Vif/L'Express, 15 février 2024.

1. Grand volume d'informations traitées par des logiciels ou l'intelligence artificielle.

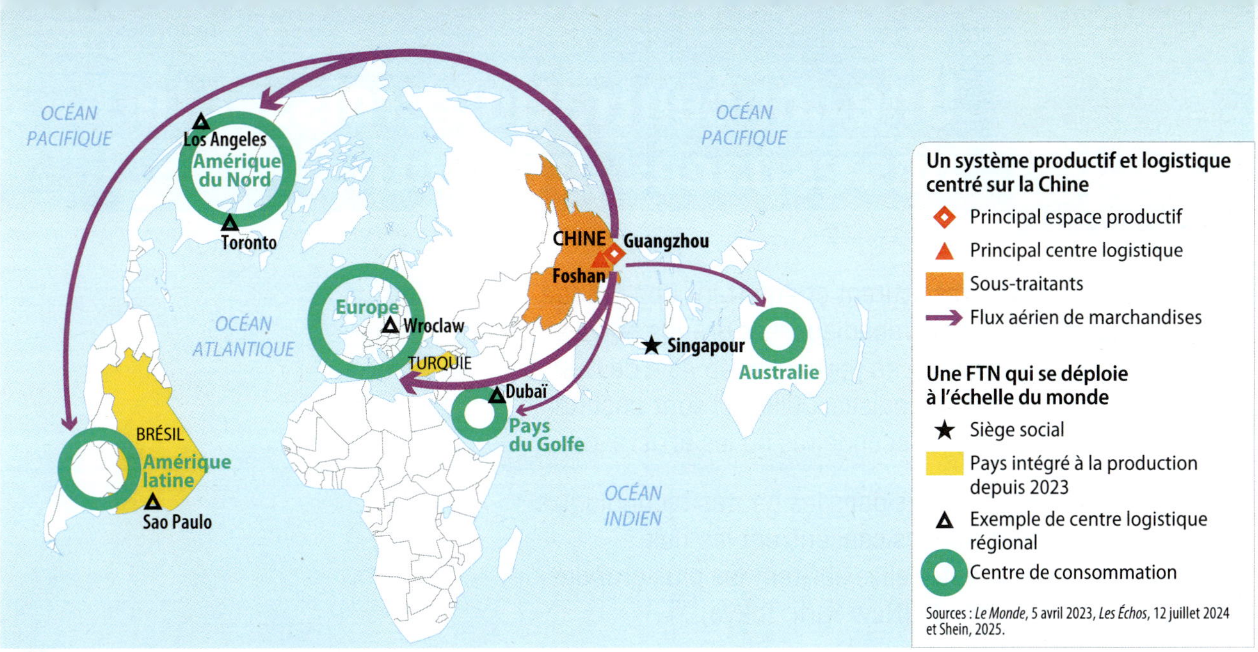

3 Une expansion mondiale

En 2023	Chiffres d'affaires en milliard d'euros	Nombre de magasins
Zara (Espagne)	1,65	113
Shein (Chine)	1,64	0[1]
Kiabi (France)	1,50	340
H&M (Suède)	1,28	170

Source : *Boutique 2Mode* (revue des professionnels du textile), 2024.

1. Seules quelques boutiques éphémères ont été ouvertes en 2023.

VOCABULAIRE

- **E-commerce :** achat et vente de biens et de services par Internet.
- ***Fast fashion* :** renouvellement ultra-rapide des collections dans l'industrie de la mode.

4 Shein, une place majeure sur le marché français

5 Les conséquences sociales et environnementales de la *fast fashion*

Dessin de Calum Heath, *The New York Times*, 2022.

L'industrie textile représente aujourd'hui environ 10 % des émissions de gaz à effets de serre mondiales, et sa part augmente avec le succès du e-commerce. Les impacts environnementaux de la *fast fashion* sont nombreux. Les mauvaises conditions de vie des travailleurs et la faiblesse des salaires sont aussi régulièrement dénoncés.

▶ Vidéo
Source : 20 Minutes France, 14 mars 2024.
hachette-clic.fr/25hg1102

PARCOURS 1

Réaliser une production graphique

À l'aide des documents, réalisez un schéma fléché pour montrer comment Shein organise son système productif. Vous préciserez, dans chaque case bleue, les espaces productifs, les acteurs et les moyens mobilisés (doc. 1 à 3).

Création : ...
↓
Fabrication : ...
↓
Transport : ...
↓
Promotion : ...
↓
Achat : ...
↓

Enjeux économiques (doc. 4)...

Enjeux sociaux (doc. 5)...

Enjeux environnementaux (doc. 5)...

PARCOURS 2

Comment la FTN Shein est-elle devenue un leader mondial de la *fast-fashion*, à la fois dynamique et contesté ?

À partir des informations extraites des documents, votre réponse pourra présenter les atouts de Shein puis les critiques auxquelles l'entreprise doit faire face.

Pas à pas

1. L'organisation des espaces productifs de Shein (doc. 1 et 3).
2. Le rôle du numérique et de l'IA dans son succès planétaire (doc. 1 et 2).
3. Les effets sociaux et environnementaux de la *fast fashion* (doc. 4 et 5).

GRAND ANGLE Une concentration croissante des espaces productifs

● Deux types de territoires attirent et émettent une grande partie des flux économiques mondiaux. Les grands ports et certaines façades maritimes, en particulier en Asie de l'Est, polarisent les flux de marchandises. Celles-ci sont ensuite redistribuées vers les ports secondaires ou les arrière-pays.

● Les métropoles spécialisées dans les hautes technologies et les services aux entreprises concentrent les flux financiers. Certaines d'entre elles abritent les plus grandes places boursières du monde (New York, Tokyo).

NOTION EN IMAGE

Littoralisation : processus de concentration des populations, des activités humaines et des aménagements le long des littoraux.

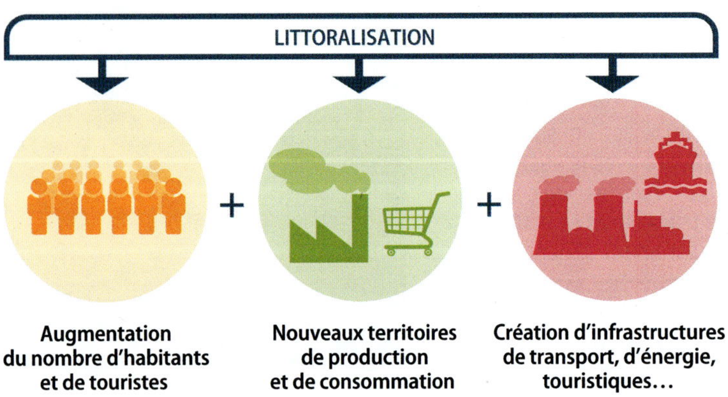

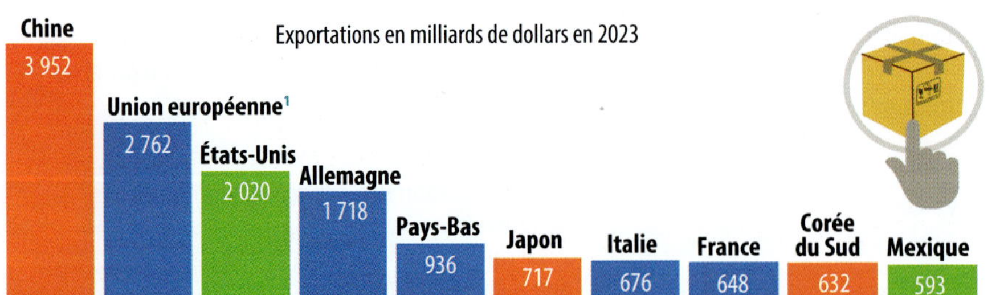

1. Ne prend pas en compte les échanges commerciaux entre les pays de l'Union européenne.

Source : OMC, 2025.

2 Les 10 premiers pays exportateurs de marchandises

Carte interactive
hachette-clic.fr/25hg1103

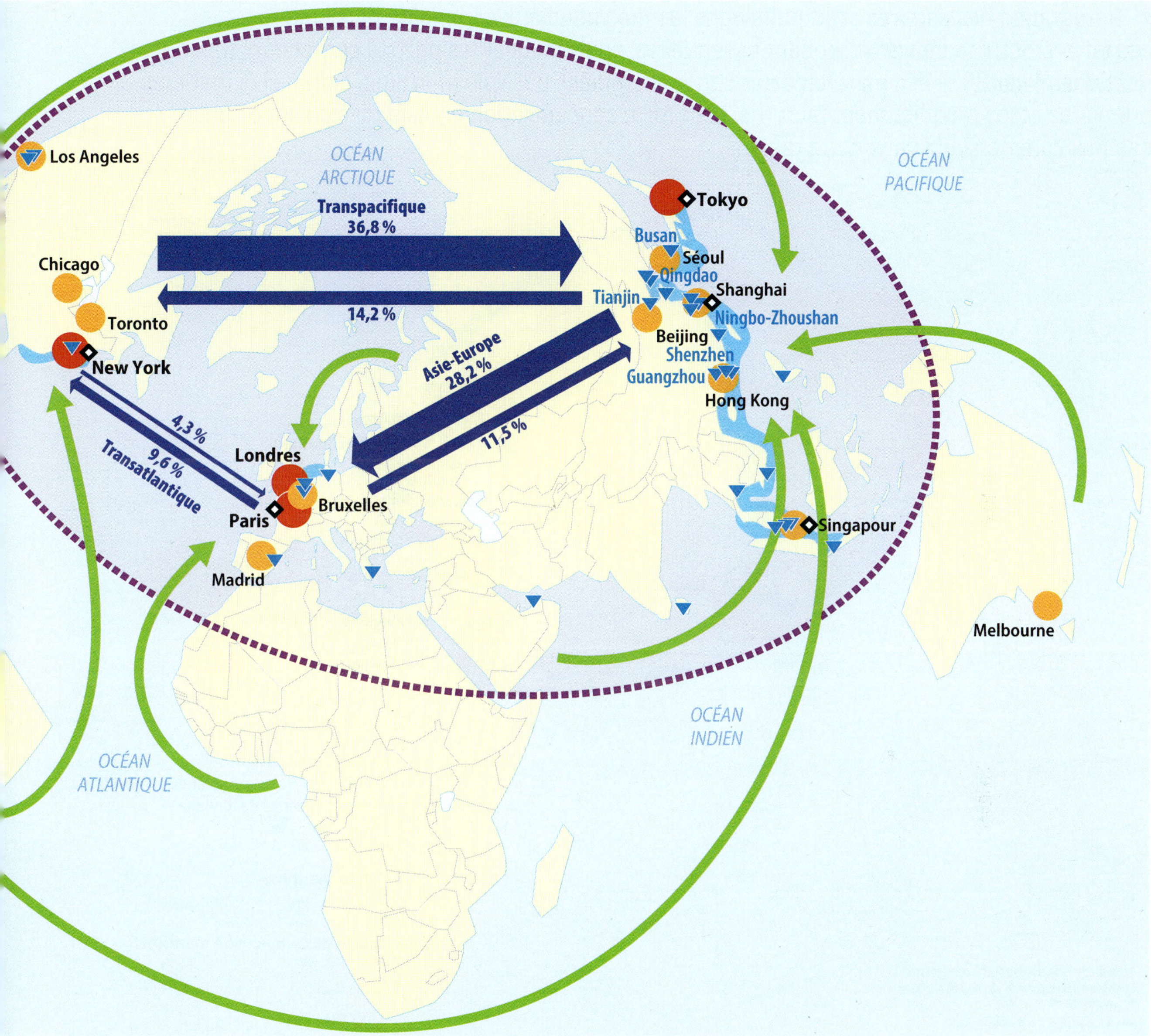

1 Des espaces productifs concentrés sur les littoraux et dans les métropoles

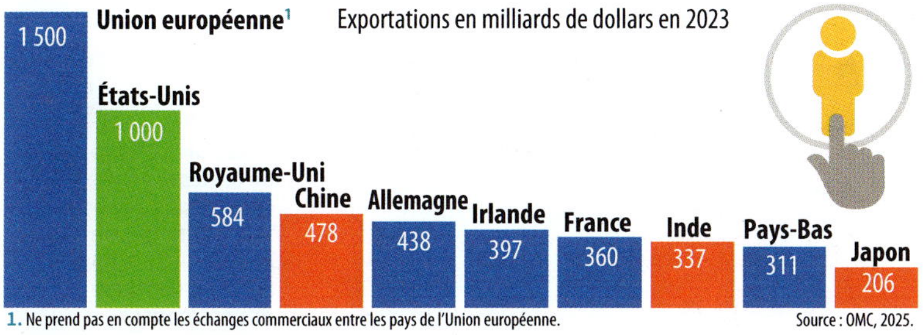

1. Ne prend pas en compte les échanges commerciaux entre les pays de l'Union européenne.

Source : OMC, 2025.

3 Les 10 premiers pays exportateurs de services

QUESTIONS

1. **Doc. 1** Où se situent les principaux espaces productifs de marchandises de la planète ?
2. **Doc. 1 et notion en image** Comment expliquer la littoralisation croissante des hommes et des activités dans le monde ?
3. **Doc. 2 et 3** Quelles sont les cinq premières puissances exportatrices du monde ?

GRAND ANGLE Les facteurs d'intégration des espaces productifs

● L'intégration des espaces productifs dans les flux mondiaux dépend de plusieurs facteurs. Les infrastructures de transport sont essentielles, en particulier les ports à conteneurs (Shanghai, Rotterdam) car 80 % des marchandises sont acheminées par voie maritime, comme les matières premières et les produits manufacturés. Leur forte concentration en Asie révèle l'importance des flux commerciaux dans cette région.

Carte interactive
hachette-clic.fr/25hg1104

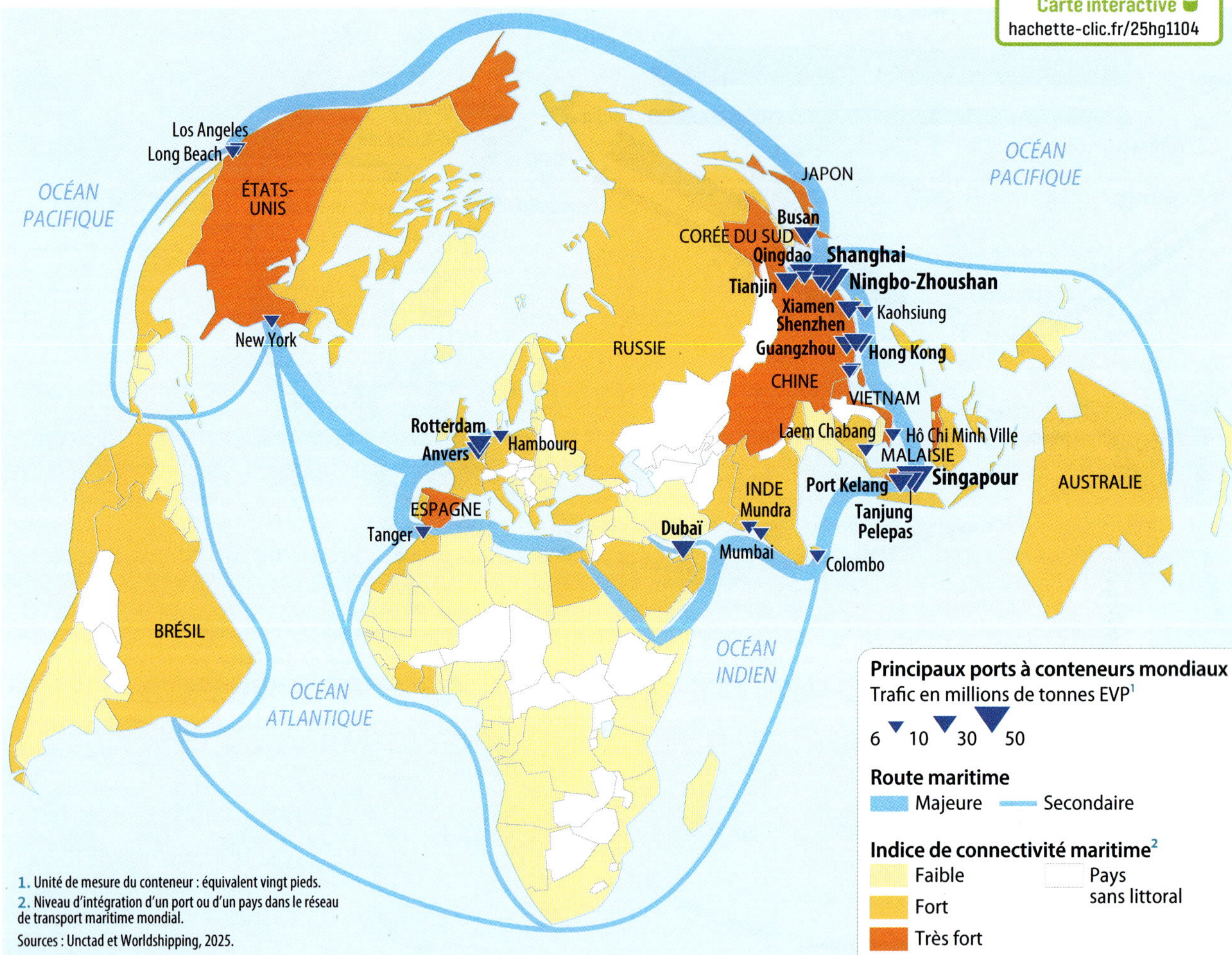

1. Unité de mesure du conteneur : équivalent vingt pieds.
2. Niveau d'intégration d'un port ou d'un pays dans le réseau de transport maritime mondial.

Sources : Unctad et Worldshipping, 2025.

1 La hiérarchie portuaire dans le monde

Bourse	Localisation	Capitalisation boursière[1] en milliards de dollars en 2024
Nyse	New York (États-Unis)	28 420
Nasdaq	New York (États-Unis)	25 430
Euronext	Paris, Amsterdam, Bruxelles (Union européenne)	7 220
Japan Exchange Group	Tokyo (Japon)	6 660
Shanghai Stock Exchange	Shanghai (Chine)	6 550

Source : Statista, 2025.

1. Valeur des actions de toutes les entreprises cotées dans une bourse. Une capitalisation élevée montre qu'une bourse est active et regroupe des entreprises importantes.

2 Les principales places boursières

● La capacité de recherche et d'innovation, surtout dans les hautes technologies, est également primordiale. Soutenue par les grandes entreprises et les universités, elle est concentrée dans quelques pays et métropoles. Enfin, les grandes places boursières mondiales, comme New York, Londres et Singapour, attirent les flux d'investissements vers les secteurs en pleine croissance.

Carte interactive
hachette-clic.fr/25hg1105

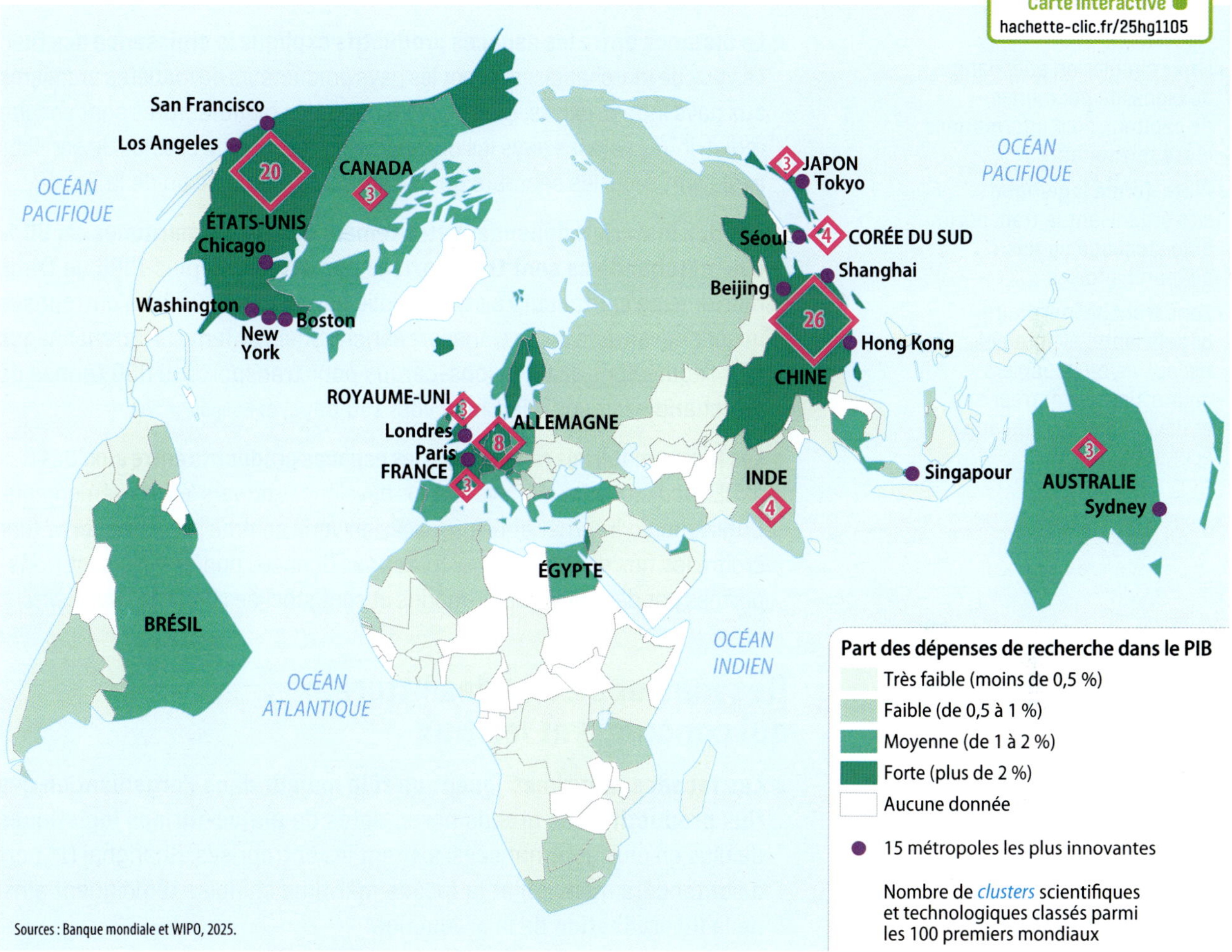

3 La recherche et l'innovation dans le monde

VOCABULAIRE

Cluster : voir p. 362.

QUESTIONS

1. **Doc. 3** Où se concentrent la recherche et l'innovation dans le monde ?
2. **Doc. 1 et 2** En vous appuyant sur trois exemples précis, expliquez comment les ports et les places boursières favorisent l'intégration des espaces productifs dans les flux mondiaux.
3. **Doc. 2** Justifiez l'affirmation : « Ce graphique illustre la puissance financière des États-Unis ».

COURS 2 Des flux concentrés dans des espaces en mutation dans le monde

> Pourquoi les flux croissants entre les espaces productifs sont-ils concentrés dans les métropoles et sur les littoraux ?

VOCABULAIRE

- **E-commerce :** achat et vente de biens et de services par Internet.
- **Flux :** circulation et échanges de biens, de personnes, de capitaux ou d'informations entre territoires.
- **Plate-forme logistique :** site organisant le transport et le stockage de flux de marchandises.
- **Zone franche :** territoire bénéficiant d'avantages fiscaux et/ou douaniers pour attirer les entreprises et développer les activités économiques.

1 Des espaces productifs à l'origine de multiples flux

- **La distance entre les espaces productifs explique la croissance des flux.** Les flux de marchandises relient les pays producteurs de matières premières aux pays industrialisés. Bien souvent, les biens manufacturés sont ensuite redistribués vers les pays les plus riches et tertiarisés. Les flux de services explosent dans les secteurs du transport, du tourisme ou de la finance.

- **Les flux matériels dépendent étroitement des routes maritimes car 80 % des marchandises sont transportées par bateau.** Depuis 1996, le trafic maritime de conteneurs a été multiplié par quatre. Certaines entreprises misent davantage sur le transport aérien : Shein et Temu affrètent chaque jour l'équivalent de 90 avions-cargos pour transporter 9 000 tonnes de marchandises depuis la Chine vers 150 pays. Exemple p. 380

- **Les flux immatériels relient aussi les espaces productifs entre eux.** Des flux d'IDE circulent entre les pays les plus développés ou vers les pays émergents. L'utilisation d'Internet et des services en ligne comme le **e-commerce** font croître les flux d'informations. Toutes ces données numériques sont transportées par des câbles sous-marins et sont stockées dans des *datacenters.*

2 Des métropoles et des littoraux qui concentrent les flux

- **Les façades maritimes jouent un rôle majeur dans l'organisation des flux productifs.** Les grands ports, dotés de **plates-formes logistiques** de plus en plus automatisées, attirent les entreprises. Shanghai (1er port à conteneurs mondial) et la façade maritime chinoise témoignent ainsi de la **littoralisation** de la production.

- **Les métropoles concentrent aussi les espaces productifs.** La diversité et l'efficacité de leurs moyens de transport et de communication (aéroport, *datacenter*) et leurs services aux entreprises attirent les sièges sociaux des FTN dans leurs quartiers d'affaires (New York, Singapour, Londres). Leurs centres de recherche et universitaires captent une main-d'œuvre très qualifiée. Étude de cas p. 362

- **Une forte concentration des espaces productifs présente des menaces.** L'augmentation des inégalités sociales, la saturation des réseaux de transport et la pollution de l'air touchent les métropoles (Mumbai, Sao Paulo). Les échanges commerciaux dépendent étroitement de la sécurité des routes maritimes mondiales. Or celles-ci sont soumises aux tensions géopolitiques (instabilité politique au large du Yémen, piraterie dans les eaux de Singapour).

NOTIONS

- **Délocalisation :** transfert d'activités vers un pays étranger pour diminuer les coûts de production et/ou gagner de nouveaux marchés.
- **Littoralisation :** processus de concentration des populations, des activités humaines et des aménagements le long des littoraux.

3 Des espaces productifs en recomposition

- **Les FTN mettent en concurrence les espaces productifs pour rester compétitives.** De nouveaux espaces émergent dans des régions en forte croissance (Afrique australe, Amérique du Sud, Asie du Sud-Est) et réorientent les investissements des FTN. Samsung a ainsi investi dans quatre immenses usines au Vietnam dont le coût de la main-d'œuvre est plus attractif qu'en Chine. De nouveaux espaces touristiques apparaissent également (Albanie en Europe, région des Grands Lacs en Afrique).

- **Les espaces productifs s'adaptent pour capter davantage de flux mondiaux.** Les États investissent dans l'extension des infrastructures de transport, comme à Singapour avec les travaux du terminal portuaire de Tuas et de l'aéroport de Changi. Ils attirent les investisseurs en multipliant les incitations financières au sein des **zones franches** (Inde, Mexique) ou en valorisant leur capacité d'innovation (IA, robotisation des transports).

- **Des transformations visent à dynamiser les espaces productifs.** Après des décennies de **délocalisations** vers des pays ateliers, la volonté de relocalisation industrielle s'affirme en Europe comme aux États-Unis (véhicules électriques, batteries). Elles s'expliquent à la fois par la hausse du coût de la main-d'œuvre en Chine et le désir d'éviter les ruptures d'approvisionnement. D'autres espaces misent sur la diversification économique : la touristique Gold Coast australienne s'oriente actuellement vers les médias et la production cinématographique. Le labo de Géo p. 388

CHIFFRES-CLÉS

Les exportations de marchandises dans le monde
En milliards de dollars

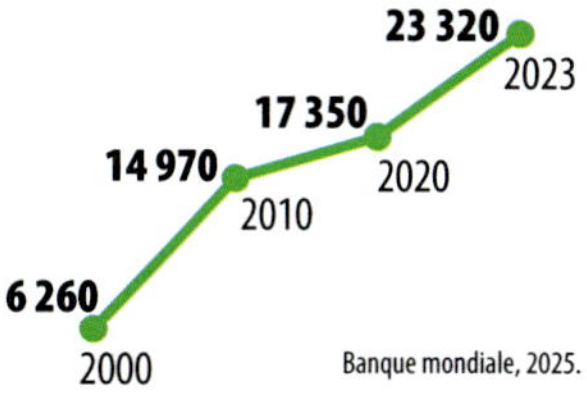

Banque mondiale, 2025.

Les principaux exportateurs mondiaux de marchandises
En milliards de dollars

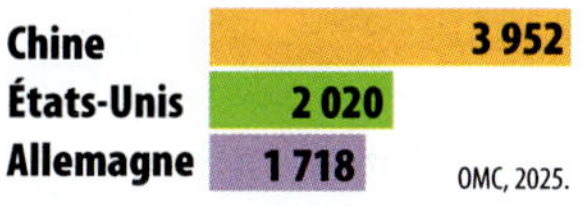

OMC, 2025.

Les principaux ports à conteneurs
En millions d'EVP[1]

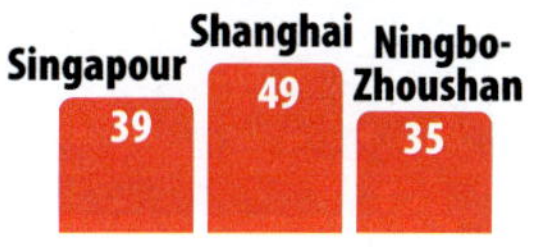

1. Unité de mesure du conteneur : équivalent vingt pieds.
Worldshipping, 2025.

Littoraux
- Façades maritimes
- Ports à conteneurs
- Plates-formes logistiques
- Zones industrialo-portuaires

Métropoles
- Transports diversifiés et efficaces
- Quartiers d'affaires
- Centres de recherche et universités
- Main-d'œuvre qualifiée

Concentration des espaces productifs et des flux : marchandises, investissements, informations, touristes

Menaces
- Métropoles saturées et inégalitaires
- Tensions géopolitiques qui menacent les routes commerciales
- Concurrence entre les espaces productifs

Recompositions des espaces productifs
- Émergence de nouveaux espaces
- Extension des infrastructures de transport
- Renforcement de l'innovation (IA, robotisation)
- Politique de réindustrialisation des pays développés

LE LABO DE GÉO

La Gold Coast : un espace tertiaire en mutation

Paradis des surfeurs, la Gold Coast, dans l'État du Queensland, est devenue le « terrain de jeu de l'Australie ». Le tourisme a profondément recomposé cet espace, mais les acteurs publics s'efforcent aujourd'hui de dépasser son statut de région balnéaire en diversifiant ses espaces productifs pour gagner en attractivité.

Votre objectif À partir du texte, **construisez un croquis** pour répondre au sujet : **La Gold Coast, des espaces productifs en cours de diversification.**

1 L'émergence du quartier d'affaires de Southport (Gold Coast City)

2 Une diversification des espaces productifs tertiaires

La Gold Coast s'est hissée, depuis les années 1970, au rang de 4e destination touristique d'Australie, attirant, annuellement, 14 millions de visiteurs venus principalement de Chine et de Nouvelle-Zélande. Le tourisme a profondément transformé le territoire, nourrissant la formation d'une agglomération de 650 000 habitants, Gold Coast City. La région bénéficie de son climat ensoleillé, de ses plages de sable fin jalonnées de ports de plaisance et de spots de surf renommés, tel Surfers Paradise. La multiplication des parcs d'attractions sur la côte et au nord de la ville (Sea World, Dreamworld, Warner Bros) et la présence de parcs nationaux à ses portes renforcent la diversité de ses espaces touristiques.

Toutefois, aux côtés de ces derniers, de nouveaux espaces productifs tertiaires émergent. Les autorités locales ont impulsé la création d'un quartier d'affaires à Southport spécialisé dans les nouvelles technologies ou la médecine. Il abrite notamment le « Quartier des connaissances » qui regroupe chercheurs et étudiants dans le domaine de la santé. La diversité des paysages de la région et les avantages fiscaux attirent les sociétés de production (Warner Bros, Disney, Universal) qui y délocalisent des tournages de films (*Scooby-Doo, Pirate des Caraïbes*) dans les studios de cinéma au sud du parc Warners Bros. Autour de ces derniers se multiplient des sociétés spécialisées (effets spéciaux, décors, costumes), justifiant le surnom de « Goldywood » parfois donné à Gold Coast City.

Enfin, l'État du Queensland participe à la diversification et au dynamisme de l'économie régionale. Le Gold Coast Manufacturing Hub, un cabinet de conseil établi en 2021 à Nerang dans la banlieue de Gold Coast City, propose des informations et des subventions aux industriels et encourage leur implantation locale. La région attire aujourd'hui *start-up* et IDE internationaux dans les domaines des nouvelles technologies, du jeu ou de l'image. Outre le cadre de vie, les investisseurs sont séduits par la situation géographique de la région, connectée à l'Asie grâce à l'aéroport de la ville et à celui de Brisbane (liaisons vers la Chine, le Japon ou Singapour) situé à 1 heure de route au nord. Ils bénéficient aussi de la concentration de services et de la main-d'œuvre qualifiée issue des deux universités de la ville situées à Southport et à Coolangatta.

D'après Léo Roussel, « La ville de Gold Coast, petite sœur australienne d'Hollywood », *Slate*, 2023 et BBC, 2024.

Étape 1 Préparer le croquis

Contextualiser

1 Situez la Gold Coast et définissez les mots-clés du sujet.

2 Lisez le texte afin de repérer les différents espaces productifs et leur localisation.

Sélectionner et classer les informations

3 En suivant le modèle du 1er paragraphe, surlignez dans les 2e et 3e paragraphes :

en jaune : la phrase résumant l'idée principale du paragraphe.

en rose : les informations importantes à cartographier.

en vert : les localisations associées à ces informations.

4 Associez à chaque information sélectionnée dans le texte un figuré adapté.

> Le choix des figurés répond à des codes précis à la fois pour leur forme et leur couleur. Aidez-vous du Mémento cartographique à la fin de votre manuel.

Étape 2 Réaliser le croquis

Croquis à télécharger hachette-clic.fr/25hg1106

Titre : ....
....

Un espace touristique littoral mis en valeur depuis les années 1970

...... *Littoral aménagé (plages, port de plaisance)*

....

...... *Principal spot de surf*

...... *Parc d'attraction*

...... *Espace forestier*

Principale agglomération

L'émergence de nouveaux espaces tertiaires dans les années 2000

...... *Quartier des affaires en cours d'extension*

...... *« Quartier des connaissances »*

...... *Flux d'IDE*

...... *Studio de cinéma*

...... *Délocalisation de tournages de films*

Des équipements stratégiques

...... *Siège du Gold Coast Manufacturing Hub*

▲ ....

...... *Liaison terrestre vers l'aéroport de Brisbane connecté à l'Asie*

....

5 Reproduisez et complétez la légende du croquis avec les informations sélectionnées et les figurés associés.

6 Réalisez votre croquis en localisant chaque information et en reportant les figurés choisis. N'oubliez pas d'y inscrire les éléments essentiels de nomenclature.

7 Donnez un titre au croquis.

> La légende doit être organisée et hiérarchisée. Elle est formée en 2 ou 3 parties, chacun accompagnée d'un titre.

> La nomenclature indique le nom des lieux essentiels (noms de villes, de quartiers ou encore de parcs naturels).

RÉVISIONS

Faire le point

Acteurs

- Consommateurs
- États
- FTN (Firmes transnationales)
- Investisseurs

Vocabulaire et notions

- Chaîne de valeur ajoutée
- Cluster
- E-commerce
- Espace productif
- Fast fashion
- IDE (Investissement direct à l'étranger)
- Littoralisation
- Logistique
- Métropole

Chiffres-Clés

- 128 FTN chinoises sur les 500 premières mondiales
- États-Unis : 1/3 des investissements industriels mondiaux
- 80 % des marchandises transportées par bateau
- Shanghai : 1er port à conteneurs du monde

Une diversification des espaces et des acteurs de la production

Idées essentielles

- De multiples espaces productifs spécialisés dans l'extraction de matières premières, l'industrie, la finance, les hautes technologies ou encore le tourisme sont connectés entre eux par les moyens de transport et de communication.
- Plusieurs acteurs interviennent dans le processus productif : si les FTN sont au cœur des chaînes de valeur ajoutées, les États aménagent les territoires et forment la main-d'œuvre pour attirer entreprises et investissements.
- Entre les espaces productifs circulent des flux à la fois matériels (marchandises, matières premières), immatériels (IDE, informations) et humains (travailleurs, touristes).
- Les métropoles et les littoraux concentrent une grande part de ces flux. Toutefois, leurs espaces productifs se recomposent pour rester compétitifs et s'adapter aux nouvelles réalités de la mondialisation et des progrès technologiques.

Réviser avec des podcasts

Podcast hachette-clic.fr/25hg1107

Flashcards hachette-clic.fr/25hg1108

- **Écoutez les cinq épisodes du podcast puis testez vos connaissances grâce aux flashcards.**

L'ESSENTIEL en 5 minutes

1. Pourquoi la production des biens manufacturés s'organise-t-elle entre différents espaces ?
2. Quelles sont les logiques de localisation des espaces productifs ?
3. Comment les FTN participent-elles à l'organisation des espaces productifs mondiaux ?
4. Quels flux circulent entre les espaces productifs d'un bout à l'autre de la planète ?
5. Comment expliquer les recompositions actuelles de ces espaces ?

Mémoriser avec des exercices

Quiz
hachette-clic.fr/25hg1109

Des espaces productifs variés

1 Associez à chaque territoire l'espace productif étudié dans le chapitre.

Terminal de Tuas (Singapour)	Siège social
Gold Coast (Australie)	Textile
Nyse et Nasdaq à New York (États-Unis)	Transformation des matières premières
Usine Airbus d'Hambourg (Allemagne)	Zone industrialo-portuaire
Terminal de Changi (Singapour)	Bourse et activités financières
Usine de lithium de Goromonzi (Zimbabwe)	Aéronautique
Usines Shein à Guangzhou (Chine)	Tourisme
Apple à Cupertino (États-Unis)	Transport aérien

Les acteurs des espaces productifs

2 Complétez les phrases avec l'acteur approprié.

Un influenceur | Une université | L'État | Un investisseur | Une FTN | Un travailleur

a. ... produit des marchandises ou des services.
b. ... organise sa chaîne de valeur ajoutée.
c. ... finance les entreprises et en particulier les *start-up*.
d. ... aménage les infrastructures de transport ou d'énergie.
e. ... forme les travailleurs qualifiés.
f. ... montre sur les réseaux sociaux les marchandises dont il fait la promotion.

3 À partir d'un exemple précis, montrez comment une FTN organise sa production entre différents espaces.

La concentration des flux dans les métropoles et sur les littoraux

4 Complétez le tableau.

	Atouts	Limites / Risques
Littoraux	...	...
Métropoles	...	...

5 Justifiez l'affirmation : « Singapour illustre la concentration des flux dans les métropoles et sur les littoraux ».

Défi en groupe *L'espace productif mystère*

15 min de préparation — Constituez un trio, puis sélectionnez dans le chapitre trois espaces productifs. Pour chacun d'eux, rédigez une fiche d'identité (localisation, acteurs impliqués, biens produits, transformations récentes...).

5 min de réalisation — Affrontez un autre groupe. Chaque groupe a le droit de poser cinq questions auxquelles il n'est possible de répondre que par « oui » ou « non ». Le groupe capable d'identifier puis de présenter le plus d'espaces productifs gagne la partie.

S'entraîner

RÉVISIONS

• Confronter des documents de natures différentes

1 La littoralisation des activités autour de Tanger (Maroc)

2 Le port de Tanger Med, une plate-forme logistique mondiale

Ville du nord du Maroc, Tanger est à quelques milles marins de l'Espagne et donc de l'Union européenne. C'est ici que les autorités ont décidé d'installer en 2002 une immense structure logistique internationale : inaugurée en 2007, Renault s'y installe en 2008 en pleine zone franche[1] pour fabriquer à partir de 2012 des modèles de la marque roumaine Dacia. Après plusieurs phases de travaux, elle regroupe désormais 2 500 hectares aménagés, 10 ports, 24 terminaux, 1 200 entreprises présentes, 100 000 emplois créés, 70 pays desservis et 7,5 millions d'équivalent vingt pieds (EVP) de conteneurs manutentionnés. Tanger Med est le premier complexe industrialo-portuaire de tout le continent africain. En 2022, il occupe le 24e rang dans le classement des ports mondiaux à conteneurs certes derrière les places fortes chinoises, Rotterdam (Pays-Bas) ou Dubaï (Émirats arabes unis), mais devant les grands ports indiens, sud-européens (Le Pirée en Grèce, Valence et Barcelone en Espagne). Tanger Med ouvre la route vers l'Europe du Nord, l'Asie, et surtout l'Afrique de l'Ouest, où les principaux ports se trouvent en moyenne à cinq jours en bateau.

Carto (revue mensuelle de géographie) n° 83, mai-juin 2024.

1. Zone qui présente des avantages fiscaux pour attirer les entreprises et développer l'activité économique.

PALIER 1

Je lis et je comprends les documents

- **Doc. 1 et 2** Précisez la nature des documents et le lieu étudié.
- **Doc. 1 et 2** Pourquoi ces sources sont-elles fiables ?
- **Doc. 1 et 2** Expliquez les titres des documents en définissant « littoralisation » et « plate-forme » logistique.

PALIER 2

Je sélectionne les informations dans les documents

- **Doc. 1** Dans quelles activités sont spécialisés ces espaces productifs ?
- **Doc. 2** Quels acteurs participent au développement de cette zone industrialo-portuaire ?
- **Doc. 1 et 2** Quels atouts rendent ces espaces productifs particulièrement attractifs pour les entreprises ?

PALIER 3

J'explique les documents avec mes connaissances

- **Doc. 2** Présentez deux autres ports dont les espaces productifs sont attractifs.
- Expliquez quels autres facteurs peuvent encourager l'installation des firmes transnationales dans ce type de zones portuaires.

• Mobiliser le vocabulaire et les notions du cours

Boston, pôle mondial de l'innovation

Dans les années 1950-1980, si une grave crise économique frappe le centre-ville de Boston, la couronne périurbaine est dopée par les hautes technologies militaires et civiles. Les reconversions des années 1980-1990 enclenchent un cycle fondé sur la santé et les biotechnologies, le numérique et la finance. Ce système productif articule recherche, formation, industrialisation et commercialisation et il attire les cerveaux du monde entier. Cela s'accompagne d'un renouveau urbain qui métamorphose les vieilles friches portuaires du front de mer. Trois fonctions dominent : résidentielle haut de gamme, tourisme/loisirs et productive (bureaux, centres de recherche…).

Fondée sur la commune de Cambridge en 1639, Harvard est la plus ancienne université des États-Unis ; elle est membre de l'Ivy League, qui regroupe les huit plus prestigieux centres d'enseignement supérieur privés de la côte Est. Sur la rivière Charles, à 2,5 kilomètres de Harvard, s'étend le MIT (Massachusetts Institute of Technology). Cet institut privé de recherche fondamentale et appliquée est devenu l'un des plus puissants du monde. Doté d'un budget annuel de 16,5 milliards de dollars, il regroupe 1 000 enseignants et 11 500 étudiants venant d'une centaine de pays.

Alexis Bautzmann,
Atlas géopolitique mondial 2025, 2024.

1 Retrouvez pour chaque élément d'analyse du tableau un ou plusieurs passage(s) du texte qui lui correspond(ent).

Un pôle économique spécialisé dans les hautes technologies	
Des acteurs qui fonctionnent en réseau	
Un pôle universitaire majeur	
Un centre de recherche de dimension mondiale	
Des recompositions urbaines	
Une attractivité mondiale	

2 En analysant le document et grâce au tableau, vous étudierez les acteurs du pôle d'innovation de Boston et les atouts qui assurent son attractivité mondiale.

Pour aller plus loin

À VOIR

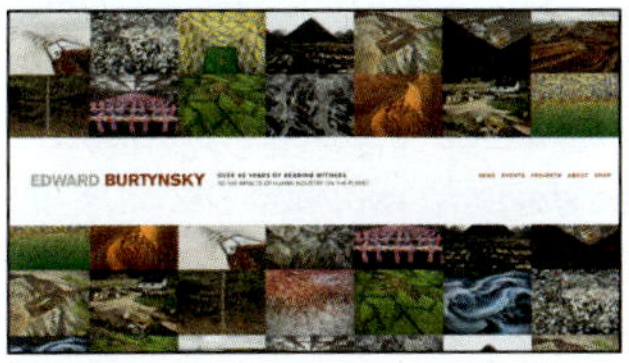

- Le Canadien Edward Burtynsky photographie depuis 40 ans les impacts de l'industrie et des activités humaines sur la planète.

À LIRE

- Le livre *La Tech. Quand la Silicon Valley refait le monde* d'Olivier Alexandre explore le rôle des différents acteurs qui recomposent en permanence cet espace productif exceptionnel.

MÉTIER DE GÉOGRAPHE

- **L'ingénieur logistique** coordonne les transports en prenant en compte les contraintes géographiques (distances, réseaux de transport, etc.) afin que les marchandises arrivent à destination à temps.

La fiche métier de l'Onisep
hachette-clic.fr/25hg1110

MÉTHODE BAC Répondre à une question problématisée

Sujet corrigé : Quelles dynamiques connectent les espaces productifs dans le monde ?

Objectif Rédiger l'introduction et la conclusion

Votre réponse pourra montrer que les espaces productifs sont diversifiés, qu'ils sont reliés par des flux nombreux et qu'ils sont concentrés dans les métropoles et sur les littoraux.

Étape 1 Comprendre la question

1. Définissez et expliquez les mots-clés de la question à l'aide de vos connaissances.

Quelles dynamiques	connectent les espaces productifs	dans le monde ?
Il s'agit d'expliquer comment s'organisent les relations entre les espaces productifs et qui en sont les acteurs.	Les espaces qui produisent des biens ou des services sont reliés par des flux de différentes natures.	La mondialisation favorise la concentration des flux dans les métropoles et sur les littoraux.

Quelles dynamiques connectent les espaces productifs dans le monde ?

2. Expliquez la réponse à développer en une ou deux phrases.

Sous l'impulsion des acteurs (FTN, sous-traitants, États), les espaces de biens et de services sont reliés par de nombreux flux. Ils sont concentrés dans les métropoles et sur les littoraux dans le cadre de la mondialisation.

Étape 2 Mobiliser et organiser des connaissances

3. Listez au brouillon les arguments qui permettent de répondre à la question.
4. Organisez les connaissances à l'aide du plan suggéré dans la consigne.

1. Tout d'abord, les espaces productifs sont diversifiés.
- Espaces d'extraction des matières premières, industriels ou tertiaires.
- Rôle majeur des FTN, des sous-traitants et des États.

2. De plus, les espaces productifs sont reliés par des flux nombreux.
- Matériels (matières premières, marchandises) et immatériels (IDE, informations).
- Humains (main-d'œuvre et encadrement).

3. Enfin, les espaces productifs sont concentrés dans les métropoles et sur les littoraux.
- Attractivité des métropoles (quartier d'affaires, laboratoires de recherche, universités).
- Ouverture des façades maritimes et des grands ports à conteneurs.

Étape 3 Rédiger l'introduction et la conclusion

5. Rédigez l'introduction.

Une introduction comporte une présentation du sujet, la question problématisée et l'annonce des deux ou trois parties du plan.

Les espaces qui produisent des biens ou des services se nomment les espaces productifs. Ils sont nombreux et s'organisent de façon spécifique à l'échelle locale, régionale voire mondiale. Quelles dynamiques connectent les espaces productifs dans le monde ? Les espaces productifs sont diversifiés dans le monde. De plus, ils fonctionnent en réseau car ils sont reliés par des flux de différentes natures. Ouverts sur le monde, les métropoles et les littoraux concentrent flux et espaces productifs.

6. Rédigez la conclusion.

Une conclusion comporte les éléments de réponse à la question problématisée.

Ainsi, bien que diversifiés, les espaces productifs fonctionnent en réseau sous l'impulsion des FTN et des États. Reliés par des flux matériels et immatériels, ils sont nombreux dans les métropoles et sur les littoraux qui disposent des moyens de communication, des acteurs productifs et des services aux entreprises.

➔ Voir fiche méthode 11 p. 280-281

Sujet guidé : Pourquoi les FTN ont-elles une place particulière parmi les acteurs des espaces productifs ?

Vous pourrez montrer comment les FTN organisent les espaces productifs et quels liens elles entretiennent avec les autres acteurs des espaces productifs.

Étape 1 Comprendre la question

1. Analysez les mots-clés du sujet.

Pourquoi **les FTN** **ont-elles** **une place particulière** **parmi** **les acteurs des espaces productifs** **?**

- Pourquoi : S'agit-il de montrer le poids des FTN ? d'expliquer pourquoi elles sont puissantes ? les deux ?
- les FTN : Définissez ce mot-clé et citez le nom de trois d'entre elles.
- une place particulière : Comment les FTN organisent-elles leur production à l'échelle mondiale ?
- les acteurs des espaces productifs : Citez les autres acteurs privés et publics des espaces productifs.

2. À l'aide de la question 1, expliquez la réponse à développer en une ou deux phrases.

Étape 2 Mobiliser et organiser des connaissances

3. Sélectionnez des arguments utiles pour répondre à la question. Justifiez votre choix.

– Les FTN organisent la production à l'échelle mondiale grâce à des chaînes de valeurs ajoutées.
– Parfois, leur puissance est contestée par les populations locales, des associations, voire des États.
– Les acteurs des espaces productifs fonctionnent en réseau, ce qui renforce leur interdépendance.
– Les espaces productifs sont multiples et organisés de façon spécifique par de nombreux acteurs.
– Les FTN assurent la circulation des marchandises, des capitaux et des informations entre leurs différents sites.
– Le processus productif est encadré par des acteurs publics qui facilitent l'installation des entreprises.
– Les FTN collaborent avec de nombreux sous-traitants ou États pour tirer avantage de chaque espace productif.

4. Classez ces arguments dans le plan suggéré par la consigne.

Pourquoi les FTN ont-elles une place particulière parmi les acteurs des espaces productifs ?	Parties	Arguments :
	1. Tout d'abord, les FTN organisent les espaces productifs	- En effet, …………… - ……………
	2. De plus, les FTN entretiennent des liens avec les autres acteurs des espaces productifs.	- Ainsi, …………… - ……………

Étape 3 Rédiger l'introduction et la conclusion

5. Rédigez l'introduction.

[Présentation du sujet] : ……………
[Question problématisée] : ……………
[Annonce des parties du plan] : ……………

6. Au choix, rédigez une des deux parties de la réponse à la question problématisée grâce à des arguments et des exemples précis.

7. Complétez la rédaction de la conclusion.

Ainsi, les FTN sont des acteurs privés essentiels de la production car….

MÉTHODE BAC Analyser des documents

Sujet corrigé : L'industrie automobile dans le monde

À partir du document, vous identifierez les évolutions des espaces de production de l'industrie automobile puis vous expliquerez les facteurs de cette recomposition.

Objectif Sélectionner des informations et les mettre en relation avec des connaissances

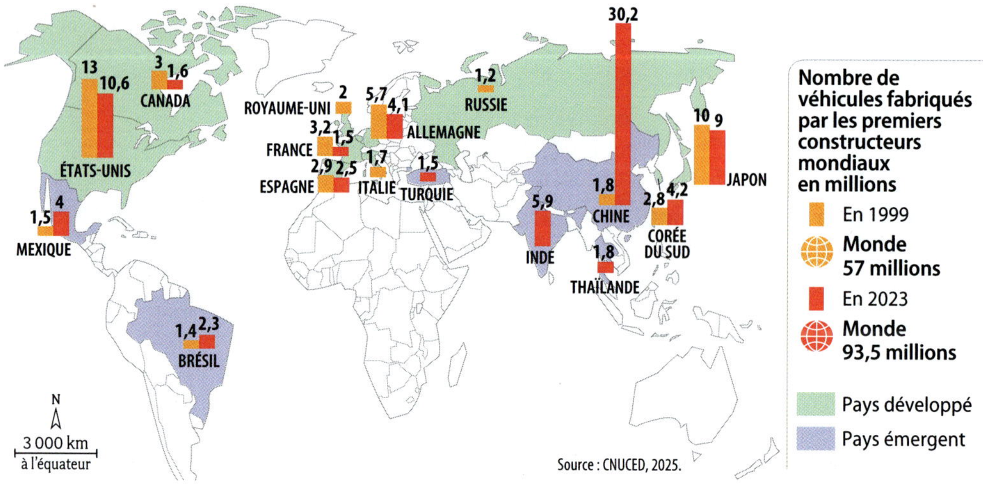

L'évolution de la production automobile

Étape 1 Lire la consigne et le document

1. Expliquez la consigne.
2. Identifiez le document.

La consigne suggère de présenter l'évolution des localisations de la production automobile mondiale puis d'en montrer les causes à partir d'une carte comparant les espaces de production automobile entre 1999 et 2023.

Étape 2 Sélectionner des informations

3. Sélectionnez les informations principales du document et les repères géographiques associés.

Listez des localisations dans une carte, des chiffres dans un graphique ou des citations dans un texte.

Pôles de production traditionnels :
- *1999 → pays développés : États-Unis, Japon, Allemagne, France.*
- *2023 → maintien de la production dans les pays développés malgré un recul = États-Unis (2e rang), Japon, Corée du Sud, Allemagne.*

Nouveaux pôles de production :
- *1999 → 3 pays émergents uniquement = Chine, Mexique et Brésil.*
- *2023 → 7 pays émergents dont Chine (1er rang), Inde (4e rang).*

Étape 3 Mettre les informations en relation avec des connaissances

4. Expliquez chacune de ces informations à l'aide de vos connaissances.

Les connaissances sont des idées à développer. Elles sont à classer selon le plan suggéré par la consigne.

Partie 2 : *Ainsi, l'évolution des espaces de production automobile s'explique par trois principaux facteurs.*
Tout d'abord, la production automobile était concentrée dans les pays développés pour des raisons historiques (États-Unis avec Ford, France avec Renault).
Puis, progressivement, les FTN automobiles ont délocalisé la production vers des pays aux coûts de main-d'œuvre plus faibles (Mexique, Chine, Thaïlande) ou à proximité des grandes zones de consommation (Chine, Brésil, Turquie).
Enfin, tandis que des pays émergents produisent leurs propres automobiles (Inde, Chine), certains pays s'engagent dans la production de voitures électriques en particulier les États-Unis, l'Allemagne et la Chine qui est le premier producteur mondial.

➔ Voir fiche méthode 10 p. 278-279

Sujet guidé : Les métropoles, des espaces productifs attractifs

À partir du document, vous présenterez la hiérarchie des métropoles attractives pour l'innovation et leurs atouts puis vous identifierez comment et pourquoi évolue cette hiérarchie.

Étape 1 Lire la consigne et identifier le document

1. Expliquez la consigne en définissant précisément les termes de « *start-up* » et de « métropole ».
2. Rédigez l'identification du document (nature, auteur, source, date, idée principale).

Étape 2 Sélectionner des informations

3. Au brouillon, listez les informations principales du document.
4. Reportez ces informations dans la deuxième colonne du tableau en respectant l'ordre de la consigne.

Étape 3 Mettre les informations en relation avec des connaissances

5. Sélectionnez les connaissances utiles pour analyser le document.

Cluster de haute technologie ; e-commerce ; délocalisation ; main-d'œuvre qualifiée ; métropole mondiale ; synergie entre les FTN ; centres de recherche et universités ; importance de l'IA ; forte accessibilité aérienne et numérique.

6. Reportez ces connaissances dans la troisième colonne du tableau en respectant l'ordre de la consigne.

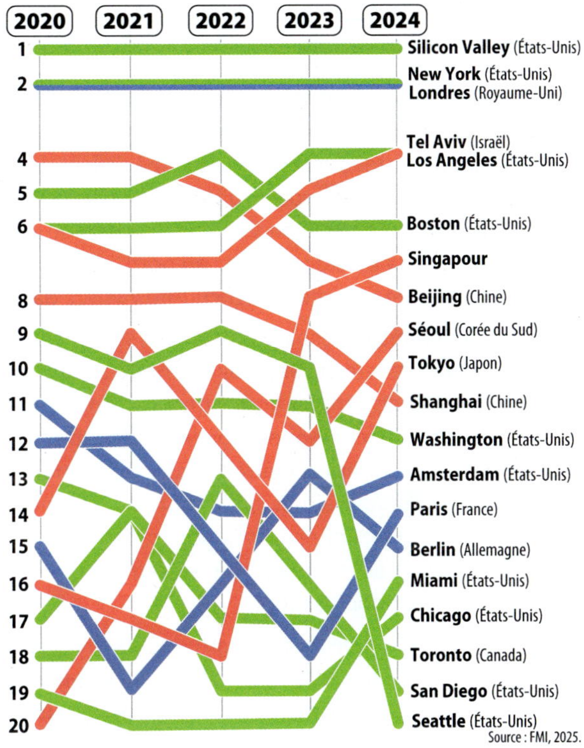

Source : FMI, 2025.

Les métropoles les plus attractives pour les *start-up*[1]

1. Ce classement prend en compte la quantité de *start-up*, leur qualité et leur environnement scientifique, financier et numérique.

Plan suggéré par la consigne	Informations sélectionnées dans le document	Connaissances
La hiérarchie des métropoles attractives pour l'innovation et leurs atouts.	*Une hiérarchie mondiale :* *– domination des métropoles des États-Unis : ...* *– ... métropoles asiatiques dont ...* *– ... métropoles européennes dont ...*	*Les atouts des métropoles :* *– concentration des hautes technologies dans la Silicon Valley car ...* – ... – ...
L'évolution de la hiérarchie métropoles attractives.	*Des évolutions :* – ... – ... – ...	*Des facteurs d'explication :* *– essor de l'IA dans la Silicon Valley* – ... – ...

7. Poursuivez la rédaction des deux parties de l'analyse en alternant des informations du document et les connaissances sélectionnées.

Tout d'abord, le document présente une hiérarchie des métropoles les plus attractives pour l'innovation. Ainsi, ...
Cependant, cette hiérarchie est en évolution. En effet, ...

MÉTHODE BAC Transposer un texte en croquis

Sujet guidé : Le Vietnam : des espaces productifs inégalement intégrés dans la mondialisation

Objectif Choisir des figurés

À partir du texte, vous construirez un croquis correspondant au sujet :
« Le Vietnam : des espaces productifs inégalement intégrés dans la mondialisation », accompagné d'une légende organisée. Vous utiliserez le fond de carte fourni.

Premier paragraphe

Le Vietnam se distingue par la vigueur de son développement principalement fondé sur l'exploitation de produits agricoles ou industriels. L'État encourage tout d'abord ses espaces productifs en créant de vastes parcs industriels, spécialisés dans le textile et la haute technologie. Ces parcs sont situés autour des métropoles d'Hanoï, au nord, de Hô Chi Minh-Ville au sud et de Da Nang au centre du pays. S'ajoutent les espaces touristiques sur le littoral de la mer de Chine, en particulier les stations balnéaires de la Baie de Ha Long au nord, de Da Nang et de Quy Nhon au sud. Le pays compte aussi sur la riziculture littorale et l'agriculture vivrière dans les forêts à l'intérieur du territoire.

Deuxième paragraphe

Cependant, ces espaces productifs sont inégalement intégrés à la mondialisation. Le faible coût de la main-d'œuvre et l'aménagement de zones franches dans les parcs industriels de Hanoï et Hô Chi Minh-Ville attirent les firmes transnationales, dont la coréenne Samsung qui a implanté sa plus grande usine de téléphones mobiles et de tablettes à Hanoï. Le pays profite aussi de ses aéroports internationaux dans les métropoles et de ses nombreux ports, tels Haiphong, Da Nang, Cam Ranh et Hô Chi Minh-Ville, situés sur la route du commerce maritime mondial qui connecte la Chine et le Japon à l'Europe. Enfin, des axes de transport routiers et ferroviaires relient les espaces productifs du nord au sud. Les montagnes à l'extrême nord et à l'intérieur du pays, faiblement équipées, restent à l'écart de la mondialisation.

Troisième paragraphe

L'intégration des espaces productifs à la mondialisation se traduit par de nombreux flux. Le pays attire des investissements directs étrangers concentrés dans les métropoles tandis que les ports assurent le commerce de marchandises. Grâce aux aéroports, le pays accueille les touristes internationaux (3,5 millions en 2023). Enfin, le pays est parcouru par d'intenses flux de main-d'œuvre des espaces ruraux vers les métropoles.

D'après Y. Duchère, « Carte à la une. Dynamiques et contrastes du développement au Vietnam », *Géoconfluences*, 27 février 2023 et *Atlas géopolitique mondial*, 2025.

Étape 1 Comprendre la consigne et sélectionner les informations du texte

1. Lisez attentivement le texte et la consigne. Quelle proposition vous semble la plus pertinente pour rendre compte du thème et de l'échelle étudiés ? Justifiez votre réponse en citant un passage du texte ou de la consigne.

a. Le texte porte sur l'étude des espaces touristiques en Asie du Sud-Est.

b. Le croquis est consacré uniquement aux espaces industriels à l'échelle du Vietnam.

c. Le texte s'intéresse à l'organisation des espaces productifs vietnamiens et à leur intégration dans la mondialisation.

2. Recopiez le tableau et complétez-le en attribuant à chaque information la localisation mentionnée dans le texte.

	Informations sélectionnées dans le texte	Localisations sélectionnées dans le texte
Premier paragraphe	– *Parcs industriels* – …	– … – …
Deuxième paragraphe	– … – …	– … – *Haiphong, Da Nang, Cam Ranh et Hô Chi Minh-Ville*
Troisième paragraphe	– *Investissements directs étrangers* – …	– … – …

➔ Voir fiche méthode 12 p. 282-283

Étape 2 Organiser la légende et choisir les figurés

3. Sélectionnez les titres qui conviennent pour organiser votre légende en vérifiant qu'ils correspondent à l'idée principale de chaque paragraphe. Justifiez votre choix.

Légende A
1. Des espaces productifs diversifiés
2. Des espaces inégalement intégrés à la mondialisation
3. Des flux nombreux

Légende B
1. Des espaces productifs diversifiés
2. Des espaces de ressources essentielles
3. Des flux de main d'œuvre

4. Sélectionnez les figurés les plus adaptés pour représenter les informations et les localisations du premier paragraphe. Justifiez votre choix.

Conseil
Aidez-vous du mémento cartographique à la fin de votre manuel.

La forme et la couleur des figurés respectent des règles du langage cartographique.
À chaque type d'informations correspond un type de figurés.

Il existe trois **types de figurés** :
- des **figurés de surface** pour représenter une zone ;
- des **figurés ponctuels** pour situer un lieu précis ;
- des **figurés linéaires** pour représenter des flux et des dynamiques.

Le **choix des couleurs** répond à deux logiques :
- respecter les conventions cartographiques : bleu pour les informations liées à l'eau, vert pour les éléments naturels... ;
- choisir une même gamme de couleurs pour un même type d'informations.

Figurés	Informations	Localisations
	Agriculture vivrière	*Hô Chi Minh-Ville ; Hanoï ; Da Nang*
	Station touristique	*Baie de Ha Long ; Da Nang ; Quy Nhon*
	Parcs industriels	*Intérieur du territoire*
★	*Métropole*	*Littoral*
	Riziculture littorale	

5. Choisissez les figurés les plus adaptés pour les informations des deuxième et troisième paragraphes puis complétez la légende.

Étape 3 Réaliser le croquis

6. Reportez les titres dans la légende puis ajoutez les informations sélectionnées et les figurés choisis à l'**étape 2**.

7. En vous aidant du fond de carte, réalisez le croquis et complétez la légende.

Fond de carte
hachette-clic.fr/25hg1111

Titre : ***Le Vietnam : des espaces productifs inégalement intégrés dans la mondialisation***

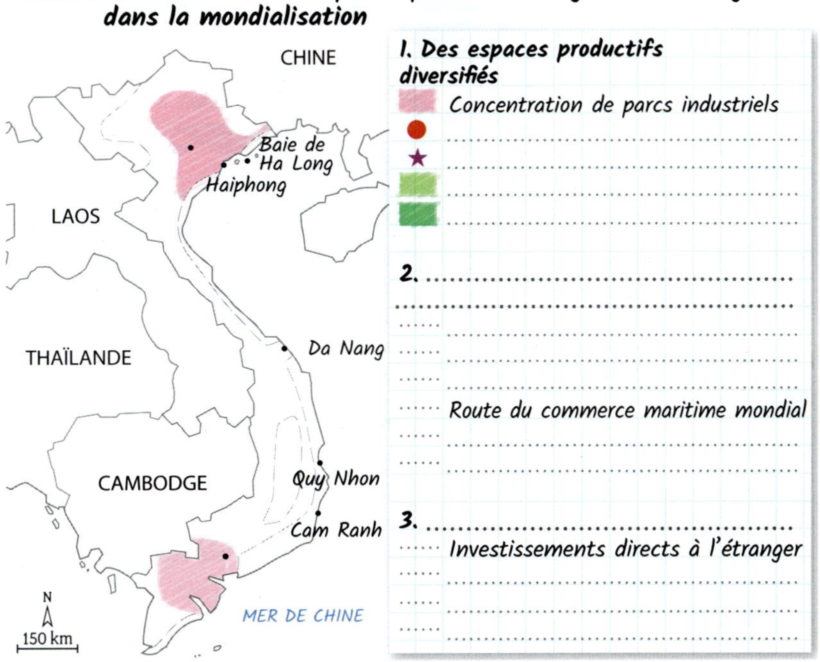

CHAPITRE

4 La France : les systèmes productifs entre valorisation locale et intégration européenne et mondiale

COURS 1 Septième puissance économique mondiale, la France présente des systèmes productifs performants et diversifiés qui se concentrent principalement dans les métropoles et sur les littoraux.

> **Comment les systèmes productifs français se recomposent-ils dans une économie dominée par les services ?**

COURS 2 Malgré une forte concurrence mondiale, les systèmes productifs français restent attractifs grâce à une main-d'œuvre qualifiée et une place importante réservée à l'innovation.

> **Quelles sont les stratégies pour renforcer l'intégration des systèmes productifs français dans le monde ?**

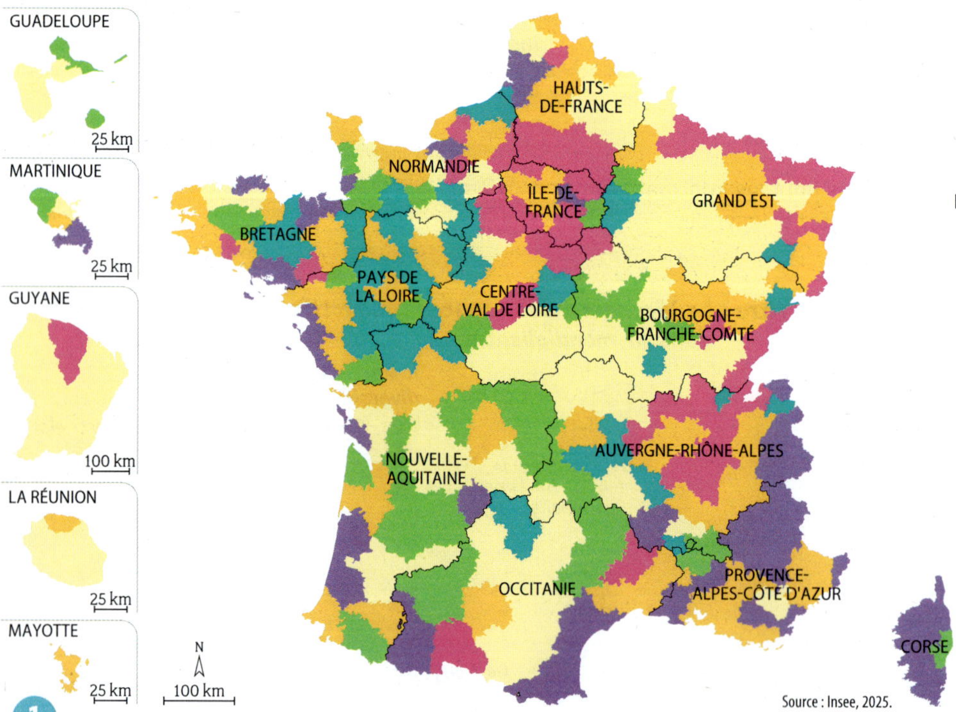

CHIFFRES-CLÉS

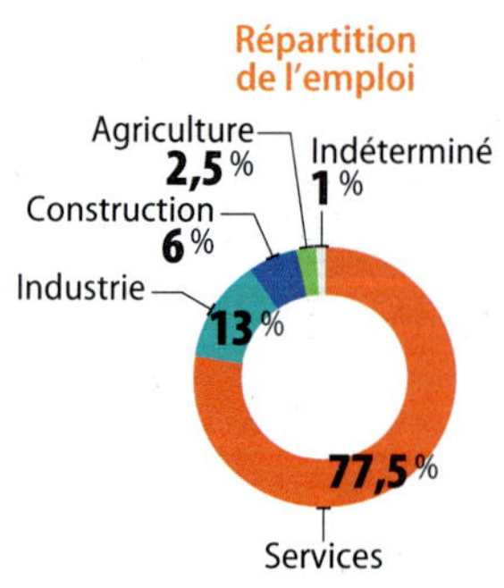

1 La spécialisation des zones d'emploi en France

QUESTIONS

1. **Doc. 1** Montrez que les espaces productifs sont diversifiés en France.
2. **Doc. 1 et 2** Sélectionnez trois informations qui prouvent que les services dominent l'économie française (PIB, emploi, territoire).

2 Des croisiéristes au port de Fort-de-France (Martinique)

Comptant 350 000 habitants, la Martinique, dans les Caraïbes, accueille environ un million de touristes dont un tiers de croisiéristes par an. Cette fréquentation témoigne de la forte domination des services, qui génèrent plus de 86 % de la richesse produite sur l'île (80 % dans l'Hexagone).

ÉTUDE DE CAS 1

La recomposition du système productif automobile des Hauts-de-France

L'Asie produit 85 % des batteries électriques destinées aux constructeurs automobiles européens. Forte de sa tradition automobile, la Région Hauts-de-France a décidé de miser sur cette production. Celle-ci recompose le système productif régional et renforce son intégration en Europe et dans le monde.

A Comment le système productif automobile des Hauts-de-France évolue-t-il ?

1 La transformation de la zone industrielle de Douvrin

À 30 km de Lille, au cœur de l'ancien bassin minier, la première ***gigafactory*** de France produit des batteries électriques. Fondée par les entreprises TotalEnergies (pétrole), Stellantis et Mercedes-Benz (automobile), cette usine devrait employer 2 000 personnes d'ici 2030.

▶ **Vidéo**
Billy-Berclau Douvrin
Source : ACC-Automotive Cells Company, mai 2023.
hachette-clic.fr/25hg1112

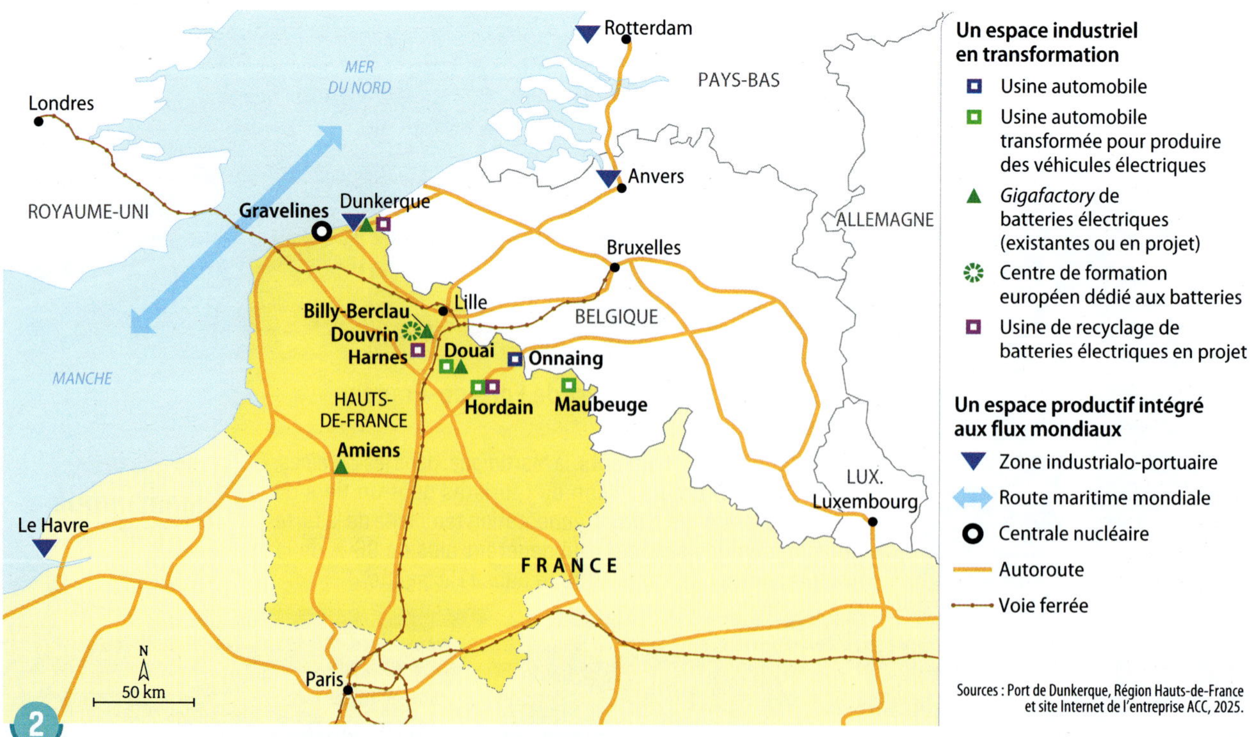

Sources : Port de Dunkerque, Région Hauts-de-France et site Internet de l'entreprise ACC, 2025.

2 Les espaces industriels des Hauts-de-France

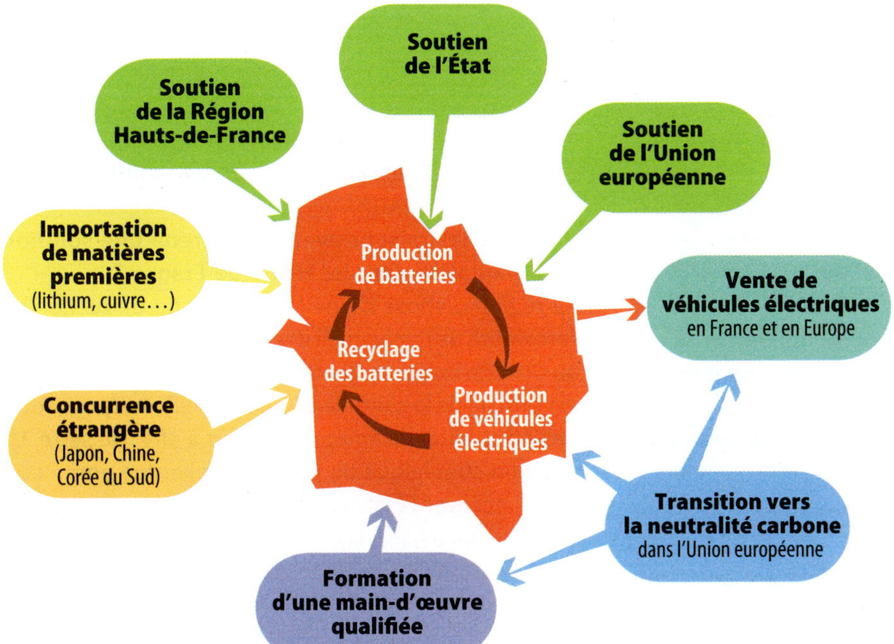

Source : *Le Monde*, 8 juin 2024.

3 L'émergence d'une « vallée de la batterie »

VOCABULAIRE

- **Économie circulaire :** modèle de production et de consommation fondé sur la réutilisation des produits (réparation, recyclage) pour éviter le gaspillage des ressources.
- ***Gigafactory* :** usine de grande dimension hautement automatisée qui produit généralement des batteries ou des véhicules électriques.

4 Les orientations économiques de la Région Hauts-de-France

La dynamique rev3[1] initiée dans les Hauts-de-France constitue un levier privilégié pour accompagner les entreprises et les filières dans ces démarches de transformation de l'économie régionale.

Afin de réduire les émissions de gaz à effet de serre et de générer un développement économique vertueux, créateur d'emplois, la démarche rev3 devra trouver la bonne articulation entre création de richesses et consommation de ressources en promouvant l'**économie circulaire** et en articulant la sobriété, l'efficacité énergétique, le développement des énergies renouvelables.

Par ailleurs, le déploiement renforcé de rev3 exige une action nouvelle et multiple. Il s'agit de réindustrialiser nos territoires, qualifier les filières d'excellence[2] de la région et les utiliser comme levier de transformation de l'économie des territoires et d'anticipation des emplois de demain.

Schéma régional de développement économique, d'innovation et d'internationalisation de la région Hauts-de-France (2022-2028), 2022.

1. Projet de troisième révolution industrielle (rev3) en faveur du développement durable dans les Hauts-de-France.
2. Énergies propres, mobilité durable et efficacité énergétique des bâtiments.

PARCOURS 1

Présenter une situation géographique

1. **Doc. 1 et 2** Après avoir localisé la région des Hauts-de-France, sélectionnez trois informations qui prouvent que la production automobile a une place centrale dans la région.
2. **Doc. 1, 2 et 3** Quelles sont les transformations en cours de cet espace productif ?
3. **Doc. 3 et 4** Montrez le rôle moteur de la région Hauts-de-France dans la transformation de ce système productif.
4. **Doc. 1, 3 et 4** Comment la coopération entre les acteurs permet-elle la transformation du système productif automobile ?

BILAN Rédigez une synthèse présentant les recompositions en cours du système productif automobile des Hauts-de-France puis la coopération entre ses différents acteurs.

PARCOURS 2

Analyser une carte

Comment le **document 2** montre-t-il la transformation du système productif automobile de la région Hauts-de-France ?

Pas à pas :
Rédigez votre réponse en vous appuyant sur les autres documents.
1. Un système productif automobile qui se tourne vers l'électrique (**doc. 1**).
2. Des choix stratégiques dans le cadre de la mondialisation (**doc. 3 et 4**).
3. Des acteurs qui coopèrent pour mettre en place une « vallée de la batterie » (**doc. 1, 3 et 4**).

B Quels atouts favorisent l'intégration de ce système productif dans la mondialisation ?

5 Un environnement économique attractif

ProLogium[1] inaugurera une nouvelle usine de production de batteries en 2026 dans le port de Dunkerque. Gilles Normand, président Europe de cette FTN, justifie le choix de cette localisation.

Quel était votre enjeu principal durant ce projet de développement ?

La décision d'implantation de ProLogium sur le sol français a fait l'objet d'un processus très poussé : en Europe, près de 90 sites répartis sur 13 pays ont été étudiés. En parallèle, plus de 50 sites ont été examinés aux États-Unis.

Pourquoi votre décision d'investissement s'est-elle portée sur la France ?

L'Europe présente un marché plus mature en ce qui concerne le véhicule électrique et un environnement favorable à l'installation d'une telle usine, permettant d'équiper 500 000 à 750 000 véhicules par an en batteries. Nous y nouons également des partenariats pour le recyclage et la recherche.

Pour quelles raisons avez-vous retenu une solution d'implantation dans les Hauts-de-France ?

La région dispose d'une forte capacité de recherche (proximité de l'université d'Amiens, elle-même très liée au CNRS[2]). Le site sur lequel nous allons nous implanter est proche de la centrale EDF de Gravelines, qui produit de l'électricité qui émet peu de gaz à effet de serre. La position stratégique du port de Dunkerque permet un lien direct avec l'Europe du Nord, l'Asie et les États-Unis.

Nord France Invest (organisme assurant la promotion économique de la Région Hauts-de- France), 2023.

1. Entreprise spécialisée dans la recherche, le développement et la fabrication de batteries électriques fondée en 2006 à Taïwan.
2. Organisme public de recherche français.

Financement public

Liberté • Égalité • Fraternité — République Française | Région Hauts-de-France

↓

i-TRANS INNOVATION CATALYST

Pôle de compétitivité des mobilités décarbonées et connectées

188 membres dont :
- 80 % d'entreprises de toutes tailles (Alstom, Siemens…)
- Universités et laboratoires de recherche (université de Lille…)

↓

Rôles
- Mise en réseau des acteurs
- Accompagnement de projets d'innovation
- Aide à la recherche de financements publics

Source : Site Internet d'i-Trans, 2025.

6 Le pôle de compétitivité i-Trans

7 L'aménagement du canal Seine-Nord Europe

▶ Vidéo
Le Canal Seine-Nord Europe avec moi
Canal Seine-Nord Europe, 2022.
hachette-clic.fr/25hg1113

VOCABULAIRE

Pôle de compétitivité : réseau d'entreprises, d'universités et de centres de recherche soutenu par l'État pour renforcer leurs performances.

PARCOURS 1

Sélectionner des informations dans les documents

1. Doc. 5 Énumérez les facteurs qui favorisent l'installation de l'entreprise ProLogium à Dunkerque.
2. Doc. 6 Comment l'État soutient-il le système productif des Hauts-de-France ?
3. Doc. 5 et 7 Expliquez comment favoriser l'intégration de la région en Europe.

PARCOURS 2

Réaliser un schéma fléché

À l'aide des documents, complétez le schéma fléché pour présenter l'intégration du système productif des Hauts-de-France en Europe et dans le monde.

Une localisation stratégique …………	Un réseau de transport performant …………	Des acteurs en réseau …………

↓ Intégration européenne et mondiale

↓ Un rayonnement économique …………

Faire le bilan

Bilan à compléter
hachette-clic.fr/25hg1114

La recomposition du système productif automobile des Hauts-de-France

Un système productif en mutation

Vers la mobilité électrique

- ....
- ....
- ....

Des atouts multiples

- ....
- ....
- ....

Une coopération entre acteurs

- ....
- ....

Une intégration renforcée des Hauts-de-France

En Europe

- ....
- ....

Dans le monde

- ....
- ....

Et ailleurs ?

1. Nommez les 5 régions les plus attractives pour les investissements étrangers.
2. Selon vos connaissances, comment peut-on expliquer l'attractivité majeure de l'Île-de-France ?

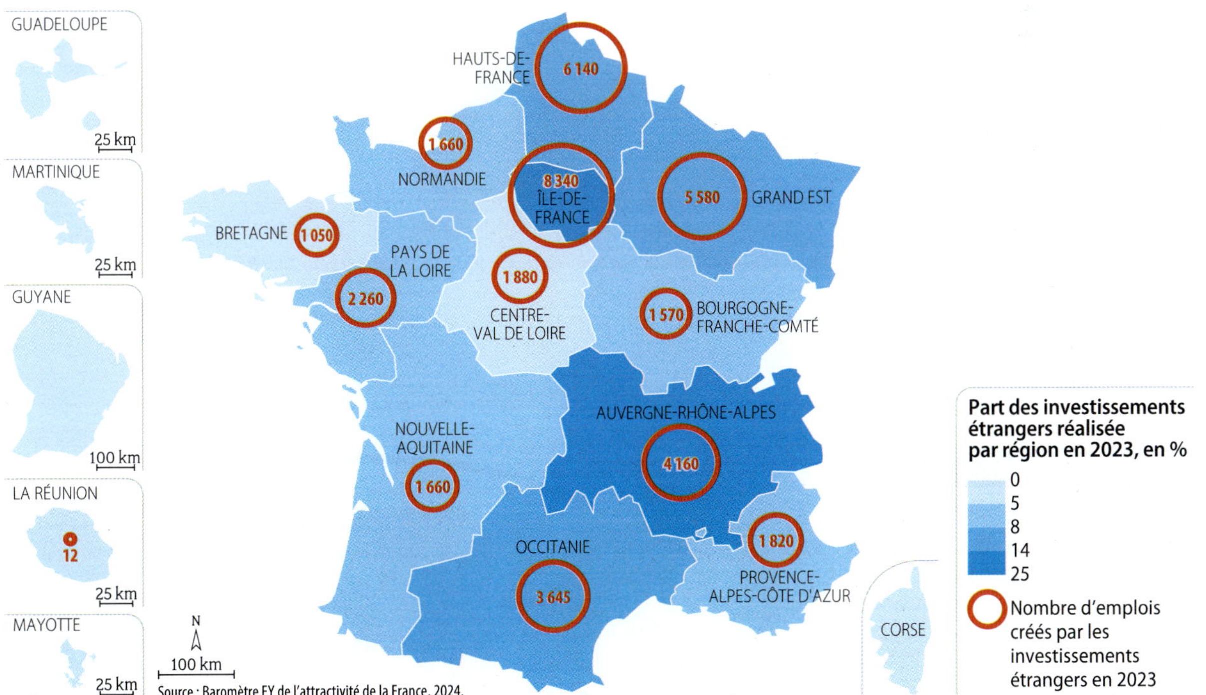

Source : Baromètre EY de l'attractivité de la France, 2024.

L'attractivité des régions françaises

GRAND ANGLE Des espaces productifs français en recomposition

• Dans les **systèmes productifs** français, les services dominent largement et se concentrent surtout dans les métropoles et sur les littoraux. Certaines filières comme l'automobile se restructurent, mais l'industrie reste dynamique grâce à des FTN majeures (Airbus dans l'aéronautique, Alstom dans les transports). Dans un contexte de transition énergétique, de nouvelles filières se développent.

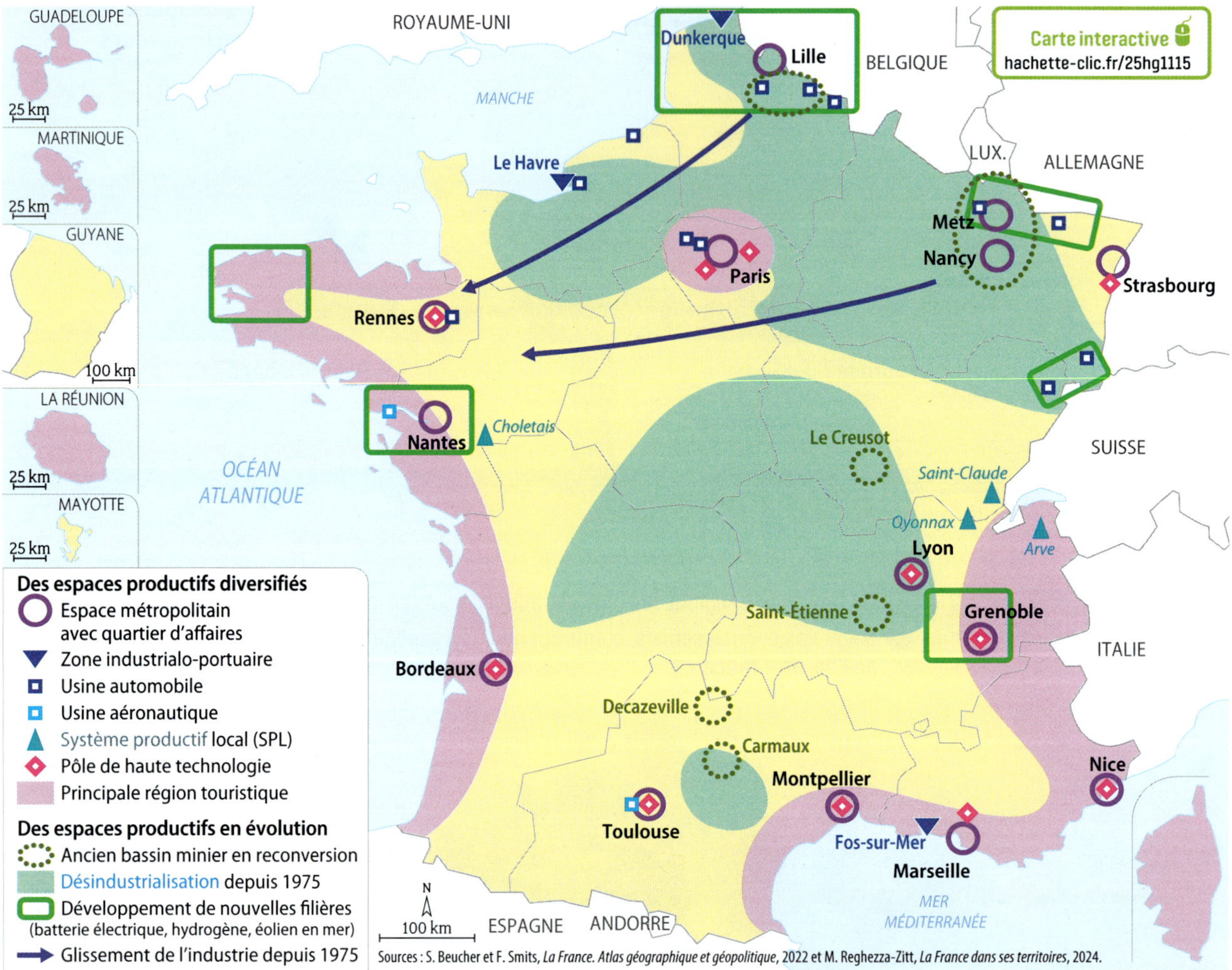

1 Des espaces productifs en mutation

NOTION EN IMAGE

Système productif : réseau d'acteurs et de moyens permettant la production, la circulation et la consommation de richesses.

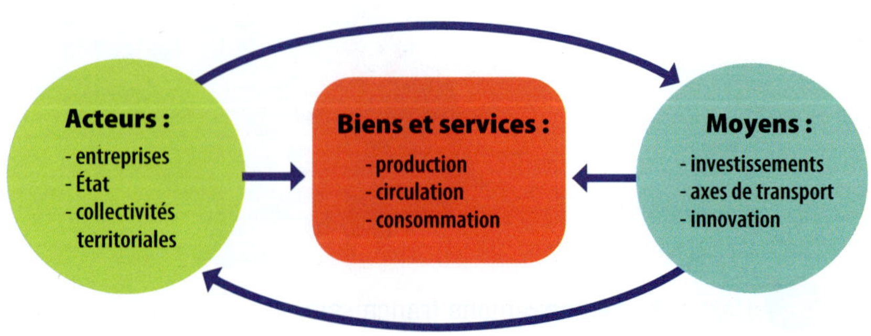

● Les espaces productifs français s'intègrent en Europe et dans le monde grâce à des réseaux de transport et de communication variés et performants. Face à la concurrence étrangère, ces espaces présentent des atouts inégaux. Certains attirent une main-d'œuvre qualifiée et des investissements en faveur de la recherche et de l'innovation, d'autres sont soutenus par l'État pour permettre leur reconversion et l'arrivée de nouvelles industries.

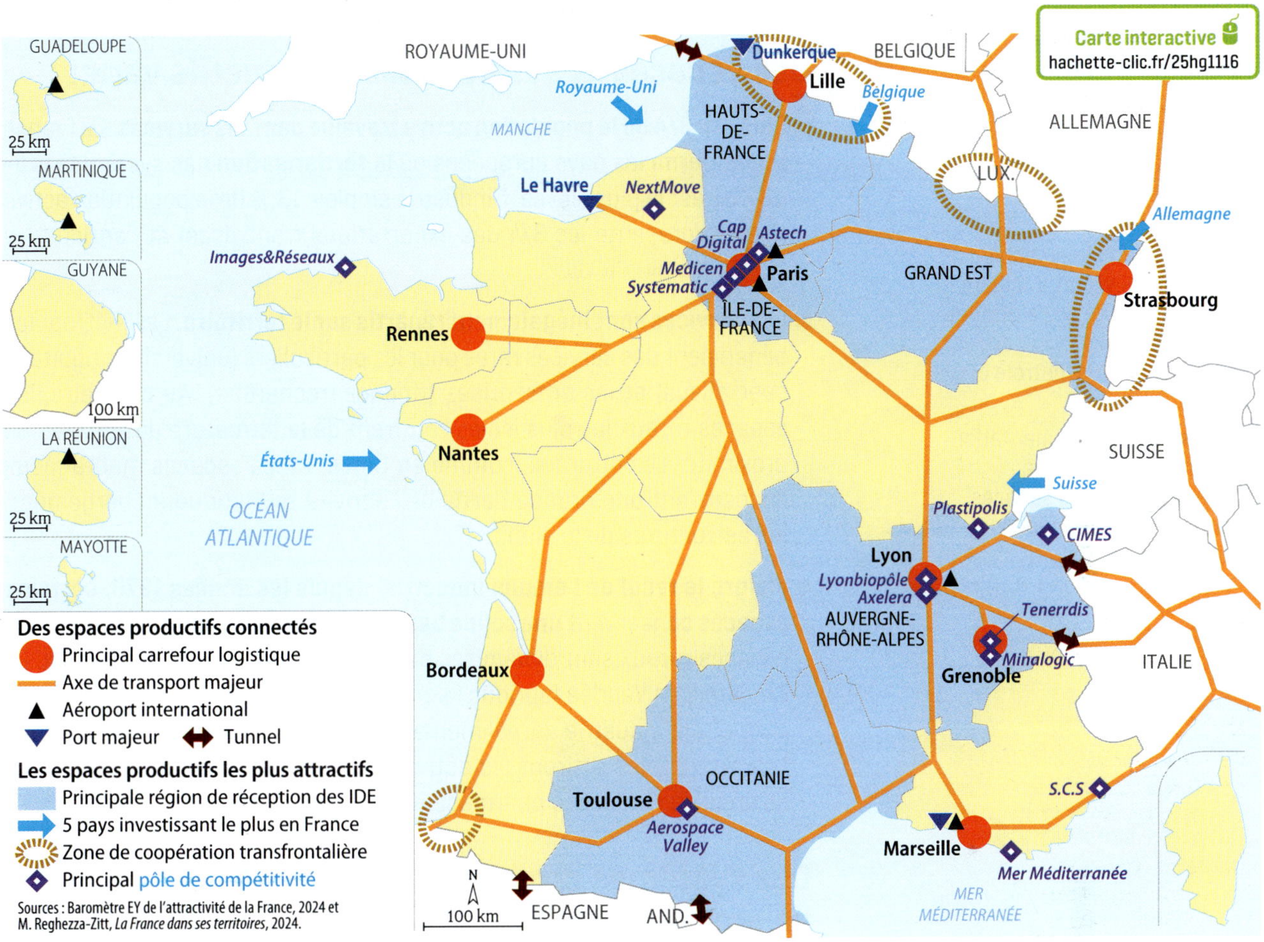

2 Des espaces productifs inégalement intégrés au monde

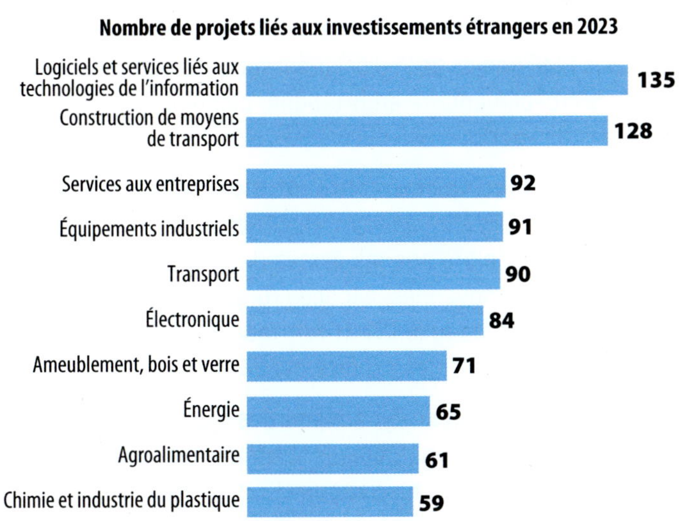

Source : Baromètre EY de l'attractivité de la France, 2024.

3 Les secteurs d'activité les plus attractifs

VOCABULAIRE

- **Désindustrialisation :** recul de la place occupée par l'activité industrielle dans un territoire.
- **Pôle de compétitivité :** réseau d'entreprises, d'universités et de centres de recherche soutenu par l'État pour renforcer leurs performances.

QUESTIONS

1. **Doc. 2** Pourquoi l'accessibilité est-elle un atout majeur pour les espaces productifs français ?
2. **Doc.1** Quels autres éléments influencent la localisation des espaces productifs ? Répondez en vous appuyant sur trois exemples précis.
3. **Doc. 2 et 3** Citez les trois secteurs d'activité et les cinq régions les plus attractifs.

COURS 1 Des systèmes productifs inégalement dynamiques

> Comment les systèmes productifs français se recomposent-ils dans une économie dominée par les services ?

1 Des espaces et des systèmes productifs variés

- **Plus des 3/4 de la population active travaille dans les services.** La France figure parmi les pays européens où la **tertiarisation** des **systèmes productifs** est la plus élevée. L'industrie emploie 13 % de la population active (mais représente les 3/4 des exportations françaises) et l'agriculture 2,5 %. ➲ Exemple p. 410

- **Les services sont inégalement répartis sur le territoire.** Les métropoles bénéficient des services rares pour les particuliers (universités, hôpitaux spécialisés) et les entreprises (finance, recherche). Au contraire, les espaces ruraux les plus isolés souffrent de la fermeture de services de proximité. Les littoraux, comme en Corse, et les espaces montagneux concentrent une grande partie de l'activité touristique (hébergement, infrastructures de loisirs).

- **Malgré le recul de l'emploi industriel depuis les années 1970, certains espaces conservent une solide base productive.** Des petites villes et des espaces ruraux sont dynamisés par des systèmes productifs locaux. Le Choletais en Vendée fabrique la moitié des chaussures françaises et est doté d'une industrie agroalimentaire dynamique (viande, viennoiserie). Les métropoles attirent les activités de haute technologie (30 % des salariés de l'industrie pharmaceutique en Île-de-France).

2 Des systèmes productifs dynamisés par de multiples acteurs

- **La France compte 300 grandes FTN (TotalEnergies, Carrefour ou CMA-CGM dans le transport maritime).** Elles représentent 1/3 des salariés et 1/3 du chiffre d'affaires total des entreprises. Plus nombreuses mais plus modestes, les PME (moins de 250 salariés) sont des acteurs majeurs dans l'industrie (agro-alimentaire en Bretagne, plastique dans le Jura) ou le numérique (*start-up*).

- **Les acteurs organisent la complémentarité entre les espaces productifs.** Les sièges sociaux des FTN s'implantent en général dans les quartiers d'affaires métropolitains alors que les usines de production sont dispersées (villes petites et moyennes, espaces ruraux). Depuis son siège social parisien, le groupe de luxe LVMH fait fabriquer ses articles de maroquinerie dans la Drôme et les exporte dans le monde.

- **Les acteurs publics participent au dynamisme des systèmes productifs.** L'État demande aux Régions de définir leur stratégie économique. Ainsi, le Sud renforce son attractivité touristique (13 % de son PIB). L'Union européenne soutient financièrement les territoires ultramarins classés RUP (Régions ultrapériphériques) ou des pôles d'innovation comme l'Institut de recherche et d'innovation en santé de Nancy. ➲ Étude de cas p. 402

VOCABULAIRE

- ***Cluster* :** regroupement d'entreprises spécialisées dans un même secteur d'activité et fonctionnant en réseau.
- **Décarbonation :** ensemble des mesures visant à réduire les émissions de gaz à effet de serre (GES) dues aux énergies fossiles (charbon, pétrole et gaz).
- **Tertiarisation :** augmentation de la population active travaillant dans les services (enseignement, banque, commerce...).

NOTION

- **Système productif :** réseau d'acteurs et de moyens permettant la production, la circulation et la consommation de richesses.

3 Des systèmes productifs en mutation

■ **Les systèmes productifs tentent de s'adapter aux enjeux environnementaux.** L'État souhaite accélérer la **décarbonation** de l'économie en divisant par deux les émissions de gaz à effet de serre de l'industrie d'ici 2030. Cinquante sites industriels ont été répertoriés en grande partie dans les ZIP de Dunkerque et de Fos-sur-Mer qui représentent 60 % des émissions industrielles. Sur l'île de La Réunion, une partie de l'électricité est désormais produite avec de l'huile de colza.

■ **De nouvelles filières économiques se développent autour de la production d'énergie renouvelable ou de l'intelligence artificielle (IA).** Dotée d'un puissant bassin industriel et d'une avance technologique, la Région Bourgogne-Franche-Comté joue ainsi un rôle moteur dans la filière de l'hydrogène en projetant d'alimenter au moins la moitié des bus de Belfort. La Région Hauts-de-France se spécialise dans la fabrication de batteries électriques. ➔ Étude de cas p. 402

■ **L'innovation et la formation de la main-d'œuvre sont des enjeux majeurs en France.** La France consacre 2,2 % de son PIB à la Recherche et Développement (R&D) mais se classe seulement à la 13e position dans le monde loin derrière Israël (6 %) ou la Corée du Sud (5,2 %). Les industries de haute technologie ou du numérique ont particulièrement besoin de main-d'œuvre qualifiée pour rester performantes. Ainsi, pour soutenir l'essor de l'intelligence artificielle, des « IA-*clusters* » ont été créés dans les universités de Paris, Grenoble et Rennes.

CHIFFRES-CLÉS

PIB, en milliards de dollars en 2024

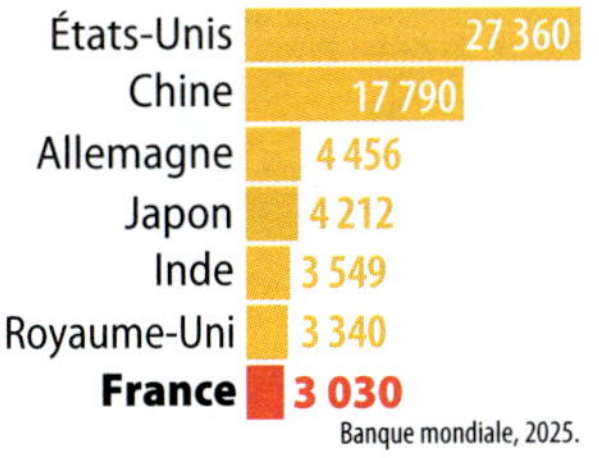

Banque mondiale, 2025.

Les 5 premières FTN françaises en 2024

	Rang mondial
1. TotalEnergies (pétrole)	23
2. EDF (électricité)	49
3. BNP Paribas (banque)	64
4. Société Générale (banque)	104
5. Crédit Agricole (banque)	118

Fortune, 2025.

La recherche en France

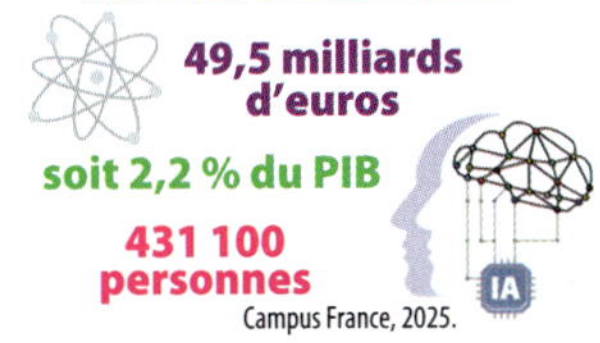

Campus France, 2025.

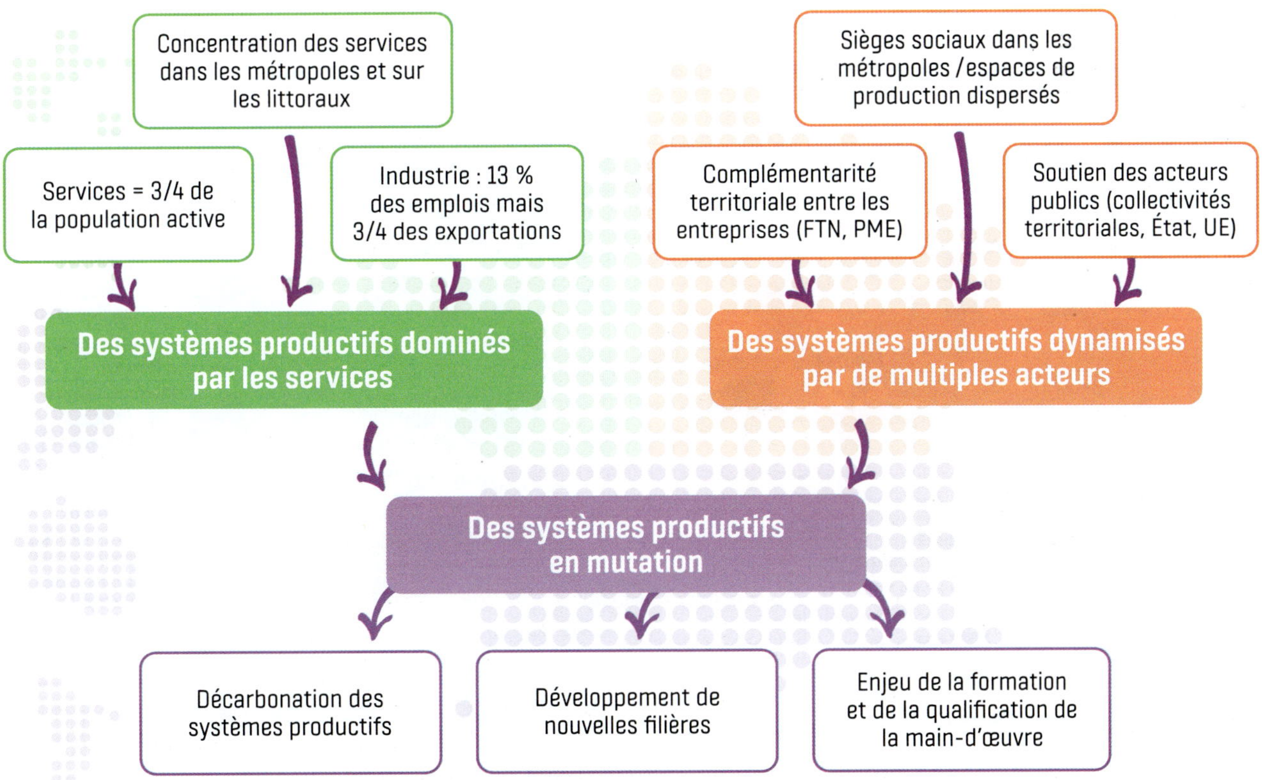

EXEMPLE

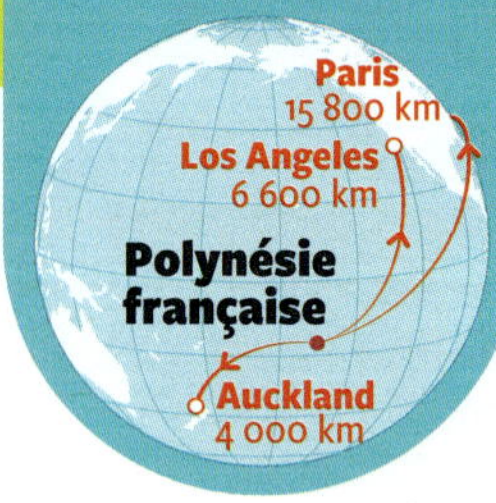

La Polynésie française : un système productif touristique dynamique

À 20 heures d'avion de Paris, au cœur de l'océan Pacifique, la Polynésie française accueille un nombre de touristes presque équivalent aux 278 000 habitants de l'archipel. Cette attractivité repose sur un système productif touristique dynamique qui doit cependant relever des défis pour le rester.

> Comment les acteurs font-ils du tourisme une activité majeure du système productif polynésien ?

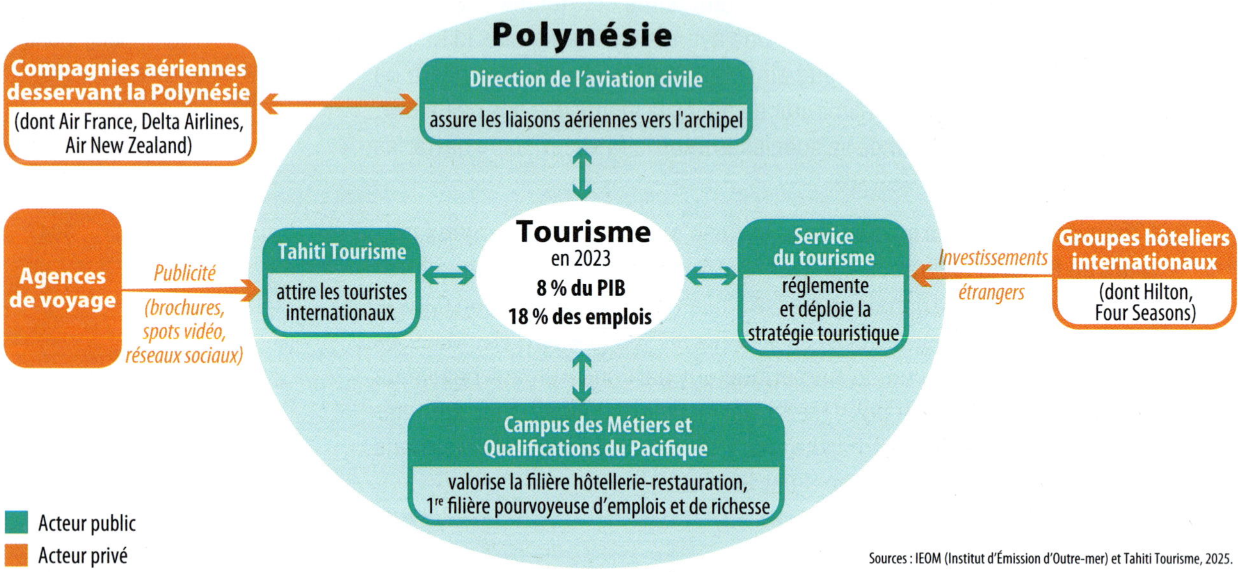

Sources : IEOM (Institut d'Émission d'Outre-mer) et Tahiti Tourisme, 2025.

1 Les acteurs du système productif touristique polynésien

a Une capacité d'accueil touristique différenciée

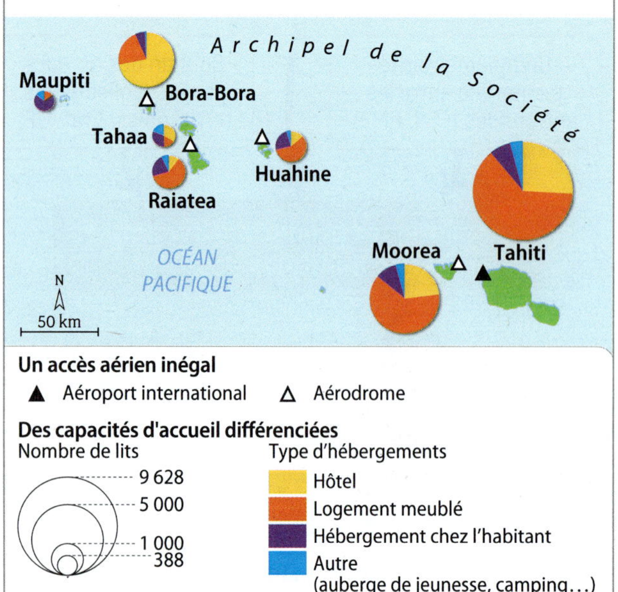

Source : Service du tourisme de la Polynésie française, 2025.

b Bora Bora : une île dominée par les hôtels internationaux

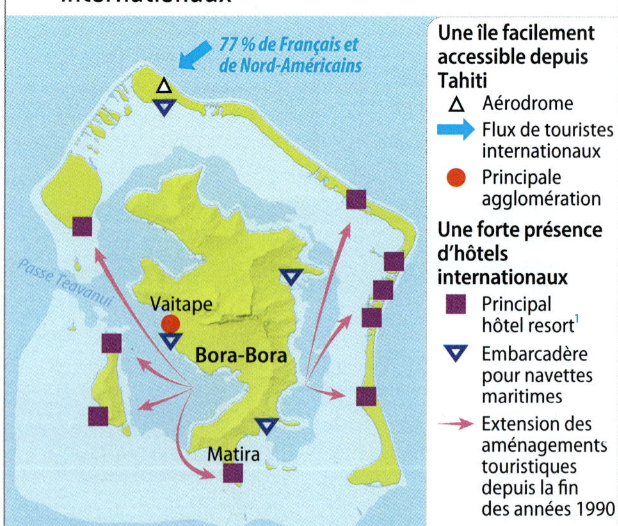

1. Grand complexe hôtelier proposant des activités variées (activités nautiques, shopping...).

Source : A. Oiry, *Atlas mondial des littoraux*, 2023.

2 L'archipel de la Société, première destination touristique de la Polynésie française

3 La promotion des ressources touristiques de la Polynésie

Pour se distinguer des autres destinations, Tahiti Tourisme utilise le marketing territorial en diffusant des images stéréotypées des îles de Polynésie.

▶ Vidéo
En route vers un tourisme inclusif et durable à Tahiti et ses îles
Source : Tahiti Tourisme - Head Office, 2023.
hachette-clic.fr/25hg1117

4 Favoriser le développement d'un tourisme responsable

Tahiti Tourisme lance une campagne de communication auprès de la population pour la sensibiliser sur la stratégie de développement touristique de Tahiti et ses îles, baptisée Fāri'ira'a Manihini[1]. Une stratégie qui, pour les cinq prochaines années, vise à positionner la Polynésie française comme une destination phare du tourisme inclusif et durable.

Cette stratégie, co-construite avec la population locale ainsi que les acteurs publics et privés du tourisme, dévoile un plan d'actions ambitieux jusqu'à 2027, qui tend à protéger les ressources naturelles, à mettre en valeur et protéger le patrimoine culturel, à optimiser les retombées économiques et sociales du tourisme pour la population locale et à privilégier une expérience de qualité pour les visiteurs.

En effet, « l'ambition c'est d'être une destination responsable qui privilégie la qualité à la quantité. C'est pour cela que, dans cette stratégie, il a été intégré des principes comme un seuil de 280 000 touristes d'ici 2027, soit un ratio d'un touriste par habitant » précise Jean-Marc Mocellin, directeur général de Tahiti Tourisme. « Aussi les deux principaux atouts qui nous différencient des autres destinations balnéaires sont d'abord notre population, son authenticité, son sens de l'accueil et sa culture extrêmement riche. Notre deuxième atout est notre environnement et notre nature, qu'il nous faut absolument préserver », poursuit Jean-Marc Mocellin.

France Info, 16 mars 2023.

1. Ce qui signifie « l'accueil qui nous ressemble et nous rassemble ».

PARCOURS 1

Identifier les ressources et les contraintes d'une situation géographique

1 En binôme et à l'aide des documents, complétez le tableau.

	Doc. 1	Doc. 2	...
Des acteurs en réseau			
Des ressources locales			
Des aménagements touristiques			
Des défis sociaux et environnementaux			

2 À l'oral, un élève présente les deux premières lignes, puis l'autre les deux suivantes.

3 Concluez votre oral en présentant les principaux atouts et les défis du système productif touristique de la Polynésie.

PARCOURS 2

Vers le bac

À partir des informations extraites des documents, rédigez une réponse à la question problématisée : **Comment les acteurs font-ils du tourisme une activité majeure du système productif polynésien ?**

Pas à pas

1. Un réseau d'acteurs qui valorisent les ressources touristiques (doc. 1 et 4).
2. Une inégale mise en valeur des îles (doc. 2 et 3).
3. Des défis sociaux et environnementaux (doc. 1 et 4).

COURS 2 Des systèmes productifs entre valorisation locale et intégration européenne et mondiale

> Quelles sont les stratégies pour renforcer l'intégration des systèmes productifs français dans le monde ?

1 Faire face à la concurrence à l'échelle mondiale

- **Les systèmes productifs profitent inégalement de la mondialisation.** La France est le premier pays d'accueil des **IDE** en Europe depuis 2019, devant le Royaume-Uni et l'Allemagne. Les régions Île-de-France, Auvergne-Rhône-Alpes et Grand Est s'affirment comme les plus attractives.
- **La concurrence mondiale transforme les systèmes productifs.** En 40 ans, la France a perdu la moitié de ses emplois industriels. Le manque de compétitivité ou le coût élevé de la main-d'œuvre expliquent les **délocalisations** d'entreprises en Asie du Sud-Est ou en Europe de l'Est. En 2024, l'équipementier automobile Marelli a fermé son usine d'Argentan (Orne) pour produire en Slovaquie.
- **Les systèmes productifs se recomposent pour rester compétitifs en s'appuyant sur la spécialisation, leurs savoir-faire ou en misant sur la montée en gamme.** Ainsi, les Vosges conservent une activité textile en ciblant des produits de luxe pour l'hôtellerie haut de gamme. Les espaces touristiques valorisent leur environnement ou leur culture : Dijon a inauguré sa Cité de la gastronomie et du vin en 2022 afin de renforcer la visibilité de ses productions agricoles.

2 Poursuivre l'intégration à l'échelle européenne

- **Les entreprises et universités françaises participent à des projets européens majeurs.** En captant 10 % des financements européens (2e place derrière l'Allemagne), elles améliorent leur compétitivité dans des domaines stratégiques (numérique, recherche). De plus, des entreprises associent différents pays, comme Airbus et ses 18 000 fournisseurs européens. Étude de cas p. 358
- **L'intégration dans les réseaux de transport et de communication favorise les échanges avec les principaux partenaires européens (Allemagne, Italie).** En cours de construction, la liaison ferroviaire à grande vitesse Lyon-Turin et le canal Seine-Nord Europe sont deux maillons majeurs du réseau transeuropéen de transport (RTE-T). À l'inverse, certains territoires d'Outre-mer peuvent souffrir de leur éloignement du continent européen.
- **L'économie française profite de l'ouverture européenne.** Dans les régions de l'Est proches de la Suisse et du Luxembourg, les travailleurs frontaliers bénéficient de salaires plus élevés et des coopérations transfrontalières. Ils stimulent ainsi la consommation locale (création de vastes centres commerciaux en Lorraine). En 2023, la France et l'Allemagne ont signé un accord permettant à leurs apprentis de suivre leur formation dans le pays voisin.

VOCABULAIRE

- **Délocalisation :** transfert d'activités vers un pays étranger pour diminuer les coûts de production et/ou gagner de nouveaux marchés.
- **Friche :** terrain abandonné ayant perdu sa fonction première (industrielle, urbaine, commerciale...).
- **IDE (investissement direct à l'étranger) :** investissement réalisé par une entreprise à l'étranger pour acquérir une entreprise existante ou en créer une nouvelle.
- **Pôle de compétitivité :** réseau d'entreprises, d'universités et de centres de recherche soutenu par l'État pour renforcer leurs performances.

NOTIONS

- **Réindustrialisation :** redéveloppement des activités industrielles d'une région et/ou d'un pays ayant connu une désindustrialisation.

3 Valoriser les atouts des systèmes productifs à l'échelle locale

- **L'État favorise le rapprochement des acteurs économiques locaux.** Actuellement, 55 **pôles de compétitivité** favorisent l'innovation. À Strasbourg, le pôle BioValley France associe entreprises, laboratoires de recherche, hôpitaux et universités pour concevoir des médicaments ou des technologies chirurgicales. En parallèle, l'État poursuit le développement de grandes infrastructures de transport pour renforcer l'accessibilité des territoires, le plus souvent métropolitains (projet de la LGV du Sud-Ouest entre Bordeaux et Toulouse) et renforcer leur attractivité touristique.

- **L'État oriente les choix économiques à l'échelle locale.** La **réindustrialisation** des territoires est un objectif majeur depuis que la pandémie de Covid-19 a révélé la dépendance de la France à certains pays. Ainsi, une usine de gants à usage unique a été inaugurée dans la Sarthe en 2024 pour ne plus dépendre de l'Asie en cas de crise sanitaire, tout en créant de l'emploi dans un territoire moins attractif. Les collectivités territoriales participent également à la reconversion des **friches** industrielles, comme l'ancien site minier de Wallers-Arenberg (Nord) transformé en pôle d'excellence dédié à l'image et aux médias. ➔ Acteurs et enjeux p. 415

- **La valorisation locale des systèmes productifs est confrontée à des obstacles.** Une faible qualification de la main-d'œuvre, un fort taux de chômage ou un manque d'accessibilité peuvent freiner le dynamisme économique local. Ainsi, le département des Pyrénées-Orientales présente le taux de chômage le plus élevé de l'Hexagone (12,4 % contre 7,3 % pour la France). En Guyane, des communes situées en plein cœur de la forêt amazonienne ne sont approvisionnées que par avion, ce qui freine les possibilités de développement économique.

CHIFFRES-CLÉS

Les productions industrielles les plus exportées

en milliards d'euros en 2024

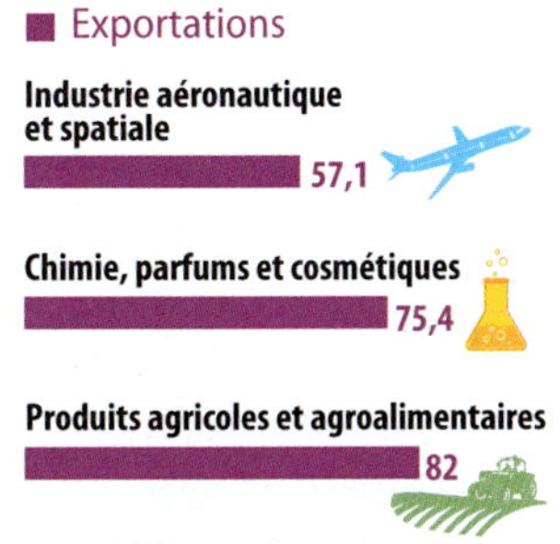

Direction générale des douanes et droits indirects, 2025.

Les principaux partenaires commerciaux de la France

en %, en 2023

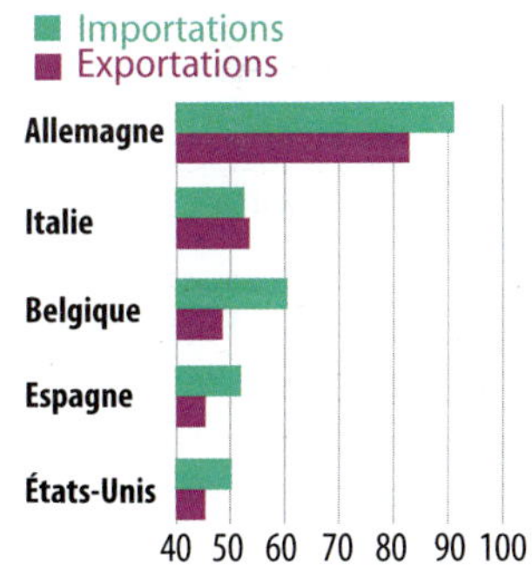

Insee, 2025.

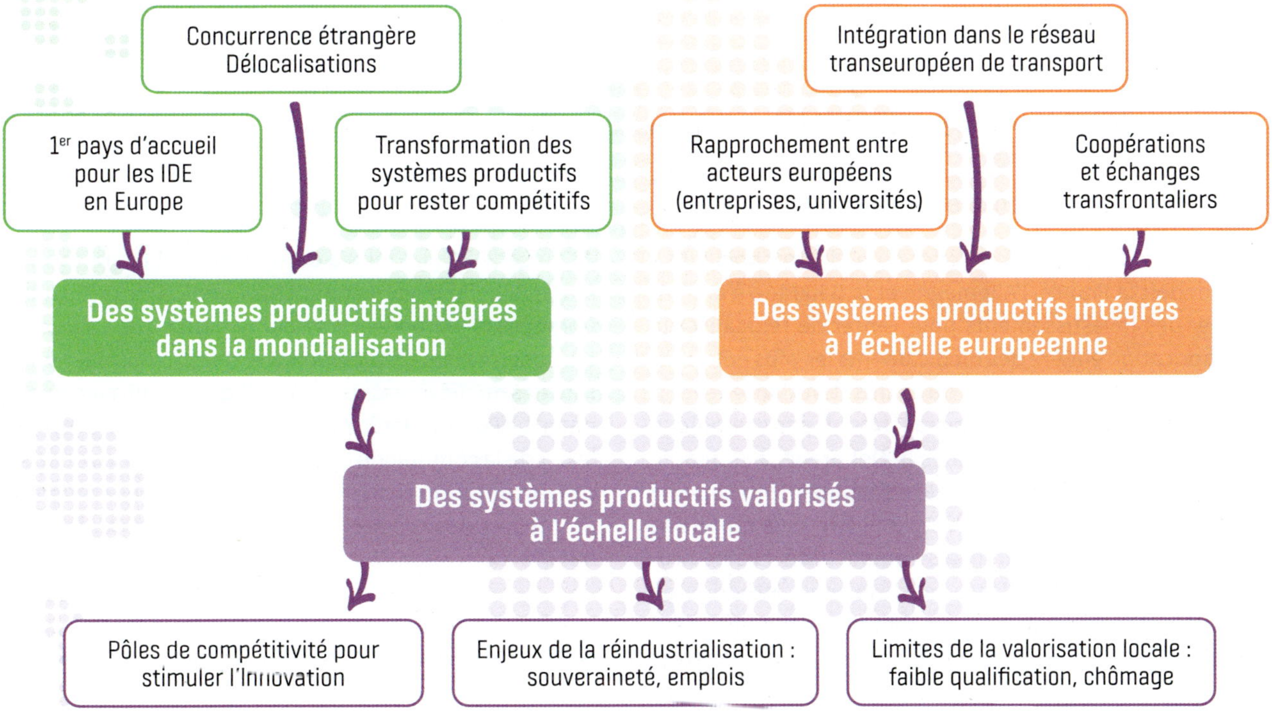

FRANCE

Assurer la production de médicaments en France

La France est le sixième pays producteur de médicaments en Europe grâce à son tissu industriel dense et sa main-d'œuvre hautement qualifiée. Toutefois, elle connaît des pénuries, innove peu et dépend fortement des importations pour son approvisionnement.

Votre objectif **Réalisez une présentation orale** en groupe pour répondre à la question : **Comment les acteurs peuvent-ils répondre aux enjeux de la production de médicaments en France ?**

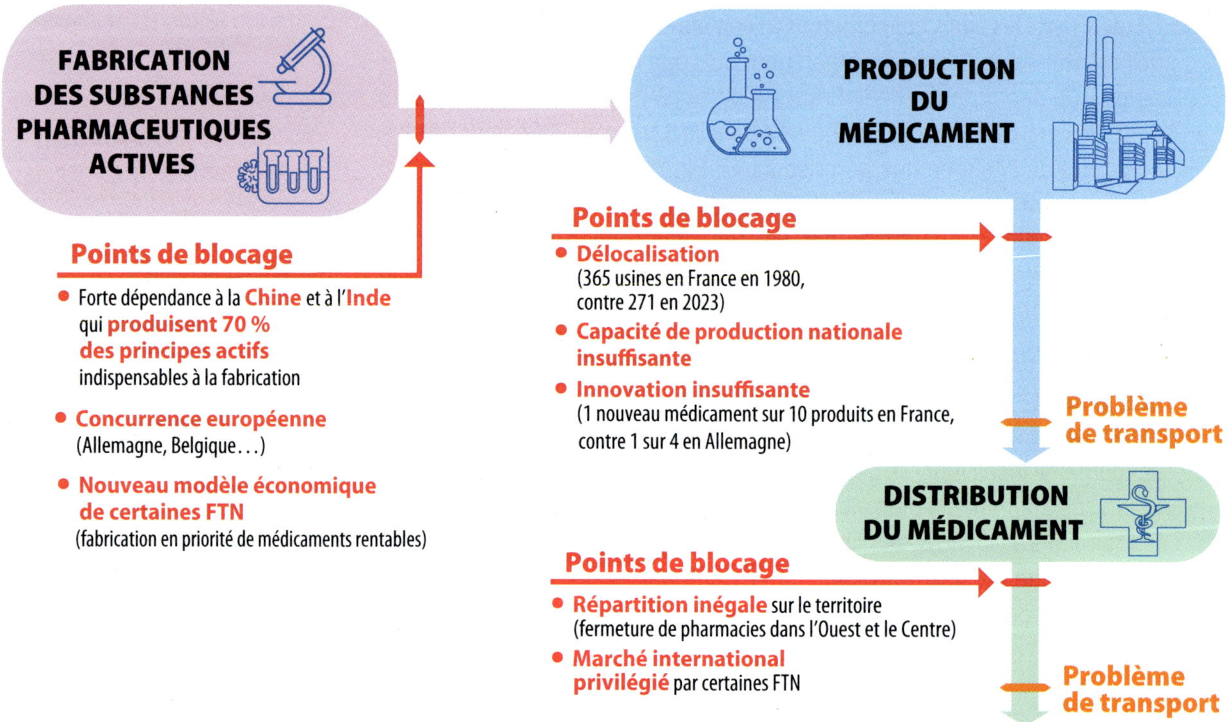

Sources : LEEM, 2024 et ANSM, 2025.

1 Les dysfonctionnements de la chaîne de production

2 Une prise de conscience de l'État

La crise du Covid a fait l'effet d'un électrochoc. Elle a conduit la France, l'Allemagne et la Belgique à annoncer des investissements pour tenter de relocaliser la fabrication entière des médicaments les plus critiques. Mais le processus prend du temps. Pour faire revenir [les principes actifs] du paracétamol, par exemple, à partir duquel sont fabriqués le Doliprane (par Sanofi, à Lisieux et Compiègne) et le Dafalgan (par Upsa, à Agen) dans l'Hexagone, toute la filière s'est mobilisée autour du chimiste français Seqens. Mais l'usine promise pour 2023 en Isère est désormais attendue en 2025-2026. Ces projets sont soutenus financièrement par l'État, à travers le plan technologique et industriel « France 2030[1] ». Et il n'a de sens que s'il est raisonné à une échelle européenne. Le 24 avril, à Bruxelles, la Commission européenne a donc annoncé une « alliance européenne des médicaments ». Objectif : dresser une liste des médicaments les plus critiques au niveau européen. La France plaide pour aller plus loin : jouer sur le levier de la commande publique, coordonner les efforts de relocalisation sur les médicaments les plus critiques et intégrer des critères environnementaux minimaux dans la fabrication.

Ouest France, 29 avril 2024.

1. Dévoilé en 2021, ce plan d'investissement de 54 milliards d'euros doit permettre de rattraper le retard industriel français et d'investir massivement dans les technologies innovantes.

Lyonbiopôle

270 membres dont :

- 228 petites et moyennes entreprises
- 14 grands groupes dont 4 membres fondateurs *(Sanofi Pasteur, Becton Dickinson, bioMérieux, Boehringer Ingelheim)*
- 19 centres de recherche et de formation

Accélération de l'innovation

- Recherche
- Réduction du temps entre la création et la mise sur le marché du médicament

Santé publique

- Amélioration de l'efficacité des vaccins
- Développement de services numériques facilitant les relations entre personnels de santé
- Meilleur accès aux thérapies innovantes

Médecine du futur

- Traitements ciblés pour traiter au mieux les maladies
- Prévention (ex : dépistages grâce à des tests génétiques)

Source : Site Internet de Lyonbiopôle, 2025.

3 Les pôles de compétitivité, des atouts majeurs : l'exemple de Lyonbiopôle

4 Les mesures pour renforcer la production de médicaments

Réaliser une présentation orale

Tableau hachette-clic.fr/25hg1118

Étape 1

1. Constituez un trio pour répondre à la question : « Comment les acteurs peuvent-ils répondre aux enjeux de la production de médicaments en France ? »
2. Répartissez-vous le travail et prélevez des informations dans les documents pour compléter le tableau.

Objectifs	Difficultés (doc. 1)	Acteurs (doc. 2, 3 et 4)	Mesures adoptées (doc. 2, 3 et 4)
Relocaliser la production			
Innover			
Renforcer la coopération			

3. Mettez en commun vos réponses.

Étape 2

4. En 5 minutes, présentez vos informations au reste de la classe. Un élève exposera les difficultés de la production de médicaments, un autre les acteurs concernés et le dernier, les mesures adoptées.

RÉVISIONS

Faire le point

Acteurs

- Collectivités territoriales
- Entreprises (PME/FTN)
- État
- Salariés
- Union européenne

Vocabulaire et notions

- Cluster
- Désindustrialisation
- Pôle de compétitivité
- Réindustrialisation
- Système productif
- Tertiarisation

Chiffres-Clés

- 3/4 de la population travaille dans les services
- 2,2 % du PIB consacré à la Recherche & Développement
- PIB : 7e mondial
- 1er pays d'accueil d'IDE en Europe
- 55 pôles de compétitivité

La France : les systèmes productifs entre valorisation locale et intégration européenne et mondiale

Idées essentielles

- La France figure parmi les pays européens où la tertiarisation des systèmes productifs est la plus élevée. Son industrie présente des atouts mais la désindustrialisation se poursuit.
- Le pays compte 300 grandes FTN (TotalEnergies, Carrefour ou CMA CGM dans le transport maritime). Elles peuvent collaborer avec un réseau dense de PME qui sont des acteurs majeurs de l'industrie ou du numérique (start-up).
- L'État favorise le rapprochement entre entreprises, universités et centres de recherche pour favoriser l'innovation au sein des pôles de compétitivité (pôle BioValley France à Strasbourg).
- Les systèmes productifs se recomposent pour rester compétitifs en misant sur l'intégration à l'Union européenne ou sur leurs atouts locaux (spécialisation, savoir-faire, montée en gamme).

Réviser avec des podcasts

Podcast
hachette-clic.fr/25hg1119

Flashcards
hachette-clic.fr/25hg1120

- **Écoutez les cinq épisodes du podcast puis testez vos connaissances grâce aux flashcards.**

L'ESSENTIEL en 5 minutes

1. Pourquoi les services dominent-ils les systèmes productifs en France ?
2. Quels acteurs dynamisent les systèmes productifs français ?
3. Comment les systèmes productifs font-ils face à la concurrence ?
4. Quel est le rôle d'un pôle de compétitivité ?
5. Comment la France peut-elle se réindustrialiser ?

Mémoriser avec des exercices

Quiz
hachette-clic.fr/25hg1121

La diversité des espaces productifs français

1 Associez chaque activité économique à un ou plusieurs espace(s) productif(s).

- Dunkerque, Fos-sur-Mer, Le Havre
- Les Hauts-de-France
- Le bassin méditerranéen
- L'Île-de-France
- Le Jura
- La Polynésie française

- Zone Industrialo-portuaire
- Production de batteries électriques
- Recherche & Développement
- Tourisme
- Production plastique

Les acteurs des systèmes productifs

2 Complétez le tableau.

Acteur	Rôle pour dynamiser les systèmes productifs	Exemple d'action menée
PME/FTN	...	...
...	*Favoriser l'innovation*	...
...	...	*Extension du réseau transeuropéen de transport (RTE-T)*

3 Justifiez chacune de ces affirmations.

a. L'État peut réindustrialiser les systèmes productifs.
b. Les FTN ont une part de responsabilité dans la désindustrialisation.
c. Les Régions agissent pour dynamiser les systèmes productifs.

L'intégration des systèmes productifs français dans le monde

4 Nommez les trois régions qui reçoivent le plus d'IDE en France.

a. Île-de-France/Auvergne-Rhône-Alpes/Grand-Est
b. Île-de-France/PACA/Corse
c. Île-de-France/Hauts-de-France/Bretagne

5 Définissez « pôle de compétitivité » puis expliquez comment il favorise l'innovation à partir de cet exemple.

MINALOGIC
Auvergne-Rhône-Alpes
Pôle de compétitivité
de la transformation numérique
en Auvergne-Rhône-Alpes
in /
www.minalogic.com

Défi en groupe

Participez à un débat

15 min de préparation

- Préparez-vous à participer au débat intitulé « Les systèmes productifs en France sont-ils attractifs ? ».
- La classe est divisée en deux groupes : un groupe sélectionne dans le chapitre des arguments (chiffres, acteurs, exemples) sur l'attractivité des systèmes productifs en France quand l'autre sélectionne des arguments sur leur faible attractivité et leur concurrence.

10 min de passage

Dans chacun des deux groupes, constituez des trios pour participer au débat.
Pour chaque argument avancé par un groupe, essayez de le contrer en prouvant le contraire.
Le débat se termine quand tous les arguments ont été exposés.

RÉVISIONS

S'entraîner

• *Comprendre le rôle des acteurs en géographie*

1 La désindustrialisation en France

La baisse des emplois dans l'industrie tient à plusieurs facteurs. Devant les impératifs de compétitivité, nombre d'entreprises se sont concentrées sur leur cœur de métier et ont transféré des fonctions (comptabilité, paie…) qu'elles géraient auparavant à des prestataires. Or cela a engendré le passage d'emplois de la catégorie « industrie » à « service ». Un autre facteur tient aux gains de productivité grâce à la mécanisation, à l'automatisation ou à une meilleure organisation de la production. Troisième facteur, la production transférée de France à l'étranger, ce qu'on a appelé des délocalisations, même si une partie des activités à l'étranger est justifiée pour se rapprocher de marchés émergents.

Mais le facteur premier des pertes d'emplois industriels a été dû à des fermetures d'établissements ayant perdu toute rentabilité et n'étant donc plus compétitifs. Les raisons peuvent être multiples : mauvais management ; coûts fiscaux trop élevés ; charges administratives relativement importantes par rapport à des concurrents étrangers ayant des réglementations moins contraignantes.

Gwénaël Doré et Gérard-François Dumont, *Population & Avenir*, septembre-octobre 2024.

2 Une manifestation de salariés de l'usine Michelin de Vannes (Morbihan)

En novembre 2024, Michelin, FTN française spécialisée dans la fabrication de pneus, a annoncé la fermeture des usines de Vannes et de Cholet (Maine-et-Loire) employant 1 254 salariés « en raison de la transformation du marché et de la dégradation de la compétitivité de l'Europe ».

PALIER 1

J'identifie les informations principales des documents

- Quelle transformation des systèmes productifs français est présentée dans les **doc. 1 et 2** ?
- **Doc. 1 et 2** Identifiez les acteurs concernés par cette transformation.

PALIER 2

J'analyse les informations principales des documents

- **Doc. 1 :** Relevez les différentes causes de la fermeture des usines en France.
- **Doc. 2 :** Comment la FTN Michelin explique-t-elle l'arrêt de la production dans ses deux usines ?
- **Doc 1 et 2 :** Quel est l'impact de la fin de l'activité industrielle dans les espaces productifs ?

PALIER 3

J'explique les informations des documents avec mes connaissances

- Citez d'autres espaces productifs français touchés par des fermetures d'usines.
- Comment l'État intervient-il pour redynamiser les espaces productifs ?

• Analyser un document de marketing territorial

Valoriser les atouts économiques de la Métropole d'Aix-Marseille

One Provence, agence de promotion de la Métropole Aix-Marseille, 2024.

① Mucem : Musée des civilisations de l'Europe et de la Méditerranée.

② Fort Saint-Jean édifié pour protéger le port de Marseille à partir du XIIe siècle.

23 câbles de fibre optique sous-marins connectés au hub numérique de Marseille relient 4,5 milliards de personnes entre l'Europe et l'Afrique, le Moyen-Orient et l'Asie. Cette situation favorise l'implantation d'industries de haute technologie au sein de la Métropole.

1 Quel est l'objectif de cette campagne promotionnelle ?

a. Faire la promotion touristique de Marseille.

b. Attirer des entreprises et une main-d'œuvre qualifiée.

c. Faire la promotion du port de Marseille.

2 D'après vos connaissances, comment la Métropole d'Aix-Marseille est-elle connectée au monde ?

a. Par un port majeur ouvert sur la Méditerranée.

b. Par un aéroport international.

c. Par une forte implantation de l'industrie aéronautique.

3 Expliquez l'importance des infrastructures de communication mises en avant dans ce document.

4 À l'aide de vos réponses précédentes et du document, complétez le tableau présentant les atouts des systèmes productifs de la Métropole.

Valorisation du cadre de vie	Intégration dans la mondialisation	Transformation des systèmes productifs
– *Fort Saint-Jean* – ...		

5 En analysant le document et grâce à vos réponses, vous présenterez les atouts que les métropoles françaises mettent en avant pour valoriser leurs systèmes productifs.

Pour aller plus loin

À VOIR

- Découvrez les innovations (santé, technologies, énergie) qui sont aujourd'hui mises en œuvre pour produire différemment dans le futur avec le site 3D France 2030.

Web
hachette-clic.fr/25hg1122

À ÉCOUTER

- Pour mieux comprendre la nouvelle carte des usines en France et notamment le double mouvement de désindustrialisation et de réindustrialisation, écoutez ce podcast de France Culture du 7 mars 2024, « Géographie de l'industrie française » animé par deux géographes.

Podcast
Durée : 56' – Source : Géographie à la carte, France Culture, octobre 2024.
hachette-clic.fr/25hg1123

MÉTIER DE GÉOGRAPHE

- **L'agent(e) de développement touristique** met sur pied une stratégie globale pour faire connaître ou valoriser un lieu, une commune, une région.

La fiche métier de l'Onisep
hachette-clic.fr/25hg1124

MÉTHODE BAC Analyser des documents

Sujet corrigé : L'évolution des systèmes industriels en France

Objectif Confronter deux documents

À partir des documents, vous identifierez les principales dynamiques de l'emploi en France et vous montrerez que la désindustrialisation n'explique qu'en partie ces évolutions.

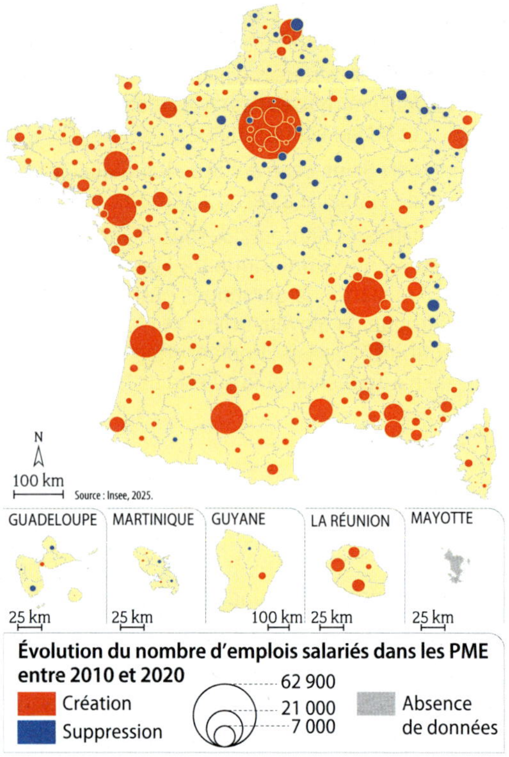

1 L'évolution de l'emploi salarié

2 Les recompositions des systèmes industriels en France

En France, des fermetures d'usines ont été le symbole des délocalisations depuis les années 1980. L'industrie nationale est passée du 2e au 5e rang européen, entre 2011 et 2018, du fait des délocalisations vers les pays émergents ou vers des pays européens. Cependant, le phénomène de désindustrialisation est à nuancer. D'une part, car, de 2009 à 2019, 190 000 emplois salariés industriels privés ont été créés en France. D'autre part, car le modèle économique de l'entreprise a fortement évolué avec la mondialisation. L'entreprise d'aujourd'hui produit moins de produits manufacturés mais elle offre plus de services aux consommateurs. Plus récemment, la crise sanitaire de 2020 (Covid-19) s'est traduite par des pénuries de produits (masques, médicaments…). La guerre entre la Russie et l'Ukraine a ravivé les tensions commerciales et a souligné notre dépendance aux matières premières, en particulier énergétiques. Et l'indispensable transition climatique requiert notamment le raccourcissement des chaînes de valeur pour réduire les émissions de CO_2. Une partie des plans « France relance » et « France 2030 » vise à relocaliser des activités industrielles en France et à développer le label « Fabriqué en France ».

Jean-Marc Figuet, « La relocalisation, une vraie bonne idée », Site Internet *Vie Publique.fr*, 2 mai 2023.

Étape 1 Identifier les documents

1. Identifiez les documents pour les confronter.

L'objectif est de comprendre si les documents se complètent ou s'ils s'opposent.

Une carte statistique de l'Insee présente les évolutions de l'emploi salarié en France entre 2010 et 2020. Elle est complétée par un texte qui explique et nuance la désindustrialisation à l'échelle nationale.

Étape 2 Sélectionner des informations et les mettre en rapport avec des connaissances

2. Sélectionnez les informations dans chaque document.

3. Expliquez les informations à l'aide des connaissances.

Il faut veiller à ne pas analyser les documents séparément. Soulignez leurs points communs et leurs différences (points de vue des acteurs, échelle, situation géographique).

Plan suggéré par la consigne	Informations sélectionnées dans les documents	Connaissances
Partie 1 Les dynamiques des systèmes industriels en France.	*Doc. 1 : création d'emplois = métropoles (Paris, Lyon, Nantes), littoraux (atlantique, méditerranéen), Guyane et La Réunion suppression des emplois = grand quart Nord-Est, Centre, Guadeloupe, Martinique.* *Doc. 2 : « fermetures d'usines », « du 2e au 5e rang européen », « 190 000 emplois salariés industriels privés ont été créés » en 10 ans.*	*– **Métropolisation** des services et de l'industrie (technopôles)* *– Basculement de l'industrialisation vers l'Ouest* *– **Désindustrialisation** du Nord-Est*

➔ Voir fiche méthode 10 p. 278-279

Sujet guidé : Les grands pôles d'innovation en France

À partir des documents, vous décrirez ce que sont les *clusters* en France puis vous expliquerez comment les acteurs privés et publics participent à leur fonctionnement.

1 Le *cluster* du plateau de Saclay

L'ensemble du territoire Paris-Saclay regroupe 71 000 entreprises (dont Sanofi, Danone, Nokia, EDF, Carrefour, Safran, Thales) et 428 000 emplois.

2 Des acteurs qui fonctionnent en réseau

En 2008, le plateau de Saclay, situé à une vingtaine de kilomètres au sud de Paris, a été désigné par l'État pour accueillir un grand pôle universitaire et scientifique de rang mondial. Ce pôle s'appuie sur la présence du CEA (Conseil de l'énergie atomique) depuis 1952 et de l'École polytechnique (1976). L'ENS (École nationale supérieure) Cachan s'y installe également en 2020. Ce projet – à la fois universitaire, scientifique et technologique – vise à renforcer la compétitivité de la France dans l'économie de la connaissance et de l'innovation alors que la concurrence s'exacerbe à l'échelle mondiale. S'inspirant des modèles anglo-saxons les plus emblématiques, le *cluster* ambitionne de devenir une « Silicon Valley à la française ». C'est également une opération majeure d'aménagement du territoire, au cœur du Grand Paris, qui contribue à renforcer le processus de métropolisation francilienne. Le plateau de Saclay sera desservi par la future ligne 18 du métro.

Yves Colombel et Daniel Oster, *La France-Territoires et aménagement face à la mondialisation*, 2023.

Étape 1 Lire la consigne et identifier les documents

1. Analysez la consigne en repérant les verbes de consigne et en définissant les mots-clés.
2. Identifiez la nature, l'échelle et l'idée principale de chaque document.
3. Les documents se complètent-ils ou s'opposent-ils ? Justifiez votre réponse.

Étape 2 Sélectionner des informations et les mettre en rapport avec des connaissances

4. Complétez le tableau.

Plan suggéré par la consigne	Informations sélectionnées dans les documents	Connaissances
Partie 1 Le fonctionnement des *clusters*.	– *Doc. 1 : regroupement d'entreprises à la périphérie de la métropole parisienne* – *Doc. 2 : « Silicon Valley à la française »*	– *Un cluster est ...* – *La Silicon Valley désigne ...* – ....
Partie 2 Le rôle des acteurs privés et publics.	– *Acteurs privés : ...* – *Acteurs publics : ...*	– .... – .... – ....

5. Rédigez une des deux parties de l'analyse au choix en alternant les informations sélectionnées dans les documents et les connaissances pour les expliquer.

MÉTHODE BAC Transposer un texte en croquis

Sujet guidé : Les recompositions des espaces de services en France

Objectif Choisir et indiquer les noms de lieux

À partir du texte, vous construirez un croquis correspondant au sujet : « Les recompositions des espaces de services en France », accompagné d'une légende organisée. Vous utiliserez le fond de carte fourni.

L'économie française est souvent présentée comme une « économie de services ». Toutefois, leur répartition sur le territoire est très hétérogène. L'Île-de-France se distingue par la surreprésentation des services aux entreprises (activités financières, communication, marketing) grâce à ses quartiers d'affaires comme la Défense et Saint-Denis Pleyel, respectivement au nord-est et au nord de Paris. En région, les services rares (hôpitaux, universités) sont concentrés dans les métropoles telles Lille, Lyon, Marseille, Strasbourg, Nantes, Nice ou encore Bordeaux et Toulouse. À l'inverse, les services du quotidien destinés à la population, comme les écoles ou les petits commerces, sont disséminés sur l'ensemble du territoire national. Le tourisme est un service particulier qui privilégie les littoraux (méditerranéen, atlantique et corse, mais aussi ceux de Guadeloupe, de Martinique et de La Réunion) ou les espaces de montagne (Alpes, Pyrénées, Jura et Vosges). Paris, en tant que premier pôle touristique mondial, propose une offre variée avec des sites très fréquentés tels que le parc de loisirs Disneyland, la cathédrale Notre-Dame et le musée du Louvre.

Premier paragraphe

Toutefois, les espaces de services connaissent des recompositions multiples. La concentration des services dans les métropoles s'explique par la proximité des axes routiers et ferroviaires et des aéroports. L'État développe aussi des projets d'aménagement, comme la LGV entre Bordeaux et Toulouse pour renforcer l'attractivité de ces métropoles. Depuis les années 1970, le tourisme vert se développe dans les espaces ruraux de Bretagne, dans l'intérieur de la Corse ou encore dans le Massif central. Des villes souhaitent aussi développer leurs systèmes productifs par le tourisme culturel qu'il s'agisse de musées (Cité du vin à Bordeaux, Cité internationale de la gastronomie et du vin à Dijon), de patrimoine historique tels les châteaux de la Renaissance dans la vallée de la Loire ou de festivals comme à Cannes et à Avignon. Toutefois, des territoires perdent leurs services, en particulier dans les territoires ruraux les plus isolés des Ardennes, au nord, jusqu'aux pieds des Pyrénées au sud.

Deuxième paragraphe

D'après Magali Reghezza-Zitt, *La France dans ses territoires*, 2024.

Étape 1 Comprendre la consigne et sélectionner les informations du texte

1. Identifiez l'espace et le thème étudiés en lisant attentivement la consigne et le texte.
2. Recopiez le tableau et complétez-le à l'aide du texte.

	Informations sélectionnées dans le texte	Localisations sélectionnées dans le texte
Premier paragraphe	– *Services aux entreprises* – …	– … – *La Défense ; Saint-Denis Pleyel*
Deuxième paragraphe	– … – …	– … – …

Étape 2 Organiser la légende

3. À l'aide du tableau, rédigez les titres qui conviennent pour organiser votre légende en vérifiant qu'ils correspondent à l'idée principale de chaque paragraphe.

➔ Voir fiche méthode 12 p. 282-283

Conseil

Aidez-vous du mémento cartographique à la fin de votre manuel.

4. Sélectionnez les figurés les plus adaptés et identifiez les informations et localisations pour construire la première partie de la légende.

Figurés	Informations	Localisations
... •	• *Services aux entreprises* •	• ...
[aplat rose] •	• ... •	• *La Défense ; Saint-Denis Pleyel*
[point orange] •	• ... •	• ...
... •	• ... •	• *Ensemble du territoire hexagonal et ultramarin*
[trait violet] •	• ... •	• ...
... •	• *Tourisme de montagne* •	• ...
... •		• *Paris*

5. Choisissez les figurés les plus adaptés pour les informations du deuxième paragraphe puis complétez la légende.

Étape 3 Réaliser le croquis

6. En vous aidant du fond de carte, réalisez le croquis et complétez la légende avec les titres, figurés et informations sélectionnés à l'**étape 2**.

Étape 4 Choisir et indiquer les noms de lieux

Fond de carte hachette-clic.fr/25hg1125

7. Listez les noms des lieux à placer sur le croquis à l'aide de l'**étape 1**.

Tout croquis doit comporter des éléments de nomenclature pour être compréhensif. Il s'agit des noms essentiels à indiquer sur la carte comme le nom des États, des villes, des massifs, des mers ou encore des fleuves.

8. Reportez-les sur le croquis en appliquant les règles de rédaction.

La rédaction de la nomenclature répond à des règles strictes (en bleu pour les fleuves, mers et océans, en noir pour les villes ou les pays). Les noms des pays et océans s'écrivent en majuscules et ceux des villes en minuscules. Les abréviations sont interdites.

Titre : ***Les recompositions des espaces de services en France***

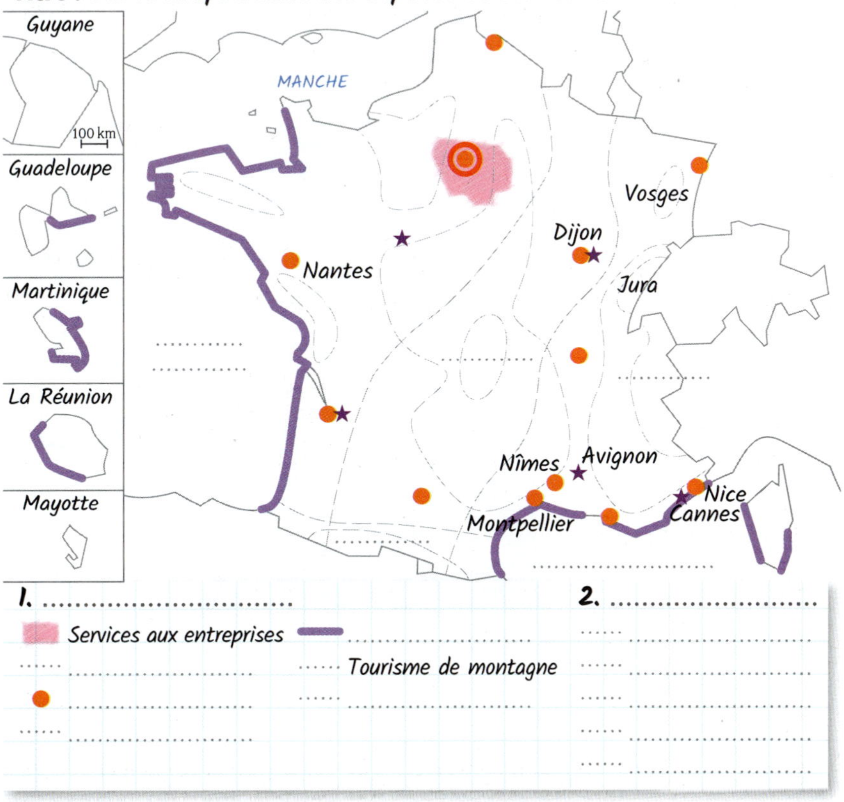

La grande muraille verte au Sénégal

L'Association des femmes du village de Koyli prépare les semis du projet de la grande muraille verte. Ces plantations d'arbres et d'arbustes permettent de préserver l'activité agricole des villages en luttant contre la désertification et en restaurant la fertilité des sols.

THÈME 3
Les espaces ruraux : multifonctionnalité ou fragmentation ?

CHAPITRE

5 Les recompositions des espaces ruraux dans le monde

COURS 1 Malgré la transition urbaine mondiale, les espaces ruraux restent des espaces attractifs qui connaissent une diversification croissante de leur économie.

> Pourquoi les espaces ruraux sont-ils multifonctionnels ?

COURS 2 L'arrivée de nouveaux habitants et la diversification des activités bouleversent les espaces ruraux. Les acteurs locaux doivent mettre en œuvre des actions de préservation.

> Comment la diversification des activités rurales crée-t-elle des tensions ?

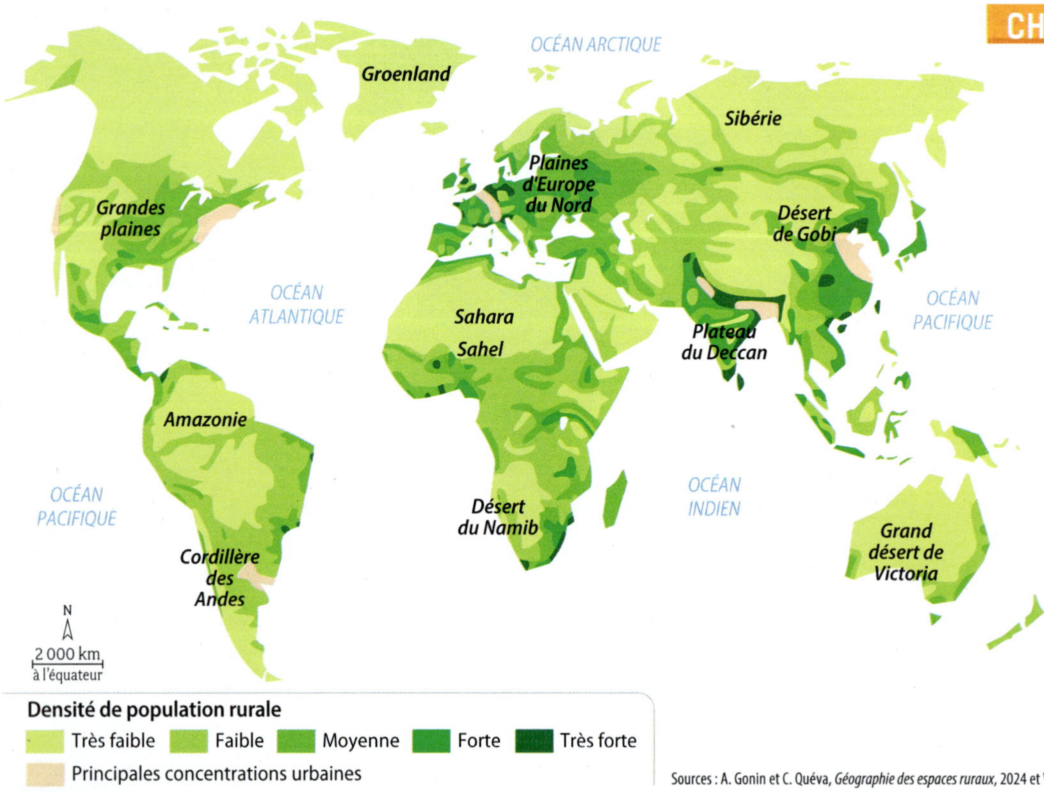

CHIFFRES-CLÉS

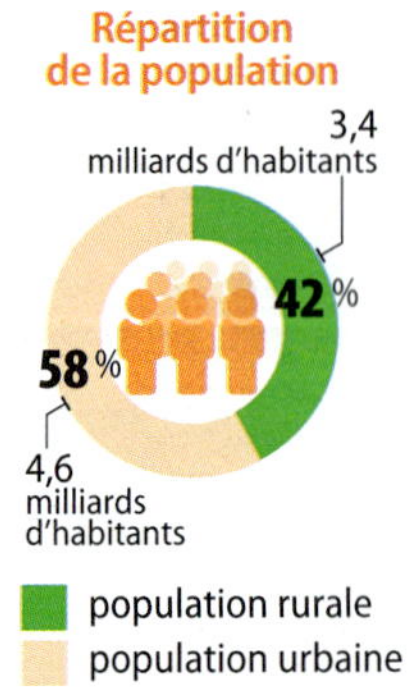

Sources : A. Gonin et C. Quéva, *Géographie des espaces ruraux*, 2024 et World Urbanization Prospects, 2025.

1 Le peuplement des espaces ruraux dans le monde

QUESTIONS

1. **Doc. 1** Localisez les espaces ruraux de très forte densité et les espaces ruraux de faible densité.
2. **Doc. 2** Quelles activités économiques dynamisent cet espace rural ?

2 Les transformations rurales au Danemark

À Flakkebjerg, un projet soutenu par l'Union européenne et les chercheurs de l'université de Copenhague associe production agricole mécanisée et production d'énergie solaire. Cet espace rural devenu multifonctionnel répond à la demande croissante d'énergie renouvelable tout en préservant les terres agricoles et la production alimentaire.

ÉTUDE DE CAS

1 Les mutations des espaces ruraux en Toscane

Avec leurs collines couvertes de vignes et leurs villages perchés, les paysages de la campagne toscane séduisent chaque année plus de 14 millions de touristes internationaux. Ces décors de carte postale sont le fruit de profondes transformations des paysages, du peuplement et des activités de ces espaces ruraux.

A Comment les espaces ruraux toscans se transforment-ils ?

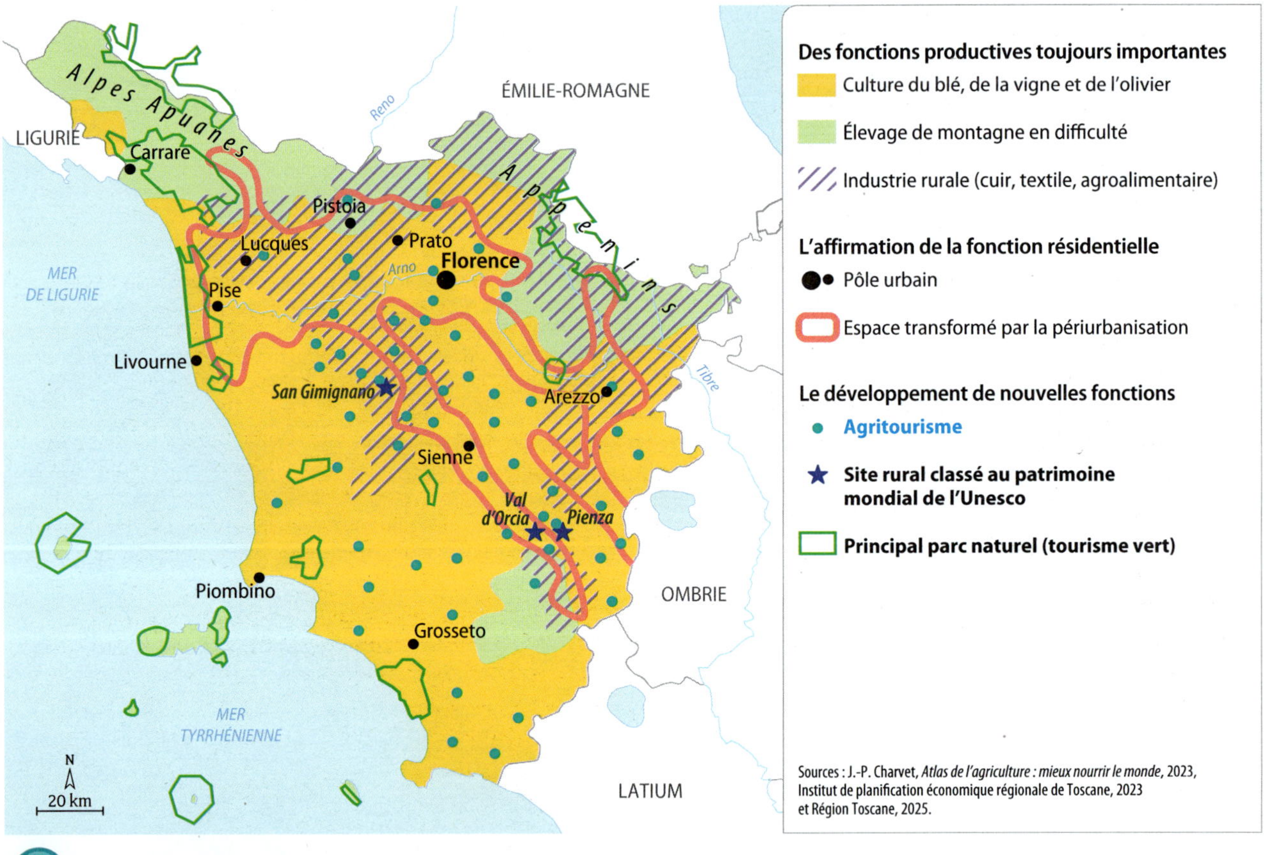

1 Des fonctions rurales diversifiées

	2013	2023
Part de la population rurale dans la population totale *(part en Italie)*	41,5 % *(31 %)*	41 % *(28 %)*
Nombre d'exploitations agricoles	72 686	52 146
Taille moyenne des exploitations agricoles *(moyenne italienne)*	10,4 hectares *(7,9 hectares)*	12,3 hectares *(11,1 hectares)*
Produits agricoles labellisés	Huile d'olive, chianti (vin rouge), pecorino (fromage)	
Nombre d'exploitations pratiquant l'agritourisme	4 081	5 797
Part de l'agriculture biologique *(moyenne italienne)*	12,6 % *(8,7 %)*	22,5 % *(15,8 %)*

Source : Institut de statistique italien, 2025.

2 Les mutations des espaces ruraux et de l'agriculture de Toscane

3 La promotion touristique des paysages de la Toscane

① San Gimignano (7 566 habitants) classé au patrimoine mondial de l'Unesco ② Vignobles ③ Oliveraies ④ Cyprès

4 La recomposition de la campagne toscane

La campagne toscane est affectée par des transformations majeures depuis des décennies. Avec la fin du métayage[1], les espaces ruraux ont connu un dépeuplement. Depuis les années 1960, ils ont été réinvestis par de nouveaux résidents, touristes, entrepreneurs étrangers, dont beaucoup viennent des villes. La **gentrification rurale** commence lors du passage de l'agriculture de subsistance à l'agriculture mécanisée par de grands entrepreneurs qui acquièrent les terres. Les systèmes agricoles anciens ont été modifiés, laissant place à des monocultures, en particulier la culture de l'olive et la viticulture, devenus le trait distinctif du paysage. De nombreuses fermes sont converties en résidences avec piscines. Une partie des bâtiments ruraux perd une vitalité liée à la fonction agricole au profit d'une vitalité liée à l'offre touristique. Les châteaux, les manoirs deviennent des résidences de prestige ou des hôtels de luxe.

Pietro Meloni et Valentina Lusini, *Ruralités imaginées. La campagne toscane contemporaine entre mondialisation, gentrification et marchandisation*, 2024.

1. Mode d'exploitation agricole par lequel un propriétaire permet à un métayer de cultiver une terre en échange d'une partie de la récolte.

VOCABULAIRE

- **Agritourisme :** ensemble des activités de découverte de l'agriculture proposées aux touristes (hébergement et visite à la ferme, vente directe des produits du terroir…).
- **Gentrification rurale :** installation d'une population plus aisée dans un espace rural motivée par le coût du bâti et le cadre de vie.

PARCOURS 1

Comprendre et mettre en relation des documents

1. **Doc. 1** Identifiez les différentes fonctions des espaces ruraux toscans.
2. **Doc. 2 et 4** Quelles sont les transformations de l'agriculture toscane ?
3. **Doc. 3** Situez ce territoire et listez trois éléments expliquant son attractivité touristique.
4. **Doc. 1, 3 et 4** Pourquoi le tourisme est-il un atout pour certains espaces ruraux ?

BILAN Rédigez une synthèse montrant les transformations de l'agriculture toscane puis la diversification des fonctions de ces espaces ruraux.

PARCOURS 2

Rédiger le commentaire audio d'un paysage touristique

Des touristes font une étape dans la campagne toscane. Vous êtes chargé(e) d'enregistrer l'audioguide de trois minutes présentant ce paysage et ses évolutions (**doc. 3**).

Pas à pas

À l'aide des documents, vous veillerez à évoquer :
- l'attractivité touristique de ces paysages ruraux (**doc. 3 et 4**) ;
- les productions et les transformations récentes de l'agriculture (**doc. 1 et 2**) ;
- la diversité de ces espaces ruraux et de leurs fonctions (**doc. 1, 3 et 4**).

B Quels défis les espaces ruraux toscans doivent-ils relever ?

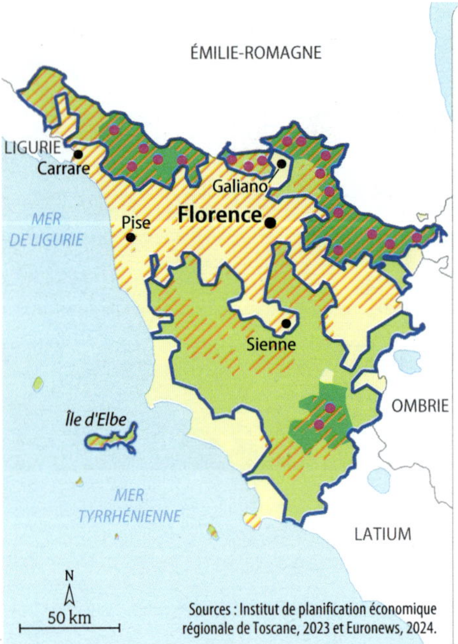

Sources : Institut de planification économique régionale de Toscane, 2023 et Euronews, 2024.

Des espaces ruraux en difficulté

- Espace marqué par les difficultés de l'agriculture et le vieillissement de la population
- Espace fragile gagné par l'agritourisme
- Espace agricole à l'abandon

Des aides en faveur du développement rural

- Programme LEADER[1] financé par l'Union européenne
- Programme « Résidence en montagne 2024[2] » financé par la Région

1. En faveur du développement économique des espaces ruraux.
2. En faveur de l'installation de nouveaux habitants dans les villages dépeuplés.

5 Des espaces ruraux entre crise et revitalisation

▶ Vidéo
Attirer de nouveaux habitants
France 24, 28 juillet 2024.
hachette-clic.fr/25hg1126

6 Les effets du tourisme dans le val d'Orcia

Le val d'Orcia est enfermé dans un rôle de décor de carte postale. Des agences organisent des circuits à travers la campagne en mettant à disposition des vacanciers de vieilles Fiat 500 pour une « *Italian experience* » censée les replonger dans un passé idyllique qui n'a jamais existé. Même un lieu aussi protégé n'est pas à l'abri de ce genre d'activité qui risque de condamner l'identité du paysage. Secrétaire des Jeunes démocrates[1] de Sienne, Elena Salviucci pointe du doigt une « responsabilité du politique », précisant que, « si beau soit-il, ce territoire ne pèse pas grand-chose politiquement ». Le val d'Orcia n'a pas les forces nécessaires pour gérer les phénomènes qui refaçonnent le visage de ce territoire comme les changements survenus depuis l'arrivée d'entrepreneurs qui « n'ont aucun lien avec l'agriculture traditionnelle de la vallée » et dont la présence provoque une flambée des prix « qui empêche les habitants du lieu d'accéder à la propriété ». Ces phénomènes, selon la productrice de fromages Alessia Farina, ont été favorisés par une protection excessive du territoire. « En se focalisant sur le paysage, le risque est de créer un parc de loisirs pour touristes. On a misé sur l'image d'une Toscane figée dans le passé. »

L'Essenziale (quotidien italien), 23 juin 2023.

1. Organisation de jeunesse du Parti démocrate italien.

7 Une exploitation des ressources qui fait débat

Source : Le Club alpin italien (association de protection de l'environnement), 16 décembre 2023.

Traduction : « Les montagnes ne repoussent pas. Arrêtons l'extractivisme dans les Alpes apuanes et partout ailleurs ». L'exploitation des carrières de marbre assure 14 % du PIB et 10 % de l'emploi de la région de Carrare.

PARCOURS 1

Analyser des documents

1. **Doc. 5** Identifiez les acteurs qui tentent de revitaliser les espaces ruraux en difficulté et précisez leurs actions.
2. **Doc. 6** Quels sont les effets néfastes de la valorisation touristique du val d'Orcia ?
3. **Doc. 6 et 7** Montrez que la multifonctionnalité des espaces ruraux toscans est source de tensions entre les acteurs.

PARCOURS 2

Discuter une affirmation

En vous appuyant sur les documents, discutez l'affirmation : « La multifonctionnalité est un atout pour le dynamisme des espaces ruraux toscans. »

	Une affirmation justifiée car…	Une affirmation à nuancer car…
Doc. 5	*L'activité peut redynamiser des espaces ruraux en déclin*	
Doc. 6		
Doc. 7		

Faire le bilan

Bilan à compléter
hachette-clic.fr/25hg1127

Les mutations des espaces ruraux en Toscane

Des espaces ruraux en transformation

- ....
- ....
- ....

Des espaces ruraux multifonctionnels

- ....
- ....
- ....
- ....

Un renouveau rural

- ....
- ....
- ....

Des menaces et des conflits

- ....
- ....
- ....

Des mesures de soutien

- ....
- ....
- ....
- ....

Et ailleurs ?

1. Quelles régions du monde sont confrontées au recul de la population dans les espaces ruraux ?
2. À l'inverse, identifiez les régions du monde dans lesquelles la population des espaces ruraux est stable ou en croissance.

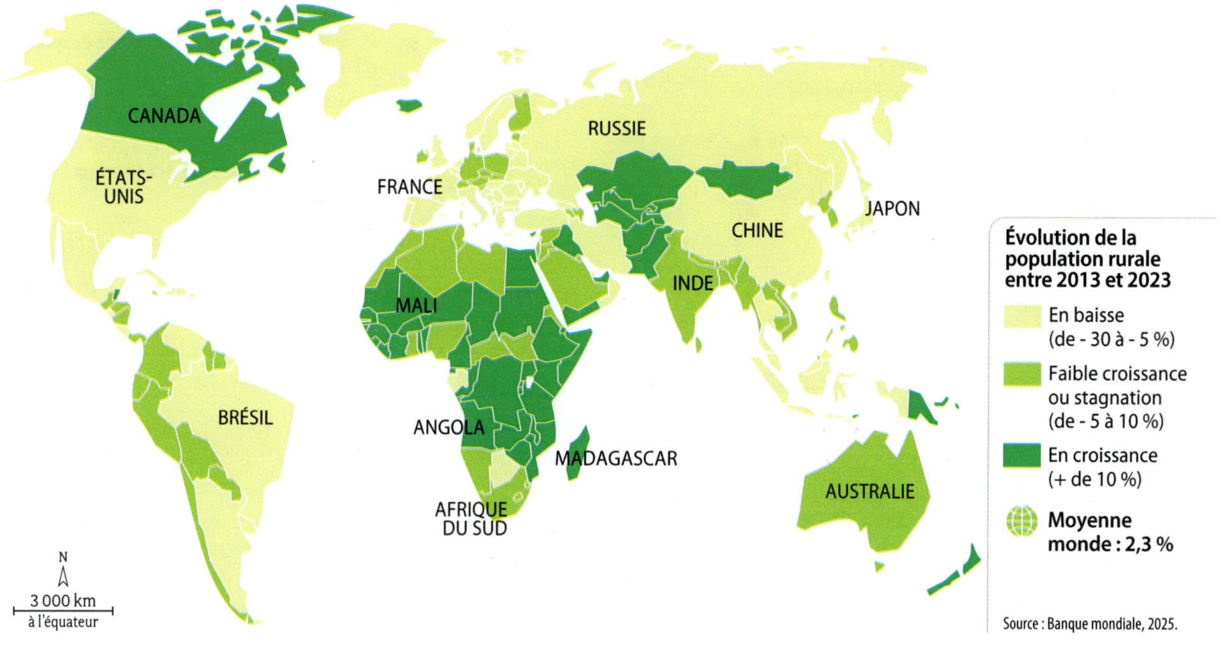

L'évolution de la population rurale dans le monde

ÉTUDE DE CAS 2

Les transformations des espaces ruraux de la Martinique

La culture de la banane et de la canne à sucre marque encore l'agriculture et les paysages ruraux de la Martinique. Cependant, les nombreuses transformations sociales, économiques et paysagères de cette île de 350 000 habitants brouillent de plus en plus les limites entre les villes et les campagnes.

A Quelles sont les mutations de l'agriculture et de ses paysages en Martinique ?

	2010	2020
Nombre d'exploitations agricoles	3 037	2 673
Surface agricole utile	24 982 hectares	21 894 hectares
Taille moyenne des exploitations	7,6 hectares	8,2 hectares
Nombre de chefs d'exploitation *(dont femmes)*	3 400 *(16 %)*	2 751 *(17 %)*
Âge moyen des chefs d'exploitation	52 ans	56 ans
Nombre d'exploitations qui pratiquent l'agriculture biologique	30	112
Production de bananes	155 000 tonnes	132 000 tonnes
Production de canne à sucre	206 500 tonnes	168 000 tonnes

Source : Recensements agricoles de la Martinique, 2024.

1 Les évolutions de l'agriculture martiniquaise

VOCABULAIRE

- **Artificialisation :** transformation d'un espace naturel, agricole ou forestier en un espace bâti (logements, routes, activités économiques).
- **Périurbanisation :** urbanisation au-delà des limites d'une agglomération à l'origine d'un étalement urbain discontinu.

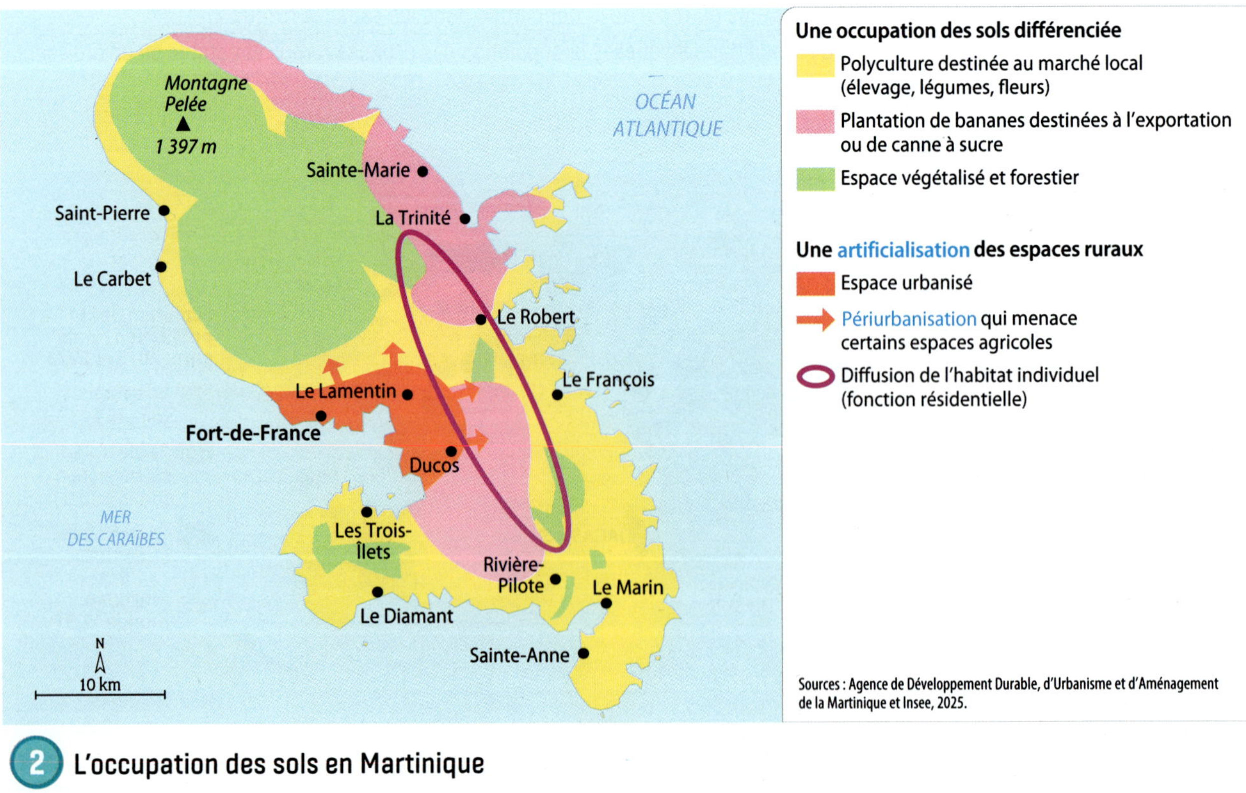

2 L'occupation des sols en Martinique

3 La diffusion du mode de vie urbain à Ducos

Depuis 1960, la population de Ducos a été multipliée par 3,5 et s'est accompagnée d'une transformation de son économie vers les services (88 %) et d'une mutation des paysages. Des parcelles agricoles sont devenues des lotissements, des zones d'activités (1) ou administratives (établissement scolaire, (2)) même si une agriculture périurbaine subsiste (3).

« Remonter le temps »
IGN
hachette-clic.fr/25hg1128

4 L'agriculture face au défi du chlordécone

Le sol fertile est contaminé par le chlordécone, insecticide abondamment épandu dans les bananeraies de Martinique de 1972 jusqu'à ce que le gouvernement l'interdise définitivement, en 1993. Substance classée « cancérogène probable » par l'Organisation mondiale de la santé dès 1979, cette molécule très persistante a provoqué une pollution durable des sols, des cours d'eau et des milieux marins. À la Martinique, il y a de 11 000 à 12 000 hectares de terres contaminées soit la moitié de la surface agricole utilisée de cette île volcanique. En outre, les experts scientifiques sont formels : la pollution est sans effet sur les fruits et les légumes poussant sur des arbres ou des buissons, mais elle contamine les herbes, les salades et les tubercules. Par ailleurs, les animaux élevés sur des pâturages pollués présentent généralement des taux de concentration de la molécule qui les rendent impropres à la consommation. Le chlordécone a donc obligé les agriculteurs martiniquais à rompre avec leurs habitudes et leurs sources de revenus. Une redéfinition des zones de production s'est opérée à l'échelle de l'île : la culture des ignames et du manioc, tubercules tropicaux incontournables dans l'alimentation antillaise, s'est progressivement déplacée vers les terroirs non pollués.

Le Monde, 23 septembre 2024.

▶ Vidéo
Comprendre le scandale du chlordécone
C quoi l'info ?, 27 février 2024.
hachette-clic.fr/25hg1129

PARCOURS 1

Analyser une situation géographique

1. **Doc. 2** Identifiez et localisez les deux types d'agriculture pratiqués en Martinique.
2. **Doc. 1** Comment évolue l'agriculture martiniquaise ?
3. **Doc. 2 et 3** Quelles sont les causes de l'artificialisation des paysages ruraux ?
4. **Doc. 4** Pourquoi l'utilisation passée du chlordécone est-elle un facteur de mutation de l'agriculture martiniquaise ?

BILAN Rédigez une synthèse présentant la place et les évolutions de l'agriculture martiniquaise puis les transformations des espaces et des paysages ruraux.

PARCOURS 2

Justifier une affirmation

En 2018, la géographe Corinne Plantain affirme :
« Il semble moins évident de nos jours d'opposer la ville à la campagne, car ces deux types d'espaces s'imbriquent l'un dans l'autre. L'espace rural n'est pas uniquement agricole et la campagne n'est pas un environnement naturel comme le perçoivent les citadins. »
Illustrez cette affirmation en présentant les transformations des espaces ruraux en Martinique.

Pas à pas

Vous montrerez les évolutions :
- sociales (**doc. 1 et 3**) ;
- économiques (**doc. 1 et 3**) ;
- paysagères (**doc. 2, 3 et 4**).

B Comment redynamiser les espaces ruraux martiniquais ?

5 La stratégie de développement du tourisme rural

À l'heure où la situation des agriculteurs est précaire, la Martinique s'engage dans l'**agritourisme** avec le guide *Nos agriculteurs vous accueillent*, une initiative de la chambre d'agriculture. Cette première édition met en lumière des structures agritouristiques prêtes à accueillir des visiteurs. Le spiritourisme[1], centré sur la visite des distilleries de rhum issu de la culture de la canne à sucre, a attiré 800 000 visiteurs en un an. Les touristes ont dépensé 489 millions d'euros en 2022, avec une part significative de leurs budgets consacrée à l'hébergement, l'alimentation et le transport, ainsi qu'aux souvenirs et excursions. Ces chiffres soulignent l'opportunité que représente l'agritourisme pour diversifier et enrichir l'offre touristique de l'île. La destination Martinique cherche à se distinguer en ne misant pas tout sur l'économie bleue[2]. Cette démarche illustre la volonté de promouvoir une offre touristique alternative, en harmonie avec les valeurs de nature et de découverte que souhaite transmettre l'île.

La 1re France, TVinfo, 25 février 2024.

1. Découverte de la production des spiritueux, c'est-à-dire des alcools obtenus par distillation.
2. Mise en valeur touristique du littoral (plage, croisière, plaisance).

7 Des systèmes productifs en transition

Source : Caraïbes Environnement, 2022.

Pour soutenir les exportations de bananes, des campagnes d'information soutenues par l'État et l'Union européenne sensibilisent les consommateurs aux normes environnementales suivies.

VOCABULAIRE

Agritourisme : voir p. 429

6 Un circuit touristique organisé par l'association « Les Rails de la Canne à Sucre »

La mise en valeur des espaces ruraux se multiplie en Martinique, comme ce train qui transporte des touristes. À la fin du XIXe siècle, lors de l'industrialisation de la production, de tels trains transportaient les cannes vers les usines à sucre.

PARCOURS 1

Confronter des documents

1. **Doc 5 et 6** Quelles formes prend la diversification économique des espaces ruraux de la Martinique ?
2. **Doc 5 et 6** Montrez que l'objectif est aussi la préservation du patrimoine naturel et culturel de la Martinique.
3. **Doc. 7** Quelles transformations du système productif agricole de la Martinique sont mises en avant dans cette campagne de communication ? Quels en sont les acteurs ?

PARCOURS 2

Réaliser une production graphique

Réalisez un schéma fléché illustrant les mesures adaptées pour dynamiser les espaces ruraux martiniquais et les effets attendus.

Faire le bilan

Bilan à compléter
hachette-clic.fr/25hg1130

Les transformations des espaces ruraux de la Martinique

Des espaces ruraux en partie structurés par l'agriculture

Une agriculture en difficulté
- ....
- ....
- ....
- ....

Une fonction résidentielle en essor
- ....
....
- ....
....

Des transformations paysagères
- ....
- ....
- ....
....

Des mesures pour dynamiser l'agriculture et les espaces ruraux
- ....
- ....
- ....

Et ailleurs ?

1. Quels pays connaissent une part de terres agricoles similaire à celle de la Martinique (20 %) ?
2. Citez cinq pays dont plus de 50 % du territoire est occupé par des terres agricoles.

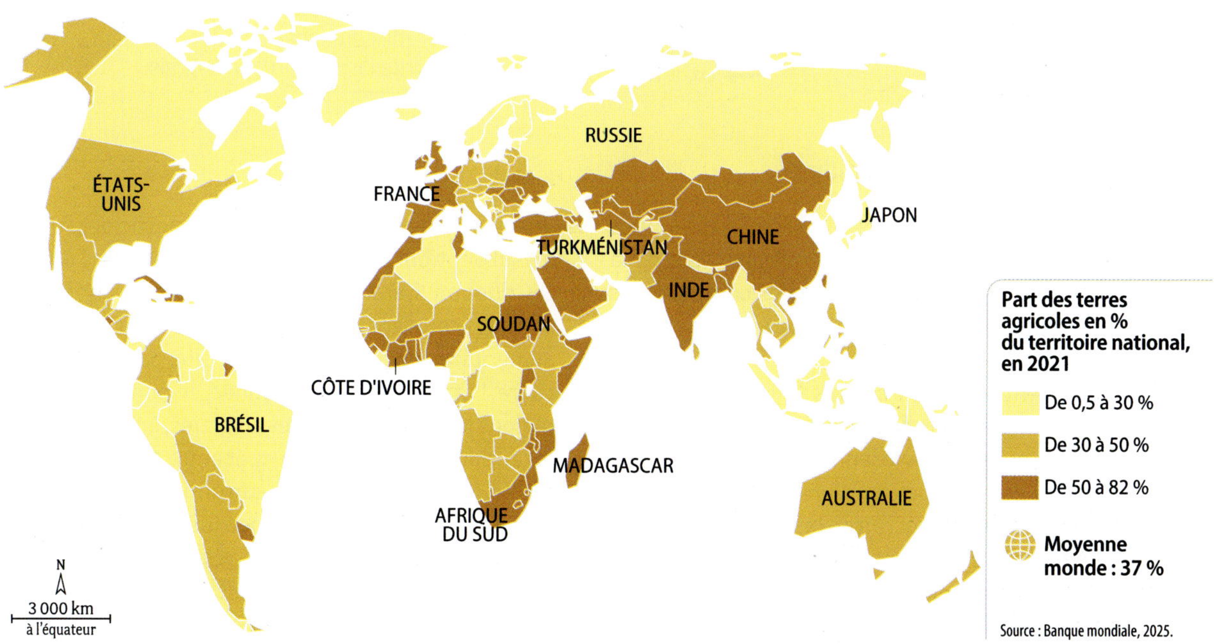

La superficie des terres agricoles dans le monde

ÉTUDE DE CAS 3

Mutations agricoles et recomposition des espaces ruraux en Inde

Bien qu'elle soit une puissance émergente, l'Inde conserve une forte empreinte rurale avec 64 % de ruraux. Confrontés à de fortes inégalités sociales et économiques, les espaces ruraux indiens accusent aussi un retard de développement important par rapport aux villes.

A Comment les mutations agricoles transforment-elles les espaces ruraux en Inde ?

1 La place de l'agriculture dans les espaces ruraux indiens

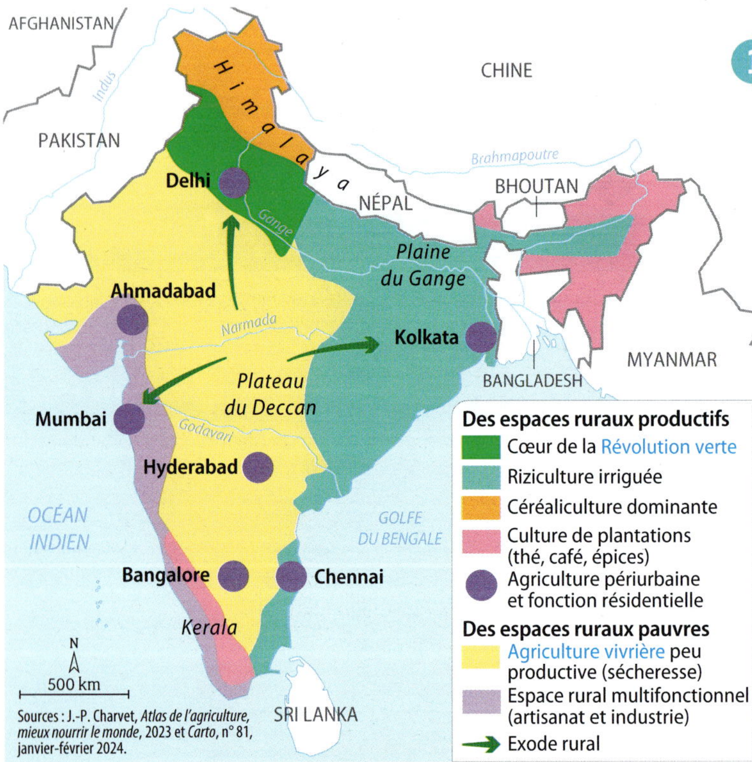

Sources : J.-P. Charvet, *Atlas de l'agriculture, mieux nourrir le monde*, 2023 et *Carto*, n° 81, janvier-février 2024.

VOCABULAIRE

- **Agriculture productiviste :** agriculture commerciale recherchant l'augmentation des rendements par l'utilisation des progrès scientifiques et techniques.
- **Agriculture vivrière :** agriculture dont l'essentiel de la production est consommé par l'agriculteur et sa famille ou vendu sur les marchés locaux.
- **Révolution verte :** intensification de la culture du riz ou du blé encouragée par l'État. Elle résulte de l'utilisation de semences à haut rendement, de l'irrigation et d'engrais.

2 La mobilisation de l'État indien

La Révolution verte, démarrée à partir des années 1960, a joué un rôle décisif dans l'accroissement de la production des céréales. Les principales composantes de la Révolution verte sont partout les mêmes : utilisation de variétés de semences sélectionnées à haut rendement (elles ont permis un triplement des rendements en grain par hectare), apports importants d'engrais et de produits phytosanitaires, développement de l'irrigation et introduction d'un petit machinisme agricole permettant d'accroître les rendements. La politique agricole et alimentaire de l'Inde repose sur deux volets. Un volet de subventions à la production qui sont gérées dans le cadre de la *Food Corporation of India* et fondées sur des prix garantis aux producteurs et des aides aux achats d'engrais et pesticides. Un volet de subvention à la consommation au travers du *Public Distribution System* qui permet à partir d'un réseau de stockage couvrant l'ensemble du pays de fournir une aide alimentaire aux populations les plus pauvres[1]. Dans ce cadre, l'État achète chaque année, en particulier dans les régions les plus productives en grains, environ le tiers de la production nationale de riz et entre 40 et 45 % de celle de blé. Mais en raison d'une corruption endémique, bien des grains n'arrivent pas ou peu jusqu'aux plus pauvres.

Jean-Paul Charvet, *Atlas de l'agriculture, mieux nourrir le monde*, 2023.

1. Le salaire annuel moyen en Inde est de 10 400 euros contre 5 000 euros pour un agriculteur indien.

3 Des espaces productifs agricoles contrastés

Les espaces ruraux de la Révolution verte se distinguent par une **agriculture productiviste** et modernisée. Ailleurs, l'agriculture vivrière, comme ici la riziculture, pousse les hommes à migrer vers les villes à la recherche d'un meilleur revenu, laissant les femmes gérer les exploitations familiales.

	Population rurale	Population urbaine
Taux de pauvreté, en 2023	21,2 %	5,5 %
Taux d'alphabétisation	77 %	89 %
Taux de fécondité	2,2 enfants par femme	1,6 enfant par femme
Taux de mortalité infantile	31 ‰	19 ‰
Part des ménages indiens n'ayant pas accès aux toilettes	26 %	6 %
Part de la population ayant accès à Internet	35,5 %	61 %
Part des ménages possédant une voiture	10 %	25 %

Sources : Data for India et Gouvernement de l'Inde, 2025.

4 Le retard du monde rural indien

▶ Vidéo
La lutte contre la pauvreté des femmes
Source : France 24, septembre 2023.
hachette-clic.fr/25hg1131

PARCOURS 1

Présenter une situation géographique

1. Doc. 1 Quelle est la place de l'agriculture dans les espaces ruraux indiens ?
2. Doc. 1 et 2 Comment l'État indien encourage-t-il la hausse des rendements agricoles ?
3. Doc. 1, 2 et 3 Citez deux politiques mises en œuvre pour aider les populations rurales et deux difficultés persistantes.
4. Doc. 1, 3 et 4 Justifiez l'affirmation : « Malgré la modernisation de l'agriculture, les espaces ruraux restent marqués par de profondes inégalités. »

BILAN Rédigez une synthèse montrant que l'agriculture indienne se modernise mais que les inégalités persistent entre les espaces ruraux et les espaces urbains.

PARCOURS 2

Utiliser une approche géographique pour construire une argumentation

Présentez à l'oral et en binôme un exposé sur l'inégal développement des espaces ruraux indiens.

Pour vous aider, complétez le tableau.

Des espaces ruraux développés grâce à la Révolution verte	Doc. 1 et 2
Des espaces ruraux aux difficultés persistantes	Doc. 1, 3 et 4
Des espaces ruraux en retard face au développement urbain	Doc. 1 et 4

B Quelles tensions accompagnent les recompositions des espaces ruraux ?

5 Des conflits d'usage pour le partage de l'eau

Un lourd pot rempli d'eau nauséabonde sur la tête, la villageoise de 35 ans affirme passer jusqu'à six heures par jour, au plus fort de l'été, à aller s'approvisionner en eau. « Chercher de l'eau occupe toutes nos journées et nos vies », se lamente Satgir qui doit faire « quatre à six allers-retours quotidiens ». « Les habitants de Mumbai boivent notre eau, mais personne, y compris le gouvernement, ne s'intéresse à nous. Nous n'avons pas d'eau potable. Cela ne sert à rien de vivre dans un village, car le gouvernement ne se préoccupe que des riches », fustige-t-elle. Dans le pays le plus peuplé du monde, le niveau des nappes phréatiques diminue. Les puits s'assèchent rapidement sous l'effet de la chaleur extrême. Cette année, les températures ont dépassé les 45 degrés. Quand son puits est à sec, le village Navinwadi doit compter sur un camion-citerne du gouvernement. L'eau livrée provient d'une rivière où les gens se lavent. La cheffe du village affirme que les habitants sont souvent malades à cause de l'eau. Les autorités gouvernementales se déclarent déterminées à s'attaquer au problème et ont annoncé des programmes visant à résoudre la crise de l'eau. À Navinwadi, les habitants se sont cependant résignés à vivre avec un approvisionnement très rationné.

La Croix, 16 juin 2024.

▶ Vidéo
La pénurie d'eau dans les villages
Source : AFP, juin 2024.
hachette-clic.fr/25hg1132

6 Des conditions de vie difficiles

70 % des agriculteurs indiens cultivent des micro-parcelles. Or l'acquisition de terres agricoles pour des aménagements industriels provoque la colère des petits paysans comme ici, à Ludhiana, où 700 familles sont menacées d'expropriation en 2024.

Les effets environnementaux de la Révolution verte

- ➔ Érosion et salinisation des sols
- ➔ Épuisement des nappes phréatiques
- ➔ Pollution des sols, de l'air et de l'eau

+

Les effets du changement climatique

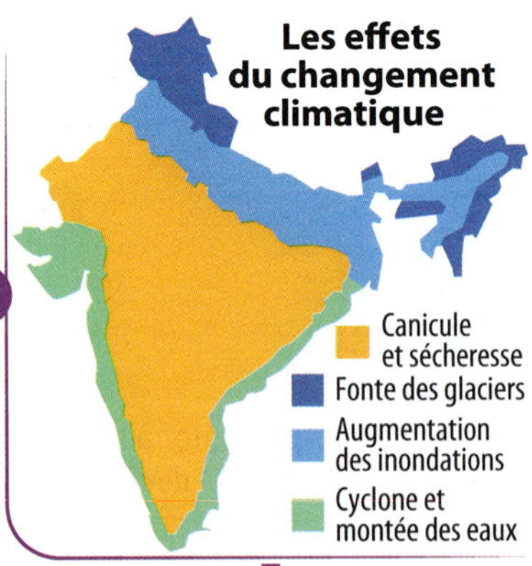

Vers un nouveau modèle agricole encouragé par l'État

- ➔ Politique de reboisement des sols
- ➔ Création de « mares agricoles » pour retenir l'eau de pluie
- ➔ Développement d'assurances agricoles contre les aléas climatiques
- ➔ Sensibilisation à une production et une consommation plus durables

Sources : E. Libourel et A. Gonin, *Agriculture et changements globaux*, 2022 et Gouvernement de l'Inde, 2025.

7 La dégradation de l'environnement

PARCOURS 1

Comprendre et mettre en relation des documents

1. **Doc. 5 et 6** Relevez trois facteurs de tensions qui fragilisent les espaces ruraux.
2. **Doc. 7** Montrez que l'environnement dans ces espaces est dégradé et menacé.
3. **Doc. 5 et 7** Comment le gouvernement tente-t-il de soutenir l'agriculture et les populations rurales ?

PARCOURS 2

Présenter des arguments

Par groupe de trois et à l'aide des documents, rédigez un paragraphe présentant les difficultés auxquelles sont confrontés les espaces ruraux. Justifiez vos arguments à l'aide d'un chiffre-clé ou d'un événement.

Faire le bilan

Bilan à compléter
hachette-clic.fr/25hg1133

Mutations agricoles et recomposition des espaces ruraux en Inde

Des activités rurales nombreuses

- ....
- ....
  ....
- ....

Une Révolution verte menée par l'État dans les années 1960

- ....
- ....
- ....
- ....

Une agriculture structurante mais contrastée

- ....
  ....
- ....
  ....

Les espaces ruraux en Inde

Des tensions

Économiques

- ....
  ....
- ....
- ....

\+

Sociales

- ....
  ....
- ....
  ....

\+

Environnementales

- ....
- ....
- ....

Et ailleurs ?

1. Justifiez l'affirmation : « L'Inde n'est pas le seul pays confronté à la sous-alimentation. »
2. Selon vos connaissances, quel est le niveau de développement des pays où se trouvent les plus forts taux de sous-alimentation ?

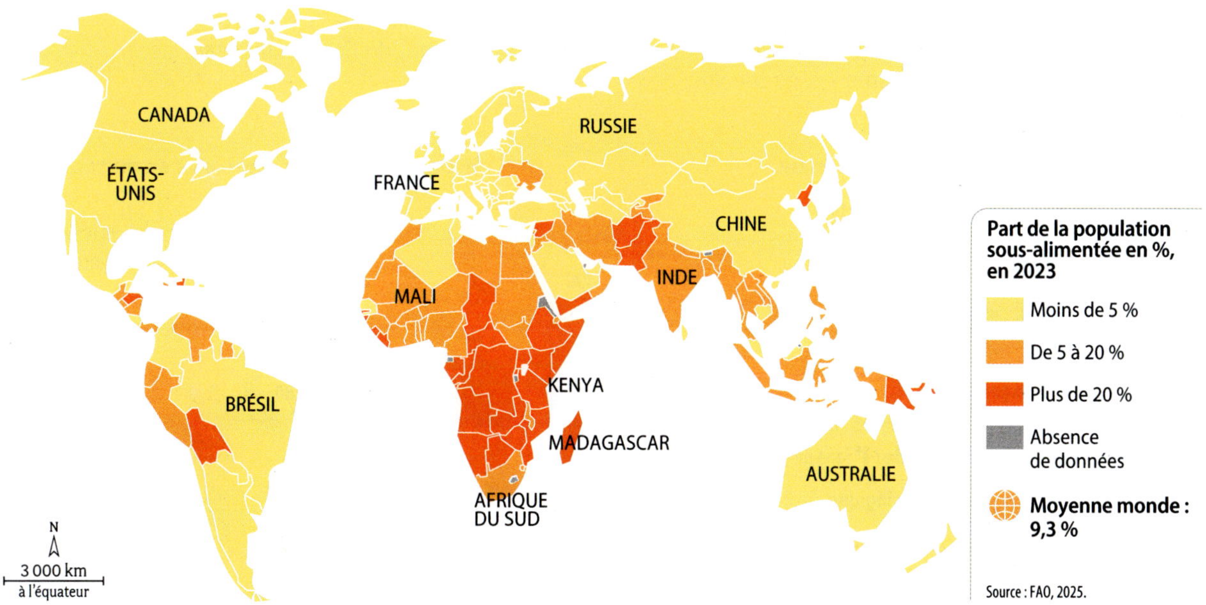

La sous-alimentation dans le monde

ÉTUDE DE CAS 4

Les espaces ruraux canadiens : une multifonctionnalité marquée

Deuxième pays le plus vaste au monde, le Canada est une puissance agricole grâce à ses terres riches et fertiles qui en font le troisième exportateur mondial de blé. Or moins d'un habitant sur cinq vit dans les espaces ruraux qui connaissent une diversification croissante de leurs usages.

A Quelle est la place de l'agriculture dans les espaces ruraux canadiens ?

1 Un élevage hors-sol

Le secteur agricole n'emploie que 2,2 % de la population active canadienne mais il marque toujours profondément les paysages. Les méthodes de production intensive font du Canada un géant de l'**agrobusiness** qui représente 7 % de son PIB.

a. Un système productif performant

5e exportateur mondial de produits agricoles et agroalimentaires

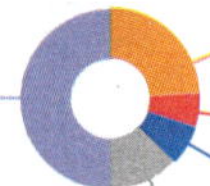

Principaux produits exportés

- **bois** (**2e** rang mondial)
- **blé** (**3e** rang mondial)
- **céréales** (**3e** rang mondial)
- **viande** (**4e** rang mondial)

Superficie cultivée en agriculture biologique

Source : Gouvernement du Canada, 2025.

b. Des exploitations agricoles en mutation

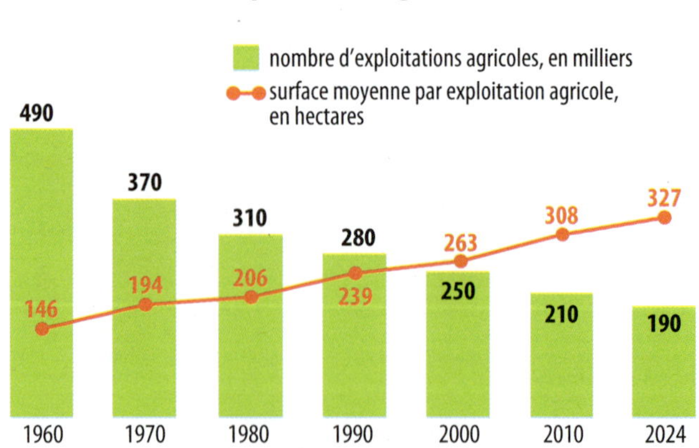

Source : J.-P. Charvet et P. Ducroquet, *Atlas des politiques agricoles et alimentaires*, 2024.

2 Le système de production agricole canadien

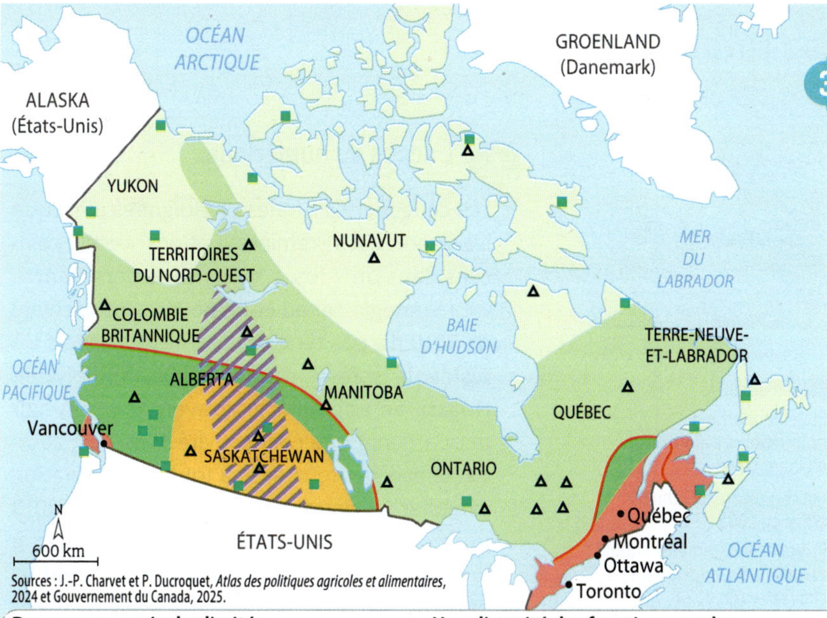

Sources : J.-P. Charvet et P. Ducroquet, *Atlas des politiques agricoles et alimentaires*, 2024 et Gouvernement du Canada, 2025.

Des espaces agricoles limités
- Céréaliculture (agriculture productiviste)
- Élevage (volaille, bovins, porcs) et/ou culture maraîchère
- Limite nord des espaces cultivés et les plus peuplés
- Chasse et élevage (rennes, moutons) en milieu polaire

Une diversité des fonctions rurales
- Espace transformé par la périurbanisation
- Forêt boréale partiellement exploitée
- Gisement d'hydrocarbures
- Mine (or, diamant, uranium…)
- Parc national et espace de la *wilderness*

3 La diversification des fonctions des espaces ruraux

VOCABULAIRE

Agriculture productiviste : agriculture commerciale recherchant l'augmentation des rendements par l'utilisation des progrès scientifiques et techniques.

Agrobusiness : ensemble des activités économiques relatives à la production, la transformation et la commercialisation des produits issus de l'agriculture.

***Wilderness* :** terme anglo-saxon désignant une « nature sauvage » à préserver.

4 L'inégale attractivité des espaces ruraux

Depuis 1951, la population rurale de la province du Québec est stable, avec des effectifs d'environ 1,4 million de personnes. Mais ce nombre cache plusieurs réalités : la diminution de la part des ruraux dans la population (de 35 % à 20 %), l'exode rural (notamment des jeunes), la forte recomposition des territoires ruraux avec la croissance des zones rurales périurbaines et les baisses de population dans les petites localités éloignées. Mais on constate depuis quelques années des soldes migratoires positifs dans certaines régions notamment la Colombie-Britannique, le Québec et les provinces de l'Atlantique. Cela signifie donc qu'on compte plus de personnes qui viennent s'installer dans ces territoires ruraux que ceux qui les quittent. Ces espaces attirent de plus en plus les urbains qui, tout en travaillant en ville, viennent y résider. Avec la montée de la sensibilité écologique, les milieux ruraux et leurs ressources naturelles redeviennent d'un grand intérêt.

D'après Bruno Jean, *Revue de l'ordre des urbanistes du Québec*, printemps-été 2024.

▶ Vidéo
L'attractivité des espaces ruraux
Radio-Canada Info, 1er août 2022.
hachette-clic.fr/25hg1134

PARCOURS 1

Analyser des documents

1. **Doc. 3** Localisez les espaces ruraux marqués par l'agriculture.
2. **Doc. 1 et 2** Justifiez l'affirmation : « L'agriculture canadienne se transforme mais reste un atout économique pour le pays. »
3. **Doc. 3 et 4** Quelles fonctions non agricoles animent les espaces ruraux canadiens ?
4. **Doc. 4** Pourquoi certains espaces ruraux connaissent-ils une nouvelle attractivité ?

BILAN Rédigez une synthèse expliquant que les espaces ruraux canadiens sont inégalement marqués par la fonction agricole et qu'ils se caractérisent aujourd'hui par leur multifonctionnalité.

PARCOURS 2

Discuter une affirmation

En vous appuyant sur les **documents 2 et 3**, discutez l'affirmation : « L'agriculture marque fortement les espaces ruraux canadiens. »

	Une affirmation justifiée car…	Une affirmation à nuancer car…
Doc. 2		
Doc. 3		

B Aménager les espaces ruraux : un défi ?

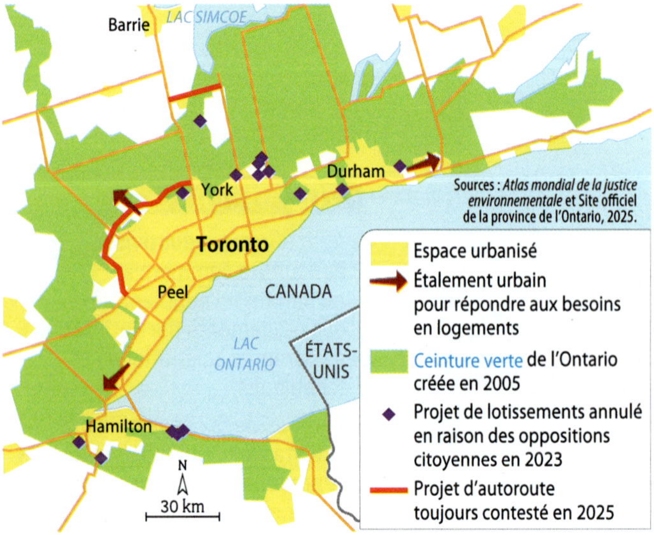

5 La protection des espaces ruraux face à l'urbanisation à Toronto

7 Les tensions liées à l'exploitation des sables bitumineux

L'exploitation des sables bitumineux de l'Alberta représente 84 % de la production pétrolière du Canada. Or, par le slogan « Ne forez pas », l'association de protection de l'environnement Alberta Wilderness en dénonce les effets (déforestation, pollution des sols, des eaux et de l'atmosphère) et appelle à protéger l'écosystème du lac McClelland.

6 L'accès au numérique

Les collectivités rurales et éloignées ainsi que les réserves des Premières Nations[1] restent coincées dans un « fossé numérique persistant ». « La Stratégie canadienne pour la connectivité de 2019 n'a pas tenu ses promesses envers les résidents isolés », épingle la spécialiste Karen Hogan, en appelant le gouvernement à agir pour amener une connectivité à Internet abordable et à haute vitesse à toute la population canadienne, partout au pays. La stratégie 2019 promettait de brancher chaque Canadien à un réseau Internet haute vitesse abordable, peu importe où il réside, mais aussi d'améliorer l'accès à la téléphonie mobile dans tout le pays. Quatre ans plus tard, l'égalité est toujours loin d'être atteinte. La connectivité dans les collectivités rurales et éloignées ainsi que dans les réserves des Premières Nations n'atteignait respectivement que 59,5 % et 42,9 %. « La connectivité n'est plus un luxe, mais bien un service essentiel. » Si les services offerts sont de piètre qualité ou ne sont pas abordables, des personnes se retrouvent exclues de l'économie numérique ainsi que de l'accès à l'éducation, aux soins médicaux et aux services gouvernementaux en ligne, ou encore du travail à distance.

Radio-Canada, 27 mars 2023.

1. Terme désignant les lieux de résidence des peuples autochtones du Canada situés dans des régions rurales ou éloignées.

VOCABULAIRE

- **Ceinture verte :** zone entourant une ville constituée d'espaces naturels ou agricoles protégés pour empêcher l'étalement urbain.

PARCOURS 1

Confronter des documents

1. **Doc. 5 et 6** À quelles difficultés les espaces ruraux canadiens sont-ils confrontés ?
2. **Doc. 5 et 7** Dans chaque document, relevez un avantage et un inconvénient de la diversification des activités dans les espaces ruraux.
3. **Doc. 5, 6 et 7** Comment les acteurs interviennent-ils pour développer et protéger les espaces ruraux ?

PARCOURS 2

Réaliser un tableau de synthèse

Complétez le tableau pour montrer les défis de l'aménagement des espaces ruraux canadiens.

Défis	Actions, acteurs	Difficultés
Doc. 5 Limiter l'étalement urbain		
Doc. 5 et 7 Protéger l'environnement		
Doc. 6 et 7 Créer de l'emploi et accéder aux services		

Faire le bilan

Bilan à compléter
hachette-clic.fr/25hg1135

Les espaces ruraux canadiens : une multifonctionnalité marquée

Des fonctions productives diverses
- ....
- ....
- ....

+

Une fonction résidentielle
- ....
- ....
- ....

+

Une fonction environnementale

....
....
....

Une dynamisation des espaces ruraux
- ....
....
- ....
- ....

≠

Des menaces et des tensions
- ....
- ....
....
- ....

→

Des réponses en faveur d'un développement durable
- ....
- ....
- ....
- ....

Et ailleurs ?

1. Dans quelle région du monde se situent les pays qui exportent le plus de blé ?
2. À l'inverse, quelles sont les régions les plus concernées par l'importation de blé ? Justifiez votre réponse.

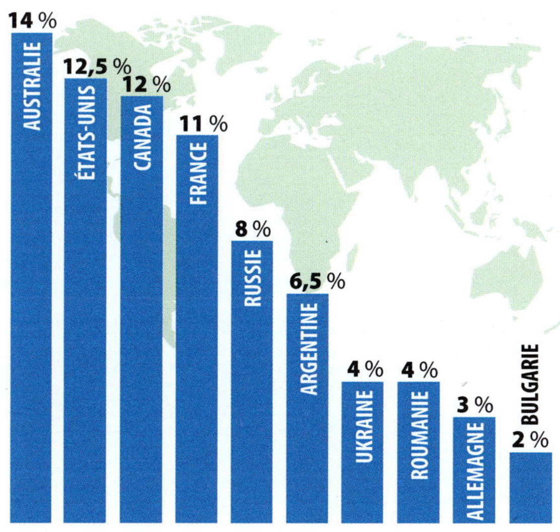

1 Les 10 premiers exportateurs de blé, en 2022

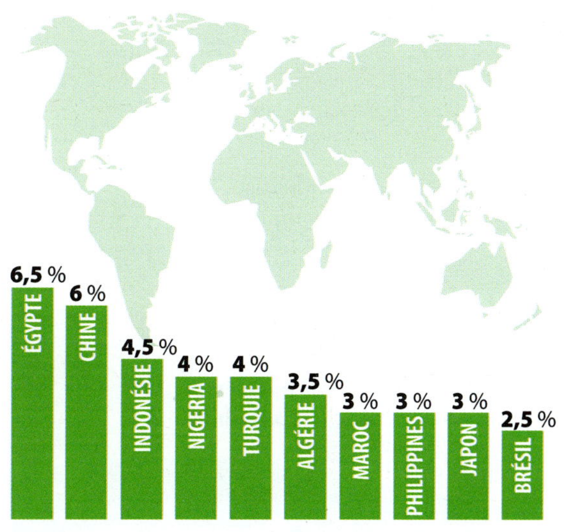

Source : FAO, 2025.

2 Les 10 premiers importateurs de blé, en 2022

GRAND ANGLE Le peuplement des espaces ruraux dans le monde

● La transition urbaine entraîne une baisse mondiale du peuplement des **espaces ruraux**. Toutefois les ruraux sont encore majoritaires en Asie et en Afrique car tous les pays de ces continents n'ont pas encore achevé leur transition urbaine. L'Asie du Sud et du Sud-Est concentre le plus grand nombre de ruraux au monde et cela malgré l'exode rural. La population rurale de l'Afrique subsaharienne continue à augmenter en raison d'un taux de natalité élevé. Enfin, la population rurale d'Europe et d'Amérique du Nord est stable et peu nombreuse en raison de la fin de la transition urbaine.

NOTION EN IMAGE

Espace rural : espace où le paysage est dominé par les formations végétales, où l'agriculture est une activité dominante et où la densité des hommes et des équipements est plus faible qu'en ville.

L'ESPACE RURAL DANS LE MONDE

Importance des activités agricoles + **Paysage dominé par les formations végétales** + **Plus faible densité des hommes et des équipements qu'en ville**

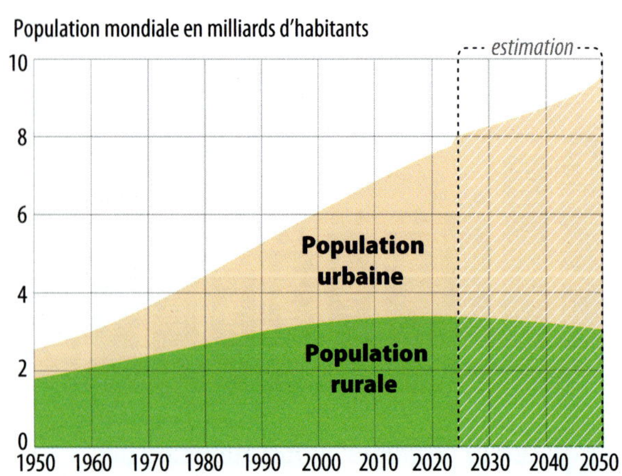

Source : Onu, 2025.

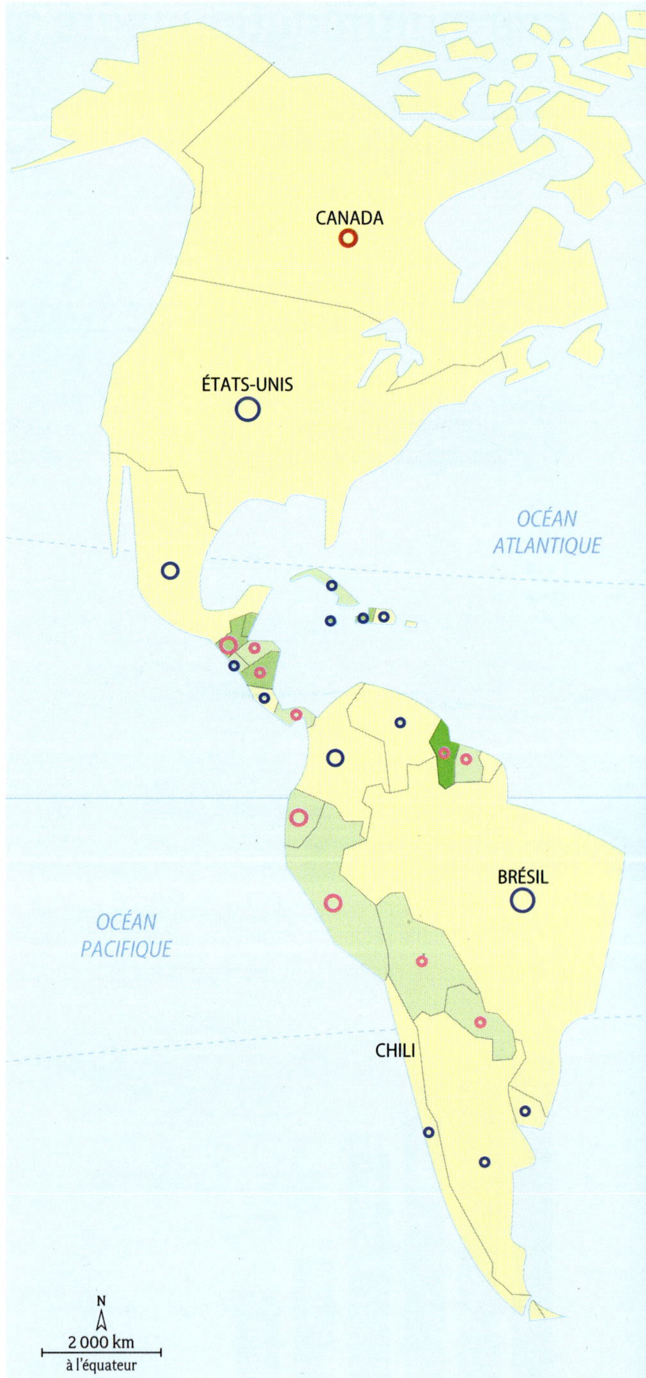

2 **L'évolution de la population rurale depuis 1950**

Carte interactive
hachette-clic.fr/25hg1136

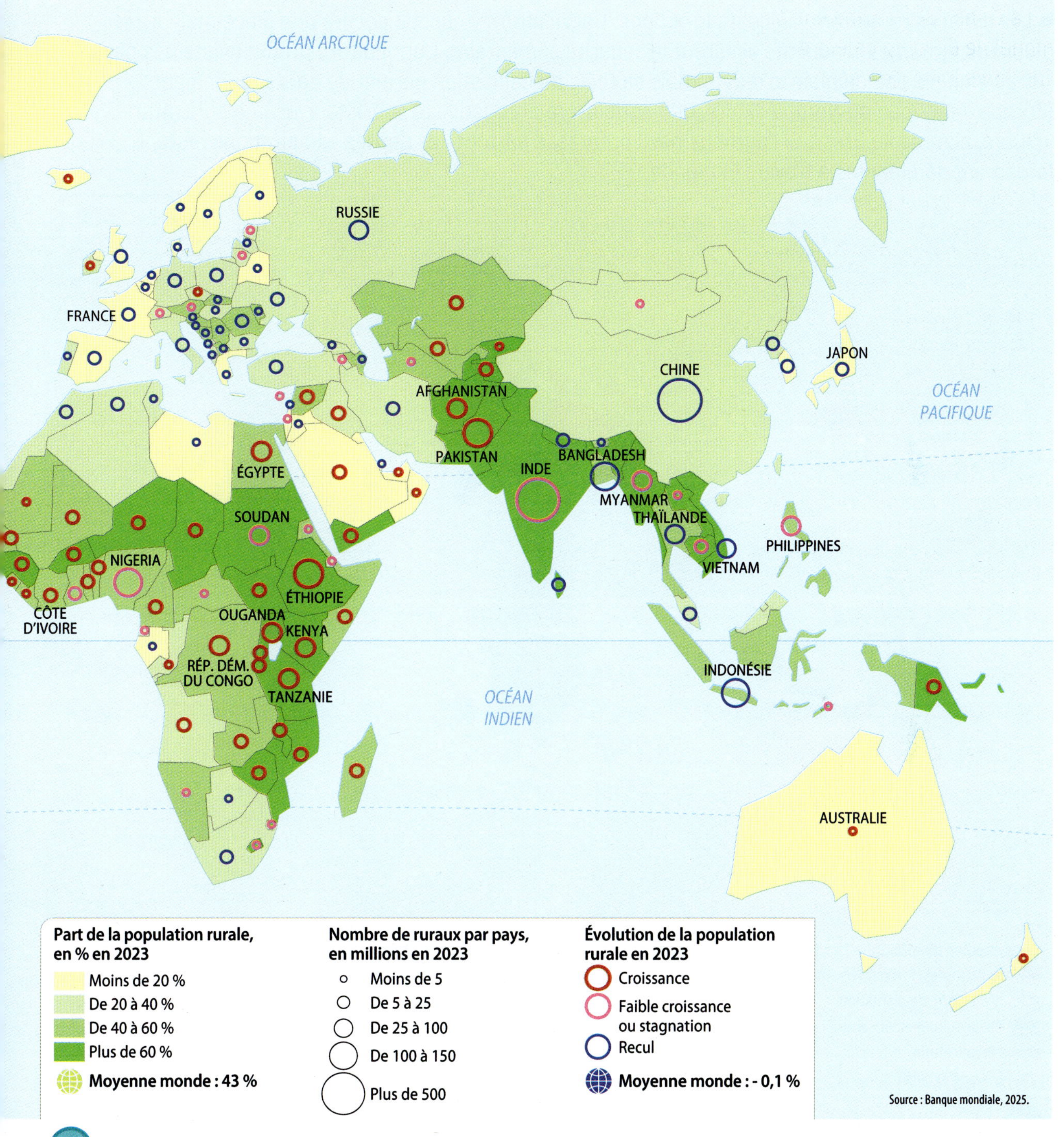

1 La répartition de la population rurale dans le monde

QUESTIONS

1. **Doc. 2** Comment évolue la population rurale à l'échelle mondiale ?
2. **Doc. 1** Montrez que les évolutions démographiques des espaces ruraux sont très contrastées entre les pays.
3. **Doc. 1** Quels espaces ruraux restent les plus peuplés ? Pourquoi ?

GRAND ANGLE Des espaces ruraux multifonctionnels

- Les espaces ruraux ont plusieurs fonctions. L'agriculture y occupe encore une place majeure et plusieurs systèmes productifs assurent la sécurité alimentaire. L'agriculture productiviste des pays riches emploie peu de main-d'œuvre mais sa forte mécanisation permet de hauts rendements (Europe, Amérique du Nord). Ailleurs, une agriculture productiviste coexiste avec une agriculture vivrière, comme au Brésil. Si l'agrobusiness progresse partout, les petites exploitations restent largement dominantes à travers le monde.

Carte interactive
hachette-clic.fr/25hg1137

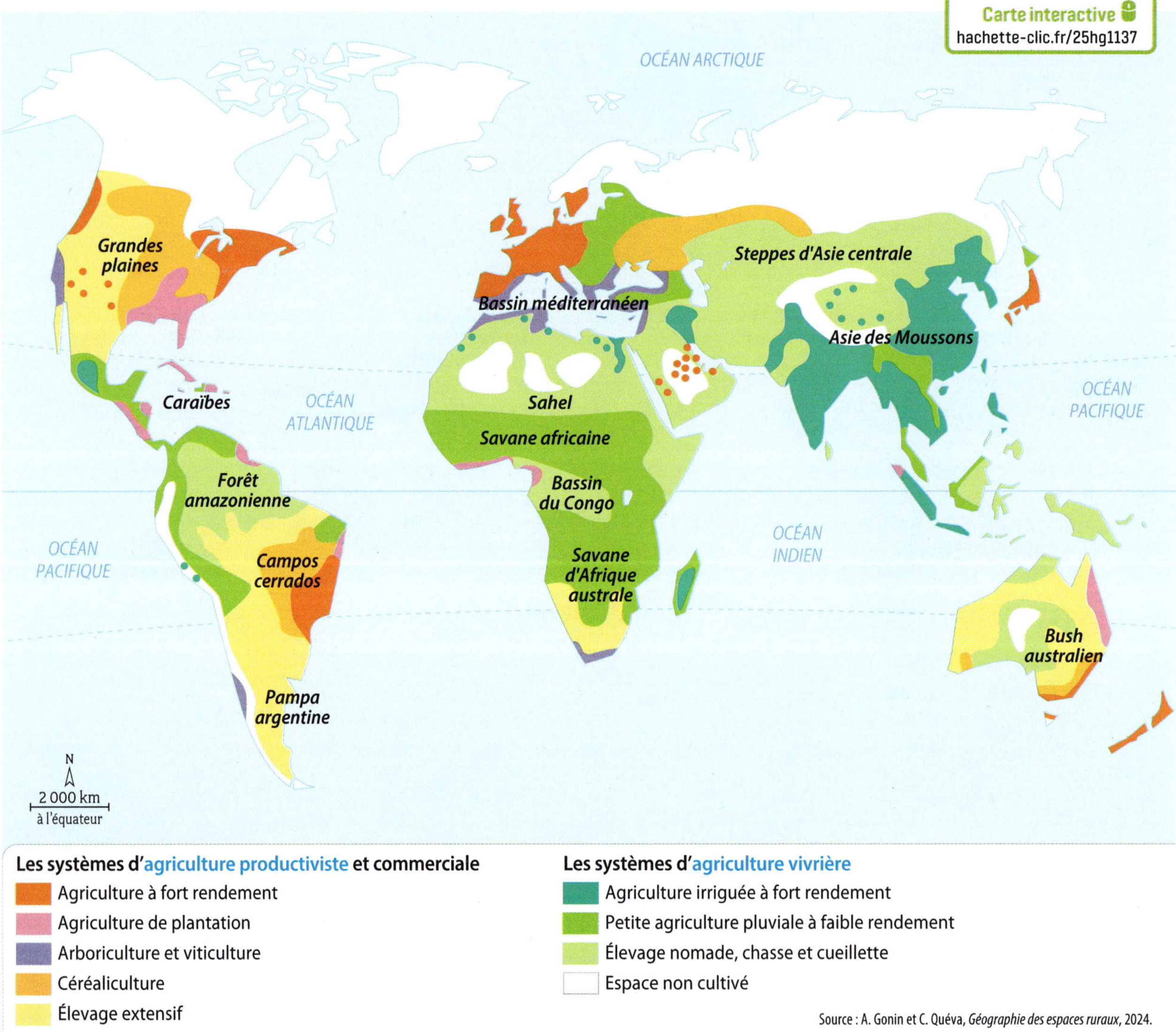

Source : A. Gonin et C. Quéva, *Géographie des espaces ruraux*, 2024.

1 Les systèmes agricoles dans le monde

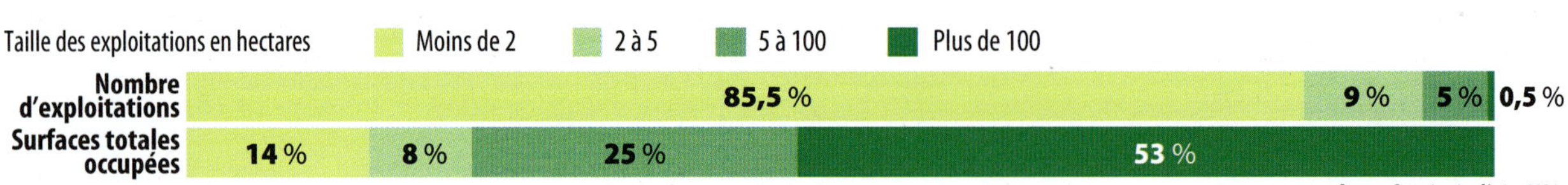

Source : *Carto*, janvier-février, 2024.

2 Les exploitations agricoles dans le monde

● Les fonctions des espaces ruraux se diversifient avec l'industrie, l'économie résidentielle et le tourisme qui devient une des activités les plus dynamiques. L'agritourisme ou le tourisme vert transforment certaines campagnes en espaces récréatifs. Des tensions naissent parfois lorsqu'un gouvernement décide d'inscrire des sites naturels au patrimoine mondial de l'Unesco sans y associer les habitants.

Carte interactive
hachette-clic.fr/25hg1138

Part des terres classées en espaces protégés, en % de la superficie totale en 2022

- Moins de 8
- Entre 8 et 15
- De 15 à 25
- Plus de 25
- **Moyenne monde : 15 %**

Nombre de sites touristiques naturels classés au patrimoine mondial de l'Unesco

15
5
1

Sources : Banque mondiale et Unesco, 2025.

3 L'affirmation des fonctions environnementales et touristiques

VOCABULAIRE

- **Agriculture productiviste :** agriculture commerciale recherchant l'augmentation des rendements par l'utilisation des progrès scientifiques et techniques.
- **Agriculture vivrière :** agriculture dont l'essentiel de la production est consommé par l'agriculteur et sa famille ou vendu sur les marchés locaux.

QUESTIONS

1. **Doc. 1 :** Quelles sont les régions où l'agriculture productive et commerciale domine ? Celles où l'agriculture vivrière domine ?
2. **Doc. 1 et 2 :** Justifiez l'affirmation : « Les espaces agricoles mondiaux sont encore structurés par de très petites exploitations. »
3. **Doc. 3 :** Sélectionnez cinq pays qui mènent une politique de protection de leurs espaces ruraux et cinq pays qui disposent d'un potentiel naturel touristique.

COURS 1 Les fonctions des espaces ruraux dans le monde

> Pourquoi les espaces ruraux sont-ils multifonctionnels ?

1 L'inégal peuplement des espaces ruraux

- **En 2025, avec plus de 3,4 milliards d'habitants, les espaces ruraux n'ont jamais été aussi habités.** Pourtant, à cause de la transition urbaine, la part de la population rurale ne cesse de diminuer passant de 57 % en 1990 à 50 % en 2006 pour atteindre 42 % aujourd'hui.

- **Les pays pauvres ou émergents abritent les populations rurales les plus nombreuses.** 64 % des habitants de l'Inde vivent à la campagne, 78 % au Népal ou 83 % au Niger. Cette situation s'explique notamment par un besoin important de main-d'œuvre du secteur agricole et par une natalité encore élevée dans les espaces ruraux. Au Kenya, le nombre d'enfants par femme est de 3 dans les zones urbaines contre 4,5 dans les zones rurales.

- **La part des populations vivant dans les espaces ruraux est moindre dans les pays riches (17 % en Amérique du Nord, 24 % en Europe).** La forte mécanisation de l'agriculture et la raréfaction des services ont contraint les populations à quitter ces espaces. Toutefois, cette déprise n'est pas uniforme. Si le rural profond perd des habitants, les campagnes périurbaines restent attractives pour les populations (accès à un logement moins cher et proximité des services urbains comme l'accès aux soins, à l'enseignement supérieur...).

2 L'agriculture, une activité toujours essentielle

- **L'agriculture structure toujours les espaces ruraux.** Près d'un quart de la population active mondiale y travaille. Mais, selon le niveau de développement des pays, le poids des agriculteurs varie (43 % de la population active en Inde, 4 % en Italie). L'activité marque les paysages : ricicultures irriguées (Asie du Sud-Est), champs ouverts (Grandes Plaines des États-Unis), bananeraies et champs de canne à sucre (Martinique). Étude de cas p. 432

- **Pour nourrir la population mondiale croissante, l'agriculture a dû se moderniser.** L'agriculture productiviste, grâce à la mécanisation et aux **intrants**, a permis d'augmenter les rendements et d'alimenter les exportations. Ce modèle, soutenu par des politiques publiques (Politique agricole commune européenne, Révolution verte indienne), favorise l'émergence de l'**agrobusiness**. Toutefois, les conséquences de cette agriculture sont dénoncées par les défenseurs de l'environnement (pollution des eaux et des sols, crises sanitaires récurrentes...). Étude de cas p. 440

- **Des campagnes d'Afrique subsaharienne, d'Asie ou des Andes se sont spécialisées dans quelques productions commerciales (café, cacao, agrumes).** Elles restent dominées par une agriculture vivrière faiblement mécanisée pratiquée dans de petites exploitations familiales (Asie du Sud, Afrique subsaharienne). Les faibles rendements ne permettent pas de moderniser les exploitations et poussent les agriculteurs vers les villes dans l'espoir de meilleurs revenus. Le labo de Géo p. 450

VOCABULAIRE

- **Agritourisme :** ensemble des activités de découverte de l'agriculture proposées aux touristes (hébergement et visite à la ferme, vente directe des produits du terroir...).
- **Agrobusiness :** ensemble des activités économiques relatives à la production, la transformation et la commercialisation des produits issus de l'agriculture.
- **Économie résidentielle :** économie de proximité fondée sur la production de biens et de services pour les personnes présentes dans un territoire donné (résidents permanents, touristes).
- **Intrant :** ensemble des engrais et pesticides destinés à augmenter les rendements agricoles.

NOTIONS

- **Espace rural :** espace où le paysage est dominé par les formations végétales, où l'agriculture est une activité dominante et où la densité des hommes et des équipements est plus faible qu'en ville.
- **Multifonctionnalité :** situation d'un espace où se côtoient une fonction productive, une fonction résidentielle et une fonction de protection environnementale.
- **Ruralité :** ensemble des représentations collectives associées à la vie dans les espaces ruraux (calme, environnement sain...).

3 L'affirmation d'autres fonctions

L'artisanat et l'industrie se maintiennent dans les espaces ruraux. Certaines activités sont anciennes (marbre de Carrare en Toscane, bois et sables bitumeux au Canada), tandis que de nouvelles se développent telles les plates-formes logistiques et la production d'énergie (hydroélectricité, énergie solaire). L'artisanat permet un revenu complémentaire aux populations rurales défavorisées (textile et poterie en Inde, confection de repas vendus en ville par les femmes en Côte d'Ivoire).

La fonction résidentielle se renforce et fait de l'économie résidentielle un facteur de renaissance de certains espaces ruraux. L'accueil de nouveaux habitants venus des villes stimule l'économie locale (commerces de proximité, services à la population). Si cette activité profite avant tout aux campagnes proches des métropoles des pays riches, la diffusion du télétravail offre la possibilité aux espaces les plus isolés d'être gagnés par cette dynamique. Étude de cas p. 428

Le tourisme renforce la multifonctionnalité des espaces ruraux. Il peut s'agir de l'agritourisme fondé sur la valorisation des paysages (rizières d'Indonésie, plantations de Martinique) et sur les produits du terroir (vin et huile d'olive en Toscane). Le tourisme vert attire aussi des populations à la recherche d'une certaine ruralité. Ces activités s'accompagnent le plus souvent de la construction de routes, d'un développement des infrastructures numériques, d'un meilleur accès à l'eau et à l'électricité qui profitent inégalement aux populations locales.

CHIFFRES-CLÉS

La part de la population rurale

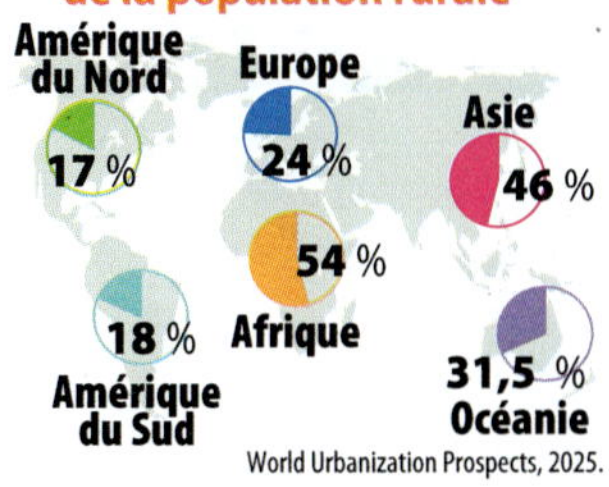

World Urbanization Prospects, 2025.

Les 3 premiers exportateurs agricoles
en milliards de dollars

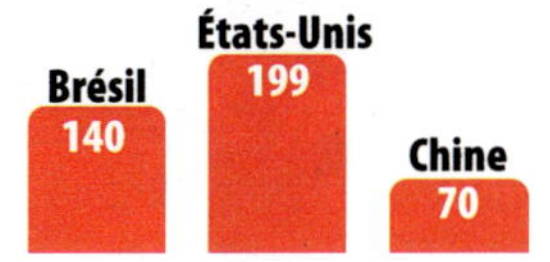

OMC, 2025.

L'évolution de la population active agricole mondiale

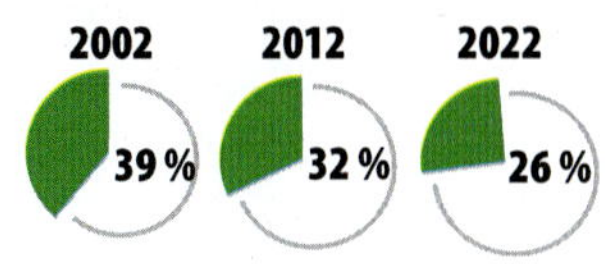

Banque mondiale, 2025.

Des ruraux encore nombreux
- 3,4 milliards d'habitants
- Part de la population rurale en baisse (transition urbaine)
- Part variable selon le niveau de développement des pays

Une agriculture structurante
- 26 % de la population active
- Agriculture productiviste et agrobusiness
- Agriculture vivrière

La multifonctionnalité des espaces ruraux dans le monde

Fonction industrielle
- Extraction minière
- Production d'énergie
- Zone logistique
- Artisanat (campagnes pauvres)

Fonction résidentielle
- Accueil de nouvelles populations
- Télétravail
- Économie résidentielle

Fonction touristique
- Agritourisme
- Écotourisme
- Valorisation de la ruralité

LE LABO DE GÉO

Les mutations de l'agriculture en Côte d'Ivoire

L'agriculture est un atout pour la Côte d'Ivoire, 1er producteur de cacao avec 40 % de la production mondiale, et représente 20 % de son PIB. Pourtant, les systèmes de production, partagés entre vivrier et commercial, ne permettent pas d'assurer un développement durable, notamment pour les 14 millions de ruraux.

Votre objectif **Créez un podcast** de 3 minutes pour répondre au sujet :
Pourquoi la production du cacao peine-t-elle à assurer le développement rural en Côte d'Ivoire ?

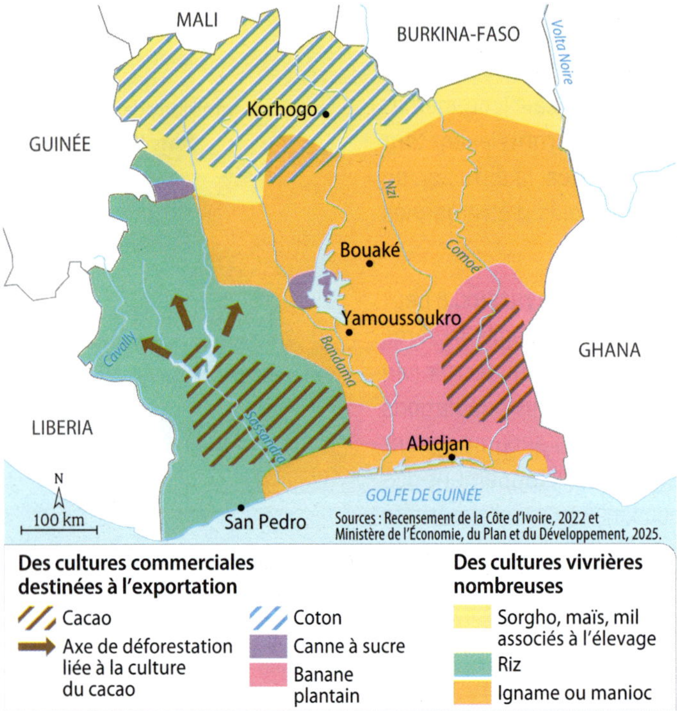

1 Les espaces agricoles de Côte d'Ivoire

3 La progression de la déforestation

Source : Damien Glez, dessinateur franco-burkinabé pour la revue *Jeune Afrique*, avril 2023.

Depuis 2000, les cacaoyères ont détruit 2,4 millions d'hectares de forêts. Face aux défis environnementaux et économiques, des producteurs diversifient leurs activités (culture de l'hévéa, recherche d'or) ou envoient leurs enfants travailler dans les champs.

2 Les difficultés de la culture de cacao

La filière assure 40 % des recettes d'exportation du pays et fait vivre environ 6 millions de personnes. Pourtant, les agriculteurs disent ne pas tirer profit des revenus des récoltes. « Les produits d'entretien des cacaoyers tels que l'engrais, en plus du transport sont de plus en plus chers. Nous implorons le gouvernement pour revoir à la hausse le prix du kilogramme du cacao afin de nous venir en aide, nous les paysans », implore Eugène Kacou, cacaoculteur. Malgré son importance économique, l'industrie cacaoyère ivoirienne est confrontée à de multiples problèmes. Les cacaoculteurs, en particulier ceux travaillant dans les petites exploitations familiales, font face à des difficultés telles que la fluctuation des prix, les maladies des cultures et le changement climatique.

Une fois récoltées, les fèves de cacao voyagent des plantations aux unités de transformation, où commence leur métamorphose : beurre de cacao, poudre de cacao, boisson de chocolat et bien sûr, le chocolat... Mais la fève de cacao n'est que faiblement transformée en Côte d'Ivoire. Le manque à gagner pour la filière est d'autant plus important que la création de valeur ajoutée n'intervient qu'en bout de chaîne, c'est-à-dire une fois le chocolat et ses dérivés obtenus. « La Côte d'Ivoire gagnerait à exporter son cacao en produits finis. Nous ne transformons que 35 % de la production totale. Le produit fini est fabriqué en Europe puis réimporté chez nous, ce qui coûte cher en transport », explique Fulbert Koffi, promoteur du Chocoladrome à Cocody, un espace dédié à l'univers du chocolat où il tient des séances de dégustation.

Emmanuel Djidja, « *Côte d'Ivoire : du cacaoyer à la tablette de chocolat, voilà une filière qui cultive les paradoxes* », Le 360Afrique, 30 mars 2024.

Étape 1 Comprendre le sujet du podcast

Contextualiser

1 Identifiez le sujet en analysant les termes utilisés.

Pourquoi la production du cacao peine-t-elle à assurer le développement rural en Côte d'Ivoire ?

Production du cacao : À quel type d'agriculture appartient cette culture ? À qui est-elle destinée ? Doc. 1

Développement rural : Définissez précisément cette expression.

Côte d'Ivoire : Menez une recherche pour évaluer son niveau de développement.

2 Sélectionnez les chiffres-clés qui peuvent illustrer le sujet et justifiez vos réponses.

29,4 millions d'habitants en Côte d'Ivoire ; 52,5 % d'urbains ; 47,5 % de ruraux ; production de 2 millions de tonnes de cacao par an ; 6,3 millions d'habitants à Abidjan ; 25 % du PIB est assuré par l'industrie ; 40 % des recettes d'exportations sont constituées du cacao ; 68 % de la population est rurale en 1975.

Étape 2 Préparer le podcast

Rechercher les arguments du podcast

3 Doc. 1 Décrivez les espaces agricoles de la Côte d'Ivoire.

4 Doc. 1 et 2 Pourquoi le cacao est-il une production agricole majeure pour le pays ?

5 Doc. 2 Identifiez trois raisons économiques qui expliquent que les revenus du cacao sont jugés insuffisants et instables.

6 Doc. 2 Quelles difficultés supplémentaires freinent la production de cacao ?

7 Doc. 1 et 3 Comment les producteurs cherchent-ils à améliorer leurs revenus ? Pourquoi cela est-il inégalement durable ?

> N'oubliez pas d'illustrer vos arguments par des exemples et/ou des chiffres précis.

Organiser les arguments

8 Choisissez le plan qui convient le mieux au sujet et associez les réponses aux questions précédentes à l'une des parties du plan.

Plan A
1. *Les systèmes productifs agricoles ivoiriens*
2. *Des difficultés agricoles*
3. *Une dégradation forestière*

Plan B
1. *La place du cacao dans le territoire et l'économie de Côte d'Ivoire*
2. *Les difficultés de la production de cacao*
3. *Les conséquences sociales et environnementales*

Étape 3 Réaliser le podcast

9 À l'aide de vos réponses précédentes, rédigez le texte à enregistrer sans oublier quelques phrases introductives et conclusives.

10 Enregistrez votre texte et publiez votre podcast.

> Captez l'attention de l'auditeur dès le début du podcast en évoquant le « paradoxe » du cacao, entre 1er rang mondial et difficultés économiques.

> Suivez la fiche méthode 7 Créer un podcast p. 274.

GRAND ANGLE Les mutations des espaces ruraux dans le monde

• Les espaces ruraux connaissent de profondes transformations. La diversification des fonctions (agriculture, tourisme, industrie, économie résidentielle) s'accompagne de l'arrivée de nouvelles populations. Elles sont des facteurs de la **fragmentation rurale**.

• Les agriculteurs ne représentent plus qu'une minorité de la population dans les campagnes des pays riches. Le poids de l'agriculture reste cependant majeur dans la population rurale et le PIB de l'Afrique subsaharienne et de l'Asie du Sud-Est. Globalement, les espaces agricoles s'étendent au détriment des espaces forestiers alors que localement, les villes gagnent sur les espaces ruraux périurbains.

NOTION EN IMAGE

Fragmentation rurale : diversification économique, sociale et paysagère des espaces ruraux.

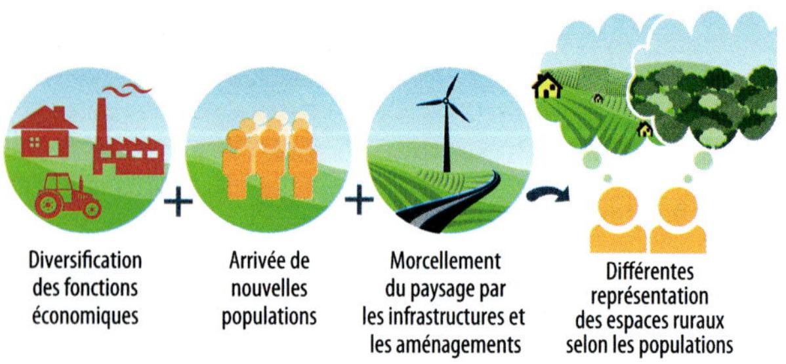

Surfaces agricoles 33 % des terres émergées

En augmentation

Terres cultivées (10 %)	Pâturages (23 %)
+ 160 millions d'hectares depuis 1960	+ 90 millions d'hectares depuis 1960

Surfaces forestières 27 % des terres émergées

En diminution

- 400 millions d'hectares depuis 1960

Surfaces non cultivables 40 % des terres émergées

En augmentation

- Extension urbaine au détriment des surfaces agricoles
- Développement des infrastructures dans les espaces ruraux
- Protection de certains espaces ruraux

Source : *Carto* n° 81, janvier-février 2024.

2 L'évolution des espaces ruraux dans le monde

Carte interactive
hachette-clic.fr/25hg1139

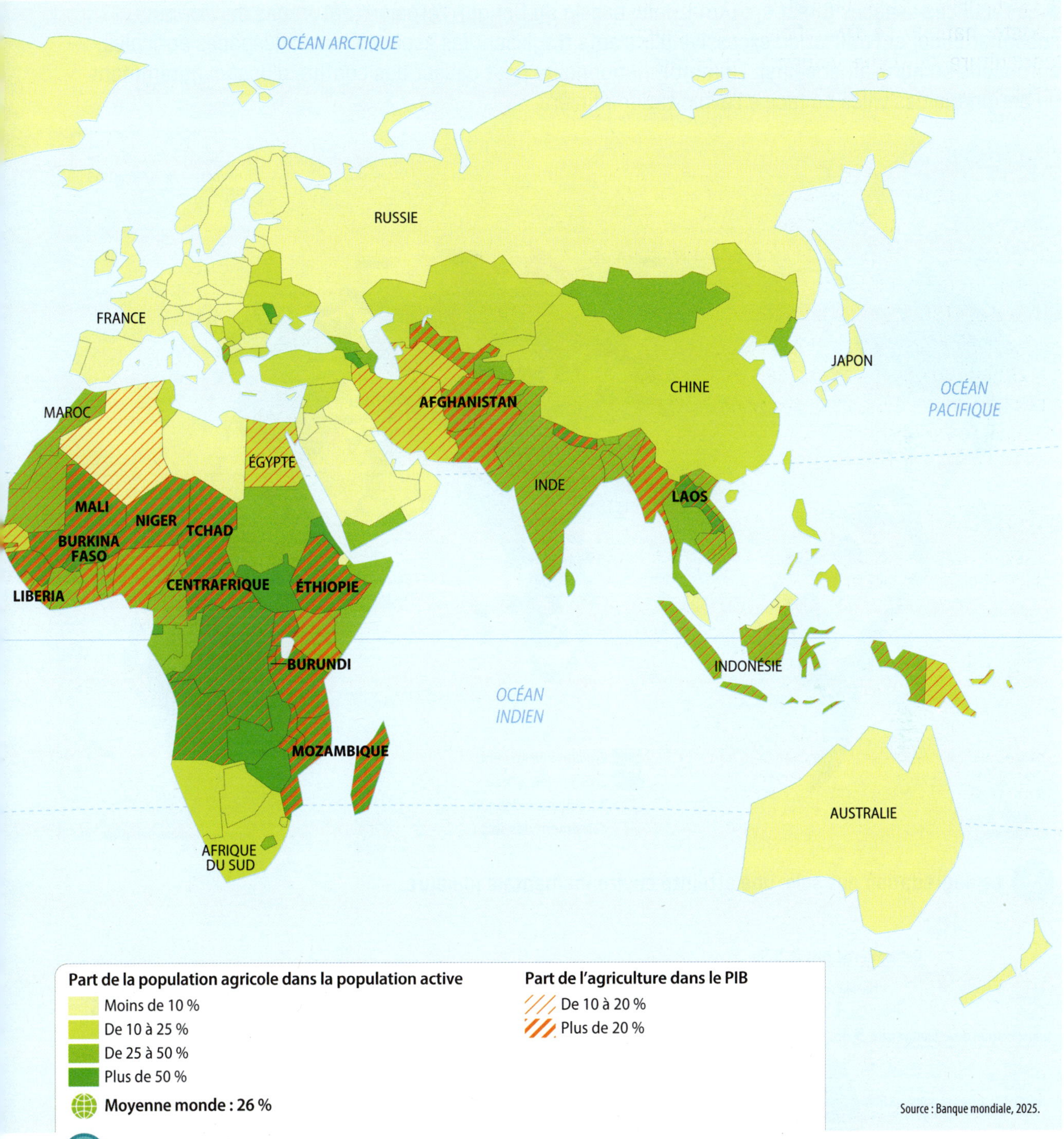

1 Le poids de l'agriculture dans le monde

QUESTIONS

1. Doc. 2 Comment évoluent les surfaces agricoles et forestières dans le monde ? Justifiez votre réponse.
2. Doc. 1 Justifiez l'affirmation : « La population rurale ne peut se résumer à la population agricole ».
3. Doc. 1, 2 et notion en image : Pourquoi est-il possible de parler de fragmentation des espaces ruraux ?

GRAND ANGLE

Des espaces ruraux sous tension

● Le recul des espaces forestiers (Amazonie, bassin du Congo), l'érosion (pâturages de l'Afrique subsaharienne) et l'utilisation excessive d'intrants fragilisent les espaces ruraux (espaces agricoles européens ou nord-américains). La multifonctionnalité peut causer des conflits d'usage, notamment en périphérie des villes ou face à l'exploitation minière.

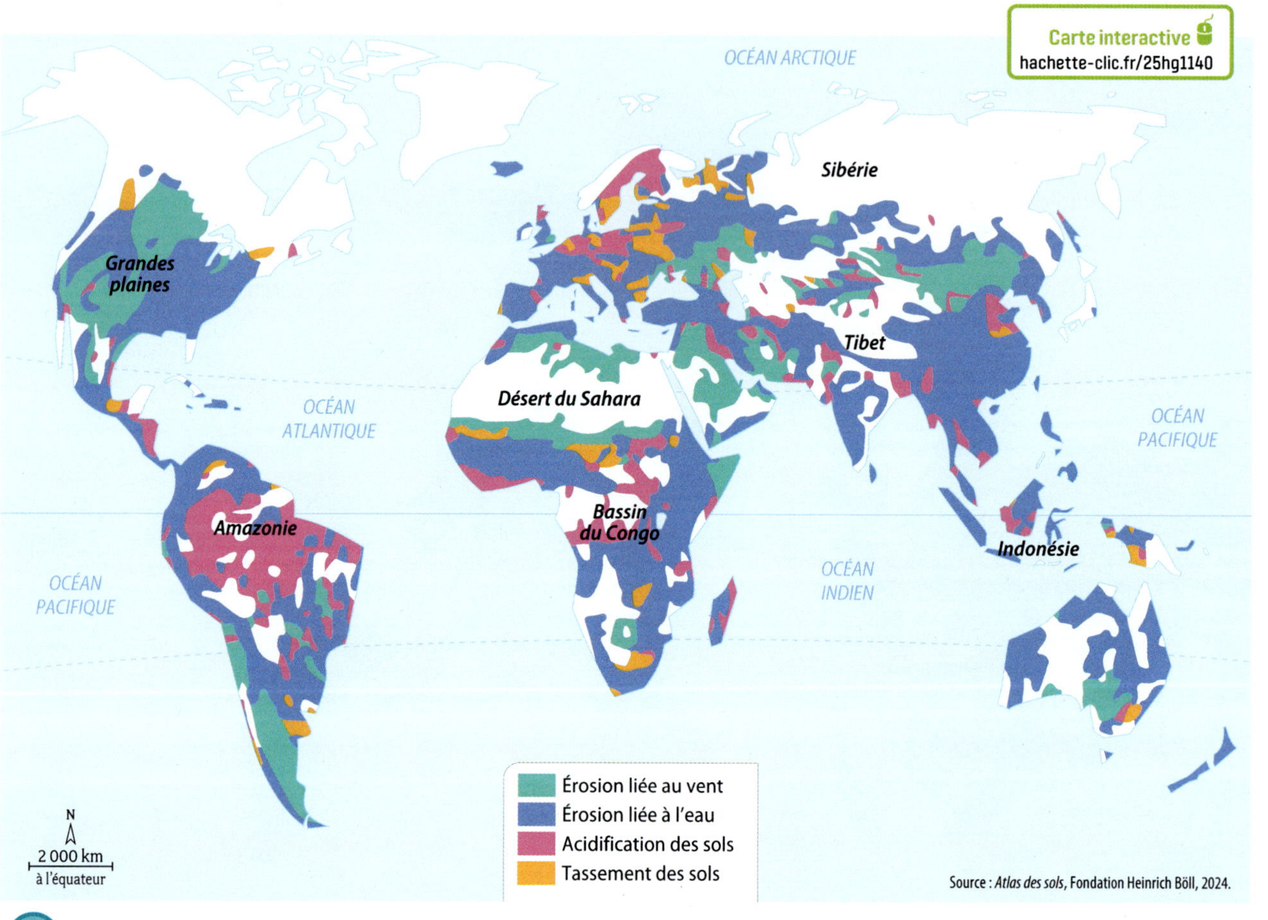

1 La dégradation des sols, une atteinte environnementale majeure

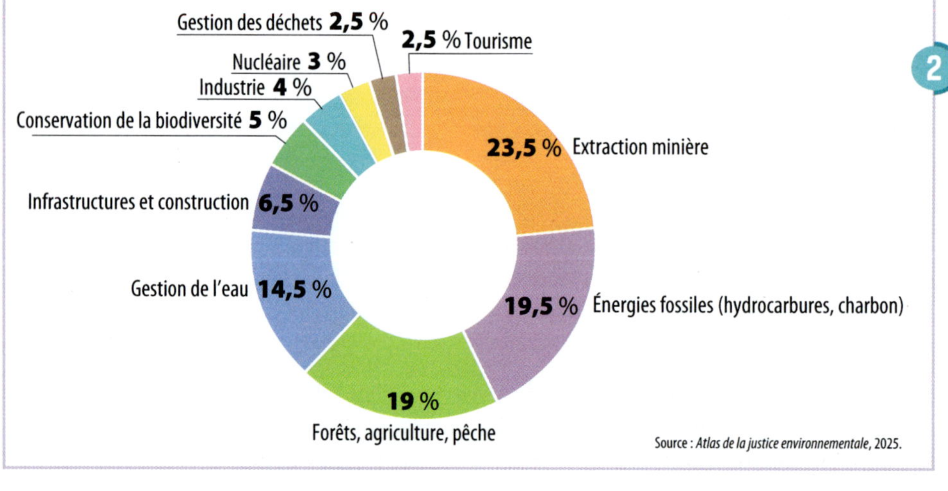

2 Les motifs de conflits environnementaux dans les espaces ruraux

● Face à la demande alimentaire mondiale croissante et aux besoins de terres, les espaces ruraux sont de plus en plus convoités. De grands investisseurs privés ou publics achètent ainsi des terres en Afrique, en Asie du Sud ou en Amérique latine, au détriment de la population locale, parfois dans des pays déjà menacés par l'insécurité alimentaire.

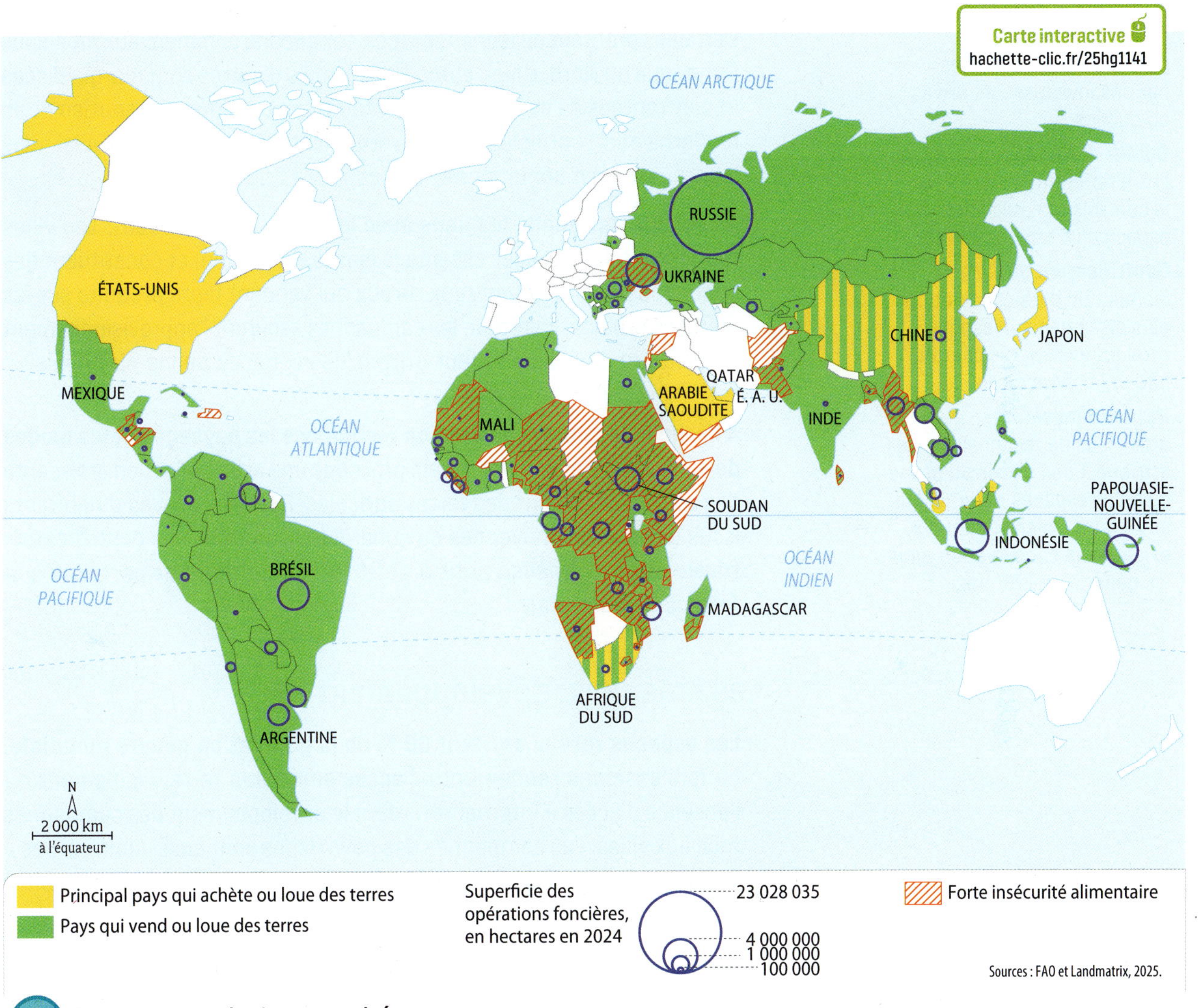

3 Des terres agricoles convoitées

QUESTIONS

1. **Doc. 1 et 3** Quelles transformations les espaces ruraux connaissent-ils ?
2. **Doc. 1 et 3** Pourquoi ces transformations menacent-elles les régions où la sécurité alimentaire est précaire ?
3. **Doc. 2** Montrez que l'accès aux ressources naturelles est le principal motif de conflits dans les espaces ruraux.

COURS 2 La fragmentation des espaces ruraux dans le monde

> Comment la diversification des activités rurales crée-t-elle des tensions ?

VOCABULAIRE

- **Accaparement des terres :** processus d'acquisition de terres à des fins principalement agricoles par des investisseurs privés ou publics.
- **Conflit d'usage :** concurrence entre différents acteurs pour le contrôle et l'utilisation d'un espace ou d'une ressource.
- **Gentrification rurale :** installation d'une population plus aisée dans un espace rural motivée par le coût du bâti et le cadre de vie.
- **Patrimonialisation :** processus de reconnaissance attribué à des traces du passé ou à des espaces naturels qui en font un « bien commun », exigeant sa conservation pour les générations futures.

1 Des espaces ruraux fracturés

- **À l'échelle mondiale, les campagnes sont inégalement dynamiques.** Certaines profitent de leur intégration aux circuits commerciaux mondiaux (Amérique du Nord, Union européenne), mais d'autres sont marginalisées et confrontées à l'insécurité alimentaire. Les politiques de soutien et de modernisation agricoles des gouvernements jouent un rôle crucial mais leur réussite est conditionnée à la capacité financière des pays.
- **À l'échelle nationale, les liens avec les villes se renforcent.** Les villes fournissent des services essentiels (santé, éducation) et constituent des débouchés pour de nombreux ruraux qui vendent leurs produits sur les marchés urbains. En retour, les campagnes assurent l'approvisionnement alimentaire des villes et leur offrent des espaces de vie ou de loisirs. ➲ Étude de cas p. 440
- **À l'échelle locale, l'urbanisation recompose les paysages et les modes de vie ruraux.** L'étalement urbain provoque une artificialisation croissante des sols au détriment des terres agricoles. Parfois, l'arrivée d'habitants issus des classes moyennes ou supérieures, entraîne une gentrification rurale qui marginalise petit à petit les agriculteurs et participe à la **fragmentation rurale**.

2 Les enjeux du développement rural

- **Les espaces ruraux abritent 80 % de la population pauvre mondiale.** La faiblesse des rendements, l'accès limité à la terre, l'isolement ou l'absence d'accès à Internet retardent le développement des campagnes face aux villes. Les campagnes des pays riches sont aussi confrontées à la pauvreté rurale, notamment en raison de la concurrence internationale et de l'endettement des agriculteurs. ➲ Étude de cas p. 436
- **L'accaparement de terres agricoles par des États, entreprises ou investisseurs menace la sécurité alimentaire.** Souhaitant satisfaire leurs besoins alimentaires ou produire des agrocarburants, ces acteurs privent les petits producteurs de leur moyen de subsistance et alimentent les tensions. Au Brésil, en Inde ou encore en Indonésie, les manifestations de paysans sans terre se multiplient.
- **La lutte contre la pauvreté et la déprise rurale nécessite des actions locales et des politiques publiques.** Ainsi, des organisations de producteurs défendent leurs intérêts (reconnaissance de leurs productions, meilleurs prix). En parallèle, des États créent des politiques agricoles pour faciliter l'accès au crédit, à la terre ou aux technologies. Le programme européen Leader favorise notamment la création d'emplois et la diversification des activités économiques rurales.

NOTIONS

- **Fragmentation rurale :** diversification économique, sociale et paysagère des espaces ruraux.
- **Périurbanisation :** urbanisation au-delà des limites d'une agglomération à l'origine d'un étalement urbain discontinu.

3 Des espaces sous tension

- **Les espaces ruraux sont confrontés à de multiples pressions nécessitant une transition environnementale.** La **périurbanisation** et l'agriculture productiviste provoquent de fortes dégradations (émissions de gaz à effet de serre, pollution des eaux et érosion des sols). De plus, par ses effets sur les espaces ruraux, le changement climatique oblige à mener une transition vers une agriculture plus durable. Le développement de filières courtes et de l'agriculture biologique (1,6 % des terres cultivées au monde) sont des tentatives de réponse. Acteurs et enjeux p. 458

- **La pluralité des acteurs et la multifonctionnalité des espaces ruraux alimentent des conflits d'usage.** Agriculteurs, habitants et touristes ont tous des représentations différentes des espaces ruraux. L'exploitation de l'eau, des aménagements touristiques ou miniers génèrent des conflits en raison de la pollution, des nuisances ou de la transformation des paysages. Ainsi, en Toscane, des associations de protection de l'environnement s'opposent à l'exploitation des marbres de Carrare.

- **Face aux menaces, des États font des espaces ruraux un patrimoine à protéger.** La sauvegarde de paysages, de savoir-faire ou de bâtiments s'effectue par les collectivités territoriales en créant des ceintures vertes (Ontario), des aires protégées ou des parcs nationaux (Yellowstone aux États-Unis). La **patrimonialisation** offre des opportunités de développement, notamment touristiques, et renforce l'attachement et l'identité locale. Cependant, ces démarches nécessitent la concertation et l'adhésion des populations.

CHIFFRES-CLÉS

L'insécurité alimentaire dans le monde

2,3 milliards de personnes sur 8 milliards soit 29 %

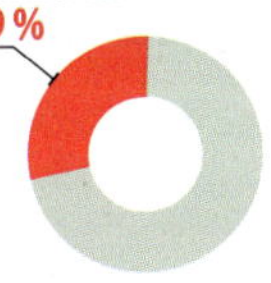

FAO, 2025.

Les 5 pays dont les terres sont les plus convoitées par des investisseurs étrangers

Terres cédées en millions d'hectares

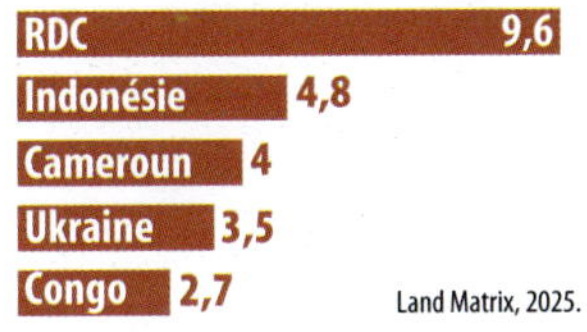

Land Matrix, 2025.

Pays avec la plus grande surface en agriculture biologique

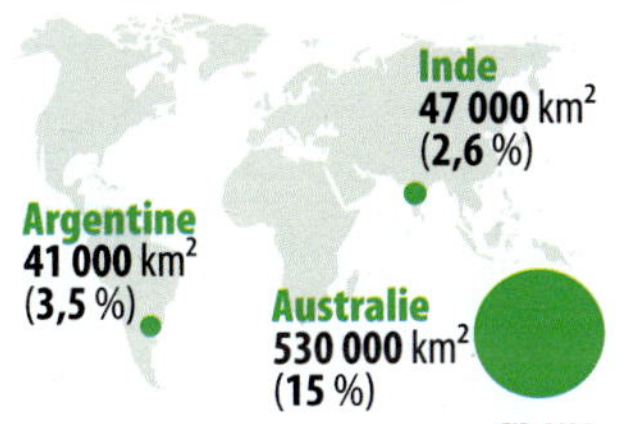

FIB, 2025.

Une fragmentation économique
- Campagnes intégrées à la mondialisation (pays riches et émergents)
- Campagnes marginalisées des pays pauvres
- Accaparement des terres

\+

Une fragmentation sociale
- Gentrification rurale
- Marginalisation des agriculteurs
- Conflits d'usage

\+

Une fragmentation paysagère
- Étalement urbain
- Artificialisation
- Infrastructures de transport

\+

Des menaces environnementales
- Périurbanisation
- Dégradation des sols
- Gaz à effet de serre
- Changement climatique

Vers une transition des espaces ruraux

- Renforcement du lien avec les villes
- Développement des organisations paysannes
- Politique de soutien des États au monde agricole et aux espaces ruraux
- Patrimonialisation
- Développement de nouveaux modèles agricoles (agriculture biologique, circuits courts)

ACTEURS
& ENJEUX

Encourager le développement touristique des rizières de Bali

Au cœur de l'océan Indien, l'île indonésienne de Bali doit sa renommée mondiale à ses rizières en terrasse, inscrites au patrimoine de l'Unesco. Ce paysage unique, fruit d'un savoir-faire ancestral, est aujourd'hui confronté au défi du tourisme de masse qui menace son équilibre et sa préservation à long terme.

Votre objectif **Organiser un débat** pour répondre à la question :
Faut-il encourager le développement touristique des rizières de Bali ?

1 Des rizières menacées par l'artificialisation

Bali perd 2 000 hectares de rizières par an en raison de l'étalement urbain et des aménagements touristiques. Pour en assurer la préservation, le gouvernement indonésien a adopté une loi en 2024 interdisant toute nouvelle installation touristique sur des terres agricoles pour une durée de 3 à 10 ans.

	2004	2014	2023
Population	3,2 millions	3,9 millions	4,4 millions
IDH[1]	0,67	0,72	0,77
PIB/habitant par an	1 430 euros	1 950 euros	3 270 euros
Part de l'agriculture dans le PIB	22 %	15 %	13 %
Part de la population active agricole	32 %	20 %	19 %
Part de la population urbaine	54 %	65 %	74 %
Nombre de touristes internationaux accueillis	1,4 million	4 millions	5,3 millions

1. Indicateur de l'ONU mesurant les conditions de vie en prenant en compte les revenus, l'espérance de vie et le niveau de scolarisation.

Source : Office national de la statistique d'Indonésie, 2025.

2 Le tourisme, un atout pour le développement de Bali

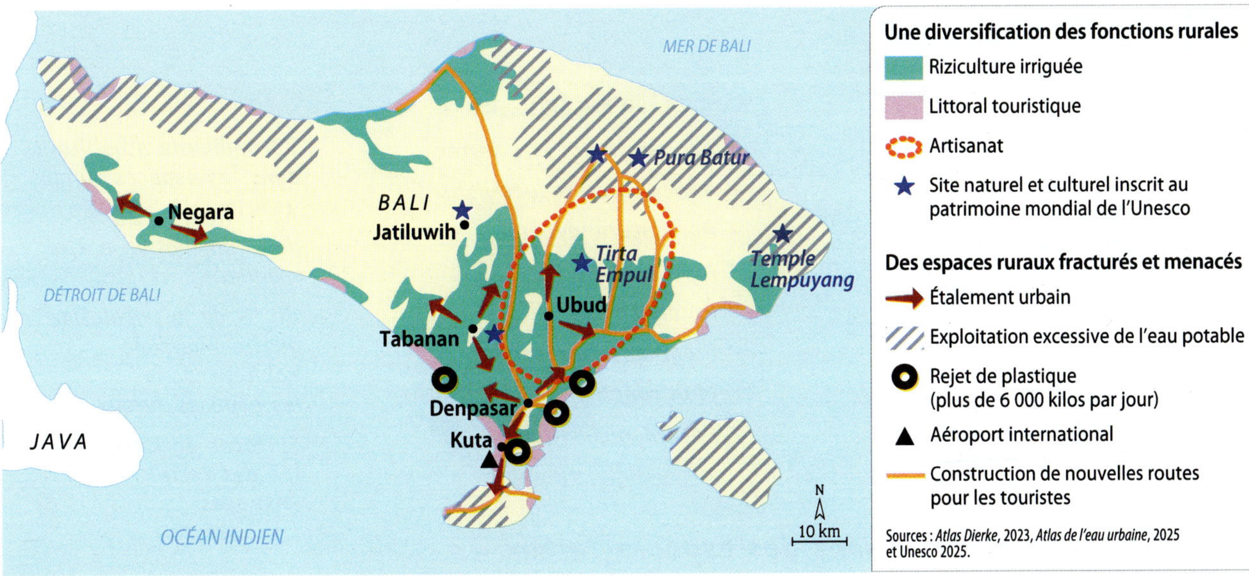

3 La fragmentation des espaces ruraux de Bali

4 Vers une patrimonialisation des espaces ruraux

Les rizières de Bali sont menacées : il y a une pression croissante sur les agriculteurs pour qu'ils vendent leurs terres aux promoteurs de centres de villégiature tandis que le changement climatique réduit l'approvisionnement en eau[1]. Des rizières humides traditionnelles sont converties en plantations, modifiant le paysage et menaçant la durabilité des pratiques agricoles. Or, en soutenant des pratiques touristiques responsables, le village de Jatiluwih a réussi à protéger ses rizières tout en soutenant la communauté locale. Par le biais des billets d'entrée, les touristes de Jatiluwih contribuent à la préservation du site et aident indirectement à financer des programmes de soutien agricole afin d'entretenir les rizières et de soutenir les agriculteurs pour maintenir les pratiques traditionnelles. De plus, les visiteurs sont invités à découvrir le système subak[2] et l'importance de la culture du riz dans la culture balinaise pour les sensibiliser à l'importance culturelle de la région. Les revenus touristiques aident aussi à financer des initiatives environnementales visant à atténuer les effets du changement climatique. Ainsi, en soutenant des techniques agricoles plus durables, le tourisme joue un rôle essentiel dans la préservation des rizières pour les générations futures.

What's New Indonesia, 28 novembre 2024.

1. 65 % de l'eau douce de Bali est consommée par les touristes, conduisant à des pénuries pour la population locale.
2. Système d'irrigation traditionnel des rizières développé au IXe siècle.

Organiser un débat

Carte mentale
hachette-clic.fr/25hg1142

Étape 1 Préparer le débat

1. En trio, prélèvez les informations dans les documents pour compléter la carte mentale.
2. Préparez le débat en rédigeant les questions posées par le modérateur et les arguments de chacun.

Débat

Le modérateur (doc. 1, 2)
- Enjeux du débat : ....
- Poids du tourisme : ....

Le partisan du tourisme rural (doc. 2, 3 et 4)
- Acteurs défendus : ....
- Avantages économiques et sociaux : ....
- Avantages environnementaux : ....

L'opposant au tourisme rural (doc. 1, 3 et 4)
- Acteurs défendus : ....
- Impacts sociaux : ....
- Impacts environnementaux : ....

Étape 2 Réaliser le débat

3. Vous disposez de 5 minutes pour réaliser le débat devant la classe.
4. Faites un bilan du débat.
   - Le débat a-t-il renforcé ou changé votre avis initial sur la question ?
   - Quels sont les deux arguments qui vous ont paru les plus convaincants ?

RÉVISIONS

Faire le point

Acteurs

- Agriculteurs et habitants
- Entreprises et investisseurs
- États
- Touristes
- Villes

Vocabulaire et notions

- Accaparement des terres
- Agriculture productiviste
- Agriculture vivrière
- Agritourisme
- Agrobusiness
- Fragmentation rurale
- Multifonctionnalité
- Patrimonialisation

Chiffres-Clés

- 3,4 milliards d'habitants dans les espaces ruraux
- Agriculteurs : 26 % de la population active mondiale
- 80 % de la population pauvre mondiale habitent dans les espaces ruraux
- Surfaces agricoles : 1/3 des terres émergées

Les recompositions des espaces ruraux dans le monde

Idées essentielles

- Le peuplement des espaces ruraux est inégal : les pays pauvres et émergents abritent une population rurale nombreuse, alors que leur part est faible dans les pays riches.
- Si l'agriculture reste l'activité essentielle des espaces ruraux, les fonctions industrielle, résidentielle, touristique s'affirment, alimentant parfois des conflits d'usage entre les acteurs locaux.
- Les liens avec la ville se renforcent mais l'urbanisation peut être perçue comme une menace car elle recompose les paysages (artificialisation des sols) et transforme les modes de vie (arrivée de nouvelles populations, marginalisation des agriculteurs, gentrification rurale).
- Les espaces ruraux sont touchés par la pauvreté, le changement climatique ou encore l'accaparement des terres. Pour y remédier, des politiques de développement rural doivent soutenir la diversification des activités économiques rurales et/ou valoriser les patrimoines locaux.

Réviser avec des podcasts

Podcast hachette-clic.fr/25hg1143

Flashcards hachette-clic.fr/25hg1144

- **Écoutez les cinq épisodes du podcast puis testez vos connaissances grâce aux flashcards.**

L'ESSENTIEL en 5 minutes

1. Pourquoi le peuplement des espaces ruraux est-il contrasté à l'échelle mondiale ?
2. Comment l'agriculture structure-t-elle les espaces ruraux ?
3. À quelles inégalités et tensions les espaces ruraux sont-ils confrontés ?
4. Comment l'urbanisation recompose-t-elle les espaces ruraux ?
5. Quelles mesures pour répondre aux défis de la pauvreté et de la déprise rurales ?

Mémoriser avec des exercices

Quiz
hachette-clic.fr/25hg1145

L'agriculture dans le monde

1 Associez un mot de vocabulaire à sa définition.

Agriculture productiviste •	• Ensemble des activités économiques relatives à la production, la transformation et la commercialisation des produits issus de l'agriculture.
Agriculture vivrière •	• Agriculture commerciale recherchant l'augmentation des rendements par l'utilisation des progrès scientifiques et techniques.
Agritourisme •	• Agriculture dont l'essentiel de la production est consommé par l'agriculteur et sa famille ou vendu sur les marchés locaux.
Agrobusiness •	• Ensemble des activités de découverte de l'agriculture proposées aux touristes (hébergement et visite à la ferme, vente directe des produits du terroir...).

La multifonctionnalité des espaces ruraux

2 Complétez les phrases avec la fonction économique appropriée.

L'agriculture | L'industrie | L'économie résidentielle | Le tourisme

a. ... est parfois ancienne, comme l'exploitation du bois au Canada, mais elle se renouvelle aujourd'hui avec l'hydroélectricité ou l'énergie solaire.

b. Les populations, attirées par les paysages ou les produits du terroir, permettent l'essor du ...

c. ... stimule l'économie rurale. L'accueil de nouveaux habitants venus des villes permet la renaissance des commerces de proximité et des services à la population.

d. ... est l'activité première des espaces ruraux dans le monde. Elle assure la sécurité alimentaire des populations.

La fragmentation des espaces ruraux

3 Justifiez l'affirmation : « Les acteurs et les usages des espaces ruraux sont nombreux et peuvent alimenter des conflits d'usage. »

4 Expliquez en quoi consiste le programme européen LEADER. Peut-il être un atout pour les espaces ruraux ?

LEADER

Défi en groupe — Le grand quiz

10 min de préparation — En trio, rédigez dix questions pour tester les connaissances de vos camarades sur les recompositions des espaces ruraux dans le monde : un chiffre-clé, un lieu, un mot de vocabulaire et un acteur.

2 min de réalisation — Mélangez les questions. En 2 minutes, posez le maximum de questions à vos partenaires. Le groupe qui donne le plus de réponses exactes remporte le quiz.

S'entraîner

• Mener une analyse à des échelles différentes

1 La découverte des paysages agricoles au Vietnam

Avec plus de 60 % de population rurale et une grande diversité de paysages, le Vietnam présente un réel potentiel touristique que l'État souhaite exploiter. En plein essor, l'agritourisme prend la forme de visites de fermes éducatives et d'ateliers (récolte du riz, transformation du thé, préparation de plats locaux).

2 L'essor de l'agritourisme dans le monde

En Europe, dès les années 1960-1970, ce sont des régions comme la Toscane (Italie), l'Écosse (Royaume-Uni) ou encore l'Andalousie (Espagne) qui ont commencé à développer une offre touristique dans les espaces ruraux. Dans les pays émergents, le tourisme rural s'est développé plus récemment, au tournant des années 2000. En Chine par exemple, les citadins redécouvrent les paysages et les activités des campagnes proches des villes (Shanghai et le delta du Yangzi).

L'agritourisme constitue un important facteur de développement pour l'économie rurale, valorisant tout à la fois l'agriculture locale, les produits du terroir (vin et huile d'olive en Toscane, whisky en Écosse, etc.), une offre d'hébergement et parfois également une offre de services ou loisirs complémentaires (circuits, visites guidées, festivals). Dans cette perspective, les critiques récurrentes contre le tourisme de masse, l'agriculture productiviste ou encore l'idée d'une alimentation uniformisée à l'échelle mondiale, contribuent à valoriser fortement l'agritourisme : les acteurs locaux, qu'ils soient privés ou publics, s'emparent de ces thématiques et cherchent à construire une offre touristique territorialisée. En Amérique du Nord, l'agritourisme s'associe à la notion de tourisme culinaire et se fonde sur des productions variées : citrouilles lors des fêtes d'Halloween, vins en Californie, bisons au Canada, etc.

Alexis Gonin, Christophe Quéva,
Géographie des espaces ruraux, 2024.

PALIER 1
J'identifie les informations principales des documents

- **Doc. 1 et 2** Définissez précisément l'« agritourisme ».
- **Doc. 1 et 2** À quelles échelles l'agritourisme est-il abordé dans chaque document ?
- **Doc. 1 et 2** Les documents s'opposent-ils ou sont-ils complémentaires ? Justifiez votre réponse.

PALIER 2
J'analyse les informations principales des documents

- **Doc. 1 et 2** Quelles sont les principales activités proposées par l'agritourisme selon les pays ?
- **Doc. 2** Montrez que l'agritourisme s'est progressivement diffusé des pays développés aux pays émergents.
- **Doc. 1 et 2** Quelles sont les raisons de l'essor de ce type de tourisme rural ?

PALIER 3
J'explique les informations des documents avec mes connaissances

- **Doc. 1 et 2** Montrez que chaque territoire cherche avant tout à exploiter ses atouts locaux et qu'il n'existe pas un modèle unique d'agritourisme.
- D'après vos connaissances, pourquoi l'attractivité touristique est-elle inégale selon les espaces ruraux ?

• Mettre en lien ses connaissances avec l'actualité

Les tensions dans les espaces ruraux du Brésil

Au cœur de la savane brésilienne, Adonilton Rodrigues laboure le sol avec sa bêche dans un champ occupé illégalement par le Mouvement des travailleurs ruraux sans terre (MST), qui continue de lutter pour la redistribution des terres. « Sans occupation, on ne peut pas faire pression, et sans faire pression, on n'a pas de terres où produire », lance le coordinateur de ce mouvement engagé dans un bras de fer avec le lobby de l'agrobusiness.

Le Brésil est un pays aux inégalités béantes, et la répartition des terres agricoles ne fait pas exception : 61 % sont concentrées dans les 1,4 % de fermes de plus de 1 000 hectares. Puissance agricole de premier plan, grand exportateur de soja, viande et maïs, le Brésil présente une des plus grandes concentrations de terres agricoles de la planète. Conscient de l'importance du secteur agricole, moteur de la croissance au Brésil, le président Lula a lancé un programme pour que près de 300 000 familles se voient attribuer de nouvelles terres ou pour régulariser celles qu'elles occupent actuellement. Malgré ces efforts, les conflits fonciers en milieu rural sont en hausse : la Commission pastorale de la terre[1] a recensé plus de 2 200 épisodes violents en 2023, allant de simples menaces aux expulsions musclées ou même à des meurtres.

La Croix, 6 juin 2024.

1. Créée en 1975 dans la région amazonienne avec le soutien de l'Église catholique, elle soutient les paysans les plus démunis.

1 Retrouvez pour chaque élément d'analyse du tableau une citation du texte qui lui correspond. Puis complétez le tableau à l'aide de vos connaissances.

	Informations sélectionnées dans le document	Connaissances
Le Brésil, une puissance agricole		
Des systèmes productifs agricoles inégalement productifs		
Une inégale répartition des terres		
Des conflits ruraux croissants		

2 En analysant le document et grâce au tableau, vous étudierez les atouts et les difficultés de l'agriculture brésilienne.

Pour aller plus loin

À VISITER EN LIGNE

■ Le site Internet de l'Organisation des Nations unies pour l'alimentation et l'agriculture propose des articles, vidéos, cartes ou encore podcasts sur les enjeux liés l'agriculture à travers le monde (sécurité alimentaire, développement rural, agriculture durable…).

À LIRE

■ La bande dessinée *Champs de bataille. L'Histoire enfouie du remembrement*, de Inès Léraud et Pierre Van Hove (2024), retrace la mise en place de l'agriculture productiviste en France aux lendemains de la Seconde Guerre mondiale. On y découvre les effets sur le paysage et sur les communautés rurales.

MÉTIER DE GÉOGRAPHE

■ **Le (la) cartographe** est un agent du monde agricole. Il (elle) crée des cartes thématiques pour visualiser les données géographiques liées à l'agriculture, tels les rendements, les types de cultures ou la qualité des sols.

La fiche métier de l'Onisep
hachette-clic.fr/25hg1146

MÉTHODE BAC Répondre à une question problématisée

Sujet corrigé : Comment l'étalement des activités urbaines dans le monde provoque-t-il des conflits d'usage dans les espaces ruraux ?

Objectif Organiser des connaissances à partir de la consigne

Votre réponse pourra décrire l'étalement des activités urbaines et expliquer les conflits d'usage qui en découlent en identifiant les acteurs concernés.

Étape 1 Analyser le sujet

1. Définissez et expliquez les mots-clés de la question à l'aide de vos connaissances.

*« **étalement des activités urbaines** » : l'urbanisation au-delà des limites d'une agglomération se nomme la périurbanisation.*

*« **conflits d'usage** » : concurrence entre différents acteurs pour le contrôle et l'utilisation d'un espace ou d'une ressource.*

*« **espace rural** » : espace où le paysage est dominé par les formations végétales, où l'agriculture est une activité dominante et où la densité des hommes et des équipements est plus faible qu'en ville.*

Étape 2 Mobiliser des connaissances

2. Listez au brouillon les connaissances qui permettent de répondre à la question.

Arguments :
- *Les villes s'étendent notamment dans les pays qui connaissent une forte croissance urbaine. Les espaces ruraux accueillent donc de nouvelles activités, populations et aménagements.*
- *La cohabitation entre les populations et des activités diversifiées peut créer des tensions entre acteurs, des pressions sur les ressources et la recomposition des paysages.*

Vocabulaire : acteurs (néoruraux, agriculteurs, entreprises) ; artificialisation ; conflits d'usage ; économie résidentielle ; fragmentation ; gentrification rurale ; modes de vie.

Exemples : Martinique ; Canada ; Bali (Indonésie).

Étape 3 Organiser des connaissances à partir d'une consigne

3. Classez les connaissances à l'aide du plan suggéré dans la consigne.

En géographie, le plan peut être :
→ par échelle pour décrire un phénomène à l'échelle mondiale, régionale et locale ;
→ analytique pour évoquer une situation ou un processus géographique, ses causes et ses conséquences ;
→ thématique pour aborder les différents aspects d'un sujet.

Il s'agit de décrire les formes de la périurbanisation (partie 1) puis d'expliquer pourquoi elles entraînent des conflits d'usage (partie 2).

*Le plan suggéré dans la consigne est un **plan analytique** puisqu'il faut évoquer un processus géographique puis ses effets.*

1) Les formes de la périurbanisation
- *L'arrivée de nouvelles activités et de nouvelles populations.*
- *Des liens renforcés entre la ville et les campagnes grâce à de nouveaux axes de communication.*

2) Des conflits d'usage croissants
- *Une cohabitation parfois tendue entre agriculteurs, entreprises et néoruraux.*
- *Un difficile partage de l'espace rural et de ses ressources (terres, eau, espaces forestiers).*

→ Voir fiche méthode 11 p. 280-281

Sujet guidé : Peut-on affirmer que les espaces ruraux dans le monde sont de moins en moins des espaces agricoles ?

Votre réponse pourra montrer que l'agriculture reste une activité majeure dans les espaces ruraux mais que des fonctions non agricoles s'y développent de façon croissante. Votre réponse pourra expliquer que cette multifonctionnalité peut être source de conflits mais aussi de complémentarité.

Étape 1 Analyser le sujet

1. Définissez et expliquez les mots-clés de la question à l'aide de vos connaissances.

S'agit-il ici de répondre par oui ou par non ou de discuter une affirmation ? → **Peut-on affirmer**

Définissez précisément ce mot-clé et citez des exemples d'espaces ruraux que vous avez étudiés. → **espaces ruraux**

Peut-on affirmer que les espaces ruraux dans le monde sont de moins en moins des espaces agricoles ?

Quelles sont les différences entre les espaces agricoles et les espaces ruraux ? → **espaces agricoles**

2. Expliquez la réponse à développer en une ou deux phrases.

Étape 2 Mobiliser des connaissances

3. Listez au brouillon les connaissances qui permettent de répondre à la question.

Arguments :
- *Les espaces ruraux sont marqués par des activités de plus en plus diversifiées.*
- ....
- ....

Vocabulaire : multifonctionnalité ; conflit d'usage ; ...

Exemples : Inde ; Toscane ; ...

Étape 3 Organiser les connaissances à partir d'une consigne

4. Expliquez pourquoi le plan B est le plus pertinent pour répondre à la question problématisée.

Plan A
1. La diversité des systèmes productifs agricoles mondiaux.
2. Les atouts et les défis liés à l'agriculture.

Plan B
1. Le recul de l'agriculture dans les espaces ruraux.
2. La multifonctionnalité, un défi pour l'agriculture.

5. S'agit-il d'un plan par échelle ? analytique ? thématique ? Justifiez votre réponse.
6. Classez les connaissances listées à la question 3 dans les différentes parties du plan.
7. Rédigez au choix une des deux parties de la réponse.

MÉTHODE BAC Analyser des documents

Sujet guidé : Les recompositions des espaces de l'élevage au Sahel

Objectif Rédiger l'analyse de documents

À partir du document, vous montrerez la place de l'élevage au Sahel et vous expliquerez pourquoi les espaces de l'élevage sont sous tensions.

Les enjeux de l'élevage pastoral

Avec une contribution de 10 à 15 % au PIB des États du Sahel, l'élevage pastoral reste une activité économique et sociale essentielle aux habitants de la région. Du delta du fleuve Sénégal au bassin du lac Tchad, en passant par les plaines maliennes et burkinabées, l'activité fait vivre plus de 20 millions de personnes. Les éleveurs de bœufs, contraints par l'aridité des terres sahéliennes et la variété des conditions climatiques locales, ont très tôt intégré la mobilité à leur pratique d'élevage. La transhumance et le nomadisme sont ainsi au cœur des modes de vie. Les pasteurs et leur bétail font toutefois face à de multiples pressions qui contraignent largement leurs parcours. Périodes de sécheresse récurrentes ; pluviométrie aléatoire ; perturbation des fourrages pastoraux… Le changement climatique frappe de plein fouet l'activité. C'est sans compter l'impact du rétrécissement des parcours de transhumance, sous l'effet conjoint de l'urbanisation, de l'augmentation de la superficie des cultures, et de la privatisation des terres. Mais les menaces sont aussi d'ordre sécuritaire. Victimes de vols de bétails et de kidnapping, les éleveurs doivent s'adapter à la présence de groupes djihadistes dans le nord de la région.

France Culture, 5 décembre 2024.

Étape 1 Préparer l'analyse de documents

1. Présentez le thème et l'espace géographique étudiés dans le document.
2. À l'aide de la consigne, repérez le plan à suivre et notez-le dans la première colonne du tableau d'analyse.
3. Complétez les deux autres colonnes du tableau d'analyse.

Plan suggéré par la consigne	Informations sélectionnées dans le document	Connaissances
Partie 1 …	– …………… – …………… – ……………	– …………… – …………… – ……………
Partie 2 …	– …………… – …………… – ……………	– …………… – …………… – ……………

Étape 2 Rédiger l'analyse de documents

4. Rédigez l'introduction de l'analyse à l'aide des réponses aux questions 1 et 2.
5. Complétez la rédaction des deux parties à partir du tableau d'analyse.

Partie 1 : *Tout d'abord, le document montre que ….*

Partie 2 : *Cependant, le document révèle aussi que ….*

Les connecteurs logiques structurent votre analyse et permettent de suivre les éléments de votre réflexion. Ils sont nécessaires pour introduire les citations et les explications (tout d'abord, ainsi, de plus, cependant…).

6. Parmi les deux propositions, quelle conclusion vous paraît la plus pertinente ? Justifiez votre choix.

Deux ou trois phrases conclusives permettent de répondre de manière concise à la problématique. Il s'agit de montrer l'apport principal du document en suivant l'ordre de la consigne.

Proposition 1 : *Ainsi, bien que l'élevage nomade structure l'économie, la société et les espaces ruraux sahéliens, il est aujourd'hui menacé. Les espaces de pâturage sont en recul face à l'extension des villes et des cultures quand les variations climatiques et les tensions géopolitiques désorganisent les déplacements du bétail.*

Proposition 2 : *Pour conclure, l'élevage nomade au Sahel est menacé par le changement climatique et les tensions géopolitiques.*

➔ Voir fiche méthode 10 p. 278-279

Sujet guidé : Le système agricole chilien

À partir des documents, vous présenterez les mutations de l'agriculture du Chili puis vous expliquerez leurs effets économiques et sociaux.

1 Des espaces agricoles chiliens en mutation

Depuis 1973, les gouvernements chiliens ont appliqué des politiques libérales dont un aspect essentiel est le développement des exportations. Les surfaces plantées en fruits destinés à l'exportation, pommes et raisins, sont passées de 65 000 hectares en 1977 à 210 000 en 2000. Certaines régions du Nord, qui avaient jusque-là une polyculture tournée vers le marché intérieur, se sont reconverties dans les productions fruitières. Le Chili a bénéficié d'avantages naturels (diversité des climats, production en hiver pour les marchés d'Amérique du Nord ou d'Europe) et économiques (bas prix de la main-d'œuvre).

Cette évolution peut être considérée comme une réussite économique. Elle a diversifié une économie chilienne trop centrée sur le cuivre. Elle a cependant accru les inégalités. Dans les régions concernées, les plus petites exploitations en ont été exclues car planter une vigne ou un verger demande des investissements importants. Beaucoup se sont endettées et les ventes des terres ont augmenté. La culture des fruits demande des travailleurs pour la cueillette et l'emballage (souvent des femmes), mais ces emplois sont souvent saisonniers et posent le problème de la précarité.

Laurent Faret, Jean Yves Piboubès, *Géopolitique des Amériques*, 2022.

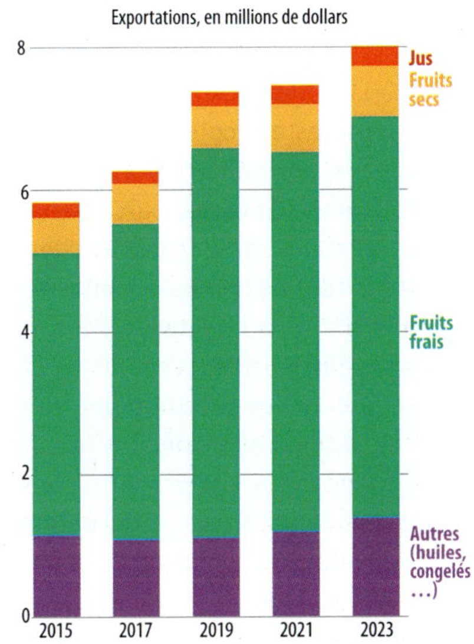

Source : Team France Export, 2025.

2 Les exportations de fruits du Chili

Étape 1 Préparer l'analyse de documents

1. Présentez le thème et l'espace géographique étudiés dans les documents.
2. Identifiez la nature précise de chaque document et précisez s'ils se complètent ou s'ils s'opposent.
3. À l'aide de la consigne, repérez le plan à suivre et notez-le dans la première colonne du tableau d'analyse.
4. Complétez les deux autres colonnes du tableau d'analyse.

Plan suggéré par la consigne	Informations sélectionnées dans les documents	Connaissances
Partie 1 ...	*- Doc. 1 :* .... *- Doc. 2 :*	*- L'agriculture vivrière est destinée à ... alors que l'agriculture commerciale ...* - ....
Partie 2 ...	*- Doc. 1 :* .... *- Doc. 2 :*	- .... - ....

Conseil

Présentez les formes puis les causes de ces mutations.

Conseil

Distinguez clairement les effets économiques (doc. 1 et 2) des effets sociaux (doc. 1).

Étape 2 Rédiger l'analyse de documents

5. Rédigez l'introduction de l'analyse en montrant que, malgré leur différence de nature, les documents se complètent pour répondre au sujet.
6. Complétez la rédaction des deux parties à partir de vos réponses aux questions 3 et 4.

Partie 1 : *Tout d'abord, les documents montrent que ....*
Partie 2 : *De plus, les documents soulignent ....*

7. Rédigez la conclusion de l'analyse.

MÉTHODE BAC Transposer un texte en croquis

Sujet guidé : Les espaces ruraux des États-Unis : entre multifonctionnalité et tensions

Objectif Réaliser un croquis en autonomie

À partir du texte, vous construirez un croquis correspondant au sujet : « Les espaces ruraux des États-Unis : entre multifonctionnalité et tensions », accompagné d'une légende organisée. Vous utiliserez le fond de carte fourni.

Les États-Unis se caractérisent par de grands ensembles agricoles. Les Grandes Plaines, au centre du pays, sont une région céréalière avec la présence disséminée de vastes parcs d'engraissement de bovins. À l'ouest, les massifs des Rocheuses abritent l'élevage extensif sur de grands domaines de plusieurs centaines, voire milliers d'hectares. Puis, les littoraux de la *Sun Belt*, de la Floride à l'est jusqu'à la Californie à l'ouest, accueillent les productions fruitières (agrumes, vergers, vignes) et tropicales (riz, canne à sucre). Enfin, l'élevage laitier est pratiqué dans le quart nord-est du pays et l'agriculture périurbaine autour de New York, Philadelphie et Chicago. Le reste du territoire à l'est est dévolu à la polyculture. Plusieurs ports assurent l'exportation des productions américaines dans le monde, dont celui de Houston sur le golfe du Mexique et de Seattle et Portland sur la façade pacifique.

Les espaces ruraux américains connaissent aussi de nouvelles fonctions. Il s'agit tout d'abord de l'exploitation de ressources naturelles comme celle du charbon au nord-est et au Texas et celle de l'uranium, de l'or, de l'argent et des gaz de schiste dans les Rocheuses. La fonction résidentielle s'affirme avec l'arrivée de néoruraux : des retraités dans la *Sun Belt* ou des citadins en mal de verdure dans les campagnes du nord-est. Enfin, le tourisme vert se développe, surtout en Californie, dans les Rocheuses et les Appalaches. Toutefois, cette multifonctionnalité est source de tensions. L'agriculture productiviste pollue les sols et les eaux, tout particulièrement ceux du centre du pays. La périurbanisation autour des grandes villes consomme chaque année 500 000 hectares de terres agricoles. Cette situation alimente de vifs conflits d'usage avec les agriculteurs. Enfin, les effets du changement climatique affectent les productions agricoles, notamment celles de blé dans les Grandes Plaines. Cette situation provoque une stagnation de la production et menace les exportations des États-Unis.

D'après *Carto*, septembre-octobre 2024 et P. Ducroquet et J.-P. Charvet, *Atlas des politiques agricoles et alimentaires. Comment nourrir la planète ?*, 2024.

Étape 1 Comprendre la consigne et sélectionner les informations du texte

1. Identifiez l'espace et le thème étudiés en lisant attentivement la consigne et le texte.

2. Recopiez le tableau et complétez-le à l'aide du texte.

	Informations sélectionnées dans le texte	Localisations sélectionnées dans le texte
Premier paragraphe	- … - …	- … - …
Deuxième paragraphe	- … - …	- … - …

Conseil

Pour ce sujet, pensez à équilibrer le nombre d'informations par partie.

Étape 2 Choisir les figurés et organiser la légende

3. Parmi les propositions, sélectionnez les titres qui conviennent pour organiser votre légende en vérifiant qu'ils correspondent à l'idée principale de chaque paragraphe. Justifiez votre choix.

- *Les espaces ruraux des États-Unis*
- *L'agriculture et ses espaces*
- *La multifonctionnalité des campagnes*
- *Agriculture, industrie et services dans les espaces ruraux*
- *Les conflits d'usage dans les espaces ruraux*
- *Les grands espaces agricoles américains*
- *De nouvelles fonctionnalités sources de tensions*
- *Les tensions du monde rural*

➔ Voir fiche méthode 12 p. 282-283

4. Sélectionnez les figurés les plus adaptés et identifiez les informations et localisations pour construire la première partie de la légende.

Figurés	Informations	Localisations
(rose) •	• ... •	• ...
... •	• *Parc d'engraissement* •	• ...
... •	• ... •	• *Massifs des Rocheuses*
(jaune) •	• *Production fruitière et tropicale* •	• ...
... •	• ... •	• ...
... •	• ... •	• *New York, Philadelphie ou Chicago*
... •	• *Polyculture* •	• ...
▼ •	• ... •	• ...

5. Choisissez les figurés les plus adaptés pour les informations du deuxième paragraphe puis complétez la légende.

Conseil

Pensez à varier les figurés pour éviter la superposition de deux plages de couleur.

Étape 3 Réaliser le croquis

6. Reportez les titres dans la légende puis ajoutez les informations et les figurés choisis à l'**étape 2**.

7. En vous aidant du fond de carte, réalisez le croquis et complétez la légende.

Fond de carte
hachette-clic.fr/25hg1147

Titre : ....

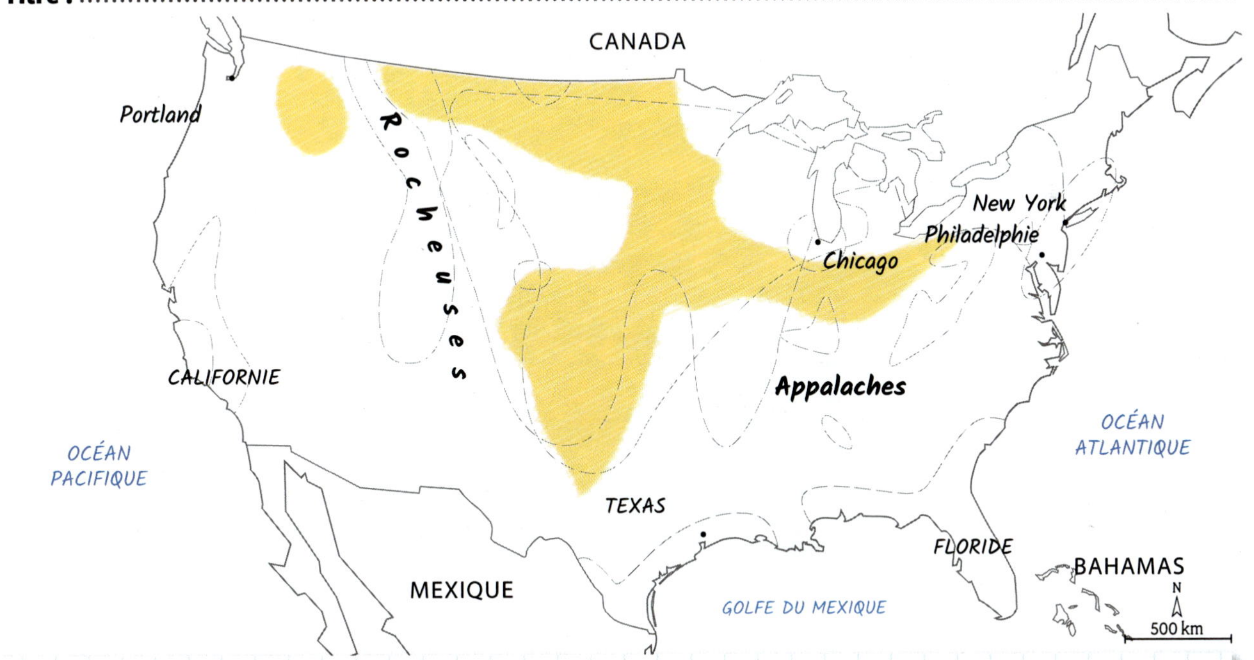

1. ....

(jaune) ....

...... *Parc d'engraissement*

....

...... *Production fruitière et tropicale*

....

....

....

...... *Polyculture*

▼ ....

....

2. ....

....

....

....

....

....

....

CHAPITRE

6 La France : des espaces ruraux multifonctionnels, entre initiatives locales et politiques européennes

COURS 1 La vitalité des métropoles ne doit pas masquer le dynamisme des espaces ruraux souvent qualifié de « renaissance ».

> Quelles sont les transformations des espaces ruraux en France ?

COURS 2 Les espaces ruraux sont confrontés à des difficultés économiques, sociales ou environnementales. Des acteurs se mobilisent pour y faire face.

> Quelles initiatives pour accompagner la transformation des espaces ruraux ?

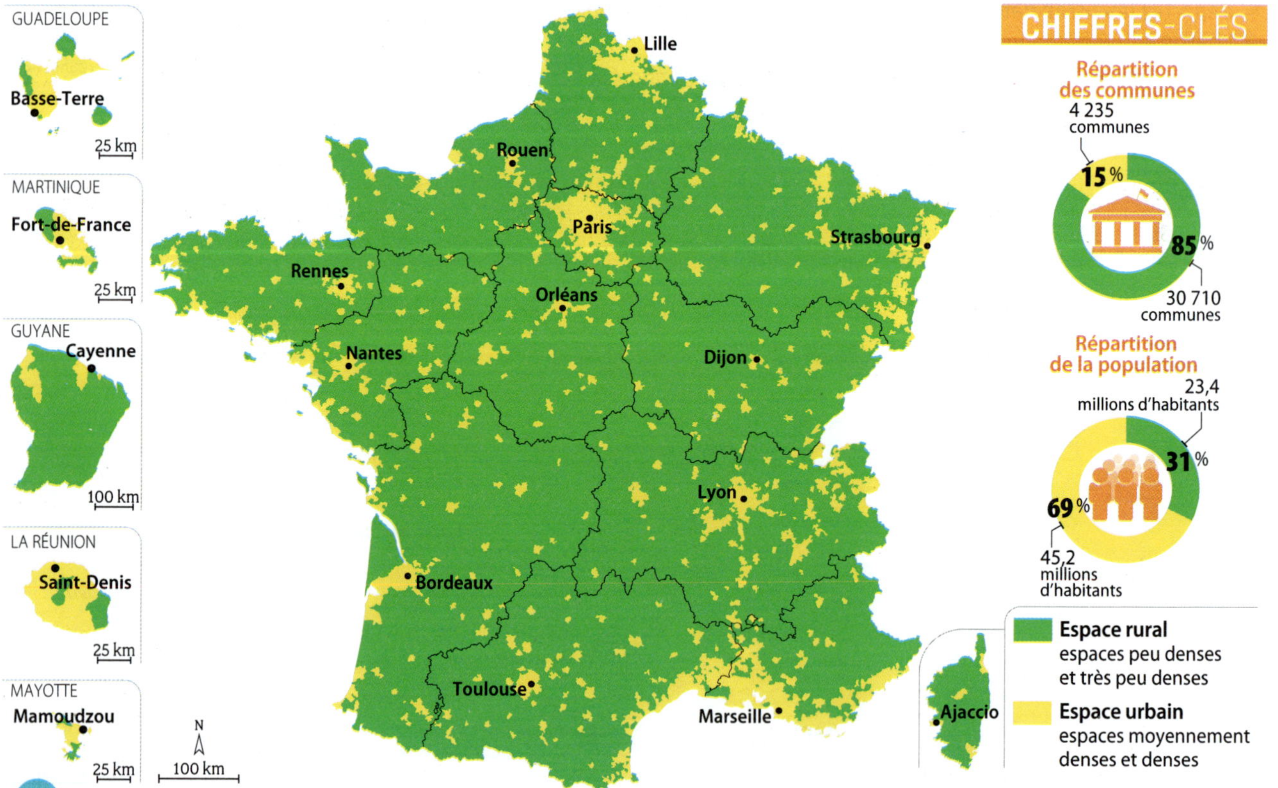

1 Les espaces ruraux en France

Sources : Agence nationale de la cohésion des territoires et Observatoire des territoires, 2025.

QUESTIONS

1. **Doc. 1** Décrivez la place et le poids des espaces ruraux en France.
2. **Doc. 2** Quels atouts des espaces ruraux sont valorisés lors de ce genre d'événement culturel ?

2 **Un concert au château de Biron**

Les espaces ruraux accueillent chaque année un tiers des 7 300 festivals organisés en France. Les départements y voient une occasion d'animer leur territoire en période estivale et de renforcer leur attractivité en valorisant leur patrimoine naturel et culturel comme ici en Dordogne.

ÉTUDE DE CAS 1

Le Parc régional du Gâtinais, un espace rural multifonctionnel

Surnommé le « pays des mille clairières et du grès », le Parc naturel régional (PNR) du Gâtinais est composé de près de 60 % de terres agricoles, d'un tiers de forêts et de 7,5 % de zones urbanisées. Créé pour protéger et mettre en valeur de grands espaces ruraux habités, il s'organise autour d'un projet de développement durable mobilisant de nombreux acteurs.

A Quelles sont les transformations du Parc du Gâtinais ?

1 Un espace touristique et de loisirs pour les Franciliens

Attirés par le calme, les grands espaces naturels ou le patrimoine culturel, Franciliens et touristes fréquentent le Parc du Gâtinais le week-end ou lors des vacances, comme ici dans la forêt de Fontainebleau.

VOCABULAIRE

Économie résidentielle : économie de proximité fondée sur la production de biens et de services pour les personnes présentes dans un territoire donné (résidents permanents, touristes).

2 Un dynamisme démographique particulier

Avec 88 000 habitants, les communes du périmètre actuel comprennent une population identique à celle de 2011. Alors que ces communes ont longtemps constitué une terre d'accueil dans la logique de desserrement de la population francilienne du cœur d'agglomération, la croissance démographique des communes du Parc n'est désormais portée que par son excédent naturel (excédent des naissances sur les décès). Le Gâtinais se singularise par cette stabilité démographique (+ 0,09 %). En effet, en Île-de-France, l'appartenance à un Parc naturel régional, dont les objectifs comprennent, entre autres, un urbanisme et une architecture maîtrisés, induit une croissance démographique modérée par rapport aux autres communes rurales et périurbaines[1]. Cela se conjugue avec un vieillissement marqué de la population et une atténuation de la vocation familiale de ces territoires. Avec plus d'un habitant sur quatre âgé d'au moins 60 ans, cette proportion a fortement augmenté depuis 2011 alors que dans le même temps, la part des jeunes de moins de 20 ans a diminué. Aux âges de constitution d'une famille et de forte activité (30-49 ans), les habitants sont également moins nombreux.

Institut Paris Région, *Parc régional du Gâtinais, Révision de la charte*, mars 2023.

1. Les communes du Loiret à proximité du Gâtinais français présentent une croissance démographique marquée (+ 0,78 % par an), soutenue par un excédent migratoire fort (+ 0,71 % par an).

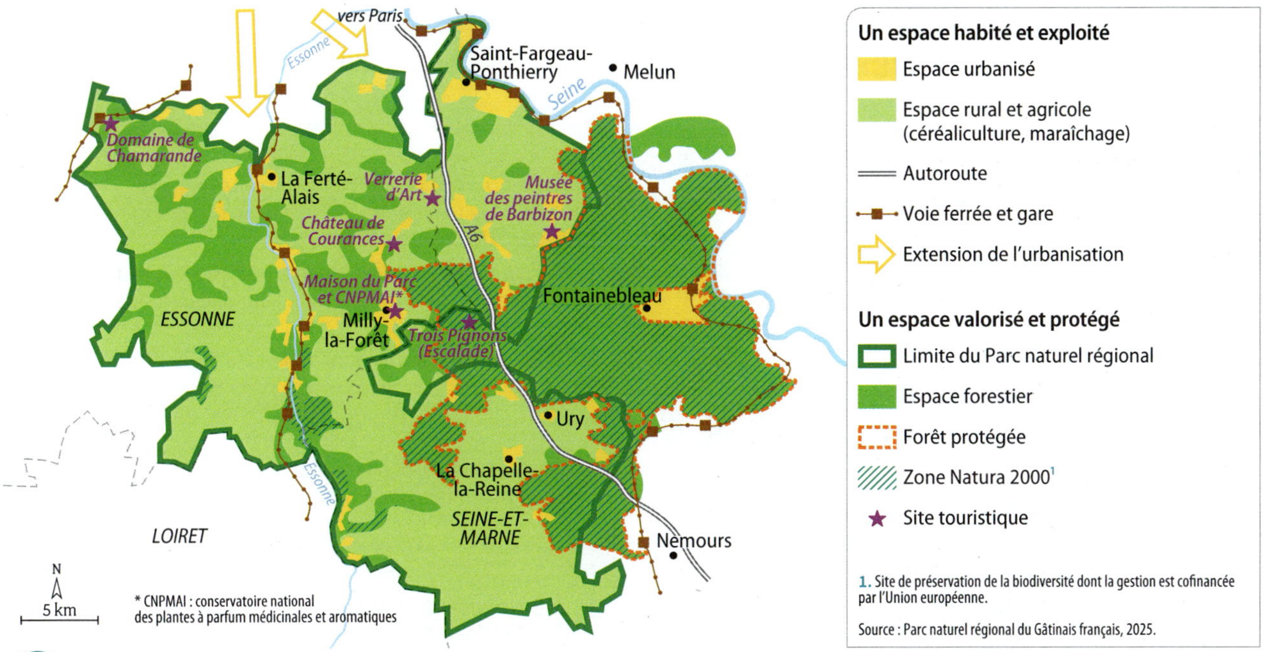

3 Un espace rural exploité et protégé

4 Les formes de la périurbanisation

Motivés par la possibilité d'acheter une maison individuelle, les néoruraux s'installent en périphérie des petites villes. L'**économie résidentielle** domine alors.

PARCOURS 1

Comprendre et mettre en relation des documents

1. **Doc. 1 et 2** Quels atouts attirent les populations dans cet espace rural ?
2. **Doc. 2** Comment caractériser l'évolution démographique de ce territoire ?
3. **Doc. 3 et 4** Justifiez l'affirmation : « Le Gâtinais est un espace agricole qui diversifie ses fonctions et ses activités. »
4. **Doc. 3 et 4** Pourquoi la proximité de Paris est-elle un facteur de transformation et d'artificialisation de ce paysage rural ?

BILAN Rédigez une synthèse présentant les évolutions démographiques du Parc du Gâtinais puis la transformation de ses fonctions et de ses paysages.

PARCOURS 2

Réaliser un itinéraire touristique

Vous êtes chargé(e) de guider des touristes qui souhaitent découvrir le Parc du Gâtinais. À l'aide des documents, concevez un itinéraire permettant de leur montrer la diversité des paysages et des fonctions de cet espace rural.
Pour vous aider, utilisez le tableau et le site Internet du Parc naturel régional.

Étape de l'itinéraire	Lieu de visite proposé	Paysages et/ou aménagements à découvrir	Fonctions du lieu
Étape 1	*Les Trois Pignons*	*Espace forestier*	*Fonction de loisirs et préservation de l'environnement*
Étape 2 ...			

Site du Parc naturel
hachette-clic.fr/25hg1148

B Comment concilier dynamisme économique et préservation des espaces ruraux ?

5 Un territoire au service d'un développement local et durable

Financement

- Programme LEADER « liaison entre actions de développement de l'économie rurale » initié par l'Union européenne ;
- Politique agricole commune (PAC) et plus précisément le Fonds européen agricole pour le développement rural (FEADER) ;
- 1,3 million d'euros pour la période 2023-2027.

Bénéficiaires

Agriculteurs, artisans, commerçants, associations, acteurs du tourisme, organismes de formation...

Des actions concrètes

- Développement de la marque Valeurs Parc du Gâtinais français pour les produits agricoles et agroalimentaires ;
- Promotion des produits agricoles locaux par la réalisation d'un livret de recettes ;
- Développement de la filière chanvre depuis la production jusqu'à la transformation et la valorisation des produits (matériaux pour la construction et l'isolation, cosmétique...) ;
- Sensibilisation au recyclage et à la lutte contre les dépôts sauvages.

6 Le soutien de l'Union européenne

Sites Internet de l'Europe en Île-de-France et des Parcs régionaux, 2025.

7 Un projet de plate-forme logistique rejeté dans la commune d'Ury

Il a semé l'inquiétude dans les esprits chez les habitants d'Ury (Seine-et-Marne) et des villages environnants. Le projet de parc logistique proposé le long de la départementale 152 sur 60 hectares d'espace agricole ne verra pas le jour. Ainsi en a décidé le conseil municipal d'Ury. Le 18 août 2022, à l'unanimité, les élus ont voté une motion contre cette « intention de projet » présentée au maire par la société d'économie mixte du Pays de Fontainebleau à la demande d'un aménageur. Peu importent les 720 emplois directs promis à la clé, ou les rentrées fiscales.

Le maire rappelle deux obstacles de taille au projet : son incompatibilité avec deux autres textes réglementaires que sont la charte du Parc naturel régional du Gâtinais et le schéma directeur d'Île-de-France de 2013 qui sanctuarise les terres agricoles. L'association Agir pour la ruralité, la biodiversité et le respect de l'environnement (Arbre 77) a été créée en juillet 2022 « pour s'informer, informer la population au mieux et pouvoir agir et déposer un recours si besoin ». Outre le flux de poids lourds inévitable dans la zone située à l'entrée de l'autoroute A6, la perspective de trois entrepôts, dont un de 400 m sur 30, plus haut que le clocher de l'église érigé à 28 m, en a effrayé plus d'un.

Le Parisien, 24 août 2022.

PARCOURS 1

Analyser des documents

1. **Doc. 5 et 6** Relevez trois mesures qui favorisent l'activité économique, puis trois mesures qui visent à préserver l'environnement et les acteurs impliqués.
2. **Doc. 5 et 6** Montrez que l'amélioration de la qualité de vie des habitants est aussi un objectif des acteurs du Parc.
3. **Doc. 7** Présentez les arguments et les acteurs favorables à la construction d'une plate-forme logistique à Ury et les arguments de ceux qui s'y opposent.

PARCOURS 2

Construire un schéma fléché

À l'aide des documents, réalisez un schéma fléché présentant les mesures pour un développement durable du Parc du Gâtinais et les tensions qui en résultent.

Vous présenterez les mesures visant à soutenir l'activité économique, à améliorer la qualité de vie des habitants et à préserver l'environnement puis les acteurs et les tensions.

Faire le bilan

Bilan à compléter
hachette-clic.fr/25hg1149

Le Parc régional du Gâtinais, un espace rural multifonctionnel

Des spécificités rurales

- ....
- ....
- ....

De multiples fonctions

- ....
- ....
- ....
- ....

Des recompositions et des défis

- ....
- ....
- ....

Parc naturel régional du Gâtinais

Un projet de développement durable

Des enjeux et des mesures

- ....
- ....
- ....

+

Des acteurs

- ....
- ....
- ....

≠

Des conflits d'usage

....
....
....

Et ailleurs ?

1. Où se situent les espaces ruraux avec un solde migratoire positif ?
2. Comment caractériser l'attractivité des espaces ruraux des territoires ultramarins ?

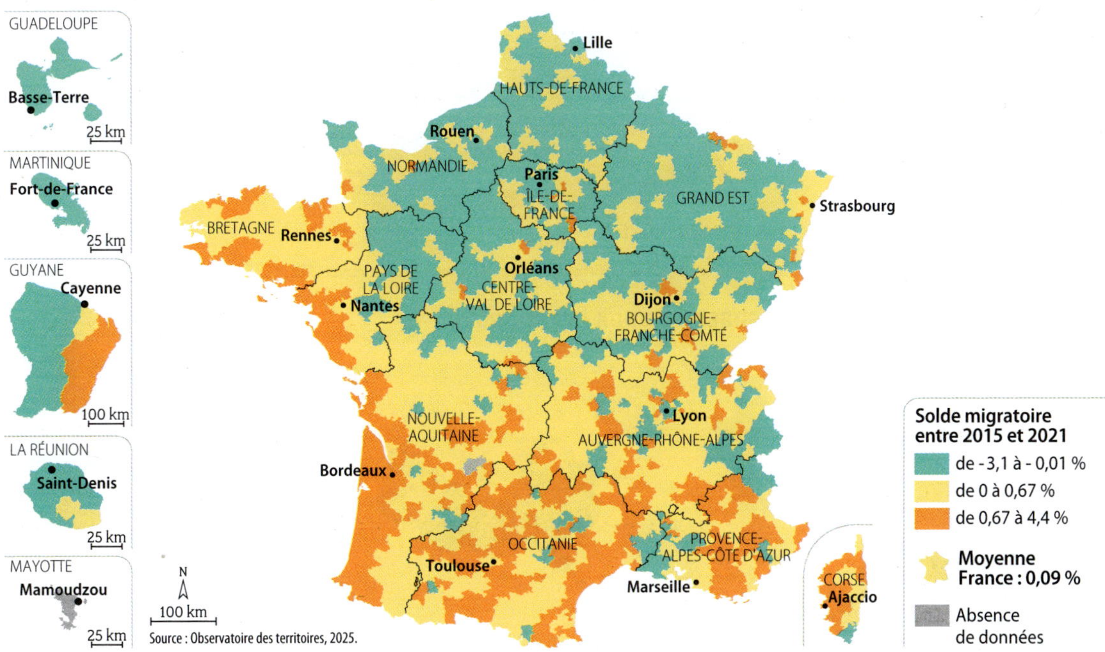

Source : Observatoire des territoires, 2025.

L'attractivité des espaces ruraux

GRAND ANGLE Des territoires ruraux pluriels

- Les espaces ruraux français sont caractérisés par le maintien de fonctions productives agricoles et industrielles dynamiques, notamment dans le Bassin parisien, les plaines d'Alsace et en Bretagne. Cependant, une diversification des activités modifie leur physionomie. Aujourd'hui, les oppositions entre les villes et les campagnes s'atténuent et de nouvelles formes de **ruralité** apparaissent.

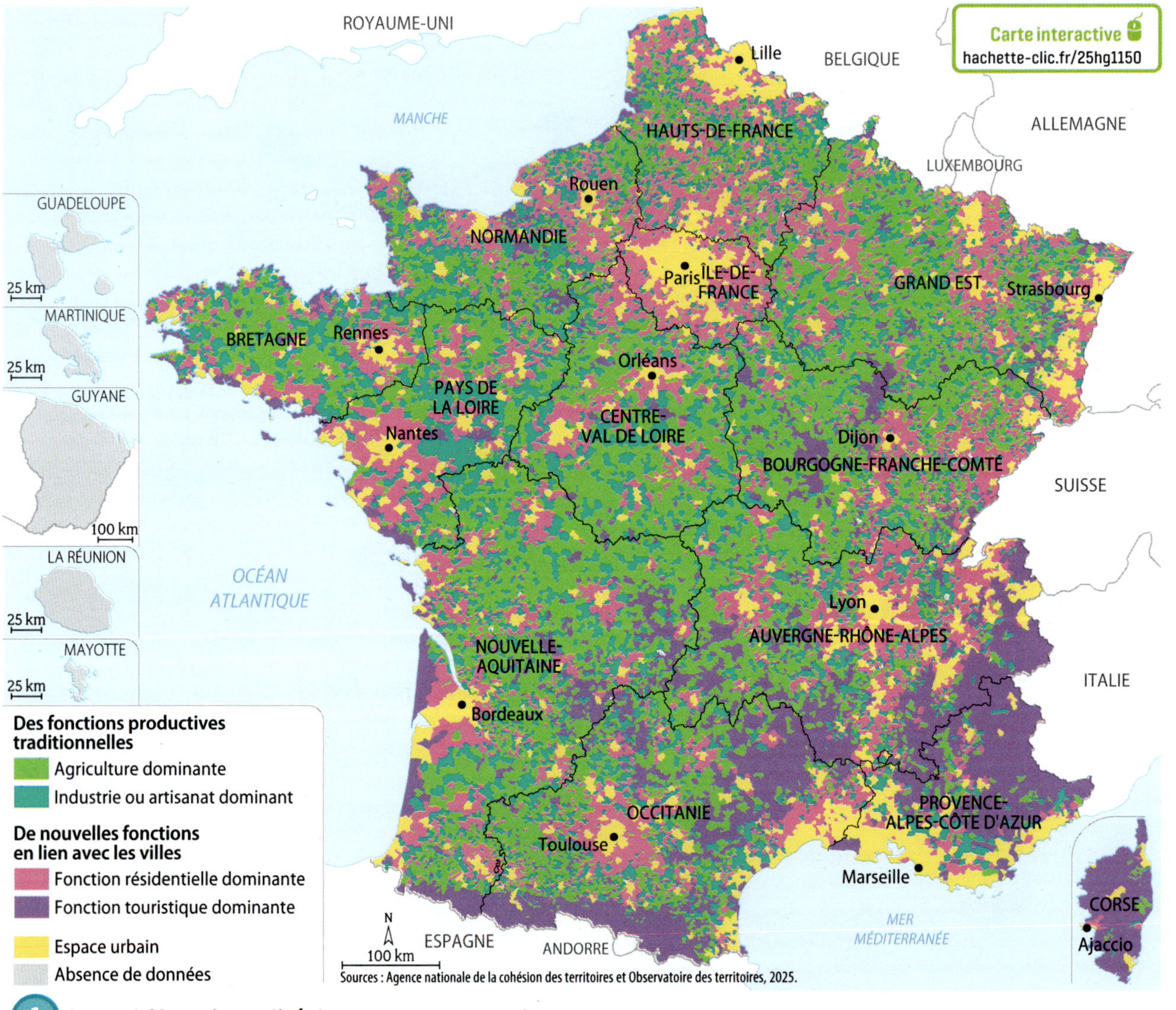

1 La multifonctionnalité des espaces ruraux hexagonaux

▶ Vidéo
Une nouvelle définition du rural
Insee, 30 avril 2021.
hachette-clic.fr/25hg1151

NOTION EN IMAGE

Ruralité : ensemble des représentations collectives associées à la vie dans les espaces ruraux (calme, environnement sain...).

● Certains espaces ruraux sont dynamisés par l'agritourisme et les pôles de compétitivité. D'autres sont menacés par l'artificialisation ou par leur isolement. Cette situation oblige les pouvoirs publics à adopter des mesures pour les préserver et encourager leur attractivité.

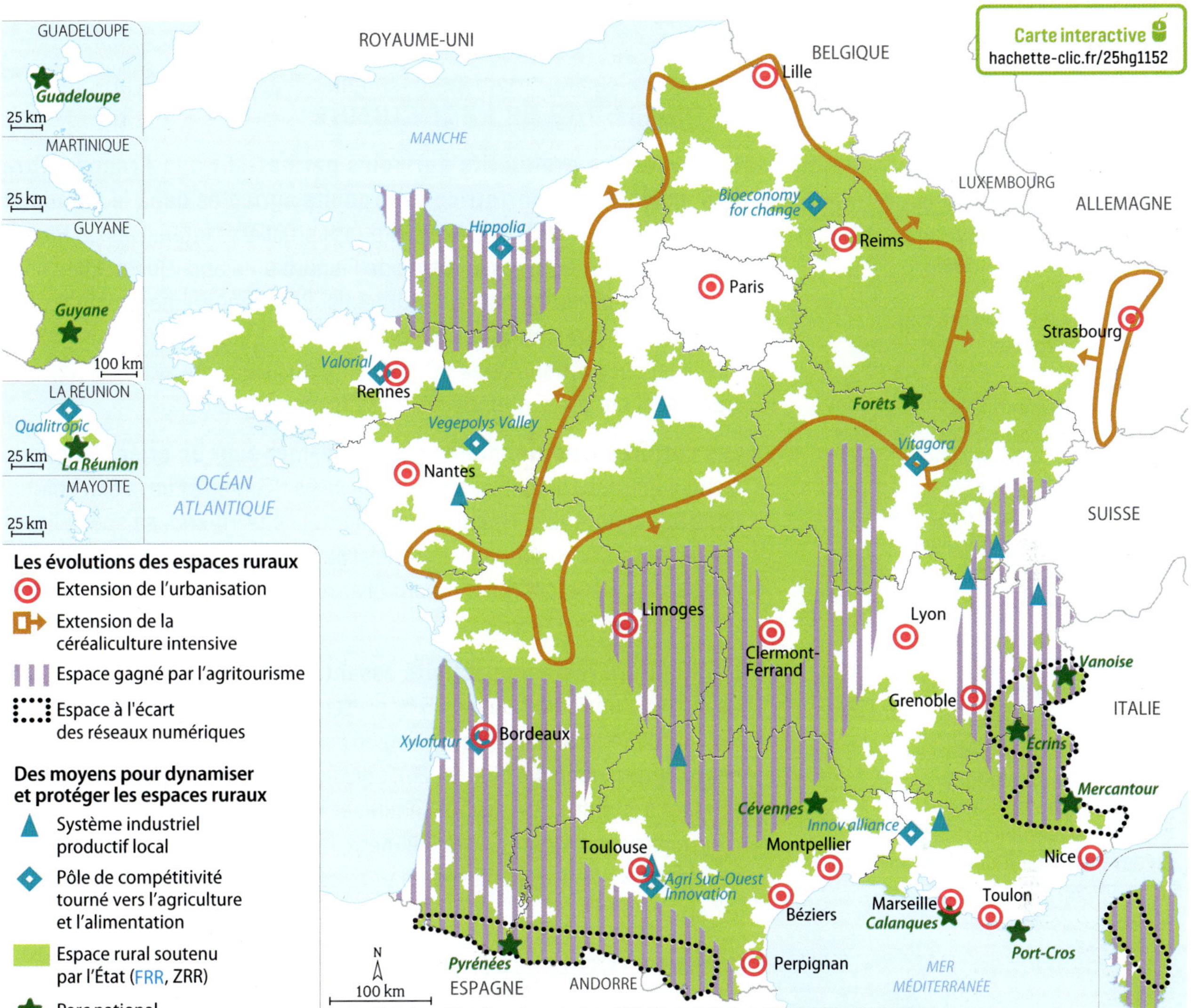

Sources : M. Reghezza-Zitt, *La France dans ses territoires*, 2024 et Agence nationale de la cohésion des territoires, 2025.

2 Mutations et enjeux d'aménagement des espaces ruraux

	Taux de variation annuelle entre 2015 et 2021		
	Total	Dû à la croissance naturelle	Dû au solde migratoire
Espaces urbains	+ 0,4 %	+ 0,4 %	0
Espaces ruraux	+ 0,2 %	- 0,1 %	+ 0,3 %
Rural sous influence des pôles urbains	+ 0,3 %	0	+ 0,3 %
Rural hors influence des pôles urbains	- 0,1 %	- 0,5 %	+ 0,4 %

Source : Insee, 2025.

3 L'évolution démographique des espaces ruraux

VOCABULAIRE

FRR (France ruralités revitalisation) : dispositif permettant à une commune rurale fragile désignée par l'État de bénéficier d'exonérations fiscales et sociales pour y encourager l'installation d'entreprises.

QUESTIONS

1. **Doc. 1** Justifiez l'affirmation : « Les espaces ruraux français sont des espaces multifonctionnels. »
2. **Doc. 2** Quelles mesures permettent de dynamiser et protéger les espaces ruraux ?
3. **Doc. 3 et vidéo** Quelles sont les particularités démographiques et sociales des espaces ruraux français ?

COURS 1

Les recompositions des espaces ruraux en France

> Quelles sont les transformations des espaces ruraux en France ?

1 Les mutations de l'agriculture

- **Les systèmes productifs agricoles permettent à la France d'être la 6e puissance exportatrice de produits agricoles dans le monde et la 3e en Europe (2023).** Les exploitations céréalières intensives du Bassin parisien s'étendent vers la Plaine de Flandre et le Sud-Ouest. Elles sont complétées par la viticulture (Bordelais, Bourgogne, Champagne) et la production maraîchère (arc méditerranéen). L'élevage intensif (porcs, volailles) est pratiqué dans l'Ouest alors que l'élevage extensif (viande, fromages) est présent dans les massifs montagneux.
- **Les cultures traditionnelles des Outre-mer sont en crise.** La canne à sucre marque toujours les paysages de La Réunion et de la Martinique, mais de nombreuses rhumeries ferment. Les territoires se spécialisent dans d'autres productions tropicales : banane et ananas en Guadeloupe, vanille à La Réunion, huile essentielle extraite des fleurs d'ylang-ylang à Mayotte. ➲ Étude de cas p. 472
- **L'agriculture reste une activité essentielle pour les espaces ruraux.** La surface agricole couvre 45 % du territoire et fait des agriculteurs les « jardiniers du paysage ». Or, leur part dans la population active ne cesse de diminuer (1,5 % en 2024), et le nombre d'exploitations suit cette tendance. Malgré ce recul, la féminisation du secteur s'accélère (29 % d'agricultrices en 2024). Parallèlement, la superficie des terres agricoles baisse face à la pression urbaine et la construction d'infrastructures.

2 La diversification des activités économiques

- **L'industrie rurale est diverse.** À l'artisanat et aux activités anciennes (textile, métallurgie) s'ajoutent l'agroalimentaire, les industries de pointe (acier pour les voitures électriques en Lozère) et la production d'énergies renouvelables (éoliennes dans le Grand Est). Le périurbain accueille des zones logistiques et des pôles de compétitivité. Néanmoins, des espaces ruraux isolés se désindustrialisent (vallées vosgiennes). ➲ Acteurs et enjeux p. 484
- **Le tourisme vert et les loisirs se développent (Provence, baie de Somme).** L'agritourisme et la découverte du patrimoine culturel sont encouragés dans un cadre naturel ou dans des bulles touristiques (Center Parcs de Sologne). Des pratiques douces telles que les randonnées pédestres et cyclistes y sont associées.
- **La multifonctionnalité des espaces ruraux crée des conflits d'usage en particulier lors de construction d'infrastructures (autoroute, aéroport).** Les élus voient ces projets comme un moyen de développer l'espace rural, alors que des associations et des riverains défendent la non-artificialisation des sols et la fonction nourricière de l'agriculture.

VOCABULAIRE

- **Agritourisme :** ensemble des activités de découverte de l'agriculture proposées aux touristes (hébergement et visite à la ferme, vente directe des produits du terroir...).
- **Économie résidentielle :** économie de proximité fondée sur la production de biens et de services pour les personnes présentes dans un territoire donné (résidents permanents, touristes).
- **Néoruraux :** nouveaux habitants des communes rurales provenant des communes urbaines.
- **Tourisme vert :** forme de tourisme tournée vers la nature, qui se pratique dans les espaces ruraux avec une attention portée au développement durable.

NOTIONS

- **Multifonctionnalité :** situation d'un espace où se côtoient une fonction productive, une fonction résidentielle et une fonction de protection environnementale.
- **Périurbanisation :** urbanisation au-delà des limites d'une agglomération à l'origine d'un étalement urbain discontinu.

3 Un inégal renouveau des populations rurales

- **Les espaces ruraux proches des villes connaissent une reprise démographique.** Des **néoruraux** s'y installent, attirés par un environnement préservé et des prix de l'immobilier plus abordables qu'en ville. 10 000 communes rurales et près de 8 millions d'habitants sont concernés par la **périurbanisation** dans la couronne francilienne et autour des métropoles régionales comme Lyon, Marseille, Toulouse, Bordeaux ou encore Bastia. ➲ Le labo de Géo p. 480

- **L'arrivée de nouvelles populations provoque une fragmentation sociale et paysagère des espaces ruraux.** Des lotissements, des équipements et l'**économie résidentielle** transforment les noyaux villageois périurbains. Un changement sociologique s'observe : 11,5 % des agriculteurs sont maire de leur village aujourd'hui contre 36,5 % il y a 40 ans. L'arrivée de néoruraux aisés provoque une gentrification rurale qui peut entraîner une hausse du prix des logements (Luberon, Ardèche, Drôme provençale).

- **Cependant, certains espaces ruraux sont confrontés à la baisse et/ou au vieillissement de leur population.** Les jeunes quittent les campagnes situées à plus de 50 km d'un pôle urbain ou touchées par les difficultés économiques (fermeture d'usines). L'arrivée de retraités peut constituer un atout économique mais elle conduit au vieillissement des territoires ruraux du Sud et de l'Ouest. Depuis 10 ans, la Creuse a perdu plus de 4 600 habitants et les plus de 60 ans représentent près de 40 % de la population (contre 25 % en moyenne en France).

CHIFFRES-CLÉS

La place des agriculteurs dans la population active

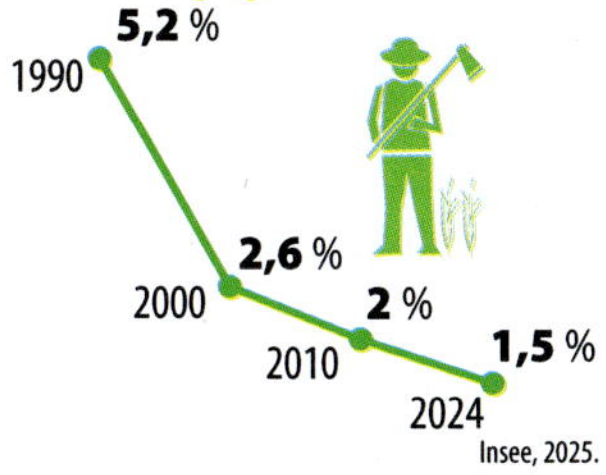

Insee, 2025.

Le nombre d'exploitations agricoles

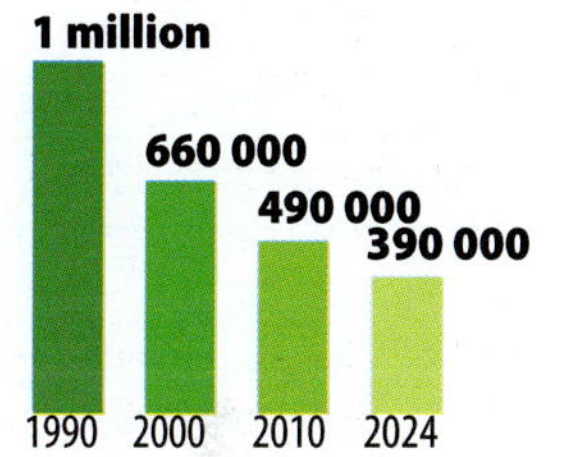

Insee, 2025.

L'emploi industriel

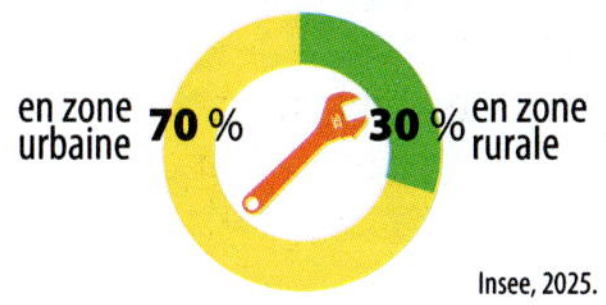

Insee, 2025.

La multifonctionnalité croissante des espaces ruraux en France

Fonction agricole
- Céréaliculture
- Viticulture
- Élevage
- Production maraîchère

Fonction industrielle
- Artisanat
- Production d'énergies
- Industrie de pointe et technopôles
- Zone logistique

Fonction touristique
- Tourisme vert et de loisirs
- Découverte du patrimoine

Fonction résidentielle
- Périurbanisation
- Économie résidentielle

Des défis multiples
- Baisse du nombre d'exploitants et d'exploitations
- Concurrence agricole mondiale
- Artificialisation des sols
- Nouvelles attentes des consommateurs

Tensions et conflits d'usage
- Changement paysager et sociologique
- Gentrification rurale
- Déclin démographique et vieillissement des espaces ruraux isolés

LE LABO DE GÉO

Les mutations des espaces ruraux en Corse

La Corse, région la plus rurale de France, est aussi une des régions où la croissance démographique est la plus forte grâce à son solde migratoire positif. Toutefois, les recompositions rurales touchent surtout les espaces périurbains qui rassemblent désormais 13 % des résidents insulaires.

Votre objectif **Réalisez des croquis** à partir de deux images aériennes pour répondre au sujet : **Quelles sont les transformations des espaces ruraux périurbains près de Bastia ?**

GeoImage
hachette-clic.fr/25hg1153

1 Pietranera dans la commune de San-Martino-di-Lota en 1950

2 Pietranera dans la commune de San-Martino-di-Lota aujourd'hui

3 Les transformations de Pietranera

La déprise agricole est marquée sur l'ensemble du territoire communal, caractérisé par de très fortes pentes. Les anciennes terrasses de culture, toujours visibles le long des sentiers et des noyaux habités, sont aujourd'hui envahies par le maquis et une chênaie verte assez épaisse, alors qu'elles couvraient autrefois l'intégralité de la montagne. Au XVIIIe siècle, les reliefs apparaissent entièrement cultivés ou exploités, avec la mention de nombreuses vignes (le vin de Pietranera était connu jusqu'à Rome), de nombreuses oliveraies et pas moins de neuf moulins installés le long des cours d'eau. Sur les photographies aériennes des années 1950, ces terrasses de culture sont toujours visibles et ne sont pas encore enveloppées par le maquis ou les forêts de chênes verts – aujourd'hui largement dominants. L'activité agricole s'est donc considérablement rétractée et n'est plus présente que par l'intermédiaire de deux exploitations pratiquant l'élevage (bovin et porcin), dans les parties les plus élevées de la commune, alors que le village comptait une quinzaine d'exploitations agricoles dans les années 1970. Les systèmes productifs sont aujourd'hui dominés par une économie présentielle (résidentielle et touristique), avec des équipements et des services principalement concentrés dans la partie littorale. La commune comporte ainsi cinq hôtels et un camping.

Yves Lavarde, « La Corse, un territoire en archipel ? L'exemple de Bastia et du Cap Corse », *Géoconfluences*, 4 juillet 2024.

Étape 1 Préparer les croquis

Contextualiser

❶ Situez Pietranera grâce au globe de localisation.

❷ Expliquez la consigne de travail en définissant les mots-clés du sujet et en décrivant la production graphique attendue.

> Définissez le terme « périurbanisation » et expliquez les particularités des croquis.

Sélectionner les informations

❸ Observez les deux images aériennes et listez les élements qui constituent l'espace rural (routes, maisons, champs, forêts...).

> Déplacez-vous dans les photographies en vous connectant au site Édugéo.

❹ Après avoir lu le doc. 3, associez les numéros placés sur les photographies aux informations surlignées dans le texte.

❺ Complétez le tableau à partir de ces informations, pour montrer les évolutions visibles entre les deux photographies.

	Formes de l'habitat	Routes	Végétation	Activités agricoles
Doc. 1				
Doc. 2				

❻ Quels changements a connu l'agriculture près de Bastia ? D'après vos connaissances, comment les expliquer ?

❼ À l'aide de vos réponses précédentes, justifiez l'affirmation :
« Les espaces ruraux corses se caractérisent aujourd'hui par leur multifonctionnalité. »

Étape 2 Réaliser les croquis

Croquis hachette-clic.fr/25hg1154

❽ Complétez chaque légende et réalisez le croquis de la photographie n°2.

Un espace agricole et rural
...... *Forêts*
...... *Terrasses de culture sur les pentes et exploitations agricoles*

Un noyau villageois
...... *Habitations*
...... *Route principale*
...... *Route secondaire*

1 Pietranera en 1950

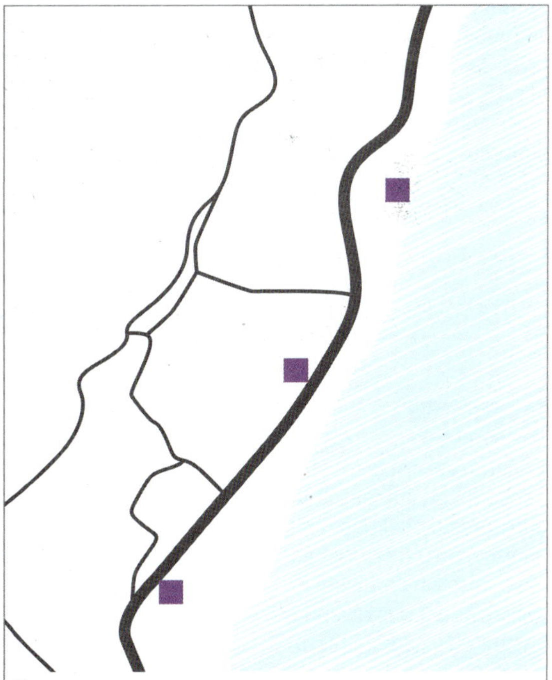

Un espace ....
....
....
.... *Route principale* ....
.... *Route secondaire* ....

2 Pietranera aujourd'hui

COURS 2 L'aménagement des espaces ruraux en France

> Quelles initiatives pour accompagner la transformation des espaces ruraux français ?

1 Impulser un dynamisme économique

- **Le soutien direct aux agriculteurs se développe.** Face à la concurrence internationale et aux difficultés économiques des agriculteurs, la **PAC (politique agricole commune)** garantit un revenu de base tandis que les circuits courts (cueillettes, **AMAP**) permettent une meilleure rémunération. L'État et l'Union européenne labellisent les productions en reconnaissant l'origine des produits (Appellation d'origine protégée), leur qualité (Label rouge) ou le respect de l'environnement et du bien-être animal.
- **Le patrimoine est valorisé pour assurer l'attractivité touristique des espaces ruraux.** Des labels (Pays d'art et d'histoire) et distinctions (Les plus beaux villages de France) y participent. Le programme Patrimoine et Tourisme local de la Fondation du patrimoine, soutenu par l'acteur privé Airbnb, finance des projets de restauration dans de petites communes.
- **Les espaces ruraux les plus fragiles bénéficient d'aides financières.** Depuis 2024, les zones **FRR (France ruralités revitalisation)** complètent ou remplacent les zones de revitalisation rurale (ZRR). L'État attribue des exonérations fiscales et sociales aux entreprises implantées pour encourager la création d'emplois. 17 700 communes, 13 départements (Côte-d'Or, Aveyron) et les territoires de montagne sont concernés.

➔ Acteurs et enjeux p. 484

2 Réduire les inégalités entre les territoires

- **La ruralité bénéficie d'une image positive, mais les espaces ruraux sont moins bien dotés que les espaces urbains.** Le recul des services publics, la désertification médicale ou la fermeture de classes (40 % des villages n'ont plus d'école en Ariège par exemple) sont régulièrement dénoncés. Les zones blanches et la paupérisation alimentent un sentiment d'abandon.
- **Le maintien des services publics est indispensable pour garantir l'attractivité de l'espace rural.** L'Agence nationale pour la cohésion des territoires (ANCT) y a créé plus de 1 600 guichets France services afin que chaque habitant ait accès aux services publics (La Poste, France Travail...) à 20 minutes maximum de son domicile.
- **L'égalité territoriale et l'accessibilité sont essentielles.** Le Plan France Très Haut Débit déploie la 4G et la fibre pour renforcer l'accès aux services numériques (télémédecine, université en ligne) et réduire les fractures. Ce plan est financé par l'État, les collectivités territoriales et le FEDER (Fonds européen de développement régional). Le soutien aux petites lignes ferroviaires reste cependant inégal.

VOCABULAIRE

- **AMAP (association pour le maintien d'une agriculture paysanne) :** groupe de consommateurs soutenant les agriculteurs locaux par l'achat direct de leurs produits.
- **FRR (France ruralités revitalisation) :** dispositif permettant à une commune rurale fragile désignée par l'État de bénéficier d'exonérations fiscales et sociales pour y encourager l'installation d'entreprises.
- **Parc naturel :** espace protégé soumis à une réglementation spécifique afin d'y préserver l'environnement, tout en favorisant le développement économique.
- **PAC (politique agricole commune) :** politique mise en œuvre par l'Union européenne pour développer et soutenir les agricultures des États membres.

NOTIONS

- **Agriculture durable :** système de production qui fournit une nourriture de qualité et en quantité suffisante, tout en respectant l'environnement et en assurant des revenus suffisants aux agriculteurs.
- **Ruralité :** ensemble des représentations collectives associées à la vie dans les espaces ruraux (calme, environnement sain...).

3 Accompagner une transition environnementale

■ **Certaines pratiques agricoles menacent l'environnement et créent des tensions.** Engrais et rejets des élevages intensifs dégradent les sols et les eaux souterraines. L'agriculture consomme à elle seule 48 % de l'eau douce en France. Des conflits d'usage apparaissent au sujet des méga-bassines. Ces vastes réserves d'eau permettent pour certains de sécuriser l'irrigation estivale alors que d'autres estiment qu'elles menacent l'équilibre naturel des milieux.

■ **Des mesures contraignantes existent pour préserver l'environnement.** L'État fixe à 18 % la surface agricole utile convertie en agriculture biologique en 2027, tandis que la loi Climat et Résilience impose la baisse des épandages d'engrais et l'objectif de zéro artificialisation nette pour 2050. L'Union européenne conditionne les aides de la PAC au respect de normes environnementales. Or, en calculant leur montant en fonction de la superficie des exploitations ou du nombre de bétail, l'Union semble soutenir une agriculture productiviste encore trop peu soucieuse de l'environnement.

■ **La protection des paysages est aussi instituée par les parcs naturels nationaux ou régionaux (Parc national des forêts, Parc naturel régional du Gâtinais)**. Dans le cœur des parcs nationaux, l'interdiction des activités humaines permanentes assure la préservation des milieux naturels. Le tourisme et l'**agriculture durable** peuvent se développer dans la zone périphérique sous certaines conditions. En conciliant protection de l'environnement, activités humaines et économiques, les parcs sont de véritables outils de développement des espaces ruraux les plus isolés.

➔ Étude de cas p. 472

CHIFFRES-CLÉS

Les superficies cultivées en agriculture biologique

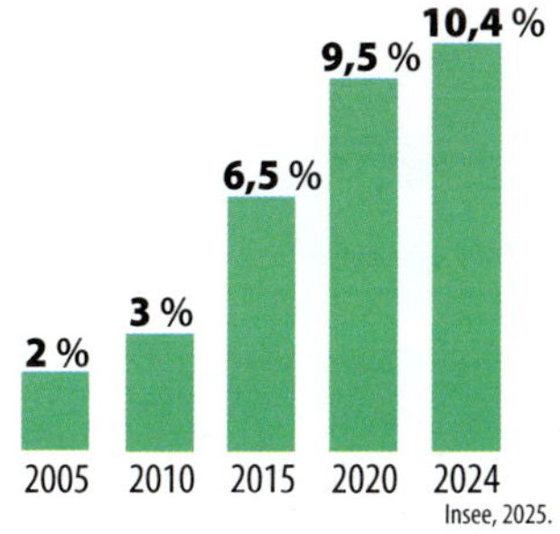

Insee, 2025.

L'occupation des sols

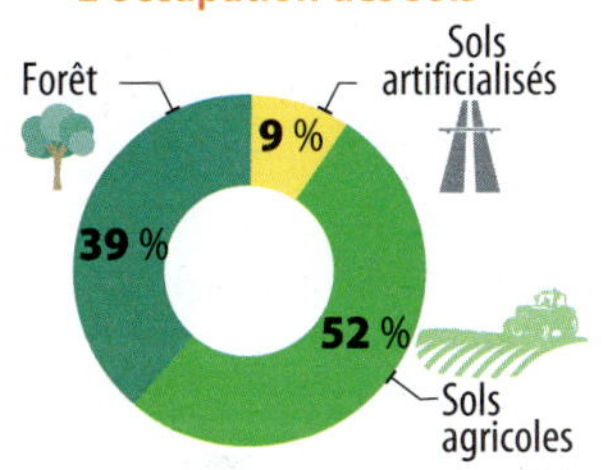

Insee, 2025.

Les parcs naturels en chiffres

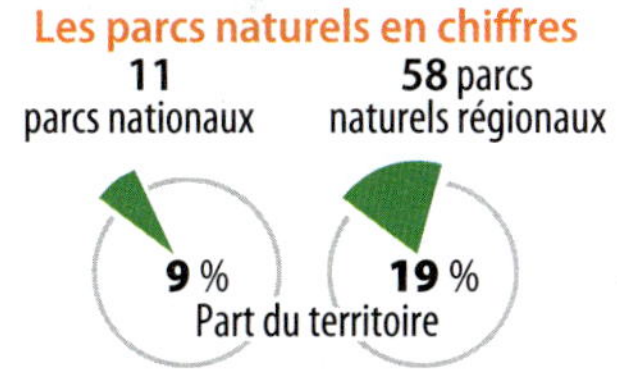

Office français de la biodiversité, 2025.

Des enjeux majeurs

- Encourager les mutations agricoles et le développement touristique
- Réduire les inégalités territoriales
- Garantir l'attractivité des espaces ruraux
- Protéger l'environnement

Des acteurs mobilisés

- Citoyens
- Collectivités territoriales
- État et agences étatiques (ANCT)
- Union européenne (FEDER, PAC)
- Entreprises

Une nécessité : développer les espaces ruraux

Des mesures diverses pour

- Commercialiser les productions agricoles : circuits courts, labels
- Créer de l'emploi : FRR
- Maintenir les services publics : guichets France services
- Développer le numérique : Plan France Très Haut Débit
- Préserver l'environnement : parcs naturels, loi Climat et Résilience, programme Ambition Bio 2027

ACTEURS & ENJEUX

Soutenir le développement rural en Côte-d'Or

Malgré une production viticole et agricole réputée, les espaces ruraux du département de la Côte-d'Or sont confrontés à des difficultés obligeant les acteurs à se mobiliser pour leur soutien.

Votre objectif **Organiser un 5 minutes pour convaincre** afin de répondre à la question : **Comment les acteurs se mobilisent-ils pour soutenir le développement rural en Côte-d'Or ?**

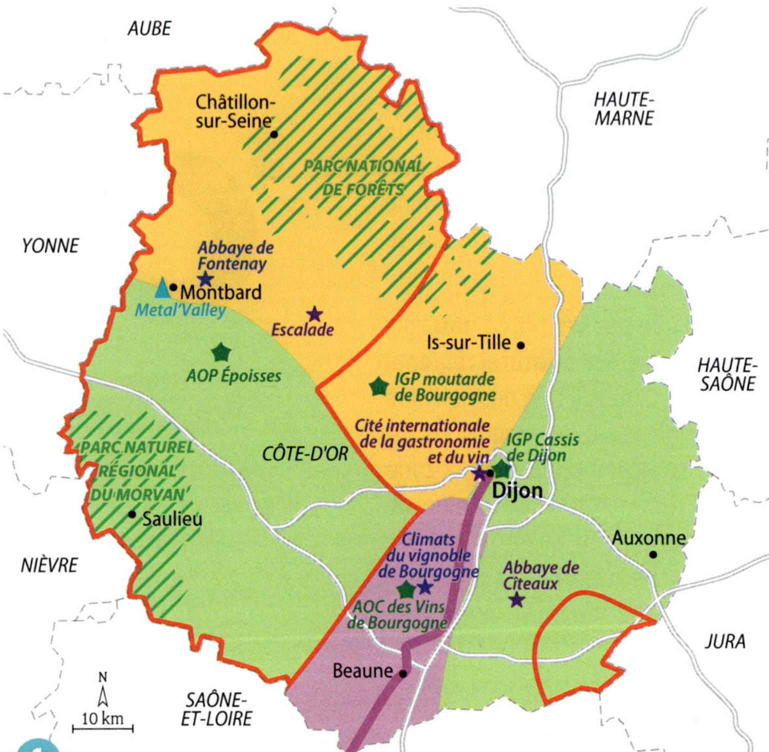

Une valorisation agricole inégale
- Céréaliculture intensive
- Viticulture de renommée mondiale
- Polyculture et élevage extensif en difficulté
- Espace en déclin démographique

Des mesures en faveur du développement rural
- Production agricole labellisée[1]
- Système productif industriel local
- Parc naturel (tourisme vert)
- Site touristique
- Site inscrit au patrimoine mondial de l'Unesco
- Route du vin et œnotourisme

1. AOP (Appellation d'origine protégée), AOC (Appellation d'origine contrôlée) et IGP (Indication géographique protégée) sont des labels attestant l'origine et/ou la qualité des produits alimentaires et reconnaissant le savoir-faire.

Sources : F. Smits, *La France : Atlas géographique et géopolitique*, 2022, conseil départemental de Côte-d'Or et Insee, 2025.

1 La valorisation des espaces ruraux en Côte-d'Or

Un savoir-faire industriel à valoriser
- Métallurgie (Metal'Valley)
- Industrie du cuir
- Industrie agroalimentaire
- Industrie du bois

Un territoire en difficulté
- 6 000 emplois industriels perdus depuis 2012
- 35 % des habitants ont un niveau d'étude inférieur au baccalauréat

▶ Vidéo
Les Territoires d'industrie
hachette-clic.fr/25hg1155

Création du Territoire d'industrie Auxois Morvan par l'État
= dispositif d'accompagnement financier, technique et humain (6 millions d'euros depuis 2019)

Des objectifs variés pour relancer l'industrie
- Faciliter la transition numérique par l'accès au très haut débit
- Développer la formation et l'innovation dans le photovoltaïque, l'industrie du luxe…

Des partenaires nombreux
- État, Région Bourgogne-Franche-Comté, Département de la Côte-d'Or
- 6 communautés de communes
- France Emploi et chefs d'entreprises
- Lycées professionnels

Agence nationale de la cohésion des territoires, Insee et Pays Auxois Morvan, 2025.

2 Une stratégie de reconquête industrielle

3 Encourager la formation professionnelle

Confronté à une pénurie de main-d'œuvre, le centre de formation professionnelle et de promotion agricole de Beaune mobilise différents acteurs au profit du renouveau agricole local.

4 Lutter contre les déserts médicaux

« Je suis super contente car ici, on est vraiment dans un désert médical. » Cette habitante affiche un large sourire qui contraste avec le lieu dans lequel elle se trouve : la salle d'attente d'un cabinet médical. Comme elle, de nombreux patients se réjouissent de l'arrivée de SOS Médecins. « Il y a un vrai manque sur le Châtillonais. J'habite un village et on n'a pas de médecin à moins de 30 kilomètres », souligne une autre femme. 17 généralistes de SOS Médecins Dijon collaborent avec la maison de santé de Châtillon. Une quarantaine de rendez-vous médicaux par semaine seront assurés avec cette nouvelle permanence à la maison de santé de Châtillon. Ici, il faut parfois attendre un mois et demi pour espérer décrocher un rendez-vous. « Les généralistes ont énormément de travail pour combler tout le monde », explique Jérémie Brigand, président de la Communauté de communes du Pays Châtillonnais. La collectivité a financé ce projet, notamment le matériel et les frais de fonctionnement. « On a tellement de problèmes dans nos zones rurales pour trouver des médecins que les collectivités sont obligées de mettre la main à la poche. Ce n'est pas notre rôle premier mais il faut faire quelque chose. »

France 3 Bourogne-Franche-Comté, 3 octobre 2023.

Organiser un 5 minutes pour convaincre

Tableau hachette-clic.fr/25hg1156

Étape 1

1. Par groupe de 4, répartissez-vous le travail et prélevez des informations dans les documents pour compléter le tableau.

Enjeux	Difficultés	Acteurs mobilisés	Mesures
Soutenir l'agriculture Doc. 1 et 3	Doc. 3 Non remplacement des exploitants	....	....
Favoriser la réindustrialisation Doc. 1 et 2	....	....	....
Répondre aux besoins quotidiens des habitants Doc. 4	....	....	....

2. Mettez en commun vos réponses et distribuez-vous les rôles. Chacun doit incarner un acteur.

Étape 2

3. Vous disposez de 5 minutes pour convaincre le conseil départemental de Côte-d'Or que vous mettez en place des mesures afin de faire face aux difficultés rencontrées dans les espaces ruraux de ce territoire.

Faire le point

La France : des espaces ruraux multifonctionnels entre initiatives locales et politiques européennes

Acteurs

- Collectivités territoriales
- Entreprises
- État
- Habitants (agriculteurs, néoruraux)
- Union européenne

Vocabulaire et notions

- Agriculture durable
- Conflit d'usage
- Économie résidentielle
- Espace rural
- Multifonctionnalité
- Périurbanisation
- Ruralité

Chiffres-Clés

- 23,4 millions d'habitants sur 85 % du territoire
- Agriculteurs : 1,5 % de la population active
- 390 000 exploitations agricoles
- 10,4 % de la surface agricole convertie au bio
- 11 parcs nationaux et 58 parcs naturels régionaux

Idées essentielles

- Les systèmes productifs agricoles (céréaliculture, viticulture, maraîchage, élevage) couvrent 45 % du territoire. Mais le nombre d'exploitations et d'agriculteurs ne cesse de diminuer.
- Certains espaces ruraux connaissent une diversification de leurs activités (industrie, tourisme, économie résidentielle) dont le dynamisme attire de nouveaux habitants.
- Face aux difficultés des espaces ruraux, des mesures tentent de stimuler l'économie (FRR, AMAP, valorisation du patrimoine) et de réduire les inégalités territoriales.
- La préservation des espaces ruraux et le ralentissement de l'artificialisation sont encouragés, sans mettre fin aux conflits d'usage entre agriculteurs et néoruraux par exemple.

Réviser avec des podcasts

Podcast hachette-clic.fr/25hg1157

Flashcards hachette-clic.fr/25hg1158

- **Écoutez les cinq épisodes du podcast puis testez vos connaissances grâce aux flashcards.**

L'ESSENTIEL en 5 minutes

1. Quelle place l'agriculture occupe-t-elle dans les espaces ruraux français ?
2. Tous les espaces ruraux sont-ils attractifs ?
3. Qu'est-ce que la multifonctionnalité des espaces ruraux ?
4. Comment redynamiser les espaces ruraux ?
5. Comment les espaces ruraux participent-ils à une transition environnementale ?

Mémoriser avec des exercices

Quiz
hachette-clic.fr/25hg1159

Les espaces agricoles français

1 Associez chaque production agricole à un espace.

Pourtour méditerranéen	Céréaliculture intensive
Mayotte	Viticulture
Massif central	Élevage
Plaine de Flandre	Production maraîchère
La Réunion	Production de vanille
Bassin parisien	Essence d'ylang-ylang
Bretagne	
Bourgogne	
Vallée du Rhône	

Les dynamiques des espaces ruraux

2 Définissez les mots suivants.

Multifonctionnalité — Périurbanisation — Économie résidentielle

3 Choisissez-la (ou les) propositions exactes et justifiez votre réponse.

a. L'installation des néoruraux est un facteur de redynamisation des espaces ruraux.
b. Tous les espaces ruraux sont confrontés à la baisse et/ou au vieillissement de leur population.
c. Des tensions opposent les acteurs du monde rural face à l'installation de nouvelles activités.

L'aménagement des espaces ruraux

4 Recherchez quels acteurs interviennent dans les espaces ruraux.

Acteur	Action menée
....	Protection des paysages et de la biodiversité tout en favorisant un développement économique.
....	Labellisation des productions agricoles pour développer leurs ventes.
....	Création de 1 600 guichets France services pour que chaque habitant puisse accéder aux services publics.

Plan France Très Haut Débit
RÉPUBLIQUE FRANÇAISE

5 Expliquez en quoi consiste cette mesure et pourquoi elle est menée par l'État.

Défi en groupe *Vrai / Faux ? J'explique !*

10 min de préparation — Constituez un groupe de trois élèves puis sélectionnez dans le chapitre trois mots-clés, trois chiffres, trois acteurs et trois exemples. Rédigez une affirmation vraie ou fausse pour illustrer chaque élément sélectionné.

5 min de réalisation — Affrontez un autre groupe de trois élèves. Répondez par vrai ou faux à chaque affirmation énoncée par l'adversaire et gagnez un point. Si, en plus, vous justifiez votre réponse, vous gagnez deux points. La première équipe à obtenir dix points remporte la partie.

RÉVISIONS

S'entraîner

• Confronter deux documents pour analyser une situation géographique

1 L'espace rural et agricole en France hexagonale

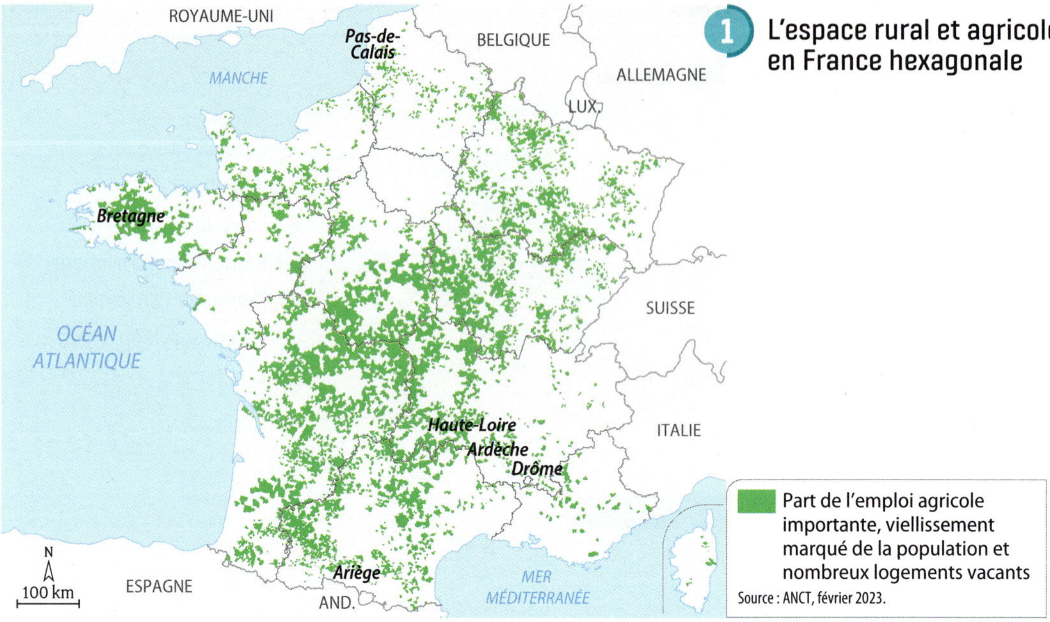

2 La diversité des espaces ruraux hexagonaux

Dans les communes rurales habitent 21 638 000 personnes, soit 32 % de la population française. Dans l'ensemble, elles ne décrochent pas par rapport au rythme de la croissance démographique nationale : entre 2008 et 2018, elles ont accueilli 4 % d'habitants supplémentaires. Cette progression est largement plus due au solde migratoire (+ 4 %) qu'au solde naturel (+ 1 %). Mais les différences sont importantes : 12 000 communes perdent des habitants au cours de la période ; 400 environ voient leur population stagner et 18 000 gagnent de la population, en majorité grâce au solde migratoire. Le recul de la population intervient principalement dans les communes où les agriculteurs sont le plus présents. Mais les soldes migratoires positifs ne sont pas le monopole des espaces ruraux proches des villes. La Haute-Loire, la Drome, l'Ardèche, l'Ariège, mais aussi une partie de la Bretagne et le Pas-de-Calais comprennent un grand nombre de communes rurales où la population croît grâce au solde migratoire.

Les activités agricoles sont évidemment présentes dans les communes rurales : plus de la moitié des communes rurales ont plus de 13 % d'emplois liés à l'agriculture. Les activités de fabrication (industrie, artisanat) représentent quant à elles 7 % de l'emploi total des communes rurales et les activités liées à l'économie résidentielle 30 %. Les retraités pèsent d'un poids important : 35 % de la population totale des communes rurales, pour 26,9 % de la population nationale.

ANCT, Étude sur la diversité des ruralités « Typologies et trajectoires des territoires », février 2023.

PALIER 1

Je lis et je comprends les documents

- Identifiez chaque document.
- Localisez les territoires cités dans le doc. 2 grâce au doc. 1.
- Ces documents se complètent-ils ou s'opposent-ils ? Justifiez votre réponse.

PALIER 2

Je sélectionne les informations et je confronte les documents

- Quelle est la particularité démographique des espaces ruraux présentés dans le doc. 1 ?
- Relevez une citation du doc. 2 qui montre que les évolutions démographiques des espaces ruraux sont contrastées.
- Doc. 1 et 2 Présentez les activités pratiquées au sein de ces espaces.

PALIER 3

J'explique les documents avec mes connaissances

- Doc. 1 et 2 : Pourquoi les espaces ruraux sont-ils inégalement dynamiques ?
- Doc. 1 et 2 : Montrez que les espaces ruraux se caractérisent par leur multifonctionnalité en citant des exemples précis.

• Comprendre un dessin de presse

La cohabitation dans les espaces ruraux

Dessin de Seb paru dans *Le journal de Saône-et-Loire*, 23 avril 2023.

1 Quelle proposition rend compte de l'idée principale du document ?

a. Les néoruraux s'installent à la campagne car le coût de l'immobilier est plus faible.

b. L'agriculture française est très mécanisée mais elle est source de pollutions.

c. La multifonctionnalité des espaces ruraux est source de conflits d'usage.

2 Quelles notions du chapitre peuvent être mobilisées pour analyser le dessin de presse ? Justifiez votre réponse.

3 Sélectionnez la (ou les) propositions exactes.

a. Les néoruraux sont de nouveaux habitants des communes rurales provenant des communes urbaines.

b. L'agriculture est l'unique activité économique des espaces ruraux.

c. L'installation des néoruraux peut être à l'origine de conflits d'usage.

4 En analysant le document et grâce à vos réponses, vous étudierez les transformations des espaces ruraux français et les conflits qui en résultent.

Pour aller plus loin

À VOIR

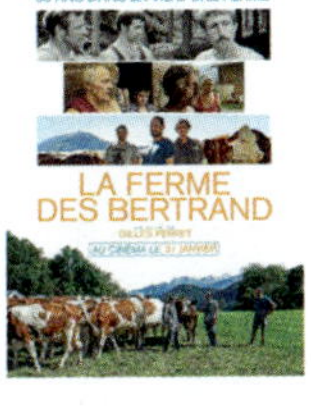

- Le documentaire *La Ferme des Bertrand* a été réalisé par Gilles Perret en 2024. Il retrace les évolutions d'une famille d'agriculteurs de Haute-Savoie en une cinquantaine d'années.

À LIRE

- Le roman graphique *Paysans. Le champ des possibles* de Marie-France Barrier (2023) est un *road trip* à la rencontre d'agriculteurs français décidés à questionner leurs pratiques et à proposer des modes de production plus durables.

MÉTIER DE GÉOGRAPHE

- **L'animateur du développement en milieu rural** met en œuvre des projets, événements et partenariats divers pour assurer le développement des exploitations agricoles et des entreprises rurales.

La fiche métier de l'Onisep
hachette-clic.fr/25hg1160

Répondre à une question problématisée

Objectif Rédiger l'ensemble d'une réponse à une question problématisée

Sujet guidé : À quels enjeux d'aménagement les espaces ruraux français sont-ils confrontés ?

Votre réponse pourra tout d'abord décrire les mutations des espaces ruraux en soulignant les défis auxquels ils sont confrontés, puis présenter les politiques d'aménagement mises en œuvre pour y répondre.

Étape 1 Préparer la réponse à la question problématisée

1. Analysez les termes du sujet et expliquez la réponse à apporter en une ou deux phrases.

De quelles natures peuvent-ils être ? → **À quels enjeux d'aménagement**

Listez au moins deux évolutions majeures qui touchent les espaces ruraux. → **les espaces ruraux**

Quels sont les acteurs concernés ? → **français**

À quels enjeux d'aménagement | les espaces ruraux | français | sont-ils confrontés ?

2. Sélectionnez le plan le plus pertinent pour répondre au sujet en vous aidant de la consigne. Justifiez votre réponse.

Plan A
1. Les défis liés à la multifonctionnalité et à la fragmentation des espaces ruraux.
2. Les politiques d'aménagement mises en place.

3. Listez au brouillon au moins deux arguments et deux exemples pour illustrer chaque paragraphe.

Plan B
1. Les diverses mutations des espaces ruraux.
2. Les défis des espaces ruraux.

Étape 2 Rédiger la réponse à la question problématisée

4. Rédigez l'introduction à l'aide de la question 1 en présentant les termes du sujet, la question problématisée et l'annonce du plan.

5. Complétez la rédaction de la partie 1.

Les paragraphes doivent être introduits et structurés par des connecteurs logiques. Il est essentiel qu'ils soient variés pour assurer la fluidité de la lecture.

Tout d'abord, les espaces ruraux français font face à des défis liés à leur multifonctionnalité et à leur fragmentation. En effet,...

6. Quelle proposition vous semble la plus pertinente pour amorcer la partie 2 ?

Proposition 1 : *Par ailleurs, tous les espaces ruraux ne connaissent pas les mêmes recompositions.*
Proposition 2 : *Cependant, des politiques d'aménagement sont mises en place pour répondre à ces défis.*

7. Complétez la rédaction de la conclusion.

Ainsi, même si les espaces ruraux français ne rencontrent pas tous les mêmes défis, ils sont concernés par...

➔ Voir fiche méthode 11 p. 280-281

Sujet guidé : Quelle est la place de l'agriculture dans les espaces ruraux en France ?

Votre réponse pourra aborder l'importance de l'agriculture et des politiques qui la concernent tout en soulignant le développement des autres activités et la progression des espaces urbains.

Étape 1 Préparer la réponse à la question problématisée

1. Analysez les termes du sujet.

.... | ....

Quelle est la place de l'agriculture dans les espaces ruraux en France ?

2. Identifiez le plan suggéré par la consigne et reportez les parties du plan dans le tableau.

3. Sélectionnez les quatre arguments utiles pour répondre au sujet et reportez-les dans le tableau.

Partie 1 *Tout d'abord,*	***Partie 2*** *Cependant,* ....
– .... –	– .... – ....

- *Même en mutation, l'agriculture reste une activité importante qui structure les paysages ruraux.*
- *Le vieillissement des espaces ruraux est marqué mais reste inégal.*
- *La ruralité bénéficie d'une image positive.*
- *La périurbanisation recompose les systèmes productifs, les paysages et la population rurale.*
- *Les parcs naturels préservent les espaces ruraux mais n'interdisent pas les activités agricoles.*
- *Les politiques françaises et européennes soutiennent les systèmes productifs agricoles.*
- *Certains espaces ruraux restent éloignés des services publics ou des moyens de transport rapides.*

4. Cherchez un exemple pour illustrer chaque argument sélectionné.

Étape 2 Rédiger la réponse à la question problématisée

5. Rédigez l'introduction.

[Présentation du sujet] : ....
[Question problématisée] : ....
[Annonce des parties du plan] : ....

6. Quelle proposition vous semble la plus pertinente pour amorcer la partie 1 ?

Proposition 1 : *Tout d'abord, l'agriculture reste essentielle pour les espaces ruraux.*
Proposition 2 : *Premièrement, des politiques agricoles sont menées par l'État et l'Union européenne.*

7. Rédigez la partie 2 de votre réponse ainsi que la conclusion.

MÉTHODE BAC Transposer un texte en croquis

Sujet guidé : Les dynamiques de la France agricole

Objectif Réaliser un croquis en autonomie

À partir du texte, vous construirez un croquis correspondant au sujet :
« Les dynamiques de la France agricole » accompagné d'une légende organisée.
Vous utiliserez le fond de carte fourni.

L'agriculture est un secteur économique stratégique, mais l'espace agricole français est inégalement productif. Les espaces agricoles les plus productifs sont tout d'abord ceux de la céréaliculture intensive qui s'étend des plaines du Nord de la France au Bassin parisien, sans oublier l'Alsace et le Sud-Ouest. Autre point fort : les vignobles et les cultures maraîchères que l'on trouve en Champagne, autour de la ville de Reims, dans la région de Bordeaux, mais aussi sur les terres agricoles le long de la Loire, du Rhône et sur le pourtour méditerranéen. À cela s'ajoutent les cultures tropicales, comme la banane, l'ananas ou la canne à sucre à La Réunion, en Martinique et en Guadeloupe. Enfin, l'élevage intensif de Bretagne est également un atout pour la puissance agricole de la France.

À l'inverse, des espaces agricoles souffrent d'une faible productivité, à l'image des espaces d'élevages extensifs en Normandie, en Corse, en Guyane et dans les massifs montagneux. S'ajoute la polyculture que l'on trouve dans le reste du territoire métropolitain, à Mayotte et sur les littoraux de la Guyane et du Sud de La Réunion. Ces espaces tentent de se transformer, à l'image des zones d'élevage extensif qui se tournent vers l'agritourisme. De plus, certains espaces ruraux fragiles se convertissent à l'agriculture biologique pour répondre à la demande croissante de produits locaux et sains, comme le Sud-Ouest où plus de 10 % de la surface agricole est convertie en agriculture biologique. Les élevages de montagne bénéficient quant à eux de la labellisation et de la demande de produits du terroir.

D'après Eloïse Libourel, *Géographie de la France*, 2023.

Étape 1 Comprendre la consigne et sélectionner les informations du texte

1. Identifiez l'espace et le thème étudiés en lisant attentivement la consigne et le texte.
2. Complétez le tableau.

	Informations	Localisations
Premier paragraphe	– … – …	– … – …
Deuxième paragraphe	– … – …	– … – …

Étape 2 Construire la légende pour réaliser le croquis

3. Parmi les trois propositions, sélectionnez les titres qui conviennent pour organiser votre légende. Vérifiez qu'ils correspondent à l'idée principale de chaque paragraphe et justifiez votre choix.

Proposition 1	Proposition 2	Proposition 3
– *La production agricole en France* – *Les mutations de l'agriculture en France*	– *Les espaces agricoles les plus productifs* – *Les espaces agricoles moins productifs en mutation*	– *Les espaces agricoles moins productifs* – *Les espaces agricoles plus productifs* – *Les mutations de l'agriculture*

➔ Voir fiche méthode 12 p. 282-283

4. Sélectionnez des figurés pour représenter les informations du premier paragraphe en choisissant la meilleure proposition. Justifiez votre choix.

Conseil

Variez la forme et la couleur de vos figurés pour réussir votre croquis en vous assurant de leur pertinence par rapport aux informations à représenter.

Proposition 1
- Céréaliculture intensive
- Culture tropicale
- Vignobles et cultures maraîchères
- Élevage intensif

Proposition 2
- Céréaliculture intensive
- Vignobles et cultures maraîchères
- Culture tropicale
- Élevage intensif

Proposition 3
- Céréaliculture intensive
- Vignobles et cultures maraîchères
- Culture tropicale
- Élevage intensif

5. Choisissez des figurés pour représenter les informations du deuxième paragraphe.

Aidez-vous du mémento cartographique à la fin de votre manuel.

6. Reportez les titres dans la légende puis ajoutez les informations sélectionnées à l'**étape 1** et les figurés choisis à l'**étape 2**.

Étape 3 Réaliser le croquis

7. En vous aidant du fond de carte, réalisez le croquis et complétez la légende.

Conseil

Pour une réalisation soignée, reportez tout d'abord les surfaces, puis les figurés linéaires et ponctuels et enfin la nomenclature.

Fond de carte
hachette-clic.fr/25hg1161

Titre : ....

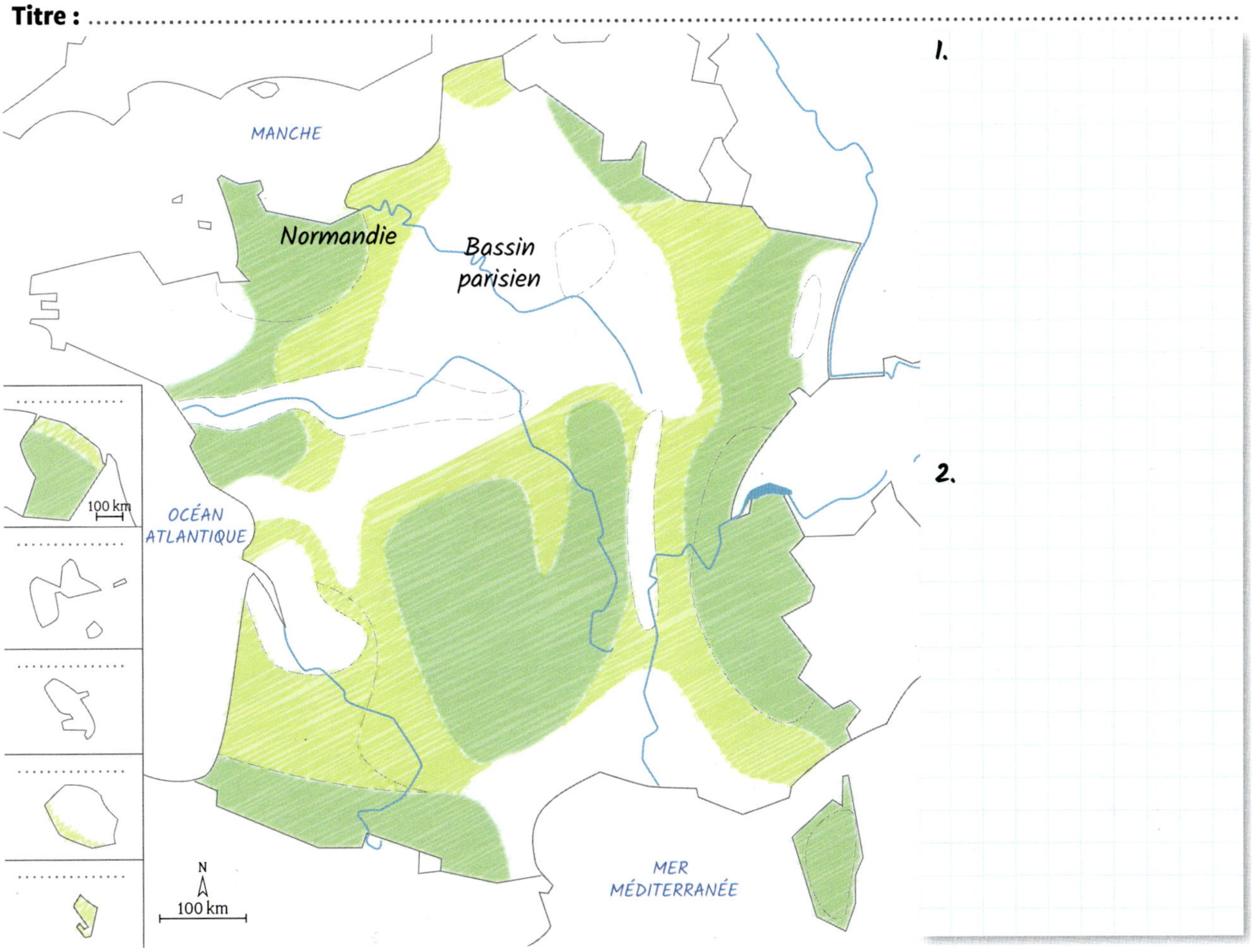

CHAPITRE

7 La Chine : des recompositions spatiales multiples

COURS 1 La transition économique de la Chine lui a permis de devenir la deuxième puissance mondiale, entraînant des recompositions multiples de son territoire.

> Comment l'ouverture de la Chine au monde transforme-t-elle ses territoires ?

COURS 2 Les espaces chinois sont aujourd'hui confrontés à des inégalités et à des dégradations environnementales qui peuvent freiner son développement.

> Quels défis la Chine doit-elle relever sur ses territoires ?

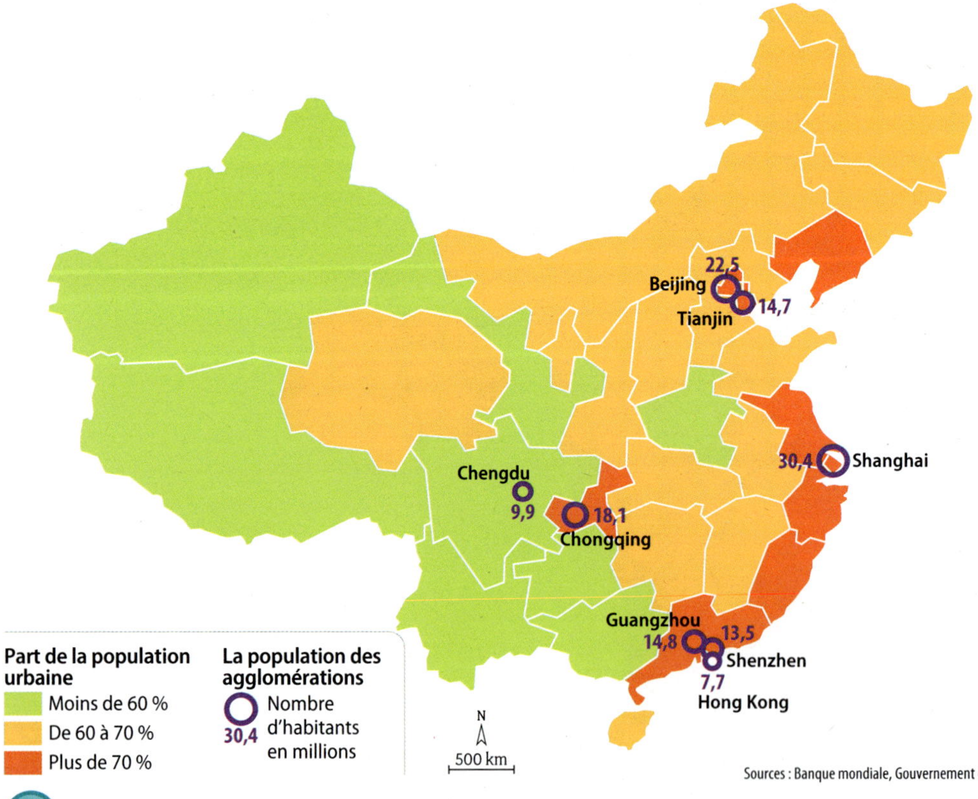

CHIFFRES-CLÉS

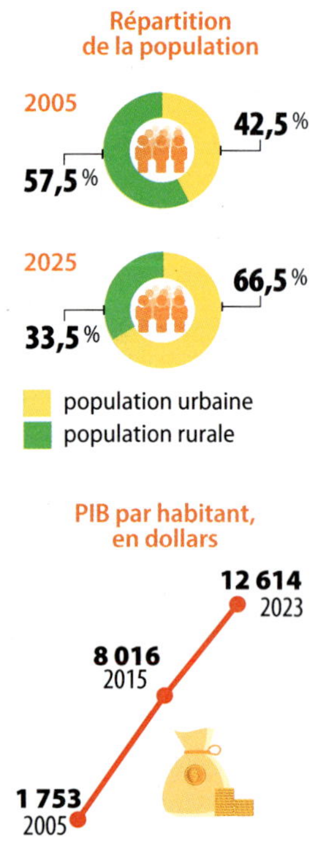

Sources : Banque mondiale, Gouvernement de la Chine et World Urbanization Prospects, 2025.

1 La répartition de la population en Chine

QUESTIONS

1. Doc. 1 Décrivez la répartition de la population en Chine. Où se situent majoritairement les espaces urbains et ruraux ?
2. Doc. 1 et 2 Quelles mutations la population chinoise a-t-elle connues depuis les années 2000 ?

2 Le fleuve Yang-Tsé asséché près de Chongqing

La Chine est confrontée aux conséquences du changement climatique. Depuis les années 2000, les sécheresses et les canicules s'étendent sur des régions toujours plus vastes et s'intensifient chaque année.

ÉTUDE DE CAS 1

CHINE Delta de la rivière des Perles

La rivière des Perles, une région chinoise en transition

Au sud de la Chine, la rivière des Perles a été la première région transformée par l'ouverture du pays au monde dans les années 1980. Autrefois organisée autour de villages agricoles, elle est devenue une des zones métropolitaines chinoises les plus dynamiques aux défis économiques et sociaux nombreux.

A Comment l'ouverture au monde recompose-t-elle la rivière des Perles ?

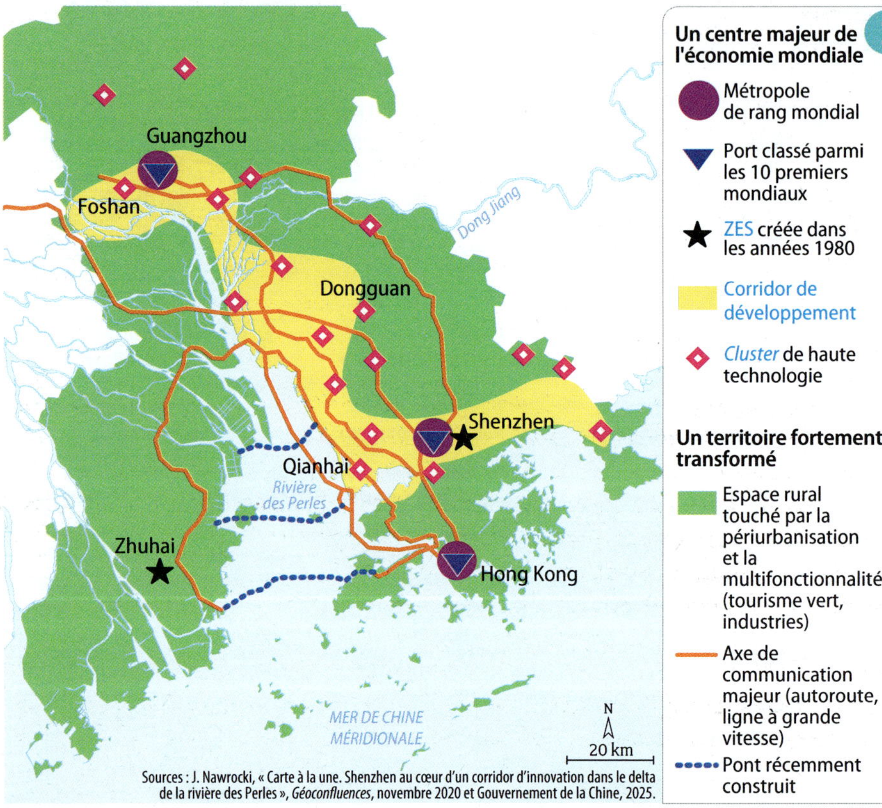

Sources : J. Nawrocki, « Carte à la une. Shenzhen au cœur d'un corridor d'innovation dans le delta de la rivière des Perles », *Géoconfluences*, novembre 2020 et Gouvernement de la Chine, 2025.

1 La rivière des Perles : un territoire connecté au monde

VOCABULAIRE

- ***Cluster* :** regroupement d'entreprises spécialisées dans un même secteur d'activités innovantes et fonctionnant en réseau.
- **Corridor de développement :** espace combinant infrastructures de transport et activités productives permettant le développement économique d'un territoire.
- **ZES (zone économique spéciale) :** territoire qui attire les entreprises étrangères grâce aux réductions d'impôts et aux aides à l'installation (terrains et locaux).

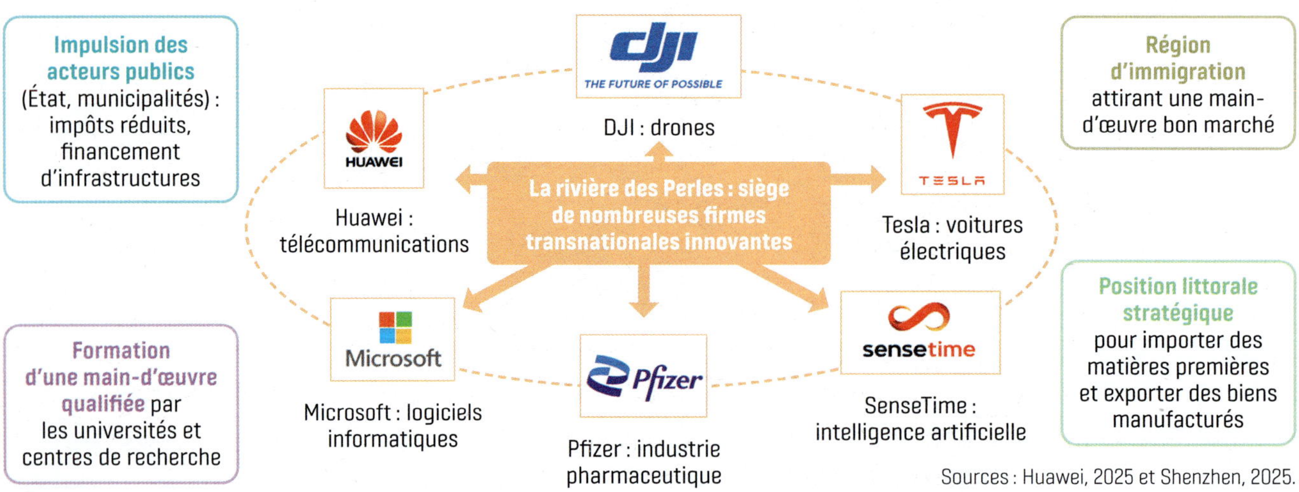

Sources : Huawei, 2025 et Shenzhen, 2025.

2 Un système productif spécialisé dans les hautes technologies

3 **Qianhai, un littoral attractif**

▶ Vidéo
Une région en forte croissance
Chaîne d'information internationale chinoise, 18 février 2024.
hachette-clic.fr/25hg1162

4 Des espaces ruraux recomposés

Le delta de la rivière des Perles a connu les plus forts taux de croissance économique dans les vingt premières années des réformes[1] et offre alors une image extrême des mutations spatio-économiques. Avant son développement, la région se définissait par son orientation agricole, avec quelques villes industrielles et commerciales comme Foshan. Les cultures traditionnelles comme la canne à sucre, l'arachide et le riz ont reculé voire disparu. Les bourgs et villages ruraux se sont alors tournés vers des productions agricoles destinées aux citadins (volailles, légumes, fruits, fleurs) mais aussi vers la fabrication d'articles de consommation courante. Ces produits sont destinés aux marchés locaux, nationaux et étrangers. Enfin, des petites villes et bourgs, aux périphéries industrielles, résidentielles ou de loisirs, sont en extension constante[2].

Thierry Sanjuan et Carine Henriot, *Atlas de la Chine. La puissance alternative*, Autrement, 2023.

1. Dès la fin des années 1970, la Chine s'intègre aux échanges internationaux grâce aux réformes menées par l'État. Cette ouverture profite à la rivière des Perles.
2. La province du Guangdong est aujourd'hui la plus urbanisée (70 % contre 66,5 % pour la moyenne chinoise).

PARCOURS 1

Comprendre et mettre en relation des documents

1. **Doc. 1 et 3** Localisez les espaces productifs de la rivière des Perles. Par quels moyens sont-ils reliés au reste du monde ?
2. **Doc. 2 et 4** Identifiez les acteurs impliqués dans l'ouverture de la région au monde et précisez le rôle de chacun.
3. **Doc. 1, 3 et 4** Comment le développement de la région transforme-t-il les territoires urbains ?
4. **Doc. 1, 2 et 4** Expliquez les effets du développement régional sur les espaces ruraux.

BILAN Rédigez une synthèse pour expliquer les différentes recompositions des territoires de la rivière des Perles et le rôle des acteurs impliqués.

PARCOURS 2

Réaliser une affiche promotionnelle

Vous êtes chargé(e) par le ministre de l'Économie de réaliser une affiche sur le développement de la rivière des Perles. Vous illustrerez en particulier le rôle des acteurs et les effets des transformations sur les territoires.

Pas à pas

1. Cherchez sur Internet une photographie d'une métropole de la rivière des Perles (doc. 1). Placez-la au centre de l'affiche et décrivez-la.
2. Choisissez un titre qui insiste sur les recompositions spatiales et économiques (doc. 1 et 4).
3. Dans un bandeau, présentez les acteurs et leurs rôles (doc. 2).

Affiche
hachette-clic.fr/25hg1163

B Quels défis la rivière des Perles doit-elle relever aujourd'hui ?

5 La transformation du quartier de Hubei (Shenzhen)

Des programmes de rénovation urbaine menés par la ville et le gouvernement accompagnent l'émergence de la Chine. Ici sera construit un centre commercial moderne et des logements rénovés pour les classes moyennes.

6 La lutte contre la pollution plastique à Hong Kong

Hong Kong est connue pour son style de vie dynamique et trépidant, mais aussi pour sa consommation massive de produits en plastique jetables. Des tasses à café aux contenants alimentaires, la ville génère chaque jour plus de 2 300 tonnes de déchets plastiques. Cependant, cela est sur le point de changer puisque le gouvernement a adopté un projet de loi interdisant progressivement la vente et l'utilisation de divers articles en plastique nocifs pour l'environnement et la santé humaine. Le gouvernement espère que l'interdiction du plastique réduira la charge pesant sur les décharges d'environ 55 000 tonnes et permettra d'économiser 200 millions de dollars par an, pour l'élimination des déchets. Il espère également que l'interdiction encouragera le public et le commerce à adopter des alternatives et des habitudes plus respectueuses de l'environnement, comme utiliser de la vaisselle réutilisable ou biodégradable, apporter ses propres récipients et tasses et éviter les emballages inutiles. L'interdiction du plastique est une étape importante permettant à Hong Kong de progresser vers un avenir plus durable.

Pacte pour le climat, 29 novembre 2023.

A. La population par classe d'âge

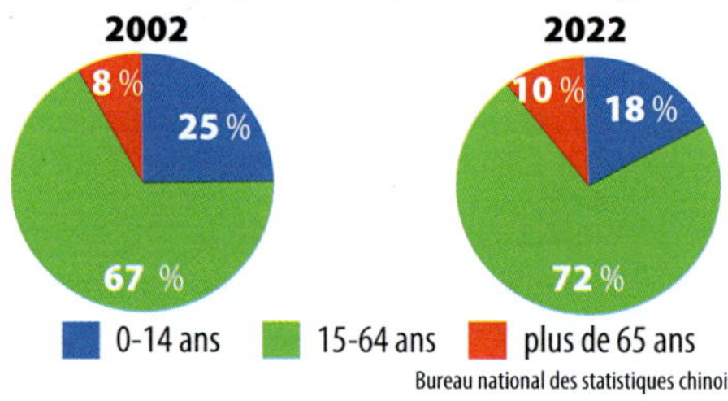

Bureau national des statistiques chinoises, 2025.

B. Les dépenses de santé par habitant par an, en dollars

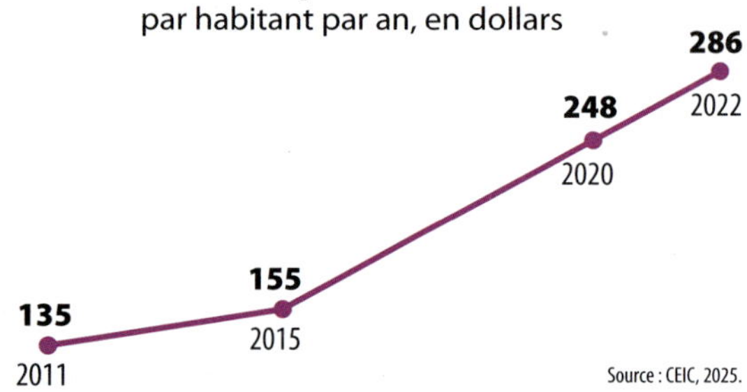

Source : CEIC, 2025.

7 Le vieillissement de la population dans la province de Guangdong

▶ **Vidéo**
La protection de l'environnement
Chaîne d'information internationale chinoise, 8 octobre 2021.
hachette-clic.fr/25hg1164

PARCOURS 1

Mettre en perspective une situation géographique

1. **Doc. 5** Quels sont les formes et les effets de la recomposition urbaine à Shenzhen ?
2. **Doc. 7** Quelles informations prouvent que la population de la région vieillit ? D'après vos connaissances, émettez des hypothèses sur les conséquences socio-économiques de cette situation.
3. **Doc. 6** Comment les acteurs publics encouragent-ils un développement durable de la rivière des Perles ?

PARCOURS 2

Présenter des arguments

À l'oral et à l'aide des documents, présentez les défis sociaux, démographiques et environnementaux que la rivière des Perles doit relever. Expliquez-les en sélectionnant un exemple précis pour chaque défi.

Faire le bilan

Bilan à compléter
hachette-clic.fr/25hg1165

La rivière des Perles, une région chinoise en transition

Un territoire en recomposition

Une littoralisation marquée
- ....
- ....
- ....

Une métropolisation croissante
- ....
- ....
- ....
- ....

Des espaces ruraux transformés
- ....
- ....
- ....

Des défis à relever

Les défis démographiques et sociaux
- ....
- ....
....

Le défi environnemental
- ....
- ....
- ....
....

Et ailleurs ?

1. Quelles sont les régions chinoises dont l'IDH est le plus élevé ? Émettez des hypothèses pour expliquer cette situation.
2. Montrez que des régions moins développées peuvent également être attractives pour la population.

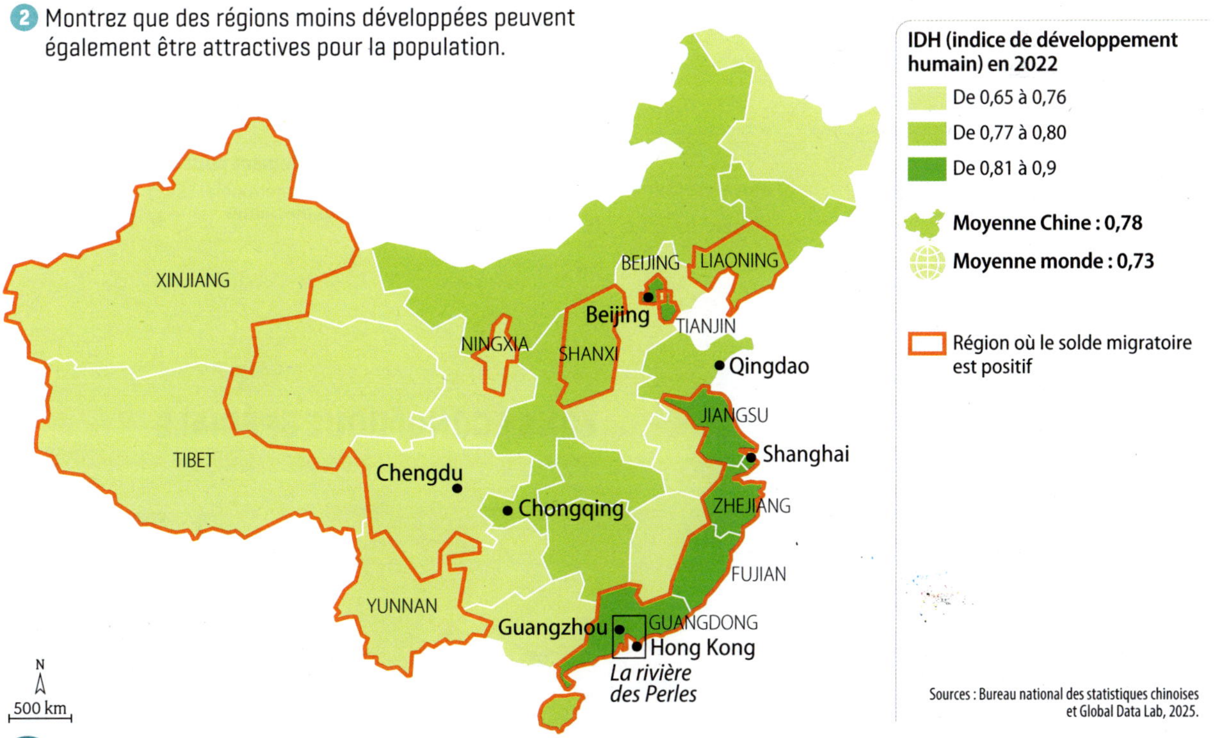

Les inégalités de développement et d'attractivité des régions chinoises

GRAND ANGLE Des territoires chinois inégalement intégrés dans la mondialisation

• En 2010, la population chinoise est devenue majoritairement urbaine. La métropolisation observée à l'échelle mondiale est accélérée en Chine. Des villes puissantes et attractives se développent, notamment sur le littoral, comme Shanghai ou Shenzhen grâce à leur **ZES (zone économique spéciale)**.

Carte interactive
hachette-clic.fr/25hg1166

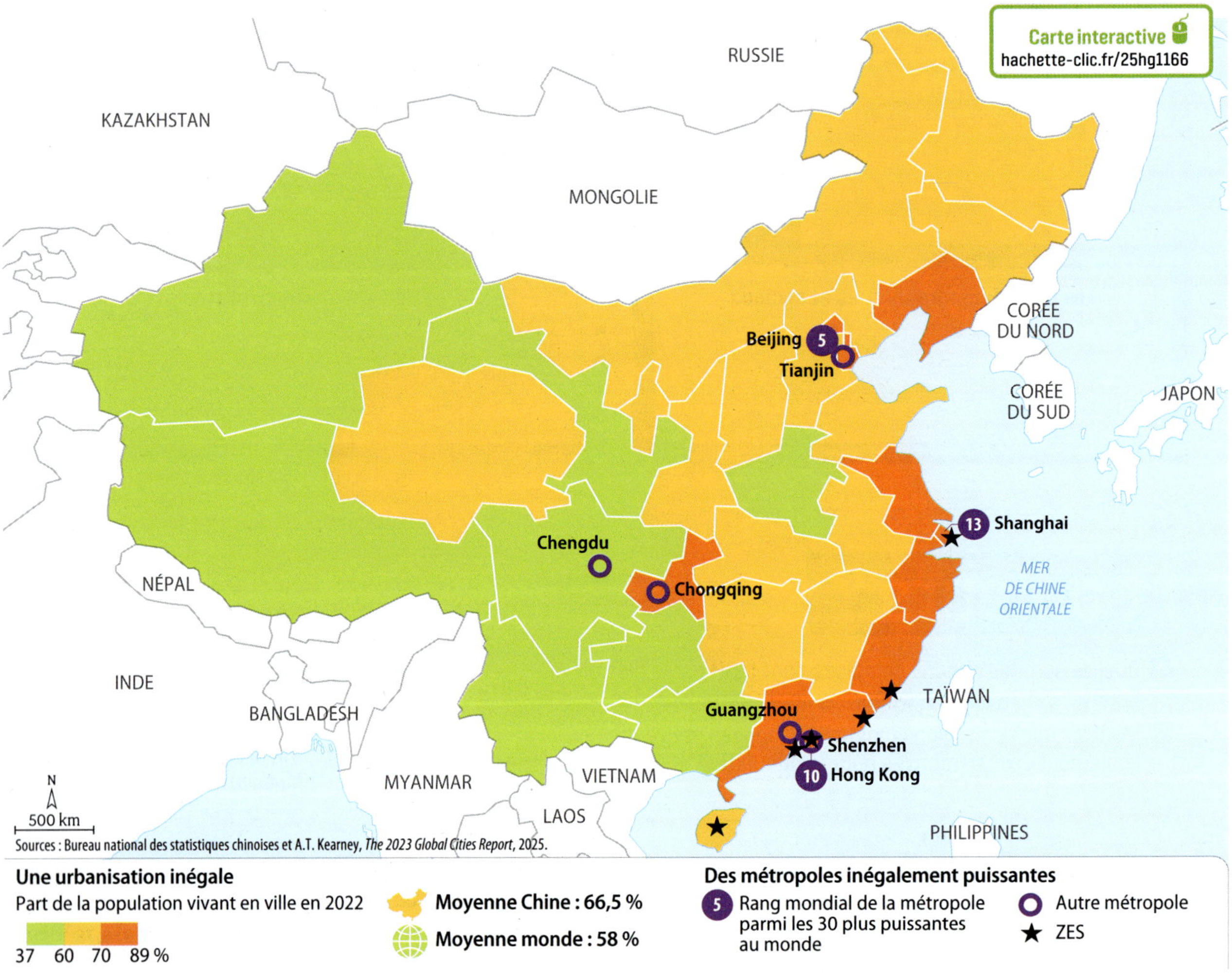

1 La métropolisation en Chine

NOTION EN IMAGE

ZES (zone économique spéciale) : territoire qui attire les entreprises étrangères grâce aux réductions d'impôts et aux aides à l'installation (terrains et locaux).

ZONE ÉCONOMIQUE SPÉCIALE

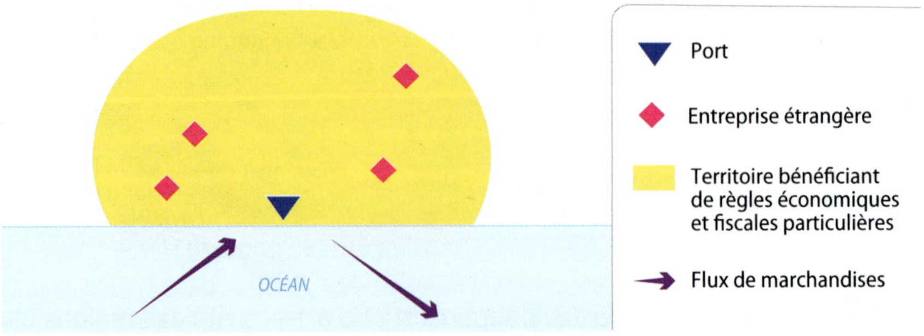

● La Chine connaît de profondes disparités. Les métropoles et les littoraux de la mer de Chine sont les territoires les plus intégrés dans la mondialisation. Face à eux, les espaces ruraux se caractérisent toujours par leur fonction agricole même si la multifonctionnalité se développe. Toutefois, les régions rurales intérieures comme le Tibet ne profitent pas des activités productives encouragées par l'ouverture du pays au monde.

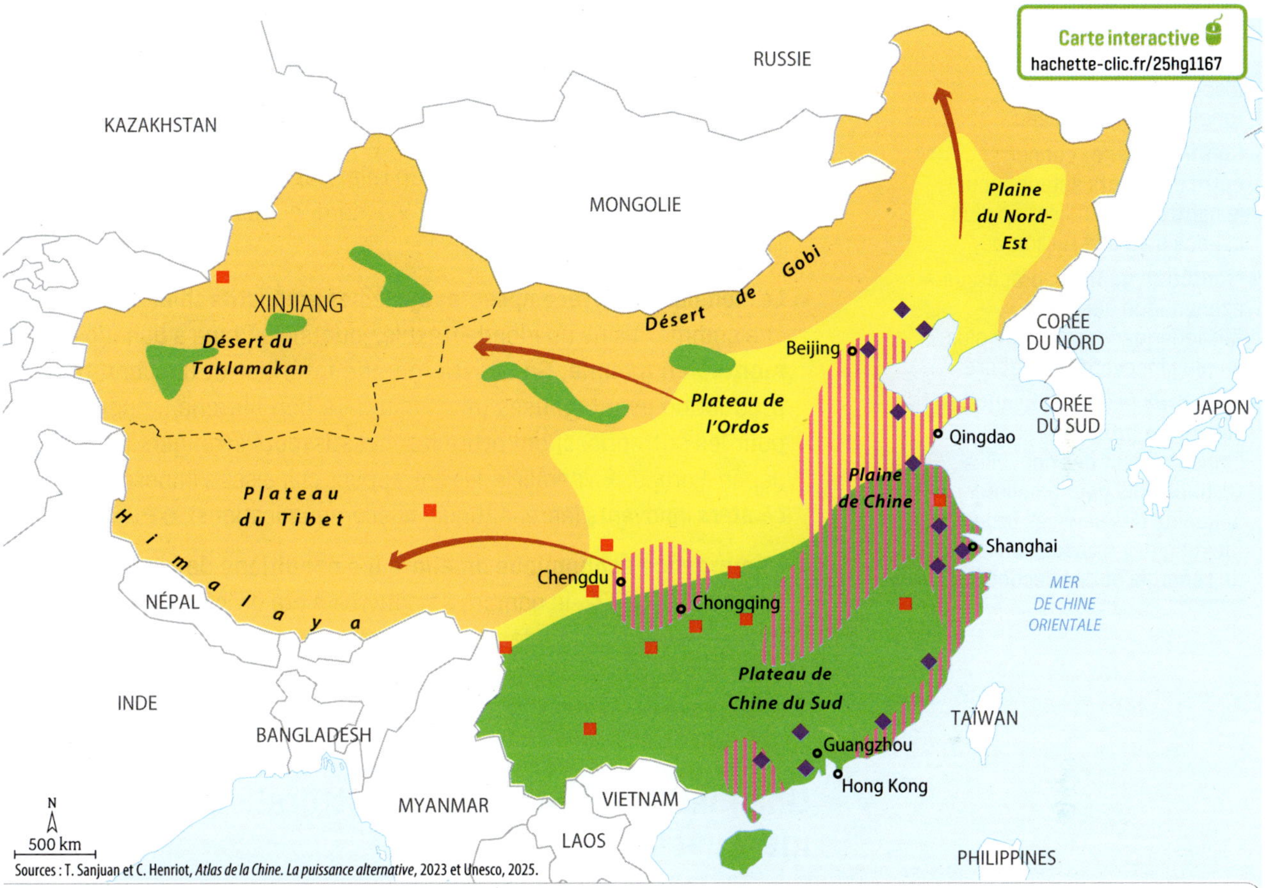

Sources : T. Sanjuan et C. Henriot, *Atlas de la Chine. La puissance alternative*, 2023 et Unesco, 2025.

Des espaces ruraux encore fortement structurés par l'agriculture
- Agriculture de plaine intensive irriguée (riz, blé)
- Polyculture vivrière
- Élevage extensif
- Front pionner

Des espaces ruraux multifonctionnels
- Tourisme et agriculture périurbains
- District industriel rural et/ou village Taobao[1]
- Site rural touristique isolé

1. Village où au moins 10 % des actifs commercialisent en ligne leurs productions industrielles ou agricoles.

2 Les espaces ruraux chinois

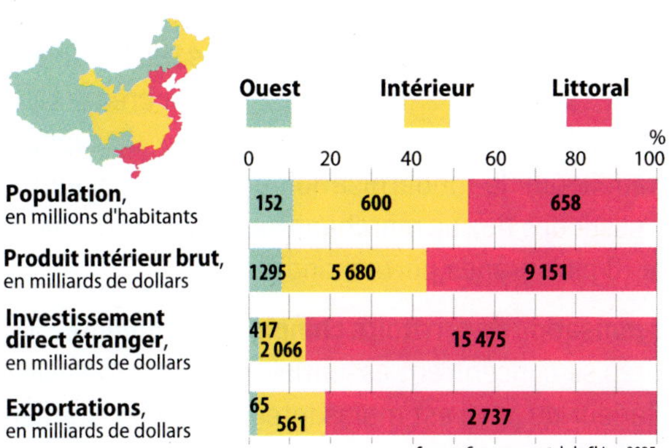

Source : Gouvernement de la Chine, 2025.

3 Les disparités régionales : les trois Chine

QUESTIONS

1 Doc. 1 Nommez les trois métropoles chinoises les plus puissantes à l'échelle mondiale.

2 Doc. 2 Pourquoi peut-on affirmer que les espaces ruraux chinois sont de moins en moins marqués par l'agriculture ?

3 Doc. 1, 2 et 3 Complétez le tableau afin de caractériser chaque espace régional chinois présenté dans le **document 3**.

	Ouest	Intérieur	Littoral
Formes de l'urbanisation			
Fonctions rurales			

COURS 1 Des territoires chinois en recomposition

> Comment l'ouverture de la Chine au monde transforme-t-elle ses territoires ?

VOCABULAIRE

- ***Cluster* :** regroupement d'entreprises spécialisées dans un même secteur d'activités innovantes et fonctionnant en réseau.
- **Conflit d'usage :** concurrence entre différents acteurs pour le contrôle et l'utilisation d'un espace ou d'une ressource.
- **Montée en gamme :** processus économique qui vise à fabriquer des produits de plus en plus innovants et élaborés.
- ***Smart city* (ville intelligente) :** ville tirant profit de l'innovation et des nouvelles technologies pour améliorer la qualité des services urbains (gestion des transports, de l'énergie et des déchets).

1 Une transition économique dans le cadre de la mondialisation

- **À la fin des années 1970, la Chine s'est ouverte au monde.** Le « miracle économique chinois » (1979-2015) s'est traduit par une croissance du PIB d'environ 10 % par an, soutenue par les investissements étrangers. Or, le pays connaît actuellement un ralentissement dû à la concurrence accrue de pays émergents tel le Vietnam, où les coûts de production sont plus bas.
- **La mondialisation recompose les systèmes productifs chinois.** Longtemps vue comme l'usine du monde (textile, jouets), la Chine a bénéficié d'une **montée en gamme**. Son vaste marché intérieur et les conditions de production avantageuses (main-d'œuvre bon marché, impôts réduits pour les entreprises) ont attiré les investisseurs étrangers (États-Unis, Japon, Europe). En parallèle, les entreprises chinoises s'imposent dans des ***clusters*** innovants (aéronautique, télécommunications). ➔ Étude de cas p. 496
- **L'émergence économique améliore les conditions de vie des Chinois.** Entre 2012 et 2022, le nombre de pauvres a été divisé par deux, soit une baisse dix fois plus rapide que dans le reste du monde. L'essor des classes moyennes est fort, surtout en ville. En 2025, elles représentent plus du quart de la population, soit plus de six fois la population française.

2 Une métropolisation et une littoralisation marquées

- **En Chine, la transition urbaine rapide est encouragée par l'État afin de soutenir la croissance économique.** En 2025, deux Chinois sur trois habitent en ville et le pays compte plus de 100 villes millionnaires. Les métropoles (Shanghai, Beijing, Guangzhou) sont les vitrines de la transition chinoise, marquées par la modernisation (quartiers d'affaires, infrastructures de transport automobile ou collectif, ***smart cities***). ➔ Exemple p. 504
- **L'intégration de la Chine à la mondialisation a privilégié le littoral, puis les vallées fluviales.** Dès la fin des années 1970, l'État a créé les **ZES (zones économiques spéciales)**. Elles ont accueilli les flux de capitaux portés par les FTN tandis que la modernisation des ports (Shanghai, Shenzhen) a permis l'essor des flux de marchandises. Sept ports chinois se classent parmi les 10 plus grands ports mondiaux.
- **En conséquence, l'organisation du territoire chinois est fragmentée.** Les hommes et les activités se concentrent essentiellement dans les villes et sur le littoral. L'intérieur du pays est moins intégré, particulièrement les périphéries ouest (plateau du Tibet, désert du Taklamakan) et nord (Mongolie intérieure).

NOTION

- **ZES (zone économique spéciale) :** territoire qui attire les entreprises étrangères grâce aux réductions d'impôts et aux aides à l'installation (terrains et locaux).

3 Des espaces ruraux en mutation

- **La croissance urbaine transforme les espaces ruraux les mieux reliés aux grandes métropoles.** Dans les espaces périurbains autour de Shanghai ou Beijing, des campagnes densément peuplées et modernisées émergent. En revanche, les régions rurales de l'Ouest, telles que le Xinjiang et le Tibet, restent pauvres et marginalisées. Peuplées par des minorités ethniques, elles sont soumises au pouvoir central de Beijing qui y mène une politique de développement fondée sur l'exploitation des ressources naturelles. ➲ Le labo de Géo p. 510

- **L'agriculture joue un rôle toujours essentiel dans les espaces ruraux chinois, mais de nouvelles fonctions apparaissent.** Des industries (électronique, mécanique) s'y installent pour profiter des terrains et de la main-d'œuvre moins chère. Le tourisme rural attire des citadins en quête de traditions. Des parcs d'attractions se multiplient comme le Village culturel des ethnies à Kunming dans la province du Yunnan. Enfin, l'usage du numérique transforme les villages, comme les *Taobao* qui commercialisent leurs productions en ligne grâce à Internet.

- **Les conflits d'usage se multiplient dans les territoires ruraux, surtout à cause de l'étalement urbain qui empiète sur les terres agricoles.** Même si chaque ville a dessiné une « ligne rouge » théorique limitant son étalement, les expulsions de paysans se multiplient, entraînant de nombreuses manifestations. De même, les grands aménagements hydrauliques suscitent des tensions en raison des déplacements de populations (1,6 million de personnes pour le barrage des Trois-Gorges à Sandouping sur le fleuve Yangzi Jiang, au centre du pays).

CHIFFRES-CLÉS

L'évolution du PIB en Chine
en milliards de dollars

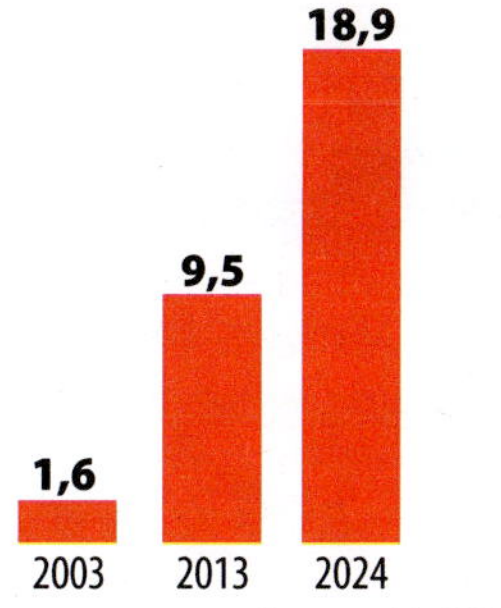

Banque mondiale, 2025.

Le littoral en chiffres

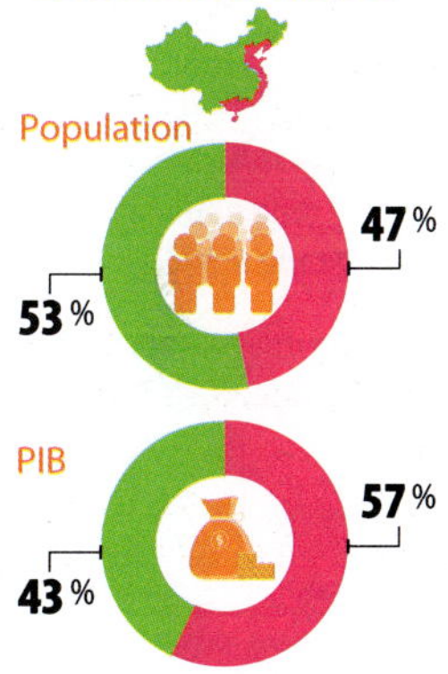

Bureau national des statistiques chinoises, 2025.

Une transition économique dans le cadre de la mondialisation

Une ouverture aux investissements étrangers dès la fin des années 1970 → **Un système économique transformé**
- de l'usine du monde (textile, jouets)...
- ... à la montée en gamme (hautes technologies, services)

→ **Une amélioration des conditions de vie**
- recul de la pauvreté
- essor des classes moyennes

Des effets territoriaux multiples

Une littoralisation marquée
- 7 ports de rang mondial
- Façade maritime dynamique
- Zones économiques spéciales

Une métropolisation croissante
- Transition urbaine récente
- Métropoles, vitrines de l'émergence de la Chine

Des espaces ruraux recomposés
- Agriculture toujours structurante
- Multifonctionnalité des espaces périurbains
- Enclavement des territoires isolés

EXEMPLE

Shanghai, une vitrine de la métropolisation chinoise

Shanghai symbolise l'ouverture de la Chine au monde et son émergence. Cette métropole a gagné 7 millions d'habitants en dix ans, témoignant de son dynamisme et de son attractivité économique. La ville est dorénavant contrainte de concilier pression urbaine et transition environnementale.

> Comment la métropolisation transforme-t-elle la ville de Shanghai ?

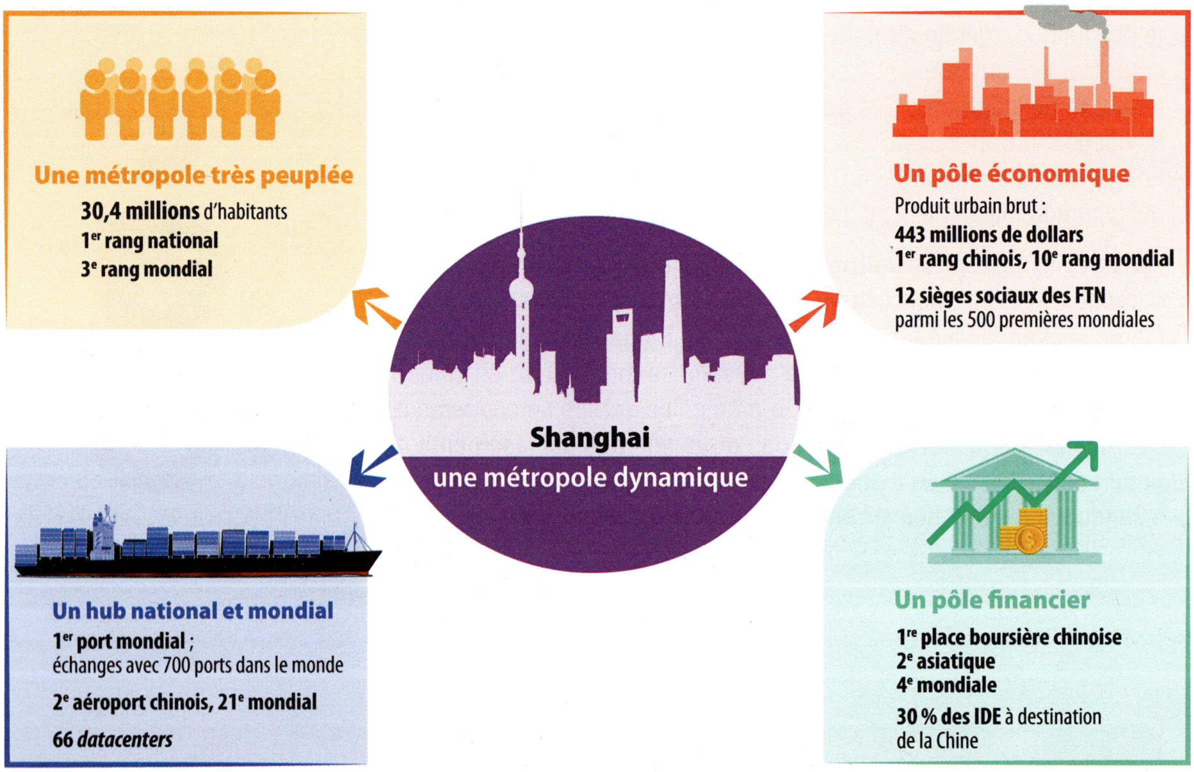

Sources : Fortune Global 500, Gouvernement de la Chine et Office de la statistique de Shanghai, 2025.

1 Une métropole mondiale majeure

▶ **Vidéo**
Une ville face à la transition environnementale
Nouveaux gratte-ciel, 9 septembre 2023.
hachette-clic.fr/25hg1168

2 Un urbanisme innovant

Shanghai incarne aujourd'hui modernité, prospérité et art de vivre grâce à un développement équilibré autour des rives de Suzhou Creek. Shanghai a été la première destination chinoise à s'ouvrir au monde, attirant les investisseurs des plus grands pays industrialisés. L'urgence climatique et l'évolution des modes de vie – marquée notamment par l'explosion du télétravail – oblige les quartiers d'affaires à se renouveler. Aujourd'hui, il s'agit de trouver la manière de décarboner ces grands ensembles, mais également de diversifier leurs usages et d'inventer de nouveaux modes de construction et d'aménagement pour redonner aux quartiers d'affaires toute leur attractivité. Avec sa Shanghai Tower, Pudong abrite un gratte-ciel révolutionnaire en termes de design et de maîtrise de sa consommation énergétique[1]. Les berges ouest de Suzhou Creek ont été profondément transformées pour en faire des lieux de promenade ou d'événements sportifs et culturels.

Les Échos, 30 avril 2024.

1. Climatisation alimentée par la récupération de l'eau de pluie et le traitement des eaux usées.

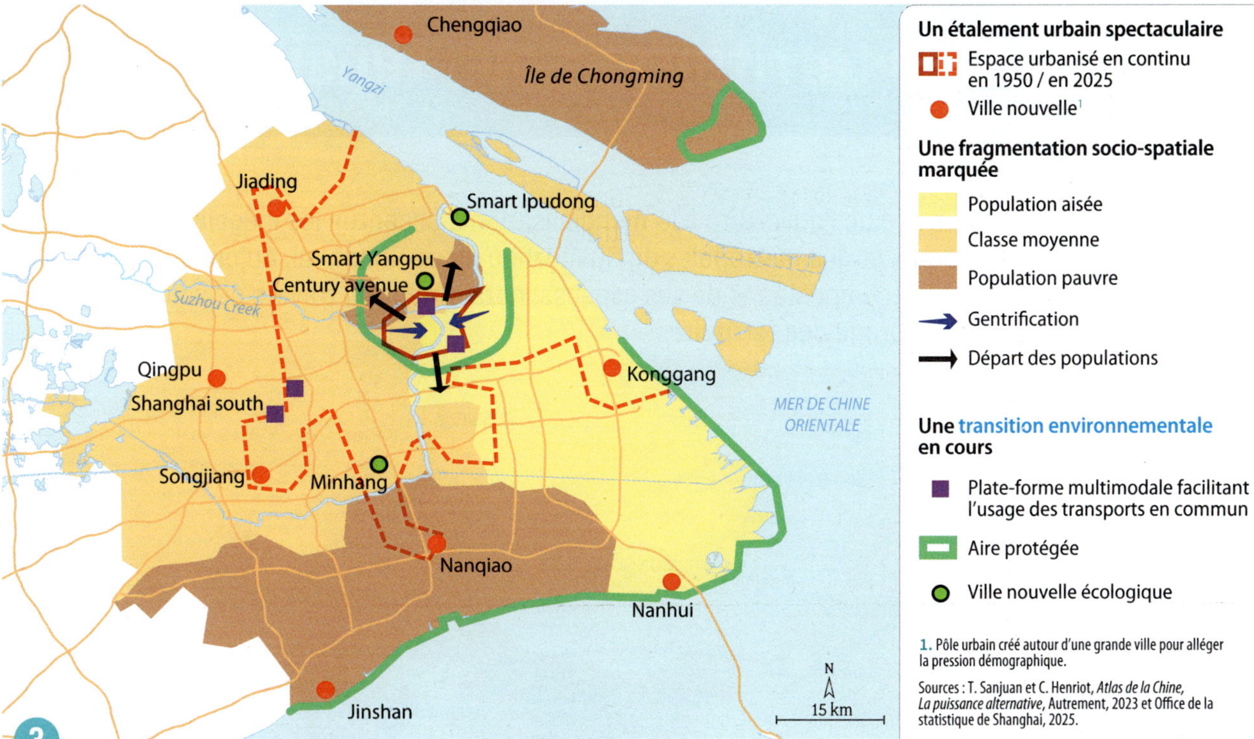

3 Les recompositions métropolitaines de Shanghai

4 Le quartier d'affaires de Pudong, symbole du rayonnement de Shanghai

Reflet de son dynamisme, le paysage de Shanghai s'est transformé, notamment avec ce quartier d'affaires. La ville est devenue un objet de curiosité qui a attiré 3,6 millions de touristes internationaux et 112 millions de visiteurs chinois en 2023.

VOCABULAIRE

Transition environnementale : transformation mise en œuvre pour s'adapter aux changements environnementaux et en limiter les conséquences.

PARCOURS 1

Mettre en œuvre le changement d'échelles

En qualité d'experts, le maire de Shanghai vous demande d'analyser la place de la ville en Chine et dans le monde, et les effets de la métropolisation sur l'espace urbain et ses habitants. Constituez un trio et préparez un diaporama pour votre intervention.

Pour vous aider, suivez ce plan

- Shanghai, une ville mondiale majeure mais concurrencée (doc. 1)
- Une métropole dynamique et attractive à l'échelle de la Chine (doc. 1, 2 et 4)
- Les effets de la métropolisation sur la ville et ses habitants (doc. 2 et 3)

PARCOURS 2

Vers le bac

En analysant les **documents 1 et 3**, vous montrerez les effets de la métropolisation sur la population et sur le paysage de Shanghai.

GRAND ANGLE Des territoires sous tensions

● La transition économique née de l'ouverture à la mondialisation a accentué les inégalités régionales en Chine au profit des littoraux et des métropoles de Guangzhou ou de Shanghai. Aujourd'hui, l'État tente de s'adapter aux recompositions de ses espaces, notamment au travers de politiques d'aménagement et de rééquilibrage des territoires.

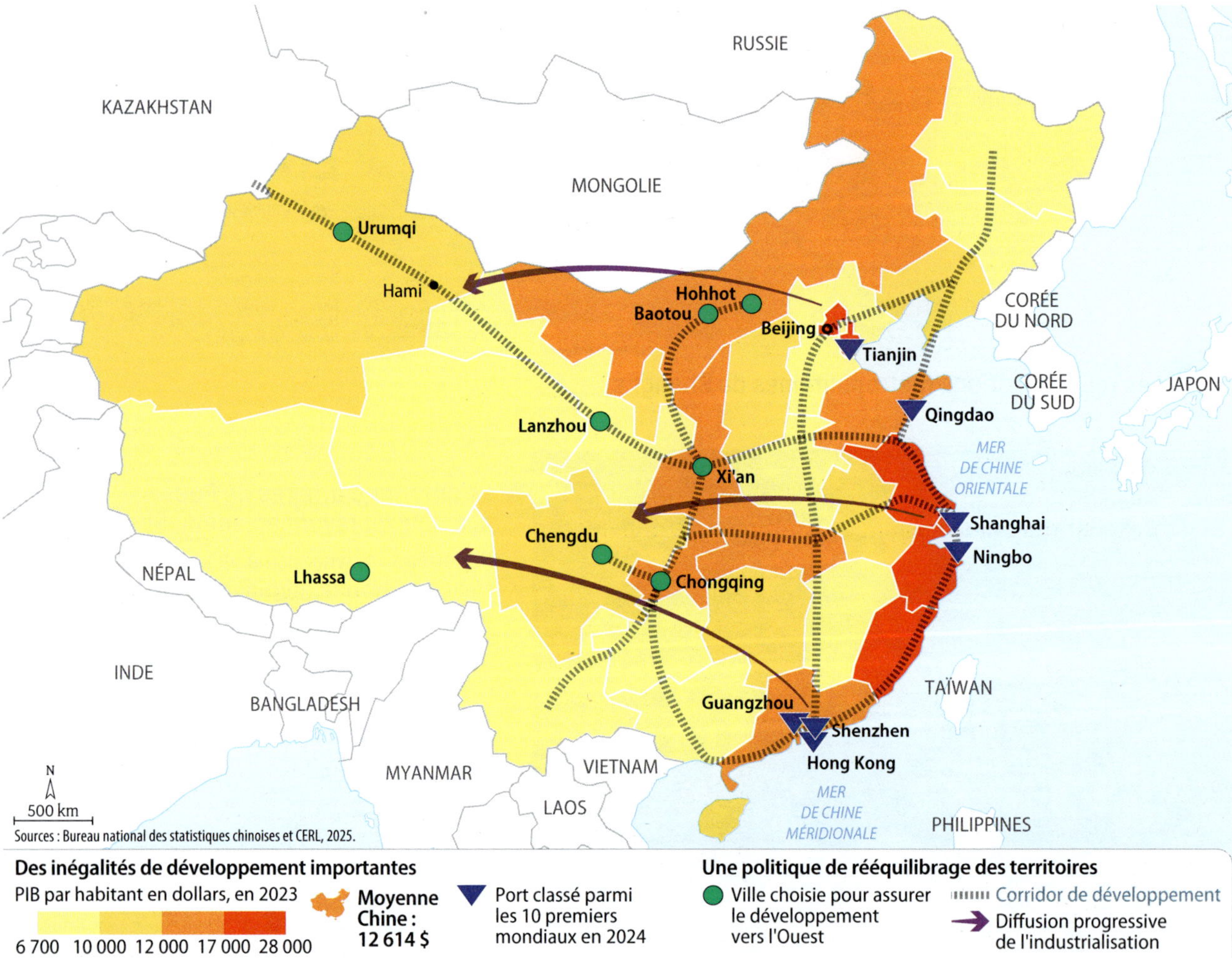

1 Les inégalités territoriales

Carte interactive
hachette-clic.fr/25hg1169

NOTION EN IMAGE

Corridor de développement : espace combinant infrastructures de transport et activités productives permettant le développement économique d'un territoire.

CORRIDOR DE DÉVELOPPEMENT

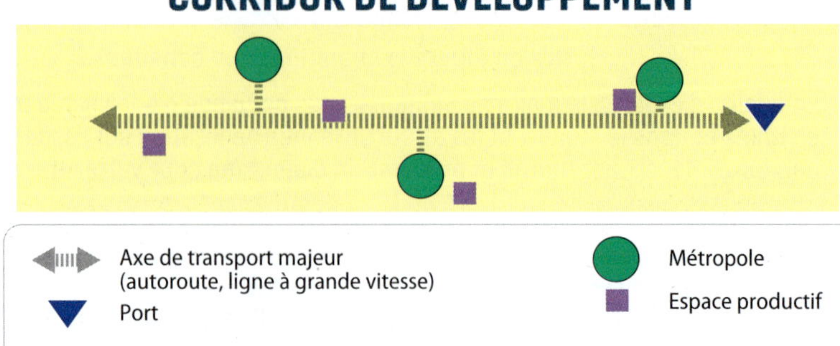

- La Chine profite de ressources naturelles nombreuses et stratégiques comme le charbon, le pétrole ou le gaz. Celles-ci sont intensément exploitées et mises au service du développement économique du pays.
- Néanmoins, la surexploitation du territoire menace les écosystèmes et leur biodiversité tandis que l'urbanisation et l'industrialisation accentuent la pollution atmosphérique. Des politiques sont mises en place pour assurer un développement plus durable, notamment le reboisement et la grande muraille verte dans le désert de Gobi.

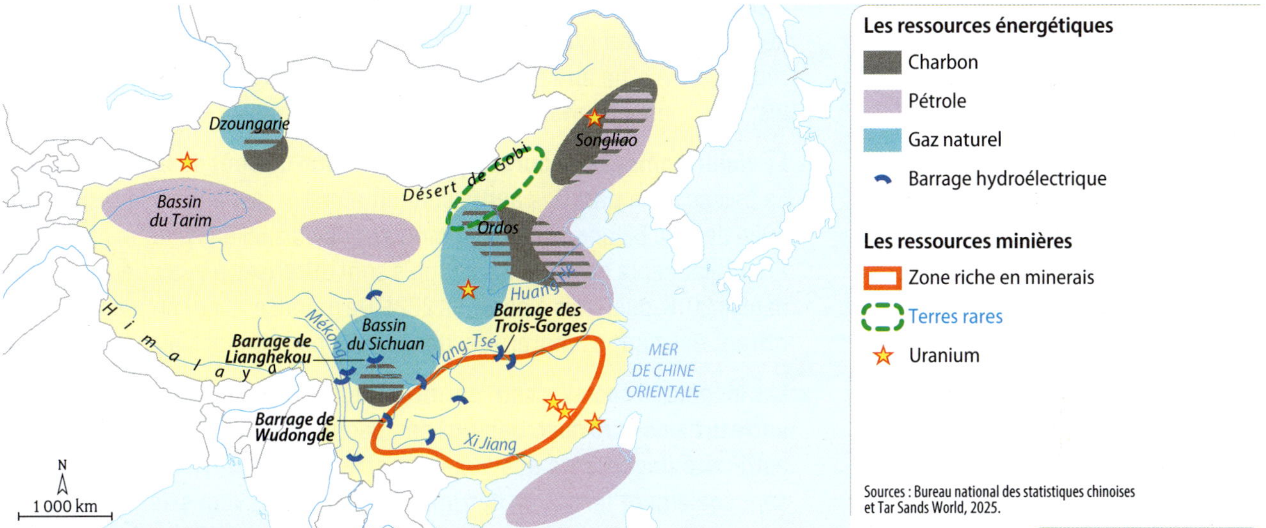

2 L'exploitation des ressources énergétiques et minières

Carte interactive
hachette-clic.fr/25hg1170

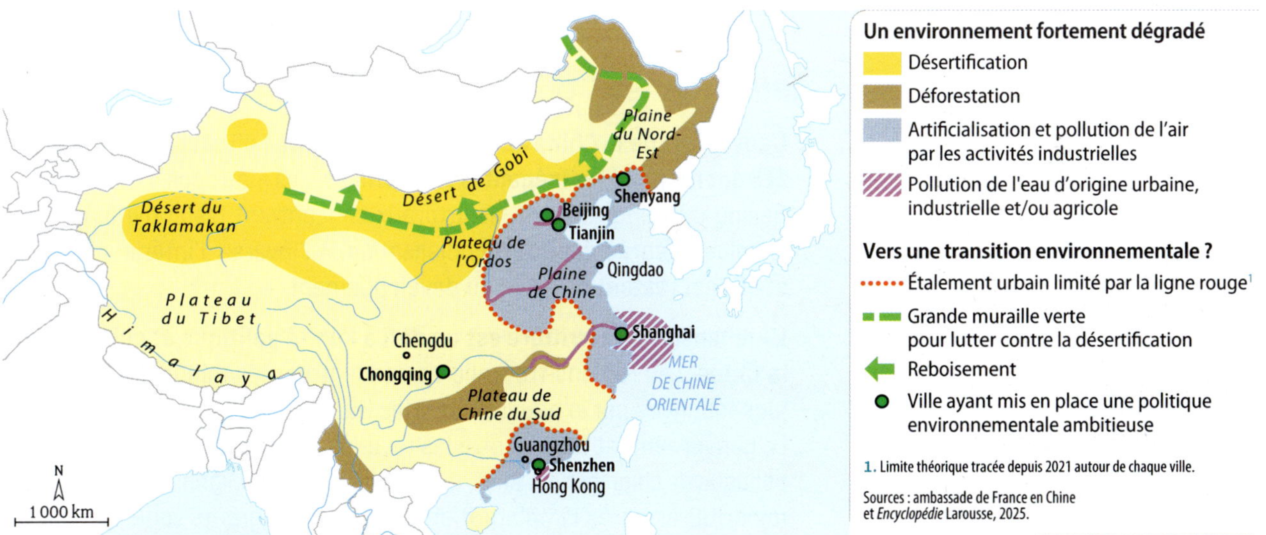

3 Les atteintes à l'environnement

Carte interactive
hachette-clic.fr/25hg1171

VOCABULAIRE

Terres rares : composés métalliques utilisés pour la fabrication de nombreux produits de haute technologie (smartphones, batteries).

QUESTIONS

1. **Doc. 1** Quels sont les territoires chinois les plus intégrés dans la mondialisation ? Justifiez votre réponse.
2. **Doc. 2 et 3** Pourquoi le développement économique chinois met-il en péril l'environnement ?
3. **Doc. 3** Quelles sont les mesures adoptées par le gouvernement pour assurer la transition environnementale ?

COURS 2 Des enjeux multiples à relever

> Quels défis la Chine doit-elle relever sur ses territoires ?

VOCABULAIRE

- **« Nouvelles routes de la soie » :** projet lancé en 2013 par Xi Jinping pour mieux connecter la Chine à l'Europe et à l'Afrique par la construction d'infrastructures de transport, d'énergie et de télécommunications dans près de 70 pays.
- **Politique de l'enfant unique :** ensemble de mesures autoritaires imposées en Chine entre 1979 et 2015 afin de diminuer la natalité.

1 Répondre aux défis démographiques et sociaux

- **Avec 1,4 milliard d'habitants, la population chinoise est nombreuse mais sa croissance ralentit fortement.** La fin de la **politique de l'enfant unique** n'a pas empêché la baisse de la population depuis 2021 et son vieillissement. La part des plus de 65 ans devrait presque doubler d'ici 2050 alors qu'au rythme actuel, la population pourrait potentiellement réduire de moitié en 2100. La Chine a d'ailleurs l'un des taux de natalité les plus faibles au monde (6,3 ‰ en 2023). Étude de cas p. 498
- **Le vieillissement en cours inquiète en raison du coût de la dépendance.** La baisse de la part des actifs conduit au recul de l'âge de la retraite en 2024 de 60 à 63 ans pour les hommes et de 50 à 55 ans pour les femmes. Pour relancer la natalité, les couples sont autorisés à avoir deux enfants depuis 2016, puis trois à partir de 2021. De grandes villes comme Shanghai offrent des congés maternité, des primes ou des aides au logement.
- **Les inégalités sociales sont parmi les plus fortes au monde, notamment entre urbains et ruraux.** Dans les campagnes, l'accès aux services publics est limité (logements sociaux, infrastructures). En ville, les inégalités sont également fortes, au détriment des migrants venus des campagnes qui ont un salaire inférieur de 30 %. Pour limiter les inégalités, l'État a généralisé la sécurité sociale dès 2009 et mis en place un revenu minimum depuis 2017.

2 Aménager ses territoires

- **L'ouverture de la Chine au monde et la politique d'industrialisation des ZES ont renforcé les inégalités territoriales.** Les métropoles de Shanghai, Beijing ou Hong Kong et les littoraux concentrent les activités et sont les plus intégrés dans la mondialisation. À l'inverse, l'intérieur du pays et l'Ouest restent à l'écart du développement.
- **L'immensité du territoire est un défi à l'unité politique et culturelle de la Chine.** Les régions frontalières concentrent les minorités ethniques plus touchées par la pauvreté que les Han, l'ethnie majoritaire en Chine. Le gouvernement lutte contre les revendications autonomistes par une politique de colonisation. Ainsi, dans le Xinjiang, les Ouïghours sont devenus minoritaires après l'implantation massive de migrants venus de l'Est.
- **La politique du *Go West* tente de rééquilibrer le territoire.** Elle se fonde sur le développement de grands centres urbains (Lanzhou, Xi'an) et d'infrastructures de transport qui constituent des **corridors de développement**. Chongqing, étape stratégique des **« nouvelles routes de la soie »** vers l'Asie centrale, est devenue une métropole de 18 millions habitants, aux activités financières, commerciales et industrielles croissantes.

Le labo de Géo p. 510

NOTIONS

- **Corridor de développement :** espace combinant infrastructures de transport et activités productives permettant le développement économique d'un territoire.
- **Politique du *Go West* :** programme chinois de peuplement et de développement économique de l'Ouest depuis les années 2010.

3 Accompagner la transition environnementale

- **Pour se développer, la Chine a sacrifié son environnement.** À elle seule, elle émet un tiers du CO_2 de la planète en raison de l'utilisation massive du charbon pour produire de l'électricité et de l'augmentation rapide du nombre de véhicules. La pollution de l'air est considérée par les citoyens chinois comme le problème environnemental le plus préoccupant, même si la situation s'améliore depuis 2015. ➔ Étude de cas p. 498

- **La croissance économique accentue la surexploitation des ressources naturelles.** Chaque année, les ressources en eau manquent un peu plus en raison notamment des besoins agricoles croissants et du changement climatique. La déforestation accélère la désertification, particulièrement dans le nord où les terres agricoles deviennent arides et des tempêtes de sable s'abattent sur Beijing plusieurs fois par an. L'exploitation des terres rares nécessaires aux technologies de pointe engendre la pollution des sols et de l'eau.

- **Sous la pression de l'opinion publique, l'État mène des politiques environnementales.** Même si le charbon représente encore 55 % de l'énergie consommée, une transition énergétique est en cours, notamment par les énergies éolienne et solaire. Inaugurée en 2023, la ferme solaire de Kela (Sichuan) est la plus grande au monde. La Chine est aussi le leader mondial des voitures électriques (2/3 de la production mondiale en 2023). Les entreprises les plus polluantes font face à des sanctions accrues. Enfin, des programmes de protection de l'environnement sont mis en œuvre : muraille verte pour freiner l'avancée du désert, « lignes rouges » pour limiter l'étalement urbain.

CHIFFRES-CLÉS

Les inégalités de revenus

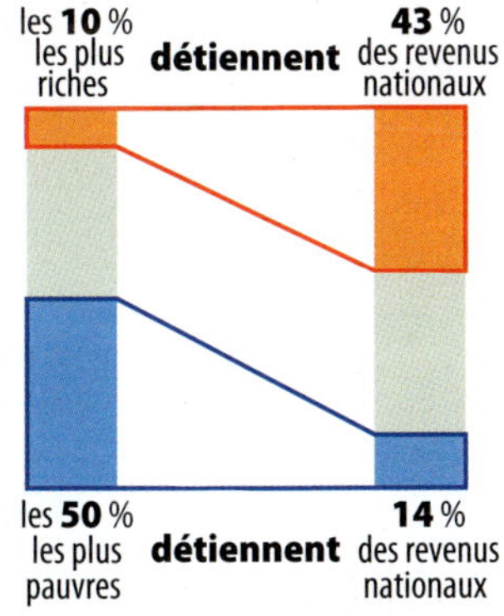

Questions internationales, oct-nov. 2023.

L'espérance de vie à la naissance

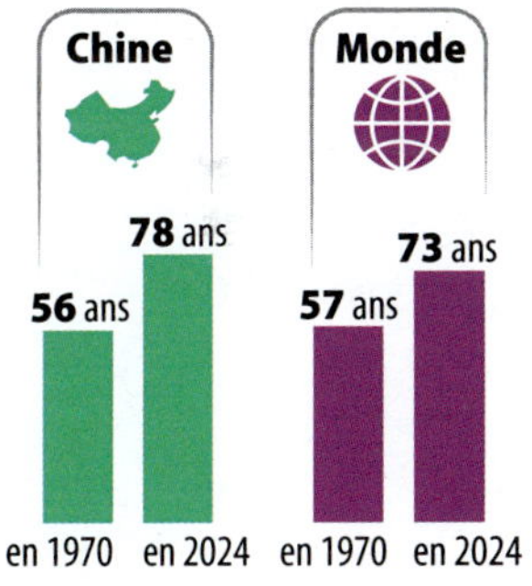

Ined, 2025.

Des défis multiples à relever

Questions démographiques et sociales
- Vieillissement de la population
- Inégalités sociales à toutes les échelles

Inégalités régionales
- Entre littoraux et régions intérieures
- Minorités ethniques de l'Ouest à l'écart de l'émergence

Menaces environnementales
- Pollution de l'air (utilisation massive du charbon)
- Pression sur les ressources (eau, forêt, terres agricoles)

Des tentatives de solutions

- Politiques natalistes
- Aides contre la pauvreté (sécurité sociale, revenu minimum)

- Politique du *Go West* pour l'équilibre du territoire
- Politique de colonisation contre les revendications autonomistes

- Transition énergétique
- Protection de l'environnement : muraille verte, énergies renouvelables

LE LABO
DE GÉO

Hami (Xinjiang), un territoire rural recomposé par la politique du *Go West*

Les autorités chinoises souhaitent rééquilibrer le territoire marqué par une forte littoralisation. Avec le programme des « nouvelles routes de la soie », des infrastructures de transport désenclavent l'intérieur du pays et recomposent les espaces ruraux autour de couloirs de développement comme à Hami.

Votre objectif À partir de l'image satellite, **réalisez un schéma** pour répondre au sujet : **Comment la volonté de rééquilibrer le territoire chinois transforme-t-elle le Xinjiang ?**

1 Hami, un territoire du Xinjiang en mutation

1. Hami (446 000 habitants en 2025)
2. Aéroport
3. Agriculture irriguée (melons, coton)
4. Zone industrielle
5. Lotissement pavillonnaire
6. Parc solaire
7. Massif de Shan

Google Maps
hachette-clic.fr/25hg1172

De fortes contraintes
- Massifs montagneux
- Aridité
- Enclavement (distance Hami-Beijing : 2 200 km)

+

Un espace rural peu peuplé
- Hami : 237 000 habitants en 2000
- Présence de minorités ethniques (Ouïghours, Kazakhs)
- Prédominance de l'agriculture

Depuis 2000 : la politique du *Go West* pour rééquilibrer le territoire
- Dynamisation de l'espace par de nouvelles activités économiques
- Développement d'infrastructures de transport (« nouvelles routes de la soie »)
- Implantation de Hans en provenance de l'Est

Des transformations économiques
- Corridors de développement (zones industrielles, centres commerciaux)
- D'une agriculture vivrière à une agriculture commerciale irriguée

Des transformations sociales
- Déclin de la population ouïghoure (80 % de la population en 1950 contre 45 % en 2024)
- Oppression des Ouïghours par l'État chinois (camps de détention, déplacements forcés)

Sources : *Le Monde*, 30 juillet 2023 et *Géoconfluences*, 2024.

2 Le Xinjiang, une région de l'Ouest transformée

Étape 1 Préparer le schéma de l'image satellite

Contextualiser

1. **Doc. 1** Localisez la région du Xinjiang et le territoire de Hami. Pourquoi peut-on parler de « territoires périphériques » ?
2. **Doc. 2** Quelle est la situation économique et sociale du Xinjiang avant 2000 ?

Sélectionner et classer les informations

3. **Doc. 1 et 2** Repérez sur le document 1 les contraintes naturelles mentionnées dans le document 2.
4. **Doc. 1 et 2** Complétez la première colonne du tableau en identifiant les atouts de Hami et du Xinjiang pour le gouvernement chinois.
5. **Doc. 1 et 2** Associez chaque atout à un aménagement visible sur le document 1 et complétez la deuxième colonne du tableau.

	Atouts de Hami et du Xinjiang	Aménagements
Dans le cadre du programme des « nouvelles routes de la soie »	...	...
Dans le cadre de la politique du *Go West*	...	...

6. **Doc. 2** Quels flux migratoires parcourent la région ? Justifiez votre réponse.

Aidez-vous du cours page 508 pour expliquer cette situation.

Étape 2 Réaliser le schéma de l'image satellite

Schéma
hachette-clic.fr/25hg1173

7. À l'aide des informations données, construisez la légende du schéma puis choisissez les figurés associés.
Espace urbanisé ; Aridité ; Zone industrielle ; Déplacement forcé des Ouïghours ; Parc solaire ; Enclavement ; Axe de transport des « nouvelles routes de la soie » ; Agriculture irriguée ; Migration de populations venues de l'Est ; Montagne.
8. Placez ces éléments de nomenclature sur le schéma : Hami ; massif de Shan et Beijing.
9. Choisissez une de ces trois propositions pour donner un titre au schéma.
   A. Les transformations du Xinjiang par le *Go West* et les « nouvelles routes de la soie »
   B. Hami et le Xinjiang, deux territoires transformés
   C. Le Xinjiang, symbole des politiques de rééquilibrage du territoire chinois

Titre : ....

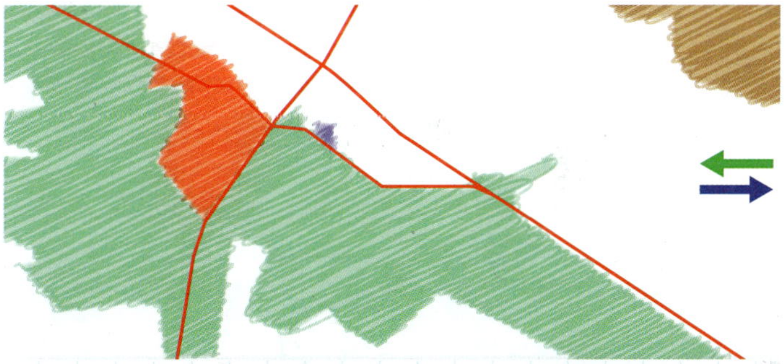

Un territoire périphérique aux fortes contraintes

....

Des recompositions liées à la politique du Go West

....
....
....
....

Des recompositions sociales

....
....

Pour conclure

Rédigez une réponse à la question :
Comment la volonté de rééquilibrer le territoire chinois transforme-t-elle le Xinjiang ?

Faire le point

Acteurs

- ✔ *Entreprises chinoises*
- ✔ *Entreprises transnationales*
- ✔ *État chinois*
- ✔ *Habitants (citadins, ruraux)*

Vocabulaire et notions

- ✔ *Cluster*
- ✔ *Corridor de développement*
- ✔ *Montée en gamme*
- ✔ *« Nouvelles routes de la soie »*
- ✔ *Politique du Go West*
- ✔ *Smart city*
- ✔ *Zone économique spéciale*

Chiffres-Clés

- ✔ *1,4 milliard d'habitants*
- ✔ *2 Chinois sur 3 habitent en ville*
- ✔ *7 des 10 premiers ports mondiaux*
- ✔ *1/3 des émissions de CO_2 de la planète*
- ✔ *2/3 de la production mondiale de véhicules électriques*

La Chine, des recompositions spatiales multiples

Idées essentielles

- ✔ *L'intégration de la Chine à la mondialisation a transformé le pays par une recomposition du système productif et une urbanisation rapide, concentrée sur les littoraux et dans les métropoles.*
- ✔ *Les espaces ruraux connaissent une diversification de leurs fonctions (industrie, tourisme rural), mais les régions de l'Ouest restent marginalisées.*
- ✔ *La Chine est confrontée au vieillissement de sa population, aux inégalités sociales et territoriales persistantes et à la forte pression sur les ressources naturelles.*
- ✔ *L'État tente de rééquilibrer son territoire en aménageant l'Ouest du pays par la politique du Go West tout en mettant en œuvre sa transition environnementale (énergie solaire et éolienne, voitures électriques, muraille verte).*

Réviser avec des podcasts

Podcast
hachette-clic.fr/25hg1174

Flashcards
hachette-clic.fr/25hg1175

- **Écoutez les cinq épisodes du podcast puis testez vos connaissances grâce aux flashcards.**

L'ESSENTIEL en 5 minutes

1. **Pourquoi peut-on qualifier la Chine de pays émergent ?**
2. **À quelles inégalités la Chine est-elle confrontée ?**
3. **Quels sont les effets de la métropolisation de la Chine ?**
4. **Tous les territoires ruraux chinois sont-ils en recomposition ?**
5. **Comment la Chine tente-t-elle aujourd'hui de protéger son environnement ?**

Mémoriser avec des exercices

Quiz
hachette-clic.fr/25hg1176

Les inégalités de développement en Chine

1 Choisissez-la (ou les) proposition(s) exacte(s) et justifiez votre réponse.

a. Les inégalités sociales sont particulièrement fortes en Chine entre ruraux et citadins.

b. Les inégalités sociales sont telles en Chine qu'il n'y a pratiquement pas de classe moyenne.

c. L'État chinois a pris des mesures pour limiter les inégalités (sécurité sociale, aide au logement,...).

Les recompositions spatiales

2 Associez chaque description au territoire lui correspondant.

- Zone économique spéciale •
- *Smart city* •
- Corridor de développement •
- Rivière des Perles •
- Shanghai •

- • Espace combinant infrastructures de transport et activités productives permettant le développement économique d'un territoire.
- • Métropole littorale qui est aussi le premier port mondial.
- • Ville tirant profit de l'innovation et des nouvelles technologies pour améliorer la qualité des services urbains.
- • Région dynamique du sud de la Chine constituée autour de Guangzhou, Shenzhen et Hong-Kong.
- • Territoire qui attire les entreprises étrangères grâce aux réductions d'impôts et aux aides à l'installation (terrains et locaux).

3 En 4 lignes, expliquez comment l'État chinois tente de rééquilibrer son territoire.

Des ressources et des environnements sous pression

4 Pourquoi peut-on parler de surexploitation des ressources en Chine ?

5 Complétez l'organigramme à l'aide des informations fournies dans l'extrait de la vidéo.

▶ Vidéo
« La Chine transforme un désert en forêt »
Le monde de Gourdil, mai 2023.
hachette-clic.fr/25hg1177

Les problèmes	Les solutions proposées	Les résultats
▪ *Problèmes :*	▪ *Moyens :*	▪ *Succès :* ....
▪ *Acteurs :*	▪ *Acteurs :*	▪ *Limites :* ....

Défi en groupe — *Bataille de connaissances*

10 min de préparation En trio, rédigez 10 à 15 questions en vous appuyant sur votre cours. L'ensemble des questions constitue une banque de sujets.

5 min de réalisation En 5 minutes, deux équipes s'affrontent sous le regard d'une troisième équipe qui joue le rôle d'arbitre. L'équipe qui répond correctement à un maximum de questions est déclarée gagnante et devient l'arbitre de la bataille suivante.

RÉVISIONS

S'entraîner

• Savoir lire et comprendre des statistiques

	en euros	2013	2023
Villes	Revenu moyen annuel	3 453	6 761
	Revenu moyen des 20 % les plus pauvres	1 291	2 280
	Revenu moyen des 20 % les plus riches	7 536	14 436
Espaces ruraux	Revenu moyen annuel	1 230	2 830
	Revenu moyen des 20 % les plus pauvres	375	686
	Revenu moyen des 20 % les plus riches	2 782	6 545
Chine	Revenu moyen annuel	2 424	5 194

Source : Bureau national des statistiques chinoises, 2025.

1 La répartition de la richesse en Chine

2 Une pauvreté persistante

La Chine a réalisé des progrès considérables en matière de réduction de la pauvreté. En outre, les vrais bidonvilles en Chine sont quasiment absents même si on peut y observer de multiples formes d'habitat taudifié ou très basique. Si les formes les plus extrêmes de la pauvreté ont été supprimées, la pauvreté persiste dans les zones rurales, mais aussi parfois dans les zones urbaines. Le fort ralentissement de la croissance a fait émerger une vaste catégorie de travailleurs précaires. Certains chercheurs s'interrogent sur le risque qu'une partie de la population rurale ne retombe dans la pauvreté. En effet, les migrants ruraux, qui ont accompagné le miracle économique jusqu'au milieu des années 2010, vont partir à la retraite, pratiquement sans pension, avec seulement leur lopin de terre pour se nourrir. En 2050, la Chine comptera plus de 500 millions de retraités ; la plupart d'entre eux disposeront d'une pension très modeste. De plus, de nouveaux pauvres apparaissent. Beaucoup de diplômés de l'université trouvent un travail sans rapport avec leur qualification.

Guillaume Giroir, professeur de géographie à l'université d'Orléans, *États des lieux et perspectives : quels horizons pour la Chine ?*, Iris, juin 2024.

PALIER 1

Je lis et je comprends les documents

• **Doc. 1 et 2** Formulez l'idée principale de chaque document.

• Associez chaque citation du **doc. 2** à une donnée chiffrée du **doc. 1** : « réduction de la pauvreté urbaine » ; « la pauvreté persiste dans les zones rurales » ; « le fort ralentissement de la croissance a fait émerger une vaste catégorie de travailleurs précaires ».

PALIER 2

Je sélectionne les informations et je confronte les documents

• **Doc. 1** Justifiez l'affirmation : « En Chine, la population rurale est plus pauvre que la population urbaine mais les inégalités se réduisent depuis 2013. »

• **Doc. 1 et 2** Montrez que le revenu moyen reste faible comparé à la moyenne mondiale qui est de 12 470 euros en 2023.

PALIER 3

J'explique les documents avec mes connaissances

• **Doc. 1 et 2** Quelles connaissances pouvez-vous mobiliser pour expliquer les inégalités entre populations rurales et urbaines ?

• **Doc. 2** Quels sont les enjeux soulevés par la phrase surlignée ? Pourquoi s'agit-il d'un défi pour la poursuite du développement chinois ?

• Comprendre un document iconographique

Les territoires ruraux à Shenzhen

La Chine connaît une transition urbaine rapide avec, aujourd'hui, deux Chinois sur trois vivant en ville. Cette urbanisation prend avant tout la forme d'une forte métropolisation. Cependant, les espaces ruraux sont de plus en plus menacés par l'urbanisation, comme ici, à Shenzhen.

1 Quelle proposition rend compte de l'idée principale du document. Justifiez votre réponse.

a. Les quartiers d'affaires symbolisent l'ouverture de la Chine au monde et la recomposition de son système productif.
b. La photographie montre le développement des espaces ruraux chinois périphériques grâce à la politique du *Go West*.
c. La photographie illustre la transformation des espaces ruraux les mieux reliés aux métropoles avec, notamment, leur mise en tourisme.

2 Quels notions et chiffres-clés du chapitre pouvez-vous exploiter pour décrire et interpréter cette photographie ?

3 Définissez les mots-clés surlignés dans la légende puis expliquez pourquoi les espaces ruraux sont de plus en plus menacés par l'urbanisation.

4 En analysant le document et grâce à vos réponses, vous montrerez les effets de l'urbanisation sur les espaces ruraux chinois et les tensions qui peuvent en résulter.

Pour aller plus loin

À VOIR

Ce reportage *Le boom des ventes en ligne* présenté par Arte montre le rôle d'Internet dans la transformation des villages chinois et ses effets sur le niveau de vie moyen de leurs habitants.

À LIRE

La bande dessinée autobiographique *Une vie chinoise* de Li Kunwu et Philippe Ôtié raconte l'histoire de la Chine depuis 1950 à travers les aventures du jeune Li. Le tome 3 s'intéresse tout particulièrement à l'ouverture du pays au monde dans les années 1980.

MÉTIER DE GÉOGRAPHE

D'une exposition dans un musée à l'accompagnement de touristes de pays étrangers comme la Chine, **le guide-conférencier** enrichit les visites guidées grâce à ses explications, notamment géographiques.

La fiche métier de l'Onisep
hachette-clic.fr/25hg1178

MÉTHODE Répondre à une question problématisée

→ Voir fiche méthode 11 p. 280-281

Objectif S'auto-évaluer

Sujet 1 : Pourquoi les espaces ruraux chinois connaissent-ils des dynamiques contrastées ?

À partir d'exemples précis, votre réponse pourra présenter les fonctions traditionnelles des espaces ruraux puis leurs nouveaux usages et expliquer les conflits qui en découlent.

Étape 1 Rédiger la réponse à la question problématisée

Conseil

- Organisez votre réponse en présentant les transformations des espaces agricoles (Partie 1), puis les recompositions des espaces ruraux en lien avec l'urbanisation et la multifonctionnalité (Partie 2) avant de montrer que ces transformations sont sources de tensions (Partie 3).
- Pensez à utiliser les mots-clés suivants dans votre réponse : *agriculture, urbanisation, périurbanisation, multifonctionnalité et conflits d'usages.*

Étape 2 Auto-évaluer la réponse à la question problématisée

Utilisez la grille d'auto-évaluation pour identifier les critères de réussite et les axes de progression.

Grille d'évaluation
hachette-clic.fr/25hg1179

CAPACITÉS	ÉLÉMENTS À VÉRIFIER	AUTO-ÉVALUATION
1) Respecter le sujet	✔ Le sens de la question est compris. ✔ La consigne est prise en compte. ✔ Les mots-clés de la question et de la consigne sont définis.	
2) Mobiliser des connaissances	✔ La réponse comporte : - des arguments expliqués ; - des exemples précis ; - des mots-clés, des repères, des acteurs, des chiffres-clés.	
3) Structurer la réponse	✔ La réponse est structurée par : - une introduction ; - un développement composé de 2 ou 3 parties distinctes ; - une conclusion ; - des connecteurs logiques.	
4) Rédiger une réponse cohérente	✔ Les fautes d'orthographe et de grammaire sont corrigées après relecture. ✔ Les majuscules et la ponctuation sont cohérentes.	

Sujet 2 : Comment la métropolisation recompose-t-elle les territoires en Chine ?

Votre réponse pourra mettre en évidence les formes que prend la métropolisation puis expliquer leurs conséquences sur les territoires.

Conseil

- Montrez que la métropolisation transforme la hiérarchie urbaine chinoise (Partie 1) mais aussi les espaces urbains et ruraux (Partie 2).
- Variez les exemples sans vous limiter à la métropole de Shanghai.

Analyser des documents

➔ Voir fiche méthode 10 p. 278-279

Sujet en autonomie : La littoralisation des espaces productifs en Chine

Objectif ▸ S'auto-évaluer

À partir du document, vous présenterez les formes de la littoralisation des espaces productifs en Chine puis vous expliquerez les facteurs de cette littoralisation.

L'ouverture au monde des espaces productifs chinois

L'ouverture économique de la Chine est un processus historique qui a transformé un pays communiste, fermé aux échanges internationaux, en une immense puissance industrielle et agricole et en centre majeur de la mondialisation économique. Engagée à partir de 1978, l'ouverture économique chinoise s'est faite par étapes qui ont bouleversé le pays. Les régions côtières ont été les premières touchées par l'ouverture, suivant un processus de littoralisation avec, dans un premier temps, la création de cinq zones économiques spéciales (ZES) : Shenzhen, Zhuhai et Shantou dans le Guangdong, Xiamen dans le Fujian, et la province de Hainan. En 1984, l'ouverture s'est poursuivie à 14 villes côtières, dont Shanghai. Un certain nombre de villes littorales ont été successivement mises en valeur, formant ainsi une bande d'ouverture économique côtière. Depuis 1992, les ZES se sont multipliées également à l'intérieur du pays.

L'économie chinoise a su mettre à profit son entrée à l'OMC[1] en 2001. C'est une date qui marque une très nette accélération des flux de biens et de capitaux entre la Chine et le monde extérieur. De 2000 à 2020, la Chine est le pays dont le PIB par habitant a connu la plus forte croissance, bondissant de 78 % en vingt ans. Les investissements étrangers se sont multipliés, de nombreuses entreprises privées se sont installées en Chine. Si les zones littorales représentent encore 57 % du PIB chinois pour 14 % de la superficie du pays, le mouvement actuel d'ouverture concerne l'intérieur du pays.

Géoconfluences, L'ouverture économique chinoise, octobre 2022.

1. OMC : Organisation mondiale du commerce.

Conseil

Nommez des entreprises chinoises et étrangères présentes dans les ZES.

Étape 1 Rédiger l'analyse de documents

Étape 2 Auto-évaluer l'analyse de documents

Utilisez la grille d'auto-évaluation pour identifier les critères de réussite et les axes de progression.

Grille d'évaluation
hachette-clic.fr/25hg1180

CAPACITÉS	ÉLÉMENTS À VÉRIFIER	AUTO-ÉVALUATION
1) Respecter le sujet	✔ Les principales informations du document sont comprises. ✔ La consigne est prise en compte. ✔ Les informations pertinentes du document sont citées dans l'analyse.	
2) Mobiliser des connaissances	✔ L'analyse contient des connaissances extérieures au document (acteurs, repères, vocabulaire, notions, etc.). ✔ Les informations du document sont mises en relation avec les connaissances. ✔ La nature du document et son contexte sont pris en compte dans l'analyse.	
3) Structurer la réponse	✔ L'analyse est structurée par : une introduction → un développement composé de 2 ou 3 parties distinctes qui associent du document et des connaissances → une conclusion → - des connecteurs logiques.	
4) Rédiger une réponse cohérente	✔ Les fautes d'orthographe et de grammaire sont corrigées après relecture. ✔ Les majuscules et la ponctuation sont cohérentes.	

MÉTHODE Transposer un texte en croquis

Sujet 1 : La recomposition des territoires chinois

Objectif S'auto-évaluer

À partir du texte, vous construirez un croquis correspondant au sujet : « La recomposition des territoires chinois », accompagné d'une légende organisée. Vous utiliserez le fond de carte fourni.

La Chine, deuxième puissance économique mondiale, se caractérise avant tout par un développement inégal de son territoire. Ainsi, le littoral se distingue par sa forte ouverture au monde et son rôle essentiel pour l'économie mondiale. Outre la présence des métropoles de rang mondial de Beijing, Shanghai et Guangzhou-Shenzhen au sud, 80 % des exportations nationales sont assurées par les nombreuses zones industrialo-portuaires, dont celles de Tianjin au sud de Beijing, Ningbo non loin de Shanghai et Hong Kong au sud du pays. À l'inverse, les régions de l'intérieur du pays, du nord à la frontière avec le Laos, longtemps marquées par un retard économique connaissent une intégration croissante à la mondialisation. Enfin, l'Ouest représente 56 % du territoire chinois mais compte seulement 11 % de sa population. Cette région reste profondément rurale.

Pour réduire ces disparités régionales, le gouvernement chinois a lancé cinq politiques d'aménagement depuis 2000, dont la politique du *Go West*. Le gouvernement a ainsi choisi des villes pour devenir les actrices et les vitrines de ce programme de peuplement et de développement économique. Il s'agit notamment de Harbin au nord, de Xi'an, Wuhan et Chengdu au centre du pays ou encore de Urumqi à l'extrême nord-ouest du pays. Ces villes sont situées sur les corridors de développement qui, grâce à leurs infrastructures de transport, les relient à Beijing et Shanghai. Cette connexion permet l'accueil de la main-d'œuvre venue des espaces ruraux proches et les investissements en provenance des régions littorales afin de développer des activités productives pour assurer leur développement.

D'après Thierry Sanjuan et Carine Henriot, *Atlas de la Chine, la puissance alternative*, Autrement, 2023.

Conseil

Pour ce sujet, distinguez de grands ensembles régionaux et montrez qu'ils sont inégalement dynamiques et attractifs.

Fond de carte
hachette-clic.fr/25hg1181

Étape 1 Transposer un texte en croquis

Étape 2 Auto-évaluer la transposition d'un texte en croquis

Utilisez la grille d'auto-évaluation pour identifier les critères de réussite et les axes de progression.

Grille d'évaluation
hachette-clic.fr/25hg1182

CAPACITÉS	ÉLÉMENTS À VÉRIFIER	AUTO-ÉVALUATION
1) Sélectionner des informations dans un texte	✔ Les informations à cartographier sont sélectionnées dans le texte. ✔ Chaque information est associée à une localisation. ✔ Le texte est exploité dans sa totalité.	
2) Construire une légende organisée	✔ Chaque information est représentée par un figuré (linéaire, ponctuel ou de surface) respectant le langage cartographique. ✔ La légende est organisée en 2 ou 3 parties équilibrées rappelant la structure du texte. ✔ Chaque partie est identifiée par un titre clair et pertinent.	
3) Respecter les principes de construction d'un croquis	✔ Le croquis comporte : une représentation cartographique ; une légende organisée ; un titre général. ✔ Les informations sont bien localisées. ✔ La nomenclature est adaptée au sujet.	
4) Réaliser une production lisible	✔ Le contenu de la légende et la nomenclature ne comportent pas de fautes. ✔ Le croquis est soigné.	

→ Voir fiche méthode 12 p. 282-283

Sujet 2 : Beijing, une métropole chinoise en recomposition

Objectif S'auto-évaluer

À partir du texte, vous construirez un croquis correspondant au sujet : « Beijing, une métropole chinoise en recomposition », accompagné d'une légende organisée. Vous utiliserez le fond de carte fourni.

Beijing connait une modernisation et une diversification de ses fonctions. Le centre-ville historique, la Cité interdite, abritait autrefois la capitale impériale avec la résidence de l'empereur et est devenu aujourd'hui un quartier très touristique. Le district de Haidian, au nord-ouest, accueille les universités et établissements d'enseignement supérieur. Devenu le plus grand centre universitaire de Chine, il abrite le *cluster* de Zhongguancun qui concentre les entreprises dédiées à la haute technologie. Au nord-est, le district de Chaoyang, ancienne zone industrielle, a lui aussi profondément changé. La partie nord a été réhabilitée grâce à l'accueil en 2008 du parc olympique et des infrastructures sportives tandis que se trouve à l'est le quartier d'affaires de Sanlitun, siège de 3 000 entreprises chinoises et étrangères. Par ailleurs, Chaoyang compte aussi 146 ambassades et plusieurs bâtiments administratifs. Sa proximité de l'aéroport international, au nord-est, est un indéniable avantage pour le dynamisme du district. Autour de l'aéroport et au nord du district de Haidian se trouvent de vastes espaces logistiques et industriels. En revanche, les districts plus éloignés à l'ouest, au nord et au sud renferment encore des espaces verts et de nombreux espaces agricoles telle la culture de légumes et de fleurs dans le district de Fengtai.

Cependant, la modernisation de Beijing a accentué la question sociale et environnementale. Tout d'abord, la destruction des quartiers traditionnels, les *hutong*, du centre-ville et autour du stade olympique pour y construire des logements modernes a entraîné une hausse des coûts du logement. Ces quartiers sont désormais gentrifiés et réservés à la seule population aisée. Les autres habitants sont repoussés dans des périphéries de plus en plus lointaines. La grande banlieue de Pékin se couvre donc d'une multitude d'immeubles collectifs dans un confort certes amélioré par rapport à la vétusté de leurs anciennes maisons mais confrontés à de nouvelles problématiques. Pékin est sous-équipée en termes de transports urbains. Les lignes de métro sont nombreuses, mais elles ne relient pas toujours les espaces les plus éloignés au centre-ville. Dès lors, dans les périphéries, les habitants sont contraints d'utiliser leur véhicule et d'emprunter l'une des autoroutes périphériques pour venir travailler dans le centre de la ville. Dans ces conditions, il n'est guère étonnant que Pékin batte des records de pollution.

D'après M.-A. Lancelot, *Encyclopédie* Universalis, 2025.

Étape 1 Transposer un texte en croquis

Titre : ....

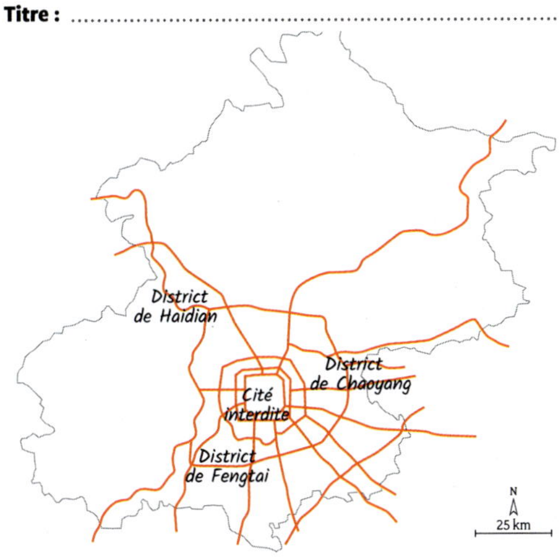

Fond de carte
hachette-clic.fr/25hg1183

Conseil

Dans la légende, présentez d'abord la modernisation et la diversification des fonctions de Beijing puis les inégalités socio-spatiales.

Étape 2 Auto-évaluer la transposition d'un texte en croquis

Utilisez la grille d'auto-évaluation, page 518, pour identifier les critères de réussite et les axes de progression.

La répartition de la population dans le monde

OCÉAN ARCTIQUE
Moscou
Istanbul
Téhéran
Le Caire
Beijing
ASIE DE L'EST
Séoul
Tokyo
Chongqing
Osaka-Kobe
Shanghai
OCÉAN PACIFIQUE
Delhi
Dacca
Mumbai
Bangalore
Manille
Bangkok
Hô Chi Minh-Ville
ASIE DU SUD
ASIE DU SUD EST
Kinshasa
Luanda
OCÉAN INDIEN
Jakarta
Johannesburg
OCÉAN ANTARCTIQUE
2 000 km
à l'équateur

L'organisation administrative de la France

DROM (départements et régions d'outre-mer)

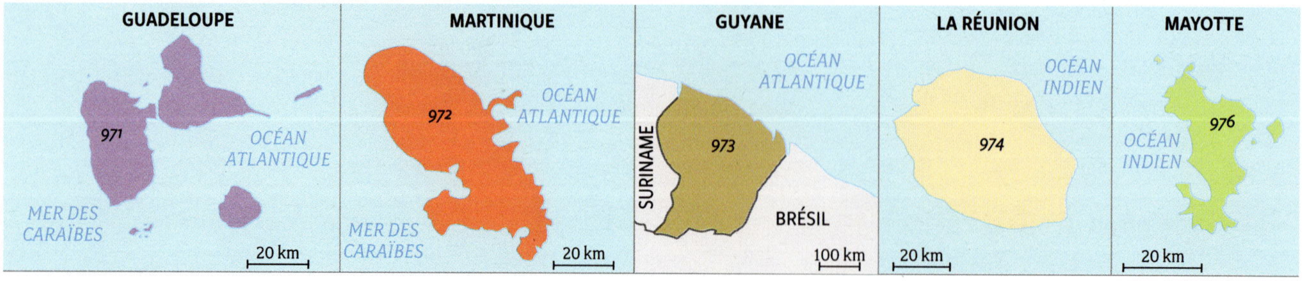

Le relief de la France

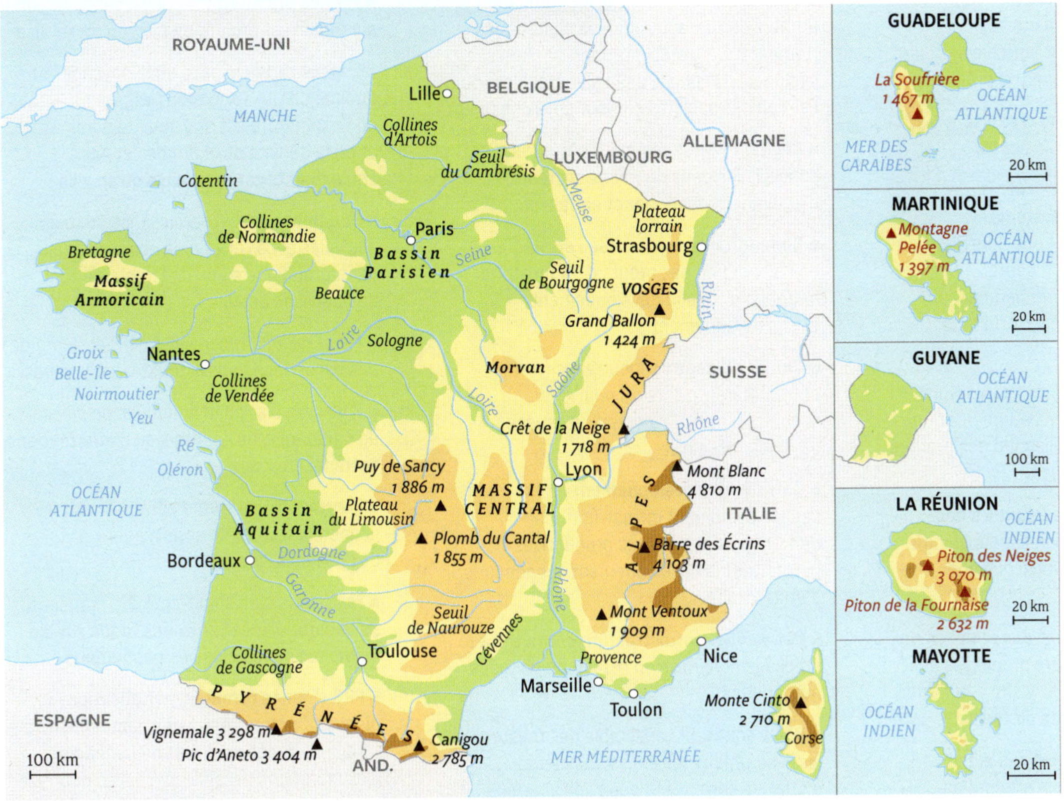

Altitudes, en mètres

- Moins de 200
- de 200 à 500
- de 500 à 2 000
- Plus de 2 000

▲ Sommet

▲ Volcan

La répartition de la population en France

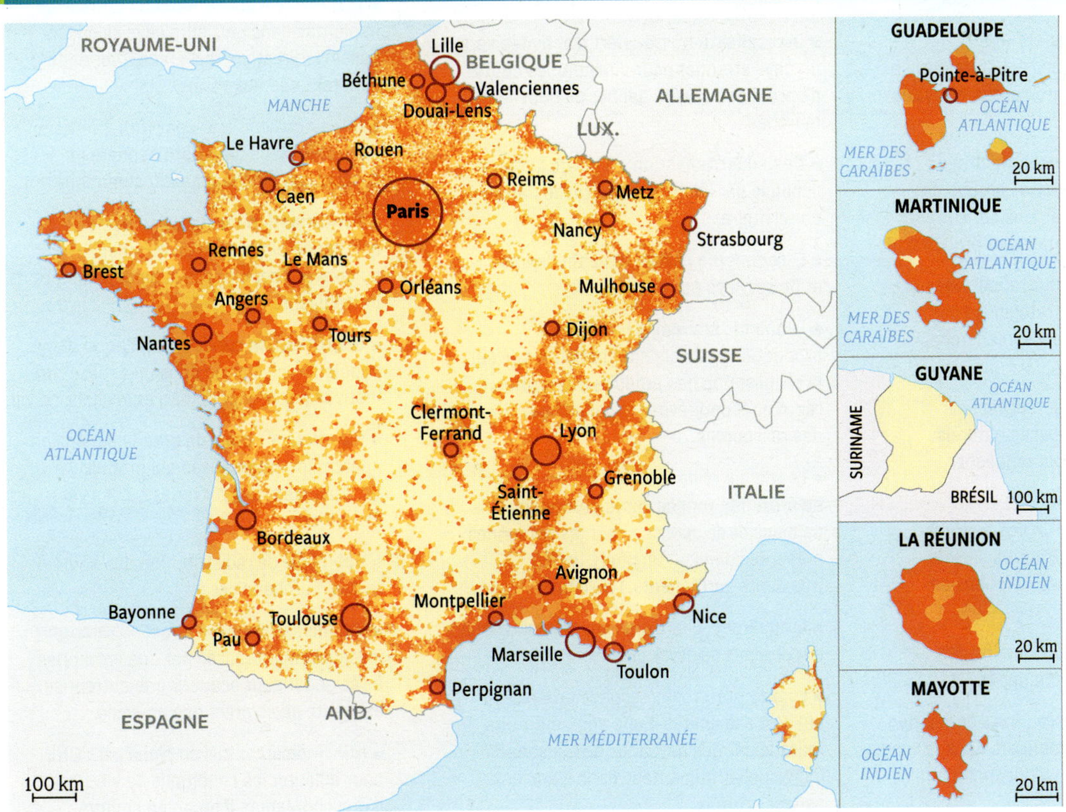

Densité de population, en nombre d'habitants par km²

- Moins de 30
- De 30 à 50
- De 50 à 100
- Plus de 100

Moyenne France 106 hab./km²

Agglomération en millions d'habitants

11
2
1
0,5
0,2

Sources : Insee et Observatoire des territoires, 2025.

LEXIQUE GÉOGRAPHIE

- **Accaparement des terres :** processus d'acquisition de terres à des fins principalement agricoles par des investisseurs privés ou publics.
- **Agglomération :** espace urbanisé en continu, rassemblant le centre et les périphéries urbaines.
- **Agriculture durable :** système de production qui fournit une nourriture de qualité et en quantité suffisante, tout en respectant l'environnement et en assurant des revenus suffisants aux agriculteurs.
- **Agriculture productiviste :** agriculture commerciale recherchant l'augmentation des rendements par l'utilisation des progrès scientifiques et techniques.
- **Agriculture vivrière :** agriculture dont l'essentiel de la production est consommé par l'agriculteur et sa famille ou vendu sur les marchés locaux.
- **Agritourisme :** ensemble des activités de découverte de l'agriculture proposées aux touristes (hébergement et visite à la ferme, vente directe des produits du terroir…).
- **Agrobusiness :** ensemble des activités économiques relatives à la production, la transformation et la commercialisation des produits issus de l'agriculture.
- **Apartheid :** politique de séparation entre populations noires et blanches en Afrique du Sud, de 1948 à 1991.
- **Artificialisation :** transformation d'un espace naturel, agricole ou forestier en un espace bâti (logements, routes, activités économiques).
- **AMAP (association pour le maintien d'une agriculture paysanne) :** groupe de consommateurs soutenant les agriculteurs locaux par l'achat direct de leurs produits.
- **Cadres des fonctions métropolitaines :** ensemble des emplois stratégiques des métropoles (culture, finance, recherche, gestion et logistique).
- **Ceinture verte :** zone entourant une ville constituée d'espaces naturels ou agricoles protégés pour empêcher l'étalement urbain.
- **Centralité :** capacité d'un lieu à exercer une influence sur des territoires plus ou moins proches grâce à ses fonctions de commandement.
- **Centre :** lieu attractif qui domine des territoires qualifiés de périphéries.
- **Chaîne de valeur ajoutée :** mise en relation de différents espaces productifs dans le processus de fabrication d'une marchandise ou d'un service.
- **Changement climatique :** modification durable des caractéristiques climatiques (températures, précipitations, sécheresse, cyclones) à l'échelle de la planète. Il est dû à l'action des sociétés sur leur environnement.
- ***Cluster* :** regroupement d'entreprises spécialisées dans un même secteur d'activité et fonctionnant en réseau.
- **Compétitivité territoriale :** stratégie de valorisation des atouts d'un territoire pour accroître son développement et son rayonnement.
- **Conflit d'usage :** concurrence entre différents acteurs pour le contrôle et l'utilisation d'un espace ou d'une ressource.
- **Corridor de développement :** espace combinant infrastructures de transport et activités productives permettant le développement économique d'un territoire.
- ***Datacenter* :** infrastructure permettant le stockage et la mise en réseau de données numériques.
- **Décarbonation :** ensemble des mesures visant à réduire les émissions de gaz à effet de serre (GES) dues aux énergies fossiles (charbon, pétrole et gaz).
- **Décentralisation :** action de transférer des pouvoirs décisionnels depuis la capitale politique vers des échelons administratifs régionaux.
- **Délocalisation :** transfert d'activités vers un pays étranger pour diminuer les coûts de production et/ou gagner de nouveaux marchés.
- **Désindustrialisation :** recul de la place occupée par l'activité industrielle dans un territoire.
- **E-commerce :** achat et vente de biens et de services par Internet.
- **Économie circulaire :** modèle de production et de consommation fondé sur la réutilisation des produits (réparation, recyclage) pour éviter le gaspillage des ressources.
- **Économie résidentielle :** économie de proximité fondée sur la production de biens et de services pour les personnes présentes dans un territoire donné (résidents permanents, touristes).
- **Écoquartier :** quartier aménagé pour répondre aux objectifs du développement durable.
- **Espace périurbain :** espace urbanisé au-delà des limites d'une agglomération, marqué par des paysages de maisons individuelles implantées dans d'anciens espaces ruraux.
- **Espace productif :** espace local ou régional sur lequel est produit un bien ou un service.
- **Espace rural :** espace où le paysage est dominé par les formations végétales, où l'agriculture est une activité dominante et où la densité des hommes et des équipements est plus faible qu'en ville.
- **Étalement urbain :** croissance spatiale des villes sous l'effet d'un accroissement démographique et/ou de l'implantation de nouvelles activités.
- ***Fast fashion* :** renouvellement ultra-rapide des collections dans l'industrie de la mode.
- **Flux :** circulation et échanges de biens, de personnes, de capitaux ou d'informations entre territoires.
- **Fragmentation rurale :** diversification économique, sociale et paysagère des espaces ruraux.
- **Fragmentation socio-spatiale :** processus de séparation des territoires fondé sur les inégalités de revenus des populations.
- **FRR (France ruralités revitalisation) :** dispositif permettant à une commune rurale fragile désignée par l'État de bénéficier d'exonérations fiscales et sociales pour y encourager l'installation d'entreprises.
- **Friche :** terrain abandonné ayant perdu sa fonction première (industrielle, urbaine, commerciale…).
- **FTN (firme transnationale) :** entreprise implantée dans plusieurs pays selon ses besoins (direction, recherche, fabrication) générant des flux variés.
- **Gaz à effet de serre :** gaz (CO_2, méthane ou ozone) piégé dans l'atmosphère et contribuant au changement climatique.
- **Gentrification :** installation d'une population aisée dans un quartier auparavant populaire, à la suite d'opérations immobilières.
- **Gentrification rurale :** installation d'une population plus aisée dans un espace rural motivée par le coût du bâti et le cadre de vie.
- ***Gigafactory* :** usine de grande dimension hautement automatisée qui produit généralement des batteries ou des véhicules électriques.
- **Hub :** pôle de redistribution des hommes et des marchandises.
- **IDE (investissement direct à l'étranger) :** investissement réalisé par une entreprise à l'étranger pour acquérir une entreprise existante ou en créer une nouvelle.
- **IDH :** indicateur mis en place par l'ONU pour mesurer les conditions de vie d'une population. Il prend en compte

les revenus, l'espérance de vie et le niveau de scolarisation.

■ **Intrant :** ensemble des engrais et pesticides destinés à augmenter les rendements agricoles.

■ **Littoralisation :** processus de concentration des populations, des activités humaines et des aménagements le long des littoraux.

■ **Loi MAPTAM :** création en 2014 d'un statut administratif pour les métropoles leur permettant d'accroître leurs compétences (développement économique, innovation, transition énergétique).

■ **Macrocéphalie :** poids démographique majeur de la première agglomération d'un pays par rapport aux autres agglomérations.

■ **Mégalopole :** vaste espace urbanisé formé par une forte concentration de métropoles et d'axes de communication.

■ **Mégapole :** très grande agglomération de plus de 10 millions d'habitants (seuil fixé par l'ONU).

■ **Métropole :** grande ville concentrant la population, les activités et les fonctions de commandement et exerçant une influence sur le territoire qui l'entoure.

■ **Métropolisation :** processus de concentration croissante des richesses, des fonctions de commandement et des populations dans de grandes villes.

■ **Mondialisation :** processus de mise en relation des différentes parties du monde par l'intensification des flux.

■ **Montée en gamme :** processus économique qui vise à fabriquer des produits de plus en plus innovants et élaborés.

■ **Multifonctionnalité :** situation d'un espace où se côtoient une fonction productive, une fonction résidentielle et une fonction de protection environnementale.

■ **Néoruraux :** nouveaux habitants des communes rurales provenant des communes urbaines.

■ **« Nouvelles routes de la soie » :** projet lancé en 2013 par Xi Jinping pour mieux connecter la Chine à l'Europe et à l'Afrique par la construction d'infrastructures de transport, d'énergie et de télécommunications dans près de 70 pays.

■ **Parc naturel :** espace protégé soumis à une réglementation spécifique afin d'y préserver l'environnement, tout en favorisant le développement économique.

■ **Patrimonialisation :** processus de reconnaissance attribué à des traces du passé ou à des espaces naturels qui en font un « bien commun », exigeant sa conservation pour les générations futures.

■ **Périurbanisation :** urbanisation au-delà des limites d'une agglomération à l'origine d'un étalement urbain discontinu.

■ **PIB (produit intérieur brut) :** ensemble des richesses produites sur un territoire.

■ **Plate-forme logistique :** site organisant le transport et le stockage de flux de marchandises.

■ **Pôle de compétitivité :** réseau d'entreprises, d'universités et de centres de recherche soutenu par l'État pour renforcer leurs performances.

■ **PAC (politique agricole commune) :** politique mise en œuvre par l'Union européenne pour développer et soutenir les agricultures des États membres.

■ **Politique de l'enfant unique :** ensemble de mesures autoritaires imposées en Chine entre 1979 et 2015 afin de diminuer la natalité.

■ **Politique du *Go West* :** programme chinois de peuplement et de développement économique de l'Ouest depuis les années 2010.

■ **Polycentrisme :** existence de plusieurs lieux fonctionnels ou décisionnels dans un espace.

■ **Quartier créatif :** territoire à l'économie fondée sur la valorisation culturelle et artistique.

■ **Quartier prioritaire de la politique de la ville :** territoire bénéficiant d'aides publiques en raison de ses difficultés sociales, son faible accès à l'emploi et son enclavement.

■ **Réindustrialisation :** redéveloppement des activités industrielles d'une région et/ou d'un pays ayant connu une désindustrialisation.

■ **Révolution verte :** intensification de la culture du riz ou du blé encouragée par l'État. Elle résulte de l'utilisation de semences à haut rendement, de l'irrigation et d'engrais.

■ **Ruralité :** ensemble des représentations collectives associées à la vie dans les espaces ruraux (calme, environnement sain...).

■ ***Smart city* (ville intelligente) :** ville tirant profit de l'innovation et des nouvelles technologies pour améliorer la qualité des services urbains (gestion des transports, de l'énergie et des déchets).

■ **Starchitecture :** terme désignant les bâtiments (souvent des musées) qui présentent une architecture originale, qui attire le public autant que les expositions qui s'y trouvent.

■ ***Start-up* :** entreprise innovante des hautes technologies à fort potentiel de croissance.

■ **Synergie métropolitaine :** dynamique de rapprochement entre métropoles pour développer des liens entre elles.

■ **Système productif :** réseau d'acteurs et de moyens permettant la production, la circulation et la consommation de richesses.

■ **Technopôle :** espace productif spécialisé dans les hautes technologies en associant entreprises, universités et centres de recherche.

■ **Terres rares :** composés métalliques utilisés pour la fabrication de nombreux produits de haute technologie (smartphones, batteries).

■ **Tertiarisation :** augmentation de la population active travaillant dans les services (enseignement, banque, commerce...).

■ **Tourisme vert :** forme de tourisme tournée vers la nature, qui se pratique dans les espaces ruraux avec une attention portée au développement durable.

■ ***Townships* :** quartiers réservés aux populations de couleur lors de l'apartheid en Afrique du Sud, aujourd'hui plutôt pauvres et d'habitat dégradé parfois en cours de transformation.

■ **Transition environnementale :** transformation mise en œuvre pour s'adapter aux changements environnementaux et en limiter les conséquences.

■ **Transition urbaine :** passage d'une société majoritairement rurale à une société majoritairement urbaine.

■ **Ville compacte :** ville pensée pour limiter les déplacements, par la concentration des fonctions résidentielles, économiques et commerciales en un même lieu.

■ **Ville éponge :** ville pensée autour de la récupération et du stockage des eaux de pluie, pour éviter les inondations et pallier les manques en cas de sécheresse.

■ **Ville mondiale :** grande métropole concentrant des fonctions de commandement et exerçant une influence majeure dans le monde dans les domaines économique, financier, politique et culturel.

■ ***Wilderness* :** terme anglo-saxon désignant une « nature sauvage » à préserver.

■ **ZES (zone économique spéciale) :** territoire qui attire les entreprises étrangères grâce aux réductions d'impôts et aux aides à l'installation (terrains et locaux).

■ **Zone franche :** territoire bénéficiant d'avantages fiscaux et/ou douaniers pour attirer les entreprises et développer les activités économiques.

CHAPITRE

1 Valeurs et principes de la République à l'épreuve de la cohésion sociale

« La France est une République indivisible, laïque, démocratique et sociale. »
Article 1 de la Constitution, 1958.

> Comment la République met-elle en œuvre son projet social ?

VOTRE AVIS

Quelle image illustre le mieux, pour vous, la **cohésion sociale** ? Justifiez votre choix.

VOCABULAIRE

Cohésion sociale : intensité des liens existant entre des individus membres d'un même groupe social ou d'une même société.

L'AVIS DE L'EXPERT

1. Relevez la définition que donne Robert Castel de la cohésion sociale.
2. Identifiez une menace qui pèse sur elle et la solution préconisée par Robert Castel.

▶ Vidéo
« La cohésion sociale selon Robert Castel », passage de 0' à 2'34.
Uniopss, 14 mars 2012.
Hachette-clic.fr/25hg1184

Qui est-il ?
Robert Castel (1933-2013) est un sociologue et philosophe français, spécialiste des questions concernant l'exclusion sociale.

ENQUÊTER

Comment l'État agit-il pour réduire les fractures socio-spatiales ?

CHIFFRES-CLÉS

- ✔ En 2024, **58 %** des Français éprouvent des difficultés d'accès au logement.
- ✔ Ce chiffre s'élève à **84 %** pour les DROM.

CESE, 2024.

Votre mission Menez l'enquête sur votre territoire afin de découvrir quelles fragilités il rencontre et quelles solutions sont envisagées, à l'image de ce qui est proposé pour La Réunion.

▶ Vidéo
Pour découvrir plus de données sur La Réunion
« L'actu INSEE de La Réunion », mai 2024.
Hachette-clic.fr/25hg1185

1 La Réunion, un territoire ultra-marin touché par la **pauvreté**

La politique de la ville à La Réunion, c'est :

- plus de **162 000** personnes concernées
- un budget de **4,6 millions €** en 2022
- **4 693** emplois francs[1]
- **49** quartiers prioritaires (QPV)
- **13** communes
- **5** cités éducatives[2]

1. Dispositif permettant aux employeurs de bénéficier d'une aide financière pour l'embauche de toute personne sans emploi résidant dans un quartier prioritaire de la politique de la ville.
2. Prises en charge éducatives des enfants et des jeunes (de 0 à 25 ans) avant, pendant, autour et après l'école.

Source : ANCT, 2024 et INSEE, 2023.

2 La politique de la ville à La Réunion

VOCABULAIRE

- **Pauvreté :** concerne un individu ou un ménage dont le niveau de vie est inférieur au seuil de pauvreté (fixé à 1014€/mois pour une personne seule ou 2 500€ pour un couple avec deux enfants en 2024).

QUE DIT LE DROIT ?

- Les articles L1231-1 et L1231-2 du Code général des collectivités territoriales définissent les différentes missions de l'Agence nationale de la cohésion des territoires (ANCT).
- L'article L115-1 du Code de l'action sociale et des familles affirme la lutte contre la pauvreté et les exclusions comme impératif national. L'article L115-2 instaure le revenu de solidarité active (RSA).
- La loi n° 2014-173 du 21 février 2014 met en place la politique de la ville envers les quartiers défavorisés et leurs habitants.

N'hésitez pas à consulter ces articles sur le site Legifrance.

Enquêter en groupe

1 Répartissez-vous par groupes de trois ou quatre et choisissez un territoire à étudier. Vous pouvez choisir **un DROM, un quartier dégradé dans une métropole, une ville petite ou moyenne en difficulté, une commune rurale isolée** ou proposer tout autre territoire de votre choix à votre professeur.

2 Faites une recherche numérique pour identifier :
a. les difficultés qui fragilisent la cohésion sociale ;
b. ce qui est proposé pour redynamiser le territoire choisi ;
c. les acteurs en charge de ce défi.

- Privilégiez les sites institutionnels (l'INSEE, l'ANCT, etc.) ou les articles de presse.
- Intéressez-vous à ce qui est fait en termes d'accessibilité, de développement économique, urbain, numérique, etc.

RÉFLÉCHIR

Vers une société plus inclusive

> Comment l'inclusion fait-elle vivre les valeurs de la République ?

1 Charles Noakes, champion paralympique

Charles Noakes est devenu champion olympique de para-badminton aux Jeux de Paris 2024. Son handicap est dû à une maladie génétique qui se traduit par un raccourcissement des membres. Il témoigne dans cette vidéo de sa différence et de son parcours.

▶ Vidéo
Émission « Incassable », *France Télévisions*, 25 juillet 2024.
Hachette-clic.fr/25hg1186

2 L'inclusion scolaire, une volonté politique

2005, loi pour l'égalité des chances	2019, loi pour l'école de la confiance
Inclusion scolaire pour chacun à proximité de son domicile.	Renforcement du principe d'école inclusive (AESH, coopération avec les structures médico-sociales).

Dans les établissements scolaires à la rentrée 2024

- Plus de **490 000 élèves**[1] en situation de handicap scolarisés en milieu ordinaire.
- Plus de **132 000 AESH**, accompagnants d'élèves en situation de handicap.
- Près de **11 000 unités localisées** pour l'inclusion scolaire (ULIS) ouvertes dans les 1er et 2nd degrés.

1. Ils étaient 430 000 en 2022.

« Assurer l'accessibilité de l'école pour tous », Éducation nationale, 2024.

3 Le handicap, une des premières sources de discrimination

Les réclamations auprès du Défenseur des droits
+ 10 % entre 2022 et 2023

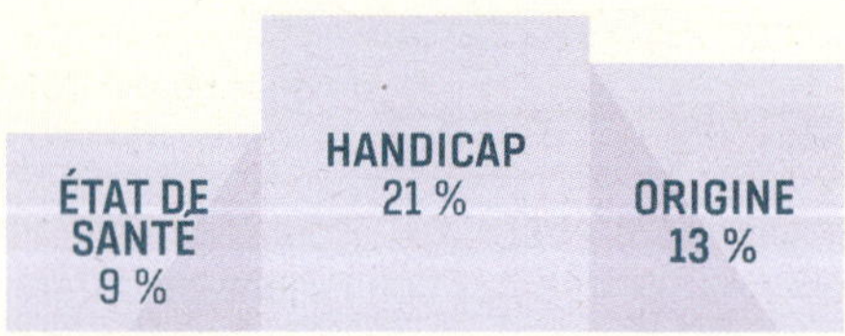

VOCABULAIRE

- **Discrimination :** mise à l'écart d'une personne ou d'un groupe en raison de ses différences selon des critères définis par la loi.
- **Handicap :** toute limitation d'activité subie par une personne en raison de son incapacité à utiliser certaines fonctions physiques, cognitives ou psychiques.
- **Inclusion :** principe qui valorise l'égalité des chances et des situations pour tous les individus, quelles que soient leurs particularités.
- **Défenseur des droits :** autorité administrative indépendante, créée en 2011, chargée de lutter contre les discriminations.

QUE DIT LE DROIT ?

- L'article 225-1 du Code pénal présente plus de 20 motifs de discrimination. Les peines encourues sont de trois ans d'emprisonnement et de 45 000 euros d'amende (article 225-2).
- La loi n° 2005-102 du 11 février 2005 pour l'égalité des droits et des chances, la participation et la citoyenneté des personnes en situation de handicap renforce les politiques pour l'accessibilité, l'intégration scolaire et l'insertion professionnelle.

PARCOURS 1

Développer une argumentation

1. **Doc. 1 et 3** Qualifiez juridiquement les souffrances que Charles Noakes a endurées en raison de sa différence et expliquez comment il les a vécues et surmontées.
2. **Doc. 2 et 3** Relevez des actions menées pour changer les mentalités et défendre les droits des personnes en situation de handicap.
3. **Doc. 1 et 2** Montrez que l'inclusion des personnes en situation de handicap à l'école et dans la société progresse.

BILAN Expliquez comment l'inclusion permet d'affirmer les valeurs républicaines de liberté, d'égalité et de fraternité. Vous montrerez les progrès pour favoriser l'inclusion dans la société et leurs limites.

PARCOURS 2

S'exprimer à l'oral

Seul(e) ou en groupe, **réalisez un diaporama** et présentez-le devant une classe pour faire la promotion de l'inclusion sociale comme moyen d'affirmer les valeurs républicaines de liberté, d'égalité et de fraternité.
Vous vous appuierez sur des témoignages et présenterez des actions menées et des progrès en cours.

Vous pouvez consulter en ligne des campagnes de sensibilisation.

RÉFLÉCHIR

Lutter contre la haine anti-LGBTQIA+

Comment la lutte contre la haine anti-LGBTQIA+ favorise-t-elle la cohésion de notre société ?

CHIFFRES-CLÉS

En 2023 :

- 4 560 infractions anti-LGBTQIA+ déclarées (+13 % par rapport à 2022), dont :
- 2 870 crimes ou délits (agressions, menaces, harcèlement…)
- 1 690 contraventions (injures)

Bilan annuel des infractions anti-LGBT+ enregistrées en 2023, 2024

1 Hoshi dénonce une nouvelle vague de cyberharcèlement LGBTQIA+phobe

Hoshi, autrice de la chanson contre l'homophobie, « Amour censure », subit une nouvelle campagne de haine en ligne, mai 2024.

> Le 17 mai c'était la journée contre les LGBTphobies et quand on a joué Amour censure sur scène il y a eu deux arcs-en-ciel 🌈
> J'ai partagé la photo sur mes réseaux et je vis un enfer notamment sur Facebook depuis.

2 La représentation des personnes LGBTQIA+ dans les médias

Audio
Cyril Lacarrière, « Les questions LGBT dans les médias, un enjeu de représentation », *radiofrance.fr*, le 15 juin 2023.
Hachette-clic.fr/25hg1187

3 Une campagne de sensibilisation contre les LGBTQIA+phobies

La campagne affirme l'engagement de l'institution scolaire contre le rejet, les discriminations et la haine. Les comportements LGBT+phobes se manifestent de façons très diverses, des formes les plus graves (discriminations, violences physiques, injures, moqueries) aux plus anodines en apparence (stéréotypes, « blagues », remarques, etc.). Ces agissements créent de la souffrance chez les jeunes et peuvent avoir des répercussions (échec scolaire, repli sur soi, et parfois comportements suicidaires).

D'après le Guide d'accompagnement « Ici on peut être soi », *education.gouv.fr*, 2023.

QUE DIT LE DROIT ?

- L'article 222-33-2-2 du Code pénal définit le harcèlement et précise les peines encourues. Elles sont de deux ans d'emprisonnement et de 30 000 € d'amende en cas de cyberharcèlement.
- L'article 132-77 du Code pénal présente le caractère aggravant de la LGBTQIA+phobie.

VOCABULAIRE

- **Cyberharcèlement :** harcèlement qui s'effectue sur Internet (réseau social, mail, blog, forum, etc.).
- **LGBTQIA+ :** sigle pour désigner les personnes lesbiennes, gays, bisexuelles, transgenres, queer, intersexes et asexuelles.

PARCOURS 1

Développer une argumentation

1. **Doc. 1** Présentez les formes de harcèlement et de haine subies par la chanteuse Hoshi.
2. **Doc. 2 et 3** Relevez des mesures prises pour lutter contre la haine anti-LGBTQIA+.
3. **Doc. 3** Relevez et expliquez le message diffusé par la campagne « Ici, on peut être soi ».
4. **Doc. 2** Relevez une action des médias qui peut favoriser une meilleure acceptation des minorités sexuelles au sein de la société.

BILAN Expliquez pourquoi la lutte contre la haine anti-LGBTQIA+ favorise la cohésion de notre société. Vous présenterez des actions menées pour illustrer vos propos.

PARCOURS 2

S'exprimer à l'oral

Présentez un pitch sur le thème « La haine anti-LGBTQIA+ : une atteinte à la démocratie ». Organisez-vous en groupe et rédigez votre pitch à l'écrit. Ce doit être une présentation courte mais convaincante. Aidez-vous des documents et de recherches personnelles (témoignage, campagne de sensibilisation, etc.).

Pas à pas

- Présentez une forme de haine et de discrimination anti-LGBTQIA+.
- Décrivez des mesures prises pour lutter contre.
- Expliquez pourquoi cette lutte renforce notre société démocratique.
- Entraînez-vous à dire votre pitch en équipe avant de le présenter devant la classe.

GRAND FORMAT L'égalité femmes-hommes

L'orientation, une question de genre ?

● Alors que la **parité** est sur le point d'être atteinte avec pratiquement autant d'emplois féminins et masculins, la mixité est loin de l'être. Seuls 20 % des salariés exercent un métier mixte, c'est-à-dire un métier où la part des femmes et des hommes est située entre 40 et 60 %.

A Les stéréotypes de genre dans les choix d'orientation

1 Un métier étonnant ?

Lorsqu'il a commencé sa vie étudiante à Dijon, Francis a vite pris conscience d'un détail : il était le seul garçon de sa promotion. Pour cause, l'étudiant de 19 ans a choisi de se former à un métier accessible aux hommes depuis 1982 seulement : sage-femme. Un choix rare, récemment mis en images dans le film *Sage-homme* de Jennifer Devoldère. On y découvre un étudiant en maïeutique[1] qui cache sa situation à sa famille. « Je suis très content qu'un film sur ce sujet existe. C'est important de montrer que c'est un métier magnifique et que les garçons aussi peuvent le faire ». Gabriel, étudiant en 4e année à l'école de sages-femmes de Lille, a dû essuyer quelques remarques. « Je pense qu'il y a une forme de honte qui subsiste et cela en dit long sur notre profession ». Pour cause, seuls 2 % des sages-femmes sont des garçons.

D'après Jeanne Paturaud et Emma Ferrand, « J'étais le seul homme de ma promotion : ces garçons qui veulent devenir sages-femmes », *Le Figaro étudiant*, le 21 mars 2023.

1. Discipline qui se consacre au suivi de la grossesse de la femme et de la vie de l'enfant après sa naissance.

2 Des choix d'études supérieures encore genrés

Les filières choisies par les filles :

- 31% (Services)
- 23% (Arts, langues, lettres, sciences humaines)
- 18% (Commerce, administration, droit et économie)
- 13% (Ingénierie, sciences et STAPS[1])
- 11% (Santé et social)
- 4% (Industrie et production)

Les filières choisies par les garçons :

- 29% (Services)
- 23% (Ingénierie, sciences et STAPS[1])
- 21% (Industrie et production)
- 14% (Commerce, administration, droit et économie)
- 10% (Arts, langues, lettres, sciences humaines)
- 4% (Santé et social)

Lecture : Seulement 4% des filles choisissent les filières de l'industrie et de la production, 4% des garçons les filières médico-sociales.

1. Sciences et techniques des activités physiques et sportives

Source : « Filles et garçons sur le chemin de l'égalité. De l'école à l'enseignement supérieur », Éducation nationale, rapport 2024.

3 La fabrique des stéréotypes de genre à l'école

REGARD DE LA SOCIOLOGUE

Le problème des stéréotypes, c'est qu'ils sont partagés par les adultes et les jeunes et qu'ils vont entraîner un tas de phénomènes négatifs dans le quotidien des classes. Les enseignants vont avoir des attentes différentes, souvent inconsciemment, par rapport aux élèves garçons et filles. À l'école primaire [par exemple], ils vont être plus ambitieux côté scientifique pour les garçons. De leur côté, les élèves savent bien qu'étant une fille ou un garçon, ils sont censés réussir plus ou moins dans un domaine. C'est ce qu'on appelle « la menace du stéréotype ».

Les orientations sont stéréotypées, aussi parce que le marché du travail est stéréotypé. Pour s'orienter dans un domaine, il faut qu'on puisse imaginer. Si, autour de soi, on ne voit que des conducteurs de machines d'un côté, que des infirmières de l'autre, ça va jouer.

Il faut faire discuter les jeunes des stéréotypes parce que certains pensent « que les choses sont comme ça ». Pour certains, c'est évident qu'une fille ne va pas aimer jouer au foot par exemple, et tout le monde n'est pas forcément d'accord avec l'idée qu'il faut casser les stéréotypes. C'est aussi là une source de leur maintien.

D'après « Choix d'orientation genrés », interview de Marie Duru-Bellat, *francetvinfo.fr*, 7 septembre 2022.

Qui est-elle ?
Marie Duru-Bellat est sociologue, professeure à Science Po et spécialiste des questions de genre dans le système scolaire.

B Les inégalités de genre dans le monde professionnel

a - Des salaires féminins inférieurs

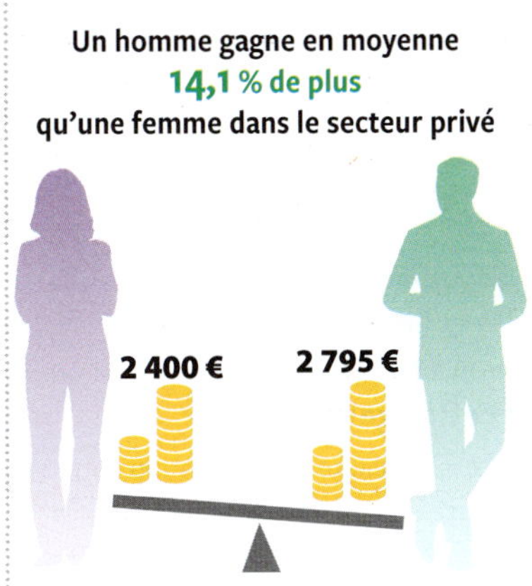

Source : *Vers l'égalité réelle entre les femmes et les hommes*, 2023.

b - L'emploi des femmes plus précaire

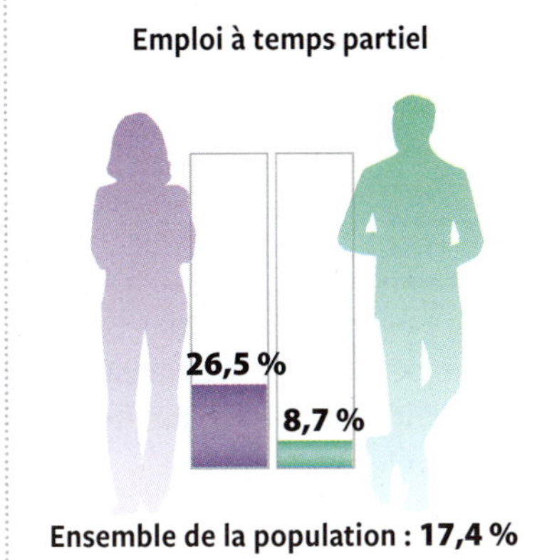

Source : Insee, 2023.

c - La part des femmes cadres

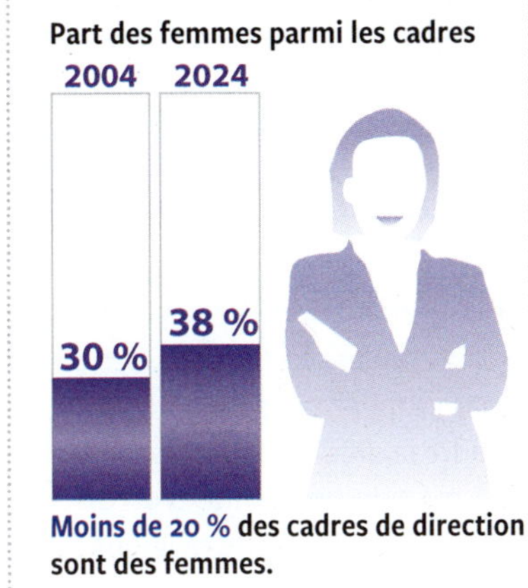

Source : IAPEC, 2024.

4 Vers plus d'égalité femme-homme dans le travail ?

QUE DIT LE DROIT ?

- Depuis 1946, l'égalité femmes-hommes est un principe constitutionnel qui garantit aux femmes des droits égaux à ceux des hommes (article 1 de la Constitution, 1958).
- De nombreuses lois pour l'égalité économique et professionnelle ont été votées, comme la loi n° 2014-873 du 4 août 2014 pour l'égalité réelle entre les femmes et les hommes.

VOCABULAIRE

- **Parité :** représentation à parts égales des femmes et des hommes.
- **Précarité :** absence d'une ou plusieurs sécurités (emploi, habitat, accès aux soins, etc.).
- **Stéréotype de genre :** image préconçue relative aux caractéristiques et aux rôles que les femmes et hommes ont ou devraient avoir dans la société.

PARCOURS 1

Réfléchir

1. **Doc. 1** Identifiez les préjugés auxquels les étudiants ont pu faire face quand ils ont choisi leur filière.
2. **Doc. 2** Montrez l'importance des stéréotypes dans le choix d'orientation dans les études supérieures.
3. **Doc. 3** Relevez les éléments qui permettent de comprendre le poids des stéréotypes de genre dans l'orientation.
4. **Doc. 4** Relevez les éléments qui peuvent expliquer cette affirmation de la philosophe Geneviève Fraisse : « Les lois sur l'égalité économique ne font pas l'égalité économique ».

BILAN Rédigez une réponse organisée expliquant pourquoi déconstruire les stéréotypes de genre agit pour une meilleure cohésion sociale. Vous appuierez votre réponse sur les documents étudiés.

PARCOURS 2

Réaliser

Réalisez une courte vidéo « Une orientation réussie, c'est celle que JE choisis »

Pas à pas

1. Après avoir effectué des recherches sur le site du *centre-hubertine-auclert.fr*, identifiez avec la classe une liste de métiers non mixtes à l'image de ceux montrés dans l'exposition « Tous les métiers sont mixtes ».
2. Organisez-vous par groupes de deux ou trois et répartissez-vous les métiers.
3. Construisez le synopsis de votre vidéo. Il s'agit de faire s'exprimer un influenceur ou une influenceuse qui a choisi un métier non mixte, source de fierté pour lui ou elle. Vous avez entre 60 et 90 secondes.
4. Réalisez votre vidéo pour la projeter à la classe.

AGIR

La laïcité, un principe républicain pour vivre ensemble

1 Une campagne de promotion de la laïcité à l'école

Lancée à la rentrée 2024, la campagne « C'est ça la laïcité » met en scène la laïcité à l'école où elle se vit au quotidien. Elle se compose d'affiches accompagnées d'un développement. Exemple :

Campagne nationale de promotion de la laïcité à l'école
hachette-clic.fr/25hg1188

DONNER LE MÊME ENSEIGNEMENT À ROMANE, ALEX ET ELYJAH QUELLES QUE SOIENT LEURS CROYANCES

Pas de tabou dans l'enseignement. En cours, les professeurs transmettent à tous leurs élèves une culture générale, un savoir scientifique, des connaissances objectives. Et pas ce qu'ils pensent ou croient, eux ! Ils nous font comprendre la différence entre croire et savoir. Pour les élèves, c'est aussi la possibilité d'en discuter quelles que soient leurs opinions ou leurs religions s'ils en ont une. Ces enseignements ne privent personne de la liberté de croire ou de ne pas croire. L'école, le collège et le lycée sont des lieux de transmission du savoir et de partage.

La laïcité offre à tous cette égalité.

« C'est ça la laïcité », Ministère de l'Éducation nationale, septembre 2024.

2 La laïcité selon Patrick Weil

Qui est-il ?

Patrick Weil est un historien, directeur de recherche au CNRS, spécialiste des questions d'immigration, de citoyenneté et de laïcité.

▶ Vidéo
« La laïcité, c'est quoi ? Retour au texte de 1905 avec Patrick Weil »
France culture, 9 décembre 2020.
Hachette-clic.fr/25hg1189

QUE DIT LE **DROIT ?**

- Les deux premiers articles de la loi du 9 décembre 1905 concernant la séparation des Églises et de l'État en présentent les principes généraux. Le reste du texte fixe les modalités d'application de la loi (articles 3 à 43).
- La loi n° 2004-228 du 15 mars 2004 encadre, en application du principe de laïcité, le port de signes ou de tenues manifestant une appartenance religieuse dans les écoles, collèges et lycées publics. Elle intègre le Code de l'éducation à l'article 141-5-1 dans la partie « La laïcité de l'enseignement public ».

VOCABULAIRE

Laïcité : principe de séparation entre le politique et le religieux. Il garantit la neutralité de l'État et la liberté de conscience des citoyens.

Construire un quiz sur la laïcité en France

Étape 1

1. **Doc.1** Identifiez et expliquez ce qui est rendu possible au lycée grâce à la laïcité selon la campagne « C'est ça la laïcité ».
2. **Doc.2** Relevez comment Patrick Weil définit la liberté de conscience et la liberté de culte.
3. **Doc.2** Montrez comment la laïcité garantit la liberté et l'égalité entre tous.

Étape 2

4. En vous appuyant sur les documents proposés, construisez un quiz sur la laïcité. Il portera sur les grands principes de la laïcité en France et s'intéressera à ce qu'elle permet à l'école.

Bilan

*« L'idéal commun de **liberté**, d'**égalité** et de **fraternité** »*
Préambule de la Constitution, 1958.

*« Une République **indivisible**, **laïque**, **démocratique** et **sociale** »*
Article 1 de la Constitution, 1958.

Des valeurs et des principes à l'épreuve de la cohésion sociale

Le projet social de la République

Agir contre les fragilités socio-spatiales
- Loi généralisant le revenu de solidarité active et réformant les politiques d'insertion, **2008**.
- Loi fondant l'Agence nationale de la cohésion des territoires, **2019**.

Agir pour l'inclusion et contre les discriminations
- Loi mettant en place le **Défenseur des droits** (article 71-1 de la Constitution), **2011**.

Agir pour l'égalité entre les femmes et les hommes
- Loi pour l'égalité réelle entre les femmes et les hommes, **2014**.

Garantir la liberté de conscience de tous
- Loi de séparation des Églises et de l'État, **1905**.

Projets

Projet 1 Réaliser une campagne d'information

Votre mission Vous allez réaliser une campagne d'information **« Comprendre et agir face aux situations qui nuisent à la cohésion sociale »**.

En équipe, vous réaliserez une recherche documentaire afin de traiter une situation au choix puis vous construirez un support pour une communication orale.
Suivez le guide de la fiche projet !

Fiche projet
Réaliser une campagne d'information
hachette-clic.fr/25hg1190

Projet 2 Participer à un débat d'experts

Votre mission Vous allez participer à un débat d'experts au choix sur **« L'égalité femmes-hommes »** ou sur **« Une société plus inclusive »**.

En équipe, vous réaliserez une recherche documentaire pour préparer un aspect du débat afin d'en devenir experts. Ainsi, chaque équipe proposera des arguments complémentaires pour nourrir le débat.
Suivez le guide de la fiche projet !

Fiche projet
Participer à un débat d'experts
hachette-clic.fr/25hg1191

CHAPITRE

2 La République et la Nation

« La France est une République indivisible [...]. Elle respecte toutes les croyances. Son organisation est décentralisée. ».

Article 1 de la Constitution, 1958.

> Comment la République assure-t-elle l'unité de la Nation et reconnaît-elle sa diversité ?

VOTRE AVIS

Quelle image illustre le mieux, pour vous, la cohésion nationale ? Justifiez votre choix. Vous partagerez votre avis avec la classe.

VOCABULAIRE

- **Nation :** communauté d'hommes et de femmes souhaitant vivre ensemble sur un même territoire et respectant les mêmes lois.
- **Nationalité :** appartenance légale à un État.

L'AVIS DE L'EXPERT

1. Précisez ce qu'est une Nation pour Pierre Nora.
2. Expliquez pourquoi « faire nation » demande de partager des valeurs communes.

Qui est-il ?

Pierre Nora est un historien français, connu pour ses travaux sur la Nation et les questions mémorielles.

La Nation selon Pierre Nora

Les trois sens du mot « **Nation** » se sont fixés lors de la Révolution de 1789. Son sens social : une population vivant sous les mêmes lois, réunie sur un même territoire et appartenant à la même **nationalité**. Son sens juridique : un corps de citoyens égaux devant la loi et personnifié par une autorité souveraine. Son sens historique : une collectivité unie par le sentiment de sa continuité, un passé partagé, un avenir commun, un héritage commun à transmettre.

D'après Pierre Nora, *Guide républicain. L'idée républicaine aujourd'hui.* SCÉRÉN-CNDP, 2004.

ENQUÊTER

Quel est l'intérêt de la décentralisation ?

CHIFFRES-CLÉS

En 2023, les collectivités territoriales gèrent **300 milliards d'euros** soit **20 %** des dépenses publiques françaises.

budget.gouv.fr, 2024.

Votre mission Menez une enquête afin de découvrir comment la décentralisation permet de garantir l'unité de la Nation en prenant en compte la diversité des territoires.

RÉGION

- **Formation professionnelle et apprentissage**
- **Lycées**
- **Voiries**
- **Transports ferroviaires régionaux**
- **Parcs naturels régionaux**
- **Gestion de l'eau**

DÉPARTEMENTS

- **Collèges**
- **Routes départementales**
- **Élimination des déchets**
- **Sécurité** (circulation, prévention de la délinquance...)
- **Solidarité** (aide sociale à l'enfance)

1 Les compétences des **collectivités territoriales**

2 La **décentralisation** pour être proche des citoyens

Lorsqu'en Haute-Garonne, le conseil départemental, de concert avec l'Éducation nationale, met en place un programme de mixité sociale dans les collèges, nous sommes acteurs de cohésion sociale sur notre territoire et nous répondons à l'ambition nationale de réussite scolaire. Lorsque nous accélérons la bifurcation écologique en déployant nos politiques de préservation des ressources (eau, biodiversité, agriculture, mobilités, énergies), que nous travaillons à l'anticipation des risques et des vulnérabilités, nous intégrons justice sociale et enjeux climatiques. Lorsque nous déployons, avec l'État, un réseau de Maisons de proximité pour accompagner les usagers dans leurs démarches administratives, nous luttons contre ce phénomène de « déshumanisation des services publics ».

Sébastien Vincini, président du conseil départemental de Haute-Garonne, « La décentralisation n'est pas un gros mot, faisons autrement ! », *La gazette des communes*, 2 octobre 2024.

VOCABULAIRE

- **Collectivité territoriale :** structure administrative dirigée par des représentants élus, dotée d'une autonomie financière. Les principales collectivités territoriales sont les régions, les départements et les communes.
- **Décentralisation :** mode d'organisation d'un État unitaire qui consiste à transférer des compétences de l'État vers les collectivités territoriales.

QUE DIT LE DROIT ?

- La **loi constitutionnelle du 28 mars 2003** affirme l'organisation décentralisée de la République, la démocratie locale directe, l'autonomie financière des collectivités territoriales et le statut des collectivités d'outre-mer.
- La **loi NOTRe du 7 août 2015** confie de nouvelles compétences aux régions en modifiant l'**article L1111-9** du **Code général des collectivités territoriales.**

N'hésitez pas à consulter ces articles sur le site Legifrance.

Enquêter en groupe

1. Répartissez-vous par groupes de trois ou quatre et choisissez une collectivité territoriale à étudier (votre région ou votre département par exemple).
2. À l'aide des documents et du site *vie-publique.fr*, relevez l'intérêt que représente la décentralisation puis identifiez des compétences de la collectivité choisie.
3. Complétez vos informations par une recherche numérique sur des initiatives locales menées par votre collectivité territoriale qui prennent en compte des caractéristiques du territoire (climatiques, physiques, répartition de la population, niveau de richesse, proximité ou éloignement des grandes agglomérations...).

Privilégiez les sites officiels des collectivités territoriales ou les articles de presse locale et régionale.

RÉFLÉCHIR

Une Nation ouverte à la diversité

➤ Comment la République permet-elle l'intégration à la communauté nationale ?

1 « Portraits de France » pour reconnaître la diversité de la France

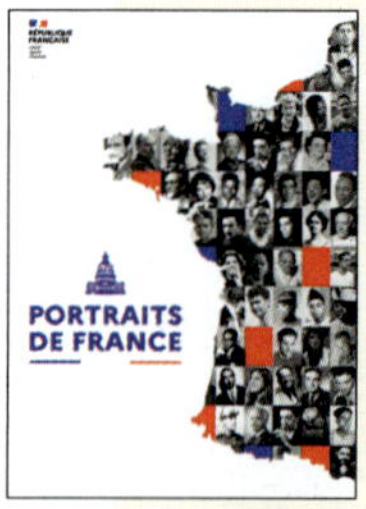

Les *Portraits de France* rassemblent 318 fiches consacrées à des personnalités qui ont contribué à notre Histoire mais qui n'ont pas encore tous trouvé leur place dans notre mémoire collective. Les femmes et les hommes qui figurent dans ce recueil sont venus des quatre coins du monde ou sont nés en France. Ils sont nés français, ont été naturalisés français ou encore se sont engagés d'une façon ou d'une autre pour la France.

D'après *ecologie.gouv.fr*, novembre 2023.

2 Intégrer la nation française

Devenir Français, c'est avoir des droits, mais aussi accepter les devoirs liés au respect des institutions de la France, de ses valeurs, de ses règles de vie commune. En devenant Français, vous accédez à la citoyenneté. Vous pourrez désormais voter et être élu. Vous allez ainsi pouvoir décider non seulement de l'avenir de notre pays mais aussi de celui de l'Union européenne. En effet, en devenant **citoyen** français, vous devenez en même temps citoyen européen.

D'après le discours du préfet de la Haute-Corse lors d'une cérémonie de **naturalisation**, le 6 février 2020.

À la naissance, si on est né (ou adopté) d'un ou de deux parents français

À la naissance, si l'un des parents est lui-même né en France

Par mariage, en épousant un(e) Français(e)

Par naturalisation, après que sa demande a été acceptée

À 18 ans, si on est né en France et qu'on a vécu en France

Source : Legifrance.fr

3 Obtenir la nationalité française

QUE DIT LE DROIT ?

Les **articles 17 à 33-2** du **Code civil** présentent les différentes manières d'attribuer, d'acquérir ou de perdre la nationalité française.

N'hésitez pas à consulter ces articles sur le site Legifrance.

VOCABULAIRE

- **Citoyen :** membre de la communauté nationale possédant des droits politiques.
- **Naturalisation :** obtention de la nationalité française à la demande d'un ressortissant étranger résidant en France.

PARCOURS 1

Développer une argumentation

1. **Doc.1** Expliquez les objectifs et les enjeux du projet *Portraits de France*.
2. **Doc.2 et 3 + Que dit le Droit** Montrez comment des étrangers peuvent intégrer la communauté nationale.
3. **Doc.1 et 2** Expliquez pourquoi cette ouverture est une richesse pour la nation française.

BILAN Expliquez pourquoi on peut affirmer que la communauté nationale française est ouverte à la diversité. Présentez une personne ou une personnalité qui a intégré la nation française et montrez comment le droit a encadré son intégration.

PARCOURS 2

S'exprimer à l'oral

En binôme, réalisez une interview imaginaire d'une des personnalités de *Portraits de France*.
Votre interview devra préciser ses données biographiques, les domaines dans lesquels elle s'est illustrée et son lien avec la France (son histoire, sa culture, etc.).
Vous enregistrerez votre interview qui doit durer entre 3 et 5 min.

RÉFLÉCHIR

La Nation et le « devoir de mémoire »

› Comment les questions mémorielles peuvent-elles être des facteurs d'unité ?

1 Ginette Kolinka, « passeuse de **mémoire** »

Rescapée de la Shoah, Ginette Kolinka témoigne devant les lycéens d'Antibes (décembre 2023).

2 Débat autour d'une panthéonisation

C'est l'historien Benjamin Stora qui avait le premier soumis l'idée de faire entrer Gisèle Halimi au Panthéon, parmi une vingtaine de préconisations « pour réconcilier les mémoires » entre la France et l'Algérie.

« J'ai proposé Gisèle Halimi parce que cela semblait aller de soi » explique Benjamin Stora, qui a longtemps côtoyé l'avocate. « Pour moi, elle est une grande figure du féminisme et de l'anticolonialisme, deux sujets qui sont extrêmement discutés dans la jeune génération », poursuit l'historien. « La question de la place des femmes dans la société, des violences sexuelles et la question coloniale sont d'une brûlante actualité. »

Cependant sa proposition a suscité des polémiques : « J'avais été surpris de la vigueur de ces oppositions qui ne lui pardonnaient pas sa défense de Djamila Boupacha[1] et lui reprochaient d'avoir trahi la France. C'était les mêmes arguments que dans les années 60. »

D'après Fabien Recker, « Gisèle Halimi : pourquoi Macron lui refuse le Panthéon », *Public Sénat*, 26 août 2021.

1. Militante du Front de libération nationale algérien (FLN), condamnée à mort puis amnistiée.

3 À quoi sert le Panthéon ?

▶ Audio
Gérard Noiriel, « À quoi sert le Panthéon ? »,
France Culture, 20 octobre 2021, durée 3 min.
Hachette-clic.fr/25hg1192

QUE DIT LE DROIT ?

Quatre lois mémorielles sont actuellement en vigueur en France :
- la loi du 13 juillet 1990 (dite loi Gayssot) crée le délit de négation du génocide des Juifs (négationnisme) ;
- la loi du 29 janvier 2001 reconnaît le génocide arménien de 1915 ;
- la loi du 21 mai 2001 (dite loi Taubira) reconnaît la traite et l'esclavage comme crime contre l'humanité ;
- la loi du 23 février 2005 reconnaît les souffrances liées aux guerres d'indépendance.

N'hésitez pas à consulter ces lois sur le site Legifrance.

NOTION

Mémoire : faculté de se souvenir du passé. Parcellaire et subjective, individuelle ou collective, elle participe à l'identité d'un groupe ou d'une personne. Elle a donné naissance à la fin du XXe siècle au **« devoir de mémoire »** défini comme une obligation morale de se souvenir du passé.

PARCOURS 1

Développer une argumentation

1. Doc.1 Expliquez pourquoi il est important pour les lycéens d'entendre un témoignage comme celui de Ginette Kolinka.
2. Doc.2 Effectuez une recherche biographique sur Gisèle Halimi.
3. Doc.2 et Doc. 3 Relevez et expliquez les raisons d'un débat pour sa panthéonisation.

BILAN Expliquez que les questions mémorielles peuvent montrer l'unité d'une nation, mais qu'elles peuvent aussi être le lieu de « conflits mémoriels ». Vous pourrez vous appuyer sur les documents et effectuer une recherche sur une situation mémorielle.

PARCOURS 2

S'exprimer à l'oral

En binôme, réalisez une présentation en « 180 secondes » sur un lieu de mémoire ou un temps mémoriel.

Effectuez une recherche en vous appuyant sur des sites institutionnels. Votre présentation devra adopter un ton neutre informationnel afin de montrer les enjeux et les tensions éventuelles de cette situation mémorielle.

GRAND FORMAT Sécurité nationale et société numérique
Quels nouveaux enjeux ?

● La sécurité nationale est confrontée à de nouveaux enjeux (terrorisme, ingérences étrangères en ligne, pandémies...) dans un monde de tensions et de compétition entre puissances, tandis que les menaces traditionnelles restent très actives (guerre en Ukraine, catastrophes naturelles...).

A Comprendre la guerre hybride menée par la Russie

1 Une campagne de désinformation menée par la Russie lors des JO de Paris 2024

« Vous voyez ce reportage de TF1 ? Et bien c'est un faux. Et celui-là du *Figaro*, aussi. Toutes ces vidéos viennent en fait de bien plus loin qu'on l'imagine, en Russie. À chaque fois le même procédé, le logo d'un média, parfois même sa police d'écriture, et à chaque fois le même but, discréditer les JO et la France, et installer un climat de peur. Dans ce reportage censé venir de TF1, on apprend par exemple que les femmes françaises sont invitées à accoucher avant les jeux pour libérer des lits d'hôpitaux. C'est évidemment faux. Ici, c'est un produit anti-punaise de lit qui aurait fini dans l'eau parisienne, devenue dangereuse pour notre santé. Ces vidéos sont d'abord destinées à un public russe. Elles circulent sur des boucles Telegram avant d'être publiées sur des sites d'information russophones. Ce genre de vidéos apparaît tous les jours, et les médias ne peuvent rien y faire. Alors face à ça, le ministère de l'Europe et des Affaires étrangères nous a indiqué mener une enquête pour savoir si le phénomène est géré par des citoyens pro-russes isolés ou s'il s'agit d'une ingérence pilotée par le Kremlin.

Transcription d'un extrait de « Faux reportages, désinformation : comment la Russie mène-t-elle une propagande anti-JO envers la France ? », *Le Parisien*, le 27 avril 2024.

▶ Vidéo
« Faux reportages, désinformation : comment la Russie mène-t-elle une propagande anti-JO envers la France ? », *Le Parisien*, le 27 avril 2024.
Hachette-clic.fr/25hg1193

2 Protéger contre les ingérences numériques étrangères visant les JO de Paris 2024

17 mois de surveillance (avr. 2023-8 sept. 2024)

43 manœuvres informationnelles détectées

VIGINUM

7 modes opératoires identifiés → Dont :
- divulgation sur la vie privée d'un athlète ;
- création de faux contenus audiovisuels ;
- recours à des influenceurs.

D'après « Rapport - Synthèse de la menace informationnelle ayant visé les JOP de Paris 2024 », sgdsn.gouv.fr, le 13 septembre 2024.

Qu'est-ce que c'est ?
Viginum est un service gouvernemental de protection contre les campagnes de manipulation de l'information en ligne qui visent à nuire aux intérêts fondamentaux de la France.

3 Faire face aux menaces hybrides

Le récent endommagement de câbles de télécommunication sous-marins en mer Baltique reliant l'Allemagne et la Finlande, et la Lituanie avec la Suède, considérés comme des actes de sabotage, a rappelé la vulnérabilité des infrastructures critiques aux attaques hybrides. Les soupçons se portent sur la Russie.
Le Conseil de l'Union européenne a condamné l'intensification de la campagne d'activités hybrides menée par la Russie contre l'UE, dont la désinformation, les cyberattaques, ou l'instrumentalisation des migrations.
« Perturber les sociétés occidentales et susciter la peur au sein de la population : tels sont les buts de ces attaques hybrides, détaille Joris Van Bladel, chercheur à l'Institut Egmont à Bruxelles. Pourquoi font-ils ça ? Parce que c'est moins coûteux pour les Russes », explique le chercheur.
En mai, le Conseil de l'UE a approuvé un cadre pour coordonner la réponse de l'UE aux campagnes hybrides. Il prévoit notamment le déploiement d'équipes d'intervention rapide en cas de menaces hybrides[1].

Amandine Hess, « Comment faire face aux menaces hybrides dans les pays Baltes ? » *Euronews*, le 11 décembre 2024.

1. Le 8 octobre 2024, le Conseil de l'UE adopte une décision qui prévoit le gel des fonds et ressources économiques de personnes physiques ou morales, entités ou organismes menant ces activités déstabilisatrices

B Protéger la communauté nationale

Faire face à des menaces diverses

Se préparer aux « guerres de haute intensité »
Des militaires formés à de nouvelles formes d'affrontements (drone, guerre urbaine, etc.), juin 2024.

Intervenir en cas de catastrophe naturelle
Des gendarmes mobiles en action après le cyclone Chido à Mayotte, décembre 2024.

Combattre les cyberattaques
Les « cybercombattants » du COMCYBER, Rennes, mars 2021.

Lutter contre le risque terroriste
Militaires de l'opération Sentinelle, aux côtés de policiers pour sécuriser les abords du chantier de Notre-Dame de Paris, 2024.

4 Une politique de défense protéiforme

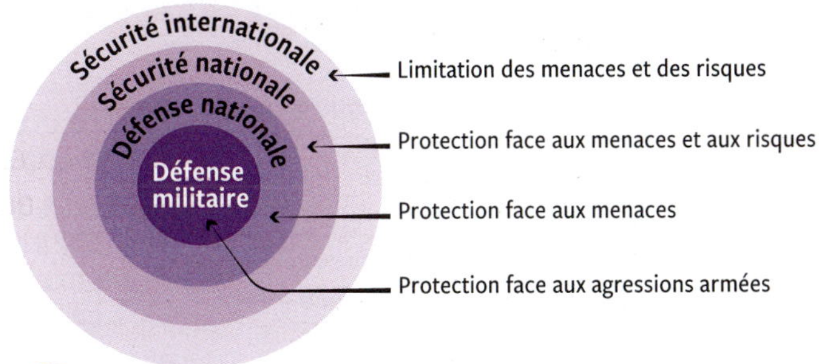

5 La stratégie française de défense et de sécurité

Plus de **240 000 militaires**[1]	Près de **135 000 gendarmes**[1]
Plus de **250 000 pompiers**[1]	Plus de **150 000 policiers**[1]

1. dont réservistes.

Source : Ministère de l'Intérieur et ministère des Armées, 2024.

6 La sécurité nationale en quelques chiffres-clés

QUE DIT LE DROIT ?

- Le Code de la défense pose les principes de la politique de sécurité et de défense, dont le but est d'identifier l'ensemble des menaces et assurer l'intégrité du territoire et la protection de la population (articles L.1111-1 à L.1111-4).
- La loi n° 2024-850 du 25 juillet 2024 met en place des mesures pour prévenir les ingérences étrangères qui se sont intensifiées.

N'hésitez pas à consulter ces articles sur le site Legifrance.

VOCABULAIRE

- **Désinformation :** diffusion d'informations inexactes visant à influencer l'opinion publique.
- **Ingérence :** acte, pour un État, de s'immiscer dans les affaires intérieures d'un autre État, en violation de sa souveraineté.
- **Guerre hybride :** conflit combinant des actions militaires et non militaires (intimidation stratégique, action économique, manipulation de l'information...).
- **Réserviste :** citoyen volontaire pour participer à des opérations militaires et de sécurité publique.

PARCOURS 1

Réfléchir

1. **Doc. 1** Décrivez les nouvelles menaces à la sécurité nationale illustrées par le document.
2. **Doc. 2** Montrez l'importance de la mission de Viginum à l'occasion des JO de Paris.
3. **Doc. 3** Expliquez les objectifs des activités hybrides menées par la Russie et la réponse apportée par l'UE.
4. **Doc. 4, 5, 6 + Que dit le droit ?** Présentez les moyens et stratégies déployés par la République pour faire face aux différentes menaces.

BILAN Rédigez une réponse organisée expliquant pourquoi les menaces hybrides sont un enjeu majeur pour la sécurité nationale et la démocratie. Puis présentez des moyens mis en œuvre par la République pour protéger la communauté nationale.

PARCOURS 2

Construire une affiche

Construisez une affiche de prévention contre les menaces visant à déstabiliser la nation et la démocratie.

1. Organisez-vous par groupes de deux ou trois et identifiez des menaces susceptibles de porter atteinte à la communauté nationale à l'aide des documents ou de vos recherches personnelles.
2. Construisez votre affiche. Elle présentera différents exemples de menaces et précisera leurs conséquences ainsi que les moyens mis en œuvre pour s'en prémunir.

AGIR Comment renforcer l'engagement de la jeunesse ?

1 Les « cadets de la République »

Chaque année, une trentaine de jeunes, âgés de 18 à 30 ans, intègrent la formation de cadets de la République. Elle permet de devenir adjoint de sécurité et de se préparer au concours de gardien de la paix sans condition de diplôme. Léa témoigne :

« Je suis titulaire d'un bac. J'ai fait un **service civique** dans une école. Je voulais entrer dans la police, depuis un stage de 3e dans un commissariat. Je voulais être sûre que le métier allait me plaire. La formation de cadets me permet d'avoir un pied dedans, de me projeter pour la suite. J'aimerais intégrer, à terme, une brigade de protection des familles. »

D'après Pierre Momboisse, « Témoignages de cadets de la république », *Ouest France*, février 2021.

2 Le projet **commémoratif** d'une **classe défense**

Stèle du souvenir réalisée en 2023 par les élèves du bac pro chaudronnerie industrielle de la classe défense du lycée professionnel Luxembourg de Vesoul, en collaboration avec les chaudronniers de la base aérienne 116 pour **commémorer** le crash d'un Mirage 2000-D dans le Haut-Jura.

3 Les jeunes et l'engagement

- ✔ **30 %** des 15-30 ans déclarent être des **bénévoles** réguliers au sein d'associations.
- ✔ **90 000** des 18-25 ans se présentent aux tests de recrutement des armées chaque année (25 % sont acceptés).
- ✔ **28 200** des 11-18 ans suivent la formation des jeunes pompiers volontaires.

CRÉDOC et CEVIPOF, 2024

QUE DIT LE DROIT ?

- La loi n° 2017-86 du 27 janvier 2017 relative à l'égalité et à la citoyenneté crée la réserve civique qui « contribue à développer la fraternité, la cohésion nationale et la mixité sociale » (article 1).
- Un arrêté du 30 décembre 2019 crée la Direction du service national et de la jeunesse (DSNJ). Elle organise les dispositifs dédiés à la jeunesse du ministère des Armées (classe défense, service civique, etc.).

VOCABULAIRE

- **Commémoration :** hommage public rappelant le souvenir de défunts ou d'événements considérés comme mémorables pour une communauté.
- **Classe défense :** projet pédagogique et éducatif interdisciplinaire et pluriannuel, en lien avec la défense et la sécurité.
- **Bénévole :** individu qui s'engage librement, sur son temps personnel, pour mener une action non rémunérée au bénéfice des autres ou d'une cause.
- **Service civique :** engagement volontaire des jeunes de 16 à 25 ans pour une durée de 6 à 12 mois, dans le cadre d'une mission d'intérêt général.

Organiser une table ronde

Étape 1

1. Organisez-vous par groupes de quatre ou cinq et prélevez les informations sur différents dispositifs d'engagement de la jeunesse. Vous utiliserez les documents et mènerez une recherche pour compléter les informations trouvées.

Dispositif d'engagement	Objectifs du dispositif	Données chiffrées	Exemple d'actions réalisées
Cadet de la République **Doc.1**			
Service civique **Doc.1**			
Classe défense **Doc.2**			
Jeunes pompiers volontaires **Doc.3**			

Étape 2

2. Organisez la table ronde. Durant cinq minutes d'échanges, chaque élève incarne un acteur d'un dispositif et témoigne de son engagement.
3. À l'issue de la table ronde, le groupe rédige une réponse courte mais construite à la question : « Comment renforcer l'engagement de la jeunesse ? ».

Bilan

> « *La France est une* ***République indivisible*** *[...]. Elle respecte toutes les croyances. Son organisation est* ***décentralisée.*** »
>
> Article 1 de la Constitution, 1958.

La République et la Nation

Une communauté nationale riche de sa diversité

Une France décentralisée
- 13 régions métropolitaines et 5 régions d'outre-mer.

Une communauté nationale ouverte
- 97 000 personnes devenues françaises en 2023.
- 552 000 bébés sont nés français en 2023.

La question de la mémoire
- Loi Gayssot, 1990.
- Loi Taubira, 2001.

Une défense nationale pour la sécurité de tous
- Livre blanc sur la défense et la sécurité, 2013.

Projets

Projet 1 Participer à un concours d'éloquence

Votre mission Vous allez participer à un concours d'éloquence sur « **Commémorations et "devoir de mémoire"** ».

En équipe, vous réaliserez une recherche documentaire pour traiter un aspect au choix du sujet puis vous construirez votre oral d'éloquence. Suivez le guide de la fiche projet !

Fiche projet
Participer à un concours d'éloquence
hachette-clic.fr/25hg1194

Projet 2 Participer à un débat mouvant

Votre mission Vous allez participer à un débat mouvant sur le thème « **Les principes fondateurs de la République : les voir respectés et de mieux en mieux réalisés** ».

En équipe, vous réaliserez une recherche documentaire sur le thème du débat choisi. Vous construirez ensuite des affirmations à débattre sur lesquelles chaque participant au débat se positionnera.
Suivez le guide de la fiche projet !

Fiche projet
Participer à un débat mouvant
hachette-clic.fr/25hg1195

Crédits photographiques

Couverture :
Haut : Kuala Lumpur, Malaisie : Shutterstock/f11photo
Bas : Gustave Caillebotte (1848-1894), *Rue de Paris, temps de pluie* : Art Institut Chicago

Crédits photographiques Histoire :

21 1 : Bridgeman Images ; 21 2 : Bridgeman Images/Leemage ; 22 a, 26 et 29 : (Louis XVIII) Manuel Cohen / Aurimages ; 22 b, p.34, 39 et 41 : (Napoléon) Bridgeman Images/Leemage ; 23 3g : Petit Palais, Musée des Beaux-Arts de la Ville de Paris ; 23 3d : Paris Musées / Petit Palais, Musée des Beaux-Arts de la Ville de Paris ; 23 4 : Château de Versailles ; 25 : Musée Carnavalet / Ville de Paris ; 26 et 39 : (Robespierre) Bridgeman Images/Leemage ; 27 et 39 : (Roland) Bridgeman Images/Leemage ; 27 4 : Musée Carnavalet, Paris ; 29 : b : Paris Musées / Musée Carnavalet - Histoire de Paris ; 34 1 : akg-images / Erich Lessing ; 36 : akg-images / Laurent Lecat ; 37 : akg-images ; 42 : Paris Musées / Musée Carnavalet - Histoire de Paris ; 43 a : Archipel 35 / Archipel 33 ; 43 b : Acte Sud ; 43 c : Chubarova Iryna/Shuttersock ; 48 a, 54, 57 et 263 : (Louis XVIII) Incamerastock / Alamy Stock Photo ; 48 b, 50, 57 et 264 a : (Klemens Wenzel Von Metternich) The Picture Art Collection / Alamy ; 48 c, 57 : (Charles X) Photo Josse / Bridgeman Images ; 48 d, 55 et 63 et 263 : (louis-Philippe) Bridgeman Images ; 49 1 : The Granger Collection, New York/ Coll. Christophel ; 49 2 : Photo Josse / Bridgeman Images ; 51 : SIPA ; 54 : Paris Musées / Musée Carnavalet ; 57 : (Talleyrand) Getty Images ; 58, 63, 65 et 262 : Photo Josse / Bridgeman Images ; 58 1 : RMN ; 59 : Photo Josse / Bridgeman Images ; 60 : Photo12/Ullstein Bild ; 63 a : (Mazzini) Dagli Orti ; 63 b : (Lajos Kossuth) Photo12/Universal Images Group/Bildagentur-online ; 66 1 : World History Archive / Collection Christophel ; 66 2 : Bridgeman Images ; 67 a : Collection Christophel © Hachette Première / Canal ; 67 b : DR ; 67 c : Shutterstock ; 70 : Photo Josse / Bridgeman Images ; 71 : Molteni&-Motta/Universal Images Group via Getty Images ; 72-73 : Photo Josse / Bridgeman Images ; 74 a, 78, p 80, 91 et 262 : (Lamartine) Photo Josse / Bridgeman Images ; 74, 80, 83, 84 et 262 :(Napoléon III) Bridgeman Images/Leemage ; 75 1 : Paris Musées / Musée Carnavalet - Histoire de Paris ; 75 2 : Joseph Désiré Court (1797 - 1865) : La Commission du Musée Napoléon présente à Leurs Majestés Impériales au palais de Saint-Cloud, les plans du Musée fondé à Amiens par l'empereur, 1859, huile sur toile, collection du Musée de Picardie, Amiens photo Claude Gheerbrant/ Musée de Picardie ; No inv. : M.P.385 ; 77 3 : Photo Josse / Bridgeman Images ; 77 et 264 : (Schoelcher) RMN ; 78 2 : Bridgeman Images/Leemage ; 79 : et 264 : (Sand) Musée de la Vie romantique / Roger-Viollet ; 79 3 : Leonard de Selva / Bridgeman Images ; 80 b : (Cavaignac) Getty Images ; 80 c et 83 a : (Alexandre Ledru-Rollin) Fine Art Images/Heritage Images via Getty Images ; 80 d : (Raspail) Getty Images ; 83 b : (Louis Blanc) Fine Art Images/ Heritage Images via Getty Images ; 83 c : (Thiers) Photo Josse / Bridgeman Images ; 85 : Bibliothèque nationale de France ; 87 : Paris Musées / Musée Carnavalet - Histoire de Paris ; 89 a : (Ollivier) Bridgeman Images ; 89 b : (Hugo) Bridgeman Images/ Leemage ; 89 c : (Eugénie De Montijo) Anonymous /After Franz Xaver Winterhalter (1805-1873) ; 92 1 : Paris Musées / Musée Carnavalet - Histoire de Paris ; 92 2 : Bibliothèque nationale de France ; 93 : Paris Musées / Musée Carnavalet - Histoire de Paris ; 93 a : George Sand, fille du siècle, de S. Vidal et K. Consigny © Éditions Delcourt, 2021 ; 93 b : DR ; 93 c : Jose HERNANDEZ Camera 51/Shutterstock ; 96 : Paris Musées / Musée Carnavalet - Histoire de Paris ; 97 : Leemage/Corbis via Getty Images ; 98 a, 103, 109, 111 et 263 : (Peireire) Kharbine ; 98 b, 102, 109 et 263 :(Haussmann) Tallandier ; 98 c et 109 : (Ollivier) Carjat ; 99 1 : « Le Palais social et sa manufacture. Imprimerie Baré à Guise, vers 1870 © Collection Familistère de Guise ». ; 99 2 : Jean-Paul Dumontier / La Collection ; 102 2 : Neurdein / Roger-Viollet ; 105 : Science Photo Library ; 107 : Photo Josse / Bridgeman Images ; 109 : (Napoléon III) Bridgeman Images/Leemage ; 112 : Grand Palais Rmn (Domaine de Compiègne) / Franck Raux ; 113 a : DR ; 113 b : Emile Zola, L'Argent (Les Rougon-Macquart, XVIII) Collection « Folio classique », Editions Gallimard ; 113 c : FRANZISKA & TOM WERNER; FEINES BILD / Getty Images ; 115 : Bridgeman Images ; 116 a et 120 et 125 et 262 : (Cavour) Photothèque Hachette Livre ; 116 b et 125 : (Napoléon III) Bridgeman Images/Leemage ; 116 c, 120, 64 : (Victor-Emmanuel II) Bridgeman Images/Leemage ; 116 d, 121, 125 et 264 : (Bismarck) Photothèque Hachette Livre ; 117 1 : Scala ; 117 2 : akg-images ; 120 2 : Archives Nice Côte d'Azur - Ville de Nice ; 121 3 : Historisches Museum Saar, Sarrebrück ; 122 : Bibliothèque nationale de France ; 123 : mccool / Alamy Stock Photo ; 125 : (Garibaldi) Photothèque Hachette Livre ; 128 : Universal Images Group North America LLC / Alamy Stock Photo ; 129 a : DR ; 129 b : DR ; 129 c : Drazen Zigic/Shutterstock ; 132-133 : Galerie Christian Le Serbon, Paris ; 134 a : (Napoléon III) Bridgeman Images/Leemage ; 134 b, 140, 143 et 263 : (Louise Michel) Bridgeman Images/Leemage ; 134 c et 143 : (Ferry) Photothèque Hachette Livre ; 134 d, 141 et 263 : (Hugo) Bridgeman Images/ Leemage ; 134 et 144 (Dreyfus) Bridgeman Images ; 135 1 : Grand Palais Rmn (musée d'Orsay) / Hervé Lewandowski ; 135 2 : Bibliothèque nationale de France - Jules Grandjouan © Adagp, Paris, 2025 ; 136 : Paris Musées / Musée Carnavalet - Histoire de Paris ; 137, 143 et 262 : (Gambetta) Photothèque Hachette Livre ; 140 1 : J. Vigne / La Collection ; 141 3 : Léon & Lévy / Roger-Viollet ; 143 : (Thiers) Photo Josse / Bridgeman Images ; 143 : (Mac Mahon) Roger-Viollet ; 144 et 262 : (Dreyfus) Bridgeman Images ; 144, 149 et 264 : (Zola) Bridgeman Images/Leemage ; 144 2 : Leonard de Selva / Bridgeman Images ; 145 : Look and Learn / Bridgeman Images ; 146, 149 et 262 : (Briand) akg-images ; 146 2 : Kharbine ; 149 : (Auclert) Bridgeman Images/Leemage ; 149 : (Boulanger) Photothèque Hachette Livre ; 152 : Ville de Paris / Bibliothèque Marguerite Durand ; 153 : Arnaud-Dominique Houtte et Kim Consigny, Place à la République : de la Commune à la Belle, Editions la découverte, 2024 ; 153 : Nord-Ouest Films - Studio-Canal - Artemis Productions - France 3 Cinema - Apollo Films - Auvergne-Rhone-Alpes Cinema / Collection Christophel ; 153 c : Master1305/Shutterstock ; 154 : Ville de Paris / Bibliothèque Forney, Paris. ; 155 : Universal History Archive/Universal Images Group via Getty Images ; 158 a, 163, 169, 171 et 264 : (Schneider) DR ; 158 b et169 c : (Les Frères Lumière) Giancarlo Costa / Bridgeman Images ; 159 1 : Christie's Images / Bridgeman Images ; 159 2 : Archives départementales de la Sarthe, 2 Fi 04791 ; 162 : source : https://fr.m.wikipedia.org/wiki/Fichier:Exposition_universelle_de_Paris,_1900.jpg#file ; 163 4 : Collection Académie François Bourdon - Le Creusot ; 164 : Grob / Kharbine / La Collection ; 165 : Bibliothèque nationale de France ; 166 : Leonard de Selva / Bridgeman Images ; 167 : Giancarlo Costa / Bridgeman Images ; 169 : (Clemenceau) Maurice Branger / Roger-Viollet ; 172 :

Bibliothèque nationale de France ; 173 : Bridgeman Images ; 173 : Fourmies la rouge, Alex W. Inker © 2021, Éditions Sarbacane ; 173 b : DR ; 173 c : STEKLO/Shutterstock ; 174 : Paris Musées / Musée Carnavalet ; 175 : Photothèque Hachette Livre ; 176 a et 189 :((Ferry) Photothèque Hachette Livre ; 176 b et 189 : (Clemenceau) Maurice Branger / Roger-Viollet ; 176 c et 182 et 189 et 191 et 263 :(Marchand) The Print Collector/Getty Images) ; 177 1 : Grob / Kharbine / La Collection ; 177 2 : Archives nationales d'outre-mer, FR ANOM 5FI 2324 ; 181 : CC/Wikipedia ; 183 : © IM / Kharbine / La Collection ; 184 : Groupe Achac ; 185 : Source : https://edmondfortier.org.br/fr/ ; 186 : IM / Kharbine / La Collection ; 189 d : (Ho Chi Minh) Roger-Viollet ; 192 : HUM Images/ Universal Images Group via Getty Images ; 193 a : France Télévisions ; 193 b : «extrait de l'ouvrage Carnets d'Orient T1 : 1830-1954, Jacques Ferrandez © Casterman» - «Avec l'aimable autorisation de l'auteur et des Éditions Casterman ; 193 c : Maica/Getty Images ; 196-197 : Bridgeman Images ; 198 a et 211 : (Joffre) AKG Images ; 198 b et 211 : (Wilson) Hulton Archives/Getty Images ; 199 1 : Roger-Viollet ; 199 2 : Bridgeman Images ; 202 : © BPK, Berlin, Dist. GrandPalaisRmn / Christoph Irrgang ; 203 : IM / Kharbine / La Collection ; 204 : World History Archive / Alamy Banque D'Images ; 205 : Bibliothèque nationale de France ; 206 et 211 : Bridgeman Images ; 207 : Bridgeman Images ; 209 : Peter Newark Pictures / Bridgeman Images ; 211 a : (Guillaume II) DR ; 211 c : (Foch) DR ; 214 : Bridgeman Images ; 215 a : DR ; 215 b : «extrait de l'ouvrage Putain de guerre ! (2008-2009), Jacques Tardi © Casterman» «Avec l'aimable autorisation de l'auteur et des Editions Casterman» ; 215 c : Alto/Sigrid Olsson/Getty Images ; 218, 220, 231, 233 et 262 : AKG-images ; 219 1 : Albert Harlingue / Roger-Viollet ; 219 2 : United States Holocaust Memorial Museum, courtesy of National Archives and Records Administration, College Park ; 220 2 : Grob / Kharbine / LA COLLECTION ; 221 : AKG-images ; 222 : Photo12 ; 223 3 : Musée d'Histoire Jean Garcin 39-45 L'Appel de la Liberté, Département de Vaucluse ; 223 4 : Albert Moreau /ECPAD /Défense ; 224 : Everett Collection / Aurimages ; 231 a : APIC/Getty Images ; 231 b : Bridgeman Images ; 234 : Isidore Aubert /Domaine Public /ECPAD /Défense ; 235 : Sepia Times/Universal Images Group via Getty Images ; 235 a : Marie Curie de Kaoru Kobayashi (2022) Les Éditions nobi nobi ! ; 235 b : DR ; 235 c : Sava Senemty/Shutterstock ; 236 : Musée national de l'Éducation ; 237 : BNF ; 238 a et 247 : (Lénine) Bridgeman Images ; 238 b, 251, 253 et 263 : (Nansen) Bridgeman Images/Leemage ; 239 1 et 247 b : Photo12/L'Illustration ; 239 2 : Keystone-France/Gamma-Keystone via Getty Images ; 242 : Look and Learn / Bridgeman Images ; 243 haut : Mikhail Markovskiy/ Shutterstock ; 234 bas : lindasky76/Shutterstock ; 245 : CCI / Bridgeman Images ; 248, 253 et 264 : Hulton Archives/Getty Images ; 251 : Archives départementales du Territoire de Belfort, 4 M 602. ; 253 b : Bridgeman Images/Leemage ; 253 d : Rue des Archives/PVDE/Getty Images ; 255 : Ajdin Kamber/Shutterstock ; 256 : Caricadoc / Bridgeman Images ; 257 : Eric Parize, fonds patrimoine 2009, Ville de Lambersart ; 257 a : DR ; 257 b : Dessin de Hugo Pratt sur la couverture de Corto Maltese en Sibérie paru aux Editions Casterman ©1974, CONG S.A., Suisse, tous droits réservés. ; 257 c : Pressmaster/Shutterstock ; 260 : AKG-Images/ ADAGP 2025/Otto Dix ; 261 : John Warwick Brooke/Topical Press Agency/Hulton Archive/Getty Images

Crédits photographiques Géographie :

285 Shannon - Dessert Highway ; 287 UlrikeStein/iStockphoto/ Getty Images ; 289 R.M. Nunes/Alamy Stock Photo ; 290 Governo do Ceará/Divulgação ; 292 Skyshark Media/Shutterstock ; 294 © Ben Jennings ; 297h Davidovich Mikhail/Alamy Stock Photo ; 297b Runwal/Droits Réservés ; 298 Dinodia Photos/Alamy Stock Photo ; 301 Shutterstock/Wangkun Jia ; 302 Camilo Vergara (deux photos) ; 311 © NBLOND AFRICA TOURS ; 318 © visitBerlin, Foto: Vor- und Zuname des Fotografen ; 331 Antoine Couvercelle/KMSP/ KMSP via AFP : 332 Christophe Van Veen/Radio France/Maxppp ; 334 Valérie Vrel ; 341g © Association Histoire de la construction navale à Nantes/Maison des Hommes et des techniques ; 341d Guiziou Franck/hemis.fr ; 354 et 355 Shutterstock/Spotmatik Ltd : 357 CFOTO/NurPhoto/NurPhoto via AFP ; 360 ABC/Andia.fr ; 363 © Hyundai Motor France ; 364h Maritime and Port Authority of Singapore ; 364m Carola Frentzen/DPA/Photononstop ; 369 Tsvangirayi Mukwazhi/AP/SIPA ; 370 © Victor NDULA ; 373 Image of Sport/Sipa USA/SIPA ; 374 Gado Images/Alamy Stock Photo ; 382hg Romain Longieras/Hans Lucas/Hans Lucas via AFP ; 382hd Raul Ariano ; 382bg © GLP Wroclaw V Logistics Centre ; 382bd Droits Réservés ; 383 Calum Heath ; 384 Martin Valigursky/Shutterstock ; 393 Prasit Rodphan/Alamy Stock Photo ; 401 Greg Balfour Evans/Alamy Stock Photo ; 402 © Automotive Cells Company ; 411 www.tahititourisme.fr ; 418 Fanny Coconnier/PHOTOPQR/ LE TELEGRAMME/MAXPPP ; 419 © One P rovence ; 421 Laurent GRANDGUILLOT/REA ; 424 Benedicte Kurzen/NOOR for FAO ; 426 © Université d'Aarhus, European Energy, Université de Copenhague et Municipalité de Slagelse ; 427 © Classic Journeys ; 430 © Club Alpino Italiano Sezione di Crema ; 434 © UGPBAN ; 435 Patrick Forget ; 437 Naveed Hussain/Alamy Stock Photos ; 438 Anuwar Hazarika /NurPhoto/NurPhoto via AFP ; 439 Sameer Sehgal/ Hindustan Times via Getty Images ; 440 Michael Interisano ; 442 Alberta Wilderness Association ; 450 © Damien Glez ; 458 Pierrick Lemaret/Alamy Stock Photos ; 462 © VNA/CVN ; 471 © SEMITOUR - www.semitour.com ; 472 Tony French/Alamy Stock Photos ; 473 ©Mairie de Saint-Fargeau-Ponthierry ; 474 © Parc naturel régional du Gâtinais français ; 480 © IGN, Photothèque nationale, 1950 et 2020 ; 485 © EPLEFPA-BEAUNE ; 489 © Seb, Le journal de Saône-et-Loire, 23 avril 2023 ; 495 Noel Celis/AFP ; 497 © China Daily ; 498 Lemon Guo et Mengtai Zhang ; 505 Shutterstock/Lushengyi ; 515 Zhang Wei/China News Service via Getty Image

Crédits photographiques EMC :

526 Pressmaster/Shutterstock, sylv1rob1/Shutterstock, Lucigerma/Shutterstock, HJBC/Shutterstock, Rawpixel.com/ Shutterstock, lazyllama/Shutterstock ; 527 Corinne Rozotte/ Divergence ; 528 GARNIER ETIENNE/Presse Sports ; 529 Guide d'accompagnement «Ici on peut être soi», education.gouv.fr ; 530 Prod DB © Warner Bros. France - Kare Productions - Marvelous Productions - France 2 Cinema ; 534 ventdusud/Shutterstock, Javier Calvete/Shutterstock, DreamSlamStudio/Shutterstock, Tommy Larey/Shutterstock ; 536 hg © Agence nationale de la cohésion des territoires (ANCT), hd M. Clementz/L'indépendant/ Photopgr/Maxppp, bas Mini Onion/Shutterstock ; 537 gauche © PHOTOPQR/NICE MATIN/Cyril Dodergny/MaxPPP, droite Villedieu/ SPA ; 538 Viginum ; 539 Abd Rabbo Ammar/ABC/Andia.fr, FRENCH NATIONAL GENDARMERIE/ANADOLU/Anadolu via AFP, Damien MEYER/AFP, Thomas HUBERT/SIPA ; 540 Vincent FOLISI / armée de l'Air et de l'Espace

Les différentes productions cartographiques

Carte

Représentation cartographique issue d'un manuel de géographie ou d'un atlas.
Elle présente des informations multiples, organisées et hiérarchisées permettant d'analyser précisément une situation géographique.

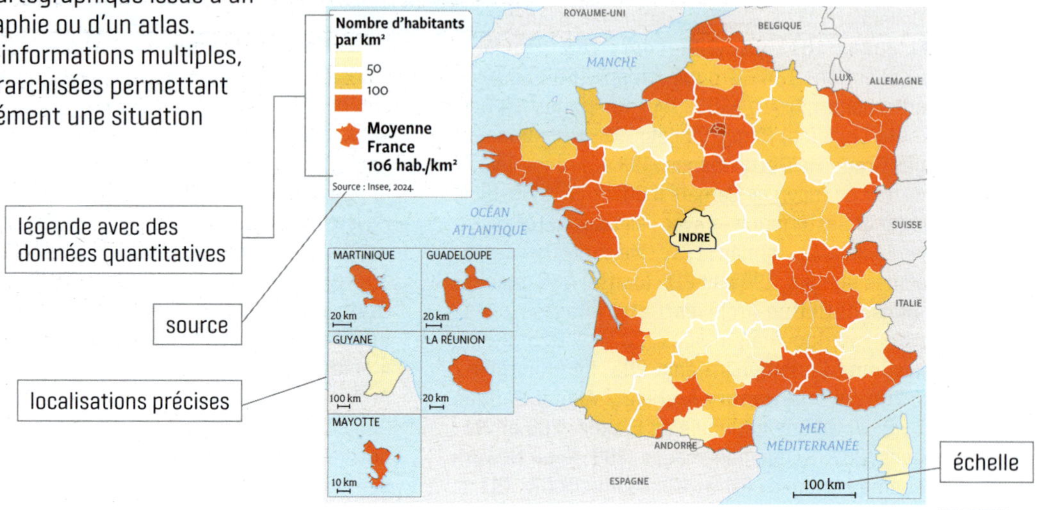

La répartition de la population de la France — titre

Croquis

Production cartographique réalisée par les élèves.
Elle présente des informations organisées et hiérarchisées à partir d'un fond de carte fourni pour l'exercice.

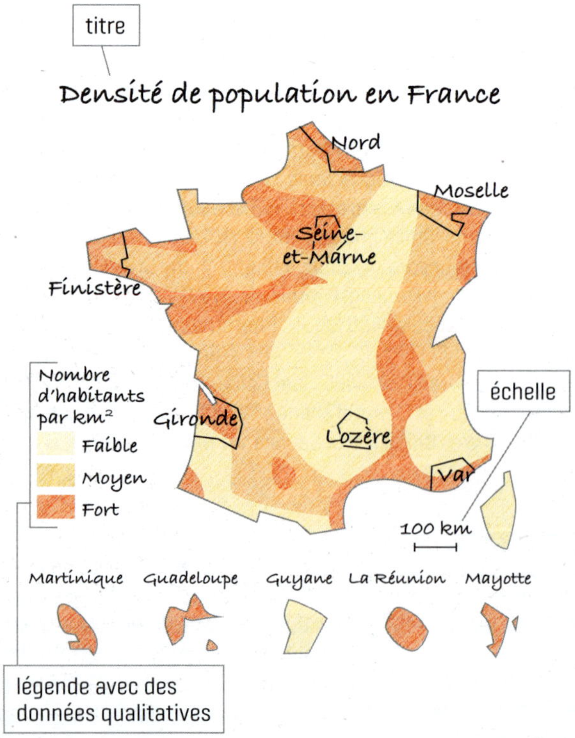

Schéma

Production cartographique réalisée par les élèves.
Elle présente un nombre restreint d'informations pour illustrer un paragraphe dans une analyse de document ou une question problématisée.

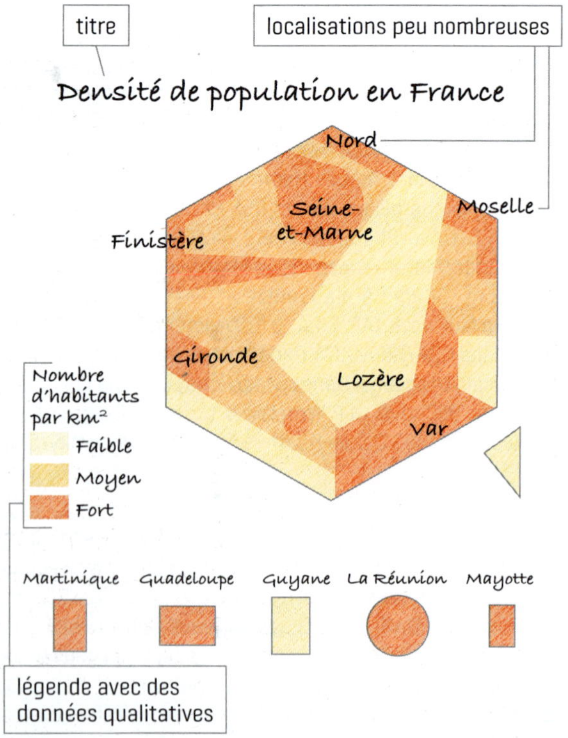